Oscar bestsellers

di Arthur Conan Doyle

nella collezione Oscar

L'abisso di Maracot
L'avventura del poliziotto morente
Le avventure di Gérard
Le cinque rose
La criniera del leone
Elementare, Watson!
Il mastino dei Baskerville
Il mondo perduto
Nuove avventure di Gérard
Il Principe Nero
I racconti del terrore e del mistero
Il segno dei quattro
Uno studio in rosso
Le tre imprese
L'ultimo saluto di Sherlock Holmes
La valle della paura
Il vampiro del Sussex

ARTHUR CONAN DOYLE

ELEMENTARE, WATSON!

Tutti i romanzi e i 10 migliori racconti
di Sherlock Holmes

Introduzione di John le Carré

OSCAR MONDADORI

I edizione Oscar bestsellers novembre 2011

ISBN 978-88-04-61563-7

Questo volume è stato stampato
presso ELCOGRAF S.p.A.
Stabilimento - Cles (TN)
Stampato in Italia. Printed in Italy

Anno 2016 - Ristampa 4 5 6 7

Traduzioni di Alberto Tedeschi, Maria Gallone e Oreste del Buono

Introduzione*

di John le Carré

Il dottor Watson non ti scrive: ti parla, con cortesia edoardiana, davanti a un fuoco scoppiettante. La sua voce non conosce reticenze o affettazione. È chiara, energica, decorosa. È la voce di un pragmatico colono britannico in giacca di tweed, del tutto a suo agio con se stesso. L'uomo cui appartiene questa voce ha viaggiato molto: è un vero giramondo, come si dice, si è fatto la pellaccia. E tuttavia, fuori dalla sua madrepatria, resta un innocente. È "un uomo d'eccezione", una persona "leale fino all'eccesso", che ha "il coraggio di un leone", è "il sale della terra". Gli stereotipi gli si addicono tutti. Lui, però, non è uno stereotipo.

I sentimenti raffinati lo confondono. Con l'arte non ha familiarità. Eppure, come il suo creatore, il dottor Watson è uno dei più grandi narratori che il mondo abbia mai ascoltato. Nelle rare occasioni in cui lascia la scena a Holmes, desideriamo tutti che ritorni. Holmes – il volubile, brillante, complesso, turbolento Holmes – non è al sicuro da solo là fuori. Se la cava, per carità. Quando vuole dissimula, entra in clandestinità, si camuffa così bene che neanche sua madre lo riconoscerebbe. È capace di fingersi morto o moribondo, di battere palmo a palmo le fumerie d'oppio, lottare con Moriarty sull'orlo di un precipizio, o ingannare la spia del Kaiser. Resta però il fatto che quando è da

* Tratto da Arthur Conan Doyle, *Sherlock Holmes*, vol. I, pp. XIII-XV, Norton & Company, New York - London 2005 (trad. it. di Francesca Mastruzzo).

solo è la metà dell'uomo che diventa quando il fedele Watson riprende a raccontare.

Grazie al cielo, non c'è studio accademico né trattazione a opera dei burocrati della letteratura che potranno mai spiegare perché amiamo la voce di uno scrittore più di un'altra. In parte c'entra la fiducia, in parte le buone – o le cattive – maniere del narratore, in parte la sua autorevolezza, o l'assenza di essa. E un po' c'entra pure la bellezza, anche se non quanto ci piacerebbe credere. Io, quando leggo, o vengo sedotto subito, oppure non c'è verso. Ecco perché molti dei libri che ho a casa mia sono stati misteriosamente abbandonati a pagina venti. Una volta però che cado nella rete di uno scrittore, allora sono suo per sempre. Conan Doyle ha avuto questo potere su di me sin da quando ero bambino. Adoro il brigadiere Gerard e il perfido pirata Sharkey, e anche il professor Challenger, ma Holmes e Watson hanno il mio amore incondizionato. Conan Doyle ha lo stesso potere sui miei figli, ed è per me una gioia vedere i miei nipoti che, uno dopo l'altro, cadono vittime del suo incantesimo.

Se provate a sbirciare nella manica di Conan Doyle per scoprire quali sono i suoi assi, all'inizio resterete delusi. Nessun fraseggio elegante, nessun aggettivo sagace che balzi fuori dalla pagina, nessuna illuminante analisi psicologica. No, quello che vedete è una forma di perfezione narrativa: è perfetto l'equilibrio dinamico tra dialogo e narrazione, e sono perfette la caratterizzazione dei personaggi e la tempistica. Non c'è da stupirsi quindi che, a differenza di altri grandi narratori del diciannovesimo secolo o dell'inizio del ventesimo, Conan Doyle si traduca praticamente in ogni lingua senza che nulla venga perduto.

I critici di professione non possono permettersi di sfiorare Conan Doyle neanche con un dito, e mai hanno potuto. Potevano irriderne l'interesse per lo spiritismo, la passione ossessiva del collezionista di cianfrusaglie, affermare che l'Holmes degli ultimi tempi non era più quello di una volta. Ma nessuno li stava a sentire, oggi come allora. Oggi tassisti, statisti, accademici e bambini vestiti di stracci siedono incantati ai suoi piedi, e così all'epoca sua. Prova – se mai ce ne fosse bisogno – che la modestia linguistica di Conan Doyle nasconde una profonda tolleranza per la complessità umana. Anche in vita l'autore aveva molti imitatori, tutti, sebbene di successo, nettamente inferiori a lui. Se per una malaugurata fatalità fosse stato uno di loro a mettere al mondo il personaggio del perfido professor Moriarty, dieci a uno che sarebbe stato un ebreuccio furbo e intrigante. Fosse stato una creazione di Joseph Conrad, ci saremmo ritrovati con un tormentato estremista balcano impegnato a distruggere la società industriale. Ma Conan Doyle si muoveva con un bagaglio più leggero. Sapeva che il male esiste in quanto tale. Non gli servivano l'odio o i pregiudizi, ed era abbastanza saggio da non affibbiare al Diavolo alcuna etichetta.

Riflettiamo un secondo sulla furberia con cui Conan Doyle colloca il lettore a metà strada tra i suoi due grandi protagonisti. Holmes, genio incontrastato, è anni luce avanti a noi, e sappiamo che non lo raggiungeremo mai. Nessuno si aspetta che lo facciamo, e nemmeno lo vogliamo. Ma su col morale: siamo molto più intelligenti di quel tardo di Watson! E qual è il risultato? Che il lettore si trova felicemente intrappolato tra i suoi due campioni. Esiste da qualche parte nella letteratura popolare un'immagine più piacevole di quella a cui Thomas Mann ha dato l'altisonante definizione di "rapporto tra l'artista e il cittadino"? Con Holmes non ci è permesso di dimenticare la spinta dell'artista all'autodistruzione. E con Watson ci ricordiamo costantemente del nostro amore per la stabilità sociale.

Insomma, non c'è da meravigliarsi se la coppia Holmes e Watson ha prodotto più imitazioni di qualsiasi altro duo letterario. Oggi i film polizieschi ne traggono costantemente ispirazione. Anzi, lo dobbiamo praticamente solo a Holmes e Watson se esistono i *buddy-buddy* film. Senza quei due, i thriller come li conosciamo noi non ci sarebbero. Senza Sherlock Holmes come avrei fatto a inventarmi George Smiley? E senza il dottor Watson, mi sarebbe venuta in mente una spalla come Peter Guillam? Mi piacerebbe pensarlo, ma qualche dubbio ce l'ho.

Avevo nove anni ed ero al secondo anno di collegio quando il fratello del preside, un sant'uomo con una voce meravigliosa, una volta alla settimana ci leggeva *Le avventure di Sherlock Holmes* nella sala comune, prima di andare a letto. Il semestre successivo ci lesse *Il mastino dei Baskerville*, e riesco a sentirlo ancora adesso, vedo la sua enorme stazza, e la sua testa calva che brilla davanti al fuoco del camino.

«Impronte di piedi?» [È Holmes che interroga il dottor Mortimer]
«Impronte di piedi.»
«Di uomo o di donna?»
Il dottor Mortimer ci fissò per qualche istante con uno sguardo strano, e la sua voce si affievolì quasi a diventare un soffio, mentre rispondeva:
«Signor Holmes, erano di un mastino gigantesco!»

E ora vi lascio alla lettura. Buon divertimento.

24 ottobre 2003

Elementare, Watson!

UNO STUDIO IN ROSSO

Titolo originale: *A Study in Scarlet*, 1887
Traduzione di Alberto Tedeschi

Parte prima

Dai ricordi del dottor John H. Watson ex ufficiale medico dell'esercito britannico

1
Il signor Sherlock Holmes

Nell'anno 1878 presi la laurea in Medicina all'università di Londra e mi trasferii a Netley per seguire il corso prescritto per i medici militari. Completati i miei studi a Netley, fui destinato al 5° reggimento fucilieri Northumberland, in qualità di assistente chirurgo. A quell'epoca il reggimento era di stanza in India e, prima ancora che io l'avessi raggiunto, era scoppiata la seconda guerra afghana. Sbarcato a Bombay, seppi che le truppe, avanzate attraverso i passi montani, si trovavano già in territorio nemico. Partii ugualmente per unirmi a loro, insieme a molti altri ufficiali che si trovavano nella mia stessa situazione, e riuscii ad arrivare sano e salvo a Kandahar, dove trovai il mio reggimento e assunsi le mie nuove funzioni.

La campagna fruttò onori e promozioni a molti, ma a me portò soltanto guai e disavventure. Fui trasferito dalla mia brigata al reggimento del Berkshire con il quale partecipai alla fatale battaglia di Maiwand. Là fui colpito alla spalla da un proiettile nemico che mi fratturò l'osso sfiorando l'arteria succlavia. Sarei caduto nelle mani dei feroci *ghazi* se non fosse stato per la devozione e il coraggio di Murray, il mio attendente, che mi caricò su un cavallo e riuscì a riportarmi in salvo entro le linee britanniche.

Logorato dal dolore e indebolito per le fatiche e le privazioni, fui trasferito, con un treno ospedale carico di feriti, all'ospedale di Peshawar. Ero già in via di guarigione e avevo il permesso di passeggiare per le camerate, e persino di uscire sulla veranda per prendere un po' di sole, quando fui colpito da un attacco di gastroenterite, la maledizione dei nostri possedimenti indiani.

Per mesi e mesi si disperò di salvarmi e quando, finalmente, mi riebbi ed entrai in convalescenza ero così debole ed emaciato che i sanitari decisero di mandarmi in Inghilterra il più presto possibile. Di conseguenza dovetti partire con il trasporto militare *Orontes*, e sbarcai un mese dopo a Portsmouth con la salute irrimediabilmente rovinata ma con il permesso del paterno governo di dedicare i nove mesi successivi al tentativo di migliorarla.

Non avevo parenti in Inghilterra e, quindi, ero libero come l'aria... o meglio, libero quanto lo può essere un uomo che dispone di undici scellini e sei pence al giorno.

Date le circostanze era naturale che io gravitassi verso Londra, quel grande immondezzaio dove tutti gli sfaccendati e i fannulloni dell'Impero si riversano irresistibilmente. Giunto alla capitale, rimasi per qualche tempo in un albergo dello Strand, conducendo un'esistenza scomoda e insulsa e spendendo con una prodigalità eccessiva quel poco di denaro che avevo. Lo stato delle mie finanze divenne tanto preoccupante che, ben presto, mi resi conto che dovevo o lasciare la metropoli per ritirarmi in campagna, oppure mutare del tutto il mio sistema di vita. Scelta quest'ultima soluzione, decisi di lasciare l'albergo e di trovarmi un alloggio meno costoso.

Il giorno stesso in cui ero giunto a questa conclusione, me ne stavo al Criterion Bar quando qualcuno mi batté su una spalla. Mi volsi e riconobbi Stamford, un giovanotto che era stato infermiere alle mie dipendenze, a Barts. La vista di una faccia conosciuta, nell'immensa selva londinese, è piacevole per un uomo solo e smarrito. Non c'era mai stata una grande intimità fra me e Stamford, ma lo salutai con entusiasmo, e anche lui parve felice di vedermi. Nell'esuberanza del momento, lo invitai a fare colazione con me all'Holborn e, poco dopo, salivamo insieme su una carrozza.

«Che cosa diavolo ha combinato, Watson?» mi domandò Stamford, senza dissimulare il proprio stupore, mentre correvamo per le vie affollate di Londra. «È magro come un'acciuga e nero come una castagna.»

Gli feci un breve resoconto delle mie avventure, avevo giusto terminato quando arrivammo a destinazione.

«Poveretto!» mi disse il mio compagno in tono di commiserazione. «E adesso, che cosa conta di fare?»

«Vorrei cercarmi un alloggio» risposi. «Voglio vedere se è possibile trovare una stanza decente a un prezzo ragionevole.»

«Che strana coincidenza!» soggiunse lui. «È la seconda persona, oggi, che mi fa lo stesso discorso.»

«E la prima chi era?»

«Un tale che lavora al gabinetto di analisi chimiche dell'ospedale. Si è lamentato con me, stamane, perché non riesce a trovare qualcuno con cui dividere le spese di un bell'appartamento che gli hanno offerto e il cui prezzo è superiore alle sue possibilità.»

«Perdiana!» esclamai. «Se vuole davvero qualcuno che abiti con lui e che paghi la metà dell'affitto, sono proprio l'uomo che fa al caso suo. Anzi, preferisco avere un coinquilino, piuttosto che vivere solo.»

Stamford mi lanciò una strana occhiata al di sopra del bicchiere che stava portandosi alle labbra.

«Lei non conosce ancora Sherlock Holmes» mormorò. «Non so se le piacerebbe come compagnia prolungata.»

«Perché? Quali sono i suoi difetti?»

«Oh, non ho detto che abbia dei difetti... o almeno che ne abbia di gravi. Ha delle idee un po' strane... ed è fanatico per certi rami della scienza. Che sappia io, è una persona molto a modo.»

«Uno studente di Medicina, immagino.»

«No. Non so che carriera intenda seguire. Credo che sia ferrato in anatomia ed è certamente un chimico di prim'ordine. Però, a quanto mi consta, non ha mai seguito sistematicamente un corso di Medicina. Studia senza metodo, in modo eccentrico, ma ha accumulato un mucchio di nozioni strane che stupirebbero i suoi professori.»

«Non gli ha mai chiesto che strada vuole seguire?» domandai.

«No. Non è un uomo al quale si strappino facilmente le confidenze... benché sia abbastanza comunicativo... quando gli gira.»

«Mi piacerebbe conoscerlo» dichiarai. «Se devo abitare con qualcuno, preferisco un uomo quieto e studioso; non sono ancora abbastanza forte per sopportare rumore e trambusto. Di trambusto ne ho avuto abbastanza in Afghanistan... ne ho avuto abbastanza per tutto il resto dell'esistenza. Come posso fare per conoscere quel suo amico?»

«Oggi sarà certamente all'ospedale» rispose il mio compagno. «O gira al largo dal laboratorio per settimane e settimane, oppure ci lavora dalla mattina alla sera. Se vuole, possiamo fare una scappata insieme, dopo colazione.»

«Ben volentieri» risposi, e la conversazione passò ad altri argomenti.

Durante il tragitto verso l'ospedale, Stamford mi fornì nuovi particolari sul giovanotto con il quale avrei dovuto abitare.

«Se poi non andrà d'accordo con Holmes, non se la prenda con me» mi ammonì. «Di Sherlock Holmes mi consta soltanto quello che ho potuto sapere incontrandolo occasionalmente al laboratorio. È stato lei a proporre questo accordo, quindi non mi ritenga responsabile.»

«Se non andremo d'accordo, sarà facile separarci» risposi; poi, piantando gli occhi in faccia al mio compagno, soggiunsi: «Stamford, perché insiste su questo punto? Questo signor Holmes ha forse un caratteraccio? Altrimenti, che cosa c'è? Non sia reticente».

«Non è facile mettere in parole una pura e semplice sensazione» rispose Stamford con una risatina. «Per i miei gusti, Holmes ha una mentalità troppo scientifica... che rasenta il cinismo. Me lo immaginerei benissimo intento a somministrare a un amico un pizzico dell'ultimo alcaloide vegetale, non per malvagità ma semplicemente per spirito di indagine, allo scopo di studiarne gli effetti. A onor del vero, credo che con la medesima disinvoltura ingoierebbe lui stesso quel veleno. A quanto pare, ha la passione delle cognizioni complete ed esatte.»

«Non ha torto.»

«Sì, ma anche in questo esiste l'esagerazione. Quando uno arriva a staffilare i soggetti nella sala anatomica, si può ben dire che la sua passione per le indagini scientifiche prende una forma bizzarra.»

«Staffilare i cadaveri?»

«Sì, per verificare fino a che punto si possono produrre le ecchimosi dopo la morte. L'ho visto con i miei occhi.»

«Eppure lei dice che non è uno studente di Medicina?»

«No. Dio sa a che cosa mira con i suoi studi. Ma eccoci arrivati. Si farà lei stesso un concetto sul suo conto.»

Svoltammo in un vialetto e varcammo una porticina laterale

che dava in un'ala del grande ospedale. Conoscevo l'ambiente e non avevo bisogno di essere guidato, mentre salivamo lo squallido scalone di pietra e ci incamminavamo per un lungo corridoio dalle candide mura in cui si apriva una fila di usci color noce. Quasi in fondo, attraverso un piccolo arco, svoltammo in un corridoio secondario che conduceva al laboratorio chimico.

Era una sala vasta con le pareti rivestite di scaffali zeppi di ogni sorta di recipienti. C'erano tavolini ingombri di storte e provette, e di becchi Bunsen con le loro tremolanti fiammelle blu.

In tutta la sala c'era un solo uomo, curvo su una tavola all'altro capo, assorto nel suo lavoro. Al rumore dei nostri passi si volse, poi balzò in piedi con un'esclamazione di gioia.

«Ho trovato! Ho trovato!» gridò apostrofando il mio compagno e correndogli incontro, con una provetta in mano. «Ho trovato un reagente che precipita con l'emoglobina e con nient'altro.»

Se avesse scoperto l'oro, il suo viso non avrebbe certamente espresso una gioia maggiore.

«Il dottor Watson, il signor Sherlock Holmes» fece Stamford.

«Tanto piacere» disse Holmes in tono cordiale, stringendomi la mano con una forza di cui non l'avrei creduto capace. «A quanto vedo, lei è stato in Afghanistan.»

«Come fa a saperlo?» domandai sbalordito.

«Lasci perdere» fece lui ridacchiando. «Ora, l'importante è questa faccenda dell'emoglobina. Immagino che si renda conto del significato della mia scoperta.»

«Dal punto di vista sperimentale, è certamente interessante» risposi. «Ma dal punto di vista pratico...»

«Ma via, dottore, da anni non si faceva una scoperta così interessante nel campo della medicina legale! Non capisce che questo le offre la possibilità di una prova infallibile per le macchie di sangue? Venga qui.»

Eccitatissimo, mi afferrò per una manica, trascinandomi verso la tavola alla quale aveva lavorato sino a un momento prima.

«Facciamo una prova con sangue fresco» soggiunse cacciandosi un lungo ago in un dito e raccogliendo una goccia di sangue in una pipetta da prelievo. «Ora, guardi. Metto questa piccola quantità di sangue in un litro d'acqua. Come vede, all'occhio non si avverte la presenza di sangue, l'acqua sembra purissima. La percentuale di sangue è talmente piccola da non potersi calcolare. Eppure sono certo che riusciremo a ottenere la reazione caratteristica.» Mentre parlava, lasciò cadere nel recipiente dell'acqua alcuni cristalli bianchi, poi aggiunse qualche goccia di un liquido trasparente. In un attimo il contenuto assunse un colore mogano scuro e una polverina marrone precipitò in fondo al vaso di vetro. «Ah!» esclamò ancora Holmes battendo le mani con l'aria del bambino che ha un giocattolo nuovo. «Che ne dice?»

«È una prova molto delicata» osservai.

«Magnifico! Magnifico! La vecchia prova con il guaiacolo era poco pratica e incerta. Altrettanto dicasi per l'esame microscopico delle emazie. Questo è assolutamente privo d'ogni valore, se le macchie risalgono a qualche ora prima. La mia reazione, invece, sembra verificarsi nello stesso modo quando il sangue è vecchio e quando il sangue è nuovo. Se questa prova fosse stata inventata prima, centinaia di uomini che attualmente passeggiano liberi sulla faccia della terra avrebbero pagato da un pezzo la colpa dei loro delitti.»

«Davvero?» mormorai.

«Accade di continuo che un processo per omicidio dipenda proprio da quell'unico punto. Un uomo è sospettato per un delitto, vari giorni, o addirittura vari mesi, dopo averlo commesso. La sua biancheria e i suoi vestiti vengono esaminati, e vi si trovano delle macchie brunastre. Sono macchie di sangue, o di fango, o di ruggine, o di frutta, o di che cosa? Ecco il problema che tormentava i periti... e perché? Perché non esisteva alcuna prova di laboratorio che fosse attendibile. D'ora in poi ci sarà la "reazione Sherlock Holmes", e ogni difficoltà verrà eliminata.»

Gli lampeggiavano gli occhi mentre parlava. Si portò la mano al cuore e fece un inchino come se rispondesse agli applausi di una folla evocata dalla sua fantasia.

«Mi congratulo vivamente» dissi, molto stupito di tanto entusiasmo.

«L'anno scorso, a Francoforte, c'è stato il caso di von Bischof» proseguì Holmes. «Quell'uomo sarebbe finito certamente impiccato se fosse già esistita questa prova. E poi ci sono stati Mason di

Bradford, il famigerato Muller, Lefevre di Montpellier e Samson di New Orleans. Potrei elencarle una fila di casi in cui questa reazione avrebbe influito in modo decisivo.»

«A quanto pare, lei è un'enciclopedia ambulante, in fatto di delitti» osservò Stamford ridendo. «Potrebbe fondare una rivista su questo argomento e chiamarla "Notizie giudiziarie retrospettive".»

«Sarebbe molto interessante» dichiarò Sherlock Holmes, mettendosi un cerotto sul dito, dove si era punto. «Devo usare molta prudenza» soggiunse rivolgendomi un sorriso «perché maneggio una quantità di veleni.»

Così dicendo mi mostrò una mano, e notai che era tutta costellata di macchie prodotte da forti acidi.

«Siamo venuti qui per affari» disse Stamford, sedendosi su uno sgabello a tre gambe e spingendone un altro nella mia direzione. «Il mio amico è in cerca di alloggio; siccome lei si è lamentato di non trovare nessuno che prendesse a metà con lei l'appartamento che le hanno offerto, ho ritenuto opportuno mettervi in contatto.»

Sherlock Holmes parve entusiasta all'idea di condividere l'abitazione con me.

«Ho buttato l'occhio su un appartamento in Baker Street» disse. «Sarebbe proprio l'ideale per noi. Spero che non le dia fastidio l'odore del tabacco forte.»

«Io fumo sempre tabacco da marinaio» risposi.

«Tanto meglio. Generalmente, tengo in casa dei prodotti chimici e qualche volta faccio degli esperimenti. Crede che le possa dare fastidio?»

«Nemmeno per sogno.»

«Vediamo un po'... quali sono gli altri miei difetti: vado soggetto a crisi di cattivo umore e non apro bocca per giorni e giorni. Se dovesse accadere, non pensi che le tenga il broncio. Mi lasci in pace e, presto o tardi, vedrà che mi passerà. E lei, che cosa ha da confessare? È sempre opportuno che due persone che devono convivere si confidino in precedenza le loro caratteristiche peggiori.»

Risi a quell'interrogatorio.

«Possiedo un cucciolo di mastino» dissi. «E ho un'avversione per ogni sorta di frastuoni, perché i miei nervi sono ancora scossi. Mi alzo a ore impossibili e sono terribilmente pigro. Ho un'altra serie di vizi, quando sto bene, ma quelli che le ho detto sono i principali, per ora.»

«Il suono del violino rientra nella categoria dei frastuoni, secondo lei?» mi domandò preoccupato.

«Dipende da chi lo suona» risposi. «Una musica eseguita bene al violino è un dono degli dei... ma se il violinista è scadente...»

«Allora, niente paura» m'interruppe Holmes, con una risata giuliva. «Possiamo considerare la cosa fatta, sempre che l'appartamento le piaccia.»

«Quando possiamo vederlo?»

«Venga a prendermi qui domani a mezzogiorno e andremo insieme a concludere l'affare.»

«Benissimo... a mezzogiorno in punto» dissi, e gli strinsi la mano.

Lo lasciammo intento ad armeggiare tra le provette e ci dirigemmo verso il mio albergo.

«A proposito,» domandai a un tratto, fermandomi e volgendomi a Stamford «come diavolo avrà fatto a sapere che venivo dall'Afghanistan?»

Il mio compagno sorrise enigmatico.

«Questa è una delle sue stranezze» rispose. «Molta gente si domanda come fa a scoprire certe cose.»

«Oh, allora si tratta di un mistero!» esclamai stropicciandomi le mani. «Molto interessante. Non so come ringraziarla per averci messo in contatto. Per chi vuole studiare l'umanità, il soggetto ideale da esaminarsi è l'uomo.»

«Lo studi a fondo, allora» soggiunse Stamford, mentre si accomiatava. «Vedrà che non sarà un problema facile. Scommetto che, a parità di tempo, scoprirà più cose lui sul suo conto che non lei sul conto suo. Arrivederci.»

«Arrivederci» risposi, e rientrai in albergo sempre più incuriosito dalla personalità del mio nuovo conoscente.

2
La scienza della deduzione

Ci trovammo il giorno successivo, come d'accordo, e andammo a vedere l'appartamento al numero 221 B di Baker Street. Era composto da due comode camere da letto e da un unico ampio salotto che prendeva aria e luce da due finestroni. L'arredamento era allegro. Insomma, le stanze erano tanto attraenti e il prezzo, diviso in due, risultava così conveniente, che l'affare fu concluso e prendemmo subito possesso della casa.

Quella sera stessa trasferii i miei effetti dall'albergo in Baker Street, e la mattina seguente Sherlock Holmes mi raggiunse con varie casse e valigie. Per un paio di giorni fummo occupati a disfare i bagagli e a sistemare la nostra roba nel modo migliore. Poi cominciammo, a poco a poco, ad acclimatarci al nuovo ambiente.

Sembrava proprio che non fosse difficile convivere con Holmes. Aveva abitudini tranquille e regolari. Di rado restava alzato oltre le dieci di sera, e invariabilmente aveva già fatto colazione ed era uscito quando io mi alzavo, la mattina. Qualche volta passava la giornata al laboratorio chimico; altre volte se ne stava dalla mattina alla sera in sala anatomica e, ogni tanto, faceva lunghissime passeggiate, specialmente nei quartieri più miserabili della città.

La sua energia sembrava inesauribile, quando lo coglieva un accesso di attività; ma, di tanto in tanto, si verificava in lui come una reazione. Allora, per giorni e giorni, se ne stava sul divano del salotto, pronunciando a malapena qualche monosillabo e senza contrarre un solo muscolo del viso, dal mattino alla sera. In quelle occasioni avevo notato un'espressione vacua, assente, nei suoi occhi, e avrei sospettato che facesse uso di stupefacenti se la palese temperanza e l'igiene che regolavano la sua vita non mi avessero indotto a respingere una simile ipotesi.

A mano a mano che le settimane passavano, il mio interesse e la mia curiosità sullo scopo dei suoi studi si approfondivano sempre più. Il suo fisico, di per se stesso, era tale da attirare l'attenzione dell'osservatore più superficiale. La statura di Holmes superava il metro e ottanta ed era tanto magro che sembrava più alto. Aveva gli occhi acuti e penetranti, salvo in quei periodi di torpore di cui ho fatto cenno; il naso, affilato e un po' adunco, conferiva al viso un'espressione vigile e decisa. Anche il mento, quadrato e pronunciato, denotava in lui una salda volontà. Aveva le mani sempre macchiate d'inchiostro e sostanze chimiche, eppure possedeva una straordinaria delicatezza di tatto, come avevo osservato vedendolo manipolare i suoi fragili strumenti.

A costo di essere giudicato un terribile ficcanaso, confesso che quell'uomo stuzzicava la mia curiosità al più alto grado e che spesso tentavo di sfondare la barriera di reticenze dietro cui si trincerava per tutto quanto lo concerneva personalmente. D'altra parte, non bisogna dimenticare quanto era vuota e senza scopo la mia vita e quanto poche fossero le cose che potevano attirare la mia attenzione.

La salute cagionevole m'impediva di uscire quando il tempo non era più che clemente, né avevo amici che venissero a farmi visita rompendo la monotonia della mia esistenza. In simili circostanze mi appassionavo sempre di più al mistero che circondava il mio compagno, e passavo buona parte del mio tempo tentando di risolverlo.

Holmes non studiava Medicina. Lui stesso, in risposta a una mia domanda, aveva confermato l'opinione di Stamford in proposito. Non sembrava nemmeno che avesse seguito alcun corso di lezioni per prepararsi a una laurea o per prendere una qualunque strada che gli consentisse di entrare nel mondo della scienza.

Eppure il suo zelo per certi studi era straordinario, e il suo sapere, entro certi limiti, era talmente vasto e profondo che spesso mi sbalordiva con le sue osservazioni. Non era possibile che un uomo lavorasse tanto assiduamente e si procurasse nozioni così precise senza avere una meta ben definita. Chi si applica sporadicamente a questa o a quella materia, ben di rado brilla per la profondità delle sue cognizioni. E nessuno si rompe il cervello con minutissimi particolari, a meno che non abbia ottimi motivi per farlo.

La sua ignoranza era notevole quanto la sua cultura. In fatto di letteratura contemporanea, di filosofia e di politica, sembrava che Holmes sapesse poco o nulla. Una volta mi accadde di citare Thomas Carlyle. Mi chiese nel modo più ingenuo chi era e che cosa aveva fatto. Ma la mia meraviglia giunse al colmo quando scoprii casualmente che ignorava la teoria di Copernico nonché la composizione del sistema solare. Il fatto che un essere civile, in questo nostro diciannovesimo secolo, non sapesse che la Terra gira attorno al Sole mi pareva così straordinario che stentavo a capacitarmene.

«Sembra sbalordito» disse Holmes, e sorrise osservando la mia espressione. «Ora che mi ha insegnato queste cose, farò del mio meglio per dimenticarle.»

«Per dimenticarle?»

«Vede,» mi spiegò «secondo me, il cervello di un uomo, in origine, è come una soffitta vuota: la si deve riempire con mobilio di nostra scelta. L'incauto v'immagazzina tutte le mercanzie che si trova tra i piedi: le nozioni che potrebbero essergli utili finiscono per non trovare più spazio o, nella migliore delle ipotesi, si mescolano e si confondono con una quantità di altre cose, cosicché diviene assai difficile reperirle. Viceversa lo studioso accorto seleziona accuratamente ciò che immagazzina nella soffitta del suo cervello. Ci mette soltanto gli strumenti che possono aiutarlo nel lavoro, ma di quelli tiene un vasto assortimento, e si sforza di sistemarli nell'ordine più perfetto. È un errore illudersi che quella stanzetta abbia le pareti elastiche e possa ampliarsi a dismisura. Creda a me, viene sempre il momento in cui, per ogni nuova cognizione, se ne dimentica qualcuna acquisita in passato. Di conseguenza è importantissimo evitare che un assortimento di fatti inutili possa spodestare quelli utili.»

«Ma qui si tratta del sistema solare» protestai.

«Che me ne importa?» m'interruppe Holmes con impazienza. «Lei dice che noi giriamo attorno al Sole. Se girassimo attorno alla Luna non cambierebbe nulla per me o per il mio lavoro.»

Ero sul punto di chiedergli in che cosa consistesse il suo lavoro, ma capii che la domanda non sarebbe stata bene accolta. Tuttavia riflettei a lungo sulla nostra breve conversazione, sforzandomi di trarne qualche deduzione. Diceva di non voler imparare nulla che non avesse attinenza con i suoi fini. Quindi, quasi tutte le cognizioni che possedeva avevano per lui una specifica utilità. Enumerai mentalmente i vari argomenti su cui si era dimostrato eccezionalmente edotto. Arrivai al punto di prendere una matita e annotarli. Quando ebbi completato l'elenco, non potei fare a meno di sorridere.

Ecco l'elenco:

Cognizioni di Sherlock Holmes

1. Letteratura: zero.
2. Filosofia: zero.
3. Astronomia: zero.
4. Politica: scarse.
5. Botanica: variabili. Conosce a fondo le caratteristiche e le applicazioni della belladonna, dell'oppio e dei veleni in generale. Non sa nulla di giardinaggio e di orticoltura.
6. Geologia: pratiche, ma limitate. Riconosce a prima vista le diverse qualità di terra. Dopo una passeggiata, mi ha mostrato delle macchie sui suoi calzoni indicando, in base al colore e alla consistenza, in quale parte di Londra aveva raccolto il fango dell'una o dell'altra.
7. Chimica: profonde.
8. Anatomia: esatte, ma poco sistematiche.
9. Letteratura scandalistica: illimitate. A quanto pare, conosce i particolari di tutti gli orrori perpetrati nel nostro secolo.
10. Suona bene il violino.
11. È abilissimo nel pugilato e nella scherma.
12. Ha una buona conoscenza pratica del diritto inglese.

Arrivato a questo punto, mi persi d'animo e gettai la lista nel fuoco. "Se l'unico mezzo per scoprire qual è la mira di quest'uomo consiste nel conciliare queste voci e nell'individuare una professione che le richieda tutte," dissi fra me "tanto vale che rinunci fin d'ora al tentativo."

Ho già accennato alle sue doti di violinista. Erano veramente notevoli, ma eccentriche come tutte le altre sue capacità. Che sapesse suonare a meraviglia pezzi difficilissimi ne ero certo, poiché dietro mia richiesta aveva eseguito alcuni *Lieder* di Mendelssohn e altre musiche da me preferite. Tuttavia, lasciato a se stesso, raramente eseguiva musiche note. Per intere serate, allungato nella sua comoda poltrona, se ne stava con gli occhi chiusi e pizzicava distrattamente le corde del violino che teneva sulle ginocchia. Talvolta i motivi erano tenui e malinconici, altre volte erano fantastici e indiavolati. Evidentemente rispecchiavano i pensieri da cui Holmes era dominato, ma proprio non riuscivo a capire se la musica aiutasse l'evolversi di quei pensieri o se quel suo strimpellare fosse dovuto soltanto a un capriccio e a una fantasia. Forse mi sarei ribellato, contro quegli "a solo" esasperanti, se non fosse stato che, di solito, Holmes li terminava eseguendo in rapida successione tutta una serie delle mie arie preferite, come se volesse compensarmi della dura prova cui aveva sottoposto la mia pazienza.

Per qualche settimana non ricevemmo visite. Cominciavo a pensare che il mio coinquilino fosse privo di amici quanto me. Ma ben presto scoprii che aveva molte conoscenze, e negli strati sociali più svariati. C'era, per esempio, un ometto con la faccia olivastra, i lineamenti che ricordavano il muso del topo e gli occhi nerissimi, che mi fu presentato come il signor Lestrade e che venne tre o quattro volte in una sola settimana. Una mattina arrivò una ragazza elegantissima e si fermò per più di mezz'ora a confabulare con Holmes. Nello stesso pomeriggio venne un vecchio canuto che aveva l'aria del mercante ebreo e che sembrava molto eccitato. Fu seguito a brevissima distanza da una donna anziana, vestita dimessamente.

Un'altra volta vidi arrivare un vecchio dai capelli candidi che ebbe un lungo colloquio con il mio compagno; un'altra volta ancora vidi un facchino della ferrovia, nella sua caratteristica uniforme. Quando qualcuna di quelle strane persone si presentava a casa nostra, Sherlock Holmes chiedeva di potersi servire del salotto e io mi ritiravo nella mia camera. Si scusava sempre per l'incomodo che mi arrecava.

«Sono costretto a servirmi di questa stanza come di un ufficio» diceva. «Questi sono miei clienti.»

Era un'ottima occasione per rivolgergli una domanda a bruciapelo, ma un senso di delicatezza mi impediva sempre di costringerlo a confidarsi con me. Credevo, allora, che Holmes avesse qualche serio motivo per non rivelarmi la professione che esercitava, ma ben presto mi tolse questa idea parlando sponta neamente dell'argomento.

Era il 4 di marzo (e io ho i miei buoni motivi per ricordarmene). Mi alzai un po' prima del solito e trovai Sherlock Holmes che ancora non aveva finito la prima colazione. La padrona di casa si era tanto assuefatta alle mie abitudini da dormiglione che non mi aveva preparato il posto a tavola. Con l'irragionevole petulanza del genere umano, suonai il campanello e annunciai bruscamente che aspettavo il caffè, poi presi una rivista che era sulla tavola e tentai di ammazzare il tempo leggendo, mentre il mio compagno sbocconcellava in silenzio il pane tostato. Uno degli articoli aveva un segno a matita vicino al titolo e. naturalmente, cominciai a scorrerlo.

Il titolo, alquanto pretenzioso, era *Il libro della vita*. Nell'articolo si tentava di dimostrare quanto potesse ricavare un buon osservatore da un esame accurato e sistematico di tutto ciò che gli capitava sott'occhio. Quel testo mi parve un singolare miscuglio dı acume e assurdità. Il ragionamento era conciso e serrato, ma le deduzioni mi sembravano campate in aria ed eccessive. L'autore asseriva di poter sondare i più intimi pensieri di un uomo attraverso un espressione momentanea, una contrazione muscolare o una rapida occhiata. La simulazione, secondo lui, era una cosa impossibile al cospetto di una persona abituata all'osservazione e all'analisi. Le sue conclusioni erano presentate come infallibili al pari dei teoremi di Euclide. I risultati da lui esposti sarebbero apparsi così sconcertanti al profano che chiunque, prima di aver afferrato i processi attraverso i quali l'autore vi era giunto l'avrebbe facilmente considerato uno stregone.

Affermava l'autore:

> Da una goccia d'acqua un ragionatore logico potrebbe dedurre la possibile esistenza di un Atlantico o di una cascata del Niagara

senza averli visti e senza aver mai sentito parlare né dell'uno né dell'altra. Così, tutta la vita è una grande catena la cui natura si rivela a chiunque ne osservi un solo anello. Come tutte le altre arti, la scienza della deduzione e dell'analisi può essere acquisita soltanto attraverso uno studio lungo e paziente, né la vita è abbastanza lunga perché un qualsiasi mortale possa raggiungere il più alto grado di perfezione in questo campo. Prima di occuparsi di quegli aspetti morali e cerebrali della questione che presentano le maggiori difficoltà, lo studioso affronti i problemi più elementari. Incontrando un suo simile, impari a dedurne a prima vista la storia e il mestiere o la professione che esercita. Per quanto possa sembrare puerile, questo esercizio acuisce lo spirito di osservazione e insegna dove si deve guardare e che cosa si deve cercare. Dalle unghie di un uomo, dalle maniche della sua giacca, dalle scarpe, dalle ginocchia dei calzoni, dalle callosità delle dita, dall'espressione, dai polsini della camicia... da ognuna di queste cose si può avere la rivelazione del mestiere di un uomo. Che tutte queste cose messe assieme, poi, possano mancare di illuminare l'indagatore che sa il fatto suo, è virtualmente inconcepibile.

«Che ineffabile guazzabuglio!» esclamai buttando la rivista sulla tavola. «Non ho mai letto un simile mucchio di sciocchezze in vita mia.»

«Che cos'è?» domandò Sherlock Holmes.

«Ma questo articolo!» soggiunsi servendomi, per indicarlo, del cucchiaino con cui stavo mangiando un uovo. «Immagino che l'abbia letto, dato che ci ha fatto un segno a matita. Non nego che sia scritto con intelligenza, ma nello stesso tempo è irritante. Si tratta, evidentemente, delle teorie di qualche sfaccendato che si diletta di tutti questi paradossi standosene in poltrona nel proprio studio. Non possono avere applicazione pratica. Mi piacerebbe vederlo in una carrozza di terza classe della ferrovia sotterranea e pregarlo di indicarmi il mestiere di tutti i suoi compagni di viaggio. Scommetterei mille a uno contro di lui.»

«Perderebbe i suoi quattrini» rispose Holmes con calma. «Quanto all'articolo, l'ho scritto io.»

«Lei!»

«Sì. Ho una certa tendenza per l'osservazione e per la deduzione. Le teorie che ho espresso in quell'articolo, e che a lei sembrano chimeriche, sono estremamente pratiche... tanto che io ci vivo sopra.»

«In che modo?» domandai, mio malgrado.

«Ecco, esercito una professione tutta mia particolare. Credo di essere l'unico al mondo. Sono investigatore-consulente... ma non so se riesce a capire quello che significa. Qui, a Londra, abbiamo una quantità di investigatori appartenenti alla polizia e un buon numero di investigatori privati. Quando questi bravi signori si trovano disorientati, vengono da me e io riesco a metterli sulla buona pista. Mi espongono tutti gli indizi e io, in generale, con l'aiuto delle mie cognizioni in fatto di storia giudiziaria, riesco a illuminarli. C'è una forte analogia tra i vari misfatti... come un'aria di famiglia... e se lei ha sulla punta delle dita i particolari di novecentonovantanove misfatti, è ben difficile che non riesca a chiarire il millesimo. Lestrade è un investigatore notissimo; recentemente si è trovato arenato nelle indagini relative a un caso di falsificazione, ed ecco perché è stato qui varie volte.»

«E le altre persone?»

«Per lo più sono mandate dagli uffici di investigazione privata. Tutti si trovano in difficoltà per una ragione o per l'altra e hanno bisogno di consiglio. Io ascolto la loro storia, loro ascoltano i miei commenti, dopo di che intasco la parcella.»

«In altre parole, lei afferma che senza allontanarsi da casa può sciogliere dei nodi che altri uomini non riescono a sciogliere, benché abbiano visto con i loro occhi ogni particolare?»

«Esattamente. Ho una specie di potere intuitivo, in quel senso. Di quando in quando si presenta un caso più complesso degli altri. Allora devo darmi da fare e andare a vedere le cose con i miei occhi. Vede, possiedo una quantità di nozioni particolari che applico ai problemi e che mi facilitano in modo meraviglioso. Le regole esposte in quell'articolo che l'ha fatta sogghignare mi sono preziose e io le applico praticamente nel mio lavoro. In me, lo spirito di osservazione è una seconda natura. Lei è rimasto stupito quando le ho detto, al nostro primo incontro, che veniva dall'Afghanistan.»

«Senza dubbio, qualcuno glielo aveva detto.»

«Niente di tutto ciò. Io ho capito che lei veniva dall'Afghanistan. Per lunga abitudine il lavorio dei miei pensieri è così rapido che sono arrivato a quella conclusione senza essere conscio dei passaggi intermedi. Però ci sono stati dei passaggi intermedi. Ecco il filo del mio ragionamento: quest'uomo ha qualcosa del medico, ma anche qualcosa del militare. Evidentemente un medico militare. È reduce dai Tropici, poiché ha il viso molto scuro, ma quello non è il suo colorito naturale, dato che ha i polsi chiari. Ha subito privazioni e malattie, come dimostra il suo viso emaciato. Inoltre è stato ferito al braccio sinistro. Lo tiene in una posizione rigida e poco naturale. In quale paese dei Tropici un medico dell'esercito britannico può essere stato costretto a sopportare dure fatiche e privazioni, e avere riportato una ferita a un braccio? In Afghanistan, naturalmente. S'intende che il mio cervello ha impiegato meno di un secondo a formulare questo seguito di pensieri. Allora le ho detto che veniva dall'Afghanistan, e lei è rimasto sbalordito.»

«Spiegata così, la cosa sembra abbastanza semplice» dissi sorridendo. «Lei mi ricorda il Dupin di Edgar Allan Poe. Non avevo idea che simili persone esistessero nella vita reale.»

Sherlock Holmes si alzò e accese la pipa.

«Senza dubbio crede di farmi un complimento paragonandomi a Dupin» osservò. «Ora, secondo la mia opinione, Dupin era un mediocre. Quel suo trucco di *intervenire* nei pensieri del suo amico, dopo un quarto d'ora di silenzio, è pretenzioso e superficiale. Senza dubbio Dupin aveva una certa capacità analitica, ma non era quel famoso fenomeno che Poe sembrava considerarlo.»

«Ha letto le opere di Gaboriau?» domandai. «Lecoq è all'altezza della sua concezione dell'investigatore ideale?»

Sherlock Holmes sbuffò sorridendo ironicamente.

«Lecoq era un miserabile pasticcione» disse con tono stizzito. «Aveva una sola dote al suo attivo: l'energia. La lettura di *Monsieur Lecoq* mi ha dato addirittura la nausea. Il problema consisteva nell'identificare un prigioniero sconosciuto. Io avrei potuto risolverlo in ventiquattr'ore. Lecoq ci ha messo sei mesi. Quel romanzo potrebbe servire come libro di testo agli investigatori perché imparino quello che devono evitare.»

Mi sentivo alquanto irritato sentendo demolire due personaggi che ammiravo molto. Mi avvicinai alla finestra e rimasi a osservare il movimento della via. Forse quell'uomo era molto intelligente, pensavo, ma era, senza dubbio, un presuntuoso.

«Al giorno d'oggi non esistono più né delitti né delinquenti» soggiunse Holmes in tono scoraggiato. «A che serve possedere dell'intelligenza nella nostra professione? So benissimo di avere le doti necessarie per rendere famoso il mio nome. Non c'è, e non c'è mai stato un uomo al mondo che si sia dedicato alle indagini criminologiche con la mia profondità di cognizioni e con la mia abilità innata. Ma quali sono i risultati? Non ci sono delitti da mettere in luce o, tutt'al più, c'è qualche grossolano reato con un movente così palese, che persino i funzionari di Scotland Yard riescono a scorgerlo a prima vista.»

Ero ancora contrariato da quel suo parlare tronfio. Preferii cambiare argomento.

«Chissà che cosa cerca quell'uomo laggiù?» dissi additando un individuo aitante, vestito modestamente, che camminava lentamente su e giù per il marciapiede di fronte, scrutando i numeri delle porte. Teneva in mano una grossa busta azzurra e aveva tutta l'aria di doverla consegnare a qualcuno.

«Allude a quell'ex sergente di marina?» mi domandò Sherlock Holmes.

"Che gradassata!" pensai. "Sa benissimo che non posso controllare la sua ipotesi."

Questo pensiero aveva appena attraversato la mia mente, quando l'uomo che osservavamo avvistò il numero della nostra porta e attraversò la strada alla svelta.

Al piano di sotto, il campanello trillò forte. Subito dopo udimmo una voce profonda, poi un rumore di passi sulle scale.

«Per il signor Sherlock Holmes» disse il giovanotto entrando nel soggiorno e porgendo la busta al mio amico.

Era un'ottima occasione per far calare le arie a Holmes. Lui, certo, non l'aveva prevista quando aveva arrischiato quella sua asserzione a casaccio.

«Se non sono indiscreto,» domandai al nuovo venuto «che mestiere fa?»

«Fattorino, signore» rispose lui bruscamente. «Sono in borghese perché ho la divisa in riparazione.»

«E prima, che cosa faceva?» insistetti ancora, lanciando un'occhiata maliziosa al mio coinquilino.

«Ero sergente, signore, sergente della fanteria di marina. C'è risposta, signor Holmes? No? Benissimo.»

Unì i talloni con un colpo secco, abbozzò un saluto militare e uscì.

3
Il mistero di Lauriston Gardens

Confesso che rimasi molto sconcertato da quell'episodio che confermava il carattere pratico delle teorie di Sherlock Holmes. Il mio rispetto per le sue facoltà analitiche crebbe enormemente. Tuttavia c'era ancora, annidato nel mio cervello, il sospetto che la cosa potesse essere stata preordinata per abbagliarmi; d'altra parte non riuscivo a capire per quale scopo Holmes si sarebbe preso tanto disturbo per farmi cadere in inganno.

Quando lo guardai, aveva finito di leggere il messaggio, e i suoi occhi avevano assunto l'espressione assente e vacua che avevano sempre quando era assorto a meditare.

«Come diavolo ha fatto a capirlo?» domandai.

«A capire che cosa?» borbottò Holmes in tono irritato.

«A capire che quello era un ex sergente di marina.»

«Non ho tempo per queste inezie» mi rispose lui brusco, poi sorrise. «Scusi se sono scortese. Ha interrotto il filo dei miei pensieri. Ma forse è meglio. Sicché, lei non era riuscito a capire che quell'uomo era un sergente di marina?»

«No davvero.»

«Per me è stato più facile intuirlo di quanto non lo sia spiegarle come ho fatto. Se le chiedessi di provare se due più due fanno quattro, forse si troverebbe in difficoltà; eppure è una cosa di cui è sicurissimo. Anche da un capo all'altro della via sono riuscito a vedere una grande ancora tatuata in blu sul dorso della mano di quel giovanotto. È una cosa che, diciamo così, puzza di mare. D'altra parte, l'amico aveva un portamento militaresco e le basette tipiche dei marinai di Sua Maestà britannica. Dunque era un marinaio. Aveva, però, una cert'aria d'importanza, l'atteggiamento di chi è abituato a comandare. Avrà osservato il portamento della testa e il modo con cui dondolava il bastone. Non poteva essere un ufficiale, data la modestia del vestiario, e quindi, a occhio e croce, ho pensato che doveva essere un sergente.»

«Straordinario!» esclamai.

«Banalissimo!» ribatté Holmes, ma dalla sua faccia capii che si compiaceva della mia meraviglia e della mia ammirazione. «Le ho detto, poco fa, che non ci sono più grandi delinquenti. A quanto pare avevo torto... guardi.»

Mi porse il biglietto che il fattorino gli aveva portato.

«Perdiana!» esclamai scorrendolo rapidamente. «È terribile!»

«Parrebbe proprio una faccenda fuori dal comune» soggiunse Holmes con calma. «Le dispiace leggere a voce alta?»

Ecco la lettera che gli lessi:

Caro signor Holmes,

è successo un fatto grave durante la notte, al numero 3 di Lauriston Gardens, nelle adiacenze di Brixton Road. Il nostro uomo di ronda nella via ha visto una luce, verso le due del mattino, in quella casa, che è disabitata. Ha subito sospettato qualcosa di irregolare e ha compiuto un sopralluogo. Ha trovato la porta aperta e, nella stanza anteriore completamente vuota, ha rinvenuto il cadavere di un signore ben vestito che, dalle carte che aveva in tasca, risulterebbe essere certo Enoch J. Drebber di Cleveland Ohio, Stati Uniti. Non vi è stata rapina, né esiste alcun indizio sul modo con cui quell'uomo ha trovato la morte. Vi sono tracce di sangue nella stanza, ma la salma non presenta alcuna ferita. Non riusciamo a capire come sia arrivato in quella casa vuota. Insomma, tutta la faccenda è un autentico rompicapo. Se ha la possibilità di fare una scappata alla casa di Lauriston Gardens, mi troverà fino alle dodici. Lascio ogni cosa intatta, in attesa di sue notizie. Se non può venire, le fornirò ampi particolari e le sarò infinitamente grato se vorrà cortesemente esprimere la sua opinione in proposito.

Cordialmente,

Tobias Gregson

«Gregson è il miglior elemento di Scotland Yard» mi spiegò il mio amico. «Lui e Lestrade sono gli unici che valgono qualcosa tra quella marmaglia. Sono dotati entrambi di prontezza e di energia. Ma sono convenzionali nei loro metodi... terribilmente convenzionali. Inoltre c'è della rivalità professionale, fra loro. Ci sarà da ridere con questa faccenda, se i superiori li sguinzaglieranno tutti e due sulla pista.»

Ero sbalordito dalla calma con cui Holmes si dilungava su quei particolari.

«Mi pare che non ci sia un momento da perdere!» esclamai. «Vuole che vada a cercarle una carrozza?»

«Non ho ancora deciso se andare o no. Sono il più incurabile pigrone che mai abbia calzato scarpe... cioè, lo sono quando mi prendono le crisi d'inerzia, poiché alle volte riesco a essere molto attivo.»

«Ma si tratta proprio dell'occasione che sospirava!»

«Caro amico, che me ne importa di quella faccenda? Anche ammesso che io riesca a metterla in chiaro, può star certo che Gregson, Lestrade e compagni si prenderanno tutto il merito. Questo succede a essere investigatori ufficiosi.»

«Ma Gregson la prega di aiutarlo.»

«Sì. Gregson sa che gli sono superiore e, con me, lo riconosce. Ma si farebbe tagliare la lingua prima di confessarlo a una terza persona. Però, tutto considerato, tanto vale andare a dare un'occhiata. Chiarirò il mistero per conto mio. Se non altro, mi prenderò il gusto di ridere alle loro spalle. Andiamo!»

S'infilò frettolosamente il soprabito e si mise a gironzolare per la stanza: un accesso di energia era subentrato a quello di pigrizia.

«Prenda il cappello» mi disse ancora.

«Vuole che venga anch'io?»

«Sì, se non ha di meglio da fare.»

Un minuto dopo eravamo entrambi su una carrozza e correvamo a tutta velocità verso Brixton Road.

Era una mattinata nebbiosa e sopra i tetti delle case gravitava un velo brunastro che sembrava rispecchiare la superficie fangosa delle vie. Il mio compagno era di ottimo umore e non faceva altro che parlare dei violini di Cremona e della differenza tra uno Stradivari e un Amati. Io, invece, me ne stavo zitto, poiché il tempo uggioso e il carattere macabro della nostra spedizione mi deprimevano lo spirito.

«Mi sembra che lei si preoccupi poco della faccenda all'ordine del giorno» osservai finalmente, interrompendo la disquisizione musicale di Holmes.

«Non ho ancora nessun dato» mi rispose lui. «È un gravissimo errore formulare delle ipotesi senza avere tutti gli indizi in mano. Ci si formano dei preconcetti.»

«Non tarderà ad avere tutti i dati necessari» dissi a mia volta, puntando l'indice. «Questa è Brixton Road e laggiù c'è la casa di cui si tratta, se non erro.»

«È vero. Ehi, cocchiere, si fermi.»

Eravamo ancora a un centinaio di metri di distanza, ma Holmes volle che scendessimo, e terminammo il tragitto a piedi. Il numero 3 di Lauriston Gardens aveva un aspetto di malaugurio. Faceva parte di un gruppo di quattro stabili alquanto arretrati dalla via. Due erano abitati e due no. Questi ultimi guardavano con tre file di finestre smantellate e malinconiche verso Lauriston Gardens. Qua e là, in quegli occhi rettangolari e appannati, spiccava, come una cataratta, il cartello AFFITTASI. Un giardinetto cosparso di piante inaridite separava ognuna delle case dal marciapiede, ed era attraversato da un vialetto dal fondo giallastro che, a quanto sembrava, era formato da un misto di argilla e ghiaia. Il terreno era molle a causa della pioggia caduta durante la notte. Circondava il giardino un muricciolo alto meno di un metro, su cui si ergeva una staccionata. Contro questa staccionata stava appoggiato un aitante poliziotto attorniato da una piccola folla di curiosi che allungavano il collo e aguzzavano gli occhi nella vana speranza di intravedere ciò che accadeva all'interno della casa.

Mi ero immaginato che Sherlock Holmes si precipitasse subito nel villino per dedicarsi allo studio del mistero, ma nulla sembrava più lontano dalle sue intenzioni.

Con un'aria noncurante che, date le circostanze, rasentava l'affettazione, si mise a passeggiare su e giù per il marciapiede, fissando con occhio attento il terreno, il cielo, le case di fronte e la palizzata. Terminato quell'esame, s'incamminò lentamente per il sentiero, o meglio lungo la striscia erbosa che lo fiancheggiava, continuando a fissare il terreno. Due volte si fermò; una volta lo vidi sorridere e gli udii borbottare un'esclamazione soddisfatta. C'erano molte orme sulla terra argillosa e bagnata ma, poiché i poliziotti erano andati e venuti chissà quante volte, non capivo come il mio compagno potesse sperare di scoprire qualche indizio. D'altra parte, dopo le straordinarie prove che avevo avuto riguardo alla rapidità delle sue percezioni, ero persuaso che lui potesse scorgere molte cose invisibili ai miei occhi.

Alla porta di casa ci ricevette un uomo alto dalla carnagione bianca e dai capelli color canapa, che aveva un taccuino in mano Strinse la mano a Holmes con grande effusione.

«È stato molto gentile a venire» disse. «Ho lasciato ogni cosa intatta.»

«A eccezione di quello» ribatté il mio amico additando il sentiero. «Se ci fosse passato un branco di bufali, non avrebbe potuto fare un disastro peggiore. Ma, senza dubbio, lei aveva già tratto le sue conclusioni, Gregson, prima di permettere una cosa simile.»

«Ho avuto tanto da fare nella casa» disse l'investigatore evasivamente. «C'è qui il mio collega Lestrade. Speravo che ci pensasse lui.»

Holmes mi guardò inarcando le sopracciglia con un'espressione sardonica, poi tornò ad apostrofare il funzionario.

«Con due uomini come lei e Lestrade sulla pista, non ci sarà molto da fare per un terzo.»

Gregson si stropicciò le mani con aria tronfia.

«Credo che abbiamo già fatto tutto quello che si poteva» rispose. «Però la faccenda è strana, e io so che lei ha la passione per casi del genere.»

«È arrivato in carrozza?» domandò Sherlock Holmes.

«No.»

«Nemmeno Lestrade?»

«Nemmeno lui.»

«Allora andiamo subito a dare un'occhiata alla stanza.»

Senza avere l'aria di accorgersi che le sue parole sembravano illogiche e incongruenti, Holmes avanzò nell'anticamera, seguito da Gregson, il cui viso tradiva una profonda meraviglia.

Un breve corridoio dal pavimento polveroso portava alla cucina e ai locali di servizio. Due usci si aprivano, a destra e a sinistra. Uno era palesemente chiuso da parecchie settimane, l'altro apparteneva a quella che doveva essere stata la sala da pranzo.

Era per l'appunto la stanza dove si era svolto il misterioso dramma. Holmes entrò e io lo seguii, invaso da quel senso di sacro rispetto che sempre ispira la presenza della morte.

L'ambiente era quadrato e sembrava più vasto per l'assenza di mobili. Una carta da parati, volgarissima, a tinte violente, rivestiva le pareti, ma era macchiata qua e là di muffa e, in alcuni punti, pendeva a brandelli, rivelando l'intonaco giallastro. Di fronte all'uscio c'era un camino ornamentale, sormontato da una mensola di finto marmo bianco. In un angolo della mensola era fissato un mozzicone di candela di cera rossa. L'unica finestra era tanto sudicia che la luce sembrava penetrare a fatica, dando a ogni cosa una tinta grigiastra, accentuata dal denso strato di polvere che ricopriva tutta la stanza.

Quei particolari li osservai più tardi. Al momento la mia attenzione era concentrata sulla macabra figura che giaceva sul pavimento, con gli occhi spenti, fissi verso il soffitto macchiato. Era un uomo sui quarantatré o quarantaquattro anni, di statura media, con le spalle larghe, i capelli neri ricciuti e una barbetta corta e ispida. Portava la finanziera e il panciotto di pesante panno nero, e i calzoni chiari. Il colletto e i polsini erano immacolati. Un cilindro in perfette condizioni era posato al suolo accanto a lui. Il morto aveva i pugni chiusi e le braccia allargate, mentre le gambe erano attorcigliate l'una sull'altra come se l'agonia fosse stata penosissima. Il viso aveva un'espressione di orrore e, mi parve, di odio, quale non avevo mai visto su volto umano. Quell'atroce e malvagia contrazione dei lineamenti, unita alla fronte bassa, al naso camuso e alla mascella prognatica, gli davano un aspetto scimmiesco che la posa contorta e innaturale accentuava. Ho visto la morte sotto molte forme, ma mai mi era apparsa con un aspetto tanto orrendo come in quella macabra stanza prospiciente una delle principali arterie della periferia londinese.

Lestrade, con la sua solita aria da furetto se ne stava presso la porta. Salutò Holmes e me.

«Questo sarà un caso clamoroso, signor Holmes» osservò. «Batte tutti i precedenti che conosco... e non sono un novellino.»

«Nessun indizio?» domandò Gregsor

«Nessuno» rispose Lestrade

Sherlock Holmes si avvicinò alla salma, s'inginocchiò e la esaminò attentamente.

«Siete sicuri che non ci siano ferite?» domandò additando le chiazze di sangue sparse tutt'attorno.

«Sicurissimi!» risposero in coro i due investigatori.

«Allora questo sangue appartiene a un secondo individuo... presumibilmente all'assassino, se c'è stato un delitto. Mi tornano in mente le circostanze che accompagnarono la morte di van Jansen, a Utrecht, nel 1834. Si rammenta il caso, Gregson?»

«Nossignore.»

«Legga quella storia... dovrebbe interessarle. Non c'è niente di nuovo sotto il sole, tutto è già stato fatto prima.»

Mentre parlava, le sue dita agilissime svolazzavano di qua e di là, un po' dappertutto, tastando, premendo, esaminando, mentre i suoi occhi avevano quella stessa espressione svagata che ho già descritto. L'esame fu compiuto con tale sveltezza che nessuno avrebbe mai intuito la minuziosità con cui era stato condotto. Infine fiutò le labbra del morto e osservò le suole delle sue scarpe di vernice.

«Non è stato spostato per niente?» domandò.

«Non più di quanto era necessario per esaminarlo.»

«Be', potete trasportarlo all'obitorio» concluse Holmes. «Non c'è nient'altro da appurare.»

Gregson aveva già una barella e quattro uomini nelle vicinanze. Al suo richiamo entrarono nella stanza. Lo sconosciuto fu caricato sulla barella e trasportato via. Mentre lo sollevavano, un anellino cadde e rotolò sul pavimento. Lestrade lo afferrò guardandolo accigliato.

«Qui c'è stata una donna!» esclamò. «Questa è la fede nuziale di una donna.»

Teneva l'anellino sul palmo della mano. Ci stringemmo tutti attorno a lui e guardammo l'anello.

«Questo complica la faccenda» osservò Gregson. «E Dio sa se era già abbastanza complicata.»

«È sicuro che, invece, non la semplifichi?» domandò Holmes. «Finché stiamo a contemplare quella fede, non possiamo fare progressi. Che cosa gli avete trovato in tasca?»

«Abbiamo tutto qui» rispose Gregson additando un mucchietto di oggetti su uno degli ultimi gradini della scala. «Un orologio d'oro, n. 97173 della ditta Barraud di Londra. Una catena d'oro pesante. Un anello d'oro con un contrassegno massonico. Una spilla d'oro foggiata a testa di mastino con gli occhi di rubino. Portacarte in cuoio di Russia con biglietti da visita intestati a Enoch J. Drebber di Cleveland, nome che corrisponde alle iniziali E.J.D. sulla biancheria. Niente portafogli, denaro sparso per le tasche per un ammontare di sette sterline e tredici scellini. Edizione tascabile del *Decamerone* di Boccaccio, con il nome di Joseph Stangerson sulla prima pagina. Due lettere: una indirizzata a E.J. Drebber e una a Joseph Stangerson.»

«A quale indirizzo?»

«American Exchange, Strand, Londra. Provengono entrambe dalla Compagnia di navigazione Guion e si riferiscono alla partenza di un piroscafo della Compagnia da Liverpool. È evidente che quel poveretto era in procinto di ritornare a New York.»

«Avete indagato sul conto di quello Stangerson?»

«Me ne sono occupato subito» dichiarò Gregson. «Ho mandato un annuncio a tutti i giornali, e uno dei miei uomini è andato all'American Exchange, ma non è ancora ritornato.»

«Avete chiesto informazioni a Cleveland?»

«Abbiamo telegrafato stamane.»

«Come avete formulato la richiesta?»

«Abbiamo semplicemente esposto le circostanze, dicendo che desideriamo qualunque informazione disponibile.»

«Non avete richiesto particolari su qualche determinato punto che sembrasse importante?»

«Abbiamo chiesto informazioni anche su Stangerson.»

«Nient'altro? Non c'è nessuna circostanza su cui questa faccenda sembri imperniata? Non vorreste telegrafare di nuovo?»

«Ho già detto tutto quello che avevo da dire» scattò Gregson in tono offeso.

Sherlock Holmes fece una risatina sommessa, poi parve sul punto di aggiungere qualcosa, ma Lestrade, che si trovava nella stanza anteriore, mentre noi confabulavamo nell'anticamera, riapparve stropicciandosi le mani con aria tronfia e soddisfatta.

«Signor Gregson,» annunciò «ho fatto una scoperta della

massima importanza... Si tratta di un particolare che ci sarebbe sfuggito se io non avessi esaminato minuziosamente le pareti.»

Mentre parlava, gli scintillavano gli occhi; esultava, evidentemente, per aver guadagnato un punto rispetto al collega.

«Venite» disse, e con fare concitato ci riportò nella stanza la cui atmosfera pareva essersi schiarita dopo la rimozione del macabro inquilino.

«Ecco, mettetevi qui!»

Accese un fiammifero sulla suola della scarpa e lo avvicinò alla parete. «Guardate!» annunciò trionfante.

Avevo già osservato che la tappezzeria cadeva a brandelli, in alcuni punti. In quell'angolo della stanza ne mancava un gran pezzo e c'era un rettangolo d'intonaco giallo completamente scoperto. Su quello spazio nudo era scarabocchiata con il sangue una sola parola:

RACHE

«Che ne dite?» proruppe il funzionario con il tono dell'imbonitore che decanta lo spettacolo del suo baraccone. «Ci era sfuggito perché questo è l'angolo più scuro della stanza, e nessuno ha pensato di esaminarlo. L'assassino... o l'assassina, ha scritto quella parola con il proprio sangue.

«Guardate questa macchia che è colata giù per il muro! Con questo, almeno, si può escludere l'ipotesi del suicidio. E perché è stato scelto proprio quell'angolo di muro per scrivervi sopra? Ve lo dirò io: la candela che è sulla mensola era accesa, al momento, quindi l'angolo era il più illuminato anziché il più buio della stanza.»

«E adesso che ha trovato quella scritta, cosa significa?» domandò Gregson in tono sprezzante.

«Che significa?! Diamine, significa che qualcuno stava per scrivere il nome femminile Rachel, ma è stato interrotto prima di poter finire. Credete a me, quando avremo chiarito questa faccenda scopriremo che c'entra una donna di nome Rachel. Può ridere finché le pare e piace, signor Sherlock Holmes. Lei sarà astuto e intelligente, ma il vecchio segugio è sempre il migliore, tutto considerato.»

«Chiedo umilmente scusa» disse il mio compagno, che aveva

irritato l'ometto scoppiando in una sonora risata. «Senza dubbio lei ha il merito di avere scoperto quella scritta per primo. Come giustamente dice, ha tutta l'aria di essere stata vergata dal secondo personaggio del dramma di ieri notte. Non ho ancora avuto il tempo di esaminare la stanza, ma lo farò ora, con il suo permesso.»

Mentre parlava, trasse di tasca un metro e una grossa lente d'ingrandimento, rotonda. Armato di quei due strumenti si mise a trotterellare in silenzio per la stanza, fermandosi qua e là e, di quando in quando, inginocchiandosi. Una volta si sdraiò addirittura al suolo. Era così assorto che sembrava essersi dimenticato della nostra presenza. Infatti continuava a parlare da solo, sottovoce, prorompendo di continuo in esclamazioni, sbuffate, fischi e piccole grida di giubilo e di speranza. Mentre lo osservavo non potevo fare a meno di paragonarlo a un segugio di razza, ben allenato, intento a inseguire la preda. Per più di venti minuti continuò le proprie ricerche misurando con la massima cura la distanza che separava tracce a me invisibili e, di tanto in tanto, applicando il metro alle pareti in un modo incomprensibile. In un punto raccolse con cura dal suolo un mucchietto di polvere grigia e lo ripose in una busta. Infine esaminò con la lente d'ingrandimento la parola scritta sul muro, scrutando minuziosamente ogni lettera. Dopo di che parve soddisfatto e si rimise in tasca il metro e la lente d'ingrandimento.

«Dicono che il genio consiste in un'illimitata capacità di curare i particolari» osservò sorridendo. «È una pessima definizione, ma si applica al lavoro dell'investigatore.»

Gregson e Lestrade avevano seguito le manovre del loro collega dilettante con molta curiosità e con una certa dose di disprezzo. Evidentemente non capivano che anche le più insignificanti azioni di Sherlock Holmes erano tutte rivolte a un fine pratico e ben definito, cosa di cui io cominciavo a rendermi conto.

«Che ne pensa?» domandarono entrambi.

«Se tentassi di aiutarvi, farei la figura del presuntuoso e vi ruberei il merito delle indagini» rispose il mio amico. «Avete già fatto tali progressi, che sarebbe un peccato se qualcun altro ficcasse il naso nella faccenda.» Il suo tono trasudava sarcasmo. «Se mi terrete al corrente dell'andamento delle vostre indagini, sarò felice di collaborare, nel limite delle mie possibilità. Intanto vorrei parlare con l'agente che ha trovato il cadavere. Potete fornirmene il nome e l'indirizzo?»

Lestrade guardò il proprio taccuino.

«È John Rance» rispose. «Non è in servizio, adesso. Lo troverà al numero 6 di Audley Court, Kennington Park Gate.»

Holmes prese nota dell'indirizzo.

«Venga, dottore» mi disse. «Andiamo a trovare Rance. Vi dirò una cosa che può aiutarvi nelle indagini» soggiunse rivolgendosi ai due investigatori. «Qui c'è stato un delitto, e l'assassino è un uomo. È alto oltre un metro e ottanta, è ancora giovane, ha i piedi piccoli per la sua statura, porta scarpe grossolane con la punta quadrata e, al momento del misfatto, fumava un sigaro Trichinopoly. È arrivato assieme alla vittima, su una carrozza a quattro ruote, tirata da un cavallo che aveva tre ferri vecchi e uno nuovo allo zoccolo anteriore sinistro. Con tutta probabilità l'assassino ha il viso florido e le unghie della mano destra notevolmente lunghe. Queste sono soltanto piccole indicazioni, ma può darsi che vi giovino.»

Lestrade e Gregson si guardarono con un sorriso incredulo.

«Se quell'uomo è stato vittima di un assassinio, in che modo è stato ucciso?» domandò il primo.

«Veleno» rispose laconicamente Sherlock Holmes, e s'incamminò ma, arrivato sulla soglia, si voltò e disse: «Un'altra cosa, Lestrade: *rache* in tedesco significa "vendetta", quindi non perda tempo a cercare la signorina Rachel».

E con quella frecciata Sherlock Holmes si allontanò, lasciando i due rivali a bocca aperta.

4
Ciò che John Rance aveva da raccontare

Era l'una quando uscimmo dalla casa di Lauriston Gardens. Sherlock Holmes mi trascinò al più vicino ufficio telegrafico da dove spedì un lungo telegramma. Poi chiamò una carrozza e ordinò al cocchiere di condurci all'indirizzo che ci aveva fornito Lestrade.

«Le informazioni di prima mano sono sempre le migliori» osservò Holmes. «A dire la verità, io ho già una tesi completa, riguardo a questo delitto, ma tanto vale raccogliere tutti i dati possibili.»

«Mi sbalordisce, Holmes» dissi. «Non può essere sicuro di tutti i particolari che ha dato a quei due.»

«Non esiste possibilità di errore» rispose lui. «Per prima cosa, quando sono arrivato in Lauriston Gardens ho osservato che le ruote di una carrozza avevano lasciato un duplice solco presso il marciapiede. Ora, fino a ieri sera non pioveva da una settimana, quindi quei solchi dovevano essere stati prodotti durante la notte. C'erano anche le impronte degli zoccoli del cavallo, una delle quali era assai più nitida delle altre tre, prova evidente che si trattava di uno zoccolo ferrato di recente. Siccome la carrozza è arrivata sul luogo dopo che ha cominciato a piovere, ma non durante la mattina (su questo punto ho la testimonianza di Gregson), ne consegue che dev'essere arrivata durante la notte e che, quindi, ha portato i due sconosciuti alla casa del numero 3.»

«Sembra abbastanza semplice» mormorai. «Ma come ha fatto a calcolare la statura del secondo uomo?»

«Diamine, la statura di un uomo, in nove casi su dieci, si può calcolare dalla lunghezza del passo. È un calcolo abbastanza semplice, ma è inutile che io stia a tediarla con le cifre. Ho potuto osservare la lunghezza del passo di quell'uomo tanto sul terreno argilloso all'esterno quanto sul pavimento polveroso all'interno. Inoltre ho trovato il modo di controllare l'esattezza dei miei calcoli. Quando una persona scrive su un muro, l'istinto la porta a scrivere all'altezza dei suoi occhi. Ebbene, quella scritta era circa a un metro e ottanta dal suolo. Un giochetto da bambini.»

«E l'età?» domandai ancora.

«Be', se un uomo può fare dei passi lunghi più di un metro e venti senza il minimo sforzo, non è possibile che sia anziano e che abbia degli acciacchi. Quella, infatti, è la larghezza di una pozzanghera che c'era sul sentiero del giardino e che, evidentemente, lo sconosciuto ha scavalcato. L'uomo dalle scarpe di vernice l'ha aggirata, ma quello dalle scarpe quadrate l'ha scavalcata. Non c'è nessun mistero. Mi limito ad applicare alla vita normale alcuni precetti dell'arte dell'osservazione e della deduzione che esponevo nel mio articolo. C'è qualcos'altro che la lascia perplesso?»

«La faccenda delle unghie e del sigaro Trichinopoly» confessai.

«Quella parola sul muro è stata scritta con un indice intriso di sangue. La lente d'ingrandimento mi ha consentito di osservare che l'intonaco è leggermente graffiato, cosa che non sarebbe accaduta se l'unghia di quell'indice fosse stata corta. Quanto al sigaro... ho raccolto un po' di cenere sparsa sul pavimento. Era di colore scuro e si presentava a falde. Soltanto il Trichinopoly produce una cenere simile. Ho studiato in modo particolare la cenere dei sigari, anzi ho scritto una monografia in proposito. Mi vanto di poter distinguere a prima vista la cenere di una qualsiasi qualità nota di sigaro o di tabacco. Proprio in simili particolari l'esperto investigatore differisce dai vari Gregson e Lestrade.»

«E il colorito florido?» domandai.

«Ah, quello è stato un colpo temerario, quantunque io sia convinto di avere ragione. Alla fase attuale delle indagini, non mi interroghi su questo punto.»

Mi passai una mano sulla fronte.

«Ho il cervello in subbuglio» dissi. «Più ci penso e più la faccenda mi pare misteriosa. Come hanno fatto quei due uomini (ammesso che ci fossero due uomini) a entrare in una casa vuota? Dov'è andato a finire il cocchiere che li ha portati in Lauriston

Gardens? Come ha potuto un uomo costringere l'altro a ingerire il veleno? Da dove veniva il sangue? Qual è stato il movente dell'assassinio, dal momento che si esclude la rapina? Come faceva quell'anello nuziale da donna a essere sotto il cadavere? E, soprattutto, perché il secondo uomo avrebbe scritto la parola tedesca RACHE prima di svignarsela? Confesso che non riesco a capire come si possano conciliare tutti questi fatti.»

Il mio compagno fece un sorriso di approvazione.

«Lei ha riassunto in modo chiaro e conciso le difficoltà del caso» dichiarò. «Varie cose sono ancora oscure, benché io mi sia formato ormai un concetto definitivo sui fatti principali. Quanto alla scoperta del povero Lestrade, si tratta semplicemente di un trucco per mettere fuori strada gli investigatori, inducendoli a pensare che ci siano di mezzo le società segrete e la politica. Ma quella parola non è stata scritta da un tedesco. La A, come avrà notato, imitava un po' il carattere gotico, ma un vero tedesco, quando scrive in stampatello, si serve dei caratteri latini, quindi possiamo ritenere con certezza che quella scritta è opera di un maldestro imitatore che ha voluto essere troppo furbo. Lo ripeto: si tratta di una semplice astuzia per sviare le indagini. Ma ora non voglio dirle niente di più, Watson. Sa bene che il prestigiatore perde il merito quando spiega i suoi trucchi. Se la mettessi troppo al corrente del mio metodo di lavoro, finirebbe con il concludere che, in fondo, io sono un uomo qualsiasi.»

«Non accadrà mai» risposi. «Quello che ha fatto per portare l'indagine all'altezza delle scienze esatte non sarà mai superato al mondo.»

Il mio compagno arrossì, lusingato per le mie parole e per il tono convinto con cui le avevo pronunciate. Mi ero già accorto che era sensibile alla lusinga, riguardo alla sua arte, quanto lo può essere una fanciulla riguardo alla propria bellezza.

«Le dirò un'altra cosa» soggiunse Holmes. «L'uomo con le scarpe di vernice e quello con le scarpe quadrate sono arrivati nella stessa carrozza e hanno percorso il sentiero insieme, come due buoni amici... probabilmente a braccetto. Quando sono entrati, si sono messi a camminare su e giù per la stanza... o meglio, quello con le scarpe di vernice si è fermato, mentre l'altro camminava avanti e indietro. Ho potuto leggere tutto ciò nella polvere, come pure ho potuto leggere che quell'uomo, mentre passeggiava, si accalorava sempre più. Lo dimostra il fatto che la lunghezza dei suoi passi è andata aumentando. Senza dubbio parlava a getto continuo, montando sempre più in collera. Poi è seguita la tragedia... E ora le ho detto tutto quello che so, poiché il resto è basato su congetture e supposizioni. Comunque, abbiamo una buona base di partenza. Dovremo affrettarci perché, nel pomeriggio, voglio andare al concerto di Norman Neruda.»

Durante questa conversazione, la nostra carrozza aveva percorso una lunga serie di strade squallide e di viuzze sudice. Nella più squallida e più sudicia il cocchiere si fermò all'improvviso

«Quella è Audley Court» disse indicando un vicoletto che pareva poco più di una fessura tra due muri di mattoni. «Vi aspetto qui, signori.»

Audley Court non era una località piacevole. Il vicolo sbucava in uno spiazzo rettangolare, pavimentato con ciottoli e delimitato da edifici miserabili. Ci aprimmo un varco tra una miriade di bimbi sporchi e attraverso varie file di corde da cui pendeva della biancheria macchiata, finché arrivammo al numero 6, la cui porta era decorata da una targhetta in ottone con il nome RANCE inciso. Ci dissero che l'agente era a letto e ci fecero passare in un salottino.

Rance apparve poco dopo. Era evidentemente seccato perché avevamo turbato il suo riposo.

«Ho già presentato il mio rapporto in ufficio» disse.

Holmes trasse di tasca una mezza sterlina con la quale si mise a giocherellare distrattamente.

«Abbiamo pensato che fosse preferibile ascoltare la storia dalla sua viva voce» disse.

«Sarò felice di fornire le informazioni che vi occorrono» rispose l'agente, con l'occhio fisso sulla moneta d'oro.

«Raccontateci com'è andata.»

Rance si sedette sul divano di crine e corrugò la fronte come se fosse deciso a non omettere alcun particolare.

«Comincerò dal principio» dichiarò. «Il mio orario va dalle dieci di sera alle sei del mattino. Alle undici è scoppiata una zuffa al White Hart Bar ma, a parte ciò, tutto era quieto nella mia zona. All'una è cominciato a piovere, e io mi sono incontrato con

Harry Murcher (l'agente che batte la zona di Holland Grove). Ci siamo fermati a chiacchierare all'angolo di Henrietta Street. Più tardi... saranno state le due... ho deciso di dare un'occhiatina in giro per vedere se tutto era a posto in Brixton Road. La strada era deserta. Non ho incontrato anima viva, ma sono passate due o tre carrozze. Procedevo pensando (in confidenza) che un doppio gin mi avrebbe fatto bene alla salute, quando, a un tratto, ho visto una luce a una finestra di quella casa. Ora, io sapevo che le due villette di Lauriston Gardens erano disabitate perché il proprietario non vuol far riparare gli impianti idraulici, benché l'ultimo inquilino che ha vissuto in una delle due sia morto di tifo. Quindi sono rimasto trasecolato vedendo una luce che filtrava dalla finestra, e ho sospettato subito qualcosa di anormale. Quando sono arrivato alla porta...»

«Si è fermato ed è ritornato al cancello» lo interruppe il mio compagno. «Perché?»

Rance sobbalzò sul divano e guardò Sherlock Holmes con gli occhi stralunati.

«Perdiana, è vero!» esclamò. «Ma lei come fa a saperlo? Vede, quando sono stato vicino alla porta ho avuto una tale sensazione di silenzio e di solitudine che ho pensato: "Be', se avessi con me qualcuno, sarebbe meglio". Io non ho paura di nessuno che appartenga a *questo* mondo... ma mi è venuto il dubbio che quel tale inquilino morto di tifo fosse ritornato nella casa a ispezionare gli impianti idraulici che gli sono costati la pelle. Quel pensiero mi ha fatto rabbrividire. Allora sono tornato al cancello nella speranza di vedere la lanterna di Murcher, ma non c'era tracc' né di lui né di nessun altro.»

«Non c'era proprio nessuno nella via?»

«Non un'anima, signor Holmes, nemmeno un cane. Mi sono fatto coraggio, sono ritornato indietro e ho spalancato la porta. Dentro c'era silenzio, e allora sono andato nella stanza illuminata. Una candela tremolava sulla mensola... una candela di cera rossa... e al lume della fiammella, ho visto...»

«So benissimo quello che ha visto. Ha fatto varie volte il giro della stanza, si è inginocchiato presso il cadavere, poi ha attraversato la casa per verificare se la porta della cucina era chiusa, dopo di che...»

John Rance balzò in piedi con la faccia spaventata e gli occhi sospettosi.

«Dov'era nascosto lei, per vedere tutto questo?» proruppe. «Mi pare che la sappia troppo lunga.»

Holmes rise e gettò il proprio biglietto da visita sulla tavola.

«Non si metta in mente di arrestarmi per questo delitto» disse. «Sono uno dei cacciatori, non la selvaggina. Il signor Gregson e il signor Lestrade saranno sempre disposti a garantire per me. Ma continui. Che cosa ha fatto dopo?»

Rance tornò a sedersi, ma appariva ancora disorientato.

«Sono tornato di nuovo al cancello e ho soffiato nel fischietto. Murcher e altri due agenti sono arrivati quasi subito.»

«E la strada era sempre deserta?»

«Be', parlando di persone che potevano servire a qualcosa, era praticamente deserta.»

«Come sarebbe a dire?»

Un largo sorriso apparve sulla faccia dell'agente.

«Ne ho visti di ubriachi, in vita mia,» soggiunse «ma non ne ho mai visto uno fradicio come quello che era in Lauriston Gardens, vicino al cancello, quando sono uscito. Stava appoggiato alla staccionata, e cantava a squarciagola. Non si reggeva in piedi... e tanto meno avrebbe potuto darmi una mano.»

«Che tipo era?» domandò Sherlock Holmes.

Rance parve alquanto irritato per quella digressione.

«Le dico che era ubriaco fradicio. L'avremmo portato al posto di polizia, se non avessimo avuto altro da fare.»

«Non ha notato che faccia aveva... com'era vestito?» lo interruppe Holmes, con impazienza.

«Certo che l'ho notato! Murcher e io abbiamo dovuto sorreggerlo. Era uno spilungone con la faccia rossa e aveva una sciarpa che lo imbacuccava fino al naso...»

«Basta così» scattò Holmes. «Dov'è andato a finire?»

«Avevamo ben altro da fare che occuparci di lui» brontolò il poliziotto in tono sdegnato. «Bene o male, avrà trovato la strada di casa, penso.»

«Com'era vestito?»

«Aveva un pastrano marrone.»

«Non aveva una frusta in mano?»

«Una frusta? No.»

«Chissà dove l'aveva lasciata» borbottò il mio compagno, sottovoce.

«Non ha sentito o visto una carrozza allontanarsi, subito dopo?»

«No.»

«Ecco una mezza sterlina» soggiunse Holmes alzandosi e prendendo il cappello. «Io temo, Rance, che lei non farà una brillante carriera. La testa che Dio le ha dato non dovrebbe servirle soltanto come ornamento. Avrebbe potuto conquistare i galloni da sergente, ieri notte. L'uomo che ha avuto nelle mani è quello che possiede la soluzione di questo mistero... è quello che cerchiamo. È inutile scendere nei particolari ora. È così, lo dico io. Andiamo, dottore.»

Uscimmo per raggiungere la carrozza che ci aspettava, lasciando il nostro informatore incredulo, ma palesemente a disagio.

«Che imbecille!» esclamò Holmes con amarezza, mentre ritornavamo a casa. «Pensare che gli è capitato un colpo di fortuna, e non ha saputo approfittarne!»

«Io brancolo ancora nel buio» confessai. «È vero che la descrizione di quell'uomo concorda con l'idea che lei si è fatto del secondo personaggio della tragedia, ma perché sarebbe ritornato in quella casa, dopo essersela svignata?»

«L'anello, benedetto uomo, l'anello! Ecco perché è ritornato indietro. Se non abbiamo altri mezzi per acciuffarlo, possiamo sempre adescarlo con l'anello. Lo prenderò, dottore. Sono pronto a scommettere con lei... due contro uno, che lo prenderò. Per tutto questo devo ringraziarla. Non sarei andato in Lauriston Gardens se non fosse stato per le sue esortazioni, e mi sarei lasciato sfuggire lo studio più interessante che mai mi sia capitato. *Uno studio in rosso*, no? Perché non dovremmo usare il linguaggio artistico? Nella matassa incolore della vita corre il filo rosso del delitto, e il nostro compito consiste nel dipanarlo, nell'isolarlo, nell'esporne ogni centimetro. E adesso... prima la colazione, poi il concerto di Norman Neruda. Le sue esecuzioni sono stupende. Qual è quel pezzo di Chopin che suona tanto bene? *Tra-la-la-lira-lira-la...*»

Il segugio dilettante si appoggiò all'indietro, contro lo schienale del sedile, continuando a cantare come un'allodola, mentre io meditavo sul carattere poliedrico della mente umana.

5

Il risultato di un annuncio

L'attività della mattinata era stata troppo intensa per la mia salute e, nel pomeriggio, ero esausto. Quando Holmes uscì per andare al concerto, mi distesi sul divano con l'intenzione di dormire un paio d'ore. Fu un tentativo inutile. La mia mente era stata troppo stimolata dall'accaduto e ora vi si affollavano le più strane fantasie e congetture. Ogni volta che chiudevo gli occhi, mi sembrava di vedere il viso scimmiesco e stravolto dell'assassinato. L'impressione prodotta su di me da quel viso era stata tanto sinistra che non riuscivo a provare se non un senso d'indulgenza per chi aveva eliminato dal mondo l'uomo cui quella faccia apparteneva. Mai mi era capitato di vedere lineamenti umani che rivelassero un temperamento vizioso della peggiore specie più chiaramente di quelli del signor Enoch J. Drebber di Cleveland. Tuttavia riconoscevo che la giustizia doveva fare il suo corso e che la depravazione della vittima non costituiva un'attenuante agli occhi della legge.

Più riflettevo, più mi sembravano straordinarie le ipotesi del mio compagno, secondo cui quell'uomo doveva essere stato avvelenato. Ricordavo di avergli visto fiutare le labbra del morto: senza dubbio aveva percepito un odore che gli aveva ispirato quell'idea. Del resto, se non si trattava di veleno, che cosa poteva avere causato la morte, dal momento che non si riscontravano sul cadavere né ferite né tracce di strangolamento? Ma, d'altra parte, a chi apparteneva il sangue di cui era cosparso il suolo? Non vi erano tracce di lotta, né si era rinvenuta addosso alla vittima un'arma con cui avesse potuto ferire l'avversario. Intanto che questi interrogativi rimanevano insoluti, sentivo che non sarebbe stato facile prendere sonno né per Holmes né per me. Dal suo contegno calmo e fiducioso capivo che si era già formato un'ipotesi tale da spiegare tutti i fatti, ma proprio non riuscivo a intuire in che cosa consistesse quell'ipotesi.

Holmes ritornò molto tardi. Il concerto, come ben sapevo, non poteva essere durato fino a quell'ora. Il pranzo era già servito in tavola prima che lui apparisse.

«È stato magnifico» dichiarò, mentre si sedeva. «Si ricorda quello che dice Darwin della musica? Sostiene che la capacità di eseguirla e di apprezzarla esisteva nella razza umana molto prima che si arrivasse alla facoltà di parlare. Per questo, forse, la musica esercita su di noi una sottile influenza. Ridesta nella nostra anima vaghi ricordi di quei secoli oscuri agli albori del mondo.»

«È un'idea grandiosa» osservai.

«Le nostre idee *devono* essere grandiose quanto la natura, se devono interpretare la natura stessa» sentenziò Holmes. «Ma che cosa le succede? Mi sembra che abbia una brutta cera. È forse rimasto sconvolto per quella faccenda di Brixton Road?»

«Le confesso che è proprio così» risposi. «Dopo le mie esperienze in Afghanistan, dovrei essere molto meno sensibile. A Maiwand ho assistito al massacro dei miei commilitoni senza perdermi d'animo. Ma...»

«Lo capisco benissimo. In questa faccenda c'è un lato misterioso che stimola la fantasia. Dove non c'è fantasia, non c'è orrore. Ha visto il giornale del pomeriggio?»

«No.»

«Dà un resoconto abbastanza particolareggiato del fattaccio. Non dice però che, quando il cadavere è stato sollevato, un anello da donna è caduto al suolo. Tanto meglio.»

«Perché?»

«Guardi questo annuncio. Stamane, subito dopo il nostro sopralluogo, l'ho spedito a tutti i giornali.»

Mi gettò il giornale attraverso la tavola e io guardai il punto indicato.

L'annuncio era il primo della colonna degli "Oggetti ritrovati". Diceva:

Rinvenuta in Brixton Road, stamane, tra la White Hart Tavern e Holland Grove, vera oro liscio. Rivolgersi al dottor Watson, 221 B, Baker Street, tra le 20 e le 21.

«Scusi se mi sono servito del suo nome» soggiunse Holmes. «Se ci avessi messo il mio, qualcuno di questi stupidi poliziotti se ne sarebbe accorto e avrebbe voluto intromettersi nella faccenda.»

«Va bene» risposi. «Ma che cosa facciamo se si presenta qualcuno? Io non ho nessun anello.»

«Sì, invece» ribatté lui porgendomi una vera d'oro. «Questa andrà benissimo. È quasi identica.»

«E chi crede che risponderà all'annuncio?»

«Diamine, l'uomo dal pastrano marrone. Il nostro amico rubicondo dalle scarpe quadrate. Se non viene di persona, manderà un complice.»

«Non avrà paura di fare un passo troppo pericoloso?»

«Non credo. Se la mia ricostruzione dei fatti è esatta (e ho le mie buone ragioni per ritenerla tale), quell'uomo dovrebbe rischiare qualunque cosa pur di non perdere l'anello. Secondo me, gli è caduto mentre si chinava sul cadavere di Drebber e, al momento, non se n'è accorto. Dopo essersi allontanato dalla casa, ha scoperto di non avere più l'anello ed è tornato indietro in tutta fretta, ma ha trovato la polizia già installata, a causa della sbadataggine da lui stesso commessa lasciando accesa la candela. Ha dovuto fingersi ubriaco per allontanare i sospetti che la sua apparizione al cancello del villino potevano destare. Si metta nei suoi panni. Riflettendo, in un secondo tempo, deve essergli venuto in mente che, forse, aveva smarrito l'anello sulla strada, dopo essere uscito dalla casa. Che cosa farebbe lei, in un caso simile? Leggerebbe avidamente gli annunci sui giornali pomeridiani, nella speranza di vedere la fede d'oro fra gli oggetti rinvenuti. La sua attenzione, s'intende, si soffermerebbe su questo annuncio. Perché quell'uomo dovrebbe temere un tranello? Ai suoi occhi non dovrebbe esservi ragione che il ritrovamento della fede sia collegato con il delitto. Sono persuaso che verrà. Lo vedremo fra un'ora... Lasci fare a me. Lei ha delle armi?»

«Ho la mia vecchia pistola d'ordinanza, con poche cartucce» risposi.

«Le conviene pulirla e caricarla. Avremo a che fare con un uomo disperato. È vero che io lo coglierò alla sprovvista, ma tanto vale prepararsi a qualsiasi evenienza.»

Andai in camera e seguii il consiglio di Holmes. Quando ritornai con la pistola, la tavola era stata sparecchiata e il mio amico si stava dedicando al suo svago preferito: il violino.

«Gli avvenimenti incalzano» annunciò non appena mi vide. «Ho appena ricevuto una risposta al telegramma in America. La mia tesi è esatta.»

«E cioè?» domandai ansiosissimo.

«Bisognerà che cambi le corde al mio violino» osservò Holmes. «Si metta in tasca la pistola. Quando quell'uomo arriva, gli parli come se niente fosse. Per il resto, lasci fare a me. Non lo spaventi guardandolo troppo fissamente.»

«Sono già le otto» mormorai dando un'occhiata all'orologio.

«Sì. Probabilmente arriverà fra qualche minuto. Socchiuda l'uscio. Basta così. Ora passi la chiave dalla parte interna. Grazie. Ha visto questo libro? È uno strano volumetto che ho comprato ieri su una bancarella. *De jure inter gentes*... pubblicato in latino a Liegi nel 1642. Pensi: Carlo I aveva ancora la testa sulle spalle quando questo libercolo con il dorso marrone è stato stampato.»

«Chi è lo stampatore?»

«Philippe de Croy, ma non so chi sia. Sulla prima pagina, in inchiostro ormai sbiadito, si legge la scritta: "*Ex libris Gulielmi Whyte*". Chissà mai chi era Guglielmo Whyte. Forse un giureconsulto del diciassettesimo secolo. La sua scrittura ha qualcosa di forense. Ma ecco qui il nostro uomo, se non erro.»

Si era udita una violenta scampanellata. Sherlock Holmes si alzò con calma e spostò la sua poltroncina in direzione dell'uscio. Udimmo la domestica che attraversava l'anticamera, poi il rumore secco del catenaccio della porta.

«Abita qui il dottor Watson?» domandò una voce chiara ma alquanto aspra.

Non ci giunse la risposta della domestica, ma la porta si chiuse e qualcuno cominciò a salire le scale. I passi erano incerti e strascicati. Un'espressione stupita passò sul viso del mio compagno, mentre tendeva l'orecchio. I passi avanzarono lentamente nel corridoio, poi qualcuno bussò piano all'uscio.

«Avanti!» gridai.

A quell'invito l'uscio si aprì. Invece dell'uomo turbolento che aspettavamo, una donna decrepita e grinzosa entrò nella stanza con andatura malferma. Parve abbagliata dalla viva luce della stanza e, dopo aver accennato un inchino, rimase a fissarci con gli occhi cisposi sbattendo le palpebre e frugandosi in tasca con le dita nervose e tremanti.

Sbirciai il mio compagno. La sua faccia aveva assunto un'espressione tanto sconsolata, che stentai a rimanere serio. La vecchia tirò fuori un giornale pomeridiano e indicò il nostro annuncio.

«Sono venuta per questo, signori» disse facendo una riverenza. «Per la vera che avete trovato in Brixton Road. Appartiene a mia figlia Sally, che è sposata soltanto da un anno. Suo marito fa il cameriere su un piroscafo, e chissà che cosa direbbe se tornasse a casa e la trovasse senza la fede. Ha già un caratteraccio nei momenti migliori, ma quando beve... Vedete, Sally è andata al circo, ieri sera, con...»

«E questo è il suo anello?» domandai.

«Dio sia lodato!» esclamò la vecchia. «Sally sarà felice questa sera. È proprio il suo anello.»

«Dove abita?» domandai.

«Al numero 13 di Duncan Street, Houndsditch. È molto lontano da qui.»

«Non si passa da Brixton Road per andare da Houndsditch a un qualsiasi circo» osservò Sherlock Holmes, in tono brusco.

La vecchia si volse e lo scrutò con quei suoi occhietti cerchiati di rosso.

«Il signore mi ha chiesto il *mio* indirizzo» ribatté. «Sally ha un appartamentino in Mayfield Place, Peckham.»

«E lei come si chiama?»

«Sawyer, ma Sally si chiama Dennis da quando ha sposato Tom Dennis. Tom è un bravo ragazzo e si comporta bene, finché è in navigazione... anzi, è il cameriere più stimato della Compagnia, ma quando è a terra, fra le donne e i liquori...»

«Eccole l'anello, signora Sawyer» la interruppi obbedendo a un segnale del mio compagno. «È evidente che appartiene a sua figlia e noi siamo contenti di restituirlo alla legittima proprietaria.»

Borbottando benedizioni e ringraziamenti, la vecchia intascò l'anello, uscì e scese le scale. Nel momento stesso in cui aveva varcato la soglia, Sherlock Holmes era balzato in piedi e si era precipitato nella propria stanza. Ritornò nel giro di pochi secondi, avvolto in un lungo impermeabile e con una sciarpa al collo.

«La seguo» mi disse in fretta. «Dev'essere una complice e spero che mi conduca dal nostro uomo. Mi aspetti.»

La porta di strada si era appena chiusa alle spalle della vecchia, quando Holmes scese le scale. Dalla finestra vidi la signora Sawyer che s'incamminava lentamente sul marciapiede di fronte, seguita a breve distanza da Holmes.

"O tutta la sua ipotesi è sbagliata," pensai "oppure Holmes giungerà tra poco al cuore del mistero."

La sua richiesta di aspettarlo era stata superflua, poiché sentivo che non avrei mai potuto dormire prima di conoscere i risultati della sua avventura.

Erano quasi le nove quando era uscito, e non avevo idea di quanto potesse tardare, ma mi armai di pazienza e mi sedetti a fumare la pipa e a sfogliare la *Vie de Bohème* di Henri Murger.

Suonarono le dieci e sentii i passi frettolosi della cameriera che si ritirava nella sua stanza. Alle undici mi giunse all'orecchio l'incedere solenne della padrona di casa che, a sua volta, passava davanti al mio uscio per andare a coricarsi. Erano quasi le dodici, quando udii il rumore secco di una chiave che girava nella serratura. Appena Holmes entrò, capii dalla sua faccia che non era riuscito nel suo intento. Pareva combattuto tra ilarità e delusione. Ma finalmente vinse la prima, e scoppiò in una risata sonora.

«Non vorrei mai che quei signori di Scotland Yard sapessero com'è andata questa sera!» esclamò lasciandosi cadere su una poltrona. «Li ho presi tanto in giro, che non la smetterebbero più di rinfacciarmi uno scacco. Posso permettermi il lusso di ridere perché so che, alla lunga, avrò sempre la meglio.»

«Che cosa ha combinato?» domandai.

«Oh, non esito a raccontare la storia che mi fa poco onore. Dopo un breve tratto di strada, quella strega ha cominciato a zoppicare e a dare segni di stanchezza. Finalmente si è fermata e ha chiamato una carrozza che passava. Mi sono affrettato ad avvicinarmi per udire l'indirizzo, ma avrei potuto risparmiarmi il disturbo, poiché lei l'ha detto abbastanza forte per essere intesa da un capo all'altro della strada. "Al numero 13 di Duncan Street" ha gridato. "Pare che non ci sia nulla di ambiguo" mi sono detto e, non appena ho visto che la donna era ben sistemata sul sedile, mi sono appollaiato dietro la carrozza. Quella è un'arte che ogni investigatore dovrebbe conoscere. Ebbene, siamo partiti al trotto e non ci siamo mai fermati fino al momento in cui abbiamo raggiunto la strada di cui sopra. Sono balzato a terra prima che la vettura arrivasse alla porta e mi sono incamminato sul marciapiede, con aria disinvolta. Ho visto la carrozza fermarsi; il cocchiere è balzato dalla cassetta, ha aperto lo sportello ed è rimasto in attesa. Nessuno è sceso. Quando mi sono avvicinato, il cocchiere annaspava freneticamente dentro la carrozza vuota, declamando la più bella collezione di bestemmie che io abbia mai ascoltato. Non c'era traccia della passeggera e credo che il cocchiere dovrà aspettare un pezzo prima di ottenere il corrispettivo della corsa. Abbiamo assunto informazioni al numero 13 e abbiamo scoperto che la casa appartiene a un rispettabile tappezziere di nome Keswick. Nessun Sawyer e nessun Dennis vi ha mai abitato.»

«Vuole dire che quella vecchia rimbambita è stata capace di scendere dalla carrozza in corsa senza che né lei né il cocchiere ve ne accorgeste?»

«Vecchia rimbambita un corno!» ribatté Sherlock Holmes in tono aspro. «Rimbambiti siamo noi che ci siamo lasciati ingannare. Quello doveva essere un giovanotto, particolarmente svelto, per giunta. Un attore eccellente, caro Watson. Era truccato in modo perfetto. Senza dubbio si è accorto che l'ho seguito, e ha escogitato uno stratagemma per sbarazzarsi di me. Evidentemente l'uomo che cerchiamo non è isolato come credevo io, ma ha degli amici pronti a rischiare per lui. Ma lei mi sembra esausto, dottore. Dia retta a me, vada a dormire.»

Mi sentivo davvero stanco e obbedii. Lasciai Holmes davanti a un fuoco scoppiettante. Molto più tardi, nel cuore della notte, sentii il suono malinconico e sommesso del suo violino, e compresi che era ancora intento a rimuginare sullo strano problema che si era proposto di risolvere.

6

Tobias Gregson mostra quello che può fare

I giornali del giorno dopo parlavano solo del "Mistero di Brixton", come lo definivano. Tutti davano un resoconto del fattaccio e alcuni pubblicavano ampi commenti. Qualche particolare mi giungeva nuovo. Conservo ancora, nel mio diario, numerosi ritagli ed estratti che riguardano il caso. Ecco un riassunto di alcuni di essi.

Il «Daily Telegraph» osservava che nella storia della delinquenza era accaduta raramente una tragedia con caratteristiche tanto strane. Il nome tedesco della vittima, l'apparente assenza di un movente e la sinistra iscrizione sul muro, tutto indicava che il misfatto era stato perpetrato da rifugiati politici o da rivoluzionari. Il movimento socialista aveva molte ramificazioni in America; il defunto, senza dubbio, aveva infranto le loro leggi ed era stato raggiunto dalla vendetta. Dopo aver accennato con sublime disinvoltura al Vehmgericht, ai carbonari, alla marchesa di Brinvilliers, alla teoria darwiniana, ai principi di Malthus e così via, l'articolo concludeva ammonendo il governo e propugnando una più stretta sorveglianza sugli stranieri in Inghilterra.

Lo «Standard» rilevava che simili misfatti accadevano solitamente sotto un'amministrazione liberale. Erano la conseguenza dell'irrequietezza delle masse e dell'indebolimento di ogni autorità. La vittima era un americano che aveva dimorato per qualche settimana nella metropoli. Aveva preso alloggio alla pensione di una certa madame Charpentier, in Torquay Terrace,

Camberwell. Viaggiava in compagnia di un segretario privato, certo Joseph Stangerson. I due si erano accomiatati dalla padrona di casa il martedì 4 per raggiungere la stazione di Euston, dove avrebbero dovuto prendere il direttissimo di Liverpool. In seguito erano stati visti insieme sulla banchina della stazione. Null'altro risultava sul loro conto fino al momento in cui il cadavere del signor Drebber era stato rinvenuto in una casa disabitata di Brixton Road, a parecchi chilometri da Euston. Le circostanze in cui era arrivato in quel luogo e vi aveva subito il suo tragico destino erano ancora avvolte nel mistero. Né era stato possibile rintracciare Stangerson. "Siamo lieti di apprendere" proseguiva l'articolista "che il signor Lestrade e il signor Gregson di Scotland Yard si occupano entrambi delle indagini. È legittimo prevedere che i due ben noti funzionari faranno luce in breve tempo sul mistero."

Secondo il «Daily News», non esisteva il più piccolo dubbio sul carattere politico del misfatto. Il dispotismo e l'odio del liberalismo che animavano i governi continentali avevano costretto a rifugiarsi in Gran Bretagna un gran numero di uomini che avrebbero potuto essere ottimi cittadini, se non fossero stati inaspriti e amareggiati dal ricordo dei soprusi subiti. Tra costoro esisteva un rigido codice d'onore, e ogni infrazione a quel codice veniva punita con la morte. Bisognava fare di tutto per rintracciare il segretario Stangerson e per accertare qualche particolare sulle abitudini del defunto. Un grande passo era stato compiuto con la scoperta dell'indirizzo della casa dove i due avevano abitato... e lo si doveva all'acume e all'energia del signor Gregson di Scotland Yard.

Sherlock Holmes e io leggemmo quelle notizie insieme, durante la colazione, e mi parve che il mio amico si divertisse un mondo.

«L'avevo detto io che, comunque andassero le cose, Lestrade e Gregson avrebbero raccolto gli allori.»

«Bisogna vedere come andrà a finire.»

«Benedetto figliolo, non ha nessuna importanza. Se si acciufferà il colpevole sarà *grazie* ai loro sforzi; se il colpevole riuscirà a fuggire, sarà *nonostante* i loro sforzi... È una storia vecchia... Testa, vinco io; croce, perdi tu. Qualunque cosa combinino, hanno sempre i loro seguaci. *Un sot trouve toujours un plus sot qui l'admire.*»[1]

«Che cosa diavolo succede?» esclamai.

In quel momento avevo udito uno scalpiccio come di molte persone che corressero nel vestibolo e su per le scale, accompagnate da chiare espressioni di sdegno da parte della nostra padrona di casa.

«È la squadra mobile di Baker Street» rispose il mio compagno con la massima serietà e, mentre parlava, entrarono nella stanza sei o sette dei più sudici e cenciosi monelli che si siano mai visti in una via di Londra.

«*At-tenti!*» ordinò Holmes in tono imperioso, e i sei ragazzi si allinearono, irrigidendosi come tante statuette. «In avvenire manderete su Wiggins a fare il suo rapporto, e gli altri dovranno aspettarlo in strada. L'hai trovato, Wiggins?»

«Nossignore, non ancora» rispose uno dei ragazzi.

«Me l'aspettavo. Continuate a cercare finché non ci sarete riusciti. Ecco qui la paga.» Porse a ognuno uno scellino. «E ora, via! La prossima volta portatemi un rapporto più soddisfacente.»

A un suo segnale, i ragazzi sgattaiolarono fuori dalla stanza e si precipitarono giù dalle scale come tanti topi. Un istante dopo, udimmo le loro grida nella via.

«Uno di quei furfantelli riesce a fare più di una dozzina di agenti regolari» dichiarò Holmes. «La sola vista di un funzionario fa tacere tutti, ma quei ragazzi vanno dovunque e sentono ogni cosa. Hanno sveltezza e acume; occorre soltanto organizzarli.»

«Adesso se ne servirà per la faccenda di Brixton Road?» domandai.

«Sì. C'è un punto che desidero appurare, ma ci vuole molta pazienza. Ora sentiremo le ultime notizie. Gregson sta arrivando e mi sembra che trasudi esultanza da tutti i pori. Senza dubbio viene da noi. Sì, si è fermato. Eccolo.»

Udimmo una violenta scampanellata e, pochi secondi dopo, l'investigatore biondo saliva le scale a tre gradini per volta. Entrò come un bolide nel nostro salotto.

[1] Nicolas Boileau: "Uno sciocco trova sempre uno più sciocco che lo ammira". (*NdT*)

«Caro amico,» esclamò stringendo calorosamente la mano di Holmes «mi faccia le congratulazioni. Sono riuscito a mettere tutto in chiaro.» Mi parve che un'ombra di ansietà passasse sul volto espressivo del mio compagno.

«È sulla buona pista?» domandò.

«Sulla buona pista?! Diamine, abbiamo il nostro uomo sotto chiave.»

«Come si chiama?»

«Arthur Charpentier, sottotenente della regia marina» rispose Gregson in tono solenne, stropicciandosi le mani grasse e gonfiando il petto.

Sherlock Holmes emise un sospiro di sollievo e si rischiarò in volto.

«Si accomodi e provi uno di questi sigari» disse. «Siamo impazienti di sapere come ha fatto. Un whisky?»

«Be', grazie» rispose l'investigatore. «Il lavoro infernale di questi ultimi due giorni mi ha logorato. Non tanto per lo sforzo fisico, ma per la fatica mentale. Lei è in grado di rendersene conto, signor Holmes, poiché tutti e due lavoriamo di cervello.»

«Mi fa troppo onore» mormorò Holmes con la massima serietà. «Ma sentiamo come è arrivato a risultati tanto soddisfacenti.»

Il funzionario si sprofondò in una poltrona e si mise a fumare con aria compiaciuta, poi, all'improvviso, si batté una mano su un ginocchio, colto da un eccesso di ilarità.

«La cosa più comica» disse «è che quello sciocco di Lestrade, che si crede tanto astuto, è partito su una pista completamente sbagliata. Dà la caccia al segretario Stangerson, che non ha proprio niente a che vedere con il delitto. Senza dubbio, a quest'ora l'avrà già rintracciato.»

A quel pensiero, Gregson cominciò a ridere fino a farsi mancare il respiro.

«Come ha fatto a trovare un indizio?»

«Oh, glielo spiego subito. Naturalmente, dottor Watson, questo deve rimanere tra noi. La prima difficoltà che dovevamo superare consisteva nei precedenti di quell'americano. Molti avrebbero aspettato che giungesse qualche risposta agli annunci pubblicati sui giornali, o che qualcuno si presentasse spontaneamente per fornire informazioni. Ma non è questo il metodo di Tobias Gregson. Si ricorda il cilindro che era a terra accanto al cadavere?»

«Sì» rispose Holmes. «Fabbricato da John Underwood & C., 129, Camberwell Road.»

Gregson rimase deluso.

«Non credevo che l'avesse notato» borbottò. «Ed è andato da Underwood?»

«No.»

«Ah!» esclamò Gregson, con evidente sollievo. «Non avrebbe dovuto trascurare quella traccia per quanto potesse sembrare insignificante.»

«Nulla è insignificante per una mente superiore» sentenziò Holmes.

«Ebbene, sono andato da Underwood e gli ho chiesto se si ricordava di aver venduto un cappello di quel tipo e di quella misura. Lui ha sfogliato i suoi registri e ha trovato subito l'annotazione relativa. Il cappello era stato mandato a un certo signor Drebber, presso la pensione Charpentier in Torquay Terrace. Così ho potuto avere l'indirizzo.»

«Bene... molto bene!» mormorò Holmes.

«Subito dopo sono andato dalla signora Charpentier» proseguì l'investigatore, assorto nella rievocazione. «L'ho trovata pallidissima e afflitta. Nel salotto c'era anche la figlia della signora Charpentier... una ragazza straordinariamente graziosa. Aveva gli occhi rossi e le tremavano le labbra mentre parlavo. Quel particolare non mi è sfuggito, e ho cominciato a insospettirmi. Lei sa meglio di me, signor Holmes, che sensazione si prova quando si è sulla buona pista... è come un fremito che corre per tutti i nervi. "Sapete che il vostro ex inquilino, Enoch J. Drebber di Cleveland, è morto misteriosamente?" ho domandato. La madre ha fatto un cenno di assenso. Pareva incapace di dire una parola. La figlia è scoppiata in pianto. Sempre più mi sono convinto che quella gente sapeva qualcosa del delitto.

«"A che ora è uscito di qui il signor Drebber per andare alla stazione?" ho chiesto.

«"Alle otto" ha risposto la signora, singhiozzando come per reprimere la propria agitazione. "Il suo segretario, il signor Stangerson, ha detto che c'erano due treni... uno alle nove e un quarto, e uno alle undici. Lui voleva prendere il primo."

«"E da quel momento, non l'avete più rivisto?"

«Un'espressione tragica è apparsa sulla faccia di quella donna quando ho formulato la domanda. Era addirittura livida. Ci ha messo vari secondi per riuscire ad articolare un "sì"... con voce rauca e alterata.

«Per un po' siamo rimasti in silenzio, poi la figlia ha parlato con voce limpida e calma.

«"Le bugie non possono mai giovare, mamma" ha detto. "Siamo sincere con questo signore. *Effettivamente* abbiamo rivisto il signor Drebber."

«"Dio ti perdoni!" ha gridato la signora Charpentier, alzando le mani al cielo e lasciandosi cadere su una sedia. "Hai assassinato tuo fratello."

«"Arthur preferisce certamente che si dica la verità" ha ribattuto la fanciulla con fermezza.

«"Adesso, vi conviene dirmi tutto" ho aggiunto io. "Le mezze verità sono peggiori delle reticenze. E poi, non sapete quanto possa avere già scoperto la polizia."

«"La colpa ricadrà sulla tua testa, Alice!" ha gridato ancora la madre, poi si è rivolta a me. "Vi dirò tutto, signore. Non dovete trarre conclusioni avventate a causa della mia agitazione: non penso affatto che mio figlio possa aver avuto mano in questa faccenda terribile. Lui è innocente, ma ho paura che ai vostri occhi e agli occhi degli altri possa sembrare compromesso. D'altra parte la sua figura morale, la sua professione e i suoi precedenti dovrebbero escludere ogni sospetto."

«"Le conviene senz'altro espormi tutti i fatti" ho insistito. "Creda a me: se suo figlio è innocente, non ci andrà di mezzo."

«"Sarà forse meglio che tu ci lasci soli, Alice" ha detto la signora, e la figlia si è ritirata. La madre si è rivolta di nuovo a me. "Non avevo intenzione di dirle tutto questo ma, dal momento che Alice l'ha rivelato in parte, non mi restano alternative. Ormai sono decisa a parlare e le fornirò tutti i particolari."

«"È un atteggiamento assennato!" ho detto.

«"Il signor Drebber era presso di noi da quasi due settimane. Lui e il suo segretario, Stangerson, erano andati a fare un viaggio sul continente. Ho notato un'etichetta di Copenhagen sui loro bauli e credo che quella sia stata l'ultima tappa del loro viaggio. Stangerson era un signore quieto e riservato, ma il suo principale, purtroppo, era tutt'altro. Aveva modi grossolani e abitudini moleste. La sera stessa del suo arrivo si è ubriacato e, a dire la verità, non c'era giorno che non fosse un po' alticcio. Il suo contegno verso le cameriere era addirittura immorale. Il peggio è che, ben presto, ha cominciato ad assumere il medesimo atteggiamento anche verso mia figlia Alice. Le ha parlato più di una volta in un modo che, per fortuna, lei è troppo ingenua per capire. Una volta è arrivato al punto di prenderla fra le braccia e di baciarla, un gesto che ha indotto persino il suo segretario a rimproverarlo per il suo modo di comportarsi."

«"Ma perché ha sopportato tutto questo?" ho chiesto. "Immagino che possa sbarazzarsi di un pensionante, quando non le garba."

«La signora Charpentier è arrossita alla mia domanda logica. "Magari gli avessi dato lo sfratto all'indomani del suo arrivo!" ha esclamato. "Ma la tentazione era forte. Quei due pagavano una sterlina a testa, ogni giorno. Quattordici sterline la settimana, e siamo in stagione morta. Sono vedova, e il mio ragazzo, che è in marina, mi è costato molto. Mi dispiaceva rinunciare a quel denaro. Ho cercato di agire per il meglio. Ma l'ultima prodezza di Drebber è andata oltre i limiti, perciò gli ho dato disdetta..."

«"E allora?"

«"Ho provato un gran sollievo quando l'ho visto allontanarsi. Mio figlio è in licenza, adesso, ma non gli avevo detto niente, perché ha un carattere impulsivo e un grande attaccamento per la sorella. Quando ho chiuso la porta dietro quei due, mi è parso che mi togliessero un peso dal cuore. Ahimè, nemmeno mezz'ora dopo ho sentito suonare il campanello e ho saputo che il signor Drebber era ritornato. Era eccitatissimo. Evidentemente ubriaco. È entrato di prepotenza nel salotto dov'eravamo mia figlia e io e ha detto di avere perso il treno, poi si è rivolto ad Alice e, sotto il mio naso, le ha proposto di scappare con lui. 'Lei è maggiorenne' le ha detto 'e non c'è nessuna legge che lo impedisca. Io ho denaro in abbondanza. Non si preoccupi della vecchia... venga via con me, subito, la farò vivere come una principessa.' La povera Alice era così spaventata che ha tentato di svignarsela, ma lui l'ha presa per un polso ed è riuscito a trascinarla con sé verso la porta. Mi sono messa a gridare e, in quel momento, è arrivato mio figlio Arthur. Quello che è successo dopo, non lo so. Ho inteso delle imprecazioni e dei rumori come di lotta. Ero così terrorizzata che non osavo muovermi. Quando ho alzato il capo, ho visto Arthur che stava sulla soglia ridendo, con un bastone in mano. 'Non credo che quel galantuomo ti darà ancora fastidio' ha detto. 'Ora lo seguo per essere sicuro che se ne vada lontano.' Ha preso il cappello ed è uscito. La mattina seguente abbiamo saputo della misteriosa morte del signor Drebber."

«Questo è quanto mi ha detto la signora Charpentier, con molte pause e molte esitazioni. In certi momenti parlava con voce tanto bassa che stentavo ad afferrare le sue parole. Comunque ho stenografato tutto quello che mi ha detto, a scanso di malintesi.»

«Molto emozionante» mormorò Sherlock Holmes reprimendo uno sbadiglio. «E dopo che cosa è successo?»

«Quando la signora Charpentier ha finito la sua deposizione,» proseguì l'investigatore «ho compreso che tutta la faccenda si imperniava su un solo punto. Le ho piantato gli occhi in faccia in un certo modo che ho sempre trovato efficace con le donne e le ho chiesto a che ora era rientrato suo figlio.

«"Non lo so" mi ha risposto.

«"Non lo sa?"

«"No. Ha la chiave della porta ed è rientrato senza suonare."

«"Dopo che lei si era già coricata?"

«"Sì."

«"E a che ora si è coricata?"

«"Forse alle undici."

«"Sicché suo figlio è rimasto assente almeno due ore?"

«"Sì."

«"Forse anche quattro o cinque, no?"

«"Non lo so."

«"Che cosa ha fatto durante quel tempo?"

«"Non so nemmeno questo" mi ha risposto lei, facendosi ancora più pallida.

«Ormai non restava più molto da fare. Ho appurato dov'era

il sottotenente Charpentier, ho preso con me due funzionari e l'ho arrestato. Quando gli ho messo una mano sulla spalla invitandolo a seguirmi senza reagire, mi ha risposto con la massima faccia tosta: "Immagino che mi accuserete di essere implicato nella morte di quel farabutto di Drebber". Ora, noi non gli avevamo detto assolutamente niente, quindi il fatto che lui abbia buttato là quell'allusione spontaneamente è molto sospetto.»

«Molto» convenne Holmes.

«Aveva ancora con sé il bastone che sua madre gli aveva visto in mano quando lui aveva seguito Drebber. È un grosso randello di quercia.»

«Sicché, qual è la sua tesi?»

«Ecco, secondo me, Charpentier ha seguito Drebber fino a Brixton Road. Là è scoppiato un nuovo alterco fra i due, nel corso del quale Drebber si è buscato una randellata, forse alla bocca dello stomaco, che l'ha ucciso senza lasciare traccia. Il tempo era così piovoso che non c'era nessuno in giro, quindi Charpentier ha trascinato il corpo della vittima nella casa deserta. In quanto alla candela, al sangue, alla scritta sul muro e all'anello, si tratta probabilmente di tanti trucchi per sviare la polizia.»

«Magnifico!» esclamò Holmes in tono incoraggiante. «Sta proprio facendo progressi, Gregson. Diventerà un asso.»

«Modestia a parte, credo di essermela cavata» ammise il funzionario con fare orgoglioso. «Quel giovanotto ha fatto una dichiarazione spontanea. A sentire lui, era già da qualche tempo alle calcagna di Drebber quando questi l'ha visto e ha preso una carrozza per svignarsela. Nel ritornare a casa, Charpentier ha incontrato un vecchio commilitone e ha fatto una passeggiata con lui. Richiesto dell'indirizzo del commilitone, non è stato in grado di rispondere in modo soddisfacente. A me pare che tutte le circostanze concordino in modo perfetto, ma quando penso a Lestrade che galoppa su una falsa pista, mi viene proprio voglia di ridere. Poveretto, non ricaverà molte soddisfazioni dalle sue fatiche. Ma guarda! *Lupus in fabula!*»

Infatti Lestrade era apparso sulla soglia. Sembrava avere perso tutta la sua spavalderia e non era nemmeno inappuntabile come al solito. Aveva la faccia stravolta, il vestito sudicio e in disordine. Evidentemente era venuto con l'intenzione di consultare Sherlock Holmes poiché, scorgendo il collega, rimase impacciato e deluso. Si fermò in mezzo alla stanza rigirandosi il cappello tra le dita, come incerto sul da farsi.

«Ci troviamo di fronte a un caso straordinario» disse alla fine. «A una faccenda incomprensibile.»

«Ma davvero, signor Lestrade?» esclamò Gregson in tono trionfante. «Immaginavo che sarebbe arrivato a una conclusione del genere. È riuscito a trovare il segretario di Drebber?»

«Il signor Joseph Stangerson» rispose Lestrade in tono solenne «è stato assassinato all'albergo Halliday, verso le sei di stamane.»

7
Una luce nelle tenebre

L'annuncio datoci da Lestrade era tanto sensazionale e inatteso che tutti restammo ammutoliti. Gregson balzò in piedi rovesciando il suo whisky. Io fissai in silenzio Sherlock Holmes, che aveva le labbra contratte e le sopracciglia aggrottate.

«Anche Stangerson!» borbottò. «La trama s'infittisce.»

«Era già abbastanza fitta» brontolò Lestrade, sedendosi. «A quanto pare, ho interrotto una specie di consiglio di guerra.»

«È sicuro di quello che ha detto?» balbettò Gregson.

«Ritorno ora dalla camera di Stangerson. Sono stato il primo a scoprire l'accaduto.»

«Gregson mi stava esponendo i suoi punti di vista sul fattaccio di Brixton Road» soggiunse Holmes. «Le dispiace darci i particolari di quello che ha visto e fatto?»

«Non ho nulla in contrario» rispose Lestrade. «Ero convinto... non esito a confessarlo, che Stangerson fosse implicato nell'uccisione di Drebber. Questo nuovo sviluppo dimostra che ero completamente fuori strada. Tutto preso dalla mia idea, mi sono dato da fare per rintracciare il segretario. I due erano stati visti insieme alla stazione di Euston intorno alle otto e mezzo della sera del 3. Alle due della mattina, Drebber era stato trovato in Brixton Road. Il mio problema consisteva nello scoprire in che modo Stangerson aveva occupato il suo tempo tra le otto e mezzo e l'ora del delitto, e che cosa era stato di lui, dopo. Ho telegrafato a Liverpool dando una descrizione del mio uomo e avvertendo i colleghi di sorvegliare i piroscafi in partenza per l'America. Poi ho cominciato il pellegrinaggio per gli alberghi e le pensioni nei dintorni di Euston. Vedete, pensavo che, se Drebber e il suo compagno si erano separati, Stangerson, logicamente, avrebbe pernottato nelle vicinanze, e sarebbe ritornato alla stazione la mattina successiva.»

«Era presumibile che si fossero dati un appuntamento in un determinato luogo» osservò Holmes.

«Così risulta, infatti. Ho passato tutta la serata di ieri a fare indagini senza risultato. Stamane ho ricominciato di buon'ora, e alle otto sono arrivato all'albergo Halliday, in Little George Street. Quando ho chiesto del signor Stangerson, mi hanno risposto subito che c'era.

«"Lei è certamente quel signore che attendeva" mi hanno detto. "Sono due giorni che la aspetta."

«"Dov'è, adesso?" ho chiesto.

«"Di sopra, a letto. Ha fissato la sveglia per le nove."

«"Salgo subito da lui" ho detto.

«Pensavo che la mia improvvisa apparizione potesse scuotergli i nervi e indurlo a parlare senza riflettere troppo. Il facchino si è offerto di mostrarmi la stanza: era al secondo piano, in fondo al corridoio. Mi ha additato l'uscio, e stava per ridiscendere, quando io ho visto qualcosa che mi ha paralizzato, nonostante i miei vent'anni di esperienza. Da sotto alla porta usciva un rivolo di sangue che aveva attraversato il corridoio andando a formare una piccola pozza contro lo zoccolo, dalla parte opposta. Ho cacciato un urlo che ha fatto ritornare indietro il facchino. Quando ha visto quello spettacolo, per poco non è svenuto. L'uscio era chiuso dall'interno ma, a spallate, l'abbiamo sfondato. La finestra della camera era aperta e, accanto alla finestra, tutto raggomitolato, giaceva il corpo di un uomo in camicia da notte. Era morto... e da parecchio tempo, anche, poiché aveva le membra rigide e fredde. Quando l'abbiamo girato, il facchino ha riconosciuto subito il cliente che aveva preso quella stanza con il nome di Joseph Stangerson. La morte è stata causata da una profonda pugnalata al fianco sinistro che dev'essere penetrata fino al cuore. E ora viene la parte più bizzarra della faccenda. Che cosa credete che ci fosse al di sopra del cadavere?»

Mi sentii venire la pelle d'oca al pensiero di qualcosa di orrendo ancor prima che Sherlock Holmes rispondesse: «La parola RACHE scritta con il sangue».

«Proprio così» disse Lestrade in tono solenne, e per un po' restammo in silenzio.

Nei delitti di quell'ignoto assassino c'era qualcosa di metodico e di incomprensibile che sembrava accentuarne il carattere macabro. Quel pensiero metteva a dura prova i miei nervi, che tuttavia si erano rivelati abbastanza saldi sul campo di battaglia.

«L'assassino è stato visto» proseguì Lestrade. «Un garzone di lattaio diretto alla fattoria per prelevare il latte è passato per il viale dove sbocca il vicolo che passa dietro l'albergo e ha visto una scala a pioli appoggiata contro una delle finestre del secondo piano, che era spalancata. Mentre si allontanava, ha scorto un uomo scendere quella scala, ma il suo contegno era così disinvolto e naturale da far pensare al ragazzo che fosse un operaio che doveva eseguire qualche riparazione nell'albergo. Il ragazzo non ci ha trovato nulla di strano, quantunque gli sembrasse un po' presto per cominciare il lavoro. Ha avuto l'impressione che fosse un uomo alto, la faccia un po' rossa, e che portasse un soprabito marrone scuro. Dev'essersi attardato parecchio nella stanza, dopo il delitto, perché abbiamo trovato dell'acqua sporca di sangue nel catino in cui si era lavato le mani, nonché delle chiazze sulle lenzuola, dove aveva ripulito il coltello.»

Guardai Holmes, mentre ascoltavo la descrizione dell'assassino che così bene corrispondeva alla sua ipotesi. Ma non vi era traccia di esultanza né di soddisfazione sul suo viso.

«Ha trovato niente, in quella stanza, che possa fornirci un indizio riguardo all'assassino?» domandò.

«Niente. Stangerson aveva in tasca il portafogli di Drebber, ma può darsi che non ci sia niente di strano. Probabilmente, come segretario, Stangerson fungeva da ufficiale pagatore. Il portafogli conteneva un'ottantina di sterline. Qualunque sia il movente di questi delitti straordinari, il furto non c'entra di sicuro. Nelle tasche del morto non c'erano documenti, soltanto un telegramma spedito da Cleveland, un mese fa, con le parole: "J.H. è in Europa". Non c'era nemmeno la firma.»

«E non ha trovato altro?» domandò Holmes.

«Nient'altro d'importante. Un romanzo che quell'uomo stava leggendo era sul letto, e la sua pipa era su una sedia, accanto a lui. Sulla tavola c'era un bicchiere d'acqua e sul davanzale della finestra una scatoletta con dentro un paio di pillole.»

Sherlock Holmes balzò in piedi con un'esclamazione di gioia.

«L'ultimo anello!» proruppe esultante. «La mia tesi è completa.»

I due investigatori lo guardarono sbalorditi.

«Ormai ho in pugno tutti i fili del groviglio» soggiunse il mio amico in tono sicuro. «Naturalmente, ci sono dei particolari da chiarire. Ma per quanto riguarda i fatti principali (dal momento in cui Drebber si è separato da Stangerson, a Euston, a quello in cui è stato scoperto il suo cadavere), sono in grado di esporli come se li avessi visti con i miei occhi. Vi darò una prova di quello che so. Può portarmi le pillole, Lestrade?»

«Le ho qui con me» rispose il funzionario, tirando fuori una scatoletta bianca. «Le ho prese insieme al portafogli e al telegramma con l'intenzione di consegnarle alla stazione di polizia. È una combinazione che io le abbia, perché devo confessare che non vi attribuisco grande importanza.»

«Me le dia» disse Holmes. «Senta, Watson, le sembra che siano pillole comuni?»

Non lo erano di certo. Avevano un colore grigio perlaceo, erano piccole, rotonde e quasi trasparenti.

«Dalla leggerezza e dalla trasparenza, immagino che siano solubili in acqua» osservai.

«Precisamente» rispose Holmes. «Ora, le dispiacerebbe andare a prendere quel povero cagnolino che soffre da tanto tempo e che la padrona di casa, proprio ieri, l'aveva pregata di uccidere per mettere fine alle sue sofferenze?»

Scesi al pianterreno, poi portai su il cagnolino tra le braccia. Il suo respiro affannoso e i suoi occhi vitrei dimostravano che non era lontano dalla fine. Lo posai su un cuscino.

«Ora taglierò in due una di queste pillole» disse Holmes e, tratto un temperino, fece seguire l'azione alle parole. «Una metà la rimetto nella scatoletta per scopi futuri, l'altra metà la butto in questo bicchiere che contiene qualche goccia d'acqua. Come vedete, il nostro dottor Watson ha ragione... la sostanza si scioglie facilmente.»

«Tutto questo sarà interessantissimo,» brontolò Lestrade, con il fare arcigno di chi sospetta che lo prendano in giro «ma non vedo che cosa c'entri con la morte di Stangerson.»

«Un po' di pazienza, caro amico, un po' di pazienza. Tra poco scoprirà che c'è un punto di contatto. Ora aggiungo un po' di latte per rendere la miscela più gradevole e vedrà che il cane non esiterà a berla.»

Così dicendo, versò il contenuto del bicchiere in un piattino e lo mise davanti al terrier che subito cominciò a lappare.

La sicurezza di Holmes ci aveva convinti a tal punto che tutti e tre restammo in silenzio a osservare l'animale, con la massima attenzione, aspettandoci di notare qualche sintomo sconcertante. Ma non accadde nulla. Il cane rimase adagiato sul cuscino. Continuava a respirare affannosamente, ma era chiaro che la miscela non gli aveva fatto né caldo né freddo.

Holmes aveva tirato fuori l'orologio. Con il passare dei minuti, un'espressione di profondo sconforto e disappunto apparve sulla sua faccia. Si mordicchiava le labbra, tamburellava con le dita sulla tavola, tradiva, insomma, una grande impazienza. La sua emozione era tanto profonda che io provai un vero senso di pena per lui, ma i due investigatori lo fissavano con un sorriso di derisione, tutt'altro che scontenti di quello smacco.

«Non può essere una coincidenza!» proruppe Holmes balzando in piedi e mettendosi a passeggiare su e giù per la stanza. «Non è ammissibile che si tratti di una pura coincidenza. Proprio le pillole di cui io sospettavo l'esistenza nel caso Drebber vengono trovate dopo la morte di Stangerson... eppure sono innocue. Che cosa significa? La mia tesi non può essere sbagliata da cima a fondo. È impossibile! Eppure, il cane sta benissimo. Ah, ho trovato. Ho trovato!» Con un grido di gioia si precipitò a riprendere la scatoletta, tagliò in due l'altra pillola, la sciolse, vi aggiunse il latte e tornò a porgere il piattino al cane.

La povera bestiola aveva appena bagnato la lingua nel liquido, quando fu scossa in tutte le membra da un fremito convulso, poi si afflosciò senza vita come se fosse stata fulminata.

Sherlock Holmes trasse un profondo sospiro e si asciugò il sudore della fronte.

«Dovrei avere più fede» mormorò. «A quest'ora dovrei sapere che, quando un fatto sembra smentire una lunga catena di deduzioni, si rivela invariabilmente passibile di un'interpretazione diversa. Delle due pillole di quella scatoletta, una conteneva un veleno terribile, l'altra era del tutto innocua. Avrei dovuto capirlo prima ancora di vedere la scatoletta.»

Rimasi sconcertato, a quella sua ultima asserzione; stentavo a credere che fosse nel pieno possesso delle sue facoltà, eppure il cane giaceva là, morto, a comprova che le congetture di Holmes erano state esatte. Mi pareva che la nebbia si dissipasse a poco a poco dal mio cervello, e cominciavo ad avere una vaga percezione della verità.

«Tutto ciò vi sembra strano» proseguì Holmes «perché all'inizio delle indagini non avete afferrato l'importanza dell'unico vero indizio che avevate sott'occhio. Io ho avuto la fortuna di apprezzarlo nel suo giusto valore, e quanto è accaduto dopo è valso a confermare la mia prima ipotesi. Quindi, le cose che vi hanno lasciato perplessi e che hanno reso più oscuro il caso ai vostri occhi sono servite a illuminarmi e a rafforzare le mie conclusioni. È un errore confondere la stranezza con il mistero. Il delitto più banale è spesso il più misterioso poiché non presenta caratteristiche nuove o particolari da cui si possono trarre deduzioni. Questo assassinio sarebbe risultato infinitamente più difficile a chiarirsi se il cadavere della vittima fosse stato rinvenuto semplicemente nella strada, senza che emergesse nessuna di quelle circostanze insolite e sensazionali che l'hanno reso tanto notevole. Questi strani particolari, ben lungi dal rendere più difficili le indagini, le hanno invece facilitate.»

Gregson, che aveva ascoltato quel discorso con palese impazienza, non poté più frenarsi.

«Senta, signor Holmes,» disse «siamo tutti pronti a riconoscere che lei è intelligente e che ha dei metodi tutti particolari, ma adesso ci occorre qualcosa di più concreto delle sue teorie e delle sue ipotesi campate in aria. Qui si tratta di acciuffare il colpevole. Io avevo esposto una tesi e, a quanto pare, ero in errore. Evidentemente Charpentier non può essere colpevole del secondo delitto. Lestrade ha dato la caccia al suo uomo, che era Stangerson, e pare che fosse in errore anche lui. Lei ci ha fornito dei vaghi accenni, ma ha l'aria di saperla più lunga di noi, sicché è venuto il momento in cui dobbiamo chiederle in modo esplicito che cosa sa della faccenda. Riteniamo di averne il diritto. Può fornirci il nome del colpevole?»

«Devo convenire che Gregson ha ragione, signor Holmes» intervenne Lestrade. «Tutti e due abbiamo tentato di dipanare la matassa e non ci siamo riusciti. Più di una volta, dacché sono arrivato, lei ha detto di possedere tutte le prove. Voglio sperare che non abbia intenzione di custodire il segreto.»

«Qualunque ritardo nell'arresto dell'assassino» osservai a mia volta «potrebbe dargli il tempo di perpetrare altre atrocità.»

Trovandosi così premuto da ogni parte, Holmes parve esitare. Passeggiava avanti e indietro per la stanza con il mento sul petto e la fronte corrugata, come sempre quando era assorto in profondi pensieri.

«Non ci saranno altri delitti» dichiarò finalmente, fermandosi di colpo e piantandosi di fronte a noi. «Quella è un'eventualità che potete scartare a priori. Mi avete chiesto se conosco il nome dell'assassino. Sì. Ma il solo fatto di conoscere il suo nome è un'inezia di fronte al problema di acciuffare l'uomo. Tuttavia spero di poterci riuscire tra poco. Ho già preso le mie misure, ma si tratta di una manovra da eseguirsi con la massima delicatezza, poiché abbiamo a che fare con un individuo astuto e disperato. Finché quell'uomo non sospetta che qualcuno gli sta alle calcagna c'è la speranza di agguantarlo, ma se gli venisse il più piccolo dubbio, cambierebbe nome e scomparirebbe all'istante tra i quattro milioni di abitanti di questa metropoli. Non ho nessuna intenzione di offendere due degni funzionari come voi, ma devo dirvi che considero l'avversario più che all'altezza di battersi contro la polizia regolare; ecco perché non vi ho chiesto aiuto. Se fallirò nei mio intento dovrò subire, naturalmente, tutto il biasimo che mi spetta per questa omissione, ma non me ne preoccupo. Per il momento vi prometto che, non appena potrò comunicarvi i risultati delle mie indagini senza pregiudicarne il successo finale, lo farò senz'altro.»

Gregson e Lestrade parvero tutt'altro che soddisfatti da quell'assicurazione e tanto meno dall'accenno poco lusinghiero fatto da Holmes alle forze della polizia regolare. Il primo arrossì fino alla radice dei capelli, mentre gli occhietti neri dell'altro scintillavano di curiosità e risentimento. Tuttavia nessuno dei due ebbe il tempo di parlare. Si udì bussare all'uscio, poi il piccolo Wiggins, portavoce della banda dei monelli, entrò nel salotto, più sciamannato che mai.

«Scusi, signore,» disse abbozzando un saluto militare «ho giù la carrozza.»

«Bravo figliolo» esclamò Holmes. «Perché non introducete questo modello a Scotland Yard?» soggiunse poi rivolgendosi ai due funzionari, mentre traeva dal cassetto un paio di lucide manette d'acciaio. «Guardate come funziona la molla automatica. Si chiudono in un istante.»

«Il vecchio modello è ottimo» dichiarò Lestrade. «L'importante è trovare l'uomo da ammanettare.»

«Già, già» brontolò Holmes sorridendo. «Quel cocchiere potrebbe aiutarmi a chiudere le valigie. Digli di salire, Wiggins.»

Mi stupii che il mio compagno parlasse come se fosse sul punto di partire per un viaggio, poiché non me ne aveva fatto il minimo accenno. C'era una piccola valigia nella stanza. Andò a prenderla e si dispose a chiuderla. Stava ancora armeggiando, quando il cocchiere entrò in salotto.

«Mi dia una mano a chiudere questa fibbia, cocchiere» disse Holmes, inginocchiandosi per lavorare più comodamente, e senza nemmeno voltare la testa.

L'uomo avanzò con aria un po' burbera e allungò le mani per aiutare il cliente. In quell'istante si udì uno scatto secco. Un tintinnio metallico e Sherlock Holmes balzò di nuovo in piedi.

«Signori,» esclamò con occhi lampeggianti «permettete che vi presenti Jefferson Hope, l'assassino di Enoch Drebber e di Joseph Stangerson.»

Tutta la scena si era svolta in un secondo... con tale rapidità che stentavo a capacitarmene. Ho un vivido ricordo di quell'attimo... dell'espressione esultante di Holmes, del suono della sua voce, del viso trasognato, e furibondo a un tempo, del cocchiere, mentre fissava le lucide manette che, come per magia, gli avevano imprigionato i polsi.

Per un po' restammo tutti immobili come un gruppo di statue, poi, con un urlo inarticolato, il prigioniero si liberò dalla stretta di Holmes precipitandosi verso la finestra. Il telaio di legno e i vetri cedettero al suo urto formidabile ma, prima che lui riuscisse a buttarsi fuori, Gregson, Lestrade e lo stesso Holmes gli furono addosso come tanti mastini. Lo trascinarono verso il centro della stanza e allora cominciò una lotta terribile. Intervenni a mia volta, ma l'uomo era tanto robusto e deciso che a più riprese riuscì a respingerci tutti e quattro. Sembrava che avesse la forza di chi è in preda a un attacco epilettico. Aveva il viso e le mani terribilmente tagliuzzati dai vetri infranti, ma la perdita di sangue non pareva indebolirlo. Soltanto quando Lestrade riuscì a infilargli una mano nel colletto della camicia, mezzo strangolandolo, si rese conto che era inutile lottare. Noi, però, non ci sentimmo tranquilli fino a quando uno degli investigatori non riuscì a legargli anche i piedi.

«Giù c'è la carrozza» disse Sherlock Holmes. «Servirà a condurlo a Scotland Yard. E ora, signori,» proseguì con un sorriso bonario «il mistero è chiarito. Siete autorizzati a rivolgermi qualunque domanda, e io sarò ben felice di rispondere.»

Parte seconda

Il paese dei Santi

1
Nel deserto del Colorado

Nella parte centrale del grande continente americano si stende un arido e squallido deserto che, per anni e anni, ha costituito una barriera contro l'avanzare della civiltà. Dalla Sierra Nevada al Nebraska e dal fiume Yellowstone a nord, al Colorado a sud, regnano, in tutta la zona, la desolazione e il silenzio. La natura non si presenta sotto un aspetto uniforme, in quell'impervia regione. Vi sono montagne altissime incappucciate di neve e valli profonde e tenebrose. Vi sono fiumi impetuosi che balzano attraverso gli abissi dei canyon e, ancora, sconfinate pianure, bianche di neve d'inverno e grigie di arida sabbia d'estate. Dovunque, però, prevale la caratteristica comune di una terra miserabile, nuda, inospitale. Non ci sono abitanti in quel paese della disperazione. Accade talvolta che un'orda di indiani lo attraversi per raggiungere altre zone di caccia, ma anche i più ardimentosi si rallegrano quando possono perdere di vista quelle orrende pianure ritrovandosi sulle loro praterie.

Il lupo delle praterie si aggira tra i radi cespugli, il nibbio solca l'aria con il suo volo pesante e l'orso bruno esplora i profondi crepacci in cerca di cibo. Quelli sono gli unici abitatori del deserto.

In tutto il mondo non esiste panorama più squallido di quello che si osserva dalle pendici settentrionali della Sierra Blanco. A perdita d'occhio si estende un'arida pianura la cui uniformità è rotta soltanto da qualche raro cespuglio nano. All'estremo limite dell'orizzonte si eleva una lunga catena di montagne con le cime ammantate di neve perenne. In quella immensità non vi è traccia di vita, né nulla che abbia attinenza alla vita. Non vi sono uccelli nel cielo color dell'acciaio, nulla si muove sulla terra grigia e brulla... e, soprattutto, regna dovunque il silenzio. Per quanto si tenda l'orecchio, non un suono rompe la quiete del deserto. Il silenzio è completo e opprimente.

Si è detto che in quell'immensa pianura non c'è nulla che abbia attinenza alla vita, ma forse non è esatto. Guardando in giù dalla Sierra Blanco si vede una pista segnata attraverso il deserto, una pista tortuosa che si perde in distanza. Quella pista reca le tracce di ruote nonché le orme di molti avventurieri. Qua e là sono sparpagliati degli oggetti bianchi che luccicano al sole e spiccano sul colore cupo della sabbia. Sono ossa: alcune di grandi dimensioni, altre più piccole e delicate. Le prime sono appartenute a bovini, le altre a esseri umani. Per duemilaquattrocento chilometri si può seguire quella macabra pista da carovane, segnata dai resti dei caduti.

Un viaggiatore solitario era intento a osservare quel panorama il 4 maggio del 1847. Il suo aspetto era tale che avrebbe potuto essere il genio stesso o il demone della regione. A chi l'avesse osservato, sarebbe riuscito difficile stabilire se era più vicino ai quaranta o ai sessanta. Aveva il viso scarno ed emaciato, e la pelle scura sembrava una pergamena tesa sulle ossa prominenti. Le sue lunghe chiome brune e la barba erano striate di bianco; aveva gli occhi infossati che ardevano di un luccichio anormale, mentre la mano in cui stringeva il fucile era poco meno scarna di quella di uno scheletro. Mentre se ne stava là, ritto, si appoggiava al fucile per reggersi in equilibrio, e tuttavia la sua figura alta e la statura massiccia denotavano una costituzione vigorosa. D'altronde il viso emaciato, le membra scarne e i vestiti che parevano cadergli di dosso tradivano il motivo per cui aveva quell'aspetto senile, depresso. Quell'uomo stava morendo... stava morendo di fame e di sete.

Aveva disceso faticosamente il burrone per poi arrampicarsi su una piccola altura, nella vana speranza di scorgere qualcosa che denotasse la presenza dell'acqua. Ora la grande pianura desertica si stendeva sotto i suoi occhi, delimitata da una remota catena di montagne selvagge, senza che, da nessuna parte, si scorgesse la presenza di una pianta o di un albero. Nulla in quell'ampio panorama gli offriva un bagliore di speranza. Verso nord, verso est e verso ovest, scrutò con lo sguardo disperato e interrogativo, poi si rese conto che il suo vagabondaggio era giunto al termine, e che là, su quella montagnetta sabbiosa, sarebbe morto.

«Perché non qui, invece che in un letto di piume tra vent'anni?» borbottò il viandante, mentre si sedeva all'ombra di un macigno.

Prima di sedersi aveva deposto al suolo l'inutile fucile e anche un grosso fagotto avvolto in uno scialle grigio, che trasportava a tracolla sulla spalla sinistra. Pareva un po' troppo pesante per le sue forze; infatti, mentre lo scaricava, il fagotto toccò terra con una certa violenza. Subito ne scaturì un piccolo gemito, poi tra le falde dello scialle apparve un visino spaventato, un visino dagli occhi luminosi, seguito da due minuscoli pugni.

«Mi hai fatto male!» piagnucolò una vocetta infantile, in tono di rimprovero.

«Davvero?» esclamò l'uomo in tono doloroso. «Non l'ho fatto apposta.»

Mentre parlava, sciolse i nodi dello scialle grigio e liberò una graziosa bimbetta sui cinque anni. Le sue scarpine eleganti e la veste rosa con il grembiulino bianco denotavano le cure di una madre. La bimba era pallida e un po' patita in viso, ma le gambette e le braccia rotonde dimostravano che aveva sofferto assai meno del suo compagno.

«Ti è passato?» domandò l'uomo con ansia, poiché la piccina si stropicciava ancora i riccioli dorati sulla nuca.

«Ci vuole un bacino per far passare il male» disse lei in tono molto serio, mostrandogli la parte ammaccata. «La mia mamma faceva sempre così. Dov'è la mia mamma?»

«Se n'è andata, la tua mamma. Credo che la vedrai tra poco.»

«Se n'è andata!» esclamò la bimba. «Perché non mi ha salutato? Mi salutava sempre quando andava a prendere il tè dalla zia, e adesso sono tre giorni che se n'è andata. Sai, ho tanta sete. Non c'è un po' d'acqua? E non c'è niente da mangiare?»

«No, tesoro, bisognerà che tu abbia ancora un pochino di pazienza, poi starai bene. Appoggiati qui con la testina contro di me, e ti sentirai meglio. Non è facile parlare con la lingua secca e ruvida come il cuoio, ma è meglio che ti dica come stanno le cose. Che cos'hai, lì?»

«Guarda che bello!» esclamò la piccina con entusiasmo, mostrandogli due frammenti di mica luccicante. «Quando torno a casa, li do al mio fratellino Bob.»

«Fra poco vedrai delle cose molto più belle» dichiarò l'uomo in tono fiducioso. «Abbi pazienza. Ma che cosa stavo dicendo...? Tu ricordi quando siamo partiti dal fiume?»

«Oh, sì.»

«Be', credevamo di trovare un altro fiume di lì a poco. Ma c'è stato uno sbaglio... non so come... forse la carta geografica... e il fiume non l'abbiamo trovato. L'acqua è sparita. Sono riuscito a raccoglierne qualche goccia per te e...»

«E tu non ti sei potuto lavare» lo interruppe la bambina con molta serietà, fissando la faccia sudicia dell'uomo.

«Già... e non ho potuto bere. Nessuno ha potuto bere... e il signor Bender è stato il primo ad andarsene, poi Pete l'indiano e la signora McGregor, poi ancora Johnny Hones e infine, tesoro, la tua mamma...»

«Allora la mia mamma è morta» piagnucolò la bimba nascondendosi il viso nel grembiulino e rompendo in singhiozzi.

«Sì, sono morti tutti all'infuori di te e di me. Speravo ancora di poter trovare un po' d'acqua da questa parte. Ti ho caricata in spalla e mi sono rimesso in viaggio. Non siamo stati fortunati, e ormai non c'è più nessuna speranza.»

«Allora moriamo anche noi?» chiese la bimba smettendo di singhiozzare, e alzando il visino rigato di lacrime.

«Credo proprio di sì.»

«Perché non me l'hai detto prima?» rispose lei ridendo. «Mi avevi fatto paura. Allora, se moriamo, ritroveremo la mamma.»

«Certo che la ritroverai, tesoro.»

«Anche tu. Glielo dirò che sei stato tanto buono con me. Scommetto che è alla porta del paradiso ad aspettarci con una brocca d'acqua e con una torta grande così, di quelle con la crosta sopra e sotto, che piacciono tanto a me e a Bob. Ci manca molto?»

«Non lo so... non molto.»

Gli occhi dell'uomo erano fissi sull'orizzonte, verso nord. Nella volta azzurra del cielo erano apparsi tre puntini che a ogni minuto aumentavano di dimensioni, tanta era la rapidità con cui si avvicinavano. In breve si rivelarono per tre uccellacci scuri che cominciarono a volteggiare sulla testa dei due sperduti, poi si posarono su alcune rocce sovrastanti. Erano nibbi, gli avvoltoi dell'Ovest, la cui presenza è foriera di morte.

«Guarda i piccioni!» gridò la piccola in tono giulivo, additando le bestiacce di malaugurio e battendo le mani per farle volare. «Senti, è stato il Signore a fare questo paese?»

«Naturale che è stato il Signore» rispose l'uomo, un po' sconcertato da quella domanda inattesa.

«Il Signore ha fatto l'Illinois, e anche il Missouri,» proseguì la bimba «ma io non credo che abbia fatto anche questo paese. Non è fatto bene come gli altri. Si sono dimenticati l'acqua e gli alberi.»

«Non vorresti dire le preghiere?» domandò ancora l'uomo, titubante.

«Ma è ancora presto per dire le preghiere.»

«Non importa. Non è l'ora solita, ma al Signore non dispiacerà. Di' pure le preghiere che dicevi ogni sera sul carro, quando eravamo nella prateria.»

«Perché non le dici anche tu?» chiese la bimba spalancando gli occhi, perplessa.

«Non me le ricordo. Non ne ho più dette da quando ero alto la metà di questo fucile, ma forse non è mai troppo tardi per ricominciare. Dille tu, le preghiere, e io ti terrò dietro.»

«Ma allora devi inginocchiarti come me» dichiarò la bimba stendendo lo scialle al suolo. «Devi unire le mani così... in ginocchio ci si sente più buoni, sai.»

Era uno strano spettacolo... se ci fosse stato qualcuno a osservarlo, all'infuori dei nibbi. L'uno accanto all'altra, sullo scialletto, s'inginocchiarono i due viandanti, la bimbetta ciarliera e l'avventuriero indurito e temerario. Il visino ancora paffuto della bimba e la faccia scarna e angolosa dell'uomo erano entrambi rivolti al cielo senza nubi, in una sentita preghiera alla temuta Entità cui stavano di fronte. Due voci, una acuta e limpida, l'altra profonda e aspra... si univano per supplicare pietà e perdono. Finita la preghiera, i due tornarono a sedersi all'ombra del macigno e, poco dopo, la bimba si addormentò appoggiata all'ampio petto del suo protettore.

L'uomo rimase per qualche tempo a osservarla, ma la natura fu più forte di lui. Da tre giorni e tre notti non si era concesso né sosta né riposo. Lentamente le palpebre gli si abbassarono sugli occhi stanchi, la testa gli ricadde sempre più in basso, con il mento sul petto, finché la sua barba brizzolata andò a mischiarsi ai riccioli d'oro della piccina. Dormivano entrambi del medesimo sonno profondo e senza sogni.

Se il viandante fosse rimasto sveglio ancora per un'altra mezz'ora, uno strano spettacolo si sarebbe presentato ai suoi occhi. In lontananza, sull'estremo limite della pianura, si era levata come una nuvola di polvere, appena visibile sulle prime, confusa com'era con la bruma in distanza, per poi divenire più vasta e ben definita. La nube continuò ad aumentare di dimensioni finché risultò palese che poteva essere causata soltanto da una grande moltitudine di esseri in movimento. In luoghi più fertili l'osservatore avrebbe concluso che un'enorme mandria di bisonti, di quelli che infestano le praterie, stava avanzando. Ma ciò non era possibile in quella terra arida. A mano a mano che la nube di polvere si avvicinava all'altura isolata su cui riposavano i due sperduti, cominciarono ad apparire attraverso il polverone le sagome di grandi carri coperti e le figure di molti cavalieri armati. Si trattava di una carovana diretta verso l'Ovest. Ma che carovana!

La testa era già arrivata alle falde delle montagne, ma la coda non si distingueva ancora, poiché si perdeva all'orizzonte. Attraverso tutta l'immensa pianura si snodava l'interminabile processione di carri, carretti, uomini a cavallo e uomini a piedi. Innumerevoli donne si trascinavano cariche di fagotti, e accanto a loro trotterellavano bimbi di ogni età, mentre altri facevano capolino dai carri. Non poteva certo essere una comune comitiva di immigranti, ma piuttosto qualche popolazione nomade, costretta dalla forza delle circostanze a cercarsi una nuova patria.

Nell'aria limpida e arida si levava da quella massa di umanità un vociare confuso, accompagnato dal cigolio delle ruote e dal nitrire dei cavalli. Ma, per quanto fosse forte il frastuono, non era sufficiente a svegliare i due esausti viandanti che dormivano sulla piccola altura.

In testa alla colonna procedevano sei o sette uomini a cavallo, uomini dal volto grave e deciso, vestiti di ruvidi panni scuri e armati di fucili. Giunti alle falde dell'altura, si fermarono e tennero un breve conciliabolo.

«Le sorgenti sono a destra, fratelli» disse uno di loro, un uomo dai capelli brizzolati, dal volto glabro e dalla bocca dura.

«Alla destra della Sierra Blanco... poi raggiungeremo il Rio Grande» disse un altro.

«Non temete per l'acqua» interloquì un terzo. «Colui che ha saputo cavarla dalle rocce non abbandonerà ora il Suo popolo prediletto.»

«*Amen! Amen!*» rispose il gruppo in coro.

Stavano per riprendere il cammino quando uno dei più giovani, dotato di una vista molto acuta, ruppe in un'esclamazione e indicò in alto, verso l'altura che sovrastava il burrone. Presso un macigno spiccava contro il grigio della roccia e pareva scintillare al sole qualcosa di rosso. A quella vista tutti tirarono le redini e brandirono i fucili, mentre altri cavalieri sopraggiungevano per rinforzare l'avanguardia. La parola "pellirosse" era sulle labbra di tutti.

«Non ci possono essere molti indiani, qui» dichiarò l'uomo anziano che sembrava il comandante in capo. «Abbiamo oltrepassato il paese dei pawnee e non incontreremo altre tribù finché non oltrepasseremo le grandi montagne.»

«Posso andare a fare una ricognizione, fratello Stangerson?» chiese uno del gruppo.

«Anch'io!» «Anch'io!» «Anch'io!» gridarono molte voci.

«Lasciate i cavalli e vi aspetteremo qui» rispose l'anziano.

Un momento dopo i giovani erano smontati di sella, avevano legato i cavalli e si arrampicavano su per un ripido pendio verso l'oggetto che aveva attirato la loro curiosità. Avanzavano rapidi e silenziosi con la disinvoltura e la destrezza degli esploratori esperti. Gli altri, dalla pianura sottostante, li videro balzare di roccia in roccia finché le loro figure apparvero stagliate contro il cielo. Il giovane che per primo aveva dato l'allarme era in testa. A un tratto i compagni lo videro alzare le mani al cielo come se fosse sopraffatto dalla meraviglia, e quando lo raggiunsero rimasero a loro volta sbalorditi per lo spettacolo che si presentava ai loro sguardi.

Sul piccolo spiazzo, in cima all'altura, c'era un unico masso gigantesco: appoggiato a quel masso giaceva un uomo alto e barbuto, di una magrezza estrema. Il suo volto placido e il suo respiro regolare dimostravano che era profondamente addormentato. Accanto a lui riposava una bimba, che gli cingeva il collo muscoloso con le braccine rotonde, e la sua testa ricciuta era posata sul panciotto di fustagno. Le labbra rosee della bambina erano dischiuse e rivelavano una fila di dentini candidissimi e regolari. Le sue sembianze gentili erano atteggiate a un sorriso placido. Le gambette grassocce con le calzine bianche e le scarpette dalla fibbia lucida contrastavano stranamente con le membra scarne e rattrappite dell'uomo. Su una roccia che sovrastava quella strana coppia erano appollaiati tre nibbi solenni che, alla vista dei nuovi venuti, emisero grida rauche e volarono via.

Le grida degli uccellacci svegliarono i dormienti, che si guardarono attorno disorientati. L'uomo si alzò in piedi a fatica e volse lo sguardo in giù, verso la pianura che gli era apparsa tanto desolata prima che il sonno lo vincesse, e che ora sembrava divisa in due da quell'enorme carovana di uomini e animali. Il suo viso assunse un'espressione incredula e lui si passò una mano ossuta sugli occhi.

«Il delirio» borbottò. «Il delirio.»

La bimba gli stava accanto in silenzio e gli si aggrappava alle gambe ma, a sua volta, si guardava attorno con gli occhi attoniti e interrogativi dell'infanzia.

La spedizione di soccorso non tardò a convincere i due sperduti che la sua presenza non era un'allucinazione. Uno degli uomini prese la bimba e se la issò sulle spalle, mentre gli altri reggevano l'esausto viandante aiutandolo a scendere verso i carri.

«Mi chiamo John Ferrier» spiegò l'uomo. «Io e la piccola siamo i soli superstiti di una comitiva di ventuno persone. Gli altri sono morti di sete e di fame, giù verso il Sud.»

«È tua figlia?» chiese qualcuno.

«Ormai è come se lo fosse» rispose l'uomo in tono di sfida «poiché l'ho salvata. Nessuno potrà mai portarmela via. Da oggi in poi, è Lucy Ferrier. Ma voi, chi siete?» soggiunse, guardando incuriosito gli aitanti e abbronzati salvatori. «Pare che siate in molti.»

«Quasi diecimila» rispose uno dei giovanotti. «Siamo i perseguitati figli di Dio... i prescelti dell'angelo Merona.»

«Non ne ho mai sentito parlare» dichiarò il viandante. «A quanto sembra, i suoi prescelti sono un bel numero.»

«Non scherzare su ciò che è sacro» ribatté l'altro in tono severo. «Siamo coloro che credono nelle Sacre Scritture incise in lettere egiziane su lastre d'oro battuto che furono consegnate al santo Joseph Smith a Palmyra. Veniamo da Nauvoo, nello Stato dell'Illinois, dove avevamo fondato il nostro Tempio. Ora cerchiamo un rifugio lontano dai violenti e dai senza Dio e lo troveremo a costo di installarci nel cuore del deserto.»

Il nome di Nauvoo, evidentemente, risvegliò qualche ricordo di John Ferrier.

«Capisco» disse. «Siete i mormoni.»

«Siamo i mormoni» risposero gli altri a una voce.

«E dove andate?»

«Non lo sappiamo. La mano di Dio ci guida nella persona del nostro profeta. Devi venire al suo cospetto. Lui dirà quello che si deve fare di te.»

Erano ormai giunti alle falde dell'altura, e ben presto si trovarono attorniati da una folla di pellegrini... donne dal volto pallido e dall'aspetto mite, bimbi robusti e giulivi, uomini ansiosi, dal volto grave. Molte furono le grida di stupore e di commiserazione quando i mormoni videro la piccola e notarono le condizioni disperate dell'uomo che la accompagnava.

Tuttavia la pattuglia di scorta non si fermò, ma continuò a procedere seguita dalla folla, finché giunse a un carro che si distingueva dagli altri per le sue dimensioni e per il suo aspetto sontuoso.

Sei cavalli erano aggiogati a quel carro, mentre gli altri erano trainati da due o, al massimo, da quattro.

Accanto al cocchiere era seduto un uomo che non poteva avere più di trent'anni, ma la testa massiccia e l'espressione risoluta rivelavano in lui il capo. Era intento a leggere un volume dal dorso marrone, ma lo mise da parte quando la folla si avvicinò, e ascoltò attentamente la relazione dell'accaduto. Poi si rivolse ai due sperduti.

«Possiamo prendervi con noi,» disse in tono solenne «ma soltanto come seguaci della nostra fede. Non vogliamo lupi nel nostro ovile. Meglio sarebbe che le vostre ossa s'imbiancassero in questo deserto, se mai doveste rivelarvi come il minuscolo granello di impurità che, alla lunga, fa marcire tutto il frutto. Volete venire con noi a queste condizioni?»

«Per conto mio, vengo con voi a qualunque condizione» rispose Ferrier, e parlò con tale impeto che i solenni anziani non poterono trattenere un sorriso. Soltanto il capo conservò la sua espressione truce e severa.

«Fratello Stangerson,» disse «darai a costoro da mangiare e da bere. Sarà pure tuo compito istruirli sul nostro credo. Abbiamo indugiato abbastanza a lungo! Avanti! Avanti verso Sion!»

«Avanti verso Sion!» ripeterono i mormoni, e il grido si propagò lungo la carovana, passando di bocca in bocca finché si spense in distanza come un sordo mormorio.

Tra lo schioccare delle fruste e il cigolio delle ruote, i grandi carri si rimisero in moto e l'immensa carovana riprese a serpeggiare attraverso il deserto. L'anziano, alle cure del quale i due viandanti erano stati affidati, li condusse a un carro dove già li aspettava un pasto copioso.

«Rimarrete qui» disse. «In pochi giorni vi rimetterete in forze. Intanto ricordatevi che siete ormai, e per sempre, nella nostra religione. Brigham Young l'ha detto e lui parla con la voce di Joseph Smith, che è la voce del Signore.»

2
Il fiore dello Utah

Non sarebbe il caso di rievocare qui le fatiche e le privazioni sopportate dagli immigranti mormoni prima di arrivare alla loro sede definitiva. Dalle rive del Mississippi alle pendici occidentali delle Montagne Rocciose essi avevano peregrinato con una costanza senza precedenti nella storia. Tribù selvagge e ostili, bestie feroci, fame, sete, stanchezza e malattie... tutti gli ostacoli che la natura poteva porre sul loro cammino erano stati superati con tenacia anglosassone. Ma il lungo viaggio e le terribili emozioni avevano fiaccato anche i più forti di loro. Non vi fu un solo mormone che non cadesse in ginocchio per prorompere in una preghiera di ringraziamento quando apparve l'ampia valle dello Utah inondata di sole, e i capi annunciarono che quella era la Terra Promessa, che quella fertile distesa sarebbe stata dei mormoni, per sempre.

Ben presto Brigham Young si rivelò un abilissimo amministratore, oltre che un capo risoluto. Vennero tracciati piani e mappe per la costruzione della futura città. Tutt'attorno sorsero le fattorie, e i terreni furono assegnati a seconda dell'importanza di ogni persona. I mercanti furono invitati a dedicarsi al loro commercio, gli artigiani a costruire i loro laboratori. Nella città, vie e piazze sorgevano come per magia. Nelle campagne si prosciugavano terreni, si scavavano canali, si piantavano siepi, e già l'estate successiva tutta la campagna era una dorata distesa di messi. La strana colonia prosperava, e il grande tempio che era stato eretto al centro della città divenne sempre più vasto e più alto. Dalle prime luci dell'alba il lavoro ferveva tra un frastuono di martelli, di raspe e di seghe, nel monumento eretto dagli immigranti a Colui che li aveva portati in salvo attraverso tanti pericoli.

I due sperduti, John Ferrier e la bimba che aveva condiviso la sua sorte e che lui aveva adottato come figlia, accompagnarono i mormoni fino alla fine del loro grande pellegrinaggio. La piccola Lucy Ferrier compì abbastanza piacevolmente il viaggio sul carro dell'anziano Stangerson, assieme alle tre mogli del mormone e al suo unico figlio, un ragazzo dodicenne cocciuto e precoce. La bimba, che con l'elasticità dell'infanzia si era ripresa dal colpo causatole dalla morte della madre, divenne ben presto la prediletta delle donne e si abituò alla nuova vita in quella casa ambulante che aveva un tendone in luogo del tetto. Frattanto Ferrier, che aveva ripreso le forze, si distingueva come guida e come instancabile cacciatore. Si guadagnò la stima dei suoi nuovi compagni con tale rapidità che, quando giunsero alla fine del loro vagabondaggio, fu decretato all'unanimità che a Ferrier venisse assegnato un appezzamento vasto e fertile quanto quello di tutti gli altri pionieri, fatta eccezione per Young, nonché per Stangerson, Kemball, Johnston e Drebber, che erano i quattro anziani principali.

Sulla sua terra John Ferrier si costruì una solida casa di tronchi d'albero, che negli anni successivi fu ampliata fino a diventare una spaziosa villa. Ferrier aveva senso pratico e abilità manuali, inoltre sapeva trattare gli affari. Con la sua ferrea costituzione riusciva a lavorare dalla mattina alla sera per il miglioramento delle sue terre. Accadde così che la fattoria di Ferrier e tutto ciò che gli apparteneva prosperassero in modo straordinario. In tre anni divenne il più agiato di tutti i suoi vicini, in sei divenne benestante, in nove addirittura ricco. Nel volgere di dodici anni non vi erano in tutta Salt Lake City più di sei uomini che potessero rivaleggiare con lui. Dal grande mare interno ai lontani monti Wahsatch nessuno era meglio conosciuto di John Ferrier.

Per una cosa, per una cosa sola, urtava continuamente la sensibilità dei correligionari. Nessuna esortazione aveva mai potuto persuaderlo a crearsi un gineceo come gli altri. Non aveva mai spiegato i motivi del suo ostinato rifiuto, ma era rimasto inflessibilmente fedele alla propria determinazione. Alcuni lo accusavano di essere tiepido nei riguardi della fede, altri pensavano che l'avidità di ricchezza lo rendesse riluttante ad affrontare la spesa di un harem. Altri ancora parlavano di un suo antico amore e di una fanciulla bionda che era morta di dolore sulle rive dell'Atlantico. Comunque fosse, Ferrier era rimasto ostinatamente celibe. Sotto ogni altro aspetto, seguiva la religione della giovane comunità e perciò godeva fama di uomo retto e ortodosso.

Lucy Ferrier crebbe nella casa di legno e, quando fu grandicella, cominciò ad aiutare il padre adottivo in tutte le sue imprese. L'aria salubre dei monti e il balsamico profumo dei pini sostituirono per la bimba le cure della madre o della governante. Con l'andare degli anni divenne più alta e più forte, le sue gote si fecero floride. Molti viandanti, nel percorrere la strada che passava accanto alla fattoria Ferrier, sentivano rivivere nelle loro menti pensieri da lungo tempo dimenticati, osservando quella figuretta snella e femminile che correva attraverso i campi di grano, oppure galoppava in sella al cavallo del padre, con la grazia e la disinvoltura di una vera figlia dell'Ovest. Così il bocciolo si trasformò in fiore, e l'anno in cui il padre divenne il più ricco tra i coloni, Lucy era già il più bell'esemplare di fanciulla americana che si potesse trovare su tutta la sponda del Pacifico.

Non fu il padre, tuttavia, a scoprire per primo che la bambina era divenuta una donna. Raramente accade così. La misteriosa trasformazione è troppo sottile e troppo graduale per essere misurata con le date. La fanciulla stessa se ne rende conto soltanto quando il tono di una voce o il contatto di una mano le fa fremere il cuore. Allora, con un misto di orgoglio e paura, si accorge che una nuova personalità si è destata in lei. Poche sono le donne che non riescono a rievocare quel giorno e a ricordare il piccolo episodio che ha annunciato loro l'alba di una nuova vita.

Nel caso di Lucy Ferrier, l'occasione fu abbastanza seria di per se stessa, a parte l'influsso che avrebbe avuto sul suo destino e su quello di molte altre persone.

Era una calda mattinata di giugno e i Santi dell'Ultimo Giorno erano affaccendati come le api di cui avevano scelto l'alveare come emblema. Nei campi e nelle vie ferveva una grande attività. Sulle strade polverose sfilavano lunghe carovane di muli a pieno carico, tutte dirette verso l'Ovest, poiché la febbre dell'oro era scoppiata in California, e l'itinerario di coloro che vi andavano via terra passava attraverso la città degli Eletti. C'erano anche greggi e mandrie che rientravano dai pascoli lontani, nonché carovane di immigranti, stanchi al pari dei loro cavalli per il viaggio interminabile. Attraverso quella baraonda, aprendosi un varco con un'abilità di amazzone esperta, galoppava Lucy Ferrier, il bel viso un po' accaldato, i capelli castani sciolti al vento. Andava in città per una commissione del padre e, come aveva fatto tante altre volte, non esitava ad avventurarsi tra la calca con la temerarietà dei suoi anni, preoccupata soltanto del compito che le era stato affidato. I polverosi viandanti la seguivano con gli occhi attoniti, e persino gli impassibili indiani, diretti verso la città con le loro mercanzie, si scuotevano dall'apatia, stupiti per la bellezza di quella figlia dei visi pallidi.

Lucy era alla periferia della città, quando trovò bloccata la strada da una grande mandria di bestiame guidata da una mezza dozzina di rozzi mandriani della pianura. Impaziente com'era, la fanciulla tentò di superare l'ostacolo, guidando il cavallo verso un punto dove sembrava che ci fosse un passaggio. Troppo tardi si accorse del proprio errore. La mandria si chiuse alle sue spalle e la ragazza si trovò completamente incastrata in quella fiumana di bovini dalle lunghe corna. Abituata com'era a trovarsi in mezzo al bestiame, Lucy non si preoccupò del pericolo, ma cercò di spronare il cavallo nella speranza di aprirsi un varco. Purtroppo le corna di un bue, forse per caso, colpirono violentemente il fianco del cavallo facendolo imbizzarrire. Con un nitrito di dolore l'animale s'impennò sgroppando con tale violenza che un'amazzone meno esperta sarebbe stata subito disarcionata. La situazione era pericolosa. A ogni scarto il cavallo urtava contro qualche corno e si esasperava sempre più. La ragazza faceva di tutto per rimanere in sella poiché, se fosse caduta, sarebbe sicuramente morta sotto gli zoccoli dei bovini atterriti.

Ma le forze cominciavano a mancarle e il crescente polverone le mozzava il fiato; avrebbe forse finito con il perdersi d'animo e cessare ogni sforzo, se non fosse stato per una voce che le risuonò improvvisa alle spalle, incoraggiandola e promettendole aiuto. Nel medesimo istante una mano bruna e muscolosa afferrava il cavallo per il morso e lo trascinava avanti, costringendolo ad aprirsi un varco tra la mandria.

«Spero che non si sia fatta male, signorina» disse il salvatore rispettosamente.

Lei guardò il viso abbronzato ed energico del giovanotto.

«Ho avuto una gran paura» confessò ingenuamente. «Chi avrebbe mai pensato che Poncho si sarebbe imbizzarrito, trovandosi in mezzo a una mandria di bovini?»

«Per fortuna è rimasta in sella» disse l'altro in tono serio. Era un giovanotto alto, dall'aspetto rude, vestito da cacciatore. Montava un poderoso roano e portava il fucile in spalla. «Immagino che lei sia la figlia di John Ferrier» soggiunse. «L'ho vista uscire dalla sua casa. Quando ritorna da lui, gli domandi se si ricorda dei Jefferson Hope di St Louis. Se è il Ferrier che penso io, dev'essere stato un intimo amico di mio padre.»

«Perché non viene a domandarglielo lei stesso?» chiese la ragazza.

Il giovanotto sembrò felice di quella proposta. Gli occhi neri gli scintillarono di gioia.

«Lo farò certamente» rispose. «Sono stato sulle montagne per due mesi e non sono proprio nella tenuta adatta per andare a fare delle visite. Bisognerà che il signor Ferrier mi accetti come sono.»

«Il babbo le deve della riconoscenza, e anch'io» soggiunse Lucy. «Mi vuole tanto bene. Se io fossi finita sotto le zampe dei buoi, non si sarebbe mai consolato.»

«Nemmeno io» mormorò il giovanotto.

«Lei? Non vedo perché. Non è nemmeno un nostro amico.»

Il volto bruno del giovane cacciatore si fece tanto malinconico a quella frase, che Lucy Ferrier scoppiò a ridere.

«Oh, non volevo offenderla!» esclamò. «Naturalmente è un amico, adesso. Deve proprio venirci a trovare. Ma ora bisogna che la lasci, altrimenti il babbo non mi darà mai più una commissione. Arrivederci.»

«Arrivederci» rispose il giovanotto togliendosi il sombrero e curvandosi sulla manina di Lucy.

La ragazza sferzò il cavallo e partì al galoppo sulla strada, sollevando una nube di polvere.

Il giovane Jefferson Hope riprese il cammino con i suoi compagni. Era cupo e taciturno. La comitiva era stata sui monti del Nevada in cerca di giacimenti d'argento e ora ritornava a Salt Lake City nella speranza di raccogliere i capitali necessari per lo sfruttamento di alcuni filoni che aveva scoperto. Hope era stato in orgasmo quanto gli altri per la faccenda dei giacimenti, ma ora l'incontro con Lucy Ferrier sembrava aver deviato il corso dei suoi pensieri. La vista di quella bellissima fanciulla, franca e sana quanto il vento della Sierra, aveva sconvolto profondamente il suo cuore vulcanico e indomito. Quando lei fu scomparsa, il giovanotto si rese conto di essere giunto a una svolta critica della sua esistenza e comprese che né le speculazioni minerarie né alcun'altra questione poteva avere per lui tanta importanza quanto quel nuovo e travolgente problema. La passione nata nel suo cuore non era l'improvvisa ed effimera fantasia di un ragazzo, ma piuttosto l'amore prepotente e selvaggio di un uomo dotato di una volontà ferrea e di un carattere imperioso. Era stato abituato a riuscire in tutto quello che intraprendeva. Giurò, in cuor suo, che sarebbe uscito vittorioso anche da quell'impresa, se ciò dipendeva dalla perseveranza e dalla volontà.

Quella sera stessa andò a fare visita a John Ferrier. Ritornò molte volte, finché la sua faccia divenne familiare, alla fattoria. John, assorto com'era nel suo lavoro e isolato nella valle, aveva avuto scarse occasioni di tenersi al corrente di quanto accadeva nel mondo esterno, in quegli ultimi dodici anni. Jefferson Hope era in grado di renderlo edotto, e lo fece in modo tale da interessare Lucy oltre che il padre. Il giovanotto era stato pioniere in California e aveva da raccontare molte storie strane di patrimoni accumulati e perduti in quella terra che pullulava di avventurieri. Lui stesso aveva fatto un po' di tutto: era stato esploratore, cacciatore, cercatore di miniere e agricoltore. Dovunque spirava il vento dell'avventura, Jefferson Hope accorreva. Ben presto divenne il beniamino del vecchio Ferrier, che non si stancava di cantare le sue lodi. Lucy lo ascoltava in silenzio, ma il rossore delle sue guance e lo scintillio dei suoi occhi felici dimostravano con sufficiente chiarezza qual era il suo stato d'animo. L'ingenuo padre non si avvide di quei sintomi, forse, ma non così l'uomo che aveva conquistato l'amore della ragazza.

Una sera d'estate, Hope giunse al galoppo e si fermò davanti al cancello. Lucy era sulla porta di casa e gli andò incontro. Lui legò il cavallo al palo e si avviò per il sentiero.

«Devo partire, Lucy» disse prendendole le mani nelle sue e fissandola amorosamente. «Non ti chiedo di venire con me ora, ma sarai pronta a seguirmi non appena ritornerò?»

«E quando sarà?» domandò lei, rossa in viso, ridendo.

«Tra un paio di mesi al massimo. Verrò per fare di te la mia sposa, amore. Nessuno può mettersi fra noi.»

«E papà?»

«Mi ha dato il suo consenso, purché io riesca davvero a sfruttare quelle miniere. Ma sono sicuro del fatto mio.»

«Va bene! Se tu e papà avete disposto tutto, non c'è altro da dire» sussurrò Lucy, e appoggiò una guancia contro l'ampio petto di Jefferson Hope.

«Dio sia lodato!» esclamò lui con la voce un po' rauca, poi si curvò a baciarla. «Ma ora devo scappare. Più indugio e più difficile diviene il distacco. Mi aspettano al canyon. Arrivederci, amore mio... arrivederci. Fra due mesi sarò da te.»

Così dicendo, il giovanotto si svincolò da Lucy, balzò in sella e si allontanò di gran galoppo, senza mai voltarsi, quasi avesse paura di vacillare se avesse dato una sola occhiata a ciò che lasciava dietro di sé. Lucy rimase al cancello e lo seguì con gli occhi finché non fu scomparso, poi ritornò in casa.

Era la fanciulla più felice di tutto lo Utah.

3
John Ferrier parla con il profeta

Tre settimane erano passate dacché Jefferson Hope e compagni erano partiti da Salt Lake City. John Ferrier si sentiva il cuore greve quando pensava al ritorno del giovanotto e all'imminente perdita della figlia adottiva. Tuttavia l'espressione raggiante di Lucy valeva a riconciliarlo con quell'idea più di qualsiasi altro argomento. In fondo al cuore aveva sempre custodito la decisa volontà di non permettere che sua figlia sposasse un mormone. Ai suoi occhi un simile matrimonio non era un sacramento, ma una vergogna, un disonore. Quali fossero le sue idee sulle dottrine mormoniche in genere, su quel punto era inflessibile. Doveva evitare, però, di pronunciarsi in proposito, poiché l'esprimere un'opinione eterodossa era pericolosissimo, in quei giorni, nella Terra dei Santi.

Sì, era pericolosissimo... tanto che persino i più pii osavano a malapena sussurrare le loro opinioni religiose a voce bassissima, per timore che quanto usciva dalle loro labbra potesse venire frainteso e attirare sul loro capo un pronto castigo. I perseguitati erano ormai divenuti persecutori della più terribile specie. L'Inquisizione di Siviglia, il Vehmgericht tedesco, le società segrete italiane... nessuna organizzazione era mai riuscita a mettere in moto una macchina più formidabile di quella che costituiva un incubo per ogni abitante dello Utah.

Il carattere invisibile e misterioso dell'organizzazione costituiva il suo lato più terribile. Sembrava che fosse onnisciente e onnipotente, eppure nessuno la vedeva né la udiva. Colui che si metteva contro la Chiesa spariva senza che nessuno sapesse mai qual era stata la sua sorte. La moglie e i figli lo aspettavano a casa, ma nessuno andava a dir loro che cosa avevano fatto i giudici segreti del caro scomparso. Una parola imprudente, un gesto impulsivo erano seguiti da immancabili conseguenze; eppure non si sapeva di quale natura fosse quella potenza terribile che sovrastava ognuno. Nessuna meraviglia che gli uomini andassero in giro timorosi e guardinghi, e che nemmeno nel cuore della foresta osassero sussurrare i dubbi che li opprimevano.

Sulle prime, quel vago e terribile potere si esercitava soltanto sui recalcitranti, i quali, dopo avere abbracciato la fede mormonica, tentavano di pervertirla e di abbandonarla. Ma, ben presto, il suo raggio d'azione si ampliò. Le donne scarseggiavano, e la poligamia senza una densa popolazione femminile alla quale attingere diveniva una dottrina impossibile. Cominciarono a circolare strane voci... si parlava di immigranti assassinati, di campi devastati in regioni dove gli indiani non si erano mai visti. Nuove donne apparvero negli harem degli anziani... donne che si struggevano e piangevano recando sui volti le tracce di un orrore inestinguibile. I viandanti che passavano sulle montagne, a tarda ora, parlavano di bande di uomini armati, mascherati e furtivi che transitavano nelle tenebre. Quei racconti e quelle dicerie presero corpo e sostanza e, corroborati da ogni parte, si risolsero in un nome ben definito. Ancor oggi, nelle solitarie fattorie dell'Ovest, il nome della banda Danite o degli Angeli Vendicatori è sinistro e di cattivo augurio.

Il propagarsi di più sicuri dati sull'organizzazione che compiva così terribili prodezze aumentò, anziché diminuire, l'orrore che essa ispirava agli abitanti dello Utah. Nessuno sapeva chi potesse appartenervi. I nomi di coloro che partecipavano a tante imprese feroci e sanguinose erano protetti dal più impenetrabile segreto. L'amico stesso al quale confidavate i vostri dubbi sul profeta e sulla sua missione poteva essere uno di quelli che sarebbero venuti di notte, col ferro e col fuoco, a esigere una terribile riparazione. Perciò ogni uomo temeva il proprio vicino, e nessuno manifestava i pensieri che lo assillavano maggiormente.

Una bella mattina, John Ferrier stava per uscire e compiere un'ispezione ai suoi campi, quando udì sbattere il cancello della fattoria e, guardando fuori dalla finestra, vide un uomo di mezza età, grasso, biondo, che avanzava sul viale. Il cuore gli diede un balzo, poiché il visitatore altri non era che il grande Brigham Young in persona. Trepidante, poiché sapeva che una simile visita non poteva essere di buon auspicio, Ferrier corse alla porta per ossequiare il capo mormone. Costui, tuttavia, accolse con freddezza le sue espressioni di benvenuto e lo seguì nel salotto con cipiglio severo.

«Fratello Ferrier,» disse sedendosi e fissando l'agricoltore tra le ciglia chiarissime «i veri credenti sono stati buoni amici per te. Ti abbiamo raccolto quando rischiavi di morire di fame nel deserto, abbiamo diviso con te il nostro cibo, ti abbiamo condotto al sicuro nella Sacra Valle, ti abbiamo dato la terra da coltivare e ti abbiamo permesso di arricchirti sotto la nostra protezione. Non è così?»

«È così» rispose John Ferrier.

«In cambio di tutto ciò, ti abbiamo imposto soltanto una condizione: di abbracciare la vera fede e di rispettarne ogni dettame. Hai promesso di farlo ma, se è vero ciò che si dice, non hai mantenuto la parola.»

«In che modo ho mancato alla mia parola?» domandò Ferrier alzando le mani al cielo in atto di protesta. «Non ho contribuito al fondo comune? Non ho frequentato i templi? Non ho...»

«Dove sono le tue mogli?» chiese Young guardandosi attorno. «Chiamale, ché io possa riverirle.»

«È vero che non mi sono sposato» rispose Ferrier. «Ma le donne erano poche, e tanti uomini avevano migliori diritti di me. Non ero solo, avevo una figlia che poteva curare la mia casa.»

«Ed è proprio di tua figlia che io voglio parlarti» proseguì il capo dei mormoni. «È divenuta il fiore dello Utah ed è vista di buon occhio da più di un cittadino di alto rango.»

John Ferrier gemette tra sé.

«Circolano sul suo conto voci alle quali mi rifiuto di prestar fede» continuò Young. «Si dice che si sia legata a un miscredente. Senza dubbio si tratta di una diceria tendenziosa. Qual è il tredicesimo comandamento del santo Joseph Smith? "Ogni fanciulla appartenente alla vera fede sposi uno degli Eletti; poiché, unendosi a un miscredente, commetterebbe un peccato mortale." Stando così le cose, non è possibile che tu, che professi la sacra fede, consenta a tua figlia di violarla.»

John Ferrier non rispose, ma si mise a giocherellare nervosamente con lo scudiscio che aveva in mano.

«Proprio su questo punto la tua fede sarà messa alla prova... Così ha deciso il Sacro Consiglio dei Quattro. La fanciulla è giovane e non pretendiamo che sposi un uomo canuto, né vorremmo privarla del diritto di scelta. Noi anziani abbiamo molte giovenche,[2] ma dobbiamo pensare anche ai nostri figli. Stangerson ha un maschio e anche Drebber ne ha uno. Entrambi accoglierebbero con gioia tua figlia nelle loro case. A lei la scelta. Sono giovani, ricchi e di provata fede. Tu che ne dici, fratello?»

Ferrier rimase a lungo in silenzio, con la fronte corrugata.

«Dateci un po' di tempo» disse alla fine. «Mia figlia è giovanissima... non ha ancora l'età di maritarsi.»

«Avrà ancora un mese di tempo per pensarci» rispose Young alzandosi. «Allo spirare del trentesimo giorno, dovrà darci una risposta.»

Sul punto di varcare la soglia, il profeta si volse. Era rosso in viso e gli lampeggiavano gli occhi.

«Sarebbe assai meglio, John Ferrier,» tuonò «che tu e tua figlia foste due scheletri abbandonati nel deserto della Sierra Blanco, piuttosto che opponiate la vostra debole volontà agli ordini del nostro Sacro Consiglio!»

Con un gesto minaccioso uscì, e Ferrier sentì i suoi passi pesanti sulla ghiaia del sentiero.

Se ne stava ancora seduto con un gomito sulle ginocchia, domandandosi in che modo avrebbe potuto affrontare l'argomento con la figlia, quando una mano leggera si posò sulla sua e, alzando il capo, si vide la ragazza accanto. Gli bastò uno sguardo al viso pallido e atterrito di Lucy per capire che lei aveva udito ogni cosa.

«Non ho potuto fare a meno di ascoltare» dichiarò Lucy, in risposta all'occhiata interrogativa del padre. «La voce di Young ha risuonato fino in fondo alla casa. Oh, babbo, babbo! Cosa possiamo fare?»

2 Heber C. Kimball, in uno dei suoi sermoni, alludeva alle sue cento mogli con questo affettuoso epiteto. (*NdR*)

«Non aver paura» rispose Ferrier attirandola a sé e passando la mano rozza sui capelli castani della fanciulla. «In un modo o nell'altro, ce la caveremo. Non hai cambiato idea riguardo a quel giovanotto, è vero?»

Un singhiozzo e una contrazione delle dita di Lucy furono la sola risposta.

«No, naturalmente» proseguì Ferrier. «Se mi avessi detto di sì, ne avrei provato un grande dispiacere. È un bravo figliolo ed è un buon cristiano, cosa che non oserei dire di questa gente, a dispetto di tutte le loro prediche e delle loro preghiere. Domani parte una spedizione per il Nevada. Cercherò di mandare un messaggio a Hope per metterlo al corrente della nostra situazione. Se non mi sono ingannato a giudicare quel ragazzo, lo vedremo arrivare con la velocità del telegrafo.»

A quelle parole del padre, Lucy rise tra le lacrime.

«Ci consiglierà lui sul da farsi» disse. «Ma io ho paura per te, caro. Circolano... circolano voci così terribili sulla sorte riservata a chi si oppone al profeta. A quelli che tentano di farlo succede sempre qualcosa di atroce.»

«Ma noi non ci siamo ancora opposti al profeta» ribatté il vecchio. «È inutile ripararsi prima che piova. Abbiamo un mese intero davanti a noi ma, prima dello spirare del termine, sarà forse meglio andarcene dallo Utah.»

«Andarcene dallo Utah?»

«Non vedo altra soluzione.»

«E la fattoria?»

«Cercheremo di realizzare tutto il denaro possibile, e il resto lo abbandoneremo. A dire la verità, Lucy, non è la prima volta che ci penso. Non mi piace sottomettermi a nessuno, come questa gente si sottomette al suo profeta della malora. Sono un libero cittadino americano e questo dispotismo mi è ostico. Forse sono troppo vecchio per adattarmi. Se quell'uomo tornasse a gironzolare attorno a questa fattoria, potrebbe succedergli di incontrare una scarica di pallottole viaggianti nella direzione opposta.»

«Ma non ci lasceranno andare via» osservò la ragazza.

«Aspetta che arrivi Jefferson, e vedrai che riusciremo a svignarcela. Nel frattempo non ti angosciare, tesoro, e non farti venire gli occhi gonfi, altrimenti Jefferson se la prenderà con me. Per ora, non c'è nessun pericolo.»

John Ferrier pronunciò quelle parole consolanti nel tono più fiducioso, ma Lucy non poté fare a meno di osservare che, quella sera, chiudeva le porte con particolare attenzione e si dava da fare a lubrificare e a caricare il vecchio fucile da caccia che stava sempre appeso al muro della sua camera.

4
Fuga disperata

Il mattino dopo il colloquio con il profeta mormone, John Ferrier andò a Salt Lake City, trovò un conoscente che partiva per i monti del Nevada e gli affidò un messaggio per Jefferson Hope. Nel messaggio Ferrier esponeva la situazione al giovanotto, facendogli presente l'urgenza del suo ritorno. Dopo di che il vecchio si sentì sollevato e ritornò a casa con animo più sereno.

Giunto nei pressi della fattoria, vide con meraviglia che a ognuno dei pilastri del cancello era legato un cavallo. Ancor più si stupì quando, entrato nel suo salotto, lo trovò occupato da due giovanotti. Uno, che aveva il viso pallido e lungo, se ne stava semisdraiato su una sedia a dondolo, con i piedi appoggiati alla stufa. L'altro, un giovane dal collo taurino e dal viso paffuto e grossolano, era in piedi accanto alla finestra, con le mani in tasca, e fischiettava una canzonetta popolare.

Entrambi salutarono Ferrier con un cenno del capo, poi quello seduto cominciò a parlare.

«Forse non ci conoscete» disse. «Questo è il figlio dell'anziano Drebber, e io sono Joseph Stangerson. Ho viaggiato insieme a voi nel deserto, quando il Signore vi ha porto la mano per accogliervi nel vero ovile.»

«Come farà con tutti i popoli, quando riterrà che sia venuta la Sua ora» interloquì l'altro con voce nasale. «Egli macina lentamente, ma la sua farina è finissima.»

John Ferrier si inchinò con una certa freddezza. Aveva già intuito l'identità dei visitatori prima che parlassero.

«Siamo venuti per consiglio dei nostri padri» continuò Stangerson «a chiedere la mano di sua figlia per quello di noi che lei riterrà opportuno scegliere. Siccome io ho soltanto quattro mogli e il fratello Drebber ne ha sette, credo di avere il miglior diritto.»

«Niente affatto, fratello Stangerson» esclamò l'altro. «L'importante non è il numero delle mogli che abbiamo, ma il numero delle mogli che possiamo mantenere. Mio padre mi ha fatto donazione dei suoi mulini e io sono più ricco di te.»

«Ma le mie prospettive sono migliori» obiettò l'altro con impeto. «Quando il Signore mi priverà del padre, diventerò proprietario della sua conceria e del suo laboratorio di pellami. Inoltre sono maggiore di te e ho una carica più alta nella Chiesa.»

«Lasceremo la scelta alla ragazza» concluse Drebber rimirandosi compiaciuto allo specchio. «Sì, lasceremo a lei la decisione.»

Durante questo dialogo, John Ferrier era rimasto fremente sulla soglia trattenendosi a stento dall'alzare lo scudiscio sui due visitatori.

«State a sentire» disse alla fine avanzando verso i due. «Quando mia figlia vi manderà a chiamare, potrete presentarvi ma, sino ad allora, non voglio rivedere le vostre facce.»

I due giovani mormoni lo fissarono sbalorditi. Erano persuasi che quel loro modo di contendersi la mano della fanciulla rappresentasse il più alto onore, sia per lei che per il padre.

«Ci sono due vie per uscire da questa stanza» soggiunse Ferrier. «Quella della porta e quella della finestra. Quale preferite?»

Tanto feroce era la sua espressione e tanto minacciose le sue mani, che i due furono alla porta d'un balzo e se la diedero a gambe. Il vecchio li seguì fino alla soglia e gridò:

«Fatemi sapere quando avrete deciso chi dev'essere il prescelto.»

«La pagherà cara!» gridò di rimando Stangerson, pallido per la collera. «Lei ha sfidato il profeta e il Consiglio dei Quattro. Se ne pentirà fino alla fine dei suoi giorni.»

«La mano del Signore si abbatterà su di lei» disse il giovane Drebber. «Sentirà il Suo scudiscio sulle carni.»

«Ora vi faccio sentire il mio!» esclamò Ferrier, e si sarebbe lanciato all'inseguimento, se Lucy non lo avesse trattenuto per un braccio.

Prima che il vecchio riuscisse a liberarsi, uno scalpitare di cavalli lanciati al gran galoppo gli annunciò che i due si erano allontanati.

«Canaglie!» esclamò, asciugandosi il sudore della fronte. «Preferirei vederti nella tomba, figliola, piuttosto che nell'harem di uno di quei due.»

«Anch'io preferirei la morte, papà» rispose Lucy. «Ma Jefferson sarà qui tra poco.»

«Già. Non può tardare. Tuttavia non arriverà mai troppo presto, poiché non sappiamo quale sarà la prossima mossa del nemico.»

Era proprio necessario che qualcuno, capace di dare consiglio e aiuto, si unisse al vecchio agricoltore e alla sua figlia adottiva. In tutta la storia della comunità non era mai accaduto un simile caso di aperta disobbedienza al volere degli anziani. Se le colpe minori erano punite con tanta severità, quale mai poteva essere il destino di quel ribelle? Ferrier sapeva che ricchezza e posizione non potevano giovargli. Altri, noti e ricchi quanto lui, erano spariti per più futili motivi, e i loro beni erano stati assegnati alla Chiesa. Il coraggio non gli mancava, eppure fremeva al pensiero dei vaghi e oscuri pericoli che minacciavano lui e sua figlia. Avrebbe affrontato senza batter ciglio qualunque pericolo conosciuto, ma quell'incertezza era snervante. Tuttavia nascose i propri timori alla figlia, ostentando di prendere la cosa alla leggera, per quanto a Lucy non sfuggisse la preoccupazione del vecchio.

John Ferrier si aspettava di ricevere un messaggio di rimostranza da Young per la sua condotta; e gli giunse infatti, ma in un modo imprevisto. Alzatosi, la mattina successiva, trovò, con grande meraviglia, un quadratino di carta appuntato alla coltre del letto, proprio all'altezza del suo petto. Vi erano scritte in stampatello le seguenti parole:

> Ti restano ventinove giorni per emendarti, dopo di che...

Quei puntini erano più significativi di qualunque minaccia esplicita. Sul modo in cui quell'avvertimento poteva essergli stato messo addirittura addosso John Ferrier era molto perplesso, poiché i suoi domestici dormivano in un padiglione a parte e, la sera prima, lui aveva chiuso porte e finestre con la massima cura. Il vecchio gettò via il foglietto e non disse niente alla figlia, ma l'incidente gli fece gelare il cuore. I ventinove giorni erano, evidentemente, il residuo del mese che Young gli aveva accordato. Che cosa poteva mai valere la forza d'animo contro un nemico armato di così misterioso potere?

La mano che aveva puntato quello spillo avrebbe potuto colpirlo al cuore senza che lui facesse nemmeno in tempo a sapere chi lo aveva ucciso. Ferrier rimase ancora più scosso la mattina successiva. Si era appena seduto a tavola per la colazione, quando Lucy, con un grido di meraviglia, fece un cenno verso l'alto. Al centro del soffitto, vergato, a quanto sembrava, con la punta carbonizzata di un bastone, spiccava il numero 28. Per la figlia la cosa era incomprensibile, e il padre si astenne dal dare spiegazioni. Quella notte vegliò, con il fucile a portata di mano, ma non vide e non udì nulla. Tuttavia, la mattina, un grande 27 era scarabocchiato all'esterno della porta. Così i giorni si susseguirono e, ogni mattina, immancabilmente, Ferrier scopriva che il nemico invisibile aveva registrato in un punto bene in vista il numero dei giorni che ancora mancavano allo spirare del mese di grazia.

Talvolta il numero fatale appariva sui muri, altre volte sui soffitti oppure su piccoli cartelli appuntati sul cancello del giardino o sulle staccionate. Nonostante vigilasse, John Ferrier non riusciva a scoprire da dove provenissero quegli ammonimenti quotidiani. Un terrore quasi superstizioso lo invadeva ogni volta che ne vedeva uno. Era divenuto pallido e irrequieto, e i suoi occhi avevano l'espressione turbata dell'animale braccato. Una sola cosa lo rincuorava ormai: la speranza che arrivasse il giovane cacciatore dal Nevada.

Il 20 si era mutato in 15 e il 15 in 10, ma non vi era notizia dell'assente. A uno a uno, i giorni trascorrevano e Hope non appariva. Tutte le volte che un cavaliere passava sulla strada o un carrettiere gridava un comando ai suoi cavalli, il vecchio agricoltore correva al cancello, convinto che fossero arrivati i soccorsi. Infine, quando vide il 5 dare luogo al 4 e il 4 dare luogo al 3, si perse d'animo e abbandonò ogni speranza di fuga. Solo, con la sua limitata conoscenza delle montagne che circondavano la zona, sapeva di non potere far nulla. Le strade più frequentate erano sotto rigida sorveglianza, e nessuno poteva transitarvi senza l'ordine del Consiglio. Da qualunque parte si volgesse pareva impossibile evitare il colpo che stava per abbattersi su di loro. Eppure era sempre saldo nella propria risoluzione di rinunciare alla vita piuttosto che sottoscrivere quello che considerava il disonore di sua figlia.

Una sera se ne stava seduto solo in casa, assorto nei suoi tristi pensieri e cercando invano di escogitare una via d'uscita. Quella mattina era apparso il numero 2 sul muro della sua casa e il giorno successivo sarebbe scaduto il termine stabilito. Che cosa sarebbe successo? Ogni sorta di vaghi e terribili presentimenti tormentava la sua fantasia. E Lucy? Che sarebbe stato di lei, dopo la morte del padre? Non c'era proprio una via per sfuggire alla rete invisibile che si stringeva intorno a loro? Ferrier posò il capo sulla tavola e singhiozzò al pensiero della propria impotenza.

Ma che cos'era quel rumore? Nel silenzio, gli sembrava di aver udito qualcosa... un suono, come se qualcuno avesse grattato la porta. Ferrier sgusciò nell'anticamera e stette in ascolto. Una pausa di qualche secondo, poi quel rumore sommesso si ripeté. Evidentemente qualcuno bussava con molta discrezione. Era forse qualche assassino venuto nel cuore della notte a eseguire gli spietati ordini del tribunale segreto? Oppure qualche agente intento a scrivere l'avviso che l'ultimo giorno di grazia era giunto? John Ferrier sentì che una morte istantanea sarebbe stata migliore di quell'incertezza che gli scuoteva i nervi e gli gelava il cuore. D'un balzo raggiunse la porta e la spalancò. Fuori regnava la quiete. La notte era serena e le stelle brillavano nel cielo. Il giardinetto davanti alla casa si stendeva deserto fino alla staccionata. Non c'era anima viva, nemmeno sulla strada. Con un sospiro di sollievo Ferrier guardò a destra e a sinistra, poi abbassò gli occhi e allora, trasecolato, vide un uomo che giaceva appiattito al suolo, con le braccia e le gambe allargate.

Quello spettacolo sconvolse il vecchio, che dovette appoggiarsi al muro portandosi una mano alla gola, come per reprimere la tentazione di gridare. Dapprima pensò che si trattasse di un ferito, ma l'uomo, mentre lo guardava, si mise a strisciare al suolo con la rapidità di un rettile, e s'introdusse in anticamera. Non appena entrato, balzò in piedi, chiuse la porta, e allora, sempre più sbalordito, Ferrier si trovò faccia a faccia con Jefferson Hope.

«Signore benedetto!» esclamò il vecchio. «Mi hai fatto paura. Come ti è venuto in mente di entrare in quel modo?»

«Vorrei qualcosa da mangiare» balbettò l'altro con voce rauca. «Non ho avuto il tempo di mandare giù un boccone da quarantotto ore.»

Si gettò avidamente sulla carne fredda e sul pane che erano rimasti sulla tavola dopo la cena dei Ferrier, e divorò tutto. Non appena la sua fame fu calmata, il giovanotto domandò:

«Come va il morale di Lucy?»

«Bene. Lei non si rende conto del pericolo» mormorò Ferrier.

«Tanto meglio. La casa è sorvegliata da ogni parte. Ecco perché l'ho raggiunta strisciando. Quei furfanti saranno scaltri, ma non abbastanza da intrappolare un cacciatore di Washoe.»

John Ferrier si sentiva un altro, ora che aveva accanto un devoto alleato. Afferrò la mano poderosa del giovanotto e la strinse cordialmente.

«Meriti stima e ammirazione» disse. «Non sono molti gli uomini che sarebbero venuti a condividere i nostri pericoli.»

«Non ha tutti i torti» rispose francamente il giovanotto. «Io la rispetto molto, Ferrier, ma se lei fosse solo in questo frangente, ci penserei due volte prima di cacciare la testa in un simile vespaio. Sono venuto per Lucy, e prima che le accada qualcosa di male credo proprio che ci sarà un uomo di meno nella famiglia Hope.»

«Che cosa dobbiamo fare?»

«Domani è l'ultimo giorno, e, se non corriamo ai ripari questa notte, siamo perduti. Ho un mulo e due cavalli che ci attendono nel Canyon dell'Aquila. Quanto denaro ha?»

«Duemila dollari in oro e cinquemila in banconote.»

«Bastano. Io ne ho altrettanti. Cercheremo di raggiungere Carson City attraverso le montagne. Le conviene svegliare Lucy. È una fortuna che la servitù non dorma in casa.»

Mentre Ferrier si assentava per preparare la figlia al viaggio imminente, Jefferson faceva un fagotto di tutti i cibi che poteva trovare nella casa e riempiva d'acqua un orcio di terracotta, perché sapeva, per esperienza, che le sorgenti montane erano poche e molto distanti una dall'altra. Aveva appena terminato quei preparativi, quando il vecchio ritornò con la figlia già vestita e pronta per partire. Il saluto fra i due innamorati fu appassionato ma breve, poiché i minuti erano preziosi e c'era ancora molto da fare.

«Dobbiamo partire subito» dichiarò Jefferson Hope con voce bassa ma risoluta, come chi, conscio della gravità di un pericolo, si è preparato ad affrontarlo. «Le due porte della casa sono sorvegliate, ma forse riusciremo a svignarcela da una finestra laterale e attraverso i campi. Quando saremo sulla strada, avremo soltanto tre chilometri da percorrere per raggiungere il burrone dove ci aspettano i cavalli. Prima dell'alba dovremmo essere nel cuore delle montagne.»

«E se ci fermassero?» domandò Ferrier.

Hope diede una manata all'impugnatura della pistola che gli spuntava dalla casacca.

«Se gli avversari fossero troppo numerosi, ce ne porteremo sempre tre o quattro via con noi» disse con un sorriso sulle labbra.

Nella casa i lumi erano stati tutti spenti. Dalla finestra buia Ferrier volse lo sguardo ai campi che erano stati suoi per anni e anni e che ora doveva abbandonare per sempre. Ma ormai si era preparato al sacrificio, e il pensiero dell'onore e della felicità di sua figlia sopraffaceva ogni rimpianto. Sui campi di grano silenziosi e tra gli alberi che frusciavano dolcemente nella brezza sembrava regnare un'atmosfera di pace, tanto che stentava a capacitarsi che lo spirito del delitto aleggiasse su quel paradiso terrestre. Eppure il volto pallido e l'espressione guardinga del giovane cacciatore dimostravano che nell'avvicinarsi alla casa aveva visto quanto bastava per non avere dubbi in proposito.

Ferrier portava la borsa dell'oro e delle banconote. Jefferson aveva le scarse vettovaglie e l'acqua, mentre Lucy reggeva un fagottino con i suoi effetti più preziosi. Aperta la finestra lentamente e senza rumore, i tre aspettarono che una nube oscurasse la notte, poi, a uno a uno, attraversarono il giardinetto. Procedevano con il fiato sospeso, con le gambe piegate e il corpo ricurvo. Giunti alla siepe proseguirono, al riparo del fogliame, finché trovarono un varco che si apriva su un campo di grano. Si erano appena fermati, quando il giovanotto afferrò i suoi due compagni e li costrinse a raggomitolarsi al suolo, dove rimasero silenziosi e tremanti.

Per fortuna la vita nella prateria aveva fatto acquistare a Jefferson Hope un udito acutissimo. I tre si erano appena nascosti, quando, a pochi metri da loro, si udì l'urlo malinconico del gufo di montagna, al quale rispose immediatamente un altro urlo vicino. Nello stesso istante una figura incerta apparve a due passi dalla siepe e lanciò di nuovo il lugubre segnale, al che un altro uomo sbucò dalle tenebre.

«Domani a mezzanotte,» disse il primo con il tono di chi è abituato a comandare «quando il gufo chiamerà tre volte.»

«Va bene» rispose l'altro. «Devo avvertire il fratello Drebber?»

«Passagli la parola e fa' che da lui passi agli altri. Dalle nove alle sette!»

«Dalle sette alle cinque!» ribatté l'altro. Poi i due si allontanarono in direzioni opposte. Le loro ultime parole rappresentavano evidentemente una specie di parola d'ordine. Non appena i loro passi si spensero in lontananza, Jefferson balzò in piedi, fece passare i suoi compagni attraverso il varco della siepe e li trascinò per i campi a precipizio, un po' sorreggendo e un po' portando di peso la ragazza, quando sembrava che le forze le mancassero.

«Presto! Presto!» andava ripetendo. «Abbiamo oltrepassato lo schieramento delle sentinelle. Ora tutto dipende dalla velocità. Presto!»

Giunti sulla strada maestra, poterono procedere più rapidi. Soltanto una volta incontrarono qualcuno, ma riuscirono a sgattaiolare in un campo evitando di essere riconosciuti. Nei pressi della città il cacciatore deviò per un sentiero stretto e tortuoso che conduceva verso le montagne. Due picchi neri e frastagliati apparvero contro il cielo, e la sella che stava nel mezzo era, per l'appunto, il Canyon dell'Aquila dove i cavalli aspettavano.

Con infallibile istinto, Jefferson procedette tra le enormi rocce e lungo il letto di un torrente inaridito, finché giunse alla caverna dove i fedeli animali erano stati legati. La fanciulla fu messa in groppa al mulo e il vecchio Ferrier balzò in sella a un cavallo, sempre stringendo la borsa del denaro, mentre Jefferson Hope prendeva l'altro facendo da guida per il pericoloso sentiero.

La strada sarebbe stata inaccessibile per chiunque non fosse stato abituato ad affrontare la natura nei suoi aspetti più selvaggi. Da una parte si ergeva un'enorme parete di roccia alta mille metri e più, nera e minacciosa, con lunghe colonne basaltiche che spiccavano sulla sua superficie corrosa come le costole di un immenso mostro pietrificato. Dall'altra parte era un caos di rocce attraverso le quali sarebbe stato impossibile avanzare. Nel mezzo correva una mulattiera irregolare, tanto stretta, in certi punti, da costringere i tre viaggiatori a procedere in fila, e tanto impervia da essere impraticabile per chi non fosse un esperto cavaliere. Ma, a dispetto dei pericoli e delle difficoltà, i fuggiaschi si sentivano il cuore leggero poiché ogni passo aumentava la distanza tra loro e il terribile dispotismo al quale volevano sottrarsi.

Ben presto, tuttavia, ebbero la prova di trovarsi ancora entro la giurisdizione dei Santi. Erano giunti al punto più selvaggio e desolato del passo, quando la ragazza emise un'esclamazione di sgomento e indicò verso l'alto. Su una roccia che dominava la mulattiera si stagliava verso il cielo una sentinella solitaria. L'uomo vide i viaggiatori nel medesimo istante in cui essi lo scorgevano, e il suo "chi va là" militare echeggiò nel burrone silenzioso.

«Viaggiatori diretti in Nevada» disse Jefferson Hope, con la mano sul fucile che teneva appeso alla sella.

I tre videro la sentinella brandire il fucile e protendersi per guardarli meglio, come se la risposta non fosse stata soddisfacente.

«Col permesso di chi?» domandò.

«Del Consiglio dei Quattro» rispose Ferrier. Vivendo tra i mormoni aveva imparato che quella era la più alta autorità che si potesse nominare.

«Dalle nove alle sette» gridò la sentinella.

«Dalle sette alle cinque» ribatté Jefferson Hope, pronto, ricordando la parola d'ordine udita nel giardino.

«Passate, e che il Signore sia con voi» disse la voce dall'alto.

Al di là del posto della sentinella il sentiero si allargava, e i fuggiaschi poterono mettere le cavalcature al trotto. Volgendosi, scorsero l'uomo di vedetta appoggiato al fucile e capirono di avere oltrepassato l'estremo avamposto del Popolo Eletto. La via della libertà si apriva davanti a loro.

5

Gli Angeli Vendicatori

Durante tutta la notte viaggiarono per sentieri tortuosi e irregolari, cosparsi di rocce. Più di una volta persero la strada, ma la ritrovarono sempre, grazie alla profonda conoscenza che Hope aveva delle montagne. Quando sorse il mattino, un panorama selvaggio e meraviglioso apparve ai loro occhi. Da ogni parte erano circondati da grandi cime ammantate di neve. I pendii rocciosi erano tanto scoscesi, da un lato e dall'altro, che i larici e i pini parevano sospesi sulle teste dei viandanti, come se il minimo soffio di vento potesse farli precipitare. Né quel timore era del tutto immaginario, poiché l'arida valle era cosparsa, per l'appunto, di alberi e macigni caduti dalle montagne circostanti. Persino al loro passaggio, più di un macigno rotolò giù con fragore, spaventando i cavalli che si lanciarono al galoppo.

Con il sorgere del sole a oriente, le cime delle grandi montagne parvero accendersi l'una dopo l'altra come i lampioni di una festa. Il magnifico spettacolo esaltò i tre fuggiaschi e diede loro nuova energia. In un punto dove un torrente impetuoso sbucava da una gola, sostarono per abbeverare i cavalli e per rifocillarsi. Lucy e suo padre avrebbero voluto riposare più a lungo, ma Jefferson fu inesorabile.

«Ormai saranno già sulle nostre tracce» disse. «Tutto dipende dalla nostra velocità. Se riusciamo ad arrivare a Carson, possiamo riposarci per il resto dei nostri giorni.»

Per tutta la giornata proseguirono attraverso i monti, e la sera calcolarono di essere a più di quaranta chilometri dai nemici. Quando scese la notte, trovarono un crepaccio al riparo dei venti, e là, raggomitolati l'uno accanto all'altro, si concessero qualche ora di sonno. Ma prima dell'alba erano già di nuovo in cammino. Non avevano visto tracce di alcun inseguitore, e Jefferson cominciava a sperare che fossero sfuggiti una volta per tutte alla terribile organizzazione. Non sapeva, il povero giovane, fin dove potesse giungere quella mano d'acciaio, né quanto fosse prossimo il momento in cui si sarebbe abbattuta sui fuggiaschi per annientarli.

A metà del secondo giorno di viaggio, le scarse provviste della piccola comitiva cominciarono a esaurirsi, ma il giovanotto non se ne preoccupò. Fra le montagne la cacciagione abbondava, e spesso si era trovato a dipendere dal proprio fucile per procurarsi il cibo necessario. Trovato un avvallamento, raccolse un mucchio di rami sottili e preparò un bel fuoco, affinché i suoi compagni potessero riscaldarsi, dato che si trovavano a quasi duemila metri di altezza e l'aria era pungente. Legate le bestie e preso commiato da Lucy, Jefferson si mise il fucile in spalla e partì alla ricerca di qualche capo di selvaggina. Volgendosi un'ultima volta, vide il vecchio e la ragazza raggomitolati accanto al fuoco, mentre i tre animali se ne stavano immobili in un luogo riparato. Poi una roccia gli precluse la visuale.

Hope percorse circa tre chilometri da un burrone all'altro, senza successo, quantunque vari indizi palesassero la presenza di numerosi orsi nella zona. Finalmente, dopo due o tre ore di inutili ricerche, il giovanotto si disponeva a ritornare indietro, scoraggiato, quando, guardando in alto, vide qualcosa che lo fece fremere di gioia. Su un picco, meno di cento metri al di sopra della sua testa, stava immobile una pecora selvatica dalle corna gigantesche. L'animale non aveva scorto il cacciatore, cosicché lui poté prendere accuratamente la mira. Un minuto dopo, la pecora spiccava un balzo in aria, restava un attimo in bilico sull'orlo del precipizio, poi precipitava nella valle sottostante.

Pesava troppo perché Hope potesse caricarsela intera sulle spalle. Quindi si accontentò di tagliare una coscia e parte di un fianco, e poi, con quel trofeo, si dispose a raggiungere Ferrier e Lucy, poiché cominciavano già a calare le ombre della sera. Si era appena incamminato, tuttavia, quando si rese conto della difficoltà che gli stava di fronte. Nell'ansia di trovare selvaggina era andato al di là dei burroni che conosceva, e ora non gli sarebbe stato facile rifare il cammino percorso. La valle in cui si trovava era divisa in varie gole simili l'una all'altra, che era impossibile distinguere. Ne seguì una per oltre un chilometro e mezzo, ma giunse a un torrente montano che era sicurissimo di non aver mai visto.

Convinto di avere sbagliato, ritornò indietro e provò un'altra strada, ma con il medesimo risultato. L'oscurità avanzava rapidamente, ed era quasi notte quando Jefferson si trovò su un sentiero che gli era familiare. Anche allora non gli fu facile mantenersi sulla pista giusta poiché la luna non era ancora sorta e i picchi circostanti accentuavano l'oscurità. Stanco per il fardello che portava e per le fatiche della caccia, procedeva facendosi animo al pensiero che ogni passo lo avvicinava a Lucy, e che portava quanto bastava per cibare la comitiva fino alla fine del viaggio.

Ormai era all'imbocco della valletta dove aveva lasciato i due, e anche al buio riusciva a riconoscere la linea delle cime che la circondavano. John e Lucy dovevano aspettarlo con ansia, pensava Hope, poiché era stato assente quasi cinque ore.

In preda a una grande gioia, posò un momento il fardello, si portò le mani alla bocca e lanciò un richiamo per annunciare il suo arrivo, poi tese l'orecchio aspettando una risposta. Udì soltanto il proprio grido riecheggiato dalle gole silenziose. Ripeté il richiamo più forte ma, anche questa volta, gli amici che da poco tempo aveva lasciato non gli diedero risposta. Un vago timore cominciava a insinuarglisi nell'anima e riprese il cammino a precipizio, abbandonando il frutto della caccia, tanto era agitato. Oltrepassata una curva del sentiero, giunse in vista del fuoco. C'era ancora un mucchio di tizzoni incandescenti, ma era chiaro che il fuoco non era stato più alimentato dopo che lui si era allontanato. Tutt'attorno regnava un silenzio di morte. Mentre il dubbio angoscioso si mutava in certezza, Hope cominciò a esplorare il luogo. Non vi era più essere vivente presso i resti del fuoco: la fanciulla, l'uomo, i cavalli e il mulo, tutti erano scomparsi. Era chiaro che, durante l'assenza di Jefferson, era accaduta una catastrofe... una catastrofe che aveva travolto tutti senza tuttavia lasciare tracce.

Stordito da quel colpo terribile, il giovanotto dovette appoggiarsi al fucile per mantenere l'equilibrio. Ma era essenzialmente un uomo d'azione, e ben presto si riebbe da quella crisi di sconforto. Afferrò un pezzo di legno mezzo carbonizzato dai resti del fuoco, vi soffiò sopra finché non ne scaturì una fiamma e, con quella torcia improvvisata, si mise a esaminare il minuscolo accampamento. Il terreno era segnato dagli zoccoli di molti cavalli, prova palese che una numerosa comitiva aveva raggiunto i fuggiaschi. All'esame delle tracce risultava chiaro che, in seguito, la comitiva era ritornata verso Salt Lake City. Aveva riportato con sé i Ferrier? Jefferson si era già quasi persuaso che così fosse, quando il suo sguardo si posò su qualcosa che quasi gli mozzò il fiato. Di fianco all'accampamento si alzava un monticello di terra rossiccia che prima non esisteva. Era impossibile non riconoscerlo per una tomba scavata e colmata di fresco. Avvicinatosi, il giovane cacciatore vide che un bastoncino era stato piantato sul tumulo e che un foglietto di carta era stato infilato in una spaccatura del legno. L'iscrizione sul foglietto era breve ma significativa:

JOHN FERRIER
GIÀ DI SALT LAKE CITY
MORTO IL 4 AGOSTO 1860

Sicché il vigoroso vecchio che lui aveva lasciato da poche ore era scomparso, e quello era il suo unico epitaffio. Jefferson Hope si guardò attorno disperatamente per vedere se vi fosse una seconda tomba, ma non ne trovò traccia. Lucy era stata riportata indietro dai terribili inseguitori perché diventasse una delle spose del figlio di un anziano, secondo il decreto dei Santi.

Quando il giovanotto comprese che tale sarebbe stato il destino di Lucy, e si rese conto della propria impotenza a impedirlo, desiderò giacere nel luogo dell'estremo riposo insieme al vecchio agricoltore.

Tuttavia il suo spirito combattivo vinse ancora una volta l'inerzia causata dalla disperazione. Se proprio non gli restava altro, poteva almeno dedicare la propria esistenza alla vendetta. Con l'indomabile pazienza e la perseveranza, Jefferson Hope possedeva anche uno spirito vendicativo, che forse si era sviluppato in lui per la lunga dimestichezza con gli indiani. Mentre se ne stava ritto accanto al fuoco, sentì che soltanto la legge del taglione avrebbe potuto recare sollievo al suo dolore. Decise di dedicare la ferrea volontà e l'energia instancabile di cui madre natura l'aveva dotato al compimento di una sanguinosa vendetta contro i suoi nemici. Pallido e truce in volto, ritornò dove aveva gettato la coscia di pecora, accese un bel fuoco e cucinò la carne che poteva bastargli per qualche giorno. Ne fece un fagotto, poi, esausto com'era, si mise in cammino attraverso le montagne, sulla pista degli Angeli Vendicatori. Per cinque giorni, con i piedi doloranti, viaggiò attraverso le valli e i passi che già aveva attraversato a cavallo. La notte si gettava tra le rocce e si concedeva qualche ora di sonno, ma prima dell'alba era immancabilmente in cammino. Il sesto giorno giunse al Canyon dell'Aquila, dove lui e i Ferrier avevano iniziato la loro tragica fuga. Di là, il suo sguardo poteva spaziare sulle dimore dei Santi. Logorato dalla stanchezza, si appoggiò al fucile e agitò fieramente il pugno verso la città silenziosa che si stendeva sotto di lui. E, mentre la osservava, si accorse che nelle vie principali sventolavano le bandiere e vi erano altri segni di festa. Stava ancora chiedendosi che cosa poteva significare, quando udì lo scalpitare di un cavallo e vide un cavaliere che avanzava verso di lui. Quando l'uomo si avvicinò, Hope lo riconobbe per un mormone di nome Cowper, al quale aveva reso più di un servizio. Lo accostò quindi, nella speranza di sapere qual era stato il destino di Lucy Ferrier.

«Sono Jefferson Hope» disse. «Ti ricordi di me?»

Il mormone lo guardò senza celare la propria meraviglia. Infatti era ben difficile riconoscere in quel vagabondo sporco e cencioso, dal viso spettrale e dagli occhi stralunati, il giovane cacciatore dei giorni passati. Non appena il mormone si fu convinto dell'identità di Hope, la sua meraviglia si tramutò in costernazione.

«Tu sei pazzo a venire qui» esclamò. «Io stesso rischierei la vita se qualcuno mi vedesse parlare con te. I quattro Santi hanno emesso mandato di cattura contro di te perché hai aiutato i Ferrier a fuggire.»

«Io non temo né i quattro Santi né i loro mandati» dichiarò Hope in tono grave. «Tu devi sapere qualcosa di questa faccenda, Cowper. Ti scongiuro, per tutto ciò che ti è caro, di rispondere alle mie domande. Siamo sempre stati amici. Per l'amor di Dio, non rifiutarti di rispondere.»

«Di che cosa si tratta?» chiese il mormone, molto a disagio. «Fa' presto. Le rocce hanno orecchie e gli alberi hanno occhi.»

«Che ne è stato di Lucy Ferrier?»

«Ieri è andata sposa al giovane Drebber. Animo, giovanotto. Animo!»

«Non preoccuparti per me» disse Hope con un filo di voce. Pallido come un morto, si era abbandonato su una pietra vicina. «È andata sposa?»

«Sì, ieri... ecco perché sventolano le bandiere sul Palazzo della Fondazione. C'è stato un contrasto tra il giovane Drebber e il giovane Stangerson, perché entrambi volevano sposare la ragazza. Tutti e due facevano parte della pattuglia che ha inseguito i Ferrier, e Stangerson ha ucciso il vecchio, cosicché sembrava che la sorte dovesse favorirlo. Ma quando la cosa è stata discussa nel Consiglio, la fazione di Drebber si è rivelata più forte, e il profeta ha assegnato a lui la ragazza. Però nessuno l'avrà per molto tempo, amico mio, poiché ieri le ho visto la morte in volto. Sembra più un fantasma che una donna. Te ne vai già?»

«Sì, me ne vado» rispose Jefferson Hope, che si era alzato in piedi.

Il suo volto pareva scolpito nel marmo, tanto era contratto, ma gli occhi ardevano di un fuoco funesto.

«Dove sei diretto?»

«Non te ne interessare» rispose il giovanotto. Si mise il fucile a tracolla e si avviò giù per un burrone, scomparendo nel cuore delle montagne verso le tane delle bestie feroci. Né, tra le tante, ce n'era una pericolosa quanto Jefferson Hope.

La previsione del mormone si avverò ancor prima di quanto fosse immaginabile. Forse a causa della terribile morte del padre, oppure dell'ignominioso matrimonio che le era stato imposto, la povera Lucy continuò a struggersi, e morì dopo un mese. L'indegno marito, che l'aveva sposata soprattutto per i beni di John Ferrier, non si mostrò molto addolorato per la perdita subita, ma le altre sue mogli piansero Lucy e la vegliarono la notte prima della sepoltura, com'è costume presso i mormoni. Erano riunite attorno al catafalco, nelle prime ore del mattino, quando con terrore e meraviglia indicibili videro la porta spalancarsi e un giovane dall'aspetto selvaggio e dagli abiti a brandelli entrò nella stanza. Senza un'occhiata né una parola alle donne sgomente, il giovane si avvicinò alla candida e silenziosa figura che un tempo aveva contenuto la purissima anima di Lucy Ferrier. Curvandosi, premette le labbra con gesto reverente sulla fronte gelida della morta, poi le strappò dal dito l'anello nuziale.

«Non sarà sepolta con questo!» disse, e la sua voce suonò come un ruggito. Infine, prima che si potesse dare l'allarme, corse giù per le scale e scomparve.

Tanto strano e tanto fugace era stato l'episodio, che le testimoni oculari avrebbero forse trovato difficoltà a convincere se stesse e gli altri di non essere rimaste vittime di un'allucinazione, se non fosse stato per il fatto inoppugnabile che il cerchietto d'oro era scomparso.

Per qualche mese Jefferson Hope vagò tra le montagne, conducendo una strana vita selvaggia e alimentando il desiderio della vendetta. In città correvano le voci più svariate sulla figura spettrale che si aggirava tra le gole solitarie e che osava avventurarsi, talvolta, fino ai sobborghi di Salt Lake City. Una volta un proiettile entrò sibilando dalla finestra di Stangerson e si appiattì contro il muro, a pochi centimetri da lui. In un'altra occasione, mentre Drebber passava sotto un picco, un masso precipitò da grande altezza, e lui riuscì per miracolo a evitare una morte atroce gettandosi con la faccia a terra.

I due giovani mormoni non tardarono a scoprire il motivo di quegli attentati, e a più riprese organizzarono delle battute sulle montagne, sperando di catturare e di uccidere il nemico, ma sempre senza successo. Finirono per adottare la precauzione di non girare mai soli, di non uscire dopo il calare della notte e di far sorvegliare le loro case. In seguito poterono abbandonare tutte quelle misure poiché da molto, ormai, Hope non dava più segno di vita, e i due sperarono che il tempo avesse calmato la sua sete di vendetta.

Ma, in realtà, quella sete non aveva fatto altro che aumentare. Il cacciatore aveva un carattere duro e implacabile. Il pensiero dominante della vendetta si era impadronito di lui così completamente che, nel suo animo, non vi era posto per nessun'altra emozione. Il che, tuttavia, non gli toglieva il senso pratico. Presto Hope si rese conto che nemmeno la sua tempra d'acciaio avrebbe potuto resistere alla tensione continua cui la sottoponeva. La vita all'aperto e la mancanza di un'alimentazione sana lo stavano logorando. Se fosse morto come un cane, tra le montagne, che ne sarebbe stato della sua vendetta? Eppure, se avesse continuato così, quella sarebbe stata definitivamente la sua fine. Comprese che, in definitiva, stava facendo il gioco del nemico; quindi, pur con riluttanza, ritornò alle miniere del Nevada per recuperare la salute e per accumulare il denaro necessario a realizzare i suoi piani senza eccessive privazioni.

Aveva deciso di rimanere assente un anno, ma un complesso di circostanze impreviste gli impedì di lasciare le miniere per quasi cinque anni. In capo a quel periodo, però, il ricordo dei torti subiti e la sete di vendetta erano tanto intensi quanto lo erano stati in quella memorabile notte in cui aveva sostato presso la tomba di John Ferrier. Camuffato, e sotto falso nome, ritornò a Salt Lake City, noncurante di quanto poteva accadergli, purché gli riuscisse di compiere quello che riteneva un atto di giustizia. Tristi notizie lo aspettavano nella città dei Santi. Qualche mese prima c'era stato uno scisma nel Popolo Eletto, in seguito alla ribellione dei più giovani esponenti della Chiesa, contro l'autorità degli anziani, e numerosi dissidenti avevano lasciato lo Utah. Drebber e Stangerson erano tra costoro, e nessuno sapeva dove fossero andati. Correva voce che Drebber fosse riuscito a convertire gran parte delle sue proprietà in denaro liquido e che fosse partito in ottime condizioni finanziarie mentre il suo compagno, Stangerson, era rimasto senza mezzi. Comunque, si erano allontanati senza lasciare traccia.

Molti uomini, per quanto vendicativi, avrebbero rinunciato a ogni pensiero di rivalsa di fronte a simili difficoltà, ma Jefferson Hope non vacillò nemmeno per un attimo. Con il modesto gruzzolo che possedeva, e cercando di guadagnare qualcosa con il proprio lavoro dovunque sostasse, cominciò a viaggiare da una città all'altra degli Stati Uniti, in cerca dei suoi nemici. Gli anni passarono, i suoi capelli divennero grigi, ma lui continuava a vagabondare, segugio umano, con il pensiero fisso sull'unico scopo al quale aveva dedicato la propria esistenza. E, alla fine, la sua perseveranza fu ricompensata. Un giorno ebbe la visione di un volto a una finestra, visione fuggevole, ma sufficiente a rivelargli che a Cleveland, in Ohio, dimoravano gli uomini che stava cercando. Ritornò al proprio miserabile alloggio e prese le misure necessarie per la realizzazione dei suoi piani. Senonché anche Drebber, guardando dalla finestra, aveva riconosciuto il vagabondo nella via e ne aveva intuito i propositi omicidi. Lui e Stangerson, che era diventato il suo segretario privato, si precipitarono al cospetto di un giudice di pace e dichiararono che le loro vite erano in pericolo per la gelosia e l'odio di un antico rivale. Quella sera, Jefferson Hope fu tratto in arresto e, poiché non c'era nessuno che potesse garantire per lui, fu trattenuto in carcere qualche settimana. Quando finalmente lo liberarono, scoprì che la casa di Drebber era vuota e che i due erano partiti per l'Europa.

Ancora una volta il vendicatore era stato frustrato, e ancora una volta l'odio gli diede la forza di perseverare. Senonché i suoi fondi erano scarsi e, per qualche tempo, dovette ritornare al lavoro, accumulando pazientemente il denaro necessario per il prossimo viaggio.

Finalmente, quando si trovò in possesso dello stretto indispensabile, Hope partì per l'Europa e ricominciò a inseguire i suoi nemici, di città in città, guadagnandosi da vivere con ogni sorta di lavori manuali, ma senza mai riuscire a raggiungere i fuggiaschi. Quando Hope arrivò a Pietroburgo, Drebber e Stangerson erano partiti per Parigi, e quando li seguì in quella città, seppe che erano appena partiti per Copenhagen. Anche alla capitale danese arrivò con qualche giorno di ritardo, poiché i due si erano imbarcati per Londra, dove finalmente Hope riuscì a trovarli.

Riguardo a ciò che accadde nella capitale britannica, ci conviene citare, senz'altro, la deposizione del vecchio cacciatore com'è riportata nel diario del dottor Watson, al quale già dobbiamo tanto.

6
Continuazione dei ricordi del dottor John Watson

La furiosa resistenza opposta dal prigioniero non sembrava animosità nei nostri confronti, poiché, non appena si vide sopraffatto, sorrise in modo affabile ed espresse la speranza di non avere fatto male a nessuno di noi.

«Immagino che voglia portarmi al posto di polizia» disse rivolgendosi a Sherlock Holmes. «Giù c'è la mia carrozza. Se mi slegate le caviglie, posso scendere da solo. Sono diventato un po' troppo grosso perché mi si possa trasportare di peso.»

Gregson e Lestrade si scambiarono un'occhiata come se giudicassero alquanto ardita quella proposta. Holmes prese subito in parola il prigioniero e slegò l'asciugamano con il quale gli aveva immobilizzato le caviglie.

Hope si alzò. Ricordo di avere pensato, osservandolo, che raramente avevo visto un uomo con una corporatura tanto poderosa; il suo viso, letteralmente cotto dal sole, denotava una pertinacia e un'energia formidabili quanto la sua forza fisica.

«Se la polizia avesse bisogno di un capo, credo che lei sarebbe l'uomo adatto» dichiarò guardando il mio coinquilino con sincera ammirazione. «Ha seguito la mia pista con un'abilità straordinaria.»

«Sarà meglio che veniate con noi» disse Holmes ai due investigatori.

«Io posso guidare la carrozza» fece Lestrade.

«Benissimo! Gregson verrà dentro con me. E anche lei, dottore. Ha seguito la faccenda fin dal principio, e tanto vale che assista all'epilogo.»

Assentii soddisfatto, e scendemmo tutti insieme. Il nostro prigioniero non fece il minimo tentativo di fuga ma entrò con calma nella carrozza che era stata sua, e noi lo seguimmo. Lestrade salì a cassetta, frustò il cavallo, e in breve ci condusse a destinazione. Fummo introdotti in una stanzetta dove un ispettore di polizia prese nota delle generalità dell'arrestato e di quelle dei due uomini che era accusato di avere ucciso. Il funzionario era un uomo pallido, dall'aria indifferente; assolveva le proprie mansioni come un automa.

«L'imputato sarà condotto davanti ai magistrati nel corso della settimana» annunciò. «Frattanto, Jefferson Hope, desidera fare qualche dichiarazione? La avverto che le sue parole saranno messe a verbale e potranno essere utilizzate a suo carico.»

«Ho parecchie cose da dire» rispose il prigioniero lentamente. «Desidero raccontarvi tutta la storia. Forse non sarò processato» soggiunse poi. «Oh, non vi allarmate. Non medito il suicidio. Lei è medico?» disse, rivolto a me.

«Sì, sono medico» risposi.

«Allora, metta una mano qui» rispose sorridendo e indicando il proprio petto con i polsi ammanettati.

Obbedii, e come appoggiai una mano sulla regione cardiaca, percepii uno straordinario tumulto all'interno. Il petto vibrava come un fragile edificio, dentro al quale funziona una poderosa macchina. Nel silenzio della stanza, mi sembrava persino di udire un palpito irregolare proveniente dalla medesima fonte.

«Perdiana!» esclamai. «Lei ha un aneurisma aortico.»

«So che lo chiamano così» rispose lui placidamente. «Sono stato da un medico, la settimana scorsa, e mi ha dato pochi giorni di vita. In questi ultimi anni sono andato sempre di male in peggio. Mi sono preso questa malattia vivendo come un animale selvatico sulle montagne di Salt Lake. Ma ora la mia opera è compiuta e non m'importa di andarmene presto. D'altra parte, desidero lasciare un racconto della vicenda. Non voglio che mi si ricordi come un volgare massacratore.»

I due investigatori e l'ispettore si consultarono frettolosamente sull'opportunità di consentire che Hope rendesse subito la propria deposizione.

«Dottore, ritiene che ci sia un pericolo immediato?» chiese il funzionario.

«Senza dubbio» risposi.

«In tal caso è nostro dovere, nell'interesse della giustizia, raccogliere le sue dichiarazioni. È autorizzato a darci il resoconto dei fatti, Hope, ma le ripeto che le sue parole saranno messe a verbale.»

«Con il vostro permesso, mi siedo» disse il prigioniero, facendo seguire l'azione alle parole. «Con questo aneurisma mi stanco facilmente, e la colluttazione di mezz'ora fa non ha migliorato le cose. Sono sull'orlo della tomba, quindi potete stare sicuri che non vi racconto bugie. Vi dirò la sacrosanta verità, e l'uso che poi ne farete non mi riguarda.»

Con quelle parole, Jefferson Hope si appoggiò all'indietro contro lo schienale della sedia e iniziò il suo singolare racconto. Parlava in modo calmo e metodico, come se gli eventi che narrava rientrassero nella normalità. Posso garantire l'esattezza di quanto disse, poiché ho avuto nelle mani il taccuino di Lestrade, dove le parole del prigioniero sono state trascritte a mano a mano che lui le pronunciava.

«A voi non può interessare molto il motivo per cui odiavo quei due uomini» cominciò Hope. «Basti dire che erano colpevoli della morte di due esseri umani... un padre e una figlia... e che, quindi, si erano meritati la condanna a morte. Dato il lungo periodo di tempo trascorso dal loro delitto, mi era impossibile fare in modo che un tribunale li riconoscesse colpevoli. Io, però, sapevo che lo erano e avevo deciso di assumermi la parte del giudice, della giuria e del carnefice. Al posto mio, se siete uomini, avreste fatto altrettanto.

«La fanciulla di cui parlo avrebbe dovuto diventare mia moglie vent'anni or sono. Fu costretta a sposare Drebber e ne ebbe il cuore spezzato. Quando morì, le tolsi dal dito la fede nuziale e giurai che, prima di spegnersi, gli occhi di Drebber si sarebbero posati su quell'anello. I suoi ultimi pensieri sarebbero stati rivolti al delitto per il quale veniva punito. Ho sempre portato con me quell'anello e ho seguito Drebber e il suo complice attraverso due continenti, finché sono riuscito a raggiungerli. Credevano di stancarmi, ma non ci sono riusciti. Se muoio domani, com'è probabile, muoio con la sicurezza di avere assolto il mio compito su questa terra e di averlo assolto bene. Gli assassini sono periti per mano mia. Non mi resta più nulla da desiderare.

«Erano ricchi e io povero, cosicché non mi è stato facile braccarli. Al mio arrivo a Londra avevo le tasche quasi vuote e ho dovuto cercare un mezzo per guadagnarmi da vivere. Guidare i cavalli mi riesce naturale come camminare; perciò mi sono rivolto a un proprietario di vetture di piazza, e sono stato assunto. Ogni settimana dovevo portare una determinata somma al padrone e avevo la facoltà di trattenere per me quello che avanzava, che non era molto, ma sono riuscito lo stesso a cavarmela. La cosa più difficile, per me, è stato orientarmi per le vie di Londra, poiché fra tutti i labirinti che mai sono stati costruiti, quello della vostra città è il più esasperante. Però mi sono munito di una carta topografica e, una volta individuati i principali alberghi e le stazioni, ho tirato avanti abbastanza bene.

«Mi ci è voluto parecchio tempo prima di scoprire dove abitavano quei due galantuomini, ma a furia di assumere informazioni a destra e a sinistra li ho rintracciati. Erano in una pensione di Camberwell, al di là del fiume. Scoperto questo, ho avuto la certezza di averli tra le mani. Mi ero fatto crescere la barba e non c'era pericolo che mi riconoscessero. Li avrei seguiti e sorvegliati fino a quando non mi si fosse presentata l'occasione buona. Ero deciso a non farmeli più sfuggire.

«Ciò nonostante c'è mancato poco che non ci riuscissero. Dovunque andassero, a Londra, ero sempre alle loro calcagna. Qualche volta li seguivo con la carrozza, altre volte a piedi, ma il primo sistema era il migliore perché così non potevano sfuggirmi. Ormai riuscivo a guadagnare qualcosa soltanto a tarda sera o di buon mattino, e spesso restavo in arretrato nei pagamenti al principale. Ma non me ne preoccupavo, poiché avevo la certezza di poter mettere le mani su quelle due canaglie.

«Tuttavia erano astutissimi. Dovevano avere sempre presente il pericolo che io li seguissi, dal momento che non uscivano mai soli, e quasi mai dopo il calar della sera. Per due settimane li ho seguiti ogni giorno e non li ho mai visti separarsi. Drebber era spesso ubriaco, ma Stangerson non era uomo da farsi cogliere alla sprovvista. Continuavo a sorvegliarli a tutte le ore, ma senza che mi si presentasse la sospirata occasione. Non per questo mi scoraggiavo. Sentivo che l'ora stava per scoccare. Avevo paura soltanto che questo male che ho nel petto mi stroncasse costringendomi a lasciare l'opera incompiuta.

«Finalmente, una sera, andavo su e giù per Torquay Terrace, la via dove i due abitavano, quando ho visto una carrozza fermarsi alla loro porta. Di lì a poco sono stati portati fuori dei bagagli, poi sono apparsi Drebber e Stangerson. Li ho visti partire in carrozza. Ho frustato il mio cavallo e li ho seguiti, senza perderli d'occhio, molto preoccupato perché avevo il terrore di lasciarmeli sfuggire. Alla stazione di Euston sono scesi. Ho lasciato il cavallo in custodia a un ragazzo e li ho seguiti nell'atrio. Ho sentito che chiedevano notizie del treno per Liverpool. Un inserviente rispose che ne era appena partito uno e che non ce ne sarebbe stato un altro per qualche ora. Stangerson sembrava deluso. Drebber, invece, era contentissimo. Approfittando della confusione della folla, ero riuscito ad avvicinarmi abbastanza per ascoltare il loro conciliabolo.

«Drebber diceva di avere una commissione da sbrigare, e pregava l'altro di aspettarlo alla stazione.

«Stangerson protestava facendogli presente che avevano deciso di rimanere sempre insieme. Drebber insisteva che si trattava di una cosa delicata e che era costretto ad andare solo. Non sono riuscito a sentire la risposta di Stangerson, ma so che l'altro ha cominciato a imprecare rammentandogli che lui era al suo servizio e che non doveva permettersi di dargli ordini. Il segretario ha finito per rassegnarsi e ha proposto a Drebber di raggiungerlo all'albergo Halliday, nel caso non fosse arrivato in tempo nemmeno per l'ultimo treno. Al che Drebber ha dichiarato che prima delle undici si sarebbe trovato sulla banchina di Euston, ed è uscito dalla stazione.

«Il momento che avevo aspettato tanto a lungo era giunto, finalmente. Avevo in pugno i miei nemici. Insieme potevano difendersi, ma isolati erano alla mia mercé. Tuttavia non ho agito con precipitazione. I miei piani erano già formati. Non vi è gioia nella vendetta, se il nemico non ha il tempo di capire chi lo colpisce e perché è scoccata la sua ultima ora. Avevo già escogitato un piano per far sì che il mio nemico si accorgesse che stava pagando il suo sanguinoso peccato. Pochi giorni prima, per combinazione, un signore in cerca di alloggio era andato a visitare una casa di Brixton Road e aveva smarrito la chiave nella mia carrozza. La sera stessa si era presentato a reclamarla e io gliel'avevo restituita ma, nel frattempo, avevo rilevato l'impronta per fabbricarne un duplicato. Per mezzo di quella chiave ero in grado di accedere almeno in un luogo, in questa grande città, dove potevo agire liberamente, al sicuro da occhi indiscreti. Ma come avrei fatto a trascinare Drebber in quella casa? Ecco il problema che dovevo risolvere.

«Drebber si era incamminato a piedi. Ogni tanto sostava per entrare in un bar. Nell'ultimo si è fermato quasi mezz'ora. Quando è uscito barcollava ed era evidentemente brillo. C'era un'altra carrozza pubblica davanti a me, e lui l'ha fermata. Ho continuato a seguirlo così da vicino che il naso del mio cavallo era sempre a meno di un metro dalla sua vettura. Abbiamo percorso Waterloo Bridge, poi chilometri e chilometri di strade, finché, con mio stupore, ci siamo ritrovati davanti alla pensione dove Drebber e Stangerson avevano abitato. Non riuscivo a capire a che scopo Drebber ci fosse ritornato, ma mi sono fermato a un centinaio di metri dalla casa. Lui è entrato e la carrozza si è allontanata. Datemi un bicchiere d'acqua, per favore. Mi si asciuga la bocca, parlando.»

Gli porsi il bicchiere e lui bevve con avidità.

«Così va meglio» soggiunse. «Ebbene, ho aspettato circa un quarto d'ora, poi, all'improvviso, ho sentito un rumore di tafferuglio all'interno della casa. Un istante dopo la porta si è spalancata e sono apparsi due uomini: uno era Drebber, l'altro un giovanotto che non avevo mai visto. Teneva Drebber per il bavero e, quando sono arrivati in cima alla scalinata, gli ha dato un urtone e un calcio, scaraventandolo in mezzo alla via. "Carogna," gli ha gridato agitando il bastone verso di lui "ti insegnerò io a insultare una ragazza onesta!" Era tanto furibondo che l'avrebbe accoppato a randellate, credo, se quel furfante non fosse scappato con la velocità di cui le sue gambe erano capaci. È arrivato fino al primo angolo, poi ha visto la mia carrozza, mi ha fatto un cenno ed è balzato dentro. "All'albergo Halliday" ha detto.

«Il cuore mi è balzato in petto dalla gioia, e ho persino temuto che, proprio all'ultimo momento, mi scoppiasse l'aneurisma. Mi sono avviato pian piano, riflettendo sulla tattica che dovevo seguire. Avrei potuto condurlo direttamente in aperta campagna e là, in qualche viale deserto, si sarebbe svolto il mio ultimo colloquio con Drebber. Avevo quasi deciso di agire così, quando lui ha risolto il problema per me. Ripreso dalla smania di bere, mi ha ordinato di fermarmi davanti a un'osteria. È entrato, raccomandandomi di aspettarlo. È rimasto nell'osteria fino alla chiusura, e quando è uscito era talmente ubriaco che ho capito subito di avere *doppiamente* le redini in pugno.

«Non crediate che io volessi ucciderlo a sangue freddo. Sarebbe stata giustizia sacrosanta se l'avessi fatto, ma era più forte di me. Avevo deciso da lungo tempo che il nostro incontro si sarebbe svolto come una specie di duello... un duello fuori dal comune. Tra i molti mestieri che ho fatto in America, durante i miei vagabondaggi, sono stato anche usciere del laboratorio all'università di York. Un giorno, il professore faceva una lezione sui veleni e ha mostrato agli studenti certi alcaloidi, come li chiamava lui, estratti da non so quale pianta sudamericana. Erano veleni così potenti che la minima dose bastava a provocare la morte istantanea. Avevo osservato i recipienti nei quali erano conservate quelle sostanze e, non appena rimasi solo, ne ho prelevato una piccola dose. Mi arrangiavo abbastanza bene a prepararli e non mi è stato difficile confezionare con l'alcaloide due pillolette solubili nell'acqua. Ho messo poi ognuna di quelle pillolette in una scatolina insieme a una pillola che aveva lo stesso aspetto, ma non conteneva veleno. Fin d'allora avevo deciso che, quando mi fosse capitata l'occasione, ognuno dei miei nemici avrebbe prelevato una delle pillole da una delle scatolette, mentre io avrei inghiottito la pillola rimanente. Era un mezzo altrettanto micidiale e assai meno rumoroso di una pistola. Da quel giorno avevo sempre tenuto le scatolette con me, e ormai era giunto il momento di servirmene.

«Era quasi l'una di notte. Il vento soffiava e la pioggia cadeva a torrenti. Ero felice... tanto felice che mi veniva voglia di gridare. Se vi fosse capitato, signori miei, di struggervi dal desiderio di una cosa per venti lunghi anni e poi, all'improvviso, ve la foste trovata a portata di mano, potreste capire i miei sentimenti. Ho dovuto accendere un sigaro per calmarmi i nervi, ma mi tremavano le mani e mi battevano le tempie per l'agitazione. Mentre procedevo, mi sembrava di vedere il vecchio John Ferrier e la dolce Lucy che mi sorridevano... mi sembrava di vederli chiaramente come vedo voi in questa stanza. Per tutto il tragitto li ho avuti dinanzi, l'uno da una parte, l'una dall'altra del cavallo, finché mi sono fermato davanti alla casa di Lauriston Gardens.

«Non c'era anima viva in vista e non si udiva il più piccolo rumore all'infuori dello sgocciolio della pioggia. Quando ho guardato dentro dal finestrino, ho visto che Drebber era tutto raggomitolato e dormiva. L'ho scosso per un braccio. "È ora di scendere" gli ho detto.

«"Va bene, cocchiere" mi ha risposto.

«Certamente credeva di essere arrivato all'albergo. Infatti è sceso senza una parola e mi ha seguito sul sentiero del giardino. Ho dovuto sorreggerlo perché non perdesse l'equilibrio, tanto era ubriaco. Quando siamo arrivati alla porta, l'ho aperta con la chiave, poi ho condotto Drebber nella prima stanza. Vi giuro che, durante tutto il tragitto, padre e figlia camminavano dinanzi a noi.

«"Che buio" ha brontolato Drebber, trascinando i piedi.

«"Ora le faccio luce" ho risposto, poi ho acceso un fiammifero e l'ho avvicinato a una candela di cera che avevo con me. "E adesso, Enoch Drebber," ho soggiunto voltandomi e illuminandomi la faccia "chi sono?"

«Mi ha guardato con quei suoi occhi smorti da ubriaco, poi un'espressione di terrore gli ha sconvolto la faccia. Allora ho capito che mi aveva riconosciuto. Ha cominciato a retrocedere con il viso livido e la fronte imperlata di sudore, mentre gli battevano i denti. A quella vista mi sono appoggiato all'uscio e ho riso a lungo. Avevo sempre saputo che la vendetta sarebbe stata dolce, ma non avevo osato sperare nella gioia completa e travolgente che ora mi invadeva.

«"Cane maledetto!" ho continuato. "Ti ho dato la caccia da Salt Lake City a Pietroburgo, e mi sei sempre sfuggito. Adesso, finalmente, le tue peregrinazioni sono finite, e uno di noi due non vedrà sorgere l'alba di domani." Mentre parlavo, lui continuava a retrocedere. Gli leggevo in faccia che mi credeva pazzo. Del resto, in quel momento lo ero. Le tempie mi martellavano furiosamente, e forse mi sarebbe venuta una congestione se tutt'a un tratto non avessi avuto un'emorragia dal naso.

«"Cosa ne pensi, ora, di Lucy Ferrier?" ho gridato chiudendo l'uscio e agitandogli la chiave sotto il naso. "La punizione è stata lenta a venire, ma finalmente ti ha raggiunto." Gli tremavano le labbra, e probabilmente avrebbe cominciato subito a implorare pietà, ma deve avere capito che era inutile.

«"Vorresti... vorresti assassinarmi?" ha balbettato.

«"Non è questione di assassinio" ho risposto. "Chi parla di assassinare un cane idrofobo? Hai forse avuto pietà, tu, della mia povera Lucy, quando l'hai trascinata via dai resti straziati di suo padre per rinchiuderla nel tuo sporco harem?"

«"Non sono stato io a uccidere il padre" ha gridato Drebber.

«"Ma sei stato tu a spezzarle il povero cuore innocente" ho urlato a mia volta, traendo di tasca la scatoletta. "Sarà il Signore a giudicare fra noi due. Guarda queste due pillole: una contiene la morte, l'altra la vita. Ognuno di noi ne ingoierà una. Vediamo se c'è giustizia sulla terra, o se siamo dominati soltanto dal caso."

«Drebber ha tentato di sottrarsi e ha cominciato a chiedere pietà, ma io ho sfoderato il coltello e gliel'ho puntato alla gola fino a quando lui non mi ha obbedito. Poi ho inghiottito la seconda pillola, e siamo rimasti l'uno di fronte all'altro, in silenzio, per un minuto e forse più, aspettando di vedere chi doveva sopravvivere e chi doveva morire. Dovessi campare cent'anni, non dimenticherò mai la faccia di Drebber quando i primi dolori gli hanno annunciato la fine imminente. Allora sono scoppiato a ridere e gli ho messo sotto gli occhi la fede nuziale di Lucy. È stata questione di un attimo, poiché l'azione di quell'alcaloide è rapida. Una contrazione spasmodica lo ha trasfigurato di colpo; ha teso le mani, barcollando, poi, con un grido rauco, è stramazzato al suolo. L'ho voltato con il piede, poi gli ho messo una mano sul cuore. Era morto!

«Il sangue aveva continuato a colarmi dal naso, ma non ci avevo badato. Non so nemmeno io come mi è venuto in mente di servirmene per scrivere su quel muro. Forse è stata la maliziosa tentazione di mettere la polizia fuori strada, poiché ero di umore giulivo. Mi sono ricordato il caso di un tedesco che era stato trovato morto a New York con indosso un biglietto su cui era scritta la parola RACHE. A quel tempo i giornali avevano affermato che il delitto doveva essere stato commesso da qualche società segreta. Quello che aveva disorientato i newyorkesi, pensavo, poteva ben disorientare i londinesi; perciò ho intinto un dito nel mio sangue e ho scarabocchiato la parola sul muro. Poi sono ritornato alla mia carrozza. Non c'era nessuno in vista e il tempo era ancora pessimo. Avevo percorso un buon tratto di strada, quando mi sono messo la mano nel taschino dove tenevo solitamente l'anello di Lucy e ho scoperto che non c'era. Sono rimasto come fulminato, poiché quello era l'unico ricordo che avevo di lei. Convinto che mi fosse caduto quando mi ero chinato sul cadavere di Drebber, sono ritornato indietro e, lasciata la carrozza in una via laterale, me ne sono andato dritto filato verso quella casa. Ero disposto ad affrontare qualunque rischio, piuttosto che perdere l'anello. Quando arrivai sul luogo, mi sono trovato quasi naso a naso con un agente di polizia che ne stava uscendo. Sono riuscito a sviare i suoi sospetti soltanto fingendo di essere ubriaco fradicio.

«Comunque, ecco in che modo Enoch Drebber ha finito i suoi giorni. Ormai non mi restava che ripetere la manovra con Stangerson, dopo di che il debito di John Ferrier sarebbe stato saldato. Sapevo che Stangerson era all'albergo Halliday e, per tutto il giorno, mi sono aggirato nelle sue vicinanze, ma lui non è uscito nemmeno una volta. Forse, non vedendo ricomparire Drebber, si era insospettito. Stangerson era astuto e stava sempre sul chi vive. Ma se credeva di farmela in barba rimanendo chiuso nella sua stanza, sbagliava di grosso. Ben presto sono riuscito a scoprire qual era la finestra della sua camera e, la mattina successiva, all'alba, ho approfittato di una lunga scala a pioli che era abbandonata dietro l'albergo per arrampicarmi al piano superiore. Ho svegliato Stangerson e gli ho annunciato che era venuto per lui il momento di rendere conto delle due esistenze che aveva stroncato tanti anni prima. Gli ho descritto la morte di Drebber e gli ho offerto la medesima scelta delle pillole avvelenate. Invece di aggrapparsi alla probabilità di salvezza che gli restava, è balzato dal letto tentando di prendermi alla gola. Per legittima difesa, l'ho colpito con una pugnalata al cuore. In ogni caso, la conclusione sarebbe stata la stessa, poiché la Provvidenza non avrebbe mai permesso alla sua mano nefanda di scegliere la pillola che non era avvelenata.

«Ho ben poco da dire, ancora. Per fortuna, poiché sono esausto. Ho continuato a girare con la mia carrozza, per un giorno o due. Avevo intenzione di mettere da parte lo stretto necessario per ritornare in America. Ero al posteggio, quando un ragazzino cencioso ha chiesto se c'era un cocchiere di nome Jefferson Hope, e ha detto che un signore di Baker Street aveva bisogno della mia carrozza. Ci sono andato senza temere nulla... e, prima che mi venisse il minimo sospetto, quel giovanotto mi aveva messo le manette. La mia storia è finita, signori. Voi potete giudicarmi un assassino, ma io mi considero uno strumento della giustizia quanto e più di voi.»

Il racconto di quell'uomo era stato emozionante e i suoi modi erano tali da incutere rispetto, tanto che restammo tutti a lungo in silenzio. Persino gli investigatori di professione, smaliziati com'erano in fatto di delitti, avevano ascoltato con un interesse febbrile la storia di Hope.

«C'è un punto solo sul quale desidererei qualche altra informazione» disse infine Sherlock Holmes. «Chi è quel suo complice che è venuto a ritirare l'anello in seguito alla mia inserzione?»

Il prigioniero rivolse al mio amico una strizzatina d'occhio.

«Posso rivelare i miei segreti,» disse «ma non sono disposto a mettere gli altri nei guai. Ho visto l'annuncio e ho pensato subito a un tranello. Nello stesso tempo, non era da escludersi che si trattasse proprio della fede che io cercavo. Un amico si è offerto di venire a vedere. Ammetterete che è stato svelto.»

«Senza dubbio» ammise Holmes con entusiasmo.

L'ispettore interloquì in tono solenne.

«Ora, signori, le formalità di legge devono essere rispettate. Mercoledì l'arrestato sarà condotto in tribunale e la vostra presenza sarà indispensabile. Nel frattempo, rispondo io di lui.»

Così dicendo suonò un campanello, e Jefferson Hope fu condotto via da due carcerieri, mentre il mio amico e io uscivamo dal posto di polizia e prendevamo una carrozza per ritornare in Baker Street.

7
Conclusione

Eravamo citati a comparire dinanzi ai magistrati il mercoledì mattina. Ma, quando giunse il mercoledì, non c'era più bisogno che andassimo a testimoniare. Un più alto giudice era intervenuto, e Jefferson Hope era stato chiamato al cospetto di un tribunale che l'avrebbe giudicato secondo la più rigida giustizia. La notte stessa dopo la sua cattura, il suo aneurisma si era rotto e, la mattina, Hope era stato rinvenuto steso sul pavimento della cella, con un sorriso placido sulle labbra, come se nei suoi ultimi istanti fosse riuscito a riandare mentalmente a una vita utile e a una missione compiuta.

«Gregson e Lestrade erano furibondi per la sua morte» osservò Holmes, mentre ne parlavamo, la sera successiva. «Dove se ne va a finire la loro grande pubblicità?»

«Non vedo quale contributo abbiano dato alla cattura di Hope» ribattei.

«A questo mondo non conta quello che si è fatto,» soggiunse il mio compagno, con una certa amarezza «conta piuttosto quello che si riesce a far credere alla gente di avere fatto. Ma cosa importa?» proseguì rasserenato, dopo una pausa. «Per nessuna cosa al mondo avrei voluto rinunciare a quell'indagine. Che io ricordi, c'è stato raramente un caso più interessante. Per quanto semplice, aveva alcuni aspetti molto istruttivi.»

«Semplice!» esclamai.

«Be', insomma, non si può descriverlo altrimenti» disse Sherlock Holmes sorridendo della mia meraviglia. «La prova della sua intrinseca semplicità è che, con il solo aiuto di qualche banale deduzione, sono riuscito a mettere la mano sul colpevole nel giro di tre giorni.»

«È vero» ammisi.

«Le ho già spiegato che le circostanze fuori dal comune, di solito, rappresentano una guida anziché un ostacolo. Nel risolvere un problema di questo genere, l'essenziale è saper ragionare a ritroso. È una tattica utile e saggia, ma pochi se ne servono, forse perché, nella vita di ogni giorno, è più pratico far seguire al ragionamento la direzione del tempo. Ci sono cinquanta persone che sanno ragionare sinteticamente contro una sola che sa ragionare analiticamente.»

«Confesso che non capisco bene» dissi.

«Me l'aspettavo. Vediamo un po' se posso chiarire il mio concetto. Se lei descrive una certa sequela di eventi, gli ascoltatori, per la maggior parte, le diranno quali potrebbero essere le conseguenze degli eventi stessi. Sono capaci di mettere insieme mentalmente le circostanze e di arguire quello che accadrà in seguito. Ben poche, viceversa, sono le persone che, venendo a conoscenza di un fatto, riescono a dedurne le circostanze che l'hanno provocato. A questa facoltà alludo, quando parlo di ragionamento a ritroso o analitico.»

«Ora capisco» mormorai.

«Questo, per esempio, era un caso in cui ci trovavamo al cospetto delle conseguenze, e dovevamo quindi risalire alle origini. Ora, permetta che le esponga il mio ragionamento. Cominciamo dal principio: come sa, mi sono avvicinato a piedi a quella casa con la mente sgombra da ogni preconcetto. Naturalmente ho cominciato con l'esaminare le strade e, come già le ho spiegato, ho visto le tracce lasciate da una carrozza. Assumendo informazioni, ho accertato che doveva essere stata là durante la notte. Inoltre ho capito che si trattava di una carrozza pubblica e non privata, a causa della carreggiata stretta. Il comune *cab* londinese è assai più stretto di quanto non lo siano, normalmente, le vetture private.

«Era un primo punto chiarito. Ho percorso, poi, il sentiero del giardino in cui il terreno argilloso sembrava fatto apposta per trattenere impronte e orme. A lei, senza dubbio, sarà parsa una fanghiglia calpestata, ma al mio occhio esperto ogni traccia su quella superficie aveva il suo significato. Nella scienza dell'investigazione non c'è nessun ramo tanto importante e tanto negletto quanto l'arte di individuare le orme. Per fortuna l'esperienza ne ha fatto in me una seconda natura. Ho riconosciuto le orme profonde dei poliziotti, ma anche le tracce lasciate dai due uomini che erano passati per primi attraverso il giardino. Mi è stato facile capire che erano precedenti perché, in certi punti, erano del tutto cancellate dalle altre che si erano sovrapposte. In tal modo ho fabbricato il secondo anello della catena: i visitatori notturni erano stati due, uno di statura notevole (come ho calcolato dalla lunghezza del passo) e l'altro vestito con ricercatezza, a giudicare dalla forma slanciata ed elegante delle sue scarpe.

«Entrato in casa, ho avuto subito la conferma di questa mia ultima deduzione. L'uomo dalle scarpe eleganti giaceva là, davanti a me. Dunque, quello alto aveva commesso il delitto, se di delitto si trattava. Non c'era ferita di sorta sul cadavere, ma l'espressione stravolta della sua faccia mi diceva che lui aveva previsto almeno un istante prima ciò che la sorte gli riservava. I lineamenti di chi muore per paralisi cardiaca e, comunque, per un'improvvisa causa naturale non tradiscono mai sgomento o agitazione. Fiutando le labbra del morto, ho percepito un lieve odore amarognolo e ne ho concluso che lo sconosciuto era stato costretto a ingerire un veleno, il che spiegava l'odio e il terrore impressi sul suo viso. Per esclusione, ero giunto a questo risultato, poiché nessun'altra ipotesi si adattava ai fatti. E non creda che fosse un'ipotesi inaudita. Il caso di una persona obbligata a ingerire del veleno non è affatto nuovo negli annali della delinquenza. Non vi è tossicologo che non ricordi i famosi delitti di Dolsky a Odessa e di Leturier a Montpellier.

«E ora veniamo al problema centrale: il motivo. Il furto non doveva essere stato il movente del delitto, poiché sembrava che nulla fosse stato sottratto al morto. Si trattava di politica, allora, oppure c'era di mezzo una donna? Ecco il dilemma nel quale mi trovavo. Fin dal principio ho avuto una certa propensione per la seconda ipotesi. Chi commette un omicidio politico è ben contento di fare il colpo e di svignarsela. Questo assassino, invece, aveva agito con fredda deliberazione e aveva lasciato le proprie impronte per tutta la stanza, dimostrando di avere sostato a lungo. Doveva trattarsi di una bega privata e non politica, per richiedere una vendetta così metodica.

«Quando si è scoperta la scritta sul muro, la mia opinione non ha fatto che rafforzarsi. Quello era un trucco troppo palese. Quando poi si è trovato l'anello, non ho più avuto dubbi. Evidentemente l'assassino se n'era servito per ricordare alla vittima una donna morta oppure lontana. È stato allora che ho chiesto a Gregson se nel suo telegramma a Cleveland aveva chiesto informazioni su qualche punto determinato della carriera del defunto Drebber. Gregson mi ha risposto negativamente, come ricorderà. Allora ho compiuto un esame minuzioso della stanza, avvalorando così la mia opinione riguardo alla statura dell'assassino e scoprendo altri due particolari: quello del sigaro Trichinopoly e la lunghezza delle unghie del colpevole. In mancanza di tracce di lotta, avevo già concluso che il sangue sparso sul pavimento proveniva dal naso dell'assassino. Nei momenti di tensione forte simili emorragie non sono rare, soprattutto in un uomo sanguigno. Ecco perché ho osato affermare che il delinquente, con tutta probabilità, era un uomo robusto, dal colorito florido. Gli eventi hanno confermato il mio giudizio.

«Uscito dalla casa, mi sono affrettato a fare ciò che Gregson aveva trascurato. Ho mandato un telegramma al capo della polizia di Cleveland, limitando le mie indagini alle circostanze riguardanti il matrimonio di Enoch Drebber. La risposta è stata conclusiva. Ho saputo così che Drebber aveva già chiesto la protezione della legge contro un antico rivale in amore, di nome Jefferson Hope, e che lo stesso Hope doveva trovarsi in Europa. Ormai sapevo di avere in pugno le fila del mistero. Non restava che acciuffare l'assassino.

«Si era già radicata in me la convinzione che l'uomo con cui Drebber era entrato nella casa non era altro che il cocchiere della carrozza. Le tracce sulla strada dimostravano che il cavallo si era mosso come non avrebbe mai potuto fare se ci fosse stato qualcuno a custodirlo. Dove poteva essere, dunque, il cocchiere, se non nella casa? Del resto, è assurdo supporre che un uomo (a meno che non sia pazzo) commetta un assassinio, quasi sotto gli occhi di una terza persona che facilmente potrebbe tradirlo. Infine, ammesso che un uomo volesse braccarne un altro in giro per Londra, quale mezzo migliore che trasformarsi in cocchiere di piazza? Tutte queste considerazioni mi hanno portato all'irresistibile conclusione che Jefferson Hope era reperibile tra i cocchieri della metropoli.

«Se lo era stato, non c'era motivo di supporre che avesse cessato di esserlo. Al contrario, dal suo punto di vista un improvviso mutamento di rotta avrebbe potuto attirare l'attenzione su di lui. Con tutta probabilità, almeno per il momento, doveva continuare a compiere il suo servizio. Non era nemmeno logico supporre che avesse assunto un falso nome. Perché cambiare nome in un paese dove nessuno conosceva la sua vera identità? Allora ho organizzato la squadra mobile dei monelli e li ho sguinzagliati con l'ordine di indagare sistematicamente in tutte le rimesse di carrozze pubbliche, fino a quando non avessero individuato l'uomo che cercavo. Non ho bisogno di aggiungere che la manovra è riuscita e che io non ho tardato a trarne profitto. L'assassinio di Stangerson è stato un'appendice inaspettata, ma in ogni caso sarebbe stato ben difficile impedirlo. Attraverso il secondo delitto, come ben sa, sono entrato in possesso delle pillole di cui avevo già sospettato l'esistenza. Capisce? Tutta la faccenda è una catena di fatti logicamente collegati, senza vuoti né soluzione di continuità.»

«È meraviglioso!» esclamai. «I suoi meriti dovrebbero essere universalmente riconosciuti. Lei stesso dovrebbe pubblicare un resoconto del "caso". E, se non lo fa, lo faccio io.»

«Può fare quello che le pare e piace, dottore. Ma guardi qui!» rispose Holmes porgendomi il giornale.

Era l'«Echo» della giornata. Il paragrafo che Holmes mi indicava era dedicato ai due delitti di quei giorni.

Diceva il quotidiano:

Il pubblico ha perso l'occasione di assistere a un processo sensazionale a causa della morte improvvisa di quell'Hope che era il presunto colpevole degli omicidi del signor Enoch Drebber e del signor Joseph Stangerson.

Ormai i particolari del caso non saranno mai più divulgati, ma ci risulta da fonte autorevole che il duplice delitto è la conseguenza di un'antica contesa romantica in cui amore e mormonismo avevano la loro parte. Sembra che le vittime fossero appartenute, in gioventù, ai Santi dell'Ultimo Giorno, e anche Hope era oriundo di Salt Lake City.

Se non altro, questa vicenda ha messo più che mai in rilievo l'efficienza della nostra organizzazione di polizia, e servirà di lezione a tutti gli stranieri, facendo loro comprendere la convenienza di liquidare le loro beghe in patria e non portarle sul suolo britannico. Non è un segreto che il merito di questa brillante operazione spetta interamente ai ben noti funzionari di Scotland Yard: Lestrade e Gregson. Sembra che l'assassino sia stato catturato nell'abitazione di un certo signor Sherlock Holmes, che a sua volta ha dimostrato un certo talento per l'investigazione e che, con simili maestri, può sperare, con il tempo, di perfezionarsi.

«Non l'avevo detto sin dal principio?» fece Sherlock Holmes con una risata. «Questi sono i risultati del nostro *studio in rosso*: abbiamo procurato a quei due un diploma di benemerenza!»

«Non m'importa» risposi. «Ho tutti i fatti nel mio diario, e il pubblico ne verrà a conoscenza. Nel frattempo si accontenti della consapevolezza di aver vinto, come l'avaro romano:

Populus me sibilat, at mihi plaudo
ipse domi, simul ac nummos contemplor in arca.»[3]

[3] Da Orazio, *Satire*: "Il popolo mi fischia, ma io mi applaudo da me, a casa mia, quando contemplo le mie ricchezze nello scrigno". (*NdT*)

IL SEGNO DEI QUATTRO

Titolo originale: *The Sign of Four,* 1889
Traduzione di Maria Gallone

1
Saggio di scienza deduttiva

Sherlock Holmes prese una bottiglia dalla mensola del caminetto e una siringa ipodermica da un lucido astuccio di marocchino. Con le lunghe dita, bianche e nervose, avvitò all'estremità della siringa l'ago sottile e si rimboccò la manica sinistra della camicia. I suoi occhi si posarono per qualche attimo pensierosi sull'avambraccio e sul polso solcati di tendini e tutti punteggiati e segnati da innumerevoli tracce di iniezioni. Infine si conficcò nella carne la punta acuminata, premette sul minuscolo stantuffo, poi, con un profondo sospiro di soddisfazione, ricadde a sedere nella poltrona di velluto.

Da molti mesi, per tre volte al giorno, assistevo al ripetersi di quella scena, ma ancora non mi ci ero potuto abituare. Anzi, quello spettacolo mi irritava sempre più, e spesso la notte la mia coscienza insorgeva dentro di me e mi rimproverava di non saper trovare il coraggio di protestare. Quante volte mi ero giurato di parlarne apertamente con lui, ma c'era qualcosa nell'aspetto distaccato e noncurante del mio compagno che lo rendeva l'ultimo uomo col quale era possibile arrischiarsi a usare una libertà qualsiasi. Le sue immense doti, i suoi modi autoritari e la mia esperienza delle sue straordinarie capacità mi rendevano estremamente cauto e restio a contrariarlo.

Tuttavia quel pomeriggio, fosse il Beaune che avevo bevuto a colazione, o l'eccesso di esasperazione che l'estrema sicurezza dei suoi gesti aveva provocato in me, capii a un tratto che non sarei più stato capace di continuare a tacere.

«Be', di che cosa si tratta quest'oggi?» domandai «Di morfina o di cocaina?»

Alzò languidamente gli occhi dal vecchio volume in caratteri gotici che da poco aveva aperto davanti a sé.

«Di cocaina,» mi rispose «in una soluzione al sette per cento. Vorrebbe provarla anche lei?»

«No, grazie» replicai in tono asciutto. «La mia salute non si è completamente rimessa dalla campagna afghana, e non posso permettermi il lusso di strapazzarla inutilmente.»

Holmes sorrise di fronte a tanta irruenza. «Forse lei ha ragione, Watson» ammise. «Temo che, fisicamente parlando, l'influenza della cocaina sia perniciosa. Ma io trovo che stimoli e schiarisca l'intelletto in modo così trascendentale che, a mio parere, la sua azione secondaria è del tutto trascurabile.»

«Ma rifletta un momento!» protestai con foga. «Pensi allo sperpero di energie che tutto questo le costa! Può darsi che, come lei dice, il suo cervello ne sia eccitato e attivato, ma si tratta di un processo patologico, morboso, che comporta un accresciuto mutamento di tessuti, e può alla fine produrre una debolezza permanente. Lei, del resto, non ignora quale reazione ipocondriaca produce tutto questo nel suo organismo. Io trovo che il gioco non vale la candela. Perché vuole rischiare, per un piacere effimero, di perdere le facoltà meravigliose di cui è stato dotato? Si ricordi che non le parlo soltanto da uomo ad amico, ma nella mia veste di medico, giacché mi sento in un certo senso responsabile del suo benessere fisico.»

Non parve offeso. Tutt'altro: riunì insieme le punte delle dita e appoggiò i gomiti sui braccioli della poltrona, come chi si dispone con piacere a conversare.

«Il mio cervello» incominciò «si ribella di fronte a ogni forma di stasi, di ristagno intellettuale. Datemi dei problemi da risolvere, datemi del lavoro da sbrigare, datemi il più astruso crittogramma da decifrare, o da esaminare il più complesso intrico analitico e io mi troverò nel mio elemento naturale: allora non saprò che farmene degli stimolanti artificiali; ma detesto la grigia routine dell'esistenza quotidiana: ho bisogno di sentirmi in uno stato di esaltazione mentale costante. Ecco perché mi sono scelto questa particolarissima professione, o meglio me la sono creata, dal momento che sono unico al mondo.»

«Come? Non esistono altri poliziotti privati all'infuori di lei?» domandai stupito.

«Sono il solo poliziotto privato "consulente"» rispose. «Io rappresento l'ultima e suprema corte d'appello in fatto d'indagine poliziesca. Quando Gregson, o Athelney Jones non sanno più che pesci pigliare, il che, sia detto tra parentesi, è il loro stato abituale, portano la faccenda davanti a me, io esamino i dati, come un esperto, e pronuncio il mio parere di specialista. In casi simili non accampo nessun diritto, e il mio nome non appare in nessun giornale: la mia massima ricompensa consiste nel lavoro di per se stesso e nella soddisfazione di trovare un campo adatto all'esercizio delle mie specialissime facoltà. Del resto, lei ha avuto occasione di sperimentare direttamente il mio sistema di lavoro nel caso di Jefferson Hope.»

«Già, infatti,» riconobbi «e nulla mi ha colpito maggiormente, da quando sono al mondo. Anzi, ho voluto trascrivere i fatti più salienti in un libriccino cui ho dato il titolo alquanto fantasioso di *Studio in rosso*.»

Holmes tentennò il capo sconsolatamente.

«Gli ho dato un'occhiata» disse «e francamente non posso congratularmi con lei. L'investigazione è, o meglio dovrebbe essere, una scienza esatta, e come tale dovrebbe essere trattata con freddezza, senza interpolazioni emotive. Lei ha cercato invece di rivestire i fatti di colori romantici, il che produce più o meno lo stesso effetto che se avesse rappresentato una storia d'amore o una fuga romanzesca entro gli schemi del quinto teorema di Euclide.»

«Ma nel caso di cui parliamo, l'elemento romantico esisteva veramente» ribattei. «Io non potevo alterare i fatti.»

«Alcuni di questi fatti dovrebbero essere soppressi, o per lo meno bisognerebbe, nel discuterne, osservare un giusto senso delle proporzioni. Il solo punto degno di nota nel caso in questione è il ragionamento curiosamente analitico da effetti a cause che mi ha permesso di districarlo.»

Questa aspra critica a un lavoro che sembrava essere stato scritto apposta per interessarlo mi infastidì, e confesso che, inoltre, mi irritava il suo egoismo, in nome del quale sembrava quasi pretendere che ogni riga del mio libretto fosse dedicata esclusivamente alle sue gesta. Più di una volta, in tutti quegli anni, da quando abitavo con lui in Baker Street, avevo notato come sotto i modi tranquilli e didattici del mio compagno si celasse una piccola dose di vanità. Comunque non replicai, e me ne stetti seduto a strofinarmi la gamba ferita. Una pallottola me l'aveva bucata qualche tempo addietro e, sebbene questo non mi impedisse di camminare, la gamba mi doleva parecchio a ogni cambiamento di tempo.

«La mia clientela, in questi mesi, si è estesa anche sul Continente» riprese Holmes dopo una breve pausa, mentre riempiva la vecchia pipa di radica. «La settimana scorsa sono stato consultato da François de Villard, il quale, come lei probabilmente saprà, si è fatto recentemente una certa fama nel servizio investigativo francese. È magnificamente dotato del potere tutto celtico di intuire con rapidità, ma gli manca la vasta gamma delle conoscenze esatte che sono essenziali per gli sviluppi superiori della sua arte. Si trattava di un testamento, e il caso presentava un certo interesse. Mi è stato possibile sottoporgli due casi analoghi, uno avvenuto a Riga nel 1857, l'altro a St Louis nel 1871, che gli suggerirono la soluzione esatta. Ecco la lettera che ho ricevuto da lui questa mattina, in cui mi dà atto dell'aiuto prestatogli.»

Così dicendo gettò sul tavolo un foglio di carta sgualcito. Gli diedi un'occhiata e subito fui colpito da una profusione di frasi esclamative tutte punteggiate di "*magnifique*", "*coup de maître*" e "*tour de force*", che stavano a testimoniare l'ardente ammirazione del francese.

«Scrive come un discepolo al proprio maestro.»

«Oh, sopravvaluta il mio contributo» fece Sherlock Holmes in tono noncurante. «Personalmente ha doti notevoli: possiede due o tre qualità che sono indispensabili per un poliziotto ideale, cioè il potere di osservazione e il potere di deduzione; manca solo di cultura, ma può darsi che gli venga col tempo. In questo momento sta traducendo in francese i miei lavoretti.»

«Quali lavoretti?»

«Come? Non lo sa?» e scoppiò in una risata. «Già, mi sono reso colpevole di alcune monografie: trattano tutte di argomenti tecnici. Eccone qui una, per esempio: *Sulla distinzione tra le ce-*

neri dei vari tipi di tabacco. In essa enumero centoquaranta tipi di sigari, sigarette e tabacco da pipa, con tavole colorate che illustrano le varie differenze fra le ceneri dei diversi tipi. Si tratta di un particolare che ricorre continuamente nei processi penali, e che può essere talvolta di importanza capitale come indizio. Per esempio, se si riesce a stabilire con assoluta certezza che un determinato delitto è stato commesso da qualcuno che fuma una *lunkah* indiana, questo, evidentemente, delimiterà il campo delle nostre indagini. Per un occhio esercitato esiste, tra la cenere nera di un Trichinopoly e quella bianca dell'"occhio di uccello", la stessa differenza che passa tra un cavolo e una patata.»

«Certo che lei ha un vero genio per queste minuzie» osservai.

«Ne apprezzo l'importanza. Ecco qua la mia monografia sul modo di rintracciare le orme, con qualche osservazione sull'impiego del gesso da scultori per fissare e conservare le impronte stesse. Ecco poi un curioso opuscolo sull'influenza di una determinata arte o mestiere sulla forma delle mani, con fotoincisioni riproducenti mani di conciatetti, marinai, sugherai, compositori, tessitori, sfaccettatori di diamanti. Tutto ciò è di enorme interesse pratico per il poliziotto scientifico, specialmente nei casi di cadaveri di sconosciuti, o quando si tratti di scoprire i precedenti di persone incriminate. Ma io la secco con le mie manie.»

«Niente affatto» protestai con forza. «Le sue osservazioni mi interessano enormemente, soprattutto da quando ho avuto l'occasione di constatarne l'applicazione pratica. Ma lei ha parlato proprio adesso di osservazione e deduzione. Mi sembra che la prima in un certo senso implichi la seconda.»

«Perché? Tutt'altro» replicò Holmes, sprofondandosi ancor più comodamente nella poltrona, mentre dalla sua pipa uscivano densi cerchi azzurrognoli. «Poniamo un esempio: l'osservazione mi dimostra che lei stamani si è recato all'ufficio postale di Wigmore Street, mentre la deduzione mi permette di capire che ha spedito un telegramma.»

«È esatto!» ammisi. «Esattissimo. Però confesso che non riesco a capire come sia arrivato a questa conclusione. È stato un impulso improvviso da parte mia, e non ne avevo fatto cenno con nessuno...»

«La cosa è di una semplicità elementare» replicò Holmes, ridacchiando del mio stupore. «È così ridicolmente semplice che ogni spiegazione è superflua, tuttavia potrà servire a definire i limiti tra osservazione e deduzione. L'osservazione mi dice che sull'incollatura della sua scarpa c'è una piccola macchia rossastra. Proprio di fronte all'ufficio di Wigmore Street hanno buttato all'aria il selciato e rimosso del terriccio in modo che è difficile evitarlo entrando. Questo terriccio è di una tinta rossastra inconfondibile e lo si trova, per quello che ne so, soltanto da quelle parti della città. Questo per quanto riguarda l'osservazione: il resto è deduzione.»

«Come ha fatto a dedurre che io ho spedito un telegramma?»

«Be', naturalmente sapevo che lei non aveva scritto nessuna lettera, giacché le sono stato seduto di fronte tutta la mattina. Vedo pure che nel cassetto aperto della sua scrivania c'è un intero foglio di francobolli e un grosso pacco di cartoline. Per quale motivo, dunque, lei si sarebbe recato all'ufficio postale, se non per spedire un telegramma? Eliminato ogni altro fattore, quello che resta deve essere il fattore esatto.»

«In questo caso particolare ha ragione» riconobbi dopo aver brevemente riflettuto «e si tratta di un ragionamento in verità semplicissimo. Mi giudicherebbe impertinente se tentassi di mettere le sue teorie a una prova più severa?»

«Tutt'altro! Mi impedirà di prendere una seconda dose di cocaina. Sarò felice di esaminare qualsiasi problema che lei voglia sottopormi.»

«Una volta lei ha affermato che è difficile che un individuo si serva quotidianamente di un oggetto senza lasciarvi impressa qualche traccia della sua personalità, in modo che un osservatore esercitato non possa non decifrarla. Ecco dunque un orologio di cui sono venuto in possesso da poco tempo. Vorrebbe usarmi la cortesia di esprimermi un giudizio sul carattere e le abitudini del suo defunto proprietario?»

Così dicendo gli porsi l'orologio, non senza un lieve sentimento di incredulità, giacché si trattava di una prova secondo me impossibile, e volevo che risultasse piuttosto come una lezione verso il mio compagno, per il tono alquanto dogmatico che amava assumere di quando in quando. Holmes soppesò l'orologio tra le mani, ne fissò attentamente il quadrante, ne aprì la cassa e ne esaminò il congegno, dapprima a occhio nudo, in seguito servendosi di una potente lente convessa. Non potei trattenermi dal sorridere nel vedere l'espressione scoraggiata della sua faccia quando richiuse l'orologio con un colpo secco e me lo restituì.

«Non reca praticamente nessun indizio» disse. «È stato ripulito di recente, il che mi priva di ogni filo conduttore degno di nota.»

«Effettivamente» ammisi «lo hanno fatto pulire prima di spedirmelo.»

In cuor mio accusai il mio compagno di aver accampato una scusa molto magra e meschina per giustificare il suo insuccesso. Che indizi poteva aspettarsi da un orologio non ripulito?

«Tuttavia, per quanto incompleto, il mio esame non è stato del tutto infruttuoso» riprese Holmes, fissando il soffitto con occhi vacui, sognanti. «Salvo rettifiche da parte sua, io direi che quell'orologio è appartenuto a suo fratello maggiore, il quale a sua volta dovette ereditarlo da vostro padre.»

«Suppongo che questo lei lo abbia dedotto dalle iniziali "H.W." incise nella cassa.»

«Precisamente. Quella "W." mi fa pensare al suo cognome. La data dell'orologio risale a quasi cinquant'anni fa, e le iniziali sono vecchie quanto l'orologio, perciò appartiene alla generazione passata. Gli oggetti preziosi di solito vengono trasmessi al figlio maggiore, e accade spesso che questi porti il nome del padre. Suo padre, se ben ricordo, è morto da molti anni. Perciò l'oggetto in questione deve essere stato nelle mani di suo fratello maggiore.»

«Fin qui il suo ragionamento fila alla perfezione. Ma non ha altro da dirmi?»

«Suo fratello era un uomo di abitudini disordinate, molto disordinate e trascurate. Gli sono capitate molte buone occasioni, ma lui ha buttato via ogni probabilità di successo, vivendo a volte poveramente, a volte con brevi intervalli di prosperità, finché, datosi al bere, non è morto. Ecco tutto quello che ho potuto intuire.»

Mi alzai di scatto dalla seggiola e mi misi a zoppicare per la stanza, il cuore pieno di amarezza.

«Questo è uno scherzo indegno di lei, Holmes» esclamai. «Non mi sarei mai immaginato che lei potesse abbassarsi a certi trucchi meschini. Lei si è informato sui trascorsi del mio disgraziato fratello, e adesso finge di esserne venuto a conoscenza grazie a deduzioni fantastiche. Non pretenderà che io creda che lei abbia letto tutti questi particolari in un vecchio orologio. È proprio un'azione poco cortese da parte sua, e, se devo dirle tutta la verità, mi sa un po' di ciarlataneria!»

«Mio caro dottore,» replicò affettuosamente il mio compagno «la prego di accettare le mie più profonde scuse. Considerando la cosa dal punto di vista puramente astratto, avevo dimenticato che per lei si trattava invece di un argomento strettamente personale e doloroso. Comunque, le garantisco che non sapevo neppure che avesse un fratello sino al momento in cui lei mi ha dato da esaminare l'orologio!»

«Ma allora mi sa dire, in nome di tutte le potenze occulte, come è riuscito a indovinare tutti quei fatti... che sono effettivamente esatti sin nei più minuti particolari?»

«Be', in questo caso sono stato aiutato dalla fortuna: io non potevo dire se non quello che era il risultato di un calcolo di probabilità, ma non mi aspettavo di essere stato tanto preciso.»

«Non è stato forse un semplice tirare a indovinare?»

«No, io non tiro mai a indovinare: è un'abitudine odiosa e distruttrice delle facoltà logiche. Ciò che le sembra strano, è tale per lei unicamente perché non segue la mia linea di pensiero e non osserva i piccoli fatti da cui possono derivare grandi conclusioni. Per esempio, ho incominciato col dichiarare che suo fratello era una persona trascurata. Se osserva con attenzione la parte inferiore della cassa dell'orologio, noterà che questa non soltanto è intaccata in due punti, ma è tutta segnata e graffiata dall'abitudine di tenere insieme all'orologio, nella medesima tasca, altri oggetti duri, per esempio monete o chiavi. Naturalmente non ci vuole un genio per dedurne che un uomo che tratta così un orologio da cinquanta ghinee deve essere un tipo trascurato. D'altronde, non è un'illazione troppo azzardata arguire che un individuo che eredita un oggetto di tanto pregio deve essere ben provvisto di altri beni di fortuna.»

Annuii, per dimostrargli che lo seguivo.

«Qui in Inghilterra gli strozzini su pegno, quando ritirano un orologio, hanno l'abitudine di segnare con la punta di uno spillo, all'interno della cassa, il numero della ricevuta. È più comodo che appiccicarvi un'etichetta, e non vi è pericolo di perdere o di scambiare il numero. Di questi numeri, ben visibili con la mia lente, ce ne sono quattro incisi nell'interno della cassa. Dal che si deduce che suo fratello si è trovato spesso in cattive acque. Seconda illazione: ha avuto momenti saltuari di prosperità, altrimenti non sarebbe stato in grado di riscattare il pegno. Infine le chiedo di esaminare la placca interna, quella che contiene la serratura della chiavetta. Guardi le infinite graffiature che circondano tutt'intorno la serratura e che indicano i punti in cui la chiavetta è scivolata. Un uomo in sé avrebbe tracciato tanti solchi prima di ricaricare il suo orologio? Non vedrà mai l'orologio di un ubriacone senza questi segni. Lui lo carica di notte, lasciandovi sopra le tracce della sua mano malferma. Dov'è il mistero in quanto le ho esposto sinora, mi dica?»

«È chiaro come la luce del giorno» risposi «e sono profondamente addolorato per le mie parole ingiuste di poco fa. Avrei dovuto avere più fede nelle sue meravigliose facoltà. Posso chiederle se attualmente si sta occupando di qualche caso?»

«No. Ecco perché mi do alla cocaina. Non mi riesce di vivere senza far funzionare il cervello. E per che cos'altro vale la pena di vivere, del resto? Si metta un po' qui alla finestra. Ha mai visto un universo più lugubre, più deprimente, più inutile? Guardi che mulinelli fa giù in strada la nebbia gialla, guardi come ondeggia pigra lungo le fosche facciate delle case. Che cosa potrebbe esserci di più disperatamente prosaico e banale? A cosa serve avere delle doti, caro dottore, quando manca il mezzo e il modo di esercitarle? Il delitto è banale, l'esistenza è banale, e soltanto le qualità banali hanno una qualche funzione sulla terra.»

Stavo per rispondere a questa tirata, quando dopo un brusco colpetto alla porta entrò nella nostra stanza la padrona di casa, recando un biglietto da visita su un vassoio di rame.

«C'è qui una signorina che chiede di lei» disse la signora Hudson, rivolgendosi al mio compagno.

«"Mary Morstan"» lesse questi ad alta voce. «Uhm! È un nome che non mi ricorda niente. Dica pure alla signorina di venire avanti, signora Hudson. E lei non se ne vada, dottore; preferisco che rimanga.»

2
Esposizione del caso

La signorina Morstan entrò con passo fermo; sembrava molto calma. Era una giovane creatura bionda, piccola, delicata, elegante, vestita con un gusto impeccabile. C'era tuttavia nel suo abbigliamento una semplicità quasi disadorna che suggeriva a un occhio attento una possibilità di mezzi limitata. Il vestito era di un colore tra il bigio e il fulvo cupo, senza guarnizioni e senza spighette; in capo portava un minuscolo turbante dello stesso tono scuro, ravvivato soltanto da una piuma bianca da un lato. Il suo volto non spiccava né per regolarità di fattezze né per uno speciale splendore di carnagione, ma aveva un'espressione molto dolce e gradevole, e dai grandi occhi azzurri emanava una luce di spiritualità e gentilezza singolari. Nonostante la mia esperienza in fatto di donne, che si estende a molte nazioni e a ben tre continenti diversi, non avevo mai visto un volto che desse promessa più palese di un temperamento raffinato e sensibile. Non mi sfuggì il particolare che, mentre sedeva nella poltrona offertale da Sherlock Holmes, le sue labbra tremavano, le sue mani erano scosse da un tremito, e in tutta la sua persona erano evidenti i segni di un'agitazione contenuta ma intensa.

«Sono venuta da lei, signor Holmes,» incominciò «perché una volta lei ha aiutato la signora Cecil Forrester, presso cui sono impiegata, a districare una piccola complicazione familiare, e la signora è rimasta molto colpita dalla sua gentilezza e abilità.»

«Già, la signora Forrester;» ripeté pensosamente il mio compagno «credo di esserle stato di qualche utilità, infatti: ma si trattava di un caso estremamente semplice, se ben ricordo.»

«La signora Forrester non lo riteneva tale: comunque, signor Holmes, non potrà dire la stessa cosa del mio. Non mi riesce di immaginare una situazione più strana, più inspiegabile di quella in cui mi trovo attualmente.»

Holmes si stropicciò le mani, e i suoi occhi mandarono un lampo, quindi si protese sulla sedia con un'espressione di straordinaria concentrazione nel volto affilato, dal profilo di sparviero.

«Ci esponga il suo caso, signorina» disse infine col tono rapido e sbrigativo di chi sta per trattare un affare.

Ebbi la sensazione di essere di troppo. «Vorrete scusarmi, spero» dissi a mia volta, alzandomi.

Con mia sorpresa la signorina fece un cenno della mano guantata, come per trattenermi.

«Se non le spiace,» soggiunse rivolta a Holmes «vorrei che il suo amico fosse tanto gentile da restare: potrebbe essermi di grandissimo aiuto.»

Mi rimisi immediatamente a sedere.

«Cercherò di riassumere i fatti in breve» proseguì la signorina. «Mio padre, che mi rimandò in patria quando io ero ancora piccolissima, era ufficiale di un reggimento indiano. Mia madre era morta, e io non avevo nessun parente in Inghilterra. Venni sistemata comunque in un ottimo collegio, a Edimburgo, dove rimasi finché ebbi compiuto i diciassette anni. Nel 1878 mio padre, che era capitano anziano del suo reggimento, ottenne una licenza di un anno e tornò in patria. Mi telegrafò da qui per annunciarmi che era arrivato sano e salvo e per dirmi di venire subito a raggiungerlo, dandomi come indirizzo l'albergo Langham. Rammento perfettamente che il suo messaggio era pieno di tenerezza e di affetto. Giunta qui a Londra, scesi direttamente al Langham, dove mi dissero che infatti il capitano Morstan aveva preso alloggio lì, ma che era uscito la notte prima e non era ancora rientrato. Attesi tutto il giorno senza che mi pervenisse alcuna notizia di lui. La sera, su consiglio del direttore dell'albergo, mi misi in comunicazione con la polizia, e il mattino seguente fu messo un annuncio su tutti i giornali, ma le nostre ricerche non ottennero alcun risultato, e da quel giorno non ho mai più saputo nulla di mio padre. Era ritornato con il cuore pieno di speranza per trovare pace e conforto, e invece...»

La giovane donna si portò una mano alla gola, e un singhiozzo soffocato le impedì di proseguire.

«La data?» domandò Holmes aprendo il suo taccuino.

«Il 3 dicembre del 1878, quasi dieci anni fa.»

«Il bagaglio di suo padre?» .

«Rimase all'albergo. Ma non conteneva nulla che potesse suggerire un filo conduttore: c'erano qualche vestito, alcuni libri e molti oggetti curiosi delle Isole Andamane, poiché mio padre, laggiù, era stato uno degli ufficiali addetti alla sorveglianza dei forzati.»

«Aveva amici in città?»

«Uno solo, per quello che ne so, il maggiore Sholto, appartenente al suo stesso reggimento, il 34° fanteria di Bombay. Il maggiore si era ritirato poco tempo prima, ed era andato ad abitare a Upper Norwood. Ci mettemmo in comunicazione con lui, ma non sapeva nemmeno che il suo compagno d'armi si trovasse in Inghilterra.»

«È un caso curioso» mormorò Holmes.

«Ma non vi ho ancora narrato la parte più strana della vicenda» proseguì la signorina Morstan. «Circa sei anni fa, per essere esatti il 14 maggio del 1882, comparve sul "Times" un annuncio in cui si chiedeva l'indirizzo della signorina Mary Morstan, e si dichiarava che sarebbe stato vantaggioso per lei rispondere in modo affermativo. L'annuncio non recava né nome né indirizzo. In quel tempo lavoravo come istitutrice in casa della signora Forrester. Dietro suo consiglio pubblicai il mio indirizzo sulle colonne degli annunci economici. Nello stesso giorno mi giunse per posta una scatoletta di cartone, nella quale con mia grande sorpresa trovai racchiusa una perla, grande e luminosissima. Il piccolo plico non conteneva una sola parola di spiegazione, e tanto meno il nome del mittente. Da allora, ogni anno, alla stessa data, mi è sempre stata recapitata una scatoletta identica, sempre contenente un'identica perla, senza alcun indizio che potesse servire a identificare il mittente. Un perito ha dichiarato che si tratta di perle molto rare e pregiate. Del resto potrete giudicare voi stessi quanto siano belle.»

Così dicendo aprì una scatoletta piatta, e ci mostrò sei tra le più belle perle che io abbia mai visto.

«Il suo è un caso molto interessante» osservò Sherlock Holmes. «Le è capitato altro?»

«Sì, e non più tardi di oggi. Ecco perché sono venuta da lei. Stamane ho ricevuto questa lettera; è meglio che la legga lei.»

«Grazie,» fece Holmes «mi dia anche la busta, per favore. Timbro postale, Londra, S. W. Data, 7 luglio. Uhm! In un angolo c'è l'impronta di un pollice maschile, il postino, probabilmente. Carta di qualità ottima. Busta da sei pence al pacchetto. Chi scrive è persona molto ricercata in fatto di cancelleria. Niente indirizzo. "Si trovi al terzo pilastro a sinistra fuori dal Lyceum Theatre questa sera alle sette. Se non si fida conduca due amici. Lei è una donna cui è stato fatto un torto, e merita giustizia. Non porti la polizia. In tal caso tutto sarà inutile. Un amico sconosciuto"... Be', francamente, questo è un bel mistero. Che cosa intende fare, signorina Morstan?»

«È precisamente quello che io chiedo a lei.»

«In tal caso dico che dobbiamo assolutamente andare... io, lei, e, si capisce, il dottor Watson: è proprio l'uomo che ci vuole. Il suo corrispondente parla di due amici. Io e Watson abbiamo già lavorato insieme altre volte.»

«Ma crede che il suo amico vorrà venire?» replicò la signorina Morstan con una nota quasi di implorazione nella voce.

Mi affrettai a rassicurarla con fervore: «Sarò orgoglioso e felice di esserle di aiuto, signorina».

«Siete entrambi molto gentili» rispose la giovane donna. «Ho sempre condotto vita ritirata, e non ho amici cui potermi rivolgere. Se sarò qui alle sei credo che sarà sufficiente, vero?»

«Sia puntuale, però» le raccomandò Holmes. «Ma prima mi dica ancora una cosa. La scrittura della lettera è la stessa degli indirizzi sulle scatolette contenenti le perle?»

«Eccoli qua» rispose la fanciulla, mostrando una mezza dozzina di fogli di carta da pacco.

«Lei è davvero una cliente modello. Sa intuire con precisione. E ora vediamo un po'.» Stese le carte sulla tavola, dando occhiate brevi, penetranti, dall'una alle altre. «Sono tutti scritti con calligrafia contraffatta,» sentenziò infine «tutti tranne la lettera. Ma non è possibile ingannarsi sull'identità dello scrivente. Guardi come l'incontenibile "e" si spezza, e osservi lo svolazzo della "o" finale. Sono indubbiamente della stessa persona. Non vorrei farle balenare false speranze, signorina, ma non vi è qualche rassomiglianza tra questa scrittura e quella di suo padre?»

«Oh, la scrittura di mio padre non poteva essere più diversa da questa.»

«Me lo immaginavo. La aspetteremo per le sei. Sia così cortese da lasciarmi tutte queste carte: voglio studiarle meglio. Adesso sono appena le tre e mezzo. *Au revoir*, dunque.»

«*Au revoir*» ripeté la nostra visitatrice: poi, dopo una luminosa occhiata piena di riconoscenza a entrambi, riprese la scatoletta delle perle e si allontanò rapida.

Mi misi in piedi alla finestra, e la osservai mentre camminava a passi svelti lungo la strada, finché il turbante grigio e la piuma bianca non furono più che un puntino tra la folla incolore.

«Che donna interessante» esclamai, voltandomi verso il mio amico.

Holmes aveva riacceso la pipa, ed era di nuovo sprofondato nella sua poltrona, le palpebre socchiuse. «Trova?» fece languidamente. «Non lo avevo notato.»

«Ma lei non è che un automa... una macchina calcolatrice! Francamente, a volte, sembra un essere quasi inumano!»

Sorrise con indulgenza.

«È della massima importanza» mi rispose infine «che il nostro giudizio non sia fuorviato dalle apparenze esteriori. Un cliente per me non è che un'unità, un fattore in un problema. Le qualità emotive sono in contrasto con la chiarezza del ragionamento. Le posso assicurare che la donna più seducente che io abbia mai conosciuto fu condannata all'impiccagione per avere avvelenato tre bambini innocenti cui intendeva sottrarre il denaro di un'assicurazione, mentre l'uomo più repellente di mia conoscenza è un filantropo che ha speso quasi un milione di sterline per beneficare i poveri di Londra.»

«Nel caso attuale, però...»

«Non faccio mai eccezioni. Un'eccezione mostra la falsità della regola. Ha mai avuto occasione di occuparsi di grafologia? Osservi un po' la scrittura di questo tizio.»

«È leggibile e regolare» risposi. «Mi sembra un uomo che ha l'abitudine degli affari e una certa forza di carattere.»

Holmes scosse il capo.

«Guardi le lettere lunghe» disse. «Si staccano appena dalla massa delle altre. La "d" potrebbe essere una "a", la "l" una "e". Gli uomini di carattere diversificano sempre le lettere lunghe, per quanto illeggibile possa essere la loro scrittura. Vi è incertezza, nelle "h" di questo signore, e pomposità nelle sue maiuscole. Adesso esco. Devo fare alcuni sopralluoghi. Mi permetta di raccomandarle questo libro... è tra i più notevoli che siano mai stati scritti. È intitolato *Martirio dell'uomo*, ed è stato scritto da Winwood Reade. Sarò di ritorno tra un'ora.»

Sedetti alla finestra: tenevo in mano il volume consigliatomi dal mio amico, ma i miei pensieri vagavano molto lontani dalle audaci speculazioni dello scrittore. La mia mente rincorreva la nostra recente visitatrice, ripensava al suo sorriso, al tono armonioso della sua voce, allo strano mistero che avvolgeva la sua vita. Se aveva avuto diciassette anni al momento della scomparsa di suo padre, doveva averne ventisette ora, dolce età, in cui la giovinezza ha perduto ogni acerbità e inizia a placarsi nell'esperienza. Rimasi così seduto a fantasticare finché cominciarono a frullarmi nel cervello pensieri talmente pericolosi che mi buttai di corsa al mio scrittoio e mi tuffai a capofitto nell'ultimo trattato di patologia recapitatomi dalla biblioteca. Che cosa ero io, se non un chirurgo militare con una gamba traballante e un ancor più traballante conto corrente in banca, per osare anche solo sognare così impossibili pazzie? Quella donna era un'unità, un fattore... nient'altro. Se il mio avvenire era oscuro, era certo molto meglio affrontarlo da uomo che tentare vanamente di rischiararlo con gli inutili fuochi fatui dell'immaginazione.

3
In cerca di una soluzione

Holmes fu di ritorno soltanto alle cinque e mezzo. Era allegro, vivace e di ottimo umore, poiché in lui a una crisi di nera malinconia si alternava normalmente uno stato di esuberante gaiezza.

«Il caso che ci sta attualmente interessando non è poi questo grande enigma» mi disse nel prendere la tazza di tè che io gli avevo preparato. «Secondo me, i fatti ammettono una sola e unica soluzione.»

«Come? Ha già risolto tutto?»

«Be', sarebbe esagerato da parte mia risponderle in senso affermativo. Ho scoperto un particolare importante, ecco tutto: molto importante, tuttavia. Però bisogna ancora aggiungervi molti dettagli. Ho scoperto, nel consultare i numeri arretrati del "Times", che il maggiore Sholto di Upper Norwood, ex appartenente al 34° fanteria di Bombay, è morto il 28 aprile del 1882.»

«Senta, Holmes, io sarò uno scemo, ma francamente non vedo alcun nesso tra...»

«No? Strano! Provi un po' a riflettere. Il capitano Morstan scompare. La sola persona a Londra che può essere andato a trovare è il maggiore Sholto. Il maggiore Sholto nega di aver saputo che Morstan fosse a Londra. Quattro anni dopo, Sholto muore. *A una settimana dalla sua morte* la figlia del capitano Morstan riceve un regalo di grande valore, che si rinnova ogni anno, per culminare ora in una lettera in cui si parla di lei come di una donna che ha patito una grave ingiustizia. Qual è questa ingiustizia cui la lettera allude, se non la perdita del padre? E perché l'invio delle perle ha inizio subito dopo la morte di Sholto? Tutto questo non si può spiegare se non supponendo che l'erede di Sholto conosca qualcosa di questo enigma e desideri fare ammenda. Può fornirmi un'ipotesi diversa, lei, per spiegare i fatti?›

«Non saprei...»

«E che curioso genere di ammenda! E che strana maniera di chiedere perdono! Inoltre, perché scriverebbe questa lettera soltanto adesso, invece di sei anni fa? Altro punto: la lettera parla di giustizia da compiere. Ma quale giustizia può ottenere la ragazza? È assurdo supporre che suo padre sia ancora in vita. Non ha subito altri torti, per quello che ne sappiamo...

«Vi è qualche difficoltà da superare: oh, non dico di no» continuò Sherlock Holmes con aria pensierosa. «Ma la nostra spedizione di questa sera chiarirà ogni punto dubbio. Ah, ma ecco qua una vettura con la signorina Morstan. È pronto? Sarà meglio che ci spicciamo, in questo caso, perché l'ora è già passata da qualche minuto.»

Presi il cappello e il mio bastone più pesante, ma notai che Holmes aveva tolto da un cassetto la rivoltella e se l'era messa in tasca. Evidentemente doveva pensare che la nostra impresa, quella sera, non sarebbe stata facile.

La signorina Morstan era avvolta in un mantello scuro, e il suo viso delicato, benché calmo, era molto pallido. Non sarebbe stata donna se non avesse provato una certa inquietudine al pensiero della strana avventura che stavamo per affrontare; tuttavia il controllo che esercitava su se stessa era magnifico, e fu in grado di rispondere con precisione a qualche breve domanda supplementare rivoltale da Sherlock Holmes.

«Il maggiore Sholto era un amico di papà» ci disse. «Nelle sue lettere mi parlava sempre del maggiore. Lui e papà erano al comando delle truppe nelle Isole Andamane, perciò stavano sempre insieme. A proposito, nella scrivania di mio padre ho trovato un foglio misterioso che nessuno è stato capace di interpretare. Non credo che abbia molta importanza, ma ho pensato che forse vi avrebbe interessato vederlo, perciò l'ho portato con me.»

Holmes spianò con cura il foglio che la signorina Morstan gli aveva passato, e lo stese sulle ginocchia. Quindi lo esaminò metodicamente con la sua lente doppia.

«È carta di autentica fabbricazione indiana» spiegò dopo una pausa. «Per un certo periodo di tempo questo foglio è stato attaccato con uno spillo a un'asse di legno. Si direbbe che il diagramma che vi è rappresentato stia a indicare la pianta parziale di qualche grande edificio con molti vestiboli, corridoi e anditi. In un punto è segnata una piccola croce, in inchiostro rosso, e sopra c'è scritto a matita, in caratteri sbiaditi "3,37 da sinistra". Nell'angolo sinistro c'è un curioso geroglifico; si direbbero croci messe in fila con le braccia che si toccano. Accanto c'è scritto grossolanamente, in caratteri rozzi: "Il segno dei quattro – Jonathan Small, Mahomet Singh, Abdullah Khan, Dost Akbar". No, confesso che non ci capisco un'acca. Eppure dev'essere un documento importante. È stato tenuto accuratamente in un portafogli, poiché un lato è pulito quanto l'altro.»

«Infatti lo abbiamo trovato proprio nel suo portafogli.»

«Lo conservi gelosamente, signorina, mi raccomando, perché potrebbe rivelarsi utilissimo. Incomincio a sospettare che questa faccenda finisca col diventare molto più complessa e difficile di quanto avevo a tutta prima immaginato. Devo rivedere un pochino le mie deduzioni in proposito.»

Si appoggiò allo schienale, e mi resi conto, dalla sua fronte

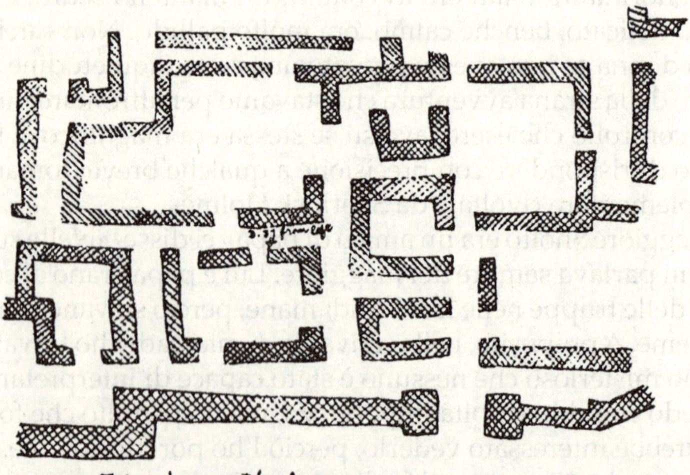

«Il segno dei quattro»: una ricostruzione della misteriosa piantina che sconcertò anche Sherlock Holmes.

corrugata e dall'espressione assente del suo sguardo, che stava pensando con grande intensità. La signorina Morstan e io ci eravamo messi a parlare a bassa voce della nostra spedizione e dei suoi possibili sviluppi, ma il nostro compagno mantenne il suo impenetrabile riserbo fino alla fine del viaggio.

Era una sera di settembre, e mancavano ancora parecchi minuti alle sette; ma il giorno era stato fosco, e una fitta nebbia gocciolante si stendeva bassa sopra la grande città. Grosse nubi color fango pendevano lugubremente sulle strade piene di mota. Giù per lo Strand i lampioni altro non erano che caliginose chiazze di luce evanescente che gettavano sul marciapiede sdrucciolosо un debole alone circolare. Il chiarore giallo delle vetrine fluiva nell'aria greve, satura di vapori, e gettava una luminosità incerta, quasi minacciosa, sulla grande arteria brulicante di folla. Avevo la sensazione che ci fosse qualcosa di inafferrabile, di spettrale, direi quasi, nell'interminabile processione di facce che volteggiavano in quelle anguste sfere di luce, facce allegre e facce tristi, volti lieti e volti smarriti. Al pari di tutto il genere umano passavano per un attimo dalle tenebre alla luce, per ricadere subito nell'oscurità. Non sono un soggetto impressionabile, ma la sera pesante, tetra, e il pensiero della strana avventura in cui ci eravamo cacciati si associavano per rendermi nervoso e depresso; e dall'atteggiamento della signorina Morstan capivo che anche lei soffriva del mio stesso stato d'animo. Soltanto Holmes sapeva estraniarsi dall'influsso delle circostanze esterne. Aveva aperto sulle ginocchia il suo taccuino, e di tanto in tanto vi annotava delle cifre o qualche frase di promemoria alla luce della sua lampadina tascabile.

Al Lyceum Theatre la folla era già in fila agli ingressi laterali. Dinanzi a quello principale era un susseguirsi incessante di carrozze e di vetture di ogni genere che scaricavano senza posa frotte di gentiluomini in frac e di dame ammantate e costellate di gioielli. Eravamo appena giunti al terzo pilastro, luogo del nostro appuntamento, quando fummo avvicinati da un individuo non tanto alto, bruno, vivace, in livrea di cocchiere.

«Sono loro i signori che devono venire con la signorina Morstan?» ci chiese.

«La signorina Morstan sono io, e questi due signori sono miei amici» rispose la nostra protetta.

L'uomo ci piantò addosso due occhi interrogativi, straordinariamente penetranti.

«Lei mi deve scusare, signorina,» fece poi con aria alquanto sospettosa «ma devo pregarla di darmi la sua parola d'onore che né l'uno né l'altro dei suoi accompagnatori è un poliziotto.»

«Le do la mia parola d'onore» fu la risposta.

L'uomo lanciò un fischio acuto, al che un monello si accostò con una vettura di cui aprì la portiera. L'uomo che ci aveva rivolto la parola montò a cassetta, mentre noi prendevamo posto nell'interno della carrozza. Eravamo appena saliti che il cocchiere frustò il suo cavallo, e ci sentimmo trascinati a una velocità vertiginosa attraverso le strade immerse nella nebbia.

La nostra situazione era davvero preoccupante. Stavamo andando in un luogo sconosciuto, per uno scopo ignoto. E non di meno, o l'invito che ci era stato fatto era uno stupido scherzo – ipotesi assai improbabile, a dire il vero – oppure vi erano buone ragioni per ritenere che il nostro viaggio ci avrebbe portato a scoperte molto importanti. L'aspetto della signorina Morstan era più che mai risoluto e tranquillo. Io mi sforzavo di tenerla allegra e di divertirla coi ricordi delle mie avventure in Afghanistan, ma francamente ero io stesso talmente emozionato per la situazione in cui ci trovavamo, e talmente ansioso di conoscere la nostra destinazione, che i miei racconti non riuscirono a riscuotere un grande successo. Ancor oggi lei giura che io le ho raccontato un episodio emozionantissimo in cui un moschetto si affacciava all'ingresso della mia tenda nel cuore della notte, e io gli sparavo contro con un fucile a due canne...

Al principio ebbi vagamente la nozione di dove eravamo diretti, ma ben presto, un po' per la velocità a cui andavamo, un po' per la nebbia e la mia scarsa conoscenza della città, persi completamente l'orientamento e non capii più nulla, se non che la strada mi pareva molto, molto lunga. Sherlock Holmes non perse mai la direzione, invece, e mormorava di volta in volta i nomi delle piazze e delle strade attraverso le quali ci trasportava il nostro impetuoso cocchiere.

«Rochester Row» diceva. «Adesso siamo in Vincent Square. Adesso usciamo su Vauxhall Bridge Road. A quanto pare ci dirigiamo verso il Surrey. Infatti è proprio così. Eccoci sul ponte, adesso. Si può intravedere il fiume.»

Riuscimmo infatti a scorgere, in una fuggevole visione, un'ansa del Tamigi, con le lampade che ne illuminavano le acque immense e silenziose; ma la nostra vettura andava senza posa, e si ingolfò ben presto in un labirinto di strade sul lato opposto.

«Siamo in Wandsworth Road» riprese il mio compagno. «Ecco adesso Priory Road, Larkhall Lane, Stockwell Place, Robert Street, Coldharbour Lane. A quanto pare le nostre ricerche non ci stanno conducendo in quartieri molto eleganti!»

Infatti ci trovavamo ormai in una zona tutt'altro che raccomandabile. Le interminabili monotone file di case di mattoni erano ravvivate soltanto dal chiarore violento e volgare delle osterie agli angoli di ogni strada. Venivano poi file di villette a due piani, con giardinetti in miniatura prospicienti la facciata, e poi ancora una sequela a non finire di caseggiati nuovi, enormi, in mattoni, che la città gigantesca lanciava verso la campagna come tentacoli mostruosi. Finalmente la carrozza si arrestò davanti alla terza casa di un isolato appena costruito. Gli altri stabili erano ancora disabitati, e quello presso il quale ci eravamo fermati era buio come quelli accanto, salvo che per un unico chiarore proveniente dalla finestra della cucina. Bussammo, e subito la porta ci fu spalancata da un domestico indù, vestito di indumenti bianchi che cadevano in pieghe molli, un turbante giallo in testa, la vita cinta da una fascia anch'essa gialla. C'era qualcosa di stranamente anacronistico in quella figura orientale incorniciata nello stipite d'ingresso di una casa periferica di terza categoria.

«Il *sahib* vi sta aspettando» disse, e nello stesso tempo ci arrivò da qualche camera interna il suono di una voce acuta, stridula.

«Falli venire subito qua, *khidmutgar*!»[1] gridò la voce. «Portameli qui subito!»

[1] Domestico addetto in India al servizio della tavola. (*NdT*)

4
Il racconto dell'uomo calvo

Seguimmo l'indiano attraverso un andito sordido, banale, male illuminato e peggio ammobiliato, finché giungemmo davanti a una porta, sulla destra del corridoio, che lui spalancò per lasciarci entrare. Fummo investiti da un fiotto di luce gialla, e al centro di quel chiarore vedemmo un uomo piccolo, dalla testa a pera coronata da un'aureola di capelli rossi da cui spiccava un cranio calvo, lucente, simile a un picco montano tra una selva di abeti. Nell'alzarsi si torse le mani, e i suoi lineamenti erano tormentati da una smorfia perpetua, talvolta sorridenti, talvolta accigliati, mai in riposo. La natura lo aveva dotato di un labbro pendulo e di una fila troppo visibile di denti gialli e irregolari, che lui tentava vanamente di dissimulare passandosi continuamente una mano sulla parte inferiore del volto. Nonostante quell'appariscente calvizie, dava un'impressione di gioventù, e infatti doveva avere da poco oltrepassato la trentina.

«Servo suo, signorina Morstan» seguitava a ripetere con un filo di voce acuta. «Servo vostro, signori. Vi prego, entrate nel mio piccolo "sacrario". Il posto è piccolo, signorina, ma l'ho arredato a mio gradimento. È un'oasi d'arte nell'urlante deserto della Londra meridionale.»

Restammo tutti sbalorditi dall'aspetto dell'appartamento in cui l'omino ci aveva invitati. In quella casa miserabile dava l'impressione di un diamante purissimo montato su metallo vile. Le pareti erano drappeggiate di tendaggi e di tappezzerie ricchissime, seriche, trattenute qua e là da cordoni per mettere in mostra qualche dipinto sontuosamente incorniciato o qualche vaso orientale. Il tappeto in terra era color ambra e nero, così soffice e spesso che il piede vi affondava, come in un letto di muschio. Due grandi pelli di tigre gettate per il lungo aumentavano il senso di lusso orientale dell'ambiente, così come un immenso narghilè appoggiato su una stuoia, in un angolo. Nel centro della stanza, da una catena d'oro pressoché invisibile pendeva una lampada a forma di colomba, che bruciando impregnava l'atmosfera della camera di un sottile profumo aromatico.

«Sono Thaddeus Sholto» disse l'omino, sempre torcendosi e sorridendo. «Lei è la signorina Morstan, naturalmente. E questi signori...»

«Questo è il signor Sherlock Holmes, e questo è il dottor Watson.»

«Come? Come? Un medico!» esclamò l'omino tutto eccitato. «Ha per caso con sé lo stetoscopio? Potrei chiederle... vorrebbe usarmi la cortesia? Nutro grandi dubbi sulla mia valvola mitralica... Se volesse essere così gentile... Per quello che riguarda l'aorta sono tranquillo, ma vorrei sentire il suo parere sulla mitralica.»

Gli auscultai il cuore, ma non trovai nulla di anormale, salvo in verità un'enorme paura, tanto è vero che il pover'uomo tremava da capo a piedi.

«A me pare normale;» dichiarai «lei non deve avere alcun motivo di preoccuparsi.»

«Deve perdonare la mia ansietà, signorina» disse allora l'omino volgendosi alla signorina Morstan. «Io sono molto sofferente, e ho nutrito a lungo forti sospetti su questa valvola, ma sono contento di sapere che non ho nulla. Anche suo padre, signorina, se non avesse sforzato eccessivamente il suo cuore, sarebbe ancora vivo, oggi!»

Lo avrei volentieri schiaffeggiato, tale fu l'indignazione che mi prese nel sentirlo parlare con tanta disinvoltura e mancanza di tatto di un argomento così doloroso. La signorina Morstan cadde a sedere, tutta bianca in viso.

«Il cuore me lo diceva che era morto!» mormorò.

«Sono in grado di spiegarle come sono andate realmente le cose» riprese Thaddeus Sholto «e, ciò che più conta, di renderle giustizia, cosa che farò, indipendentemente da quello che ne pensa mio fratello Bartholomew. Sono così contento che i suoi amici l'abbiano accompagnata, non solo come scorta, ma anche perché mi siano testimoni di tutto quello che farò e dirò. Tutti e tre insieme sapremo tener testa a mio fratello. Ma per carità eliminiamo ogni estraneo, niente polizia, niente funzionari. Possiamo benissimo sistemare tutto da soli, senza l'ingerenza di altri. Niente dà fastidio a mio fratello Bartholomew più della pubblicità inutile.»

Si mise a sedere su un divanetto basso e ci fissò ammiccando con aria inquisitoria, e con un moto convulso degli occhi miopi, acquosi.

«Per quello che mi concerne,» lo rassicurò Holmes «qualunque cosa lei dirà resterà tra noi.»

Io a mia volta feci un cenno del capo per far capire che aderivo alle parole del mio compagno.

«Bene! Benissimo!» esclamò l'omino. «Posso offrirle un bicchiere di Chianti, signorina Morstan? O forse un Tocaj? Non tengo altri vini. Volete che faccia aprire un fiasco? No? Be', spero allora che non avrete nulla in contrario al fumo del tabacco, al balsamico profumo del tabacco orientale. Sono un pochino nervoso, e trovo nel mio narghilè un ottimo sedativo.»

Accese un lumino sotto la grande boccia, e il fumo gorgogliò allegramente attraverso l'acqua di rose. Ci sedemmo tutti e tre in semicerchio, il volto proteso, il mento appoggiato sulle mani, mentre quello strano individuo con la sua alta testa lucente, seduto al centro, aspirava grandi boccate di fumo, e non smetteva di fare smorfie e di dimenarsi.

«Quando finalmente mi sono deciso a mettermi in comunicazione con lei» incominciò «avrei potuto darle il mio indirizzo, ma temevo che non volesse aderire alla mia richiesta e che portasse con lei individui indesiderabili. Ecco perché mi sono preso la libertà di darle un appuntamento così insolito: volevo che il mio domestico Williams potesse vederla prima. Ho la più assoluta fiducia nella sua discrezione, e gli avevo dato ordine, nel caso avesse fiutato aria di pericolo, di eclissarsi. Lei mi deve scusare queste precauzioni ma, vede, io sono un uomo di gusti raffinati, che vive appartato, e trovo che non c'è niente di più antiestetico di un poliziotto. Nutro un vero orrore per tutte le forme di rozzo materialismo, e molto di rado vengo a contatto con la folla. Come vede, cerco di vivere in un'atmosfera elegante. Oserei anzi dire che io sono un vero mecenate delle arti: è la mia debolezza. Quel paesaggio è un autentico Corot e, per quanto un intenditore abbia espresso qualche dubbio su quel Salvator Rosa, il mio Bouguereau è indiscutibilmente autentico: ho una vera passione per la scuola francese moderna.»

«Mi vorrà scusare, signor Sholto,» lo interruppe la signorina Morstan «ma io sono venuta qui, dietro sua richiesta, per sapere qualcosa che lei ha intenzione di dirmi. È molto tardi, e le sarei grata se abbreviasse il nostro colloquio il più possibile.»

«L'avverto a ogni modo che ci vorrà sempre un bel po' di tempo, perché sicuramente dovremo andare a Norwood a parlare con mio fratello Bartholomew. È molto in collera con me per la piega che sto dando agli avvenimenti. Non più tardi di ieri sera abbiamo avuto una discussione molto violenta. Non potete immaginare che tipo terribile è, quando si arrabbia!»

«Se dobbiamo andare fino a Norwood, sarà meglio che ci mettiamo in cammino subito» mi azzardai a far notare.

L'omino si mise a ridere così forte che persino le orecchie gli diventarono rosse.

«Oh, per carità!» esclamò. «Non so che cosa potrebbe dire se vi portassi laggiù così all'improvviso. No, devo prepararvi per dimostrarvi come stanno effettivamente le cose. Prima di tutto è necessario che vi avverta che vi sono alcuni punti nella vicenda che io stesso ignoro. Vi posso semplicemente riferire i fatti così come li conosco.

«Mio padre era, come certo avrete immaginato, il maggiore John Sholto, un tempo in servizio nell'esercito indiano. Si ritirò circa undici anni fa, e si stabilì a Pondicherry Lodge, a Upper Norwood. In India aveva fatto fortuna, e rimpatriò con una notevole somma di denaro, una vasta collezione di oggetti pregiati e una intera tribù di domestici indiani. Fornito di tutte queste comodità si comprò una casa dove visse con gran lusso. Mio fratello gemello Bartholomew e io siamo i suoi unici figli.

«Ricordo perfettamente l'impressione suscitata dalla scomparsa del capitano Morstan. Ne leggemmo i particolari nei giornali, e sapendo che era stato amico di nostro padre discutevamo spesso del fatto in sua presenza, liberamente. Lui avanzava molte ipotesi, insieme a noi, su quello che poteva essere accaduto. Mai, neppure per un istante, sospettammo che invece ne custodisse il segreto, e che solo lui al mondo fosse a conoscenza della vera sorte toccata ad Arthur Morstan.

«Sapevamo tuttavia che qualche mistero, qualche effettivo pericolo, incombeva sul capo di nostro padre. Aveva un grandissimo timore di uscire solo, e aveva assunto due ex campioni di pugilato in qualità di portinai all'ingresso di Pondicherry Lodge. Uno di questi è Williams, quello che vi ha accompagnato qui questa sera. È stato campione d'Inghilterra nei pesi leggeri. Nostro padre non ci ha voluto mai dire che cosa temesse realmente, ma aveva un'avversione spiccata per tutti gli uomini con una gamba di legno. Una volta ne prese addirittura a revolverate uno, il quale risultò poi essere un povero commerciante inoffensivo che sollecitava delle ordinazioni. Fummo costretti a pagare una forte somma di denaro per mettere a tacere la cosa. Mio fratello e io pensammo sempre che questo fosse un puro e semplice capriccio di nostro padre, finché gli avvenimenti ci costrinsero a mutare opinione in proposito.

«Al principio del 1882 mio padre ricevette una lettera dall'India che fu un vero colpo per lui. Per poco non svenne a tavola, dove era seduto per la prima colazione, nel momento in cui la aprì, e da quel giorno incominciò a diventare sempre più triste finché morì. Non riuscimmo mai a scoprire il contenuto di quella lettera, ma mi riuscì di intravedere, mentre la leggeva, che era breve, e che più che scritta era stata scarabocchiata. Mio padre soffriva da molti anni di un ingrossamento alla milza, ma il suo male dopo quella lettera peggiorò rapidamente, e verso la fine di aprile ci avvertirono che dovevamo mettere da parte ogni speranza di salvarlo e che lui desiderava farci un'ultima comunicazione.

«Quando entrammo nella sua stanza lo trovammo appoggiato a un mucchio di cuscini: respirava affannosamente. Ci pregò di chiudere la porta a chiave e di metterci a fianco del letto, ciascuno da un lato. Poi, prendendoci le mani, ci fece una dichiarazione, con voce rotta dalla sofferenza e dall'emozione. Cercherò di ripetervela, per quanto mi è possibile, con le sue stesse parole.

«"C'è una cosa" ci disse "che mi pesa sull'anima in questo momento supremo. È il modo in cui ho trattato la povera orfana di Morstan. La maledetta cupidigia, che è stata in tutta la mia vita il mio maggiore peccato, mi ha impedito di consegnarle il tesoro, una metà del quale almeno avrebbe dovuto essere sua, benché neppure io me ne sia avvantaggiato, tanto sciocca e accecante è l'avarizia. Sapere di possedere mi appagava talmente che non seppi mai decidermi a dividere i miei beni con altri. Vedete quella coroncina di perle nascosta nella bottiglia del chinino? Neanche da quella sono stato capace di separarmi, per quanto l'avessi presa con l'intenzione di spedirla alla figlia del povero Morstan. Ma voi, figlioli miei, le darete una parte generosa del tesoro di Agra. Però non mandatele nulla, neppure la coroncina, finché io sarò vivo. Dopo tutto, tanti altri sono stati male e anche peggio di come sto io in questo momento e poi sono guariti.

«"Vi dirò come è morto Morstan" proseguì. "Soffriva da molti anni di debolezza cardiaca, ma aveva sempre tenuto nascosto a tutti il suo male. Soltanto io ne ero al corrente. Mentre ci trovavamo in India insieme, per una straordinaria serie di circostanze, entrammo in possesso di un tesoro considerevole. Io lo portai in Inghilterra, e la sera stessa del suo arrivo lui venne direttamente da me a reclamare la sua parte. Giunse dalla stazione a piedi, e fu fatto entrare dal mio vecchio e fedele Lal Chowdar, che adesso è morto. Morstan e io eravamo di parere diverso circa la spartizione del tesoro e venimmo a parole. A un certo momento Morstan balzò dalla sua seggiola in un parossismo di collera, quando improvvisamente si premette una mano sul fianco, la sua faccia si tinse di un pallore cadaverico, e cadde all'indietro, spaccandosi la testa contro uno spigolo della cassa che conteneva il tesoro. Quando mi chinai per soccorrerlo mi accorsi con orrore che era morto.

«"Rimasi a lungo inebetito, rimuginando tra me e me quello che avrei dovuto fare. Naturalmente il mio primo impulso fu di chiamare aiuto, ma dovetti subito ammettere che con ogni probabilità sarei stato accusato di omicidio. Tutto congiurava a dichiararmi colpevole: il nostro litigio, lo spacco che gli squarciava la testa, la sua morte improvvisa. D'altronde un'inchiesta ufficiale avrebbe portato alla rivelazione del tesoro che io ero ansiosissimo di tenere nascosto. Morstan mi aveva detto che nessuno sapeva dove sarebbe andato quella sera, e mi parve inutile che qualcuno dovesse venirlo a sapere.

«"Stavo meditando sulla migliore decisione da prendere, quando alzando gli occhi mi trovai davanti il mio domestico, Lal Chowdar. Era entrato di soppiatto e ora si chiudeva la porta alle spalle. 'Non temere, *sahib,*' mi disse 'non occorre che qualcuno sappia che tu l'hai ucciso. Nascondiamolo subito, e chi saprà nulla?' 'Io non l'ho ucciso!' protestai. Ma Lal Chowdar scosse il capo e sorrise. 'Ho inteso ogni cosa, *sahib*' mi rispose. 'Ho udito il vostro litigio e ho udito il colpo. Ma le mie labbra sono sigillate. Tutti dormono in casa. Nascondiamolo insieme.' Quelle sue parole finirono per convincermi. Se il mio stesso domestico non credeva alla mia innocenza, come potevo sperare di farmi assolvere da una dozzina di giurati ignoranti, in corte d'assi se? Lal Chowdar e io ci sbarazzammo del cadavere quella notte stessa, e in capo a pochi giorni tutti i giornali londinesi furono pieni della misteriosa sparizione del capitano Morstan. Capirete da quanto vi ho detto che non sono poi troppo da biasimare per quello che è accaduto. La mia colpa sta non tanto nell'occultamento del cadavere, quanto nell'occultamento del tesoro, e nel fatto che non solo non ho voluto rinunciare alla mia parte, ma neppure a quella di Morstan. Perciò voglio che voi provvediate a restituire il maltolto: mettete le vostre orecchie contro le mie labbra. Il tesoro è nascosto nel..."

«In quell'istante un mutamento orribile gli alterò il volto; i suoi occhi si dilatarono disperatamente, la mascella ricadde inerte, e lui si mise a urlare con una voce che non scorderò mai: "Mandatelo via! Per amor di Dio, mandatelo via". Mio fratello e io ci voltammo di scatto verso la finestra che stava alle nostre spalle e sulla quale nostro padre appuntava lo sguardo. Una faccia ci stava spiando dietro di essa, nelle tenebre. Ci fu possibile scorgere la punta sbiancata del naso nel punto in cui si appoggiava contro il vetro. Era una faccia barbuta, ispida, dagli occhi spieta ti, crudeli, con un'espressione di odio feroce. Ci precipitammo verso la finestra, ma l'uomo era sparito. Quando ritornammo al capezzale di nostro padre la testa gli era ricaduta sul petto e il suo polso aveva cessato di battere.

«Quella sera stessa perlustrammo tutto il giardino, da cima a fondo, ma senza riuscire a trovare traccia dell'intruso, salvo che proprio sotto la finestra, in un'aiuola, era visibile l'impronta di un solo piede. Se non fosse stato per quell'unica traccia, avremmo potuto pensare che fosse stata la nostra immaginazione eccitata a evocare quel volto feroce, selvaggio. Ben presto tuttavia dovevamo avere un'altra prova impressionante che trame segrete si stavano ordendo intorno a noi. Il mattino seguente, la finestra della camera di mio padre venne trovata spalancata: armadi e scatole erano stati messi a soqquadro e sul suo petto era stato appuntato un pezzo di carta tutto gualcito con sopra scarabocchiate queste parole: "Il segno dei quattro". Non riuscimmo mai a interpretare il significato di quella frase né a scoprire chi potesse essere stato l'ignoto visitatore. Da quanto fummo in grado di giudicare, non un oggetto appartenente a mio padre era stato asportato, benché ogni cosa fosse stata messa sottosopra. Logicamente mio fratello e io associammo questo strano fatto con il timore che aveva costantemente ossessionato mio padre durante tutta la sua esistenza, ma il mistero, per noi, è rimasto sino a oggi insoluto.»

L'omino s'interruppe per riempire il suo narghilè e stette alcuni attimi in silenzio, fumando con aria assorta. Lo avevamo ascoltato con molta attenzione, presi dalla stranezza di quel racconto straordinario. Alla brutale notizia della morte di suo padre la signorina Morstan si era fatta mortalmente pallida, e per un attimo temetti che stesse per svenire. Ma subito si riprese, bevve un bicchiere d'acqua che silenziosamente le avevo versato da una caraffa veneziana posata su un tavolino accanto a noi. Sherlock Holmes si era sprofondato nella sua poltrona: il suo volto aveva assunto un'espressione distaccata e i suoi occhi scintillanti erano velati dalle palpebre profondamente abbassate. Guardandolo non potei trattenermi dal pensare come, proprio non più tardi di quel giorno stesso, si fosse lagnato della banalità dell'esistenza. Ma ecco finalmente un quesito che avrebbe messo a dura prova la sua sagacia. Thaddeus Sholto fissava con orgoglio ora l'uno ora l'altro di noi, per l'effetto palese che il suo racconto aveva suscitato nei nostri animi, quindi riprese, tra una boccata e l'altra della sua poderosa pipa:

«Come potete facilmente immaginare, mio fratello e io eravamo emozionatissimi al pensiero del tesoro di cui nostro padre ci aveva parlato. Per settimane e mesi continuammo a fare scavi e ricerche in ogni angolo del giardino senza venire a capo di nulla. Era semplicemente allucinante ricordare che il nome del nascondiglio era stato sulla punta delle sue labbra proprio nel momento in cui la morte lo aveva colto. Ci immaginavamo lo splendore delle ricchezze nascoste giudicando dalla coroncina che ci aveva mostrato. Appunto per questa coroncina ci fu qualche litigio tra Bartholomew e me. Si trattava chiaramente di perle di grande valore, e a lui ripugnava di separarsene, perché, sia detto tra noi, mio fratello ha ereditato un pochino del vizio di mio padre. Pensava inoltre che se ci fossimo disfatti di quel piccolo rosario, la cosa avrebbe potuto dare origine a dicerie, procurandoci magari dei fastidi. Tutto quello che riuscii a ottenere da lui fu di persuaderlo a lasciarmi scoprire l'indirizzo della signorina Morstan e mandarle una perla ogni tanto in modo da darle la sensazione che non era del tutto abbandonata.»

«È stato un pensiero gentile da parte sua, veramente molto gentile» esclamò con fervore la nostra compagna.

L'omino accennò con la mano un gesto di protesta.

«Eravamo i suoi fiduciari: questo almeno era il mio modo di vedere la situazione, sebbene mio fratello non fosse completamente dello stesso parere. Avevamo già un sacco di soldi: io non ne desideravo di più. D'altronde sarebbe stato molto di cattivo gusto, secondo me, trattare una donna in maniera tanto meschina. *Le mauvais goût mène au crime.*[2] I francesi sanno esprimere molto bene certi stati d'animo. La diversità delle nostre opinioni in proposito rese così tesi i nostri rapporti che io ritenni opportuno andare a vivere per conto mio; lasciai pertanto Pondicherry Lodge, portando con me Williams e il vecchio *khidmutgar*. Ieri però sono venuto a sapere che è accaduto un avvenimento di importanza eccezionale. Il tesoro è stato scoperto. Ecco perché mi sono messo immediatamente in comunicazione con la signorina Morstan, e adesso altro non ci resta da fare che recarci subito a Norwood a reclamare la nostra parte. Ieri sera ho chiarito il

[2] "Il cattivo gusto conduce al crimine." (*NdT*)

mio punto di vista a mio fratello Bartholomew, cosicché siamo ospiti attesi laggiù, se non propriamente graditi.»

Thaddeus Sholto tacque, e continuò a contorcersi sul suo sfarzoso divanetto. Restammo tutti silenziosi, riflettendo sulla piega inaspettata che avevano preso le circostanze in cui eravamo incappati. Holmes fu il primo ad alzarsi.

«Lei, signor Sholto, ha agito bene dal principio alla fine» disse. «Speriamo di riuscire a ripagarla almeno in parte della sua lealtà, gettando un poco di luce su alcuni fatti misteriosi che ancora rendono oscura questa faccenda. Ma, come ha giustamente fatto osservare la signorina Morstan poco fa, è già tardi, e faremmo meglio a metterci in moto senza ulteriori indugi.»

Il nostro nuovo amico arrotolò con molta cura il tubo del narghilè, quindi prese da dietro una tenda un lunghissimo cappotto col colletto e i polsi di astrakan, tutto guarnito di alamari, che si abbottonò fino al mento, nonostante fosse una sera straordinariamente greve e soffocante, e completò il suo abbigliamento con un berretto di pelo di coniglio dalle falde pendenti che gli coprivano le orecchie, in modo che tutta la sua persona scomparve a eccezione del viso appuntito e in perenne movimento.

«Ho una salute piuttosto delicata» spiegò, mentre ci faceva strada lungo il corridoio «e sono costretto ad avere molti riguardi.»

La vettura ci stava aspettando fuori, e il nostro programma era stato evidentemente preordinato, poiché il cocchiere partì subito a rapida andatura. Thaddeus Sholto chiacchierava senza posa, con una voce così acuta che riusciva a sopraffare il frastuono delle ruote.

«Bartholomew è un tipo davvero in gamba» ci disse. «Sapete come è riuscito a scoprire il tesoro? Era giunto alla conclusione che doveva essere nascosto in qualche punto della casa, ma all'interno: perciò ne calcolò tutta la superficie cubica, misurando il fabbricato da cima a fondo, in modo da non trascurare neppure un pollice di spazio. Tra l'altro scoprì che l'altezza dell'edificio era di venticinque metri, ma nel sommare l'altezza di ciascuna stanza separatamente, e tenuto conto dello spazio tra l'una e l'altra, che lui calcolò mediante perforazioni nelle intercapedini, otteneva sempre un totale di ventitré metri e mezzo soltanto. Mancava dunque un metro e mezzo non calcolato, che doveva trovarsi nella parte superiore della casa. Praticò pertanto un'apertura nel soffitto a travi, ricoperto di stucco, della stanza più alta, ed ecco che si trovò a sbucare in un altro piccolo abbaino sopra la stanza in questione, che era stato murato e di cui nessuno era a conoscenza. Nel centro stava la cassa del tesoro, appoggiata su due travi. Bartholomew la portò giù attraverso l'apertura ed essa si trova adesso in camera sua. Ha calcolato che il valore dei gioielli ammonta a non meno di mezzo milione di sterline.»

Nel sentire una cifra così favolosa ci guardammo tutti con tanto d'occhi. Se fossimo riusciti a far valere i suoi diritti, la signorina Morstan sarebbe diventata, da istitutrice, una delle più ricche ereditiere d'Inghilterra. Era logico che un amico sincero si dovesse rallegrare a una notizia simile, ma sono spiacente di dover ammettere che l'egoismo ebbe in me il sopravvento, e che invece di esserne soddisfatto, mi sentii il cuore diventare di piombo. Balbettai qualche magra parola di congratulazione e poi me ne restai nel mio cantuccio, abbattuto, a testa china, sordo al cicaleccio del nostro nuovo amico. Era proprio un ipocondriaco inveterato, e mi resi vagamente conto che stava snocciolando una filza interminabile di sintomi, invocando da me spiegazioni sulla composizione e l'azione di una serie infinita di rimedi da ciarlatano, alcuni dei quali anzi lui aveva con sé, in tasca, in un astuccio di pelle. Mi auguro che non si rammenti nemmeno una delle risposte che io gli diedi quella sera. Holmes sostiene di avermi udito consigliargli la massima attenzione nel prendere non più di due gocce d'olio di ricino, mentre gli raccomandavo la stricnina in forti dosi come sedativo. Comunque fosse, mi sentii molto sollevato quando finalmente la carrozza si fermò di scatto e il cocchiere balzò a terra per aprirci la portiera.

«Ecco, signorina Morstan, questa è Pondicherry Lodge» disse Thaddeus Sholto porgendo la mano alla nostra protetta per aiutarla a scendere.

5

La tragedia di Pondicherry Lodge

Erano circa le undici quando giungemmo alla fase finale delle nostre avventure di quella notte. Avevamo lasciato alle nostre spalle la nebbia umida della metropoli, e ora la notte era abbastanza serena. Un vento caldo soffiava da occidente e nel cielo si muovevano pigramente grosse nubi, attraverso le quali di tanto in tanto si affacciava una falce di luna. C'era visibilità sufficiente per vedere a una certa distanza, ma Thaddeus staccò uno dei fanali laterali della carrozza per avere più luce durante il tragitto fino alla casa.

Pondicherry Lodge sorgeva su un terreno privato ed era tutta circondata da un altissimo muro di pietra sormontato da pezzi di vetro. L'unica via di accesso era costituita da una porticina rinforzata con spranghe di ferro, a cui la nostra guida bussò con un caratteristico colpo delle nocche, alla maniera dei portalettere.

«Chi è?» gridò dall'interno una voce burbera.

«Sono io, McMurdo. Dovresti conoscere il mio modo di bussare, ormai!»

Si intese una specie di borbottio e uno stridere e cigolare di chiavi. L'uscio si aprì pesantemente e sulla soglia si affacciò un uomo di piccola statura, dal torace possente: la luce gialla del nostro fanale brillò sul suo volto volpino, mettendo in risalto due occhi scintillanti e pieni di diffidenza.

«Lei, signor Thaddeus, passi pure. Ma chi sono gli altri? Il padrone non mi ha dato nessun ordine.»

«Davvero, McMurdo? Non capisco! Proprio non più tardi di ieri sera ho avvertito mio fratello che sarei venuto con degli amici!»

«Suo fratello non è ancora uscito dalla sua stanza, quest'oggi, signor Thaddeus, e io non ho ordini, lei sa benissimo che devo attenermi ai regolamenti. Lei posso lasciarla entrare, ma i suoi amici devono restare dove sono.»

Ecco un ostacolo che non avevamo previsto. Thaddeus Sholto si guardò attorno con aria imbarazzata, non sapendo che cosa fare.

«Davvero non capisco il tuo modo di agire, McMurdo» protestò. «Se rispondo io per loro, questo dovrebbe bastarti. Inoltre c'è una signorina. Non puoi lasciarla ad aspettare di notte su una pubblica strada!»

«Sono spiacentissimo, signor Thaddeus» ribatté il portiere, inesorabile. «Certamente i signori saranno suoi amici, ma può darsi che non lo siano del padrone. Lui mi paga, e bene, perché io faccia il mio dovere, e il mio dovere io lo faccio sempre, senza eccezioni: non li conosco, i suoi amici, io!»

«Oh, sì che li conosci, McMurdo!» interloquì a questo punto Sherlock Holmes con voce cordiale. «Non credo che tu ti sia dimenticato di me! Non ti ricordi di quel dilettante che ha combattuto con te in tre riprese da Alison, durante la tua serata d'onore, quattro anni fa?»

«Cosa? Possibile che lei sia il signor Sherlock Holmes?» tuonò il pugile. «Bontà divina! Ma come ho potuto non riconoscerla? Se invece di starsene lì zitto si fosse fatto avanti e mi avesse mollato uno dei suoi famosi diretti, l'avrei riconosciuto subito senza tante storie. Ah, caro lei! Lei è uno che ha buttato via il suo talento, glielo garantisco io! Sarebbe potuto andare lontano, se ci avesse messo un po' più di buona volontà!»

«Vede, Watson, se faccio fiasco nel resto, mi rimane almeno aperta una professione che ha i suoi estimatori!» esclamò Holmes ridendo. «Sono sicuro che adesso il nostro amico non ci vorrà più lasciar fuori al freddo.»

«Ma certo, entri, signor Holmes, entri, la prego! E anche i suoi amici! Lei mi deve perdonare, signor Thaddeus, ma sa che qui gli ordini sono severissimi. Ho dovuto assicurarmi dell'identità dei suoi amici, prima di farli entrare!»

Entro la cinta serpeggiava un sentiero ricoperto di ghiaia, attraverso terreni incolti, fino alla casa: una massa enorme, quadrata e prosaica, completamente immersa nell'ombra se non là dove un raggio di luna occasionalmente ne colpiva uno spigolo e faceva scintillare la finestra di un abbaino. Quell'edificio informe, con la sua mole massiccia, avvolta in una tetraggine e in un silenzio mortali, metteva in cuore un senso di gelo che agghiacciava. Persino Thaddeus ci parve inquieto, e la lanterna gli tremava e sussultava nella mano.

«Io non riesco a capire» ripeteva. «Ci deve essere qualche malinteso. Avevo detto e ripetuto a mio fratello che saremmo stati qui stasera, tuttavia vedo che la sua finestra è al buio. Io proprio non mi ci raccapezzo più.»

«Fa sempre sorvegliare la proprietà come stasera?» gli domandò Holmes.

«Sì, in questo ha seguito le abitudini di mio padre. Era il figlio preferito, capisce, e qualche volta ho l'impressione che mio padre gli abbia detto più di quanto abbia detto a me. Ecco, quella lassù, battuta dalla luna, è la finestra di Bartholomew. È tutta illuminata, ma non credo che ci sia nessuna luce accesa all'interno.»

«Infatti» confermò Holmes. «Tuttavia vedo un chiarore a quella finestrella laggiù, accanto alla porta.»

«Ah, quella è la stanza della governante di casa, la signora Bernstone. Lei ci spiegherà tutto. Forse però sarà meglio che voi aspettiate qui un minuto o due, perché se andiamo da lei tutti quanti insieme, e nessuno l'ha informata della nostra venuta, potrebbe spaventarsi. Ma, zitti, che cos'è questo?»

Sollevò la lanterna, e la sua mano tremava tanto che i cerchi di luce ondeggiarono e ci volteggiarono intorno come folletti impazziti. La signorina Morstan mi afferrò per il polso e restammo tutti quanti immobili, con le orecchie tese e il cuore in tumulto. Nella grande casa nera echeggiava attraverso il silenzio della notte un suono lamentoso, pietosissimo: il pianto acuto, interrotto, di una donna spaventata.

«È la signora Bernstone!» esclamò Sholto. «È la sola donna della casa. Aspettatemi qui: torno subito!»

Corse all'uscio e bussò con quel suo tocco caratteristico. Gli aprì una donna vecchia, di alta statura, che parve quasi svenire dalla gioia alla sua sola vista.

«Oh, signor Thaddeus! Sono così contenta che lei sia qui! Oh, signor Thaddeus, se sapesse come mi fa piacere vederla!»

Sentimmo le sue ripetute esclamazioni di gioia finché la porta si richiuse e la voce della vecchia governante ci giunse come un sommesso mormorio.

La nostra guida ci aveva lasciato la lanterna. Holmes la fece girare lentamente e cominciò a scrutare con attenzione la casa e i grossi mucchi di spazzatura che ingombravano il terreno tutto intorno. La signorina Morstan e io restammo l'uno accanto all'altra: la mano di lei era chiusa nelle mie. L'amore è una cosa meravigliosamente delicata e misteriosa: non ci eravamo mai visti prima di quel giorno, lei e io, non ci eravamo ancora scambiati non dico una parola, ma neppure uno sguardo affettuoso, e tuttavia ecco che in quell'ora di angoscia le nostre mani istintivamente si erano cercate. Me ne sono stupito, più tardi, ma in quel momento mi parve la cosa più naturale del mondo rivolgermi a lei così spontaneamente, e come lei stessa mi disse molte volte in seguito, anche lei aveva provato in quel momento il bisogno istintivo di stringersi a me in cerca di conforto e di protezione. Ce ne restammo dunque così, tenendoci per mano come due bambini, e nonostante tutte le ombre cupe e minacciose che ci circondavano, nei nostri cuori regnava la pace.

«Che strano posto!» disse guardandosi in giro.

«Sembra che ci abbiano scavato tutte le talpe d'Inghilterra. Ho visto qualcosa del genere sul fianco di una collina dalle parti di Ballarat, dove avevano lavorato esploratori in cerca di un filone.»

«E infatti le ragioni sono le medesime» interloquì Holmes. «Queste sono le tracce dei cercatori del tesoro. Non dovete dimenticare che lo hanno cercato per sei anni consecutivi. Nessuna meraviglia dunque che il terreno qui attorno assomigli a una cava di ghiaia.»

In quel momento la porta della casa si spalancò e Thaddeus Sholto ci venne incontro correndo a braccia tese, con un'espressione di terrore negli occhi.

«A Bartholomew deve essere successo qualcosa!» gridava. «Ho paura! I miei nervi non reggono più.»

La paura infatti lo faceva quasi piangere e balbettare, e la sua faccia, contratta da tic spasmodici, aveva un'espressione implorante, disperata di bambino spaventato.

«Entriamo in casa!» comandò Holmes, con il suo tono di voce secco e fermo.

«Oh, sì, vi prego!» supplicò Thaddeus Sholto. «Io francamente non mi sento in condizioni di prendere una decisione.»

Lo seguimmo tutti nella stanza della governante, che si trovava sulla sinistra del corridoio. La vecchia donna stava muovendosi su e giù con un'espressione di sgomento nel viso, le dita inquiete, agitate; ma la vista della signorina Morstan parve avere su di lei un effetto calmante.

«Che il Signore benedica il suo faccino così dolce, così tranquillo!» balbettò singhiozzando istericamente. «Oh, mi fa bene guardarla. Dio mio, che giornata tremenda ho avuto oggi!»

La nostra amica le accarezzò le mani sottili, consunte dal lavoro domestico, e le mormorò parole affettuose, gentili, di conforto e di comprensione, che riportarono un po' di colore sulle guance esangui della povera vecchia.

«Il padrone si è chiuso a chiave e non mi vuol rispondere» ci spiegò. «Ho aspettato tutto il giorno che mi mandasse a chiamare, perché tante volte gli piace stare da solo; ma un'ora fa ho incominciato a impensierirmi seriamente, così sono salita e ho sbirciato dal buco della serratura. Bisogna che vada su, signor Thaddeus, e guardi anche lei. Sono dieci anni che conosco il signor Bartholomew, l'ho visto triste e l'ho visto allegro, ma mai, mai gli ho visto una faccia simile!»

Sherlock Holmes prese la lanterna e fece strada, perché Thaddeus Sholto era così agitato che i denti gli battevano come se avesse la febbre, e gli tremavano talmente le ginocchia che dovetti sorreggerlo mentre salivamo le scale. Per due volte durante la salita Holmes trasse la lente di tasca per esaminare attentamente dei segni, che a me altro non sembravano che macchie informi di polvere, sulla stuoia di cocco che copriva le scale come passatoia. Avanzava lentamente di gradino in gradino, tenendo la lampada abbassata e lanciando occhiate scrutatrici a destra e a sinistra. La signorina Morstan era rimasta al pianterreno a tenere compagnia alla povera governante, troppo spaventata per accompagnarci.

La terza rampa di scale terminava in un corridoio diritto di una certa lunghezza, ornato sulla destra di un grande pannello di tappezzeria indiana, mentre sulla sinistra si aprivano tre porte. Holmes avanzò lungo il corridoio sempre con lo stesso passo calmo, metodico, seguito da noi. La terza porta era quella che cercavamo. Holmes bussò senza ottenere risposta, e tentò inutilmente di forzare la maniglia per aprirla. Era chiusa a chiave dall'interno mediante un chiavistello largo e robusto, come ci fu possibile constatare avvicinando la lampada alla serratura. Il buco di questa, però, non era completamente chiuso, benché la chiave fosse stata girata nella toppa. Sherlock Holmes si chinò per guardare nell'interno della stanza attraverso il piccolo foro, ma subito si rialzò col respiro mozzo.

«C'è qualcosa di diabolico in questa faccenda, Watson» mormorò, con un'emozione nella voce assolutamente insolita per lui. «Mi dica un po' che cosa ne pensa lei.»

Mi chinai, ma subito mi ritrassi inorridito. La luce della luna inondava la stanza, che era illuminata di un chiarore vago, fluttuante. Con lo sguardo fisso verso di me, e apparentemente sospesa a mezz'aria, poiché tutt'intorno era tenebra, pendeva una faccia, la stessa faccia del nostro compagno Thaddeus. Uguale il cranio appuntito, lucente; lo stesso alone rotondo di capelli rossi, lo stesso aspetto esangue. I lineamenti di quel viso, non di meno, erano contratti da un sorriso orribile, da un ghigno così fisso e innaturale che in quella stanza silenziosa, illuminata dal chiarore lunare, appariva molto più pauroso di qualsiasi contorcimento convulso della fronte o della bocca. La faccia era talmente identica a quella del nostro piccolo amico che mi voltai di scatto per assicurarmi che fosse sempre lì accanto a noi. Poi mi venne in mente che Thaddeus ci aveva spiegato che lui e Bartholomew erano gemelli.

«Dio, che orrore!» esclamai, rivolto a Holmes. «Che cosa dobbiamo fare?»

«Abbattere la porta, prima di tutto» fu la sua risposta, poi ci si buttò sopra e cominciò a spingere con tutto il suo peso contro la serratura.

Questa scricchiolò e cigolò, ma non cedette. Allora ritornammo all'assalto unendo le forze, e questa volta finalmente l'uscio si aprì con uno schianto brusco, e ci trovammo nella stanza di Bartholomew Sholto.

Mi parve di entrare in un laboratorio di chimica. Sulla parete di fronte alla porta era allineata una doppia fila di bottiglie con il tappo di vetro, mentre sul tavolo erano sparsi alla rinfusa becchi di Bunsen, storte e alambicchi. Negli angoli erano appoggiati grossi fiaschi da laboratorio. Uno di questi doveva essersi incrinato o rotto, poiché ne era uscito un liquido scuro, e l'aria era impregnata di un odore particolarmente pungente che ricordava il catrame. Una piccola scala a pioli era posata nel mezzo della stanza, tra un sudiciume di listerelle di legno rotte e di pezzi di gesso scrostato, sopra i quali si vedeva un'apertura nel soffitto larga tanto da permettere il passaggio di un uomo. Ai piedi della scaletta era stato buttato negligentemente un lungo rotolo di corda.

Accanto al tavolo, su una poltrona di legno, era seduto il padrone di casa, afflosciato su se stesso come un sacco informe, il capo penzoloni sulla spalla sinistra, il volto distorto da uno spettrale, imperscrutabile sorriso. Era rigido e freddo: certo la morte doveva risalire a parecchie ore prima. Ebbi l'impressione che non i suoi lineamenti soltanto, ma tutte le sue membra fossero contorte in modo straordinariamente innaturale. Sul tavolo, accanto alla mano del cadavere, era posato uno strumento stranissimo: un bastone scuro, molto appuntito, con un'impugnatura di pietra che assomigliava a un martello, cui era attaccata grossolanamente una rozza funicella. Accanto al bastone c'era un foglio di carta gualcita su cui erano state scribacchiate alcune parole. Holmes vi diede un'occhiata e subito lo passò a me.

«Legga un po'!» mi disse, con un moto eloquente delle sopracciglia inarcate.

Con un fremito di orrore, al lume della lanterna, lessi queste parole: "Il segno dei quattro".

«Ma, in nome del cielo,» esclamai «che cosa significa tutta questa storia?»

«Significa morte, assassinio!» rispose il mio amico, chinandosi sul cadavere. «Ah, lo immaginavo! Guardi qua!»

E mi indicò qualcosa che assomigliava a una spina, lunga e scura, conficcata nella pelle dell'ucciso, proprio sopra l'orecchio.

«Si direbbe una spina» dissi.

«È una spina. La tolga pure, ma faccia attenzione perché è avvelenata.»

La presi cautamente tra l'indice e il pollice; si staccò dalla pelle con tanta facilità da non lasciare quasi traccia: solo una minuscola macchiolina di sangue restava a indicare il punto in cui era stata conficcata.

«Questo per me è un mistero insolubile» borbottai. «Invece di chiarirsi si fa sempre più confuso.»

«Al contrario!» fu la risposta di Sherlock Holmes. «Per me diventa di minuto in minuto più chiaro. Ho bisogno soltanto di trovare alcuni anelli mancanti per riallacciare insieme tutta quanta la catena dei fatti.»

Dal momento in cui eravamo entrati in quella stanza avevamo pressoché dimenticato il nostro compagno. Questi era ancora fermo sulla soglia, come impietrito dallo spavento, se non fosse stato per quel suo moto convulso delle mani e per un flebile gemito sommesso che gli usciva di quando in quando dalla gola. A un tratto però scoppiò in un pianto acuto, querulo.

«Il tesoro è scomparso!» si mise a strillare. «Lo hanno derubato del tesoro! Ecco lassù il buco da cui l'abbiamo calato. Io l'ho aiutato. Io sono stato l'ultima persona che l'ha visto! L'ho lasciato qui ieri sera e l'ho sentito chiudere la porta a chiave mentre scendevo le scale.»

«Che ora era?»

«Erano le dieci. E adesso è morto, e la polizia verrà e mi sospetterà di averlo ammazzato. Oh, sì, sono sicuro che andrà a finire così. Ma voi non credete che sia stato io, vero? Oh, vi supplico, ditemi che non ci credete! Vi pare che vi avrei portato qui se fossi stato io? Oh, povero me! Povero me! Sono sicuro che finirò per impazzire!»

Incominciò ad agitare le braccia e a pestare i piedi come in preda a un attacco epilettico.

«Lei non ha alcun motivo di avere paura, signor Sholto» gli disse affabilmente Holmes posandogli una mano sulla spalla. «Segua il mio consiglio: si faccia portare in carrozza alla più vicina stazione di polizia e riferisca tutto al funzionario di servizio, offrendosi di aiutarlo con ogni suo mezzo. Noi aspetteremo qui il suo ritorno.»

L'omino ubbidì passivamente, come inebetito, poi lo udimmo scendere le scale incespicando e allontanarsi nella notte.

6

Sherlock Holmes dà una dimostrazione

«E adesso, Watson,» incominciò Holmes fregandosi le mani «abbiamo una mezz'oretta a nostra disposizione. Cerchiamo di impiegarla bene. Per me la faccenda, come già le ho detto, è quasi completamente chiarita, però non dobbiamo peccare per eccesso di sicurezza in noi stessi. Per quanto il caso di per sé appaia semplice, può darsi che vi si nasconda sotto qualche elemento più profondo.»

«Sarebbe semplice, secondo lei?!» esclamai interdetto.

«Ma certo!» ribatté Holmes, con il tono di un professore che stia spiegando alla sua scolaresca i primi elementi di chirurgia clinica. «Si metta lì in quell'angolo, in modo da non complicare le cose lasciando in giro l'impronta delle sue scarpe. E adesso, al lavoro! Prima di tutto, come è venuta, questa gente, e come se ne è andata? La porta non è più stata aperta da ieri sera. Vediamo un po' la finestra!»

Si avvicinò alla finestra tenendo in mano la lampada accesa senza smettere di borbottare le sue osservazioni a voce alta: però più parlando a se stesso che non a me. «La finestra è sprangata dall'interno: intelaiatura solida. Niente cardini ai lati. Adesso vediamo di aprirla. Nessuna conduttura d'acqua nelle vicinanze: il tetto è assolutamente fuori portata, eppure un uomo è salito passando dalla finestra. Ieri sera è piovuto un pochino. Ecco l'impronta di un piede, ben disegnata, sul davanzale. Ed ecco lì una traccia fangosa, circolare, ed eccone là un'altra sul pavimento, e un'altra ancora accanto al tavolo. Guardi un po', Watson, questa sì che è una bella prova!»

Osservai alcuni dischi rotondi che il passaggio sul fango esterno aveva reso perfettamente evidenti.

«Ma quelle non sono impronte di piedi» obiettai, sorpreso.

«Ma per noi quelle tracce sono ben più importanti. Rivelano l'impronta di una gamba di legno. Vede qui sul davanzale il segno della scarpa, uno scarpone pesante dal tacco largo rinforzato di metallo, e vicino la traccia dell'arto artificiale?»

«Ma allora qui c'è stato l'uomo con la gamba di legno!»

«Precisamente. Tuttavia con lui è venuto qualcun altro... un complice molto abile e svelto. Se la sentirebbe di scalare quel muro, dottore?»

Mi sporsi dalla finestra aperta. In quell'angolo della casa la luna brillava ancora. Eravamo a non meno di venti metri dal suolo, e per quanto mi guardassi attorno non riuscivo a vedere appigli di nessun genere, nemmeno una piccola fessura, lungo tutta la parete di mattoni.

«Ma è un'impresa impossibile!» esclamai.

«Senza aiuti sì, ma supponga di avere un amico quassù che le cali a terra la bella fune che vede in quell'angolo, dopo averne assicurato un capo a questo grosso gancio nel muro. In questo caso io ritengo che, ammesso che lei sia un uomo agile e sciolto di movimenti, non dovrebbe riuscirle difficile issarsi fino a qui, anche con una gamba di legno. Naturalmente ritornerebbe poi per la strada dalla quale è venuto, dopo di che il suo socio ritirerebbe la corda, la toglierebbe dal gancio, chiuderebbe la finestra e se la batterebbe da dove è originariamente venuto. Come punto secondario possiamo notare» proseguì, giocherellando con la fune «che il nostro amico con la gamba di legno, per quanto discreto scalatore, non è di professione marinaio. Le sue mani devono essere tutt'altro che callose. La mia lente vede più di una macchiolina di sangue, soprattutto verso la fine della corda, e da questo arguisco che il nostro uomo dev'essere ridisceso con tanta velocità da scorticarsi la pelle delle mani.»

«Tutte queste sue scoperte sono interessantissime,» osservai «ma per me la faccenda diventa sempre più incomprensibile. Chi è questo complice misterioso? Come ha fatto a intrufolarsi nella stanza?»

«Ah, già, il complice!» ripeté Holmes, pensoso. «Questo complice offre caratteristiche di un interesse particolare. La sua presenza circonda i fatti di un alone di esotismo, sottraendoli alla banalità. Scommetto che rappresenta un elemento nuovo negli annali del delitto, nel nostro paese, mentre casi analoghi ci riportano all'India, o meglio, se la memoria non m'inganna, all'Africa e precisamente alla Senegambia.»

«Ma come avrebbe fatto a entrare?» obiettai. «La porta era chiusa a chiave e la finestra è inaccessibile. Forse attraverso la cappa di quel camino?»

«Ha una bocca troppo piccola; ho già dovuto scartare questa ipotesi.»

«E allora da dove è venuto, secondo lei?»

«Lei non vuole mettere in pratica i miei consigli» replicò Sherlock Holmes scuotendo il capo. «Quante volte le ho detto che, dopo avere eliminato l'impossibile, ciò che rimane, *per quanto improbabile*, deve essere la verità? Sappiamo che costui non è passato né per la porta, né per la finestra, né per la cappa del camino. Sappiamo pure che non poteva essere nascosto nella stanza, dove non vi era possibilità di nascondersi. E allora, da dove è venuto?»

«Attraverso il buco del tetto!» gridai trionfante.

«Si capisce. Non può che essere venuto da lì. Se vuole avere la cortesia di reggermi la lampada, estenderemo adesso le nostre ricerche allo sgabuzzino in alto... la stanzetta segreta dove è stato ritrovato il famoso tesoro.»

Salì i gradini della scaletta e, aggrappandosi a una trave con tutt'e due le mani, si issò nell'abbaino. Si mise quindi prono, la faccia a terra, per prendere la lampada, che tenne per me mentre io lo seguivo.

La stanzetta in cui ci trovavamo ora era di circa tre metri e mezzo per due. Il pavimento era formato dalle travi del soffitto sottostante, incrociato con sottili listerelle di legno e gesso, cosicché per camminare occorreva appoggiare i piedi saltando da una trave all'altra. Il soffitto si alzava a vertice, e doveva essere evidentemente il rivestimento interno del vero tetto dell'edificio. La stanza era completamente spoglia, e sul pavimento si era accumulato un fitto strato di polvere, vecchio certamente di anni.

«Ecco qua» mi disse Holmes quando gli fui accanto, posando

una mano sulla parete inclinata. «Questa è una botola che porta fuori, sul tetto. Basta spingerla indietro ed ecco che abbiamo il tetto, dolcemente digradante. Questo dunque è il punto da cui è entrato il Numero Uno. Vediamo se riusciamo a rintracciare qualche altro indizio per stabilirne l'identità.»

Avvicinò la lampada al pavimento, e notai che, per la seconda volta da quando eravamo partiti da casa, il suo viso aveva assunto un'espressione stupita e perplessa. In quanto a me, nel seguire il suo guardo, mi sentii gelare sotto i vestiti. Il pavimento era interamente coperto delle impronte di un piede nudo: erano impronte chiarissime, precise, che indicavano un arto perfettamente formato ma di dimensioni pari appena alla metà di quelle di un uomo normale.

«Holmes,» mormorai sbigottito «è stato un ragazzo a commettere questo orribile delitto!»

Ma il mio amico era già tornato completamente padrone di sé. «Anch'io sono stato sul punto di crederlo, per un attimo,» riconobbe «ma poi la cosa mi è apparsa naturalissima. Perché la mia memoria ha fatto cilecca, altrimenti lo avrei previsto subito sin dal principio. Ma possiamo scendere: qui non c'è più nulla di interessante da scoprire.»

«Qual è dunque la sua opinione, a proposito di quelle impronte?» domandai pieno di legittima curiosità, non appena fummo ridiscesi nella stanza sottostante.

«Mio caro Watson,» rispose con un briciolo d'impazienza «si sforzi un pochino di riflettere da solo. Lei conosce i miei metodi: li applichi, e troverà molto istruttivo paragonarne i risultati.»

«Ma nel caso attuale non vedo nulla che riesca a spiegarmi i fatti!» protestai.

«Vedrà che tra poco tutto si chiarirà» ribatté con noncuranza. «Non credo che qui ci sia ancora qualcosa di interessante da esaminare, tuttavia darò un'occhiatina di controllo.»

Tirò fuori la lente e un metro a nastro, e cominciò a girare per la stanzetta in ginocchio, misurando, paragonando, studiando: il suo naso lungo e sottile sfiorava quasi le tavole dell'impiantito, mentre i suoi vividi occhi, profondamente incassati nelle orbite, scintillavano come quelli di un uccello da preda. I suoi movimenti erano rapidi, silenziosi e furtivi: sembrava un cane poliziotto appositamente esercitato nel rintracciare piste sospette, tanto che non potei fare a meno di pensare che terribile criminale avrebbe potuto essere se, anziché dedicare la sua energia e la sua sagacia in difesa della legge, le avesse rivolte contro di essa. Intanto, mentre andava frugando tutt'attorno, non faceva che brontolare tra sé, finché ruppe a un tratto in una specie di grugnito di gioia.

«Siamo decisamente fortunati!» esclamò. «Ormai dovremmo avere ancora ben pochi ostacoli da superare. Il Numero Uno ha avuto la disgrazia di incespicare nel creosoto. Guardi, osservi il profilo del suo minuscolo piede qui vicino a questa porcheria puzzolente. Vede, la damigiana era incrinata e il liquido è uscito.»

«E con questo?» domandai.

«Come! Con questo, lo abbiamo in nostro potere. Diamine, io conosco un cane capace di seguire questa pista sino in capo al mondo. Se una muta riesce a rintracciare l'odore di un'aringa trascinata attraverso un'intera contea, come vuole che un cane, specialmente se allenato, non ritrovi la traccia di un odore tanto pungente? È facile come eseguire un calcolo con la regola del tre: la risposta ci darebbe sicuramente... Ma, ecco! Sento arrivare i rappresentanti della legge!»

Giungeva infatti dal pianterreno un rumore di passi pesanti e un clamore di voci rozze, mentre la porta d'ingresso si chiudeva con un colpo violento.

«Prima che vengano» fece Holmes «metta un momento, la prego, una mano qui sul braccio di questo povero diavolo, e anche sulla gamba. Che cosa sente?»

«I muscoli sono duri come pezzi di legno» risposi.

«È proprio quello che volevo sapere da lei. Mi sembrano in uno stato di contrazione estrema, molto più rattrappiti che nel normale *rigor mortis*. Aggiungendo a questo rattrappimento inconsueto la distorsione del volto, questo *risus sardonicus*, come lo definivano gli antichi scrittori, quale conclusione trarrebbe?»

«Che la morte deve essere stata causata da qualche potente alcaloide vegetale, probabilmente da qualche sostanza simile alla stricnina, che produce il tetano.»

«È quello che ho pensato quando ho notato sul volto del cadavere la contrazione dei muscoli facciali. Non appena sono entrato nella stanza, mi sono immediatamente chiesto con quali mezzi il veleno fosse stato propinato. Come lei stesso ha visto, ho scoperto una spina che era stata spinta o lanciata nel cuoio capelluto senza eccessiva violenza. Osservi che la parte colpita era quella che sarebbe stata rivolta verso il foro del soffitto se l'uomo fosse stato in piedi sulla seggiola. Adesso esamini questa spina, la prego.»

Presi l'oggetto cautamente, con la punta delle dita, e lo tenni contro la luce della lanterna. Era una spina lunga, aguzza e nera, con un riflesso opalino in prossimità della punta, come se su di essa fosse stata fatta essiccare una sostanza gommosa. L'estremità smussata era stata lavorata e arrotondata con un coltello.

«Le pare la spina di un arbusto che cresca solitamente in Inghilterra?» volle sapere Holmes.

«No, sicuramente no.»

«Con tutti questi elementi in mano, lei ora dovrebbe trarre alcune conclusioni. Ma ecco le forze regolari, perciò a noi ausiliari non resta che battere in ritirata.»

Infatti, i passi che si erano avvicinati sempre più risuonarono ora pesantemente nel corridoio, e subito dopo fece il suo ingresso nella stanza un uomo corpulento, massiccio, vestito di grigio. Aveva una faccia rossa, larga e pletorica e due occhi piccolissimi, ammiccanti, che ti fissavano attentamente tra due borse gonfie e cascanti. Questo personaggio era seguito da un sergente in uniforme e dal povero Thaddeus Sholto, tuttora in preda alla massima agitazione.

«Brutto affare! Brutto affare!» borbottò il personaggio con una voce rauca, quasi soffocata. «Ma chi sono tutti questi signori? Perdinci, questa casa mi sembra più popolata di una conigliera!»

«Eppure lei dovrebbe ricordarsi di me, signor Athelney Jones» rispose calmo Sherlock Holmes.

«Ma perbacco, sicuro!» replicò l'altro ansimando. «Lei è il signor Sherlock Holmes, il teorico. Altroché se mi ricordo di lei! Non dimenticherò mai le conferenze che ha tenuto a tutti quanti sulle cause, le deduzioni e gli effetti a proposito del furto di gioielli di Bishopgate. È vero che lei ci ha messi sulla strada giusta, ma vorrà ammettere ora che è stato più un caso di fortuna che di capacità.»

«È stato solo il risultato di un ragionamento semplicissimo.»

«Be', be', non esageriamo, adesso! Non bisogna mai vergognarsi di ammettere i propri errori. Ma che cos'è questa storia? Brutto affare! Brutto affare! Qui i fatti parlano chiaro: non c'è posto per le teorie! È una vera fortuna che mi trovassi qui vicino a Norwood per un'altra inchiesta. È arrivato il fonogramma quando ero alla stazione. Di che cosa è morto, secondo lei, questo povero diavolo?»

«Oh, non è certamente questo un caso sul quale io debba perdermi a teorizzare!» replicò Holmes, asciutto.

«Ma no, ma no, non si può tuttavia negare che lei qualche volta non abbia colpito nel segno. Che storia! Mi pare di aver capito che la porta era chiusa a chiave dall'interno. E manca un mezzo milione di gioielli. Com'era la finestra?»

«Sprangata, ma ci sono delle orme sul davanzale.»

«Bene, bene! Se era sprangata, le orme non c'entrano. Si tratta di semplice buonsenso. L'uomo potrebbe essere morto di un colpo: ma c'è di mezzo il particolare che i gioielli sono scomparsi. Ah, ecco! Ho un'idea: a me ogni tanto vengono di questi lampi! Lei esca, sergente, e anche lei, signor Sholto. Il suo amico può restare. Lei che ne pensa, Holmes? Sholto, per sua spontanea confessione, si trovava con suo fratello ieri sera. Il fratello è morto all'improvviso, di un attacco di paralisi; al che Sholto se l'è battuta col tesoro: azzeccato?»

«E il morto, molto giudiziosamente, si è alzato e si è chiuso dentro a chiave.»

«Uhm! Non avevo riflettuto su questo particolare! Ma vediamo di ragionare con il buonsenso. Thaddeus Sholto *era* con suo fratello; *c'è stato* un litigio: questo noi lo sappiamo per certo. Il fratello è morto e i gioielli hanno pigliato il volo: anche questo è sicuro. Nessuno ha più visto il fratello dal momento in cui Thaddeus lo ha lasciato. Il suo letto è intatto. Thaddeus si trova evidentemente in uno stato di grave turbamento psichico. Il suo aspetto è... be', non troppo persuasivo. Vede che io sto intessendo la mia rete intorno a Thaddeus e la rete già incomincia a chiudersi sopra di lui.»

«Lei però non è ancora completamente al corrente dei fatti» gli fece notare Holmes. «La scheggia di legno, che io ho ogni motivo di ritenere avvelenata, si trovava nel cuoio capelluto del morto nel punto in cui lei può ancora vedere il segno: questo foglietto, con questa scritta, si trovava sul tavolo, e accanto c'era questo strumento dall'impugnatura di pietra, piuttosto strano in verità. Come si adattano, tutti questi particolari, alla sua teoria?»

«La confermano punto per punto!» ribatté il grasso poliziotto con fare pomposo. «La casa è piena di stravaganze indiane. È stato Thaddeus a portare in camera questo oggetto, e se la scheggia è avvelenata, può essere stato lui come chiunque altro a servirsene per scopi omicidi. Il foglietto è stato messo lì unicamente per creare un po' di confusione e per imbrogliare le idee. Il solo punto è: come ha fatto a battersela? Ah, ma naturalmente, attraverso il buco del tetto!»

Con agilità straordinaria, data la sua mole, il poliziotto balzò sulla scaletta e s'infilò nell'abbaino attraverso il foro del soffitto: un attimo dopo lo udimmo esclamare con voce esultante di avere scoperto la botola.

«Ogni tanto anche lui riesce a trovare qualcosa» osservò Holmes stringendosi nelle spalle. «Anche lui ha di quando in quando qualche barlume di lucidità. *Il n'y a pas de sots si incommodes que ceux qui ont de l'esprit!*»[3]

«Vede, lei» disse Athelney Jones, ridiscendendo i gradini della scaletta. «I fatti valgono sempre meglio delle teorie, dopotutto! La mia opinione sul caso è confermata. C'è una botola in comunicazione col tetto, e questa botola, per giunta, è parzialmente aperta.»

«Sono stato io ad aprirla.»

«Oh, davvero? Anche lei l'aveva notata, dunque?» Questa notizia lo fece restare piuttosto male. «Be', chiunque l'abbia notata, questa botola rappresenta il punto dal quale il nostro uomo se l'è svignata. Sergente!»

«Signor sì» si intese dal corridoio.

«Dica al signor Sholto di entrare. Signor Sholto, è mio dovere informarla che qualunque cosa lei dirà potrà essere usata a suo danno. La arresto in nome della Regina come responsabile della morte di suo fratello.»

[3] "Non esistono stupidi più scomodi di quelli provvisti di spirito." (*NdT*)

«Ecco, non ve l'avevo detto?» gridò il povero omino, agitando disperatamente le braccia e lanciandoci sguardi angosciati.

«Si calmi, signor Sholto,» lo tranquillizzò Holmes «io penso di potermi impegnare a farla assolvere da questa accusa.»

«Non prometta troppo, signor Teorico, non prometta troppo» sbottò il poliziotto. «Può darsi che sia una gatta più difficile da pelare di quanto lei non creda.»

«Non soltanto dimostrerò l'innocenza di Sholto, signor Jones, ma le offrirò in omaggio gratuito il nome e la descrizione di uno dei due individui che si trovavano in questa stanza la notte scorsa. Ho fondato motivo di credere che l'individuo in questione si chiami Jonathan Small. È un uomo rozzo, piccolo, attivo, gli manca la gamba destra e cammina con un moncone di legno consumato dalla parte interna. La sua scarpa sinistra è munita di una suola grossa, dalla punta quadrata, ed è rinforzata nel tacco da una striscia di ferro. È di mezza età, molto abbronzato dal sole, ed è un ex forzato. Credo che questi pochi indizi potranno esserle di qualche aiuto, se lei poi vi aggiunge il particolare che i palmi delle sue mani sono parecchio spellati. In quanto all'altro uomo...»

«Già, l'altro uomo, eh?» lo interruppe Athelney Jones in tono di scherno, benché fosse evidentemente e suo malgrado impressionato dalle precise indicazioni del mio compagno.

«... Si tratta di un tipo veramente stranissimo» rispose Sherlock Holmes girando sui tacchi. «Spero di poterlo presentare a tutti e due fra non molto. Vorrei scambiare una parola con lei, Watson.»

Mi condusse fuori, in cima alle scale.

«Questa circostanza imprevista» mi disse «ci ha fatto dimenticare lo scopo iniziale del nostro viaggio.»

«È proprio quello che pensavo anch'io» osservai. «Non è giusto che la signorina Morstan rimanga in questa casa così lugubre.»

«No. Sarebbe meglio che lei la riaccompagnasse. Abita in Lower Camberwell con la signora Forrester, perciò non è molto lontano. Io la aspetto qui, a meno che non sia troppo stanco per ritornare un'altra volta.»

«Tutt'altro. Non credo che riuscirò a riposarmi finché non saprò qualcosa di più su questa fantastica vicenda. Ne ho viste di tutti i colori, in vita mia, ma le garantisco che il modo vertiginoso in cui sono andate le cose, stanotte, mi ha scosso completamente i nervi. Perciò mi piacerebbe assistere con lei allo scioglimento di questo mistero.»

«La sua presenza mi sarà di grande aiuto» disse Holmes. «Noi ci occuperemo del caso per conto nostro, lasciando solo quell'imbecille di Jones a compiacersi delle sue scoperte illusorie. Quando avrà accompagnato la signorina Morstan, la pregherei di andare al numero 3 di Pinchin Lane, in Lamberth, vicino alla riva del fiume. Nella terza casa a destra vive un impagliatore di uccelli, un certo Sherman. In vetrina vedrà una donnola che tiene in bocca un coniglietto. Svegli il vecchio Sherman e gli dica, con molti saluti da parte mia, di darmi subito Toby, che lei porterà qui in carrozza con lei.»

«Sarà un cane, immagino!»

«Sì, un bastardino molto buffo, ma dotato di un fiuto straordinario. Preferisco, personalmente, la cooperazione di Toby a quella di tutte le forze di polizia di Londra riunite.»

«Va bene, glielo porterò» dissi. «Adesso è l'una. Cercherò di essere di ritorno prima delle tre, purché mi riesca di trovare un cavallo fresco.»

«Intanto» concluse Holmes «io cercherò di cavare fuori alla signora Bernstone tutto quello che potrò, e altrettanto farò col domestico indiano, che dorme nella soffitta attigua, stando a quanto mi ha detto Thaddeus. Quindi mi dedicherò allo studio dei sistemi del grande Jones e ascolterò i suoi sarcasmi, che in verità non peccano di eccessiva finezza. *Wir sind gewohnt dass die Menschen verhöhnen was sie nicht verstehen.*[4] Goethe è sempre conciso.»

[4] "Noi siamo abituati al fatto che gli uomini disprezzino ciò che non comprendono." (*NdT*)

7
L'episodio del barile

Mi servii della carrozza della polizia per ricondurre a casa la signorina Morstan. Con la forza angelica tipica delle donne, era rimasta calma in tanta angoscia finché aveva avuto vicino una persona più debole di lei da confortare. L'avevo trovata serena e tranquilla al fianco della povera governante spaventata. In vettura, però, si sentì male, poi scoppiò in un pianto disperato; il suo sistema nervoso era stato troppo provato dalle vicende di quella notte burrascosa. In seguito mi disse che durante quel tragitto mi aveva giudicato freddo e indifferente. Ma non poteva neppure lontanamente immaginare la lotta che avevo dovuto sostenere dentro di me, né gli sforzi che avevo dovuto fare per controllarmi. Avrei voluto dichiararle tutto il mio amore e tutta la mia tenerezza. Sentivo che tanti anni di una vita fatta di convenzionalismi non potevano servirmi per conoscere la sua indole dolce e coraggiosa, quanto quell'unica giornata di esperienze insolite e strane. Non di meno, due pensieri sigillavano sulle mie labbra ogni parola di affetto. Lei era debole, indifesa, sconvolta, scossa di nervi. Avrei quasi avuto la sensazione di approfittare di lei, se le avessi parlato di amore in quel momento; e poi, quel che era peggio, era ricca, ricchissima. Se le ricerche di Holmes fossero approdate a buon fine, sarebbe stata una grande ereditiera. Era giusto, era onesto che un modesto medico approfittasse di un'intimità creata da circostanze fortuite, occasionali? Non avrebbe potuto giudicarmi semplicemente un volgare cacciatore di dote? Non potevo rassegnarmi a pensare che un sospetto simile le passasse per il cervello. Ma il tesoro di Agra si elevava tra noi come una barriera insormontabile.

Giungemmo a casa Forrester che erano circa le due. I domestici si erano ritirati da molte ore, ma la signora Forrester era stata talmente emozionata dallo strano messaggio recapitato alla signorina Morstan che aveva voluto rimanere alzata nella speranza di vederla tornare indietro da un momento all'altro. Ci venne ad aprire la porta personalmente: era una donna graziosa, di mezza età, e provai un senso di gioia nel vedere con quanta tenerezza il suo braccio aveva subito cinto la vita della mia compagna, e con che voce dolce e materna l'aveva accolta. Era evidente che in quella casa la signorina Morstan non era trattata come una dipendente stipendiata, ma come un'amica. Fui presentato, e la signora Forrester mi chiese di entrare e di riferirle le nostre avventure. Ma io le spiegai l'importanza del compito che mi era stato affidato, e le promisi di tornare al più presto per metterla al corrente degli sviluppi della situazione. Mentre mi allontanavo, mi voltai a dare un'occhiata furtiva, e mi sembra ancora di vedere il grazioso gruppo sulla soglia dell'uscio, le due figurine snelle, una accanto all'altra, la porta semiaperta, la luce dell'ingresso vivida attraverso il globo di vetro colorato, il barometro, la lucida rampa delle scale. Faceva bene al cuore questa visione, sia pure fuggevole, di una placida casa inglese nel mezzo della torbida, aggrovigliata vicenda in cui ci eravamo impelagati.

Più pensavo ai fatti accaduti, più li trovavo oscuri e misteriosi. Riandai col pensiero a tutto il loro straordinario susseguirsi mentre la carrozza mi portava, rotolando e rimbalzando sul selciato, per le strade silenziose, fiocamente illuminate dalla luce dei lampioni a gas. L'evento principale almeno era abbastanza chiaro. La morte del capitano Morstan, l'invio delle perle, l'annuncio, la lettera... tutti questi punti erano oramai chiariti. Ma essi non avevano fatto che condurci alla scoperta di un mistero ben più profondo e più tragico. Il tesoro indiano, la strana pianta trovata nel bagaglio di Morstan, la misteriosa scena accaduta al momento della morte del maggiore Sholto, la riscoperta del tesoro seguita immediatamente dall'uccisione dello scopritore, le misteriose tracce che accompagnavano il delitto, le orme, le armi così insolite, le parole scritte sul foglietto identiche a quelle vergate sulla carta del capitano Morstan... Francamente ci trovavamo in un tale labirinto che solo un uomo dotato di poteri singolari come il mio amico Holmes poteva ancora sperare di trovare una via di uscita.

Pinchin Lane era costituita da una fila di squallide casette a due piani, in mattoni, situate nel quartiere basso di Lamberth. Dovetti bussare parecchie volte alla porta contrassegnata dal numero 3 prima di riuscire a farmi udire. Finalmente apparve il luccichio di una candela dietro l'imposta, e una faccia si sporse alla finestra.

«Vattene, vagabondo ubriacone!» mi sentii urlare sopra la testa. «Se continui ancora a fare baccano vado ad aprire i miei canili e ti butto addosso i miei quarantatré cani!»

«A me basta che ne lasciate uscire uno, e il mio scopo è raggiunto!» replicai.

«Bravo! Va' avanti!» strillò la voce. «Ma fa' attenzione che ho qui in questa borsa una vipera e te la butterò in testa, se non stai zitto.»

«Ma io ho bisogno di un cane!» protestai.

«Non voglio sentire discussioni!» urlò il signor Sherman. «E adesso fatti in là, perché appena dico "tre" la vipera ti cascherà addosso...»

«Il signor Sherlock Holmes...» incominciai: e quel nome doveva essere dotato di un potere magico perché la finestra si richiuse immediatamente e in capo a un minuto la porta mi veniva aperta a due battenti. Il signor Sherman era un vecchio magro, allampanato, dalle spalle cadenti, il collo rinsecchito, e portava occhiali fumé.

«Un amico del signor Holmes è sempre il benvenuto in casa mia» mi disse. «Entri, entri, signore. Non si avvicini al tasso, perché morde. Ah, brutto cattivo, vorresti dare una pizzicata al signore, eh, tu?» Queste parole erano rivolte a un ermellino che aveva spinto tra le sbarre della sua gabbia il piccolo muso crudele dagli occhietti rossi. «Non abbia paura di quello lì, signore: non è che un orbettino, e per giunta è senza denti, quindi lo lascio correre in giro per la stanza perché mi dà la caccia agli scarafaggi. Mi deve scusare se sono stato un po' brusco con lei al principio ma, cosa vuole, i bambini si burlano sempre di me, e ce ne sono molti che ogni tanto vengono a picchiare all'uscio per farmi dispetto. Che cosa voleva da me il signor Sherlock Holmes, signore?»

«Ha bisogno di uno dei suoi cani.»

«Ah, sarà Toby, scommetto!»

«Precisamente: Toby.»

«Toby abita qui al numero 7, a sinistra.»

Si mosse lentamente, tenendo alta la candela, in mezzo alla strana famiglia di animali che aveva raccolto intorno a sé. Nella luce tremolante, piena di ombre, distinguevo vagamente, o meglio intuivo che da ogni fessura, da ogni angolo, ero osservato e scrutato da occhi inquieti, luccicanti. Persino le assi sulla nostra testa erano occupate da solenni volatili che, disturbati nel sonno dal rumore delle nostre voci, avevano pigramente spostato il peso del loro corpo da una zampa all'altra.

Toby era una brutta bestia dal pelo lungo, le orecchie pendenti, di razza più che bastarda, di colore bianco e marrone, con un'andatura goffa e ancheggiante. Accettò dopo qualche esitazione una zolletta di zucchero che il vecchio naturalista mi aveva dato perché facessimo amicizia, e dopo avere in tal modo suggellata la nostra alleanza mi seguì sino alla vettura e non ebbe alcuna difficoltà ad accompagnarmi. Suonavano le tre dell'orologio del Palazzo quando mi ritrovai per la seconda volta davanti al portone di Pondicherry Lodge. Lì venni a sapere che l'ex pugile McMurdo era stato arrestato come correo, e che sia lui che Sholto erano già stati portati via. C'erano due poliziotti di guardia al cancelletto, ma mi lasciarono passare col cane senza fare difficoltà, non appena ebbero inteso il nome di Holmes.

Questi era in piedi sulla soglia, con le mani in tasca, e stava fumando la pipa.

«Ah, bravo, l'ha trovato. Vieni qua, Toby! Athelney Jones se n'è andato. Dal momento in cui lei ci ha lasciati abbiamo assistito a un fantastico dispiego di forza. Sono stati arrestati non soltanto l'amico Thaddeus, ma anche il custode, la governante e il domestico indiano. I locali sono a nostra completa disposizione, c'è solo un sergente acquartierato di sopra. Lasci qui il cane e salga con me.»

Legammo Toby al tavolo dell'ingresso e risalimmo le scale.

La stanza era come l'avevamo lasciata, ma qualcuno aveva pensato a coprire pietosamente con un lenzuolo la figura centrale. Un sergente dall'aria spaesata si era accomodato e dormicchiava in un angolo.

«La prego, mi presti la sua lanterna, sergente» gli disse il mio compagno. «Adesso mi leghi questo pezzo di carta intorno al collo, in modo che mi penda proprio davanti. Grazie. Ora bisogna che io mi tolga scarpe e calze. Le porti giù lei, Watson. Io devo compiere una piccola ascensione. E intinga il mio fazzoletto nel creosoto. Basta così. Ora venga un momento con me nell'abbaino.»

Ci arrampicammo su per il buco del soffitto. Holmes rivolse ancora una volta la luce della lanterna sulle impronte segnate nella polvere.

«Desidero che lei osservi queste orme con attenzione particolare» mi disse. «Non nota niente di speciale?»

«Non possono essere che di un ragazzo, o di una donna di statura molto piccola.»

«Va bene, questo per la loro dimensione. Ma non vede nient'altro?»

«A me sembrano impronte come tutte le altre.»

«Non è esatto. Guardi qui! Questa è l'orma di un piede destro nella polvere. Adesso io gliene faccio un'altra vicino, col *mio* piede destro. Non nota nessuna differenza sostanziale?»

«Le sue dita sono tutte rattrappite e strette le une contro le altre. L'altra impronta invece mostra ogni dito nettamente separato.»

«Proprio così. Questo è il punto, non se lo dimentichi. Ora mi faccia la cortesia di avvicinarsi a quella botola e di annusare il bordo dell'intelaiatura di legno. Io resterò qui, dato che ho il fazzoletto in mano.»

Feci come mi aveva ordinato ed ebbi immediatamente la sensazione di un forte odore di catrame.

«Ecco dove il nostro uomo ha messo il piede quando è uscito. Se *lei* può rintracciarne l'odore, credo che Toby non incontrerà la minima difficoltà. Adesso corra giù, liberi il cane, e cerchi Blondin.»

Mentre scendevo al pianterreno, Sherlock Holmes era salito sul tetto, dove non mi fu difficile scorgerlo, simile a un'immensa lucciola, intento a strisciare lentamente. Lo persi di vista dietro un gruppo di comignoli, ma ricomparve poco dopo per sparire un'altra volta sul lato opposto. Dopo aver fatto il giro completo dell'edificio lo vidi seduto accanto a una delle gronde d'angolo.

«È lei, Watson?» gridò.

«Sì.»

«Questo è il posto. Che cos'è quella roba nera laggiù?»

«Una botte per l'acqua.»

«Ha il coperchio?»

«Sì.»

«Nessuna traccia di una scala a pioli?»

«No.»

«Maledizione! È un posto da rompersi l'osso del collo. Io dovrei essere in grado di scendere dal punto in cui quello è salito. La conduttura dell'acqua mi sembra abbastanza solida. Proviamo, comunque.»

Sentii uno stropiccio di piedi e la lanterna incominciò a scendere senza oscillazioni lungo il fianco del muro. Poi, con un balzo, Holmes saltò sulla botte e di lì a terra.

«Mi è stato facile seguirlo» spiegò rimettendosi scarpe e calze. «Le tegole sono tutte spostate, e nella fretta il nostro uomo ha lasciato cadere questo, il che conferma la mia diagnosi, come direste voi medici.»

L'oggetto che mi tese era un minuscolo borsellino, o meglio un sacchetto intessuto di erbe colorate e ornato con qualche perlina di poco prezzo. Non era molto dissimile, per forma e dimensioni, da un portasigarette. Dentro c'era una mezza dozzina di spine di legno scuro, aguzze da un capo e arrotondate dall'altro, esattamente come quella che aveva colpito Bartholomew Sholto.

«Sono armi infernali, queste spine!» borbottò. «Faccia attenzione a non pungersi. Sono così felice di averle con me, perché ora possiamo avere maggiori probabilità che quel demonio non ne possieda altre, e minori probabilità di trovarcene una conficcata nella pelle, presto o tardi. Personalmente preferirei avere a che fare con una pallottola calibro dodici. È disposto a fare una scarpinata di otto chilometri, Watson?»

«Certo!» risposi.

«Crede di potercela fare, con la sua gamba?»
«Oh, sì!»
«Su, vieni qua, cagnino. Bravo, Toby, bravo! Su, annusa, Toby, annusa svelto!» Così dicendo mise il fazzoletto impregnato di creosoto sotto il naso del cane, mentre la bestiola si era messa a zampe larghe con un'inclinazione della testa indescrivibilmente comica. Quindi Holmes buttò il fazzoletto a una certa distanza, attaccò una solida corda al collare del bastardo e lo condusse davanti alla botte. Immediatamente l'animale ruppe in un susseguirsi di guaiti acuti, tremuli e, naso a terra e coda all'aria, si lanciò sulla pista a un'andatura che gli faceva tirare il guinzaglio e pretendeva dalle nostre gambe il massimo della velocità.

Intanto a oriente il cielo si era andato gradatamente sbiancando, e nella luce fredda e grigia ci era possibile vedere a una certa distanza. La casa quadrata, massiccia, con le sue finestre nere e vuote e le sue mura alte e nude torreggiava alle nostre spalle, triste e abbandonata. La nostra corsa ci portò diritto sugli appezzamenti di terreno, dentro e fuori dai solchi e dalle buche da cui erano tutti ricoperti. Il luogo, cosparso com'era di mucchi di sporcizia e di arbusti mal cresciuti, aveva un aspetto di cattivo augurio che s'intonava perfettamente con la cupa tragedia che vi si era svolta.

Giunto al muro di cinta Toby corse tutt'attorno, mugolando freneticamente finché si fermò in un angolo protetto da un giovane faggio. Nel punto in cui i due muri si congiungevano erano stati rimossi parecchi mattoni, e le fessure rimaste erano tutte consumate e arrotondate nella parte inferiore, come se fossero state spesso usate come scalini. Holmes vi si arrampicò e, dopo aver preso in braccio il cane che io gli avevo teso, lo lasciò cadere dall'altra parte.

«Ecco qui un'impronta lasciata dalla mano di "Gamba di legno"» osservò, mentre io mi issavo accanto a lui. «Vede quella macchiolina di sangue sul cemento bianco? Che fortuna che sia piovuto così poco da ieri! Le loro piste si sentiranno certamente ancora sulla strada benché se ne siano andati ormai da ventotto ore.»

Confesso che personalmente nutrivo parecchi dubbi in proposito, pensando al grande traffico che doveva essere passato, durante tutto quel tempo, lungo la strada per Londra. Ma i miei timori dovevano essere rapidamente dissipati. Toby non esitava, non mutò direzione neppure una volta, ma tirava avanti diritto, ancheggiando e rollando con quella sua buffa andatura caratteristica. Evidentemente l'acuto odore del creosoto doveva superare ogni altro lezzo e olezzo circostante.

«Non creda» mi diceva intanto Holmes «che io mi sia affidato, per il successo di questo caso, unicamente sulla circostanza fortuita che uno dei nostri uomini abbia messo i piedi in una sostanza chimica. Ormai sono in possesso di tali e tanti dati di fatto che non mi sarebbe difficile rintracciarli in molti altri modi. Questo comunque è il sistema più rapido, e giacché la fortuna ce lo ha messo a disposizione, sarebbe veramente stupido non servirsene. Ciò ha però impedito che la cosa prendesse quella graziosa piega intellettuale che mi ero ripromesso all'inizio. Se non fosse stato per questo indizio troppo palese, avremmo potuto trarre dalla vicenda un certo credito, invece...»

«Per conto mio di credito ce n'è anche d'avanzo» protestai. «Le assicuro, Holmes, che io sono sbalordito dal modo in cui lei giunge ai suoi risultati, in un caso come questo: francamente sono molto più stupito di quanto non lo fossi nel caso dell'assassinio di Jefferson Hope. Per conto mio la faccenda mi sembra molto più oscura e molto più inesplicabile. Come fa, per esempio, a descrivere con tanta sicurezza l'uomo con la gamba di legno?»

«Uff, amico mio, è talmente elementare! Ma non voglio che lei mi giudichi un istrione. Le spiegherò e lei vedrà che si tratta di una cosa chiara ed evidente come la luce del sole. Due ufficiali al comando di un penitenziario vengono a conoscenza di un segreto importante relativo a un tesoro nascosto. Un inglese, un certo Jonathan Small, disegna per loro una pianta. Se lei ricorda abbiamo visto il suo nome sulla carta che era appartenuta al capitano Morstan. Questo tale l'aveva firmata per conto suo e dei suoi compagni, definendola in modo alquanto teatrale "il segno dei quattro". Aiutati da questa pianta, gli ufficiali, o per lo meno uno di essi, s'impadronisce del tesoro e lo porta in Inghilterra senza probabilmente ottemperare a qualche condizione con la quale gli era stato affidato il tesoro in questione. Orbene, perché Jonathan Small non si è impossessato direttamente del tesoro? La risposta è ovvia. La pianta porta la data del tempo in cui Morstan era in stretti rapporti con i galeotti, e Jonathan Small non poté andare a prendere personalmente il tesoro perché lui e i suoi compagni, in quel periodo di tempo, erano appunto condannati ai lavori forzati e non erano quindi padroni delle loro mosse.»

«Queste però sono pure ipotesi» obiettai.

«Non precisamente: sono le sole ipotesi che si possono dedurre dai fatti. Vediamo di ripercorrere gli avvenimenti in successione cronologica. Il maggiore Sholto se ne sta per qualche anno in pace, felice di possedere il suo tesoro, quando un brutto giorno riceve dall'India una lettera che gli mette addosso una paura tremenda. Perché?»

«Perché nella lettera lo si avvertiva che gli uomini che lui aveva defraudato erano stati messi in libertà.»

«Oppure erano fuggiti. Questo è assai più probabile, giacché il maggiore doveva sicuramente essere a conoscenza della durata della loro pena, e il fatto che erano stati liberati non doveva costituire una sorpresa, per lui. Che cosa fa, allora? Si mette in guardia contro un uomo con una gamba di legno, un uomo bianco, badi bene; infatti lo scambia con un commerciante, un altro bianco, e addirittura gli spara addosso un colpo di pistola. Ora sulla carta c'è il nome di un solo uomo bianco; gli altri sono nomi di indù o di maomettani. Non vi è nessun altro nome europeo. Perciò possiamo affermare con tutta sicurezza che l'uomo con la gamba di legno s'identifica nella persona di Jonathan Small. Le sembra che il mio ragionamento faccia qualche grinza?»

«Tutt'altro: è perfettamente chiaro e preciso.»

«Bene: mettiamoci ora nei panni di Jonathan Small. Guardiamo la cosa dal suo punto di vista. Ritorna in Inghilterra con un doppio scopo: riprendersi ciò che ritiene gli appartenga di diritto, e vendicarsi di chi lo ha defraudato. Riesce a scoprire dove abita Sholto, e molto probabilmente riesce anche a mettersi in comunicazione con qualche domestico della casa. C'è il maggiordomo, Lal Rao, che noi non abbiamo visto. La signora Bernstone lo descrive come tutt'altro che uno stinco di santo: Small tuttavia non riesce a sapere dove è nascosto il tesoro, perché nessuno lo ha mai saputo, tranne il maggiore e un fedele domestico che è morto. A un tratto Small viene a sapere che il maggiore si trova in punto di morte. Terrorizzato al pensiero che il segreto del tesoro possa morire con lui, forza la cintura di sentinelle che circonda la casa e riesce ad arrivare sino alla finestra del moribondo, dove è dissuaso dall'entrare dalla presenza dei due figli. Accecato non di meno dall'odio verso il defunto, entra nella sua camera la notte stessa, mette a soqquadro i suoi documenti e le sue carte nella speranza di rintracciarvi qualche appunto, qualche promemoria relativo al tesoro, e finalmente lascia un ricordo della sua visita con quelle brevi parole su un foglietto di carta. Certo doveva già avere architettato, in precedenza, che se fosse riuscito a uccidere il maggiore, avrebbe lasciato qualche segno sul cadavere a testimoniare che non si trattava di un delitto comune ma, dal punto di vista dei quattro soci, era una specie di atto di giustizia. Negli annali della criminologia, concetti cervellotici di questo genere sono abbastanza comuni, e di solito aiutano efficacemente a individuare il criminale. Mi segue?»

«Perfettamente.»

«Ora vediamo: che cosa poteva fare Jonathan Small? Non gli restava che continuare a seguire di nascosto tutti gli sforzi che venivano compiuti per rinvenire il tesoro. È probabile che lasciasse l'Inghilterra per ritornarvi solo a intervalli. Poi viene la scoperta dell'abbaino, e Small ne è immediatamente informato. Ecco che a questo punto rientra in campo l'ipotesi di un eventuale complice tra la servitù di Pondicherry Lodge. Jonathan, per via della sua gamba di legno, non può assolutamente arrivare sino alla stanza dell'ultimo piano, la stanza dove si trova Bartholomew Sholto. Ecco che allora prende con sé uno strano alleato, il quale riesce a superare queste difficoltà, ma mette il piede nel creosoto: origine prima di questa zoppicata di otto chilometri per un povero ufficiale medico mal retribuito e con un tendine d'Achille in pessime condizioni, e per il sottoscritto, guidati da Toby!»

«Però è stato il complice, non Jonathan, a commettere il delitto.»

«Verissimo. E con parecchio disappunto da parte sua, a giudicare dalla maniera con cui si è messo a pestare il pavimento quando è entrato nella stanza. Lui non nutriva alcun rancore verso Bartholomew Sholto, e avrebbe preferito che fosse semplicemente legato e imbavagliato. Non aveva nessuna intenzione di rischiare il capestro. Non c'era più rimedio, tuttavia: gli istinti selvaggi del suo compagno avevano avuto il sopravvento, e il veleno aveva compiuto la sua opera, perciò Jonathan Small lasciò il suo biglietto da visita, prese la cassetta del tesoro e se la portò via. Questo è il corso degli eventi così come io li ho ricostruiti. Naturalmente per quello che riguarda il suo aspetto fisico è logico che debba essere un uomo di mezza età e che sia bruciato dal sole, dopo aver scontato anni di lavori forzati in quel forno che sono le Andamane. La sua statura la si può calcolare facilmente dalla lunghezza del passo, e sappiamo che ha la barba. Il suo aspetto irsuto era ciò che aveva maggiormente colpito Thaddeus Sholto quando questo ne aveva scorto il viso schiacciato contro i vetri della finestra. Non credo vi sia altro da aggiungere.»

«E il complice?»

«Ah, be', su questo punto il mistero non è poi tanto fitto. Ma lo risolverà lei stesso tra non molto. Com'è profumata l'aria del mattino! Guardi quella nuvoletta! Sembra volteggiare rosea come una piuma sfuggita alle penne di qualche fenicottero gigantesco. Ora il rosso cerchio del sole si spinge oltre il banco di nubi che sovrasta Londra. Illuminerà molta gente, ma nessuno, scommetto, che si trovi ingolfato in un'impresa stravagante come la nostra! Come ci sentiamo piccoli, con tutte le nostre ambizioni e i nostri sforzi meschini, di fronte alle grandi forze elementari della natura! A che punto è la lettura del suo Jean Paul Richter?»

«Non c'è male. Sono risalito a lui attraverso Carlyle.»

«Infatti: è come seguire il corso di un ruscello sino al lago da cui scaturisce. Fa un'osservazione curiosa ma profonda, cioè che la maggior prova della vera grandezza dell'uomo consiste nella sua percezione della propria piccolezza. Questo implica, mi sembra, un potere di confronto e di valutazione che è in se stesso una prova di nobiltà. Richter offre alla mente un vasto pascolo intellettuale... Lei non ha una pistola, per caso?»

«Ho il mio bastone.»

«È probabile che ci possa servire quando saremo arrivati al

loro covo. Jonathan lo lascio a lei, ma se l'altro tenta di combinare qualche scherzetto, io gli sparo addosso senza tanti complimenti.»

Così dicendo estrasse la pistola e dopo averla caricata la rimise nella tasca destra della giacca.

Intanto, seguendo la guida di Toby, eravamo passati per le strade campestri e fiancheggiate di ville che conducono alla metropoli. Ora però percorrevamo strade vere e proprie, dove operai e scaricatori del porto erano già in movimento, mentre donne dall'aspetto sciatto e trasandato stavano aprendo le imposte e incominciavano a spazzare gli scalini delle porte. Agli angoli le osterie avevano già aperto i loro battenti e da queste uscivano uomini dall'aria rozza che si asciugavano la barba con la manica dopo il cicchetto mattutino. Cani stranissimi saltavano qua e là e si fermavano a fissarci stupiti mentre passavamo, ma il nostro inimitabile Tony non guardava né a destra né a sinistra: tirava via diritto tenendo sempre il naso a terra, uggiolando solo di quando in quando quasi ad avvertirci che la traccia, in quel punto, era particolarmente forte.

Avevamo attraversato Streatham, Brixton, Camberwell, e ci trovavamo ora in Kennington Lane, avendo percorso stradine laterali dell'Oval. Gli uomini che noi inseguivamo pareva avessero scelto un tragitto stranamente a zigzag, probabilmente con l'intento di sfuggire inosservati. Non avevano mai percorso la strada principale, se una strada secondaria e parallela poteva loro ugualmente servire. Ai piedi di Kennington Lane avevano svoltato a sinistra attraverso Bond Street e Miles Street. Dove quest'ultima strada imbocca Knight's Place, Toby cominciò a correre avanti e indietro con un orecchio ritto e l'altro pendente, vera immagine dell'indecisione. Poi si mise a trotterellare in cerchio, guardandoci di tanto in tanto, come a chiederci di aiutarlo a uscire dal suo imbarazzo.

«Che diavolo gli piglia, adesso?» brontolò Holmes. «Non credo che abbiano preso una carrozza, o tanto meno che siano volati via con una mongolfiera!»

«Può darsi che abbiano fatto una sosta qui» osservai.

«Ah, ecco che riparte di nuovo!» esclamò il mio compagno con aria sollevata.

E infatti Toby si era rimesso in moto: dopo aver annusato in giro si era improvvisamente deciso, filando con un'energia e una sicurezza che non aveva ancora dimostrato sino a quel momento. La pista doveva essere diventata più certa, poiché ora non metteva nemmeno più il muso a terra, ma tirava disperatamente il guinzaglio tentando addirittura di correre. Capivo dallo scintillio negli occhi di Holmes che la meta del nostro viaggio doveva essere ormai vicina.

La nostra guida ci portava adesso giù per Nine Elms finché arrivammo a Broderick e al grande magazzino di legname di Nelson, proprio subito dopo la taverna White Eagle. Giunto a questo punto il cane, che era diventato addirittura frenetico, svoltò, attraverso un cancello laterale, nel recinto, dove i segatori erano già al lavoro. Il cane filò via tra un nugolo di segatura e trucioli, imboccò un vicolo, girò un angolo, tra due pile di legname, e infine, con un guaito di trionfo, balzò sopra una grossa botte che si trovava ancora sul carretto a mano sul quale era stata portata lì. La lingua penzoloni, gli occhi lucenti, Toby si arrampicò sul barile, guardando prima all'uno poi all'altro di noi quasi aspettando una carezza, o comunque un gesto tangibile di approvazione da parte nostra. Le doghe della botte e le ruote del carretto erano cosparse di un liquido scuro e l'aria tutt'attorno esalava un violento odore di creosoto.

Sherlock Holmes e io ci guardammo per un attimo in faccia come istupiditi, quindi scoppiammo entrambi in una risata irrefrenabile.

8
Gli irregolari di Baker Street

«E adesso?» esclamai. «Toby ha perduto il suo primato di infallibilità!»

«Lui ha agito secondo la sua intelligenza canina» rispose Holmes togliendo la bestiola da dove si era issata e riportandola fuori dal magazzino. «Se si pensa alla quantità di creosoto che viene scaricata a Londra ogni giorno, non c'è da stupirsi se la nostra pista è stata incrociata in varie direzioni. Se ne adopera moltissimo, ora, specialmente per la stagionatura del legname. Perciò il povero Toby non ne ha nessuna colpa.»

«Bisognerà che lo rimettiamo sulla pista principale, immagino.»

«Sì, e per nostra fortuna non è molto lontana. Evidentemente quello che ha messo in imbarazzo il cane all'angolo di Knight's Place devono essere state due diverse piste che correvano in direzioni opposte. Noi abbiamo preso la pista sbagliata: perciò non ci rimane che seguire l'altra.»

Non incontrammo difficoltà su questo punto. Dopo aver riportato Toby nel posto in cui aveva preso un abbaglio, la bestiola descrisse dapprima un ampio cerchio, poi ripartì come una freccia in un'altra direzione.

«Adesso dobbiamo stare attenti che non ci porti nel posto da cui è stato asportato il barile di creosoto» osservai.

«Ci ho pensato anch'io, ma vedo che Toby segue il marciapiede, mentre la botte è passata sulla carreggiata. No, adesso siamo sulla pista giusta.»

Questa ci portava verso la riva del fiume, attraverso Belmont Place e Prince's Street. Al termine di Broad Street Toby cominciò a percorrere il bordo dell'acqua fino a un piccolo imbarcadero di legno. Qui si fermò mugolando e fissando la cupa corrente che si stendeva al di là.

«Siamo scalognati» borbottò Holmes. «Giunti a questo punto devono aver preso una barca.»

Nell'acqua, in prossimità del piccolo molo, si dondolavano alcune chiatte e qualche imbarcazione leggera. Portammo Toby accanto a ciascuna di queste barche, ma per quanto annusasse energicamente non diede alcun segno speciale di riconoscimento.

Accanto a quel rozzo imbarcadero sorgeva una casetta di mattoni che recava di sghimbescio, all'altezza della seconda finestra, un cartello di legno con sopra scritto a grandi lettere MORDECAI SMITH e sotto: SI AFFITTANO BARCHE A ORE E A GIORNATA. Una seconda scritta sulla porta informava i passanti che la ditta teneva a disposizione dei clienti anche una lancia a vapore, il che fu confermato da una pila di carbone ammucchiato sulla gettata. Sherlock Holmes si guardò intorno lentamente e la sua faccia assunse un'espressione che non presagiva nulla di buono.

«Le cose si complicano» bofonchiò. «Quei maledetti sono più furbi di quanto credevo. Temo che siano riusciti a far sparire le loro tracce, e ho l'impressione che si tratti di una manovra studiata.»

Stava avvicinandosi all'uscio della casa quando questo si aprì e sbucò fuori di corsa un ragazzino ricciuto di circa sei anni, seguito da una donna robusta e tarchiata, rossa in viso, che teneva in mano una spugna.

«Torna indietro a lavarti, Jack!» gridava la donna. «Torna indietro, furfante! Se tuo padre viene a casa e ti trova in quello stato, sentirai che nespole!»

«Che grazioso marmocchietto!» esclamò Holmes, diplomatico. «Che bel birichino bianco e rosa! Sentiamo, Jack, non vorresti che ti regalassi qualcosa?»

Il bimbo parve riflettere un istante.

«Vorrei uno scellino» rispose infine.

«Non vorresti nient'altro?»

«Preferirei due scellini» replicò quel piccolo prodigio, dopo un altro breve attimo di meditazione.

«Eccoteli! Piglia! Ha un gran bel bambino, signora Smith!»

«Che Dio la benedica, signore, per carino sarà carino, ma che da fare mi dà! Non so come farlo ubbidire, soprattutto quando il mio uomo è via, magari per giornate intere!»

«Ah, è via?» chiese Holmes in tono di disappunto. «Mi spiace, perché avevo proprio bisogno di parlare con suo marito.»

«È via da ieri mattina, e per dirle la verità, incomincio a essere un po' preoccupata. Ma se le occorre una barca sono qua io.»

«Veramente avevo bisogno della lancia a vapore.»

«Purtroppo, signore, mi dispiace molto, ma è partito proprio con quella. È appunto per questo che sono inquieta, perché so che ha a bordo soltanto il carbone sufficiente per andare e tornare da Woolwich. Se fosse andato con la barca a remi non ci penserei proprio: quante volte è andato a Gravesend per lavoro e se c'era molto da fare ci è rimasto. Ma a che serve una lancia a vapore senza carbone?»

«Probabilmente si sarà rifornito a qualche approdo lungo il fiume.»

«Oh, non credo, non è nelle sue abitudini! Quante volte l'ho sentito brontolare per i prezzi che fanno pagare per pochi sacchi. Inoltre non mi piace quell'uomo con la gamba di legno, con quella brutta faccia e quell'accento forestiero. Non capisco perché veniva sempre a ciondolare da queste parti!»

«Un uomo con la gamba di legno?» chiese Holmes fingendo una lieve sorpresa.

«Sì, signore: un tipo bruno, con una faccia da scimmia, che è venuto qui parecchie volte a cercare il mio uomo. È stato lui a svegliarlo ieri notte e, quel che è peggio, il mio uomo lo aspettava, perché aveva tenuto la lancia sotto pressione. Glielo dico francamente, signore, non mi sento tranquilla, proprio per niente!»

«Ma, mia cara signora Smith,» fece Holmes stringendosi nelle spalle «lei si spaventa senza motivo, credo. Come può sapere che è stato proprio l'uomo con la gamba di legno a venire qui da voi la scorsa notte? Non riesco davvero a capire come fa a esserne tanto sicura!»

«L'ho riconosciuto dalla voce, una voce grossa, rauca. Ha bussato alla finestra... saranno state le tre. "Su, amico," gli fa al mio uomo "è ora." Mio marito allora sveglia Jim, il nostro ragazzo più grande, e se ne vanno via tutti e tre, senza dirmi neppure una parola. Ho sentito benissimo la sua gamba di legno che picchiava sulle pietre.»

«E quest'uomo con la gamba di legno era solo?»

«Non glielo saprei dire, signore: io non me ne sono accorta se era solo o no.»

«Mi spiace tanto, signora Smith, perché avevo proprio bisogno di una lancia a vapore, e avevo sentito parlare tanto bene della... Aspetti, come si chiama...»

«*Aurora.*»

«Ah, già! Non è quella vecchia lancia verde con la filettatura gialla, molto larga di baglio?»

«No, al contrario. È la più svelta imbarcazione di tutto il fiume. È stata appena ridipinta, di nero con due strisce rosse.»

«Grazie. Le auguro di aver presto notizie di suo marito. Io devo andare sul fiume, e se per caso lo vedo gli dirò che lei è in pensiero. Ha anche la ciminiera nera?»

«No, signore: è nera con una banda bianca.»

«Ma naturalmente! Ha solo i fianchi neri. Arrivederci, signora Smith. Guardi, Watson, arriva un barcaiolo con un traghetto. Prendiamolo per andare dall'altra parte.

«Quello che importa con gente come questa» disse Holmes mentre ci accomodavamo sul traghetto «è di non fargli mai capire che le loro informazioni possano interessarti in qualche modo. Se appena se ne accorgono si richiudono come ostriche. Se invece li stai ad ascoltare con l'aria quasi di annoiarti riesci a sapere da loro quello che vuoi.»

«Adesso mi sembra che le nostre ricerche avranno una direzione ben definita» osservai.

«Lei che cosa farebbe? Sentiamo.»

«Noleggerei una lancia e mi butterei sul fiume all'inseguimento dell'*Aurora.*»

«Amico mio, sarebbe un'impresa pazzesca. Può aver toccato un molo qualsiasi tra le migliaia di approdi che si stendono su ciascun lato del fiume da qui a Greenwich. A valle del ponte c'è tutto un labirinto di imbarcaderi, per una lunghezza di molti chilometri. Occorrerebbero giorni interi per visitarli tutti, se ci dovessimo mettere all'opera da soli.»

«Ricorra all'aiuto della polizia, allora!»

«No. Può darsi che mi valga di Athelney Jones, ma all'ultimo momento. Non è un cattivo diavolo, e non voglio fare nulla che possa danneggiarlo professionalmente, ma mi diverte l'idea di fare da solo, dato che siamo giunti a questo punto.»

«Potremmo forse mettere un annuncio chiedendo informazioni ai sorveglianti dei moli?»

«Peggio che andar di notte! I nostri uomini scoprirebbero così di essere inseguiti, e taglierebbero la corda del tutto, lasciando il paese. Per come stanno le cose, è probabile che abbiano intenzione di andarsene, ma fino a quando penseranno di essere al sicuro non avranno fretta.

«Nel frattempo il dinamismo di Jones ci sarà prezioso: a lui piace moltissimo rendere di pubblico dominio il suo operato mediante la pubblicità della cronaca nera, e in questo modo i fuggiaschi potranno illudersi che le forze della legge stiano seguendo una pista sbagliata.»

«E noi che cosa dobbiamo fare, allora?» domandai mentre mettevamo piede a terra nei pressi del penitenziario di Millbank.

«Per il momento prendere questa carrozzella, tornare a casa, fare colazione e poi riposare per un'ora. È più che probabile che la notte prossima si debba essere di nuovo in ballo. Si fermi a un ufficio telegrafico, vetturino! Però terremo Toby perché può darsi che ci serva ancora.»

Ci fermammo davanti all'ufficio telegrafico di Great Peter Street, da dove Holmes spedì il suo telegramma.

«Indovini un po' a chi ho telegrafato!» mi disse mentre risaliva in carrozza.

«Francamente non ne ho la più pallida idea.»

«Si ricorda la "squadra di polizia investigativa" di Baker Street che ho impiegato nel caso Jefferson Hope?»

«E con ciò?» replicai ridendo.

«Questa è proprio una situazione in cui l'aiuto di quei ragazzi mi può essere utilissimo. Se falliranno ricorrerò ad altre risorse, ma prima voglio provare con loro. Il telegramma era diretto al mio piccolo luogotenente Wiggins, quello sempre nero in faccia, e prevedo che lui e la sua banda saranno a casa nostra prima che noi abbiamo terminato di fare colazione.»

Intanto erano arrivate le nove circa, e avvertivo una violenta reazione dopo tutte le avventure e le emozioni di quella notte movimentata. Mi sentivo inerte, fiacco, intontito di cervello e affaticato di corpo. Non possedevo l'entusiasmo professionale che animava invece il mio compagno, né riuscivo a pensare alla vicenda semplicemente come a un astratto problema intellettuale. Per quello che riguardava la morte di Bartholomew Sholto, lo avevo appena sentito nominare e non potevo perciò nutrire nessun odio violento contro i suoi uccisori. In quanto al tesoro, invece, la cosa era assai diversa, e almeno parte di esso apparteneva di diritto alla signorina Morstan. Fintanto che ci fosse stata una probabilità di ritrovarlo ero pronto a sacrificare anche la mia vita in quell'impresa, eppure, se lo avessi trovato, questo avrebbe messo per sempre Mary fuori dalla mia portata. Ma se mi fossi lasciato influenzare da un pensiero simile, il mio sarebbe stato un amore davvero meschino ed egoista. Se Holmes era ansioso di scoprire i criminali, io avevo una ragione dieci volte maggiore che mi spingeva a ricercare il tesoro.

Un buon bagno e un cambio completo di biancheria e di vestiario mi rinfrescarono meravigliosamente. Quando scesi nella nostra stanza trovai la colazione già pronta e Holmes che stava versando il caffè.

«Ecco qua» mi disse ridendo e indicandomi un giornale spiegato. «L'energico Jones e l'onnipresente cronista hanno sistemato tutto tra loro due. Ma io credo che lei ne abbia abbastanza di questa storia: sarà meglio che prima mangi in santa pace il suo prosciutto e le sue uova.»

Presi il giornale e lessi il seguente articolo che recava il titolo: *Oscura vicenda a Upper Norwood*. Lo «Standard» scriveva:

Verso la mezzanotte di ieri, il signor Bartholomew Sholto di Pondicherry Lodge, a Upper Norwood, è stato trovato morto nella sua camera in circostanze che appaiono alquanto sospette. Apparentemente il corpo di Sholto non recava alcuna traccia di violenza, ma dalla camera del defunto era stata asportata una pregevole collezione di gemme indiane che quest'ultimo aveva ereditato dal proprio padre. La scoperta fu fatta dal signor Sherlock Holmes e dal dottor Watson, che erano stati invitati a Pondicherry Lodge dal signor Thaddeus Sholto, fratello del defunto. Per fortunata combinazione il signor Athelney Jones, il noto appartenente alle nostre forze di polizia investigativa, si trovava a Norwood e poté così essere sul posto mezz'ora dopo il rinvenimento del cadavere. Le sue esercitate e sperimentate facoltà investigative furono immediatamente rivolte a individuare i criminali, con il soddisfacente risultato che il fratello del defunto, Thaddeus Sholto, è già stato tratto in arresto insieme alla governante Bernstone, al maggiordomo indiano Lal Rao, e al portiere o custode McMurdo. È evidente che il ladro o i ladri dovevano essere praticissimi della casa, poiché le note conoscenze tecniche di Jones e il suo acuto potere di osservazione gli hanno permesso di dimostrare conclusivamente che i malfattori non sono potuti entrare né dalla porta né dalla finestra, ma certo devono essere discesi dal tetto dell'edificio, mediante una botola, nella stanza comunicante con quella in cui fu trovato il cadavere. Questo fatto, che è stato esaurientemente documentato, dimostra in modo conclusivo che non si tratta di un furto casuale. L'azione pronta ed energica dei funzionari della legge dimostra il grande vantaggio della presenza, in determinate circostanze, di un'unica mente organizzatrice. Non possiamo fare a meno di rilevare che questo offre un valido argomento in appoggio a coloro che si augurerebbero di vedere i nostri poliziotti maggiormente decentralizzati, in modo da portarli a contatto più stretto e più efficace con i casi che è loro compito risolvere.

«Non è un amore?» mi fece Holmes quando ebbi terminato di leggere, ridacchiando davanti alla sua tazza di caffè. «Mi dica che cosa ne pensa!»

«Penso che c'è mancato un pelo che non arrestassero anche noi.»

«È quello che penso anch'io. E non garantirei la nostra salvezza, in questo caso: immagini un po' che cosa succederebbe di noi, in galera, se a Jones dovesse venire un altro dei suoi attacchi di energia!»

In quel momento si intese un forte squillo di campanello e subito dopo la voce della signora Hudson, la nostra padrona di casa, che si elevava in tono querulo, di spavento e protesta allo stesso tempo.

«Oh, Dio, Holmes!» esclamai levandomi a metà della sedia. «Credo proprio che siano venuti a prendere anche noi!»

«No, no, non siamo ancora a questo punto. Sono semplicemente le forze non autorizzate... gli irregolari di Baker Street!»

Nel frattempo udimmo risuonare per le scale un rapido camminare di piedi nudi, un frastuono di voci acute, e subito dopo fecero irruzione nella nostra stanza una dozzina di monelli sporchi e stracciati. Malgrado il loro ingresso tumultuoso, doveva regnare tra loro una certa disciplina, perché immediatamente si misero in fila, guardandoci dritto in faccia, come attendendo ordini. Uno di essi, il più alto e il più anziano, venne avanti con un'aria di indifferente superiorità che era molto buffa a vedersi in quel piccolo spaventapasseri dall'aspetto così poco rassicurante.

«Ho ricevuto il suo telegramma, signore, e li ho portati qui subito. Tre scellini e sei pence per i biglietti.»

«Pronti!» disse Holmes cavando di tasca alcune monete d'argento. «In seguito loro riferiranno a te, Wiggins, e tu a me. Non è possibile che io abbia la casa invasa in questo modo. Però è bene che sentiate tutti le istruzioni che sto per darvi. Voglio che mi sappiate indicare al più presto dove si trova una lancia a vapore di nome *Aurora*, di proprietà di un certo Mordecai Smith, nera con due strisce rosse, ciminiera nera con banda bianca. Dev'essere ancorata in qualche punto del fiume. Ho bisogno che uno di voi si metta di guardia di fronte all'imbarcadero di Mordecai Smith, a Millbank, per dirmi se la barca è ritornata o no. Bisogna che dividiate la sorveglianza delle due sponde tra tutti quanti voi: ogni approdo deve essere ispezionato con cura. E tenetemi immediatamente informato appena sapete qualcosa. Mi avete capito bene?»

«Signor sì» rispose Wiggins per tutti.

«La retribuzione è come al solito, più una ghinea per il ragazzo che scopre la barca. Eccovi una giornata anticipata. E adesso, filate!»

Tese loro uno scellino a testa e quelli se ne andarono sciamando per le scale: un attimo dopo erano già in strada e si confondevano tra la folla.

«Se la lancia è in acqua la troveranno» disse Holmes. «Quelli vanno dappertutto, vedono tutto, ascoltano i discorsi di tutti. Scommetto che l'avranno individuata ancor prima di sera. Nel frattempo non possiamo fare altro che attendere gli eventi. Non ci è possibile riprendere la pista interrotta finché non riusciamo a rintracciare o l'*Aurora* o Mordecai Smith.»

«Intanto Toby potrebbe mangiare questi avanzi. Lei va a dormire, Holmes?»

«No, non sono stanco. La mia è una fibra curiosa. Non mi ricordo di essermi mai stancato lavorando, mentre l'ozio mi esaurisce addirittura. Farò una fumatina e studierò un po' questa strana vicenda in cui la mia graziosa cliente ci ha coinvolti. Mai impresa avrebbe dovuto essere più facile della nostra. Dopo tutto, un uomo con una gamba di legno non è tanto comune, ma l'altro dovrebbe essere assolutamente unico, direi!»

«Ancora "l'altro"!»

«Non ho nessuna intenzione di farne un mistero; tuttavia a quest'ora lei dovrebbe essersi formato la sua opinione in proposito. Rifletta un pochino sugli elementi in nostro possesso. Orme minuscole, piedi che non hanno mai subito la costrizione di scarpe, che cioè sono *sempre* stati nudi, una mazza di legno con l'impugnatura di pietra, un'agilità straordinaria, piccole frecce avvelenate. Che cosa le suggeriscono tutti questi dati riuniti?»

«Un selvaggio!» esclamai. «Forse uno di quegli indiani associati a Jonathan Small!»

«Non credo. A tutta prima, quando ho riscontrato le tracce di armi strane, sono stato incline a pensare anch'io così, ma poi sono tornato sulle mie prime deduzioni osservando meglio le impronte del piede nudo, così tipicamente caratteristiche. È vero che parecchi abitanti della penisola indiana sono uomini di piccola statura, ma nessun indiano avrebbe potuto lasciare orme come quelle. Gli indù propriamente detti hanno piedi lunghi e sottili. Il maomettano che calza il sandalo ha l'alluce nettamente separato dalle altre dita, da cui è solitamente diviso mediante una minuscola correggia. Inoltre le punte avvelenate possono essere state lanciate solo in un modo, cioè attraverso una cerbottana. Ora, dove dobbiamo ricercare il nostro selvaggio, secondo lei?»

«Nel Sud America?» azzardai.

Holmes allungò una mano e prese dallo scaffale un grosso libro.

«Ecco il primo volume di un dizionario geografico di recente pubblicazione: fa testo in materia. Senta un po' qua: "Isole Andamane, trecentoquaranta miglia a nord di Sumatra, nella baia di Bengala". Uhm, quanti particolari!... "Clima umido, atolli corallini, pescecani, Port Blair, colonie di forzati, Ruthland Island, foreste di pioppo d'America..." Ah, ma ecco quello che interessa a noi! "Gli aborigeni delle Isole Andamane possono forse vantarsi di essere la razza più piccola del globo, benché alcuni antropologi contrappongano loro i boscimani dell'Africa, gli indiani Digger d'America e gli abitanti della Terra del Fuoco. La loro statura media è di solito inferiore al metro e trenta, benché si trovino tra essi molti adulti di statura anche assai più piccola. Sono una razza selvaggia, litigiosa, intrattabile, benché capaci della massima devozione e amicizia quando si riesca a ottenere la loro fiducia." Tenga ben presente queste parole, Watson. E adesso senta: "In generale di aspetto repellente, con testa grossa, deformi, occhi piccoli e feroci e tratti animaleschi. Hanno però mani e piedi straordinariamente piccoli. Sono talmente primitivi e selvaggi che ogni sforzo compiuto dai funzionari britannici per sottometterli è sempre risultato vano. Essi costituiscono un vero terrore per gli equipaggi delle navi naufragate: hanno infatti l'usanza di far saltare le cervella dei superstiti percuotendone il cranio con le loro mazze dall'impugnatura di pietra, o colpendoli con le loro frecce avvelenate. Questi massacri si concludono invariabilmente con festini cannibaleschi". Che popolo carino e simpatico, vero, Watson? Se a quel bravo ragazzo avessero lasciato fare di testa sua, la cosa avrebbe potuto prendere una piega ancora più sinistra. E per conto mio credo che Jonathan Small dev'essere tutt'altro che soddisfatto di essersi servito della sua opera.»

«Ma dove diavolo avrà pescato un compagno di quella fatta?»

«Ah, su questo punto non so proprio risponderle. Siccome però è ormai un fatto stabilito che Small proviene dalle Andamane, non è poi così straordinario che un isolano di quelle località lo abbia accompagnato nel suo viaggio di ritorno. Ma riusciremo a conoscere la vicenda in ogni particolare, forse tra non molto. Ora però mi dia retta, Watson: lei è semplicemente a terra. Si butti sul divano e cerchi di dormire!»

Mentre io mi allungavo sul sofà, Holmes prese in mano il suo violino e incominciò a suonare in sordina una melodia lenta, sognante, di sua invenzione, probabilmente, poiché aveva assai sviluppato il dono dell'improvvisazione. Ho un vago ricordo della sua figura slanciata, del suo viso intento, del ritmico levarsi e abbassarsi dell'archetto. Poi mi parve di galleggiare sopra un morbido mare di musica e mi trovai trasportato nel paese dei sogni, dove il dolce volto di Mary Morstan si chinava sopra di me.

9
Si rompe una maglia della catena

Mi svegliai a pomeriggio inoltrato: mi sentivo fresco e pieno di energia. Sherlock Holmes era sempre seduto dove lo avevo lasciato: solo che aveva riposto il violino e si era immerso nella lettura di un libro. Come si accorse che mi muovevo, mi guardò, e subito mi resi conto che aveva una faccia scura, preoccupata.

«Ha dormito sodo» constatò. «Avevo paura che la nostra conversazione la svegliasse.»

«Io non ho sentito nulla» dissi a mia volta. «Perché? Ci sono notizie fresche?»

«Sfortunatamente no. Confesso che ne sono sorpreso e deluso. Speravo di sapere qualcosa di definitivo, finalmente. Wiggins è stato appunto qui poco fa, e mi ha informato. Della lancia nessuna traccia. Ora, questo è uno scacco gravissimo, poiché ogni minuto che passa può avere un'importanza capitale!»

«Posso fare qulacosa? Mi sento riposatissimo, e disposto magari a passare un'altra notte all'aperto!»

«No, non possiamo fare nulla: possiamo solo aspettare. Se ci muoviamo potrebbero venirci a informare in nostra assenza, e questo avrebbe come conseguenza un ritardo nocivo. Lei faccia pure quello che vuole, ma io devo rimanere di guardia.»

«Allora farò una corsa fino a Camberwell a trovare la signora Forrester. È stata la signora, ieri, a pregarmi di andare da lei.»

«Dalla signora Forrester?» ripeté Holmes, e nei suoi occhi passò l'ombra di un sorriso.

«Be', anche dalla signorina Morstan, si capisce. Sono ansiosissime di sapere come stanno le cose.»

«Io se fossi in lei starei piuttosto abbottonato» mi ammonì il mio compagno. «Non bisogna mai fidarsi troppo delle donne, nemmeno delle migliori!»

Non mi soffermai a discutere su un argomento così offensivo. Mi limitai a dire: «Sarò di ritorno tra un paio d'ore».

«Bene, bene! Tanti auguri! Senta, però: se passa dall'altra parte del fiume mi farebbe un vero piacere a riaccompagnare Toby, perché non credo che avremo ancora bisogno di lui.»

Così, portai con me il bastardino e lo lasciai, accompagnato da una mezza sovrana, presso il vecchio naturalista di Pinchin Lane. A Camberwell trovai la signorina Morstan un po' affaticata dalle emozioni della notte precedente, ma ansiosissima di avere notizie. Anche la signora Forrester era curiosa di conoscere lo svolgersi degli avvenimenti. Raccontai loro tutto quello che avevamo fatto, omettendo naturalmente i particolari più macabri della tragedia. Perciò, pur accennando alla morte di Sholto, sorvolai sul modo in cui era stato ucciso. Tuttavia ce n'era più che abbastanza per far inorridire e sbalordire.

«Ma è un romanzo!» gridò la signora Forrester. «Una donna offesa, un tesoro di mezzo milione di sterline, un cannibale negro e un delinquente con una gamba di legno. Mi sembra che sostituiscano perfettamente il drago convenzionale o il conte malvagio!»

«Non mancano però i due cavalieri erranti!» soggiunse la signorina Morstan lanciandomi un'occhiata sorridente.

«Pensa, Mary, la tua fortuna dipende dal risultato di questa ricerca. Ma ho l'impressione che la cosa non ti commuova abbastanza. Immagina per un momento, ti prego, che cosa significa essere ricca e avere il mondo ai tuoi piedi.»

Mi sentii percorrere da un piccolo brivido di gioia nell'apprendere che una simile prospettiva lasciava Mary piuttosto indifferente. Anzi, scrollò con un gesto di noncuranza la testolina orgogliosa, quasi che la cosa non la interessasse affatto.

«È il signor Thaddeus Sholto che mi preoccupa» disse. «Tutto il resto non ha importanza. Trovo che si sia comportato con molta cortesia e correttezza. È nostro dovere tentare con ogni mezzo di liberarlo da un'accusa così tremenda e infondata.»

Quando lasciai Camberwell era ormai sera, e giunsi a casa che era già notte. Il libro e la pipa del mio compagno erano abbandonati sulla seggiola, ma lui non c'era. Mi guardai attorno nella speranza di trovare un biglietto, un messaggio qualsiasi, ma non vidi nulla.

«Il signor Sherlock Holmes è uscito?» domandai alla signora Hudson, che era entrata per chiudere le imposte.

«No, dottore, è salito in camera sua. Sa,» continuò poi abbassando la voce e sussurrando in tono apprensivo «ho paura che non stia bene!»

«Che cos'ha, signora Hudson?»

«Non so, è talmente strano! Dopo che lei è uscito non ha fatto che passeggiare su e giù, su e giù, tanto che ero stanca a furia di sentire il rumore dei suoi passi. Poi l'ho sentito parlare e brontolare da solo, e ogni volta che il campanello squillava usciva sulle scale e mi domandava: "Chi è, signora Hudson?". Adesso si è rinchiuso in camera sua, ma continua a passeggiare come prima. Ho paura che si ammali, dottore! Ho cercato di suggerirgli di prendere un calmante, ma mi ha guardato in una maniera tale che non so nemmeno come ho avuto il coraggio di uscire dalla stanza.»

«Non credo che lei debba avere motivo di preoccuparsi, signora Hudson» la tranquillizzai. «L'ho visto così tante altre volte. Sarà qualche pensiero che avrà per la testa a renderlo inquieto!»

Con queste parole cercai di calmare la nostra ottima padrona di casa: ma non potei fare a meno di sentirmi io stesso preoccupato quando, durante tutta quella lunga notte, nel dormiveglia, avvertivo il rumore soffocato dei suoi passi, e intuivo quanto si tormentasse il suo spirito combattivo per quella forzata inazione.

Quando scese all'ora di colazione aveva un aspetto affaticato e inquieto, e le sue guance erano lievemente arrossate da un colorito febbrile.

«Lei si sta sciupando troppo, mio caro!» lo ammonii. «Stanotte non ha fatto che passeggiare!»

«Infatti non mi è riuscito di dormire. Questo maledetto problema mi sta consumando. Non posso rassegnarmi al pensiero di essere intralciato da un ostacolo così ridicolo, quando tutto il resto è stato superato. Conosco gli uomini, la lancia, tutto quanto, eppure non riesco ad avere notizie. Ho messo al lavoro altri informatori, ho adoperato tutti i mezzi a mia disposizione. L'intero fiume è stato frugato da cima a fondo, sull'una e sull'altra sponda, eppure non se ne sa nulla, e anche la signora Smith è sempre all'oscuro di quello che può essere accaduto a suo marito. Ben presto dovrò giungere alla conclusione che quelli hanno affondato l'imbarcazione, ma a questa ipotesi si oppongono parecchie obiezioni.»

«Forse la Smith ci ha fornito indicazioni sbagliate.»

«No, non credo. Ho fatto fare un'inchiesta, e una lancia corrispondente alla descrizione dataci dalla Smith esiste effettivamente.»

«Può darsi che abbia risalito il fiume.»

«Ho considerato anche questa eventualità, e ho infatti spedito una squadra investigativa fino a Richmond. Se oggi non avrò notizie, domani mi metterò in viaggio io stesso alla ricerca degli uomini anziché della barca. Ma sono sicuro che oggi sapremo qualcosa.»

Invece fummo delusi. Nulla ci giunse, né da Wiggins né dagli altri. Sui giornali comparvero diversi articoli relativi alla tragedia di Norwood e tutti si mostravano piuttosto ostili allo sfortunato Thaddeus. Non portavano tuttavia nessun particolare nuovo e degno di rilievo, se non che per l'indomani doveva avere luogo l'inchiesta. La sera mi recai a Camberwell per mettere al corrente le signore del nostro insuccesso, e al ritorno trovai Holmes abbattuto e alquanto di cattivo umore. Rispose appena alle mie domande, affaccendandosi invece per tutta la serata su un'astrusa analisi chimica comportante un tale riscaldamento di storte, una tale distillazione di vapori, per concludersi infine in un puzzo tale, che mi vidi costretto a scappare dalla stanza. Mi toccò udire fino alle prime ore del mattino il tintinnio delle sue provette, il che mi avvertì che il mio amico era tuttora immerso nel suo maleodorante esperimento.

All'alba mi svegliai di soprassalto, e fui sorpreso di vedermelo davanti vestito in rozzi panni di marinaio, con un giacchettino corto e una ruvida sciarpa rossa attorno al collo.

«Me ne vado sul fiume, Watson» mi disse. «Ci ho pensato tutta la notte e non vedo che una soluzione: comunque vale la pena di tentare.»

«Io la accompagno, naturalmente!» mi offrii.

«No: mi sarà molto più di aiuto se resterà qui come mio facente funzione. Ho la certezza che oggi in giornata riceveremo notizie, per quanto Wiggins fosse molto pessimista, ieri sera. Desidero in tal caso che lei apra tutti i biglietti e i telegrammi e agisca a suo giudizio nel caso ci sia qualche decisione da prendere. Mi posso fidare di lei, vero?»

«Completamente.»

«Non credo che mi possa telegrafare perché non ho io stesso la minima idea di dove andrò. Se però avrò fortuna è molto probabile che ritorni prestissimo. Riuscirò a pescare sicuramente qualche notizia prima del mio ritorno.»

A colazione, nell'aprire lo «Standard» trovai una nuova allusione al fatto. Scriveva il giornale:

> Relativamente alla tragedia di Upper Norwood abbiamo motivi di credere che la cosa diventi più complessa e misteriosa di quanto a tutta prima si era potuto supporre. Nuove testimonianze hanno dimostrato come sia assolutamente impossibile che Thaddeus Sholto abbia partecipato al delitto. Tanto Sholto quanto la sua governante, la signora Bernstone, sono stati rimessi in libertà ieri mattina. Si ritiene tuttavia che la polizia sia sulle tracce dei veri colpevoli: l'indagine è condotta dal signor Athelney Jones di Scotland Yard, di cui tutti conoscono l'energia e la sagacia. Ci si attende da un momento all'altro di veder operare nuovi arresti.

"Per il momento le cose procedono in modo soddisfacente" pensai. "Almeno l'amico Sholto è sano e salvo. Chissà quale sarà questa nuova traccia, per quanto sia la solita frase che adoperano i giornali per nascondere un errore della polizia!"

Buttai il foglio sul tavolo, ma proprio in quell'istante i miei occhi scorsero un annuncio nella colonna riservata alle ricerche di persone scomparse. L'annuncio diceva:

> La somma di cinque sterline verrà pagata a chiunque possa dare informazioni alla signora Smith, oppure al numero 221 B di Baker Street, intorno a Mordecai Smith, barcaiolo, e a suo figlio Jim, i quali hanno lasciato il molo Smith alle ore 3 circa del mattino di giovedì scorso, a bordo della lancia a vapore *Aurora*, nera con due strisce rosse, ciminiera nera con banda bianca.

Questa inserzione era opera di Holmes, evidentemente. Bastava l'indirizzo di Baker Street a provarlo. Era una mossa molto abile, perché i fuggiaschi potevano benissimo leggerla senza vedervi altro che la legittima inquietudine di una moglie per la sorte del marito scomparso.

Fu una giornata interminabile. Ogni volta che qualcuno bussava alla porta, o che udivo risuonare per la strada un passo deciso, speravo che fosse Holmes di ritorno, oppure una risposta alla sua inserzione. Cercavo di leggere ma i miei pensieri seguivano le vicende della nostra strana impresa e i passi della coppia criminale e così male assortita che noi stavamo inseguendo. Era possibile, mi domandavo, che ci fosse un errore alla base delle argomentazioni del mio compagno? Non poteva darsi che stesse andando incontro a una terribile delusione? Forse, mi dicevo, la sua mente agile e speculativa aveva costruito una teoria inverosimile su premesse errate! Non lo avevo mai visto sbagliare, eppure anche il ragionatore più acuto può ingannarsi, a volte! Forse, riflettevo, poteva averlo indotto in errore proprio l'eccesso di raffinatezza della sua logica, la sua preferenza per le spiegazioni sottili e bizzarre, quando poteva avere a portata di mano una soluzione più semplice e più banale. D'altro canto, avevo visto io stesso la prova dei fatti e udito le ragioni delle sue deduzioni. Ripensando alla lunga catena di circostanze insolite, molto evidenti in sé, ma che tendevano tutte in una medesima direzione, non potevo trattenermi dal pensare che anche ammessa l'inesattezza dell'interpretazione di Holmes, la verità doveva essere ugualmente fuori dal comune, sconcertante.

Alle tre del pomeriggio il campanello squillò con violenza, in anticamera echeggiò una voce autoritaria e con mia grande sorpresa mi vidi comparire dinanzi nientemeno che Athelney Jones in persona. Era però molto diverso dall'uomo di buonsenso, brusco e sentenzioso, che a Upper Norwood aveva assunto con tanta sicurezza la direzione delle indagini. Ora aveva un aspetto abbattuto e la sua faccia mostrava un'espressione docile e quasi pentita.

«Buongiorno, dottore, buongiorno. Il signor Sherlock Holmes è uscito, vero? Così mi è stato detto.»

«Infatti, e non saprei neppure dirle quando ritorna. Se però vuole aspettarlo... si sieda, intanto, e provi uno di questi sigari!»

«Grazie, volentieri!» rispose, asciugandosi la faccia con un fazzoletto rosso di cotone.

«Posso offrirle un whisky e soda?»

«Be', mezzo bicchiere, grazie. Fa molto caldo, data la stagione, e sono per giunta molto preso e preoccupato. Lei conosce, vero, il mio punto di vista sul caso di Norwood?»

«Rammento infatti che lei aveva accennato a una sua tesi in proposito.»

«Ecco, sono stato costretto a cambiare opinione. Avevo già buttato le mie reti su Sholto, quando me lo sono visto sgattaiolare fuori sul più bello per il rotto di una maglia. È stato in grado di produrre un alibi ineccepibile. Dal momento in cui è uscito dalla stanza del fratello, non è mai stato perduto di vista da quello o da quell'altro, perciò non può essere stato lui ad arrampicarsi su per il tetto e a uscire dalla botola. È una faccenda molto complicata e la mia reputazione è in pericolo. Sarei veramente molto grato se qualcuno mi aiutasse un pochino a far luce su questo imbroglio.»

«Tutti abbiamo bisogno di aiuto, di quando in quando.»

«Il suo amico, dottore, il signor Sherlock Holmes, è un uomo straordinario!» disse a questo punto il poliziotto a voce bassa e in tono confidenziale. «È imbattibile. L'ho già visto all'opera in molti casi, e mai l'ho visto sbagliare, neppure una volta! Usa un sistema di lavoro molto irregolare, qualche volta è un po' troppo azzardato nel giungere alle sue conclusioni, ma nel complesso credo che sarebbe stato un funzionario prezioso, e francamente me ne infischio che si sappia o no l'alta opinione che ho di lui. Mi ha spedito un telegramma stamane, dal quale mi pare di capire che ha raccolto qualche altro indizio sul caso Sholto. Eccolo!»

Così dicendo trasse il telegramma di tasca e me lo porse. Era datato da Poplar ed era stato spedito a mezzogiorno.

Il testo diceva:

PREGO RECARSI SUBITO BAKER STREET. ATTENDA LAGGIÙ MIO RITORNO. TRACCE BANDA SHOLTO QUASI INDIVIDUATE. PUÒ UNIRSI NOSTRA COMPAGNIA STASERA SE DESIDEROSO ASSISTERE CONCLUSIONE.

«Mi pare che le cose si mettano bene!» osservai. «Si vede che è riuscito a ritrovare la pista.»

«Ah, così si è ingannato pure lui!» esclamò Jones con soddisfazione evidente. «Anche i migliori ci cascano, qualche volta!

Naturalmente potrebbe essere un falso allarme, ma è mio dovere, nella mia qualità di rappresentante della legge, non lasciarmi sfuggire nessuna possibilità, per minima che possa essere. Ma c'è qualcuno alla porta: forse è lui.»

Si sentì risuonare per le scale un passo pesante, accompagnato da un grande ansimare e scaracchiare come se la persona che saliva facesse un terribile sforzo a tirare il fiato. Si fermò un paio di volte, come se la fatica delle scale fosse eccessiva per le sue forze, ma finalmente riuscì ad arrivare sino alla porta ed entrò. Il suo aspetto corrispondeva esattamente ai rumori che avevamo udito. Era un vecchio marinaio con un corto giubbetto abbottonato fino al mento. Aveva la schiena curva, le gambe tremolanti, il respiro affannosamente asmatico. Si appoggiava a un nodoso bastone di quercia mentre le sue spalle si tendevano nello sforzo di immettere l'aria nei polmoni. Intorno al collo portava una sciarpa colorata, e poco potei vedere del suo viso, coperto da lunghi favoriti grigi, se non un paio di occhi scuri, vivi, ombreggiati da cespugliose sopracciglia bianche. Nell'insieme dava l'impressione di un ex capitano di mare caduto in povertà e consumato dagli anni.

«Che cosa desidera, buon uomo?» gli domandai.

Si guardò attorno con l'espressione lenta, metodica, propria dei vecchi.

«C'è il signor Sherlock Holmes?» mormorò.

«No, ma può riferire a me quello che ha da dire: il signor Holmes mi ha delegato suo rappresentante.»

«Ma è proprio con lui che ho bisogno di parlare!» insistette il vecchio.

«Se le dico che può riferire a me come se si trattasse del signor Holmes in persona! È a proposito della barca di Mordecai Smith?»

«Sì. Io so benissimo dov'è. E so anche dove sono gli uomini che lui sta cercando. E so anche dov'è il tesoro. So tutto, io!»

«Allora mi dica, presto: penserò io a riferire al signor Holmes!»

«Ma è proprio con lui che ho bisogno di parlare!» ripeté, con l'irritante ostinazione dei vecchi.

«Allora bisogna che aspetti!»

«No, no, non ho intenzione di perdere tutta una giornata, io! Se il signor Holmes non è qui, be', che si arrangi! La vostra faccia non mi piace, né la sua né quella di quel signore,» aggiunse rivolto a Jones «e non vi dirò neanche una parola!»

Così dicendo fece per avviarsi verso la porta a passi strascicati, ma Jones gli si parò dinanzi.

«Un momento, amico! Tu hai una comunicazione importante da fare, perciò non uscirai di qui. Ti terremo a disposizione, che tu lo voglia o no, fino al ritorno del nostro amico.»

Il vecchio fece ancora un piccolo tentativo per raggiungere la porta ma dovette subito desistere, perché Jones si mise contro l'uscio con tutta la poderosa massa della sua persona.

«Bella maniera di trattare la gente, avete!» gridò, picchiando con il bastone per terra. «Vengo qua per parlare con un signore, e voialtri due, che io non ho mai visto in vita mia, mi impedite di andarmene e mi trattate in questa maniera!»

«Vedrà che non se ne pentirà» dissi, tentando di confortarlo. «La ricompenseremo per il tempo che ha perso per causa nostra. Si sieda qui sul divano e vedrà che non dovrà aspettare molto.»

Ritornò sui suoi passi con aria alquanto seccata, e si sedette nascondendo la faccia tra le mani. Jones e io riprendemmo a fumare e a chiacchierare. A un tratto però fummo interrotti dalla voce di Holmes.

«Trovo che potreste offrire un sigaro anche a me!» gli udimmo dire alle nostre spalle.

Ci voltammo di scatto. Holmes ci stava accanto, con l'aria di divertirsi del nostro sbalordimento.

«Holmes!» esclamai. «È tornato? Ma dov'è il vecchio?»

«Eccolo.» E per tutta risposta mi mostrò un mucchietto di capelli bianchi. «Eccolo là... parrucca, baffi, sopracciglia, tutto quanto. Avevo la sensazione che il mio travestimento fosse discreto, ma non avrei mai supposto che nemmeno voi mi avreste riconosciuto!»

«Ah, imbroglione!» esclamò Jones, giubilante. «Avrebbe dovuto fare l'attore, lei: chissà che successo avrebbe avuto! Quella tosse da ospizio per mendicanti, quelle gambe traballanti valgono dieci sterline la settimana, lo sa? Però ho proprio avuto la sensazione che lo scintillio degli occhi non mi fosse nuovo. Oh, non ci sarebbe sfuggito tanto facilmente, creda pure!»

«È tutto il giorno che lavoro così combinato» disse Holmes

accendendosi il sigaro. «Vede, nel mondo della malavita incominciano ormai a conoscermi, soprattutto da quando il nostro amico qui presente si è messo a pubblicare le mie storie, perciò posso presentarmi sul sentiero di guerra soltanto se sono travestito. Ha ricevuto il mio telegramma?»

«Sì. È appunto in seguito al suo messaggio che sono venuto qui.»

«A che punto è, lei?»

«Nulla di fatto, finora. Ho dovuto rilasciare due dei miei prigionieri, mentre contro gli altri due non abbiamo ancora, per il momento, nessuna prova concreta.»

«Poco male. Gliene daremo altri due al posto di quelli che ha liberato. Bisogna però che segua le mie disposizioni. Lei raccoglierà tutti gli onori ufficiali, ma deve agire secondo le direttive che le indicherò io. È d'accordo?»

«Completamente, purché mi dia in mano i colpevoli.»

«Ecco: prima di tutto mi occorre un'imbarcazione della polizia che sia molto veloce, una lancia a vapore, che si trovi alle sette precise a Westminster Stairs.»

«Sarà fatto: ce n'è sempre una pronta. Però sarà meglio che vada a telegrafare per essere più sicuro.»

«Poi ho bisogno di due uomini robusti, in caso di resistenza.»

«Gliene metterò a disposizione due o tre particolarmente in gamba: le occorre altro?»

«Quando ci saremo assicurati gli uomini prenderemo il tesoro. Credo che sarà un vero piacere, per il mio amico qui presente, portare personalmente la preziosa cassetta alla graziosa signorina alla quale una parte del tesoro appartiene di diritto. Dev'essere la prima ad aprirla. Non è vero, Watson?»

«Certo sarà un onore per me.»

«Veramente è una procedura un po' irregolare» borbottò Jones scuotendo la testa. «Ma dal momento che tutta la faccenda è irregolare, tanto vale chiudere un occhio anche su questo punto. Bisognerà poi che il tesoro sia consegnato alle autorità finché non sarà conclusa l'inchiesta ufficiale.»

«Ma naturalmente: questo è ovvio. Una cosa ancora. Desidererei apprendere alcuni particolari su questa vicenda direttamente dalle labbra di Jonathan Small. Lei sa che mi piace conoscere tutte le minuzie dei casi che studio. Le dispiace se le chiedo di concedermi un colloquio privato con lui, o qui a casa mia o altrove, naturalmente alla presenza di una buona scorta di polizia?»

«Cosa vuole? Il padrone della situazione è lei. Io fino a questo momento non ho nemmeno la prova che questo Jonathan Small esista. D'altronde, se a lei riesce di agguantarlo non vedo come potrei rifiutarle un colloquio con lui.»

«Allora siamo d'accordo?»

«Perfettamente. Vuole altro?»

«Sì, che lei rimanga a cena con noi. Sarà pronto tra mezz'ora. Ho qualche ostrica e un paio di galli cedroni, con una discreta varietà di vini bianchi. Watson, lei non mi ha mai riconosciuto, finora, le mie qualità di massaia!»

10
La fine dell'isolano

Il nostro pranzo fu allegro. Holmes sapeva essere un ottimo conversatore quando ne aveva voglia, e quella sera era in vena. Lo si sarebbe quasi detto in preda a uno stato di esaltazione nervosa. Non lo avevo mai visto così animato. Parlò di cento argomenti diversi, passando con disinvoltura dalle sacre rappresentazioni alle terrecotte medievali, dai violini di Stradivari al buddismo dell'isola di Ceylon e alle navi da guerra del futuro, trattando ogni argomento come se su ciascuno avesse compiuto studi e ricerche speciali. Tanta vivacità era una reazione, naturalmente, alla depressione del giorno innanzi. Athelney Jones dimostrò di saper essere, fuori servizio, un uomo socievole, e fece onore alla cena da vero buongustaio. In quanto a me, mi sentivo sollevato al pensiero che la fine della nostra impresa era ormai prossima, e mi lasciai prendere un po' dall'allegria di Holmes. Nessuno di noi fece allusione, durante il pasto, alla causa che ci aveva riuniti.

Come la tavola fu sparecchiata Holmes diede un'occhiata al suo orologio e quindi riempì tre bicchieri con del Porto.

«Un brindisi al successo della nostra spedizione!» disse. «E adesso è ora che ce ne andiamo. Lei è armato, Watson?»

«Ho qui la mia vecchia pistola d'ordinanza.»

«È meglio che la prenda con sé. È sempre bene essere preparati. Vedo che è arrivata la carrozza: l'avevo ordinata per le sei e mezzo.»

Giungemmo al molo di Westminster poco dopo le sette: la nostra lancia era già lì ad aspettarci. Holmes la squadrò con occhio critico.

«C'è qualcosa che possa far capire che si tratta di un'imbarcazione della polizia?»

«Sì, la lanterna verde sulla fiancata.»

«Bisogna toglierla.»

Subito dopo salimmo a bordo e vennero sciolti gli ormeggi; Jones, Holmes e io ci sedemmo a poppa. Un uomo era al timone, un altro al motore e due imponenti ispettori di polizia a prora.

«Dove dobbiamo andare?» domandò Jones.

«Alla Torre. Dica agli uomini di fermarsi di fronte al cantiere Jacobson.»

La nostra imbarcazione era veramente velocissima. Passammo saettando oltre lunghe file di chiatte cariche, come se queste fossero ferme. Holmes sorrise di soddisfazione quando, dopo aver superato un piroscafo fluviale, ce lo lasciammo rapidamente alle spalle.

«Dovremmo essere capaci di superare tutte le altre imbarcazioni del fiume» disse.

«Ma... non so: una cosa è certa: non ci sono molte lance che possano batterci.»

«Dobbiamo raggiungere l'*Aurora*, che ha fama di essere rapidissima. Intanto le spiegherò come stanno le cose, Watson. Si ricorda quanto ero seccato nel vedermi fermare da un impedimento di così poco rilievo?»

«Sì.»

«Bene: decisi di concedere alla mia mente un riposo assoluto e mi tuffai in un esperimento di chimica. Uno dei nostri maggiori uomini di Stato ha detto che il riposo migliore consiste nel cambiare lavoro. Ed è vero. Dopo essere riuscito a dissociare il mio idrocarburo come volevo io, sono ritornato sul problema Sholto e ho ripreso a esaminare da capo tutta quanta la faccenda. I miei ragazzi avevano scorrazzato avanti e indietro per il fiume senza riuscire a sapere nulla. La lancia non era ferma a nessun imbarcadero, a nessun molo, né era tornata alla base. Ed era altresì improbabile che l'avessero affondata per far perdere le loro tracce, per quanto, in mancanza d'altro, non bisognava respingere neppure questa ipotesi. Sapevo che quello Small possedeva una certa dose di astuzia grossolana, ma lo ritenevo incapace di quelle sottigliezze raffinate che sono di solito il frutto di un'educazione superiore. Riflettei quindi che, se si trovava a Londra da diverso tempo, come era evidente dal fatto, provato, che si è sempre mantenuto in stretto contatto con Pondicherry Lodge, non era possibile che se la squagliasse così su due piedi: gli sarebbe certamente occorso un po' di tempo, per lo meno una giornata, per sistemare le sue faccende. Questo almeno nel calcolo delle probabilità.»

«Un calcolo debole, però, secondo me» obiettai. «Era più probabile che avesse sistemato tutto prima di imbarcarsi nella sua impresa.»

«No, io invece non lo credo. Il suo covo sarebbe stato per lui un rifugio troppo prezioso in caso di bisogno, per abbandonarlo prima di essere sicuro di come andavano a finire le cose. Ma poi mi colpì anche un'altra considerazione. Jonathan Small deve aver pensato che l'aspetto insolito del suo compagno, per quanto possa averlo intabarrato, avrebbe dato adito a chiacchiere, e che qualcuno, magari, avrebbe potuto associare la sua figura alla tragedia di Norwood. È certo abbastanza furbo per capire questo. Erano partiti dal loro quartier generale col favore della notte, e doveva sperare di tornarci prima che fosse pieno giorno. Ebbene, erano le tre passate, secondo la signora Smith, quando presero la barca. Già albeggiava, e la gente avrebbe incominciato a passare di lì entro un'ora o poco più. Perciò, calcolai, non dovevano essere andati molto lontano. Devono aver dato a Smith una buona mancia per tappargli la bocca, aver trattenuto la lancia per la fuga finale, ed essersi rintanati di corsa nel loro alloggio con la cassetta del tesoro. Di lì a un paio di notti, dopo aver letto sui giornali che piega prendevano gli avvenimenti, e se c'era qualche sospetto sul loro conto, si sarebbero diretti col favore delle tenebre fino a una nave ancorata a Gravesend o ai Downs, dove senza dubbio già avevano predisposto la loro fuga in America o nelle Colonie.»

«Ma, e la lancia? Non avranno certamente portato anche quella fino al loro alloggio!»

«Proprio così. Immaginai che la lancia, sebbene non fosse visibile, non doveva essere molto lontana. Mi misi allora nei panni di Small, e studiai la situazione dal suo punto di vista. Certo, doveva aver pensato che rimandare indietro la lancia o tenerla ancorata a un molo qualsiasi avrebbe reso facile un inseguimento qualora la polizia si fosse messa sulle loro tracce. Come poteva dunque nascondere la lancia pur tenendola a portata di mano in caso di bisogno? Pensai, ripeto, a quello che avrei fatto se mi fossi trovato nei suoi panni. Avrei potuto consegnare la lancia a qualche fabbricante di barche o a qualche cantiere di riparazioni, con l'incarico di apportarle qualche piccolo cambiamento. In questo caso l'avrebbero portata in un cantiere o in una rimessa dove sarebbe stata ben nascosta, mentre io l'avrei sempre avuta a mia disposizione entro poche ore.»

«Mi sembra un ragionamento molto semplice.»

«Sono proprio le cose semplici quelle cui di solito non si dà importanza e che finiscono in tal modo per essere trascurate. Comunque decisi di agire di conseguenza. Mi misi all'opera in questo inoffensivo travestimento da vecchio marinaio, e incominciai a battere tutti i cantieri del fiume. Feci cilecca in quindici, ma al sedicesimo, al cantiere Jacobson, mi fu detto che l'*Aurora* era stata condotta lì due giorni prima da un uomo con una gamba di legno, con l'incarico di aggiustarne il timone. "Ma non ha niente al timone!" mi spiegò il sorvegliante. "Eccola lì, è quella con le strisce rosse." In quel momento chi arriva se non proprio Mordecai Smith, il proprietario scomparso? Era parecchio sbronzo, altrimenti non avrei di certo capito che era lui, ma si mise a gridare il proprio nome e il nome della sua imbarcazione con quanto fiato aveva in gola. "Voglio che sia pronta stasera alle otto," tuonò "alle otto in punto, mi raccomando, perché devo condurre due signori che non vogliono perdere tempo." Certo dovevano averlo pagato profumatamente, perché non faceva che distribuire scellini a destra e a sinistra. Lo seguii per un tratto di strada, ma subito entrò in un'osteria: così me ne tornai al cantiere dove ebbi la fortuna di imbattermi in uno dei miei ragazzi, che mi affrettai a mettere di sentinella alla lancia. Gli ho detto di stare a riva e di sventolarci un fazzoletto non appena quelli partono. Noi ci apposteremo al largo sul fiume e sarebbe davvero strano se non riuscissimo a impadronirci degli uomini, del tesoro e della barca!»

«L'ha pensata molto bene, siano o non siano quelli gli uomini che cerchiamo» disse Jones. «Ma se io fossi stato in lei avrei messo un intero corpo di polizia attorno al cantiere Jacobson e li avrei arrestati nel momento in cui arrivavano.»

«Il che non sarebbe mai successo. Quello Small è un tipo molto astuto. Certo manderà avanti qualcun altro a vedere, e se intuisce che c'è qualcosa di sospetto se ne starà nascosto per un'altra settimana.»

«Però avrebbe potuto seguire Mordecai Smith e sarebbe così venuto a sapere dove si nascondono.»

«Questo mi avrebbe fatto perdere la giornata. Poi, scommetto cento a uno che Smith ignora il nascondiglio di quei due. Finché lo pagano bene e gli danno da bere quanto ne ha voglia, perché dovrebbe fare domande? Quando hanno bisogno di lui lo mandano a cercare. No, ho riflettuto su ogni eventualità e ho deciso che questa era la via migliore da seguire.»

Mentre si svolgeva questa conversazione, la nostra lancia aveva superato la lunga serie di ponti che sovrastano il Tamigi. Nell'attraversare la City gli ultimi raggi del sole stava indorando la croce in cima alla cattedrale di St Paul. Giungemmo alla Torre che era il crepuscolo.

«Ecco il cantiere Jacobson» disse Holmes additandoci una selva di alberi e di vele sul lato del Surrey. «Incrociate piano, avanti e indietro, al riparo di questa fila di chiatte.» Si tolse di tasca un binocolo e ispezionò attentamente la riva. «La mia sentinella è al suo posto,» osservò «però non vedo sventolare nessun fazzoletto.»

«Se scendessimo un po' più in giù e li aspettassimo là?» propose Jones, impaziente.

Tutti del resto eravamo un po' stanchi di aspettare, ormai, persino i poliziotti e i fuochisti, i quali cominciavano a rendersi vagamente conto di quello che si andava preparando.

«Non possiamo correre rischi» replicò Holmes. «C'è da scommettere dieci a uno che scenderanno seguendo la corrente, ma non ne siamo matematicamente sicuri. Da questo punto invece possiamo controllare l'ingresso al cantiere, mentre è assai improbabile che loro ci vedano. La notte sarà serena e luminosa. Dobbiamo rimanere dove siamo. Guardate che brulichio di gente laggiù, sotto i lampioni a gas. Sono gli operai del cantiere che escono. Sono sporchi, hanno un aspetto poco rassicurante, eppure anche in ognuno di loro si nasconde una piccola scintilla di immortalità. Non lo si direbbe, a vederli, ma su questo argomento non esiste nessuna probabilità a priori. Che misterioso enigma è l'uomo!»

«Qualcuno l'ha definito un'anima nascosta in un animale» osservai.

«Winwood Reade ha in proposito una definizione acuta» soggiunse Holmes. «Dice che mentre l'uomo individuo è un indovinello insolubile, come aggregato di umanità diviene una certezza matematica. Lei non riuscirà mai a predire, per esempio, quello che farà un uomo solo, ma potrà prevedere con esattezza che cosa farà un numero medio di uomini. Gli individui variano, ma le percentuali rimangono costanti. Almeno così affermano gli studiosi di statistica. Ma quello non è un fazzoletto? Mi pare di veder agitare qualcosa di bianco, laggiù!»

«Sì, è il suo ragazzo!» gridai. «Lo vedo benissimo!»

«E quella è l'*Aurora*!» esclamò Holmes. «Sta filando come il diavolo! Avanti a tutta velocità, macchinista. Tenga dietro a quella lancia col fanale giallo. Per Giove, non mi perdonerò mai se riuscisse a sfuggirci.»

Era scivolata non vista attraverso l'imboccatura del cantiere ed era passata dietro alcune imbarcazioni leggere, cosicché aveva già guadagnato una discreta andatura prima che noi potessimo avvistarla. Ora stava volando a valle del fiume, tenendosi accosto a riva, a una velocità pazzesca.

«È troppo veloce» osservai. «Dubito che potremo raggiungerla.»

«*Dobbiamo* raggiungerla!» gridò Holmes a denti stretti. «Forza, fuochisti, avanti a tutto vapore: dobbiamo prenderla anche a costo di incendiare la barca!»

Adesso andavamo anche noi a una velocità impressionante. Le caldaie ruggivano e i potenti motori sibilavano e tumultuavano come grandi cuori metallici. La prua, aguzza e tagliente, fendeva la calma acqua del fiume levando a destra e a sinistra due lunghe onde spumose. A ogni pulsare delle macchine noi sobbalzavamo e tremavamo, quasi che l'imbarcazione, divenuta una cosa viva, ci comunicasse i suoi fremiti. Un'unica grossa lanterna gialla, a poppa, gettava davanti a noi una lunga vacillante striscia di luce. Una macchia scura sull'acqua, dinanzi alla nostra imbarcazione, ci indicava la posizione dell'*Aurora*, e la scia di spuma bianca che essa si lasciava in coda ci avvertiva della rapidità della sua andatura.

Sorpassavamo come frecce barconi, vaporetti, mercantili, dentro e fuori, dietro questo, doppiando quello. Ci sentivamo lanciare nell'oscurità imprecazioni e ammonizioni, ma intanto l'*Aurora* seguitava a filare come il vento, inseguita da noi.

«Forza, ragazzi, forza!» gridava Holmes guardando giù nella sala macchine, il cui chiarore rossastro si rifrangeva sui suoi lineamenti aquilini, tesi nell'ansia. «Date tutto vapore!»

«Credo che stiamo guadagnando un po' di vantaggio» fece Jones, gli occhi fissi sull'*Aurora*.

«Altroché!» esclamai. «Sono sicuro che tra pochi minuti l'avremo raggiunta!»

Ma proprio in quel momento, come se un destino malvagio avesse deciso di frustrare i nostri sforzi, ecco intrufolarsi tra noi e la nostra preda un rimorchiatore con tre chiatte in coda. Solo grazie a un vigoroso colpo di timone riuscimmo a evitare la collisione, e prima che potessimo superare il convoglio e riprendere slancio, l'*Aurora* aveva segnato nuovamente su di noi un vantaggio di duecento metri. Era però sempre in vista, e il crepuscolo fumoso e incerto si stava tramutando in una chiara notte stellata. Le nostre caldaie erano al massimo e il fragile scafo vibrava e scricchiolava sotto la selvaggia violenza dei motori. Avevamo sorpassato il Pool, i West India Docks, il lungo Deptford Reach, l'Isola dei Cani. La macchia scura davanti a noi si era ora chiaramente tramutata nella sagoma netta e svelta dell'*Aurora*. Jones le rovesciò addosso la luce del nostro riflettore in modo da poter vedere distintamente le figure che si muovevano sul ponte.

Un uomo sedeva a poppa, con qualcosa di nero tra le ginocchia, su cui stava come rannicchiato. Accanto a lui giaceva una massa scura che aveva tutta l'aria di essere un cane di Terranova. Il ragazzo reggeva il timone, mentre, stagliato contro il purpureo bagliore della fornace, potevo scorgere benissimo il vecchio Smith, nudo fino alla cintola, intento a spalare carbone di gran lena. Forse al principio avevano dubitato di essere inseguiti, ma ora che imitavamo ogni loro virata e giravolta, non potevano più avere dubbi. A Greenwich eravamo a circa trecento passi da loro: a Blackwell non eravamo a più di duecentocinquanta. Avevo dato la caccia a molte creature durante la mia movimentata carriera, ma nessun inseguimento mi aveva procurato un'emozione maggiore di questa vertiginosa caccia all'uomo lungo il Tamigi. Metro per metro, inesorabilmente, ci avvicinavamo sempre più. Nel silenzio della notte udivamo l'ansimare e il cigolare delle due macchine.

L'uomo a poppa era sempre accoccolato sul ponte: muoveva le braccia come se fosse affaccendato in qualche occupazione e di tanto in tanto alzava gli occhi calcolando evidentemente la distanza che ancora ci separava. Ci avvicinavamo sempre più. Jones urlò loro di fermarsi. Eravamo a non più di quattro barche di lunghezza da loro, con le imbarcazioni lanciate a folle velocità. In quel tratto il fiume è particolarmente ampio, con Barking Level da un lato e le malinconiche paludi di Plumstead dall'altro. All'intimazione di Jones, l'uomo a poppa si alzò di scatto e si mise a minacciare a pugni tesi, maledicendoci contemporaneamente con una voce acuta e scattante. Aveva un aspetto massiccio, aitante, e mentre se ne stava così a gambe larghe mi fu possibile notare che dalla coscia destra in giù, al posto della gamba, non aveva che un moncone di legno.

Alle sue grida irose, stridenti, ci fu un movimento nel mucchio informe sul ponte. Nel raddrizzarsi prese l'aspetto di un piccolo uomo nero – il più piccolo che avessi mai visto – con una grossa testa malformata, sormontata da una matassa di capelli arruffati e scarmigliati. Holmes aveva già estratto la sua rivoltella e anch'io impugnai la mia alla vista di quell'essere selvaggio, ributtante. Era avvolto in una specie di spolverino o di coltre scura, che gli lasciava scoperta soltanto la faccia, ma quella faccia era sufficiente per procurare a chiunque una notte insonne. Non ho mai visto lineamenti più profondamente impregnati di crudeltà e di bestialità. I suoi minuscoli occhi luccicavano e bruciavano di una luce fosca e le sue labbra grosse erano arricciate in un ghigno che gli scopriva i denti, mentre dalla sua bocca uscivano mugolii e suoni animaleschi.

«Se alza la mano spari» mi avvertì Holmes a voce bassa.

Eravamo a non più di una lunghezza dalla nostra preda, e

già quasi la toccavamo. Vedo ancora quei due davanti a me: l'uomo bianco a gambe divaricate che vomitava imprecazioni, e lo sciagurato nano dal volto mostruoso che digrignava i forti denti gialli sotto la luce della nostra lanterna.

Fu una fortuna che lo potessimo distinguere così bene, perché proprio sotto i nostri occhi estrasse dalla copertura che l'avvolgeva un pezzo di legno corto, rotondo, simile a un righello da scolari, e se lo portò alle labbra. Le nostre rivoltelle scattarono contemporaneamente. Il piccolo uomo girò su se stesso, allargò le braccia e con un gemito che parve un colpo soffocato di tosse cadde di lato nel fiume. Nel bianco mulinello delle acque sommosse colsi un ultimo sguardo dei suoi occhi, pieni di veleno, carichi di minaccia. Nello stesso istante lo storpio si buttò sul timone e lo abbassò a tutta forza in modo che la sua lancia prese a puntare dritta verso la riva meridionale mentre noi la sorpassavamo a poppa, scansandola di soli pochi centimetri.

La raggiungemmo immediatamente, ma era già quasi a terra. Il luogo era incolto, desolato, la luna splendeva su una vasta distesa acquitrinosa marezzata di pozze d'acqua stagnante e di ciuffi di vegetazione malsana. La lancia, con un colpo sordo, si arenò nella riva fangosa, con la prora all'aria e la poppa immersa nell'acqua. Il fuggiasco balzò a terra ma il moncone gli affondò immediatamente, in tutta la sua lunghezza, nel terreno paludoso. Invano tentò di divincolarsi e di liberarsi. Non gli fu possibile muovere un passo, né avanti né indietro. Urlava, furioso di rabbia impotente, scalciando disperatamente nella mota col piede sano, ma tutti i suoi sforzi non servivano che a far affondare sempre più nella riva melmosa il suo piolo di legno.

Allorché portammo la nostra lancia a fianco dell'altra imbarcazione, l'uomo era così tenacemente ancorato nel fango che solo gettandogli un cappio di corda sulle spalle riuscimmo a disincagliarlo e a trascinarlo fino a noi, come un grosso pesce pericoloso. I due Smith, padre e figlio, erano rimasti accucciati nella loro lancia, ma salirono a bordo della nostra imbarcazione senza opporre la minima resistenza non appena glielo ordinammo. L'*Aurora* venne legata alla poppa della nostra lancia con una solida fune, pronta per essere rimorchiata.

Sul suo ponte era posata una solida cassa di ferro, di fattura indiana. Era certamente la stessa, non vi poteva essere dubbio, che aveva contenuto il maledetto tesoro degli Sholto. Mancava la chiave, ma il suo peso era notevole, perciò la trasportammo con ogni precauzione nella nostra minuscola cabina. Mentre risalivamo lentamente controcorrente scrutammo col nostro riflettore in ogni direzione, ma dell'isolano non ci fu possibile trovare nessuna traccia. In qualche punto dello scuro, fangoso fondo del Tamigi giacciono ancora le ossa di quello strano visitatore delle nostre terre.

«Guardi un po' qua» mi disse a un tratto Holmes, indicandomi il boccaporto di legno. «Abbiamo fatto appena in tempo con le nostre pistole!» Proprio dietro il punto in cui ci eravamo levati in piedi si era conficcata una di quelle piccole frecce omicide che conoscevamo anche troppo bene. Certo, era stata scoccata nell'istante in cui avevamo sparato. Holmes sorrise e si strinse nelle spalle con il suo solito fare noncurante, ma confesso che a me vennero i brividi, pensando alla morte orribile che ci aveva sfiorati così da vicino.

11

Il grande tesoro di Agra

Il nostro prigioniero sedette nella cabina, di fronte alla cassa di ferro per cui tanto aveva fatto e tanto aveva aspettato. Era un uomo dallo sguardo irrequieto, abbronzato dal sole, con tutta una rete di rughe e di grinze che gli solcava la faccia color mogano, come a testimoniare di una vita dura, trascorsa quasi esclusivamente all'aperto. Benché nascosto dalla barba, il suo mento volitivo, pugnace, indicava in lui un carattere ostinato, di persona che non si lascia facilmente distogliere dai suoi propositi. Doveva essere sulla cinquantina perché i suoi capelli corti e ricciuti erano abbondantemente spruzzati di grigio. La sua faccia, a riposo, non era sgradevole, per quanto le folte sopracciglia e il mento aggressivo potessero fargli assumere, come avevo constatato poco prima, un'espressione temibile quando la collera lo dominava. Sedeva ora con le mani chiuse nelle manette, sulle ginocchia, la testa piegata sul petto, mentre fissava con gli occhi penetranti, vivi, la cassetta che era stata la causa di tutte le sue malefatte. Ebbi la sensazione che nel suo aspetto, rigido e contenuto, ci fosse più dolore che risentimento.

«Dunque, Jonathan Small,» incominciò Holmes accendendosi un sigaro «mi spiace che siamo dovuti giungere a questo punto.»

«Spiace anche a me» replicò l'uomo con franchezza. «Non credo che potrò passarla liscia, per quanto le giuro sulla Bibbia che io non ho neppure alzato un dito sul signor Sholto. È stato quel maledetto Tonga d'inferno a tirargli contro una di quelle sue dannate frecce. Io non ne ho nessuna colpa. Mi è dispiaciuto come se si trattasse di un mio parente di sangue. L'ho staffilato con la corda, quel disgraziato, per punirlo, ma ormai era fatta, e non c'era più rimedio.»

«Si fumi un sigaro,» gli disse Holmes «e sarà anche bene che dia un sorso alla mia fiaschetta, perché vedo che è tutto bagnato. Come poteva sperare che un omino piccolo e debole come quel selvaggio riuscisse a sopraffare Sholto e a tenerlo fermo mentre lei saliva con la corda?»

«Mi pare che lei la sappia lunga, come se fosse stato presente alla scena! Be', il fatto è che io speravo di trovare la stanza vuota. Conoscevo abbastanza bene le abitudini della casa, e quella era l'ora in cui il signor Sholto di solito scendeva per la cena. Non ho nessuna intenzione di menare il can per l'aia, e so che la mia migliore difesa è quella di dire subito la verità. Ecco, se fosse stato il vecchio maggiore, francamente gli avrei fatto volentieri la pelle senza il minimo rimorso. Non ci avrei pensato a dargli una buona coltellata, più di quanto mi preoccupi di fumare questo sigaro. Ma è una vera disdetta che io debba andare a finire in galera per quel giovane Sholto, contro il quale non avevo nessun rancore.»

«Lei è a disposizione del signor Athelney Jones di Scotland Yard, che mi ha permesso di portarla a casa mia, dove le sarò grato se mi vorrà dare un resoconto esatto di come sono andate le cose. Bisogna però che lei mi narri tutto con la massima franchezza, perché se sarà sincero con me io spero di poterle essere di aiuto. Credo, per esempio, di essere in grado di dimostrare che il veleno usato dal selvaggio è di azione così rapida che Sholto era già morto quando lei entrò nella stanza.»

«Proprio così, signore. Mai mi sono sentito tanto rimescolare il sangue come quando me lo sono visto lì davanti, a ridere in quel modo, con la testa penzoloni sulla spalla. Che colpo ho provato! Credo che avrei ammazzato Tonga se non mi fosse sgusciato dalle mani. Ecco come è stato che ha dimenticato il suo bastone e anche qualcuna di quelle sue maledette frecce, che credo vi abbiano messo sulla buona strada, per quanto ancora non riesca a capire come abbiate fatto a pizzicarci. Certo io non ce l'ho con lei per questo, però è davvero buffo» soggiunse con un sorriso amaro «che io, che ho l'assoluto diritto di possedere mezzo milione di sterline, debba aver passato metà della mia vita a costruire un frangiflutti nelle Andamane, e che adesso debba passare l'altra metà a prosciugare paludi nel Dartmoor. È stato un gran brutto giorno per me quello in cui mi sono imbattuto nel mercante Achmet e mi sono trovato invischiato nel tesoro di Agra, che non ha fatto che portare disgrazia a tutti quelli che l'hanno posseduto. Ad Achmet ha portato morte per assassinio, al maggiore Sholto paure e colpa, a me la schiavitù a vita.»

In quel momento Athelney Jones mise la testa e le spalle dentro la minuscola cabina.

«Una vera riunione di famiglia, a quanto vedo!» osservò. «Vorrei dare un colpetto a quella bottiglia, Holmes. Be', credo che possiamo tutti quanti congratularci a vicenda. È un vero peccato che l'altro non abbiamo potuto prenderlo vivo, ma non avevamo scelta. A proposito, Holmes, deve ammettere che ce l'abbiamo fatta per un pelo. È stato un vero miracolo!»

«Tutto è bene quel che finisce bene!» replicò Holmes. «Però confesso che non credevo che l'*Aurora* fosse così veloce!»

«Smith afferma che la sua è una delle lance più veloci di tutto il Tamigi, e che se avesse avuto un altro uomo per aiutarlo alle macchine non lo avremmo mai raggiunto. Naturalmente giura di non sapere nulla di quello che è successo a Norwood.»

«Il che è la pura verità!» esclamò il nostro prigioniero. «Nemmeno una parola! Ho scelto la sua lancia perché mi avevano detto che era velocissima. Si capisce che non gli abbiamo detto niente, lo abbiamo soltanto pagato bene, e avrebbe dovuto incassare ancora una discreta sommetta se fosse riuscito a farci raggiungere il vapore *Esmeralda*, che ci aspettava a Gravesend, pronto a salpare per il Brasile.»

«Be', se è innocente se la caverà senza danno. Se noi facciamo presto a mettere le manette ai nostri uomini, siamo però molto prudenti prima di condannarli.» Era divertente vedere come il pomposo Jones stesse già incominciando a darsi delle arie e a vantarsi del successo dell'impresa. Dal lieve sorriso che vidi aleggiare sulle labbra di Holmes capii come anche lui avesse subito afferrato la comicità della situazione.

«Fra poco arriveremo a Vauxhall Bridge,» proseguì Jones «dove sbarcheremo lei, dottore, e la cassetta del tesoro. È inutile che le rammenti la grave responsabilità che mi assumo nel fare questo. È una procedura irregolarissima, ma naturalmente i patti sono patti. Bisogna però che, per forma, la faccia accompagnare da un ispettore, dato l'enorme valore della cassetta. Prenderà una carrozza, immagino!»

«Si capisce.»

«È un vero peccato che manchi la chiave: avremmo potuto fare subito un rapido inventario. Bisognerà forzare la serratura. Dove hai messo la chiave, galantuomo?»

«In fondo al fiume» rispose Jonathan Small, brusco.

«Uhm, a che scopo darci un altro fastidio inutile? Ce ne hai già creati abbastanza, di guai! Comunque, dottore, non ho bisogno di raccomandarle ancora una volta la massima prudenza. Ci riporti la cassetta in Baker Street: ci troverà tutti lì ad aspettarla prima di ritornare al comando.»

Così mi fecero scendere a Vauxhall, io e la mia cassetta, con la scorta di un funzionario di polizia paffuto e gioviale. Un quarto d'ora di carrozza ci portò a casa della signora Forrester. La domestica che venne ad aprirci parve sorpresa di una visita così a tarda ora. La signora era uscita a pranzo, ci spiegò, e sarebbe rincasata solo molto tardi. Però la signorina Morstan era in salotto: perciò entrai, con la mia cassetta sotto il braccio, lasciando l'ispettore ad aspettarmi in carrozza.

Mary era seduta accanto alla finestra aperta, vestita di una bianca stoffa trasparente, con un breve tocco scarlatto al collo e ai polsi. La morbida luce di una lampada velata di paralume la illuminava scherzando con le ombre del suo viso dolce e severo e soffondendo di un cupo luccichio metallico le ondulazioni dei suoi magnifici capelli. La sua mano candida pendeva abbandonata lungo il bracciolo della sedia, e tutto il suo atteggiamento e la sua persona indicavano in lei una malinconia assorta. Al suono dei miei passi balzò in piedi, tuttavia, e un profondo rossore di sorpresa e piacere le imporporò le guance pallide.

«Ho sentito arrivare una carrozza» disse «e credevo che fosse la signora Forrester già di ritorno, ma non avrei certo mai immaginato che invece era lei. Che notizie mi porta?»

«Le porto qualcosa di meglio di semplici notizie!» replicai, deponendo la cassetta sul tavolo e parlando in tono gioviale e disinvolto, sebbene, dentro di me, mi sentissi il cuore grosso. «Le porto qualcosa che vale tutte le notizie di questo mondo: la ricchezza.»

Lanciò un'occhiata alla cassetta di ferro.

«Ah, è quello il famoso tesoro, dunque?» replicò piuttosto freddamente.

«Già, questo è il celebre tesoro di Agra. Metà è suo e metà di Thaddeus Sholto. Vi spartirete circa duecentomila sterline a testa. Pensi un po'! Avrà una rendita annua di diecimila sterline! Credo che ci saranno poche ragazze in Inghilterra che potranno competere con lei! Non è fantastico?»

Forse la mia gioia era un po' esagerata e certo Mary dovette cogliere nelle mie congratulazioni una nota falsa, perché vidi le sue sopracciglia inarcarsi lievemente, e mi lanciò un'occhiata curiosa.

«Se ho tutto questo, lo devo a lei» mi rispose semplicemente.

«Oh, no, no,» mi affrettai a rispondere «non a me, ma al mio amico Sherlock Holmes. Con tutta la migliore volontà di questo mondo, non sarei mai stato in grado di dipanare un bandolo che ha messo a dura prova persino il suo genio analitico. Quasi quasi ci battevano, proprio all'ultimo momento!»

«Si sieda, la prego, e mi racconti tutto da cima a fondo.»

Le riferii brevemente le nostre ultime avventure: il nuovo metodo di ricerca di Holmes, la scoperta dell'*Aurora*, la comparsa di Athelney Jones, la nostra spedizione notturna, e il pazzo inseguimento lungo il Tamigi. Mary ascoltava a bocca aperta, gli occhi scintillanti. Quando accennai alla freccia che per un pelo ci aveva mancati sbiancò talmente in viso che credetti stesse per svenire.

«Oh, non è nulla,» disse, mentre mi affrettavo a offrirle un bicchiere d'acqua «è stato un malessere passeggero, ma mi sono talmente spaventata al pensiero che dei miei amici abbiano corso un rischio simile per causa mia!»

«Be', ormai è passata, e non le dirò più niente che possa turbarla. Parliamo invece di qualcosa di più allegro. Guardi questa cassetta! Questo sì che è un argomento allegro. Ho avuto il permesso di portargliela, pensando che le avrebbe fatto piacere essere la prima ad ammirarla!»

«Oh, certo! Sono ansiosissima di vedere il tesoro, infatti!» Ma le sue parole contrastavano con il tono tutt'altro che entusiastico della sua voce: tuttavia forse pensava che sarebbe stato scortese da parte sua mostrarsi indifferente di fronte a un oggetto che era costato tanta fatica e tanti sacrifici.

«Che bel coperchio!» esclamò, chinandosi a osservare la cassetta. «È di fattura indiana, vero?»

«Sì, è una lavorazione tipica di Benares.»

«E com'è pesante!» soggiunse, tentando di alzarlo. «La scatola sola deve avere un certo valore. Dov'è la chiave?»

«Small l'ha buttata nel Tamigi. Per aprirla mi toccherà ricorrere all'attizzatoio di casa Forrester.»

La serratura, solida e grossa, era lavorata a sbalzo, e rappresentava il Buddha. Infilai l'estremità dell'attizzatoio muovendo verso l'alto in modo che facesse leva: la serratura scattò con un colpo secco. Sollevai il coperchio con le mani che mi tremavano ed entrambi ci guardammo in faccia trasecolati. La cassetta era vuota!

Nessuna meraviglia che fosse tanto pesante! La decorazione in ferro, che correva tutt'attorno al cofano, aveva uno spessore di un centimetro. Era massiccia, ben fatta e solida, come accade solitamente per i cofani destinati a trasportare oggetti di grande pregio, ma sul suo fondo non c'era né una briciola né un frammento di metallo o di pietra preziosa. Era assolutamente, inesorabilmente vuota.

«Il tesoro è scomparso!» osservò la signorina Morstan senza scomporsi.

Nell'udire quelle sue parole, e rendendomi conto di ciò che significavano per me, mi sentii come se la mia anima si fosse spogliata di un grande velo nero. Non avevo capito quanto questo tesoro di Agra mi aveva depresso e abbattuto, fino a questo momento in cui finalmente lo vedevo sparito per sempre. Certo i miei erano pensieri egoistici, sleali, ingiusti, ma io riuscivo a capire una cosa sola: che la barriera dell'oro era caduta definitivamente tra noi.

«Dio sia ringraziato!» mi sfuggì dal più profondo del cuore.

Lei mi guardò con un sorriso rapido, interrogativo.

«Perché dice questo?» domandò.

«Perché adesso lei è di nuovo alla portata delle mie speranze!»

esclamai, prendendole una mano. «Perché io ti amo, Mary, con tutta la sincerità e l'amore con cui un uomo può amare una donna. Perché quel tesoro, tutte quelle ricchezze costringevano le mie labbra a tacere; ora invece che sono scomparsi posso dirti quanto ti voglio bene. Ecco perché ho detto: "Dio sia ringraziato!".»

«E allora lo dico anch'io: "Dio sia ringraziato!"» sussurrò Mary mentre la attiravo a me.

Non so chi veramente avesse perduto un tesoro, quella sera, ma certo è che io ne avevo guadagnato uno.

12
Lo strano racconto di Jonathan Small

L'ispettore che era rimasto nella carrozza ad aspettarmi aveva davvero molta pazienza. Infatti passò parecchio tempo prima che io lo raggiungessi. Quando gli mostrai la cassetta vuota, si rannuvolò in viso.

«Così la ricompensa va a farsi benedire!» brontolò, di cattivo umore. «Niente quattrini, niente ricompensa. Se avessimo trovato il tesoro, il lavoro di stasera avrebbe fruttato a me e a Sam Brown almeno dieci sterline a testa.»

«Il signor Thaddeus Sholto è ricco» obiettai. «Perciò provvederà certamente a fare in modo che voi siate ricompensati, tesoro o non tesoro!»

Ma il funzionario scosse il capo.

«È un brutto affare, e il signor Athelney Jones sarà molto seccato!»

Il che si dimostrò esatto, poiché Jones, non appena arrivai a Baker Street e gli mostrai la cassetta vuota, fece una faccia da funerale. Erano appena arrivati, lui, Holmes e il prigioniero, poiché strada facendo avevano cambiato parere e si erano fermati prima a una sezione di polizia. Il mio compagno si era seduto nella sua poltrona, e aveva assunto il suo solito atteggiamento distratto, mentre Small gli sedeva di fronte, la gamba di legno incrociata sulla gamba sana. Non appena mostrai la cassetta vuota si allungò sullo schienale e scoppiò a ridere forte.

«Questa è opera tua, Small!» esclamò Jones, furibondo.

«Certo, e l'ho nascosto là dove voi non riuscirete mai a scovarlo!» ribatté Small, esultante. «Il tesoro è mio, e se non posso godermelo farò di tutto perché non se lo goda nessun altro, perché nessuno al mondo ha il diritto di goderselo, tranne me e i tre uomini che si trovavano nel campo di forzati delle Andamane. Ormai so che io non potrò mai servirmene, come mai potranno servirsene gli altri. Io ho agito non solo per me, ma anche per loro. Noi abbiamo sempre operato sotto il segno dei quattro e sono sicuro che approverebbero sapendo che ho buttato il tesoro nel Tamigi piuttosto che lasciarlo in mano al parentado Sholto o Morstan. Non è stato per arricchire loro che abbiamo fatto la pelle ad Achmet. Il tesoro lo troverete dove sono andati a finire la chiave e il piccolo Tonga. Quando ho visto che la vostra lancia stava per raggiungerci ho messo il malloppo in un posto *sicuro*, e per questa volta non vi beccherete neppure una rupia.»

«Ci stai prendendo in giro, Small» disse Jones severamente. «Se tu avessi voluto buttare il tesoro nel Tamigi, ti sarebbe stato più facile buttarlo con la cassetta e tutto quanto.»

«Sì, per me sarebbe stato più facile buttarlo così, ma anche per voi sarebbe stato più facile ritrovarlo!» rimbeccò l'uomo con un lampo di astuzia negli occhi. «Chi è stato abbastanza furbo da prendermi avrebbe avuto anche l'intelligenza di ripescare una cassetta di ferro dal fondo di un fiume. Adesso che il tesoro è disseminato lungo un percorso di oltre cinque miglia, l'impresa sarà un pochino più difficile. Certo mi ha fatto male al cuore disfarmene. Mi sentivo quasi impazzire quando voi ci avete raggiunti. Comunque, ormai è inutile recriminare. In vita mia ho avuto molti alti e bassi ma ho sempre saputo che del senno di poi sono piene le fosse!»

«Ti sei messo in un bell'impiccio, Small» osservò l'ispettore. «Se tu avessi aiutato la giustizia, invece di ostacolarla in questa maniera, avresti avuto qualche probabilità di cavartela, al processo!»

«La giustizia, eh?» ringhiò l'ex galeotto. «Bella giustizia! A chi appartiene il malloppo se non a noi? In nome di quale giustizia dovrei mollarlo a gente che non ha mai mosso un dito per guadagnarselo? Dite un po' se non me lo sono meritato, io, invece! Vent'anni in una palude malarica, tutto il giorno al lavoro in mezzo alle mangrovie, di notte incatenato in quelle sporche baracche dove eravamo costretti ad abitare noi forzati, mangiato dalle zanzare, torturato dalla febbre, malmenato dal primo maledetto aguzzino negro che capitava, al quale non pareva vero di maltrattare un bianco. Ecco come mi sono guadagnato il tesoro di Agra, e voi adesso venite a parlarmi di giustizia perché non posso sopportare il pensiero di aver pagato questo prezzo unicamente per permettere a un altro di godersi quello che mi spetta! Preferisco penzolare da una corda una dozzina di volte, o beccarmi nella pelle uno di quei dardi di Tonga, piuttosto che marcire in una cella di forzato e sapere che un altro se la spassa in un palazzo con il denaro che dovrebbe essere mio!»

Small aveva lasciato cadere la sua maschera di indifferenza, e quella invettiva gli era uscita in un tumulto incontrollato di parole, mentre i suoi occhi fiammeggiavano e le manette che gli cingevano i polsi stridevano a ogni moto convulso delle sue mani. Capivo, nel vedere la furia, la disperazione di quell'uomo, che il terrore dal quale era stato dominato il maggiore Sholto dal momento in cui aveva saputo che l'ex forzato era sulle sue tracce non era stato né infondato né eccessivo.

«Lei dimentica che noi siamo completamente all'oscuro di tutta questa storia!» lo interruppe finalmente Holmes con la sua voce tranquilla. «Non conosciamo i fatti e pertanto non possiamo giudicare fino a che punto lei ha ragione.»

«Senta, signore, devo dire che lei è il solo che mi sa parlare con gentilezza, per quanto credo che è proprio lei che debbo ringraziare se mi trovo questi braccialetti addosso! Però non le porto rancore: lei a suo modo ha agito bene. Se vuole sentire la mia storia non ho nessuna intenzione di fare il misterioso. State pur sicuri che quello che vi dirò è la verità sacrosanta, parola per parola. Grazie, metta pure lì il bicchiere, mi farò una bevutina di tanto in tanto se mi sentirò la bocca troppo asciutta!

«Dunque, io vengo dal Worcestershire: sono nato vicino a Pershore. Credo che trovereste un sacco di Small che abitano lì se vi interessasse fare ricerche sul mio conto. Ho pensato tante volte di andare a dare un'occhiata da quelle parti, ma la verità è che non ho mai fatto gran che onore alla mia famiglia e dubito che sarebbero contenti di vedermi. Erano tutti quanti piccoli agricoltori seri, gente di chiesa, conosciuti e rispettati in tutto il paese, mentre io invece sono sempre stato un vagabondo. Alla fine, però, quando avevo circa diciott'anni, finii di dare fastidio, perché mi misi nei pasticci per via di una ragazza e riuscii a svignarmela soltanto arruolandomi nell'esercito ed entrando nel 3° reggimento East Kent, proprio allora in partenza per l'India.

«Non ero però destinato a fare a lungo il soldato. Avevo appena imparato il passo di parata e a maneggiare il moschetto, quando fui tanto imbecille da andare a nuotare nel Gange. Per mia fortuna John Holder, uno dei migliori nuotatori dell'esercito, sergente della mia compagnia, si trovava in quel momento in acqua anche lui. Giusto mentre me ne stavo andando in mezzo al fiume fui assalito da un coccodrillo che mi staccò di netto questa gamba, proprio al di sopra del ginocchio, con la precisione di un chirurgo. Tra il dolore e la perdita di sangue svenni, e certo sarei annegato se Holder non mi avesse rimorchiato e tirato a riva. Rimasi all'ospedale cinque mesi, e quando finalmente mi rilasciarono con questo pezzo di legno legato al moncherino mi trovai inabile al servizio militare e inadatto a qualsiasi normale occupazione civile.

«Come potete immaginare ero molto giù di corda, a quel tempo: non ero più che un povero storpio e avevo meno di vent'anni. Però la mia disgrazia dimostrò ben presto di essere una fortuna travestita. Un certo Abel White, che era venuto lì come piantatore d'indaco, aveva bisogno di un sorvegliante per badare ai suoi *coolies* e farli lavorare. Era amico del nostro colonnello, il quale, dopo l'incidente che mi era capitato, si era interessato al mio caso. A farla breve il colonnello mi raccomandò caldamente per quel posto, e siccome dovevo svolgere il mio lavoro esclusivamente a cavallo, la gamba non mi era troppo di ostacolo, dato che mi era rimasta l'articolazione della coscia sufficiente per tenermi bene in sella. Il mio lavoro consisteva nel fare tutti i giorni il giro della piantagione a cavallo, tenere d'occhio gli uomini e denunciare i fannulloni. La paga era discreta, avevo un alloggio comodo, e nel complesso non mi dispiaceva l'idea di passare il resto dei miei giorni a piantare indaco. Il signor Abel White era una brava persona, e di tanto in tanto veniva a trovarmi nella mia casetta e si metteva a fumare la pipa con me, perché i bianchi, in quei paesi più che dalle nostre parti, si sentono più vicini gli uni agli altri.

«Be', era mio destino che la fortuna dovesse arridermi sempre per poco tempo. Improvvisamente, senza il minimo preavviso, scoppiò la grande rivolta. L'India sembrava calma e pacifica, in apparenza, come se fosse il Surrey o il Kent: un mese dopo il paese era diventato un inferno in cui scorrazzavano inferociti duecentomila diavoli neri. Certo voi, signori, saprete meglio di me, dai giornali e dai libri di storia, come sono andate le cose, perché la lettura non è mai stata il mio forte. Io so semplicemente quello che ho visto con i miei occhi. La nostra piantagione si trovava in un posto chiamato Muttra, sul confine delle province nordorientali. Ogni notte il cielo era rosso di tutti i bungalow incendiati, e ogni giorno c'erano piccole comitive di europei che passavano attraverso la nostra proprietà con le loro mogli e i loro bambini, diretti ad Agra, dove era stanziato il più vicino accampamento di truppe. Il signor White era un uomo cocciuto. Si era ficcato in testa che le notizie erano esagerate, e che la sommossa si sarebbe spenta con la stessa rapidità con cui era scoppiata. Se ne restava seduto sulla veranda a fumare sigari e a bere whisky, mentre tutt'attorno a lui il paese era in fiamme. Naturalmente gli restammo vicini, io e Dawson, che insieme alla moglie si occupava della contabilità e dell'amministrazione. Be', un bel giorno le cose precipitarono. Mi ero recato a una piantagione distante e ritornavo a casa passo passo, verso sera, quando l'occhio mi cadde su qualcosa che giaceva sul fondo di un corso d'acqua profondamente incassato. Spinsi giù il cavallo per accertarmi di che cosa si trattasse, e potete immaginare come rimasi inorridito quando mi accorsi che era la moglie di Dawson, letteralmente tagliata a pezzi e già mezzo mangiata dagli sciacalli e dai cani indigeni. Un po' più avanti, sulla strada, c'era Dawson, disteso bocconi, morto stecchito con una pistola scarica in mano, e quattro Sipahi buttati alla rinfusa l'uno sull'altro, proprio davanti a lui, morti anche loro. Fermai il cavallo, incerto su quello che dovevo fare, quando proprio in quel momento vidi uscire dal bungalow di Abel White una densa nuvola di fumo, mentre già le fiamme incominciavano a lambire il tetto. Capii allora che non avrei ormai potuto essere più di alcun aiuto al mio povero principale, e che se mi fossi arrischiato fin laggiù non avrei fatto altro che rimetterci la pelle anch'io. Dal posto in cui mi trovavo ne vedevo a centinaia, di quei cani neri, vestiti ancora delle loro divise rosse, che ballavano e urlavano davanti alla casa incendiata. Alcuni di loro mi individuarono e subito mi sentii fischiare intorno varie pallottole, perciò fuggii tra le risaie e, la sera tardi, mi ritrovai, come Dio volle, dentro le mura di Agra.

«Ma anche lì regnava una sicurezza molto relativa. Tutto il paese era in fermento: pareva di essere in un alveare in subbuglio. Dove gli inglesi riuscivano a riunirsi in piccole bande, erano in grado di difendere solo quel piccolo pezzo di terra, ma altrove non c'erano che fuggiaschi inermi. Era una lotta di milioni contro centinaia, e il fatto più amaro, in tutta questa tragedia, era che gli uomini contro i quali combattevamo, militi, cavalleggeri e fucilieri, erano le nostre truppe scelte, che noi stessi avevamo addestrato ed esercitato, e adesso erano loro che maneggiavano le nostre armi e suonavano le nostre trombe. Ad Agra c'erano il 3° fucilieri Bengala, alcuni sikh, due plotoni di cavalleria e una batteria di artiglieri. Avevano formato un corpo volontario di commessi e di commercianti e io mi unii a costoro: venni subito accettato, nonostante la mia gamba di legno. Ci scontrammo con i ribelli a Shahgunge, al principio di luglio, e riuscimmo a batterli una prima volta, ma le nostre riserve di munizioni non durarono a lungo, e fummo costretti a ritirarci in città.

«Intanto da ogni parte giungevano notizie catastrofiche, e non vi dovete meravigliare di questo, perché basta dare un'occhiata alla carta geografica per capire che noi ci trovavamo proprio nel cuore della rivolta. Lucknow è a più di centocinquanta chilometri a oriente, e Cawnpore si trova pressappoco alla medesima distanza a sud. Ai quattro punti cardinali non c'erano che sevizie, assassinii e stupri.

«La città di Agra è molto vasta, ed era brulicante di fanatici e di fedeli di tutte le specie. Il nostro pugno di uomini si sperdeva tra le sue strade strette e tortuose; perciò il nostro capo ci fece passare dall'altra parte del fiume e si trincerò nell'antico forte di Agra. Non so se qualcuno di voi, signori, abbia mai letto o inteso parlare di questo vecchio forte. È un edificio stranissimo, il più strano che io abbia mai visto, per quanto ne abbia conosciuti parecchi, di posti strampalati. Prima di tutto è enorme. Credo che abbia una superficie di molti e molti ettari. Nella parte moderna era acquartierata tutta la nostra guarnigione, compresi le donne, i bambini, i viveri e il resto, con ampio spazio per tutti. Ma l'ala moderna non ha niente a che vedere, in quanto a dimensioni, con quella antica, dove non ci va nessuno e che è abitata soltanto dagli scorpioni e dai millepiedi. È un seguito di grandi sale deserte, di passaggi tortuosi, di lunghi corridoi serpeggianti dentro e fuori, quindi è facilissimo perdersi. Per questo motivo era raro il caso che qualcuno si arrischiasse nell'ala antica; solo di quando in quando ci andavamo a gruppi, a scopo esplorativo, armati di torce.

«Il fiume scorre davanti a questo forte, e lo protegge, ma sui lati e sul retro ci sono molte porte, e queste dovevano essere sorvegliate, naturalmente, tanto nella parte vecchia quanto in quella in cui erano alloggiate le nostre truppe. Eravamo in pochi, gli uomini erano appena sufficienti per fare la guardia ai lati dell'edificio e servire ai pezzi. Era perciò impossibile mettere di sentinella un forte corpo di guardia a ciascuna di quelle innumerevoli entrate. Pensammo così di organizzare un corpo di guardia centrale nel mezzo del forte, lasciando ciascun ingresso sotto la custodia di un bianco e di due o tre indigeni. Io fui scelto per sorvegliare, durante alcune ore della notte, una piccola porta isolata nell'ala sudovest dell'edificio. Mi furono messi a disposizione due soldati sikh, e ricevetti l'ordine di sparare, in caso di pericolo, perché così avrei fatto accorrere immediatamente aiuti dal corpo di guardia centrale. Siccome però questo si trovava a più di duecento passi di distanza, e poiché lo spazio intermedio era intersecato da un labirinto di anditi e di corridoi, io avevo i miei dubbi che quelli potessero arrivare in tempo in caso di un attacco improvviso.

«Be', mi sentivo molto fiero del modesto incarico che mi avevano affidato, novellino com'ero e con una gamba finta per giunta. Per due notti montai di guardia con i miei uomini. Erano due tipi alti, fierissimi; si chiamavano Mahomet Singh e Abdullah Khan. Erano entrambi due vecchi combattenti: avevano impugnato le armi contro di noi a Chilian Wallah. Parlavano l'inglese discretamente, ma riuscivo a cavargli di bocca ben poco. Preferivano starsene insieme tra di loro e discorrere tutta la notte in quel loro incomprensibile gergo sikh. In quanto a me, me ne stavo di solito fuori dall'ingresso, a guardare il vasto fiume che scorreva e le luci scintillanti della grande città. Il rullo dei tamburi, il rumore dei tam-tam, le urla e gli strepiti dei ribelli, ubriachi di oppio e di fracasso, erano più che sufficienti per rammentarci durante tutta la notte che razza di vicini pericolosi avessimo dall'altra parte del fiume. Ogni due ore l'ufficiale di notturna faceva il giro dei vari posti di guardia, per assicurarsi che tutto fosse regolare.

«Alla mia terza notte di guardia c'era un gran buio, e scendeva una pioggerella fitta, insistente. Era una cosa veramente penosa doversene stare lì di guardia con un tempo simile. Cercai disperatamente di far chiacchierare i miei sikh, ma con pochissimo successo. Alle due del mattino passò la ronda, interrompendo per un momento la noia della notte. Rendendomi conto che i miei compagni non si sarebbero mai decisi ad attaccare discorso con me, cavai di tasca la pipa e posai un attimo il moschetto per accendere un fiammifero. In un balzo i due sikh mi furono addosso. Uno di loro afferrò il mio fucile e me lo spianò all'altezza della tempia, mentre l'altro mi aveva avvicinato alla gola un grosso coltellaccio e mi minacciava sottovoce che mi avrebbe sgozzato se avessi mosso un dito.

«Il mio primo pensiero fu che quei due fossero d'accordo coi ribelli, e che quello fosse il principio di un attacco a sorpresa. Se il nostro ingresso fosse caduto nelle mani dei Sipahi, la fortezza era destinata a cedere, e le donne e i bambini avrebbero fatto la fine di quelli di Cawnpore. Probabilmente voi, signori, crederete che io stia tentando la mia difesa personale, ma vi giuro che quando pensai a questo, benché mi sentissi la punta del coltello solleticarmi la gola, aprii la bocca con l'intenzione di cacciare un urlaccio, anche se doveva essere il mio ultimo, pur di dare l'allarme al nucleo centrale. Ma l'uomo che mi teneva stretto sembrò leggermi nel pensiero, perché nello stesso istante mi sussurrò: "Sta' zitto, il forte è sicuro: non ci sono cani ribelli da questa parte del fiume". Nelle sue parole sentii un accento di verità e capii che se avessi alzato la voce sarei stato un uomo morto. Potevo distinguere chiaramente gli occhi scuri dell'indiano, perciò attesi in silenzio che mi dicessero quello che volevano da me.

«"Ascoltaci, *sahib*" disse il più alto e il più selvaggio dei due, quello che si chiamava Abdullah Khan. "Tu devi stare con noi, altrimenti saremo costretti a ridurti al silenzio per sempre. È una cosa troppo importante perché noi possiamo esitare. O tu sei anima e corpo con noi giurando sulla croce dei cristiani, oppure questa notte butteremo il tuo cadavere nel fossato e passeremo con i nostri fratelli nell'armata degli insorti. Non abbiamo via di mezzo. Che cosa vuoi? La morte o la vita? Ti diamo tre minuti per decidere, perché il tempo passa, e bisogna che tutto sia fatto prima che ritorni la ronda."

«"Come posso decidere?" replicai. "Non mi avete nemmeno detto quello che volete da me! Però vi avverto fin d'ora che se si tratta di qualcosa che possa compromettere la sicurezza del forte, io non farò lega con voi: perciò potete pugnalarmi subito."

«"No, il forte non c'entra" mi rispose quello. "Noi ti chiediamo di fare ciò che ha mosso i tuoi compatrioti a venire in questo paese: ti chiediamo di diventare ricco. Se questa notte sarai con noi, ti giuriamo su questo pugnale sguainato, e con triplice giuramento, cui nessun sikh è mai venuto meno, che tu avrai la tua giusta parte del bottino. Un quarto del tesoro sarà tuo: crediamo di aver parlato giusto."

«"Ma di che razza di tesoro state parlando, si può sapere?" esclamai. "Si capisce che sono pronto a diventare ricco come voi, purché voi mi diciate quello che devo fare!"

«"Giura allora per le ossa di tuo padre, per l'onore di tua madre, per la croce della tua fede, di non alzare la mano né di proferire parola alcuna contro di noi, né ora né mai!"

«"Sono pronto a giurare" risposi "purché il forte non corra pericolo."

«"Allora il mio compagno e io giuriamo che tu avrai la quarta parte del tesoro, che sarà ugualmente diviso tra noi quattro."

«"Ma se siamo in tre" obiettai.

«"No: anche Dost Akbar deve avere la sua parte. Ti racconteremo la storia mentre li aspettiamo. Tu mettiti all'entrata, Mahomet Singh, e avvertici quando arrivano. Dunque le cose stanno così, *sahib*, e te ne parlo perché so che un giuramento è sacro per un europeo: perciò noi possiamo avere fiducia in te. Se fossi stato invece un mentitore indù, anche se tu avessi giurato per tutti i loro falsi dei, il tuo sangue avrebbe macchiato questo coltello e il tuo cadavere sarebbe a quest'ora nell'acqua del fiume. Ma il sikh conosce l'inglese, e l'inglese conosce il sikh. Ascolta dunque quanto sto per dirti.

«"C'è un rajah nelle province del Nord che è ricchissimo, sebbene possieda poche terre. Molti beni li ha ereditati dal padre, e molti ne ha accumulati lui stesso, perché è di natura vile, e preferisce ammucchiare il denaro anziché spenderlo. Quando scoppiarono i disordini volle restare amico tanto del leone quanto della tigre, dei Sipahi e del governo. Ma ben presto ebbe l'impressione che la fine degli uomini bianchi fosse segnata, perché in tutto il paese non si sentiva parlare che del loro sterminio e della loro rovina. Siccome però era un uomo prudente, aveva predisposto le cose in modo che, qualunque esito avesse avuto la lotta, almeno la metà del suo tesoro sarebbe stata salva. L'oro e l'argento li aveva nascosti nei sotterranei del suo palazzo, ma le pietre più preziose e le perle più rare le aveva messe in una cassetta di ferro che consegnò a un servo fidato, il quale, travestito da mercante, doveva portarle qui, al forte di Agra, dove doveva rimanere finché il paese non fosse stato pacificato. In tal modo, se vincevano gli insorti, gli sarebbe rimasto il denaro, se vinceva il governo gli sarebbero rimasti i gioielli. Avendo così suddiviso il suo tesoro si votò alla causa dei Sipahi, che premevano fortemente ai suoi confini. Facendo questo, bada bene, *sahib*, i suoi beni diventano proprietà di chi è rimasto fedele alla propria parola.

«"Questo finto mercante, che viaggia sotto il nome di Achmet, si trova attualmente nella città di Agra e cerca di farsi strada sino al forte. Ha con sé come compagno di viaggio il mio fratello di latte, Dost Akbar, che è a conoscenza del segreto. Dost Akbar mi ha promesso di condurre Achmet, stanotte, a un'entrata laterale del forte, e ha scelto precisamente questa. Sarà qui fra poco e troverà ad aspettarlo Mahomet Singh e me: la località è isolata, e nessuno si accorgerà di lui. Il mondo non udrà più parlare di Achmet, il mercante, ma il grande tesoro del rajah sarà diviso tra noi quattro. Che cosa ne dici tu, *sahib*?"

«Nel Worcestershire la vita di un uomo pare una cosa sacra, grandiosa, ma si pensa subito molto diversamente quando tutto intorno non è che fuoco e sangue, e ci si abitua a incontrare la morte a ogni passo. Che Achmet, il mercante, vivesse o crepasse, proprio non m'importava un fico; ma la faccenda del tesoro mi diede un vero tuffo al cuore, perché pensai subito a quello che avrei potuto fare in patria con tanto denaro, e alla faccia che avrebbero fatto i miei vedendo tornare la loro pecora nera con le tasche piene di rupie. Perciò la mia decisone fu presa senza indugio. Abdullah Khan, però, pensando forse che io esitassi, insistette ancora maggiormente sull'argomento.

«"Rifletti, *sahib*," mi disse "che se quest'uomo cade nelle mani del comandante sarà fucilato o impiccato, e i suoi gioielli confiscati dal governo, e nessuno ci guadagnerà nulla. Ora, giacché abbiamo deciso di farlo fuori, perché non dovremmo prendergli anche la cassetta? I gioielli staranno altrettanto bene in mano nostra che nelle casseforti della Compagnia delle Indie. Ne avremo tutti abbastanza per diventare ricchi ed essere dei grandi capi. Quale occasione migliore di questa? Di' dunque ancora una volta, *sahib*, se vuoi essere con noi oppure se dobbiamo considerarti un nemico."

«"Sono con voi anima e corpo!" esclamai.

«"Bene" fece il sikh, restituendomi il fucile. "Vedi che abbiamo fiducia in te, poiché la tua parola, come la nostra, è sacra. Ora dobbiamo soltanto aspettare il mio fratello di latte e il mercante."

«"Ma Dost Akbar sa quello che avete intenzione di fare?" domandai.

«"Il progetto è suo: è stato lui a combinarlo. Adesso andremo fino alla porta e faremo la guardia con Mahomet Singh."

«La pioggia seguitava a cadere fitta, dato che si era proprio al principio della stagione umida. Il cielo era solcato di nubi scure e pesanti e si faceva fatica a vedere a un tiro di sasso. Il nostro ingresso era circondato da un fossato profondo, ma l'acqua in molti punti era bassa e lo si poteva attraversare facilmente. Mi faceva un effetto curioso starmene là con quei due selvaggi punjabi ad aspettare un uomo che veniva verso di noi per morire...

«A un tratto scorsi il luccichio di una lanterna schermata sul lato opposto del fossato. Svanì ben presto tra le asperità del terrapieno, per ricomparire di nuovo avanzando lentamente verso di noi.

«"Eccoli!" esclamai.

«"Tu gli darai l'altolà come al solito, *sahib*" sussurrò Abdullah. "Non occorre intimorirlo. Mandaci dentro con lui e noi penseremo al resto mentre tu resterai di guardia. Bisogna essere pronti a scoprire la lanterna per assicurarci che si tratta proprio dell'uomo che aspettiamo."

«La luce veniva avanti vacillante, ora fermandosi ora avanzando, finché mi fu possibile scorgere due ombre scure dall'altra parte del fossato. Li lasciai scendere lungo il pendio inclinato, sguazzare nella fanghiglia e salire sin quasi all'altezza dell'ingresso, prima di intimare l'alt.

«"Chi va là?" dissi a mezza voce.

«"Amici" fu la risposta. Scoprii la mia lanterna e lasciai che un fiotto di luce li illuminasse. Il primo era un sikh enorme, con una barba nera che gli scendeva fin quasi alla cintura. Mai avevo visto un uomo così alto, fuorché nei baracconi delle fiere. L'altro invece era un omino piccolo, grasso, rotondo, con un gran turbante giallo e un fagotto in mano avvolto da uno scialle. Mi parve che tremasse dalla paura, perché le sue mani si torcevano come se avesse la febbre malarica, e non faceva che girare la testa a destra e a sinistra, roteando due occhietti luccicanti, proprio come un topo che si è arrischiato a uscire dal suo buco. Mi vennero i brividi al pensiero che fra poco lo avrebbero accoppato, e sentii che il cuore mi si impietriva dentro. Quando vide la mia faccia bianca diede una specie di gridolino di gioia e mi corse incontro.

«"Concedi la tua protezione, *sahib*," ansimò "concedi la tua protezione all'infelice mercante Achmet. Ho attraversato tutto il Rajputana per cercare rifugio nel forte di Agra. Sono stato derubato e battuto e insultato perché sono un amico della Compagnia. Notte benedetta, questa, perché mi sento nuovamente al sicuro, io e i miei poveri averi."

«"Che cos'hai in quel fagotto?" domandai.

«"Una cassetta di ferro che contiene solo pochi oggetti di famiglia, di nessun valore per gli altri, ma dai quali mi dispiacerebbe separarmi. Però non sono un mendicante e io ti ricompenserò, giovane *sahib*, e ricompenserò anche il tuo governatore, purché tu mi conceda la protezione che ti chiedo."

«Non mi sentivo più di continuare a discorrere con quell'uomo.

Più guardavo quella faccia grassa e spaventata, meno mi sentivo il coraggio di lasciarlo ammazzare a sangue freddo. Era meglio farla finita subito.

«"Portatelo al corpo di guardia centrale" dissi. I due sikh lo presero in mezzo a loro e il gigante gli tenne dietro lungo lo scuro sottopassaggio. Mai un uomo fu così circondato da ogni lato dalla morte. Io rimasi presso l'ingresso con la lanterna.

«Udivo il ritmo misurato dei loro passi echeggiare per i corridoi deserti. Questo cessò all'improvviso e intesi delle voci, un tramestio, un rumore di colpi. Subito dopo sentii con orrore qualcuno correre verso di me, col respiro affannoso dell'uomo inseguito. Volsi la luce della mia lanterna verso il lungo, stretto corridoio, e mi vidi davanti il piccolo uomo grasso che correva come il vento, la faccia intrisa di sangue, e alle sue calcagna, a grandi balzi, come una tigre, l'enorme nero sikh barbuto, con un coltello lucente in mano. Non ho mai visto nessuno correre con tanta rapidità come quel piccolo mercante. Stava già guadagnando terreno sull'altro e mi resi conto che se riusciva a superarmi e uscire all'aperto avrebbe potuto salvarsi malgrado tutto. Mi sentii invadere da una gran pena per lui, ma subito il pensiero del tesoro mi rese duro e amaro. Gli buttai il mio moschetto tra le gambe e quello rotolò due volte su se stesso come un coniglio ferito. Prima che potesse rialzarsi, il sikh gli era addosso e gli cacciava due volte il coltello nel fianco. L'uomo non emise un gemito, non mosse un muscolo, ma giacque dove era caduto. Personalmente credo che debba essersi rotto l'osso del collo nella caduta. Come vedete, signori, io sto mantenendo la mia promessa. Vi ripeto esattamente come si è svolto l'accaduto, anche se quello che vi dico può tornare a mio danno.»

A questo punto Small s'interruppe e tese una mano imprigionata dalle manette verso il bicchiere pieno di whisky e acqua che Holmes gli aveva preparato. Confesso che io, ormai, concepivo per quell'uomo un vero orrore misto a disgusto, non soltanto per la carneficina a sangue freddo in cui si era immischiato, ma forse ancor più per la maniera cinica e indifferente con cui narrava quei fatti atroci. Qualunque fosse il castigo che gli avrebbero dato, poteva essere certo di non aspettarsi da me la minima pietà. Sherlock Holmes e Jones sedevano tranquillamente, le mani incrociate sulle ginocchia, profondamente interessati al racconto del prigioniero, sebbene sul loro viso si leggesse lo stesso mio disgusto. Probabilmente l'uomo se ne accorse perché proseguì con un tono quasi di sfida nella voce:

«Naturalmente è stata un'azione molto brutta, lo ammetto, ma vorrei sapere quanti trovandosi nei miei panni in quel momento avrebbero rifiutato una parte del bottino, sapendo che se rifiutavano avrebbero ricevuto per tutta ricompensa un coltello in gola. Dal momento in cui era entrato nel forte si trattava della mia vita o della sua! Se ne fosse uscito la cosa si sarebbe risaputa, io sarei stato deferito alla corte marziale e molto probabilmente fucilato, perché in momenti come quelli la gente non sta a fare tanti complimenti!»

«Prosegua nel suo racconto!» lo interruppe bruscamente Holmes.

«Dunque lo riportammo dentro, Abdullah, Akbar e io. Era molto pesante, a dire la verità, nonostante la sua piccola statura. Mahomet Singh fu lasciato di guardia alla porta. Lo portammo in un luogo che i sikh avevano già predisposto, attraverso un andito tortuoso che conduceva a una grande sala vuota i cui muri di mattoni erano completamente crollati. Il pavimento di terra in un punto della stanza era sprofondato, formando una tomba naturale dove deponemmo il mercante Achmet dissimulandone il cadavere sotto un mucchio di mattoni sparsi. Dopo di che ci occupammo tutti insieme del tesoro.

«La cassetta era rimasta dove il mercante l'aveva lasciata cadere quando era stato attaccato a tradimento. È precisamente la stessa che adesso se ne sta là aperta sul vostro tavolo. La chiave pendeva da un cordoncino di seta avvolto attorno alla maniglia scolpita posta in cima al coperchio. L'aprimmo e la luce della lanterna fece sfavillare una collezione di gemme di cui avevo letto e inteso parlare soltanto quando ero un ragazzino, a Pershore. Mandavano un bagliore accecante. Dopo essercene beati gli occhi le tirammo fuori tutte, a una a una, e compilammo una lista. C'erano centoquarantatré diamanti purissimi, compreso uno che è stato chiamato "Gran Mogol", credo, e che si dice sia il secondo diamante del mondo per grossezza. Venivano poi novantasette bellissimi smeraldi, centosettanta rubini, alcuni dei quali erano però piccoli. C'erano quaranta carbonchi, duecentodieci zaffiri, sessantuno agate, e poi una grande quantità di berilli, onici, occhi di tigre, turchesi e altre pietre di cui fino a quel momento avevo persino ignorato l'esistenza, sebbene in seguito mi siano divenute familiari. Dopo di che c'erano ancora circa trecento perle bellissime, dodici delle quali erano inserite in un diadema d'oro. A proposito, queste ultime sono state tolte dalla cassetta, e non c'erano più quando finalmente sono riuscito a ritrovare il tesoro.

«Dopo avere elencato le nostre ricchezze le rimettemmo a posto nel loro cofano e lo trasportammo fino alla porta d'ingresso per mostrarle a Mahomet Singh. Rinnovammo quindi con grande solennità il nostro giuramento di sostenerci sempre a vicenda e di mantenerci fedeli al nostro segreto. Convenimmo di nascondere il bottino in luogo sicuro finché il paese non fosse stato pacificato, per dividercelo quindi in parti uguali. Non era prudente spartirlo subito, poiché se ci avessero trovato addosso gemme di così alto valore saremmo stati immediatamente sospettati, e anche perché nel forte non vi era né la possibilità di isolarsi né un posto sicuro dove rinchiuderle. Riportammo dunque il cofano nella medesima sala dove avevamo seppellito il cadavere e lì, sotto alcuni mattoni, nella parte meglio conservata del muro scavammo una nicchia e vi nascondemmo il nostro tesoro. Esaminammo attentamente il luogo, e il giorno seguente io disegnai quattro piante, una per ciascuno di noi, e in ognuna misi in calce il segno dei quattro, poiché avevamo giurato che ciascuno di noi avrebbe sempre, in ogni caso e in ogni momento, agito per tutti, in modo che nessuno potesse danneggiare l'altro: giuramento che, posso dirlo con la mano sul cuore, io ho sempre mantenuto.

«Be', non starò ora a spiegare a voi, signori, come andò a finire la rivolta indiana. Dopo la presa di Delhi da parte di Wilson e la liberazione di Lucknow da parte di sir Colin, il nerbo della sommossa fu spezzato. Cominciarono ad arrivare truppe fresche, e Nana Sahib se la svignò oltre frontiera. Una colonna volante al comando del colonnello Greathed circondò Agra e ne spazzò via i rivoltosi. La pace sembrò distendersi nuovamente sul paese, e noi quattro incominciammo a sperare di poter ben presto goderci il nostro bottino; ma le nostre speranze andarono quasi subito distrutte perché ci arrestarono come correi nell'assassinio di Achmet.

«Era andata così. Quando il rajah aveva affidato i suoi gioielli ad Achmet, l'aveva fatto perché sapeva che Achmet era un uomo sicuro. Però in Oriente sono tutti gente sospettosa: che cosa pensò allora il rajah? Scelse un altro servo, ancora più fidato di Achmet, e glielo mise alle calcagna come spia. Il secondo uomo aveva ricevuto l'ordine di non perdere mai di vista Achmet e di seguirlo come la sua ombra. Perciò anche quella notte lo seguì e lo vide entrare dalla nostra porta d'ingresso. Naturalmente pensò che si fosse rifugiato nel forte, dove chiese di entrare anche lui il giorno seguente, ma dove ovviamente non riuscì a trovare traccia di Achmet. Questo gli parve tanto strano che ne parlò a un sergente delle Guide, il quale riferì la cosa al comandante. Venne compiuta una perquisizione accurata e il cadavere fu scoperto, e questo proprio quando pensavamo ormai di essere sani e salvi! Fummo imprigionati, processati sotto l'imputazione di omicidio, tre di noi perché eravamo stati a guardia della porta d'ingresso quella notte, e il quarto perché era stato visto in compagnia dell'ucciso. Dei gioielli nemmeno una parola, giacché il rajah era stato deposto e cacciato dall'India e perciò nessuno aveva un interesse particolare a reclamarli. Sul delitto però non esistevano dubbi ed era evidente che tutti noi dovevamo avervi concorso. I tre sikh furono condannati all'ergastolo, e io alla pena di morte, benché la sentenza mi sia stata in seguito commutata, come per gli altri, nel carcere a vita.

«Venimmo così a trovarci in una situazione veramente paradossale. Eravamo legati mani e piedi, con scarsissima probabilità di diventare nuovamente uomini liberi, e in possesso al tempo stesso di un segreto che ci avrebbe permesso di abitare in un palazzo se ci fossimo potuti servire delle nostre ricchezze. Era una cosa da farti mangiare il fegato da mattina a sera, dover sopportare le angherie del primo scagnozzo pieno di boria sotto cui capitavi, dover mangiare riso e bere acqua, quando fuori ti aspettava una fortuna prodigiosa che chiedeva soltanto di essere raccolta! Io mi sentivo impazzire. Siccome però sono sempre stato un tipo ostinato, decisi di portare pazienza e di attendere un'occasione favorevole.

«Finalmente sembrò che la sorte volesse assistermi. Fui portato da Agra a Madras, e di lì all'isola Blair, nelle Andamane. In quella colonia ci sono pochissimi forzati europei, e poiché mi comportai bene fin dal principio, finii col godere di qualche privilegio. Mi fu data una capanna a Hope Town, una piccola località sul pendio del monte Harriet, dove passavo quasi tutto il tempo da solo. È un posto malinconico, infestato dalle febbri, e, oltre i confini dei nostri pochi appezzamenti di terra dissodati, è tutto circondato da tribù di cannibali, sempre pronti ad accopparci alla prima occasione con una delle loro maledette frecce avvelenate. Lì si scavava, si costruivano fossati, si piantava yam, quindi eravamo parecchio occupati tutta la giornata: la sera però disponevamo di un po' di tempo libero. Tra l'altro imparai a dispensare medicine sotto la sorveglianza del dottore, acquistando così una certa infarinatura della sua scienza. Naturalmente ero sempre attento a cogliere la prima possibilità di fuga, ma mi trovavo a centinaia di chilometri dalla più vicina terraferma, e in quei mari non c'è quasi mai vento, perciò era un'impresa quasi disperata riuscire a tagliare la corda.

«Il dottore, Somerton, era un giovanotto svelto, molto sportivo, e gli altri giovani ufficiali si riunivano di solito nelle sue stanze, la sera, a giocare a carte. L'infermeria, dove io preparavo le medicine, era attigua al suo salotto, con una finestrella divisoria nel mezzo. Spesso, quando mi sentivo troppo solo, spegnevo la lampada dell'infermeria e me ne restavo lì ad ascoltare i loro discorsi e a osservare il loro gioco. A me le carte piacciono moltissimo, e tante volte, per un giocatore, veder giocare è quasi altrettanto divertente che giocare. C'erano il maggiore Sholto, il capitano Morstan e il tenente Bromley Brown, il quale aveva il comando delle truppe indigene, oltre al medico e a due o tre funzionari delle prigioni, vecchie volpi che avevano un sistema di gioco molto svelto, astuto e abile. Oh, erano una bella compagnia, fra tutti quanti!

«Bene, molto presto fui colpito da uno strano fatto: i militari perdevano sempre, mentre i civili vincevano regolarmente. Badate, non posso dire che ci fosse sotto qualcosa di losco, ma in realtà era così. Gli addetti alle prigioni non avevano mai fatto altro, si può dire, che giocare a carte da quando erano venuti alle

Andamane, e conoscevano perfettamente l'uno il gioco dell'altro, mentre i militari giocavano unicamente per passare il tempo e buttavano le carte a casaccio. Ogni sera i militari si alzavano dal tavolo più poveri e, naturalmente, più pelati erano, più si accanivano a giocare. Il maggiore Sholto era il più accanito. In principio pagava in banconote e in oro, ma poi si ridusse a emettere cambiali, e per cifre considerevoli. Qualche volta vinceva giusto quel tanto che serviva per infondergli nuovamente coraggio, e poi la scalogna ricominciava a perseguitarlo peggio di prima. Di giorno era nero come la pece, e incominciò a bere molto più di quello che la sua salute gli permettesse.

«Una notte perse più del solito. Mi trovavo seduto nella mia capanna quando lui e il capitano Morstan mi passarono davanti incespicando, diretti ai loro alloggi. Erano amici intimi, i due ufficiali, addirittura inseparabili. Il maggiore era furioso per le perdite subite.

«"È finita, Morstan!" disse, mentre passavano davanti alla mia capanna. "Dovrò rassegnare le dimissioni! Sono un uomo rovinato."

«"Sciocchezze, caro mio!" replicò l'altro, battendogli una mano sulla spalla. "Mi sono trovato anch'io in difficoltà anche peggiori, eppure..."

«Non mi fu possibile udire altro, però avevo già inteso abbastanza per riflettere.

«Un paio di giorni più tardi incontrai il maggiore che passeggiava lungo la spiaggia e mi arrischiai a parlargli.

«"Vorrei che lei mi desse un consiglio, maggiore!" incominciai.

«"Dimmi pure, Small" mi rispose, togliendosi il sigaro di bocca.

«"Vorrei chiedere a lei qual è la persona più adatta a cui dare in consegna un tesoro. Io so di un tesoro nascosto che vale mezzo milione di sterline, e poiché io non posso disporne, ho pensato che forse la cosa migliore è consegnarlo alle autorità competenti, e ottenere così che mi sia diminuita la pena."

«"Cosa, Small? Mezzo milione di sterline?" balbettò, guardandomi fisso in faccia per cercare di capire se parlavo sul serio.

«"Proprio così, signor maggiore, mezzo milione di sterline in perle e gioielli. È a disposizione del primo che lo trova. E il buffo della cosa è che il vero proprietario è stato messo fuori legge e di conseguenza non può possedere beni di sorta: il tesoro, perciò, appartiene al primo venuto."

«"Appartiene al governo, Small, al governo" balbettò il maggiore. Ma lo disse con tono così poco convinto che capii subito di averlo colpito nel punto debole.

«"Crede dunque, signor maggiore, che debba parlarne con il governatore generale?" insinuai.

«"Bene, bene, non devi decidere così in fretta, potresti pentirtene. Raccontami tutta la storia, Small: voglio sapere i fatti precisi."

«Gli raccontai quello che già sapete, con qualche piccola variante in modo che non potesse individuare il luogo esatto. Quando ebbi finito restò a lungo zitto e pensieroso. Capivo da come gli tremavano le labbra che stava sostenendo una tremenda lotta interna.

«"Quello che mi hai narrato è molto grave, Small!" disse infine. "Per il momento non devi farne parola con nessuno: intanto, noi due ci rivedremo presto."

«Due notti dopo, lui e il suo amico, il capitano Morstan, vennero da me mentre dormivo.

«"Small," mi disse il maggiore "voglio che il capitano Morstan ascolti il tuo racconto direttamente dalle tue labbra!"

«Gli ripetei tutto quanto dalla a alla zeta.

«"Ha l'aria di essere sincero, vero?" disse il maggiore. "Ti pare che si possa agire di conseguenza?"

«Il capitano Morstan annuì.

«"Senti un po', Small" riprese il maggiore. "Ne abbiamo discusso a lungo, il capitano e io, e siamo giunti alla conclusione che il governo non c'entra affatto con questo tuo segreto, perché in fondo si tratta solo di una tua faccenda privata della quale tu puoi disporre come meglio credi. Ora qui si pone la domanda: che cosa vuoi in cambio? Noi saremmo disposti a occuparcene, o per lo meno a esaminare la cosa, purché si vada d'accordo sulle condizioni." Cercava di parlare freddamente, in tono distaccato, ma gli occhi gli luccicavano di emozione e cupidigia.

«"Be', in quanto a questo, signori," risposi, cercando anch'io di essere a mia volta freddo e indifferente, ma in realtà ero emozionatissimo "c'è un'unica cosa che un uomo nella mia condizione può richiedere in cambio. Voglio che aiutiate me e i miei compagni a riguadagnare la libertà. In seguito vi prenderemo in società con noi, e vi daremo una quinta parte da dividere tra voi."

«"Uhm! Una quinta parte. È troppo poco!"

«"Sono sempre però la bellezza di cinquantamila sterline a testa!" feci osservare.

«"Ma come possiamo aiutarvi a riconquistare la libertà? Lo sai benissimo che ci chiedi una cosa impossibile!"

«"Non è vero" risposi. "Ci ho pensato a lungo, e ho studiato la cosa fin nei minimi particolari. Il solo ostacolo che ci vieta la fuga è la mancanza di una barca e di provviste. Ci sono un sacco di piccoli panfili e di imbarcazioni leggere, a Calcutta o a Madras, che ci servirebbero magnificamente. Procuratecene una: noi ci imbarcheremo di notte, e purché voi ci lasciate in un punto qualunque della costa indiana avrete adempiuto alla vostra parte di contratto."

«"Se almeno si trattasse di uno solo!"

«"O tutti o nessuno!" risposi. "Lo abbiamo giurato, e noi quattro dobbiamo sempre agire insieme!"

«"Vedi, Morstan," osservò il maggiore "Small è un uomo di parola. Non vuole tradire i suoi amici: credo che possiamo fidarci di lui!"

«"È una faccenda sporca" rispose l'altro. "D'altronde, come tu dici, quel denaro potrebbe essere la nostra salvezza."

«"Bene, Small," riprese il maggiore "penso che noi dovremmo vederci spesso. Naturalmente bisogna prima di tutto che controlliamo l'esattezza del tuo racconto. Dimmi dov'è nascosta la cassetta, e io chiederò una licenza e mi recherò in India col battello mensile per far luce sulla cosa."

«"Eh, calma, calma!" risposi, diventando sempre più freddo man mano che l'altro si scaldava. "Devo avere il benestare dei miei tre compagni. Vi dico che qui si tratta di tutti e quattro oppure di nessuno!"

«"Che stupidaggine!" mi interruppe l'altro. "Che cosa c'entrano tre negri coi nostri accordi?"

«"Neri o blu," replicai "si sono legati a me, e noi si marcia soltanto se siamo tutti insieme!"

«A farla breve ci accordammo per un secondo incontro, al

quale presenziarono pure Mahomet Singh, Abdullah Khan e Dost Akbar. Discutemmo a lungo, e infine giungemmo a un accordo. Dovevamo fornire ai due ufficiali una piantina parziale del forte di Agra, segnando il punto della parete in cui il tesoro era nascosto. Il maggiore Sholto si sarebbe recato in India per controllare l'esattezza del nostro racconto. Nel caso avesse ritrovato il cofano lo avrebbe lasciato dov'era, e ci avrebbe spedito una piccola imbarcazione fornita di provviste che si sarebbe fermata al largo di Rustland Island, dove noi ci saremmo recati coi nostri mezzi, dopo di che sarebbe rientrato in servizio. Il capitano Morstan avrebbe poi chiesto una licenza a sua volta, per incontrarci ad Agra, dove si sarebbe fatta una spartizione definitiva del tesoro e dove il capitano avrebbe preso in consegna tanto la sua parte quanto quella del maggiore. Tutto questo fu suggellato dal più solenne giuramento che mente d'uomo potesse mai pensare o labbra umane proferire. Restai alzato tutta la notte con carta e inchiostro, e il mattino seguente le due piante del forte erano pronte, firmate dal segno dei quattro, cioè Abdullah, Akbar, Mahomet e il sottoscritto.

«Bene, signori, vedo che la mia storia incomincia a stancarvi, e so che il mio amico signor Jones è impaziente di vedermi chiuso in galera. Cercherò di spicciarmi il più presto possibile. Quel mascalzone di Sholto se ne andò in India, ma non tornò mai indietro. Il capitano Morstan mi mostrò, poco tempo dopo, il suo nome su un elenco di passeggeri in partenza su un piroscafo di linea. Uno zio del maggiore era morto, lasciandolo erede di una grossa sostanza, eppure aveva avuto il coraggio di tradire cinque uomini con tanta spudoratezza e cinismo! Morstan si recò anche lui ad Agra poco dopo e trovò, come avevamo previsto, che il cofano era proprio scomparso. Quel maledetto lo aveva rubato con quanto c'era dentro, fino all'ultimo gioiello, senza mettere in atto neppure una delle condizioni in base alle quali gli avevamo venduto il nostro segreto. Da quel giorno vissi solo per vendicarmi. Non facevo che pensare alla vendetta, notte e giorno. Era diventata per me un'idea fissa. Non m'importava della legge, me ne infischiavo della galera. Dovevo a ogni costo fuggire, rintracciare Sholto, strozzarlo, questo era il mio solo pensiero. Anche il tesoro di Agra era diventato per me una questione di secondo piano: quello che mi importava era uccidere Sholto, a tutti i costi.

«Bene, tutte le volte che mi sono messo in mente una cosa, sono sempre riuscito a spuntarla. Però dovevano passare molti anni prima che potessi attuare il mio progetto. Vi ho detto che mi ero un po' impratichito di medicina. Un giorno che il dottor Somerton si trovava a letto colpito da un attacco di febbre, una squadra di forzati raccolse nei boschi un piccolo isolano andamano. Era ammalatissimo, e si era andato a nascondere in un posto solitario per morire. Io lo presi in cura, per quanto fosse velenoso peggio di un serpentello, e in capo a un paio di mesi lo rimisi in forze e in grado di camminare. Intanto quello si era a suo modo affezionato a me, non voleva più ritornare nei suoi boschi, e non faceva che seguirmi dappertutto. Io imparai qualche parola del suo strano gergo e questo lo legò ancora di più a me.

«Tonga, così si chiamava, era un abile barcaiolo, e possedeva una grossa canoa molto spaziosa. Quando vidi che mi era sinceramente affezionato e che avrebbe fatto qualsiasi cosa per me, capii di aver trovato finalmente in lui la mia unica speranza di fuga. Ne discutemmo a lungo. Fu deciso che avrebbe portato la sua imbarcazione, in una determinata notte, a un vecchio molo che era sempre incustodito, e che lì io lo avrei raggiunto. Gli raccomandai di rifornirsi di numerose zucche piene d'acqua, nonché di un'abbondante quantità di yam, noci di cocco e patate dolci.

«Era una creatura sincera e leale, il piccolo Tonga. Nessun uomo al mondo ebbe mai un compagno più fedele. Nella notte fissata la sua barca mi aspettava al molo. Purtroppo però vi montava di guardia un ex forzato, un vigliacco pathan che non si era mai lasciato sfuggire un'occasione per insultarmi e ingiuriarmi. Avevo sempre sognato di vendicarmi di lui, ed ecco che adesso era venuto il momento. Era come se il destino me lo avesse messo lì, affinché potessi scontare il mio debito prima di abbandonare l'isola. Era fermo sulla riva dandomi le spalle, con la carabina a tracolla. Cercai una pietra con cui spaccargli le cervella, ma non ne trovai.

«Allora mi venne in testa un'idea balzana: avrei usato un'arma di nuovo genere. Mi sedetti nell'oscurità e mi tolsi la gamba di legno. Con tre lunghi balzi gli fui addosso. Lui mise la carabina in posizione di sparo, ma io lo colpii in pieno, spaccandogli letteralmente il cranio. Ecco, si vede ancora l'intaccatura nel legno, nel punto dove l'ho colpito. Cademmo a terra insieme, perché io non riuscivo a tenermi in equilibrio, ma quando mi rialzai quello non si muoveva più. Corsi alla barca e in capo a un'ora eravamo già in alto mare. Tonga aveva portato con sé tutti i suoi beni terrestri, le sue armi e i suoi dei. Tra le altre cose aveva una lunga lancia di bambù e una speciale stuoia delle Andamane in noce di cocco, con cui confezionai una specie di vela. Per dieci giorni errammo alla deriva, confidando nella buona sorte, e l'undicesimo fummo raccolti da un mercantile che andava da Singapore a Gedda con un carico di pellegrini malesi. Era un equipaggio curioso, e ben presto Tonga e io ci intrufolammo in mezzo a loro. Avevano una gran buona qualità: ti lasciavano in pace e non ti facevano domande.

«Be', se dovessi raccontarvi tutte le avventure che ci sono capitate, non me ne sareste grati, perché vi terrei qui sino a giorno fatto. Andammo a zonzo per il mondo, e sempre c'era qualche ostacolo improvviso che ci impediva di arrivare a Londra. Io però non perdevo mai di vista, neppure per un attimo, il mio ultimo scopo. Me lo sognavo persino di notte, Sholto. Nel sonno lo avrò accoppato almeno un centinaio di volte. Alla fine, circa quattro anni fa, ci trovammo in Inghilterra. Non ebbi grande difficoltà a scoprire dove Sholto abitava, e mi misi all'opera per sapere se aveva speso il tesoro o se invece lo teneva tuttora con sé. Mi feci amico di gente che poteva aiutarmi, non faccio nomi perché non voglio mettere nessuno nei pasticci, e ben presto venni a sapere che i gioielli erano sempre in suo possesso. Allora cercai di impadronirmi di lui in molti modi: ma quello era furbissimo, ed era sempre scortato da due pugili, oltre che dai suoi figli e dal suo *khidmutgar*, che gli facevano costantemente la guardia.

«Un giorno però fui informato che stava per morire. Mi precipitai nel suo giardino, furibondo al pensiero che mi dovesse sfuggire a quel modo dalle grinfie, e guardando attraverso i vetri della finestra lo vidi disteso nel suo letto, e attorniato dai suoi due figli. Sarei entrato lo stesso e avrei avuto il sopravvento su tutti e tre; solo che, proprio mentre lo stavo guardando, la mascella gli cadde e capii che se n'era andato. Entrai in camera sua quella notte stessa e frugai tra le sue carte per vedere se avesse lasciato qualche appunto, qualche indicazione del luogo in cui aveva nascosto i gioielli. Non trovai nulla, nemmeno una parola, e mi allontanai in preda a un furore nero. Prima di andarmene pensai che se mai avessi rivisto i miei amici sikh gli avrebbe fatto piacere sapere che avevo lasciato in quella stanza un ricordo del mio odio, e perciò scribacchiai alla meglio il segno dei quattro, così come lo avevamo combinato sulle nostre piante, e glielo appuntai sul petto. Sarebbe stato veramente troppo amaro che dovessero metterlo nella tomba senza neppure un ricordo degli uomini che aveva vigliaccamente tradito.

«In quel tempo vivevamo alla meglio così: il povero Tonga si esibiva alle fiere e in altri posti simili nella sua qualità di cannibale. Mangiava carne cruda e ballava le sue danze di guerra, e così, dopo una giornata di lavoro, incassavamo una discreta quantità di denaro. Ero sempre in contatto con Pondicherry Lodge, e per molti mesi non venni a sapere niente di interessante, se non che gli eredi continuavano a cercare il tesoro. Alla fine ebbi la notizia che aspettavo da tanti e tanti anni. Il tesoro era stato trovato. Era all'ultimo piano della casa, nel laboratorio di chimica del signor Bartholomew Sholto. Andai subito a dare un'occhiata al posto, ma non vedevo come sarei riuscito a salire fin lassù, con la mia gamba di legno. Però venni a sapere che esisteva una botola nel tetto e fui informato inoltre dell'ora in cui il signor Sholto solitamente scendeva per la cena. Mi parve che me la sarei sbrogliata più facilmente con l'aiuto di Tonga. Dunque lo portai con me legandogli una lunga fune attorno alla vita. Sapeva arrampicarsi come un gatto e perciò riuscì a infilarsi giù dal tetto con estrema facilità, ma disgrazia volle che Bartholomew Sholto si trovasse in camera sua, il che gli costò la vita. Tonga credeva di aver fatto chissà che bella cosa ad ammazzarlo, perché quando salii a mia volta lo trovai che girava impettito per la stanza, tronfio come un tacchino. Ci restò molto male quando lo picchiai con la corda insultandolo e maledicendolo. Presi poi la cassetta del tesoro e la calai giù, calandomi quindi a terra a mia volta, non senza aver prima lasciato sul tavolo il segno dei quattro, per indicare che i gioielli erano ritornati finalmente a coloro che ne avevano diritto. Tonga infine arrotolò la corda, chiuse la finestra e ritornò da dove era venuto.

«Non credo di avere altro da dirvi. Avevo sentito parlare da un barcaiolo della velocità della lancia di Smith, l'*Aurora*, e così pensai che ci sarebbe potuta servire per la nostra fuga. Entrai in contatto col vecchio Smith e gli promisi una cifra considerevole se ci portava in salvo fino alla nostra nave. Naturalmente dovette capire che c'era qualcosa di losco, sotto sotto, ma preferì non indagare e perciò è completamente all'oscuro del nostro segreto. Tutto quanto vi ho detto è la pura verità, e se sono stato sincero, signori miei, non l'ho fatto per divertirvi, perché anzi voi mi avete giocato un gran brutto tiro, ma perché credo che la mia migliore difesa consista nel non nascondere niente: anzi, voglio che il mondo intero sappia che il maggiore Sholto mi ha inflitto un'ingiustizia, e che non sono colpevole dell'uccisione di suo figlio!»

«Il suo è stato un racconto veramente interessante!» osservò Sherlock Holmes. «Una conclusione adatta a un caso straordinario. In quest'ultima parte della sua narrazione, però, non c'è per me nulla di nuovo, tranne il particolare che la corda lei se l'era portata con sé. Questo non lo sapevo. A proposito, avevo sperato che Tonga avesse consumato tutte le sue frecce: viceversa è riuscito a scoccarne ancora una contro di noi, all'ultimo momento, dalla lancia.»

«Le aveva perdute tutte, tranne quell'unica che gli era rimasta nella cannuccia.»

«Ah, già, non avevo previsto questa eventualità.»

«Le occorrono altri chiarimenti?» domandò il forzato in tono affabile.

«Non credo, grazie!» rispose il mio compagno.

«Be', Holmes,» intervenne Athelney Jones «lei è una persona che è giusto compiacere e tutti conosciamo la sua infallibile tecnica di scopritore di delitti: ma il dovere è dovere, e già ho mancato molto nell'acconsentire a quanto lei e il suo amico ci avete chiesto. Mi sentirò più tranquillo quando il nostro narratore sarà chiuso sotto chiave. La vettura è ancora lì che aspetta, e giù ci sono due ispettori. Però sono molto obbligato a entrambi per il valido aiuto che mi avete prestato. Naturalmente avrò bisogno di voi al processo. Buonanotte a tutti e due.»

«Buonanotte a lor signori!» disse a sua volta Jonathan Small.

«Tu passa davanti, Small» ordinò Jones, sempre guardingo, mentre lasciavano la nostra stanza. «Non ho nessuna voglia che tu, con la tua gamba di legno, mi faccia fare la fine di quel gentiluomo delle Isole Andamane.»

«Bene, e così finisce il nostro piccolo dramma» osservai, dopo che fummo rimasti entrambi a fumare per qualche tempo in silenzio. «Temo che questa sarà l'ultima volta in cui avrò occasione di studiare i suoi sistemi di ricerca. La signorina Morstan mi ha fatto l'onore di accettarmi come suo futuro marito.»

Holmes emise un piccolo gemito soffocato.

«Era quello che temevo» disse. «Non posso certo congratularmi con lei.»

Mi sentii un pochino offeso.

«Perché? Ha qualche motivo fondato per disapprovare la mia scelta?» esclamai.

«No, anzi! Trovo che sia una delle fanciulle più graziose che io abbia mai conosciuto, e ci è stata di grandissimo aiuto nel nostro lavoro. È anche dotata di un vero intuito investigativo: guardi per esempio come ha saputo conservare, tra tutte le carte di suo padre, quella pianta del forte di Agra. Ma l'amore è uno stato emotivo, e tutto ciò che è emotivo si oppone a quella fredda ragione che io metto sopra ogni altra cosa al mondo. Ecco perché io non mi sposerò mai, appunto per non essere costretto ad alterare le mie facoltà mentali.»

«Spero» dissi ridendo «che le mie facoltà mentali reggeranno alla prova. Ma lei ha l'aria stanca!»

«Sì, in me sta già incominciando la reazione. Per una settimana sarò inerte come uno straccio.»

«È strano» osservai «come degli stati che in un altro uomo chiamerei di pigrizia, in lei si alternino con slanci straordinari di energia e di forza!»

«Già: in me c'è il temperamento dell'ozioso, e al tempo stesso dell'uomo d'azione! Spesso mi vengono in mente i versi del vecchio Goethe:

Schade, dass die Natur einem Menschen aus Dir schuf.
Denn zum würdigen Mann war und zum Schelmen der Stoff.[5]

«Ma, a proposito di quella faccenda di Norwood,» soggiunse «vede che avevano, come avevo immaginato, un alleato nella casa, certo quel Lal Rao, il maggiordomo: cosicché Jones ha l'indiviso onore di avere finalmente acchiappato un pesce nella sua grande rete!»

«A me non sembra che le parti siano state fatte con molta giustizia!» obiettai. «Lei ha svolto tutto il lavoro, io ci guadagno una moglie, Jones un maggior prestigio: e a lei cosa resta, si può sapere?»

«Oh, per me» rispose Sherlock Holmes «resta sempre il flaconcino della cocaina.» E tese verso l'esile fiala la mano lunga e sottile.

[5] "Peccato che la natura abbia fatto di te soltanto un uomo, perché c'era la stoffa per fare un individuo di valore nonché un farabutto." (*NdT*)

IL MASTINO DEI BASKERVILLE

Titolo originale: *The Hound of the Baskerville*, 1901
Traduzione di Oreste Del Buono

1
Mr Sherlock Holmes

Il signor Sherlock Holmes, che di solito si alzava molto tardi la mattina, tranne le volte tutt'altro che rare in cui restava sveglio l'intera notte, sedeva a tavola per la prima colazione. Io mi ero chinato sulla stuoia accanto al caminetto e avevo raccolto il bastone da passeggio dimenticato dal nostro ospite della sera precedente. Era un bellissimo esemplare di solido legno, dall'impugnatura a bulbo, del tipo conosciuto come "Penang lawyer". Al di sotto del pomo c'era una striscia d'argento della larghezza di due centimetri e mezzo, su cui si poteva leggere l'incisione: "A James Mortimer, M.R.C.S., dai suoi amici del C.C.H.". La data era "1884". Era proprio il bastone da passeggio che portano abitualmente i medici di famiglia all'antica: dignitoso, massiccio, ispirava fiducia.

«Be', Watson, cosa ne pensa?»

Sherlock Holmes mi girava le spalle, non riuscivo a capire come avesse potuto accorgersi dei miei movimenti.

«Come diamine ha fatto a indovinare cosa stavo facendo? Scommetto che ha due occhi anche sulla nuca.»

«Ho qui davanti a me una bella caffettiera d'argento lucida lucida» replicò. «Ma mi dica, Watson, cosa ne pensa della mazza da passeggio del nostro visitatore? Dal momento che siamo stati così sfortunati da non incontrarlo e non abbiamo, quindi, la minima idea del motivo della sua visita, questo involontario souvenir viene ad assumere una certa importanza. Vediamo se riesce a ricostruirmi l'uomo con il bastone.»

«Penso» dissi sforzandomi di seguire per quanto mi era possibile i metodi del mio convivente «che il dottor Mortimer dovrebbe essere un medico in età avanzata, con una buona clientela, e molto stimato dal momento che coloro che lo conoscono gli hanno fatto omaggio di questa testimonianza di ammirazione.»

«Bene!» esclamò Sherlock Holmes. «Bravo!»

«E penso anche che con ogni probabilità deve trattarsi di un medico di campagna, abituato a compiere a piedi il giro di visite.»

«Da cosa lo arguisce?»

«Dalla constatazione che questo bastone, all'inizio senz'altro più che bello, appare ormai talmente usato e strausato che stento a immaginarlo in mano a un professionista di città. Il grosso puntale di ferro è tutto consumato. È quindi evidente che con questo bastone il nostro uomo deve aver fatto un gran camminare.»

«Giustissimo!» approvò Sherlock Holmes.

«E poi c'è questo "dai suoi amici del C.C.H.". A mio modesto parere è in ballo un qualche circolo di caccia. Qualche società venatoria locale i cui soci si saranno forse avvalsi delle sue prestazioni mediche e avranno pensato di disobbligarsi così.»

«Francamente, Watson, lei si sta superando» disse Sherlock Holmes scostando la sedia e accendendosi una sigaretta. «Devo riconoscere che in tutte le storie che ha avuto la bontà di scrivere sulle mie trascurabili imprese ha sempre sottovalutato le sue capacità personali. Può darsi che lei non sia quello che si dice una fonte di luce, ma è indubbiamente un buon conduttore. Alcuni individui, pur senza possedere il genio, hanno tuttavia il meraviglioso potere di stimolarlo negli altri. Confesso, mio caro amico, di doverle molto.»

Sherlock Holmes non mi aveva mai lodato tanto e devo ammettere che al momento le sue parole mi fecero un grande piacere, poiché spesso ero rimasto ferito dall'indifferenza con cui aveva accolto i miei tributi di ammirazione e i miei ripetuti tentativi di far conoscere al pubblico i suoi straordinari metodi d'indagine. Ero inoltre orgoglioso di avere assimilato quei suoi metodi al punto di meritarmi la sua approvazione. Mi tolse il bastone di mano e lo esaminò un po' a occhio nudo, un'espressione d'interesse gli conquistò la faccia, posò la sigaretta e si trasferì vicino alla finestra con il bastone, che tornò a esaminare, questa volta con la lente.

«Interessante, anche se elementare» disse dirigendosi verso il suo angolo preferito del divano. «Ci sono un paio di tracce su questa mazza che possono fornire la base per un certo numero di deduzioni.»

«Mi sono lasciato sfuggire qualcosa?» domandai, piuttosto infastidito. «Eppure non credo di aver trascurato nulla d'importante.»

«Temo proprio, mio caro Watson, che la maggior parte delle sue conclusioni siano erronee. Quando ho affermato che lei ha un effetto stimolante su di me, intendevo dire per la verità che, proprio nel constatare i suoi errori, sono stato a volte sospinto sulla strada giusta. Non che lei sia del tutto fuori strada in questo caso particolare. È indubbio che si tratta di un medico di campagna.»

«Dunque, avevo ragione.»

«Sino a questo punto sì.»

«Ma è tutto.»

«No, no, mio caro Watson, non si offenda, la prego. Direi, per esempio, che è più probabile che un regalo a un medico venga da un ospedale piuttosto che da un circolo di caccia, e questa "H." starebbe quindi per ospedale. Pertanto è naturale che le iniziali "C.C.H." significhino "Charing Cross Hospital".»

«Può darsi.»

«Le probabilità vanno in questo senso. Se lo prendiamo come un punto di partenza avremo una nuova base su cui ricostruire la personalità del nostro ignoto visitatore.»

«D'accordo, supponiamo pure che le iniziali "C.C.H." significhino "Charing Cross Hospital". Cos'altro possiamo tirarne fuori?»

«Non lo vede da sé? Conosce i miei metodi. Faccia il favore di applicarli.»

«Vedo un'unica deduzione possibile: che prima di trasferirsi in campagna il nostro uomo abbia esercitato la professione di medico in città.»

«A parer mio, potremmo arrischiarci anche un po' oltre. Esamini la cosa sotto questo aspetto: in quale occasione è più probabile che gli abbiano fatto un regalo del genere? Quando si saranno riuniti i suoi amici per donargli un pegno tangibile della loro considerazione? Naturalmente quando il dottor Mortimer ha deciso di ritirarsi dal servizio ospedaliero per darsi alla libera professione. Sappiamo di sicuro che un regalo c'è stato e supponiamo che ci sia stato anche un trasferimento dalla città alla campagna. Le pare arrischiato affermare che la cerimonia si è verificata in occasione di tale trasferimento?»

«Mi pare probabilissimo.»

«Converrà che il nostro uomo non poteva essere un primario perché una simile posizione in ospedale è in grado di tenerla solo un medico di successo, con una solida e vasta clientela. Un tale uomo non si rassegnerebbe facilmente a ritirarsi in campagna. Che cosa era, dunque, il nostro uomo? Se lavorava nell'ospedale senza essere il primario, e non partecipando alla direzione, non poteva che essere un assistente in chirurgia o medicina interna... poco più di uno studente anziano. E se ne è andato cinque anni fa, c'è la data sul bastone. Quindi, mio caro Watson, il serio medico di famiglia di età avanzata scompare nel nulla ed emerge, invece, un giovanotto al di sotto della trentina, simpatico, privo di ambizioni, distratto e possessore di un cane prediletto che immaginerei suppergiù un po' più grande di un bassotto e un po' più piccolo di un mastino.»

Scoppiai a ridere, incredulo, mentre Sherlock Holmes si lasciava andare all'indietro sul divano, lanciando verso il soffitto tremuli anelli di fumo.

«Per quanto riguarda le sue ultime affermazioni, non ho dati sufficienti per controllarne l'attendibilità,» dissi «invece non mi è difficile accertare qualcosa a proposito dell'età del nostro uomo e della sua carriera.»

Sfilai dal mio scaffaletto l'«Annuario medico» e ne sfogliai le pagine sino alla lettera "M". C'erano molti Mortimer, ma uno solo poteva essere il nostro visitatore. Lessi ad alta voce la nota che lo riguardava.

«"Mortimer James, M.R.C.S., 1882, Grimpen Dartmoor, Devon, Medico all'Ospedale di Charing Cross dal 1882 al 1884. Vincitore del premio Jackson per la patologia comparata con il saggio *La malattia è una sopravvivenza?* Socio corrispondente della Società di patologia svedese. Autore di *Capricci dell'atavismo* (Lancet, 1882), *C'è progresso in noi?* ('Journal of Psychology', marzo 1883). Ispettore medico dei circondari di Grimpen, Thorsley, High Barrow..."»

«Nessun accenno a un circolo di caccia locale, mio caro Watson,» mi fece Sherlock Holmes con un sorrisetto malizioso «ma si tratta pur sempre di un medico di campagna e, quindi, qualcosa ha indovinato. Quanto alle mie conclusioni, le ritengo giustificate. Se ricordo bene, ho definito il nostro uomo simpatico, privo di ambizioni, distratto. Ebbene, so per esperienza che a questo mondo solo un tipo simpatico riceve attestati di amicizia, solo un tipo privo di ambizioni abbandona una professione a Londra per ritirarsi in campagna, e infine solo un tipo distratto lascia il proprio bastone anziché il proprio biglietto da visita dopo avere aspettato per un'ora.»

«E il cane?»

«Ha l'abitudine di riportare il bastone al padrone. Poiché si tratta di un bastone di un certo peso, il cane lo deve addentare ben stretto in mezzo, e in questo punto, infatti, i segni dei suoi denti sono visibilissimi. La mascella del cane, com'è dimostrato dallo spazio intercorrente tra questi segni, è, secondo me, troppo larga per appartenere a un bassotto, mentre non è abbastanza larga per appartenere a un mastino. Potrebbe trattarsi... ma sì, per Giove, *si tratta proprio* di uno spaniel dal pelo ricciuto.»

Sherlock Holmes, parlando, si era alzato e aveva preso ad andare su e giù per la stanza, ma ora si era fermato nel vano della finestra, e aveva pronunciato le ultime parole con un tono di tale convinzione che lo guardai con stupore:

«Ma, mio caro amico, come può affermare una simile ipotesi con tanta sicurezza?»

«Per la semplicissima ragione» replicò «che vedo il cane in carne e ossa proprio sulla soglia di casa nostra, ed ecco che il suo padrone suona il campanello. Non si muova, Watson, la prego. Dopotutto è un suo collega, e la sua presenza potrebbe essermi di grande aiuto. Questo è il momento drammatico, carico di fato, Watson, in cui udiamo sulle scale un passo che sta per entrare nella nostra vita, e non sappiamo ancora se ci porterà gioia o sciagura. Cosa vuole questo dottor James Mortimer, uomo di scienza, da Sherlock Holmes, lo specialista del delitto? Si accomodi, avanti, avanti!»

Il nostro visitatore costituì un'autentica sorpresa per me poiché mi aspettavo comunque un tipico medico di campagna. Era, invece, un uomo alto, magro, con un lungo naso a becco proiettato tra gli occhi grigi, vividi e molto vicini, protetti da un paio di occhiali cerchiati d'oro. Era vestito in modo professionale, ma piuttosto trasandato: la sua giacca a coda di rondine era unta e bisunta e l'orlo dei pantaloni era sfrangiato. Sebbene fosse ancora giovane, era curvo e camminava con la testa buttata avanti con espressione curiosa e bonaria. Nell'entrare lo sguardo gli cadde sul bastone che Sherlock Holmes teneva in mano e si affrettò a recuperarlo con un'esclamazione di gioia.

«Oh, come sono contento» disse. «Non ricordavo più se lo avessi lasciato qui o all'Agenzia di navigazione. Non vorrei perdere questo bastone per tutto l'oro del mondo.»

«Un regalo, a quanto pare» disse Sherlock Holmes.

«Precisamente.»

«Da parte del Charing Cross Hospital?»

«Me l'hanno regalato degli amici che ho lì in occasione del mio matrimonio.»

«Ahi, ahi, le cose si mettono male» disse Sherlock Holmes, scuotendo il capo.

Il dottor Mortimer sbatté le palpebre dietro le lenti con mite stupore.

«Perché dice così?»

«Oh, nulla. C'è solo che lei ha buttato all'aria le nostre modeste deduzioni. Ma mi stava parlando del suo matrimonio, se non sbaglio...»

«Sissignore. Mi sono sposato, e così ho lasciato l'ospedale e con esso la speranza di formarmi una clientela. Ma era necessario metter su casa.»

«Be', proprio tutto non lo avevamo sbagliato» osservò Sherlock Holmes. «E ora, egregio dottor Mortimer...»

«Signor Mortimer, signor Mortimer... un umilissimo M.R.C.S.»

«Un uomo, però, dalla mente molto precisa.»

«Oh, un semplice dilettante della scienza, signor Holmes. Un raccoglitore di conchiglie lungo le rive del grande oceano dell'ignoto. Credo di rivolgermi proprio al signor Holmes e non...»

«No, questo è il mio amico dottor Watson.»

«Lietissimo di conoscerla. Ho sentito parlare anche di lei. Ma lei mi interessa enormemente, signor Holmes. Non mi sarei davvero aspettato un cranio così dolicocefalo e neppure un orbitale superiore così sviluppato. Mi consente di far scorrere il mio dito lungo la sutura parietale? Un'impronta del suo cranio, egregio signore, sino a quando non sarà disponibile l'originale, potrebbe costituire il vanto di qualsiasi museo antropologico. Lungi da me ogni intento adulatorio, ma glielo confesso: quanto le invidio il suo cranio!»

Con un cortese cenno della mano Sherlock Holmes invitò a sedere il nostro eccentrico visitatore.

«Mi accorgo che è entusiasta della sua materia come io lo sono della mia» disse. «Noto dal suo indice che si fa le sigarette da sé. Ne accenda pure una.»

Il signor Mortimer cavò di tasca cartine e tabacco e si arrotolò con sorprendente destrezza una sigaretta. Aveva dita lunghe, nervose, agili e inquiete come le antenne di un insetto.

Sherlock Holmes taceva, ma nel suo sguardo acuto e penetrante leggevo l'interesse risvegliato in lui da quello strano tipo.

«Immagino» disse alla fine «che non sia stato solo il desiderio di esaminare il mio cranio a spingerla a onorarmi della sua visita ieri sera e di nuovo oggi. Non è così?»

«No, no, sebbene sia felice che mi sia stata offerta una simile occasione. Sono venuto da lei, signor Holmes, perché riconosco di essere totalmente sprovvisto di qualsiasi senso pratico e mi trovo, invece, di punto in bianco a dover fronteggiare un problema gravissimo e assolutamente insolito. Ora, dato che la so il secondo grande esperto in materia d'Europa...»

«Davvero? E posso chiederle chi è il primo?» proruppe Sherlock Holmes, piccato.

«Per chiunque sia dotato di un cervello matematicamente scientifico, l'opera di monsieur Bertillon non ha rivali.»

«E perché non consulta monsieur Bertillon, allora?»

«Io ho parlato di cervelli matematicamente scientifici, ma è risaputo che come uomo pratico lei è insuperabile. Spero, signore, di non averla involontariamente...»

«Be', lasciamo perdere» tagliò corto Sherlock Holmes. «Io penso, dottor Mortimer, che farebbe bene a espormi senza ulteriori indugi l'esatta natura del problema per cui chiede la mia assistenza.»

2
La maledizione dei Baskerville

«Ho in tasca un manoscritto» attaccò il dottor James Mortimer.

«Me ne sono accorto appena ha messo piede in questa stanza» disse Sherlock Holmes.

«È un manoscritto antico.»

«Deve risalire ai primi del XVIII secolo, ammesso che non sia un falso» replicò Sherlock Holmes.

«Come può affermare una cosa simile?»

«Durante tutto il tempo in cui ha parlato con me, ho potuto notare un paio di centimetri del suo manoscritto. Ora sarebbe un perito da due soldi chi non riuscisse a datare un documento con un'approssimazione di non più di un decennio. Forse ignora la modesta monografia che ho compilato in proposito. Il suo manoscritto dovrebbe risalire al 1730 o giù di lì.»

«La data esatta è il 1742» e, dicendo questo, il dottor Mortimer estrasse da una tasca l'argomento del discorso.

«Questo documento di famiglia è stato affidato nelle mie mani da sir Charles Baskerville, la cui morte così tragica e improvvisa circa tre mesi fa ha provocato una profondissima emozione nel Devonshire. Dirò che oltre a essere il suo medico di famiglia ero anche un suo amico intimo. Sir Charles era un uomo di grande volontà, di grande astuzia, di grande praticità, totalmente sprovvisto d'immaginazione, esattamente come me. Eppure aveva preso molto sul serio questo documento e si era preparato nell'animo alla fine che poi lo ha effettivamente colto.»

Sherlock Holmes tese una mano, s'impadronì del manoscritto e se lo spianò tutto sulle ginocchia.

«Osservi, prego, Watson, l'uso alternato delle S lunghe e delle S brevi: è uno dei vari indizi che mi hanno permesso di azzardare una data.»

Sporgendomi sopra la sua spalla esaminai la carta giallastra e quello scritto sbiadito.

L'intestazione in cima al foglio recitava "Maniero dei Baskerville". La data in cifre arabescate era "1742".

«Parrebbe una relazione, o qualcosa del genere.»

«Infatti, è la trascrizione di un'antica leggenda che si tramanda dalla notte dei tempi nella famiglia Baskerville.»

«Ma se non ho sbagliato a capire, lei intende consultarmi su qualcosa di più vicino a noi e di più pratico.»

«Molto più vicino a noi. Molto più pratico, direi addirittura pressante, poiché la decisione va presa entro ventiquattr'ore. Ma il manoscritto è breve, e strettamente connesso con l'affare che ci concerne. Se me lo consente, gliene darò lettura io stesso.»

Sherlock Holmes si allungò sullo schienale, congiunse la punta delle dita e chiuse gli occhi, con aria di rassegnazione. Il dottor Mortimer girò il manoscritto verso la luce, e attaccò a leggere con voce acuta, stridente, la strana, antiquata narrazione:

«"Sulle origini del mastino dei Baskerville sono state tramandate molte leggende ma, poiché discendo direttamente da Hugo Baskerville, e questa storia mi è stata raccontata da mio padre il quale, a sua volta, l'aveva appresa da suo padre, la trascrivo qui con la certezza che tutto è avvenuto come qui descritto. E vorrei, figlioli miei, che fosse viva in voi la fede in quella Giustizia che punisce i peccati, ma può anche perdonarli, e non esiste maledizione così grande che non possa essere rimossa dalla preghiera e dal pentimento. Apprendete, dunque, dal racconto che vi faccio a non temere i frutti del passato, ma piuttosto a esser circospetti per il futuro, affinché quelle folli passioni che tanta sofferenza hanno causato alla nostra famiglia non trovino più sfogo nelle nostre azioni.

«"Sappiate, dunque, che all'epoca della Grande Ribellione (e vi raccomando vivamente di farvi dir tutto in proposito dall'esperto lord Clarendon) la proprietà e il castello dei Baskerville erano di Hugo, uomo sfrenato, empio, ateo, il che, forse, per la verità, gli sarebbe stato perdonato dai vicini, dato che i santi non sono mai abbondati dalle nostre parti, ma la sua indole era talmente crudele e perversa al punto che il suo nome era sinonimo di obbrobrio in tutta la zona. Accadde che Hugo si accendesse d'amore (se così può essere chiamata un'oscura passione) per la figlia di un piccolo proprietario terriero del vicinato. Ma la giovane donna, di natura pudica e virtuosa, non faceva che scansarlo per timore della di lui pessima reputazione. Fu così che il giorno di San Michele di un certo anno, questo Hugo, insieme con cinque o sei sfaccendati e dissipati compagni di bagordi, fece irruzione nella fattoria e portò via la giovane donna, mentre il padre e i fratelli si trovavano assenti da casa, come Hugo ben sapeva. La giovane donna fu condotta al maniero e venne rinserrata in una stanza dei piani superiori, e Hugo e i suoi complici si abbandonarono a una interminabile gozzoviglia com'era loro costume notturno. Ora la sventurata, imprigionata in quella stanza, si sentiva rabbrividire di raccapriccio ai canti e alle urla e alle spaventose bestemmie che arrivavano sino a lei dal pianterreno, e dovete sapere che, quando era in preda al vino, Hugo Baskerville diceva parole che da sole sarebbero bastate ad attirare la maledizione sul capo di chi le pronunciava. E, infine, con la forza del panico, la giovane donna fece quanto neppure il più temerario degli uomini avrebbe osato: afferrandosi all'edera che si arrampicava (e si arrampica anche ora) alla parete a sud, si lasciò scivolare lungo la grondaia e fuggì verso la casa di suo padre, distante tre leghe dal castello, attraverso la brughiera.

«"Il destino volle che poco dopo Hugo lasciasse i suoi ospiti per portare un poco da bere e da mangiare... e forse qualcosa di peggio... alla sua prigioniera, e scoprisse così che la gabbia era vuota e che l'uccellino era volato via. Si imbestialì, fu come se il diavolo si fosse impadronito di lui, si precipitò giù nel salotto e saltò sulla grande tavolata, facendo cadere tutt'intorno boccali e vivande. Strepitò a tutta la brigata che quella notte avrebbe reso anima e corpo al diavolo purché gli fosse stato concesso di ghermire di nuovo la sgualdrinella. E, mentre i gozzoviglianti arretravano, spaventati da tanto furore, uno più malvagio, o forse più ebbro degli altri, gridò forte di sguinzagliarle dietro i mastini. Al che Hugo si buttò fuori dall'edificio, gridando a sua volta ai palafrenieri di sellargli la giumenta e di liberare la muta e, facendo annusare alle bestie una sciarpa caduta alla giovane donna, le aizzò sull'usta e, via, se ne partì con strepiti per la brughiera sotto la luna.

«"Ora i gozzoviglianti se ne stettero per un poco immobili, attoniti, non rendendosi ben conto di quanto si era svolto tanto precipitosamente. Ma, quando cominciarono a capir qualcosa, subito ci fu un tumulto indescrivibile, chi reclamava a gran voce un'arma, chi il cavallo, chi ancora una fiasca di vino. Alla fine, comunque, si fece un minimo di lucidità in quelle teste ottenebrate, e i pazzi, in numero di tredici, saltaron sui cavalli e dettero inizio all'inseguimento attraverso la brughiera. La luna splendeva radiosa, cavalcarono verso la casa della fuggiasca, non poteva esser corsa che in quella direzione.

«"Dopo un paio di miglia, s'imbatterono in uno dei pastori che facevan la guardia di notte nella brughiera e gli domandarono se avesse visto gli altri. Si racconta che quello era talmente inebetito dal terrore che a stento riusciva ad aprir bocca. Alla fine balbettò che aveva visto la sventurata fuggire, braccata dalla muta inferocita. 'Ma ho visto dell'altro' aggiunse l'uomo. 'Hugo Baskerville mi è passato accanto sulla sua giumenta nera ma, dietro, aveva un cane d'inferno che Dio mi scampi e liberi dall'averlo mai alle calcagna.' I signorotti avvinazzati mandarono al diavolo pure lui e ripresero la corsa, bestemmiando, ma ben presto si sentirono gelare il sangue, poiché giunse alle loro orecchie uno scalpitio di zoccoli equini attraverso la brughiera e la nera giumenta di Hugo, madida di schiuma bianca, passò loro accanto a briglia sciolta e sella vuota. Allora i tredici si avvicinarono l'uno all'altro per cavalcare avanti, sebbene ognuno di loro, da solo, sarebbe tornato volentieri indietro. Così, in gruppo riluttante, raggiunsero la muta. I cani, per quanto rinomati per la temerarietà e la loro fierezza, se ne stavano, miseramente uggiolando, tutti insieme sull'orlo di un profondo avvallamento, di quelli che nella brughiera si dicon *goyal*, alcuni tendendo a indietreggiare, altri fermi, come affascinati, a guardar dabbasso.

«"I cavalieri pure si eran fermati e, come potete immaginare, ora erano meno alticci di quando eran partiti alla rincorsa. La maggior parte si rifiutò di procedere oltre, ma tre di loro, più spavaldi o forse ancora troppo ubriachi, spinsero i cavalli giù per la scarpata, sino in fondo. Qui la brughiera si apriva in uno slargo sassoso dove giganteggiavano due di quelle immense pietre, tuttora visibili, che furon poste nella notte dei tempi da genti ormai dimenticate. La luna splendeva radiosa sulla radura, al centro giaceva la sventurata, morta di terrore e sfinimento. Ma non fu la vista del suo cadavere e neppure quella del cadavere di Hugo Baskerville steso accanto a lei a far rizzare i capelli ai tre temerari, fu la presenza orripilante di una immane, mostruosa bestia nera ritta sulle zampe a sovrastare Hugo e a cercar di azzannargli la gola: aveva l'aspetto di un mastino, ma era infinitamente più grande e grosso di qualsiasi cane mai visto da occhio umano. Quando sollevò su di loro gli occhi infernali, continuando a grondar sangue dalla bocca, i tre strillarono sconvolti e fuggirono come pazzi attraverso la brughiera. Quella stessa notte, uno dei tre morì di crepacuore e gli altri due, anche se camparono, non furon mai più come prima.

«"Questa è la storia, figlioli miei, della venuta del veltro che si dice da allora tormenti la nostra famiglia. L'ho scritta perché quel che si conosce spaventa sempre meno di quel che si fantastica. Non si può davvero negare che si sian verificati nella nostra famiglia molti casi di morti violente e misteriose. Conviene, quindi, affidarci alla Divina Provvidenza, che non punirà certo mai l'innocente oltre la terza o quarta generazione, com'è stabilito nelle Sacre Scritture. Alla Provvidenza vi affido, cari figlioli e, comunque, per eccesso di precauzione vi consiglio di astenervi dall'attraversare la brughiera nelle ore buie durante le quali maggiormente si scatenano le Potenze del Male.

«"Il sottoscritto Hugo Baskerville ai suoi figli Rodger e John con la raccomandazione che nulla di questo venga comunicato alla sorella Elisabeth."»

Quando ebbe finito di leggere questo sconcertante racconto il dottor Mortimer si mise gli occhiali sulla fronte e alzò lo sguardo a cercare Sherlock Holmes. Il mio convivente accennò a uno sbadiglio, mentre faceva cadere nel camino la cenere della sigaretta.

«Ebbene?» domandò.

«La trova una storia interessante?»

«Per un amatore di fiabe, forse.»

Il dottor Mortimer trasse di nuovo qualcosa dalla tasca. Questa volta si trattava di un foglio di giornale ripiegato.

«E ora, signor Holmes, le offrirò una lettura più recente. È la "Devon County Chronicle" del 14 maggio di quest'anno. Un breve resoconto che riguarda la morte di sir Charles Baskerville, avvenuta appena qualche giorno prima di questa data.»

Il mio amico si protese un poco, la sua espressione si era fatta più intenta. L'ospite si riaggiustò gli occhiali sul naso e riattaccò a leggere:

«"La recente, repentina scomparsa di sir Charles Baskerville, candidato nella lista liberale per il Mid-Devon alle prossime elezioni, ha suscitato nella contea una dolorosa impressione. Sebbene sir Charles risiedesse al maniero dei Baskerville relativamente da poco tempo, la cordialità del suo carattere e la sua straordinaria generosità si erano conquistate l'affetto e la stima di tutti quelli che lo avevano conosciuto. In quest'epoca di *nouveaux riches* è confortante imbattersi nell'erede di un'antica famiglia nobiliare caduta in disgrazia che riesce a rifarsi una fortuna e se ne serve per ripristinare la passata grandezza della stirpe. Com'è noto, sir Charles si era rifatto una fortuna con delle speculazioni in Sud Africa, ma più saggio di tanti che si ostinano a perseguire l'arricchimento sinché la sorte stessa gli si rivolta contro, era tornato in Inghilterra. Si era stabilito al maniero dei Baskerville solo da due anni e tutti parlavano favorevolmente della grandiosità dei suoi progetti di ricostruzione e di miglioramento, purtroppo ora interrotti dalla morte. Non avendo figli, più volte aveva manifestato il desiderio che, durante la sua vita, la contrada potesse già trarre profitto dai suoi averi, e saranno certo in molti ad avere motivo di piangerne la così repentina scomparsa. Si ricorderà che spesso il nostro giornale ha dato notizia delle sue generose donazioni a enti locali.

«"Le circostanze connesse alla morte di sir Charles non sono state ancora del tutto chiarite dall'inchiesta in corso, ma almeno si è fatto qualcosa per soffocare le voci che erano state prontamente suffragate dalla superstizione popolare. Non vi è alcuna ragione di sospettare loschi intrighi né, tanto meno, di ipotizzare cause men che naturali dietro questa morte. Sir Charles era vedovo e in talune occasioni era stato definito un eccentrico. Nonostante l'entità della sua fortuna, era di gusti estremamente semplici e la servitù del castello ammontava in tutto a una coppia, i Barrymore: il marito fungeva da maggiordomo e la moglie da cameriera. La loro testimonianza, corroborata da quella di alcuni amici, tende a dimostrare che la salute di sir Charles era da qualche tempo peggiorata: pare che soffrisse di mal di cuore, il che gli provocava improvvisi pallori, mancanza di respiro e crisi depressive. Il dottor Mortimer, suo medico curante e amico, ha deposto nello stesso senso.

«"I fatti inerenti alla vicenda sono semplici. Charles Baskerville aveva l'abitudine di fare una passeggiata ogni sera lungo il famoso Viale dei Tassi della tenuta dei Baskerville. Tale consuetudine è confermata dai coniugi Barrymore. Il 4 maggio sir Charles aveva reso nota la sua intenzione di partire il giorno dopo per Londra e aveva pregato il maggiordomo di approntare i bagagli. Quella sera è uscito come al solito per la passeggiata che concludeva la giornata, durante la quale era sua costumanza fumare un sigaro. Non doveva fare più ritorno. A mezzanotte, Barrymore, scoperta la porta d'ingresso ancora aperta, si allarmò e, presa una lampada, uscì in cerca del padrone. Quel giorno era piovuto ed erano nettamente visibili le impronte di sir Charles lungo il sentiero. A metà strada c'è un cancelletto che dà sulla brughiera. Era evidente che sir Charles aveva sostato in quel punto. Poi aveva proseguito sino in fondo al sentiero, e là è stato rinvenuto il cadavere. Resta, tuttavia, irrisolto un particolare della testimonianza di Barrymore, e cioè che le impronte del padrone dal cancelletto in poi gli erano apparse cambiate come se si fosse messo a camminare in punta di piedi. A quanto pare, a quell'ora si trovava nella brughiera, a poca distanza, un tale Murphy, uno zingaro che traffica in cavalli, ma per sua stessa confessione aveva senz'altro bevuto qualche bicchiere di vino in più del consentito. Costui sostiene di aver sentito delle grida, ma non è in grado di precisare da che parte provenissero. Il corpo di sir Charles non recava alcun segno di violenza e, sebbene il dottor Mortimer gli abbia riscontrato un'incredibile distorsione facciale – tanto che in un primo tempo si era rifiutato di riconoscere nel cadavere la spoglia del suo amico e paziente –, è stato più tardi spiegato che questo è un sintomo che si verifica frequentemente in crisi di respirazione o di morte per insufficienza cardiaca. L'ipotesi è stata avvalorata dall'autopsia, che ha rivelato un disturbo organico di origini remote e, quindi, il coroner ha rilasciato un certificato di morte naturale in concordanza con le opinioni di periti settori. Questo è, ovviamente, un bene perché è importante che l'erede di sir Charles si insedi al più presto nella tenuta dei Baskerville per continuare la degna opera così bruscamente interrotta da cause di forza maggiore. Se la prosaica dichiarazione del magistrato non avesse tagliato corto con le chiacchiere romanzesche bisbigliate in relazione alla vicenda, sarebbe stato probabilmente difficile vedere di nuovo un inquilino nel maniero dei Baskerville. È risaputo che l'erede più prossimo dovrebbe essere, ammesso che sia tuttora vivo, Henry Baskerville, figlio del fratello minore di sir Charles. L'ultima volta che il giovane uomo ha dato notizia di sé si trovava in America, e proprio oltreoceano si stanno effettuando ricerche allo scopo di informarlo dell'eredità toccatagli."»

Il dottor Mortimer piegò nuovamente il giornale e se lo rimise in tasca.

«Questi, signor Holmes, sono i fatti di pubblico dominio in relazione alla morte di sir Charles Baskerville.»

«La ringrazio» disse Sherlock Holmes «per aver richiamato la mia attenzione su un caso che offre senza alcun dubbio vari aspetti interessanti. Ne avevo già letto qualcosa sui giornali, ma al momento mi trovavo infognatissimo nella questione dei cammei vaticani e nella mia ansia di fare cosa grata al Sommo Pontefice ho perso il contatto con molti casi accaduti qui in Inghilterra. Questo articolo secondo lei contiene tutti i fatti di pubblico dominio, vero?»

«Direi proprio di sì.»

«Mi parli allora di quelli di dominio privato.» Sherlock Holmes tornò ad allungarsi sullo schienale, ricongiungendo la punta delle dita e assumendo il suo aspetto più impassibilmente professionale. «Mi parli dei retroscena.»

«Le dirò qualcosa che non ho ancora confidato a nessuno» disse il dottor Mortimer, che stava dando segni di viva emozione. «Il motivo che mi ha indotto a tacere durante l'inchiesta del coroner è che un uomo di scienza deve rifuggire dal porsi nella situazione di avallare in pubblico una superstizione popolare. Ma sono stato incoraggiato al silenzio anche da un'altra considerazione. Il giornale ha ragione: il maniero dei Baskerville sarebbe certo restato senza inquilini se avessi fatto quel tanto per accrescere la sua lugubre fama, già abbastanza consistente. Per queste due ragioni mi sono ritenuto giustificato a dire meno di quanto effettivamente sapevo: e, d'altronde, da una mia più ampia deposizione non poteva risultare nulla di utile. Ma con lei voglio essere sincero.

«La brughiera è scarsamente popolata e, quando capita di abitare vicini, ci si fa buona compagnia. Le occasioni di incontrarsi non mancano, vedevo di frequente sir Charles Baskerville. A eccezione del signor Frankland del maniero di Lafter e del signor Stapleton, il naturalista, non esistono nel raggio di molti chilometri altre persone di una qualche cultura. Sir Charles conduceva vita ritirata, ma la sua malattia ci avvicinò, e molti interessi scientifici ci legarono. Dal Sud Africa aveva portato in patria un mucchio di nozioni di interesse scientifico. Così passammo delle piacevoli serate a discutere di anatomia comparata dei boscimani e degli ottentotti.

«In questi ultimi mesi, però, avevo notato che il sistema nervoso di sir Charles era ormai arrivato al punto di rottura. Si era talmente immedesimato nella leggenda che le ho appena letto che, per quanto avesse l'abitudine di passeggiare nelle sue terre, mai e poi mai nulla al mondo lo avrebbe indotto a uscire nella brughiera di notte. Sebbene le possa apparire incredibile, signor Holmes, era fermamente convinto che una terribile maledizione pesasse davvero sulla sua famiglia e la fine dei suoi predecessori non era certo incoraggiante. Sir Charles era ossessionato dall'idea di essere preso di mira da una presenza malefica, e più di una volta mi aveva domandato se mi fosse mai capitato, quando di notte mi toccava andare a visitare un paziente, di intravedere uno strano animale o di percepire il latrato di un cane. Quest'ultima domanda continuava a ripropormela, e con un tono di voce in cui vibrava una crescente nota di paura.

«Ricordo perfettamente una sera che ero andato a trovarlo, circa tre settimane prima della tragedia. Sir Charles era per caso sulla porta d'ingresso. Ero sceso dal mio calesse ed ero davanti a lui quando mi sono accorto che i suoi occhi fissavano un punto al di sopra della mia spalla, qualcosa dietro di me. La sua espressione era di un intensissimo terrore. Mi sono girato di colpo e ho avuto giusto il tempo di scorgere come in un lampo qualcosa, mi è parso simile a un grosso vitello nero, passare all'estremità del viale. Sir Charles era talmente sconvolto che ho dovuto correre sino al punto dove avevo intravisto passare quell'animale e guardarmi intorno. Non ve n'era più traccia, ma l'incidente è parso avere un effetto disastroso sul cervello del mio amico. Sono restato tutta la sera con lui, ed è stato proprio in questa occasione che, per spiegarmi il suo affanno, ha affidato alla mia custodia il manoscritto che le ho letto. Cito questo piccolo episodio perché assume una sua importanza in vista della tragedia che ne è seguita, anche se in quel momento, al contrario, ero convinto che fosse una sciocchezza e ritenevo del tutto ingiustificato il comportamento del mio amico.

«Dietro mio consiglio, sir Charles si stava preparando a partire per Londra. Sapevo che era malato di cuore e lo stato ansioso in cui viveva costantemente, sia pure senza fondato motivo, aveva un'influenza deleteria sulla sua salute. Ero sicuro che qualche mese di svago in città avrebbe fatto di lui un altro uomo. Anche il signor Stapleton, nostro comune amico e come me preoccupato delle condizioni di sir Charles, era della stessa idea. Invece, all'ultimo momento, è successa la tragedia.

«La notte della morte di sir Charles, il maggiordomo che ha fatto la scoperta mi ha mandato a cavallo Perkins, il mozzo di stalla e, poiché ero ancora in piedi, sono stato in grado di raggiungere il maniero dei Baskerville appena un'ora dopo la disgrazia. Sono stato io a controllare e a confrontare tutti i dati che poi sono stati presentati all'inchiesta. Ho seguito le orme sino al Viale dei Tassi, ho verificato il punto vicino al cancelletto che dà sulla brughiera dove pareva che sir Charles si fosse fermato ad aspettare, ho riscontrato la diversità della forma delle orme dopo quel punto, ho notato che non vi erano altre orme sulla ghiaia più sottile a eccezione di quelle di Barrymore e, infine, ho esaminato minuziosamente il corpo che nessuno aveva toccato prima del mio arrivo. Sir Charles giaceva a faccia in giù, le braccia spalancate, le dita affondate nel terreno, i lineamenti contratti da una così violenta emozione da risultare quasi irriconoscibile persino per me. Il corpo certo non presentava lesioni di alcun genere. Ma quanto ha deposto Barrymore all'inchiesta non è del tutto corrispondente al vero. Ha detto che non c'era nessuna impronta sul terreno nelle vicinanze del cadavere. Lui non le avrà viste, ma io sì. Un po' più in là, ce n'erano. E fresche. E nitide.»

«Impronte di piedi?»

«Impronte di piedi.»

«Di uomo o di donna?»

Il dottor Mortimer ci fissò per qualche istante con uno sguardo strano, e la sua voce si affievolì quasi a diventare un soffio, mentre rispondeva:

«Signor Holmes, erano di un mastino gigantesco!»

3
Il problema

Confesso che a queste parole mi sentii percorrere da un brivido. La nota di emozione nella voce del dottore faceva comprendere come fosse lui stesso profondamente turbato da quanto ci aveva appena riferito. Sherlock Holmes, interessatissimo, si sporse ulteriormente avanti, e i suoi occhi avevano l'espressione dura e tagliente che assumevano sempre quando qualcosa lo avvinceva in modo particolare.

«Le ha viste davvero?»

«Sicuro quanto lo sono di vedere lei in questo momento davanti a me.»

«E non ha detto nulla?»

«A che pro parlare?»

«Come mai nessun altro ha notato quelle impronte?»

«Le orme erano a circa venti metri di distanza dal cadavere, e nessuno vi ha prestato attenzione. Credo che neppure io ci avrei fatto caso se non fossi stato al corrente della leggenda.»

«Ci sono molti cani da pastore nella brughiera?»

«Certo, ma in questo caso non si tratta di un cane da pastore.»

«Dice che doveva essere una bestia molto grossa?»

«Enorme.»

«Però non si è avvicinata al corpo?»

«No.»

«Com'era la notte?»

«Umida e brutta.»

«Ma non pioveva in quel momento?»

«No.»

«E il viale com'è?»
«Procede tra due filari di vecchi tassi, alti circa sei metri e impenetrabili. Il passaggio al centro è largo due metri e mezzo circa.»
«Vi è qualcosa tra le siepi e il passaggio?»
«Sì, c'è una striscia di verde su ogni lato, larga due metri circa.»
«Mi pare di aver capito che la siepe di tassi è praticabile in un punto dove c'è un cancelletto. È così?»
«Sì, si tratta del cancelletto che dà sulla brughiera.»
«Esiste qualche altro varco?»
«No, nessuno.»
«Dunque, per raggiungere il Viale dei Tassi, si può arrivare o dalla casa o entrando dal cancelletto che dà sulla brughiera.»
«C'è anche un'altra uscita attraverso un padiglione, all'estremità del viale.»
«Sir Charles era arrivato fin lì?»
«No, giaceva a circa cinquanta metri dal padiglione.»
«Ora, mi dica, dottor Mortimer, è importante: le impronte che ha visto erano sul sentiero ma non sull'erba?»
«L'erba non rivelava traccia.»
«Erano sul lato del sentiero su cui si apre il cancelletto?»
«Sì, le ho riscontrate sul bordo del sentiero, precisamente sul lato in cui si apre il cancelletto che dà sulla brughiera.»
«Queste sue dichiarazioni sono per me di estremo interesse. Ancora una cosa. Il cancelletto era chiuso?»
«Sì, era chiuso e la serratura era rinforzata da un lucchetto.»
«Quanto è alto il cancelletto?»
«Un metro e mezzo circa.»
«Chiunque avrebbe potuto scavalcarlo, dunque?»
«Sì.»
«E quali impronte ha rilevato presso il cancelletto?»
«Nessuna degna di nota.»
«Santo cielo! Nessuno si è preoccupato di indagare?»
«Sì, io stesso.»
«E non ha trovato nulla?»
«Era tutto così confuso! Probabilmente sir Charles ha sostato in quel punto cinque, dieci minuti.»
«Come fa a dirlo?»

«Perché ho notato che la cenere del sigaro era caduta due volte.»

«Ottimo! Questo, Watson, è uno che lavora secondo i nostri gusti. Ma, e le impronte?»

«Aveva lasciato le proprie impronte tutt'attorno a quel piccolo tratto di ghiaia. Non ne ho viste altre.»

Sherlock Holmes si batté il ginocchio con un gesto di disappunto.

«Oh, se fossi stato lì!» esclamò. «Si tratta evidentemente di un caso straordinariamente interessante, di quelli che offrono all'esperto scientifico immense possibilità. Quel tratto di ghiaia, su cui sarei stato capace di leggere con la massima chiarezza, ormai è stato alterato dalla pioggia e reso irriconoscibile dagli zoccoli di contadini curiosi. Oh, dottor Mortimer, dottor Mortimer, e pensare che lei non mi ha chiamato! Dovrà rispondere di questo.»

«Non potevo chiamarla, signor Holmes, senza rendere questi fatti di pubblico dominio, e già le ho esposto i motivi che mi hanno indotto a tacere. Inoltre, inoltre...»

«Perché esita?»

«Esiste un campo in cui il più acuto e il più sperimentato dei poliziotti si rivela impotente.»

«Intenderebbe alludere a elementi soprannaturali?»

«Non ho inteso esattamente questo.»

«No, ma evidentemente lo ha pensato.»

«Da quando è avvenuta la tragedia, signor Holmes, mi sono arrivati all'orecchio alcuni particolari che difficilmente si conciliano con l'ordine naturale delle cose.»

«Per esempio?»

«Ecco: sono venuto a sapere che prima che avvenisse la tragedia molte persone avevano visto aggirarsi nella brughiera un essere che dalle descrizioni corrisponderebbe alla bestia demoniaca dei Baskerville, e che non assomiglia ad alcun animale conosciuto dalla scienza. Tutti concordano nell'affermare che si tratta di una creatura mostruosa, luminescente, fantastica, spettrale. Ho interrogato e controinterrogato questa gente: un contadino, un maniscalco, un agricoltore di brughiera, e tutt'e tre mi hanno ripetuto la medesima storia, mi hanno descritto un'apparizione spaventosa tale e quale al mastino infernale della leggenda. Le assicuro che nella zona regna il terrore, che nessuno si arrischierebbe ad attraversare la brughiera di notte.»

«E lei, un dotto uomo di scienza, ritiene di trovarsi di fronte a fatti soprannaturali?»

«Io non so cosa credere.»

Sherlock Holmes si strinse nelle spalle. «Sino a oggi mi sono limitato a condurre le mie indagini su questa terra» disse. «Con i miei umili mezzi ho combattuto il male, ma attaccare il Padre del Male in persona potrebbe essere forse da parte mia una pretesa troppo ambiziosa. Però lei deve ammettere che le impronte sono inequivocabilmente una cosa materiale.»

«Il mastino della leggenda è stato tanto reale da dilaniare la gola di un uomo, eppure era anche diabolico.»

«Mi accorgo che si è schierato con quelli che credono nel soprannaturale; ma ora, mi dica un po', dottor Mortimer: se nutre simili opinioni, perché è venuto a consultare proprio me? Mi dichiara che è inutile svolgere indagini sulla morte di sir Charles e al tempo stesso desidera che me ne occupi.»

«Non ho detto che desidero che se ne occupi.»

«Come posso aiutarla allora?»

«Vorrei un consiglio su come comportarmi nei confronti di sir Henry Baskerville, il quale arriverà alla stazione di Waterloo...» il dottor Mortimer consultò l'orologio «esattamente tra un'ora e un quarto.»

«Sarebbe l'erede?»

«Sì. Alla morte di sir Charles noi abbiamo effettuato ricerche su questo giovanotto, e siamo venuti a sapere che dirigeva un'azienda agricola in Canada. Dalle informazioni assunte sappiamo che è un ottimo giovane sotto tutti i punti di vista. In questo momento non sto parlando come medico, ma come esecutore testamentario di sir Charles.»

«Non vi è alcun altro pretendente, immagino?»

«No. L'unico altro parente che siamo stati in grado di rintracciare era Rodger Baskerville, il più giovane dei tre fratelli di cui sir Charles era il maggiore. Il secondo, che morì giovane, è il padre di Henry. Il terzo, Rodger, era la pecora nera della famiglia. Discendeva veramente dall'antica razza autoritaria dei Baskerville, e mi dicono che fosse l'esatta riproduzione del ritratto di famiglia del vecchio Hugo. A un certo punto l'Inghilterra prese a scottargli troppo sotto i piedi e fuggì in America Centrale, dove morì nel 1876 di febbre gialla. Henry è l'ultimo dei Baskerville. Tra un'ora e cinque minuti lo incontrerò alla stazione di Waterloo. Ho avuto un telegramma in cui mi si informa che è giunto stamane a Southampton. Dunque, signor Holmes, come mi consiglia di comportarmi con lui?»

«Non vedo perché non dovrebbe recarsi nella casa dei suoi padri!»

«Parrebbe naturale, vero? E tuttavia pensate che ogni Baskerville che si reca laggiù incontra un destino maligno. Sono fermamente convinto che, se avesse potuto parlare con me prima di morire, sir Charles mi avrebbe messo in guardia dal portare in quel luogo di morte quest'ultimo discendente dell'antica stirpe, ed erede di una così grande ricchezza. E tuttavia non è possibile negare che il benessere di questa povera e squallida contrada dipende esclusivamente dalla sua presenza. Tutto il proficuo lavoro compiuto da sir Charles andrebbe in fumo se il maniero restasse senza proprietario. Temo di lasciarmi trascinare troppo dal mio stesso interesse nella faccenda e per questo le ho sottoposto il caso, per avere un consiglio in merito.»

Sherlock Holmes rifletté in silenzio. «In parole povere, la questione si pone come segue» rispose infine. «Secondo lei esiste un fattore diabolico che fa del Dartmoor una dimora pericolosa per un Baskerville... Non è così?»

«Mi azzardo, comunque, a dire che esiste qualche prova che questo sia possibile.»

«Appunto. Se però la sua teoria del soprannaturale fosse esatta, questo fattore diabolico potrebbe recare danno al giovane tanto a Londra quanto nel Devonshire. Un diavolo con poteri esclusivamente locali, proprio come un povero funzionario di provincia, mi parrebbe francamente troppo ridicolo, inconcepibile.»

«Signor Holmes, prenderebbe la storia più seriamente se venisse a trovarsi in contatto diretto con queste cose. Dunque, secondo lei, il giovanotto sarebbe altrettanto al sicuro nel Devonshire quanto a Londra. Arriverà tra cinquanta minuti. Che cosa mi suggerisce?»

«Le suggerisco di far venire una vettura, di chiamare il suo grazioso cane che in questo momento sta grattando alla porta di casa mia, e di recarsi senza ulteriori indugi a Waterloo per incontrare sir Henry Baskerville.»

«E poi?»

«E poi non dirà nulla sinché io non avrò deciso qualcosa.»

«Quanto ci metterà a decidersi?»

«Ventiquattr'ore. Le sarò molto obbligato, dottor Mortimer, se alle dieci di domani verrà a trovarmi qui, e sarà cosa molto utile per le mie decisioni future se condurrà con sé anche sir Henry Baskerville.»

«Va benissimo, signor Holmes.»

Prese frettolosamente un appunto su un polsino della camicia e si allontanò rapidamente con quel suo strano modo di guardare distratto. Holmes lo fermò in cima alle scale.

«Ancora una domanda, dottor Mortimer. Afferma che prima della morte di sir Charles Baskerville sono stati in molti a vedere quell'apparizione nella brughiera?»

«Almeno tre persone di sicuro.»

«E in seguito?»

«Non ne ho più sentito parlare.»

«Grazie, buongiorno.»

Sherlock Holmes ritornò a sedersi nel suo angolo preferito, con uno sguardo colmo di soddisfazione interiore che faceva comprendere come già si vedesse profilare davanti un'impresa che sarebbe stata sicuramente di suo gusto.

«Esce, Watson?»

«A meno che non possa esserle di aiuto...»

«No, caro amico, è nell'ora dell'azione che io mi rivolgo a lei. Ma questo caso è magnifico, e addirittura unico sotto alcuni punti di vista. Quando passa da Bradley, vuole dirgli di mandarmi una libbra di tabacco del tipo più forte? Grazie. Sarebbe inoltre molto opportuno se facesse in modo di non rincasare prima di sera. Per allora sarò lietissimo di confrontare con lei le impressioni relative all'interessantissimo problema che ci è stato sottoposto stamani.»

Capivo che il mio amico aveva bisogno di isolamento e di solitudine per quelle ore di intensa concentrazione mentale durante le quali avrebbe vagliato ogni particolare concreto, avrebbe costruito teorie antitetiche, ponendole una di fronte all'altra, e alla fine avrebbe deciso nel proprio cervello quali dovevano essere i punti essenziali e quali quelli trascurabili. Pertanto trascorsi la giornata al circolo, e rincasai a Baker Street solo la sera. Erano quasi le nove quando mi ritrovai di nuovo nel nostro salottino.

La mia prima impressione nell'aprire la porta fu che fosse scoppiato un incendio, poiché la stanza era talmente impregnata di fumo che la luce della lampada posata sul tavolo ne era offuscata. Nell'entrare, però, le mie ansie si placarono, poiché mi resi conto che a prendermi alla gola e a farmi tossire era stata solo l'acre esalazione del tabacco fortissimo, ordinario. Nella foschia ebbi una vaga visione di Sherlock Holmes in veste da camera, raggomitolato in una poltrona, con la pipa di terracotta nera tra le labbra. Vari rotoli di carta lo circondavano.

«Raffreddato, Watson?»

«Ma no. È quest'atmosfera puzzolente.»

«Già, ora che me lo dice mi accorgo che è piuttosto densa.»

«Densa? Ma è irrespirabile!»

«E apra la finestra, allora! Vedo che è stato al circolo tutto il giorno.»

«Ma Holmes!»

«Sono nel giusto?»

«Certo, ma come mai?...»

Rise della mia espressione attonita.

«C'è in lei, Watson, un'ingenuità così deliziosamente fresca che esercitare a sue spese le mie modeste facoltà mi procura un vero piacere. Un gentiluomo se ne va a spasso in una giornata piovosa e fangosa. Se ne ritorna a sera lindo e pulito, con il cappello e le scarpe assolutamente immacolate. Quindi non può che essersene restato immobile come una cariatide per l'intera giornata. Non è un uomo dotato di molte amicizie. Dove può essere stato, dunque? La cosa non le pare ovvia?»

«Effettivamente sì.»

«Il mondo è pieno di cose ovvie che nessuno si cura mai di osservare. Dove crede che sia stato io?»

«Fermo e immobile anche lei come un gatto di marmo.»

«Per nulla. Sono stato nel Devonshire.»

«Con lo spirito?»

«Esatto. Il mio corpo è restato in questa poltrona e ha consumato in mia assenza, mi spiace di doverlo ammettere, due enormi caffettiere e un'incredibile quantità di tabacco. Dopo che se ne è andato, io ho mandato a chiedere da Stamford la carta militare di quel tratto di brughiera, e il mio spirito si è librato su di essa per l'intera giornata. Mi lusingo di poter dire che ho trovato il mio filo conduttore.»

«Si tratta di una carta su grande scala, immagino?»

«Grandissima.» Ne srotolò una sezione e la spiegò sul ginocchio. «Ecco qui la zona particolare che ci interessa. Questo al centro è il maniero dei Baskerville.»

«Con tutto questo bosco intorno?»

«Esatto. Immagino che il Viale dei Tassi, per quanto non contrassegnato sotto questo nome, debba stendersi lungo questa linea, avendo la brughiera, come può notare, alla sua destra. Questo gruppetto di case è il villaggio di Grimpen, dove il nostro amico dottor Mortimer ha il suo quartier generale. Come vede, nel raggio di otto chilometri vi sono appena poche abitazioni sparse. Questo è il maniero di Lafter, citato nel racconto, qui abbiamo una casa che potrebbe essere la residenza del naturalista... Stapleton, se ne ricordo bene il nome. Qui ci sono due case coloniche, High Tor e Foulmire. Poi, ventidue chilometri più lontano, sorge il grande penitenziario di Princetown. Tra questi punti disseminati e tutt'attorno si stende la brughiera squallida, morta. Ci troviamo dunque qui sulla scena in cui è avvenuta la tragedia, e dove forse noi potremo contribuire a recitarla una seconda volta.»

«Dev'essere un luogo terribile.»

«Certo, l'ambiente e l'atmosfera non sono comuni. Se il diavolo ha veramente desiderato ficcare la sua zampa nelle vicende degli uomini...»

«Così anche lei propende per una spiegazione soprannaturale!»

«Gli emissari del demonio possono essere benissimo di carne e ossa, non le pare? Ma due problemi ci attendono subito, sin dall'inizio. Il primo consiste nel chiarire se un delitto è stato effettivamente commesso; il secondo sta in questo interrogativo: quale delitto e come fu commesso? Naturalmente, se il presupposto del dottor Mortimer fosse esatto, e noi ci trovassimo a lottare con forze estranee alle comuni leggi della natura, la nostra indagine sarebbe bell'e finita. Ma noi dobbiamo esaurire tutte le altre ipotesi prima di ricadere su questa. Meglio che chiuda quella finestra, se non le dispiace. È strano, ma io trovo che un'atmosfera concentrata aiuti a concentrare il pensiero. Non mi sono spinto sino al punto di rinchiudermi in una scatola a pensare, ma è la logica conclusione dei miei convincimenti. Ha riflettuto per conto suo su questo nostro nuovo caso?»

«Sì, ci ho pensato molto nel corso della giornata.»

«E che cosa ne ha dedotto?»

«Secondo me è strabiliante.»

«Certo è singolare. Presenta alcuni tratti straordinari. Quel mutamento di direzione nelle impronte, per esempio. Cosa ne dice?»

«Mortimer dice che sir Charles, in quel tratto di viale, ha camminato in punta di piedi.»

«Non ha fatto che ripetere quello che qualche imbecille ha detto durante lo svolgimento dell'inchiesta. Perché avrebbe dovuto camminare lungo il viale in punta di piedi?»

«Già, perché?»

«Perché *correva*, Watson... correva disperatamente, correva per mettersi in salvo, e ha corso finché il cuore non gli è scoppiato, e non è caduto morto con la faccia per terra.»

«Ma a cosa tentava di sottrarsi?»

«Questo è il problema. Ma abbiamo indizi che il poveraccio dovesse essere folle di paura ancora prima di essersi messo a correre.»

«Come può affermarlo?»

«Secondo me l'origine dei suoi timori veniva dalla brughiera. Se questo è vero, e la cosa mi pare molto probabile, solo un uomo che abbia smarrito le proprie facoltà intellettuali può fuggire *lontano* dalla propria casa anziché correre verso di essa. Se possiamo tenere per buona la testimonianza dello zingaro, sir Charles dovette correre lanciando invocazioni di aiuto proprio nella direzione in cui era meno probabile che potesse trovarne. E poi un altro interrogativo: chi stava aspettando sir Charles, quella sera, e perché aspettava questa persona nel Viale dei Tassi, invece che in casa propria?»

«Ritiene che stesse aspettando qualcuno?»

«Sir Charles era un uomo anziano e malandato. È comprensibile che facesse una passeggiatina serale, ma quella sera il terreno era umido e il tempo inclemente. Vi pare naturale che abbia sostato in piedi per cinque o forse anche per dieci minuti, come il dottor Mortimer, con maggiore buonsenso di quanto io lo ritenessi capace, ha dedotto dalla cenere del sigaro?»

«Ma sir Charles usciva ogni sera.»

«Mi pare improbabile che sostasse ogni sera presso il cancelletto della brughiera, anzi, tutte le testimonianze tendono a dimostrare che lo evitava. Quella sera, invece, si è fermato proprio lì. Era la sera prima della sua partenza per Londra. Il mistero prende forma, Watson, si fa coerente. Posso pregarla di porgermi il mio violino? E ora rimanderemo ogni ulteriore discussione su questo argomento sinché non avremo avuto il piacere, domattina, di parlare col dottor Mortimer e con sir Henry Baskerville.»

4

Sir Henry Baskerville

La tavola della nostra prima colazione era già stata sparecchiata da tempo, e Holmes in veste da camera era in attesa del colloquio che ci era stato promesso. I nostri clienti furono puntuali all'appuntamento. Infatti, la pendola aveva appena terminato di scoccare le dieci quando il dottor Mortimer comparve, accompagnato dal giovane baronetto.

Costui era di bassa statura, sui trent'anni, dall'aspetto agile, gli occhi neri, il fisico robusto, con nere e folte sopracciglia e una maschia grinta combattiva. Indossava un completo chiaro di tweed, e dalla faccia cotta dal sole si capiva che aveva passato la maggior parte della propria esistenza all'aria aperta, eppure qualcosa nello sguardo fermo dei suoi occhi e nella calma sicurezza del suo comportamento indicava il signore nato.

«Vi presento sir Henry Baskerville» disse il dottor Mortimer.

«Proprio io» aggiunse il giovane uomo «e il bello è, signor Holmes, che, se il mio amico qui presente non mi avesse proposto di venire da lei stamani, ci sarei comunque venuto io. So che le piace risolvere gli indovinelli, e a me se ne è presentato uno poco fa che richiede più applicazione di mente di quanta io ne disponga.»

«Si sieda, la prego, sir Henry. Dunque, da quello che mi è parso di capire lei, appena arrivato a Londra, ha già avuto qualche esperienza degna di nota?»

«Oh, nulla di molto importante, signor Holmes. Forse si tratta solo di uno scherzo. È questa lettera, se così vuole chiamarla, che mi è stata recapitata di prima mattina.»

Così dicendo posò sul tavolo una busta, e ci chinammo tutti a osservarla. Era di qualità ordinaria, di colore grigiastro. Sopra vi era scritto rozzamente, in stampatello:

SIR HENRY BASKERVILLE, NORTHUMBERLAND HOTEL

Recava il timbro postale di Charing Cross e la data della sera precedente.

«Chi sapeva che avrebbe alloggiato al Northumberland Hotel?» domandò Holmes fissando sul nostro ospite lo sguardo scrutatore.

«Nessuno. Ho scelto quell'albergo solo dopo l'incontro col dottor Mortimer.»

«Ma certo il dottor Mortimer vi aveva già alloggiato per proprio conto.»

«No, mi sono fermato da un amico» interloquì il dottore. «Nessuno poteva sapere che noi saremmo stati in quell'albergo.»

«Uhm! Pare davvero che qualcuno si stia interessando moltissimo a ogni sua mossa.» Sherlock Holmes estrasse dalla busta un mezzo foglio di carta protocollo piegato in quattro. Lo aprì e lo spiegò sul tavolo. Al centro era stata scritta un'unica frase composta da lettere ritagliate e incollate. Diceva:

SE CI TIENE ALLA VITA E ALLA RAGIONE
SI DOVREBBE TENERE LONTANO DALLA BRUGHIERA.

La parola "brughiera" era la sola scritta a inchiostro.

«E ora» disse sir Henry Baskerville «forse saprà dirmelo lei, signor Holmes, cosa significhi questa storia, e chi diavolo si interessi tanto ai miei affari.»

«Cosa ne pensa, dottor Mortimer? Mi concederà che almeno in questo non vi è nulla di soprannaturale!»

«Nossignore, ma potrebbe provenire da qualcuno convinto che si tratti di una faccenda soprannaturale.»

«Quale faccenda?» interruppe bruscamente sir Henry. «Mi pare che lei ne sappia, su quello che mi riguarda, molto più di me.»

«Sarà messo al corrente di tutto quello che sappiamo prima di lasciare questa stanza, sir Henry: glielo prometto» replicò Sherlock Holmes. «Per il momento ci limiteremo, col suo permesso, allo studio di questo documento davvero interessante, che deve essere stato messo insieme e spedito non più tardi di ieri sera. Ha il "Times" di ieri, Watson?»

«Eccolo qui.»

«Posso chiederle di guardare... l'articolo di fondo?» Vi lanciò una rapida occhiata, facendo scorrere lo sguardo lungo le varie colonne. «Meraviglioso questo articolo sul libero scambio. Permettetemi di farvene un riassunto. "Voi potrete forse avere ragione di supporre che il vostro commercio specifico o la vostra particolare industria siano incoraggiati da una tariffa protettiva, ma è evidente che un simile sistema di leggi finirà alla lunga per tenere lontano dal paese la ricchezza, diminuire il valore delle nostre importazioni e abbassare il tenore generale di vita di quest'isola." Cosa ne dice, Watson?» esclamò Holmes con giubilo, fregandosi le mani tutto soddisfatto. «Non le pare che questo sia un modo di esprimersi per lo meno ammirevole?»

Il dottor Mortimer guardò Holmes con occhi pieni di interesse professionale, e sir Henry Baskerville mi puntò addosso due nere pupille cariche di sbalordito stupore.

«Io non me ne intendo gran che di tariffe e roba del genere,» disse «ma mi pare che, per quello che riguarda questo articolo, ci siamo allontanati di parecchio dal nostro caso.»

«Al contrario, io invece ho proprio l'impressione che siamo sulla pista giusta, sir Henry. Il mio amico Watson conosce meglio di voi i miei metodi, e tuttavia temo che neppure lui sia riuscito ad afferrare il significato di questo articolo.»

«Infatti, Holmes, confesso che non vedo alcun rapporto...»

«Eppure, mio caro Watson, è così evidente che la frase è stata presa da questo articolo! "Vita, ragione" eccetera... Non capisce da dove tutte queste parole sono state prese?»

«Tuoni e fulmini, ma è vero! Perbacco! Questo sì che si chiama avere la testa!» esclamò sir Henry.

«Se ci fosse ancora qualche dubbio, viene rimosso dal fatto che l'espressione "tenere lontano" è ritagliata in un pezzo solo.»

«Già... è proprio così.»

«Francamente, signor Holmes, questo supera quello che io potevo avere immaginato» disse il dottor Mortimer, fissando stupefatto il mio amico. «Tutti avrebbero potuto capire che queste parole erano state ritagliate da un giornale, ma che lei avrebbe capito da quale giornale, specificando che si trattava dell'articolo di fondo, è veramente una delle esperienze più notevoli alle quali io abbia mai assistito. Come ha fatto?»

«Suppongo, caro dottore, che lei sarebbe in grado di distinguere il cranio di un negro da quello di un esquimese.»

«Si capisce.»

«Ma in che modo?»

«Perché questa è la mia specialità. Le differenze sono evidenti: la curva sopraorbitale, l'angolo facciale, la linea della mascella, la...»

«Ma anche nel mio caso questa è la mia specialità, e le differenze sono altrettanto evidenti. Vi è la stessa diversità, ai miei occhi, tra un articolo del "Times", con i suoi caratteri elegantemente borghesi, e la stampa trascurata di un giornale della sera da mezzo soldo, di quella che corre per lei tra un negro e un esquimese. L'individuazione dei caratteri di stampa deve costituire una delle più elementari branche del sapere, per lo specialista in criminologia, per quanto devo confessare che una volta, quando ero molto giovane, ho confuso il "Leeds Mercury" col "Western Morning News". Ma un articolo di fondo del "Times" è assolutamente inconfondibile, e queste parole non potevano che venire da lì. Poiché la lettera è stata spedita ieri, avevo novantanove probabilità su cento di trovarne le parole nell'edizione di ieri.»

«Se ho ben capito il suo ragionamento, signor Holmes,» disse sir Henry Baskerville «qualcuno ha ritagliato questo messaggio con le forbici...»

«Sì, con forbicine da unghie» precisò Sherlock Holmes. «Vedete, sono state usate forbici dalla lama molto corta, perché chi ha ritagliato l'articolo ha fatto due intaccature nelle parole "tenere lontano".»

«Eh, già. Qualcuno, dunque, ha ritagliato il messaggio con un paio di forbicine e lo ha appiccicato con la colla...»

«Colla liquida» precisò Sherlock Holmes.

«Con la colla liquida su questo foglio. Ma mi piacerebbe sapere perché hanno dovuto scrivere a mano la parola "brughiera".»

«Perché chi ha ritagliato il messaggio non l'ha trovata nel "Times"! Le altre parole erano tutte semplici, ed era facile ritrovarle in qualsiasi giornale, mentre "brughiera" è un vocabolo meno comune.»

«Perbacco, è evidente, questo spiega tutto. Ha visto qualcos'altro in questo messaggio, signor Holmes?»

«Ci sono un altro paio di indicazioni, per quanto il mittente si sia dato molto da fare per cancellare ogni traccia. Osservate, per esempio, che l'indirizzo è scritto in modo vistosamente elementare. Tuttavia il "Times" è un giornale che viene letto solo da persone di un certo livello. Possiamo dedurne pertanto che la lettera è stata compilata da una persona colta che voleva dare a intendere di non esserlo, e i suoi sforzi di dissimulare la propria scrittura fanno pensare che appunto la sua scrittura potesse essere nota, o comunque riconoscibile. Osservate inoltre che le parole non sono regolarmente allineate, ma alcune sono più alte delle altre. "Vita", per esempio, è completamente fuori squadra. Il che può far pensare a trascuratezza, oppure anche ad agitazione e fretta da parte di chi incollava. Nel complesso, propendo per la seconda ipotesi, dal momento che la cosa era indubbiamente di grande importanza, ed è improbabile che il compilatore di un simile avvertimento sia un individuo trascurato. Se aveva fretta, invece, come credo, ecco che si pone l'interessante quesito del perché ne avesse tanta, dal momento che una qualsiasi lettera imbucata di prima mattina sarebbe comunque arrivata a sir Henry prima che lasciasse il suo albergo. Forse il compilatore temeva di essere interrotto... ma da chi?»

«Ora ci stiamo addentrando nel campo dell'immaginazione» disse il dottor Mortimer.

«Dica piuttosto nel campo in cui si valutano le probabilità e si scelgono quelle più attendibili. Noi ci serviamo dell'immaginazione come mezzo scientifico, ma possediamo pure alcune basi concrete su cui iniziare le nostre argomentazioni. Lei potrà forse chiamarla immaginazione, ma io sono quasi sicuro che questo indirizzo è stato vergato in un albergo.»

«Come diamine fa ad affermarlo?»

«Se avrà la compiacenza di esaminare attentamente lo scritto, si accorgerà che tanto la penna quanto l'inchiostro hanno procurato più di un guaio allo scrivente. La penna si è impuntata due volte nel corso di una sola parola, e il pennino si è asciugato tre volte nello spazio di un breve indirizzo, il che dimostra che nel calamaio ci doveva essere pochissimo inchiostro. Ora è difficile che una penna o il calamaio di un privato si riducano in queste condizioni, e la simultaneità delle due cose è a ogni modo piuttosto rara. Ma tutti noi conosciamo cosa succede con i calamai e le penne degli alberghi, quando non si dispone della propria penna. Sì, io non esito ad affermare che, se potessimo esaminare i cestini della carta straccia degli alberghi intorno a Charing Cross, sino a rinvenire i resti mutilati dell'articolo di fondo del "Times", riusciremmo poi a porre direttamente le mani sulla persona che ha spedito questo singolare messaggio. Ehi! Ehi! Cos'è questo?»

Studiò attentamente il foglio protocollo su cui le parole erano incollate, avvicinandolo agli occhi.

«Dunque?»

«Nulla» fece Holmes buttando il foglio in un canto. «È un semplice pezzo di carta bianca, senza neppure la filigrana. Credo che abbiamo dedotto tutto il deducibile da questa strana lettera e ora, sir Henry, mi dica: le è successo qualcosa di interessante da quando è a Londra?»

«Ma... no, signor Holmes, non credo.»

«Non ha notato se qualcuno l'ha pedinato o sorvegliato?»

«Ho l'impressione di essere caduto a capofitto in un romanzo d'appendice» rispose il nostro ospite. «Perché diamine dovrei essere stato pedinato o sorvegliato?»

«Glielo spiegherò tra poco. Non ha altro da riferirci prima che io faccia il punto della situazione?»

«Mah! Dipende da quello che intende per notizie interessanti.»

«Ritengo che qualsiasi cosa fuori dall'andamento normale della vita quotidiana sia degna di interesse.»

Sir Henry sorrise. «Non sono ancora molto addentro alla vita inglese, poiché ho trascorso quasi tutta la mia vita negli Stati Uniti e nel Canada. Ma spero che perdere una delle proprie scarpe non faccia parte dell'andamento quotidiano della vita britannica.»

«Ha perso una delle sue scarpe?»

«Mio caro amico,» protestò a questo punto il dottor Mortimer «si tratta di un semplice smarrimento. Sono certo che la ritroverà non appena rientrerà all'albergo. A cosa serve disturbare il signor Holmes con inezie di questo genere?»

«Perbacco! Lui mi ha chiesto di dirgli tutto quello che è fuori dall'andamento normale dell'esistenza quotidiana.»

«Proprio così,» disse Sherlock Holmes «per quanto comune e sciocco possa parere un incidente qualsiasi, m'interessa. Dunque, dice di aver perso una scarpa?»

«Be', persa o smarrita, la pensi come vuole. Io so che ieri sera le ho messe fuori dalla porta tutt'e due, e che stamani ce n'era una sola. Non sono riuscito a cavare una parola dal tizio che le pulisce. E il peggio è che si tratta di un paio che avevo appena acquistato ieri sera nello Strand, e che non avevo ancora calzato.»

«Se non le aveva ancora portate, perché le ha messe fuori per farle pulire?»

«Perché sono scarpe di cuoio grasso, che non erano mai state lucidate. Ecco perché le avevo messe fuori dalla porta.»

«Allora, da quello che mi dice, ieri, appena arrivato a Londra, per prima cosa è andato a comprarsi un paio di scarpe?»

«Ho fatto molte compere. Il dottor Mortimer mi ha accompagnato. Vede, se devo fare il signorotto di campagna, laggiù, bisogna che mi vesta in carattere con la mia parte, e temo di essermi lasciato un po' troppo andare in fatto di abbigliamento durante la mia permanenza nell'Ovest americano. Tra le altre cose ho comprato queste scarpe marroni, che ho pagato sei dollari, e me ne hanno rubata una ancor prima che potessi avere il piacere di infilarmele ai piedi.»

«Mi pare una cosa stranamente inutile da rubare» osservò Sherlock Holmes. «Confesso che condivido l'opinione del dottor Mortimer, e che tra non molto tempo ritroverà la sua scarpa smarrita.»

«E ora, signori,» disse il baronetto in tono deciso «mi pare di aver parlato abbastanza di quel poco che so. E mi pare, invece, il momento che voi manteniate la vostra promessa, e m'informiate minutamente su quanto mi riguarda.»

«La sua è una richiesta più che ragionevole» replicò Sherlock Holmes. «Dottor Mortimer, credo che la cosa migliore sia che lei racconti a sir Henry la sua storia esattamente come l'ha raccontata a noi.»

Così spronato, il nostro amico scienziato tirò fuori da una tasca i suoi scartafacci, ed espose tutta la vicenda come aveva fatto con noi la mattina precedente. Sir Henry Baskerville stette ad ascoltare con la più profonda attenzione, lanciando di tanto in tanto un'esclamazione di sorpresa.

«Perbacco! A quanto pare, oltre che una tenuta, ho ereditato una maledizione» osservò, quando il lungo racconto ebbe termine. «Naturalmente, avevo inteso parlare del famoso mastino sin da quando ero a balia. È la storia preferita della nostra famiglia, sebbene io non l'abbia mai presa molto sul serio. In quanto alla morte di mio zio... diamine, sento che mi ribolle il cervello, e non riesco ancora a connettere bene le idee. E, a quanto pare, neppure voi avete ancora ben capito se in questo caso sia meglio rivolgersi a un poliziotto o a un prete.»

«Proprio così.»

«E ora c'è questa faccenda della lettera che mi hanno spedito all'albergo. Immagino che quadri perfettamente con la faccenda.»

«Secondo me, indica che esiste qualcuno molto più al corrente di noi dei fatti della brughiera» interloquì il dottor Mortimer.

«E secondo me,» aggiunse Sherlock Holmes «indica che esiste anche qualcuno non mal disposto nei suoi confronti, dal momento che la mette in guardia contro un pericolo.»

«Però può anche darsi che voglia tenermi lontano spaventandomi per chissà quali suoi scopi.»

«Naturalmente, anche questo è possibile. Io le sono veramente grato, dottor Mortimer, per avermi sottoposto un problema che presenta alternative interessanti. Ma il punto importante sul quale noi dobbiamo ora decidere è il seguente: sir Henry, conviene o non conviene che lei si rechi al maniero dei Baskerville?»

«E perché non dovrei andarci?»

«A quanto pare, laggiù la aspetta un grave pericolo.»

«Secondo lei il pericolo proverrebbe da questo demone di famiglia oppure da esseri umani?»

«È proprio quello che dobbiamo scoprire.»

«Comunque sia, la mia risposta è questa: non c'è diavolo all'inferno, signor Holmes, né uomo sulla terra che potrà impedirmi di prendere dimora nella casa dei miei padri, e lei può considerare questa come la mia risposta definitiva.» Le sue scure sopracciglia si corrugarono e la sua faccia avvampò di un cupo rossore, mentre pronunciava queste parole. Era evidente che il fiero temperamento dei Baskerville non si era estinto. «Frattanto» aggiunse «non ho quasi avuto il tempo per pensare a tutto quello che mi avete detto. È molto difficile per un uomo dover capire e decidere in una volta sola. Mi piacerebbe avere un'ora di calma, solo con i miei pensieri, per riflettere. Senta, signor Holmes, ora sono le undici e mezzo, e io ritorno dritto filato al mio albergo. Non sarebbe una bella cosa se lei e il suo amico dottor Watson veniste a pranzo con noi due? Per quell'ora sarò in grado di esprimervi, con maggiore chiarezza di quanto non possa fare ora, il mio punto di vista su questa mia situazione.»

«Le va la proposta, Watson?»

«Certo.»

«Allora aspettateci pure. Devo farle chiamare una carrozza?»

«Preferirei andare a piedi, perché questa faccenda mi ha piuttosto emozionato.»

«La accompagno volentieri nella passeggiata» disse il dottor Mortimer.

«Allora alle due. Arrivederci.»

Udimmo i passi dei nostri ospiti scendere le scale e lo sbattere della porta d'ingresso. In un baleno Sherlock Holmes si tramutò da languido sognatore in energico uomo d'azione: «Si metta il cappello e le scarpe, Watson, presto! Non c'è un istante da perdere!». Scomparve in vestaglia nella sua camera da letto per riemergerne dopo pochi istanti vestito da capo a piedi. Ci precipitammo insieme giù per le scale e uscimmo in strada. Il dottor Mortimer e Baskerville erano ancora visibili a circa duecento metri da noi, diretti verso Oxford Street.

«Vuole che corra a fermarli?»

«Per nulla al mondo, mio caro Watson. La sua compagnia mi è più che sufficiente, ammesso che lei si accontenti di tollerare la mia. I nostri amici sono saggi, perché è davvero una mattinata bellissima per passeggiare.»

Affrettò il passo finché non avemmo accorciato di metà circa la distanza che ci separava da loro. Poi, sempre mantenendoci a una distanza di cento metri, li seguimmo per Oxford Street e nuovamente giù per Regent Street. Una volta i nostri amici si fermarono ad ammirare la vetrina di un negozio, e Sherlock

Holmes fece altrettanto. Ma un attimo dopo lanciava un gridolino di soddisfazione e, seguendo la direzione del suo acutissimo sguardo, vidi una carrozza pubblica, con un passeggero all'interno, che si era fermata sull'altro lato della strada e ora aveva ripreso ad avanzare lentamente.

«Ecco il nostro uomo, Watson! Andiamo! Gli daremo un'occhiata, se non riusciremo a fare di meglio.»

Feci in tempo a intravedere una folta barba nera e due occhi penetranti che ci fissavano attraverso il finestrino laterale della carrozza. Immediatamente il passeggero urlò qualcosa al cocchiere, e la carrozza prese a correre a rotta di collo giù per Regent Street. Holmes si guardò intorno in cerca di un'altra carrozza, ma non ve n'era neppure una libera in vista. Allora si lanciò in un inseguimento selvaggio attraverso l'ingorgo del traffico, ma il suo svantaggio era troppo grande, e dovette rinunciare.

«Maledizione!» borbottò amaramente Holmes, spuntando ansimante e pallido fuori dalla ressa dei veicoli. «È mai possibile combinare tanta sfortuna con così poca abilità? Watson, Watson, se lei è un uomo sincero e onesto, dovrà annoverare anche questo episodio tra i miei insuccessi!»

«Chi era?»

«Non ne ho la più pallida idea.»

«Una spia?»

«Per quanto abbiamo saputo dal giovane Baskerville, lo hanno pedinato dal momento in cui è sceso in città. Come avrebbero altrimenti potuto sapere che aveva scelto il Northumberland Hotel? Se era stato seguito il primo giorno, ero sicuro che lo avrebbero seguito anche il secondo. Avrà forse osservato che io mi sono avvicinato due volte alla finestra, mentre Mortimer leggeva la sua favola.»

«Sì, ricordo.»

«Cercavo di scoprire se ci fosse qualcuno che indugiava nella strada, ma non ho visto nessuno. Ci troviamo di fronte a un uomo molto intelligente, Watson. Questo è un caso preoccupante e, sebbene io non abbia ancora del tutto deciso se sia un'entità benigna o maligna quella con cui abbiamo a che fare, ho tuttavia la netta sensazione, sempre, di una forza e di un piano ben congegnato. Non appena i nostri amici se ne sono andati, mi sono messo subito a seguirli nella speranza d'incontrarmi col loro invisibile pedinatore. Ma costui è stato così astuto da non fidarsi di andare a piedi, si è avvalso invece di una carrozza di piazza, per poterli seguire piano piano oppure precederli di gran carriera sfuggendo così alla loro attenzione. Lo stratagemma gli offriva il doppio vantaggio che, se avessero preso anch'essi una carrozza, lui era già pronto all'inseguimento. Il trucco tuttavia offre uno svantaggio evidente.»

«Lo pone nelle mani del fiaccheraio.»

«Appunto.»

«Che peccato che non abbiamo preso il numero.»

«Mio caro Watson, per quanto abbia appena dimostrato di essere un imprevidente, non può pensare che abbia trascurato di prenderne il numero! È il 2704. Questo però per il momento non ci serve.»

«Non vedo come avrebbe potuto fare di più.»

«Appena notata la carrozza avrei dovuto immediatamente fare dietrofront e camminare in direzione opposta. Poi con comodo avrei potuto noleggiare una seconda carrozza e seguire la prima a debita distanza, o meglio ancora, avrei potuto farmi condurre sino al Northumberland Hotel e aspettare lì. Il nostro ignoto avrebbe scortato il giovane Baskerville a destinazione, e noi avremmo avuto allora la possibilità di giocare contro di lui il suo stesso gioco, e di vedere dove andava. Invece, per uno stupido eccesso d'impazienza, di cui si è avvantaggiato con incredibile prontezza ed energia il nostro avversario, noi ci siamo traditi e abbiamo perduto il nostro uomo.»

Durante questa conversazione avevamo proseguito lentamente lungo Regent Street, e ormai il dottor Mortimer e il suo compagno erano spariti.

«È inutile che continuiamo a seguirli» dichiarò Holmes. «Il fantasma si è volatilizzato e non ritornerà. Dobbiamo ora vedere quali carte ci restano in mano, e dobbiamo giocarle con decisione. Saprebbe riconoscere la faccia dell'uomo che abbiamo visto nella carrozza?»

«Saprei riconoscere soltanto la barba.»

«Di questo sarei capace anch'io... e da questo bisogna arguire che con tutta probabilità si tratta di una barba finta. Un uomo intelligente, in un'impresa così delicata, si serve di una barba unicamente per nascondere i propri lineamenti. Entri qui con me, Watson!»

S'infilò in un'agenzia di recapito corrispondenza, dove venne calorosamente accolto dal direttore.

«Ah, Wilson, vedo che non ha dimenticato la modesta occasione in cui ebbi la fortuna di poterla aiutare!»

«Certo, signor Holmes, che non me la sono dimenticata! Lei mi ha salvato la reputazione e forse anche la vita.»

«Non esageri ora, la prego. Mi pare di ricordare, Wilson, che una volta avevate tra i vostri fattorini un ragazzo di nome Cartwright, che dimostrò una certa abilità durante quell'indagine.»

«Certo, signor Holmes, è sempre con noi.»

«Potreste mandarlo a chiamare? Grazie. E le sarei anche grato se mi potesse far cambiare questa banconota da cinque sterline.»

Un ragazzo di circa quattordici anni, dalla faccia vivace e intelligente, accorse allo squillo del campanello del direttore. Si fermò, fissando con profondo rispetto il celebre investigatore.

«Vorrei avere la *Guida degli alberghi*» disse Sherlock Holmes. «Grazie! E adesso, Cartwright, stammi bene a sentire: qui nelle immediate vicinanze di Charing Cross ci sono i nomi di ventitré alberghi, vedi?»

«Sissignore.»

«Tu li visiterai tutti uno per uno.»

«Sissignore.»

«Incomincerai, ogni volta che entri, con il dare al portiere uno scellino. Eccoti ventitré scellini.»

«Sissignore.»

«Chiederai ogni volta che ti facciano vedere la carta straccia del giorno innanzi, dirai che si è smarrito un telegramma importante e che ti hanno ordinato di rintracciarlo. Mi capisci?»

«Sissignore.»

«Quello però che devi cercare, in realtà, è la pagina del "Times" da cui sono state ritagliate alcune frasi con un paio di forbicine. Eccoti una copia del "Times" di ieri. Questa è la pagina. La sapresti riconoscere facilmente, vero?»

«Sissignore.»

«In ogni caso il portiere ti rimanderà a un cameriere e anche a quest'ultimo darai uno scellino. Eccoti altri ventitré scellini. Certamente in venti casi su ventitré ti diranno che la carta straccia del giorno innanzi è stata buttata o bruciata. Negli altri tre casi ti mostreranno un mucchio di carta e tu vi dovrai scovare in mezzo questa pagina del "Times". Hai dunque il novantasette per cento di probabilità di non trovarla. Eccoti altri dieci scellini per ogni evenienza. Fammi avere un resoconto telegrafico a Baker Street prima di sera. E adesso, Watson, non ci resta che stabilire, per mezzo del telegrafo, l'identità del vetturino numero 2704, dopo di che faremo una capatina in una delle tante gallerie d'arte di Bond Street, dove passeremo il tempo sino a quando non sarà giunto il momento di andarcene all'appuntamento che abbiamo all'albergo.»

5

Tre fili spezzati

Sherlock Holmes possedeva in sommo grado la capacità di estraniarsi mentalmente, appena lo riteneva opportuno, dalle cose che lo circondavano. Lo strano affare in cui eravamo coinvolti parve per due ore non esistere più per lui. Sherlock Holmes si dedicò completamente alla contemplazione della pittura fiamminga. Non fece altro che parlare d'arte, mostrando di avere idee piuttosto audaci in proposito, da quando entrammo nella galleria a quando arrivammo al Northumberland Hotel.

«Sir Henry Baskerville vi aspetta di sopra» disse il portiere. «Mi ha raccomandato di farvi salire subito.»

«Le dispiace se do un'occhiatina al vostro registro?» domandò Sherlock Holmes.

«Per nulla.»

Dal registro dell'albergo risultava che dopo il nome di Basker ville erano stati apposti altri due nomi. Uno di questi era "Theophilus Johnson e famiglia", di Newcastle; l'altro "signora Oldmore e cameriera", di High Lodge, Alton.

«Certo, questo deve essere proprio quel Theophilus Johnson che io conoscevo una volta» disse Sherlock Holmes al portiere. «Un avvocato, non è vero, grigio di capelli, che cammina zoppicando leggermente?»

«Nossignore, questo è il signor Johnson proprietario di miniere di carbone. È un signore molto in gamba, non certo più vecchio di lei.»

«È sicuro di non sbagliare circa la sua professione?»

«Sissignore, frequenta il nostro albergo da molti anni, e lo conosciamo benissimo.»

«Allora questo risolve i miei dubbi. Anche la signora Oldmore, però. Mi pare di ricordare il suo nome. La prego di scusare ancora la mia curiosità, ma spesso ricordando un amico se ne trova un altro.»

«È una signora inferma, signore. Suo marito è stato per un certo tempo sindaco di Gloucester. Alloggia sempre da noi quando viene in città.»

«La ringrazio, non credo di poter reclamare l'onore di conoscerla. Con queste domande abbiamo fissato un dato molto importante, Watson» proseguì poi a voce bassa, mentre salivamo insieme le scale. «Sappiamo ormai che le persone che si interessano al nostro amico non hanno alloggiato in questo albergo. Il che significa che mentre sono, come abbiamo visto, ansiose di sorvegliarlo, sono altrettanto ansiose di non essere riconosciute. E questo è un dato di estrema importanza.»

«Perché mai?»

«Perché... Salve, caro amico. Ma che diavolo succede?»

Arrivati in cima alle scale ci eravamo imbattuti in sir Henry Baskerville in persona. Aveva la faccia rossa di collera, e teneva in una mano una scarpa vecchia e polverosa. Era talmente arrabbiato che stentava ad articolare parola e, quando finalmente riuscì ad aprire bocca, si espresse in un linguaggio molto più fiorito e molto più americano di quello usato con noi poche ora prima.

«Ho l'impressione che in questo albergo mi prendano per imbecille!» gridò. «Ma se non stanno attenti si accorgeranno di aver trovato quello buono. Tuoni e fulmini! Se questo tizio non mi ritrova la scarpa saranno guai. Io so tollerare anche uno scherzo spinto al massimo, signor Holmes, ma questa volta hanno veramente passato i limiti.»

«È sempre in cerca della sua scarpa?»

«Sicuro, e ho tutte le intenzioni di trovarla.»

«Ma non mi aveva detto che si trattava di una scarpa marrone nuova?»

«Per l'appunto! Ma ora me ne manca una nera e vecchia.»

«Cosa? Non vorrà mica dirmi...»

«È proprio quello che le voglio dire! Ne avevo tre paia in tutto... il paio marrone nuovo, le nere vecchie e queste di vernice che ho ai piedi. Ieri sera mi hanno rubato quella marrone, e oggi me ne hanno fatto saltare una nera. Dunque, l'hai trovata? Parla, disgraziato, e non stare lì a guardarmi come una mummia!»

Un domestico tedesco tutto agitato era intanto apparso sulla scena.

«Nossignore, ho fatto ricerche in tutto l'albergo, ma nessuno ha saputo dirmi nulla.»

«Bene: o questa scarpa spunta fuori prima di sera, o io vado dal direttore e gli dico che lascio immediatamente questo suo schifoso albergo.»

«La ritroveremo, signore... Le prometto che la ritroveremo, purché abbia un po' di pazienza.»

«Bada bene che sia così, poiché è l'ultima cosa mia che ho intenzione di perdere in questo covo di ladri. Bene, bene, signor Holmes, mi scusi se la disturbo con questa inezia...»

«Al contrario, mi pare proprio che ci sia da preoccuparsi...»

«Vedo che prende la cosa sul serio.»

«Come si spiega questo mistero?»

«Non cerco affatto di spiegarlo. Per me è la cosa più scema e più strana che mi sia mai capitata.»

«La più strana, forse» mormorò Sherlock Holmes soprappensiero.

«E lei cosa ne pensa?»

«Ecco: per il momento non posso giurare di avere ancora capito il movente. Il suo caso è molto complesso, sir Henry. Se poi lo metto in rapporto con la morte di suo zio, dubito che tra i cinquecento casi di capitale importanza di cui mi sono occupato ce ne sia uno più oscuro del suo. Abbiamo però in mano diversi fili, c'è la probabilità che l'uno o l'altro di questi indizi ci guidi alla verità. Perderemo forse del tempo a seguire un indizio sbagliato, ma presto o tardi imboccheremo la via giusta.»

Ci fu servito un piacevole pranzo durante il quale si parlò poco della faccenda che ci stava a cuore. Solo quando ci ritirammo nel salottino privato Sherlock Holmes domandò a Baskerville quali fossero le sue intenzioni.

«Andare al maniero dei Baskerville.»

«Quando?»

«Alla fine della settimana.»

«Tutto sommato,» disse Sherlock Holmes «ritengo che la sua

decisione sia saggia. Ho prove sicure che qui a Londra lei è pedinato, e in mezzo a milioni di persone che vivono in questa grande città è difficile scoprire chi sia a pedinarla e quale scopo abbia. Se le intenzioni di questa gente sono cattive, potrebbero recarle danno senza che noi si possa intervenire. Certo lei non sa, dottor Mortimer, di essere stato seguito stamane quando ha lasciato casa mia.»

Il dottor Mortimer sussultò.

«Seguito? Da chi?»

«Questo disgraziatamente non glielo so dire. Ha tra i suoi vicini o i suoi conoscenti nel Dartmoor un uomo con una gran barba nera?»

«No... o almeno... vediamo un poco... Perbacco! Sì, Barrymore, il maggiordomo del povero sir Charles ha proprio una barba come dice lei.»

«Ah! E dov'è Barrymore?»

«A guardia del maniero.»

«Sarebbe bene che ci accertassimo se è restato laggiù o se invece per una ragione qualsiasi è venuto a Londra.»

«E come si fa?»

«Datemi un modulo telegrafico. Ecco, basta scrivere: "È tutto pronto per sir Henry?". Indirizzate al signor Barrymore, maniero dei Baskerville. Qual è l'ufficio telegrafico più vicino? Grimpen. Benissimo! E adesso spediremo un altro telegramma all'ufficio postale di Grimpen: "Telegramma al signor Barrymore da consegnarsi personalmente. In caso di assenza prego rimandare telegramma a sir Henry Baskerville, Northumberland Hotel". Questo dovrebbe farci sapere prima di sera se Barrymore si trova al suo posto nel Devonshire oppure no.»

«Benissimo» disse Baskerville. «A proposito, dottor Mortimer, chi è questo Barrymore?»

«È il figlio del vecchio guardiano, che è morto. I Barrymore sono addetti alla custodia del maniero da ormai quattro generazioni. Per quanto ne so io, lui e sua moglie sono una delle coppie più rispettabili della contea.»

«È anche vero» osservò Baskerville «che sino a quando al maniero non ci sarà nessuno della famiglia, questa gente avrà a disposizione una casa bellissima e nulla da fare.»

«Esatto.»

«Barrymore ha avuto qualche vantaggio dal testamento di sir Charles?» domandò Holmes.

«Lui e sua moglie hanno ereditato cinquecento sterline a testa.»

«Ah! Ed erano al corrente del fatto che avrebbero ricevuto questa somma?»

«Sì, a sir Charles piaceva molto parlare del suo testamento.»

«Questo è interessante.»

«Spero» osservò il dottor Mortimer «che non giudicherà con occhi sospettosi chiunque abbia beneficiato di un lascito da parte di sir Charles, perché anch'io ho ereditato mille sterline.»

«Davvero! E chi altro?»

«Nel testamento risultano molti piccoli lasciti a vari privati e una forte somma da devolversi in opere di pubblica carità. Il resto va tutto a sir Henry.»

«E a quanto ammonterebbe questo resto?»

«A settecentoquarantamila sterline.»

Sherlock Holmes inarcò le sopracciglia con un moto di sorpresa. «Non immaginavo si trattasse di una cifra così grossa» mormorò.

«Sir Charles aveva fama di essere uomo ricco, ma non sapevamo a quanto ammontasse esattamente il suo patrimonio finché non abbiamo potuto esaminare i suoi titoli. Il valore totale del patrimonio si eleva a quasi un milione di sterline.»

«Accidenti! È una posta per cui più di uno sarebbe pronto a giocare una partita disperata. Ancora una domanda, dottor Mortimer: se dovesse accadere qualcosa al nostro giovane amico... mi scusi la sgradevole ipotesi, sir Henry!... a chi andrebbe il patrimonio?»

«Dal momento che Rodger Baskerville, il fratello di sir Charles, è morto scapolo, l'eredità toccherebbe ad alcuni lontani cugini, certi Desmond. James Desmond è un anziano pastore che abita nel Westmorland.»

«La ringrazio: questi particolari mi sono utilissimi. Conosce il signor James Desmond?»

«Sì, è venuto una volta a fare visita a sir Charles. È un uomo dall'aspetto venerando e dalla vita esemplare. Rammento che si è rifiutato di accettare qualsiasi proposta di vitalizio anche se sir Charles ha insistito molto.»

«E sarebbe quest'uomo di gusti così semplici l'erede di sir Charles?»

«Certo, poiché il patrimonio è inalienabile. E oltre ai beni immobili erediterebbe anche il liquido, a meno che il proprietario attuale non disponesse altrimenti, cosa che può benissimo fare, se gli garba.»

«E lei ha già fatto testamento, sir Henry?»

«No, signor Holmes, non ancora. Non ne ho avuto il tempo, dato che solo ieri ho saputo come stavano le cose. In ogni caso però vorrei che al titolo e alla tenuta andasse unito anche il denaro. Così la pensava il mio povero zio. Come potrebbe il proprietario restaurare la grandezza dei Baskerville se non avesse denaro sufficiente per mantenere decorosamente la proprietà? Casa, terra e denaro devono restare insieme.»

«Appunto. Ebbene, sir Henry, sono anch'io del parere che si rechi nel Devonshire. Metto però un'unica clausola: non deve andarci solo.»

«Ma il dottor Mortimer rientra con me.»

«Il dottor Mortimer ha il suo lavoro che lo aspetta, la sua clientela, e la sua casa si trova a diversi chilometri di distanza dal maniero. Con tutta la migliore volontà del mondo potrebbe non essere in grado di aiutarla. No, sir Henry, deve prendere con sé qualcuno, una persona fidata, in grado di starle costantemente al fianco.»

«Non potrebbe venire lei, signor Holmes?»

«Se le cose si complicassero, farei in modo di essere presente, ma può capire che con la mia vasta clientela di consulente e con i costanti appelli che mi giungono da tante parti mi è impossibile allontanarmi da Londra per un periodo di tempo indeterminato. In questo momento uno dei più rispettabili nomi d'Inghilterra rischia di venire infamato da un ricattatore, e solo io posso impedire uno scandalo che minaccia di essere disastroso. Vede, dunque, come mi sia impossibile accompagnarla nel Dartmoor.»

«Chi mi consiglia, allora?»

Sherlock Holmes mi posò una mano sul braccio.

«Se il mio amico si vuole assumere questo incarico, non saprei consigliarle persona migliore da tenere vicino in un momento difficile. Glielo garantisco io.»

La proposta di Sherlock Holmes mi coglieva completamente alla sprovvista ma, prima che potessi avere il tempo di rispondere, già Baskerville mi aveva afferrato la mano e me la scuoteva vigorosamente.

«Oh, dottor Watson, questo è proprio gentile da parte sua! Lei sa in che pasticcio mi trovo, è al corrente di questa faccenda quanto lo sono io. Se mi vorrà accompagnare al maniero dei Baskerville e mi aiuterà, non lo dimenticherò mai.»

Il miraggio dell'avventura aveva sempre avuto per me un grande fascino, e mi sentivo lusingato dalle parole di Sherlock Holmes e dalla cordialità con cui il baronetto aveva accolto la possibilità della mia compagnia.

«Verrò con piacere» dissi. «Non saprei come impiegare meglio il mio tempo.»

«E mi ragguaglierà con la massima cura» incalzò Sherlock Holmes. «Quando si verificherà la crisi, il che avverrà sicuramente, vi istruirò io su come dovrete agire. Penso che potreste partire sabato, no?»

«Se va bene al dottor Watson.»

«Perfettamente.»

«Allora sabato, salvo contrattempi, ci ritroveremo al treno delle dieci e trenta in partenza da Paddington.»

Ci eravamo già alzati per congedarci quando Baskerville lanciò un grido di trionfo, e balzando di scatto verso un angolo del salottino trasse da sotto uno stipo una scarpa marrone.

«La mia scarpa!» urlò.

«Possano tutte le nostre difficoltà risolversi altrettanto facilmente» sentenziò Sherlock Holmes.

«È veramente molto strano, però!» osservò il dottor Mortimer. «Prima di pranzo avevo frugato tutta la stanza da cima a fondo.»

«Anch'io» disse Baskerville. «Non c'era un buco in cui non avessi messo il naso.»

«Quindi, non è possibile che la scarpa fosse qui prima di pranzo.»

«In tal caso deve avercela messa il cameriere mentre noi eravamo a tavola.»

Fu chiamato il tedesco, ma costui protestò di non sapere nulla di nulla, né fu possibile con domande su domande chiarire il mistero. Avevamo aggiunto un altro punto oscuro alla continua e apparentemente futile catena di piccoli enigmi che erano andati succedendosi uno dopo l'altro con tanta rapidità. Indipendentemente dal lugubre fatto della morte di sir Charles, ci trovavamo davanti a un susseguirsi di incidenti inspiegabili che erano accaduti tutti nello spazio di due giorni, e potevano essere sintetizzati nell'arrivo del messaggio con la lettera stampata, nella spia barbuta nascosta nella carrozza, nello smarrimento della scarpa marrone nuova, nello smarrimento della scarpa nera vecchia, e infine nel ritrovamento della scarpa marrone nuova.

Sherlock Holmes sedette in silenzio nella carrozza che ci riconduceva a Baker Street, e mi fu facile capire, dall'espressione della sua faccia e dal modo in cui teneva corrugate le sopracciglia, che la sua mente, come del resto la mia, era occupata nello sforzo di collegare questi episodi bizzarri e apparentemente sconnessi. Per tutto il pomeriggio e sino a tarda sera rimase sprofondato nel tabacco e nei propri pensieri.

Poco prima di cena ci furono consegnati due telegrammi. Il primo diceva:

APPRESO ORA CHE BARRYMORE TROVASI AL MANIERO. BASKERVILLE

Ed ecco il testo del secondo:

VISITATO VENTITRÉ ALBERGHI COME DA ISTRUZIONI, MA SPIACENTE DOVER RIFERIRE IMPOSSIBILE RINTRACCIARE RITAGLIO TIMES. CARTWRIGHT

«E così due dei miei fili si spezzano, Watson. Non c'è nulla che mi sproni più di un caso in cui tutto mi si mette contro. Dobbiamo andare in cerca di un'altra pista.»

«Ci resta sempre il vetturino che ha trasportato la spia.»

«Appunto. Ho telegrafato per farmi dare il suo nome e indirizzo dall'ufficio municipale, e non mi sorprenderei se questa fosse la risposta alla mia domanda.»

Lo squillo del campanello che echeggiò in quell'istante si rivelò essere più soddisfacente di una semplice risposta, poiché la porta si aprì ed entrò un individuo dall'aspetto rude che evidentemente era l'interessato in persona.

«Sono stato avvertito dalla direzione che un signore rispondente a questo indirizzo ha chiesto del 2704» incominciò l'uomo. «Sono sette anni che faccio il vetturino e finora nessuno si è lamentato di me. Sono venuto qui direttamente dalla rimessa per chiederle faccia a faccia cosa ha da dire sul mio conto.»

«Non ho assolutamente nulla contro di lei, amico mio» disse Sherlock Holmes. «Al contrario, ho già qui pronta mezza sovrana se saprà rispondere con chiarezza ad alcune domande che vorrei farle.»

«Be', ho avuto una buona giornata e nessuna grana» disse il vetturino, rasserenandosi in volto. «Cosa mi vuole domandare, signore?»

«Prima di tutto il suo nome e indirizzo, nel caso avessi bisogno nuovamente di lei.»

«Mi chiamo John Clayton, e abito al numero 3 di Turpey Street, al Borough. La mia vettura staziona a Shipley's Yard, vicino alla stazione di Waterloo.»

Holmes prendeva appunti.

«E adesso, Clayton, mi parli dell'individuo che è venuto qui e si è messo a sorvegliare questa casa alle dieci di stamane, e poi ha seguito i due signori giù per Regent Street.»

L'uomo parve sorpreso e imbarazzato.

«Be', è inutile che io stia a menarla per le lunghe, perché mi pare che lei ne sappia anche più di me» rispose. «La verità è che il signore mi ha detto di essere un poliziotto e che io non dovevo spifferare nulla di lui a nessuno.»

«Caro amico mio, si tratta di una faccenda molto seria, e potrebbe trovarsi in guai grossi se tentasse di nascondermi qualcosa. È sicuro che il suo cliente le abbia detto di essere un poliziotto?»

«E come no?»

«Quando gliel'ha detto?»

«Al momento di salire sulla vettura.»

«Ha aggiunto altro?»

«Mi ha rivelato il suo nome.»

Sherlock Holmes mi lanciò una rapida occhiata di trionfo.

«Oh, le ha rivelato il suo nome, veramente? Che imprudenza! Che nome le ha dato?»

«Mi ha detto» rispose il cocchiere «che era il signor Sherlock Holmes.»

Non avevo mai visto il mio amico sbalordito come in quel momento, a quella inattesa risposta del cocchiere. Per un istante restò come ammutolito dallo stupore. Alla fine scoppiò in una fragorosa risata.

«Bel colpo, Watson... un colpo veramente magnifico!» esclamò. «Eccomi davanti a una lama rapida e agile non meno della mia. Questa volta ha toccato in pieno! Dunque, si chiamava Sherlock Holmes?»

«Sissignore. Almeno lui mi ha detto di chiamarsi così.»

«Benissimo! Ora mi dica dove è salito, e tutto quello che è successo.»

«Mi ha fermato alle nove e mezzo in Trafalgar Square. Mi ha detto che era un poliziotto e mi ha promesso due ghinee se per tutta la giornata avessi seguito alla lettera i suoi ordini senza fargli domande. Naturalmente sono stato ben contento di accettare. Per prima cosa ci siamo fermati davanti al Northumberland Hotel, dove abbiamo aspettato fino a quando sono usciti due signori che hanno noleggiato una carrozza al posteggio. Da lì li abbiamo seguiti sino a che la carrozza si è fermata da queste parti.»

«Proprio qui davanti» precisò Holmes.

«Be', non saprei dire con sicurezza, ma il mio cliente doveva essere bene informato. Ci siamo fermati a metà strada e abbiamo aspettato un'ora e mezzo. Poi i due signori ci hanno oltrepassato a piedi e noi li abbiamo seguiti giù per Baker Street e lungo...»

«Questo lo so» lo interruppe Holmes.

«Arrivati quasi alla fine di Regent Street il mio cliente ha alzato la capotta della carrozza e mi ha gridato di correre difilato alla stazione di Waterloo il più in fretta possibile. Ho frustato la mia giumenta e ci siamo arrivati in dieci minuti. Allora mi ha pagato le sue due ghinee, da persona onesta, ed è entrato in stazione; proprio sul punto di andarsene si è voltato e mi ha detto: "Forse le interesserà sapere che ha portato nella sua carrozza Sherlock Holmes". Ecco come so il suo nome.»

«Capisco. E poi non l'ha più visto?»

«No.»

«Saprebbe descrivermelo, questo signor Sherlock Holmes?»

Il vetturino si grattò la fronte. «Ecco, a dire la verità non è un signore tanto facile da descrivere. Io direi che deve avere circa quarant'anni, è di media statura, di qualche centimetro più basso di lei. Era vestito da vero signore, con la barba nera, tagliata quadra, e una faccia pallida. Non credo di poter dire di più.»

«Ha osservato il colore degli occhi?»

«No.»

«Nessun altro particolare di cui può rammentarsi?»

«Nossignore, proprio nulla.»

«Va bene, tenga la sua mezza sovrana. Gliene toccherà un'altra se riuscirà a fornirmi ulteriori informazioni utili. Arrivederci!»

«Arrivederci, signore, e grazie tante!»

John Clayton si allontanò ridacchiando soddisfatto, mentre Sherlock Holmes si volgeva verso di me con un'alzata di spalle e un sorriso agrodolce.

«Così, anche il nostro terzo filo si è spezzato, e torniamo da capo» concluse. «Che furbo mascalzone! Sapeva il nostro numero, sapeva che sir Henry Baskerville mi aveva consultato, ha capito subito in Regent Street chi ero, ne ha dedotto che avrei segnato il numero della carrozza e sarei riuscito a rintracciare il vetturino, e così mi ha mandato a mezzo suo questo insolente messaggio. Le assicuro, Watson, che questa volta ci troviamo di fronte a un avversario degno della nostra tempra. A Londra mi è stato dato scacco matto. Non posso che augurare una migliore fortuna a lei nel Devonshire, sebbene su questo punto sia tutt'altro che tranquillo.»

«Perché?»

«Non so, ma ho paura a mandarla laggiù. È un brutto affare, Watson, brutto e pericoloso, e più ci penso, meno mi piace. Sì, caro amico mio, rida pure se crede, ma le do la mia parola che sarò molto contento quando la rivedrò di nuovo sano e salvo in Baker Street.»

6

Il maniero dei Baskerville

Sir Henry Baskerville e il dottor James Mortimer erano pronti, come d'accordo, per il giorno stabilito, e insieme partimmo per il Devonshire.

Sherlock Holmes mi accompagnò fino alla stazione, dove mi impartì le ultime istruzioni e i consigli finali.

«Non voglio rimpinzarle la testa di suggerimenti e di sospetti, Watson,» mi disse «desidero solo che lei mi riferisca i fatti il più dettagliatamente possibile, lasciando a me il compito di trarne le dovute deduzioni.»

«Quali fatti?» mi informai.

«Qualsiasi cosa possa avere un riferimento anche indiretto con il caso. Soprattutto, dovrà tenermi al corrente sui rapporti che si stabiliranno tra il giovane Baskerville e i vicini, o su ogni particolare nuovo che possa emergere in merito alla morte di sir Charles. In questi ultimi giorni ho già effettuato alcune ricerche per conto mio ma con risultati purtroppo negativi. Una cosa sola mi pare certa, e cioè che James Desmond, l'erede più prossimo, è un signore anziano di carattere mitissimo, quindi possiamo essere sicuri che questa trama non è certo opera sua. Credo anzi che lo si possa senz'altro eliminare dalle nostre congetture, quindi non ci resta che studiare le persone che abitano vicino a sir Henry Baskerville nella brughiera.»

«Non sarebbe opportuno sbarazzarci prima di tutto di quei due Barrymore?»

«Neppure per sogno! Significherebbe commettere un errore madornale! Se sono innocenti, ci macchieremmo di una crudele ingiustizia e, se sono colpevoli, ci metteremmo nell'impossibilità di coglierli sul fatto. No, no, lasciamoli per il momento nella nostra lista dei sospetti. Se ben rammento, al maniero c'è anche uno staffiere, e due famiglie di contadini. C'è il nostro amico dottor Mortimer, che ritengo onesto al cento per cento, e c'è sua moglie di cui non sappiamo nulla. Abbiamo poi il naturalista Stapleton e sua sorella, che dicono sia una giovane piena di fascino. C'è poi quel Frankland del maniero di Lafter, che è pure un elemento ignoto, e un altro paio di vicini. Questa è la gente che io raccomando al suo studio più particolare.»

«Farò del mio meglio.»

«È armato, vero?»

«Sì, ho pensato bene di premunirmi.»

«È necessario. Se la tenga vicina notte e giorno, la rivoltella, e non si stanchi mai di usare la massima prudenza.»

I nostri amici avevano già fatto riservare uno scompartimento di prima classe e ci aspettavano sulla banchina.

«No, nessuna notizia» replicò il dottor Mortimer a una domanda del mio amico. «Su una cosa sola sono pronto a giurare, e cioè che in questi ultimi due giorni nessuno ci ha seguiti. Non siamo mai usciti una sola volta senza tenere gli occhi bene aperti, e, se qualcuno ci avesse pedinati, non ci sarebbe certo sfuggito.»

«Siete stati sempre insieme, immagino.»

«Sempre, tranne il pomeriggio di ieri. Quando vengo in città mi concedo sempre una giornata di svago, quindi ho passato il pomeriggio di ieri al museo dell'Ordine dei medici.»

«Io, invece, sono andato a guardare la gente che passeggiava al parco,» disse a sua volta Baskerville «ma nessuno mi ha dato fastidio.»

«È stata, comunque, un'imprudenza» osservò Holmes scuotendo la testa con un'espressione severa. «Le raccomando vivamente, sir Henry, di non andare mai in giro solo. Se non mi darà ascolto, le può capitare qualcosa di spiacevole. Ha ritrovato l'altra scarpa?»

«Purtroppo no: ho perso definitivamente la speranza di rivederla.»

«Davvero? Questo è molto interessante. Be', arrivederci» concluse Sherlock Holmes mentre il treno incominciava a muoversi lentamente. «Si ricordi, sir Henry, una frase di quella strana leggenda che il dottor Mortimer ci ha detto: evitate la brughiera nelle ore tenebrose in cui si scatenano le potenze del Male.»

Mi girai a guardare il marciapiede della stazione, già incerto nella lontananza, e vidi l'alta, austera figura di Holmes immobile, lo sguardo fisso su di noi.

Il nostro fu un viaggio rapido e piacevole, durante il quale feci una più stretta conoscenza dei miei due compagni, e giocai con il cane del dottor Mortimer.

In poche ore il paesaggio era cambiato, la terra bruna era diventata rossiccia, il marrone si era tramutato in granito, e le mandrie pascolavano in prati ben recintati dove l'erba lussureggiante e una vegetazione più ricca stavano a indicare un clima più generoso, seppure più umido. Il giovane Baskerville guardava con interesse fuori dal finestrino, e gridava di gioia ogni volta che riconosceva qualche caratteristica familiare dello scenario del Devon.

«Sono stato molto in giro per il mondo da quando me ne sono andato da qui, dottor Watson,» mi disse «ma non ho mai visto un luogo che sia paragonabile a questo.»

«E io non ho mai visto un abitante del Devonshire che non fosse attaccato al proprio paese» replicai.

«Non dipende solo dal paese, ma anche dalla razza di uomini che vi abitano,» interloquì il dottor Mortimer «basta dare un'occhiata al nostro amico per notare subito in lui la testa rotonda del celta, da cui deriva tutto l'entusiasmo e tutto il potere di attaccamento celtici. Il cranio del povero sir Charles era di un tipo rarissimo nelle sue caratteristiche, per metà gaelico e per metà iverniate. Lei però era molto giovane quando ha lasciato il maniero dei Baskerville, vero?»

«Ero un ragazzo di dieci anni al tempo della morte di mio padre, e non avevo mai visto il maniero, poiché abitavamo in un villino sulla costa meridionale. Le posso assicurare che tutto è nuovo per me come lo è per il dottor Watson, e sono divorato dall'impazienza di vedere la brughiera.»

«Davvero? Allora il suo desiderio sarà subito esaudito: eccola» affermò il dottor Mortimer, indicando fuori dal finestrino dello scompartimento.

Sopra i quadrati verdi dei campi e la curva digradante di un bosco si elevava in lontananza una collina malinconica e grigia, dalla strana vetta dentellata, incerta e vaga come il paesaggio fantastico di un sogno. Baskerville la contemplò a lungo, in silenzio, e io lessi nella sua faccia intenta quanto significasse per lui, quanta importanza avesse al suo sguardo la prima visione di quell'insolita brughiera dove gli uomini della sua razza avevano per tanto tempo dominato sovrani, lasciando profondissime impronte sul suolo. Lui stava seduto lì, con il suo abito sportivo e il suo accento americano, nell'angolo di una prosaica vettura ferroviaria; e tuttavia, studiando la sua faccia bruna, espressiva, capivo sempre meglio come fosse veramente il discendente di una razza pura, nobile, dominatrice. Si leggevano orgoglio, coraggio e vigore nelle sue folte sopracciglia, nelle sue narici palpitanti, nei suoi grandi occhi color nocciola. Se su quella tenebrosa brughiera ci aspettava un'impresa difficile e rischiosa, Baskerville era un compagno per il quale sarebbe valsa la pena di affrontare qualsiasi pericolo, con la certezza che lui l'avrebbe saputo validamente condividere.

Il treno si fermò a una stazioncina secondaria, e scendemmo tutt'e tre. Fuori, oltre la bassa staccionata bianca, era in attesa una carrozza scoperta a due cavalli. Il nostro arrivo doveva essere evidentemente un avvenimento straordinario, poiché facchini e capostazione ci si affollarono intorno per trasportare il nostro bagaglio. Era un cantuccio di campagna semplice e gradevole, ma fui sorpreso nel notare che vicino al cancello sostavano due uomini dal piglio soldatesco, in uniforme scura, appoggiati ai loro corti fucili, che ci lanciarono, mentre passavamo, un'occhiata scrutatrice. Il cocchiere, un ometto dalla faccia dura e dal corpo rattrappito, salutò cerimoniosamente sir Henry Baskerville, e in capo a pochi minuti volavamo a tutta velocità lungo l'ampia strada bianca. Ai lati si estendevano, in curve sempre più alte, buoni terreni da pascolo, e vecchie case dal tetto appuntito occhieggiavano in mezzo al fitto e verde fogliame; ma dietro quel paesaggio pacifico, pieno di sole, sorgeva immancabilmente cupa, contro il cielo della sera, la tetra ondulazione della brughiera, interrotta da sinistre colline dentellate.

La carrozza svoltò in una strada laterale e proseguimmo salendo sempre lungo profondi sentieri consumati da secoli di ruote e fiancheggiati da alte sponde, coperte di muschio umidiccio e di carnose lingue di cervo. Bronzee felci e rovi maculati risplendevano nella luce del sole calante. Continuando a salire, oltrepassammo un angusto ponte di granito e prendemmo a costeggiare un rumoroso corso d'acqua che procedeva spumeggiando e tumultuando in mezzo ai massi grigi. La strada e il fiumiciattolo si snodavano serpeggiando in una valle fittamente ricoperta di quercioli e di abeti. A ogni svolta, Baskerville prorompeva in esclamazioni di contentezza. Si guardava attorno meravigliato e rivolgeva a Mortimer continue domande. Tutto gli appariva bello, ma per me una sfumatura di malinconia gravava su quel paesaggio. Foglie ingiallite tappezzavano i viottoli e si agitavano al nostro passaggio. Il cigolio delle nostre ruote moriva attutito tra cumuli di vegetazione putrescente, quasi che la natura scialasse le sue tristi offerte sul cammino dell'ultimo erede dei Baskerville.

«Ehi!,» esclamò il dottor Mortimer «cos'è questa novità?»

Davanti a noi si apriva una brusca curva di terreno tappezzata di erica, contrafforte avanzato della brughiera. In cima, rigido come una statua equestre sul proprio zoccolo, stava un soldato a cavallo, accigliato, austero, con il fucile imbracciato. Sorvegliava la strada che noi stavamo percorrendo.

«Cosa significa questo, Perkins?» domandò il dottor Mortimer.

Il vetturino si girò per metà sul sedile.

«Un forzato è evaso da Princetown, signor dottore. È scappato già da tre giorni, e le guardie sorvegliano tutte le strade e tutte le stazioni, ma sino a ora non sono riuscite ad avvistarlo. Agli agricoltori nei dintorni la cosa non piace per nulla, e non si può dar loro torto.»

«Capisco: ma so che danno cinque sterline a chiunque sia in grado di fornire informazioni sui galeotti evasi.»

«È vero, signor dottore, ma la probabilità di guadagnare cinque sterline è ben misera cosa in confronto alla probabilità di essere sbudellati. Vedete, non si tratta di un criminale qualsiasi. Questo è un uomo che non ha paura di nessuno.»

«Ma chi è?»

«Selden, l'assassino di Notting Hill.»

Ricordavo perfettamente il caso, poiché Sherlock Holmes se ne era particolarmente interessato per la ferocia insolita del crimine e la stupida brutalità che aveva contrassegnato tutte le gesta dell'assassino. La commutazione della condanna a morte era stata concessa grazie ad alcuni dubbi sorti sulla totale sanità di mente dell'omicida, tanto atroce era stato il suo crimine. La nostra carrozza intanto aveva raggiunto un'altura, e di fronte a noi si estendeva, in tutta la sua ampiezza, la brughiera disseminata di cumuli di pietre e di spuntoni di roccia scoscesi che parevano accrescerne il tormento. Le sferzate del gelido vento ci facevano rabbrividire. E pensare che in qualche punto di quella piana desolata si rintanava quel criminale, appiattito in qualche anfratto come una bestia feroce, pieno d'odio per l'umanità che lo aveva messo al bando. Non occorreva che questo tocco per completare la sinistra suggestione di tanta arida desolazione, del vento agghiacciante, del cielo sempre più cupo. Persino sir Henry Baskerville diventò silenzioso e si strinse meglio il cappotto intorno al corpo.

Avevamo lasciato la terra fertile dietro e sotto di noi. Ci girammo ora a guardarla; i raggi obliqui del sole calante tramutavano i ruscelli in nastri d'oro e rilucevano sulla rossa campagna rimossa di fresco dall'aratro, e sul vasto groviglio dei boschi. La strada di fronte a noi, invece, diventava sempre più tetra e più selvaggia, avanzando tra enormi pendii di un colore ora rossiccio, ora olivastro, cosparsi di massi giganteschi. Passavamo di quando in quando davanti a un'abitazione di brughiera, dalle mura e dal tetto di pietra, senza alcun rampicante. A un tratto abbassammo lo sguardo in una depressione a conca, tappezzata di quercioli e di abeti striminziti che la furia degli anni e delle tempeste avevano contorto e piegato. Al di sopra degli alberi si elevavano due torri alte e sottili. Il cocchiere accennò con la frusta.

«Il maniero dei Baskerville» disse.

Il giovane proprietario si era alzato in piedi e fissava la costruzione con le guance arrossate e gli occhi scintillanti. Pochi minuti dopo avevamo raggiunto i cancelli della portineria, intrico di disegni fantastici in ferro battuto, con pilastri consumati dal tempo su ciascun lato, ricoperti di licheni, e sormontati dallo stemma dei Baskerville con le teste di cervo. La portineria era ormai solo un rudere di granito nero e di travi scrostate e messe a nudo ma, davanti, sorgeva un edificio nuovo, costruito solo a metà, primo frutto dell'oro sudafricano di sir Charles.

Attraverso la cancellata entrammo nel viale, dove le ruote ripresero a scivolare silenziose, il rumore attutito dalle foglie cadute, mentre gli alberi centenari formavano, con i loro rami, una scura galleria sulle nostre teste. Baskerville ebbe un brivido nel vedere il lungo, cupo viale al cui limite estremo la casa si stagliava con la fosforescenza incerta di un fantasma.

«È successo qui?» si informò a bassa voce.

«No, no, il Viale dei Tassi è dall'altro lato.»

Il giovane erede si guardò attorno con un'espressione tetra.

«Non c'è da stupirsi se mio zio aveva l'impressione che gli sarebbe capitata una disgrazia in un posto come questo» disse. «Incuterebbe paura anche a un eroe. Datemi tempo sei mesi: con una doppia fila di lampioni, non riconoscerete più questo posto. Voglio una lampada da mille candele davanti alla porta.»

Il viale si allargava in un vasto terreno erboso, ed ecco finalmente la casa. Nella scarsa luce mi fu possibile notare che la parte centrale era costituita di un fabbricato pesante, massiccio, dal quale si allungava un porticato. L'intera facciata era rivestita di edera ritagliata qua e là in zone dove una finestra o un blasone ne rompeva il cupo e fitto velame. Da questo blocco centrale si alzavano le torri gemelle, antiche, merlate, trafitte da numerose feritoie. A destra e a sinistra dei torrioni si stendevano due ali più moderne di granito nero.

Una luce incerta brillava debolmente attraverso le adorne finestre a colonnine, e dagli alti comignoli svettanti su dal tetto appuntito, allungato, si sprigionava un'unica nera colonna di fumo.

«Benvenuto, sir Henry! Benvenuto al maniero dei Baskerville!»

Un uomo di alta statura si era staccato dall'ombra del portico ed era venuto ad aprire la portiera della vettura. Contro la luce gialla del vestibolo si stagliava una figura di donna. Anche costei uscì e aiutò l'uomo a scaricare i bagagli a terra.

«Le dispiace se proseguo dritto per casa mia, sir Henry?» domandò il dottor Mortimer. «Mia moglie mi attende.»

«Come? Non si ferma a cenare con noi?»

«No, devo andare. Può darsi che trovi del lavoro che mi aspetta. Mi piacerebbe restare per mostrarle la casa, ma Barrymore sarà certamente una guida migliore di me. Arrivederci dunque, e non esiti mai, sia di giorno sia di notte, a mandarmi a chiamare nel caso avesse bisogno di me.»

Il rumore delle ruote smorì lungo il viale mentre sir Henry e io entravamo nel vestibolo, poi la porta si chiuse alle nostre spalle con pesante fragore. La sala in cui ci trovammo era bellissima: grande, alta, interamente costruita con travi enormi di quercia annerite dal tempo. Nel grande camino antico, dietro gli alti alari di ferro, crepitava e scoppiettava un fuoco di ceppi. Sir Henry e io tendemmo le mani per scaldarcele, poiché la lunga corsa ci aveva intirizziti. Volgemmo poi i nostri sguardi all'alta e sottile finestra dagli antichi vetri istoriati, alla rivestitura di quercia, alle teste di cervo e ai blasoni appesi alle pareti, il tutto incerto e cupo nella scarsa luce della lampada centrale.

«È proprio come me l'ero immaginato» disse sir Henry. «Non le pare veramente una tipica vecchia dimora di famiglia? Pensare che questa è la casa in cui la mia gente vive da cinquecento anni! Mi sento diventare un monumento a pensarci!»

Notai che, mentre si guardava attorno, la sua faccia bruna si era illuminata di un entusiasmo infantile. La luce batteva in pieno su di lui, nel punto in cui si trovava, ma le ombre allungate sulle pareti gravavano intorno come un nero baldacchino. Barrymore intanto era ritornato dopo aver portato i nostri bagagli nelle rispettive camere.

Ci si fermò di fronte nell'atteggiamento rispettoso di un domestico di lunga esperienza. Era un uomo dall'aspetto notevole: alto, molto alto, portava una barba nera quadrata e i suoi lineamenti pallidi erano molto fini.

«Desidera che il pranzo sia servito subito, sir?»

«È già pronto?»

«Sarà pronto in pochi minuti, sir. I signori troveranno l'acqua calda nelle loro camere. Mia moglie e io, sir Henry, saremo felici di restare al suo servizio finché Sua Signoria non avrà preso nuove disposizioni, ma Sua Signoria capirà certo che, dato il mutare delle circostanze, questa casa avrà bisogno di un personale più numeroso.»

«Come sarebbe a dire?»

«Intendevo semplicemente dire, sir, che sir Charles conduceva una vita molto ritirata, e per supplire alle sue necessità noi due eravamo più che sufficienti. Sua Signoria invece vorrà avere naturalmente maggior compagnia, e sarà pertanto necessaria una servitù più numerosa.»

«Dunque lei e sua moglie avete intenzione di andarvene?»

«Naturalmente ce ne andremo solo quando Sua Signoria lo riterrà opportuno.»

«Ma la sua famiglia è con la mia da parecchie generazioni, non è così? Mi dispiacerebbe iniziare la mia vita qui interrompendo un'antica tradizione familiare.»

Mi parve di scorgere sulla faccia esangue del maggiordomo una lieve traccia di emozione.

«Spiace anche a me, sir, e così pure a mia moglie, ma per essere franco, sir, eravamo tutt'e due molto affezionati a sir Charles, e la sua morte è stata un grave colpo per noi, e stare in questo ambiente è diventato molto malinconico. Non credo che riusciremmo più a vivere sereni al maniero dei Baskerville!»

«Ma cosa avete intenzione di fare?»

«Sono certo, sir, che riusciremo a trovare un lavoro. La generosità di sir Charles ci ha concesso i mezzi per farlo. E adesso, sir, sarà meglio che vi accompagni nelle vostre rispettive camere.»

Un ballatoio rettangolare e cinto da una balaustra correva intorno alla sommità del vetusto vestibolo, a cui si accedeva mediante una duplice scalinata. Dal mezzo si diramavano per l'intera estensione dell'edificio due lunghi corridoi sui quali davano tutte le camere da letto. La mia era situata nella stessa ala di quella di Baskerville e le era attigua. Le camere avevano l'aspetto molto più moderno del corpo centrale della casa, e la tappezzeria vivace e l'abbondanza di luci riuscirono a cancellare in parte l'impressione di sconforto che mi aveva aggredito all'arrivo. La sala da pranzo però, che si apriva sul vestibolo, era un luogo di tenebre e malinconia. Era un ampio locale con un gradino che separava il tratto di pavimento rialzato e protetto da baldacchino, dove la famiglia aveva l'abitudine di sedere, dalla parte inferiore riservata alla servitù. A un'estremità il soppalco dei musicisti sovrastava la scena. Nere travi si incrociavano sulle nostre teste, e al di là di esse il soffitto era annerito dal fumo. L'ambiente sarebbe forse stato addolcito da file di torce fiammeggianti, dall'animazione e dalla rude ilarità di un banchetto del buon tempo antico, ma ora che nel breve cerchio di luce gettato da un'antica lampada con paralume sedevano due gentiluomini vestiti di scuro, involontariamente veniva fatto di abbassare la voce e di sentirsi l'animo oppresso. Una galleria di antenati, vestiti in ogni foggia, dal cavaliere elisabettiano al damerino della Reggenza, ci fissavano e ci sconcertavano con la loro silenziosa presenza. Parlammo appena e, almeno io, fui felice quando il pasto ebbe termine e ci fu consentito di ritirarci nella moderna sala da biliardo a fumare una sigaretta.

«Parola d'onore, non è una casa molto allegra» osservò sir Henry. «Forse col tempo mi ci abituerò, ma per il momento mi sento piuttosto fuori posto. Non mi meraviglio che mio zio sia diventato nevrastenico a furia di abitare tutto solo in una casa come questa. Comunque, se non le dispiace, questa sera ci ritireremo presto, e chissà che domani le cose non ci appaiano un po' meno tetre.»

Prima di coricarmi tirai indietro le tende per guardare fuori. La finestra dava sullo spiazzo erboso davanti all'ingresso del maniero. Più lontano, due macchie di alberi cedui gemevano e oscillavano sotto la sferza crescente del vento. Una falce di luna apparve tra gli squarci delle nuvole fuggenti. Alla sua fredda luce scorsi oltre gli alberi una frastagliatura spezzata di rocce e la lunga bassa curva della lugubre brughiera. Richiusi le tende con la netta sensazione che le mie ultime impressioni fossero purtroppo in perfetta armonia con le prime che avevo ricevuto all'arrivo.

Eppure non dovevano essere veramente le ultime. Mi accorsi di essere stanco e al tempo stesso vigile, perché mi agitavo inquieto, in cerca del sonno che non voleva venire. In lontananza un orologio scandiva le ore e i quarti, ma per il resto su tutta l'antica casa regnava un silenzio di morte. E d'improvviso, nel cuore della notte, mi giunse alle orecchie, chiaro, alto, inconfondibile, un rumore. Era un singhiozzo di donna, l'affanno soffocato e represso di chi è straziato da un dolore incontenibile. Balzai a sedere sul letto e restai in ascolto. Il rumore non poteva giungere da molto lontano, non poteva che provenire dall'interno della casa. Attesi per mezz'ora, con tutti i nervi tesi, ma non udii altro che i rintocchi della pendola e il fremere dell'edera sul muro.

7
Gli Stapleton

L'indomani, la fresca bellezza delle prime ore contribuì a rimuovere parzialmente dai nostri animi la grigia e tetra impressione prodotta dai nostri primi contatti col maniero dei Baskerville. Mentre sir Henry e io sedevamo a colazione, la luce solare penetrava a fiotti attraverso le finestre a bifora, facendo affiorare chiazze iridescenti di colore dai blasoni che le ricoprivano. Sotto i raggi dorati gli scuri pannelli risplendevano come bronzo, e si stentava a pensare che quella era proprio la medesima sala che ci aveva piombato in tali abissi di tristezza la sera precedente.

«Penso che dobbiamo biasimare noi stessi, non la casa!» esclamò il baronetto. «Eravamo così stanchi per il viaggio e così intirizziti per il freddo che persino questa bellissima sala ci ha fatto un cattivo effetto: ma ora che siamo freschi e riposati tutto ha un aspetto molto più allegro e accogliente.»

«Eppure non era tutta colpa della nostra immaginazione» obiettai. «Non ha per caso sentito una donna che singhiozzava, stanotte?»

«Effettivamente è una cosa curiosa. Mentre ero nel dormiveglia ho proprio avuto l'impressione di udire qualcosa del genere. Sono restato per un poco in ascolto, ma poi, non avendo inteso più nulla, ho dedotto che dovevo avere sognato.»

«Io, invece, ho inteso benissimo, e sono sicuro che era veramente una donna che singhiozzava.»

«Ci dovremo proprio informare.»

Suonò il campanello e domandò a Barrymore se ci potesse fornire qualche spiegazione su quello che avevamo udito. Mi parve che i pallidi tratti del maggiordomo si illividissero, quando udì quella domanda rivoltagli dal suo padrone.

«In casa ci sono solo due donne, sir Henry» rispose. «Una è la sguattera, che dorme nell'altra ala. L'altra è mia moglie, e posso giurare che non era sicuramente lei a piangere.»

E, tuttavia, mentre diceva questo, l'uomo mentiva, poiché dopo colazione incontrai per caso la signora Barrymore nel corridoio, con il sole in piena faccia. Era una donna imponente, dall'aspetto impassibile, dai tratti pesanti, la bocca dura e chiusa. Ma i suoi occhi arrossati e le sue palpebre gonfie la accusavano senza possibilità del minimo dubbio. Era, dunque, proprio lei la donna che piangeva la notte prima e, quindi, suo marito doveva saperlo: eppure aveva corso il rischio di mentire. Perché lo aveva fatto? E perché la donna aveva pianto così disperatamente? Ecco che già intorno a quel bell'uomo dalla barba nera e dalla pallida faccia si stava addensando un'atmosfera di mistero e di tristezza. Era stato lui il primo a scoprire il cadavere di sir Charles, e su tutte le circostanze che avevano condotto alla morte del vecchio aristocratico avevamo la sua sola testimonianza diretta. Era mai possibile che, dopotutto, fosse proprio Barrymore l'uomo che avevamo intravisto nella carrozza in Regent Street? In fondo, la barba poteva benissimo essere la stessa. Il vetturino ci aveva descritto, sì, un uomo di statura un pochino più bassa, ma l'impressione poteva benissimo essere sbagliata. Come decidere con certezza intorno a questo interrogativo? Evidentemente dovevo per prima cosa interpellare l'ufficiale postale di Grimpen, per accertare se il telegramma di prova fosse stato consegnato effettivamente nelle mani di Barrymore. Qualsiasi risposta avessi ricevuto, sarei stato almeno in grado di fornire a Sherlock Holmes un dato di fatto.

Dopo colazione, sir Henry doveva esaminare numerose carte, quindi era quello il momento propizio alla mia gita. Una piacevole passeggiata di sei chilometri, al limitare della brughiera, mi condusse a un piccolo villaggio grigio nel quale, sopra la massa uniforme delle altre casupole, dominavano due costruzioni importanti, che seppi poi essere la locanda e la casa del dottor Mortimer. L'ufficiale postale, che era al tempo stesso il droghiere del villaggio, ricordava perfettamente il telegramma.

«Certamente» disse. «Ho fatto consegnare direttamente il telegramma al signor Barrymore, come da istruzioni ricevute.»

«Chi lo ha consegnato?»

«Il mio ragazzo. James, sei stato tu a consegnare il telegramma al signor Barrymore del maniero, la settimana scorsa, no?»

«Sì, papà, sono stato io.»

«Gliel'hai consegnato personalmente?» mi informai.

«Il signor Barrymore in quel momento si trovava in soffitta, quindi non ho potuto consegnarglielo personalmente, ma l'ho dato alla signora Barrymore, e la signora mi ha promesso che lo avrebbe dato subito a suo marito.»

«Tu il signor Barrymore non l'hai visto?»

«Nossignore: era in soffitta.»

«Se non l'hai visto, come fai a sapere che era in soffitta?»

«Ma sua moglie doveva pur sapere dove si trovava!» intervenne, stizzito, l'ufficiale postale. «Il telegramma è stato recapitato, sì o no? Se qualcuno ha qualcosa da dire o vuole sporgere reclamo, dev'essere il signor Barrymore in persona.»

Mi parve inopportuno insistere, ma così, nonostante lo stratagemma di Sherlock Holmes, non disponevamo di alcuna prova che Barrymore non fosse stato a Londra in quell'intervallo di tempo. In tal caso, se Barrymore era effettivamente l'ultima persona che aveva visto sir Charles vivo e la prima a pedinare il nuovo erede appena questi aveva posto piede in Inghilterra, cosa bisognava pensare? Agiva forse per conto di altri o per un motivo personale? Quale interesse poteva avere nel prendere così di mira la famiglia Baskerville? Ripensai allo strano avvertimento ritagliato dall'articolo di fondo del «Times». Era opera sua o di qualcuno che voleva mandare all'aria i suoi piani? Il solo motivo plausibile era quello suggerito da sir Henry: e cioè che, una volta allontanati i Baskerville mediante minacce, i Barrymore si sarebbero assicurati per sempre una comoda dimora. Ma era una spiegazione insufficiente a giustificare la profonda, sottile macchinazione che pareva stringere come una rete invisibile intorno al giovane baronetto. Sherlock Holmes stesso aveva dichiarato di non aver mai incontrato un caso più complesso in tutta la lunga serie delle sue sensazionali investigazioni. In cuor mio, mentre ritornavo lungo la grigia strada solitaria, pregai che il mio amico potesse al più presto liberarsi dei suoi impegni e venire a sollevarmi dal peso di una simile responsabilità.

Improvvisamente, il corso dei miei pensieri venne interrotto da un rumore di passi frettolosi alle mie spalle e dal suono di una voce che mi chiamava per nome. Mi girai, pensando di vedere il dottor Mortimer ma, con mia sorpresa, constatai che chi mi rincorreva era uno sconosciuto. Si trattava di un uomo piccolo, esile, accuratamente sbarbato, dall'aspetto cerimonioso, i capelli color del lino e la mascella scarna, che poteva avere dai trenta ai quarant'anni, vestiva di grigio e aveva sul capo un cappello di paglia. A tracolla portava una scatola di latta per raccogliere esemplari botanici, e in mano teneva un acchiappafarfalle verde.

«Vorrà certo scusare il mio ardire, dottor Watson» disse mentre mi raggiungeva ansimando. «Qui nella landa siamo tutti quanti gente alla buona, e non abbiamo bisogno di presentazioni ufficiali. Forse avrà già sentito parlare di me dal nostro comune amico Mortimer. Sono Stapleton, di Merripit House.»

«La sua reticella e la sua scatola me l'hanno fatto immaginare,» risposi «perché sapevo che il signor Stapleton è un naturalista. Ma lei come ha fatto a riconoscermi?»

«Sono stato da Mortimer, è stato lui a indicarla dalla finestra del suo ambulatorio, mentre passava. Poiché le nostre strade vanno nella stessa direzione, ho pensato di raggiungerla e di presentarmi da solo. Spero che sir Henry non sarà troppo stanco del viaggio!»

«Sta benissimo, grazie.»

«Avevamo tutti paura che, dopo la dolorosa fine di sir Charles, il nuovo baronetto si rifiutasse di venire ad abitare qui. È molto chiedere a un uomo ricco di venire a seppellirsi in un buco come questo, ma non occorre che io le dica quanta importanza abbia per la nostra zona la venuta di sir Henry. Spero che sir Henry non sia superstizioso.»

«Non credo proprio che lo sia.»

«Naturalmente lei è al corrente della leggenda del cane infernale che perseguita la famiglia dei Baskerville?»

«Ne ho sentito parlare.»

«È straordinario quanto i nostri contadini siano creduloni su questo argomento! Credo che nove su dieci sarebbero pronti a giurare di aver visto questa bestia fantastica, nella brughiera, coi loro stessi occhi.» Parlava sorridendo, ma avevo l'impressione di leggere nel suo sguardo che anche per lui la leggenda era più seria di quanto non volesse dare a intendere. «Questa leggenda aveva prodotto una grande impressione sulla fantasia di sir Charles e sono sicuro che è stata la causa prima della sua tragica fine.»

«Ma in che modo?»

«I suoi nervi erano talmente scossi che la vista di un cane qualsiasi può aver prodotto sul suo cuore ammalato un effetto mortale. Credo che abbia visto effettivamente qualcosa del genere nel Viale dei Tassi, quell'ultima sera. Temevo che prima o poi sarebbe successa qualche disgrazia, poiché volevo molto bene al povero sir Charles e sapevo che il suo cuore era debole.»

«Come lo sapeva?»

«Me lo aveva detto Mortimer.»

«Dunque, pensa che un cane abbia inseguito sir Charles e che questi sia morto per lo spavento?»

«Può fornirmi una spiegazione migliore?»

«Per il momento non sono arrivato a nessuna conclusione.»

«E il signor Sherlock Holmes?»

Quelle parole mi tolsero per un attimo il respiro, letteralmente; ma, dopo aver dato un'occhiata alla placida faccia e agli occhi sinceri del mio interlocutore, capii che non intendeva affatto cogliermi di sorpresa.

«È inutile fingere di non conoscerla, dottor Watson» mi spiegò. «La fama del suo investigatore è giunta fino a noi e non era possibile che la celebrasse senza far conoscere anche lei stesso. Quando Mortimer mi ha detto il suo nome ho collegato subito i fatti. Se lei è qui, è logico che il signor Sherlock Holmes si stia interessando della cosa, ed è più che naturale che io sia curioso di sapere la sua autorevole opinione in proposito.»

«Temo di non essere in grado di rispondere a questa domanda.»

«Posso domandarle se il signor Holmes ci onorerà di una sua visita?»

«Per il momento non può abbandonare Londra, poiché è troppo occupato in altri casi di grande importanza.»

«Che peccato! Saprebbe certamente gettare qualche luce su quanto per noi è, invece, solo tenebre e oscurità. Ma per le sue personali ricerche, se io potrò esserle utile in qualche modo, la prego di non fare complimenti. Se avessi un qualsiasi indizio sul carattere dei suoi sospetti, o sul modo con cui lei intende studiare il caso, sarei forse in grado di darle qualche consiglio o fornirle qualche aiuto.»

«Le garantisco che mi trovo qui in veste di semplice ospite del mio amico sir Henry, e che, quindi, non ho bisogno dell'aiuto di nessuno.»

«Perfetto!» disse Stapleton. «Ha mille e una ragione di essere diffidente e discreto. Ho meritato il suo cortese e prudente rimprovero per la mia ingiustificabile mancanza di discrezione. Non ne parliamo più.»

Eravamo arrivati al punto in cui un angusto sentiero erboso si dipartiva dalla strada per addentrarsi, serpeggiando, nella brughiera. Un colle ripido, cosparso di massi, si stendeva a destra, e in altri tempi era stato scavato per estrarne granito. La parte rivolta verso di noi formava come una roccia scura, e nei suoi anfratti crescevano felci e rovi. Da una cima lontana si levava un grigio pennacchio di fumo.

«Una passeggiatina, per nulla faticosa, lungo questo sentiero conduce a Merripit House» mi spiegò Stapleton. «Se per caso ha un'ora di tempo sarò lieto di presentarle mia sorella.»

Pensai che sarei dovuto tornare al più presto da sir Henry, ma poi mi rammentai del mucchio di carte e di conti di cui avevo visto ingombra la sua scrivania. Era evidente che in questo campo non mi era possibile aiutarlo. D'altro canto, Sherlock Holmes mi aveva espressamente raccomandato di studiare con attenzione tutti i vicini abitanti della brughiera. Accettai così l'invito di Stapleton, e insieme ci addentrammo in quel sentiero.

«È un luogo meraviglioso, la landa» disse il mio interlocutore guardando verso gli ondulati pendii, simili a lunghi verdi marosi, spumeggianti in fantastici frangenti con dentellate creste di granito. «La brughiera non stanca mai. Non può neppure lontanamente immaginare i meravigliosi segreti che racchiude. È così vasta, così desolata, così misteriosa!»

«Vedo che la conosce molto bene.»

«Veramente, io sono qui da soli due anni: i residenti direbbero che sono un ultimo arrivato. Infatti, ci stabilimmo qui poco dopo l'arrivo di sir Charles, ma i miei gusti mi hanno spinto a esplorare ogni punto di questa zona, e credo che siano pochi quelli che la conoscono meglio di me.»

«Ma è veramente tanto ardua e impervia?»

«Oh, sì! Vede per esempio quella grande piana laggiù a nord, fuori dalla quale si stagliano quelle curiose colline? Non nota nulla di speciale?»

«A me parrebbe un posto ideale per andare a cavallo.»

«La sua è un'osservazione apparentemente logica, eppure quest'idea è costata la vita a molta gente. Vede quelle macchie sparse di verde lucido?»

«Sì, mi paiono tratti di terreno più fertili degli altri.»

Stapleton rise. «Quella è la grande Palude di Grimpen» mi spiegò. «Un passo falso là dentro significa morte, si tratti di uomo o di animale. Non più tardi di ieri ho visto scomparire un puledrino di brughiera. Non è mai più riemerso. Ho osservato a lungo la testa della bestiola allungarsi disperatamente fuori dalla fossa pantanosa, ma alla fine è stata risucchiata col resto del corpo. È pericoloso attraversarla anche nella stagione asciutta, ma dopo le piogge autunnali è un luogo spaventoso. Eppure io riesco a addentrarmi e a ritornare vivo. Per Giove! Ecco un altro di quei disgraziati cavallini!»

Qualcosa di bruno si muoveva e sussultava tra le macchie di verde più intenso. A un tratto emerse un collo lungo, che si torceva in movimenti disperati, e un grido terribile echeggiò per tutta la brughiera. Fui agghiacciato dal terrore, ma certo i nervi del mio compagno dovevano essere più forti dei miei.

«Se n'è andato!» fece. «La palude lo ha inghiottito. Due in due giorni, e chissà quanti altri forse, perché prendono l'abitudine di andare laggiù nella stagione asciutta e poi non sanno capire la differenza finché la palude non li ha in suo potere. È un gran brutto luogo, la vasta Palude di Grimpen!»

«Lei sostiene di essere capace di addentrarsi?»

«Sì, ci sono un paio di sentieri che è possibile battere, a patto di essere molto audaci, e io sono riuscito a scoprirli.»

«Ma cosa la spinge a recarsi in un luogo così pericoloso?»

«Vede quelle colline? Sono in realtà degli isolotti tagliati fuori da ogni parte dall'impraticabile palude che vi ha strisciato intorno, continuando ad allargarsi nel corso di innumerevoli anni. È su quelle colline che si trovano le piante e le farfalle più rare, purché si abbia il coraggio di andarci.»

«Uno di questi giorni tenterò la fortuna.»

Mi guardò con sorpresa. «Per l'amor di Dio! Si tolga dalla testa un'idea simile!» protestò. «Il suo sangue ricadrebbe sul mio capo. Le assicuro che non avrebbe la benché minima probabilità di ritornare vivo. È solo tenendo a mente alcuni speciali e complicati segni sul terreno che io riesco a ritrovare la mia strada in quel labirinto.»

«Accidenti!» esclamai. «E ora, cosa succede?»

Un urlo lungo, sommesso, indescrivibilmente malinconico, percorse la brughiera. Tutta l'aria ne era piena, e tuttavia era impossibile dire da dove provenisse. Da mormorio soffocato si gonfiò in un boato profondo per ricadere poi ancora una volta in un mormorio vibrante, sconsolato. Stapleton mi guardò con una strana espressione.

«Strano posto, la brughiera!» osservò.

«Ma cos'è?»

«La gente del posto dice che sia il mastino dei Baskerville che chiama la sua vittima. L'ho già sentito un paio di volte, ma mai così forte.»

Mi guardai intorno con un autentico brivido di paura e contemplai l'immensa piana ondosa, marezzata di verdi macchie di giunchi. Nulla si muoveva sull'ampia distesa tranne una coppia di corvi che presero a gracchiare da una sporgenza rocciosa alle nostre spalle.

«Ma lei è un uomo colto! Non può prestare fede a baggianate del genere!» protestai. «A cosa attribuisce un suono così strano?»

«Le paludi a volte emettono rumori sinistri! È la fanghiglia che si stabilizza, o l'acqua che si alza, o qualche altro fenomeno analogo.»

«No, no, questa era una voce umana.»

«Chi lo sa? Forse! Ha mai inteso l'urlo del tarabuso?»

«No, mai.»

«È un uccello rarissimo, e oggi in Inghilterra praticamente

estinto, ma nella brughiera tutto è possibile. Sì, non mi sorprenderei se quello che abbiamo appena udito fosse il grido di richiamo dell'ultimo tarabuso superstite nel nostro paese.»

«È il grido più strano e più misterioso che io abbia mai sentito.»

«Sì, questi luoghi nel complesso sono veramente sconcertanti. Guardi laggiù su quel pendio collinoso. Cosa crede che siano?»

Tutto il pendio scosceso era coperto di anelli circolari di pietra grigia: erano una ventina almeno.

«Mah... non saprei... ovili?»

«Neppure per sogno: sono le dimore dei nostri degni antenati. L'uomo preistorico visse intensamente nella brughiera e, poiché nessuno vi ha più abitato da allora, siamo in grado di ritrovare le sue modeste costruzioni esattamente come le ha lasciate. Queste sono le loro *wigwams*, di cui solo la cupola ha ceduto. Ma può vedere il focolare e il giaciglio, ammesso che lei abbia la curiosità di entrarvi.»

«Ma è una città vera e propria. A che epoca risale?»

«Al periodo neolitico, pare... senza data precisa.»

«E cosa faceva l'uomo allora?»

«Pascolava il bestiame su questi pendii, e imparò a scavare in cerca dello stagno quando la spada di bronzo cominciò a sostituire l'ascia di pietra. Osservi quella grande trincea sulla collina opposta. È così che allora segnavano i confini. Sì, dottor Watson, nella landa troverà molte cose singolari! Oh, mi scuserà un istante, quella è certamente una Ciclopide!»

Una farfallina o falena svolazzava sul nostro sentiero, e Stapleton aveva già preso a inseguirla con una vivacità e un'energia straordinarie. Con mio sgomento l'insetto puntò dritto verso la grande palude, ma il mio nuovo conoscente non rallentò il passo neppure per un istante, balzando di cespuglio in cespuglio dietro la preda con l'acchiappafarfalle che sventolava in alto mentre la sua reticella verde ondeggiava nell'aria. Il suo abito grigio e quel suo procedere irregolare, scattante, a zigzag, non lo rendeva gran che dissimile da una mostruosa falena. Lo osservavo con un misto di ammirazione per la sua incredibile agilità e di paura che mettesse un piede in fallo nella palude traditrice, quando sentii un rumore di passi e, girandomi di colpo, mi trovai faccia a faccia con una donna. Era arrivata da dove il pennacchio di fumo indicava l'ubicazione di Merripit House, ma la depressione della brughiera me l'aveva nascosta alla vista sinché non era stata così vicina.

Non dubitai neppure per un attimo che non fosse la signorina Stapleton, di cui avevo sentito parlare, poiché di donne come quella non ce ne dovevano essere molte nella brughiera, e mi rammentai anche che qualcuno me l'aveva descritta come una bellezza. La donna che mi si era avvicinata lo era certamente, e la sua bellezza era veramente non comune. Non si sarebbe potuto immaginare un contrasto più grande tra il fratello e la sorella: Stapleton, infatti, era scialbo con quei suoi capelli chiari e con quei suoi occhi grigi, mentre la sorella era più bruna di tutte le donne brune che avessi mai visto in Inghilterra... ed era snella, elegante e alta. Aveva una faccia orgogliosa, finemente modellata e tanto regolare che sarebbe potuta apparire impassibile se non fosse stato per quella bocca sensuale e per quegli occhi scuri e caldi. Con la sua figura perfetta e il suo bel vestito alla moda, era davvero una strana apparizione su quel desolato sentiero di brughiera. Aveva gli occhi fissi verso il fratello, quando la guardai, e subito affrettò il passo verso di me. Mi ero tolto il cappello, e stavo per parlare, ma quello che lei mi disse cambiò completamente il corso dei miei pensieri.

«Vada via!» sussurrò. «Torni immediatamente a Londra!»

La fissai, istupidito dalla sorpresa. Mi fulminava con lo sguardo, mentre batteva il terreno col piede, con un moto di impazienza.

«E perché dovrei andarmene?» domandai.

«Non posso dirglielo.» Si esprimeva a voce bassa e ansiosa, e con una pronuncia lievemente blesa. «Ma per amor del cielo, faccia come le dico. Torni indietro e non metta mai più piede nella brughiera.»

«Ma se sono appena arrivato!»

«Santo Dio!» protestò, spazientita. «Non riesce a capire quando qualcuno la avverte per il suo bene? Torni a Londra! Parta questa notte stessa! Se ne vada da qui a ogni costo! Zitto, arriva mio fratello! Non una parola su quello che le ho detto. Le spiace cogliermi quell'orchidea che cresce laggiù tra quegli equiseti? Siamo ricchissimi di orchidee, qui nella brughiera, per quanto naturalmente sia tardi ormai per ammirare la bellezza del luogo.»

Stapleton aveva rinunciato all'inseguimento, e tornava verso di noi ansante e rosso in viso per lo sforzo fisico compiuto.

«Ciao, Beryl!» disse. Ma ebbi l'impressione che il suo tono di voce nel salutare la sorella fosse tutt'altro che cordiale.

«Jack, sei molto accaldato!»

«Sì, ho tentato di acchiappare una Ciclopide: è una farfalla molto rara, che si trova difficilmente in autunno inoltrato. Come mi dispiace non essere riuscito a prenderla!»

Parlava con indifferenza, ma i suoi piccoli occhi chiari erravano senza posa dalla donna a me.

«Vedo che vi siete già presentati da soli.»

«Sì: stavo dicendo a sir Henry che è ormai tardi per poter ammirare le vere bellezze della brughiera.»

«Come hai detto? Sir Henry?»

«Ma non è sir Henry Baskerville?»

«No, no» mi affrettai a rettificare. «Solo un umile borghese, ma amico di sir Henry. Sono il dottor Watson.»

Un rossore di dispetto passò sulla faccia espressiva della giovane donna.

«Ci siamo detti un sacco di cose inutili» mormorò infine.

«Ma non credo che abbiate avuto molto tempo per parlare» osservò suo fratello, sempre fissandola con occhi inquisitori.

«Ho parlato come se il dottor Watson fosse un residente anziché un semplice visitatore di passaggio» rispose la signorina Stapleton. «Non credo che possa importargli molto se la stagione delle orchidee sia finita o no. Comunque, vuole venire ugualmente a dare un'occhiata a Merripit House?»

Una breve passeggiata ci portò alla loro casa. Era una tipica casa di brughiera, che doveva essere stata la fattoria di qualche allevatore di bestiame negli antichi tempi di prosperità, ma che ora era stata riaggiustata e trasformata in abitazione moderna. Era circondata da un frutteto, ma gli alberi, come accade di solito in brughiera, erano striminziti e rachitici, e nel complesso il luogo dava un'impressione di squallore e di malinconia. Fummo introdotti da un domestico anziano, dall'aspetto curioso, tutto rattrappito e vestito di una giacca stinta, che pareva essere stato scelto apposta per formare un tutt'uno con l'ambiente. L'interno, tuttavia, offriva vasti locali arredati con eleganza, in cui mi parve di riconoscere il gusto della donna. Affacciandomi alle finestre per contemplare la brughiera sterminata, tutta cosparsa di massi granitici e che si snodava in onde ininterrotte sino ai limiti dell'orizzonte, non potei fare a meno di chiedermi con meraviglia e stupore cosa avesse potuto spingere un uomo tanto colto e una donna tanto bella a vivere in un luogo simile.

«È uno strano posto da scegliere per venirci a vivere, non le pare?» mi domandò Stapleton, come se mi avesse letto nel pensiero. «Eppure riusciamo lo stesso a essere discretamente felici, non è vero, Beryl?»

«Eccome!» rispose la donna. Ma il tono delle sue parole mancava della minima convinzione.

«Io avevo una scuola» spiegò Stapleton. «Si trovava nel Nord. Per un uomo del mio temperamento si trattava di un lavoro monotono e privo d'interesse, ma il privilegio di vivere in mezzo a elementi giovani, di aiutare menti vergini a formarsi e di plasmarle secondo il mio carattere e i miei ideali era per me una cosa preziosissima. Ma, purtroppo, il destino ci è stato avverso. Nella scuola è scoppiata una grave epidemia, e tre ragazzi sono morti. Il nostro istituto non è più riuscito a risollevarsi dal colpo e il mio capitale è andato in gran parte irrimediabilmente inghiottito nel disastro. Eppure, se non fosse stato per la perdita della carissima compagnia di quei ragazzi, oggi mi rallegrerei della mia cattiva sorte, poiché grazie al mio gusto spiccato per la zoologia e la botanica ho trovato qui un campo di lavoro illimitato, e del resto anche mia sorella è appassionata della natura quanto lo sono io. Le ho detto tutto questo, dottor Watson, perché ho capito quello che le passava per il cervello dal modo in cui guardava la brughiera, poco fa.»

«Effettivamente stavo riflettendo che doveva essere un po' malinconico, qui... meno per lei, forse, che per sua sorella.»

«No, no, io non sono mai malinconica» replicò prontamente la giovane donna.

«Abbiamo i nostri libri, i nostri studi, e vicini interessanti. Nel suo campo, il dottor Mortimer è un uomo di rara cultura. Anche il povero sir Charles era un compagno simpaticissimo. Noi lo conoscevamo bene e ne sentiamo la mancanza più di quanto possa farvelo capire a parole. Crede che darei disturbo se venissi questo pomeriggio a fare la conoscenza di sir Henry?»

«Sono certo che sir Henry ne sarebbe felicissimo.»

«Allora potrebbe forse dirgli che questa è la mia intenzione. Spero che nel nostro piccolo riusciremo a facilitargli le cose sino a quando non si sarà abituato al suo nuovo ambiente. Vuole salire, dottor Watson, a dare un'occhiata alla mia collezione di lepidotteri? Credo che sia tra le più complete che possano trovarsi nella regione sudoccidentale dell'Inghilterra. Quando avrà finito di guardarla, il pranzo sarà pronto.»

Ma ero impaziente di riprendere il mio posto al maniero. La tristezza della brughiera, la morte dello sfortunato cavallino, il lugubre grido che involontariamente aveva evocato la tetra leggenda dei Baskerville... tutte queste cose avevano impregnato i miei pensieri di una sfumatura di malinconia. E poi, oltre a queste impressioni più o meno vaghe, avevo ricevuto l'avvertimento chiaro e preciso della signorina Stapleton, la quale me lo aveva comunicato con tanta intensità e angoscia che mi era impossibile dubitare che non nascondesse ragioni gravi e profonde. Resistetti così a ogni loro insistenza perché restassi a colazione e mi affrettai sulla via del ritorno, prendendo il sentiero tappezzato d'erba per il quale eravamo venuti.

Doveva tuttavia esserci una scorciatoia, per chi era pratico del luogo, poiché, prima ancora che avessi potuto raggiungere la strada maestra, notai con sorpresa la signorina Stapleton seduta su una roccia, poco lontano dal sentiero. La faccia era arrossata per la corsa, e si teneva una mano sul fianco.

«Ho fatto tutta la strada di corsa per raggiungerla, dottor Watson» mi disse. «Non ho neppure avuto il tempo di mettermi il cappello. Non mi è possibile fermarmi perché non voglio che mio fratello si metta a cercarmi. Intendevo semplicemente dirle quanto mi rincresce per lo sciocco errore che ho commesso nello scambiarla con sir Henry. Dimentichi le parole che ho detto e che non la riguardano per nulla.»

«Ma io non posso dimenticarle, signorina» dissi. «Io sono amico di sir Henry e il suo benessere mi interessa da vicino. Mi dica per quale motivo è tanto ansiosa che sir Henry ritorni a Londra.»

«Un presentimento di donna, dottor Watson. Quando mi conoscerà, capirà che non posso sempre dare spiegazioni di quello che dico o faccio.»

«No, no. Rammento perfettamente l'emozione della sua voce, rammento l'espressione dei suoi occhi. La prego, sia sincera con me, signorina Stapleton, poiché sin dal primo momento che sono arrivato in questo posto ho avuto la netta sensazione di essere circondato da ombre. Mi pare che la vita sia diventata per me come la grande Palude di Grimpen, tutta tappezzata di piccole zone verdi in cui chiunque può correre il rischio di sprofondare, senza un'indicazione che segni il cammino. Mi dica dunque cosa intendeva dire e le prometto che trasmetterò il messaggio a sir Henry.»

Un'espressione ostinata le sfiorò il viso, e i suoi occhi s'indurirono quando mi rispose:

«Ha dato troppo peso alle mie parole, dottor Watson! Mio fratello e io siamo stati molto colpiti dalla morte di sir Charles. Noi lo conoscevamo molto bene, poiché la sua passeggiata favorita lo portava sempre a casa nostra, ogni volta che attraversava la brughiera. Era ossessionato dalla maledizione che gravava sulla sua famiglia e, quando è accaduta la tragedia, era logico che mi venisse da pensare che i timori da lui espressi dovessero avere un certo fondamento di realtà. Ecco perché mi sono angosciata quando ho saputo che un altro componente della famiglia sarebbe venuto ad abitare qui, e mi è parso mio dovere avvertirlo del pericolo che poteva correre. Non intendevo dire altro.»

«Ma qual è questo pericolo?»

«Conosce la leggenda del mastino?»

«Ma non credo a simili sciocchezze!»

«Io sì, invece! Se ha qualche influenza su sir Henry, lo conduca via da questo posto, che è sempre stato fatale alla sua famiglia. Il mondo è grande! Perché vuole vivere in questo luogo di pericolo?»

«Appunto perché è un luogo di pericolo! Così è fatto sir Henry! Io temo che, a meno che lei non sappia darmi qualche informazione più precisa, sarà impossibile smuoverlo.»

«Non posso dire nulla di preciso, dal momento che *non so* nulla di preciso.»

«Vorrei farle ancora una domanda, signorina. Se non intendeva altro che questo quando mi ha rivolto la parola per la prima volta, perché non voleva che suo fratello ascoltasse la nostra conversazione? Non vi era nulla che lui o altri non potessero sapere!»

«Mio fratello è molto ansioso di vedere il maniero abitato, poiché ritiene che questo sia un bene per la povera gente della brughiera. Sarebbe furibondo se sapesse che io le ho detto qualcosa per indurre sir Henry ad andarsene. Ma, ora che ho compiuto il mio dovere, non aggiungerò altro. Bisogna che torni indietro, altrimenti mio fratello sospetterà qualcosa. Arrivederci!»

Si girò e subito scomparve in mezzo ai grandi massi erratici, mentre io, l'animo pieno di vaghi timori, proseguivo in direzione del maniero dei Baskerville.

8

Primo resoconto del dottor Watson

Da questo momento in poi, per seguire meglio il corso degli avvenimenti, mi servirò delle lettere che ho scritto in quel periodo a Sherlock Holmes. Le ho qui davanti a me sulla scrivania. Manca solo una pagina, ma per il resto le sottopongo al lettore tali e quali; riusciranno a dare un'idea più precisa di quanto possa fare la memoria delle sensazioni e dei sospetti che nutrivo all'epoca di questi tragici avvenimenti.

Maniero dei Baskerville,
13 ottobre

Mio caro Holmes,

con telegrammi e lettere precedenti, l'ho scrupolosamente informata di tutto quanto è accaduto sinora in questo angolo del mondo dimenticato da Dio. Più si indugia qui e più veniamo compenetrati dall'atmosfera che avvolge la brughiera, dalla sua vastità e dal suo fascino lugubre. Ci sei dentro, e lasci dietro di te il presente, ti senti catapultato in un remoto passato, addirittura nel regno dell'uomo preistorico. Cammini e vedi da ogni parte le abitazioni di questa gente dimenticata, sfiori le loro tombe e gli enormi monoliti che si suppongono le vestigia dei loro templi. Se, mentre guardi costruzioni di pietra grigia, ti vedessi sbucare fuori un uomo villoso, vestito di pelli, con una freccia dalla punta di selce aggiustata nell'arco, avresti la sensazione di una presenza più naturale qui della tua. Lo strano è che vi sia stata una popolazione così densa su un suolo che, invece, è sempre stato tanto arido. Io non sono uno studioso di cose antiche, ma non mi è difficile immaginare che questo popolo dovette appartenere a una razza tendenzialmente pacifica e perpetuamente in allarme, che fu costretta ad accettare i territori che nessun altro si curava di conquistare.

Tutto questo è estraneo alla missione di cui lei mi ha incaricato, e forse non offrirà alcun motivo d'interesse al suo spirito rigidamente pratico. Non posso dimenticare la totale indifferenza al fatto che sia il Sole a girare intorno alla Terra anziché la Terra attorno al Sole. Ritorniamo, quindi, ai casi di sir Henry Baskerville.

Se in questi ultimi giorni non le ho fatto sapere nulla, è perché sino a oggi non ho avuto nulla di importante da segnalarle. Dovrò poi informarla di una circostanza molto strana, che le spiegherò a tempo debito ma, prima di tutto, devo metterla al corrente degli altri fattori della situazione.

Uno di questi, intorno a cui le ho detto ben poco sinora, è rappresentato dal forzato evaso che si aggira per la brughiera: per quanto ora si abbiano forti motivi per ritenere che si sia allontanato dalla zona, con notevole sollievo degli abitanti isolati di questa regione. Sono trascorsi quindici giorni dalla sua fuga, durante i quali nessuno l'ha visto e nulla si è saputo di lui. Ebbene, è inconcepibile che sia potuto restare nella brughiera per tutto questo periodo di tempo. Naturalmente, per quanto riguarda il fatto che sinora non sia stato trovato non sorge alcuna perplessità, poiché una qualsiasi di queste costruzioni di pietra potrebbe fornirgli un ottimo nascondiglio. Ma non dovrebbe aver trovato nulla da mangiare, a meno che non sia riuscito a far fuori qualche pecora di brughiera. Qui, pertanto, è opinione generale che si sia allontanato dai paraggi, e gli agricoltori che vivono nelle località più lontane dormono adesso, naturalmente, sonni migliori.

Al maniero siamo in quattro uomini validi, quindi, all'occorrenza, sapremmo difenderci; ma vi confesso che ho passato momenti di vera inquietudine al pensiero degli Stapleton. Costoro vivono a chilometri di distanza, isolati da ogni possibile aiuto. C'è una cameriera, un vecchio domestico, e poi la sorella e il fratello, quest'ultimo senza dubbio non molto robusto. Non avrebbero avuto letteralmente difese da opporre a questo criminale di Notting Hill, se costui avesse tentato un'azione di forza contro di loro. Sir Henry e io eravamo molto preoccupati per loro, e si era pensato di mandare a dormire da loro Perkins, lo staffiere, ma Stapleton non ha voluto saperne.

In realtà, il nostro amico baronetto comincia a dimostrare molto interesse per la nostra bella vicina. La cosa non mi meraviglia, poiché il tempo scorre lentamente in questo posto isolato, soprattutto per un uomo energico come lui, mentre, dal canto suo, la signorina Stapleton è una donna bellissima, affascinante. Vi è in lei qualcosa di tropicale, di esotico, nettamente in contrasto con la freddezza del fratello, per nulla emotivo. Eppure ho l'impressione che anche in lui covino fuochi nascosti.

È indubbio che Stapleton esercita sulla sorella un'influenza notevole, poiché l'ho sorpresa spesso a guardarlo continuamente quando parla, quasi a cercare la sua approvazione a ogni cosa che dice. Spero che sia gentile con lei. C'è un bagliore freddo nei suoi occhi e un atteggiamento risoluto nelle sue labbra sottili, che suggeriscono una natura volitiva e forse anche un tantino aspra. Penso che lei troverebbe Stapleton un soggetto interessante.

È stato qui a trovare Baskerville il giorno successivo al nostro arrivo, e la mattina dopo ci ha portati tutt'e due a visitare il luogo dove si ritiene che sia nata la leggenda del malvagio Hugo. È stata una gita di alcuni chilometri attraverso la brughiera, sino a un punto talmente desolato che non mi stupisce che abbia potuto dare origine a quella leggenda. Abbiamo attraversato una breve valle, tra massi enormi, sino a uno spiazzo erboso aperto, tutto trapunto di bianca erba serica. In mezzo si levano due grandi pietre, erose e appuntite sull'estremità superiore, tanto da assomigliare alle enormi zanne taglienti di un qualche animale mostruoso. Corrisponde punto per punto alla scena descritta dall'antica leggenda. Sir Henry ne è stato molto colpito e ha chiesto ripetutamente a Stapleton se ritenesse possibile un intervento soprannaturale nelle vicende umane.

Ne parlava con leggerezza, ma era chiaro che quel tono distratto nascondeva una profonda preoccupazione. Stapleton gli ha risposto con cautela, ma era facile capire che diceva meno di quanto avrebbe potuto, e che non voleva esprimere interamente la propria opinione per riguardo ai sentimenti del baronetto. Ci ha narrato di casi analoghi, in cui famiglie intere avevano sofferto di influssi malefici, e ci ha lasciato con l'impressione che anche lui la pensasse né più né meno come il popolino.

Al ritorno ci siamo fermati a mangiare a Merripit House, e qui sir Henry ha fatto la conoscenza della signorina Stapleton. Ne è stato come folgorato sin dal primo istante e, se non m'inganno, credo si tratti di un sentimento ricambiato. Ha parlato spesso di lei durante il nostro ritorno a casa, e da allora non è quasi mai passato un giorno senza che ci si incontrasse o con il fratello o con la sorella. Questa sera cenano qui, e c'è già il progetto che la prossima settimana si vada noi da loro. Un fidanzamento tra i due dovrebbe essere visto di buon occhio da Stapleton e, invece, ho colto più di una volta delle occhiate di vivissima disapprovazione quando sir Henry rivolge qualche complimento a Beryl – così si chiama la sorella. Certo Stapleton le è molto affezionato, e senza di lei la sua vita sarebbe eccessivamente solitaria; ma mi parrebbe il colmo dell'egoismo se le impedisse di fare un matrimonio così brillante. Comunque sono convinto che Stapleton non desidera affatto che tra loro la simpatia si trasformi in amore, e sempre più spesso mi accorgo che fa di tutto per impedire che i due restino da soli. A proposito, le sue raccomandazioni, mio caro Holmes, perché io non permetta mai a sir Henry di uscire da solo, diventeranno per me un problema se a tutte le altre difficoltà si dovesse aggiungere anche questo innamoramento. Se fossi costretto a eseguire i suoi ordini alla lettera, ne andrebbe della mia reputazione.

L'altro giorno, giovedì, per essere esatti, è venuto a mangiare da noi il dottor Mortimer. Era stato a scavare un vecchio tumulo a Long Down e aveva portato alla luce con grande gioia un teschio preistorico. Non ho mai visto un uomo così sinceramente entusiasta come lui. Più tardi sono arrivati gli Stapleton e il bravo dottore, su richiesta di sir Henry, ci ha guidato al Viale dei Tassi per mostrarci cosa sia esattamente accaduto quella notte fatale. È un lungo viale tetro che corre tra due alte pareti di tassi, con in mezzo la ghiaia e ai lati una striscia d'erba. In fondo, un vecchio padiglione in rovina. A metà strada, il cancelletto che dà sulla brughiera, e quello è il punto in cui il vecchio Baskerville ha fatto cadere la cenere del sigaro. È un cancelletto bianco, di legno, chiuso da un catenaccio. Oltre, la brughiera sconfinata. Ricordavo la sua teoria in proposito e ho cercato di ricostruire quanto era accaduto. Mentre era lì, il vecchio sir Charles deve aver visto qualcosa sopraggiungere dalla brughiera, qualcosa di così terrificante che ha perso la testa e si è messo a correre, correre via, tanto da morire per lo sforzo e la paura. Era quello il cupo, lungo tunnel che aveva percorso fuggendo. E da cosa mai? Un cane pastore della brughiera? O una bestia spettrale, nera, silenziosa e terribile? È possibile l'intervento umano in tutto questo? Che il pallido, ambiguo Barrymore ne sappia più di quanto ha sostenuto? Anche se tutto appare vago, incerto, l'ombra del delitto incombe nell'aria.

Da quando le ho scritto l'ultima volta, ho conosciuto un altro vicino. Si tratta del signor Frankland, di Lafter, che abita a circa sette chilometri a sud del castello. È un uomo ormai d'età, con i capelli bianchi, la faccia rossa, piuttosto collerico. Va matto per la legge britannica e ci ha rimesso quasi una fortuna per la mania di intentare cause a destra e a sinistra. Lotta per il puro piacere di lottare, pronto a sostenere ora una parte, ora l'altra in qualsiasi causa, e non c'è quindi da meravigliarsi che il suo divertimento alla lunga risulti costoso. A volte chiude un diritto di passaggio per sfidare il Comune a riaprirlo. Altre volte abbatte con le sue mani il cancello di qualche proprietà, rivendicando l'esistenza da secoli in quel punto di un sentiero aperto al passaggio e sfida il proprietario a fargli causa se lui lo oltrepassa! Sa tutto sulle proprietà fondiarie e demaniali: a volte applica la sua scienza a favore degli abitanti di Fernworthy e a volte contro di loro. Con il risultato che a volte capita che venga portato in trionfo lungo la strada del villaggio, e a volte capita che veda bruciata in piazza la sua effigie, a seconda di quello che ha combinato. Attualmente pare che abbia circa sette cause per le mani e questo probabilmente gli costerà il resto del patrimonio, così finirà per non avere più frecce al suo arco e sarà ridotto all'inoffensività sino alla conclusione dei suoi giorni. A parte la mania per la legge, l'ho trovato buono e gentile e l'ho nominato solo perché mi ha raccomandato di descriverle i nostri vicini. Al momento, Frankland, che si diletta anche di astronomia, va pazzo per il suo potente telescopio. L'ha piazzato sul tetto di casa e passa ore intere appollaiato a scrutare la brughiera, nella speranza di scorgere il criminale evaso. Nulla di male se si limitasse a questo, ma si dice che intenda anche fare causa al dottor Mortimer per avere aperto una tomba senza il consenso dei parenti del defunto; il guaio è che Mortimer ha portato alla luce un teschio neolitico! Queste storie servono a rompere la monotonia della nostra vita e apportano una nota comica da queste parti dove, le assicuro, ce n'è proprio un gran bisogno.

E ora che l'ho ragguagliata per quanto concerne l'evaso, gli Stapleton, il dottor Mortimer, nonché Frankland, veniamo ai Barrymore, specie dopo i sorprendenti sviluppi della notte scorsa.

Prima di tutto, per quello che riguarda il telegramma che lei aveva mandato da Londra per assicurarsi che Barrymore fosse veramente a casa, le ho già spiegato che la testimonianza del postino non poteva costituire una prova decisiva. L'ho riferito anche a sir Henry, che su due piedi, com'è nella sua natura impulsiva, ha chiamato Barrymore e gli ha domandato se avesse ricevuto personalmente il telegramma. Barrymore ha risposto di sì.

«Il ragazzo l'ha consegnato proprio nelle sue mani?» ha insistito sir Henry.

Barrymore, sorpreso, ha riflettuto per qualche istante.

«No» ha risposto alla fine. «Ero in soffitta, me l'ha consegnato mia moglie.»

«E ha spedito personalmente il telegramma di risposta?»

«No, ci ha pensato mia moglie.»

La sera Barrymore è tornato sull'argomento. «Mi sfugge lo scopo delle sue domande, sir Henry» ha detto. «Spero di non avere fatto nulla che possa dispiacerle.»

Sir Henry ha dovuto rassicurarlo, anzi per tranquillizzarlo del tutto gli ha regalato il suo vecchio guardaroba, dal momento che nel frattempo è arrivato da Londra quello nuovo.

Non le nascondo che mi interessa molto la signora Barrymore. È una donna semplice, solida, estremamente ligia e puritana. Difficile trovare una persona meno emotiva di lei. Eppure, come le ho già raccontato, la notte del nostro arrivo l'ho sentita singhiozzare disperatamente e da allora mi è capitato più di una volta di riscontrare tracce di lacrime sulla sua faccia. Deve tormentarla qualche grosso dispiacere. Mi chiedo se non sia un rimorso a perseguitarla, oppure se la colpa sia di Barrymore, che forse, tra le mura domestiche, si comporta da tiranno. Sin dal primo momento, ho notato qualcosa di strano in quest'uomo, ma l'avventura dell'altra notte ha rafforzato i miei sospetti.

Di per sé, la cosa può apparire di scarsa importanza. Lei sa che ho il sonno molto leggero e, dato che da quando sono approdato in questa casa ho sempre i nervi all'erta, i miei sonni sono diventati più leggeri che mai. La notte scorsa, dunque, verso le due della mattina mi ha svegliato il rumore di un passo furtivo vicino alla mia camera. Mi sono alzato, ho socchiuso l'uscio e ho spiato all'esterno. Una lunga ombra nera si proiettava nel corridoio. Un uomo incedeva a passi felpati, reggendo in mano una candela. Era in maniche di camicia e a piedi scalzi. Ne ho appena intravisto il profilo, ma dalla statura ho giudicato che si potesse trattare solo di Barrymore. Avanzava con misurata lentezza e con massima circospezione, e da tutto il suo contegno risultava un che di indescrivibilmente colpevole e furtivo.

Le ho spiegato che il corridoio è interrotto dalla balconata, che corre intorno al vestibolo, per poi riprendere sull'altro lato.

Ho aspettato finché quel tizio non è scomparso dalla vista, quindi l'ho seguito. Quando sono arrivato alla curva della balconata, lui aveva già raggiunto il capo estremo del corridoio, e ho capito dalla striscia di tremula luce che giungeva da una porta aperta che doveva essere entrato in una di quelle stanze. Sono tutte stanze vuote e disabitate, e per questo la spedizione notturna mi è parsa più misteriosa che mai. La luce era ora ferma, come se Barrymore fosse immobile, in piedi. Ho strisciato lungo le pareti del corridoio il più silenziosamente possibile e ho guardato oltre lo stipite della porta.

Barrymore era accovacciato presso la finestra, e teneva la candela contro il vetro. Lo vedevo di profilo, era rigido, impietrito come se volesse forare con lo sguardo l'oscurità della brughiera notturna. È restato lì immobile per qualche momento, lo sguardo fisso, intenso, poi ha emesso un gemito soffocato e ha spento la luce con un gesto d'impazienza. Subito mi sono ritirato verso la mia stanza e, poco dopo, ho risentito quello stesso passo furtivo. Molto più tardi, quando mi ero ormai abbandonato a un leggero sonno, ho sentito una chiave girare nella toppa in qualche punto della casa, ma non mi sarebbe stato possibile dire da dove provenisse esattamente il rumore. Non so immaginare che significato abbia tutto questo, ma in questa lugubre dimora sta accadendo di sicuro qualcosa di strano e prima o poi dovremo sviscerarne il segreto. Non voglio tediarla con teorie di mia invenzione, dato che mi ha chiesto di fornirle unicamente dei fatti. Stamani ho avuto una lunga conversazione con sir Henry, e insieme abbiamo formulato un piano di azione fondato sulle mie osservazioni della notte scorsa. Per ora non le parlerò di questo, ma nel mio prossimo resoconto spero di poter essere esaustivo.

9
Luce nella brughiera
Secondo resoconto del dottor Watson

Maniero dei Baskerville
15 ottobre

Mio caro Holmes,

se sono stato costretto a lasciarla senza notizie durante i primi giorni della mia missione, dovrà riconoscere che sto riguadagnando il tempo perduto, e che gli avvenimenti si vanno rapidamente accumulando. Nel mio primo resoconto ho concluso con il particolare di Barrymore alla finestra, e ora ho un'altra notizia che credo la sorprenderà abbastanza. Le cose hanno preso una piega che io non avrei saputo prevedere. In un certo senso, tutto si è schiarito nelle ultime quarantotto ore, mentre in un certo altro senso tutto si è andato invece complicando. Ma le racconterò ogni cosa per filo e per segno in modo che possa giudicare da solo.

La mattina successiva alla mia avventura notturna, prima dell'ora di colazione, mi sono incamminato lungo il corridoio per ispezionare la stanza in cui Barrymore aveva indugiato la notte precedente. La finestra occidentale, attraverso la quale lo avevo visto guardare con tanta attenzione, possiede, come ho potuto constatare, una caratteristica che la distingue dalle altre finestre della casa: domina, infatti, tutto il panorama della brughiera. C'è un'apertura tra due alberi che consente da questo punto di guardare dritto davanti, mentre dalle altre finestre si può avere solo una visione incerta e lontana. Ne consegue, quindi, che Barrymore doveva essere stato in quella stanza in cerca di qualcosa o di qualcuno che si trovava in quel momento nella brughiera, essendo quella finestra l'unica della casa in grado di servire al suo scopo. La notte era stata molto buia, così non sapevo immaginare come avesse potuto sperare di vedere qualcosa. Mi è passato per la testa che, insomma, ci fosse di mezzo una donna, solo questo avrebbe spiegato le sue spedizioni notturne e la disperazione della moglie tradita. In fin dei conti, Barrymore è un uomo attraente, ha tutte le carte in regola per rubare il cuore di una ragazza di campagna e, quindi, la mia teoria poteva anche reggere. E la porta che avevo sentito aprirsi quando ero tornato in camera si spiegava forse con qualche convegno amoroso. Ecco cosa pensavo la mattina, tanto per dirle in che direzione si orientavano i miei sospetti, anche se poi mi è stato dato torto dai fatti.

Ma qualsiasi potesse risultare il vero motivo del comportamento di Barrymore, non me la sentivo di addossarmi la responsabilità di tacere ogni cosa sinché non avessi scoperto la verità. Così, finito di fare colazione, mi sono presentato nello studio del baronetto e gli ho spiattellato quanto avevo visto. Si è mostrato meno sorpreso di quanto mi aspettassi.

«Sapevo che Barrymore girava per casa di notte e avevo già pensato di scambiare quattro chiacchiere con lui» ha detto. «Mi è capitato due o tre volte di sentire i suoi passi nel corridoio, andata e ritorno, sempre alla stessa ora.»

«Forse ha un appuntamento ogni notte a quella finestra» ho suggerito.

«Forse. Se è così, potremmo seguirlo e scoprire cosa c'è sotto. Chissà come si comporterebbe il suo amico Holmes se fosse qui.»

«Penso che si comporterebbe esattamente come ha appena detto lei» ho risposto. «Seguirebbe Barrymore per vedere cosa fa.»

«È quanto faremo noi due.»

«Ma potrebbe sentirci.»

«È un po' sordo e, d'altra parte, un po' dobbiamo rischiare per forza. Stanotte aspetteremo in camera mia, finché non lo sentiremo passare.» Sir Henry si è fregato le mani, tutto contento; evidentemente l'avventura gli appariva come un diversivo alla monotonia della vita nella landa.

Il baronetto si è messo in contatto con l'architetto che ha presentato i progetti a sir Charles e anche con un'impresa di Londra, al più presto potremo vedere grandi cambiamenti da queste parti. Sono già venuti decoratori e mobilieri da Plymouth, ed è chiaro che il nostro amico ha progetti ambiziosi, non intende risparmiare fatiche o denaro pur di resuscitare lo splendore del casato. Quando tutto sarà rimesso a posto, ci mancherà una moglie per completare il quadro. Detto tra noi, non passerà molto tempo, se la signorina è d'accordo, perché non ho mai visto un uomo così infatuato di una donna come lo è il nostro amico della nostra bella vicina. Eppure questo amore non procede liscio come dovrebbe. Oggi, per esempio, c'è stata una brusca e quanto mai imprevista battuta d'arresto, che ha causato al nostro amico dispiacere, nonché qualche notevole perplessità.

Dopo la conversazione a proposito di Barrymore che le ho riportato, sir Henry si è messo il cappello, preparandosi a uscire. Naturalmente, l'ho subito imitato.

«Come, Watson, viene anche lei?» ha domandato guardandomi in modo strano.

«Dipende se va nella brughiera» ho risposto.

«Sì, ci vado.»

«Ebbene, sa che devo eseguire degli ordini. Mi dispiace interferire, ma ha sentito anche lei che Holmes ha insistito perché non la lasciassi mai solo, specialmente se va nella brughiera.»

Sir Henry sorridendo mi ha posto una mano sulla spalla.

«Mio caro amico, bisogna riconoscere che Holmes, con tutta la sua capacità d'intuizione, non ha previsto alcune cose che sono capitate da quando sono qui. Mi intende? Sono sicuro che lei è l'ultima persona al mondo che desideri fare il guastafeste. È necessario che vada da solo.»

Ero in difficoltà, non sapevo cosa fare o cosa dire e, prima che riuscissi a decidermi, lui ha afferrato il bastone e ha tagliato la corda.

Ma, ripensandoci, mi sono amaramente pentito di averlo lasciato andare da solo. E se gli fosse successo qualcosa? Al solo pensiero che avrei dovuto ammettere di non avere eseguito le sue istruzioni, mi sono sentito avvampare. Forse facevo ancora in tempo a raggiungerlo. Mi sono precipitosamente incamminato alla volta di Merripit House.

Ho fatto quasi di corsa tutta la strada, ma di sir Henry neppure l'ombra. Alla fine sono arrivato nel punto in cui c'è il sentiero che si dirama verso la brughiera e lì, pensando di avere sbagliato strada, sono salito su una collina da dove potevo dominare la situazione. La collina era quella tetra della cava. Da lassù l'ho visto subito. Era sul sentiero, a circa quattrocento metri, e al suo fianco c'era una donna, che poteva essere solo la signorina Stapleton. Era chiaro che si erano dati appuntamento. Camminavano lentamente, immersi in un'animata conversazione: lei gesticolava nervosamente, a sostegno delle proprie parole, mentre lui ascoltava intento, scuotendo ogni tanto il capo con decisione in segno di dissenso. Li osservavo, nascosto dalle rocce, e avvertivo un vero disagio e una terribile indecisione. Avvicinarmi ulteriormente a rischio di interrompere l'intimità del colloquio mi pareva davvero eccessivo, eppure il mio preciso dovere era proprio non perdere mai di vista il baronetto. Era odioso dover spiare un amico. Non vedevo altra soluzione che seguire le sue mosse dall'alto della collina e, per avere la coscienza tranquilla, gli avrei confessato poi la mia indiscrezione. È vero che, se un improvviso pericolo lo avesse minacciato, ero troppo lontano per essergli d'aiuto, ma capirà che mi trovavo in una situazione impossibile, ero totalmente impotente.

Il nostro amico, sir Henry, e la signorina si erano fermati sul sentiero, più che mai presi dalla conversazione, quando mi sono accorto d'improvviso di non essere l'unico testimone di quel colloquio. Qualcosa di verde che si muoveva nell'aria aveva attirato il mio sguardo, e mi è bastata un'occhiata più attenta per capire che quel movimento di verde era sostenuto da un bastone e il bastone era portato da un uomo che si muoveva, a sua volta, sul terreno tormentato. Era Stapleton col suo acchiappafarfalle. Era ormai vicinissimo ai due, e pareva puntare su di loro.

In quel momento sir Henry aveva attirato improvvisamente a sé la signorina Stapleton. L'aveva già cinta col braccio, ma mi era parso che lei cercasse di svincolarsi. L'istante successivo li ho visti separarsi bruscamente e voltarsi di scatto. La causa era Stapleton. Correva verso di loro come un pazzo, mentre la ridicola rete verde gli penzolava sulla schiena. Per l'emozione gesticolava e quasi danzava di fronte ai due innamorati. Non mi era possibile immaginare cosa significasse quella scena, ma ho avuto l'impressione che Stapleton insultasse sir Henry, che tentava di scusarsi con spiegazioni sempre più risentite via via che l'altro si rifiutava di accettarle. La signorina si era tratta in disparte, in un silenzio altero. Stapleton, alla fine, ha girato sui tacchi e ha fatto alla sorella un gesto perentorio, e lei, dopo aver lanciato a sir Henry un'occhiata risoluta, si è allontanata al fianco del fratello. Dai gesti collerici di Stapleton, si capiva che il naturalista ce l'aveva anche con la signorina. Il baronetto è restato a guardarli per un po', quindi è tornato lentamente lungo il cammino che aveva percorso, a testa bassa, immagine vivente dell'abbattimento.

Continuava a sfuggirmi il significato dell'accaduto, ma provavo un profondo rimorso per essere stato testimone di una scena così intima, a insaputa del mio amico. Mi sono affrettato così a discendere dalla collina e ho incontrato il baronetto ai piedi dell'altura stessa. La sua faccia era paonazza per la collera, aveva le sopracciglia aggrottate: in una parola il suo era l'aspetto di chi si trova ai limiti della pazienza.

«Salve, Watson! Da dove sbuca?» mi ha detto. «Non vorrà farmi credere che mi ha seguito, nonostante il mio preciso rifiuto!»

Gli ho spiegato tutto: come non avevo avuto il coraggio di restarmene a casa, come lo avevo seguito, come infine avevo assistito a quanto era successo. Per un istante i suoi occhi hanno cercato di incenerirmi, poi la sua collera è stata disarmata dalla mia franchezza, e infine è scoppiato in una risata non priva di una punta di malinconia.

«Avevo immaginato il posto abbastanza tranquillo e isolato perché un uomo ci potesse stare in pace a pensare ai fatti suoi,» disse «ma, accidenti, a quanto pare tutto il paese se n'è venuto fuori ad assistere al mio corteggiamento. Bel corteggiamento, maledizione. Lei dove aveva prenotato?»

«Ero su quella collina.»

«Ah! Nelle ultime file, dunque! Il fratellino, invece, era nelle prime. Ha visto come ci è venuto addosso?»

«Sì.»

«Non le è mai passato per la mente che deve essere un po' matto quel tipo?»

«Veramente non me n'ero mai accorto.»

«Neppure io! Sino a oggi lo avevo giudicato abbastanza normale, ma le do la mia parola d'onore che o lui o io dobbiamo essere soggetti da camicia di forza! Bisogna decidere. Ma io cos'ho che non va? Lei ormai vive con me da alcune settimane, Watson! Mi dica la verità! Trova che abbia qualcosa che può impedirmi di risultare un buon marito per la donna che amo?»

«Direi proprio di no.»

«Non può certo avere qualcosa da ridire sulla mia situazione finanziaria, quindi il fratellino non può avercela che con me. Cos'ha, dunque, contro di me? Che io sappia, non ho mai torto un capello a nessuno: eppure mi ha detto che non mi permette neppure di sfiorarle la punta delle dita.»

«Questo ha detto?»

«Questo, e altro ancora. Le assicuro, Watson, che la conosco solo da poche settimane, ma ho avuto sin dal primo momento la certezza che quella donna era fatta per me, e anche lei... anche lei era felice quando stava con me, sono pronto a giurarci. In certi momenti gli occhi di una donna si riempiono di una luce molto, molto più eloquente di un fiume di parole. Ma lui non ci ha mai permesso di restare insieme, e solo oggi per la prima volta avevo intravisto la speranza di poter scambiare con lei qualche parola da solo. Lei pareva contenta di vedermi, ma poi mi ha detto che non era per amore che era venuta a parlarmi, e certo, se fosse riuscita a interrompermi, non mi avrebbe permesso di rivelarle i miei sentimenti. Ha tentato continuamente di ripetermi che questo è un posto pericoloso, e che sarebbe stata tranquilla solo quando me ne fossi andato. Io le ho risposto che dal momento in cui l'avevo vista avevo perso qualsiasi fretta di partire, e che, se veramente desiderava che me ne andassi, l'unica maniera per farmi partire era che mi accompagnasse lei. Con questo le ho offerto in poche parole di sposarla ma, prima che potesse rispondermi, ecco precipitarsi su di noi il fratello con una faccia da pazzo. Era letteralmente bianco di collera, e quei suoi occhi di solito così smorti fiammeggiavano di rabbia. Cosa c'entravo io con sua sorella? Come osavo farla oggetto delle mie disgustose attenzioni? Credevo forse che, siccome ero nobile, mi fosse permesso fare quello che mi pareva e piaceva? Se Beryl non fosse stata presente, gli avrei risposto come si meritava. Purtroppo, ho dovuto limitarmi a dirgli che i miei sentimenti nei confronti di sua sorella erano tali che io non avevo nulla di cui vergognarmi, e che mi auguravo che lei mi onorasse diventando mia moglie. Ma queste mie proposte non lo hanno per nulla calmato, e così, alla fine, ho perso anch'io la pazienza e gli ho replicato più vivacemente di quanto non volessi, considerando anche che la signorina era presente. La scenata, dunque, è finita come ha visto anche lei: se ne sono andati via insieme, e io mi ritrovo qui, perplesso e imbarazzato come un cretino. Mi spieghi un po' cosa significa questa storia, Watson, e io le sarò ancora più debitore di quanto già non sia.»

Ho tentato di fornirgli un paio di spiegazioni attendibili, ma francamente ero meravigliato e stupito quanto sir Henry. Il titolo del nostro amico, la sua fortuna, la sua età, il suo carattere, la sua presenza fisica, tutto giocava a suo favore, e contro di lui non avrei saputo trovare assolutamente nulla, a meno che non si trattasse dell'oscuro destino incombente sulla sua famiglia. È veramente stupefacente che le sue proposte siano state respinte con tanta durezza, senza neppure cercare di conoscere la volontà della signorina, ed è ancora più stupefacente che la signorina abbia accettato una simile situazione senza protestare.

Il nostro almanaccare venne interrotto da una visita di Stapleton in persona questo pomeriggio stesso. Era venuto a scusarsi per il comportamento di qualche ora prima e, dopo una lunga conversazione privata tra lui e sir Henry nello studio di quest'ultimo, il dissidio risulta completamente sanato e siamo invitati a pranzare a Merripit House venerdì prossimo per festeggiare questa riconciliazione.

«Non che non sia matto,» mi ha spiegato sir Henry «non potrò mai dimenticare l'espressione dei suoi occhi quando mi ha investito stamani, ma devo riconoscere che nessuno avrebbe potuto offrire scuse più dignitose di quelle che mi ha presentato questo pomeriggio.»

«Ha spiegato le ragioni della sua condotta?»

«Sua sorella è tutto per lui, mi ha detto. Questo è abbastanza naturale, e sono lieto che lui ne apprezzi i meriti. Sono sempre vissuti insieme e, a quanto mi dice, è sempre stato un uomo molto solo, la sorella è sempre stata la sua unica compagnia, e il pensiero di perderla gli è veramente insopportabile. Non si era accorto, mi ha detto, che mi stavo affezionando a Beryl ma, quando ha capito come stavano effettivamente le cose, e ha temuto che forse lei gli sarebbe stata tolta, il colpo è stato tale che per qualche istante non si è reso conto di quello che faceva e diceva. Era molto addolorato dell'accaduto, e ha ammesso che, da parte sua, sarebbe stato sciocco ed egoistico pensare di tenere legata a sé, per tutto il resto della vita, una donna bella come sua sorella. Dal momento che era inevitabile che prima o poi dovesse lasciarlo, preferiva che fosse per un vicino quale sono io piuttosto che per chiunque altro. Comunque, questo è per lui un grande colpo, e gli occorrerà del tempo per abituarsi alla realtà di questo fatto nuovo. È pronto a ritirare ogni obiezione da parte sua, se gli prometto di lasciar stare le cose come sono per un periodo di tre mesi, accontentandomi in questo lasso di tempo di coltivare l'amicizia di Beryl senza pretendere da lei amore. Naturalmente ho promesso, e in questo senso ci siamo perfettamente accordati.»

Ecco così chiarito uno dei nostri tanti piccoli problemi. È già qualcosa essere arrivati in fondo, almeno in un punto del pantano in cui ci stiamo dibattendo. Sappiamo finalmente perché Stapleton vedesse di cattivo occhio il pretendente della sorella... anche se questo pretendente è un partito invidiabile quale sir Henry. E ora vengo a un altro filo che sono riuscito a districare da questa imbrogliata matassa: ovvero al mistero dei singhiozzi notturni, della faccia distrutta dalle lacrime della signora Barrymore, delle furtive scappate notturne del maggiordomo alla finestra occidentale. Mi faccia le congratulazioni, caro Holmes, e mi dica che non l'ho delusa come investigatore, che non rimpiange la fiducia dimostratami inviandomi quaggiù. Questa parte di quesiti è stata completamente risolta con una sola notte di lavoro.

Ho detto con una sola notte di lavoro, ma, a dire la verità, sono occorse due notti, perché nella prima non abbiamo concluso nulla. Sono restato alzato con sir Henry, nella sua stanza, sino alle tre della mattina circa, ma non abbiamo sentito nulla, nessun rumore di sorta, a eccezione dei rintocchi della pendola in cima alle scale. È stata una veglia estremamente malinconica, e si è conclusa in una sonora dormita di tutt'e due lì dove sedevamo. Per fortuna non ci siamo persi d'animo, e abbiamo deciso di riprovarci. La sera successiva abbiamo abbassato la lampada e ci siamo messi a fumare sigarette, senza fare il benché minimo rumore. È incredibile con quanta lentezza possano passare le ore e, tuttavia, siamo stati aiutati a superare la stanchezza da quello stesso paziente interesse che deve indubbiamente provare il cacciatore quando sorveglia la tagliola in cui spera che possa cadere la selvaggina. Un rintocco, un altro, e già quasi disperavamo per la seconda volta, quando improvvisamente siamo balzati in piedi, con tutti i nostri sensi ancora una volta acutamente all'erta. Avevamo inteso nel corridoio quel frusciare di passi.

Lo abbiamo ascoltato allontanarsi furtivo e morire in distanza. Allora il baronetto ha socchiuso piano la porta, poi ci siamo buttati insieme all'inseguimento. Già il nostro uomo era passato nella galleria, e il corridoio era tutto immerso nelle tenebre. Avanzavamo cauti e silenziosi. Arrivati nell'altra ala, abbiamo avuto giusto il tempo di afferrare la fugace visione dell'alta figura barbuta, dalle spalle curve, che procedeva in punta di piedi nel corridoio. Quindi, l'abbiamo visto entrare come la prima volta in quella medesima stanza, e la luce della candela filtrava dalla fessura della porta, illuminando parzialmente il corridoio. Abbiamo proseguito con circospezione verso la porta, saggiando ogni asse dell'impiantito prima di osare appoggiarci sopra tutto il nostro peso. Avevamo avuto cura di toglierci le scarpe, ma anche così le vecchie tavole gemevano e scricchiolavano sotto i nostri passi. A volte ci pareva impossibile che l'uomo non ci sentisse ma, per fortuna, è un po' sordo, ed evidentemente era troppo occupato in quanto stava facendo. Quando finalmente siamo arrivati sulla soglia lo abbiamo visto accovacciato alla finestra con la candela in mano, la pallida faccia schiacciata contro il vetro, nell'identica posizione in cui lo avevo sorpreso due notti prima.

Non avevamo predisposto alcun piano di attacco, ma sir Henry è un uomo per cui la via più naturale è sempre quella più diretta. È penetrato con decisione nella stanza, mentre Barrymore si scostava con un balzo dalla finestra lanciando come un sibilo acuto dalle labbra, e sostando livido e tremante davanti a noi. I suoi occhi cupi, che luccicavano sull'esangue maschera del viso, erano carichi di spavento e di stupore, mentre il suo sguardo fissava esterrefatto ora sir Henry, ora me.

«Cosa sta facendo qua, Barrymore?»

«Nulla, sir Henry.» Era talmente agitato che stentava ad aprire bocca, e la mano che impugnava la candela tremava talmente che lunghe ombre balzavano su e giù tutt'attorno a lui. «Ero alla finestra: faccio sempre un giro la notte per vedere se sono sprangate bene.»

«Al secondo piano?»

«Sì, sir Henry, ispeziono sempre tutte le finestre.»

«Senta un po', Barrymore,» sir Henry aveva un tono severo «abbiamo deciso di sapere da lei la verità, quindi si risparmierà molta fatica se ce la dirà subito. Su, andiamo! Basta con le frottole! Cosa stava facendo a quella finestra?»

Il disgraziato ci guardava con aria smarrita, torcendosi le mani come chi si trova al colmo dell'incertezza e della disperazione.

«Non facevo nulla di male, sir Henry! Tenevo accostata una candela alla finestra.»

«E perché teneva accostata una candela alla finestra?»

«Non me lo chieda, sir Henry... non me lo chieda. Le do la mia parola d'onore che si tratta di un segreto non mio, e che, quindi, non posso rivelarglielo. Se si trattasse di me non le nasconderei nulla.»

In quel momento ho avuto un'ispirazione improvvisa, e ho tolto la candela dal davanzale dove era stata posta dal maggiordomo.

«Doveva trattarsi certamente di un segnale» ho detto. «Vediamo se otteniamo una risposta.»

Tenendo la candela come l'aveva tenuta Barrymore, mi sono messo a fissare le tenebre della notte. Discernevo vagamente la nera massa degli alberi e la più chiara vastità della brughiera, poiché la luna si trovava dietro le nuvole. E a un tratto ho lanciato un grido di esultanza, poiché una minuscola luce gialla, piccola come una capocchia di spillo, aveva improvvisamente trafitto quel cupo velo e scintillava nitida al centro del riquadro nero della finestra.

«Eccolo!» ho esclamato.

«No, no, signore, non è nulla... assolutamente nulla» ha interrotto il maggiordomo. «Glielo assicuro, signore...»

«Muova la candela in senso orizzontale, Watson!» ha gridato il baronetto. «Vede, anche l'altra luce si muove. E ora, mascalzone, vorrà ancora negare che non si tratta di un segnale? Su, parli! Chi è il suo complice laggiù, e che cosa significano questi segnali?»

La faccia dell'uomo aveva assunto un'espressione di aperta sfida. «È affar mio, non suo. Non le dirò nulla.»

«Allora se ne andrà di qua su due piedi.»

«Come vuole! Se è necessario, è necessario.»

«E se ne andrà malamente, accidenti, dovrebbe provare vergogna di se stesso! Da cento anni e più la sua famiglia vive con la mia sotto questo tetto, ed ecco che la scopro a complottare chissà quale porcheria contro di me!»

«No, no, sir Henry! Non contro di lei!»

Era una voce di donna. La signora Barrymore, più pallida e ancora più smarrita del marito, era comparsa sulla soglia. La sua figura massiccia in sottoveste, malamente avvolta in uno scialle, sarebbe stata comica, se non fosse stato per l'intensità dell'emozione che le si leggeva in faccia.

«Dobbiamo andarcene, Elisa. È la fine. Puoi fare le nostre valigie» le ha detto il marito.

«Oh, John, John, tutto per colpa mia! La colpa è tutta mia, sir Henry... tutta mia. Lui non c'entra nulla: lo ha fatto per amor mio, e solo perché io gliel'ho chiesto.»

«Su, parli dunque! Cosa significa questa storia?»

«Il mio sciagurato fratello sta morendo di fame nella brughiera. Non possiamo lasciarlo morire proprio qui davanti alla nostra porta. Questa luce è un segnale che gli facciamo per dirgli che il cibo è pronto per lui, e quella luce laggiù indica il punto in cui noi dobbiamo portarglielo.»

«Allora suo fratello è...»

«Il forzato evaso... sì, sir Henry... è Selden, l'assassino.»

«Questa è la verità, sir Henry» ha confermato Barrymore. «Le avevo detto che non si trattava di un mio segreto, e che io non avevo diritto di rivelarglielo. Ma ora che sa, comprenderà come non si tratti affatto di una congiura contro di lei.»

Questa era, dunque, la spiegazione delle furtive spedizioni notturne e della luce alla finestra! Sir Henry e io eravamo sbalorditi. Era mai possibile che quella creatura dall'aspetto rispettabile fosse dello stesso sangue da cui era uscito uno dei più temibili criminali d'Inghilterra?

«Sissignore, da ragazza facevo Selden di cognome, e quello è il mio fratello più giovane. Quando era ragazzo gli abbiamo dato troppi vizi, accontentandolo in tutto e per tutto, sinché ha finito con il pensare che il mondo era fatto per il comodo suo, e che a lui era tutto permesso. Poi, quando è cresciuto, ha incontrato cattive compagnie, e il demonio si è impossessato di lui, tanto che ha spezzato il cuore di mia madre e ha trascinato il nostro nome nel fango. È sceso sempre più in basso lungo la china del male, e solo la misericordia di Dio lo ha salvato dalla forca; ma per me, sir Henry, è sempre restato il bambinetto ricciuto con cui giocavo e che sorvegliavo, da sorella maggiore! Ecco perché è evaso, sir Henry. Sapeva che mi trovavo qui e che non mi sarei rifiutata di aiutarlo. Quando si è trascinato sin qua una sera, stanco, affamato, con le guardie alle calcagna, cosa potevamo fare? Lo abbiamo accolto qui, gli abbiamo dato da mangiare, lo abbiamo curato. Poi è arrivato lei, sir Henry, e mio fratello ha pensato che sarebbe stato più al sicuro nella brughiera che altrove, sino a quando le ricerche non si fossero calmate, e così è restato nascosto. Ma ogni due notti ci assicuravamo che fosse ancora laggiù mettendo una luce alla finestra e, se avevamo risposta, mio marito gli portava un po' di carne e di pane da mangiare. Ogni giorno speravamo che se ne andasse ma, finché era qui, non potevamo abbandonarlo. Questa è la sacrosanta verità; lo giuro da buona cristiana e, se qualcuno deve essere rimproverato, non è mio marito, ma tutta la colpa di questa storia deve ricadere su di me, perché lui ha agito per amor mio.»

La donna aveva pronunciato queste parole con una così commossa intensità che non era possibile dubitare della sua buona fede.

«È proprio vero quello che dice sua moglie, Barrymore?»

«Sì, sir Henry: è la sacrosanta verità.»

«Va bene, non posso biasimarla per avere difeso sua moglie. Dimentichi quanto le ho detto. E ora voi due andatevene in camera vostra, e domattina discuteremo meglio questa faccenda.»

Quando se ne sono andati abbiamo ancora guardato fuori dalla finestra. Sir Henry l'aveva spalancata e ora il freddo vento notturno ci batteva in piena faccia. Lontano, lontano, nelle tenebre dilaganti, il minuscolo puntino giallo luceva ancora.

«Non so come osi!» fece sir Henry.

«Forse è messo in modo da apparire visibile solo da qui.»

«Può darsi. A che distanza crede che sia?»

«Penso che sia nelle vicinanze di Cleft Tor.»

«Dunque a non più di un chilometro o due.»

«Non credo di più.»

«D'altronde, non può essere molto lontano se Barrymore doveva portargli da mangiare personalmente. E quel farabutto sta aspettando vicino a quella candela. Accidenti, Watson, vado ad acchiapparlo io, quell'uomo!»

Lo stesso pensiero aveva attraversato anche la mia mente. Non era come se i Barrymore ci avessero messi a parte del loro segreto. Erano stati costretti a rivelarcelo! Inoltre, quell'uomo costituiva un pericolo per la comunità, era uno spietato criminale per il quale non esistevano né compassione né attenuanti. Facevamo solo il nostro dovere tentando di riportarlo là dove non avrebbe avuto più possibilità di nuocere. Del resto, se noi non avessimo agito e avessimo lasciato libera la sua natura violenta e brutale, altri avrebbero prima o poi pagato, forse a caro prezzo, la nostra debolezza. Ogni notte i nostri vicini Stapleton avrebbero potuto correre il rischio di essere assaliti, e forse è stato proprio questo pensiero a spingere sir Henry a tentare una simile avventura.

«Vengo anch'io» dissi.

«Allora prenda la rivoltella e si infili le scarpe. Sarà meglio che ci mettiamo in moto al più presto, perché quel farabutto potrebbe spegnere la sua luce da un istante all'altro e tagliare la corda.»

Qualche momento dopo eravamo in cammino, decisi a compiere la nostra impresa. Abbiamo attraversato il boschetto avvolto nell'oscurità, tra il gemito soffocato del vento autunnale e il fruscio delle foglie radenti. L'aria notturna era impregnata di un odore di umidità e disfacimento. A tratti la luna appariva per brevi attimi, ma subito le nubi si addensavano sopra la volta del cielo, e proprio mentre sbucavamo nella brughiera ha cominciato a scendere una pioggia sottile. La luce seguitava ad ardere ferma dinanzi a noi.

«È armato?» domandai a sir Henry.

«Ho un frustino da caccia.»

«Dobbiamo coglierlo di sorpresa, poiché si dice che sia un individuo pronto a tutto. Dobbiamo immobilizzarlo prima che possa resistere.»

«Ehi, Watson,» ha esclamato a questo punto il baronetto «cosa direbbe Holmes di questa storia? Non ricorda le sue parole a proposito delle ore di tenebre in cui si scatenano le potenze del Male?»

Quasi in risposta a queste sue parole, a un tratto dalla lugubre vastità della brughiera si è sentito lo strano grido che già avevo udito ai margini della grande Palude di Grimpen. È arrivato portato dal vento attraverso il silenzio della notte: dapprima come un mormorio profondo, prolungato, che si è tramutato poi in un urlo sempre crescente, per morire infine in un gemito malinconico. Tutta l'atmosfera ne era pregna; era un ululato forsennato, minaccioso. Il baronetto mi ha tirato per la manica della giacca e nell'oscurità ho visto la sua faccia sbiancarsi.

«Dio santo, ma cos'è, Watson?»

«Non lo so. Dicono che sia un grido proveniente dalla brughiera. Io l'ho già sentito un'altra volta.»

Il suono si era spento, e un silenzio assoluto ci avvolgeva.

«Watson,» ha detto il baronetto «era l'ululato di un cane.»

Mi sono sentito gelare il sangue nelle vene, poiché avevo avvertito nella sua voce un tremore che rivelava come anche lui fosse in preda a una paura incontrollata.

«Come lo chiamano questo suono?» mi ha domandato.

«Chi?»

«Gli abitanti della zona.»

«Oh, sono gente ignorante. Cosa le può importare come lo chiamano?»

«Mi dica, Watson» ha insistito lui. «Come lo chiamano?»

Non mi era possibile eludere la domanda.

«Dicono che sia il latrato del mastino dei Baskerville.»

Sir Henry ha emesso un gemito soffocato, ed è restato in silenzio per un po'.

«Era certo il latrato di un cane,» ha detto alla fine «ma sembrava provenire da una grande distanza.»

«È difficile stabilire da dove arrivasse.»

«Si è alzato ed è caduto con il vento. Quella non è la direzione della grande Palude di Grimpen?»

«Sì, è esatto.»

«Ecco, veniva da quella parte. Watson, non ha avuto anche lei la netta sensazione che si trattasse dell'urlo di un cane? Io non sono un bambino. Non occorre che tenti di nascondermi la verità.»

«Stapleton era con me quando l'ho sentito per la prima volta, e mi ha spiegato che poteva essere il richiamo di un uccello sconosciuto.»

«No, no, era un cane. Dio mio, è mai possibile che esista un fondo di verità in tutte queste storie? È mai possibile che mi trovi veramente in pericolo per un motivo così misterioso? Lei non mi crede, vero, Watson?»

«No, no.»

«Eppure una cosa era riderne a Londra, e un'altra essere qui, avvolti nell'oscurità della brughiera, e udire un urlo come quello. E mio zio! Dopotutto, accanto al suo corpo c'erano le impronte delle zampe di un mastino. Pare che tutte le maglie di questa lugubre rete si stiano saldando insieme. Non credo di essere un vigliacco, Watson, ma quel grido mi ha fatto raggelare il sangue nelle vene. Mi tocchi la mano!»

Era fredda come marmo.

«Vedrà che domattina si sentirà di nuovo benissimo.»

«Non credo che riuscirò a dimenticare quel latrato. Che cosa mi consiglia di fare, ora?»

«Vuole che torniamo indietro?»

«Neppure per idea! Siamo usciti per prendere il nostro uomo, e ci riusciremo. Noi stiamo dando la caccia a un forzato, e a quanto pare siamo a nostra volta inseguiti da un cane del demonio. Andiamo. Vedremo un po' se tutti i diavoli dell'inferno si sono davvero scatenati su questa dannata brughiera.»

Abbiamo ripreso ad avanzare, inciampando, nelle tenebre, circondati dal nero torreggiare dei poggi scoscesi, mentre la fievole luce giallastra continuava a brillare dritta davanti a noi. Nulla è più ingannevole della distanza di un lume in una notte nera come la pece, e a volte il chiarore pare lontanissimo all'orizzonte, a volte, invece, pare solo a pochi passi. Alla fine però siamo riusciti a individuarne la provenienza, e a un tratto ci siamo accorti di essere vicinissimi. Una candela sgocciolante era stata conficcata in una fenditura delle rocce che la riparavano dal vento e per far sì che fosse visibile solo dal maniero dei Baskerville. Un masso granitico ci nascondeva mentre ci avvicinavamo, e ci siamo accovacciati dietro questo riparo naturale. Quell'unica candela che bruciava nel mezzo della landa aveva un aspetto irreale, così senza alcun segno di vita tutt'intorno. Solo quella dritta fiamma gialla e solo il riverbero della roccia.

«Cosa dobbiamo fare ora?» ha bisbigliato sir Henry.

«Aspetti qui. Dev'essere vicino alla luce. Vediamo se riusciamo a scorgerlo.»

Non avevo ancora finito di parlare che lo abbiamo visto tutt'e due. Sopra le rocce, nella cui fenditura la candela ardeva, si sporgeva una spaventosa faccia gialla, una ripugnante faccia animalesca, devastata dalle più malvagie passioni. Sporco, con la barba ispida, i capelli appiccicati al cranio, avrebbe potuto benissimo appartenere a uno di quegli antichi selvaggi che avevano abitato nelle tane scavate lungo i fianchi di quelle colline. La luce della candela sotto di lui si rifletteva nei suoi occhi piccoli, astuti, che parevano trafiggere a destra e a sinistra le tenebre, con un bagliore sinistro, proprio come gli occhi di un animale sospettoso e selvatico che abbia avvertito l'avvicinarsi dei cacciatori.

Qualcosa doveva avere evidentemente risvegliato i suoi sospetti.

Forse Barrymore usava con lui qualche segno convenzionale che noi ignoravamo, oppure altri motivi gli avevano fatto supporre che qualcosa non andasse, certo è che la paura gli si leggeva chiaramente sul volto malvagio. Poteva da un minuto all'altro spegnere la luce e svanire nelle tenebre. Ho fatto quindi un balzo in avanti, bruscamente, subito imitato da sir Henry. Contemporaneamente, il forzato ha lanciato un'imprecazione e ha scagliato verso di noi un masso che è andato a scheggiarsi contro il riparo di roccia dietro cui ci eravamo nascosti. Mi è stato possibile cogliere una visione fuggevole della sua figura tozza, quadrata, massicciamente costruita, mentre l'uomo balzava in piedi e si girava per fuggire. In quel medesimo istante, per una fortunata combinazione, la luna ha squarciato il velo delle nubi. Ci siamo precipitati lungo il ciglio della collina, mentre il nostro uomo correva disperatamente giù per il lato opposto, saltando sulle pietre con l'agilità di una capra. Con un colpo fortunato della mia rivoltella avrei potuto ferirlo alle gambe, ma avevo portato l'arma solo per difendermi se fossi stato attaccato, non per sparare contro un uomo inerme e in fuga.

Eravamo tutt'e due discreti corridori e in buona forma, ma quasi subito ci siamo resi conto che non avevamo alcuna probabilità di raggiungerlo. L'abbiamo seguito a lungo sotto la luce della luna finché non si è ridotto a un minuscolo puntino che si muoveva con pazzesca rapidità tra i massi di un colle lontano. La distanza tra noi e la nostra preda aumentava sempre più. Infine ci siamo fermati e seduti ansimanti su due pietre, mentre il fuggiasco scompariva definitivamente in lontananza.

In quel preciso momento è accaduto un fatto stranissimo e assolutamente inaspettato. Ci eravamo alzati e stavamo per dirigerci verso casa. La luna era bassa sull'orizzonte, e il pinnacolo dentellato di una guglia granitica si innalzava contro la curva inferiore del suo disco d'argento. In quel punto, stagliata come una statua d'ebano su quello sfondo luminoso, ho visto sul masso una figura umana. Non deve credere che sia stata un'allucinazione, Holmes. Le garantisco che non ho mai visto in vita mia nulla di più chiaro. Per quanto mi era dato giudicare si trattava di un uomo alto e magro. Era in piedi, le gambe lievemente divaricate, le braccia conserte, il capo chino, quasi stesse meditando sulla sconfinata desolazione di torba e granito che si stendeva davanti a lui. Avrebbe potuto essere benissimo lo spirito stesso di quel luogo terribile. Non era il forzato. Era, infatti, lontano dal punto in cui quest'ultimo era scomparso. D'altronde, era molto più alto di statura. Con un'esclamazione di sorpresa ho additato l'apparizione al baronetto, ma nell'attimo in cui mi sono voltato per afferrargli il braccio, l'uomo si era già dileguato. L'aguzza guglia di granito era sempre lì a tagliare l'orlo inferiore della luna, ma la sua vetta non recava più alcuna traccia dell'immobile, silenziosa visione.

Avrei voluto muovere subito in quella direzione e frugare il colle, ma il punto era molto lontano. Sir Henry aveva ancora i nervi scossi dal latrato che gli rammentava la tragica storia della sua famiglia, e non era certo disposto a nuove avventure. Non aveva visto l'uomo solitario sulla punta rocciosa, e non poteva, quindi, provare l'emozione che quell'arcana presenza e quell'atteggiamento maestoso mi avevano procurato.

«Senza dubbio sarà stato un soldato» ha concluso. «La landa ne è piena da quando quel maledetto è scappato.» Può darsi che questa sua spiegazione fosse l'unica esatta, ma vorrei averne una conferma più sicura. Oggi abbiamo intenzione di riferire a quelli di Princetown dove devono andare per riprendersi il loro evaso, ma certo è duro pensare che non abbiamo potuto avere noi la soddisfazione di ricondurlo laggiù come nostro prigioniero. Queste sono le nostre avventure della notte scorsa, e deve ammettere, mio caro Holmes, che come resoconto non c'è male. Molto di quanto le ho detto è senza dubbio superfluo, ma ho tuttavia la sensazione che è meglio che io le renda nota ogni cosa dalla a alla zeta, lasciando poi a lei il compito di separare i fatti più importanti da quelli trascurabili, perché possa essere facilitato nelle sue conclusioni. Certo, qualche progresso l'abbiamo fatto. Per quello che riguarda i Barrymore, abbiamo scoperto il movente delle loro azioni, e questo ha indubbiamente chiarito la situazione. Purtroppo la brughiera, con i suoi misteri e i suoi strani abitanti, resta più che mai imperscrutabile. Può darsi che nel mio prossimo resoconto io riesca a gettare un po' di luce anche su questo punto. Ma la miglior cosa sarebbe che si decidesse a raggiungerci.

10
Estratto dal diario del dottor Watson

Sinora non ho fatto che trascrivere i resoconti mandati a Sherlock Holmes durante i primi giorni. Ora, però, sono arrivato a un punto della storia in cui sono costretto a lasciare da parte questo sistema, per affidarmi ancora una volta ai miei ricordi, aiutandomi con il diario tenuto in quel periodo. Basteranno pochi estratti da quest'ultimo per riportarmi a quelle scene, che sono scritte indelebilmente e dettagliatamente nella mia memoria. Comincio dalla mattina successiva al fallimento della nostra caccia notturna all'evaso e le altre insolite esperienze nella brughiera.

16 ottobre

Giornata grigia: nebbia e pioggia. Il maniero è soffocato da una massa mobile di nubi, che ogni tanto si squarciano, mostrando il triste profilo della brughiera, come le venature sottili, argentee lungo il dorso delle colline e i grossi massi rilucenti sotto l'improvvisa sferzata di luce sulle superfici bagnate. È deprimente fuori ma anche qui dentro. Il baronetto è a terra dopo le peripezie della notte scorsa. Anch'io ho un peso sul cuore e avverto la sensazione di un pericolo imminente, un pericolo che ci sovrasta, ancora più terribile perché rilutta a qualsiasi definizione.

Non ho forse ragione di temere? Consideriamo la lunga serie di incidenti che, in un modo o nell'altro, hanno dimostrato come intorno a noi si sta tramando in modo sinistro. C'è la morte dell'ultimo proprietario del maniero, avvenuta proprio nelle condizioni previste dalla leggenda, poi le testimonianze ripetute dei contadini che confermano la presenza nella brughiera di un animale sconosciuto. Due volte io stesso ho sentito con queste mie orecchie un suono molto simile al lontano latrato di un cane. Ora è incredibile, impossibile, che questo avvenga al di fuori delle leggi naturali. Non si può immaginare un cane fantasma che lasci orme materiali e riempia l'aria di ululati. Stapleton può forse credere in una simile superstizione, e può crederci persino Mortimer. Ma se io possiedo una qualità che sia una, questa consiste nel mio buonsenso, e nulla potrà persuadermi a dar retta ad assurdità del genere. Se questo mi accadesse, mi parrebbe di scendere al livello di questi poveri zotici, che non solo credono fermamente in una bestia infernale ma addirittura pretendono di descriverla, e asseriscono di averla vista sputare fuoco e fiamme dalla bocca e dagli occhi. Sherlock Holmes non crederebbe certo a simili fandonie, e io non ci credo per sua delega. Ma i fatti sono fatti, e io stesso ho udito due volte quel richiamo nella brughiera. Ammettiamo che esista realmente, libero per la brughiera, un cane enorme: questo spiegherebbe ogni cosa. Ma dove potrebbe nascondersi un cane simile, dove si procurerebbe il cibo, da dove sarebbe arrivato e perché mai non è visibile durante il giorno? Bisogna ammettere che anche una sola spiegazione naturale offre quasi altrettanta difficoltà di soluzione quanto l'altra. E poi, indipendentemente dal cane, sussiste sempre la questione dell'individuo misterioso che ha operato a Londra, l'uomo della carrozza pubblica, il messaggio che ha messo in guardia sir Henry dal trattenersi nella brughiera. Questi almeno sono elementi reali, ma potrebbero essere tanto l'opera di un amico quanto quella di un nemico. Dove si trova attualmente questo amico o nemico? È restato a Londra, oppure ci ha seguiti fino a qui? Potrebbe essere... è mai possibile che sia lo sconosciuto che ho visto sul picco?

È vero che ne ho colto soltanto un'immagine fuggevole e, tuttavia, vi sono alcuni punti sui quali sarei pronto a giurare. Non è una persona di queste parti, eppure ormai conosco tutti i vicini. È molto più alto di Stapleton e più magro di Frankland. Potrebbe essere Barrymore, ma l'avevamo lasciato a casa e sono sicuro che non può averci seguito. Quindi, anche qui uno sconosciuto ci spia, così come ci spiava a Londra. Non ci siamo mai liberati di lui. Se potessi acciuffare quest'uomo, non ci sarebbero più difficoltà. Non mi resta quindi che impegnare ogni mia energia a questo scopo.

Il mio primo impulso è stato quello di affrettarmi a mettere al corrente dei miei piani sir Henry. Ma poi, riflettendoci un po', ho deciso più saggiamente di fare il mio gioco e di parlarne il meno possibile. Il baronetto è silenzioso, distratto. Dopo aver sentito anche lui quel latrato nella brughiera ha i nervi letteralmente a pezzi. Qualsiasi cosa gli posso dire, non farei che aggravare la sua ansia, dunque mi conviene proprio cercare di raggiungere il mio scopo da solo.

Stamane, dopo colazione, c'è stata una piccola scena. Barrymore ha chiesto di parlare con sir Henry e si sono chiusi nello studio. Seduto nella sala da biliardo, li ho sentiti alzare la voce diverse volte e ho capito quale fosse la causa della discussione. Poco dopo il baronetto ha aperto la porta e mi ha chiamato.

«Barrymore sostiene che è stato sleale da parte nostra dare la caccia a suo cognato, dal momento che, di sua spontanea volontà, ci aveva confidato il segreto» mi ha messo al corrente sir Henry.

Il maggiordomo era in piedi davanti a noi, pallidissimo, ma padrone di sé.

«Forse sono stato un po' impulsivo, signore, e la prego di scusarmi» si è difeso. «Ma sono restato molto sorpreso, stamane al vostro ritorno, nel sapere che eravate andati a dare la caccia a Selden. Quel povero disgraziato ha già abbastanza guai, senza che mi ci metta anch'io a peggiorargli le cose.»

«Se ce l'avesse detto di sua spontanea volontà, sarebbe stato tutto diverso» ha protestato il baronetto. «Lei ce l'ha detto, o meglio, ce l'ha detto sua moglie, quando l'abbiamo costretta e non ha potuto sottrarsi alle nostre domande.»

«Io non pensavo che lei avrebbe approfittato della mia rivelazione, sir Henry, francamente non lo pensavo proprio.»

«Ma quell'uomo è un pericolo pubblico. Nella brughiera ci sono case isolate, e suo cognato è un uomo che non ha paura di nulla. Basta guardarlo in faccia una volta per capirlo. Pensi un po' alla casa del signor Stapleton, per esempio, dove l'unico uomo che può difenderla è lui. Nessuno può vivere tranquillo da queste parti finché Selden non sarà di nuovo sotto chiave.»

«Non entrerà in casa di nessuno, sir Henry, su questo do la mia solenne parola d'onore, e non darà più fastidio a nessuno, in questo paese. Le garantisco che tra pochissimi giorni si farà in modo che si trovi in viaggio per l'America del Sud. Per l'amor di Dio, sir Henry, la supplico! Non informi la polizia che si trova ancora qui nella brughiera. Ormai hanno rinunciato a dargli la caccia, e potrà starsene tranquillo sino a quando il piroscafo su cui deve imbarcarsi non sarà pronto a salpare. Non può tradirlo senza mettere nei pasticci anche mia moglie e me. La supplico, sir Henry, non dica nulla alla polizia.»

«Cosa mi consiglia, Watson?»

Mi sono stretto nelle spalle. «Se veramente ha intenzione di lasciare il paese, penso che i contribuenti saranno sollevati almeno da uno dei loro tanti gravami.»

«E se poi ammazza qualcuno prima di tagliare la corda?»

«Non commetterebbe mai una pazzia simile, sir Henry. Noi lo abbiamo rifornito di quanto può essergli necessario. Se perpetrasse un nuovo delitto rivelerebbe il suo nascondiglio.»

«Questo è vero» ha osservato sir Henry. «Bene, Barrymore...»

«Che Dio la benedica, sir Henry, e grazie dal più profondo del mio cuore! Se dovessero riprenderlo, la mia povera moglie ne morirebbe.»

«Ho una gran paura che noi ci stiamo rendendo complici di un'azione tutt'altro che onesta: cosa ne dice, Watson? Non è favoreggiamento? Ma, dopotutto, non me la sento di dare troppo addosso a quell'uomo. Consideriamo chiusa la faccenda. D'accordo, Barrymore, può andare.»

Dopo aver pronunciato qualche parola di ringraziamento con la voce rotta dall'emozione, l'uomo stava per andarsene, ma poi ci ha ripensato ed è tornato sui propri passi.

«Lei è così buono con noi, sir Henry, che vorrei in qualche modo dimostrarle la nostra gratitudine. Ecco, io so qualcosa che forse avrei dovuto dire prima, ma l'ho scoperto molto tempo dopo l'inchiesta. Non ne ho mai parlato con anima viva. Si tratta della morte di sir Charles.»

Il baronetto e io siamo balzati in piedi:

«Come è morto?»

«No, signore, questo non lo so.»

«E allora?»

«So perché si trovava presso il cancelletto a quell'ora. Aveva appuntamento con una donna.»

«Con una donna? Lui?»

«Sì, signore.»

«E chi è la donna?»

«Non so il suo nome, signore, ma posso fornirle le iniziali: L.L.»

«Come le conosce, Barrymore?»

«Quella mattina suo zio ha ricevuto una lettera. Riceveva sempre molte lettere, per la posizione che occupava e perché era generosissimo, e così chiunque aveva bisogno si rivolgeva a lui. Ma quella mattina, per caso, c'era solo una lettera ed è per questo che l'ho notata. Veniva da Coombe Tracey e l'indirizzo era scritto con la calligrafia di una donna.»

«Ebbene?»

«Ecco, signore, non ho più pensato a questa cosa e tutto sarebbe finito qui, se non fosse stato per mia moglie. Poche settimane fa, riordinando lo studio di sir Charles, dove tutto è restato com'era prima della sua morte, ha trovato nel camino i resti di una lettera bruciata. La maggior parte era carbonizzata, ma un pezzettino, il fondo di una pagina, era intatto e si riusciva ancora a leggere cosa c'era scritto, anche se era grigio su nero. Pareva un poscritto in fondo alla lettera e diceva: "La prego con tutto il cuore, da gentiluomo, di bruciare questa lettera e di trovarsi al cancelletto stasera alle dieci". Sotto era firmato con le iniziali L.L.»

«Ha conservato quel pezzetto di carta?»

«No, signore, quando l'abbiamo preso in mano è andato in polvere.»

«Sir Charles aveva ricevuto altre lettere con la stessa calligrafia?»

«Vede, signore, non facevo mai caso alle lettere che riceveva e ho notato questa in particolare perché non ce n'erano altre.»

«Non ha idea di chi possa essere questa L.L.?»

«Ne so quanto lei, signore. Ma, se riusciamo a scovarla, penso che sapremo qualcosa di più sulla morte di sir Charles.»

«Non capisco, Barrymore, come abbia potuto tenere nascosta un'informazione così importante.»

«Subito dopo, è capitato questo guaio tremendo a me e a mia moglie. E poi, capisce, eravamo troppo affezionati a sir Charles, era stato sempre così buono con noi. Non sarebbe servito a nulla rivangare questa faccenda e poi, quando c'è una donna di mezzo, è meglio andarci piano... Anche l'uomo migliore...»

«Ha pensato che ci sarebbe andata di mezzo la sua reputazione?»

«Mi pareva che non sarebbe servito a nulla, ecco. Ma adesso lei è stato così comprensivo con noi e mi pareva ingiusto nasconderle qualcosa che sappiamo della faccenda.»

«Va bene, Barrymore, può andare.»

Dopo che il maggiordomo si è congedato, sir Henry si è rivolto a me. «Dunque, Watson, che cosa ne pensa di questa luce nuova?»

«Mi pare che lasci le tenebre ancora più fitte.»

«È quello che penso anch'io. Ma, se riuscissimo a ripescare questa L.L., forse le cose si chiarirebbero. Almeno sappiamo questo, che c'è qualcuno al corrente dei fatti. Ora si tratta di rintracciare questa donna. Cosa dovremmo fare, secondo lei?»

«Prima di tutto dobbiamo informare Holmes. Questo fatto gli darà l'indizio di cui sta andando in cerca. E mi stupirei se non vi riuscisse.»

Mi sono recato immediatamente nella mia camera e ho steso il mio resoconto della conversazione di poco prima per Sherlock Holmes. Certo, in quest'ultimo periodo di tempo doveva essere affaccendatissimo, poiché le notizie che ricevevo da Baker Street erano sempre brevi e scarse, senza alcun commento alle informazioni che io gli andavo a mano a mano fornendo, e senza quasi alcun riferimento alla mia missione. Evidentemente quella storia di ricatti lo sta assorbendo completamente, eppure questo fatto nuovo deve per forza fermare la sua attenzione e riaccendere il suo interesse. Come vorrei che fosse qui.

17 ottobre

La pioggia è caduta tutto il giorno frusciando sull'edera e sgocciolando dalle grondaie. Ho pensato al forzato, solo, nella tetra brughiera, al freddo, senza un ricovero. Poveraccio! Quali siano stati i suoi delitti, ha già sofferto abbastanza e li ha in parte espiati. Ho ripensato poi ad altre cose... alla faccia intravista nella carrozza pubblica, alla figura stagliata contro la luna. Era anche lui là, sotto quel diluvio, l'osservatore pressoché invisibile, l'uomo delle tenebre? A sera mi sono infilato l'impermeabile e ho passeggiato per la brughiera fradicia, pieno di pensieri cupi, mentre la pioggia mi batteva in faccia e il vento mi fischiava nelle orecchie. Che Dio aiuti chi si trova in questo momento nella grande palude, perché anche la terraferma si è trasformata in acquitrino. Ho trovato il picco nero in cima al quale avevo visto lo sconosciuto solitario, e anch'io ho guardato dall'alto la distesa malinconica. Ventate di pioggia sferzavano le dune rossastre; le nubi, rigonfie, nere, incombevano basse sul paesaggio, sfilacciandosi in grigie spirali nebbiose intorno alle colline evanescenti. In basso, a sinistra, dagli alberi venivano su, fasciate dalla nebbia, le due torri sottili del castello dei Baskerville. Erano gli unici segni di vita, oltre alle abitazioni preistoriche sparse sui fianchi delle colline. Nessuna traccia del solitario che due notti prima avevo visto proprio in quel punto.

Mentre tornavo, ho incontrato il calesse del dottor Mortimer, di ritorno dalla lontana fattoria di Foulmire. Il dottore è sempre molto gentile con noi e non c'è giorno che non venga al castello, per avere nostre notizie. Ha insistito perché salissi sul calesse e mi ha accompagnato a casa. Era molto preoccupato per la scomparsa del suo piccolo spaniel, che si era avventurato nella brughiera e non aveva più fatto ritorno. Ho tentato di rassicurarlo, ma, pensando al pony che avevo visto sparire, inghiottito nella grande palude, non credo proprio che rivedrà più il suo cagnolino.

«A proposito, Mortimer,» ho detto mentre procedevamo balzelloni sul sentiero impervio «mi pare che lei conosca tutti gli abitanti dei dintorni, vero?»

«Più o meno, sì.»

«Può dirmi il nome di una donna le cui iniziali siano L.L.?»

Ha riflettuto qualche istante.

«No» ha risposto. «C'è gente che va e viene di cui non so niente, ma tra i contadini e la gente del posto nessuno risponde a queste iniziali. Però, un momento...» ha aggiunto dopo una pausa. «C'è Laura Lyons... le sue iniziali sono L.L., appunto... ma abita a Coombe Tracey.»

«Chi è?» ho domandato.

«La figlia di Frankland.»

«Cosa? Quello svitato di Frankland?»

«Precisamente. La giovane aveva sposato un artista di nome Lyons che era venuto da queste parti per dipingere la brughiera, un furfante che poi l'ha piantata. Può darsi, da quello che si dice, che la colpa non fosse tutta di lui. Comunque, il vecchio non ha più voluto saperne della figlia, perché si era sposata senza il suo consenso e forse anche per qualche altro motivo. Così, tra il vecchio imbroglione e il giovane, la povera ragazza ne ha passati, di guai.»

«E come vive adesso?»

«Credo che il vecchio Frankland le passi qualcosa, e dev'essere proprio una miseria, perché gli affari vanno male anche a lui. Anche se lei se l'era meritato non la si poteva lasciare così in mezzo a una strada. Quando si è saputa la storia, molti si sono dati da fare per metterla in condizione di vivere onestamente. Stapleton, per esempio, e anche sir Charles. Anch'io ho dato qualcosa. Si trattava di aiutarla a imparare a fare la dattilografa.»

Voleva sapere il motivo delle mie domande, ma ho cercato di soddisfare la sua curiosità senza dirgli molto, perché è meglio non spartire confidenze con nessuno, per ora. Domattina farò una scappata a Coombe Tracey e, se riuscirò a trovare questa Laura Lyons, di dubbia reputazione, faremo un bel passo avanti per chiarire almeno un incidente di questa catena di misteri. Sto diventando furbo come il diavolo: quando Mortimer si è fatto troppo pressante con le domande, gli ho chiesto con fare noncurante che tipo di cranio avesse Frankland e così per il resto del tempo ho sentito parlare solo di craniologia. Non per nulla vivo da tanti anni con Sherlock Holmes!

Devo ancora registrare un altro incidente di questa tempestosa e malinconica giornata. Si tratta della conversazione svoltasi tra Barrymore e me, e che mi dà in mano un'altra carta importante che potrò giocare al momento opportuno.

Mortimer era restato a cena e, dopo il pasto, lui e il baronetto si erano messi a giocare a *écarté*. Il maggiordomo mi ha portato il caffè in biblioteca, e ho colto questa occasione per rivolgergli alcune domande.

«Dunque» ho detto «quel suo caro parente se n'è andato, o è ancora laggiù nella landa?»

«Non lo so, dottore. Prego Dio che se ne sia andato, poiché non ha fatto che procurarci guai! Non ne ho più saputo nulla da quando gli ho lasciato da mangiare l'ultima volta, cioè tre giorni fa.»

«Non l'ha più visto da allora?»

«Nossignore; ma il cibo non c'era più quando sono andato là l'ultima volta.»

«Allora c'è stato certamente!»

«È probabile, a meno che non sia stato l'altro uomo a prenderlo.»

Sono restato con la tazzina del caffè a mezz'aria, e ho fissato Barrymore con tanto d'occhi.

«Ma allora sa che c'è un altro uomo.»

«Sissignore; c'è un altro uomo nella brughiera.»

«Lo ha visto lei?»

«Nossignore.»

«E come fa a saperlo, allora?»

«Me lo ha detto Selden, dottore. Circa una settimana fa o anche più. Anche lui si nasconde, ma non è un forzato, a quanto mi è parso di capire. La cosa non mi piace, dottor Watson... Le dico francamente che non mi piace affatto!» Aveva parlato con un tono veramente preoccupato.

«Ora mi stia bene a sentire, Barrymore! Io in tutta questa storia non ho alcun interesse: m'importa solo in rapporto al suo padrone. Sono venuto qui allo scopo di aiutarlo. Mi dica francamente cos'è che non le piace.»

Barrymore esitò un istante, quasi pentito delle proprie parole, o come se trovasse difficile esprimere i propri sentimenti.

«Sono tutti questi andirivieni, signor dottore!» esclamò infine agitando una mano verso la finestra sferzata dalla pioggia che dava sulla brughiera. «Qui si sta architettando qualche porcheria, qualche mascalzonata, sarei pronto a giurarlo! Darei non so cosa per vedere sir Henry sano e salvo a Londra!»

«Ma cos'è che la angustia tanto?»

«Pensi alla morte di sir Charles! È stata una ben triste faccenda, nonostante quello che ne ha detto il magistrato inquirente. Pensi ai rumori che si odono nella brughiera di notte! Non c'è un uomo al mondo che sarebbe disposto ad attraversarla dopo il calar del sole, neppure se lo pagassero a peso d'oro! Pensi a quello sconosciuto che si nasconde laggiù, a spiare e ad aspettare! Cosa aspetta? Cos'ha in animo? Certo nulla di buono per chi porta il nome dei Baskerville, e sarei felice di andarmene il giorno stesso in cui arriveranno a prendersi cura del maniero i nuovi domestici di sir Henry.»

«Ma, tornando a questo sconosciuto,» insistei «sa dirmi nulla? Cosa le ha detto Selden? Ha scoperto dove si nasconde o che cosa fa?»

«L'ha visto un paio di volte, ma mio cognato è un uomo che non si sbottona. In un primo tempo ha pensato che fosse della polizia, ma poi si è accorto che aveva faccende sue personali cui badare. Gli è parso che fosse un signore, ma non è riuscito a capire cosa facesse.»

«E dove ha detto che viveva?»

«Tra le vecchie case sul ciglio della collina... in quelle abitazioni di pietra dove una volta stavano i popoli antichi.»

«Ma come fa a procurarsi da mangiare?»

«Selden ha scoperto che c'è un ragazzo che lavora per lui e gli porta tutto ciò di cui ha bisogno. Credo che si rechi per provviste a Coombe Tracey.»

«Benissimo, Barrymore. Ritorneremo su questo argomento alla prossima occasione.»

Non appena il maggiordomo se n'è andato, mi sono diretto alla finestra, e ho guardato attraverso il vetro appannato le nubi in corsa e l'inquieto filare degli alberi squassati dal vento. La notte è già terribile in questa comoda casa; ma cosa dev'essere in una costruzione di pietra abbandonata nella landa? Quale sete d'odio può spingere un uomo ad appiattarsi in un luogo simile, in un simile inferno? E quale scopo segreto e terribile lo può spronare a una così dura prova? Laggiù, in quel tugurio della landa, dev'esserci il nocciolo del problema che mi ha tormentato tanto profondamente. Giuro che non lascerò passare un altro giorno senza fare quanto è umanamente possibile per penetrare nel cuore di un simile mistero.

11
L'uomo sulla roccia

Gli appunti presi dal mio diario, che costituiscono il capitolo precedente, spaziano nell'arco di tempo che va sino al 18 ottobre, data in cui i misteriosi, strani eventi cominciarono a muoversi rapidamente verso la loro terribile conclusione. Gli incidenti dei giorni seguenti sono profondamente scolpiti nella mia memoria e posso riportarli senza dover ricorrere all'ausilio delle annotazioni prese in quel periodo. Parto, quindi, dal giorno dopo quello in cui ero riuscito a stabilire due punti di grande importanza: primo, che la signora Laura Lyons di Coombe Tracey aveva scritto a sir Charles Baskerville, dandogli un appuntamento proprio nel posto e per l'ora in cui era morto; secondo, che l'uomo in agguato nella brughiera doveva trovarsi nelle abitazioni di pietra sulla collina. Con questi due elementi in mio possesso, ero pronto a darmi dello scemo o del vigliacco se non fossi arrivato a far luce su ogni zona d'ombra.

Non ebbi occasione di comunicare al baronetto quanto avevo saputo la sera prima riguardo a Laura Lyons, perché il dottor Mortimer restò con lui a giocare a carte fino a tardi. La mattina successiva però, a colazione, lo misi al corrente della mia scoperta, proponendogli di venire con me a Coombe Tracey. Accettò subito, ma in un secondo momento, ripensandoci, decidemmo di comune accordo che sarebbe stato meglio se ci fossi andato da solo. Infatti quanto più formale sarebbe risultata la visita, tanto minore probabilità avremmo avuto di chiarire i fatti. Lasciai quindi sir Henry non senza qualche vago rimorso di coscienza, e mi avviai verso la mia nuova impresa.

Giunto a Coombe Tracey, ordinai a Perkins di fermare i cavalli, e cominciai a cercare la signora che mi proponevo di interrogare. Non ebbi difficoltà a trovare il suo appartamento, che era centrale e ben arredato. Una domestica mi fece entrare senza cerimonie, e nel salotto trovai una signora seduta davanti a una macchina per scrivere; balzò in piedi nel vedermi, con un grazioso sorriso di benvenuto. Ma, non appena capì di non conoscermi, si rifece seria e, tornando a sedere, mi domandò quale scopo avesse la mia visita.

La signora Lyons era una donna di grande bellezza. Aveva gli occhi e i capelli di un identico splendido color nocciola, e le sue guance, pur essendo notevolmente punteggiate di efelidi, erano colorate del delicato rossore delle brune; avevano quella raffinata sfumatura rosea che si cela nel cuore della rosa sulfurea. Come prima impressione, si provava un senso di ammirazione: ma subito subentrava la critica. C'era qualcosa di misteriosamente ambiguo in quella faccia, un'espressione vagamente volgare, una certa durezza dello sguardo, un afflosciamento del labbro che guastava quella perfetta bellezza. A questi particolari naturalmente veniva da pensare solo in un secondo tempo. A tutta prima ebbi semplicemente la sensazione di trovarmi in presenza di una donna bellissima, la quale mi stava domandando il motivo della mia visita. Sino a quel preciso istante non mi ero pienamente reso conto di quanto delicata fosse la mia missione.

«Ho il piacere» cominciai «di conoscere suo padre.»

Era un modo di presentarsi piuttosto inopportuno e la signora me lo fece comprendere immediatamente.

«Non vi è nulla in comune tra mio padre e me» rispose. «Io non gli debbo nulla, e i suoi amici non sono i miei. Se non fosse stato per il defunto sir Charles Baskerville e per qualche altra persona di buon cuore, sarei morta di fame da un pezzo senza che mio padre muovesse un dito per aiutarmi.»

«È appunto del povero sir Charles Baskerville che sono venuto a parlarle.»

Le efelidi sulla faccia della signora si fecero più marcate.

«E cosa posso dirle di lui?» mi domandò, mentre le sue dita giocavano nervosamente sui tasti della macchina per scrivere.

«Lo conosceva, vero?»

«Le ho già detto che devo molto alla sua bontà d'animo. Se sono in grado di bastare a me stessa, questo è dovuto in gran parte all'interessamento da lui dimostrato per la mia sfortunata situazione.»

«Era in corrispondenza con sir Charles?»

La signora ebbe un moto fulmineo degli occhi, e un lampo di collera le attraversò le pupille color nocciola.

«Che scopo hanno queste sue domande?» esclamò bruscamente.

«Hanno lo scopo di evitare un pubblico scandalo. È meglio che io gliele ponga qui prima che la cosa possa uscire dal nostro controllo.»

Era silenziosa, ora, e pallidissima. Infine mi guardò in faccia con un'espressione inquieta, in cui era contenuta tuttavia quasi una punta di sfida.

«Va bene, risponderò» decise. «Cosa desidera sapere?»

«Prima di tutto mi dica se era in corrispondenza con sir Charles.»

«Certo, gli ho scritto un paio di volte per ringraziarlo della sua delicatezza e della sua generosità.»

«Ricorda le date di queste lettere?»

«No.»

«Non lo ha mai incontrato?»

«Un paio di volte, quando veniva a Coombe Tracey. Conduceva una vita molto ritirata, e non amava ostentare il bene che faceva.»

«Ma se lo vedeva così di rado e gli scriveva così di rado, come poteva sir Charles essere in grado di conoscere la sua condizione e di aiutarla, come lei mi dice?»

La signora, a questa mia obiezione, replicò con la massima prontezza.

«Molte persone erano al corrente della mia triste storia e mi hanno aiutato. Una di queste è stato il signor Stapleton, vicino di casa e intimo amico di sir Charles. È stato estremamente gentile con me, ed è grazie a lui che sir Charles ha saputo della mia situazione.»

Già sapevo che sir Charles Baskerville aveva in diverse occasioni nominato Stapleton suo elemosiniere, quindi, almeno in apparenza, la dichiarazione della signora rispondeva alla pura e semplice verità.

«Ha mai scritto a sir Charles fissandogli un appuntamento?» domandai ancora.

La signora Lyons arrossì di nuovo di collera.

«Francamente, signore, questa sua domanda è inaudita!»

«Mi dispiace, signora, ma sono costretto a insistere.»

«In questo caso la mia risposta è... certo che no.»

«Neppure il giorno in cui sir Charles è morto?»

La vampa di rossore svanì a un tratto dalla sua faccia lasciando posto a una maschera spettrale. Le sue labbra aride non furono in grado di proferire il "no" e io lo indovinai più che udirlo.

«In questo caso la sua memoria deve certamente ingannarla» proseguii inesorabile. «Potrei persino citarle un brano della sua lettera, che diceva precisamente così: "La prego con tutto il cuore, da gentiluomo, di bruciare questa lettera e di trovarsi al cancelletto stasera alle dieci".»

Ebbi l'impressione che stesse per svenire, ma con uno sforzo supremo si riebbe.

«Non esiste dunque veramente un gentiluomo?» balbettò.

«Fa torto a sir Charles. Lui *bruciò effettivamente* la lettera, ma a volte uno scritto può essere leggibile anche dopo che il fuoco lo ha consumato. Ammette ora di avergli scritto?»

«Sì, gli ho scritto,» rispose, rivelando la propria anima in un torrente di parole «gli ho scritto. Perché dovrei negarlo? Non ho motivo di vergognarmene, volevo che mi aiutasse. Ero convinta che se avessi avuto un colloquio con lui, sarei riuscita a convincerlo, ecco perché ho fissato un appuntamento.»

«Ma come mai a un'ora simile?»

«Perché avevo appena saputo che stava per partire per Londra il giorno seguente e che sarebbe potuto restare lontano per mesi. Vari motivi mi hanno impedito di recarmi da lui più presto.»

«Ma come mai un appuntamento in giardino invece che in casa?»

«Trova decoroso che una donna si rechi sola a un'ora simile in casa di uno scapolo?»

«Va bene: cos'è successo quando lei è andata laggiù?»

«Ma io non ci sono mai andata!»

«Signora!»

«Le giuro su quanto ho di più sacro che non mi sono mai recata a quell'appuntamento! Qualcosa all'ultimo momento mi ha impedito di uscire.»

«Cosa?»

«È una questione privata e non posso dirgliela.»

«Lei ammette dunque di aver fissato un appuntamento a sir Charles nel luogo e nell'ora in cui ha incontrato il proprio destino; ma nega di essersi poi recata a questo appuntamento?»

«È la verità.»

Continuai a porle ripetute domande, sempre su questo tono, senza però venire a capo di nulla.

«Signora Lyons,» dissi infine, alzandomi dopo quel lungo e inconcludente colloquio «lei si assume una tremenda responsabilità con le sue reticenze, e si mette in una posizione ambigua. Se mi vedrò costretto a chiedere l'intervento della polizia, si accorgerà sino a che punto si troverà compromessa. Se lei è innocente, perché mi ha negato in un primo momento di aver scritto a sir Charles proprio quel giorno fatale?»

«Perché temevo che se ne potesse trarre una conclusione errata e non volevo vedermi coinvolta in uno scandalo.»

«Ma perché era tanto ansiosa che sir Charles distruggesse quella lettera?»

«Se l'ha letta lo saprà.»

«Non ho detto di aver letto tutta la lettera.»

«Ma se me ne ha citato un brano!»

«Gliene ho citato il poscritto. Come le ho detto, la lettera era stata bruciata e non tutto il testo era leggibile. Io le chiedo ancora una volta perché era tanto ansiosa che sir Charles distruggesse la lettera che gli ha scritto il giorno della sua morte.»

«La questione è privatissima.»

«A maggior ragione dovrebbe cercare di evitare un'inchiesta pubblica a questo proposito.»

«D'accordo, allora glielo dirò. Se sa qualcosa della mia triste storia, saprà senz'altro che ho fatto un matrimonio avventato e che ho avuto ragioni in abbondanza di pentirmene.»

«Così infatti mi è stato riferito.»

«La mia vita è diventata una persecuzione senza fine da parte di un marito che detesto. La legge è dalla sua parte, e ogni giorno vengo minacciata dall'odiosa eventualità di poter essere costretta a convivere con lui. Quando ho scritto quella lettera a sir Charles, avevo saputo che affrontando certe spese avrei avuto una speranza di riottenere la mia libertà. Il che significava tutto, per me: la pace dello spirito, la felicità, il rispetto di me stessa... tutto, in una parola. Conoscevo la generosità di sir Charles e non dubitavo che, se avesse ascoltato la mia vicenda direttamente dalle mie labbra, mi avrebbe aiutata.»

«Perché allora non è andata?»

«Perché nel frattempo ho ricevuto aiuto da un'altra parte.»

«Come mai non ha scritto a sir Charles spiegandogli l'accaduto?»

«Lo avrei certo fatto se la mattina seguente non avessi letto la notizia della sua morte sul giornale.»

Il racconto della donna possedeva un'innegabile coerenza, nessuna delle mie domande era in grado di contestarla. Non mi restava che controllare se avesse effettivamente presentato istanza di divorzio contro il marito al tempo in cui era avvenuta la tragedia.

Era improbabile che osasse affermare di non essere stata al maniero dei Baskerville se c'era effettivamente stata. Avrebbe dovuto, infatti, servirsi di un calesse per il tragitto, e non le sarebbe stato possibile rientrare a Coombe Tracey sino alle prime ore della mattina. Non le sarebbe stato possibile tenere segreto il viaggio. Era quindi probabile che dicesse la verità, o per lo meno una parte della verità. Mi congedai scoraggiato e deluso. Ancora una volta mi ero trovato a sbattere contro il muro cieco che pareva alzarsi sempre a sbarrarmi ogni accesso tutte le volte che tentavo di raggiungere lo scopo della mia missione. E, tuttavia, più pensavo alla faccia della signora e ai suoi modi, tanto più mi convincevo che la donna mi aveva nascosto qualcosa. Perché era così sbiancata? Perché aveva tentato di lottare così disperatamente prima di lasciarsi strappare qualche ammissione, e aveva ceduto solo quando l'avevo costretta? Perché si era mostrata così reticente sull'ora della tragedia? Certo la spiegazione di un simile atteggiamento non poteva essere tanto innocente quanto voleva farmi credere. Per il momento non mi era possibile procedere oltre in questa direzione, ma mi vedevo costretto a ritornare a quell'altro indizio, che doveva essere rintracciato tra le abitazioni di pietra della landa.

Ma anche qui mi trovavo a brancolare nel buio. Me ne resi conto durante il ritorno, notando come ogni collina recasse le impronte di quelle antiche popolazioni. La sola indicazione datami da Barrymore era che lo sconosciuto viveva in un'abitazione abbandonata, ma ve n'erano centinaia sparpagliate qua e là per la brughiera. Avevo tuttavia a guidarmi la mia esperienza personale, poiché avevo visto con i miei occhi l'uomo in piedi sulla vetta del Black Tor. Là dovevo dunque ubicare il centro delle mie ricerche. Avrei esplorato ogni recesso della zona, finché non avessi rintracciato quello giusto. Se avessi trovato il mio uomo, avrei saputo direttamente dalle sue labbra, magari puntandogli contro la rivoltella, se necessario, chi fosse e perché ci stesse spiando da tanto tempo. Ci era sfuggito in mezzo al traffico di Regent Street, ma in quella landa solitaria il trucco gli sarebbe riuscito più difficile. Se, d'altro canto, avessi trovato l'abitazione senza il suo occupante, sarei restato ad aspettare, a costo di non chiudere più occhio, sino a quando il mio uomo non fosse ritornato. Sherlock Holmes lo aveva mancato a Londra. Che trionfo sarebbe stato per me, se avessi potuto acciuffarlo mentre il mio maestro aveva fallito in un analogo tentativo!

Durante questa inchiesta la sorte ci aveva costantemente beffati, ma ecco che ora finalmente si mostrava bene intenzionata a soccorrermi. E questo messaggero di buona fortuna altri non era che Frankland, ritto con i suoi baffi grigi e la sua faccia rossa sulla soglia del suo giardino, che dava sulla strada maestra lungo la quale io viaggiavo.

«Buongiorno, dottor Watson,» esclamò con insolito buonumore «deve assolutamente dare un po' di riposo ai suoi cavalli ed entrare a bere un bicchiere di vino e a congratularsi con me.»

I miei sentimenti nei suoi riguardi erano lungi dall'essere amichevoli, dopo quanto avevo saputo sui suoi rapporti con la figlia, ma ero impaziente di rimandare a casa Perkins e la carrozza, e non avrei potuto trovare occasione migliore. Scesi, dunque, senza indugiare e inviai a sir Henry un messaggio per comunicargli che sarei rientrato a piedi, in tempo per la cena. Seguii quindi Frankland in sala da pranzo.

«È un gran giorno per me, questo, caro dottore!... Un giorno da scrivere a caratteri d'oro nell'albo della mia vita!» esclamò, ridacchiando soddisfatto. «Ho portato a termine un duplice avvenimento. Ho intenzione di insegnare a questa gente che la legge è la legge, e che esiste un uomo che non teme di invocarla. Ho stabilito un diritto di transito nel centro del parco del vecchio Middleton! Bel colpo! Proprio a cento metri dal suo portone d'ingresso! Che ne dice? Insegneremo a questi capoccioni che non hanno il diritto di calpestare con gli zoccoli ferrati dei loro cavalli i privilegi dei miseri borghesi, che Dio li maledica. E ho fatto chiudere il bosco dove quelli di Fernworthy andavano troppo spesso a fare merenda. Quei mascalzoni credono forse che non esistano i diritti di proprietà, credono di poter andare dove gli pare e piace con i loro panini e le loro bottiglie. Tutt'e due i casi sono stati discussi, dottor Watson, e tutt'e due si sono risolti a mio favore. Non ho più avuto un giorno simile da quando ho fatto punire per trasgressione sir John Morland, perché cacciava nella propria conigliera.»

«Ma come diavolo ci è riuscito?»

«Vada un po' a leggersi le sentenze, caro dottore! Ne vale la pena... Frankland contro Morland, tribunale di Queen's Bench. La causa mi è costata duecento sterline, ma il verdetto mi è stato favorevole.»

«Le ha portato almeno qualche vantaggio?»

«Nessuno, nessunissimo. Sono orgoglioso di dire che non perseguivo il minimo interesse personale. Io agisco unicamente per senso di dovere civico. Sono sicuro, per esempio, che stanotte quelli di Fernworthy bruceranno la mia effigie. Ho avvertito la polizia, l'ultima volta che l'hanno fatto, che si dovrebbero impedire queste manifestazioni disgustose. La questura provinciale è in uno stato scandaloso, e non mi ha concesso la protezione di cui avevo diritto. Il caso Frankland contro Regina porterà la cosa di fronte all'attenzione del pubblico. Li ho avvertiti che avrebbero finito con il rimpiangere il trattamento che mi avevano inflitto, e già le mie parole si sono avverate.»

«In che modo?» domandai.

Il vecchio ammiccò.

«Perché potevo avvertirli di quanto muoiono dalla voglia di sapere, ma nulla al mondo mi potrebbe indurre ad aiutare in qualche modo quei mascalzoni.»

Avevo, sino a quel momento, cercato di inventare una scusa qualsiasi pur di sbarazzarmi di quel chiacchierone, ma ora cominciavo a essere curioso di saperne di più.

Avevo ormai capito abbastanza il temperamento dispettoso di quel vecchio litigioso per intuire che anche la minima manifestazione di curiosità poteva immediatamente far inaridire il corso delle sue confidenze.

«Si tratterà senza dubbio di qualche cacciatore di frodo, non è vero?» azzardai in tono indifferente.

«Ah, ah, amico mio, neppure per sogno. Si tratta, invece, di qualcosa di ben più importante! Ci si è dimenticati del forzato che si aggira per la landa?»

Trasalii. «Come? Sa dove si nasconde?» domandai, cauto.

«Non so forse con esattezza dove si nasconda, ma sono sicurissimo di poter aiutare la polizia a snidarlo. Non le è mai venuto in mente che per scoprire quell'uomo bastava sapere da che parte si procacciasse il cibo?»

Purtroppo, mi pareva molto vicino alla verità.

«Indubbiamente» osservai. «Ma come fa a sapere che si trova ancora nella landa?»

«Lo so perché ho visto con i miei occhi chi gli porta il cibo.»

Ebbi un tuffo al cuore per Barrymore. Era un gran brutto destino cadere nelle mani di quel vecchio ficcanaso dispettoso, ma un attimo dopo le altre parole mi tolsero quel peso dall'animo.

«Sarà sorpreso di sapere che viene rifocillato da un ragazzo. Lo vedo ogni giorno attraverso il mio telescopio sistemato sul tetto. Passa lungo il medesimo sentiero alla medesima ora, e da chi può recarsi se non dal forzato?»

Questo sì che era un colpo di fortuna! Tuttavia finsi la massima indifferenza. Un ragazzo! Anche Barrymore mi aveva detto che lo sconosciuto era servito da un ragazzo. Dunque, era sulle tracce di costui, non del forzato, che Frankland si era imbattuto. Se fossi riuscito a spremerlo il più possibile, mi sarei risparmiato una caccia lunga e faticosa. L'incredulità e l'indifferenza simulate erano evidentemente le mie carte migliori.

«Secondo me, è più probabile che si tratti del figlio di qualche pastore di brughiera che reca il pranzo al proprio genitore.»

Questa mia ostentata obiezione accese d'ira il vecchio autoritario. I suoi occhi mi scoccarono uno sguardo maligno, e i suoi baffi grigi si drizzarono come quelli di un gatto arrabbiato.

«Ah, sì?» esclamò, indicando col dito l'ampia distesa della brughiera. «Vede il Black Tor, laggiù? Bene, osservi quella collinetta bassa più lontana, sormontata da quel cespuglio di rovi! È la parte più pietrosa di tutta la brughiera. Le pare quello un posto adatto perché un pastore ci vada a pascolare il gregge? La sua osservazione, caro il mio dottore, è semplicemente ridicola.»

Risposi umilmente che avevo parlato senza cognizione di causa. La mia remissività gli piacque, e lo indusse a ulteriori rivelazioni.

«Stia pur certo che, prima di formarmi un'opinione, io raccolgo sempre dati molto solidi. Ho visto molte volte quel ragazzo col suo fagotto. Ogni giorno, e qualche volta due volte al giorno, ho potuto... Ma aspetti un momento, dottor Watson. Forse i miei occhi m'ingannano, ma mi pare che in questo momento qualcosa si stia muovendo sul ciglio di quella collina.»

Eravamo a parecchi chilometri di distanza, ma anch'io riuscii a distinguere chiaramente un minuscolo puntino scuro contro l'opaco sfondo verde-grigio.

«Su, venga!» gridò Frankland dirigendosi di corsa verso le scale. «Si convincerà con i suoi occhi e giudicherà da sé.»

Il telescopio, uno strumento formidabile montato su un trespolo, era posato sul tetto di lamiera piatta che copriva la casa. Frankland vi appoggiò contro un occhio e subito lanciò un grido di soddisfazione.

«Presto, dottor Watson, presto, prima che passi al di là dell'altura.»

Era proprio un ragazzetto, con un piccolo fagotto sulle spalle, che avanzava lentamente lungo il ciglio della collina. Quando arrivò sulla cima, vidi, stagliata per un istante contro il freddo cielo azzurro, la sua sagoma sbrindellata, rozza. Il ragazzo si guardò intorno con aria furtiva, come chi tema di essere inseguito. Quindi svanì al di là del pendio.

«Ho ragione sì o no?»

«Certo, pare proprio che il ragazzo esegua un'incombenza clandestina.»

«E deve trattarsi di un'incombenza di cui bisognerà che si occupi la polizia della contea! Da me però non sapranno una sola parola, e anche lei deve promettermi di mantenere il segreto! Non una parola, ha capito?»

«Come desidera.»

«Mi hanno trattato in modo vergognoso, vergognoso! Quando si sapranno i fatti del processo Frankland contro Regina sono certo che il paese sarà percorso da un fremito di indignazione. Nulla mi persuaderà ad aiutare la polizia. Se fosse stato per quei maledetti, anziché la mia effigie, avrebbero bruciato me al palo. Certamente lei non li aiuterà, ma aiuterà me a vuotare questa bottiglia per celebrare un'occasione tanto importante!»

Riuscii comunque a declinare l'invito e a dissuaderlo dall'accompagnarmi a casa come aveva intenzione di fare. Mi tenni sulla strada sino a quando temetti che avrebbe potuto spiarmi, poi tagliai attraverso la brughiera avviandomi verso l'altura pietrosa, al di là della quale il ragazzo era scomparso. Avevo tutto in mio favore, e giurai a me stesso che non sarebbe stato per mancanza di energia o di perseveranza da parte mia che mi sarei lasciato sfuggire l'occasione che la fortuna aveva gettato sul mio cammino.

Quando arrivai alla sommità della collina il sole era ormai al tramonto, e i lunghi pendii sotto di me erano tinti di oro verde da un lato mentre dall'altro tutto era ombra grigia. Un alone circondava l'estrema linea dell'orizzonte, dalla quale sporgevano le sagome fantastiche del Belliver e del Vixen Tor.

Sull'immensa distesa non si udiva alcun suono, nulla si muoveva. Un unico, grande uccello grigio, forse una procellaria o un chiurlo, si librò alto nel cielo turchino. Pareva che lui e io fossimo i soli esseri viventi tra l'immensa volta del firmamento e la sconfinata solitudine che si stendeva sotto di essa. Quello scenario desolato, un senso di isolamento, il mistero e l'urgenza del mio compito erano tutti elementi che mi stringevano il cuore in una morsa di gelo. Il ragazzo era invisibile, ma sotto di me, in una fenditura tra le colline, vedevo un raggruppamento circolare di abitazioni di pietra, e tra queste ve n'era una con il tetto abbastanza intatto per poter servire da eventuale riparo contro le intemperie. Il cuore mi dette un balzo. Quella doveva certamente essere la tana in cui si nascondeva lo sconosciuto. Finalmente, avrei posato il piede sulla soglia del suo nascondiglio... il suo segreto era ormai a portata di mano.

Mentre mi avvicinavo al rifugio camminando a zigzag, come faceva Stapleton quando, tenendo inclinata la sua rete, si avvicinava alla farfalla, mi accertai che quel luogo fosse effettivamente usato a mo' di abitazione. Un sentiero appena tracciato tra i massi portava a un'apertura sconnessa che serviva da porta. Nell'interno, tutto era silenzio. Forse lo sconosciuto vi si nascondeva in agguato, forse si stava aggirando nella brughiera. I miei nervi si tesero con un fremito, nell'eccitazione dell'avventura. Buttai la sigaretta, strinsi la mano sul calcio della rivoltella e muovendo risolutamente verso l'ingresso guardai nell'interno. L'abitazione era vuota.

Però numerosi indizi dimostravano che non avevo seguito una pista sbagliata. Indubbiamente l'uomo abitava lì. Alcune coperte avvolte in un impermeabile erano posate sulla stessa lastra di pietra su cui aveva dormito un tempo l'uomo neolitico. La cenere di un fuoco era ammucchiata in un camino primitivo. Accanto a essa erano sparpagliati alcuni utensili di cucina e un mastello pieno a metà di acqua. Tutta una pila di scatole di latta vuote indicava che la tana doveva essere abitata da molto tempo, e via via che i miei occhi si abituavano a quella luce smorzata, notai un tegamino e una bottiglia di liquore mezza piena posata in un angolo. Al centro del rifugio una pietra piatta fungeva da tavola, e su questa stava un fagottello avvolto in una pezza, certo quello che avevo visto penzolare dalle spalle del ragazzo attraverso il telescopio. Conteneva una pagnotta, una scatola di lingua e due lattine di pesche sciroppate.

Mentre riponevo questi oggetti dopo averli esaminati, il mio cuore diede un balzo nel vedere che sotto c'era un foglio di carta con scritto sopra qualcosa. Lo presi tra le mani ed ecco quello che lessi scarabocchiato rozzamente a matita:

IL DOTTOR WATSON È ANDATO A COOMBE TRACEY

Restai per un istante con quel foglietto tra le mani cercando di comprendere il significato del messaggio. Ero io dunque, non sir Henry, il sorvegliato dall'uomo misterioso. Non mi aveva seguito personalmente, ma mi aveva messo alle calcagna un suo incaricato – forse il ragazzo – e quella era la relazione di chi mi spiava. Probabilmente da quando mi trovavo nella landa non avevo potuto muovere un passo senza che la mossa fosse osservata e riferita. Ed ecco che di nuovo sentivo intorno a me una forza sconosciuta, una rete sottile che ci circondava con perizia e delicatezza estreme, stringendoci con tanta lievità che solo a tratti qualcuno di noi percepiva di essere caduto tra quelle sue maglie.

Se c'era quindi quel messaggio, potevano benissimo essercene degli altri; quindi mi misi a ispezionare la capanna in cerca di altri eventuali scritti. Ma in questo senso non trovai nulla, nulla che potesse darmi un'idea del carattere o delle intenzioni dell'uomo che abitava in quello strano luogo; doveva essere certo un tipo spartano, che non si curava affatto delle comodità della vita. Pensando alla pioggia che era caduta in abbondanza e guardando il tetto tutto sconnesso mi convinsi che solo uno scopo preciso, incrollabile poteva averlo trattenuto in un luogo così inospitale. Si trattava di un perfido nemico o magari di un angelo custode? A questo punto giurai a me stesso che non me ne sarei andato da quel rifugio sinché non l'avessi saputo.

Il sole stava calando basso all'orizzonte e in quel punto il cielo era un trionfo di rosso e di oro. Gli stagni sparsi nella distante palude rimandavano riflessi vermigli. Lontano si scorgevano le due torri del castello dei Baskerville e più in là il fumo indicava il villaggio di Grimpen. In mezzo, dietro la collina, c'era la casa degli Stapleton.

Era tutto così languido, dolce e quieto nella luce dorata del tramonto, eppure, mentre contemplavo lo spettacolo, non mi sentivo affatto penetrato dalla pace della natura. Mi sentivo, invece, rabbrividire al pensiero di quell'incontro misterioso e terribile che si faceva sempre più imminente. Con i nervi tesi, ma deciso ormai ad andare sino in fondo, mi sedetti in un angolo buio, in attesa dell'ospite.

E infine lo sentii arrivare. Prima distante, poi sempre più vicino, ecco un passo risuonare sulle pietre. Mi sono ritratto ancora più nell'angolo buio e ho caricato la rivoltella, deciso a non muovermi, finché non lo avessi visto. Seguì una lunga pausa, segno che l'uomo si era fermato. Poi i passi ripresero, si avvicinarono... sempre più... finché un'ombra non si è delineata sulla soglia.

«È una serata incantevole, mio caro dottor Watson» ha detto una voce a me così familiare. «Le consiglio di venire fuori: qui si sta molto meglio.»

12
Morte nella brughiera

Per un istante restai senza fiato, incapace di credere alle mie orecchie. Poi mi ripresi, la voce mi tornò sulle labbra e subito mi sentii sollevato dal pesante macigno della responsabilità. Quella voce fredda, incisiva, ironica, poteva appartenere solo a un uomo al mondo.

«Holmes!» ho gridato. «Holmes!»

«Venga fuori» rispose «e faccia attenzione con quella rivoltella.»

Uscii chinando la testa sotto il rudimentale architrave e lo trovai seduto su una grossa pietra, gli occhi grigi che fissavano divertiti l'espressione sbalordita sulla mia faccia. Mi pareva magro, scavato, ma il suo sguardo si muoveva lucido e attento nella maschera abbronzata dal sole e irruvidita dal vento. Con il completo di tweed e il berretto in testa, pareva un turista qualunque a spasso per la brughiera; con quello scrupolo che aveva, da gatto, per la pulizia personale e che era una delle sue caratteristiche fondamentali, aveva fatto in modo che le sue guance e il suo mento fossero perfettamente rasati e quello che indossava fosse immacolato come se si trovasse in Baker Street.

«Non sono mai stato tanto felice di incontrare una persona in vita mia» ho detto, stringendogli la mano.

«O meglio, tanto sorpreso?»

«Sì, glielo confesso.»

«Le assicuro però che la sorpresa non è stata solo sua. Sino a quando non sono stato a una ventina di passi dall'ingresso non immaginavo che avesse scoperto questo mio temporaneo ritiro, e tanto meno che vi si trovasse dentro.»

«Ha riconosciuto le mie orme, immagino.»

«No, Watson, ammetto di non essere in grado di riconoscere le sue orme fra tutte le altre orme di questo mondo. Ma se ha davvero l'intenzione di indurmi in errore deve cambiare marca di sigarette; infatti, quando ho visto il mozzicone di sigaretta contrassegnato "Bradley, Oxford Street", ho capito che il mio amico Watson si trovava nei paraggi. Se vuole vedere il suo mozzicone è ancora lì presso il sentiero. Senza dubbio lo ha buttato nel momento culminante, prima di precipitarsi nel rifugio vuoto.»

«Proprio così.»

«È quello che avevo immaginato... e conoscendo la sua ammirevole tenacia, ho capito che doveva essersi rimpiattato in un angolo con un'arma in mano, in attesa del ritorno dell'inquilino del rifugio. Dunque ha veramente pensato che il criminale fossi io?»

«Non sapevo chi fosse, ma ero fermamente deciso a scoprirlo.»

«Meraviglioso, Watson! E come ha fatto a rintracciarmi? Mi ha forse visto la notte in cui avete dato la caccia al forzato, quando sono stato tanto imprudente da permettere alla luna di levarsi alle mie spalle?»

«Sì, l'ho vista proprio allora.»

«E senza dubbio ha frugato in tutte le grotte, finché non è arrivato in questa!»

«No, il suo ragazzo era stato spiato, e questa informazione mi è servita da guida.»

«Dev'essere stato quel vecchio signore con il telescopio. In un primo momento non avevo capito quando ho visto per la prima volta la luce rifrangersi sulla lente.» Si alzò e dette un'occhiata nel tugurio. «Ah, vedo che Cartwright mi ha portato dei rifornimenti. Cos'è quel foglio? Dunque è stato a Coombe Tracey, è esatto?»

«Sì.»

«A parlare con la signora Laura Lyons?»

«Proprio così.»

«Ha fatto bene! Evidentemente, le nostre ricerche si sono svolte lungo linee parallele e, quando avremo collazionato i nostri risultati, prevedo che ci troveremo con una discreta padronanza del caso.»

«Bene, mi rallegro di cuore che lei sia qui perché, francamente, la responsabilità del mistero da cui mi sentivo circondato stava mettendo a troppo dura prova i miei nervi. Ma come ha fatto, in nome del cielo, ad arrivare da queste parti? E cosa ha combinato? Pensavo che si trovasse in Baker Street a studiare quella storia di ricatto.»

«Appunto questo desideravo che lei pensasse.»

«Così, lei si serve di me, ma di me non si fida» protestai non senza amarezza. «Credevo di godere della sua stima, Holmes!»

«Mio caro amico, lei mi è stato di un aiuto inestimabile in questo caso, come in tanti altri, e la prego di perdonarmi se le ho dato l'impressione di averla presa in giro. In realtà, ho agito così in parte per il suo bene, e proprio la considerazione del pericolo che correva mi ha indotto a spingermi fino a qui e studiare la cosa personalmente. Se fossi restato insieme con lei e con sir Henry, è chiaro che il mio punto di vista sarebbe stato identico al suo, e la mia presenza avrebbe avvertito i nostri pericolosissimi avversari di stare in guardia. Così, invece, ho potuto agire con una libertà di cui, certo, se fossi vissuto al maniero, non mi sarebbe stato possibile godere. Attualmente, in questa faccenda, sono ancora un fattore incognito, il che mi dà la possibilità di intervenire, senza incontrare ostacoli, al momento critico.»

«Ma perché mi ha tenuto all'oscuro?»

«Perché, se lei avesse saputo, non avrebbe potuto essere più d'aiuto e forse, involontariamente, mi avrebbe smascherato. Avrebbe magari voluto avvertirmi di qualcosa, oppure, premuroso com'è, si sarebbe preoccupato di fornirmi qualche assistenza, correndo così un rischio inutile. Ho portato con me Cartwright: si rammenta di quel ragazzetto dell'agenzia di recapito? Ed è lui che si è occupato dei miei modesti bisogni. Un pezzo di pane e un colletto pulito ogni tanto. Cosa occorre di più a un uomo? Cartwright mi ha fornito inoltre un paio d'occhi in più e un paio di piedi attivissimi, e queste quattro cose mi sono state di aiuto inestimabile.»

«Dunque, tutti i miei resoconti sono stati inutili.» La mia voce tremò mentre ripensavo alla fatica e all'orgoglio con cui li avevo redatti.

Sherlock Holmes trasse di tasca un fascio di carte.

«Ecco i suoi resoconti, amico mio, e devo dirle che sono ben scritti. Avevo predisposto ogni cosa in modo eccellente, e mi sono pervenuti con un solo giorno di ritardo. Desidero anzi complimentarmi per lo zelo e l'intelligenza da lei dimostrati in questo caso di una particolare difficoltà.»

Mi sentivo ancora bruciare per l'inganno che mi era stato fatto, ma il calore della lode di Sherlock Holmes dissipò il mio dispetto. E per di più mi rendevo conto che, in fondo, aveva ragione lui e che, dopotutto, era stato un bene per i fini che ci proponevamo l'essere all'oscuro della sua presenza nella brughiera.

«Ora sì che va meglio» fece Holmes, constatando che la mia faccia si schiariva. «E adesso mi dica il risultato della sua visita alla signora Lyons; non mi è stato difficile immaginare che era andato da lei, poiché già sono informato che la signora è la sola persona a Coombe Tracey che possa esserci d'aiuto in questa faccenda. E, del resto, se non ci fosse andato lei oggi, è probabile che ci sarei andato io domani.»

Il sole era ormai tramontato e il crepuscolo si stava addensando nella brughiera. L'aria si era fatta fredda, e ci ritirammo nel suo rifugio in cerca di calore. Mentre sedevamo insieme nella penombra, riferii a Sherlock Holmes la mia conversazione con la signora. La cosa lo interessò talmente che dovetti ripetergli più di una volta vari particolari, finché non fu completamente soddisfatto.

«È importantissimo» disse quando ebbi concluso. «Questo riempie un vuoto che ancora non ero stato in grado di colmare. Saprà, probabilmente, che tra la signora e Stapleton esiste una profonda amicizia.»

«No, non sapevo che esistesse questa profonda amicizia.»

«Su questo non può sussistere il minimo dubbio. Si vedono, si scrivono, si capiscono. Orbene, questo mette un'arma potentissima nelle nostre mani. Se solo riuscissi a usarla per staccare sua moglie...»

«Sua moglie?»

«Ora le fornisco qualche informazione io, in cambio di quelle che mi ha fornito lei. La donna che qui passa per signorina Stapleton è, in realtà, sua moglie.»

«Santo cielo, Holmes! È certo di quanto mi dice? Come ha potuto permettere a sir Henry di innamorarsi di lei?»

«L'innamoramento di sir Henry non può recare danno ad altri che a sir Henry stesso. Stapleton ha fatto bene attenzione che sir Henry *non potesse* farle la corte, come lei stesso ha notato. Le ripeto che la signora è sua moglie e non sua sorella.»

«Ma a che scopo un inganno così complicato?»

«Stapleton ha previsto che, in veste di donna libera e indipendente, gli sarebbe stata assai più utile.»

Tutti i miei istinti fatti tacere, i miei sospetti vaghi, presero a un tratto forma e si concentrarono sul naturalista. In quell'uomo impassibile, incolore, con quel suo cappello di paglia e la sua rete acchiappafarfalle, mi parve di vedere un essere spaventoso... una creatura dotata di astuzia e pazienza infinite, con il volto sorridente e il cuore omicida.

«È dunque lui il nostro nemico... è lui che ci ha seguiti a Londra?»

«Così pare.»

«Allora l'avvertimento... deve essere arrivato dalla donna!»

«Precisamente.»

La percezione di un'infamia mostruosa, intuita più che compresa, si profilava nell'oscurità che così a lungo mi aveva avviluppato.

«Ma è ben sicuro di quello che dice, Holmes? Come sa che quella donna è sua moglie?»

«Perché Stapleton ha commesso l'imprudenza di lasciarsi andare a confidarle un brano autenticamente autobiografico della sua vita, durante il suo primo incontro con lei, e sono certo che deve avere rimpianto quell'incontrollato impulso chissà quante volte. È stato infatti professore, un tempo, nel nord dell'Inghilterra. Orbene, nessuna persona è più facile a rintracciarsi di un insegnante. Esistono uffici d'informazione scolastici che sanno identificare subito chiunque abbia esercitato la professione. Non mi ci è voluto molto per venire a sapere che una scuola si era effettivamente dissolta in gravi circostanze, e che il suo responsabile, naturalmente sotto un altro nome, era scomparso dalla circolazione insieme alla moglie. Le descrizioni corrispondevano esattamente. Quando ho saputo che l'uomo scomparso era un appassionato di entomologia ho capito che l'identificazione era perfetta.»

L'oscurità totale si andava diradando, ma molte ombre restavano ancora.

«Ma, se questa donna è veramente sua moglie, cosa c'entra la signora Lyons?» domandai.

«Questo è uno dei punti sui quali hanno contribuito a far luce le sue personali ricerche, perché il suo colloquio con la signora Lyons ha molto chiarito la situazione. Io non sapevo che tra la signora e suo marito grava l'ombra di un divorzio. Ora, dato che anche la Lyons deve ritenere Stapleton scapolo, contava senza dubbio di diventare sua moglie.»

«E quando si accorgerà di essere stata ingannata?»

«Sarà il momento opportuno di valerci del suo aiuto. Nostro primo compito sarà di andarla a trovare domani. Non le sembra, Watson, di essersi allontanato anche troppo dal suo protetto? Il suo posto dovrebbe essere unicamente ed esclusivamente al maniero dei Baskerville!»

Le ultime striature rosse del tramonto erano scomparse a occidente, e la notte si era addensata sulla brughiera. Poche fievoli stelle luccicavano nel cielo violetto.

«Ancora una domanda, Holmes» dissi, alzandomi. «Naturalmente, ogni segreto tra me e lei è superfluo: cosa significa tutta questa storia? Cosa vuole quest'uomo?»

La voce di Sherlock Holmes si smorzò in un soffio mentre mi rispondeva: «Vuole uccidere, Watson... si tratta di un delitto raffinato, premeditato, progettato con spaventoso sangue freddo. Non mi chieda ulteriori particolari, per il momento. Le mie reti si stanno chiudendo su di lui, così come lui tenta di chiudere le sue su sir Henry; ma, grazie alla sua collaborazione, Watson, già lo tengo in pugno. Non vi è che un solo pericolo ancora in grado di minacciarci: che lui possa colpire prima che siamo pronti. Ancora un giorno... due al massimo... e i miei dati saranno completi, ma nel frattempo stia attento al suo protetto come potrebbe fare una madre con la propria creatura sofferente. La sua missione di oggi è ampiamente giustificata, eppure avrei preferito che non si fosse mosso dal fianco di sir Henry... Stia a sentire!»

Un grido terribile... un urlo prolungato di orrore e di angoscia squarciò il silenzio della brughiera. A quel suono spaventoso mi sentii raggelare il sangue nelle vene.

«Oh, Dio mio!» gemetti. «Cos'è? Cosa significa?»

Sherlock Holmes era balzato in piedi, e vidi la sua sagoma scura, atletica, profilarsi sulla soglia: teneva le spalle curve e il capo in avanti, il suo volto scrutava le tenebre.

«Zitto!» mi sussurrò. «Zitto!»

Il grido mi era parso forte a causa della sua intensità, ma era stato certo lanciato da un punto lontano della brughiera silenziosa. Ora, invece, risuonò quasi alle nostre orecchie, assai più vicino, più violento, più incalzante che mai.

«Dov'è?» mormorò Sherlock Holmes; e intuii dal tono vibrante della sua voce che persino lui, l'uomo di ferro, era scosso nel più profondo dell'animo. «Dov'è, Watson?»

«Qui, credo» dissi puntando l'indice nelle tenebre.

«No, laggiù!»

Ancora una volta l'urlo disperato squarciò il silenzio della notte, sempre più scatenato, sempre più incombente, e vi si mescolava un rumore nuovo, come un brontolio cupo, soffocato, musicale e minaccioso insieme, che si alzava e si abbassava ritmicamente, quasi il pulsare sommesso e continuo del mare.

«Il mastino!» esclamò Holmes. «Su, Watson, andiamo! Purché non sia troppo tardi!»

Si era messo a correre attraverso la brughiera, e io lo seguii: ma ecco che da un punto indistinto del terreno inuguale immediatamente di fronte a noi arrivò un ultimo supremo urlo di agonia, poi un tonfo sordo, pesante. Ci fermammo, in ascolto. Nessun altro suono ruppe il silenzio greve della notte senza vento.

Vidi Sherlock Holmes portarsi una mano alla fronte, come un uomo in preda a una disperazione senza scampo; quindi percosse il suolo col piede.

«Ci ha battuti, Watson! Siamo arrivati troppo tardi!»

«No, no, è impossibile!»

«Che imbecille sono stato a non agire prima! E lei, Watson, vede cosa è successo ad abbandonare il suo posto? Ma per Dio, se è accaduto il peggio, noi sapremo far vendetta.»

Riprendemmo a correre alla cieca nell'oscurità, inciampando tra massi erratici, aprendoci a viva forza un varco tra cespugli di ginestre, ansimando su per i cigli e precipitandoci lungo i pendii, sempre puntando nella direzione da cui erano giunti quegli spaventosi ululati. A ogni altura Holmes si guardava ansiosamente attorno, ma le tenebre erano fittissime, nella brughiera, e nulla si muoveva in tutta quella lugubre distesa.

«Vede nulla?»

«Nulla.»

«Ma senta un po': cos'è questo?»

Le nostre orecchie avevano percepito un gemito sommesso. Ecco che ora risuonava di nuovo sulla nostra sinistra! Da quella parte una catena di rocce culminava in un picco aguzzo, che dava su un pendio cosparso di pietre. Su quella parete scoscesa, irregolare, c'era un oggetto scuro, ancora indistinto. Via via che ci avvicinavamo la sagoma imprecisata assunse un contorno più definito. Era un uomo prostrato, la faccia al suolo, la testa piegata secondo un'angolatura spaventosa, le spalle incurvate e il corpo rattrappito come nell'atto di lanciarsi in un salto mortale. Così grottesca era quella posa, che sul momento non mi fu possibile rendermi conto che il gemito che io avevo udito era stato l'ultimo respiro esalato da quell'uomo ora così assurdamente contorto. Non il più lieve bisbiglio, non il più leggero fruscio ci arrivava ora dalla figura informe su cui ci chinavamo. Sherlock Holmes posò una mano su quelle spoglie e ve la tenne a lungo: a un tratto dal suo petto proruppe un'esclamazione di orrore. Accese un fiammifero e la tremula fiammella illuminò le dita coperte di sangue. Un'orribile pozza di sangue si andava inesorabilmente allargando dal cranio sfasciato della vittima. E a poco a poco la fiammella ci rivelò qualche altra cosa che ci fece balzare il cuore nel petto e lo riempì di uno sgomento indicibile... poiché quella massa inerte era il corpo di sir Henry Baskerville!

Né io né Holmes potevamo ingannarci su quel vestito di foggia sportiva e di un particolare colore rossiccio... era proprio quello che il povero baronetto indossava il mattino in cui lo avevamo visto per la prima volta in Baker Street. Lo riconoscemmo benissimo, poi la fiammella oscillò e si spense, e con essa si spense la speranza nei nostri cuori. Holmes lanciò un gemito, e nell'oscurità la sua faccia luccicò, sbiancata dall'ira.

«Maledetto! Maledetto!» gridai, stringendo i pugni. «Oh, Holmes, non mi perdonerò mai di averlo lasciato solo al suo destino!»

«Io sono da biasimare molto più di lei, Watson! Pur di avere il mio caso completo e definito ho sacrificato la vita del mio cliente. È la più grave colpa della mia carriera. Ma come... come potevo immaginare che si sarebbe arrischiato a uscire nella brughiera a dispetto di tutti i miei ripetuti avvertimenti?»

«Pensare che abbiamo udito le sue grida... Dio mio, che grida spaventose!... E, nonostante questo, non siamo arrivati in tempo a soccorrerlo, a salvarlo! Dove si sarà nascosto il maledetto cane che lo ha ucciso? Forse proprio in questo momento se ne sta acquattato tra quei massi. E Stapleton dov'è? Dovrà pur rispondere del suo misfatto!»

«Si capisce! Penserò io a questo. Zio e nipote sono stati assassinati... Il primo è morto di spavento alla sola vista dell'animale, che riteneva soprannaturale, fantastico; l'altro nel tentativo di salvarsi, mentre fuggiva disperatamente. Ora dobbiamo, però, dimostrare il rapporto tra l'uomo e la bestia. Tranne che per quello che ne abbiamo ascoltato, personalmente, non siamo neppure in grado di giurare sull'esistenza di quest'ultima, dal momento che sir Henry, evidentemente, è morto in seguito alla caduta. Ma, per Dio, nonostante tutta la sua diabolica astuzia, quel farabutto sarà in mio potere in meno di ventiquattr'ore!»

Restammo per qualche tempo, con il cuore dolorante, vicini al cadavere deturpato, sopraffatti da quella sciagura improvvisa e irrevocabile che aveva messo così bruscamente e spiccatamente la parola fine a tutte le nostre lunghe e pazienti fatiche. Poi, quando la luna si alzò, ci inerpicammo sulla cima delle rocce da cui era precipitato il nostro povero amico e da quell'altura scrutammo il mistero della brughiera, per metà d'argento e per metà d'inchiostro. Lontano, a molti chilometri da noi, brillava un'unica luce gialla: non poteva provenire che dalla dimora degli Stapleton. Scossi il pugno lanciando un'amara imprecazione e fissai lo sguardo in quella direzione.

«Perché non gli mettiamo subito le mani addosso?»

«Perché gli elementi che possediamo non sono ancora completi. Ci troviamo di fronte a un individuo dotato di un'astuzia e di un'avvedutezza somme. Non serve quello che sappiamo, ma quello che possiamo essere in grado di dimostrare. Se facciamo anche una sola mossa falsa, il farabutto potrebbe sfuggirci tra le dita un'altra volta.»

«Come dobbiamo comportarci, allora?»

«Domani ci aspettano molti compiti. Stanotte non ci resta che rendere gli ultimi servigi al nostro disgraziato amico!»

Insieme tornammo verso il pendio e ci accostammo al cadavere, nitido ora, nella sua massa cupa, contro le pietre inargentate dalla luna. La vista di quelle membra contorte mi attanagliò il cuore con uno spasimo di pena e mi offuscò gli occhi di lacrime.

«Dobbiamo andare in cerca di soccorsi, Holmes! Non possiamo trasportarlo noi due soli fino al maniero. Dio santo, le dà di volta il cervello?»

Holmes aveva lanciato un grido forsennato, infatti, e si era chinato sul cadavere. Ed ecco che adesso ballava e rideva e mi stringeva la mano sino a torcermela. Era mai possibile che quello fosse il mio severo amico, il mio convivente eternamente così controllato? Cosa gli aveva preso? Un improvviso attacco di follia, senza dubbio!

«Ha la barba! La barba! Quest'uomo ha la barba!»

«La barba?»

«Non è il baronetto... è... sì... insomma, è il forzato!»

Con ansia febbrile voltammo il cadavere: una barba incolta si puntò contro la fredda, nitida luna. Non era possibile ingannarsi su quella fronte sporgente, su quegli occhi animaleschi. Era proprio la stessa faccia che mi aveva fissato alla luce della candela incastrata dentro la roccia... era la faccia di Selden, l'evaso!

In un attimo compresi la situazione. Mi rammentai che il baronetto mi aveva raccontato di aver regalato a Barrymore il suo guardaroba smesso. Barrymore doveva averne donato una parte a Selden perché potesse ripararsi meglio e fuggire. Scarpe, camicia, berretto... tutto apparteneva a sir Henry. Il fatto restava pur sempre gravissimo, ma per lo meno quell'uomo, secondo le leggi del suo paese, aveva meritato la morte. Spiegai a Sherlock Holmes come stessero le cose, e mi sentivo il cuore sollevato.

«Dunque sono stati i vestiti a causare la morte di questo poveraccio» commentò Sherlock Holmes. «Evidentemente il cane è stato messo sulle piste mediante qualche capo di vestiario appartenente a sir Henry, probabilmente la famosa scarpa rubata all'albergo. Vi è però un fatto molto singolare: come mai Selden, così al buio, ha capito che il cane era sulle sue tracce?»

«Lo avrà udito.»

«Udire un cane che latra nella brughiera non può spingere un individuo, abituato al peggio come doveva essere questo galeotto evaso, a un parossismo tale di terrore da correre il rischio di venire catturato mettendosi a invocare aiuto disperatamente. Dalle grida che abbiamo inteso, deve avere certamente corso molto dopo essersi accorto che l'animale lo inseguiva. Come poteva saperlo?»

«Per me il mistero maggiore sta in questo: come mai questo cane, presumendo che tutte le nostre ipotesi siano esatte...»

«Io non presumo nulla.»

«Va bene: perché, dunque, il cane era libero proprio stanotte? Immagino che non scorrazzi sempre per la brughiera. Stapleton non avrebbe avuto motivo di sguinzagliarlo se non avesse immaginato che sir Henry doveva trovarsi qui.»

«Il mio problema è molto più grave, poiché io ritengo che ben presto saremo in grado di risolvere il suo, mentre temo che il mio resterà per sempre un mistero. Per il momento, la questione più urgente è questa: cosa ne facciamo del cadavere di questo poveraccio? Non possiamo lasciarlo qui in pasto alle volpi e ai corvi!»

«Le proporrei di trasportarlo in uno di questi rifugi fino a quando non potremo metterci in comunicazione con la polizia.»

«Benissimo. Sono sicuro che in due ce la faremo a trascinarlo fin là. Perbacco, Watson, chi è che...? Ma è lui in persona, che razza di faccia tosta e di audacia! Non una parola che possa tradire i nostri sospetti... non una parola, o altrimenti i miei piani se ne vanno tutti quanti a farsi benedire!»

Un uomo si stava avvicinando a noi nella brughiera, scorgevo l'opaco chiarore rossastro della punta di un sigaro acceso. La luna lo illuminava e mi fu facile distinguere la sagoma snella e l'andatura vivace del naturalista. Non appena ci vide si fermò, ma subito riprese a camminare.

«Diamine, dottor Watson, è possibile che sia proprio lei? È l'ultima persona che mi sarei aspettato di trovare nella brughiera a quest'ora di notte. Ma, santo cielo, cosa succede? Qualcuno si è fatto male? No... non mi dica che questo è il nostro amico sir Henry!»

Mi sorpassò velocemente, e si chinò sul cadavere. Lo sentii trattenere bruscamente il fiato, mentre il sigaro gli cadeva dalle dita.

«Chi... chi è quest'uomo?» balbettò.

«È Selden, il forzato evaso da Princetown.»

Stapleton girò verso di noi una faccia spettrale, ma con uno sforzo supremo riuscì a superare lo sbalordimento e il disappunto. Il suo sguardo si posò bruscamente prima su Sherlock Holmes, poi su di me.

«Dio santo! Che cosa spaventosa! Com'è morto?»

«A quanto pare deve essersi spezzato l'osso del collo cadendo su queste rocce. Il mio amico e io stavamo passeggiando per la brughiera quando abbiamo sentito un grido.»

«L'ho sentito anch'io. È per questo che sono uscito. Ero inquieto per sir Henry.»

«Come mai proprio per sir Henry?» non seppi trattenermi dal domandargli.

«Perché gli avevo proposto di venire da me. Mi sono sorpreso di non vederlo arrivare e, quindi, mi sono preoccupato per lui non appena ho sentito echeggiare quelle grida nella brughiera. A proposito...» e i suoi occhi si fissarono nuovamente prima sulla faccia di Sherlock Holmes, poi sulla mia «oltre a quelle grida non avete inteso altro?»

«No,» disse Holmes «e lei?»

«Neppure io» dissi.

«Cosa intende dire, dunque?»

«Oh, lei sa quelle storie che raccontano i contadini di un cane fantasma. Dicono che lo si oda di notte nella landa. Mi stavo domandando se questa notte si fosse sentito qualcosa che potesse giustificare una tale credenza.»

«Noi non abbiamo sentito nulla di simile» dissi.

«E qual è secondo lei la causa della morte di questo povero diavolo?»

«L'ansia e le privazioni devono certo averlo fatto uscire di senno. Si sarà messo a correre per la brughiera come un forsennato, finché non avrà inciampato rompendosi così la spina dorsale.»

«Mi sembra un'ipotesi ragionevolissima» ammise Stapleton emettendo un sospiro che io giudicai indice in lui di un evidente sollievo. «E lei cosa ne pensa, signor Sherlock Holmes?»

Il mio amico si inchinò cerimoniosamente.

«Fa molto in fretta a identificare le persone» osservò.

«L'aspettavamo da queste parti sin da quando è arrivato il dottor Watson. È arrivato giusto in tempo per assistere a una tragedia.»

«Già, infatti. Non ho dubbi che la spiegazione del mio amico sia esatta. Ma domani riporterò con me a Londra un ricordo molto sgradevole.»

«Oh, riparte già domani?»

«Questa è la mia intenzione.»

«Spero che la sua visita sia riuscita a gettare un po' di luce sugli avvenimenti che ci hanno dato tanta perplessità.»

Sherlock Holmes si strinse nelle spalle. «Non si può sempre ottenere il successo a cui tutti tendiamo. Un investigatore ha bisogno di fatti, non di leggende o di voci. No, non è per me un caso molto soddisfacente.»

Il mio amico si era espresso in un tono di estrema semplicità e franchezza, ma Stapleton continuava a guardarlo fisso. A un tratto si rivolse a me.

«Le proporrei di trasportare questo poveraccio a casa mia, se non temessi che la cosa potrebbe procurare a mia sorella uno spavento che credo di doverle risparmiare, date le circostanze. Le propongo pertanto di coprirgli la faccia con qualcosa fino a domattina, quando potremo disporre meglio del cadavere.»

E così fu fatto. Declinando cortesemente l'offerta di ospitalità di Stapleton, Sherlock Holmes e io ci avviammo verso il maniero dei Baskerville, lasciando solo il naturalista. Quando guardammo indietro, vedemmo la sua figura allontanarsi lentamente per la vasta brughiera; e dietro di lui la nera macchia informe sul pendio inargentato indicava il punto in cui giaceva un uomo che la morte aveva terribilmente punito.

«Siamo ormai ai ferri corti» osservò Sherlock Holmes, mentre attraversavamo insieme la brughiera. «Che faccia tosta ha quell'individuo! Come si è ripreso immediatamente, pur avendo davanti a sé uno spettacolo che avrebbe dovuto paralizzarlo, quando si è accorto che non era la vittima predestinata quella caduta per le sue macchinazioni! Gliel'ho detto a Londra,

Watson, e lo ripeto ancora: non abbiamo mai avuto un avversario più degno di noi.»

«Mi dispiace che sia stato visto da quell'uomo.»

«Anche a me dispiace, ma non c'erano alternative.»

«Che influenza crede potrà avere sui suoi progetti il fatto che ora sa della sua presenza qui?»

«Forse lo indurrà a essere più cauto, ma potrebbe anche spingerlo a misure disperate. Come quasi tutti i criminali intelligenti, può darsi che sia troppo fiducioso e sicuro delle proprie doti e creda di averci portati completamente fuori strada.»

«Perché non lo facciamo arrestare subito?»

«Caro il mio Watson, lei è un uomo d'azione nato. I suoi impulsi la portano sempre a qualcosa di energico. Ma immagini, per puro piacere di teorizzare, che lo si faccia arrestare stanotte: cosa ne ricaveremmo? Non saremmo in grado di provare nulla contro di lui. In questo consiste la sua astuzia diabolica! Se agisse per mezzo di un sicario umano potremmo ottenere qualche prova sostanziale ma, anche se riuscissimo a portare questo cagnaccio alla luce del giorno, ciò non basterebbe a mettere la corda al collo del suo padrone.»

«Che razza di situazione!»

«Non abbiamo l'ombra di una prova... ma solo congetture e ipotesi. Belle risate si farebbero a nostre spese in tribunale se ci presentassimo con un racconto e una testimonianza del genere.»

«Ma c'è la morte di sir Charles!»

«Trovato morto senza neppure un graffio. Lei e io sappiamo che è morto di paura, e sappiamo pure cosa lo ha spaventato; ma come riusciremmo a persuadere di questo dodici giurati tonti? Che tracce vi sono di un eventuale mastino? Dove sono le impronte? E il segno delle sue zanne? Naturalmente, sappiamo che un cane non morde un corpo morto, e che sir Charles era morto molto prima che la bestia lo raggiungesse. Ma dobbiamo *provare* tutto questo, e purtroppo non siamo in condizione di farlo.»

«E questa notte?»

«Stanotte non abbiamo fatto molti progressi. Anche in questo caso non possiamo stabilire alcun rapporto diretto tra il cane e la morte di Selden. Noi non abbiamo visto l'animale, lo abbiamo solo udito, ma non potremmo certamente dimostrare che corresse sulle piste di Selden. Inoltre ci troviamo di fronte a una completa mancanza di movente. No, amico mio, dobbiamo rassegnarci al fatto che per il momento non possediamo alcuna prova, e che, perciò, vale la pena di correre qualsiasi rischio pur di stabilirne una.»

«E come spera di ottenere una prova?»

«Nutro grandi speranze che la signora Laura Lyons ci aiuterà quando saprà come stanno esattamente le cose tra lei e Stapleton. Inoltre ho anch'io un mio progetto. Per il momento siamo ancora in svantaggio, ma spero che, entro ventiquattr'ore, saremo finalmente riusciti a portarci in posizione vantaggiosa.»

Non mi fu possibile cavargli di bocca altro, e lui proseguì in silenzio, immerso nei suoi pensieri, sino ai cancelli di Baskerville.

«Entra?»

«Sì, non vedo ragione per nascondermi ulteriormente. Ma ancora un'ultima parola, Watson! Non dica nulla del cane a sir Henry. Gli lasci credere che Selden sia morto proprio come Stapleton vuole che si creda. Sarà così in miglior forma per la prova che dovrà affrontare domani, quando andrà a pranzo da quella gente.»

«Ma sono invitato anch'io!»

«In questo caso dovrà inventare una scusa, e lasciarlo andare da solo. Sarà facile. E ora, anche se siamo in ritardo, spero che si possa ottenere almeno uno spuntino di mezzanotte.»

13
Si tirano le reti

Sir Henry si mostrò contento, più che sorpreso, di vedere Sherlock Holmes. Si aspettava, infatti, di vederlo arrivare già da qualche giorno, a causa di quello che era successo negli ultimi tempi. Tuttavia aggrottò le sopracciglia, quando vide che il mio amico scarseggiava di bagagli e di spiegazioni in merito. Ci provammo a giustificare in qualche modo il fatto; più tardi, mentre cenavamo, lo mettemmo al corrente di quanto era accaduto, restando nei limiti convenuti. Ma prima dovetti compiere il triste dovere di annunciare ai Barrymore la morte di Selden.

Per il marito, tutto sommato, fu un sollievo, ma la moglie pianse amaramente, nascondendo la faccia nel grembiule. Per il mondo, quell'uomo rappresentava la violenza, era bestia e demonio insieme; ma per lei continuava a restare il ragazzino testardo della sua adolescenza, il bambino che lei aveva preso per mano. Miserabile è chi non ha una donna che ne pianga la morte.

«Mi sono annoiato tutto il giorno in casa, dopo che Watson è uscito stamattina» disse il baronetto. «Deve riconoscere che ho mantenuto la promessa. Se non avessi giurato che non sarei uscito da solo, avrei potuto almeno passare una serata piacevole dagli Stapleton, che mi avevano invitato a casa loro.»

«Sono sicuro che avrebbe avuto senz'altro una serata più movimentata» replicò Holmes, asciutto. «A proposito, forse non sa che noi l'abbiamo pianta credendo che fosse stato lei a rompersi l'osso del collo!»

Sir Henry spalancò tanto d'occhi: «Come mai?».

«Quel poveraccio era vestito con abiti suoi. Ho paura che il suo domestico passerà dei guai con la polizia, poiché indubbiamente è stato lui a fornirgli una parte del guardaroba.»

«Non credo! Per quanto ne sappia io, non avevano alcuna iniziale o altro segno di riconoscimento.»

«Questa è una fortuna per lui, anzi, a dire la verità è una fortuna per tutt'e due, dal momento che anche lei a questo riguardo si trova dalla parte del torto nei confronti della giustizia. Io non sono proprio sicuro che, come investigatore coscienzioso, il mio primo dovere non sia quello di arrestare tutti i componenti della famiglia. I resoconti di Watson sono documenti gravemente accusatori.»

«Ma mi parli piuttosto del caso» fece il baronetto. «È riuscito a sbrogliare un po' questo dannato imbroglio? Non credo che io e Watson abbiamo fatto molta strada da quando siamo arrivati qui!»

«Ritengo di poter chiarire tra breve la situazione. È stata una faccenda difficilissima ed estremamente complessa. Vi sono però ancora vari punti su cui non sono riuscito a far luce... ma ci riuscirò, non abbia timore.»

«Noi abbiamo avuto un'avventura di cui Watson le avrà certamente riferito. Abbiamo udito con le nostre orecchie il cane nella brughiera; posso quindi giurare che non si tratta solo di una sciocca e vuota superstizione. Mi sono fatto una certa pratica di cani, quando mi trovavo nell'Ovest, e so riconoscerli dal latrato. Se riuscirà a mettere una museruola e un guinzaglio a quella bestia, sarò pronto a giurare che lei è il più grande investigatore di tutti i tempi.»

«Credo che riuscirò benissimo ad accalappiarlo e a incatenarlo, purché lei mi fornisca la sua assistenza.»

«Mi dica quello che devo fare e io lo farò.»

«Benissimo: dovrò però chiederle di agire ciecamente, senza mai domandarmi il perché.»

«Come vuole.»

«Se farà come dico io, ritengo che il nostro piccolo problema sarà ben presto chiarito. Non ho dubbi...»

S'interruppe di botto e restò con lo sguardo fisso a mezz'aria, al di sopra della mia testa. La lampada gli batteva sulla faccia, che era così intenta e così immobile che avrebbe potuto benissimo essere quella di una statua classica, dal profilo impeccabile, la personificazione stessa dell'attenzione e dell'attesa.

«Cosa c'è?» chiedemmo tutt'e due, sir Henry e io.

Capii, mentre abbassava lo sguardo, che Sherlock Holmes stava reprimendo un'intima emozione. I suoi tratti erano pur sempre composti, ma negli occhi gli brillava una luce divertita di esultanza.

«Scusi l'ammirazione di un intenditore» fece indicando con un cenno della mano la fila di ritratti che copriva la parete opposta. «Watson non vuole ammettere che io capisca qualcosa in fatto di arte, ma parla per pura gelosia, perché i nostri punti di vista su questo argomento differiscono in modo assoluto. Per me, per esempio, quei ritratti sono veramente bellissimi.»

«Bene, mi fa piacere che dica questo» commentò sir Henry fissando il mio amico con una certa sorpresa. «Non pretendo di intendermi molto di queste cose, e certo saprei giudicare meglio un cavallo o un manzo che non un quadro. Non sapevo che trovasse il tempo anche per queste cose.»

«Io capisco la roba buona quando la vedo, e ora ne vedo una ottima. Quello è uno Kneller, sarei pronto a giurarci, quella dama in seta azzurra laggiù, mentre quel signore grasso con la parrucca non può essere che un Reynolds. Sono tutti ritratti di famiglia, immagino.»

«Dal primo all'ultimo.»

«Ne conosce i nomi?»

«Barrymore mi ha catechizzato su questo argomento, credo di saper recitare la lezione abbastanza bene.»

«Chi è quel signore con il telescopio?»

«Quello è il viceammiraglio Baskerville, che ha servito sotto Rodney nelle Indie occidentali. Quello col mantello turchino e un rotolo di carta in mano è, invece, sir William Baskerville, che fu presidente di commissione alla Camera dei Comuni, al tempo di Pitt.»

«E questo cavaliere di fronte a me... questo in velluto nero e merletto?»

«Ah, ha ben ragione di voler essere informato su questo personaggio. Questo qui è la causa di tutti i nostri guai, il malvagio Hugo, che ha dato la stura alla leggenda del mastino dei Baskerville. Non sarà facile dimenticarcene.»

A mia volta guardai il ritratto con interesse e con una certa sorpresa.

«Diamine!» osservò Holmes. «Parrebbe un individuo tranquillo, di animo mite ma, è vero, i suoi occhi sembrano nascondere una luce diabolica. Però me l'ero immaginato più robusto e di aspetto più feroce.»

«Eppure non vi è dubbio sull'autenticità dell'opera, poiché il nome e la data, 1647, sono trascritti sul retro della tela.»

Sherlock Holmes aggiunse solo poche altre parole; ma pareva che il vecchio perverso esercitasse su di lui un fascino speciale, poiché i suoi occhi tornavano continuamente a fissarne il ritratto durante tutta la cena. Solo più tardi, dopo che sir Henry si fu ritirato nella sua camera, riuscii a capire il corso dei suoi pensieri. Mi ricondusse nella sala da pranzo, con la candela accesa in mano, e ne avvicinò la luce al ritratto macchiato dal tempo che pendeva dalla parete.

«Non ci trova nulla di speciale?»

Osservai il largo cappello piumato, le lunghe ciocche ricciute, il bianco colletto di pizzo, la faccia pallida che ne era incorniciata. Non era un tipo brutale, ma piuttosto azzimato, severo, con una bocca fermamente disegnata, le labbra sottili, l'occhio freddo, fanatico.

«Non le sembra che somigli a qualcuno di sua conoscenza?»

«Ha qualcosa di sir Henry nella mascella.»

«Forse. Aspetti un istante!»

Salì su una seggiola, e tenendo la candela nella mano sinistra, coprì con il braccio destro l'ampio cappello e i lunghi riccioli.

«Dio mio!» esclamai sbalordito.

Fuori dalla tela era balzata la faccia di Stapleton.

«Ah, se ne è accorto pure lei, finalmente! I miei occhi si sono addestrati a studiare le facce, indipendentemente dalle acconciature. La prima dote di un criminologo consiste nel vedere attraverso un travestimento.»

«Ma è fantastico! Si direbbe il suo ritratto!»

«Già, è un interessante esempio di ricorrenza atavica, che si è manifestata non solo fisicamente ma anche spiritualmente. Basterebbe lo studio dei ritratti di famiglia per convertire un uomo alla dottrina della reincarnazione. Stapleton è un Baskerville... la cosa è evidente.»

«Che aspira alla successione.»

«Precisamente. Questa combinazione del ritratto ci ha fornito uno dei più importanti anelli mancanti. Lo teniamo, Watson, lo teniamo, e sono pronto a giurare che entro ventiquattr'ore si dibatterà nella nostra rete, impotente e senz'ali come una delle sue farfalle. Uno spillo, un sughero, un cartiglio, e lo aggiungeremo alla collezione di Baker Street!»

Mentre si allontanava dal quadro scoppiò in una delle sue rare risate. Lo avevo inteso ridere raramente, e le sue risate avevano sempre presagito sciagura a qualcuno.

La mattina seguente fui in piedi per tempo, ma Sherlock Holmes si era alzato ancora prima di me, poiché lo vidi venire su per il viale mentre mi vestivo.

«Sì, oggi dovremmo proprio avere una giornata piena» osservò, fregandosi le mani nel pregustare il piacere dell'azione. «Le reti sono tese, e la pesca sta per incominciare. Sapremo prima di sera se avremo preso il nostro grosso luccio dalla mascella magra, o se ci sarà sfuggito tra le maglie.»

«È già stato nella brughiera?»

«Ho mandato un dispaccio da Grimpen a quelli di Princetown, per informarli della morte di Selden. Credo di poter promettere con sicurezza che nessuno di voi avrà seccature in proposito. E ho anche informato il mio fedele Cartwright, che certo sarebbe restato a uggiolare davanti alla porta del mio rifugio, come farebbe un cane accanto alla tomba del proprio padrone, se non lo avessi rassicurato circa la mia incolumità personale.»

«Qual è la sua prima mossa?»

«Parlare con sir Henry. Ah, eccolo!»

«Buongiorno, Holmes» disse il baronetto. «Mi fa l'impressione di un generale che stia concertando un piano di operazioni con il proprio capo di stato maggiore.»

«È proprio così. Watson mi stava chiedendo ordini.»

«È quello che voglio fare anch'io.»

«Ottimamente. Se sono bene informato, questa sera lei è invitato a pranzo dai nostri amici Stapleton.»

«Spero che verrà anche lei. Sono gente molto ospitale, e sono certo che saranno felicissimi di vederla.»

«Io e Watson dobbiamo ritornare a Londra.»

«A Londra?»

«Sì, credo che, date le circostanze, la nostra presenza sarà più utile laggiù che non qui.»

La faccia del baronetto si allungò visibilmente. «Speravo proprio che avrebbe risolto questa faccenda. Il maniero e la brughiera non sono luoghi molto piacevoli quando uno è solo!»

«Caro amico mio, deve avere la più assoluta fiducia in me ed eseguire alla lettera i miei ordini. Dirà ai suoi amici che saremmo stati felicissimi di accompagnarla, ma che un affare urgente ci ha richiamati in città e che speriamo di ritornare nel Devonshire al più presto. Si ricorderà di riferirgli esattamente questo?»

«Se insiste.»

«Non vi sono alternative, glielo assicuro.»

Capii dalla faccia rabbuiata del baronetto che era profondamente offeso da quello che considerava un vero e proprio tradimento da parte nostra.

«Quando avete intenzione di partire?» domandò freddamente.

«Subito dopo colazione. Ci recheremo prima a Coombe Tracey, ma Watson lascerà la sua roba come pegno di un suo prossimo ritorno. Watson, lei manderà un biglietto a Stapleton per esprimergli il suo rincrescimento di non poter accettare l'invito.»

«Avrei intenzione di venire a Londra con voi» esclamò il baronetto. «Perché dovrei restarmene qua tutto solo?»

«Perché è qui il suo posto, e il suo dovere le impone di restare. Perché mi ha dato la sua parola d'onore che avrebbe fatto come io le avrei ordinato, e io le ordino di restare.»

«Va bene. Se è così, resterò.»

«Ancora una cosa! Voglio che vada a Merripit House in carrozza. Però la rimandi indietro, e faccia capire che ha intenzione di rientrare a piedi.»

«Dovrei attraversare la brughiera a piedi?!»

«Sì.»

«Ma se questo è proprio quanto lei mi ha sempre raccomandato di non fare!»

«Questa volta però potrà farlo senza pericolo. Non glielo consiglierei se non avessi la massima fiducia nei suoi nervi e nel suo coraggio, ma è essenziale che mi ubbidisca.»

«Allora eseguirò i suoi ordini.»

«E se ci tiene alla vita, attraversi la brughiera nella sola direzione del sentiero che porta da Merripit House alla strada di Grimpen, e che, del resto, è il percorso più logico per tornare a casa sua.»

«Farò esattamente come dice.»

«Benissimo. Sarei lieto di partire al più presto, subito dopo la prima colazione, in modo da essere a Londra nel pomeriggio.»

Questo programma mi stupì moltissimo, per quanto ricordassi che Sherlock Holmes aveva detto a Stapleton la sera precedente che la sua visita avrebbe avuto termine l'indomani. Non avevo pensato all'eventualità di doverlo accompagnare, né mi riusciva di capire come mai ci dovessimo assentare tutt'e due proprio nel momento che lui stesso aveva definito risolutivo. Ma a me non restava che obbedire ciecamente. Salutammo pertanto il nostro amico piuttosto immalinconito, e due ore dopo eravamo alla stazione di Coombe Tracey. Un ragazzino ci aspettava sul marciapiede.

«Ha ordini, signore?»

«Prenderai questo treno per Londra, Cartwright. Nel momento in cui arriverai, spedirai a sir Henry Baskerville un telegramma a mio nome dicendo che, se ha trovato il portafogli da me smarrito, dovrà mandarlo per posta raccomandata a Baker Street.»

«Sissignore.»

«E domanda all'ufficio della stazione se c'è nulla per me.»

Il ragazzo ritornò con un telegramma che Sherlock Holmes mi porse. Diceva:

RICEVUTO TELEGRAMMA. ARRIVERÒ ORE 5.40 CON MANDATO D'ARRESTO IN BIANCO. LESTRADE

«Questa è la risposta a un mio telegramma di stamane. È uno dei nostri migliori ispettori di polizia, lo sa, e credo che avremo bisogno del suo aiuto. E adesso, Watson, penso che, se andassimo a fare visita alla nostra amica signora Laura Lyons, impiegheremmo al meglio il nostro tempo.»

Il suo piano incominciava ad apparirmi chiaro. Sherlock

Holmes voleva servirsi del baronetto allo scopo di convincere gli Stapleton che noi eravamo effettivamente partiti, invece saremmo stati di ritorno nel momento esatto in cui il nostro intervento si sarebbe dimostrato necessario. Quel telegramma da Londra, se sir Henry ne avesse parlato agli Stapleton, avrebbe tolto dai loro animi ogni ulteriore possibilità di sospetto. Già mi pareva di vedere stringersi le nostre reti intorno a quel luccio dalla mascella scabra.

La signora Laura Lyons era nel suo ufficio, e Sherlock Holmes intavolò la conversazione con una franchezza e una semplicità di modi che stupirono notevolmente la signora.

«Sto indagando sulle circostanze relative alla morte di sir Charles Baskerville» attaccò subito. «Il mio amico qui presente, dottor Watson, mi ha riferito di quanto lei gli ha detto, come pure di quanto lei *non ha detto* in rapporto a questo avvenimento.»

«Cosa *non ho detto*?» domandò la signora in tono di sfida.

«Ha ammesso di aver pregato sir Charles di trovarsi al cancelletto alle dieci. Noi sappiamo che quelli furono il luogo e l'ora della sua morte. Ma lei non ci ha voluto dire quale rapporto esista tra questi fatti.»

«Ma non vi è alcun rapporto!»

«In tal caso si tratta di una coincidenza veramente straordinaria. Io, però, ritengo che, nonostante tutto, riusciremo a stabilire un rapporto. Desidero essere franco con lei, signora Lyons. Noi riteniamo che questo sia un caso di omicidio, e le prove potranno implicare non solo il suo amico signor Stapleton, ma anche sua moglie.»

La signora balzò sulla seggiola. «Sua moglie!» esclamò.

«Non si tratta più di un segreto. La persona che fa passare per sua sorella è, in realtà, sua moglie.»

La signora Lyons, intanto, era tornata a sedersi. Le sue mani stringevano convulsamente i braccioli della poltrona, e io notai che sotto la pressione di quella stretta le sue unghie rosate erano diventate bianche.

«Sua moglie!» ripeté. «Sua moglie! Ma non è sposato.»

Sherlock Holmes si strinse nelle spalle.

«Me lo dimostri! Me lo dimostri! E se ci riuscirà...» La luce selvaggia che le balenò negli occhi fu più eloquente di un fiotto di parole.

«Sono venuto qui da lei appunto per questo» disse Sherlock Holmes, traendo di tasca alcune carte. «Ecco una fotografia della coppia presa a York quattro anni fa. È intestata ai "Coniugi Vandeleur", ma non avrà difficoltà a riconoscere lui e anche lei, se la conosce di vista. Ecco qui tre descrizioni firmate da testimoni degni di fede concernenti la signora e il signor Vandeleur, i quali a quel tempo dirigevano la scuola privata di St Olivier. Le legga, e veda se può ancora dubitare dell'identità di questa gente.»

Dopo aver dato qualche occhiata ai documenti, la signora ci fissò con l'espressione dura e rigida di una creatura in preda alla disperazione.

«Signor Holmes,» disse «quest'uomo mi aveva offerto di sposarmi a patto che io ottenessi il divorzio da mio marito. Mi ha mentito, farabutto, nel modo più ignobile. Non mi ha mai detto una parola che sia una di verità. E perché... perché? Io immaginavo che fosse solo per amor mio: ma ora capisco di essere stata per lui appena uno strumento da usare. Perché dovrei serbare fede in chi non ne ha mostrata alcuna in me? Perché dovrei cercare di proteggerlo dalle conseguenze dei suoi atti malvagi? Mi chieda quello che vuole, e io non le nasconderò assolutamente nulla. Un'unica cosa, però, le giuro, ed è questa: che quando ho scritto quella lettera non pensavo neppure lontanamente di recare danno al povero sir Charles, che si era sempre mostrato con me un amico perfetto.»

«Io le credo pienamente, signora» rispose Sherlock Holmes. «Certo, parlare di questi avvenimenti le sarà molto doloroso, e forse le sarà più facile se sarò io a dirle quello che è successo, e lei mi correggerà se farò qualche errore. L'invio di quella lettera le fu suggerito da Stapleton?»

«È stato lui a dettarmela.»

«Immagino che la ragione che le ha addotto è stata che avrebbe ricevuto aiuti da parte di sir Charles per le spese legali relative al suo divorzio!»

«È esatto.»

«E in seguito, dopo averle fatto inviare la lettera, l'ha dissuasa dal recarsi all'appuntamento.»

«Mi ha detto che si sarebbe sentito ferito nella sua dignità, se fosse stato un altro uomo a pagare per quello scopo e che, sebbene non potesse davvero dirsi ricco, avrebbe speso sino all'ultimo centesimo pur di rimuovere gli ostacoli che ci dividevano.»

«Parrebbe un uomo dal carattere molto fiero! E poi lei non ha più saputo nulla finché non ha letto sul giornale la notizia della morte di sir Charles.»

«È così.»

«Quindi Stapleton le ha fatto giurare di non dire nulla a proposito del suo appuntamento con sir Charles.»

«Proprio così! Mi ha spiegato che si trattava di una morte molto misteriosa, e che i sospetti sarebbero certo ricaduti su di me se si fosse saputo dell'appuntamento. Mi ha talmente spaventata da costringermi al silenzio.»

«Già! Però lei aveva dei sospetti?»

La donna esitò e abbassò lo sguardo. «Lo conoscevo bene» disse. «Ma se lui fosse stato sincero con me, io non lo avrei mai tradito.»

«Credo che nel complesso l'abbia scampata bella» dichiarò Sherlock Holmes. «Lo aveva in pugno, lui lo sapeva, e nonostante questo è ancora viva. Ringrazi il cielo. Ha camminato sull'orlo di un precipizio. E ora dobbiamo salutarla, signora, ma è probabile che tra non molto sentirà ancora parlare di noi.

«Il nostro caso si sta chiarendo, e i nodi si vanno sciogliendo uno dopo l'altro» osservò Sherlock Holmes mentre sostavamo alla stazione, in attesa del rapido da Londra. «Ben presto sarò in grado di esporre in un'unica narrazione coerente e concreta uno tra i più singolari e sensazionali delitti dei nostri tempi. Gli studiosi di criminologia rammenteranno i casi analoghi accaduti a Grodno, nella Piccola Russia, nel 1866, e naturalmente vi sono gli omicidi Anderson avvenuti nella Carolina del Nord; ma questo caso presenta alcuni tratti assolutamente unici. Persino in questo momento non siamo ancora in possesso di una prova concreta contro questo genio del male. Ma sarei veramente sorpreso se lui stesso non ce ne fornisse una entro ventiquattr'ore.»

Il rapido da Londra entrò sbuffando in stazione, e un uomo piccolo e irsuto come un molosso balzò a terra da uno scompartimento di prima classe. Ci scambiammo tutt'e tre energiche strette di mano, e io mi accorsi subito, dal modo deferente col quale Lestrade si rivolgeva al mio amico, che doveva aver imparato molto dal mio compagno da quel tempo ormai lontano in cui avevamo incominciato a lavorare insieme. Ricordavo perfettamente il disprezzo che le teorie del Ragionatore suscitavano di solito in quell'uomo che si piccava di essere pratico.

«Novità interessanti?» domandò Lestrade.

«È il caso più importante che mi si sia presentato da anni» rispose Sherlock Holmes. «Abbiamo due ore davanti a noi prima di metterci in moto. Credo che potremo impiegarle mangiando, e poi, Lestrade, le toglieremo dalla trachea la nebbia londinese offrendole un sorso di pura aria notturna del Dartmoor. Non ci è mai stato? Ah, bene, non credo che dimenticherà questa sua prima visita.»

14
Il mastino dei Baskerville

Uno dei difetti di Sherlock Holmes, ammesso e non concesso che fosse un difetto, consisteva nel fatto che era estremamente restio a mettere al corrente chiunque altro dei suoi piani sino al momento dell'esecuzione. In parte, questo era indubbiamente dovuto al suo forte temperamento: alla necessità che provava di dominare e di stupire chi gli stava vicino. In parte era altrettanto indubbiamente dovuto a un senso di cautela professionale: al desiderio di non correre rischi inutili. Tuttavia questo modo di procedere poneva abbastanza a dura prova coloro che si trovavano ad agire come suoi emissari e collaboratori. Personalmente avevo spesso sofferto di questo suo difetto, ma mai tanto intensamente come durante quella lunga scarrozzata nelle tenebre. Davanti a noi si profilava una terribile prova: stavamo finalmente per compiere il balzo definitivo, e ancora Sherlock Holmes non aveva detto una parola. Potevo solo supporre come e quando sarebbe passato all'azione. I miei nervi vibravano eccitati quando il vento freddo che prese a batterci in piena faccia e gli spazi sempre più bui e vuoti su ciascun lato dell'angusta strada mi dissero che eravamo ritornati ancora una volta nella brughiera. Ogni zoccolare dei cavalli, ogni cigolio delle ruote ci avvicinava sempre di più alla nostra avventura suprema.

La nostra conversazione era impedita dalla presenza del conducente della carrozza da nolo, così eravamo costretti a chiacchierare dei più futili argomenti mentre eravamo tesi al massimo per l'emozione e l'ansia. Fu un sollievo per me, dopo quella forzata costrizione, quando superammo finalmente la casa di

Frankland e capii che ormai mancava poco al maniero, e al teatro dell'azione. Non ci facemmo portare sino all'ingresso, ma scendemmo in prossimità del cancelletto del viale. Pagammo la vettura e ordinammo al conducente di ritornare a Coombe Tracey, mentre noi ci avviavamo in direzione di Merripit House.

«È armato, Lestrade?»

Il piccolo poliziotto sorrise. «Fino a quando avrò un paio di pantaloni, avrò una tasca posteriore, e fino a quando avrò una tasca posteriore, ci terrò sempre dentro qualcosa.»

«Bene, anche il mio amico e io siamo pronti, in caso di bisogno.»

«Mi pare che lei sia molto vicino alla conclusione di questa faccenda, signor Holmes. A che gioco giochiamo?»

«Al gioco dell'attesa.»

«Parola d'onore, non mi pare un posto molto allegro» affermò il poliziotto rabbrividendo e lanciando uno sguardo perplesso ai lugubri pendii della collina e all'immenso lago di nebbia che si estendeva sopra la Palude di Grimpen. «Vedo le luci di una casa davanti a noi.»

«Quella è Merripit House ed è anche il termine del nostro viaggio. Devo pregarla di camminare in punta di piedi e di parlare a voce bassissima.»

Ci avviammo cautamente lungo la pista, quasi fossimo diretti verso la casa, ma a circa duecento metri Sherlock Holmes ci ordinò di fermarci.

«Basta così» disse. «Queste rocce a destra ci faranno magnificamente da schermo.»

«Dobbiamo aspettare qui?»

«Sì. Prepareremo qui la nostra piccola imboscata. Si metta in quella buca, Lestrade. È stato nella casa, vero, Watson? Saprebbe dirmi la posizione delle stanze? Cosa sono quelle finestre con le grate da quella parte?»

«Credo che siano le finestre della cucina.»

«E quell'altra laggiù, così illuminata?»

«Quella è certamente la sala da pranzo.»

«Le imposte sono aperte. Lei conosce meglio di noi due la disposizione del terreno. Strisci avanti senza fare rumore e guardi cosa stanno facendo... ma, per amor del cielo, non faccia loro capire che sono spiati!»

Avanzai in punta di piedi lungo il sentiero e mi chinai dietro il muretto basso che circondava l'orto. Strisciando nell'ombra raggiunsi un punto da cui mi era facile guardare direttamente la finestra non protetta dalle tendine.

Nella stanza c'erano solo i due uomini, sir Henry e Stapleton. Sedevano da una parte e dall'altra della tavola rotonda e mi offrivano il profilo. Fumavano tutt'e due un sigaro, e davanti a loro erano posati vino e caffè. Stapleton discorreva con animazione, ma il baronetto era piuttosto pallido e aveva un'espressione distratta. Forse il pensiero della passeggiata solitaria che lo aspettava in quella landa di malaugurio pesava tristemente sul suo spirito.

Mentre li osservavo, Stapleton si alzò e lasciò la stanza, e sir Henry si riempì un altro bicchiere e si allungò sullo schienale della sedia, emettendo grossi sbuffi di fumo. Sentii il cigolio di una porta e uno scricchiolare di scarpe sulla ghiaia. I passi si allontanavano lungo il sentiero, dalla parte opposta del muro sotto il quale io mi ero acquattato. Aguzzando lo sguardo, vidi il naturalista fermarsi presso l'uscio di un casotto per attrezzi che sorgeva in un angolo dell'orto. Udii girare una chiave nella toppa e, mentre entrava, dall'interno della piccola costruzione uscì uno strano rumore, come di zuffa. Restò all'interno solo un momento o poco più, quindi udii nuovamente girare la chiave, e lui mi passò davanti e rientrò in casa. Lo vidi rientrare dal suo ospite, e me la svignai piano piano per tornare dai miei compagni e riferire loro quanto avevo visto.

«È sicuro, Watson, che non ci sia la signora?» mi domandò Sherlock Holmes, quando ebbi terminato il mio racconto.

«Sì.»

«Dove può essere dunque, dal momento che le altre stanze non sono illuminate tranne la cucina?»

«Non ne ho la più pallida idea.»

Ho già accennato come sopra la grande Palude di Grimpen si fosse addensata una fitta nebbia bianca. Questa stava muovendo lentamente verso di noi, e si andava ammucchiando come un muro proprio sul nostro lato, bassa ma fitta e compatta. La luna brillava su questa massa, facendola somigliare a un grande campo di ghiaccio scintillante da cui spuntavano come rocce nate sulla sua superficie le guglie dei picchi lontani. Sherlock Holmes si era girato verso quel mare di nebbia, e un'espressione di impazienza gli sfuggì dalle labbra.

«Sta avanzando verso di noi, Watson.»

«È grave?»

«È gravissimo... è in realtà la sola cosa al mondo in grado di scompigliare i miei piani. Non può tardare molto, ormai. Sono già le dieci. Il nostro successo e la vita stessa di sir Henry possono dipendere dal fatto che esca prima che la nebbia si addensi sul sentiero.»

In alto, sopra di noi, la notte era chiara e serena. Le stelle lucevano fredde e una mezzaluna bagnava il paesaggio di una luce tenera e vaga. La casa era una massa scura, compatta davanti a noi con il suo tetto dentellato e i suoi aguzzi comignoli nitidamente sagomati contro il cielo striato d'argento. Raggi di luce dorata si allungavano dalle finestre del pianoterra, attraverso l'orto e fin sulla landa. Uno di quei fasci si spense improvvisamente. I domestici avevano lasciato la cucina. Ora restava solo la lampada della sala da pranzo, dove i due uomini, l'anfitrione omicida e l'ospite inconsapevole, ancora chiacchieravano, tra una nuvola di fumo e l'altra dei loro sigari.

Di istante in istante la bianca coltre lanosa che copriva metà della brughiera si andava avvicinando maggiormente alla casa di Stapleton. Già le prime nuvolette sottili si avvolgevano intorno al riquadro della finestra illuminata. Già il muro più lontano dell'orto era diventato invisibile, e gli alberi si erano lasciati avviluppare da mulinelli di candido vapore. Mentre osservavo il fenomeno, le avanguardie di nebbia avanzarono strisciando attorno ai due angoli della casa e si fusero lentamente in un unico banco fittissimo, sul quale il piano superiore e il tetto fluttuavano come una nave irreale su un mare d'ombra. Sherlock Holmes batté la mano in un gesto di disperazione contro il masso che aveva di fronte, e picchiò per terra il piede con impazienza.

«Se non esce tra un quarto d'ora, il sentiero sarà tutto coperto, e tra mezz'ora non saremo in grado di vedere neppure le nostre mani.»

«Dobbiamo spostarci più indietro, su un terreno più elevato?»

«Sì, credo sia meglio.»

Così, mentre il banco di nebbia avanzava inesorabilmente, arretrammo finché fummo a ottocento metri dalla casa ma quel denso muro bianco, con la luna che ne inargentava il margine superiore, avanzava lentamente, senza sosta, sempre più vicino.

«Ci stiamo allontanando troppo» osservò Sherlock Holmes. «Non possiamo correre il rischio che lui venga attaccato prima che possa raggiungerci. Bisogna che restiamo a tutti i costi dove siamo.» Si lasciò cadere sulle ginocchia e accostò l'orecchio al suolo. «Sia ringraziato il cielo! Mi pare di sentirlo arrivare.»

Un rumore di passi affrettati ruppe il silenzio della brughiera. Acquattati fra le pietre, fissammo con un'intensità quasi dolorosa il banco di nebbia soffuso d'argento che si stendeva dinanzi a noi. I passi diventarono più forti, e attraverso la foschia, come attraverso una tenda, uscì l'uomo che noi stavamo aspettando. Si guardò attorno sorpreso di emergere nella notte chiara, stellata. Poi riprese a camminare rapidamente lungo il sentiero, passò vicino al punto in cui noi eravamo nascosti, e proseguì su per il lungo pendio alle nostre spalle. Mentre camminava si guardava continuamente indietro, palesando disagio.

«Attenzione!» esclamò Sherlock Holmes, e udii il secco rumore dello scatto della sicura della rivoltella. «Attenzione! Arriva!»

Arrivò al nostro orecchio uno scalpiccio di piccoli passi che proveniva dal fitto di quella colonna strisciante di nebbia. La nebbia era a cinquanta metri circa dal nostro nascondiglio, e noi la fissavamo tutt'e tre, inconsapevoli dell'orrore che stava per sbucare da essa. Io ero al fianco di Sherlock Holmes, e per un istante lo vidi in faccia. Era pallido, esultante, e i suoi occhi avevano una luce innaturale nel chiarore lunare. Ma a un tratto, impietrì: le pupille dilatate, le labbra dischiuse in muto sbalordimento. Nel medesimo istante Lestrade lanciò un urlo di terrore e si buttò prono sul terreno. Io balzai in piedi mentre la mia mano stringeva la rivoltella, la mente paralizzata dalla spaventosa apparizione che era balzata di fronte a noi attraverso le spirali della nebbia. Era un cane, un cane enorme, nero come la pece, ma non un cane che occhi mortali potessero aver mai visto. Dalla bocca spalancata, quella creatura mostruosa eruttava fuoco, e i suoi occhi lucevano di una fiamma smorzata, e il muso, il collo, la gola erano delineati da un vacillante bagliore.

Mai, neppure nei sogni allucinati di un cervello impazzito, sarebbe stato possibile concepire qualcosa di più tremendo, di più ossessivo, di più infernale di quella forma scura, di quell'apparizione selvaggia sbucata fuori dal muro di nebbia.

A lunghi balzi l'enorme mostro nero procedeva lungo la pista, seguendo le orme del nostro amico. Restammo talmente paralizzati da quella visione che lo lasciammo passare prima di aver recuperato il nostro sangue freddo; ma subito Holmes e io sparammo insieme, e il mostro lanciò un ululato spaventoso che ci dimostrò come almeno uno di noi lo avesse colpito. Non si fermò tuttavia, ma seguitò a correre innanzi a grandi salti. Lontano sul sentiero vedemmo sir Henry voltarsi, il volto pallidissimo nella luce lunare, le mani alzate in un gesto di orrore, gli occhi fissi disperatamente sull'incubo che gli stava dando la caccia.

Ma quel grido di dolore lanciato dall'animale aveva disperso ai venti tutti i nostri timori. Se era vulnerabile, era dunque mortale e, se ci era stato possibile ferirlo, ci sarebbe stato certamente possibile ucciderlo. Non vidi mai nessuno correre come Sherlock Holmes quella notte. Credo di saper correre, ma lui mi superò con la stessa facilità con la quale io superai il piccolo ispettore. Davanti a noi, mentre volavamo letteralmente lungo la pista, udimmo echeggiare le urla ripetute di sir Henry e il pauroso ululato del mastino. Ebbi giusto il tempo di vedere l'animale balzare sulla sua vittima, scaraventarla al suolo e attaccarsi alla sua gola. Ma un attimo dopo Sherlock Holmes gli aveva vuotato i cinque colpi della sua rivoltella nei fianchi. Con un ultimo latrato di agonia e un pauroso salto in aria la bestia rotolò sul dorso, con le quattro zampe annaspanti furiosamente, e poi giacque inerte su un lato. Mi fermai ansante e puntai la mia pistola su quella spaventosa testa grondante di luce, ma mi fu inutile premere il grilletto. Il gigantesco cane era morto.

Sir Henry giaceva privo di sensi nel punto in cui era caduto. Gli strappammo il colletto, e Sherlock Holmes respirò di sollievo quando poté accertare che non c'erano tracce di ferite, che eravamo arrivati in tempo per salvare il nostro amico. Già cominciava a muovere le palpebre e compì persino un debole tentativo di rialzarsi. Lestrade gli ficcò tra i denti la sua fiaschetta di acquavite, e due occhi spaventati si fissarono su di noi.

«Dio mio» mormorò sir Henry. «Cos'era? Cos'era, in nome del cielo?»

«Qualsiasi cosa sia stato, è morto» rispose Sherlock Holmes. «Abbiamo sistemato una volta per sempre il suo spettro di famiglia.»

L'animale che giaceva lì ai nostri piedi era terribile a vedersi, non fosse altro che per le dimensioni e la possanza. Non era un vero e proprio segugio e neppure un mastino puro: si sarebbe detto un incrocio delle due razze... era magro, selvaggio, e grande quanto una piccola leonessa. Persino ora, nell'immobilità della morte, le enormi mascelle parevano grondare fiamme bluastre, e gli occhi piccoli, infossati, crudeli, erano cerchiati di fuoco. Posai la mano sul suo muso luccicante e, quando lo allontanai, anche le mie dita presero a brillare e a scintillare nell'oscurità.

«Ma questo è fosforo!» esclamai.

«Preparato con molta arte» confermò Sherlock Holmes annusando l'animale esanime. «Non ha nessun odore in grado di interferire con la sua capacità di fiuto. Le dobbiamo infinite scuse, sir Henry, per averla esposta a un così grande spavento. Io ero preparato a vedermi davanti un cane, ma non un mostro come questo! La nebbia poi ci ha concesso ben poco tempo per riceverlo degnamente.»

«Mi avete salvato la vita.»

«Non senza però averla prima messa in pericolo! Si sente abbastanza forte da reggersi in piedi?»

«Datemi un'altra sorsata di acquavite, e mi sentirò pronto a tutto. Ecco! E adesso, se vuole aiutarmi ad alzarmi, cosa propone di fare?»

«Lasciarla qui. Non è in condizioni per questa notte di sopportare altre avventure. Se vorrà aspettarci, qualcuno di noi la riaccompagnerà al maniero.»

Sir Henry tentò di rizzarsi in piedi, ma era ancora mortalmente pallido e tremava come una foglia. Lo adagiammo su un masso, dove si rannicchiò rabbrividendo e nascondendosi la faccia tra le mani.

«E adesso bisogna che la lasciamo» disse Sherlock Holmes. «Dobbiamo sbrigare il resto del nostro lavoro, e ogni istante può essere d'importanza capitale. Abbiamo ormai in mano la chiave dell'enigma, e non ci resta ora che acciuffare il nostro uomo.

«Abbiamo una probabilità su mille di trovarlo in casa» proseguì mentre ritornavamo rapidamente su per il sentiero. «La sparatoria deve averlo avvertito che il suo gioco è stato scoperto.»

«Eravamo molto lontani, e può darsi che la nebbia abbia smorzato i colpi.»

«Deve avere seguito il cane per richiamarlo indietro: di questo può essere sicuro. No, no, se n'è andato ormai. Ma perquisiremo la casa e ce ne accerteremo.»

La porta d'ingresso era aperta; ci precipitammo dunque in casa e corremmo di stanza in stanza, sbalordendo un vecchio domestico semirincitrullito che ci era venuto incontro nel corridoio. Vi era luce soltanto nella sala da pranzo, ma Sherlock Holmes afferrò la lampada e non lasciò un solo angolo della casa inesplorato. Non ci fu però possibile trovare traccia dell'uomo che stavamo cercando. Tuttavia, all'ultimo piano vedemmo che la porta di una delle camere da letto era chiusa a chiave.

«Qui dentro c'è qualcuno!» gridò Lestrade. «Sento dei rumori. Aprite la porta!»

Dall'interno arrivò un gemito sommesso e come un fruscio. Sherlock Holmes colpì la porta, proprio al di sopra della serratura, con un violento calcio, e l'uscio si spalancò. Brandendo le rivoltelle ci precipitammo tutti e tre nella stanza. Ma non vi era alcun segno del criminale spietato e temerario che speravamo di scovare. Ci trovammo invece davanti a qualcosa di così strano e così inatteso che per un istante restammo come inebetiti.

La stanza era stata trasformata in un piccolo museo, e le pareti erano tutte ricoperte di una grande quantità di bacheche dal coperchio di vetro, piene della collezione di farfalle e di falene che era la distrazione di quell'uomo tanto complesso e pericoloso. Nel centro di questa stanza era conficcato un trave dritto, che era stato posto lì chissà quando per reggere il vecchio fasciame corroso dai tarli che formava la soletta del tetto. A questa specie di palo era legata una figura talmente avvolta e celata nelle lenzuola che erano servite a imprigionarla che per un attimo non ci fu possibile dire se si trattasse di un uomo o di una donna. Aveva un tovagliolo girato attorno alla gola, annodato dietro il pilastro. Un altro tovagliolo copriva la parte inferiore del viso e, al di sopra di questo bavaglio, due occhi scuri, due occhi pieni di dolore e vergogna e di una muta, spaventosa interrogazione ci fissavano. Disfacemmo frettolosamente il bavaglio, recidemmo i legami e la signora Stapleton si afflosciò al suolo davanti a noi. Mentre la bellissima testa le ricadeva sul petto, le vidi chiaramente attorno al collo la rossa striscia di una frustata.

«Che delinquente» disse Sherlock Holmes. «Su, presto, Lestrade, la sua fiaschetta di acquavite.» Poi, accennando alla donna: «Mettiamola a sedere! È svenuta per maltrattamenti e sfinimento».

La donna riaprì gli occhi. «È salvo?» domandò. «È riuscito a salvarsi?»

«Non ci può sfuggire, signora.»

«No, no, non intendevo mio marito, ma sir Henry. È salvo?»

«Sì.»

«E il cane?»

«È morto.»

La signora emise un profondo sospiro di gioia. «Grazie al cielo! Grazie al cielo! Oh! Guardate come mi ha trattato!» Si rimboccò le maniche sul gomito. Aveva le braccia tutte piene di lividi. «Ma questo non è nulla... non è nulla! Sono il mio spirito e la mia mente che ha torturato e insozzato. Potevo sopportare tutto, i maltrattamenti, la solitudine, una vita di inganni, qualsiasi cosa, sino a quando mi era possibile aggrapparmi alla speranza che mi amasse, ma ora so che anche in questo sono stata il suo zimbello e il suo strumento.» E così dicendo ruppe in disperati singhiozzi.

«Ormai per lui è finita, signora» disse Sherlock Holmes. «Ci dica, dunque, dove possiamo scovarlo. Se l'ha aiutato a compiere il male, ora aiuti noi.»

«Non vi è che un posto dove può essere fuggito» rispose la donna. «È una vecchia miniera di stagno, su un isolotto nel cuore della palude. Là teneva il suo cane, e là pure aveva sistemato le cose in modo da potersi eventualmente rifugiare. Può essersi nascosto solo là.»

Il banco di nebbia si addensava come un drappo di lana bianca contro la finestra. Sherlock Holmes vi avvicinò la lampada.

«Osservate» disse. «Nessuno riuscirebbe a trovare la propria strada stanotte attraverso la Palude di Grimpen.»

La donna rise e batté le mani. I suoi occhi e i suoi denti luccicavano di una feroce allegria.

«Riuscirà a penetrarvi, ma non certo a uscirne» esclamò. «Come farà a rintracciare i paletti indicatori, stanotte? Li abbiamo piantati insieme, lui e io, per segnare il percorso attraverso la palude. Oh, se solo fossi riuscita a strapparli quest'oggi! In questo caso sì che lo avreste avuto indubbiamente in mano vostra!»

Era evidente che ogni inseguimento era vano sino a quando la nebbia non si fosse diradata. Lasciammo pertanto Lestrade a guardia della casa, mentre Sherlock Holmes e io ritornammo col baronetto al maniero dei Baskerville. Non era più possibile nascondergli la verità sugli Stapleton ma, quando apprese la vera identità della donna che aveva amato, ricevette la notizia con coraggio. Il contraccolpo delle avventure di quella notte aveva però scosso i suoi nervi, e il mattino seguente delirava in preda a febbre altissima, affidato alle cure del dottor Mortimer. I due erano destinati a viaggiare insieme per il mondo prima che sir Henry potesse diventare ancora una volta l'uomo sano e vigoroso che era stato prima di divenire il proprietario di tanta maledetta ricchezza.

Ed eccomi ora rapidamente alla conclusione di questa singolare vicenda, in cui ho cercato di far condividere al lettore le misteriose paure e le vaghe ipotesi che così a lungo ottenebrarono le nostre esistenze e che si conclusero in modo così tragico. La mattina successiva all'uccisione del mastino la nebbia si diradò e noi fummo guidati dalla signora Stapleton sino al punto in cui lei e il marito avevano trovato un sentiero attraverso il pantano. Potemmo comprendere in pieno l'orrore della sua vita di donna quando vedemmo con quanta impazienza e quanta gioia ci conducesse sulle tracce del criminale. La lasciammo in piedi sulla sottile penisola di terreno solido, torboso, che si allungava entro il vasto acquitrino. Dall'estremità di essa alcuni paletti piantati qua e là indicavano dove il sentiero si inoltrava serpeggiando, da un cespuglio all'altro di giunchi, tra quelle pozze coperte di una schiuma verdastra e i ributtanti pantani che sbarravano la strada a chi non era pratico del luogo. Canne putrescenti e lucide, sdrucciolevoli piante acquatiche emanavano un odore di disfacimento e pesanti vapori carichi di miasmi ci raggiungevano a zaffate in pieno viso, e più di una volta un passo falso ci tuffò sino alle cosce in quella mota scura, mobile, che si agitava in morbide ondulazioni sotto i nostri piedi, per metri e metri.

La sua morsa tenace ci stringeva le calcagna mentre procedevamo, e quando vi affondavamo era come se una mano perversa ci tirasse giù in quelle ributtanti profondità, tanto lugubre, tanto paurosamente viva sembrava la stretta che ci tratteneva. Solo una volta scorgemmo la traccia di qualcuno che certamente era passato prima di noi lungo quel pericoloso cammino. Da un ciuffo di erba serica che lo teneva sollevato dalla mota, apparve un oggetto scuro. Sherlock Holmes affondò sino alla vita mentre si staccava dal sentiero per impadronirsene, e se non fossimo stati lì noi a trascinarlo fuori, probabilmente non avrebbe mai più rimesso piede sul terreno saldo. Brandì in aria una vecchia scarpa nera. Sull'interno del cuoio era stampato "Meyers, Toronto".

«Valeva la pena di fare un bagno di fango» disse. «È la scarpa rubata al nostro amico sir Henry.»

«Che certo Stapleton ha buttato via durante la fuga.»

«Proprio così. Deve averla conservata in mano dopo essersene servito per aizzare il cane sulla traccia. È fuggito quando si è accorto di essere stato scoperto, sempre stringendo la scarpa in mano. E deve averla gettata via giunto a questo punto della sua fuga. Sappiamo così che almeno sin qui è arrivato sano e salvo.»

Ma più di questo eravamo destinati a non sapere mai, anche se non ci sarebbe mancata materia per fare le nostre congetture. Non c'era alcuna speranza di rilevare impronte in quel pantano, poiché il fango le ricopriva rapidamente; ma, non appena raggiungemmo un tratto di terreno più solido, oltre la palude, ci guardammo tutti ansiosamente intorno, senza però intravedere la benché minima traccia di orme. Se la terra diceva il vero, Stapleton non doveva aver mai raggiunto l'isola di salvezza verso cui si era affrettato in quell'ultima notte attraverso la nebbia. In qualche punto imprecisato, nel cuore della grande Palude di Grimpen, entro la ripugnante mota dello sterminato pantano che lo ha risucchiato nelle sue spire, è sepolto per sempre quell'uomo crudele e spietato.

Trovammo però molte tracce di lui sull'isolotto cinto di melma dove aveva tenuto nascosto il suo feroce alleato. Un'immensa ruota motrice e un pozzo a metà riempito di rifiuti indicavano la posizione di una miniera abbandonata. In prossimità vi erano i resti delle capanne dei minatori, messi in fuga senza dubbio dagli insopportabili miasmi della marcita circostante. In una di quelle capanne diroccate una sbarra e una catena, oltre a un gran mucchio di ossa spolpate, rivelavano il luogo dove l'animale era stato rinchiuso. Tra gli avanzi giaceva uno scheletro con ancora appiccicato un ciuffo di peli bruni.

«Un cane» disse Sherlock Holmes. «Per Giove, uno spaniel dal pelo ricciuto. Il povero Mortimer non rivedrà mai più il suo beniamino. Bene, non credo che qui vi siano segreti che noi non abbiamo svelato. Poteva nascondere il suo cane, ma non poteva soffocarne la voce, ed ecco il perché di quelle urla che anche in pieno giorno non erano affatto piacevoli a udirsi. In caso di necessità poteva rinchiudere il cane nel casotto per gli attrezzi di Merripit, ma era sempre un rischio, e osò farlo soltanto proprio all'ultimo giorno, quando riteneva che tutti i suoi sforzi volgessero ormai alla conclusione sperata. La specie di pasta che c'è in quella latta è senza dubbio la miscela luminosa che gli è servita per spalmare l'animale e renderlo fosforescente. Questo trucco gli è stato certamente suggerito dalla leggenda di famiglia del cane infernale, e lo ha attuato con l'intenzione di spaventare il vecchio sir Charles sino a farlo morire di paura. Non c'è da stupirsi se quel povero disgraziato di galeotto si è messo a correre e a urlare, come è capitato al nostro amico, e come siamo stati noi stessi sul punto di fare, quando ha visto un mostro simile lanciarsi a grandi balzi attraverso le tenebre della landa. È stato uno stratagemma molto astuto poiché, indipendentemente dalla possibilità di affrettare con la paura la morte della propria vittima, quale contadino avrebbe osato avvicinarsi a un simile mostro, anche se lo avesse avvistato nella brughiera? E l'ho detto a Londra, Watson, e lo ripeto adesso ancora una volta, che mai ci siamo trovati di fronte e mai abbiamo avuto la possibilità di battere un criminale più pericoloso di quello che ora giace laggiù...» E con un moto circolare del lungo braccio indicò l'enorme distesa di melma, marezzata di macchie verdastre, che si stendeva a perdita d'occhio sino a lambire i fulvi pendii della brughiera.

15
Un'analisi retrospettiva

Una sera fredda e nebbiosa, sul finire di novembre, Sherlock Holmes e io sedevamo nel nostro salotto di Baker Street, accanto al fuoco scoppiettante nel caminetto. Il mio amico era in gran forma: aveva risolto brillantemente una serie di casi particolarmente difficili e importanti e aveva riscosso un successo enorme. Mi pareva una splendida occasione per indurlo a commentare alcuni dettagli dell'affare Baskerville. Avevo aspettato pazientemente quell'occasione perché sapevo che Sherlock Holmes non ammetteva che si sovrapponesse un problema a un altro: la sua mente chiara, logica, non si lasciava distrarre dal lavoro presente per riandare al passato. Ma proprio in quel periodo sir Henry e il dottor Mortimer si trovavano a Londra di passaggio, in partenza per un lungo viaggio che era stato consigliato al baronetto per la convalescenza dal forte esaurimento nervoso provocatogli dalla tremenda avventura. Quel pomeriggio erano passati a trovarci e, quindi, era naturale tornare sull'argomento.

«Il corso degli avvenimenti, considerati dal punto di vista dell'uomo che si faceva chiamare Stapleton, era lineare, semplice» disse Sherlock Holmes. «Ma all'inizio per noi era tutto maledettamente complicato, perché non potevamo supporre il movente e conoscevamo i fatti solo in parte. Nel frattempo ho avuto il privilegio di un paio di colloqui con la signora Stapleton e considero il mistero completamente chiarito, credo proprio di avere fatto luce su ogni punto. Troverà qualche annotazione al riguardo nei miei fascicoli, nell'indice dei casi archiviati, sotto la lettera "B".»

«Ci terrei molto che fosse lei a raccontarmi come sono andate le cose in ordine di tempo.»

«D'accordo, però non le assicuro di ricordare tutti i dettagli. È strano come un'intensa concentrazione mentale abbia il potere di cancellare il passato. Cercherò tuttavia di ripercorrere il più fedelmente possibile il corso degli avvenimenti da cui è costituito il caso Baskerville e, se dimentico qualcosa, pensi lei a rinfrescarmi la memoria.

«Le dirò subito che dalle indagini è risultato che il ritratto di famiglia diceva il vero: il nostro era veramente un Baskerville. Era il figlio di quel Rodger, pecora nera della famiglia e fratello minore di sir Charles, che era scappato in Sud America per sfuggire alla legge. Quando è morto, lo si è creduto scapolo, invece si era sposato e aveva avuto un figlio, che portava il nome del padre ed era appunto il nostro sedicente Stapleton. Il quale sposa Beryl Garcia, una delle bellezze di Costa Rica e, dopo aver commesso una serie di truffe, pensa bene di cambiare nome; diventa il signor Vandeleur e fugge in Inghilterra, nello Yorkshire, dove apre una scuola. Durante il viaggio, infatti, aveva conosciuto un insegnante dalla salute malandata, un certo Fraser e, sfruttando l'esperienza di quest'uomo, sperava di fare fortuna. Agli inizi le cose sono andate bene, poi Fraser è morto e in quella scuola ne sono successe di tutti i colori, al punto che hanno dovuto chiuderla. Travolti dallo scandalo, i Vandeleur hanno pensato bene di cambiare di nuovo nome e sono diventati i signori Stapleton. È stato allora che il nostro ha trasferito tutto quanto gli restava: soldi, progetti per il futuro e passione per l'entomologia nell'Inghilterra del Sud. A proposito, ho saputo che negli ambienti del British Museum era considerato un'autorità in questo campo, prova ne sia che il nome di Vandeleur è rimasto legato a un insetto di cui lui per primo aveva fornito un'esatta descrizione, al tempo in cui si trovava nello Yorkshire.

«E arriviamo a quel periodo della sua vita che ci interessa più da vicino. Stapleton si è nel frattempo dato da fare e ha scoperto che tra lui e un ingente patrimonio ci sono solo due vite. Quando è arrivato nel Devonshire, il suo programma doveva essere piuttosto vago, ma si basava sicuramente sull'inganno, e lo dimostra il fatto che ha presentato a tutti la moglie come sua sorella. Forse non aveva ancora messo a punto i particolari del suo piano strategico, ma certo aveva intenzione di usare la moglie come esca. Doveva assolutamente entrare in possesso di quei beni ed era pronto a servirsi di ogni mezzo, costasse quel che costasse. Come prima cosa è andato ad abitare il più vicino possibile alla dimora degli avi, quindi si è dato da fare per coltivare l'amicizia di sir Charles Baskerville e degli altri vicini.

«È stato proprio sir Charles a spifferargli la leggenda del cane, mettendo così in moto, senza saperlo, l'ingranaggio che l'avrebbe ucciso. Stapleton, come continuerò a chiamarlo, sapeva che il vecchio era malato di cuore e che sarebbe bastato uno shock a ucciderlo. L'aveva saputo dal dottor Mortimer. Aveva anche saputo che sir Charles era superstizioso e che aveva preso molto sul serio l'oscura leggenda che gravava sulla famiglia. Così l'astuto Stapleton ha subito pensato al modo di far morire il vecchio, senza che si potesse risalire al vero assassino.

«Una volta concepito questo piano procedette a metterlo in esecuzione con non comune astuzia. Un qualunque volgare malfattore si sarebbe accontentato di operare con un cane feroce, ma l'uso di mezzi artificiali per rendere diabolico l'aspetto dell'animale fu un vero lampo di genio da parte sua. Comprò un cane a Londra, da Ross & Mangles, i grandi negozianti di Fulham Road. Volle il più forte e il più selvaggio che avevano. Lo portò con sé lungo la linea del North Devon, e attraversò a piedi la brughiera per un lungo tratto, per introdurlo a casa senza suscitare commenti interlocutori. Durante le sue cacce entomologiche aveva già cominciato a penetrare i segreti della Palude di Grimpen, e pensò appunto di poter organizzare lì il nascondiglio più sicuro per la bestia. Gli preparò laggiù un canile di fortuna e cominciò ad aspettare l'occasione propizia per intervenire.

«Ne passò molto di tempo prima che questa si presentasse. Il vecchio signore non si lasciava attirare fuori dal proprio terreno di notte. Più di una volta, Stapleton si mise all'agguato col suo mastino, ma senza successo. Durante quegli appostamenti infruttuosi lui, anzi, meglio, il suo alleato fu visto dai contadini, e così la leggenda del cane diabolico ricevette una nuova conferma. Stapleton aveva sperato di indurre sir Charles alla rovina facendosi aiutare dalla moglie, ma su questo punto la donna rivelò una disobbedienza inattesa. Rifiutò di prestarsi ad abbindolare il vecchio gentiluomo, attirandolo in un'avventura galante che lo avrebbe consegnato al proprio nemico. Non valsero a smuoverla minacce, né, mi dispiace dirlo, percosse. Lei rifiutò nel modo più assoluto di sottomettersi ai voleri del marito, e per un certo tempo Stapleton si trovò di fronte a un vicolo cieco.

«Per fatalità, a offrirgli una via d'uscita fu lo stesso sir Charles, che aveva concepito per lui una viva simpatia e ne aveva fatto l'intermediario della sua generosità nei confronti della sciagurata Laura Lyons. Presentandosi alla signora come scapolo, Stapleton si guadagnò la simpatia e la fiducia della donna, e le diede a intendere che l'avrebbe sposata, se avesse ottenuto il divorzio dal marito. Improvvisamente, il suo piano fu scombussolato dalla notizia che sir Charles, su consiglio del dottor Mortimer, con cui Stapleton non poteva non fingere di essere perfettamente d'accordo, stava per lasciare il maniero. Gli toccava, dunque, agire d'urgenza, altrimenti la vittima gli sarebbe sfuggita di mano. Spinse la signora Lyons a scrivere quella lettera in cui implorava il vecchio di concederle un colloquio la sera precedente alla sua partenza per Londra, poi, con un falso pretesto, le impedì di andare all'appuntamento, e così ebbe a disposizione l'occasione tanto attesa.

«Ritornato la sera da Coombe Tracey, fece in tempo ad andare a prendere il mastino, a tingerlo con quella sua pittura infernale e a portare l'animale davanti al cancelletto presso il quale aveva motivo di ritenere che il vecchio signore si sarebbe trovato ad aspettare. Il cane, aizzato dal suo padrone, balzò di là dal cancelletto e inseguì il disgraziato sir Charles, che si dette alla fuga urlando lungo il Viale dei Tassi. In quella cupa galleria di alberi dev'essere stata davvero uno spettacolo spaventoso quella belva nera dalle mandibole fiammeggianti e dagli occhi infuocati che si buttava a grandi balzi dietro alla vittima. Il baronetto si accasciò esanime all'estremità del viale, stroncato da un attacco cardiaco e al tempo stesso da un terrore senza nome. Il mastino si era tenuto sulla fascia erbosa, mentre sir Charles era corso giù per il sentiero, e così risultarono visibili solo le orme dell'uomo. Nel vederlo disteso immobile, l'animale dovette probabilmente avvicinarsi ad annusarlo, ma accorgendosi che era morto ritornò indietro. Fu in questo momento che lasciò l'orma rilevata in seguito dal dottor Mortimer. Il cane venne richiamato e ricondotto in fretta nella sua tana nella Palude di Grimpen, e la tragedia restò avvolta in un mistero che lasciò perplesse le autorità, allarmati i contadini e portò infine il caso nel raggio della nostra inchiesta.

«Questo per quanto riguarda la morte di sir Charles Baskerville. Si renderà conto dell'astuzia diabolica con cui il delitto fu compiuto, poiché sarebbe stato in realtà quasi impossibile stilare un atto d'accusa contro il vero assassino. Il suo unico complice era di natura tale che non lo avrebbe mai tradito, e il carattere grottesco e inconcepibile dello stratagemma rendeva la situazione ancor più misteriosa ed enigmatica. Le due donne coinvolte nella vicenda, la signora Stapleton e la signora Lyons, nutrivano forti sospetti nei confronti di Stapleton. La signora Stapleton sapeva che il marito intendeva perpetrare qualche oscura macchinazione contro il vecchio, ed era inoltre al corrente dell'esistenza del cane. La signora Lyons, invece, ignorava questi due fatti, ma era stata colpita dalla singolare coincidenza che la morte di sir Charles fosse avvenuta proprio alla stessa ora in cui lei aveva rinunciato all'appuntamento verosimilmente noto solo all'ucciso e a Stapleton. Ma tutt'e due le donne erano sotto l'influenza del criminale e, da loro, lui non aveva nulla da temere. La prima metà dell'impresa era stata portata a termine con successo, ma restava ancora la parte più difficile.

«Può darsi che Stapleton ignorasse l'esistenza in Canada di un erede. In ogni caso dovette apprenderla ben presto dal dottor Mortimer, e da questi apprese anche tutti i particolari relativi alla venuta di sir Henry. La prima idea di Stapleton fu di mettere fuori causa il giovane straniero a Londra, senza neppure lasciarlo arrivare nel Devonshire. Non si fidava più della moglie da quando si era rifiutata di aiutarlo ad attirare in trappola il vecchio, e non si arrischiava, quindi, ad assentarsi a lungo per paura di perdere il suo influsso su di lei. Ecco perché la condusse con sé a Londra. Ho poi saputo che erano scesi al Mexborough Private Hotel, in Craven Street, proprio uno degli alberghi visitati da quel mio giovane assistente in cerca di prove. Qui Stapleton tenne la moglie imprigionata nella propria stanza, mentre lui, camuffato con tanto di barba finta, seguiva il dottor Mortimer in Baker Street, e da qui alla stazione e poi al Northumberland Hotel. La moglie aveva intuito i suoi progetti; ma aveva un tale terrore del marito, un terrore fondato su maltrattamenti brutali, che non osò scrivere di proprio pugno per avvertire sir Henry del pericolo che correva. Se la lettera fosse caduta nelle mani di Stapleton, la sua stessa esistenza sarebbe stata in pericolo. Allora, come sappiamo, adottò l'espediente di ritagliare le parole che dovevano formare il messaggio, scrivendo l'indirizzo con grafia grossolanamente alterata. Il messaggio raggiunse il baronetto e gli dette un primo avvertimento della minaccia che incombeva su di lui.

«A Stapleton occorreva in modo assoluto qualche capo di vestiario di proprietà di sir Henry, per avere a disposizione il mezzo per mettere il cane sulle tracce della vittima. Con la prontezza e la temerarietà a lui proprie si mise subito all'opera, e non vi è dubbio che sia il facchino sia la cameriera dell'albergo ottennero una buona mancia per aiutarlo nel suo scopo. Per combinazione, però, la prima scarpa che riuscì a procurarsi era nuova, appena acquistata e non ancora usata e, quindi, inservibile ai suoi fini. La restituì, dunque, e ne rubò un'altra: particolare molto interessante e che mi dimostrò in modo conclusivo che avevamo a che fare con un cane vero, poiché nessun'altra ipotesi avrebbe potuto spiegare il trafugamento di una scarpa vecchia e il disinteresse per quella nuova. Quanto più un particolare è esagerato e strano, tanto più merita di venire osservato e meditato con attenzione, e proprio il punto che pare complicare un caso, se debitamente studiato e scientificamente approfondito, è quello che di solito finisce per chiarirlo.

«Ci fu poi, la mattina seguente, la visita dei nostri amici, sempre seguiti da Stapleton in carrozza. Dalla sua conoscenza del nostro appartamento e del mio aspetto, come pure dalla sua condotta in genere, sono propenso a ritenere che la carriera criminale di Stapleton non si era affatto limitata al solo caso Baskerville. È molto interessante rilevare che durante questi ultimi tre anni ci sono stati quattro grossi furti con scasso nella zona occidentale del nostro paese, in nessuno dei quali fu mai possibile arrestare alcun indiziato. L'ultimo di questi casi, avvenuto in maggio a Folkestone Court, rese perplessi i funzionari di polizia per il sangue freddo con cui era stato ucciso a rivoltellate il fattorino che aveva sorpreso sul fatto lo scassinatore mascherato e isolato. Sono sicuro che Stapleton rimpolpava con questi sistemi le sue scarse risorse, e che si comportò per anni da pericoloso bandito.

«Ci diede un esempio della sua prontezza la mattina in cui si sganciò da noi con tanto successo, della sua temerarietà quando per mezzo del vetturino mi rinfacciò come suo il mio stesso nome. Da quel momento apparve consapevole che io mi ero assunto il compito di investigare sul caso a Londra, e che pertanto non sussistevano più probabilità di riuscita in città. Ritornò quindi nel Dartmoor ad aspettare l'arrivo del baronetto.»

«Un momento!» dissi. «Mi ha senza dubbio descritto con esattezza il succedersi dei fatti, ma c'è un punto che ha lasciato irrisolto. Cosa succedeva del mastino mentre il suo padrone era a Londra?»

«Ho studiato anche questo particolare, che ha indubbiamente la sua importanza. È fuor di dubbio che Stapleton doveva avere un complice, per quanto sia improbabile che si sia mai messo tanto nelle sue mani da fargli conoscere tutti i suoi piani. A Merripit House c'era un vecchio domestico di nome Anthony. Si sa che viveva con gli Stapleton da molti anni, sin da quando tenevano quella scuola; dunque non poteva essere all'oscuro del fatto che i padroni erano in realtà marito e moglie. Quest'uomo è scomparso e ha lasciato il paese. Ora è interessante notare che Anthony non è un nome comune in Inghilterra, mentre Antonio è diffusissimo in tutti i paesi spagnoli o ispanoamericani. Quest'uomo, al pari della signora Stapleton, parlava un inglese corretto, ma con una strana pronuncia blesa. Ho visto io stesso con i miei occhi questo vecchio domestico attraversare la Palude di Grimpen lungo il sentiero contrassegnato da Stapleton. È quindi molto probabile che, in assenza del padrone, fosse lui ad avere cura del cane, pur ignorando gli scopi cui la bestia era destinata.

«Gli Stapleton ritornarono quindi nel Devonshire, dove furono ben presto seguiti da sir Henry e da lei, Watson. E ora una parola sulla mia posizione personale in quel preciso momento. Forse rammenterà che, quando esaminai il foglio su cui erano incollate quelle parole stampate, ne indagai attentamente la filigrana. Nel fare questo dovetti avvicinare abbastanza il foglio agli occhi, e mi accorsi che da esso emanava un profumo debolissimo, noto come Gelsomino Bianco. Esistono settantacinque profumi che un esperto di criminologia deve saper distinguere gli uni dagli altri, e più di un caso caduto sotto la mia diretta esperienza è stato da me risolto grazie a questa rapida individuazione. Il profumo suggeriva la presenza di una donna, e subito i miei pensieri cominciarono a rivolgersi verso gli Stapleton. Già mi ero assicurato dell'esistenza di un cane, e avevo sospettato il criminale ancor prima di recarmi sul posto.

«Mio compito era spiare Stapleton; era però evidente che non avrei potuto fare questo se fossi rimasto con lei, Watson, perché in questo caso Stapleton si sarebbe tenuto attentamente in guardia. Ingannai perciò tutti quanti, lei compreso, e arrivai nella brughiera in segreto, facendo credere di essere restato a Londra. Le mie privazioni non furono poi così gravi come lei potrebbe immaginare, per quanto particolari tanto trascurabili non debbano mai intralciare l'investigazione di un caso importante. Me ne stetti quasi sempre a Coombe Tracey, e mi servii del rifugio nella brughiera solo quando ritenevo necessario trovarmi sul teatro dell'azione. Cartwright mi aveva accompagnato e, travestito da ragazzo di campagna, mi fu di grandissimo aiuto. Dipendevo da lui per quello che concerneva il cibo e il cambio di biancheria. Mentre io spiavo Stapleton, spesso Cartwright spiava lei, ed ero così in grado di tenere in mano tutte le fila.

«Le ho detto che i suoi resoconti mi venivano inoltrati con grande rapidità, poiché mi erano immediatamente ritrasmessi da Baker Street a Coombe Tracey. E mi furono di validissimo aiuto, soprattutto quella parte biografica involontariamente veritiera che riguardava Stapleton. Essa mi consentì di stabilire l'identità dell'uomo e della donna, e seppi finalmente come dovevo comportarmi. Il caso era stato notevolmente complicato dal contrattempo dell'evasione del forzato e dai suoi rapporti con i Barrymore. Anche questo punto fu da lei chiarito in maniera più che esauriente, per quanto io fossi già giunto alle medesime conclusioni attraverso le mie osservazioni personali.

«Quando lei mi scoprì nella brughiera, mi ero ormai formato un quadro completo di tutta quanta la situazione, ma non avevo ancora tra le mani un caso da poter sottoporre a una giuria. Nemmeno l'attentato alla vita di sir Henry, che costò la pelle al povero forzato, ci poteva servire gran che per incolpare di omicidio il nostro uomo. Pareva che l'unica alternativa fosse sorprenderlo con le mani nel sacco, e per fare questo dovevamo servirci di sir Henry, usandolo come esca, solo e apparentemente indifeso.

«Così abbiamo fatto, e a costo di infliggere al nostro cliente un grave turbamento, siamo venuti completamente a capo del nostro caso e abbiamo spinto Stapleton verso la palude mortale. Che sir Henry abbia dovuto essere esposto a un così serio pericolo è, lo confesso, un rimprovero che mi faccio nella condotta dell'intera faccenda. Ma non avevamo alcuna possibilità di prevedere lo spettacolo spaventoso e terrificante che l'animale avrebbe offerto, né potevamo immaginare la nebbia che gli ha permesso di sbucarci addosso da così breve distanza. Siamo riusciti nel nostro intento a un prezzo che sia lo specialista, sia il dottor Mortimer mi assicurano sarà di danno solo temporaneo. Un lungo viaggio permetterà al nostro amico di riaversi non soltanto dalla scossa di nervi subita ma anche dal dolore inflitto ai suoi sentimenti. Il suo amore per la signora era profondo e sincero, e per lui la parte più triste di tutta la sporca faccenda è che lei lo abbia ingannato.

«Resta ora da mettere in chiaro la parte recitata da questa donna in tutta la vicenda. Non vi è dubbio che Stapleton esercitasse su di lei un'influenza che forse poteva essere amore, forse era paura, molto probabilmente tutt'e due i sentimenti, dal momento che non sono affatto incompatibili tra loro. Era comunque un'influenza molto efficace. Per volontà di lui acconsentì a passare per sua sorella, benché Stapleton si sia poi trovato a un tratto limitato nei suoi poteri su di lei quando cercò di farla intervenire come strumento diretto al delitto. La donna fu pronta ad avvertire sir Henry, pur facendo in modo di non implicare il proprio marito, e poi ha ripetuto il tentativo altre volte. A quanto pare, persino un uomo come Stapleton poteva essere suscettibile di gelosia e, quando ha capito che il baronetto corteggiava la signora, sebbene facesse parte dei suoi piani, non è riuscito a trattenere uno scoppio appassionato di collera, che rivelò in lui quello spirito violento che i suoi modi controllati e riservati nascondevano con tanta abilità. Incoraggiando quell'intimità, si è assicurato che sir Henry sarebbe venuto di frequente a Merripit House e che pertanto presto o tardi si sarebbe presentata l'occasione da lui tanto attesa. Però, nel giorno della crisi, la moglie gli si è rivoltata improvvisamente contro. Aveva saputo qualcosa sulla morte del forzato, e la sera in cui sir Henry doveva venire a cena aveva scoperto che il cane era stato messo nel casotto degli attrezzi. Ha accusato il marito di omicidio premeditato, e ne è seguita una scenata furibonda, in cui Stapleton le ha rivelato per la prima volta che lei aveva una rivale nell'amore per lui. La fedeltà della donna si è tramutata istantaneamente in odio acerbo, e lui ha capito che la donna lo avrebbe tradito. Allora l'ha legata, perché non avesse la possibilità di mettere in guardia sir Henry, e ha dovuto certo sperare che, se tutto il paese avesse imputato la morte del baronetto, morte di cui era certo, alla maledizione incombente su tutti i membri della sua famiglia, sarebbe riuscito a far accettare alla moglie il fatto compiuto, e a costringerla a mantenere il silenzio su quanto sapeva. In questo ritengo che abbia commesso in ogni caso un errore di calcolo e che, anche se noi non fossimo stati presenti, il suo fato era ugualmente segnato. Una donna di sangue spagnolo non perdona così facilmente una simile offesa. E ora, mio caro Watson, senza andare a riguardare i miei appunti, credo di averle fornito un resoconto più che particolareggiato di questo strano caso: non credo infatti di aver lasciato senza spiegazione nessuno dei punti essenziali.»

«Non poteva però sperare di spaventare sir Henry a morte, così come era accaduto per il vecchio zio, con quel suo mastino fantasma!»

«L'animale era selvatico e mezzo affamato. Se il suo aspetto non fosse riuscito a far morire di spavento la vittima, ne avrebbe comunque paralizzato quella resistenza che certamente in condizioni normali avrebbe offerto.»

«Senza dubbio. Resta però ancora una difficoltà. Se Stapleton fosse riuscito a entrare in possesso della successione, come avrebbe spiegato il fatto che lui, l'erede, era sconosciuto e sotto falso nome così vicino alla tenuta? Come avrebbe potuto farsi avanti e reclamarla senza suscitare sospetti e inchieste?»

«Effettivamente era una difficoltà gravissima, e temo che lei mi chieda troppo, pretendendo che io possa risolverla. Il passato e il presente possono rientrare nel campo delle mie ricerche, ma, per quanto riguarda quello che un uomo può fare in avvenire, la risposta è sempre ardua. La signora Stapleton ha sentito discutere il marito intorno a questo problema in varie occasioni. C'erano tre ipotesi. Poteva reclamare l'eredità dall'America del Sud, stabilire la propria identità presso le autorità britanniche di laggiù e ottenere così la sostanza senza dover mai ritornare in Inghilterra. Oppure poteva adottare qualche raffinato travestimento durante il breve periodo in cui sarebbe stata necessaria la sua presenza a Londra; o infine poteva produrre un complice con prove e documenti facendolo passare come erede e facendolo partecipe di una grossa fetta della sostanza. Certo è che, per quello che sappiamo di lui, una maniera o l'altra per uscire d'impiccio l'avrebbe certamente trovata. E ora, mio caro Watson, che abbiamo avuto parecchie settimane di duro lavoro, credo che per una sera possiamo rivolgere i nostri pensieri ad argomenti più piacevoli. Mi hanno offerto un palco per gli *Ugonotti*. Ha mai ascoltato i De Reszke? Posso perciò pregarla di essere pronto tra mezz'ora? Cammin facendo, ci fermeremo da Marcini a consumare una buona cenetta!»

LA VALLE DELLA PAURA

Titolo originale: *The Valley of Fear*, 1915
Traduzione di Maria Gallone

Parte prima

La tragedia di Birlstone

1
L'avvertimento

«Io sono propenso a ritenere...» dissi.

«Già, infatti» m'interruppe Sherlock Holmes in tono impaziente.

Credo di essere uno dei più tolleranti mortali della terra, ma francamente il tono sarcastico di quell'interruzione mi indispettì.

«Sa, Holmes,» dissi seccato «che a volte lei mette a dura prova il suo prossimo?»

Ma era troppo assorto nei propri pensieri per dare una risposta immediata a questo mio scatto. Davanti a lui la colazione era ancora intatta. Si appoggiò su una mano per studiare un foglietto di carta che aveva estratto in quel momento da una busta. Prese poi la busta, la avvicinò alla luce e ne esaminò attentissimamente sia la parte esterna, sia il risvolto.

«È la scrittura di Porlock» disse con aria pensierosa. «Sono sicurissimo che è la scrittura di Porlock, benché l'abbia vista soltanto un paio di volte. La "e" con quello svolazzo è caratteristica. Ma se è di Porlock, deve trattarsi di un messaggio della massima importanza.»

Più che a me parlava con se stesso, ma il mio risentimento scomparve, cancellato dall'interesse che le sue parole avevano risvegliato nel mio animo.

«Chi è questo Porlock?» domandai.

«Porlock, Watson, è un nome di battaglia, un semplice contrassegno identificativo, che nasconde una personalità mobile, inafferrabile. In una lettera precedente mi informava con tutta franchezza che quello non era il suo vero nome, e mi sfidava a rintracciarlo tra i milioni di abitanti che brulicano in questa immensa città. Porlock non è importante per sé, ma per il grande uomo col quale si trova in contatto. Pensi al pesce pilota con lo squalo, allo sciacallo col leone... tutto ciò insomma che è insignificante accompagnato a tutto ciò che è formidabile. E non formidabile soltanto, Watson, ma sinistro... sinistro al massimo grado. Ecco come lui rientra nell'ambito della mia attività. Lei mi ha certamente sentito parlare del professor Moriarty?»

«Il celebre criminale scientifico, famoso tra i delinquenti quanto...»

«Arrossisco, Watson» mormorò Holmes in tono di scusa.

«Stavo per dire "quanto è sconosciuto al pubblico".»

«Toccato... toccato in pieno!» esclamò Holmes. «Lei sta sviluppando un'insospettata vena di umorismo, mio caro Watson, contro il quale io devo imparare a difendermi. Nel definire Moriarty un criminale, lei si copre del reato di calunnia agli occhi della legge, e in questo consiste appunto la grandiosità e la meraviglia della cosa. Il più grande imbroglione di tutti i tempi, l'organizzatore di ogni ribalderia, il cervello che controlla il mondo della malavita, un cervello che potrebbe foggiare o distruggere il destino di intere nazioni, ecco chi è! Ma è talmente superiore a ogni sospetto dell'opinione pubblica; è talmente immune da ogni critica; sa così meravigliosamente destreggiarsi e nascondersi, che per quelle sole parole che lei ha detto adesso, potrebbe trascinarla in un tribunale e uscirne con la pensione di un anno come risarcimento dei danni morali. Non è forse l'autore celebrato della *Dinamica di un asteroide*, libro che tocca tali vertici della matematica pura che nessuno della stampa scientifica si è sentito in grado di recensirlo? È questo un uomo da diffamare? Lei diventerebbe un medico calunniatore e lui sarebbe compianto come professore denigrato. Questo è genio, Watson. Ma se io sarò risparmiato da uomini di minor valore, il nostro giorno verrà sicuramente.»

«Come spero di esserci anch'io!» esclamai con fervore. «Ma lei mi stava parlando di quel Porlock.»

«Ah, già... Il cosiddetto Porlock è un anello della catena, alquanto distanziato dal suo maggiore fermaglio. Detto tra noi, Porlock non è poi un anello così solido, e per quanto mi è stato possibile constatare è anzi il solo difetto di quella catena.»

«Ma nessuna catena è più forte del suo più debole anello.»

«Appunto, mio caro Watson. Di qui l'estrema importanza di Porlock. Spinto da rudimentali aspirazioni al bene, e incoraggiato dal saggio stimolo di una banconota da dieci sterline mandatagli di tanto in tanto per vie traverse, in un paio di occasioni mi ha anticipato informazioni che si sono dimostrate preziose: di quel pregio che ha una notizia quando riesce a prevedere e a prevenire anziché vendicare un delitto. Sono certo che se ne avessimo la chiave ci accorgeremmo che questa comunicazione è di tal genere.»

Così dicendo Holmes tornò a stendere il foglio sul suo piatto pulito. Mi alzai e chinandomi su di lui fissai stupito la curiosa scritta che qui riproduco:

534 C2 13 127 36 31 4 17 21 41
DOUGLAS 109 293 5 37 BIRLSTONE
26 BIRLSTONE 9 127 171

«Cosa significa, Holmes?»

«Evidentemente si tratta di un tentativo per informarmi segretamente di qualcosa.»

«Ma a cosa serve un messaggio cifrato senza la chiave?»

«In questo caso non serve affatto.»

«Perché dice "in questo caso"?»

«Perché vi sono molti cifrari che io saprei leggere con la stessa facilità con cui leggo nomi apocrifi nella colonna riservata alle ricerche di persone scomparse. Questi austeri passatempi divertono l'intelligenza senza affaticarla. Nel caso attuale la cosa è però diversa. Si tratta evidentemente di un riferimento alle parole contenute nella pagina di qualche libro. Ora, fino a quando non saprò di quale pagina e di quale libro si tratti, mi troverò impossibilitato ad agire.»

«Ma perché "Douglas" e "Birlstone"?»

«Evidentemente perché si tratta di parole non contenute nella pagina in questione.»

«Ma perché non ha indicato il libro, allora?»

«La sua astuzia istintiva, mio caro Watson, quella furberia innata che costituisce la gioia dei suoi amici, certo le impedirebbero di racchiudere nella stessa busta chiave e messaggio insieme. Se la missiva dovesse smarrirsi, lei sarebbe spacciato. Ma in questo modo bisogna che entrambi si perdano perché possa venirne qualche danno. La nostra seconda distribuzione di posta dovrebbe essere già stata fatta, e mi sorprenderebbe se non ci portasse o una ulteriore lettera esplicativa o, il che è assai più probabile, addirittura il volume cui queste cifre si riferiscono.»

I calcoli di Holmes si avverarono in capo a pochissimi minuti mediante la comparsa di Billy, il fattorino, precisamente con la lettera che aspettavamo.

«È la stessa scrittura,» osservò Holmes aprendo la busta «e questa volta è firmata» aggiunse con voce esultante mentre spiegava il foglio. «Andiamo, Watson, stiamo facendo progressi.»

Ma non appena ebbe dato un'occhiata al contenuto della lettera vidi la sua fronte rannuvolarsi.

«Accidenti, questa sì che è una delusione! Ho una gran paura, Watson, che tutte le nostre aspettative andranno in fumo. Il nostro uomo non ci servirà a nulla.

«"Egregio signor Holmes," dice "non voglio continuare con questa storia. È troppo pericoloso. Lui mi sospetta. Capisco che mi sospetta. Mi è venuto vicino all'improvviso dopo che avevo già scritto l'indirizzo su questa busta con l'intenzione di mandarle la chiave del cifrario. Ho fatto appena in tempo a nasconderla. Se l'avesse vista avrei passato grossi guai. Ma leggo il sospetto nei suoi occhi. La prego di bruciare il messaggio cifrato che non può esserle di alcuna utilità. Fred Porlock".»

Holmes rimase qualche tempo seduto, con la lettera in mano, la fronte aggrottata, gli occhi fissi sul fuoco.

«Dopotutto» disse infine «può darsi che sia soltanto una fantasia. Forse è solo la sua coscienza sporca. Sapendo di essere un traditore avrà forse letto l'accusa negli occhi dell'altro.»

«E l'altro è il professor Moriarty, immagino!»

«In persona. Quando qualcuno della banda parla di "lui", si sa bene a chi allude. Per tutta quella gente non esiste che un solo e unico "lui"!»

«Ma che cosa può fare?»

«Uhm! Questa è una domanda troppo vasta. Quando si ha contro uno dei più forti cervelli d'Europa e alle spalle tutte le potenze delle tenebre, le possibilità sono infinite. Comunque l'amico Porlock doveva evidentemente essere morto di paura. La prego di paragonare la calligrafia del biglietto con quella della busta che fu vergata, come ci dice, prima di quell'infausta visita. Questa è chiara e ferma; l'altra pressoché illeggibile.»

«Ma perché ha scritto? Perché non si è limitato a lasciar cadere la cosa?»

«Perché avrà temuto che in tal caso io l'avrei cercato procurandogli magari dei guai.»

«Certo» dissi. «Naturalmente...» Avevo raccolto il primo messaggio cifrato e mi ci stavo rovinando sopra gli occhi... «C'è da impazzire a pensare che forse in questo foglietto di carta si nasconde un segreto importante, ma che penetrarlo trascende ogni potere umano.»

Sherlock Holmes aveva spinto da una parte la sua colazione nemmeno assaggiata e si era acceso la pipa nauseabonda, compagna delle sue più profonde meditazioni.

«Chissà!» disse appoggiandosi all'indietro e fissando il soffitto. «Forse ci sono punti che sono sfuggiti al suo machiavellico intelletto. Proviamo a studiare il problema alla luce della ragione pura. Qui l'uomo si riferiva certamente a un libro: questo dev'essere il nostro punto di partenza.»

«Un punto alquanto vago!»

«Vediamo tuttavia se riusciamo a delimitarlo. Man mano che lo metto a fuoco mi sembra che divenga sempre meno impenetrabile. Quali indicazioni abbiamo su questo libro?»

«Nessuna.»

«Piano, piano, le cose non sono poi così brutte come lei immagina. Il messaggio cifrato incomincia con un grande 534, vero? Stabiliamo dunque come ipotesi operante che 534 significhi la particolare pagina cui il codice si riferisce. In questo modo il nostro libro è già diventato un *grosso* libro, il che è sicuramente qualcosa di guadagnato. Quali altri indizi abbiamo sulla natura di questo grosso libro? Il segno successivo è C2. Che cosa significa secondo lei, Watson?»

«Capitolo secondo, senza dubbio.»

«Non credo. Sono certo che ammetterà con me che se è data la pagina il numero del capitolo diventa inutile. Inoltre se la pagina 534 si trova appena al secondo capitolo, la lunghezza del primo dev'essere intollerabile.»

«Colonna!» esclamai.

«Bravo, Watson! Lei è formidabile stamane. Se non è colonna allora io sbaglio di grosso. Ecco, vede che già noi incominciamo a supporre un grosso libro, stampato in duplice colonna, ciascuna di notevole lunghezza, dal momento che una delle parole è numerata nel documento come la duecentonovantatreesima. Abbiamo raggiunto i limiti di quanto la ragione ci può fornire?»

«Temo di sì.»

«Le assicuro che lei è ingiusto con se stesso. Ancora un'altra scintilla, Watson! Ancora un'altra sferzata al cervello! Se si fosse trattato di un volume non comune, di certo me l'avrebbe mandato. Invece era sua intenzione, prima che i suoi piani andassero all'aria, di mandarmi la chiave in questa busta. Così mi dice nel biglietto. Questo dovrebbe indicare che si tratta di un libro che io non avrei avuto difficoltà a trovare da solo. Lo aveva lui, e immaginava che lo avessi anch'io. Per farla breve, Watson, si tratta di un libro comunissimo.»

«Certo quanto lei mi dice mi sembra plausibile.»

«E così abbiamo ristretto il campo delle nostre ricerche a un libro grosso, stampato su due colonne, e di uso comune.»

«La Bibbia!» gridai trionfante.

«Bene, Watson, bravo! Ma non bravo abbastanza, se mi consente di dirlo. Anche se potessi accettare il complimento per me, non potrei citare un volume meno adatto della Bibbia da immaginarsi posato presso il capezzale di un complice di Moriarty. D'altronde le edizioni della Sacra Scrittura sono tanto numerose che non poteva supporre che le due copie avessero la stessa impaginazione. Qui si tratta evidentemente di un libro tipo. Doveva sapere per certo che la sua pagina 534 corrispondeva esattamente alla *mia* pagina 534.»

«Ma questo può succedere con pochissimi libri.»

«Appunto! E in ciò sta la nostra salvezza! La nostra ricerca si restringe a libri tipo che chiunque può possedere.»

«Il Bradshaw!»

«Improbabile, Watson. Il vocabolario Bradshaw è nervoso e limpido, ma limitato. La sua scelta dei vocaboli difficilmente si presterebbe all'invio di messaggi generici. Elimineremo dunque il Bradshaw, ed elimineremo per la medesima ragione il dizionario. Che cosa ci rimane dunque?»

«Un almanacco.»

«Ottimamente, Watson! Credo proprio che questa volta lei abbia colpito giusto. Un almanacco! Vediamo un po' i requisiti del "Whitaker's Almanack". È di uso comune. Ha il numero di pagine richiesto. È stampato su due colonne. Sebbene al principio riservato nel proprio vocabolario, diventa verso la fine, se ben rammento, piuttosto ciarliero.» Raccolse dalla sua scrivania il volume in parola. «Ecco la pagina 534, colonna due, un bel malloppo di stampa, vedo, sul commercio e le risorse dell'India Britannica. Si scriva le parole, Watson. Il numero 13 è "Mahratta". Mi sembra che non sia un inizio molto favorevole. Il numero 127 è "governo", il che almeno ha senso, per quanto non ne veda il nesso con noi e con il professor Moriarty. Proviamo ad andare avanti. Che cosa fa il governo di Mahratta! Ahimè! Le parole successive sono "setole di porco". Siamo fritti, mio caro Watson! Non c'è nulla da fare.»

Aveva parlato in tono scherzoso, ma il tremore delle sue folte sopracciglia rivelava disappunto e irritazione. Io mi ero messo a fissare il fuoco, scontento e smarrito. Il nostro lungo silenzio fu a un tratto interrotto da un'esclamazione di Holmes: si precipitò verso un armadio e ne emerse con un secondo volume dalla copertina gialla.

«Paghiamo, mio caro Watson, per essere troppo moderni» esclamò. «Siccome precorriamo la nostra epoca dobbiamo sottostare alle penalità consuete. Essendo al sette di gennaio abbiamo guardato naturalmente l'almanacco nuovo, ma è più che probabile che Porlock abbia preso il proprio messaggio da quello vecchio. Certo ce lo avrebbe detto se avesse potuto scrivere la sua lettera esplicativa. Vediamo adesso che cosa ci riserva la pagina 534. Il numero 13 è "ci", il che è molto più promettente. Il numero 127 è "è", "c'è".» Gli occhi di Holmes ora scintillavano, e le sue dita sottili e nervose fremevano mentre contava le parole. «"Pericolo." Ah, ah! Fantastico! Scriva, Watson. "C'è pericolo - può venire - molto - presto - uno". A questo punto abbiamo il nome Douglas "ricco - campagna - ora - a - Birlstone - castello - Birlstone - sicurezza - è - urgente". Dunque, Watson! Che cosa ne dice della ragione pura e dei suoi frutti? Se l'erbivendolo vendesse corone di alloro manderei subito Billy a comprarne una.»

Io fissavo sbalordito lo strano messaggio che avevo scarabocchiato, a mano a mano che Holmes lo decifrava, su un foglio di carta protocollo che tenevo appoggiato al ginocchio.

«Che maniera strampalata e incoerente di esprimersi!» osservai.

«Al contrario, si è espresso con notevole chiarezza» replicò Holmes. «Quando si cercano entro una colonna unica parole con le quali esprimere ciò che si vuole dire, è difficile trovare tutti i vocaboli occorrenti. Si è sempre costretti a lasciare qualcosa all'intelligenza del proprio corrispondente. Ma il tenore di questo messaggio è chiarissimo. Si sta tramando qualche diavoleria contro un certo Douglas, chiunque possa essere, che risiede dove è detto, ed è un ricco gentiluomo di campagna. Lui è sicuro – "sicurezza" è la parola più vicina a "sicuro" che gli fu possibile trovare – che è urgente. Questo è il nostro risultato, ed è stato veramente un abile lavoro di analisi.»

Holmes mostrava la gioia impersonale dell'artista vero davanti alla sua opera migliore, anche quando si lamentava amaramente se talvolta la sua opera era al di sotto dell'alto livello al quale aspirava. Stava ancora ridacchiando tutto soddisfatto del suo successo, quando Billy spalancò l'uscio e l'ispettore MacDonald di Scotland Yard apparve sulla soglia della nostra stanza.

Erano allora i primi giorni del 1889, quando Alec MacDonald era ancora lontano dall'aver raggiunto quella fama nazionale che attualmente detiene. Era un giovane ma capace funzionario delle forze di polizia, e aveva già avuto modo di distinguersi in parecchi casi che gli erano stati affidati. La sua figura alta e ossuta faceva supporre in lui una forza fisica eccezionale, mentre il grande cranio e gli occhi luminosi e profondamente infossati esprimevano con altrettanta chiarezza l'acuta intelligenza. Era un uomo silenzioso, preciso, di temperamento duro e con uno spiccato accento scozzese. Già due volte nella sua carriera Holmes lo aveva aiutato a raggiungere il successo, accontentandosi come unica ricompensa della gioia intellettuale di aver risolto un problema difficile. Per questo motivo lo scozzese nutriva verso il collega un affetto e un rispetto profondi, che si dimostravano con la franchezza con cui consultava Holmes in ogni difficoltà: la mediocrità non conosce nulla di più alto di se stessa, ma il talento intuisce immediatamente il genio, e MacDonald aveva talento sufficiente per la sua professione da capire che non vi era umiliazione nel cercare l'aiuto di chi già superava chiunque altro in Europa, sia per le proprie doti mentali che per la propria esperienza. Holmes non era incline all'amicizia, ma nutriva una certa simpatia per il lungo scozzese, e non appena lo vide sorrise.

«Che animale mattutino è lei, Mac!» disse. «Le auguro una caccia fortunata! Temo però che questa sua visita non presagisca nulla di buono.»

«Se lei avesse detto "spero" invece di "temo", sarebbe stato assai più prossimo alla verità, credo, signor Holmes» rispose l'ispettore con un ghigno d'intesa. «Bene, forse un bicchierino terrà lontano il gelo del mattino. No, non voglio fumare, grazie. Bisogna che prosegua, poiché le prime ore sono sempre le più preziose, quando occorre seguire un caso, e nessuno lo sa meglio di me. Ma... ma...»

L'ispettore si era interrotto bruscamente e fissava con un'espressione di indescrivibile sbalordimento il foglietto, posato sul tavolo, su cui era stato scarabocchiato l'enigmatico messaggio.

«Douglas!» balbettò. «Birlstone! Ma che cos'è, signor Holmes? Perbacco! Ma questa è stregoneria! Come diamine ha fatto ad avere quelle indicazioni?»

«È un messaggio cifrato che il dottor Watson e io abbiamo avuto la fortuna di poter interpretare. Ma perché? Che cosa c'è di strano in quei nomi?»

L'ispettore, sempre più esterrefatto, guardò prima Holmes poi me.

«Semplicemente questo,» disse infine «che il signor Douglas del castello di Birlstone è stato assassinato stamane in circostanze spaventose.»

2
Sherlock Holmes discorre

Era uno di quei momenti intensamente drammatici per i quali Sherlock Holmes viveva. Sarebbe eccessivo dire che quella straordinaria dichiarazione lo avesse emozionato o sia pure scosso. Pur non avendo neppure un'ombra di crudeltà nel proprio temperamento, certo le sue molteplici avventure lo avevano indubbiamente reso un po' insensibile. Se però le sue emozioni erano attutite, le sue facoltà intellettive rimanevano non di meno straordinariamente acute. Non mostrò quindi alcuna traccia dell'orrore che io invece provai nell'udire quella brutale dichiarazione, ma il suo volto espresse piuttosto la tranquilla e interessata calma del chimico che vede i cristalli depositarsi secondo la formula voluta da una soluzione ipersatura.

«Interessante» disse. «Interessante!»

«Non ha l'aria sorpresa!»

«La notizia mi interessa, Mac, ma non mi sorprende affatto. Perché dovrei essere sorpreso? Ricevo una comunicazione anonima da una fonte che so essere importante, grazie alla quale mi si avverte che una certa persona è gravemente minacciata. In capo a un'ora apprendo che questo pericolo si è concretato, e che la persona è morta. Ora sono interessato ma, come può vedere, non certo sorpreso.»

In poche e brevi frasi spiegò all'ispettore i fatti relativi alla lettera e al cifrario. MacDonald lo ascoltò col mento appoggiato sulle mani, le folte sopracciglia color sabbia corrugate in un groviglio di peli gialli.

«Stavo per recarmi a Birlstone questa mattina» disse. «Ero venuto per chiederle se voleva accompagnarmi... insieme al suo amico. Ma da quanto lei mi dice forse faremo meglio a restare a Londra.»

«Non credo» disse Holmes.

«Accidenti, signor Holmes!» sbottò l'ispettore. «Tra un paio di giorni i giornali saranno pieni del mistero di Birlstone; ma dov'è il mistero se c'è un uomo a Londra che ha profetizzato il delitto prima ancora che avvenisse? Non abbiamo che da mettere le mani su quest'uomo e il resto andrà da sé.»

«Senza dubbio, Mac. Ma quale mezzo mi suggerisce per poter mettere le mani sul cosiddetto Porlock?»

MacDonald rigirò la lettera che Holmes gli aveva dato.

«È stata imbucata a Camberwell... questo non ci aiuta gran che. Secondo quanto mi dice il nome è falso. Anche qui poco da fare. Non mi ha detto di avergli mandato del denaro?»

«Due volte.»

«In che modo?»

«In banconote presso l'ufficio postale di Camberwell.»

«E lei non si è mai curato di scoprire chi andava a ritirarli?»

«No.»

L'ispettore sembrò sorpreso e un po' scosso.

«E come mai?»

«Perché io mantengo sempre fede alle promesse, e avevo assicurato a quell'uomo quando mi scrisse la prima volta che non avrei tentato di sapere chi era.»

«Lei crede che ci sia qualcuno dietro a quest'uomo?»

«Non solo lo credo, ma ne sono *sicuro*.»

«Quel famoso professore che le ho già sentito menzionare?»

«Precisamente.»

L'ispettore MacDonald sorrise e poi mi guardò ammiccando.

«Non cercherò di nasconderle, caro signor Holmes, che noi dell'ufficio centrale di polizia siamo convinti che lei abbia un po' l'idea fissa di questo professore. Ho svolto sul suo conto qualche indagine e pare che sia un uomo rispettabile, molto dotto e geniale.»

«Sono lieto che lei abbia saputo riconoscerne il talento.»

«Ma non si può non riconoscerglielo! Dopo avere sentito il suo parere mi sono prefisso di andarlo a trovare. Ho avuto una conversazione con lui sulle eclissi – come il nostro discorso sia andato a finire lì proprio non saprei dirglielo –, ma aveva vicino a sé una lanterna a riflettore e un globo e mi ha chiarito tutta la faccenda in un batter d'occhio. Mi ha anche prestato un libro, ma non mi vergogno di dire che era troppo al di là della mia portata, anche se ho avuto una buona istruzione. Sarebbe potuto diventare un grande ministro, con quella faccia sottile e quei capelli grigi e con quella sua maniera solenne di parlare. Quando mi ha messo una mano sulla spalla, nel salutarmi, era come un padre che benediva il proprio figliolo prima di lasciarlo partire per il mondo cattivo e crudele.»

Holmes ridacchiò e si fregò le mani.

«Magnifico!» disse. «Fantastico! Mi dica, MacDonald, amico mio; questo gradevole e commovente colloquio avvenne, immagino, nello studio del professore?»

«Precisamente.»

«Bella stanza, vero?»

«Bellissima, veramente bellissima!»

«Lei si è seduto di fronte alla scrivania?»

«Infatti!»

«Il sole le batteva negli occhi e la faccia del professore era nell'ombra?»

«Ecco, era sera, ma mi rammento che la lampada era girata verso di me.»

«Me lo immaginavo. Le è capitato di osservare il quadro appeso sopra la testa del professore?»

«È difficile che mi sfugga qualcosa, signor Holmes. Forse l'ho imparato da lei. Sì, ho notato il quadro, una giovane donna con la testa appoggiata sulle mani, che ti guarda di sbieco.»

«Quel dipinto è opera di Jean Baptiste Greuze.»

L'ispettore si sforzò di assumere un'espressione interessata.

«Jean Baptiste Greuze» riprese Holmes intrecciando le mani e appoggiandosi meglio allo schienale della seggiola «era un artista francese che fiorì tra il 1750 e l'800: alludo naturalmente al periodo della sua attività. La critica moderna ha ampiamente avallato l'altissima opinione che i suoi contemporanei si erano formata di lui.»

Gli occhi dell'ispettore si fecero distratti.

«Non sarebbe meglio...» incominciò.

«È appunto quello che stiamo facendo» lo interruppe Holmes. «Quanto dico ha un rapporto diretto e vitale con ciò che lei ha chiamato il mistero di Birlstone. Anzi in un certo senso potrebbe essere definito il fulcro.»

MacDonald fece un debole sorriso e rivolse verso di me un'occhiata supplichevole.

«La sua mente si muove un po' troppo in fretta per le mie possibilità, signor Holmes. Lei salta sempre un anello o due, e io non riesco mai a colmare le lacune. Che razza di rapporto può mai esserci tra questo pittore morto e la faccenda di Birlstone?»

«Un poliziotto non deve mai ignorare nulla,» osservò Holmes «neppure la futile notizia che nell'anno 1865 un quadro di Greuze, intitolato *La Jeune Fille à l'agneau*, fu pagato la bellezza di quattromila sterline, alla vendita di Portalis: questa notizia potrebbe invitarla a riflettere.»

Le parole di Holmes produssero certamente il loro effetto. L'interesse dell'ispettore si risvegliò d'un tratto.

«Vorrei anche ricordarle» proseguì Holmes «che lo stipendio del professore può essere accertato in parecchi libri di consultazione degni di fiducia: esso ammonta a settecento sterline l'anno.»

«Allora come mai ha potuto comprare...»

«Appunto. Come mai?»

«Questo è interessante» disse l'ispettore con aria pensierosa. «Continui a parlare, signor Holmes. Mi piace ascoltarla!»

Holmes sorrise: l'ammirazione sincera lo emozionava sempre, il che caratterizzava in lui l'artista nato.

«E Birlstone?» domandò.

«Abbiamo ancora tempo» disse l'ispettore dando un'occhiata al suo orologio. «Ho una vettura che mi aspetta alla porta, e saremo a Victoria Station in meno di venti minuti. Ma ritornando al quadro... mi pareva che lei una volta mi avesse detto, signor Holmes, di non avere mai incontrato il professor Moriarty.»

«Infatti, è così.»

«E allora come fa a conoscere la sua casa?»

«Ah, questa è un'altra faccenda. Sono stato da lui tre volte, due volte ad aspettarlo con pretesti vari e andandomene prima che venisse. Una volta... be', non credo di poter parlare di questa occasione a un funzionario della polizia ufficiale. Fu appunto in quest'ultima circostanza che mi sono preso la libertà di scorrere le sue carte, con i risultati più inaspettati.»

«Ha scoperto qualcosa di compromettente?»

«Assolutamente nulla. Questo appunto è ciò che mi ha stupito. Lei però non ha ancora capito perché mi dilungo sul particolare del quadro. Esso lo rivela come un uomo molto ricco. Come lo è diventato? È scapolo: suo fratello minore è capostazione nell'Ovest dell'Inghilterra. La sua cattedra gli rende settecento sterline l'anno, e tuttavia possiede un Greuze.»

«Ebbene?»

«Mi sembra che non se ne possa trarre che un'unica conclusione logica!»

«Lei pensa che abbia grossi introiti e che gli giungano da vie illegali?»

«Precisamente. Naturalmente ho anche altri motivi per ritenere questo... almeno una dozzina di tenui fili che mi conducono vagamente verso il centro della ragnatela in cui si annida questa velenosa immobile creatura. Mi sono limitato a citare il Greuze semplicemente perché la cosa rientra nel campo delle sue osservazioni personali.»

«Bene, signor Holmes, riconosco che quanto lei mi ha detto è interessante; anzi, più che interessante è addirittura fantastico. Ma vorrei che lei fosse un po' più chiaro, se possibile. Di che cosa si tratta precisamente: di contraffazioni, di furti con scasso o di fabbricazione di monete false? Da dove gli viene quel denaro?»

«Ha mai inteso parlare di Jonathan Wild?»

«Ecco, veramente questo nome non mi è nuovo, dev'essere il personaggio di un romanzo! A me i racconti polizieschi non interessano molto... ci sono sempre dei tizi che operano senza mai lasciar capire come agiscono. Ma questa è ispirazione, non realtà.»

«Jonathan Wild non era un poliziotto, e non era il personaggio di un romanzo. Era un criminale consumato, e visse nel secolo scorso, intorno al 1750 o giù di lì.»

«Allora a me non serve. Io sono un uomo pratico.»

«Caro Mac, la cosa più pratica che lei potrebbe fare in vita sua sarebbe di rinchiudersi in una stanza per tre mesi e leggere per dodici ore al giorno gli annali del delitto. Tutto ritorna a cicli, persino il professor Moriarty. Jonathan Wild era la forza nascosta dei criminali londinesi, ai quali vendeva il proprio cervello e la propria organizzazione dietro compenso del quindici per cento. L'antica ruota gira e il medesimo raggio ricompare a turno. È sempre successo così e sempre succederà. Le racconterò un paio di cose riguardo a Moriarty che forse potranno interessarla.»

«Lei m'interessa già, eccome!»

«Ho avuto occasione di sapere chi è il primo anello della sua catena, una catena che ha a un capo questo Napoleone sbagliato e un centinaio di disperati pronti a tutto dall'altro: borsaioli, ricattatori, bari, e gente dedita a ogni attività delittuosa. Il suo capo di stato maggiore è il colonnello Moran, un individuo circospetto, solitario e inaccessibile alla legge non meno di lui. Quanto crede che il professore lo paghi?»

«Non saprei.»

«Seimila sterline l'anno. Questo si chiama pagare il cervello, mi capisce? È il principio americano degli affari. Io ho appreso questo particolare per puro caso. È assai più di quanto guadagni il primo ministro. Questo le dà un'idea dei profitti di Moriarty e della scala su cui opera. Ancora un altro punto. Mi sono preso la briga, recentemente, di controllare qualche assegno di Moriarty, oh, solo piccoli assegni innocenti con cui paga i suoi conti di casa. Erano stati emessi su sei banche diverse. Questo non le dice nulla?»

«Certo, è strano: ma lei che cosa ne deduce?»

«Che non vuole che si chiacchieri intorno alla sua ricchezza. Nessuno deve sapere quanto possiede. Sono sicuro che ha almeno venti conti bancari... e il grosso della sua sostanza all'estero, o alla Deutsche Bank o al Crédit Lyonnais. Un giorno, quando avrà un anno o due di tempo, le raccomando di studiare in modo particolare il professor Moriarty.»

A mano a mano che la conversazione procedeva, l'interesse dell'ispettore MacDonald era andato sempre più crescendo. Si era letteralmente smarrito nel suo interessamento, ma ecco che la sua pratica intelligenza scozzese lo riportò subito alla questione del momento.

«Intanto può aspettare» disse. «Lei, signor Holmes, con i suoi aneddoti interessanti, ci ha portati fuori strada. La sola cosa che conti realmente è la sua osservazione che tra il professore e il delitto di Birlstone possa esistere un nesso. Questo lei lo deduce dall'avvertimento giuntole per mezzo del cosiddetto Porlock. Ci è possibile per i nostri fini pratici attuali andare oltre?»

«Possiamo formarci un certo concetto sui motivi del delitto. Se ho ben compreso da quanto lei mi ha detto, si tratta di un delitto inesplicabile, o per lo meno inspiegato. Ora, presumendo che la fonte del delitto sia quella che noi sospettiamo essere, potrebbero darsi due motivi diversi. Prima di tutto posso assicurarle che Moriarty guida la sua gente con una verga di ferro. La sua disciplina è inesorabile: il suo codice ammette un'unica punizione, la morte. Supponiamo ora che quest'uomo assassinato, questo Douglas, il cui destino imminente era noto a uno dei subalterni dell'arcicriminale, avesse in un verso o nell'altro tradito il capo. Ne è seguito il castigo che doveva essere risaputo da tutti, se non altro per inculcare negli altri adepti il terrore della morte.»

«Be', questa potrebbe essere un'ipotesi plausibile, signor Holmes.»

«Oppure Moriarty ha congegnato il misfatto a scopo di lucro, come tanti altri che rientrano nella sua ordinaria amministrazione. C'è stato furto?»

«Non mi pare.»

«In questo caso starebbe naturalmente contro la prima ipotesi e a favore della seconda. Moriarty potrebbe essere stato stipendiato per montare il colpo con la promessa di una parte del bottino, oppure potrebbero averlo pagato una certa cifra per architettare tutto il piano. Sia l'una che l'altra tesi è possibile. Ma comunque siano andate le cose, o se vi è magari una terza combinazione, è a Birlstone che noi dobbiamo cercare la soluzione del problema. Conosco troppo bene il nostro uomo per pensare che possa aver lasciato qui qualche indizio che ci permetta di rintracciarlo.»

«E allora andiamo a Birlstone!» esclamò MacDonald balzando in piedi. «Parola d'onore! È più tardi di quello che pensavo. Cari signori, posso concedervi solo cinque minuti per prepararvi.»

«Per noi sono più che sufficienti» disse Holmes alzandosi di scatto e affrettandosi a sfilare la veste da camera e a mettersi la giacca. «Cammin facendo, Mac, avrà la cortesia di illuminarmi su tutti i particolari del caso.»

"Tutti i particolari del caso" furono purtroppo molto scarsi, e tuttavia ce n'era abbastanza per farci comprendere che il problema che ci veniva proposto poteva benissimo essere degno di tutta l'attenzione di Holmes. Mentre ascoltava questi scarni ma interessanti particolari lo vidi illuminarsi in volto e fregarsi l'una contro l'altra le mani sottili. Ci eravamo lasciati alle spalle una lunga serie di sterili settimane, ed ecco che si presentava finalmente un lavoro degno delle sue facoltà non comuni, le quali, come tutti i doni insoliti della natura, diventano fastidiose per il loro proprietario se non riesce ad adoperarle. Quel rasoio affilatissimo che era il suo cervello nell'inazione si smussava e si arrugginiva. Gli occhi di Sherlock Holmes ora scintillavano, le sue pallide guance si erano soffuse di un'ombra rosata, e tutto il suo viso intento risplendeva di una luce interiore, come sempre quando si sentiva chiamato ad agire. Ascoltava avidamente il breve riassunto del caso la cui soluzione ci attendeva nel Sussex. L'ispettore stesso era stato informato, come ci spiegò, da una breve nota scarabocchiata in fretta e che gli era stata consegnata nelle prime ore del mattino col treno del latte. White Mason, il funzionario del luogo, era un suo amico personale, e questo era il motivo per cui MacDonald era stato avvertito molto più tempestivamente di quanto accade di solito a quelli di Scotland Yard allorché gli agenti della provincia hanno bisogno dell'assistenza della polizia centrale.

La lettera che ci lesse diceva:

Caro ispettore MacDonald,

la richiesta ufficiale dei suoi servigi si trova in busta separata. Questa nota è privata, per lei. Mi telegrafi con quale treno del mattino può arrivare a Birlstone, e io verrò a incontrarla, oppure la manderò a prendere se sarò troppo occupato. Questo caso è un pasticcio grosso. Non perda un momento e venga subito. Se può portare con sé il signor Holmes, non esiti a farlo, poiché troverà certamente qui qualcosa di suo gusto. Si potrebbe pensare che tutta la faccenda è stata montata per ottenere un effetto teatrale, se non ci fosse un morto di mezzo. Parola d'onore, le assicuro che è proprio un bel pasticcio.

«Il suo amico non mi sembra un imbecille» osservò Holmes.

«Tutt'altro; White Mason è un uomo molto in gamba, se io sono buon giudice.»

«Bene, c'è dell'altro?»

«No. Spero che potrà fornirci maggiori particolari non appena gli parleremo.»

«Come ha fatto allora a sapere che si tratta di questo Douglas e che è stato assassinato in modo orribile?»

«Perché era scritto nell'acclusa relazione ufficiale. Ma non si parlava di "orribile". Questo non è un termine ufficiale ammesso. Il rapporto dava semplicemente il nome di John Douglas, e si accennava al fatto che era stato colpito al capo da una scarica di fucile. Era anche fatta menzione dell'ora del crimine, che pare sia stato perpetrato intorno alla mezzanotte di ieri. Il rapporto aggiungeva che doveva trattarsi indubbiamente di delitto, ma che non era stato effettuato alcun arresto, e che il caso era tale da presentare alcuni aspetti assai sconcertanti e inconsueti. Questo è tutto quello che sappiamo per il momento, signor Holmes.»

«Allora se non le dispiace non ne discuteremo oltre. La tentazione di formulare teorie premature su dati insufficienti è la maledizione del nostro mestiere. Per ora io non riesco a vedere che due cose certe: e cioè un grande cervello a Londra e un uomo morto nel Sussex. Ciò che noi dovremo ritrovare è la catena che congiunge questi due punti.»

3
La tragedia di Birlstone

E ora chiederò per un momento licenza di togliere di mezzo la mia insignificante persona e di narrare gli avvenimenti occorsi prima che noi arrivassimo sulla scena del delitto, alla luce delle notizie che ci pervennero in seguito. Solo così potrò far conoscere al lettore le persone interessate nella vicenda e la strana cornice in cui si svolse il loro destino.

Il villaggio di Birlstone è un piccolo e vecchissimo agglomerato di case, per metà di legno, che sorge sul confine settentrionale della contea del Sussex. Per secoli è rimasto immutato, ma in questi ultimi anni il suo aspetto pittoresco e la sua posizione hanno attirato parecchi residenti agiati, le cui ville spuntano dai boschi circostanti. Si ritiene localmente che questi boschi rappresentino il limite estremo della grande foresta del Weald,[1] che va gradatamente assottigliandosi sino a raggiungere i gessosi bassopiani del Nord. Per sopperire ai bisogni dell'accresciuta popolazione, sono spuntati parecchi negozi, cosicché si prevede che Birlstone finirà ben presto col trasformarsi da antico villaggio in città moderna. È il centro di un vasto tratto di territorio, poiché Tunbridge Wells, il capoluogo più importante e più vicino, si trova a una ventina di chilometri in direzione est, oltre i confini del Kent.

A circa un chilometro dalla città, entro un vetusto parco famo-

[1] Distretto comprendente parte del Kent, del Surrey e del Sussex, con particolari caratteristiche geologiche, e che spesso ricorre nei racconti imperniati intorno al personaggio di Sherlock Holmes. (*NdT*)

so per i suoi faggi enormi, sorge l'antico castello di Birlstone. Una parte di questo venerabile edificio risale all'epoca della Prima crociata, allorché Hugo de Capus costruì un fortilizio nel centro della tenuta che gli era stata donata dal Re Rosso. Quest'ala venne distrutta da un incendio nel 1543 e parecchie delle sue pietre angolari, annerite dal fumo, vennero usate quando, ai tempi di Giacomo I, sorse sulle rovine del castello feudale una casa di campagna in mattoni. Il castello, con i suoi molti frontoni triangolari e le sue minuscole finestre romboidali, era rimasto pressoché tale e quale lo aveva lasciato il suo costruttore nei primi anni del diciassettesimo secolo. Dei due fossati che avevano protetto il suo più guerriero predecessore, quello esterno era stato lasciato prosciugare, ed era adibito all'umile funzione di orto. Quello interno esisteva ancora e si stendeva per una larghezza di dodici metri, benché ormai con solo poche decine di centimetri di profondità, lungo tutta la casa. Lo alimentava un minuscolo torrente che proseguiva oltre, dimodoché la distesa d'acqua, per quanto torbida, non era mai melmosa o insalubre. Le finestre del pianoterra sovrastavano di una trentina di centimetri soltanto il pelo dell'acqua. Si accedeva alla costruzione solo mediante un ponte levatoio, le cui catene e il cui verricello da molto tempo si erano rotti e arrugginiti. Gli ultimi occupanti lo avevano, tuttavia, rimesso in efficienza, e attualmente non solo il ponte levatoio poteva essere alzato, ma era effettivamente alzato ogni sera e calato ogni mattina. Con questo ritorno alle usanze degli antichi tempi feudali il castello veniva tramutato di notte in un'isola, particolare che aveva un rapporto diretto col mistero che ben presto avrebbe richiamato l'attenzione di tutta l'Inghilterra.

La casa era rimasta sfitta per diversi anni, e minacciava ormai di sbriciolarsi in una pittoresca rovina, allorché i Douglas erano venuti a occuparla. Questa famiglia era composta da due sole persone, cioè John Douglas e sua moglie. Douglas era stato un uomo notevole sia per l'aspetto sia per il temperamento; doveva avere cinquant'anni, con una faccia cotta dal sole, una mascella forte, baffi brizzolati, occhi grigi particolarmente acuti, e una figura secca e vigorosa che non aveva perduto nulla della forza e dell'elasticità della gioventù. Si era sempre mostrato cordiale e allegro con tutti, ma forse anche un po' troppo alla mano, creando intorno a sé la sensazione di essere vissuto in ambienti sociali un po' inferiori a quelli che formavano la società provinciale del Sussex. Non di meno, benché fosse stato considerato con una certa curiosità e riserva dai suoi vicini più altolocati, aveva ben presto acquistato grande popolarità tra la gente del paese, sottoscrivendo generosamente a tutte le collette locali, e presenziando a tutti i concerti in cui era permesso fumare e ad altri intrattenimenti durante i quali, avendo avuto una voce tenorile di notevole valore, era sempre stato pronto a soddisfare le richieste degli intervenuti con qualche eccellente canzone. Aveva dato l'impressione di essere ricchissimo, e si diceva che avesse fatto la propria fortuna nei campi auriferi della California: d'altronde appariva chiaro dai suoi discorsi e da quelli di sua moglie che Douglas aveva trascorso in America buona parte della sua esistenza. L'impressione favorevole prodotta dalla sua generosità e dai suoi modi democratici era ben presto aumentata grazie alla reputazione che si era fatto di un'assoluta indifferenza al pericolo. Per quanto pessimo cavallerizzo, era sempre stato presente a tutti i raduni ippici, e aveva sopportato le più incredibili cadute nella sua ostinazione a voler tenere testa ai migliori cavalieri. Quando la canonica prese fuoco si distinse anche per l'audacia con la quale entrò nell'edificio per mettere in salvo gli oggetti più preziosi, dopo che i pompieri del luogo avevano rinunciato all'impresa ritenendola impossibile. Così era accaduto che a Birlstone John Douglas si era conquistato in meno di cinque anni un'ottima reputazione.

Anche sua moglie si era fatta benvolere da quelli che l'avevano conosciuta, sebbene secondo l'abitudine inglese non erano stati molti coloro che erano venuti a trovarla, dato che si trattava di una straniera stabilitasi nella contea senza presentazioni. Ciò però le importava poco poiché era una donna di abitudini molto riservate e completamente assorbita, così almeno sembrava, dal proprio marito e dalle faccende domestiche. Si sapeva che era una signora inglese che aveva conosciuto Douglas a Londra, quando era vedovo. Era una donna bellissima, alta, bruna, snella, più giovane del marito di circa vent'anni, benché questa differenza d'età non sembrasse affatto turbare il buon andamento della loro vita familiare. Era stato però notato, a volte, da coloro che li conoscevano meglio, che l'intimità tra i due sembrava incompleta, poiché la moglie era o molto reticente per quanto riguardava la vita passata del marito, oppure, come sembrava più probabile, ne era a conoscenza solo superficialmente. Era stato anche rilevato e commentato da pochi altri, più attenti osservatori, che a volte vi erano segni da parte della signora Douglas di una certa tensione, e che la donna mostrava una vivissima inquietudine se il marito tardava a rincasare oltre l'ora consueta. In un tranquillo paesino di campagna, dove anche il più piccolo pettegolezzo è accolto come una piacevole distrazione, questa debolezza della signora del castello non era passata inosservata, e si affacciò con particolare insistenza alla memoria della gente quando accaddero gli avvenimenti che diedero a quel particolare un significato specialissimo.

C'era poi un altro individuo la cui dimora sotto quel tetto era a dire il vero soltanto saltuaria, ma la cui presenza al momento degli strani avvenimenti che ora narrerò ne portò il nome sulle labbra di tutti. Costui era Cecil James Barker, di Hales Lodge, Hampstead. La figura alta e dinoccolata di Cecil Barker era familiare nella strada principale del villaggio di Birlstone, poiché era un ospite assiduo e bene accolto al castello. Era tanto più notato in quanto era il solo amico della vita passata e ignota di Douglas che facesse parte del suo nuovo ambiente inglese. Barker era inglese, ma dai suoi discorsi appariva chiaro che aveva conosciuto Douglas in America, e che laggiù erano diventati amici. Sembrava essere un uomo considerevolmente ricco, e tutti lo ritenevano scapolo. Più giovane di Douglas, non doveva avere più di quarantacinque anni: era un individuo alto, dritto, con il torace massiccio, una faccia da lottatore accuratamente sbarbata, due folte e nere sopracciglia, e un paio di scuri occhi autoritari che anche senza l'aiuto delle mani, che aveva d'altronde robustissime, gli sarebbero stati più che sufficienti per farsi strada in mezzo a una folla ostile. Non andava a cavallo né a caccia, ma passava le sue giornate a vagabondare per il villaggio con la pipa in bocca, oppure a scarrozzare in compagnia del suo anfitrione, o in assenza di questi con la signora Douglas, attraverso la bellissima campagna. «Un signore cordiale, alla mano» aveva detto Ames, il maggiordomo «ma, in fede mia, non vorrei essere io l'uomo che lo fa andare in collera.» Con Douglas era affettuoso e gentile, e anche con la signora Douglas i rapporti sembravano non meno amichevoli: anzi, questa amicizia più di una volta sembrò provocare nel marito una certa irritazione, tanto che persino i domestici se ne erano accorti. Questa era dunque la terza persona che faceva parte della famiglia al momento della catastrofe. In quanto agli altri abitanti del vecchio edificio basterà citare, di una lunga fila di domestici, il compunto, rispettabile, capace Ames e la signora Allen, una persona allegra e prosperosa che aiutava la padrona e la alleviava di molte fatiche domestiche. Le altre sei persone di servizio della casa non hanno alcun rapporto con gli avvenimenti occorsi la notte del 6 gennaio. Per questo non li nomineremo.

Le prime notizie allarmanti raggiunsero la piccola stazione di polizia del luogo, diretta dal sergente Wilson, alle undici e quarantacinque. Il signor Cecil Barker, agitatissimo, si era precipitato all'uscio e aveva scosso furiosamente il cordone del campanello. Una terribile tragedia era accaduta al castello, dove il signor John Douglas era stato assassinato. Queste, in brevi parole sconnesse, le prime notizie sommarie. Barker era poi ritornato in fretta alla casa, seguito di lì a pochi minuti dal sergente di polizia, il quale era giunto sulla scena del delitto poco dopo la mezzanotte, dopo avere avvertito le autorità della contea.

Giunto al castello, il sergente aveva trovato abbassato il ponte levatoio, le finestre illuminate, e tutte le persone della casa in uno stato di confusione e di allarme indescrivibili. I domestici, bianchi in volto, erano raccolti nel vestibolo, mentre il maggiordomo, sgomento, si torceva le mani nell'androne. Soltanto Cecil Barker riusciva a controllare la propria emozione. Aveva aperto l'uscio che si trovava più vicino all'ingresso, e aveva fatto cenno al sergente di seguirlo. In quel momento era sopraggiunto il dottor Wood, l'energico e abile medico del villaggio. I tre uomini erano entrati insieme nella stanza fatale, seguiti alle calcagna dal maggiordomo terrorizzato, che tuttavia aveva avuto cura di chiudersi l'uscio alle spalle per sottrarre alla vista delle cameriere lo spaventoso spettacolo.

Il morto era steso sul dorso, le braccia allargate e divaricate, nel centro della stanza. Era avvolto in una veste da camera rosa che copriva gli indumenti notturni. Ai piedi portava le pantofole. Il dottore si inginocchiò al suo fianco e accostò la lampadina portatile che si trovava sul tavolo. Gli bastò un'occhiata per comprendere che la vittima non aveva più bisogno delle sue cure. L'uomo era stato orribilmente sfigurato. Posata di traverso sul petto aveva un'arma curiosa, un fucile da caccia con la canna segata di circa trenta centimetri anteriormente ai grilletti. Era evidente che gli avevano sparato da distanza ravvicinata, e che l'uomo aveva ricevuto la scarica in pieno viso, poiché la testa era pressoché spappolata. I grilletti erano stati legati insieme con un filo di ferro, per dare maggiore forza distruttiva alla scarica simultanea.

Il poliziotto di campagna, di fronte alla tremenda responsabilità che improvvisamente gli era caduta addosso, era sconcertato e spaventato.

«Non toccheremo nulla sino all'arrivo dei miei superiori» mormorò con voce soffocata, fissando inorridito quella testa orribilmente sfracellata.

«Sino a questo momento non è stato toccato nulla» disse Cecil Barker. «Di questo rispondo io. Ho lasciato tutto esattamente come stava.»

«Quando è successo?» domandò il sergente, che intanto aveva estratto di tasca un taccuino.

«Erano esattamente le undici e mezzo. Io non avevo ancora incominciato a spogliarmi e me ne stavo seduto accanto al fuoco, in camera mia, quando ho sentito lo sparo. Non era però molto forte, sembrava attutito. Mi sono precipitato da basso. Non credo che fossero passati trenta secondi, quando sono entrato nella stanza.»

«La porta era aperta?»

«Sì, era aperta. Il povero Douglas era disteso così come lo vede. Sul tavolo ardeva una candela. Sono stato io ad accendere la lampada, pochi minuti dopo.»

«Non ha visto nessuno?»

«No. Ho sentito la signora Douglas scendere le scale dietro di me, e mi sono precipitato fuori per impedirle di vedere questo spettacolo orribile. La signora Allen, la governante di casa, è venuta e l'ha portata via. Intanto era sopraggiunto Ames, e insieme siamo rientrati di nuovo nella stanza.»

«Ma io ho sentito dire con sicurezza che il ponte levatoio rimane alzato tutta la notte.»

«Infatti: sono stato io ad abbassarlo.»

«Allora com'è possibile che l'assassino si sia allontanato? È assurdo soltanto il pensarlo. Il signor Douglas deve essersi certamente ucciso.»

«Così abbiamo pensato anche noi, in un primo momento. Ma guardate.» Barker scostò la tendina e mostrò come la lunga finestra con i vetri a losanghe fosse aperta in tutta la sua larghezza. «E guardi questo!» Abbassò la lampada e illuminò una chiazza di sangue, simile all'impronta di una suola di scarpa, nitida sul davanzale di legno. «Qualcuno ha sostato qui, prima di uscire.»

«E lei crede che questo qualcuno abbia guadato il fosso?»

«Precisamente.»

«Perciò se lei è entrato nella stanza mezzo minuto dopo il delitto, l'assassino in quel preciso istante doveva trovarsi nell'acqua!»

«A questo proposito non ho il minimo dubbio. Mi mordo le mani al pensiero di non essere corso subito alla finestra. Ma, come lei vede, era nascosta dalla tendina; e così non mi è venuto in mente di guardare. Poi ho sentito il passo della signora Douglas, e non potevo lasciarla entrare. Sarebbe stato un colpo troppo spaventoso per lei.»

«Spaventoso davvero!» disse il dottore fissando la testa irriconoscibile. «Non ho più visto ferite simili dallo scontro ferroviario di Birlstone.»

«Ma, dico» insistette il sergente di polizia il cui tardo buonsenso agreste lo faceva ronzare ancora intorno alla finestra aperta. «Sarà come lei dice che l'uomo è fuggito guadando il fossato, ma quello che io le domando è: come ha fatto a entrare in casa se il ponte era alzato?»

«Ah, questo è il problema!» rispose Barker.

«A che ora è stato alzato?»

«Alle sei circa» interloquì Ames, il maggiordomo.

«Ho sentito dire» insistette il sergente «che di solito veniva alzato al tramonto: questo, data la stagione, sarebbe più verso le quattro e mezzo che verso le sei.»

«La signora Douglas aveva avuto delle visite per il tè» spiegò Ames. «Non potevo alzarlo finché non se ne fossero andate. Poi l'ho tirato su io stesso.»

«Allora» disse il sergente «le cose sono andate così: se qualcuno è venuto dall'esterno – ammesso che sia venuto dall'esterno – deve avere attraversato il ponte prima delle sei e deve essersi nascosto fino al momento in cui il signor Douglas è entrato nella stanza dopo le undici.»

«Deve essere così. Il signor Douglas faceva ogni sera il giro della casa, prima di ritirarsi, per controllare che tutte le luci fossero spente. Poi è entrato qui dentro. L'uomo che lo aspettava lo ha colpito. Quindi è fuggito attraverso la finestra dimenticando l'arma. Così almeno io interpreto la situazione, poiché non saprei come spiegarla altrimenti.»

Il sergente raccolse un cartoncino che giaceva sul pavimento accanto al morto. Sopra vi erano scarabocchiate sommariamente a inchiostro le iniziali "V.V.", e sotto di queste il numero 341.

«Che cosa significa questa roba?» domandò tendendo il cartoncino.

Barker lo guardò con curiosità.

«Non lo avevo notato» disse. «Deve averlo dimenticato l'assassino.»

«V.V. 341. Non ci capisco niente.»

Il sergente seguitò a rigirare tra le sue grosse dita il pezzetto di carta.

«Che cos'è questo V.V.? Saranno le iniziali di qualcuno, immagino. Che cos'è quell'arnese, dottor Wood?»

Accennava a un martello di dimensioni notevoli che giaceva sul tappeto di fronte al caminetto, un grosso martello da operaio. Cecil Barker indicò una scatola di chiodi dalla capocchia di ottone che stava sulla mensola del camino.

«Il signor Douglas ieri aveva deciso di cambiare la disposizione dei quadri» spiegò. «L'ho visto io stesso in piedi su quella seggiola ad appendere quel grande paesaggio. Questo spiega la presenza del martello.»

«Sarà meglio che lo rimettiamo sul tappeto dove lo abbiamo trovato» disse il sergente grattandosi la fronte con aria perplessa. «Ci vorranno i migliori cervelli del corpo di polizia per arrivare in fondo a questa faccenda. È un caso che dovranno sbrogliare quelli di Londra.» Sollevò la lampada portatile e fece lentamente il giro della stanza. «Perbacco!» esclamò a un tratto eccitato, tirando da una parte i tendaggi della finestra. «A che ora sono stati chiusi questi tendaggi?»

«Appena accese le lampade» rispose il maggiordomo. «Credo poco dopo le quattro.»

«Qui dietro si è nascosto sicuramente qualcuno.» Abbassò la luce, e in un angolo apparvero ben visibili delle impronte di stivali imbrattati di fango. «Credo che questo confermi la sua ipotesi, signor Barker. A quanto pare l'uomo è entrato in casa dopo le quattro, quando i tendaggi vennero chiusi, e prima delle sei, quando il ponte fu alzato. Si è infilato in questa stanza perché dev'essere stata la prima che ha trovato. Non essendovi altro luogo in cui potesse nascondersi, si è cacciato qui dietro. Finora tutto sembra abbastanza chiaro. È probabile che il suo primo scopo fosse semplicemente quello di svaligiare la casa, ma quando ha avuto paura di essere scoperto dal signor Douglas, lo ha ucciso e poi è fuggito.»

«Anche a me pare che le cose possano essere andate così» disse Barker. «Ma, dico, non stiamo perdendo del tempo prezioso? Non sarebbe meglio che uscissimo a rastrellare la campagna prima che questo individuo tagli definitivamente la corda?»

Il sergente rifletté per un momento. «Non ci sono treni sino a domattina alle sei, perciò non può svignarsela per la ferrovia. Se si mette sulla strada tutto gocciolante, sarebbe davvero strano che nessuno lo notasse. Comunque io non posso andarmene finché non vengono a darmi il cambio; ma non credo che neppure voi possiate allontanarvi sino a quando le cose non saranno meglio chiarite.»

Il dottore aveva ripreso in mano la lampada e si era messo a esaminare attentamente il cadavere.

«Che cos'è questo segno?» chiese. «Potrebbe avere qualche nesso col delitto?»

Il braccio del morto sporgeva dalla veste da camera ed era nudo sino al gomito. Circa a metà dell'avambraccio vi era un curioso disegno marrone, un triangolo dentro un cerchio che risaltava sulla pelle bianchiccia.

«Non è un tatuaggio» disse il dottore aguzzando gli occhi dietro le lenti. «Non ho mai visto nulla di simile. Quest'uomo dev'essere stato un tempo marchiato a fuoco, proprio come si stampiglia il bestiame. Cosa significa mai questo fatto?»

«Non lo so» rispose Cecil Barker. «Ma posso assicurare di aver visto quel segno su Douglas non so quante volte, in questi ultimi dieci anni.»

«L'ho visto anch'io;» confermò il maggiordomo «ogni volta che il mio padrone si rimboccava le maniche ho notato quel segno, e spesso mi sono domandato che cosa potesse essere.»

«In questo caso non ha nulla a che vedere col delitto» disse il sergente. «Però è una faccenda strana. Tutto in questo caso è strano. Be', che cosa c'è adesso?»

Il maggiordomo aveva lanciato un'esclamazione di stupore, e col dito indicava la mano allargata del morto.

«Gli hanno tolto l'anello nuziale!» balbettò.

«Cosa?»

«Proprio così! Il padrone portava sempre la sua vera d'oro liscio al mignolo della mano sinistra. Quell'anello con sopra quella pepita grezza stava sopra, e l'anello ritorto a serpente sul medio. C'è l'anello con la pepita e c'è quello a serpente, ma la vera è scomparsa.»

«Ha ragione» disse Barker.

«Lei mi dice» domandò il sergente «che l'anello nuziale era sotto l'altro?»

«Certo!»

«Dunque l'assassino, o chiunque sia, ha levato questo anello che lei chiama l'anello della pepita, poi l'anello nuziale, e ha quindi rimesso a posto l'anello con la pepita.»

«Non può essere stato che così.»

Il degno poliziotto di campagna scosse la testa. «Ho l'impressione che più presto arrivano quelli di Londra tanto meglio sarà» disse. «White Mason è un uomo in gamba. È uno che non si spaventa di niente, e tra poco sarà qui ad aiutarci; ma io credo che bisognerà che vengano proprio quelli di Londra, se vorremo cavarci da questo impiccio. Personalmente non mi vergogno di dire che è una faccenda un po' troppo complessa per me.»

4
Tenebre

Alle tre del mattino il capo della polizia del Sussex, all'urgente messaggio del sergente Wilson di Birlstone, giunse dal quartier generale in un biroccino trainato da un trottatore che era rimasto senza respiro a forza di correre. Col treno delle 5.40 del mattino aveva inviato a Scotland Yard il suo rapporto, e a mezzogiorno si trovava alla stazione di Birlstone ad attenderci. White Mason era un uomo dall'aspetto tranquillo e rassicurante; vestiva un abito sportivo tagliato alla buona; aveva una faccia rubiconda e accuratamente sbarbata, un corpo massiccio, e due possenti gambe arcuate adorne di ghette che lo facevano assomigliare a un piccolo agricoltore, a un guardacaccia a riposo, a tutto insomma fuorché a un elemento particolarmente dotato dell'ufficio di investigazione criminale della provincia.

«Una bella storia, signor MacDonald» continuava a ripetere. «Non appena lo sapranno, i giornalisti voleranno qui come mosche. Spero che riusciremo a fare il nostro lavoro prima che vengano a ficcare il naso nelle nostre faccende e a confondere tutte le eventuali tracce. Che io ricordi non è mai accaduto un fatto simile. Ci sono degli elementi che sembrano fatti proprio su misura per lei, signor Holmes, se non sbaglio. E anche per lei, dottor Watson, perché prima che avremo finito anche i medici avranno la loro parola da dire. Vi ho fissato una stanza al Westville Arms. Non c'è altro albergo, ma mi dicono che è pulito e ben tenuto. Quest'uomo vi porterà le valigie. Da questa parte, signori, prego.»

Era una persona molto servizievole e cordiale, questo poliziotto del Sussex. In dieci minuti eravamo tutti sistemati. In capo ad altri dieci stavamo seduti nel salottino dell'albergo dove ci veniva fatto un rapido riassunto degli avvenimenti di cui ho già dato notizia nel capitolo precedente. MacDonald prendeva di quando in quando un appunto, mentre Holmes era assorto, con un'espressione di stupore e sorpresa sul viso. Sembrava un botanico che osserva un fiore raro e prezioso.

«Fantastico!» disse quando il racconto ebbe termine. «Veramente straordinario! Credo mi sia difficile rammentare un altro caso che presenti tratti così caratteristici.»

«Ero sicuro che avrebbe detto così, signor Holmes» esclamò White Mason, tutto soddisfatto. «Qui nel Sussex andiamo al passo coi tempi! Adesso vi ho detto come stavano le cose sino al momento in cui sono andato a rilevare il sergente Wilson fra le tre e le quattro di stamane. Parola d'onore, l'ho fatta marciare, la mia vecchia cavalla! Ma dopotutto non c'era bisogno che mi affrettassi tanto, perché non ho potuto concludere nulla. Il sergente Wilson aveva già raccolto tutti i dati: io li ho controllati e li ho studiati aggiungendone un paio per conto mio.»

«E quali sarebbero?» domandò Holmes con interesse.

«Ecco: prima di tutto ho fatto esaminare il martello. C'era anche il dottor Wood ad aiutarmi, ma non abbiamo trovato nessuna traccia di violenza. Io speravo che se Douglas si era difeso col martello, forse poteva aver lasciato la sua impronta sull'assassino, prima di lasciar ricadere lo strumento sulla stuoia, ma il martello non presentava la minima traccia.»

«Questo naturalmente non prova nulla» osservò l'ispettore MacDonald. «Quanti delitti sono stati compiuti con un martello senza che questo, usato come arma, presentasse alcuna traccia!»

«È vero: infatti non dimostra che non sia stato usato, però potevano esserci delle macchie, e questo particolare ci avrebbe aiutato. Ma nel nostro caso non ne abbiamo trovata nessuna. Ho ispezionato quindi il fucile. Erano cartucce a pallettoni, e come mi ha fatto notare il sergente Wilson i grilletti erano legati insieme con un filo di ferro in modo che premendo su quello posteriore le due canne potevano essere scaricate contemporaneamente. Chiunque abbia preparato questo trucco era ben deciso a non correre il rischio di lasciarsi scappare il proprio uomo. L'arma segata non aveva più di sessanta centimetri di lunghezza; era facile trasportarla nascosta sotto la giacca. Il nome del fabbricante non era completo, ma le lettere stampate "Pen" si trovavano sulla scanalatura tra le canne, mentre il resto del nome era stato segato via.»

«Una grossa "P" con uno svolazzo sopra... poi una "e" e una "n" più piccole?» domandò Holmes.

«Precisamente.»

«Pennsylvania Small Arm Company... Una nota fabbrica di armi americana» spiegò Holmes.

White Mason fissò il mio amico così come il nostro medico generico di villaggio guarda lo specialista di Harley Street che con una parola riesce a risolvere le difficoltà che lo turbano.

«Questa è un'informazione preziosissima, signor Holmes. Non c'è dubbio: ha ragione. Fantastico... fantastico! Ma lei tiene a memoria i nomi di tutti gli armaioli di questo mondo?»

Holmes tagliò corto con un lieve cenno della mano.

«Comunque è certo che si tratta di un fucile americano» proseguì White Mason. «Mi pare di aver letto che il fucile segato è un'arma assai usata in alcune regioni d'America. Lasciando da parte il particolare del nome sulla canna, questa ipotesi si era affacciata anche a me. Ciò tenderebbe dunque a dimostrare che chi è entrato nella casa e ne ha ammazzato il proprietario sia americano.»

MacDonald scosse il capo. «Mio caro, lei va un po' troppo in fretta» disse. «Che io sappia non esistono prove che un forestiero sia mai stato in quella casa.»

«La finestra aperta, il sangue sul davanzale, quello strano biglietto da visita, le impronte degli stivali nell'angolo, il fucile.»

«Tutte cose che potevano benissimo essere state predisposte. Douglas era americano, o per lo meno era vissuto a lungo in America. Così pure Barker. Non occorre importare un americano da fuori per spiegare azioni all'americana!»

«Ames, il maggiordomo...»

«A proposito! È un tipo sicuro?»

«È rimasto dieci anni con sir Charles Chandos... È solido come una roccia. Poi è sempre stato con Douglas da quando questi ha acquistato il castello cinque anni fa. È sicuro di non aver mai visto in casa un'arma del genere.»

«Ma era stata preparata in modo da poter essere dissimulata: per questo appunto le canne erano segate: avrebbe potuto benissimo entrare in qualsiasi scatola. Come può giurare che non esistesse nella casa un simile fucile?»

«Be', Ames comunque afferma di non averlo mai visto.»

MacDonald scosse la sua ostinata testa di scozzese. «Io non sono ancora convinto che non ce ne fosse uno in casa» disse. «La prego di rifletterrre» a mano a mano che si perdeva in una discussione appassionante il suo accento diventava sempre più scozzese «la prego di rifletterrre su che cosa comporta la supposizione che quest'arma sia stata portata dentro casa e che tutte queste strane azioni siano state compiute da una persona proveniente dall'esterno. Ma, caro mio, questo è assolutamente inconcepibile! È contro ogni buonsenso! Io mi rimetto a lei, signor Holmes, giudicando la situazione da quello che abbiamo udito.»

«Bene, sentiamo la sua opinione, Mac» disse Holmes col suo più austero tono di giudice imparziale.

«Qui non si tratta di un ladro, ammesso che ne sia mai esistito uno. La faccenda dell'anello e il particolare del biglietto indicano un delitto premeditato per motivi privati. Benissimo. Ci troviamo dunque di fronte a un uomo che s'infila di soppiatto in una casa con la ferma intenzione di uccidere. Sa, ammesso che sappia qualcosa, che avrà una certa difficoltà a battersela, perché la casa è circondata dall'acqua. Quale arma sceglierà? Voi direste la più silenziosa del mondo. Potrebbe così sperare, una volta compiuto il delitto, di svignarsela dalla finestra, guadare il fossato e allontanarsi con comodo. Questo è comprensibile. Ma è comprensibile che si dia la briga di portare con sé il fucile più rumoroso della terra, sapendo perfettamente che richiamerà immediatamente sul posto tutta la gente della casa, e che sarà quasi impossibile che nessuno lo veda prima che riesca a passare il fosso? È credibile questo, signor Holmes?»

«Certo, lei spiega il caso molto sbrigativamente» replicò in tono pensieroso il mio amico. «Occorrono naturalmente parecchie pezze d'appoggio. Posso chiederle, signor White Mason, se ha esaminato subito il lato opposto del fossato, per vedere se recava traccia che l'uomo vi si fosse arrampicato nell'uscire dall'acqua?»

«Non abbiamo trovato nulla, signor Holmes; ma c'è il bordo di pietra, e sarebbe impossibile trovarvi sopra delle tracce.»

«Nessuna traccia, nessuna impronta?»

«Niente.»

«Ah! Le rincrescerebbe, signor Mason, se andassimo subito alla casa? Potremmo forse trovare qualche altro particolare indicatore.»

«Stavo per proporglielo, signor Holmes, ma ho ritenuto opportuno mettervi prima al corrente di tutti i fatti. Credo, se qualcosa dovesse colpirla...» White Mason guardò il dilettante con aria curiosa.

«Ho già lavorato col signor Holmes,» disse l'ispettore MacDonald «sa stare al gioco.»

«Comunque alla mia idea personale del gioco» rettificò Holmes con un sorriso. «Io accetto di studiare un problema per aiutare la giustizia e l'opera della polizia. Se a volte mi sono staccato dall'autorità ufficiale, è perché questa si è per prima staccata da me. Ma non ho nessun desiderio di segnare punti a spese di questa. Al tempo stesso però, signor White Mason, reclamo il diritto di lavorare a modo mio e di fornire i risultati quando lo ritengo opportuno, e completi, anziché per stadi successivi.»

«Certo noi siamo onorati della sua collaborazione e desideriamo sottoporle tutto quello che sappiamo» disse con cordialità White Mason. «Andiamo, dottor Watson, e quando sarà il momento speriamo di trovare tutti quanti un posticino nel suo prossimo libro.»

Ci avviammo per la strada del villaggio costeggiata da una doppia fila di olmi. Poco più in là sorgevano due vecchi pilastri di pietra, rovinati dalle intemperie e ricoperti di muschio, che recavano sulle loro cime qualcosa di informe che un tempo era stato il leone rampante di Capus di Birlstone. Una breve passeggiata lungo un viale serpeggiante, con zolle erbose e querce tutt'attorno come se ne vedono soltanto nell'Inghilterra rurale; poi una svolta brusca, e la lunga bassa casa dell'epoca di Giacomo I, una costruzione di mattoni di un colore verde-giallastro, ci sorse incontro, circondata su ciascun lato da un giardino all'antica di tassi potati. Nell'avvicinarci notammo il ponte levatoio di legno e il fossato, largo e bello, immobile e luminoso come mercurio sotto il freddo sole invernale. Tre secoli erano trascorsi sull'antico castello, secoli di nascite e di ritorni, di danze campestri e di raduni di cacciatori di volpi. Com'era strano che ora, nella vecchiezza, le sue venerabili mura dovessero essere offuscate dalla torva ombra di questa lugubre vicenda! E tuttavia quei curiosi tetti appuntiti, quegli antiquati frontoni triangolari ben si adattavano a far da cornice a un così fosco e spaventoso mistero. Mentre osservavo le finestre profondamente incassate e la lunga curva della facciata sbiadita, lambita dall'acqua, sentivo che nessuno scenario poteva essere più adatto di quello a una simile tragedia.

«Questa è la finestra,» disse White Mason «immediatamente a destra del ponte levatoio. È aperta proprio come fu trovata ieri sera.»

«Sembra piuttosto stretta perché ci possa passare un uomo.»

«Certo non doveva essere un uomo grasso: non abbiamo bisogno delle sue deduzioni, signor Holmes, per capirlo! Ma anche lei o io stringendoci un pochino potremmo passarci.»

Holmes andò sino all'estremità del fossato e guardò dall'altra parte. Esaminò quindi lo spalto di pietra e il bordo erboso che si stendeva al di là di questo.

«Ci ho guardato bene io, signor Holmes» disse White Mason. «Non c'è assolutamente nulla! Nessuna traccia del passaggio di qualcuno. Ma perché poi doveva lasciare traccia?»

«È esatto. Perché? L'acqua è sempre così torbida?»

«Di solito sì: il torrente trasporta molta argilla.»

«Che profondità ha?»

«Circa sessanta centimetri sui due lati e novanta nel mezzo.»

«Dobbiamo dunque rinunciare all'ipotesi che il nostro uomo sia annegato attraversandolo.»

«No, non vi annegherebbe neppure un bambino.»

Attraversammo il ponte levatoio e fummo introdotti da un individuo all'antica, ossuto e vizzo: il maggiordomo Ames. Il povero vecchio era ancora tutto bianco e tremante per l'emozione. Il sergente del villaggio, un uomo alto, cerimonioso, malinconico, era ancora di guardia nella stanza della tragedia. Il dottore se n'era andato.

«Niente di nuovo, sergente Wilson?» domandò White Mason.

«No, signore.»

«Allora puoi andare. Hai fatto anche troppo. Ti manderemo a chiamare, se avremo bisogno di te. Il maggiordomo sarà meglio che aspetti fuori. Digli di avvertire il signor Barker, la signora Douglas e la governante che abbiamo bisogno di parlare subito con loro. E adesso, signori, spero mi permetterete di dirvi le impressioni che io mi sono formato di primo acchito, e in seguito voi potrete giungere a quelle conclusioni che riterrete più opportune.»

Mi faceva una buona impressione, quello specialista di provincia. Aveva una sua maniera solida di cogliere i fatti e un cervello chiaro, freddo, sensato, che certamente lo avrebbe portato lontano nella professione. Holmes lo ascoltava attento, senza mostrare traccia di quell'impazienza che troppo spesso gli esponenti della polizia ufficiale suscitavano in lui.

«Ci troviamo di fronte a un suicidio o di fronte a un delitto? Questa dev'essere la nostra prima domanda, signori, non vi pare? Se si tratta di suicidio dobbiamo dunque pensare che quest'uomo ha incominciato col togliersi l'anello nuziale, nascondendolo; è poi sceso qui, nel suo spogliatoio, ha calpestato del fango nell'angolo dietro la tendina per creare l'impressione che qualcuno si fosse nascosto laggiù in agguato, ha aperto la finestra, ha messo del sangue sul...»

«Possiamo senz'altro scartare questa ipotesi» lo interruppe MacDonald.

«È quello che penso anch'io. La tesi del suicidio è fuori discussione. Perciò è stato commesso un delitto. Quello che dobbiamo accertare è se fu commesso da qualcuno della casa o proveniente dall'esterno.»

«Bene, sentiamo che cos'ha da dire in proposito.»

«Le difficoltà sono notevoli sia in un caso sia nell'altro, eppure o il primo o il secondo devono essere esatti. Ammettiamo dunque come prima ipotesi che uno o più individui della casa commisero il delitto. Trascinarono la loro vittima qui dentro in un momento in cui tutto era silenzio, ma nessuno dormiva. Perpetrarono quindi il misfatto con l'arma più strana e più rumorosa del mondo, quasi volessero far sapere a tutti quello che era accaduto... con un'arma che non era mai stata vista prima nella casa. Questo non mi sembra un inizio molto probabile, non vi pare?»

«No.»

«Bene, procediamo: tutti sono d'accordo che da quando fu dato l'allarme trascorse soltanto un minuto al massimo e già i familiari, non il signor Cecil Barker soltanto, per quanto sostenga di essere stato il primo, ma Ames e tutti gli altri, si trovarono sul posto. E voi volete farmi credere che in quel brevissimo spazio di tempo il colpevole sia riuscito a lasciare quelle impronte nell'angolo, ad aprire la finestra a imbrattare di sangue il davanzale, a togliere dalla mano del morto l'anello nuziale e tutto il resto? È impossibile!»

«Lei si è spiegato con molta chiarezza» disse Holmes «e io sono propenso a condividere la sua opinione.»

«Bene: ci vediamo quindi costretti a ritornare all'ipotesi che il crimine fu compiuto da qualcuno proveniente dall'esterno. Ci troviamo ancora di fronte a difficoltà enormi che però non sono impossibilità. L'uomo è penetrato in casa tra le quattro e mezzo e le sei, vale a dire tra l'ora del crepuscolo e il momento in cui il ponte levatoio venne alzato. Vi erano stati degli ospiti e la porta era aperta, cosicché nulla dovette impedirgli la strada. Può essere stato un ladro volgare, può essere stato qualcuno che covava contro Douglas qualche rancore privato. Dal momento che Douglas ha trascorso la maggior parte della propria esistenza in America, e dal momento che questo fucile sembra essere un'arma di provenienza americana, sembrerebbe che la teoria di un rancore privato sia la più probabile. L'uomo si è infilato in questa stanza perché fu la prima di fronte alla quale si trovò, e si nascose dietro la tendina. Qui rimase sin dopo le undici di sera. In quel momento Douglas entrò nella stanza. Il colloquio dovette essere breve, se un colloquio vi fu, poiché la signora Douglas dichiara che suo marito l'aveva lasciata da soli pochi minuti quando lei intese lo sparo.»

«La candela ce lo dimostra» disse Holmes.

«Esattamente. La candela, che era completamente nuova, è bruciata per non più di un centimetro e mezzo. Deve averla posata sul tavolo prima di essere assalito, altrimenti, naturalmente, sarebbe caduta insieme a lui. Questo indica che non fu assalito nel momento stesso in cui entrò nella stanza. Quando il signor Barker sopraggiunse, la lampada era accesa e la candela spenta.»

«Tutto ciò è abbastanza chiaro.»

«E adesso possiamo ricostruire i fatti su questi dati. Douglas entra nella stanza. Depone la candela. Un uomo appare da dietro il tendaggio. È armato di questo fucile. Reclama l'anello nuziale: Dio solo sa perché, ma deve essere stato così. Douglas glielo consegna. Poi forse a sangue freddo, forse nel corso di una lotta – Douglas deve avere afferrato il martello che fu ritrovato sulla stuoia – l'uomo colpisce Douglas in questa maniera spaventosa. Lascia poi cadere l'arma, e anche, parrebbe, questo strano ed enigmatico biglietto con scritto "V.V. 341", scappa dalla finestra e attraversa il fossato proprio nel momento in cui Cecil Barker scopre il delitto. Che cosa ne pensa di questa ipotesi, signor Holmes?»

«È molto interessante, ma non del tutto convincente.»

«Caro amico, sarebbe una cretinaggine completa, se non fosse che qualunque altra ipotesi è anche peggio» sbottò MacDonald. «Qualcuno ha ammazzato Douglas, e chiunque sia stato io potrei chiaramente dimostrarvi che dovrebbe aver compiuto il misfatto in qualche altra maniera. Che interesse aveva nel tagliarsi in quel modo la ritirata? Che intenzioni aveva nell'usare un fucile a canna corta quando il silenzio non poteva che favorire la sua fuga? Andiamo, signor Holmes, ora tocca a lei darci una spiegazione, dal momento che lei dice che la teoria di White Mason non è convincente.»

Durante questa lunga discussione Holmes era rimasto seduto attentissimo, senza perdere una sola parola di quanto veniva detto, mentre i suoi occhi penetranti dardeggiavano a destra e a sinistra, e l'intensità della riflessione gli corrugava la fronte.

«Vorrei ancora qualche fatto prima di arrischiarmi a esprimere un'opinione, Mac» disse inginocchiandosi accanto al cadavere. «Dio mio! Queste ferite sono veramente spaventose! Possiamo chiamare un momento il maggiordomo?... Ames, mi è stato detto che lei ha visto spesso questo segno assai insolito, un triangolo dentro un cerchio, impresso a fuoco sull'avambraccio del signor Douglas: è esatto?»

«Sì, signore.»

«Non ha mai sentito dire che cosa poteva essere?»

«No, signore.»

«Dev'essere stato molto doloroso imprimerlo. Si tratta indubbiamente di una bruciatura. Osservi ora, Ames, come all'angolo della mascella del signor Douglas vi sia un pezzetto di cerotto. Lo ha notato quando era ancora vivo?»

«Sì, signore; si è tagliato ieri mattina facendosi la barba.»

«Si era già tagliato altre volte facendosi la barba?»

«Non gli capitava da un pezzo, signore.»

«Interessante!» disse Holmes. «Può essere naturalmente una semplice coincidenza, o forse potrebbe indicare un certo nervosismo, che farebbe supporre che avesse motivo di temere un pericolo. Aveva notato nulla di speciale nel suo modo di comportarsi, ieri sera, Ames?»

«Avevo osservato che era un po' inquieto ed eccitato, signore.»

«Ah! Forse, dunque, l'aggressione non gli è giunta del tutto inattesa. A quanto pare stiamo facendo qualche progresso, non le sembra? Forse preferisce continuare lei l'interrogatorio, Mac?»

«No, signor Holmes; lei ci sa fare meglio di me.»

«Va bene: passiamo dunque ora a questo biglietto. "V.V. 341." È un cartoncino rozzo; ne avete di simili in casa?»

«Non credo.»

Holmes si accostò alla scrivania e versò un po' d'inchiostro da ciascun calamaio su un foglio di carta assorbente. «Non è stato compilato in questa stanza;» disse «questo è inchiostro nero, mentre quello usato qui è rossiccio. È stato vergato con una penna grossa, mentre queste sono fini. No, è stato scritto altrove, secondo me. Lei riesce a capire qualcosa di questa scritta, Ames?»

«No, signore.»

«E lei cosa ne pensa, Mac?»

«A me dà l'impressione che si tratti di qualche società segreta, forse la stessa che gli ha impresso quel segno sull'avambraccio.»

«È quello che penso anch'io» disse White Mason.

«Va bene, possiamo adottarla come ipotesi di base, per vedere sino a che punto riusciamo a diradare gli ostacoli che si frappongono alla nostra soluzione. Un agente di questa società X riesce a intrufolarsi nella casa, spia Douglas, lo decapita o quasi con quest'arma, e si mette in salvo guadando il fossato dopo aver lasciato presso il morto un documento che possa, quando sia menzionato sui giornali, avvertire gli altri affiliati alla società che la vendetta è stata compiuta. È un'ipotesi che può andare: ma perché proprio quest'arma, fra tutte?»

«Appunto.»

«E perché manca l'anello?»

«Già.»

«E perché non è stato eseguito nessun arresto? Sono ormai le due passate. Sono sicuro che dall'alba tutti gli agenti del luogo, per un raggio di cinquanta chilometri, stanno cercando uno sconosciuto fradicio di acqua.»

«È proprio così, signor Holmes.»

«Dunque, a meno che non abbia una tana qui vicino, o un cambio di abiti bell'e pronto, non è possibile che sfugga. Eppure sino a questo momento *è sfuggito.*» Holmes si era avvicinato alla finestra e si era messo a esaminare con la sua lente la macchia di sangue sul davanzale. «Si tratta evidentemente dell'impronta di una scarpa. È di proporzioni rispettabili; io direi che si tratta di un piede piatto, con la pianta volta verso l'esterno. È strano, perché per quello che è possibile capire dalle impronte lasciate in quest'angolo sporco di fango, si direbbe che appartengano a un piede meglio disegnato. Certo che sono orme assai indistinte. Che cosa c'è sotto quel tavolino?»

«I manubri del signor Douglas» disse Ames.

«Manubri?... Ma ce n'è uno solo! Dov'è l'altro?»

«Non lo so, signor Holmes. Forse ce n'è sempre stato uno solo. Erano mesi che non li vedevo.»

«Un manubrio solo!...» mormorò Holmes in tono pensieroso. Ma le sue osservazioni furono interrotte da un colpo brusco all'uscio. Entrò un uomo alto, abbronzato, accuratamente sbarbato, dall'aspetto sicuro, che ci fissò con aria risoluta. Io non ebbi alcuna difficoltà a immaginare che dovesse essere Cecil Barker, il personaggio di cui avevo tanto inteso parlare. I suoi occhi dominatori errarono sui nostri volti con un rapido sguardo interrogativo.

«Mi spiace interrompere le vostre consultazioni,» disse «ma devo informarvi delle ultime notizie.»

«È stato arrestato?»

«Non abbiamo ancora avuto questa fortuna, ma hanno trovato la sua bicicletta. L'uomo l'ha dimenticata o se n'è disfatto. Venite a dare un'occhiata. È a meno di cento metri dalla porta d'ingresso.»

Trovammo alcuni garzoni di scuderia in piedi nel viale, stavano osservando una bicicletta estratta da un cespuglio di sempreverdi in cui era stata nascosta. Era una Rudge-Whitworth, in cattivo stato, e tutta sporca come se fosse stata usata per un lungo tragitto. Era munita di uno zaino contenente una chiave inglese e un oliatore, ma ciò non offriva alcun indizio sul suo proprietario.

«Sarebbe un grande aiuto per la polizia» osservò l'ispettore «se questi aggeggi avessero una targa. Ma comunque sia, dobbiamo accontentarci di quello che abbiamo trovato. Se non riusciamo a scoprire dov'è andato saremo almeno in grado, forse, di capire da dove è venuto. Ma perché, in nome di tutti i santi del paradiso, non si è portato con sé la bicicletta? E come diamine ha fatto ad allontanarsi senza di essa? Mi pare che brancoliamo sempre di più nel buio, signor Holmes!»

«Davvero?» rispose il mio amico con aria assorta. «Chissà!»

5
I personaggi del dramma

«Avete visto tutto quello che volevate vedere nello studio?» domandò White Mason mentre rientravamo in casa.

«Per il momento sì» rispose l'ispettore, e Holmes annuì.

«Vorrete forse allora ascoltare le testimonianze di qualcuno degli occupanti della casa. Potremmo servirci della sala da pranzo, Ames? Venga dunque prima lei, per favore, e ci dica quello che sa.»

La deposizione del maggiordomo fu molto semplice e chiara, e diede un'impressione convincente di sincerità. Era stato assunto cinque anni prima, quando il signor Douglas era venuto per la prima volta a Birlstone. Gli era stato detto che Douglas era un ricco signore che aveva fatto quattrini in America. Era stato per lui un padrone cortese e pieno di riguardi, non proprio come Ames era stato abituato, forse, ma a questo mondo non si può avere tutto. Non aveva mai notato nel signor Douglas alcuna apprensione: al contrario, era l'uomo più impavido che avesse mai conosciuto. Voleva che il ponte levatoio fosse alzato ogni sera perché questa era l'antica usanza, e a lui piaceva conservare le vecchie tradizioni. Il signor Douglas si recava raramente a Londra e raramente lasciava il villaggio, ma il giorno antecedente il delitto era stato a fare compere a Tunbridge Wells. Lui, Ames, aveva notato una certa irrequietezza e una certa agitazione nel signor Douglas, quel giorno, poiché gli era apparso impaziente e irritabile, il che era insolito in lui. Quella sera Ames non si era coricato, ma si trovava nella dispensa, sul retro della casa, intento a riporre l'argenteria, quando sentì una violenta scampanellata. Non udì alcuno sparo, ma era ben difficile che potesse udirlo, poiché sia la dispensa che le cucine si trovavano proprio in fondo alla casa e tra queste e il resto dell'abitazione si frapponevano parecchie porte chiuse e un lungo corridoio. La governante era uscita dalla propria stanza, richiamata dal violento squillo del campanello, e insieme si erano recati verso l'ingresso della casa. Giunti in fondo alle scale ne avevano visto scendere la signora Douglas. Non in fretta, non gli era parso che fosse particolarmente agitata. Proprio mentre arrivava in fondo alla scala il signor Barker era corso fuori dallo studio. Aveva fermato la signora Douglas e l'aveva implorata di tornare indietro.

La signora Douglas si era lasciata convincere a ritirarsi. Non aveva gridato, non aveva fatto scenate. La signora Allen, la governante, l'aveva ricondotta di sopra ed era rimasta con lei in camera da letto. Quindi Ames e il signor Barker erano ritornati nello studio, dove avevano trovato ogni cosa esattamente come aveva visto la polizia. In quel momento la candela non era accesa, ma la lampada soltanto. Avevano guardato fuori dalla finestra, ma la notte era molto buia e non erano riusciti a vedere o udire nulla. Poi erano corsi fuori nel vestibolo, dove Ames aveva girato il verricello che serviva a calare il ponte levatoio. Infine il signor Barker si era precipitato fuori ad avvertire la polizia. Questa, per sommi capi, fu la deposizione del maggiordomo.

La testimonianza della signora Allen, la governante, non fece che convalidare quella del suo compagno di lavoro. La stanza della signora si trovava un po' più vicina alla parte anteriore della casa rispetto alla dispensa in cui Ames era occupato al momento. Si stava preparando per andare a letto quando il violento squillo del campanello aveva attirato la sua attenzione. Era un po' dura d'orecchi. Forse per questo non aveva inteso il rumore dello sparo, ma in ogni caso lo studio era parecchio lontano. Si rammentava di aver udito un rumore come di una porta sbattuta violentemente. Questo era accaduto un bel po' prima, almeno mezz'ora prima che il campanello squillasse. Quando Ames era accorso lei lo aveva seguito. Aveva visto uscire dallo studio il signor Barker, pallidissimo e molto emozionato. Questi aveva fermato la signora Douglas, che stava scendendo le scale.

L'aveva supplicata di tornare indietro e la donna aveva risposto qualcosa che nessuno era riuscito ad afferrare.

«La porti con sé, rimanga con lei!» aveva detto alla signora Allen.

Aveva quindi condotto la signora nella stanza da letto e si era data da fare per calmarla. La signora era sconvolta, tremava tutta, ma non tentò più di ridiscendere. Era rimasta seduta in vestaglia accanto al camino con la testa nascosta tra le mani. La signora Allen aveva trascorso con lei la maggior parte della notte. In quanto agli altri domestici si erano coricati tutti, e l'allarme li aveva svegliati solo al momento dell'arrivo della polizia. Dormivano nell'ala estrema della casa, e non era possibile che avessero sentito qualcosa.

Questo per quanto riguardava la governante, che non seppe rispondere altro alle varie domande, se non lamenti ed esclamazioni di sbalordimento.

Il testimone successivo fu Cecil Barker. Circa i fatti occorsi durante la notte precedente ben poco aveva da aggiungere a quanto già aveva detto alla polizia. Personalmente era convinto che l'assassino fosse fuggito attraverso la finestra. A parer suo la macchia di sangue era conclusiva per quanto riguardava questo punto. D'altronde, poiché il ponte levatoio era alzato, l'uomo non aveva avuto altra possibile via di fuga. Non sapeva spiegare che cosa potesse esserne stato del criminale, né perché questi non avesse portato con sé la propria bicicletta, ammesso che fosse veramente la sua. Era impossibile che fosse annegato nel fossato, la cui profondità non superava mai il metro.

Barker aveva un'opinione personale e precisa sul delitto. Douglas era sempre stato un individuo molto reticente, e vi erano alcuni capitoli della sua esistenza di cui non parlava mai. Era emigrato in America dall'Irlanda quando era ancora giovanissimo. Laggiù aveva fatto fortuna, e Barker lo aveva conosciuto in California, dove erano divenuti soci in una concessione mineraria assai fruttifera situata in un luogo chiamato Benito Canyon. Erano riusciti ad accumulare una sostanza considerevole, ma improvvisamente Douglas aveva venduto tutto ed era partito per l'Inghilterra. A quel tempo era vedovo. In seguito Barker aveva a sua volta liquidato la propria posizione laggiù ed era venuto a stabilirsi a Londra. Avevano in tal modo riannodato la loro amicizia. Douglas gli aveva dato l'impressione che qualche pericolo pendesse sul suo capo, e lui aveva sempre pensato che la sua partenza improvvisa dalla California, nonché il fatto che si fosse ritirato in un angolo d'Inghilterra così tranquillo e remoto, fossero connessi con questo oscuro pericolo. Pensava che qualche società segreta, qualche organizzazione implacabile fosse sulle orme di Douglas e non gli avrebbe dato pace finché non lo avesse ucciso. Erano state alcune osservazioni espresse dall'amico a suggerirgli questa idea, benché Douglas non gli avesse mai detto di che società si trattasse, né come o perché gli fosse nemica. Poteva solo supporre che la scritta sul cartoncino facesse qualche riferimento a questa ipotetica società segreta.

«Quanto tempo è rimasto con Douglas in California?» domandò l'ispettore MacDonald.

«Cinque anni in tutto.»

«Era scapolo, non è vero?»

«Era vedovo.»

«Ha mai saputo chi fosse la sua prima moglie?»

«No; una volta mi disse che era di origine svedese e ho visto anche il suo ritratto. Dev'essere stata una donna bellissima: è morta di febbre tifoidea l'anno prima che io conoscessi Douglas.»

«Lei non riesce ad associare il suo passato con qualche regione particolare dell'America?»

«Rammento di averlo udito parlare di Chicago. Douglas conosceva bene quella città e vi aveva lavorato. A volte parlava delle zone carbonifere e delle ferriere di laggiù. Deve aver viaggiato parecchio, ai suoi tempi.»

«Si occupava di politica? Crede che questa società segreta possa avere qualche coloritura politica?»

«No. Douglas non si interessava affatto di politica.»

«Lei non ha motivo di ritenere che potesse essere un criminale?»

«Al contrario: non ho mai incontrato uomo più retto.»

«C'era qualcosa di strano nella sua vita in California?»

«A lui piaceva soprattutto soggiornare e lavorare nella nostra concessione sulle montagne. Se appena gli era possibile cercava di non andare mai dove c'erano altri uomini. Ecco perché cominciai a pensare che qualcuno gli stesse dando la caccia. Poi, quando partì così all'improvviso per l'Europa, il mio sospetto si tramutò in certezza. Io credo che debba aver avuto qualche avvertimento. Infatti a una settimana dalla sua partenza una mezza dozzina di uomini venne a cercarlo.»

«Chi erano questi uomini?»

«Mah! Erano tipi poco rassicuranti. Salirono su alla concessione e vollero sapere dov'era. Io risposi loro che era partito per l'Europa e che non sapevo dove avrebbero potuto trovarlo. Certo non nutrivano nei suoi riguardi intenzioni benevole... questo era facile da capire.»

«Questi uomini erano americani... della California?»

«Be', io non so se fossero della California o no: so che erano senz'altro americani, ma certo non minatori. Non so chi fossero, e in quel momento non vedevo l'ora che se ne andassero.»

«Questo accadeva sei anni fa?»

«Quasi sette.»

«Dunque voi siete rimasti insieme per cinque anni in California, quindi questa faccenda risale a non meno di undici anni fa?»

«Precisamente.»

«Doveva trattarsi di un rancore veramente insanabile se poté essere covato con tanta energia per un tempo così lungo. E quello che lo fece nascere non doveva certo essere cosa da poco!»

«Io credo che questo incubo gravò su tutta la sua esistenza, e non dovette lasciarlo quasi mai.»

«Ma se un uomo sa che sul suo capo grava un pericolo, e sa di che pericolo si tratta, non trova che dovrebbe rivolgersi alla polizia in cerca di protezione?»

«Forse era un pericolo contro il quale nessuno era in grado di proteggerlo. C'è una cosa che dovete sapere. Girava sempre armato: aveva costantemente la rivoltella in tasca; ma, per colmo di sfortuna, ieri sera era in vestaglia e aveva lasciato la pistola in camera da letto. Io credo che una volta che il ponte levatoio era alzato pensasse di essere al sicuro.»

«Vorrei fare un po' più di luce su tutte queste date» disse MacDonald. «Sono passati quasi sei anni da quando Douglas ha lasciato la California. Lei lo ha seguito l'anno dopo, se ho ben capito.»

«Precisamente.»

«E Douglas era sposato da cinque anni. Lei dunque dev'essere ritornato pressappoco al tempo del suo matrimonio.»

«Circa un mese prima. Gli ho fatto io da testimone.»

«Conosceva la signora Douglas prima del matrimonio?»

«No: sono rimasto assente dall'Inghilterra per circa dieci anni.»

«Ma in seguito l'ha vista spesso?»

Barker fissò il poliziotto con uno sguardo iroso.

«Dopo ho visto spesso *lui*» rispose. «Se ho visto la signora è perché non è possibile far visita a un uomo senza conoscerne la moglie. Se lei pensa che vi sia qualche rapporto...»

«Io non penso nulla, signor Barker. Io devo svolgere l'inchiesta senza tralasciare nessun particolare che possa fare luce sul caso; ma non avevo alcuna intenzione di offenderla.»

«Certe domande sono sempre offensive» ribatté Barker con irritazione.

«Noi vogliamo semplicemente i fatti. Ora, è nel suo interesse e nell'interesse di tutti che questi fatti siano chiariti. Il signor Douglas approvava incondizionatamente la sua amicizia verso la propria moglie?»

Barker impallidì e le sue grandi e forti mani si serrarono in una stretta convulsa.

«Lei non ha diritto di rivolgermi simili domande!» esclamò. «Che cos'ha a vedere questo col delitto di cui ci stiamo occupando?»

«Sono costretto a ripetere la domanda.»

«E io mi rifiuto di rispondere.»

«Lei può rifiutarsi di rispondere, ma deve comprendere che il suo rifiuto è di per se stesso una risposta, poiché lei non si rifiuterebbe di parlare se non avesse qualcosa da nascondere.»

Il volto di Barker si contrasse per un attimo in una grinta feroce e le sue folte sopracciglia nere si corrugarono sotto l'impulso di un pensiero violento, ma subito i suoi lineamenti si ricomposero e si spianarono in un sorriso.

«Va bene, dopotutto voi, signori, fate solo il vostro dovere, e io non ho alcun diritto di ostacolarvi. Vorrei soltanto pregarvi di non tormentare la signora Douglas con questo argomento, perché sta già soffrendo abbastanza. Vi dirò dunque che il povero Douglas aveva un unico difetto al mondo, e questo difetto era la gelosia. Mi voleva molto bene... nessun uomo avrebbe potuto volere più bene a un amico di quanto lui ne voleva a me. Ed era anche molto affezionato a sua moglie. Era contento che io venissi qui e mi mandava sempre a chiamare. E tuttavia se io e sua moglie discorrevamo insieme o sembrava che tra noi ci fosse anche la più innocente simpatia, subito un'onda di gelosia lo travolgeva; perdeva immediatamente il controllo dei propri nervi e vomitava un torrente di insolenze senza capo né coda. Proprio per questo motivo avevo giurato più di una volta di non farmi più vivo, ma poi Douglas mi scriveva lettere così pentite e imploranti che finivo col ritornare sempre sulla mia decisione. Ma posso darvi la mia parola d'onore, signori, e vorrei morire subito se così non fosse, che nessun uomo ebbe mai una moglie più innamorata e più fedele... e posso aggiungere mai un amico più leale di me.»

Aveva parlato con grande fervore e convinzione, ma l'ispettore MacDonald non poté ancora abbandonare l'increscioso argomento.

«Lei sa certamente» disse «che al morto fu tolto dal dito l'anello nuziale!»

«Così sembra» disse Barker.

«Perché dice: "Così sembra"? Sa benissimo che questo è un dato di fatto.»

L'uomo sembrò confuso e indeciso.

«Intendevo dire che forse fu Douglas stesso a togliersi l'anello dal dito.»

«Il semplice fatto che l'anello manchi, non importa chi sia stato a toglierlo, suggerirebbe alla mente di chiunque che tra il matrimonio e la tragedia esista un nesso!»

Barker scrollò le sue larghe spalle.

«Io non saprei dire che cosa ciò possa suggerire,» rispose «ma se lei intende insinuare che questo possa riflettersi in alcun modo sull'onore della signora...» i suoi occhi balenarono, ma subito, e con sforzo evidente, Barker riprese il controllo di sé «be', siete sulla pista sbagliata, ecco tutto.»

«Non credo di avere altro da chiederle, per il momento» disse freddamente MacDonald.

«Vorrei ancora una piccola delucidazione» interloquì a questo punto Sherlock Holmes. «Quando lei è entrato nella stanza, sul tavolo era accesa solo una candela, vero?»

«Precisamente.»

«E lei alla luce di questa candela ha capito che doveva essere successo qualche fatto terribile?»

«Proprio così.»

«Allora ha suonato subito in cerca di aiuto?»

«Sì.»

«E questo aiuto è arrivato subito?»

«In capo a un minuto o due.»

«Eppure quando gli altri sono arrivati hanno visto che la candela era spenta e che la lampada era stata accesa. Questo mi sembra un fatto degno di nota.»

Di nuovo Barker sembrò indeciso.

«Io non ci trovo nulla di notevole, signor Holmes» rispose dopo una pausa. «La candela spandeva una luce pessima, e perciò il mio primo pensiero fu di vederci meglio. La lampada era sul tavolo e così l'ho accesa.»

«E ha spento la candela?»

«Esattamente.»

Holmes non fece altre domande, e Barker, dopo aver lanciato a ciascuno di noi un'occhiata che a me parve contenere una sfida, girò sui tacchi e lasciò la stanza.

L'ispettore MacDonald aveva mandato a dire alla signora Douglas che sarebbe salito, ma lei aveva risposto che preferiva invece scendere da noi in sala da pranzo. Era una donna bella e alta, sui trent'anni, molto riservata e sicura di sé, ben diversa dalla figura tragica e disperata che mi ero immaginato. Era vero che il suo volto era pallido e tirato, come di chi ha subito un grave colpo, ma i suoi modi erano calmi, e la mano finemente modellata che si posò sull'orlo del tavolo era ferma e salda come la mia. I suoi occhi tristi, supplichevoli, errarono dall'uno all'altro di noi con un'espressione stranamente indagatrice. Quell'occhiata interrogativa si trasformò a un tratto in una brusca richiesta.

«Non avete ancora trovato nulla?»

Fu solo uno scherzo della mia immaginazione a farmi avvertire in questa domanda una sfumatura più di timore che di speranza?

«Non abbiamo lasciato nulla di intentato, signora» disse l'ispettore. «E può stare certa che non trascureremo nessun particolare.»

«Non lesinate nelle spese» disse la donna con voce atona, uniforme. «Desidero che si facciano tutti gli sforzi possibili per giungere a una rapida conclusione.»

«Lei forse potrà dirci qualcosa che ci servirà a fare luce sulla vicenda.»

«Temo di no, ma tutto quello che so è a vostra disposizione.»

«Abbiamo saputo dal signor Cecil Barker che lei non ha visto... che non è mai entrata nella stanza in cui si è svolta la tragedia.»

«No. Il signor Barker me lo ha impedito e mi ha supplicato di rientrare in camera mia.»

«Infatti. Lei aveva sentito lo sparo ed era subito scesa.»

«Mi sono infilata la veste da camera e sono accorsa immediatamente.»

«Quanto tempo è passato dal momento in cui ha sentito lo sparo a quello in cui è stata fermata sulle scale dal signor Barker?»

«Forse un paio di minuti. È talmente difficile calcolare il tempo in certi momenti! Lui mi ha implorato di non proseguire asserendo che ormai non potevo fare nulla. Quindi la signora Allen, la governante, mi ha ricondotto di sopra. Mi pareva di vivere come in un sogno spaventoso.»

«Saprebbe dirci da quanto tempo suo marito era al piano di sotto prima che udisse lo sparo?»

«No, non saprei dire. È uscito dal suo spogliatoio e io non l'ho sentito uscire. Faceva ogni sera il giro della casa poiché aveva molta paura di un possibile incendio. È la sola cosa di cui avesse veramente paura.»

«Questo è precisamente il punto al quale desidero venire, signora Douglas. Lei conosceva suo marito solo da quando ritornò a stabilirsi in Inghilterra?»

«Sì. Eravamo sposati da cinque anni.»

«Non aveva mai parlato con lei di qualcosa che era successo in America e che forse avrebbe potuto costituire per lui un pericolo?»

La signora Douglas parve riflettere profondamente, prima di rispondere.

«Sì» disse infine. «Io ho sempre avuto la sensazione che un pericolo lo minacciasse. Tuttavia rifiutava sempre di discutere con me della cosa. Non era per mancanza di fiducia nei miei confronti... tra noi regnavano sempre un affetto e una fiducia assoluti, ma perché voleva evitarmi ogni preoccupazione. Pensava che, forse, se avessi saputo, mi sarei angustiata.»

«Come faceva lei a sapere, allora?»

Il volto della signora si illuminò di un rapido sorriso.

«È possibile che un marito nasconda un segreto per tutta la propria vita e che sua moglie, se lo ama, non ne abbia alcun sospetto? Intuii la cosa in molti modi. La intuii in seguito ai suoi ripetuti rifiuti di parlare di alcuni episodi relativi alla sua vita in America. Compresi che nascondeva un segreto da certe precauzioni che prendeva solitamente. Me ne accorsi per certe parole che si lasciò sfuggire. Lo compresi dal modo in cui guardava la gente che non conosceva e nella quale si imbatteva all'improvviso. Ero sicurissima che dovesse avere qualche nemico potente, e che era certo che qualcuno lo braccava, e sentivo che era sempre in guardia contro questo eventuale nemico. Ero talmente sicura di questo che per anni, se soltanto tardava qualche minuto a rincasare, ero assalita da un terrore senza nome.»

«Potrei chiederle» disse Holmes «quali furono le parole che attrassero la sua attenzione?»

«"La Valle della Paura"» rispose la signora. «Questa era un'espressione che usava sempre quando io lo interrogavo. "Sono stato nella Valle della Paura, e non ne sono ancora uscito." "Ma non usciremo mai dalla Valle della Paura?" gli chiesi una volta, vedendolo più preoccupato del solito. "A volte penso di no" mi rispose.»

«Certo lei gli avrà chiesto che cosa intendesse con questa "Valle della Paura"?»

«Certamente, ma ogni volta che glielo chiedevo il suo volto si faceva scuro e scuoteva il capo. "È già abbastanza terribile che uno di noi debba essere entrato nella sua ombra" mi rispondeva. "Voglia Dio che non debba mai accadere anche a te." Certo doveva essere qualche valle reale in cui era vissuto e in cui qualcosa di spaventoso doveva essergli accaduto – di questo sono sicura –, ma altro non saprei dirvi.»

«E non ha mai fatto alcun nome?»

«Sì, una volta che delirava nella febbre, quando ebbe un incidente di caccia tre anni or sono. Rammento che ripeteva continuamente un nome. Lo pronunciava con collera e con una specie di orrore. Questo nome era McGinty. Gran maestro McGinty. Quando si ristabilì io gli domandai chi fosse questo gran maestro McGinty e di che cosa fosse maestro. "Certo non è mai stato mio maestro, grazie al cielo!" mi rispose ridendo, e questo fu tutto quanto riuscii a sapere. Ma certo doveva esserci un rapporto tra il gran maestro McGinty e la Valle della Paura.»

«Ancora un chiarimento» disse l'ispettore MacDonald. «Lei ha conosciuto il signor Douglas in una pensione londinese, vero? E laggiù si è fidanzata con lui. Non vi è stato nulla di romantico, di segreto e di misterioso nel vostro matrimonio?»

«Certo che ci fu del romanzo: c'è sempre qualcosa di romantico in un matrimonio, ma assolutamente nulla di misterioso.»

«Non aveva rivali?»

«No, io ero liberissima.»

«Lei avrà saputo senza dubbio che gli è stato sottratto l'anello nuziale. Questo particolare non le suggerisce nulla? Ammesso che qualche nemico di vecchia data lo abbia rintracciato e ucciso, quale possibile motivo poteva avere per togliergli la fede matrimoniale?»

Per un attimo avrei potuto giurare che sul volto della donna passasse un'espressione vagamente ironica.

«Non saprei proprio che cosa dire!» rispose. «Certo è un fatto veramente strano.»

«Bene, non la tratterremo più a lungo, e siamo spiacenti di averla disturbata in un'ora simile» disse l'ispettore. «Dovremo ancora chiarire altri punti, senza dubbio, ma glieli sottoporremo a mano a mano che si presenteranno.»

La signora si alzò e di nuovo ebbi la sensazione che lo sguardo rapido, interrogativo col quale ci scrutò, volesse chiederci: "Quale impressione ha fatto su di voi la mia testimonianza?". Se l'avesse espressa con parole quella tacita domanda non avrebbe potuto essere più evidente. Poi, con un inchino, uscì dalla stanza.

«È una bella donna... una donna bellissima» disse MacDonald pensieroso, dopo che la signora si fu chiusa l'uscio alle spalle.

«Certo questo Barker ha gironzolato parecchio qui attorno. È un uomo che può fare molta impressione su una donna. Barker ha ammesso che il morto era geloso, e forse sa meglio di chiunque altro quali motivi lo spingessero alla gelosia. C'è poi la faccenda della vera. È una faccenda che non riesco a digerire. L'uomo che strappa di mano a un morto un anello nuziale... Lei che cosa ne pensa di questa storia, signor Holmes?»

Durante tutto questo tempo il mio amico era rimasto seduto, con la testa appoggiata alle mani, immerso in profonda meditazione. Improvvisamente si alzò e suonò il campanello.

«Ames,» domandò come vide entrare il maggiordomo «dove si trova il signor Cecil Barker in questo momento?»

«Vado a vedere, signore.»

Ritornò di lì a poco e riferì che il signor Barker era in giardino.

«Saprebbe dirmi, Ames, che cosa calzava il signor Barker ieri sera quando lei lo ha raggiunto nello studio?»

«Certo, signor Holmes: calzava un paio di pantofole. Gli ho portato io le scarpe quando è uscito per avvertire la polizia.»

«Dove sono adesso queste pantofole?»

«Sono ancora sotto una seggiola del vestibolo.»

«Benissimo, Ames. Naturalmente è molto importante per noi sapere quali possono essere le impronte del signor Barker e quali quelle che provengono dall'esterno.»

«Certo, signore. Devo dire che ho notato che le sue pantofole erano macchiate di sangue... come del resto lo erano le mie.»

«Il che è abbastanza naturale, date le condizioni della stanza. Benissimo, Ames. Se avremo bisogno di lei la chiameremo ancora.»

Pochi minuti dopo eravamo nello studio. Holmes aveva portato con sé le pantofole trovate nel vestibolo. Come Ames aveva osservato, le suole di entrambe erano sporche di sangue.

«Strano!» mormorò Holmes sostando nella luce della finestra ed esaminandole con minuta attenzione. «Molto strano davvero!»

Chinandosi con uno dei suoi caratteristici rapidi balzi felini, posò la pantofola sull'impronta insanguinata del davanzale. Impronta e suola combaciavano esattamente. Holmes guardò sorridendo i suoi colleghi.

Un'improvvisa emozione aveva trasfigurato l'ispettore.

«Perrrbacco!,» esclamò «ma non ci può essere dubbio! È stato Barker a lasciare quell'impronta. È un'impronta di scarpa. Mi rammento che lei ha parlato di un piede piatto con la pianta rivolta all'esterno, ed ecco che adesso abbiamo la spiegazione. Ma a che gioco giochiamo, signor Holmes... Che cosa c'è sotto a tutta questa storia?»

«Già, che cosa c'è sotto?» ripeté pensoso il mio amico.

White Mason ridacchiò e si sfregò l'una contro l'altra le mani grassottelle, in un gesto di soddisfazione professionale.

«Lo avevo detto io che era un rompicapo!» esclamò. «E che razza di rompicapo!»

6
Uno spiraglio di luce

I tre poliziotti avevano molti argomenti sui quali discutere, perciò me ne ritornai solo alle nostre più che modeste stanze della locanda del villaggio; prima però volli fare una passeggiatina nel bizzarro giardino antico che fiancheggiava la casa. Lo cingevano tutt'attorno file di tassi vecchissimi, ritagliati in fogge strane. Nell'interno si stendeva un bel tratto di prato con una vecchia meridiana nel mezzo; tutta l'atmosfera del luogo era così placida e riposante che fece sui miei nervi scossi quasi l'effetto di un balsamo. In quell'ambiente così pieno di pace solenne era possibile dimenticare o rammentare soltanto come un incubo inverosimile lo studio pieno d'ombre sul cui pavimento giaceva riversa una forma umana coperta di sangue. E non di meno, mentre mi aggiravo per quel dolce giardino, tentando di calmare il mio spirito, mi capitò un incidente curioso che mi riportò di colpo al pensiero della tragedia e lasciò nella mia anima un'impressione sinistra.

Ho detto che il giardino era circondato da una decorazione di alberi di tasso. Nel punto più lontano dalla casa questi si infittivano in una siepe continua. Sul lato opposto di questa siepe, nascosto agli occhi di chi vi si avvicinava in direzione della casa, c'era un sedile di pietra. Mentre mi avvicinavo mi arrivò un suono di voci: una voce maschile esprimeva in tono profondo alcune osservazioni, cui rispose un breve gorgheggio di risa femminili. Un attimo dopo ero giunto al limite della siepe, e i miei occhi si posarono sulla signora Douglas e su Barker prima che i due si avvedessero della mia presenza. L'aspetto della donna mi sconcertò. Nella sala da pranzo si era mostrata riservata, composta e addolorata, ma ora ogni tristezza era scomparsa in lei. I suoi occhi scintillavano della gioia di vivere, il suo volto vibrava ancora di ilarità per le osservazioni fatte dal suo compagno. Costui sedeva chino in avanti, le mani intrecciate, i gomiti puntati sulle ginocchia, con un sorriso di risposta nella sua bella e baldanzosa faccia. Un attimo dopo – ma fu giusto un attimo troppo tardi – i due presero le loro maschere solenni mentre mi avvicinavo. Si scambiarono qualche parola frettolosa, poi Barker si alzò e mi venne incontro.

«Mi scusi,» disse «ma ho l'onore di parlare con il dottor Watson?»

Mi inchinai con una freddezza che rivelava molto apertamente l'impressione sgradevole che il loro comportamento aveva creato in me.

«Pensavamo appunto che dovesse essere lei, data la sua ben nota amicizia col signor Sherlock Holmes. Le spiacerebbe parlare per un attimo con la signora Douglas?»

Lo seguii a muso duro. Avevo troppo bene impresso nella mente quel corpo maciullato disteso sul pavimento, ed ecco che a così poche ore dalla tragedia la moglie dell'assassinato e il suo più intimo amico stavano ridendo insieme dietro un cespuglio, nel giardino che era stato il suo. Salutai la signora molto freddamente. Avevo preso parte al suo dolore nella sala da pranzo, ma ora incontrai lo sguardo supplichevole che mi rivolgeva con occhi implacabili.

«Forse mi giudica insensibile e arida di cuore?» mi disse.

Io mi strinsi nelle spalle. «Non è affar mio» risposi.

«Forse un giorno mi renderà giustizia. Se soltanto lei potesse rendersi conto...»

«Non occorre affatto che il dottor Watson debba rendersi conto!» la interruppe Barker. «Come le ha detto lui stesso, non è affar suo.»

«È proprio così,» dissi «e perciò chiedo il permesso di proseguire nella mia passeggiata.»

«Un momento, dottor Watson!» gridò la donna con voce implorante. «C'è una domanda alla quale lei può rispondere con maggiore autorità di chiunque altro al mondo, e per me questo può avere un'importanza enorme. Lei conosce il signor Holmes e i suoi rapporti con la polizia meglio di chiunque altro. Se lui fosse informato in via confidenziale di certe cose, sarebbe assolutamente necessario che queste informazioni venissero trasmesse alla polizia ufficiale?»

«Già, appunto» esclamò ansiosamente Barker. «Lavora per conto suo oppure opera unicamente per incarico delle autorità ufficiali?»

«Francamente non credo di avere il diritto di poter discutere su questo punto.»

«La prego... la supplico di aiutarci, dottor Watson! Lei ci sarà di validissimo appoggio se ci chiarirà questo fatto!»

C'era un tale accento di sincerità nella voce della donna che per un attimo dimenticai completamente la sua leggerezza e mi sentii spinto unicamente a obbedire alla sua volontà.

«Holmes è un investigatore indipendente» spiegai. «È padrone di se stesso, e agisce solo secondo il suo giudizio personale. Al tempo stesso non può che sentirsi legato da vincoli di lealtà verso i funzionari che operano con lui, e certo non nasconderebbe loro niente che potesse aiutarli ad assicurare alla giustizia un criminale. Oltre a ciò non posso dire nulla, e vi consiglio di rivolgervi a Holmes in persona se desiderate più ampi chiarimenti.»

Così dicendo mi levai il cappello e proseguii per la mia strada, lasciando i due seduti dietro la loro siepe protettrice. Prima di girare l'angolo guardai indietro e vidi che stavano ancora discutendo molto animatamente, e poiché il loro sguardo mi accompagnava, era evidente che dovevano parlare del colloquio avuto con me.

«Non desidero ricevere nessuna delle loro confidenze» mi disse Holmes quando gli riferii ciò che era accaduto. Aveva trascorso tutto il pomeriggio al castello in consultazioni con gli altri suoi colleghi, ed era rientrato verso le cinque con un appetito formidabile. Ordinai per lui un tè e qualcosa da mangiare.

«Niente confidenze, Watson, perché se si arriva a un arresto per delitto premeditato potrebbero essere imbarazzantissime.»

«Lei crede che si giunga a questo?»

Holmes era in uno dei suoi stati d'animo più allegri e cordiali.

«Mio caro Watson, non appena avrò finito di sterminare questo quarto uovo sarò lieto di illuminarla su tutta la situazione. Non dico che siamo giunti al fondo della faccenda, tutt'altro, ma quando avremo ritrovato il manubrio mancante...»

«Il manubrio?»

«Santo cielo, Watson, è mai possibile che lei non abbia ancora capito come tutto il caso si impernia su questo manubrio scomparso? Bene, bene, non assuma quell'aria abbacchiata perché, detto tra noi, non credo che né l'ispettore Mac né quell'altro ottimo funzionario locale abbiano afferrato la straordinaria importanza di questo particolare. Un solo manubrio, Watson! Pensi un po' come può esistere un atleta che si serve di un unico manubrio. Si raffiguri lo sviluppo unilaterale, il pericolo imminente di una deformazione ossea! Cosa orribile e assurda, Watson, non le sembra?»

Aveva la bocca piena di pane tostato col burro e gli occhi scintillavano di malizia; si divertiva della mia confusione. Bastava osservare il suo eccellente appetito quale garanzia di successo, poiché io mi rammentavo bene di giorni e notti in cui il pensiero del cibo non lo sfiorava neppure, in cui la sua mente smarrita per vie traverse si era scontrata contro qualche problema insolubile, mentre i suoi tratti già così asciutti e scarni si assottigliavano ancor più nell'ascetismo di una completa concentrazione mentale. Infine si accese la pipa, e seduto nell'angolo del camino dell'antico alberghetto di provincia cominciò a parlarmi lentamente e a casaccio della vicenda, più come uno che pensi ad alta voce che non come chi esprima un giudizio già riflettuto e maturato.

«Una menzogna, Watson, una menzogna enorme, totale, straordinaria, ecco che cosa ci viene incontro fin dalla soglia. Questo è il nostro punto di partenza. Tutto il racconto che Barker ci ha fatto è una bugia. Ma il racconto è convalidato dalle parole della signora Douglas: perciò anche lei mente. Mentono entrambi e di comune accordo. Ed eccoci ora di fronte a un problema preciso: perché mentono, e qual è la verità che entrambi tentano disperatamente di nascondere? Vediamo un po', Watson, se riusciamo, lei e io, a smascherare questa bugia e a sostituire la verità.

«Come faccio a sapere che mentono? Semplicemente perché si tratta di una goffa invenzione che *non può* essere vera. Rifletta! Secondo la versione che ci fu data, l'assassino ebbe meno di un minuto, dopo aver perpetrato il delitto, per prendere quell'anello, che si trovava *sotto* un altro anello, dal dito del morto, per riporre l'altro anello – cosa che certamente non avrebbe mai fatto – e per mettere quel misterioso cartoncino accanto alla sua vittima. Io sostengo che questo è impossibile. Lei potrà obiettarmi – ma ho troppo rispetto per il suo buonsenso, Watson, per credere che possa farlo – che l'anello forse fu tolto *prima* che l'uomo venisse ucciso. Il fatto che la candela era accesa soltanto da poco tempo dimostra che non poté esserci un lungo colloquio. Le sembra, da quanto abbiamo inteso circa il suo carattere, che Douglas potrebbe aver ceduto il proprio anello nuziale con tanta facilità, o meglio possiamo immaginare che lo avrebbe ceduto affatto? No, no, Watson, l'assassino rimase solo col morto, e con la lampada accesa, per un periodo di tempo certamente più lungo. Su questo punto non ho il minimo dubbio. Ma la fucilata dovette essere sparata prima di quanto ci è stato detto. Non poteva esserci errore su questo punto. Ci troviamo pertanto in presenza di una connivenza deliberata da parte delle due persone che sentirono la fucilata, cioè Barker e la Douglas. Se poi a coronamento di tutto questo io sono in grado di dimostrare che l'impronta insanguinata sul davanzale fu deliberatamente lasciata da Barker al fine di mettere la polizia su una falsa pista, lei deve ammettere che gli indizi pesano gravemente a carico di quest'uomo.

«E ora dobbiamo domandarci a che ora fu effettivamente commesso il delitto. Sino alle dieci e mezzo i domestici giravano per la casa, perciò non avvenne certamente prima di quell'ora. Alle undici meno un quarto tutta la servitù si era ritirata nelle proprie stanze con la sola eccezione di Ames, che si trovava nella dispensa. Io ho compiuto alcuni esperimenti dopo che lei ci ha lasciati, questo pomeriggio, e ho scoperto che nessun rumore fatto da MacDonald nello studio poteva giungere a me nella dispensa se tutte le porte erano chiuse. La cosa è però diversa dalla stanza della governante. Non è tanto lontana, lungo il corridoio, e da lì potevo vagamente afferrare una voce se il tono veniva alzato. Il rumore di uno sparo è in un certo senso attutito se la scarica avviene a distanza ravvicinata, come nel nostro caso. Non poté essere molto forte, e tuttavia, dato il silenzio della notte, deve avere facilmente raggiunto la stanza della signora Allen. Lei è sì, come ci ha detto, un po' sorda, non di meno ha asserito, nella sua deposizione, di avere inteso qualcosa come lo sbattere di una porta mezz'ora prima che venisse dato l'allarme. Mezz'ora prima dell'allarme significa un quarto alle undici. Sono certo che ciò che sentì fu il colpo di un'arma da fuoco, e che questo è stato il vero momento del delitto. Se ciò è esatto dobbiamo accertare, ammesso che non siano loro i veri assassini, che cosa possono aver fatto il signor Barker e la signora Douglas dalle undici meno un quarto, e cioè dal momento in cui l'eco della fucilata li fece scendere, fino alle undici e un quarto, quando suonarono il campanello e radunarono i domestici. Che cos'hanno fatto, e perché non hanno dato subito l'allarme? Questo è il problema che dobbiamo risolvere, e quando lo avremo chiarito avremo fatto un bel po' di strada verso la soluzione finale.»

«Personalmente sono convinto anch'io» dissi «che tra quei due deve esistere un'intesa. Dev'essere una donna senza cuore per ridere di chissà quale idiozia a poche ore dall'assassinio del proprio marito!»

«Appunto; e non brilla neppure come una moglie modello nella sua deposizione riguardo agli avvenimenti occorsi. Io non sono un ammiratore incondizionato del gentil sesso, come lei ben sa, Watson, ma la mia esperienza di vita mi ha insegnato che assai poche sono le donne che si lascerebbero convincere dal primo venuto a non accorrere presso il cadavere del marito. Dovessi mai sposarmi, Watson, voglio sperare di riuscire a ispirare a mia moglie sentimenti tali che le impedirebbero di lasciarsi portare via docilmente da una governante qualora il mio cadavere giacesse a pochi metri. La storiella è stata molto mal combinata, perché anche il più imbecille degli investigatori rimane colpito di fronte a una così totale mancanza della consueta commozione femminile. È bastato questo solo particolare, per tacere di altri punti, a farmi sospettare una congiura preordinata.»

«Lei ritiene dunque con sicurezza che Barker e la Douglas siano colpevoli di omicidio?»

«Il suo modo di rivolgere domande, caro Watson, è veramente impressionante!» disse Holmes minacciandomi scherzosamente con la sua pipa. «Me le butta addosso come pallottole. Se lei mi domanda se la signora Douglas e Barker sanno la verità intorno al delitto e tentano di nasconderla, allora io posso darle una risposta sicura: certamente sì! Ma la sua più letale supposizione non è altrettanto chiara. Riflettiamo per un attimo sulle difficoltà che si frappongono alla formulazione di una simile ipotesi.

«Ammettiamo che questa coppia sia unita dai legami di un amore colpevole e che i due abbiano deciso di sbarazzarsi dell'uomo che ostacola il raggiungimento dei loro fini. È un'ipotesi improbabile, poiché un'inchiesta discreta tra i domestici e altre persone non è assolutamente valsa a convalidarla. Al contrario, tutte le testimonianze sembrano concordi nell'asserire che i Douglas costituivano una coppia molto unita.»

«Sono sicuro che questo non può essere vero» dissi rammentando il bel volto sorridente nel giardino.

«Be', comunque davano questa impressione. Ammettiamo tuttavia che si tratti di una coppia straordinariamente abile, e che siano riusciti a ingannare tutti quanti su questo punto e tramassero di assassinare il marito. È un uomo sul cui capo sembra incombere un pericolo...»

«Ma a questo proposito non abbiamo che la loro parola!»

Holmes assunse un aspetto pensoso.

«Capisco, Watson. Lei si è costruito una teoria secondo la quale ogni parola pronunciata da questi due è falsa sin dal principio. Secondo questa sua opinione non vi fu mai nessuna minaccia nascosta, nessuna società segreta, nessuna Valle della Paura, nessun capo McVattelapesca o roba del genere. Ma questo significa generalizzare un po' troppo. Vediamo a che cosa ci conduce. Costoro inventano tutto di sana pianta per spiegare il delitto. Poi, per avvalorare la loro versione, lasciano una bicicletta nel parco come prova dell'esistenza di qualcuno venuto dall'esterno. La macchia sul davanzale tende a rafforzare questa ipotesi. E allo stesso scopo serve il cartoncino che è stato lasciato presso il corpo della vittima, e che può benissimo essere stato preparato nella casa. Tutto ciò rientra nel quadro della sua tesi, Watson. Ma ora veniamo a quei frammenti angolosi, insolubili, che non possono assolutamente essere messi a posto. Perché mai, fra tante armi, un fucile a canna corta, e di marca americana per giunta? Come potevano essere tanto sicuri che il rumore dello sparo non li avrebbe fatti sorprendere in flagrante? È un puro caso, per esempio, che la signora Allen non sia uscita ad accertarsi del perché quella porta era stata sbattuta. Per quale motivo la sua coppia colpevole ha fatto tutto questo, Watson?»

«Confesso che non so trovare una spiegazione.»

«E poi, ancora: se una donna e il proprio amante tramano di assassinare il marito, come oserebbero giungere a mettere in piazza la loro colpa sottraendo ostentatamente l'anello nuziale di quest'ultimo dopo averlo ucciso? Le sembra che ciò sia verosimile, Watson?»

«No, non mi pare.»

«E ancora: se le fosse venuto in mente di lasciare una bicicletta nascosta fuori, le sarebbe sembrato un gesto logico e utile, quando anche il più sciocco dei poliziotti comprenderebbe che si tratta di uno stratagemma stupido, poiché la bicicletta è la prima cosa di cui il fuggiasco avrebbe avuto bisogno per mettersi in salvo?»

«Non riesco a darmi una spiegazione plausibile.»

«Eppure non dovrebbe esserci nessuna combinazione di eventi a cui l'ingegno di un uomo non sappia dare una spiegazione. Lasci che le indichi un'ipotetica linea di pensiero, come semplice esercizio mentale, senza affatto affermare che possa essere esatta. Si tratta, lo ammetto, di opera di pura immaginazione, ma ben sappiamo quanto spesso l'immaginazione sia la madre della verità!

«Supporremo dunque che nella vita di questo Douglas esistesse *veramente* un segreto colpevole, un mistero vergognoso. Ciò conduce alla sua uccisione a opera di qualcuno che è un vendicatore... qualcuno venuto dal di fuori. Questo vendicatore, per un motivo di cui, lo confesso, ancora non so trovare una spiegazione, ha sottratto la vera del morto. Presumibilmente la vendetta potrebbe risalire al primo matrimonio di Douglas e l'anello fu forse sottratto in relazione a questo movente. Prima che questo vendicatore si allontanasse, Barker e la moglie entrarono nella stanza. L'assassino dovette convincerli che un qualsiasi tentativo di arrestarlo non sarebbe servito ad altro che a divulgare uno scandalo odioso. I due, influenzati da questo timore, preferirono lasciare che si allontanasse impunito. Forse a questo scopo abbassarono il ponte levatoio, il che può essere fatto senza il minimo rumore, e quindi lo rialzarono di nuovo. L'uomo si trasse in salvo, e per un motivo che ci sfugge pensò che gli sarebbe stato più facile trovare scampo a piedi che non in bicicletta. Nascose quindi la bicicletta dove nessuno l'avrebbe scoperta finché non si fosse messo al sicuro. Sin qua siamo entro i limiti della verosimiglianza, non le pare?»

«Certo, la cosa è possibile, senza dubbio» dissi non senza qualche riserva.

«Dobbiamo tener presente, Watson, che comunque siano andate le cose noi ci troviamo di fronte a un fatto assolutamente straordinario, ma per continuare nella nostra ipotetica descrizione del caso, la coppia, non necessariamente una coppia colpevole, capisce dopo la partenza dell'assassino di essersi messa in una situazione nella quale può risultare difficile per entrambi provare non solo di non aver commesso il delitto, ma anche di non esservi stati conniventi. Allora, rapidamente e in modo alquanto grossolano, affrontano la situazione. Barker segna il davanzale con l'impronta della sua pantofola sporca di sangue per far credere che il fuggitivo abbia preso il largo da quella parte. Certamente furono loro i due che avevano inteso il rumore dello sparo, perciò diedero l'allarme esattamente come dovevano fare, ma una buona mezz'ora dopo il fatto.»

«E lei come ritiene di dimostrare tutto questo?»

«Ecco, se si trattava di qualcuno venuto dal di fuori poteva essere rintracciato e preso. Questa sarebbe stata la più efficace di tutte le prove, ma se ciò non è... be', le risorse della scienza sono lungi dall'essere esaurite. Io credo che una sera da solo in questo studio mi sarebbe di grandissimo aiuto.»

«Una sera da solo?»

«Ho intenzione di recarmi laggiù e subito. Mi sono messo d'accordo con il prezioso Ames, il quale tra parentesi non è molto tenero verso Barker. Siederò in quella stanza e vedrò se la sua atmosfera potrà portarmi qualche ispirazione. Io sono un fervido credente del *genius loci*. Sorrida pure, caro Watson. Sorriderà bene chi sorriderà per ultimo. A proposito, lei ha con sé il suo grosso ombrello, vero?»

«Ce l'ho qui con me.»

«Bene, la pregherò di prestarmelo, se non le dispiace.»

«Certamente... ma che razza di arma! Se ci dovesse essere pericolo...»

«Oh, non abbia paura, mio caro Watson; in tal caso chiederei senz'altro il suo soccorso. Ma mi basterà il suo ombrello. Per il momento aspetto soltanto il ritorno dei nostri colleghi da Tunbridge Wells, dove si trovano attualmente a ricercare il probabile proprietario della bicicletta.»

Era quasi notte quando l'ispettore MacDonald e White Mason rientrarono dalla loro spedizione. E giunsero esultanti, apportando un grande progresso alla nostra inchiesta.

«Perbacco, ammetto che avevo i miei dubbi circa l'esistenza di qualcuno di fuori,» disse MacDonald «ma ormai sono completamente superati. Abbiamo identificato la bicicletta, e abbiamo una descrizione del nostro uomo; perciò abbiamo fatto un bel passo avanti.»

«Per me questo suona come il principio della fine» disse Holmes «e vi assicuro che mi congratulo con entrambi di tutto cuore.»

«Ecco, io sono partito dal fatto che il signor Douglas era apparso turbato sin dal giorno innanzi, da quando cioè si era recato a Tunbridge Wells. Fu dunque a Tunbridge Wells che ebbe la sensazione di un possibile pericolo. Era perciò evidente che se qualcuno era venuto con una bicicletta non poteva che essere venuto da Tunbridge Wells. Abbiamo portato la bicicletta con noi e l'abbiamo mostrata ai vari albergatori. È stata subito identificata dal direttore dell'Eagle Commercial come appartenente a un certo signor Hargrave, che aveva fissato una stanza di quell'albergo due giorni prima. Questa bicicletta e una piccola valigia costituivano tutto il suo bagaglio. Si era registrato come proveniente da Londra, ma non aveva dato indirizzo. La valigia è di fabbricazione londinese e gli oggetti in essa contenuti sono di marca britannica, ma certo l'uomo non poteva che essere americano.»

«Bene, bene,» disse Holmes gongolante «avete fatto proprio un buon lavoro mentre io me ne sono stato qui ad arzigogolare teorie col mio amico. Questa è una lezione che mi insegna a essere pratico, caro Mac.»

«Eh, sì, è così, signor Holmes» disse l'ispettore, tutto soddisfatto.

«Eppure questo può benissimo rientrare nelle sue ipotesi» osservai io.

«Forse sì e forse no: ma sentiamo la fine, Mac. Non avete trovato nulla che potesse identificare quest'uomo?»

«Abbiamo trovato così poco che evidentemente deve avere cercato di eliminare ogni possibile indizio atto a farlo riconoscere. Non abbiamo trovato né documenti né lettere né contrassegni sugli indumenti. Sul tavolino da notte era posata una carta turistica della contea. Ha lasciato l'albergo in bicicletta, ieri mattina, dopo colazione, e nessuno ha saputo più nulla di lui sino al momento in cui abbiamo iniziato le indagini.»

«Questo è ciò che mi rende perplesso, signor Holmes» disse White Mason. «Se questo tizio non voleva creare pubblicità intorno a sé, sarebbe logico pensare che se ne fosse tornato all'albergo e vi fosse rimasto come un qualsiasi turista anonimo. Invece, agendo come ha agito, doveva immaginare che il direttore dell'albergo lo avrebbe segnalato alla polizia, e che la sua scomparsa sarebbe stata messa in relazione col delitto.»

«Così sarebbe da immaginare. Tuttavia sino a questo momento la sua saggezza appare giustificata, dal momento che non è stato preso. Ma sentiamo la descrizione... che tipo è?»

MacDonald consultò il suo taccuino. «Ecco i dati che abbiamo potuto raccogliere. A quanto sembra non hanno prestato un'attenzione particolare alla sua persona: tuttavia il portiere, l'impiegato e la cameriera sono tutti d'accordo nel dire che si tratta di un uomo alto circa un metro e ottanta, sui cinquant'anni, dai capelli leggermente brizzolati, baffi grigiastri, naso aquilino, e una faccia che tutti sono concordi nel descrivere accigliata e scostante.»

«Bene, a parte l'espressione, potrebbe quasi sembrare la descrizione di Douglas» osservò Holmes. «Appunto sui cinquanta, baffi e capelli brizzolati e pressappoco la medesima statura. Non avete trovato altro?»

«Ci hanno detto che indossava un completo grigio pesante, e che portava un corto soprabito giallo e un berrettino floscio.»

«E il fucile?»

«È lungo meno di sessanta centimetri. Avrebbe potuto entrare benissimo nella valigia, oppure essere nascosto sotto il cappotto senza difficoltà.»

«E secondo lei che importanza avrà tutto questo sull'esito del caso in generale?»

«Ecco, signor Holmes,» disse MacDonald «quando avremo preso il nostro uomo... e può star certo che ho telegrafato a tutti i posti di polizia del paese la sua descrizione cinque minuti dopo che mi era stata fornita... saremo meglio in grado di giudicare. Ma anche così abbiamo già fatto molta strada. Sappiamo che un americano che si faceva chiamare Hargrave è arrivato a Tunbridge Wells due giorni or sono con bicicletta e valigia. In quest'ultima era nascosto un fucile a canna corta, perciò è arrivato col deliberato proposito di uccidere. Ieri mattina si è diretto qui in bicicletta con l'arma nascosta sotto il cappotto. Nessuno lo ha visto arrivare, per quanto ci è stato dato di sapere, ma non gli occorreva attraversare il villaggio per giungere ai cancelli del parco, e sulla strada ci sono molti ciclisti. Probabilmente ha dovuto nascondere per prima cosa la bicicletta tra i cespugli di alloro dove è stata ritrovata, e ha proseguito fin qui a piedi, tenendo d'occhio la casa, in attesa che Douglas uscisse. Il fucile a canna corta è un'arma strana da usare dentro casa, ma certo era stata sua intenzione servirsene fuori, poiché in questo caso offre vantaggi indiscutibili non essendo possibile fallire il colpo, e d'altronde gli spari sono talmente comuni in queste zone di caccia che nessuno vi avrebbe prestato particolare attenzione.»

«Tutto ciò mi sembra chiarissimo!» disse Holmes.

«Il signor Douglas invece non è comparso. Che cosa ha fatto allora il nostro uomo? Ha abbandonato la sua bicicletta e si è avvicinato alla casa al crepuscolo. Ha trovato il ponte levatoio abbassato e nessuno in giro. Ha colto allora l'occasione che gli si presentava avendo senza dubbio già pronta una scusa se per caso si fosse imbattuto in qualcuno. Ma non ha incontrato nessuno. È sgusciato nella prima stanza che gli è capitata a tiro e si è nascosto dietro la tendina. Dal suo nascondiglio ha visto che veniva alzato il ponte levatoio e ha compreso così che la sua sola via di fuga gli sarebbe stata offerta dal fossato. Ha atteso fino alle undici e un quarto, allorché il signor Douglas, nel suo consueto giro notturno, è entrato nella stanza. Gli ha sparato addosso e si è dato alla fuga come aveva pensato. Sapeva che la bicicletta sarebbe stata descritta da quelli dell'albergo e avrebbe costituito un indizio, perciò l'ha abbandonata e con qualche altro mezzo si è recato a Londra o in qualche nascondiglio sicuro che doveva aver già predisposto in precedenza. Lei cosa ne pensa di questa tesi, signor Holmes?»

«Mac, va benissimo finché va. Qui finisce la sua storia. La mia conclusione invece è che il delitto fu commesso mezz'ora prima di quanto fu testimoniato; che la signora Douglas e il signor Barker sono d'accordo nel nascondere qualcosa; che loro hanno aiutato l'assassino a fuggire, o che comunque sono entrati nella stanza prima che questi fuggisse, e che sono stati loro a inventare con false prove la sua fuga attraverso la finestra, mentre con tutta probabilità sono stati proprio loro a farlo uscire calando il ponte levatoio. Questa è la *mia* interpretazione della prima parte della storia.»

I due poliziotti scossero il capo.

«Bene, signor Holmes, se questo è vero non facciamo che districarci da un mistero per cadere in un altro» osservò l'ispettore londinese.

«E magari questo secondo mistero è peggiore del primo» soggiunse White Mason. «La signora non è mai stata in America in vita sua. Quale nesso possibile potrebbe avere con un assassino americano, tanto da sentirsi costretta a proteggerlo?»

«Ammetto che la mia teoria offre parecchie difficoltà» disse Holmes. «Ho intenzione di compiere stanotte una piccola inchiesta personale, e può darsi che la mia opera possa contribuire in qualche modo alla causa comune.»

«Possiamo esserle di aiuto, signor Holmes?»

«No, no! Le mie necessità sono semplici: mi servono soltanto le tenebre e l'ombrello del dottor Watson. E Ames, il fedele Ames, sono sicuro che mi darà una mano. Tutto il corso dei miei pensieri mi riconduce invariabilmente sempre alla medesima domanda base... Com'è possibile che un uomo atletico eserciti la propria forza su uno strumento innaturale quanto un manubrio unico?»

Era notte alta quando Holmes rientrò dalla sua escursione solitaria. Avevamo preso una camera a due letti, la migliore che l'albergo di campagna potesse offrire. Io già dormivo e fui svegliato dal suo ingresso.

«Dunque» mormorai assonnato «ha scoperto niente?»

Si fermò accanto a me in silenzio, con la candela in mano, poi la sua alta e magra figura si chinò su di me.

«Senta, Watson,» mi sussurrò «avrebbe paura di dormire nella stessa stanza con un pazzo, con un uomo che soffre di rammollimento cerebrale, con un idiota la cui mente ha perduto ogni energia?»

«Nemmeno per sogno» risposi, sbalordito.

«Ah, meno male!» disse, e per quella notte non fu possibile cavargli altro.

7
La soluzione

Il mattino seguente, dopo colazione, trovammo l'ispettore MacDonald e White Mason seduti in animata conversazione nel salottino del sergente della polizia locale. Sul tavolo di fronte a loro erano ammucchiati numerosi telegrammi e lettere che stavano attentamente scegliendo e catalogando. Tre erano stati messi da parte.

«Sempre sulle tracce del ciclista inafferrabile?» domandò Holmes in tono cordiale. «Quali sono le ultime notizie su questo manigoldo?»

MacDonald indicò con un gesto malinconico il fascio di corrispondenza.

«In questo momento è stato segnalato da Leicester, Nottingham, Southampton, Derby, East Ham, Richmond, nonché da quattordici altre località; in tre di queste – East Ham, Leicester e Liverpool – le prove contro di lui sono schiaccianti, e anzi è stato arrestato. Sembra che il paese sia pieno di fuggiaschi in cappotto giallo.»

«Oh, santo cielo!» esclamò Holmes, addolorato. «E adesso a lei, caro Mac, e anche a lei, caro Mason, desidero dare un consiglio molto serio. Quando ho accettato di indagare su questo caso insieme a voi ho dichiarato, come senza dubbio ricorderete, che non intendevo presentarmi con mezze teorie, ma che avrei elaborato le mie ipotesi personali sino a che non fossi stato certo della loro esattezza. Per questo motivo non intendo dirvi per il momento quello che ho in mente. D'altro canto avevo promesso che avrei giocato lealmente, e non ritengo onesto da parte mia lasciarvi sprecare le vostre energie, sia pure per poco, in un'impresa senza profitto. Perciò sono qui per consigliarvi, stamane, e il mio consiglio si riassume in tre parole: abbandonate questo caso.»

MacDonald e White Mason fissarono sbalorditi il loro celebre collega.

«Perché? Lo considera disperato?» esclamò l'ispettore.

«Io considero disperato il *vostro* caso. Ma non dispero di giungere alla verità.»

«Ma questo ciclista non è un'invenzione! Abbiamo la sua descrizione, la sua valigia, la sua bicicletta, sarà pure andato da qualche parte! Perché non dovremmo prenderlo?»

«Certo, certo; senza dubbio si trova in qualche posto, e senza dubbio lo acciufferete, ma non vorrei che voi sciupaste le vostre energie a East Ham o magari a Liverpool. Sono sicuro che riusciremo a trovare una scorciatoia per giungere al risultato che ci prefiggiamo.»

«Lei ci sta nascondendo qualcosa. Non è molto corretto questo, caro Holmes.» L'ispettore aveva un'aria seccata.

«Lei conosce i miei metodi di lavoro, Mac. Ma sarò reticente ancora per poco. Desidero soltanto controllare i miei dati in un determinato senso, il che sarà subito, dopo di che vi presenterò i miei omaggi e rientrerò a Londra, lasciando completamente a vostra disposizione i miei risultati. Vi devo troppo per agire altrimenti, poiché in tutta la mia carriera non ricordo un caso più singolare e più interessante di questo.»

«Io non ci capisco più nulla, signor Holmes. Noi l'abbiamo vista ieri sera, al nostro ritorno da Tunbridge Wells, e in sostanza era d'accordo con noi sui risultati che avevamo ottenuto. Che cosa è accaduto da quel momento che le ha dato un'idea completamente nuova del problema?»

«Ecco, dal momento che me lo chiede, ho trascorso stanotte, come già vi ho detto che avrei fatto, alcune ore nel castello.»

«Ebbene?»

«Ah! Per il momento non posso che darvi una risposta molto generica. A proposito, ho letto una descrizione breve, ma assai chiara e interessante, del vecchio fabbricato, descrizione che si può acquistare per la modesta somma di un penny dal tabaccaio locale.» E così dicendo Holmes trasse di tasca un libricino, abbellito di una rozza incisione, rappresentante l'antico castello. «Un'inchiesta acquista gusto e sapore piccante, mio caro Mac, quando ci mettiamo in contatto spirituale con l'atmosfera storica dell'edificio in cui dobbiamo svolgerla. Non assuma quell'aria spazientita, perché le garantisco che anche una descrizione nuda come questa riesce a risvegliare nell'animo del lettore una certa viva immagine del passato. Mi consenta di leggerle un passo. "Costruito nel quinto anno del regno di Giacomo I al posto di un edificio assai più antico, il castello di Birlstone offre uno dei migliori esempi di residenza fortificata dell'epoca..."»

«Ma lei ci sta prendendo per il bavero, signor Holmes!»

«Calma, calma, Mac! È il primo segno di stizza che vedo in lei. Bene, bene, non continuerò a leggere, dal momento che si secca tanto. Ma quando vi avrò detto che c'è una descrizione della presa del luogo da parte di un colonnello nel 1644, di come Carlo vi si nascose per diversi giorni durante la guerra civile, e infine di una visita che vi fece Giorgio II, dovrete ammettere che in questa antica casa sono avvenuti diversi fatti degni di nota.»

«Non ne dubito, signor Holmes; ma questi fatti non interessano, nel nostro caso.»

«Davvero? Credete? Bisogna essere di vedute larghe, mio caro Mac, se si vuole riuscire nella nostra professione. Il gioco delle idee e un uso indiretto delle informazioni in nostro possesso offrono sempre un interesse straordinario. Vorrete scusare queste osservazioni da parte di uno che, pur essendo un semplice dilettante del delitto, è forse un po' più vecchio e ha un po' più esperienza di voi.»

«Sono il primo ad ammetterlo» esclamò con calore il poliziotto. «Lei coglie sempre nel segno, lo riconosco. Ma ha un modo così maledettamente arzigogolato di ragionare!»

«Bene, bene, lasciamo perdere la storia antica e veniamo ai fatti attuali. Come già ho detto, ieri sera mi sono recato al castello. Non ho visto né il signor Barker né la signora Douglas. Mi è sembrato inutile disturbarli, ma sono stato lieto di apprendere che la signora non appariva visibilmente addolorata e che anzi aveva gustato un pranzo eccellente. La mia visita era soprattutto per il buon Ames. Con lui ho scambiato alcune piacevolezze, le quali culminarono nel suo consenso a lasciarmi sedere da solo per un certo periodo di tempo nello studio, a insaputa degli altri.»

«Cosa! Con quel...» esclamai.

«No, no, ormai tutto è in ordine in quella stanza. È stato lei ad acconsentire alla rimozione del cadavere, Mac; così almeno mi hanno detto. Dunque la stanza in questione è ritornata al suo stato normale, e io vi ho trascorso un istruttivo quarto d'ora.»

«Ma che cosa ha combinato là dentro?»

«Non voglio fare un mistero di una faccenda così semplice. Mi sono limitato a cercare il manubrio scomparso. Questo particolare ha sempre avuto per me un grande peso nella valutazione del caso, e ho finito per trovarlo.»

«Dove?»

«Ah! Qui veniamo al limite dell'inesplorato. Permettetemi di procedere un po' oltre, oh, solo di poco, e vi prometto che saprete tutto ciò che io so.»

«E va bene, siamo costretti ad accettare le condizioni che lei ci impone,» disse l'ispettore «ma quando arriva a dirci di abbandonare il caso... perbacco, in nome di tutti i diavoli, perché dovremmo abbandonarlo?»

«Per il semplice motivo, mio caro, che lei non ha la minima idea di che cosa stia investigando.»

«Ma se stiamo investigando l'assassinio del signor John Douglas, proprietario del castello di Birlstone!»

«Già, già; infatti. Ma non state a preoccuparvi di rintracciare il misterioso signore in bicicletta. Vi garantisco che non potrà esservi di alcun aiuto.»

«E allora che cosa ci suggerisce di fare?»

«Vi dirò esattamente quello che dovete fare, purché voi promettiate di ubbidirmi.»

«Va bene, devo ammettere che nonostante tutte le sue arie strane, io ho sempre visto che lei ha ogni volta ragione. Farò come mi consiglia.»

«E lei, signor White Mason?»

Il poliziotto di campagna si guardò intorno con aria perplessa. Holmes e i suoi sistemi erano nuovi per lui.

«Mah, se l'ispettore è d'accordo, sono d'accordo anch'io» brontolò infine.

«Ottimo!» disse Holmes. «E adesso consiglierei a entrambi una bella passeggiatina in campagna. Mi dicono che il panorama che si gode da Birlstone Ridge sul Weald è notevole. Naturalmente potreste fare una simpatica colazione in qualche alberghetto di campagna, per quanto la mia ignoranza della contrada mi impedisca di raccomandarvene uno in modo particolare. Questa sera, stanchi ma soddisfatti...»

«Ma, amico mio, lei sta passando il segno!» esclamò Mac Donald, alzandosi di scatto.

«E va bene, trascorrete la giornata come più vi pare e piace» disse Holmes battendogli allegramente una mano sulla spalla. «Fate quello che volete e andate dove vi pare, ma ritrovatevi qui prima di sera...»

«Questo si chiama parlare con buonsenso!»

«Io vi avevo dato semplicemente un ottimo consiglio, ma non insisto, purché siate qui per quando avrò bisogno di voi. Ora però, prima che ce ne andiamo, voglio che scriviate un biglietto al signor Barker.»

«Sì?»

«Ve lo detterò io, se non vi dispiace. Siete pronti? "Egregio signore, ho pensato che sia nostro dovere prosciugare il fossato, nella speranza di trovare qualche..."»

«Ma è impossibile,» protestò l'ispettore «io ho già fatto i rilievi e i controlli del caso.»

«Calma, calma, amico mio! Scriva quello che le detto, la prego.»

«E va bene, vada avanti.»

«"... nella speranza di trovare qualcosa che possa suffragare la nostra inchiesta. Ho già predisposto tutto e gli operai saranno all'opera domattina per tempo al fine di deviare il torrente..."»

«Impossibile!»

«"... al fine di deviare il torrente, perciò ho ritenuto più opportuno avvertirla in tempo utile." E adesso firmi e lo mandi a mano verso le quattro. A quell'ora ci ritroveremo qui, in questa stanza. Sino a quel momento possiamo fare quello che più ci piace, poiché vi assicuro che questa inchiesta è ormai giunta a una pausa.»

Le tenebre stavano calando lentamente quando ci ritrovammo. Holmes era molto serio, io ero incuriosito, e i due poliziotti avevano un'aria palesemente scettica e seccata.

«Dunque, signori,» disse gravemente il mio amico «io vi chiedo ora di mettere ogni cosa alla prova con me, e giudicherete voi stessi se le osservazioni che ho raccolto giustificano le conclusioni alle quali sono giunto. È una sera piuttosto fredda, e non so sino a che ora potrà durare la nostra spedizione, perciò vi raccomando di indossare i vostri cappotti più pesanti. È di capitale importanza che noi siamo ai nostri posti prima che faccia buio; col vostro permesso, ci metteremo in cammino subito.»

Passammo lungo i limiti esterni del parco del castello fino a quando giungemmo in un punto in cui vi era un'apertura nello steccato che lo cingeva. Ci infilammo attraverso questo varco e seguimmo quindi Holmes nelle tenebre che stavano calando finché giungemmo a un boschetto di alberi bassi che si stende quasi di fronte alla porta centrale e al ponte levatoio. Quest'ultimo non era stato ancora alzato. Holmes si accovacciò dietro dei lauri, e tutti e tre seguimmo il suo esempio.

«Bene, e adesso che cosa facciamo?» domandò MacDonald, un po' brusco.

«Comandate alle vostre anime di pazientare e fate quanto meno rumore vi sarà possibile» fu la risposta di Holmes.

«Ma si può sapere perché siamo qui? Francamente trovo che lei potrebbe trattarci con maggiore sincerità.»

Holmes rise.

«Watson sostiene che io sono il drammaturgo della vita reale» disse. «Una certa inclinazione artistica vibra sempre dentro di me ed esige una rappresentazione con una sapiente regia. Certo, caro Mac, la nostra professione sarebbe ben sordida e grigia se a volte noi non disponessimo la scena in modo da esaltare e glorificare i nostri risultati. L'accusa rozza, il colpo brutale sulla spalla; come può essere giudicato un simile *dénouement*? Ma l'illazione rapida, l'agguato sottile, l'intelligente previsione di eventi futuri, la prova trionfante di teorie audaci, non costituiscono forse tutti questi elementi l'orgoglio e la giustificazione della nostra vita di lavoro? In questo momento lei vibra per l'emozione e l'ansia del cacciatore. Dove sarebbe questa emozione se io fossi preciso come un orario ferroviario? Le chiedo semplicemente un po' di pazienza, caro Mac, e tutto tra poco le apparirà chiarissimo.»

«Bene, spero che l'orgoglio e la giustificazione e il resto arrivino prima che crepiamo tutti e quattro di freddo» borbottò con comica rassegnazione il poliziotto londinese.

Avevamo infatti tutti e quattro buon motivo per unirci al suo desiderio, ma la nostra attesa fu lunga e amara. A poco a poco le tenebre si addensarono sulla lunga e cupa facciata della vecchia casa. Un soffio freddo e umido proveniente dal fossato ci intirizzì sino alle ossa e ci fece battere i denti. Un'unica lampada risplendeva sopra l'ingresso e un fermo globo di luce rischiarava lo studio fatale. Tutto il resto era oscurità e silenzio.

«Fino a quando durerà questa storia?» chiese a un tratto l'ispettore. «E che cosa diamine stiamo aspettando?»

«Io non so certo più di quanto sappia lei sino a quando durerà» replicò Holmes con una certa asprezza. «Se i criminali avvertissero sempre dei loro movimenti come le ferrovie delle partenze dei treni, certo sarebbe più conveniente per tutti. In quanto a quello che noi... Ecco, *ecco* quello che siamo venuti a osservare.»

Mentre diceva così la brillante luce gialla dello studio fu oscurata da qualcuno che vi passava dinanzi. Il cespuglio di lauri in mezzo al quale ci eravamo nascosti era proprio dirimpetto alla finestra e a non più di trenta metri da questa. Ed ecco che i suoi battenti furono aperti con un cigolio di cardini, e ci fu possibile intravedere la scura sagoma di una testa e di due spalle maschili che si affacciarono nelle tenebre. Per alcuni minuti l'uomo rimase a scrutare, proteso in avanti, in atteggiamento furtivo, come chi voglia assicurarsi di non essere spiato. Quindi si protese ancora più in avanti, e nel silenzio teso della notte avvertimmo un sordo sciacquio di acqua agitata. Pareva che l'uomo stesse frugando nel fossato con qualcosa che teneva in mano. Poi improvvisamente ritrasse qualcosa, come un pescatore potrebbe trarre a riva un pesce, un oggetto grosso, rotondo, che oscurò la luce mentre veniva tirato su attraverso la finestra aperta.

«Pronti!» gridò Holmes. «Pronti!»

Balzammo tutti e quattro in piedi, e lo seguimmo con le nostre membra irrigidite, mentre lui, con uno di quegli scoppi improvvisi di energia nervosa che potevano renderlo all'occasione l'uomo più attivo e più forte che io abbia conosciuto, aveva incominciato a correre velocissimo attraverso il ponte e ora si era messo a suonare violentemente il campanello. Si intese dall'altra parte un raspare di spranghe ferrate, e un attimo dopo apparve sulla soglia lo stupefatto Ames. Holmes lo scansò senza una parola e, seguito da tutti noi, si precipitò nella stanza occupata dall'uomo che avevamo spiato.

Il chiarore che avevamo notato dall'esterno era dato da una lampada a olio posata sul tavolo. L'oggetto si trovava nelle mani di Cecil Barker, il quale lo teneva rivolto verso di noi nel momento in cui entravamo. La luce della lampada si rifletteva sul suo volto forte, risoluto, accuratamente sbarbato, e sui suoi occhi minacciosi.

«Che diamine significa tutto questo?» gridò. «E che cosa cercate?»

Holmes si guardò attorno e immediatamente balzò su un fagotto fradicio d'acqua e legato insieme da una corda che giaceva dove era stato cacciato, cioè sotto lo scrittoio.

«Ecco quello che cerchiamo, signor Barker. Questo fagotto, appesantito con un manubrio, che lei ha appena ripescato dal fondo del fossato.»

Barker fissò Holmes con un'espressione di intenso sbalordimento.

«Ma come diavolo è riuscito a sapere di questa faccenda?» domandò.

«Semplicemente perché sono stato io a mettere lì quel fagotto.»

«Lei lo ha messo lì? Lei!»

«Forse avrei dovuto dire "a rimetterlo lì"» soggiunse Holmes. «Lei rammenterà, ispettore MacDonald, che la mancanza di un manubrio mi aveva particolarmente colpito. Avevo attirato la sua attenzione su questo particolare, ma l'incalzare di altri avvenimenti non le hanno dato il tempo di dare a questo fatto la considerazione che certo le avrebbe consentito di trarne deduzioni interessanti. Quando c'è dell'acqua vicina e un peso manca, non è troppo arrischiato ipotizzare che qualcosa è stato affondato nella predetta acqua. Comunque valeva la pena di provare l'ipotesi, perciò con l'aiuto di Ames, che mi ha permesso di entrare nella stanza, e dell'impugnatura ricurva dell'ombrello del dottor Watson, mi è stato possibile ieri sera ripescare ed esaminare questo fagotto. Era però della massima importanza riuscire a dimostrare *chi* lo aveva messo lì. Siamo ricorsi pertanto al semplicissimo stratagemma di annunciare che il fossato sarebbe stato prosciugato domattina, il che ebbe naturalmente l'effetto che chiunque fosse stato a nascondere il fagotto certamente avrebbe tentato di ritirarlo nel momento in cui l'oscurità glielo avrebbe consentito. Siamo in quattro testimoni ad aver visto chi è stato colui che ha tratto vantaggio dal favore delle tenebre, e perciò, signor Barker, ritengo che la parola tocchi ora a lei.»

Sherlock Holmes depose sul tavolo accanto alla lampada il fagotto zeppo d'acqua e disfece la corda che lo legava. Ne estrasse quindi un manubrio, che buttò accanto al suo compagno abbandonato in un angolo. Vennero poi fuori un paio di scarpe. «Americane, come vedete» osservò, indicandone le punte. Quindi posò sul tavolo un lungo coltello micidiale, racchiuso entro un fodero. Districò infine un fascio di indumenti comprendenti un assortimento completo di biancheria, un paio di calzini, un vestito sportivo grigio e un corto cappotto giallo.

«I vestiti sono comuni,» riprese Holmes «a eccezione del solo cappotto, che è ricco di indizi interessanti.» Lo accostò alla luce e accarezzò la stoffa con le lunghe dita sottili. «Qui, come noterete, c'è la tasca interna prolungata sin dentro la fodera in modo da consentire ampio spazio per riporvi la doppietta mozza. L'etichetta del sarto è cucita sul collo: "Neal, Confezioni, Vermissa, USA". Ho trascorso un istruttivo pomeriggio nella biblioteca del parroco, e ho aumentato le mie cognizioni aggiungendovi il particolare che Vermissa è una fiorente cittadina situata all'imbocco di una delle più rinomate vallate carbonifere e ferrose degli Stati Uniti. Mi pare di ricordare vagamente, signor Barker, che lei ha associato le zone carbonifere con la prima moglie di Douglas, e a me non sembra una deduzione troppo arrischiata supporre che il "V.V." vergato sul cartoncino ritrovato accanto al cadavere possa ritenersi l'iniziale di Vermissa Valley, e che questa valle, che spedisce emissari di crimine, possa essere quella Valle della Paura di cui abbiamo inteso parlare. Sin qui le cose sono abbastanza chiare. E adesso, signor Barker, non vorrei impedirle di offrirci la sua spiegazione.»

Fu un vero spettacolo osservare il volto espressivo di Cecil Barker durante questa dissertazione del celebre investigatore.

Collera, stupore, costernazione, incertezza travagliarono a turno quel volto mobilissimo. L'uomo si rifugiò infine in un'acida ironia.

«Lei la sa talmente lunga, signor Holmes, che forse farebbe meglio a dirci ancora qualche altra cosa» ribatté sogghignando.

«Certo che saprei dirle ancora parecchie altre cose, signor Barker, ma sarebbero dette con grazia maggiore se provenissero da lei.»

«Oh, lei la pensa così, dunque? Be', tutto ciò che posso dirle è che se in questa faccenda esiste un segreto, non è certo un segreto mio, e io non sono uomo da spiattellare i fatti altrui.»

«Certo che se la prende su questo tono, signor Barker,» intervenne tranquillamente l'ispettore «dovremo tenerla a nostra disposizione sino a quando avremo un mandato di arresto contro di lei.»

«Potete fare tutto quel diavolo che volete» replicò Barker in tono di sfida.

La situazione sembrava essersi definitivamente cristallizzata per quanto riguardava quell'uomo, poiché bastava osservare la sua faccia granitica per comprendere che nessuna *peine forte et dure* sarebbe mai valsa a piegare la sua volontà. Ma il punto morto fu superato inaspettatamente da una voce femminile. La signora Douglas era rimasta in ascolto presso la porta semiaperta, e ora era entrata nella stanza.

«Lei ha fatto anche troppo per noi, Cecil» disse. «Qualunque cosa accada per l'avvenire, lei ha già fatto anche troppo.»

«Ha perfettamente ragione, signora» osservò Sherlock Holmes con gravità. «Io comprendo benissimo i suoi sentimenti e la prego di tutto cuore di avere fiducia nell'assennatezza delle nostre leggi, e di mettersi completamente nelle mani della polizia. Forse ho anch'io una certa colpa per non avere accolto l'offerta che lei mi ha fatto tramite il mio amico dottor Watson. Ma in quel momento avevo ogni ragione di ritenere che lei fosse direttamente coinvolta nel delitto. Ora sono certo che non è così. Vi è tuttavia molto ancora che è rimasto inspiegato, e pertanto la esorto vivamente a pregare il *signor Douglas* di volerci esporre personalmente la sua versione dei fatti.»

Alle parole di Holmes la signora lanciò un grido di stupore, al quale facemmo eco io e i poliziotti, quando ci accorgemmo a un tratto della presenza di un uomo che pareva essere uscito letteralmente dalla parete, e che si avvicinava ora a noi dall'angolo in penombra dal quale era emerso. La signora si volse e lo abbracciò, Barker strinse la mano che l'uomo gli tendeva.

«È meglio così, Jack» gli andava ripetendo sua moglie. «Sono sicura che è meglio così.»

«Anch'io, signor Douglas, sono sicuro che questa è la soluzione migliore» disse Sherlock Holmes.

L'uomo rimase per qualche istante a fissarci socchiudendo gli occhi con lo sguardo abbacinato di chi esce all'improvviso dalle tenebre alla luce. Aveva un volto notevole: occhi grigi baldanzosi, un paio di baffi corti e brizzolati, un mento quadrato, volitivo, e una bocca ironica. Ci squadrò a lungo, poi con mio stupore avanzò verso di me e mi porse un fascio di fogli.

«Ho inteso parlare di lei» mi disse con una voce che non era del tutto inglese né del tutto americana, ma nel complesso piacevole e calda. «Lei è lo storico di questa eletta congrega. Ebbene, dottor Watson, questa è la prima volta che un racconto del genere le passa per le mani; sarei pronto a scommetterci il mio ultimo dollaro. Lei la aggiusti a modo suo, ma i fatti sono questi, e vedrà che al pubblico piaceranno. Sono stato rintanato per due giorni, e ho passato le ore diurne – se si può parlare di ore diurne in quella trappola per topi – a scrivere le mie avventure. Le piaceranno: piaceranno a lei e anche al suo pubblico. Questo è il racconto della Valle della Paura.»

«Ma quella è storia passata, signor Douglas» osservò Sherlock Holmes con la sua voce quieta. «Ciò che noi desideriamo ora conoscere è la sua storia attuale.»

«Sono ai suoi ordini» rispose Douglas. «Posso fumare mentre parlo? Oh, grazie, signor Holmes; è un fumatore anche lei, se ben ricordo, e può immaginare che cosa significa starsene seduto per due giorni con del tabacco in tasca senza fumare per paura che l'odore del fumo ti possa tradire.» Si appoggiò contro la mensola del camino e aspirò avidamente il sigaro che Holmes gli aveva offerto. «Avevo sentito parlare di lei, signor Holmes, ma non avevo mai immaginato che l'avrei incontrata un giorno. Quando però avrà finito di leggere quelli» e accennò ai fogli che io tenevo in mano «riconoscerà che le ho offerto qualcosa di veramente inedito.»

Nel frattempo l'ispettore MacDonald aveva seguitato a fissare il nuovo venuto con espressione di indicibile meraviglia.

«Ma io non ci capisco più niente!» gridò infine. «Se lei è il signor John Douglas, del castello di Birlstone, allora sulla morte di chi stiamo investigando da due giorni, e da dove diamine è saltato fuori? Ho avuto l'impressione che sia sprizzato su dal pavimento come un giocattolo a sorpresa.»

«Ah, caro Mac,» disse Holmes, agitando all'indirizzo del povero ispettore un indice carico di scherzosa minaccia «lei non ha voluto leggere quell'ottima guida locale in cui era racchiusa la descrizione del nascondiglio di re Carlo. A quei tempi la gente non si nascondeva se non in rifugi sicuri, e un nascondiglio che fu usato in passato può servire anche ora. Io mi ero convinto che avremmo ritrovato il signor Douglas sotto questo tetto.»

«E da quanto tempo ci sta giocando questo tiro birbone, signor Holmes?» gridò l'ispettore furibondo. «Da quanto tempo ci sta menando per il naso facendoci proseguire in un'inchiesta che lei sapeva benissimo essere inconsistente?»

«Ma io non vi ho fatto sciupare neppure un minuto, mio caro Mac! Ho potuto constatare l'esattezza delle mie ipotesi soltanto ieri sera, e poiché non potevo averne la prova prima di stasera, ho esortato lei e il suo collega a prendersi quest'oggi una giornata di vacanza. Ora io le chiedo, che cosa potevo fare di più? Quando ho ritrovato nel fossato quegli indumenti, compresi immediatamente che il corpo che noi avevamo trovato doveva essere assolutamente quello del ciclista proveniente da Tunbridge Wells. Non vi era altra conclusione possibile. Dovevo però accertare dove si fosse cacciato il signor John Douglas, e dal calcolo delle probabilità mi parve che con la connivenza della propria moglie e dell'amico dovesse essersi nascosto in una casa che offrisse tutte le comodità atte al caso, in attesa di tempi migliori, quando gli fosse riuscito di porsi in salvo definitivamente.»

«Perbacco, le sue ipotesi sono pressoché perfette» confermò Douglas in tono di approvazione. «Avevo pensato di scansare le vostre leggi inglesi, perché non ero sicuro di come me la sarei passata con voi, ma soprattutto ho visto in questo stratagemma la possibilità di far perdere definitivamente le mie tracce a quei maledetti segugi. Badate bene, non ho fatto nulla dal principio alla fine di cui debba vergognarmi, e niente che non sarei pronto a rifare, ma giudicherete voi stessi quando vi avrò narrato la mia storia. Non si disturbi ad avvertirmi, ispettore, sono pronto ad alzare la zampa e a giurare tutte le verità che vuole.

«Non starò a ricominciare dal principio. È tutto scritto lì...» e indicò il fascio di carte che mi aveva consegnato «e vedrete che razza di strano racconto sarà! In breve si riassume in queste poche parole: vi sono alcuni uomini che hanno buone ragioni per odiarmi e darebbero l'ultimo dollaro per essere sicuri di avermi fatto la pelle. Fino a quando io sarò vivo e loro saranno vivi non ci sarà sicurezza per me in questo mondo. Mi hanno inseguito da Chicago in California; poi mi hanno costretto a fuggire dall'America, ma quando mi sono sposato e sono venuto a stabilirmi in questo posticino tranquillo avevo sperato che i miei ultimi anni sarebbero stati pacifici. Non ho spiegato mai a mia moglie come stavano realmente le cose. Perché avrei dovuto immischiarla in questo pasticcio? Non avrebbe avuto più un momento di serenità, ma si sarebbe sempre immaginata chissà quali guai. Certo doveva avere indovinato qualcosa, da qualche parola che inavvertitamente mi sono lasciato sfuggire: ma sino a ieri, dopo che voi, signori, l'avete vista, aveva sempre ignorato come stessero esattamente le cose. Vi riferì tutto quello che sapeva, e altrettanto fece Barker, perché la notte del fattaccio ci fu ben poco tempo per spiegarci. Adesso però è al corrente di tutto, e forse avrei agito più saggiamente se l'avessi informata prima. Ma si trattava di una questione delicata, cara,» per un attimo prese la mano di lei tra le sue «e io ho creduto di agire per il meglio.

«Dunque, signori, il giorno antecedente alla tragedia mi ero recato a Tunbridge Wells e notai una figura per la strada. Non fu che una visione fugace, ma io ho l'occhio pronto per queste cose, e non ebbi il minimo dubbio di chi potesse essere. Era il nemico maggiore che avessi tra quella gente, era un tale che mi aveva dato la caccia in tutti questi anni come fa un lupo affamato con un povero caribù. Capii che ci sarebbero stati dei pasticci, per me. Perciò rientrai a casa mia e mi preparai ad affrontare il peggio. Decisi che avrei lottato fino in fondo con le mie sole forze. Ci fu un tempo in cui la mia buona stella era conosciuta in tutti gli Stati Uniti, e non dubitai che mi avrebbe assistito anche questa volta.

«Stetti bene in guardia per tutto il giorno seguente e non uscii mai nel parco. Fu una fortuna, perché mi avrebbe spacciato con quella sua dannata doppietta prima ancora che avessi potuto avere il tempo di dire "be'". Quando il ponte levatoio fu alzato (mi sentivo sempre più tranquillo quando alzavano il ponte la sera) ogni preoccupazione mi passò di mente. Non avrei certo immaginato che riuscisse a intrufolarsi in casa mia e a tendermi un agguato tra le mie stesse mura. Ma quando incominciai il mio solito giro in veste da camera, appena misi piede nello studio fiutai odore di pericolo. Credo che quando un uomo ha avuto una vita avventurosa – e ai miei tempi ne ho passate di tutti i colori – c'è in noi come un sesto senso che innalza la bandierina rossa. Intuii l'avvertimento quasi immediatamente, senza tuttavia sapervi dire il perché. Un attimo dopo vidi una scarpa che sporgeva da sotto al tendaggio della finestra e di colpo afferrai la situazione in tutta la sua gravità.

«Io avevo un'unica candela, quella appunto che tenevo in mano, ma dalla lampada del vestibolo, attraverso la porta aperta, giungeva una buona luce. Posai la candela e balzai ad afferrare un martello che avevo dimenticato sulla mensola del camino. Contemporaneamente l'uomo mi fu addosso. Vidi il luccichio di un pugnale e mi buttai su di lui col martello. Lo colpii subito, poiché il pugnale cadde tintinnando sul pavimento. Ma l'uomo strisciò intorno al tavolo con la velocità di un'anguilla, e un attimo dopo aveva tratto da sotto il mantello quel suo maledetto fucile. Lo vidi mirare, ma me n'ero impossessato prima che lui potesse sparare. Tenevo l'arma per la canna, e per un minuto e più lottammo disperatamente: il primo che avesse mollato la presa era destinato alla morte. L'uomo non abbandonò mai la sua stretta, ma tenne il calcio del fucile rivolto all'ingiù forse per un attimo di troppo. Può anche darsi che sia stato io a premere il grilletto, o forse lo facemmo scattare insieme. Comunque fu lui a ricevere in piena faccia la doppia scarica, mentre a me non restò che contemplare ciò che rimaneva di Ted Baldwin.

Lo avevo riconosciuto in città e anche ora quando mi era saltato addosso, ma nemmeno sua madre lo avrebbe adesso riconosciuto, nello stato in cui era ridotto. Io sono abituato a certe cose, ma lo spettacolo di quella testa maciullata per poco non mi fece dare di stomaco.

«Me ne stavo così inerte di fianco al tavolo quando fui raggiunto da Barker, che era sceso precipitosamente dal piano superiore. Contemporaneamente intesi il passo di mia moglie; allora corsi alla porta e la fermai. Non era uno spettacolo per donne. Le assicurai che l'avrei raggiunta di lì a poco. Scambiai con Barker qualche parola, lui comprese tutto a una semplice occhiata, e aspettammo che venissero gli altri. Ma nessuno comparve. Capimmo quindi che non avevano potuto udire nulla, e che quanto era accaduto era noto unicamente a noi tre.

«Fu allora che mi balenò l'idea, e la sua luminosità per poco non mi abbagliò. La manica del morto era scivolata all'insù e avevo riconosciuto sul suo avambraccio il marchio della Loggia. Guardi qui.»

L'uomo che noi conoscevamo come Douglas si rimboccò la manica a sua volta e ci mostrò un triangolo bruno inserito in un cerchio, in tutto e per tutto identico a quello che avevamo notato sul braccio del morto.

«È stato quel segno a mettere in moto tutta la macchina. Ebbi l'impressione che ogni cosa di colpo mi fosse chiara. La statura, i capelli, la corporatura erano pressappoco i miei. In quanto alla faccia, poveraccio, chi avrebbe saputo riconoscerlo? Lo svestii, e in capo a un quarto d'ora io e Barker gli avevamo messo addosso la mia veste da camera e lo lasciammo lì come voi lo avete trovato. Legammo tutta la sua roba in un fagotto, vi unimmo il solo peso che mi fu possibile trovare e le gettammo dalla finestra. Il cartoncino che intendeva lasciare accanto al mio cadavere giaceva ora presso il suo. Gli mettemmo al dito i miei anelli, ma quando fu la volta della vera...» e così dicendo ci tese la sua mano muscolosa «potete vedere da voi stessi che non sarei mai riuscito a togliermela. Non me la sono più levata dal giorno del matrimonio, e ci sarebbe voluta una lima per segarla via. Non so però se avrei avuto il coraggio di separarmene, ma anche se lo avessi voluto non avrei potuto. Perciò dovemmo affidare questo particolare alle mani della Provvidenza. Pensai invece di prendere un pezzo di cerotto e di applicarlo nel punto in cui ne ho una striscia io stesso in questo momento. Con tutta la sua astuzia e intelligenza, signor Holmes, questo punto lei se lo è lasciato scappare, perché se avesse pensato a togliere quella strisciolina di cerotto si sarebbe accorto che sotto non c'era nessun taglio.

«Ecco, questa era dunque la situazione. Se avessi potuto scomparire per un po' di tempo per poi rifugiarmi in un posto sicuro dove mia moglie mi avrebbe in seguito raggiunto, avremmo avuto la speranza finalmente di vivere in pace il resto dei nostri giorni. Quei maledetti non mi avrebbero dato tregua finché fossi stato su questa terra, ma se avessero letto sui giornali che Baldwin aveva acciuffato il suo uomo i miei guai sarebbero finiti. Non avevo molto tempo per spiegare minutamente tutto il mio pensiero a Barker e a mia moglie, ma loro afferrarono le mie intenzioni in modo abbastanza pronto da essere in grado di aiutarmi. Io sapevo perfettamente dell'esistenza di questo nascondiglio, come pure Ames lo sapeva, ma non gli venne mai in testa di metterlo in relazione con i fatti accaduti. Mi ritirai dunque là dentro, e lasciai a Barker di condurre a termine il resto.

«Credo che immaginerete da soli quello che fece. Aprì la finestra e mise l'impronta del suo piede sul davanzale per suggerire l'idea che l'assassino fosse fuggito di lì. Certo agì con molto azzardo, ma il ponte levatoio era alzato e non vi era altro mezzo. Poi, quando ogni cosa fu pronta, suonò il campanello con tutte le sue forze. Quello che accadde in seguito vi è noto... perciò, signori, potete fare quello che volete, ma io vi ho detto la verità e nient'altro che la verità, e che Dio mi aiuti! Quello che ora vi chiedo è semplicemente questo: come me la caverò, in base alle leggi inglesi?»

Seguì un silenzio che Sherlock Holmes finalmente interruppe.

«La legislazione britannica è nel complesso giusta. Non sarà certamente trattato con maggiore crudeltà di quanta ne merita il suo caso; ma io vorrei chiederle come ha fatto quest'uomo a sapere dove lei viveva, e soprattutto a entrare in casa sua e a nascondersi in modo da colpirla senza via di scampo.»

«Non saprei davvero come risponderle.»

Il viso di Sherlock Holmes si fece molto pallido e grave. «La storia non è ancora finita, temo» disse. «Lei potrà incontrare pericoli maggiori della legge inglese, e nemici forse ancora più temibili di quei suoi nemici americani. Io prevedo per lei guai seri, signor Douglas. Segua il mio consiglio: stia bene in guardia.»

E adesso, miei pazienti lettori, debbo chiedervi di venire via con me per qualche tempo, lontani dall'antico castello di Birlstone nel Sussex, e lontani pure dall'anno di grazia in cui noi compimmo il nostro avventuroso viaggio, che si concluse con lo strano racconto dell'uomo a tutti noto come John Douglas. Desidero che voi risaliate con me a vent'anni prima, viaggiando nello spazio verso occidente per alcune migliaia di chilometri, perché io possa esporvi una storia terribile e singolare: così singolare e così terribile che forse farete fatica a credere che sia veramente accaduta come ve la narrerò. Non pensiate che inizi un racconto prima di terminarne un altro. A mano a mano che proseguirete nella lettura vi accorgerete che non sarà così. E quando vi avrò narrato in modo particolareggiato quei lontani avvenimenti e avrò risolto per voi questo mistero del passato, ci ritroveremo ancora una volta in quelle stanzette di Baker Street dove anche questa storia, come tante altre meravigliose avventure, troverà la sua conclusione.

Parte seconda

I Vendicatori

1
L'uomo

Era il 4 febbraio del 1875: un inverno durissimo, la neve si accumulava ancora alta nelle gole delle montagne di Gilmerton. Lo spazzaneve era però riuscito a tenere liberi i binari, e il treno della sera che congiunge la lunga fila di villaggi di minatori delle zone carbonifere e ferrose stava facendosi strada lentamente, gemendo e sbuffando, su per i ripidi dislivelli che conducono da Stagville lungo la pianura sino a Vermissa, la cittadina principale che sorge all'imbocco della Vermissa Valley. Da questo punto la linea gira in basso verso Barton's Crossing Helmdale e la provincia puramente agricola di Merton. Era una ferrovia a binario unico, ma a ogni binario morto, e ve n'erano molti, lunghe file di vagoncini colmi di carbone e di ferro grezzo rivelavano la celata ricchezza che aveva portato una gente rude e un movimento incredibile di vita in quell'angolo particolarmente desolato degli Stati Uniti d'America.

E desolato lo era davvero. Difficilmente il primo pioniere che l'aveva attraversato poteva essersi immaginato che le più fertili praterie e i più grassi pascoli erano privi di valore se paragonati a quella tetra contrada di nere rocce e di alberi aggrovigliati. Sopra i cupi e spesso quasi impenetrabili boschi, le cime alte e nude delle montagne, tutte neve bianca e roccia dentellata, torreggiavano, lasciando nel mezzo una valle lunga, tortuosa, serpeggiante. Era su per questa valle che il trenino si stava faticosamente arrampicando.

Le lampade a petrolio erano state appena accese nella vettura passeggeri di testa, un lungo carrozzone nudo in cui erano sedute una trentina di persone. La maggioranza era composta di lavoratori che ritornavano dalla loro fatica quotidiana nella parte inferiore della valle. Almeno una dozzina di costoro, con i volti coperti di sudiciume e con le lanterne di sicurezza che tenevano nelle mani, rivelavano chiaramente il mestiere di minatore. Sedevano in gruppo fumando e conversavano a voce bassa, lanciando di quando in quando un'occhiata a due uomini che si trovavano sul lato opposto della vettura, e che le uniformi e i distintivi testimoniavano essere poliziotti. Alcune donne del popolo e un paio di viaggiatori, probabilmente piccoli bottegai del luogo, formavano il resto della compagnia, a eccezione di un unico giovanotto che sedeva in un angolo tutto solo. È di quest'uomo che ci stiamo occupando. Guardatelo bene poiché ne vale la pena.

È un giovane dalla carnagione fresca, di media statura, non lontano dalla trentina, si direbbe. Ha occhi grandi, grigi, astuti, ironici, che ammiccano curiosamente di quando in quando mentre fissa attraverso i suoi occhiali la gente che lo circonda. È facile comprendere che deve essere di carattere socievole e probabilmente semplice, desideroso di farsi amico di tutti. Comunicativo di natura, sembra avere uno spirito pronto e un facile sorriso. E tuttavia chi lo studiasse più attentamente potrebbe intuire in lui una certa durezza della mascella e un'ostinata fermezza delle labbra che lo metterebbe in guardia contro oscure insondate profondità, e si direbbe che quel gradevole giovanotto irlandese dai capelli bruni possa facilmente lasciare la sua impronta nel bene e nel male su chiunque gli si avvicini.

Dopo aver tentato un paio di volte di intavolare una conversazione con il minatore più vicino, e avendone ricevuto in cambio solo brevi risposte burbere, il viaggiatore si rassegnò suo malgrado al silenzio, e prese a fissare malinconicamente fuori dal finestrino l'indistinto paesaggio.

Non era certo una visione rallegrante. Attraverso le tenebre spiccava il rosso bagliore delle fornaci disseminate sui fianchi delle colline. Grossi mucchi di scorie e cumuli di residuati di carbone torreggiavano su ciascun lato, dominati dagli alti pozzi delle miniere. Gruppi irregolari di meschine case di legno, le cui finestre incominciavano a illuminarsi, erano sparsi qua e là lungo la linea, e le numerose stazioni erano affollate dei loro neri abitanti. Le valli ferrose e carbonifere della zona di Vermissa non erano certo luoghi di ritrovo per sfaccendati e intellettuali. Ovunque apparivano inesorabili i segni della più cruda battaglia per la vita, di un lavoro rude fatto da rudi e forti lavoratori.

Il giovane viaggiatore contemplava quel paesaggio sconsolato con un volto in cui si mescolavano ripugnanza e interesse, rivelando così che quello scenario era nuovo per lui. Di tratto in tratto si cavava di tasca una lettera voluminosa sui cui margini stava scribacchiando alcuni appunti. A un certo momento tolse dalla tasca posteriore qualcosa che difficilmente ci si sarebbe aspettati di vedere in possesso di un uomo dall'apparenza così mite. Era una rivoltella di marina di grosso calibro. Mentre la rigirava sotto la luce, il luccichio sui cerchi dei bossoli di rame dentro il tamburo mostrò che l'arma era completamente carica. Ma lui rimise rapidamente il revolver in tasca, non senza però che un lavoratore che si trovava seduto sul banco vicino non avesse notato il suo gesto.

«Ehi, amico!» disse. «Mi sembri male intenzionato.»

Il giovane sorrise con aria imbarazzata.

«Mah,» replicò «a volte ne abbiamo bisogno, nel posto da dove vengo.»

«E da dove vieni?»

«Mi trovavo ultimamente a Chicago.»

«Sei forestiero di queste parti?»

«Sì.»

«Ti accorgerai che forse potrà servirti anche qui» disse l'operaio.

«Ah! Davvero?» Il giovanotto parve interessato.

«Non ti hanno detto quello che succede da queste parti?»

«No, non mi hanno detto niente di straordinario.»

«Ma come, credevo che tutto il paese ne parlasse... Ti informeranno presto. Ma che cosa ti ha spinto a venire qui?»

«Mi è stato detto che da queste parti c'è sempre del lavoro per un uomo volenteroso.»

«Appartieni al Sindacato dei lavoratori?»

«Certamente.»

«E allora troverai subito un'occupazione, credo. Hai amici?»

«Non ancora, ma ho la possibilità di farmene.»

«Come mai?»

«Appartengo all'Antico Ordine degli Uomini Liberi. Non esiste una città senza una Loggia, e dovunque esiste una Loggia trovo subito degli amici.»

Quell'osservazione ebbe sul suo compagno un effetto singolare. Lanciò intorno, agli altri seduti nello scompartimento, un'occhiata sospettosa. I minatori stavano ancora confabulando tra loro a bassa voce. I due gendarmi sonnecchiavano. L'uomo si avvicinò, si sedette accanto al giovane viaggiatore e gli tese la mano.

«Qua la mano» disse.

I due si scambiarono un'energica stretta.

«Vedo che dici la verità, ma è sempre meglio assicurarsi.»

Alzò la mano destra al sopracciglio destro. Immediatamente il viaggiatore alzò la sua mano sinistra al ciglio sinistro.

«Le notti buie sono sgradevoli» osservò l'operaio.

«Sì, soprattutto se si viaggia da forestieri» rispose l'altro.

«Basta così. Io sono fratello Scanlan, della Loggia 341, Vermissa Valley. Lieto di vederti da queste parti.»

«Grazie. E io sono fratello Jack McMurdo, della Loggia 29, Chicago. Gran maestro J.H. Scott. Sono davvero fortunato a incontrare subito un fratello.»

«Oh, siamo in tanti da queste parti. Ti accorgerai che l'Ordine è molto più fiorente qui nella Vermissa Valley che non in qualsiasi altra parte degli Stati Uniti. Ma abbiamo bisogno di giovanotti come te. Non riesco a capire come mai un ragazzo del tuo stampo, appartenente al Sindacato dei lavoratori, non sia riuscito a trovare lavoro a Chicago.»

«Oh, per quello, di lavoro ne avevo trovato d'avanzo» rispose McMurdo.

«E allora perché sei partito?»

McMurdo indicò con un cenno del capo i poliziotti e sorrise.

«Credo che quei tipi là sarebbero contenti di saperlo.»

Scanlan emise un grugnito di comprensione.

«Pasticci?» domandò in un soffio.

«Altroché!»

«Roba da galera?»

«E il resto.»

«Mica qualche assassinio?»

«È ancora troppo presto per parlare di certe cose» disse McMurdo con l'aria di un uomo che ritiene di aver detto di più di quanto intendeva dire. «Avevo le mie buone ragioni per lasciare Chicago, e per il momento basta così. Chi sei tu per arrogarti il diritto di farmi tante domande?»

I suoi occhi grigi, da dietro le lenti, fiammeggiarono a un tratto di un lampo pericoloso di collera.

«E va bene, amico. Non intendevo offenderti. I ragazzi non ti giudicheranno certamente peggio, qualunque cosa tu possa aver fatto. Dove sei diretto adesso?»

«A Vermissa.»

«È la terza fermata lungo la linea. Dove alloggerai?»

McMurdo tolse di tasca una busta e la accostò alla lampada a olio. «Ecco l'indirizzo: Jacob Shafter, Sheridan Street. È una pensione che mi è stata raccomandata da uno che conoscevo a Chicago.»

«Be', non lo so, ma Vermissa non è sulla mia strada. Io abito a Hobson's Patch, ed è lì che ci stiamo avvicinando. Ma senti un po', desidero darti un consiglio prima che ci separiamo. Se a Vermissa ti trovi nei guai, va' subito alla Casa dell'Unione e chiedi del capo McGinty. È lui il gran maestro della Loggia di Vermissa, e non succede nulla da queste parti se Jack il Nero, McGinty, non lo ordina. Arrivederci, amico. Può darsi che ci incontriamo alla Loggia, una di queste sere. Ma ricordati le mie parole: se ti trovi nei guai corri da McGinty.»

Scanlan scese, e McMurdo rimase nuovamente solo coi suoi pensieri. Frattanto era caduta la notte, e le fiamme delle numerose fornaci stridevano e guizzavano nelle tenebre. Sul loro livido sfondo erano chinate ombre scure che si tendevano, si torcevano e si rivoltavano nel moto dell'argano o del verricello, al ritmo di un rumore, di un fragore eterni.

«Io credo che l'inferno deve essere pressappoco così» disse una voce.

McMurdo si volse e vide che uno dei poliziotti si era mosso dal suo posto e stava ora fissando fuori dal finestrino la fiammeggiante desolazione.

«In quanto a questo» disse l'altro poliziotto «credo anch'io che l'inferno dev'essere qualcosa del genere. Se poi all'altro mondo ci sono diavoli peggiori di certi che noi conosciamo, questo non saprei dirlo... Immagino che sei nuovo di queste parti, giovanotto!»

«Ebbene, che importa se lo sono?» rispose McMurdo con voce imbronciata.

«Oh, niente! Soltanto volevo avvertirti di essere attento nella scelta dei tuoi amici. Io per esempio se fossi in te non incomincerei proprio con Mike Scanlan e con la sua banda.»

«E a lei che importa, in nome del diavolo, chi sono i miei amici?» urlò McMurdo, con una voce tale che tutte le teste si volsero verso il punto dello scompartimento da cui proveniva l'alterco. «Ho forse chiesto il suo parere, oppure mi giudica talmente imbecille da non riuscire a muovere un passo senza essere consigliato? Parli quando le viene rivolta la parola e, per Dio, dovrà aspettare un bel pezzo se si tratta di me!»

Si sporse in avanti e sogghignò all'indirizzo degli uomini di pattuglia come un cane ringhioso.

I due poliziotti, due bravi ragazzi un po' tonti, rimasero ammutoliti di fronte a quell'inverosimile scatto di violenza che le loro amichevoli proposte avevano suscitato.

«Non volevamo mica offenderti, forestiero» disse uno dei due. «Noi ti avvertiamo per il tuo bene, avendo capito dal tuo modo di fare che eri nuovo del posto.»

«Sono nuovo del posto, ma conosco bene i vostri traffici e la vostra razza!» gridò McMurdo in un accesso di fredda collera. «Io credo che siate tutti gli stessi, dovunque si vada, sempre pronti a offrire consigli a chi non ne domanda.»

«Chissà che un giorno di questi non si abbia ancora da fare con te» disse una delle guardie sogghignando. «Devi essere un bel tipino, così a occhio e croce.»

«È quello che penso anch'io» osservò l'altro. «Credo che ci rivedremo presto.»

«Non ho paura di voi, io, e non crediate che voglia nascondermi!» gridò McMurdo. «Mi chiamo Jack McMurdo... Va bene così? Se avete bisogno di me mi troverete da Jacob Shafter, Sheridan Street, Vermissa; dunque, vedete che non mi nascondo! Sia di notte sia di giorno non ho mai paura di guardare in faccia gentaglia come voi. Su questo punto non fatevi illusioni.»

Tra i minatori corse un mormorio di simpatia e di ammirazione per il fiero comportamento del nuovo venuto, mentre i due poliziotti si stringevano nelle spalle e riannodavano tra di loro la conversazione che avevano interrotto. Pochi minuti dopo il treno entrava nella stazione male illuminata e quasi tutti i viaggiatori scesero, poiché Vermissa era la cittadina più importante della linea. McMurdo agguantò il suo zaino di cuoio e stava per allontanarsi nelle tenebre quando un minatore gli si accostò.

«Perdinci, amico, tu sai come parlare agli sbirri» disse con voce timorosa. «Che soddisfazione sentirti! Lascia che porti il tuo zaino e che ti mostri la strada. Ci passo davanti, io, a Shafter, per andare alla mia baracca.»

Da parte degli altri minatori giunse un coro di amichevoli "buonanotte". Prima ancora di avervi messo piede, McMurdo il turbolento era diventato una personalità di Vermissa.

Se tutta la contrada dava l'impressione di un luogo di squallore, la cittadina, a modo suo, era forse ancor più deprimente. Lungo quella stretta valle vi era almeno una certa tetra grandezza, che emanava dagli immensi fuochi e dalle nuvole chiomate di fumo, mentre la forza e l'industriosità dell'uomo trovavano degni monumenti nelle colline di cui con i suoi mostruosi scavi aveva squarciato i fianchi. Ma la cittadina rivelava una morta uniformità di meschina bruttezza e di sciatteria. La strada principale era stata ridotta dal traffico a un impasto di neve e fango. I marciapiedi erano stretti e ineguali. I numerosi fanali a gas servivano soltanto a mettere in maggior evidenza una lunga fila di case di legno, ciascuna con la propria veranda affacciata sulla strada maltenuta e sporca. A mano a mano che ci si avvicinava al centro della città la scena era ravvivata da un susseguirsi di botteghe bene illuminate, e soprattutto da un pullulare di spacci alcolici e di case da gioco, in cui i minatori spendevano le paghe duramente guadagnate ma certo assai alte.

«Questa è la Casa dell'Unione» disse la guida, indicando uno spaccio che si elevava quasi alla dignità di albergo. «Jack McGinty è lì.»

«Che razza di uomo è?» domandò McMurdo.

«Cosa? Non hai mai sentito parlare del Capo?»

«E come posso averlo sentito nominare quando sai benissimo che io sono nuovo di queste parti?»

«Ma io credevo che il suo nome fosse conosciuto in tutto il paese. È stato sui giornali un sacco di volte.»

«E perché?»

«Ecco...» il minatore abbassò la voce «per quelle storie.»

«Quali storie?»

«Santo Dio, amico, lo sai che sei un bel tipo? Permettimi di dirtelo senza intenzioni offensive. Qui da noi si parla di una cosa sola, e cioè delle imprese dei Vendicatori.»

«Già, mi pare di aver letto dei Vendicatori a Chicago. Sono una banda di assassini, non è vero?»

«Zitto, se ti è cara la pelle!» esclamò il minatore, fermandosi tutto turbato, e guardando sbalordito il suo compagno. «Figliolo, ti faranno la pelle presto da queste parti, se parli in questa maniera per la strada. Più di uno ci ha rimesso la ghirba per molto meno.»

«Be', io non so niente di queste faccende. Ne so soltanto per quel poco che ho letto.»

«Non dico mica che tu non abbia detto la verità.» L'uomo volse intorno un'occhiata nervosa, scrutando le tenebre, quasi temesse di scorgervi un pericolo in agguato.

«Se uccidere è delitto, allora Dio sa che di delitti ce n'è d'avanzo. Ma non arrischiarti a pronunciare il nome di Jack McGinty in relazione a queste faccende, forestiero, perché gli riferiscono anche i bisbigli, e lui non è tipo da lasciar passare lisce le offese. Ecco la casa che cerchi: quella lì, un po' scostata dalla strada. Ti accorgerai che il vecchio Jacob Shafter, che la dirige, è uno degli uomini più onesti che abitano in questa cittadina.»

«Ti ringrazio» disse McMurdo, strinse la mano al nuovo conoscente e si avviò faticosamente, col suo zaino, su per il sentiero che conduceva all'abitazione, al cui uscio bussò con piglio sicuro. Gli fu aperto da una persona assai diversa da quella che si aspettava.

Era una donna, giovane e straordinariamente bella. Era di tipo svedese, coi capelli biondi, cui facevano piccante contrasto due splendidi occhi scuri, coi quali squadrò sorpresa lo straniero mostrando un piacevole imbarazzo che inondò di una vampata di rossore il suo pallido viso. Incorniciata nella vivida luce della soglia spalancata, l'immagine parve a McMurdo la più graziosa che avesse mai visto, resa ancora più attraente dal contrasto con l'ambiente sordido e squallido che la circondava. Una dolce viola che crescesse su uno di quei neri mucchi di scorie delle miniere non avrebbe provocato in lui una meraviglia maggiore. Ne fu così rapito che rimase senza parole, e fu la donna a rompere quello strano silenzio.

«Pensavo che fosse papà» disse con una gradevole lieve punta di accento svedese. «È venuto per vedere papà? Per il momento è in città, ma lo aspetto da un minuto all'altro.»

McMurdo continuava a fissarla senza tentare di nascondere la sua ammirazione, tanto che gli occhi della fanciulla si abbassarono confusi di fronte a quell'ospite autoritario.

«No, signorina,» rispose infine «non ho nessuna fretta di vedere suo padre, ma la sua casa mi è stata raccomandata come pensione. Pensavo che mi ci sarei trovato bene, ma adesso ne sono sicuro.»

«Fa presto lei a prendere le sue decisioni» rispose la ragazza con un sorriso.

«Chiunque non sia cieco farebbe altrettanto» replicò l'altro.

La ragazza rise del complimento.

«Entri, dunque» disse. «Io sono Ettie Shafter, la figlia del signor Shafter. Mia mamma è morta e dirigo io la casa. Può sedersi vicino alla stufa nella stanza principale sino al momento in cui mio padre rientrerà. Ah, eccolo; così potrà accordarsi direttamente con lui.»

Un uomo anziano, massiccio, avanzava lentamente su per il sentiero. In poche parole McMurdo gli espose le sue richieste. Un certo Murphy gli aveva dato quell'indirizzo a Chicago. Costui lo aveva avuto a sua volta da un altro. Il vecchio Shafter acconsentì subito. Lo straniero non stette a discutere sulle condizioni, aderì ai termini che gli venivano imposti, tanto più che, almeno apparentemente, sembrava pieno di denaro. Per dodici dollari la settimana, pagabili in anticipo, avrebbe ricevuto vitto e alloggio. Fu così che McMurdo, autoconfessatosi fuggiasco dalla giustizia, prese dimora sotto il tetto degli Shafter, compiendo il primo passo destinato a condurlo per una lunga e tenebrosa serie di vicende che si sarebbero concluse in un paese lontano.

2
Il gran maestro

McMurdo era un uomo che andava rapidamente al segno. Dovunque si trovasse, subito si faceva notare dalla gente. In capo a una settimana era diventato il personaggio più importante di casa Shafter. Alla pensione alloggiavano una dozzina di persone, tutti onesti capi operai o sbiaditi commessi di negozio, gente insomma di un calibro ben diverso dal giovane irlandese. La sera, quando si radunavano insieme, i suoi motti di spirito erano sempre i più pronti, la sua conversazione la più brillante, il suo canto il migliore di tutti. Era un compagnone nato, con uno spirito che suscitava il buonumore in tutti coloro che lo attorniavano. E tuttavia si ripeté il caso, in più di un'occasione, che dimostrasse, come già era capitato nello scompartimento ferroviario, una facilità a scattare in impeti di collera improvvisi che imponevano il rispetto, per non dire la paura, a coloro che lo frequentavano. Anche per la legge, e per tutto ciò che con questa aveva relazione, dimostrava un amaro disprezzo, che mandava in visibilio alcuni suoi compagni di pensione e ne spaventava altri.

Fece capire chiaro, con la sua aperta ammirazione, che la ragazza della casa aveva conquistato il suo cuore dal primo momento in cui aveva posto gli occhi sulla sua bellezza e sulla sua grazia. Non era un pretendente molto paziente. Sin dal secondo giorno le aveva dichiarato che era innamorato di lei e da quel momento non fece che ripeterle la stessa storia ignorando tutto ciò che lei gli diceva per scoraggiarlo.

«Qualcun altro!» era solito esclamare. «Bene, tanto peggio

per questo *qualcun altro*. Che badi ai fatti suoi, devo forse perdere la fortuna della mia vita e il desiderio del mio cuore per via di qualcun altro? Puoi dire "no" finché vuoi, Ettie, ma verrà il giorno in cui mi dirai "sì", e io sono abbastanza giovane da poter aspettare.»

Era un pretendente pericoloso, con la sua loquacità irlandese e le sue maniere gentili e insinuanti. Emanava da lui quell'alone di esperienza e di mistero che attira sempre dapprima l'interesse di una donna e infine il suo amore. Parlava delle dolci valli della contea di Monaghan da cui proveniva, della bella isola lontana, delle digradanti colline e dei verdi prati, che apparivano tanto più belli visti con gli occhi dell'immaginazione in quel luogo di neve sudicia e fangosa. Conosceva bene la vita che si conduceva nelle città del Nord, a Detroit, e nei campi di legname del Michigan, a Buffalo e infine a Chicago, dove aveva lavorato in una segheria. Veniva poi la nota romanzesca, la sensazione che strane cose gli fossero accadute in quella grande città, strane e tanto intime che non era possibile parlarne. Accennava con tono di malinconia a una partenza improvvisa, alla rottura di vecchi legami, a una fuga in un mondo misterioso conclusasi in quella tetra valle, ed Ettie ascoltava, mentre i suoi occhi scuri scintillavano di pietà e di simpatia: due stati d'animo che possono così rapidamente e naturalmente tramutarsi in amore.

McMurdo aveva ottenuto un impiego temporaneo come contabile, poiché era un giovanotto istruito. Le sue occupazioni lo tenevano lontano la maggior parte della giornata, e non aveva ancora avuto occasione di presentarsi al capo della Loggia dell'Antico Ordine degli Uomini Liberi. Gli fu tuttavia rammentata questa sua trascuratezza da una visita fattagli una sera da Mike Scanlan, il confratello che aveva incontrato sul treno. Scanlan, un uomo piccolo, dal viso aguzzo, nervoso, e dagli occhi neri, sembrò lieto di rivederlo. Dopo aver ingollato un paio di bicchieri di whisky si decise a spiegare il motivo della sua visita.

«Senti, McMurdo,» disse «ho ricordato il tuo indirizzo e perciò mi sono arrischiato a venire. Sono sorpreso che non ti sia ancora presentato al gran maestro. Come mai non hai ancora visto il capo McGinty?»

«Mah, dovevo cercare lavoro e ho avuto da fare.»

«Devi trovare tempo per lui anche se non ne hai per il resto. Per Dio, figliolo, sei pazzo a non essere ancora stato giù alla Casa dell'Unione per mettere la tua firma sin dalla prima mattina in cui sei arrivato. Se gli gira storto... *bisogna* che questo non succeda... ecco tutto!»

McMurdo mostrò una lieve sorpresa.

«Sono affiliato alla Loggia da oltre due anni, Scanlan, ma non ho mai saputo che i nostri doveri siano pressanti sino a questo punto.»

«Forse non a Chicago!»

«Perbacco, ma se è la stessa società di qui!»

«Lo credi davvero?» Scanlan gli lanciò un'occhiata lunga e intensa. Vi era nel suo sguardo qualcosa di sinistro.

«Ma come? Non è così?»

«Me lo saprai dire tra un mese. Ho sentito che hai avuto uno scambio di vedute coi poliziotti, dopo che io sono sceso dal treno.»

«Come fai a saperlo?»

«Oh, si sa tutto qui... il buono e il cattivo!»

«Ma certo! Ho detto a quei cani quello che pensavo di loro.»

«Perdinci, tu sei proprio l'uomo che fa per McGinty!»

«Perché... anche lui odia la polizia?»

Scanlan scoppiò in una sonora risata.

«Vai a trovarlo, ti ripeto, figliolo» disse alzandosi e prendendo congedo. «Altrimenti non sarà la polizia, ma te che odierà! Su, segui il consiglio di un amico e vacci subito.»

Avvenne che proprio quella stessa sera McMurdo avesse un altro appuntamento urgente che lo portò nella medesima direzione. Forse le sue attenzioni nei confronti di Ettie erano state più evidenti del consueto, o forse la mente tarda del suo buon ospite svedese le aveva finalmente capite: comunque fosse, il proprietario della pensione chiamò il giovanotto nella sua stanza e intavolò l'argomento senza giri di parole.

«Mi sembra» disse «che lei si interessi alla mia Ettie. È così o sbaglio?»

«Sì, è così» rispose il giovane.

«Bene, allora voglio dirle subito di toglierselo dalla testa. Qualcuno si è fatto avanti prima di lei.»

«È quello che mi ha detto anche Ettie.»

«E posso confermare che ha detto la verità! Ma le ha spiegato di chi si tratta?»

«No; gliel'ho domandato, ma non ha voluto rispondermi.»

«Si capisce che non ha voluto, è furba! Forse lo ha fatto per non spaventarla.»

«Spaventare me!» McMurdo si accese di colpo come uno zolfanello.

«Eh, sì, amico mio! Lei non ha nulla da vergognarsi a essere spaventato da un uomo simile! Si tratta di Teddy Baldwin.»

«E chi diavolo è?»

«È un capo dei Vendicatori.»

«Questi Vendicatori mi hanno scocciato. Vendicatori di qui, Vendicatori di là, e sempre si parla o si bisbiglia di loro! Ma si può sapere perché avete tutti paura? Chi sono questi Vendicatori?»

Il proprietario della pensione abbassò istintivamente la voce come faceva chiunque altro quando si parlava di quella terribile società.

«I Vendicatori» disse «sono l'Antico Ordine degli Uomini Liberi.»

Il giovane trasalì.

«Ma come, se sono anch'io affiliato a quest'Ordine!»

«Lei! Non l'avrei mai fatta entrare in casa mia se lo avessi saputo... neanche se mi avesse offerto cento dollari la settimana.»

«Ma che cosa c'è di male in quest'Ordine? Noi ci dedichiamo alla carità e alla fratellanza fra gli uomini: questo ci comandano le nostre regole.»

«Forse in altri luoghi; ma non qui!»

«Si può sapere di che cosa si occupa qui?»

«È un'associazione a delinquere; ecco che cos'è.»

McMurdo fece una risata incredula.

«E che prove ha per dimostrarmelo?» domandò.

«Prove! Non bastano cinquanta delitti a testimoniarlo? Che cosa è successo di Milman e di Van Short, della famiglia Nicholson, del vecchio signor Hyam, del piccolo Billy James e degli altri? Prove! C'è forse un uomo o una donna in questa valle che non lo sappia?»

«Senta un po',» disse serio McMurdo «io voglio che lei ritiri quanto ha detto o me lo dimostri. Bisogna che lo faccia assolutamente prima che io lasci questa stanza. Si metta al mio posto. Io mi trovo qui forestiero in questa città. Appartengo a una società che ritengo essere onesta e innocente. Ha diramazioni in tutti gli Stati Uniti, ma i suoi fini sono dappertutto onesti. E adesso, proprio mentre io ho intenzione di ricollegarmi con la Loggia locale, mi dice che si tratta di una società a delinquere che si fregia del titolo di "Vendicatori". Io ritengo che lei mi debba o una scusa o una spiegazione, signor Shafter.»

«Io posso solo dirle quello che il mondo intero sa, caro signore. I capi dell'una sono i capi dell'altra. Se lei offende un capo, è l'altro che la colpirà. Abbiamo sperimentato questo anche troppe volte.»

«Queste sono solo chiacchiere. Io voglio delle prove!» disse McMurdo.

«Se lei resterà qui ancora un po' di tempo avrà tutte le prove che vuole. Ma dimenticavo che è anche lei uno della compagnia. Ben presto finirà male come gli altri. Bisogna perciò che si trovi un altro alloggio: non posso permetterle di restare qui. È già una disgrazia che uno di quella genia venga a fare la corte alla mia Ettie, e che io non osi cacciarlo fuori, perché adesso me ne debba tenere un altro sotto questo tetto!»

McMurdo si trovò così a un tratto messo alla porta da quella comoda pensione e allontanato dalla ragazza che amava. La ritrovò sola nel salottino quella sera stessa, e riversò nel suo animo i suoi affanni.

«Lo sai che tuo padre mi ha dato lo sfratto?» le disse. «Poco m'importerebbe se si trattasse soltanto della mia stanza, ma francamente, Ettie, per quanto io ti conosca da appena una settimana, tu sei già diventata per me il respiro stesso dell'esistenza, e non saprei vivere lontano da te.»

«Oh, la prego, non mi parli in questo modo!» replicò la ragazza. «Le ho già detto che è arrivato tardi. Ce n'è già un altro, e se non gli ho promesso di sposarlo subito, comunque non posso promettere questo a nessun altro.»

«Se io fossi stato il primo, Ettie, avrei potuto sperare di essere accolto?»

La ragazza si nascose il volto tra le mani.

«Avrei voluto che lei fosse stato il primo, veramente!» singhiozzò.

McMurdo fu in ginocchio accanto a lei.

«Per l'amor di Dio, Ettie, basta così!» esclamò. «Vorresti rovinare la tua vita e la mia per una sciocca promessa? Segui la voce del cuore, tesoro! È una guida più sicura di qualsiasi promessa formulata senza che tu sapessi ciò che stavi dicendo.»

Aveva afferrato la bianca mano di Ettie tra le sue forti mani brune.

«Dimmi che sarai mia e che affronteremo insieme la situazione.»

«Ma non qui.»

«Sì, qui.»

«No, no, Jack!» Le braccia di lui intanto l'avevano circondata. «Qui sarebbe impossibile. Non puoi condurmi via con te?»

Sul volto di McMurdo passò per un attimo l'ombra di un conflitto interiore, ma fu un attimo: subito si irrigidì come un masso di granito.

«No, qui» disse. «Io ti difenderò contro il mondo intero, Ettie, proprio qui dove siamo!»

«Ma perché?»

«Non avrei mai più coraggio di camminare a testa alta se avessi l'impressione di essere stato scacciato da un posto. D'altro canto, perché dovremmo aver paura? Non siamo gente libera in un paese libero? Se io ti amo e tu mi ami, chi può osare mettersi in mezzo?»

«Tu non sai, Jack. Sei qui da poco tempo. Non conosci Baldwin, non conosci McGinty e i suoi Vendicatori.»

«No, non li conosco, e non li temo, e non credo in loro!» protestò McMurdo. «Ho sempre vissuto tra uomini rudi, mia cara, e invece di temerli è sempre successo che sono stati loro che hanno finito col temere me. Sempre, Ettie. Ma è pazzesco! Se questa gente, come afferma tuo padre, ha commesso un delitto dopo l'altro in questa valle e se tutti ne conoscono il nome, com'è possibile che nessuno sia stato denunciato alla giustizia?»

«Perché nessun testimone osa deporre contro di loro. Non vivrebbe un mese se lo facesse. Anche perché hanno sempre uomini pronti a giurare che l'accusato si trovava lontano al momento del delitto. Ma è impossibile, Jack, che tu non abbia letto tutto questo. Io credevo che tutti i giornali degli Stati Uniti ne avessero parlato!»

«A dire la verità avevo letto qualcosa, ma pensavo che fossero fandonie. Può darsi che questa gente abbia qualche giustificato motivo per agire come agisce. Può darsi che sia stato commesso qualche torto nei loro confronti e che non abbiano altro mezzo per difendersi.»

«Oh, Jack, non voglio che tu parli così! Così parla... l'altro!»

«Ah, davvero, anche Baldwin dice questo?»

«Ed è per questo che lo odio tanto. Oh, Jack, adesso posso dirti la verità. Lo detesto con tutte le mie forze, ma ne ho anche paura. Lo temo per me, ma soprattutto lo temo per mio padre. So che ci capiterebbe qualche terribile disgrazia se osassi dire quello che realmente sento. Ecco perché l'ho sempre tenuto a bada con mezze promesse. In realtà questa era la nostra unica speranza di salvezza; ma se tu vorrai fuggire con me, Jack, potremo portare papà con noi e vivere finalmente lontani da questi malvagi.»

Una nuova lotta si disegnò sul viso di McMurdo, ma subito i suoi tratti si indurirono di nuovo.

«Non avrai da temere, Ettie... né tu né tuo padre. In quanto a questa gente, può darsi che tu ti accorga che io so essere anche peggio di loro, al momento opportuno.»

«No, no, Jack! Non voglio che tu parli così!»

McMurdo ebbe un riso amaro.

«Gran Dio, come mi conosci poco! La tua anima innocente, amore mio, non può neppure immaginare che cosa si sta agitando nella mia... Ma perbacco, chi è là?»

L'uscio si era aperto di colpo lasciando entrare un giovanotto, che avanzò con aria baldanzosa e con atteggiamento da padrone. Era un giovane aitante, pressappoco della stessa età e statura di McMurdo. Indossava un cappello di feltro nero a larghe falde, che non si era neppure dato la pena di togliersi. Aveva un viso bellissimo dagli occhi feroci e dominatori e dal naso ricurvo, aquilino, e fissò selvaggiamente la coppia seduta presso la stufa.

Ettie era balzata in piedi, piena di confusione e di spavento.

«Felice di vederla, signor Baldwin» disse. «È arrivato prima del solito. Venga a sedersi.»

Baldwin si era fermato con le mani sui fianchi e squadrava McMurdo.

«Chi è quello?» domandò brusco.

«È un mio amico... un nuovo pensionante. Signor McMurdo, mi permetta di presentarle il signor Baldwin.»

I due uomini si salutarono con un cenno del capo, ma col viso torvo.

«Spero che la signorina Ettie le abbia detto come stanno le cose tra noi!» disse Baldwin.

«Non sapevo che ci fosse una relazione tra voi due.»

«Ah, davvero? Bene, adesso lo sa. L'avverto fin da questo momento che questa ragazza è mia e che la serata è particolarmente adatta per andare a spasso.»

«Grazie, ma non ho nessuna voglia di passeggiare.»

«Ah sì?» gli occhi feroci del giovane fiammeggiavano ora di collera. «Ha forse voglia di fare a cazzotti, signor pensionante?»

«È proprio così» esclamò McMurdo balzando in piedi. «Questa è la prima parola intelligente che lei ha pronunciato finora.»

«Per l'amor di Dio, Jack!» gridò Ettie fuori di sé. «Oh, Jack, Jack! Ti farà male!»

«Oh, siamo già al "Jack"?» esclamò Baldwin con una bestemmia. «Siete arrivati a questo punto?»

«Oh, Ted, sii ragionevole, per favore! Per amor mio. Ted, se mi vuoi bene, mostrati generoso e dimentica.»

«Io penso, Ettie, che se tu ci lasciassi soli potremmo sistemare meglio questa faccenda» disse McMurdo con voce tranquilla. «O forse sarà meglio che venga a fare un giretto in strada con me, signor Baldwin. È una bella serata, come lei ha detto, e oltre al prossimo blocco di case c'è un magnifico spiazzo.»

«Ti sistemerò senza bisogno di sporcarmi le mani,» grugnì il suo avversario «ti pentirai di aver messo piede in questa casa prima ancora che io ti abbia sistemato.»

«Nessun momento è più opportuno di questo!» gridò McMurdo con voce roca.

«Il momento opportuno me lo scelgo io, amico. Lascia fare a me. Guarda qui!» Con un gesto brusco si rimboccò la manica e mostrò sul suo avambraccio un segno caratteristico, che sembrava esservi impresso a fuoco. Era un cerchio entro il quale era racchiuso un triangolo. «Lo sai che cosa significa questo?»

«Non lo so e non voglio saperlo!»

«Ma lo saprai. Te lo prometto, e non avrai molto da aspettare per impararlo a tue spese. Forse la signorina Ettie potrà dirti qualcosa in proposito. E in quanto a te, Ettie, ritornerai da me in ginocchio. Mi senti, ragazza? In ginocchio! E poi ti dirò quale sarà la tua punizione. Hai seminato... e, per Dio, provvederò io a farti raccogliere!» Li guardò entrambi furibondo, quindi girò sui tacchi e un attimo dopo l'uscio si richiuse alle sue spalle con un colpo secco.

McMurdo e la ragazza rimasero qualche attimo in silenzio, poi lei gli gettò le braccia al collo.

«Oh, Jack, sei stato coraggioso ma non serve, devi scappare! Stanotte... Jack... stanotte! È la tua sola speranza. Ti ucciderà. Gliel'ho letto in quei suoi occhi spaventosi. Che probabilità puoi avere contro una dozzina di persone come lui, con McGinty e tutte le forze della Loggia addosso?»

McMurdo si sciolse dal suo abbraccio, la baciò e la mise dolcemente a sedere.

«Senti, tesoro, ascoltami! Non agitarti e non temere per me. Sono anch'io un Uomo Libero. Lo sono dal momento in cui ho parlato di questo con tuo padre. Può darsi che io non sia migliore degli altri! Perciò non fare di me un santo. Forse odierai anche me, adesso, dopo quello che ti ho detto.»

«Odiarti, Jack! Finché avrò vita non ti odierò mai. So che altrove non vi è nulla di male a essere un Uomo Libero, perciò perché dovrei pensare male di te per questo? Ma se sei veramente un Uomo Libero, Jack, perché non vai da McGinty e non ti fai suo amico? Oh, fa' presto, Jack, fa' presto, altrimenti quei cani ti si sguinzaglieranno contro.»

«Stavo pensando anch'io la stessa cosa» disse McMurdo. «Ci vado subito. Puoi dire a tuo padre che dormirò qui e che domattina mi cercherò un altro alloggio.»

Il bar dello spaccio di McGinty era affollato come al solito; era il ritrovo favorito di tutti gli elementi peggiori della città! L'uomo era popolare, perché mostrava un carattere rozzamente gioviale, che costituiva la maschera con la quale copriva tutte le sue pecche segrete. Ma indipendentemente da questa popolarità che lo circondava, la paura con la quale era considerato in tutta la città, o per meglio dire in tutti i cinquanta chilometri della valle e fin sulle montagne, era più che sufficiente per far riempire il suo bar, poiché nessuno poteva concedersi il lusso di fare a meno della sua benevolenza.

Oltre a quei poteri segreti che tutti universalmente credevano esercitasse in maniera tanto spietata, era anche un alto funzionario pubblico, e ricopriva la carica di consigliere municipale nonché quella di commissario stradale, essendo stato innalzato a tali uffici grazie ai voti dei farabutti che a loro volta speravano di ricevere favori da lui. Le tasse e i tributi erano enormi, le opere pubbliche notoriamente trascurate, i rendiconti falsificati da revisori subordinati e l'onesto cittadino era costretto dal terrore a pagare il pubblico ricatto, e a stare zitto per timore che potesse accadergli il peggio. Ed era per questo che di anno in anno le spille di diamanti di McGinty diventavano sempre più appariscenti, catene d'oro sempre più pesanti ornavano il suo petto su panciotti sempre più sgargianti, e lo spaccio si ingrandiva sempre più, fino a minacciare di assorbire tutto il lato di Market Square.

McMurdo aprì con uno spintone la porta girevole dello spaccio e si fece largo tra la folla degli uomini che lo gremivano, in mezzo a un'atmosfera satura di tabacco e impregnata dell'odore degli alcolici. Il luogo era brillantemente illuminato, e gli enormi specchi pesantemente dorati appesi su ciascuna parete riflettevano e moltiplicavano la chiassosa illuminazione. Parecchi baristi in maniche di camicia erano intenti a mescere bibite per i fannulloni che affollavano il vasto banco ricoperto di metallo. Al lato estremo, il corpo appoggiato contro il bar, il sigaro ficcato tra le labbra, stava un uomo alto, forte, massiccio, che altri non poteva essere se non il celebre McGinty in persona. Era una specie di gigante dalla chioma nera, barbuto sino agli zigomi, con una massa di capelli corvini che gli ricadeva sul collo. Aveva una carnagione scura da italiano, e i suoi occhi erano di uno strano colore nero smorto, che unito a un impercettibile strabismo davano al suo sguardo un aspetto particolarmente sinistro. Per il resto le nobili proporzioni, i tratti delicati, il portamento franco corrispondevano al tono gioviale e alle maniere che ostentava. Chi non lo conosceva bene avrebbe potuto giurare di trovarsi di fronte a un tipo onesto, bonaccione, dal cuore sincero, per quanto rudi potessero sembrare le parole pronunciate senza ritegno. Soltanto quando gli scuri occhi smorti, profondi, spietati, si volgevano su qualcuno, costui si sentiva costretto a rabbrividire suo malgrado, intuendo di trovarsi faccia a faccia con una potenzialità infinita di perfidia, con una forza, un coraggio e un'astuzia accuratamente celati che lo rendevano mille volte più pericoloso.

Dopo aver soppesato accuratamente il suo uomo, McMurdo si fece strada a gomitate con la solita sfacciata audacia, e si spinse sin nel piccolo gruppo di cortigiani che pendevano dalle labbra del potente *capo* ridendo a crepapelle anche delle più insignificanti battute. Gli audaci occhi grigi del giovane straniero risposero indomiti attraverso le lenti allo sguardo mortalmente cupo che gli occhi dell'altro volsero bruscamente su di lui.

«Giovanotto, non riesco a ricordarmi la tua faccia.»

«Sono nuovo di qui, signor McGinty.»

«Non dovresti essere però tanto nuovo da non poter dare a un gentiluomo il titolo che gli si conviene.»

«Questo è il consigliere McGinty, giovanotto» disse una voce dal gruppo.

«Mi scusi, consigliere, io non conosco le abitudini della piazza, ma mi è stato suggerito di venirla a trovare.»

«Be', eccomi qui. Ci sono tutto intero. Che ne pensi di me?»

«Mah, è difficile esprimersi così di primo acchito. Ma se il cuore è grande come il corpo, e l'anima bella come la faccia, allora non posso chiedere di meglio» ribatté McMurdo.

«Perbacco, hai proprio una lingua irlandese!» esclamò il proprietario del bar, indeciso se dare corda a quell'audace visitatore o tenersi sulle sue. «Dunque hai la bontà di approvare il mio aspetto?»

«Certo» disse McMurdo.

«E ti hanno detto di venirmi a trovare?»

«Precisamente.»

«E chi te l'ha detto?»

«Fratello Scanlan della Loggia 341, Vermissa. Bevo alla sua

salute, consigliere, e a una nostra migliore conoscenza.» Così dicendo alzò alle labbra il bicchiere che gli avevano riempito e mentre beveva sollevò il dito mignolo.

McGinty, che era rimasto a scrutarlo attentamente, inarcò le folte sopracciglia nere.

«Ah, è così, dunque?» disse. «Bisognerà che studi meglio questa faccenda, signor...»

«McMurdo.»

«Che la studi meglio, signor McMurdo, perché noi non ci fidiamo della gente, da queste parti, né crediamo a tutto quello che ci dicono. Vieni qui un momento dietro il bar.»

Entrarono in una stanzetta letteralmente tappezzata di botti. McGinty chiuse accuratamente l'uscio, quindi si sedette su un barile masticando pensieroso il sigaro e squadrando il compagno con quei suoi inquietanti occhi. Per un paio di minuti stette in assoluto silenzio.

McMurdo sopportò di buon animo questo esame, con una mano nella tasca della giacca, mentre con l'altra si arricciava i baffi bruni. A un tratto McGinty si chinò e mostrò una rivoltella dall'aspetto poco rassicurante.

«Senti un po', amico,» disse «se io pensassi che tu hai intenzione di giocarci un tiro, non avresti neppure il tempo di tirare il fiato due volte.»

«È uno strano benvenuto, da parte del gran maestro di una Loggia di Uomini Liberi a un fratello sconosciuto» replicò McMurdo con una certa dignità.

«Già, ma è proprio quello che tu mi devi dimostrare; se sei, cioè, un vero fratello,» disse McGinty «e che Dio ti aiuti se non ci riesci. Dove ti hanno iniziato?»

«Alla Loggia 29, a Chicago.»

«Quando?»

«Il 24 giugno 1872.»

«Chi è il gran maestro là?»

«James H. Scott.»

«Chi è il tuo comandante di zona?»

«Bartolomeo Wilson.»

«Uhm! Mi sembra che hai la lingua abbastanza sciolta nelle risposte! Che cosa sei venuto a fare qui?»

«A lavorare, come lei, ma in un impiego meno remunerativo.»
«Hai proprio la risposta pronta!»
«Sì, sono stato sempre lesto di parola.»
«E sei anche lesto nell'azione?»
«Mi ero fatto questa fama tra quelli che mi conoscevano bene.»
«Be', può darsi che ti mettiamo alla prova prima di quanto tu non creda. Hai saputo nulla delle regole che governano la Loggia di queste parti?»
«Ho inteso dire che accoglie un uomo che dimostri di essere un fratello.»
«Questo è vero per te, signor McMurdo. Perché hai lasciato Chicago?»
«Preferirei farmi impiccare piuttosto che dirglielo.»
McGinty sgranò tanto d'occhi. Non era abituato a sentirsi rispondere in quel modo; e ciò lo divertì.
«Perché non me lo vuoi dire?»
«Perché nessun fratello può dire una bugia a un altro fratello.»
«Allora è una verità così brutta che non la si può dire?»
«La pensi così, se le fa piacere.»
«Senti un po', amico, non puoi pretendere che io, nella mia qualità di gran maestro dell'Ordine, ammetta alla Loggia un uomo del cui passato non posso rispondere.»
McMurdo rimase un attimo perplesso. Infine tolse da una tasca interna un ritaglio di giornale tutto gualcito.
«Lei non tradirebbe un confratello, vero?» chiese.
«Ti schiaccio la faccia con queste mie mani se osi dirmi ancora una cosa simile!» esclamò McGinty, furibondo.
«Ha ragione, consigliere» disse McMurdo, mortificato. «Mi scusi. Ho parlato senza riflettere. Sì, lo so che in mano sua posso essere sicuro. Dia un'occhiata a questo ritaglio.»
McGinty vi lesse il resoconto dell'uccisione di un certo Jonas Pinto avvenuta al Lake Saloon, Market Street, a Chicago, durante la prima settimana dell'anno.
«È opera tua?» domandò restituendogli il foglietto.
McMurdo annuì.
«Perché l'hai ucciso?»
«Aiutavo lo zio Sam a fare dollari. Può darsi che i miei non fossero d'oro sonante come i suoi, ma gli assomigliavano come

gocce d'acqua ed erano più a buon mercato da fabbricare. Questo Pinto mi aiutava a sbolognarli.»

«A fare che cosa?»

«Sì, in gergo significa mettere i dollari in circolazione. Poi mi disse che avrebbe cantato. Può anche darsi che lo abbia fatto, certo non sono stato ad aspettare i risultati. L'ho tolto di mezzo e ho tagliato la corda verso la zona carbonifera.»

«Perché proprio la zona carbonifera?»

«Perché avevo letto sui giornali che non erano troppo schizzinosi, da queste parti.»

McGinty rise.

«Prima hai fatto il falsario, poi sei diventato assassino, e infine sei venuto da queste parti perché pensavi che qui saresti stato accolto bene: non è così?»

«Pressappoco» rispose McMurdo.

«Be', credo che andrai lontano. Dimmi un po', sai ancora fabbricare dollari?»

McMurdo trasse di tasca una mezza dozzina di monete. «Queste non sono mai passate dalla zecca di Washington» disse.

«No, non dirmelo!» McGinty le prese nella sua mano enorme, villosa come quella di un gorilla, e le mise sotto la luce. «Ma non ci vedo nessuna differenza! Perbacco, credo che sarai un fratello utilissimo. Abbiamo bisogno di un paio di persone attive tra noi, amico McMurdo, perché ci sono momenti in cui anche noi dobbiamo difenderci. Ci metterebbero ben presto al muro, se non ci vendicassimo di quelli che ci attaccano.»

«Le dico che saprò fare la mia parte di vendetta insieme agli altri ragazzi.»

«Ho l'impressione che tu abbia i nervi molto solidi. Non hai nemmeno battuto ciglio quando ti ho puntato addosso la pistola.»

«Non ero mica io in pericolo.»

«E chi, dunque?»

«Lei, consigliere.» McMurdo estrasse una pistola dalla tasca laterale della sua giacca di panno ruvido. «Ho seguito tutte le sue mosse, e credo che la mia pallottola sarebbe stata rapida quanto la sua.»

McGinty a tutta prima arrossì di collera, ma quasi subito scoppiò in una fragorosa risata.

«Per Dio!» esclamò. «È un pezzo che non si vede da queste parti un tipo del tuo stampo! Credo che la Loggia imparerà ad andare orgogliosa di te. Be', che cavolo vuoi? Non posso stare a parlare da solo con un gentiluomo per cinque minuti senza che tu debba venire a ficcare il naso?»

Il barista, che era entrato allora, si fermò confuso. «Mi scusi, consigliere, ma c'è il signor Ted Baldwin. Dice che ha bisogno di vederla subito.»

Questo messaggio era superfluo, perché subito la faccia dura e crudele di Baldwin in persona spuntò sopra le spalle del cameriere. Spinse fuori il barista e chiuse l'uscio dietro di sé.

«Ah, così!» disse lanciando a McMurdo un'occhiata furibonda. «Dunque sei arrivato prima tu? Devo dirle una parola su quest'uomo, consigliere.»

«E dilla dunque subito, davanti a me!» gridò McMurdo.

«La dirò quando mi conviene, e come mi pare e piace.»

«Calma, calma!» disse McGinty scendendo dal barile. «Così non va. Abbiamo tra noi un nuovo confratello, Baldwin, e non è decente da parte nostra accoglierlo in questa maniera. Qua la mano, Baldwin, e fate subito la pace.»

«Mai!» gridò Baldwin, fuori di sé.

«Gli ho offerto di combattere con lui se ritiene che io lo abbia offeso» disse McMurdo. «Lotterò con lui, e se questo non gli basta, nel modo che preferisce. E adesso lascio a lei, consigliere, di giudicare tra noi come deve fare un gran maestro.»

«Di che cosa si tratta, dunque?»

«Di una donna. Credo che sia libera di scegliere da sola.»

«Davvero?» gridò Baldwin.

«Come si conviene tra due fratelli di Loggia, io direi di sì» disse il boss.

«Oh, questa è dunque la sua regola?»

«Sì, è la mia regola, Ted Baldwin» ribatté McGinty con uno sguardo cattivo. «E tu la vuoi discutere?»

«E lei butterebbe a mare uno che è stato con lei per cinque anni per favorire un uomo che non ha mai visto in vita sua? Lei non è gran maestro a vita, Jack McGinty e, per Dio, la prima volta che si voterà...»

Il consigliere gli balzò addosso come una tigre. La sua mano si chiuse sul collo dell'altro e scagliò il disgraziato contro una botte. Era talmente inferocito che lo avrebbe accoppato, se McMurdo non fosse intervenuto.

«Piano, consigliere! Faccia piano!» gridò traendolo indietro.

McGinty mollò la presa e Baldwin, spaventato e scosso, ansimante e tremante come chi è stato sulla soglia della morte, sedette sulla botte contro la quale era stato scagliato.

«Te la cercavi da un pezzo, Ted Baldwin. E adesso ti sei preso il fatto tuo» gridò McGinty mentre il suo petto poderoso si alzava e abbassava tumultuosamente. «Forse credevi che se mi avessero tolto la carica di gran maestro tu ti saresti infilato nelle mie scarpe. Ma tocca alla Loggia decidere in proposito, e fino a quando sarò io il capo non permetterò che nessuno alzi la voce contro di me o contro i miei ordini.»

«Io non ho nulla contro di lei» borbottò Baldwin sfregandosi la gola.

«Dunque,» esclamò l'altro riprendendo immediatamente il suo tono di rozza giovialità «torniamo buoni amici, e mettiamo fine alla faccenda.»

Prese dallo scaffale una bottiglia di champagne e ne fece saltare il tappo.

«Facciamo un brindisi contro i litigi della Loggia. Dopotutto, come ben sapete, non può scorrere sangue tra noi. E adesso con la mano sinistra sul mio pomo d'Adamo, ti chiedo, Ted Baldwin, qual è l'offesa, signore?»

«Le nubi sono pesanti» rispose Baldwin.

«Ma si diraderanno per sempre.»

«E questo io giuro.»

I tre uomini bevvero e la stessa cerimonia si ripeté tra Baldwin e McMurdo.

«E così,» esclamò McGinty fregandosi le mani «abbiamo evitato uno spargimento di sangue. Se la cosa si ripeterà sarai messo sotto inchiesta dalla Loggia, e la Loggia ha la mano pesante dalle nostre parti, come sa fratello Baldwin, e come tu apprenderai ben presto, fratello McMurdo, se andrai in cerca di guai.»

«Perbacco, non sarò certo io ad attaccare briga» disse Mc Murdo, e tese la mano a Baldwin. «Sono facile al litigio ma anche facile al perdono. È tutta colpa del mio caldo sangue irlandese, mi dicono. Ma per me è finita, e io non serbo rancore.»

Baldwin dovette accettare la mano che gli veniva tesa, poiché l'occhio del terribile boss era fisso su di lui. Ma la sua faccia imbronciata faceva capire quanto poco le parole dell'altro lo avessero toccato.

McGinty batté entrambi sulle spalle.

«Ah, queste donne, queste donne!» esclamò. «Pensare che proprio le stesse sottane dovevano venirsi a mettere tra due dei miei ragazzi. Il diavolo deve averci infilato la sua coda. Be', è la ragazza che ci sta dentro che deve arrangiare la faccenda, poiché queste cose non sono di competenza di un gran maestro, e il Signore sia lodato per questo. Abbiamo già abbastanza da fare, senza accollarci anche le donne. Tu dovrai affiliarti alla Loggia 341, fratello McMurdo. Noi usiamo mezzi e sistemi nostri, diversi da quelli di Chicago. La nostra prossima riunione avrà luogo sabato sera e se verrai noi ti proclameremo per sempre Libero nella Vermissa Valley.»

3
Loggia 341, Vermissa

La sera del giorno successivo a quello in cui si erano svolti tutti questi avvenimenti emozionanti, McMurdo traslocò dalla pensione del vecchio Jacob Shafter e prese alloggio in quella della vedova MacNamara, all'estrema periferia della città. Scanlan, il suo primo conoscente del treno, ebbe occasione poco dopo di sistemarsi a Vermissa, e i due presero ad abitare insieme. Non vi erano altri pensionanti, e la padrona era una vecchia irlandese che non andava troppo per il sottile e li lasciava a se stessi, e così avevano la libertà di parola e di azione tanto gradita agli uomini che possiedono segreti comuni. Shafter si era ammansito sino a permettere che McMurdo andasse a mangiare da lui quando gli faceva comodo, quindi i suoi rapporti con Ettie non furono per nulla interrotti; anzi si fecero più affettuosi e più intimi a mano a mano che le settimane passavano. Nella stanza da letto della sua nuova abitazione, McMurdo sentì che poteva essere sicuro di servirsi della sua zecca, e dopo ripetute e solenni promesse di segretezza, un certo numero di fratelli della Loggia ebbe il permesso di venire a vederla, e ciascuno si portava con sé in tasca qualche esemplare di moneta falsa così sapientemente coniata che nessuno di loro ebbe mai la minima difficoltà o pericolo nel farla accettare. Perché, con un'arte così meravigliosa a sua disposizione, McMurdo si sacrificasse a lavorare, rimase per i suoi compagni un assoluto mistero, per quanto lui spiegasse a tutti coloro che glielo chiedevano che se fosse vissuto senza apparenti mezzi di sostentamento, ben presto la polizia avrebbe fiutato qualcosa di losco.

In realtà un poliziotto era già sulle sue tracce, ma l'incidente per sua fortuna arrecò all'avventuriero assai più utile che danno. Dopo la prima presentazione, erano poche le sere in cui non faceva una capatina nello spaccio di McGinty, per approfondire la conoscenza con i "ragazzi"; così infatti si chiamavano reciprocamente gli affiliati alla pericolosa banda che infestava il paese. I suoi modi audaci e la sua libertà di parola lo resero ben presto un beniamino di quella gente, mentre la maniera rapida e scientifica con cui si spolverava di dosso un avversario in una scazzottata da osteria gli guadagnarono il rispetto di quella rude comunità. Un altro incidente, serio quanto imprevisto, lo elevò ancora di più nella stima generale.

Proprio nell'ora di maggior affollamento, una sera, l'uscio si aprì ed entrò un uomo che indossava la discreta uniforme turchina e il berretto a visiera della polizia delle Miniere. Questo era uno speciale corpo di vigilanza sovvenzionato dai proprietari delle ferrovie e delle miniere di carbone per coadiuvare gli sforzi della polizia civile ordinaria, del tutto impotente di fronte al banditismo organizzato che terrorizzava il paese. Un silenzio seguì il suo ingresso, e più di un'occhiata curiosa si posò su di lui, ma negli Stati Uniti i rapporti tra poliziotti e criminali sono caratteristici, e lo stesso McGinty, in piedi dietro il banco, non mostrò alcuna sorpresa quando l'ispettore si unì ai suoi clienti.

«Un buon whisky, perché la notte è freddissima» disse il funzionario di polizia. «Non credo che ci siamo già incontrati, vero, consigliere?»

«È lei il nuovo capitano?» chiese McGinty.

«Precisamente. Contiamo su di lei, consigliere, e sugli altri cittadini più influenti perché ci aiutiate a mantenere l'ordine e la legge in questa città. Mi chiamo Marvin... della polizia.»

«Noi lavoreremmo meglio senza di lei, capitano Marvin» replicò freddamente McGinty. «Infatti abbiamo la nostra polizia privata, qui in città, e la merce d'importazione non ci serve. Cos'è lei, se non lo strumento pagato dai capitalisti, assoldato da costoro per bastonare o accoppare i cittadini più poveri?»

«Be', lasciamo queste discussioni» replicò in tono conciliante il funzionario di polizia. «Io credo che tutti quanti facciamo il nostro dovere a seconda del nostro particolare punto di vista: peccato che tutti i punti di vista non siano gli stessi.» Aveva già tracannato il suo bicchiere e si preparava ad andarsene quando il suo sguardo si posò su Jack McMurdo, che era venuto a trovarsi proprio gomito a gomito con lui. «Ehi!» esclamò squadrandolo «ma questa è una vecchia conoscenza.»

McMurdo si ritrasse.

«Non sono mai stato amico tuo né amico di nessun gendarme in vita mia!» ribatté.

«Non è detto che un conoscente sia sempre un amico» osservò il poliziotto ridacchiando. «Tu sei Jack McMurdo di Chicago, ne sono sicuro, ed è inutile che lo neghi.»

McMurdo si strinse nelle spalle.

«Non lo nego affatto» replicò. «Credi forse che mi vergogni del mio nome?»

«Eppure ne avresti motivo!»

«Che diavolo intendi dire?» ruggì McMurdo stringendo i pugni.

«No, no, Jack; non ti serve fare il gradasso con me. Sono stato in servizio a Chicago prima di venire in questo puzzolente carbonile, e so riconoscere un farabutto di Chicago se me lo trovo davanti.»

Le arie di McMurdo caddero.

«Non mi dirà che lei è Marvin dell'ufficio centrale di polizia di Chicago!» esclamò.

«Proprio il vecchio Teddy Marvin in persona: a tua disposizione. Mica ci siamo dimenticati, laggiù, dell'assassinio di Jonas Pinto.»

«Non sono stato io a spararli.»

«Ne sei proprio sicuro? Certo la tua è una deposizione proprio imparziale, vero? Be', comunque la sua morte è arrivata per te proprio a fagiolo, altrimenti ti avrebbero pescato per spaccio di monete false. Mah, lasciamo perdere il passato poiché, rimanga tra te e me – e forse io vado oltre a quanto il mio dovere mi imporrebbe –, non hanno potuto ottenere prove sicure a tuo carico, e a Chicago puoi tornarci anche domani, se vuoi.»

«Io mi trovo benissimo qui dove sono.»

«Io ti ho offerto un'informazione preziosa, e sei davvero un cane arrabbiato se non mi ringrazi.»

«Be', credo che le tue intenzioni siano buone, e ti ringrazio» disse McMurdo in tono tutt'altro che gentile.

«Per me va benissimo fintanto che ti vedrò rigare dritto» disse il capitano. «Ma, per Giove, se non fili come dico io dopo quanto ti ho detto, allora la musica cambia. Be', buonanotte... e buonanotte anche a lei, consigliere.»

Così dicendo uscì dallo spaccio, non senza però aver creato nell'ambiente un eroe. Delle imprese di McMurdo nella lontana Chicago già si era sussurrato in precedenza. Lui aveva risposto a tutte le domande che gli erano state rivolte in proposito con un sorriso che faceva capire come non desiderasse apparire un grand'uomo a tutti i costi. Ma ecco che la cosa era adesso ufficialmente confermata. Gli oziosi del bar gli si affollarono attorno e gli strinsero cordialmente la mano. Da quel momento poté fare nella comunità ciò che più gli pareva e piaceva. McMurdo sapeva bere forte senza quasi recare traccia di ubriachezza, ma quella sera, se il suo amico Scanlan non gli fosse stato vicino per riportarlo a casa, l'eroe del giorno avrebbe certamente trascorso la notte sotto il banco del bar.

La sera del sabato venne ammesso alla Loggia. Aveva creduto di potervi entrare senza cerimoniale essendo già stato iniziato a Chicago; ma a Vermissa esistevano riti particolari, di cui quegli adepti andavano orgogliosi, e ogni postulante doveva sottomettersi a questi riti. L'assemblea si riunì in una vasta stanza riservata per questi scopi nella Casa dell'Unione. Circa sessanta membri si riunivano a Vermissa, ma questo numero non rappresentava affatto la piena forza dell'organizzazione, poiché disseminate per la valle vi erano diverse altre Logge, e altre ancora erano sparse sulle montagne: queste si scambiavano i loro adepti quando si preparava qualcosa di grosso, cosicché un delitto poteva essere commesso da individui completamente estranei alla località. Nel complesso, disseminati lungo tutta la zona carbonifera, non vi erano meno di cinquecento affiliati.

Nella nuda stanza di ritrovo gli uomini erano raccolti intorno alla lunga tavola. A fianco di questa ne era disposta una seconda, coperta di bottiglie e di bicchieri. McGinty sedeva a capotavola, con un berretto di velluto nero floscio sulla massa scompigliata dei neri capelli. Attorno al collo aveva una stola purpurea. Sembrava un sacerdote che doveva officiare qualche diabolico rito. Alla sua destra e alla sua sinistra sedevano i funzionari più elevati in grado della Loggia, e tra quei volti spiccava la faccia bella e crudele di Ted Baldwin. Ognuno di costoro portava come emblema del proprio ufficio una sciarpa e un medaglione. Erano per la maggior parte uomini di età matura, ma il resto della compagnia era formato da giovanotti tra i diciotto e i venticinque anni, gli emissari pronti e capaci che eseguivano gli ordini degli anziani. Tra questi ve n'erano molti i cui tratti rivelavano un animo spietato e sprezzante di ogni legge, ma guardando tra i gregari era difficile poter pensare che quei giovani dai volti aperti e coraggiosi costituissero in realtà una pericolosa banda di assassini, nelle cui menti si era insinuata una così totale perversione morale da sentirsi orgogliosi dei loro misfatti, e da far loro considerare con il più profondo rispetto l'uomo che godeva la reputazione di saper fare ciò che chiamavano "un lavoretto pulito". Consideravano un gesto cavalleresco e audace offrirsi volontariamente per togliere di mezzo persone che mai li avevano offesi e che in molti casi non avevano mai conosciuto. Una volta commesso il crimine disputavano vantando ciascuno di essere stato il primo a vibrare il colpo fatale, e si divertivano a vicenda e tenevano allegra tutta la compagnia descrivendo le grida e i contorcimenti dell'assassinato. Da principio avevano usato una certa segretezza, ma al tempo di cui si parla in questo racconto operavano ormai con una sfacciataggine incredibile, perché i ripetuti insuccessi della legge avevano dimostrato non soltanto che nessuno avrebbe mai osato testimoniare contro di loro, ma altresì che potevano disporre di un numero illimitato di testimoni fidati ai quali avrebbero potuto rivolgersi, nonché di una cassa del tesoro ben fornita da cui potevano sempre attingere i fondi necessari per pagare in loro difesa il miglior avvocato dello Stato. In dieci ininterrotti anni di violenze non vi era mai stato un solo arresto, e l'unico pericolo in grado di minacciare i Vendicatori consisteva proprio nelle vittime stesse, che sebbene inferiori di numero e colte di sorpresa potevano, cosa che infatti accadeva di quando in quando, lasciare il loro segno sugli assalitori.

McMurdo era stato avvertito che una prova lo aspettava, ma nessuno aveva voluto dirgli in che cosa questa prova consistesse. Venne ora condotto in una stanza esterna da due fratelli dall'aspetto solenne. Attraverso la tramezza di legno gli giungeva il mormorio delle molte voci dell'assemblea. Un paio di volte intese pronunciare il suo nome e comprese che stavano discutendo la sua candidatura. Entrò poi una guardia interna, che aveva legata sul petto una sciarpa verde e oro.

«Il gran maestro ordina che sia legato, bendato e fatto entrare» disse. I tre quindi gli tolsero la giacca, gli rimboccarono la manica sul braccio destro e gli passarono infine una corda al di sopra dei gomiti, annodandola stretta. Gli posero poi in testa un cappuccio nero, che gli coprì anche la parte superiore della faccia, in modo che non potesse vedere nulla. Venne infine condotto nella sala dell'assemblea.

Tutto attorno a lui era buio e sotto il cappuccio si sentiva soffocare. Udì un trambusto e un mormorio di gente accanto a sé, quindi la voce di McGinty risuonò alle sue orecchie, così coperta, attutita e lontana.

«Jack McMurdo,» disse la voce «fai già parte dell'Antico Ordine degli Uomini Liberi?»

Il giovane si inchinò in segno di assenso.

«La tua Loggia è la numero 29 di Chicago?»

Lui si inchinò nuovamente.

«Le notti buie sono sgradevoli» disse la voce.

«Sì, per gli stranieri in viaggio» rispose.

«Le nubi sono pesanti.»

«Sì, una tempesta si avvicina.»

«I confratelli sono soddisfatti?» chiese il gran maestro.

Si levò un mormorio generale di assenso.

«Comprendiamo, fratello, dalle tue risposte esatte alle nostre parole d'ordine, che tu sei veramente uno dei nostri» disse McGinty. «Devi però sapere che in questa provincia e in altre province vicine noi abbiamo certi riti, nonché certi compiti nostri particolari che richiedono uomini valorosi. Sei tu pronto alla prova?»

«Sì.»

«Sei di cuore saldo?»

«Lo sono.»

«Muovi un passo in avanti per dimostrarcelo.»

Mentre venivano pronunciate queste parole, sentì posarsi sui suoi occhi due punte aguzze che premevano così forte da dargli l'impressione che non avrebbe potuto muovere un solo passo innanzi senza correre il pericolo di perdere gli occhi. Non di meno si sforzò di avanzare e in quello stesso momento la pressione cedette e scomparve. Vi fu un sommesso applauso.

«È di cuore saldo» disse la voce. «Sai reggere al dolore?»

Non seppe mai come riuscì a trattenersi dall'urlare poiché un dolore lacerante gli attraversò l'avambraccio scoperto. Per poco non svenne a quel colpo improvviso, ma si morsicò le labbra e strinse i pugni per nascondere il proprio tormento.

«So sopportare ben altro che questo» disse.

Questa volta gli applausi scoppiarono irrefrenabili. Nessuno si era mai comportato sinora alla Loggia con tanto stoico coraggio. Molte mani gli batterono la schiena, e il cappuccio gli fu tolto dal capo. Si trovò circondato da una turba di fratelli che si congratulavano con lui, e ai quali rispose ammiccando con gli occhi ancora velati e sorridendo.

«Un'ultima parola, fratello McMurdo» disse McGinty. «Tu hai già pronunciato il giuramento di segretezza e di lealtà, e sai pertanto che la punizione per un'infrazione qualsiasi consiste in una morte istantanea e inevitabile!»

«Lo so» disse McMurdo.

«E tu accetti la regola del gran maestro per qualsiasi circostanza e qualsiasi momento?»

«La accetto.»

«Allora, in nome della Loggia 341, Vermissa, io ti ammetto ai suoi privilegi e ai suoi dibattiti. Puoi portare il liquore sulla tavola, fratello Scanlan, e tutti berremo al nostro degno fratello.»

Frattanto gli avevano ridata la giacca, ma prima di indossarla nuovamente McMurdo si osservò il braccio destro, che gli bruciava ancora. Proprio sulla carne viva dell'avambraccio era impresso un nitido cerchio contenente un triangolo, un marchio rosso e profondo lasciatovi dal ferro incandescente. Qualcuno degli adepti più vicini a lui si rimboccò le maniche e gli mostrò il proprio contrassegno della Loggia.

«Tutti lo abbiamo ricevuto,» disse un affiliato «ma nessuno di noi si è comportato col coraggio che hai dimostrato tu.»

«È stata una sciocchezza» rispose McMurdo, ma il segno gli bruciava e gli faceva molto male.

Allorché le libagioni che seguivano ogni cerimonia d'iniziazione ebbero termine, la Loggia procedette a discutere dei propri compiti. McMurdo, abituato alle prosaiche riunioni di Chicago, ascoltava tutt'orecchi, assai più sorpreso da quello che si stava svolgendo di quanto si arrischiasse a dimostrare.

«La prima questione all'ordine del giorno» disse McGinty «consisterà nella lettura di questa lettera da parte del maestro di divisione Windle, di Merton County, Loggia 249. Eccone il testo:

Egregio signore,

c'è un lavoro da fare per conto di Andrew Rae, della Rae & Sturmash, proprietari di miniere di questa zona. Lei si rammenterà che la sua Loggia ci è debitrice, avendo usufruito dei servigi di due confratelli nella faccenda del poliziotto di pattuglia, l'autunno scorso. Se lei vorrà mandarci due uomini in gamba, saranno presi in cura dal tesoriere Higgins di questa Loggia, il cui indirizzo le è noto. Sarà lui a indicare loro quando e dove agire.
Suo nella libertà,

J.W. Windle, M.D.A.O.U.L.

«Windle non ci ha mai detto di no quando ci è capitato di chiedergli in prestito un paio di uomini, e non tocca ora a noi tirarci indietro.» McGinty fece una pausa e girò attorno alla stanza i suoi maligni occhi opachi. «Chi si offre spontaneamente per questo lavoro?»

Diversi giovanotti alzarono le mani. Il gran maestro li squadrò con un sorriso di approvazione.

«Tu vai benissimo, Tiger Cormac. Se te la sbroglierai bene come l'ultima volta tutto andrà a meraviglia. E anche tu, Wilson.»

«Io non ho la pistola» disse il volontario, un ragazzino non ancora ventenne.

«È la tua prima impresa, non è vero? Bravo, bisogna pure che anche tu abbia il tuo battesimo di sangue. Sarà un grande passo avanti. In quanto alla pistola, ne troverai certamente una che ti aspetta, ne sono sicuro. Se sarete pronti per lunedì sarà più che sufficiente. Troverete solenni accoglienze quando rientrerete.»

«Niente ricompensa stavolta?» chiese Cormac, un giovanotto corpacciuto dal viso scuro e dallo sguardo brutale, la cui ferocia gli aveva guadagnato il soprannome di "Tigre".

«Non pensare alla ricompensa. Voi agite per l'onore dell'impresa. Ma chissà che quando vi sarete sbrigati non troverete qualche dollaro in fondo alla scatola.»

«Che cos'ha fatto quell'uomo?» domandò il giovane Wilson.

«Non tocca certo ai tipi come te domandare che cosa abbia fatto. È stato giudicato da quelli di laggiù e non è affar nostro. A noi non resta che portare a termine l'impresa per conto loro, così come loro farebbero per noi. Anzi, giacché siamo in tema, due confratelli della Loggia di Merton verranno da noi la settimana prossima a sbrigare una certa faccenda in questa zona. Francamente è molto meglio che nessuno faccia domande. Se non saprete nulla non potrete testimoniare nulla, e così nessuno correrà pericolo. Ma sono tipi che sanno fare un lavoretto pulito quando ve ne sia bisogno.»

«E sarebbe ora!» esclamò Ted Baldwin. «La gente ci sta scappando di mano, da queste parti. Non più tardi della settimana scorsa tre dei nostri sono stati buttati fuori dal caposquadra Blaker. Gli spetta da molto tempo e l'avrà, proprio come si deve.»

«Gli spetta che cosa?» bisbigliò McMurdo nell'orecchio del suo vicino.

«Un pallettone bene assestato!» esclamò l'uomo ridendo. «Che ne pensi dei nostri sistemi, fratello?»

L'anima criminale di McMurdo sembrava avere già assorbito lo spirito della sciagurata associazione di cui era ormai membro.

«Mi piacciono» replicò. «È il posto che ci vuole per uno che sappia menare le mani.»

Alcuni di coloro che sedevano attorno intesero le sue parole e le applaudirono.

«Che c'è?» gridò il nerochiomato gran maestro dall'altro capo della tavola.

«È il nostro nuovo fratello, signore, che trova i nostri sistemi di suo gusto.»

In un attimo McMurdo si levò in piedi. «Vorrei dire, venerabile maestro, che se ci fosse bisogno di un uomo considererei un onore essere scelto per aiutare la Loggia.»

A questa dichiarazione seguì un applauso fragoroso. Tutti avevano la sensazione che un nuovo sole stesse spuntando all'orizzonte. Qualcuno fra gli anziani ebbe anzi l'impressione che il progresso fosse un po' troppo rapido.

«Io vorrei suggerire» disse il segretario, un certo Harraway, un vecchio dalla barba grigia e dalla faccia di avvoltoio che sedeva vicino al presidente «che fratello McMurdo rimanesse in attesa fino a quando alla Loggia piaccia servirsi di lui.»

«Ma certo, è quello che io intendevo dire: sono nelle vostre mani» rispose McMurdo.

«Verrà anche il tuo momento, fratello» disse il presidente. «Noi già abbiamo capito che sei un uomo di volontà e siamo certi che sbrigherai del buon lavoro da queste parti. Ma c'è una cosuccia da fare stanotte in cui potrai dare una mano, se ti fa piacere.»

«Preferisco aspettare per quando ci sarà qualche impresa più importante.»

«Ma puoi venire lo stesso, stanotte. E questo ti aiuterà a conoscere qual è la nostra importanza in questa comunità. Farò la dichiarazione in proposito più tardi. Frattanto...» diede un'occhiata al suo promemoria «ho ancora un paio di problemi da sottoporre all'assemblea. Devo chiedere prima di tutto informazioni al tesoriere sulla nostra situazione bancaria. Bisogna pensare alla pensione della vedova di Jim Carnaway. È stato ucciso mentre operava al servizio della Loggia, e noi dobbiamo preoccuparci che sua moglie non resti in difficoltà.»

«Jim è stato ammazzato il mese scorso mentre cercava di fare la pelle a Chester Wilcox, di Marley City» spiegò un vicino a McMurdo.

«I fondi sono buoni in questo momento» disse il tesoriere consultando un libretto di banca che aveva davanti a sé. «Le ditte sono state generose in questi ultimi tempi. La Max Linder & Soci ha pagato cinquecento dollari per essere lasciata in pace. La Walker Brothers ne ha mandati cento, ma io mi sono sempre impegnato a restituirli e a chiederne cinquecento. Se non ricevo niente per mercoledì i loro impianti saranno distrutti: siamo stati costretti a bruciare il loro frangitore meccanico, l'anno scorso, prima di ridurli alla ragione. Inoltre la West Section Coaling Company ha pagato la sua tangente annuale. Abbiamo abbastanza in mano da poter far fronte a qualsiasi impegno.»

«Che fine ha fatto Archie Swindon?» domandò un fratello.

«Ha svenduto tutto e abbandonato la zona. Il farabutto ha poi lasciato un messaggio per noi in cui diceva che preferiva fare lo spazzino libero a New York piuttosto che essere proprietario di una grossa miniera sotto la minaccia di una banda di ricattatori. Perdiana, è stata una fortuna per lui potersela squagliare prima che quel biglietto ci fosse recapitato! Non credo che avrà più il coraggio di farsi vedere in questa valle.»

Un uomo anziano, accuratamente sbarbato, dall'aspetto benevolo e cordiale, si alzò dall'altro capo del tavolo, dirimpetto al seggio del presidente.

«Signor tesoriere,» disse «posso chiedere chi ha acquistato la proprietà di quest'uomo che noi abbiamo scacciato dalla zona?»

«Sì, fratello Morris. È stata acquistata dalla State & Merton County Railroad Company.»

«E chi ha rilevato le miniere di Todman e di Lee, che sono state messe sul mercato l'anno scorso nella stessa maniera?»

«La medesima società, fratello Morris.»

«E chi ha comprato le ferriere di Manson e di Shuman e di Van Deher e di Atwood, che sono state tutte cedute di recente?»

«Sono state tutte acquistate dalla West Gilmerton General Mining Company.»

«Io non vedo, fratello Morris,» disse il presidente «quanto a noi possa importare chi le compra o no, dal momento che nessuno può trasportarle fuori da questa zona.»

«Con tutto il rispetto che le è dovuto, venerabile maestro, io credo invece che la cosa ci può importare moltissimo. Questo sistema si sta protraendo da ormai dieci anni. Noi stiamo gradatamente scalzando dal loro commercio tutti i piccoli proprietari, e qual è il risultato? Che ritroviamo al loro posto grosse compagnie come la Railroad o la General Iron, le quali hanno i loro direttori a New York o a Philadelphia, ed è gente che non ha paura delle nostre minacce. Possiamo forse aver ragione dei loro capi locali, ma ciò significa soltanto che altri saranno mandati al loro posto. E la situazione si sta facendo pericolosa per noi. I piccoli non potevano darci fastidio: non avevano né il denaro né la potenza per farlo. Fino a quando non li prosciugavamo troppo tiravano avanti sotto il nostro potere. Ma se queste grosse compagnie si accorgono che noi ci frapponiamo tra loro e i loro profitti non risparmieranno né fatiche né spese per scoprirci e portarci in tribunale.»

A queste parole tutt'altro che rassicuranti seguì un silenzio, e tutti i volti si fecero seri e si incupirono. Erano stati così potenti e così sicuri sino a quel momento che il solo pensiero che una possibile vendetta potesse attenderli non riusciva neppure a penetrare le loro menti. E tuttavia quel quadro di un avvenire carico di minacce mise un brivido di paura anche nei più intrepidi.

«Io sono del parere» proseguì l'oratore «che si usi una mano meno pesante coi piccoli proprietari. Il giorno che costoro saranno tutti cacciati di qui, il potere della nostra associazione sarà finito.»

Le verità spiacevoli sono sempre male accolte. Mentre l'oratore si rimetteva a sedere si levarono dovunque grida colleriche di protesta. McGinty si alzò, torvo in viso.

«Fratello Morris,» disse «tu sei sempre stato un uccello di malaugurio. Sino a quando gli affiliati di questa Loggia resteranno uniti non vi sarà forza in questo paese che potrà toccarli. Non abbiamo forse dimostrato questo anche troppe volte nei riguardi dei tribunali? Io ritengo che le grosse compagnie si accorgeranno che è più facile pagare che lottare, proprio come fanno le piccole. E ora, confratelli...» e così dicendo McGinty si tolse il berretto di velluto nero e la stola «la Loggia ha terminato i suoi lavori per questa sera, eccezion fatta per una piccola questione di cui parleremo al momento di separarci. Intanto prendiamo qualcosa da bere e facciamo un po' di musica in fraterna amicizia.»

La natura umana è davvero strana. Questi uomini per cui il delitto era familiare, che tante volte avevano ucciso dei capifamiglia, altri uomini contro i quali non nutrivano alcun rancore personale, senza la più lontana ombra di rimorso o di compassione verso le mogli e i figli in lutto, commossi fino alle lacrime dalla dolcezza e dalla pateticità della musica! McMurdo aveva una bella voce di tenore, e se già non si fosse guadagnato altrimenti la benevolenza della Loggia, nessuno avrebbe più saputo resistergli dopo averlo inteso modulare le arie di *Io son seduto sulla staccionata, Mary* e *Sulle rive del fiume Allan.* Sin da quella prima sera la nuova recluta si era resa popolarissima tra i confratelli, e già si era distinta per una prossima promozione a un alto ufficio. Occorrevano però altre qualità, oltre a quelle di buona colleganza, per proclamare degno un Uomo Libero, e di queste gli fu dato un esempio prima che la serata terminasse. La bottiglia del whisky aveva già fatto molti giri, e gli uomini erano paonazzi e maturi per un'azione brigantesca, quando il loro gran maestro si levò di nuovo e così li apostrofò:

«Ragazzi,» disse «c'è un uomo in questa città che ha bisogno di una buona lezione e tocca a voi fare in modo che la riceva. Voglio alludere a James Stanger dell'"Herald". Avete visto come si è messo a berciare di nuovo contro di noi?» Un mormorio di assenso percorse la sala, e si intese più di una bestemmia soffocata. McGinty prese dalla tasca del panciotto un ritaglio di giornale.

«"Giustizia e ordine!" Ecco come incomincia i suoi articoli. "Il regno del terrore nel distretto del carbone e del ferro. Dodici anni sono ormai trascorsi dai primi delitti che testimoniavano l'esistenza di un'associazione a delinquere. Da quel giorno le violenze non hanno avuto più tregua, e ora hanno raggiunto un punto tale da fare di noi l'obbrobrio del mondo civile. È per ottenere risultati come questo che la nostra grande nazione accoglie fra le sue braccia gli stranieri che fuggono dai regimi dispotici europei? È affinché divengano essi stessi tiranni di quei medesimi uomini che hanno dato loro rifugio, e perché si instauri uno stato di terrorismo e di illegalità all'ombra delle sacre pieghe della bandiera stellata della libertà, stato che farebbe inorridire i nostri animi se leggessimo che simili malefatte sono compiute sotto la più marcia monarchia dell'Est? Gli uomini sono noti. L'organizzazione è pubblicamente conosciuta. Sino a quando sopporteremo? Dovremo dunque vivere costantemente..." Ma basta con queste scempiaggini!» gridò il presidente scaraventando il ritaglio di giornale sul tavolo. «Questo è ciò che dice di noi. Ora io vi domando: cosa gli diremo?»

«Leviamolo di torno!» gridarono molte voci furibonde.

«Io protesto contro questa decisione» disse il fratello Morris, l'uomo dai lineamenti miti e dal volto sbarbato. «Io vi dico, fratelli, che la nostra mano si sta facendo troppo pesante in questa valle e che verrà il momento in cui tutti si uniranno per schiacciarci pur di salvare se stessi. James Stanger è un vecchio, è rispettato in città e in tutta la zona. Il suo giornale è tenuto in molta considerazione nella valle. Se quest'uomo sarà colpito, ci sarà un tale caos in questo Stato che la cosa non potrà che concludersi con la nostra distruzione.»

«E come potrebbero provocare la nostra distruzione, signor bastian contrario?» gridò McGinty. «Con l'aiuto della polizia, forse? Ma se la metà di questa è al nostro soldo e l'altra metà ha paura di noi! O ci riusciranno forse con l'aiuto dei tribunali e dei giudici? Lo abbiamo già sperimentato, e che pericolo abbiamo corso?»

«Potrebbe esserci un giudice Lynch a giudicare il caso» obbiettò fratello Morris.

A questa osservazione fece eco un coro generale di proteste indignate.

«Non ho che da alzare un dito» gridò McGinty «e potrei mettere duecento uomini in questa città che la spazzerebbero da cima a fondo.» Poi, alzando improvvisamente la voce e inarcando le sue enormi sopracciglia nere in un cipiglio terribile, soggiunse: «Senti un po', fratello Morris, è parecchio che ti tengo d'occhio. Siccome non hai coraggio tu stesso, cerchi di toglierlo agli altri. Sarà un gran brutto giorno per te, fratello Morris, quando il tuo nome verrà sul nostro foglio d'ordini, e io credo che avrei già dovuto mettercelo da un pezzo».

Morris si era fatto mortalmente pallido e le ginocchia parvero cedergli mentre si accasciava sulla seggiola. Alzò il bicchiere con la mano che gli tremava e bevve prima di essere in grado di rispondere.

«Mi scuso con lei, venerabile maestro, e con tutti gli altri fratelli di questa Loggia, se ho detto più di quanto avrei dovuto dire. Io sono un socio leale – tutti voi lo sapete – ed è soltanto il timore che la Loggia possa venirne danneggiata che mi fa parlare così. Ma ripongo assai più fiducia nel suo giudizio che non nel mio, venerabile maestro, e prometto solennemente di non offendere mai più i sentimenti dei miei fratelli.»

Il cipiglio del gran maestro si spianò a quelle umili parole.

«Bene, bene, fratello Morris. Mi spiacerebbe doverti dare una lezione. Ma sino a quando io siederò in questa cattedra saremo una Loggia unita in parola e in azione. E adesso, ragazzi,» proseguì abbracciando con uno sguardo circolare tutti gli intervenuti «io dirò soltanto questo, che se Stanger avesse quello che si merita ci sarebbero più guai di quanto ne abbiamo bisogno. Questi giornalisti si difendono a denti stretti gli uni con gli altri, e tutti i giornali degli Stati Uniti si metterebbero a invocare il soccorso della polizia e dell'esercito, ma io credo che possiamo dargli una leziončina come si deve. Ci pensi tu, fratello Baldwin?»

«Certo!» rispose pronto il giovane.

«Quanti uomini ti servono?»

«Di una mezza dozzina, e di due per stare a guardia della porta. Verrai tu, Gower, e tu, Mansel, e tu, Scanlan, e i due Willaby.»

«Ho promesso al nuovo fratello che sarebbe venuto anche lui» disse il presidente.

Ted Baldwin guardò McMurdo con due occhi che dimostravano chiaramente come non avesse né dimenticato né perdonato.

«Be', può venire, se vuole» borbottò di malagrazia.

«Ma ora basta. Quanto più presto ci metteremo al lavoro tanto meglio sarà.»

La compagnia si sciolse tra grida e urla e squarci di canzoni avvinazzate. Il bar era ancora affollato di nottambuli, e molti confratelli vi sostarono. La piccola banda che era stata scelta per l'impresa si avviò per la strada, procedendo a gruppetti di due o tre lungo il marciapiede per non richiamare l'attenzione. Era una notte gelida, e la falce della luna scintillava luminosa in un cielo di ghiaccio spruzzato di stelle. Gli uomini si fermarono e si raccolsero in un cortile dirimpetto a un alto edificio. Sulle finestre brillantemente illuminate erano stampate a caratteri d'oro le parole "VERMISSA HERALD". Dall'interno veniva il fragore delle macchine stampatrici.

«Ehi, tu,» disse Baldwin a McMurdo «puoi fermarti giù all'ingresso e badare a che la strada sia tenuta sgombra per noi. Arthur

Willaby rimarrà con te. Gli altri mi seguano. Non abbiate paura, ragazzi, poiché abbiamo dodici testimoni che noi in questo momento preciso ci troviamo al bar dell'Unione.»

Era quasi mezzanotte, e la strada era deserta, tranne che per un paio di festaioli ritardatari che si dirigevano verso casa. Il gruppo attraversò la strada e, spalancando l'uscio dell'ufficio di redazione, Baldwin e i suoi uomini irruppero nell'interno e salirono la scala. McMurdo e l'altro rimasero giù. Dalla stanza sovrastante giunse un urlo, un'invocazione di aiuto, e poi un rumore di piedi strascicati e di seggiole cadute. Un attimo dopo un uomo grigio di capelli corse fuori sul pianerottolo; ma fu afferrato prima che potesse andare più lontano e i suoi occhiali caddero tintinnando ai piedi di McMurdo. Vi fu un colpo e un gemito. L'uomo si abbatté a faccia in giù e una mezza dozzina di bastoni gli piombarono contemporaneamente sulla schiena. L'uomo si contorse, e le sue membra lunghe e magre fremettero sotto i colpi. Gli altri finalmente cessarono, ma Baldwin, con un sorriso infernale sulla faccia crudele, seguitò a infierire sulla testa del disgraziato, che quello tentava invano di difendere con le braccia. Baldwin era ancora chino sulla sua vittima, e intento a colpire ogni qualvolta scorgeva una parte indifesa, quando McMurdo con un balzo fu sulla scala e lo spinse indietro con uno strattone. «Finirai per accopparlo» disse. «Smettila!»

Baldwin lo fissò esterrefatto.

«Maledetto!» esclamò. «Chi sei tu per intrometterti... tu che sei nuovo della Loggia? Fatti indietro!» Fece per alzare il suo bastone, ma con una mossa fulminea McMurdo aveva già tratta di tasca la pistola.

«Fatti indietro tu!» gridò. «Ti faccio saltare la faccia se osi toccarmi. In quanto alla Loggia, non era ordine del gran maestro di non uccidere quest'uomo, mentre tu invece che cosa stai facendo, se non cercare appunto di accopparlo?»

«Dice la verità» osservò uno degli uomini.

«Ragazzi, sbrigatevi!» gridò dalla strada quello che faceva da palo. «Le finestre si stanno illuminando e in meno di cinque minuti avrete tutta la città addosso.»

Nella strada risuonava infatti un rumore di grida, e un gruppetto di compositori si stava radunando nel vestibolo sottostante preparandosi all'azione. Lasciato il corpo inerte e immobile del redattore in cima alle scale, i criminali discesero precipitosamente e corsero in strada. Giunti alla Casa dell'Unione, alcuni si mescolarono alla folla nello spaccio di McGinty, bisbigliando nelle orecchie del capo che l'impresa era stata condotta a termine con successo. Altri, e tra questi McMurdo, si sparpagliarono in strade laterali, raggiungendo così per vie traverse le proprie case.

4
La Valle della Paura

Quando si svegliò il mattino seguente McMurdo ebbe un buon motivo per rammentare la propria iniziazione alla Loggia. La testa gli doleva per l'effetto delle eccessive libagioni e il braccio marchiato a fuoco era gonfio e scottava. Grazie ai suoi speciali introiti privati poteva permettersi di recarsi al lavoro irregolarmente; perciò quel mattino fece colazione tardi e rimase in casa, occupando il tempo a scrivere una lunga lettera a un amico. In seguito si mise a scorrere il «Daily Herald». In una colonna speciale, aggiunta all'ultimo momento, lesse: "Violenze nell'ufficio dell''Herald'. Il redattore gravemente ferito". Era un breve resoconto dei fatti di cui lui era certo più al corrente del compilatore dell'articolo. Questo terminava con la seguente dichiarazione:

> La cosa è adesso nelle mani della polizia, ma non c'è da sperare che i suoi sforzi siano coronati da successi migliori che in passato. Qualcuno degli assalitori è stato riconosciuto, e si spera di poter giungere a delle prove concrete. Promotrice dell'attacco è stata, non occorre neppure dirlo, quella nefanda associazione che tiene ormai da tempo in suo potere questa comunità, e contro la quale l'«Herald» si era eretto coraggiosamente ad accusatore implacabile. I molti amici del signor Stanger si rallegreranno nell'apprendere che, per quanto selvaggiamente percosso e ripetutamente colpito al capo, non corre pericolo immediato di vita.

In una postilla era poi detto che a difesa dell'ufficio era stato messo un manipolo di agenti del corpo di polizia, armati di fucili Winchester.

McMurdo aveva appena posato il giornale e si preparava ad accendere la pipa con una mano ancora tremante per i bagordi della sera innanzi, quando qualcuno bussò all'uscio della sua stanza e subito dopo entrò la sua padrona di casa recandogli un biglietto che le era stato consegnato in quel momento da un ragazzo. Il messaggio non era firmato e diceva:

> Vorrei parlarti, ma preferirei non in casa tua. Mi troverai accanto all'asta della bandiera, sulla Collina del Mugnaio. Se mi raggiungerai subito ho qualcosa che importerà a te ascoltare e a me dire.

McMurdo rilesse un paio di volte quel messaggio, perplesso e stupito, poiché non aveva la più pallida idea di chi potesse esserne l'autore. Se il biglietto fosse stato vergato da scrittura femminile avrebbe potuto pensare che si trattasse forse di una delle tante avventure galanti di cui era stato spesso protagonista in passato, ma quella era la scrittura di un uomo, e di un uomo colto, per giunta. Dopo avere alquanto esitato si decise infine a vedere chiaro nella cosa.

La Collina del Mugnaio è un parco pubblico maltenuto che si stende proprio nel centro della città. D'estate è molto frequentato, ma d'inverno è del tutto deserto. Dalla cima è possibile abbracciare il panorama non soltanto della città, con le sue case fuligginose, sparse e irregolari, ma anche di tutta la valle sottostante, con le sue miniere e le sue fabbriche sparpagliate che anneriscono la neve che ne ricopre i lati, nonché delle montagne boscose e ammantate di bianco che la fiancheggiano. McMurdo percorse a lunghi passi il sentiero chiuso tra due siepi di sempreverdi e giunse al ristorante deserto che d'estate costituisce il centro di ogni allegro convegno. Accanto a questo si innalzava un'asta nuda di bandiera, sotto cui stava un uomo, il cappello calato sugli occhi e il bavero del cappotto rialzato sin oltre il mento. Quando questi si volse McMurdo si trovò dinanzi fratello Morris, colui cioè che la notte precedente era incorso nelle ire del gran maestro. Nel salutarsi si scambiarono il segno della Loggia.

«Volevo dirti qualcosa, McMurdo» disse l'uomo più anziano, parlando con un'esitazione che rivelava come stesse tastando un terreno delicato. «Ti sono grato per essere venuto.»

«Perché non hai firmato il biglietto?»

«Perché la prudenza non è mai troppa, amico! Non si sa mai, in tempi come questi, di chi ci si può fidare e di chi no.»

«Ma credo che tra fratelli di una Loggia la fiducia reciproca debba essere illimitata!»

«No, no: non sempre!» esclamò Morris con veemenza. «A quanto pare tutto ciò che diciamo, anzi, tutto ciò che pensiamo viene riferito a quel McGinty.»

«Senti un po',» fece brusco McMurdo «proprio ieri sera, come sai benissimo, io ho giurato solenne fedeltà al gran maestro. Vorresti ora chiedermi di infrangere il mio giuramento?»

«Se la prendi su questo tono,» disse tristemente Morris «non mi resta che farti le mie scuse per averti disturbato inutilmente. Le cose stanno davvero molto male se due liberi cittadini non possono più scambiarsi apertamente i loro rispettivi punti di vista.»

McMurdo, che aveva scrutato nel frattempo con grande attenzione il suo interlocutore, si ammansì un po'.

«Certo, io parlavo unicamente per me» disse. «Sono arrivato da poco, come sai, e sono completamente estraneo a tutta questa situazione. Non sarò certo io ad aprire bocca, Morris, e se ritieni opportuno comunicarmi qualcosa sono qui per ascoltarti.»

«Per riferire subito tutto quanto a McGinty» osservò con amarezza Morris.

«In questo mi fai davvero torto» protestò McMurdo. «Personalmente sono fedele alla Loggia, e questo te lo dico chiaro e tondo, ma sarei proprio un uomo fasullo se andassi a ripetere a chicchessia quello che tu vuoi dirmi in confidenza. Il tuo segreto resterà con me, benché, ti avverto, con tutta probabilità non otterrai da me né comprensione né aiuto.»

«Ho rinunciato da tempo a essere aiutato e compreso» replicò Morris. «È quasi certo che con quello che ti dirò io affiderò la mia vita nelle tue mani, ma per malvagio che tu possa essere – e mi è parso ieri sera che tu ti stai impegnando a diventare il peggiore dei peggiori – sei ancora nuovo alla cosa, e forse la tua coscienza non è ancora del tutto incallita come quella degli altri. Per questo appunto ho pensato di parlarti.»

«Be', che hai da dirmi?»

«Se mi tradirai, che tu sia maledetto!»

«Ma se ti ho dato la mia parola che non aprirò bocca!»

«Vorrei dunque chiederti, quando ti sei affiliato alla Società degli Uomini Liberi di Chicago, e hai prestato giuramento di fedeltà e carità, ti è mai passato per la mente che questo un giorno ti avrebbe potuto condurre al delitto?»

«Se lo chiami delitto!...» fu la risposta di McMurdo.

«Se lo chiami delitto?...» Ora la voce di Morris vibrava di passione. «Hai visto ancora ben poco per poter parlare in questo modo! Era o non era un delitto quello che è stato commesso ieri sera, quando un uomo abbastanza vecchio per poter essere tuo padre è stato picchiato finché il sangue ha intriso i suoi capelli bianchi? Come lo definisci tu, questo?»

«Alcuni direbbero che è guerra,» rispose McMurdo «la lotta di due classi sino agli estremi, senza esclusione di colpi.»

«E tu pensavi che queste cose fossero possibili quando ti sei iscritto alla Società degli Uomini Liberi di Chicago?»

«No, francamente devo dire che lo ignoravo totalmente.»

«E anch'io lo ignoravo quando mi affiliai a Philadelphia. Laggiù non era che un circolo, un luogo di raduno. Poi intesi parlare di questo posto – sia maledetto il momento in cui il suo nome mi giunse alle orecchie – e venni qui per migliorare la mia posizione. Dio mio, altro che migliorare... Ero accompagnato da mia moglie e da tre figlioli. Avviai in Market Square un negozio di granaglie e feci affari. Intanto era corsa intorno la voce che io ero un Uomo Libero, e fui costretto ad aggregarmi alla Loggia locale, allo stesso modo che è toccato a te ieri sera. Anch'io porto sul braccio il marchio d'infamia, e qualcosa di peggio è impresso nel mio cuore. Mi accorsi di essere caduto tra le mani di un mascalzone brutale, e mi trovai impigliato in una rete inestricabile di delitti. Cosa potevo fare? Ogni parola che tentavo di pronunciare per cercare di mitigare le loro crudeltà era considerata un tradimento, esattamente come è avvenuto ieri sera. Non posso andarmene di qui perché tutto quello che possego al mondo è investito nel mio magazzino. Se mi dimetto dalla Società so perfettamente che questo significa morte per me, e Dio solo sa che cosa per mia moglie e i miei figlioli. Ah, ragazzo mio, è semplicemente spaventoso...»

McMurdo si strinse nelle spalle.

«Non eri tagliato per un lavoro come questo» disse. «Sei di scorza troppo tenera.»

«Avevo una coscienza e una fede, ma loro hanno fatto di me un criminale. Una volta sono stato scelto per un'impresa. Se mi fossi rifiutato sapevo benissimo che cosa mi sarebbe capitato. Probabilmente sono un vigliacco; forse è stato soltanto il pensiero delle mie creature. Comunque sia, sono andato. Ma credo che l'incubo di quella volta mi ossessionerà per tutto il resto della mia vita. Era una casa isolata, a venti chilometri da qui, dalla parte opposta della montagna. A me fu dato l'incarico di fare da palo, proprio come ordinarono a te ieri sera. Non si fidavano di me per sbrigare l'impresa sino in fondo. Gli altri entrarono. Quando uscirono erano imbrattati di sangue. Mentre ci allontanavamo un bambino si mise a urlare dall'interno della casa. Era una creatura di cinque anni che aveva assistito all'assassinio del proprio padre. Quasi svenni per l'orrore, eppure dovevo fingere, sorridere e assumere una faccia sprezzante, perché sapevo benissimo che se non avessi simulato, alla prossima occasione sarebbero usciti dalla *mia* casa con le mani lorde di sangue, e sarebbe stato il *mio* piccolo Fred a invocare il proprio papà. Ma intanto ero diventato un criminale anch'io, mi ero fatto complice di un omicidio, ero perduto per sempre in questo mondo e certamente anche nell'altro. Sono un buon cattolico, ma il sacerdote non volle saperne di me quando scoprì che ero un Vendicatore, e sono stato scomunicato. Ecco come sono finito io. E adesso vedo te avviarti per la medesima china, e mi domando: quale sarà la tua fine? Sei pronto a diventare anche tu un assassino a sangue freddo, e non possiamo fare davvero nulla per fermare questa vergogna?»

«E che cosa vorresti fare?» chiese brusco McMurdo. «Tradire, fare la spia?»

«Per l'amor del cielo!» protestò Morris. «Soltanto il pensiero di tradire ci costerebbe la vita!»

«Meno male!» ribatté McMurdo. «Sai che cosa penso? Che sei un debole, e che fai le cose più grosse di quello che sono.»

«Più grosse di quello che sono? Aspetta di aver vissuto qui un po' più a lungo e ti accorgerai. Guarda giù nella valle. Vedi il fumo di centinaia di ciminiere che la offusca? Ebbene, io ti dico che il fumo del delitto la ottenebra assai di più. Questa è la Valle della Paura... la Valle della Morte. Il terrore regna nel cuore di questa gente dal tramonto all'alba. Aspetta, giovanotto, e te ne accorgerai a tue spese.»

«Senti, ti farò sapere ciò che ne penso quando sarò meglio al corrente» rispose McMurdo in tono scanzonato. «Quello che è chiaro è che tu non sei adatto per questo posto, e che quanto prima svenderai – se riuscirai a raccogliere dieci cent per un dollaro della tua roba –, tanto meglio sarà per te. Per quanto mi riguarda, fa' conto che non abbia parlato. Ma se per caso tu fossi una spia...»

«No, no» gridò Morris in tono lamentoso.

«Va bene, piantiamola lì. Mi ricorderò comunque delle tue parole, e chissà che un giorno non ci ripensi. Io credo che tu fossi animato da buone intenzioni quando hai deciso di dirmi quello che mi hai detto. Ma adesso è ora che me ne torni a casa.»

«Ancora una parola prima che ci separiamo» disse Morris. «Può darsi che ci abbiano visti insieme, e in questo caso vorranno sapere di che cosa abbiamo parlato.»

«Già, hai ragione.»

«Io ti ho offerto un impiego nel mio negozio.»

«E io l'ho rifiutato: d'accordo. Be', arrivederci, fratello Morris, e speriamo che per l'avvenire le cose vadano meglio per te.»

Quello stesso pomeriggio, mentre McMurdo sedeva fumando, immerso nei propri pensieri, accanto alla stufa del suo salottino, l'uscio si spalancò e il vano si riem pì dell'enorme sagoma del boss McGinty. Dopo aver scambiato il segno convenzionale della Loggia con McMurdo, si sedette di fronte al giovane, squadrandolo attentamente per un certo tempo, con uno sguardo che gli fu ricambiato da pari a pari, senza batter ciglio.

«Io non faccio molte visite, fratello McMurdo» disse infine il gran maestro. «Credo di essere troppo occupato con la gente che viene a trovare me, ma ho creduto opportuno fare un'eccezione e venire a fare una capatina in casa tua.»

«Lieto di vederla, consigliere,» rispose cordialmente McMurdo andando a prendere dalla credenza una bottiglia di whisky «è un onore che non mi sarei mai aspettato.»

«Come va il braccio?» domandò il capo.

McMurdo fece una faccia lunga. «Mah, non me lo sono ancora dimenticato» disse. «Però ne valeva la pena.»

«Sì, ne vale la pena» rispose l'altro «per coloro che sono leali e tengono fede alla loro parola, e aiutano la Loggia. Di che cosa stavi parlando stamane con fratello Morris, sulla Collina del Mugnaio?»

Quella domanda gli giunse così a bruciapelo che McMurdo fu lieto in cuor suo di avere la risposta già pronta. Scoppiò in una sonora risata.

«Morris non sapeva che io ero in grado di guadagnarmi da vivere standomene a casa mia. Ed è meglio che non lo sappia perché ha troppa coscienza, per un tipo come me. Però è un buon diavolo. Credeva che io mi trovassi in difficoltà, e pensava di rendermi un servigio offrendomi un impiego nel suo negozio di granaglie.»

«È così?»

«Sì, è così.»

«E tu hai rifiutato?»

«Certo. Non guadagno forse dieci volte tanto con sole quattro ore di lavoro e standomene in camera mia?»

«È giusto, ma io non mi farei vedere troppo in giro con Morris.»

«Perché no?»

«Credo sia meglio che non te lo dica. Per la gente di queste parti quello che dico io è sufficiente.»

«Sarà sufficiente per gli altri, ma non per me, consigliere» disse audacemente McMurdo. «Se lei è un buon giudice degli uomini lo capirà da sé.»

Il nero gigante gli lanciò un'occhiataccia paurosa, e la sua mano pelosa si chiuse per un istante attorno al bicchiere, quasi volesse scagliarlo contro il compagno; ma quasi subito ruppe in una di quelle sue caratteristiche risate reboanti e false.

«Lo sai che sei un bel tipo?» disse. «Be', se vuoi una spiegazione te la darò. Morris non ti ha detto nulla contro la Loggia?»

«No.»

«Neppure contro di me?»

«No.»

«Mah, sarà perché non osa fidarsi di te, ma in fondo al cuore non è un fratello leale. Noi lo sappiamo bene, e per questo lo sorvegliamo, e aspettiamo il momento opportuno per dargli una buona lezione. Ora credo che questo momento sia ormai vicino. Non c'è posto nel nostro ovile per la pecora rognosa; ma se tu te la fai con un uomo sleale, potremmo credere che sia sleale anche tu, non ti sembra?»

«Non c'è probabilità che io me la faccia con lui, perché quell'uomo non mi piace» rispose McMurdo. «E in quanto a slealtà, se avesse parlato male di lei non avrebbe aperto bocca una seconda volta.»

«Bene, basta così» disse McGinty prosciugando il bicchiere. «Sono venuto per darti un consiglio in tempo, e adesso te l'ho dato.»

«Sarei curioso di sapere come le sia venuto all'orecchio del mio incontro con Morris» disse McMurdo.

McGinty rise.

«È mio compito sapere tutto quello che succede in questa cittadina» rispose. «Ti consiglio di riferirmi sempre ogni cosa. Ma è ora che me ne vada, e voglio dire solamente...»

Ma il suo commiato fu bruscamente interrotto in modo del tutto inatteso. Con uno schianto improvviso l'uscio si spalancò e tre facce corrucciate e severe li squadrarono da sotto a tre berretti a visiera della polizia. McMurdo balzò in piedi e fece per estrarre il proprio revolver, ma si fermò quando vide due fucili Winchester spianati al livello della sua fronte. Un uomo in uniforme avanzò nel mezzo della stanza con una pistola a sei colpi in mano. Era il capitano Marvin, addetto una volta all'ufficio di Chicago, e distaccato attualmente al commissariato delle Miniere. Questi scosse il capo lanciando a McMurdo un mezzo sorriso.

«Lo sapevo che ti saresti cacciato nei guai, signor Farabutto di Chicago» disse. «Non sei riuscito a startene alla larga, vero? Prendi il cappello e vieni con noi.»

«Credo che questa la pagherà cara, capitano Marvin» disse McGinty. «Chi è lei, vorrei sapere, per irrompere in una casa in questo modo e molestare uomini onesti e osservanti della legge?»

«Si impicci dei fatti suoi, consigliere McGinty,» rispose il capitano di polizia «non vogliamo lei, ma quest'uomo. A lei tocca coadiuvare, non intralciare l'opera della giustizia.»

«Ma McMurdo è amico mio, e io rispondo della sua condotta» disse il capo.

«In ogni modo, signor McGinty, può darsi che a lei tocchi, un giorno di questi, rispondere della *sua* condotta personale!» ribatté il capitano. «Questo McMurdo faceva il falsario ancora prima di venire qui e continua a farlo. Sta' attento, sergente, mentre io lo disarmo.»

«Ecco la mia pistola» disse freddamente McMurdo. «Credo però, capitano Marvin, che se io e lei ci trovassimo a tu per tu da soli lei non mi prenderebbe con tanta facilità.»

«Ma dov'è il vostro mandato di cattura?» chiese McGinty. «Perdinci! Sembra di essere in Russia, non a Vermissa, se gente come voi può avere in mano il servizio di polizia. Questo è un sopruso, e non passerà liscio, ve lo garantisco.»

«Lei faccia il suo dovere come crede meglio, consigliere, noi badiamo a fare il nostro.»

«Di che cosa sono accusato?» domandò McMurdo.

«Di complicità nell'assalto al vecchio redattore Stanger negli uffici dell'"Herald". Non è merito tuo se non è stato assassinato.»

«Ma se è per questo che lo volete mettere dentro» gridò McGinty con una risata «potete risparmiarvi un sacco di noie lasciandolo libero subito. Quest'uomo è rimasto a giocare a poker fino a mezzanotte nel mio spaccio, e ho una dozzina di testimoni che possono dimostrarlo.»

«Questo è affar suo, e credo che potrà servirsene domani in tribunale. Frattanto tu, McMurdo, vieni con noi, e senza tante storie, se non vuoi una botta di fucile in testa. E lei se ne stia da parte, signor McGinty, perché la avverto che non ammetto resistenza, quando sono in servizio.»

L'atteggiamento del capitano era così deciso che sia McMurdo che il suo capo furono costretti ad accettare la situazione. McGinty fece però in modo di scambiare qualche parola sottovoce col prigioniero prima di separarsi da lui.

«A proposito...» e fece col pollice un gesto in alto a indicare l'impianto di zecca.

«Tutto a posto» bisbigliò McMurdo, che aveva già provveduto a un nascondiglio sicuro sotto il pavimento.

«Arrivederci, dunque» disse il capo stringendogli la mano.

«Andrò a trovare l'avvocato Reilly, e mi assumerò io le spese della difesa. Sta' pur certo che non saranno in grado di trattenerti.»

«Io non scommetterei su questo punto. Sorvegliate il prigioniero, voialtri due, e sparategli addosso se tenta di svignarsela. Io intanto perquisirò la casa.»

Marvin fece come aveva detto, ma senza trovare traccia dell'impianto nascosto. In seguito, lui e i suoi uomini scortarono McMurdo al quartier generale di polizia. Intanto erano scese le tenebre e infuriava una violenta tempesta di neve, quindi le strade erano quasi deserte, ma alcuni bighelloni seguirono il gruppo e, imbaldanziti dall'oscurità, si misero a lanciare imprecazioni contro il prigioniero.

«Linciatelo, quel maledetto Vendicatore!» gridavano. «Linciatelo!» e risero e lo schernirono mentre veniva sospinto nell'ufficio di polizia.

Dopo un breve esame formale da parte dell'ispettore in carica, McMurdo venne chiuso nella cella comune. Qui trovò Baldwin e tre altri criminali della notte precedente, tutti arrestati nello stesso pomeriggio, in attesa di essere processati il mattino seguente.

Ma la lunga mano degli Uomini Liberi sapeva stendersi sin dentro alla roccaforte stessa della legge. A notte alta venne un carceriere con un fascio di paglia che doveva servire apparentemente come giaciglio, ma dal quale estrasse due bottiglie di whisky, alcuni bicchieri e un mazzo di carte. I prigionieri trascorsero una notte allegrissima senza il benché minimo pensiero per la prova che li attendeva l'indomani.

E avevano ragione di non preoccuparsi, come i risultati dovevano dimostrare. Il magistrato non fu in grado, sulla semplice prova testimoniale, di emettere una sentenza che avrebbe portato la cosa davanti a un tribunale di seconda istanza. D'altro canto gli impaginatori e i tipografi del giornale furono costretti ad ammettere che la luce era incerta, che personalmente erano tutti molto turbati, e che era difficile per loro giurare con assoluta certezza sull'identità degli assalitori. Interrogati dall'abile avvocato assunto da McGinty, caddero in contraddizioni e incertezze sempre più evidenti. In quanto al ferito, aveva già deposto che era stato colto talmente di sorpresa da non essere in grado di dichiarare nulla oltre il fatto che il primo uomo che lo aveva colpito aveva i baffi. Aveva inoltre aggiunto di sapere che si trattava dei Vendicatori, dal momento che nessun altro nella comunità poteva nutrire motivi di inimicizia contro di lui, e che da tempo era minacciato per via dei suoi articoli coraggiosi. Del resto fu chiaramente dimostrato dalla testimonianza concorde e incrollabile di sei cittadini, tra i quali era compreso l'alto funzionario municipale McGinty, che gli uomini erano rimasti a giocare a carte nella Casa dell'Unione fino a un'ora assai più tarda di quella in cui era stato commesso il crimine. È inutile dire che furono assolti con parole che sembravano quasi di scusa da parte della giuria per il torto cui erano stati sottoposti, unitamente a un'implicita censura dell'azione del capitano Marvin e della polizia, per eccesso di zelo.

Il verdetto fu salutato con scroscianti applausi da un pubblico in cui McMurdo riconobbe molte facce familiari. Molti confratelli della Loggia sorridevano e agitavano le mani, ma vi erano altri che sedevano a labbra strette e occhi chini mentre gli imputati uscivano dalla gabbia. Uno tra costoro, un ometto risoluto, dalla barba scura, espresse in parole il pensiero suo e dei compagni mentre gli ex prigionieri gli passavano davanti.

«Maledetti assassini!» disse. «Finiremo bene col farvi la pelle.»

5
L'ora più buia

Se Jack McMurdo avesse avuto bisogno di una spinta per acquistare popolarità tra i suoi compagni, sarebbero bastati ad assicurarla l'arresto prima, poi il proscioglimento. Era veramente un primato nuovo negli annali della Società che un uomo, la stessa sera della sua affiliazione alla Loggia, avesse fatto qualcosa che doveva portarlo davanti al magistrato. Già si era guadagnato la reputazione di gaudente cordiale, sempre pronto alla baldoria, e per di più di un uomo di grande carattere, che non avrebbe accettato un insulto neppure dall'onnipotente capo. Ma oltre a questo aveva fatto impressione sui suoi compagni col concetto che fra tutti loro nessuno aveva più di lui un cervello abile e capace di architettare piani sanguinari, né mano più rapida ed esperta per metterli in esecuzione. «È il tipo che ci vuole per un'impresa importante» dicevano tra loro gli anziani, e aspettavano il momento opportuno per metterlo alla prova. McGinty aveva già molti strumenti a sua disposizione, ma doveva ammettere che quello era il più efficace. Gli pareva di essere come un uomo che tiene al guinzaglio un mastino feroce. I botoli potevano essere incaricati delle imprese minori, ma sarebbe venuto un giorno in cui avrebbe lanciato quella fiera sulla sua preda. Alcuni affiliati della Loggia, e Ted Baldwin tra questi, erano indispettiti del rapido sorgere di questo astro straniero, e lo odiavano appunto per questo, ma gli stavano alla larga, poiché com'era pronto a ridere, McMurdo era altrettanto pronto a menare le mani.

Ma se si era guadagnato il favore dei compagni vi era un altro ambiente, per lui tanto più importante, in cui aveva invece perduto terreno. Il padre di Ettie Shafter non volle avere più nulla a che fare con lui, e gli proibì persino l'accesso in casa. Ma Ettie era troppo innamorata per lasciarlo, e tuttavia il suo buonsenso l'avvertiva che non le sarebbe venuto che male da un matrimonio con un uomo che era considerato da tutti un assassino. Un mattino, dopo una notte insonne, decise di vederlo, forse per l'ultima volta, e di fare un supremo tentativo per strapparlo alle malvage influenze. Si recò a casa sua, come tante volte lui l'aveva supplicata di fare, e si diresse nella stanza che gli serviva da salottino. McMurdo era seduto con la schiena girata e una lettera davanti a sé. Un improvviso capriccio infantile la colse... dopotutto aveva solo diciannove anni. L'uomo non l'aveva sentita entrare, quando aveva aperto l'uscio. Ora Ettie avanzò in punta di piedi, e posò lievemente una mano sulle sue spalle.

Se aveva pensato di sorprenderlo, certamente c'era riuscita. Ma poi fu lei a sorprendersi. Con un balzo felino McMurdo si girò e già con la mano destra l'aveva afferrata alla gola. Nel medesimo istante con l'altra mano accartocciò il foglio che aveva davanti a sé. Per un attimo la guardò bieco, ma subito stupore e gioia si sostituirono alla ferocia che gli aveva sconvolto i tratti, una ferocia che aveva fatto rabbrividire di orrore la donna, quasi avesse visto qualcosa di spaventoso che non si era mai neppure affacciato come possibile immaginazione al suo mite e giovane spirito.

«Oh, sei tu...» disse McMurdo asciugandosi la fronte madida. «E pensare che sei venuta da me, rischiando che ti strangolassi. Ma su, cara» disse tendendole le braccia. «Lascia che mi scusi con te.»

Ma Ettie non si era ancora rimessa dalla subitanea visione di colpevole paura che aveva letto nel suo volto. L'istinto femminile la avvertì che non era soltanto il semplice timore di un uomo colto di sorpresa. Era un senso di colpa – ecco che cos'era –, colpa e paura.

«Ma che cosa ti è preso, Jack?» esclamò. «Perché hai avuto tanta paura di me? Oh, Jack, se tu avessi la coscienza tranquilla non mi avresti guardato come mi hai guardato!»

«Ma certo, stavo pensando ad altre cose, e quando sei venuta così leggera, volando su quei tuoi piedini di fata...»

«No, no; non era soltanto questo, Jack.» Poi un improvviso sospetto si impadronì di lei. «Fammi vedere la lettera che stavi scrivendo.»

«Ettie, ma questo è impossibile!»

I suoi sospetti divennero certezza.

«Tu stavi scrivendo a un'altra donna!» esclamò. «Lo so. Altrimenti perché non me la mostreresti? Stavi scrivendo a tua moglie! Come posso sapere che tu non sei sposato; tu, uno straniero, uno che nessuno conosce?»

«Io non sono sposato, Ettie. Te lo giuro. Tu sei la sola donna sulla terra per me. Te lo giuro sulla croce di Cristo!»

La sua passione aveva un accento così sincero che la fanciulla non poté non credergli.

«E allora» disse «perché non vuoi mostrarmi quella lettera?»

«Te lo dirò, tesoro. Ho promesso sotto giuramento di non mostrarla, e così, come non oserei infrangere la mia parola con te, allo stesso modo mi vedo costretto a mantenere il segreto nei confronti di coloro cui ho dato la mia promessa. Sono affari che riguardano la Loggia, e debbono rimanere ignorati anche da te. E se mi sono spaventato quando ho sentito una mano posarsi sulle mie spalle, capisci bene che ho avuto paura fosse la mano di un poliziotto!»

La fanciulla comprese che diceva la verità. McMurdo la strinse tra le braccia cancellando a furia di baci i suoi timori e i suoi dubbi.

«Siediti qui accanto a me. È un trono curioso per una simile regina, ma è quanto di meglio il tuo povero innamorato può offrirti. Credo però che saprò fare di più per te, uno dei prossimi giorni... Ma adesso sei tranquilla, vero?»

«Come posso essere tranquilla, Jack, quando so che tu sei un criminale tra i criminali, quando da un momento all'altro può venire il giorno in cui saprò che sei chiuso nella gabbia degli assassini? McMurdo il Vendicatore, ecco come ti ha chiamato ieri uno dei nostri pensionanti. Mi sono sentita colpire al cuore come da una pugnalata.»

«Sì, ma le parole dure non rompono le ossa.»

«Erano però parole vere.»

«Ma cara, il diavolo non è poi così brutto come lo si dipinge.

Noi siamo povera gente che cerca con sistemi suoi di ottenere il riconoscimento dei propri diritti.»

Ettie gettò le braccia al collo del suo innamorato.

«Liberati, Jack! Per amor mio... per amor di Dio, liberati da questa catena! È per chiederti questo che sono venuta quest'oggi. Oh, Jack, guarda, io ti prego in ginocchio. Mi inginocchio davanti a te, e ti imploro di andartene.»

Lui la rialzò e la consolò stringendosi al petto il capo di lei.

«Ma tu non sai quello che mi chiedi. Come potrei andarmene quando questo significherebbe infrangere il mio giuramento e abbandonare i miei compagni? Se tu sapessi in che posizione mi trovo non oseresti domandarmi una cosa simile. D'altronde, anche se lo volessi, come potrei farlo? Non crederai mica che la Loggia lasci un uomo libero di andarsene portandosi con sé tutti i suoi segreti?»

«Io ho pensato a questo, Jack. Ho predisposto tutto. Papà ha un po' di denaro da parte ed è stanco di questo posto in cui la paura della gente intristisce le nostre vite. È pronto a partire. Potremmo fuggire insieme a Filadelfia o a New York, dove non avremmo più nulla da temere.»

McMurdo rise.

«La Loggia ha la mano lunga. Credi che non saprebbe stenderla fino a Filadelfia o a New York?»

«Andiamo nell'Ovest, allora, oppure in Inghilterra, o in Svezia, da dove è venuto mio padre. Andiamocene in qualsiasi posto, pur di abbandonare questa Valle della Paura.»

McMurdo pensò al vecchio fratello Morris.

«Perbacco, è la seconda volta che sento chiamare così questa valle» disse. «Dev'essere un'ombra ben pesante quella che si stende su di voi!»

«Quest'ombra oscura a ogni istante le nostre esistenze. Credi forse che Ted Baldwin ci abbia perdonati? Se non fosse perché ha paura di te, chissà che fine avremmo già fatto! Se tu vedessi con che occhi cupi e rabbiosi mi guarda quando gli capita d'incontrarmi!»

«Perdinci! Se lo sorprendo gli insegnerò io a comportarsi come si deve. Ma ascolta, bambina mia. Non posso andarmene di qui. Non posso. Sappilo una volta per sempre. Ma se tu mi lascerai fare a modo mio, cercherò di trovare una scusa onorevole per trarmi da questo impaccio.»

«Non si può parlare di onore in certe cose!»

«Sì, ma tutto dipende da come le si guarda. Se mi darai sei mesi farò in modo di andarmene senza essere costretto a vergognarmi guardando gli altri in faccia.»

La ragazza rise di gioia.

«Sei mesi!» gridò. «È una promessa sicura?»

«Mah, potranno anche essere sette o otto, ma in capo a un anno al massimo ce ne andremo di qui.»

Fu tutto quanto Ettie riuscì a ottenere, tuttavia era qualcosa. Ora aveva almeno un esile filo di luce a illuminare le tenebre dell'immediato futuro. Rientrò nella casa paterna con cuore più leggero, e lieta come non era mai stata dal momento in cui Jack McMurdo era entrato nella sua vita.

Lui pensava che come affiliato gli sarebbero stati noti tutti i movimenti della Società, ma doveva ben presto scoprire che l'organizzazione era assai più vasta e più complessa della semplice Loggia. Persino il boss McGinty era all'oscuro di molte cose, poiché esisteva un funzionario chiamato delegato della contea, che viveva a Hobson's Patch, molto più giù, lungo la linea ferroviaria, e che esercitava il proprio potere su parecchie Logge, di cui si serviva in modo improvviso e arbitrario. McMurdo lo vide una sola volta; era un ometto dai capelli grigi e dall'aspetto di un topo, con un'andatura sorniona e uno sguardo in tralice carico di cattiveria. Si chiamava Evans Pott e persino il grande boss di Vermissa provava verso di lui qualcosa della repulsione o del timore che l'enorme Danton doveva aver provato nei confronti del debole ma pericoloso Robespierre. Un giorno Scanlan, il compagno di pensione di McMurdo, ricevette un messaggio di McGinty, cui era unito un biglietto di Evans Pott, col quale lo informava che questi avrebbe mandato due tizi, Lawler e Andrews, i quali avevano istruzioni di agire nella zona, benché fosse meglio agli effetti della causa non rivelare a nessuno i particolari riguardanti il loro operato. Si pregava il gran maestro di procurare loro alloggio e ogni agevolazione finché fosse giunto il momento dell'azione. McGinty aggiungeva di suo pugno che era impossibile tenere chicchessia di nascosto nella Casa dell'Unione, e che pertanto pregava McMurdo e Scanlan di alloggiare per pochi giorni nella loro pensione i due forestieri.

I due uomini arrivarono la sera stessa, ciascuno portando il proprio zaino. Lawler era un uomo anziano, astuto, silenzioso, riservato, vestito di una vecchia giacca nera a coda di rondine che, insieme al cappello di feltro floscio e a una barba brizzolata, gli dava nel complesso l'aspetto di un predicatore ambulante. Il suo compagno, Andrews, era poco più che un ragazzo: aveva una faccia allegra e franca, e i modi giocondi di chi si trovi fuori di casa in vacanza e abbia i mezzi per spassarsela in lungo e in largo. Entrambi erano totalmente astemi, e si comportavano per tutto il resto come membri esemplari della società: erano assassini, in più di un'occasione strumenti efficacissimi di quell'associazione a delinquere. Lawler aveva già portato a compimento ben quattordici commissioni del genere, e Andrews tre.

McMurdo si accorse quasi subito che erano prontissimi a discorrere delle loro gesta passate, e le narravano con quell'orgoglio misto a ritrosia proprio di chi abbia compiuto per la comunità servigi disinteressati e generosi. Erano invece estremamente reticenti per quello che riguardava il loro compito immediato.

«Ci hanno scelti perché né io né il ragazzo beviamo» spiegò Lawler. «Sanno benissimo di poter contare su di noi per il nostro silenzio. Non dovete avervela a male, ma noi obbediamo agli ordini del delegato della contea.»

«Certo, ma siamo tutti nella stessa barca» osservò Scanlan, l'amico di McMurdo, mentre i quattro erano seduti insieme a cena.

«È vero, e potremmo raccontarvi fino alla noia di come abbiamo accoppato Charlie Williams, oppure Simone Birci, o di qualsiasi altra nostra impresa del passato. Ma finché il nostro lavoro non è sbrigato teniamo la bocca chiusa.»

«Ce n'è una mezza dozzina, qui dalle nostre parti, cui vorrei dire io una parola» disse McMurdo con una bestemmia. «Non sarà per caso Jack Knox, della Collina del Ferro, che state cercando? Perché in questo caso farei un bel pezzo di strada per vederlo ricevere quello che si merita.»

«No, non è lui.»

«Nemmeno Herman Strauss?»

«No, nemmeno.»

«Be', se non volete dircelo mica possiamo obbligarvi, però a me farebbe piacere saperlo.»

Nonostante la reticenza degli ospiti, Scanlan e McMurdo erano ben decisi a essere presenti a ciò che chiamavano la "festa", perciò quando, il mattino presto, McMurdo li intese scendere piano le scale, svegliò Scanlan, e i due si infilarono in fretta i loro vestiti. Quando furono pronti si accorsero che gli altri erano già sgattaiolati fuori, lasciando dietro di sé la porta aperta. Non albeggiava ancora e alla luce dei fanali poterono scorgere i due a qualche distanza da loro, lungo la strada. Li seguirono con estrema cautela, affondando senza rumore nella neve.

La pensione era quasi al limite della cittadina, e ben presto si trovarono a un incrocio, oltre i confini di questa. Qui erano in attesa due uomini con i quali Lawler e Andrews scambiarono una breve ma animata conversazione. Si mossero quindi insieme. Si trattava evidentemente di qualche impresa rilevante in cui il numero aveva una grande importanza. In quel punto si dipartono varie piste che conducono a miniere diverse. Gli stranieri presero quella che portava alla Collina del Corvo, un complesso enorme che era diretto da mani forti, le quali erano state capaci, grazie all'energico e noto amministratore del New England Josiah H. Dunn, di mantenere un certo ordine e una certa disciplina durante quel lungo regno del terrore.

Il giorno stava ormai spuntando, e una fila di lavoratori si avviava già lentamente, isolatamente o a gruppi, lungo il sentiero annerito.

McMurdo e Scanlan si unirono agli altri, senza perdere di vista gli uomini che stavano pedinando. Una nebbia fitta li avvolgeva, e dal cuore di questa giunse all'improvviso l'urlo lacerante di un fischio a vapore. Era il segnale, della durata di dieci minuti, prima che le gabbie scendessero e si iniziasse il lavoro della giornata.

Quando giunsero allo spiazzo aperto attorno al pozzo della miniera vi trovarono un centinaio di minatori in attesa, che battevano i piedi e si soffiavano sulle dita, poiché faceva un freddo intenso. Gli stranieri si raccolsero in gruppetto all'ombra della casa delle macchine. Scanlan e McMurdo si arrampicarono su un mucchio di scorie da cui si poteva dominare tutta la scena. Videro l'ingegnere minerario, un grande scozzese barbuto di nome Menzies, uscire dalla casa delle macchine e suonare il suo fischietto per dare il via alla discesa delle gabbie. Nel medesimo istante un giovanotto alto, dinoccolato, con un viso intelligente e accuratamente sbarbato, avanzò prontamente verso l'imboccatura del pozzo. Mentre veniva così innanzi i suoi occhi si posarono sul gruppo, silenzioso e immobile, raccolto presso la casa delle macchine. Gli uomini avevano abbassato il cappello sugli occhi e avevano rialzato il bavero delle giacche per nascondersi il volto. Per un attimo un presentimento di morte posò la sua mano di ghiaccio sul cuore del direttore, ma immediatamente questi si riprese e non vide altro che il proprio dovere nei confronti di estranei invadenti.

«Chi siete?» domandò muovendo un passo avanti. «Che cosa fate lì?»

Non vi fu risposta, ma il giovane Andrews avanzò fulmineo e gli sparò allo stomaco. I cento minatori in attesa rimasero immobili e smarriti come se fossero stati paralizzati. Il direttore si portò entrambe le mani alla ferita e si curvò su se stesso. Tentò quindi di allontanarsi barcollando, ma un altro assassino gli sparò addosso, e l'uomo si abbatté di lato scalciando e annaspando con le mani contro un mucchio di scorie. A quella vista Menzies, lo scozzese, lanciò un ruggito di collera e si lanciò contro gli assalitori con una sbarra di ferro, ma fu accolto da due pallottole in fronte che lo fecero crollare a terra. Tra i minatori fu come se un'onda li avesse travolti e trasportati sulla sua cresta, e dalla loro massa uscì un grido inarticolato, di pietà e di collera; ma due tra gli assassini scaricarono le loro pistole a sei colpi sulla folla, che si divise e si disperse, e molti presero a correre all'impazzata verso le proprie case di Vermissa. Quando alcuni fra i più coraggiosi si furono ripresi, e incominciarono a ritornare alla miniera, la banda omicida era ormai svanita nelle nebbie del mattino senza che un solo testimone potesse giurare con sicurezza sull'identità di quegli uomini che dinanzi a più di cento spettatori avevano perpetrato quel duplice assassinio.

Scanlan e McMurdo ripresero la via del ritorno. Scanlan piuttosto abbacchiato perché era il primo crimine cui assisteva coi propri occhi, e gli sembrava una cosa molto meno divertente di quanto si era immaginato. Le grida disperate della moglie del direttore ucciso li perseguitarono mentre rientravano frettolosamente in città. McMurdo era assorto e silenzioso, ma non mostrò alcuna comprensione per la debolezza del compagno.

«Caro mio, è come alla guerra» seguitava a ripetere. «Che cos'è se non una guerra tra noi e loro? E noi ci vendichiamo come meglio possiamo!»

Quella sera nella sala della Loggia, alla Casa dell'Unione, vi fu una grande baldoria non solo per l'assassinio del direttore e dell'ingegnere della miniera della Collina del Corvo, un assassinio che avrebbe ridotto quell'organizzazione alla stessa stregua delle altre società ricattate e terrorizzate della zona, ma anche per un lontano trionfo procacciato a opera della Loggia stessa. A quanto sembrava, allorché il delegato della contea aveva inviato cinque uomini in gamba a vibrare un colpo a Vermissa, aveva chiesto che in cambio tre uomini di Vermissa venissero scelti segretamente e spediti ad ammazzare William Hales di Stake Royal, uno dei migliori e più popolari proprietari di miniere della zona di Gilmerton, un uomo che era ritenuto da tutti non avere un solo nemico al mondo, poiché era sotto ogni punto di vista un datore di lavoro modello. Esigeva piena attitudine al lavoro, e aveva pertanto liquidato alcuni impiegati oziosi e sempre ubriachi che facevano parte dell'onnipotente associazione. Affissi mortuari appesi fuori dalla sua porta non avevano infiacchito la sua decisione, e così in un libero e civile paese si trovava condannato a morte.

L'esecuzione era stata condotta egregiamente a termine. Ted Baldwin, che ora se ne stava allungato con sussiego al posto d'onore di fianco al gran maestro, era stato il capo della spedizione. La sua faccia arrossata e i suoi occhi vitrei, iniettati di sangue, rivelavano lunghe ore di insonnia e di sbornia. Lui e i suoi due compagni avevano trascorso la notte precedente in mezzo alle montagne. Avevano un aspetto disordinato ed erano tutti fradici di pioggia. Ma un eroe che ritornasse da un'impresa disperata non avrebbe potuto avere un'accoglienza più calda dai propri commilitoni. La descrizione del misfatto fu ripetutamente narrata tra grida di giubilo e risate altisonanti. Avevano aspettato che il loro uomo ritornasse a casa al calare della notte, e si erano appostati in cima a una ripida collina dove il suo cavallo sarebbe stato costretto ad andare al passo. Era talmente imbacuccato per proteggersi dal freddo che non poté nemmeno mettere la mano alla pistola. Lo avevano disarcionato e colpito ripetutamente.

Nessuno di loro conosceva quell'uomo, ma nell'uccidere vi è un'emozione eterna, e poi avevano fatto vedere ai Vendicatori di Gilmerton che quelli di Vermissa non erano da meno di loro. C'era stato però un contrattempo, poiché un uomo e una donna erano passati di lì in carrozza mentre ancora stavano scaricando le loro rivoltelle sul corpo immoto. Qualcuno aveva consigliato di far fuori anche quei due, ma si trattava di gente innocua che non aveva nulla a che fare con le miniere, perciò fu loro raccomandato severamente di proseguire e di tenere la bocca chiusa, se non volevano che capitasse qualcosa di peggio. E così il corpo esanime intriso di sangue era stato lasciato insepolto nel punto stesso in cui lo avevano colpito, come monito a tutti i datori di lavoro senza pietà, e i tre nobili Vendicatori si erano affrettati a ritornare tra le montagne, dove l'impassibile natura giunge sino al limite stesso delle fornaci e dei mucchi di scorie.

Era stato un gran giorno per i Vendicatori. L'ombra si era allungata ancora più cupa sopra la valle. Ma come l'accorto generale sceglie il momento della vittoria per raddoppiare i propri sforzi, in modo che i nemici non abbiano il tempo di riprendersi dopo la sconfitta, così il boss McGinty, osservando il teatro delle proprie operazioni con quei suoi maligni occhi sempre socchiusi, aveva escogitato un nuovo attacco contro quelli che gli si opponevano. Quella notte stessa, mentre la compagnia semiavvinazzata si scioglieva, prese McMurdo per il braccio e lo condusse in quella stanza interna in cui si era svolto il loro primo colloquio.

«Senti un po', ragazzo mio,» gli disse «ho un lavoro che finalmente è degno di te. Ti sarà affidato in modo esclusivo.»

«Onoratissimo» replicò McMurdo.

«Puoi prendere con te due uomini, Banders e Reilly. Sono già stati avvertiti di tenersi a disposizione. Non saremo mai tranquilli in questa zona finché non avremo messo a posto Chester Wilcox, e avrai i ringraziamenti di tutte le Logge dei distretti carboniferi, se riuscirai a ucciderlo.»

«Farò del mio meglio. Chi è, e dove potrò trovarlo?»

McGinty si tolse dall'angolo della bocca il suo eterno sigaro mezzo masticato, mezzo fumato, e prese a tracciare un diagramma approssimativo su una pagina strappata dal suo taccuino.

«È il primo caposquadra della Iron Dike Company. È un cittadino intemerato, un vecchio sergente portabandiera della guerra, tutto cicatrici e capelli grigi. Abbiamo tentato di farlo fuori due volte, ma senza fortuna, e Jim Carnaway ci ha rimesso la pelle. Adesso tocca a te sistemarlo. Questa è la casa, isolata al crocicchio della Iron Dike, proprio come la vedi qui nel disegno, senza nessun'altra abitazione a tiro d'orecchio. Non fidarti di giorno. È armato, e spara subito e sicuro, senza fare domande. Ma di notte... be', di notte è solo, con sua moglie, tre bambini e una donna di servizio. Non puoi stare a scegliere. Devi fare fuori tutti o nessuno. Se tu potessi mettere un sacchetto di esplosivo davanti all'uscio di ingresso, con una miccia lenta...»

«Che cos'ha fatto quest'uomo?»

«Non ti ho detto che ha ammazzato Jim Carnaway?»

«E perché lo ha ammazzato?»

«E a te che diavolo interessa? Carnaway girava attorno a casa sua di notte, e lui gli ha sparato. Questo deve bastare per te e per me. Noi dobbiamo rendergli pan per focaccia.»

«Ma ci sono di mezzo due donne e dei bambini. Bisogna far fuori anche loro?»

«Certamente, altrimenti come facciamo a prendere lui?»

«Non mi sembra giusto, perché quelli sono innocenti e non hanno fatto nulla di male.»

«Che discorsi sono questi? Ti vuoi tirare indietro?»

«Calma, consigliere, calma. Che cosa ho mai detto o fatto per farle pensare che io voglia sottrarmi a un ordine del gran maestro della mia Loggia? Se sia poi giusto o sbagliato tocca a lei decidere.»

«Allora accetti, dunque?»

«Si capisce che accetto.»

«E quando?»

«Mah, dovrebbe lasciarmi un paio di sere affinché possa vedere la casa e avere un po' di tempo per preparare i miei piani. Poi...»

«Benissimo» disse McGinty serrandogli la mano. «Lascio fare

a te. Sarà un gran giorno quello in cui ci porterai la notizia. Sarà il colpo finale che li metterà in ginocchio.»

McMurdo rifletté a lungo e profondamente sull'impresa che gli era stata affidata. La casa isolata in cui Chester Wilcox viveva si trovava a circa sette chilometri, in una valle adiacente. Quella sera stessa partì tutto solo per predisporre l'attentato. Quando ritornò dal suo viaggio di ricognizione ebbe un colloquio con i suoi subordinati, Banders e Reilly, due giovinastri scapestrati, i quali si dimostrarono soddisfatti dell'impresa come se si trattasse di andare alla caccia al cervo. Due sere più tardi si incontrarono fuori dalla città, tutti e tre armati, e uno di loro con un sacco riempito dell'esplosivo che si usa per far brillare le mine. Quando giunsero alla casa solitaria erano le due del mattino. La notte era ventosa, e nubi sfrangiate passavano velocemente sulla faccia della luna al suo terzo quarto. Erano stati avvertiti di stare in guardia da eventuali mastini, perciò si mossero cautamente in avanti, le pistole puntate in mano, ma non si udiva alcun rumore all'infuori dell'ululato del vento, e nulla si muoveva se non i rami ondeggianti sul loro capo. McMurdo stette in ascolto presso l'uscio della casa solitaria, ma nell'interno tutto era silenzio. Allora vi appoggiò contro il sacco pieno di polvere, vi fece un buco nel mezzo col suo coltello e vi attaccò la miccia. Quando questa fu bene accesa, lui e i suoi due compagni se la dettero a gambe, e già erano parecchio lontani, comodi e al sicuro in un fosso, quando intesero il boato assordante dell'esplosione, seguito dal fragore prolungato e cupo dell'edificio che crollava, che li avvertiva come la loro opera fosse compiuta. Negli annali intrisi di sangue della società mai era stata condotta a termine un'impresa più brillante. Ma purtroppo quel lavoro così ben organizzato e così audacemente concepito era destinato a essere compiuto invano. Avvertito dalla sorte di numerose altre vittime, e sapendo di essere lui stesso designato al massacro, Chester Wilcox si era trasferito con la sua famiglia proprio il giorno prima in un'abitazione più sicura e meno nota, dove un corpo di poliziotti era stato messo a montare la guardia. Era una casa vuota che la polvere da sparo aveva sconquassato, e il severo sergente portabandiera della guerra seguitava ancora a insegnare la disciplina ai minatori dell'Iron Dike.

«Lasciatelo a me» disse McMurdo. «È il mio uomo, e lo beccherò di sicuro, anche se dovessi dargli la caccia per un anno intero.»

Una mozione di ringraziamento e di fiducia fu approvata all'unanimità dalla Loggia, e così per il momento la cosa finì. Quando, qualche settimana dopo, fu annunciato sui giornali che Wilcox era stato ucciso in un'imboscata, non fu un segreto per nessuno che McMurdo si era rimesso all'opera per condurre a termine la sua impresa.

Questi erano i metodi della Società degli Uomini Liberi e queste erano le gesta dei Vendicatori, con cui essi imposero il proprio governo di terrore sulla grande e ricca zona che doveva per tanto tempo essere ossessionata dalla loro spaventosa presenza. Ma perché macchiare queste pagine con altri delitti? Non ho già detto abbastanza per descrivere questi uomini e i loro sistemi? I loro misfatti sono scritti nella storia, e in più di un volume sono minutamente ricordati. Vi si può apprendere come furono uccisi i poliziotti Hunt e Evans perché avevano osato arrestare due membri della Società, fu un doppio omicidio meditato nella Loggia di Vermissa, e perpetrato a sangue freddo su due uomini inermi. Vi si può anche leggere dell'uccisione della signora Larbey mentre curava il proprio marito, che era stato percosso quasi a morte per ordine del boss McGinty. L'assassinio del vecchio Jenkins, seguito a breve distanza da quello di suo fratello, la mutilazione di James Murdoch, l'esplosione che aveva distrutto la famiglia Staphouse, e lo sterminio degli Stendhal, uccisi tutti a brevissima distanza gli uni dagli altri in quel medesimo spaventoso inverno. Funerea si stendeva la cupa ombra sulla Valle della Paura. La primavera era venuta con gorgogliare di ruscelli e stormire di fronde. Tutta la natura, così a lungo chiusa in una morsa di ferro, parlava di speranza. Ma non vi era speranza alcuna per gli uomini e le donne che vivevano laggiù sotto il giogo del terrore. Mai la nube su di loro era stata così cupa e così disperata come in quel principio d'estate.

6
Pericolo

Il regno del terrore era al massimo. McMurdo, che era stato già nominato diacono interno, con ogni probabilità di succedere un giorno a McGinty nella carica di gran maestro, era diventato ormai così necessario nelle riunioni dei suoi confratelli che nulla veniva fatto senza il suo aiuto e il suo consiglio. Ma quanto più la sua popolarità cresceva nei confronti degli Uomini Liberi, tanto più torve erano le occhiate che lo squadravano quando passava per le strade di Vermissa. Nonostante il serio pericolo, i cittadini stavano prendendo coraggio e pensavano di unirsi in lega contro i propri oppressori. Già la Loggia era stata informata di riunioni segrete negli uffici dell'«Herald» e di distribuzioni di armi da fuoco tra le persone osservanti della legge. McGinty e i suoi uomini non si lasciavano turbare da queste notizie. Erano numerosi, risoluti e bene armati. I loro avversari invece erano sparpagliati e senza forze. Tutto si sarebbe risolto, come già era accaduto in passato, in chiacchiere inutili e forse anche in arresti importanti. Così dicevano McGinty, McMurdo e tutti gli affiliati più audaci.

Era una sera di sabato, durante il mese di maggio. Il sabato era sempre serata di riunione per la Loggia, e McMurdo stava uscendo di casa per presenziarvi, quando venne a trovarlo Morris, il codardo dell'Ordine. La sua fronte era solcata dalle preoccupazioni e il suo volto gentile era teso e smarrito.

«Posso parlarti liberamente, McMurdo?»

«Certo.»

«Non posso dimenticare che io ti dissi un giorno quello che

pensavo, e che tu te lo sei tenuto per te, anche quando il capo in persona è venuto a chiederti informazioni sul nostro colloquio.»

«E come potevo comportarmi diversamente dal momento che tu avevi riposto fiducia in me? Questo non ha significato che io fossi d'accordo con il tuo modo di pensare.»

«Lo so benissimo. Ma con te posso parlare e sentirmi sicuro. Ho un segreto qui dentro...» e così dicendo si portò la mano al petto «ed è un segreto che mi divora. Vorrei che chiunque altro lo avesse saputo all'infuori di me. Se lo rivelo, questo significherà certamente omicidio, ma se lo tengo per me potrà essere la fine di tutti noi. Che Dio mi aiuti, ma ho i nervi sconvolti a furia di pensare a questa cosa!»

McMurdo fissò l'uomo, interessato. Morris tremava come una verga. Gli versò un po' di whisky nel bicchiere e glielo porse.

«Questa è la medicina che ci vuole per i tipi come te» disse. «E adesso sentiamo un po'.»

Morris bevve e un'ombra di colore ravvivò la sua faccia esangue.

«Te lo dirò con una sola frase» disse. «Abbiamo un poliziotto che ci controlla da vicino.»

McMurdo lo guardò stupefatto.

«Ma sei impazzito!» esclamò. «Forse che il paese non è pieno di poliziotti e di agenti? E che danno ci hanno fatto finora?»

«No, no; non si tratta di un poliziotto della zona. Come tu dici, noi li conosciamo e possono farci ben poco. Ma hai mai inteso parlare degli uomini di Pinkerton?»

«Mah, ho letto qualcosa del genere.»

«Bene, ti posso assicurare che non te ne accorgi quando ti stanno alle calcagna. Non è un corpo governativo, ma un'organizzazione perfettissima che va in fondo alle cose, e giunge ai propri risultati. Se un uomo di Pinkerton si mette a fare sul serio siamo rovinati.»

«Dobbiamo farlo fuori.»

«Ah, è il primo pensiero che ti viene in mente! Così la Loggia lo saprà. Non te lo avevo detto che sarebbe finita con un delitto?»

«Ebbene, che cos'è un delitto? Non ce ne sono anche troppi da queste parti?»

«È vero, ma non sarò certo io a indicare l'uomo che deve essere assassinato. Non potrei mai piu avere pace. Eppure la nostra testa è in gioco. Cosa devo fare?»

Era talmente amareggiato dall'indecisione che ondeggiava letteralmente come una pianta sbattuta dal vento. Ma le sue parole avevano profondamente scosso McMurdo. Era facile comprendere come condividesse l'opinione dell'altro per quello che riguardava il pericolo e come capisse la necessità di affrontarlo. Afferrò Morris per una spalla e lo scosse energicamente.

«Senti un po',» disse quasi sibilando «non ci guadagnerai nulla a startene qui a mugolare come una vecchia comare a una veglia funebre: sentiamo i fatti. Chi è questo tizio? Dove si trova? Come hai saputo di lui? Perché sei venuto da me?»

«Sono venuto da te perché tu sei l'unico che possa consigliarmi. Ti ho detto che avevo un negozio nell'Est, prima di venire qui? Laggiù ho lasciato dei buoni amici e uno di costoro si trova nel servizio telegrafico. Ecco una lettera che ho ricevuto da lui ieri. Leggi questa parte, qui in cima alla pagina.»

Ecco quello che lesse McMurdo:

> Come stanno i Vendicatori dalle tue parti? Non si fa che leggere di loro sui giornali. Sia detto tra me e te, prevedo che tra breve avrò tue notizie. Cinque grosse società e le due compagnie ferroviarie hanno preso misure molto serie. È loro intenzione andare fino in fondo, e puoi scommettere che ci riusciranno. Hanno assoldato Pinkerton, e il suo uomo migliore, Birdy Edwards, è già in campo. La cosa deve essere discussa immediatamente.

«E adesso leggi il poscritto.»

> Naturalmente quanto ti dico l'ho saputo tra la gente di affari, perciò ti do la notizia così come l'ho avuta.

McMurdo rimase in silenzio, stringendo la lettera tra le sue mani inquiete. La nebbia si era diradata, e vedeva finalmente il baratro sotto di sé.

«Ci sono altri al corrente di questo?» chiese.

«Io non ne ho parlato con nessuno.»

«Ma quest'uomo, questo tuo amico, non ha qualcun altro al quale potrebbe essere disposto a scrivere?»

«Mah, può darsi che conosca ancora qualcun altro.»

«Della Loggia?»

«È probabile.»

«Te lo domandavo perché forse qualcuno può aver descritto questo tizio, questo Birdy Edwards, e in questo caso ci sarebbe facile identificarlo.»

«Mah, è possibile. Però non credo che lo conosca. Lui si è limitato a riferirmi le notizie che gli sono pervenute tramite qualche uomo d'affari. Come potrebbe conoscere questo agente di Pinkerton?»

McMurdo ebbe un violento sobbalzo.

«Perdio!» gridò. «L'ho individuato. Che imbecille sono stato a non capirlo. Ma siamo fortunati, perbacco! Lo sistemeremo prima che possa farci del danno. Senti un po', Morris; vuoi lasciare questa faccenda in mano mia?»

«Certo, purché tu mi liberi da ogni responsabilità.»

«A questo penso io. Tu tirati pure in disparte e lascia fare a me. Non avrò neppure bisogno di menzionare il tuo nome. Agirò come se la lettera fosse stata indirizzata a me. D'accordo?»

«È proprio quello che ti volevo chiedere.»

«Allora fidati di me e tieni la bocca chiusa. Adesso mi recherò immediatamente alla Loggia e vedrai che quell'agente di Pinkerton dovrà pentirsi presto di averci voluto dare la caccia.»

«Ma lo ammazzerai?»

«Meno saprai, amico Morris, e tanto meglio sarà per la tua coscienza e per la tua tranquillità. Non fare domande e lascia che le cose si aggiustino da sole. E adesso basta.»

Nell'andarsene Morris scosse tristemente il capo.

«Ho l'impressione che questo sangue ricadrà su di me» gemette.

«La legittima difesa non è delitto!» disse McMurdo sorridendo biecamente. «O lui o noi. Sono sicuro che quest'uomo ci annienterebbe tutti se lo lasciassimo scorrazzare ancora per un po' in questa valle. Perbacco, fratello Morris, dovremo finire col nominarti gran maestro, poiché si potrà dire che sarai stato tu a salvare la Loggia.»

E tuttavia appariva chiaro dal suo modo di agire che la preoccupazione di questo nuovo pericolo lo assillava assai più seriamente di quanto dimostrassero le sue parole. Era forse la sua coscienza sporca, forse la fama dell'organizzazione Pinkerton, forse anche il fatto di sapere che corporazioni forti e ricche si erano assunte il compito di annientare i Vendicatori; qualunque fosse la ragione che lo spingeva, i suoi atti divennero quelli di un uomo che si prepara al peggio. Prima di lasciare la casa distrusse ogni carta che potesse comprometterlo. Dopo di che emise un lungo sospiro di soddisfazione, poiché gli pareva con questo di essere salvo; e tuttavia il pericolo doveva incalzarlo, poiché mentre era in strada diretto alla Loggia si fermò dal vecchio Shafter. L'accesso in casa gli era stato proibito, ma quando bussò alla finestra Ettie scese subito a incontrarlo. La spensierata gaiezza irlandese era scomparsa totalmente dagli occhi del suo innamorato. La fanciulla lesse il pericolo nella sua faccia severa.

«È successo qualcosa! Oh, Jack, tu sei in pericolo!»

«Non ti preoccupare, tesoro. Sarà però opportuno che tagliamo la corda prima che si arrivi al peggio.»

«Che intendi dire?»

«Ti promisi una volta che un giorno me ne sarei andato di qua. Credo che sia giunto il momento. Ho ricevuto una notizia questa sera – una brutta notizia – e sento odore di polvere.»

«La polizia?»

«Sì... un agente di Pinkerton. Ma tu non sai neppure che cosa questo significhi, tesoro, né che portata possa avere una sua azione contro tipi come me. Io sono ormai troppo ingolfato in questa faccenda, e può darsi che debba uscirne a rotta di collo. Tu mi hai detto che mi avresti seguito se me ne fossi andato.»

«Oh, Jack, ma questo significherebbe la tua salvezza.»

«In certe cose io sono un uomo onesto, Ettie. Non torcerei un capello della tua deliziosa testolina per tutto l'oro del mondo, né ti abbasserei di un solo centimetro dal trono dorato sopra le nubi dove io ti vedo sempre. Vuoi avere fiducia in me?»

Senza dire parola la giovane donna mise la mano nella sua.

«Bene; ascolta dunque quello che ti dico e fa' come ti ordino, poiché questa è la nostra sola via di salvezza. Qui in questa valle sta per succedere qualcosa di grosso; me lo sento nel sangue. Saremo in molti a dover badare a noi stessi. Io comunque sono tra questi. Se me ne vado, sia di notte sia di giorno, tu devi venire con me.»

«Ti seguirò immediatamente, Jack.»

«No, no; tu devi venire con me. Se questa valle mi sarà preclusa e io non potrò ritornarvi più, come ti potrò lasciare qui, costretto come sarò magari a nascondermi dalla polizia senza la possibilità di inviarti mai un messaggio? È con me che tu devi venire. Conosco una brava donna, nel posto da cui provengo, ed è con lei che tu resterai finché potremo sposarci. Verrai?»

«Sì, Jack, verrò.»

«Che Dio ti benedica per la fiducia che hai in me. Sarei l'ultimo dei mascalzoni se ne abusassi. E adesso ascoltami bene, Ettie. Può darsi che ti mandi a dire una parola sola, ma quando ti giungerà abbandona ogni cosa e vai subito nella sala d'aspetto della stazione e restaci finché verrò io a cercarti.»

«Di giorno o di notte, verrò a un tuo cenno, Jack.»

Alquanto tranquillizzato, ora che aveva predisposto i preparativi di fuga, McMurdo si recò alla Loggia. Questa si era già riunita, e gli fu possibile superare la guardia esterna e interna che la proteggeva, armata sino ai denti, solo grazie a complicatissimi segni e contrassegni convenzionali. Il suo ingresso fu salutato da un brusio cordiale di benvenuto. La lunga stanza era affollata e attraverso i fumi del tabacco poté scorgere l'arruffata criniera del gran maestro, i tratti crudeli e scostanti di Baldwin, la faccia da avvoltoio di Harraway, il segretario, e di una dozzina di altri, tutti i capi della Loggia. Si rallegrò che fossero tutti presenti a ricevere e a discutere la notizia che stava per dare loro.

«Siamo veramente lieti di vederti, fratello!» esclamò il presidente. «Dobbiamo sbrigare una faccenda per cui occorre un giudizio da Salomone.»

«Si tratta di Lander ed Egan» gli spiegò il suo vicino mentre lui si sedeva. «Reclamano entrambi la ricompensa stanziata dalla Loggia per l'uccisione del vecchio Crabbe di Stylestown, e chi può dire quale dei due ha sparato per primo?»

McMurdo si levò dal proprio posto e alzò la mano. L'espressione del suo volto raggelò l'uditorio. Un sommesso mormorio di attesa pervase la sala.

«Venerabile maestro,» disse con voce solenne «invoco urgenza.»

«Il fratello McMurdo invoca urgenza» disse McGinty. «È una

richiesta che, secondo le regole di questa Loggia, ha la precedenza su tutte le altre. Ora, fratello, a te la parola.»

McMurdo trasse di tasca la lettera.

«Venerabile maestro e cari fratelli,» incominciò «oggi sono latore di cattive notizie, ma è meglio che siano note e discusse subito, prima che si abbatta su di noi senza preavviso un colpo che ci distruggerebbe tutti. Sono stato informato che le più potenti e più ricche organizzazioni di questo Stato si sono riunite per annientarci, e che in questo preciso momento c'è un poliziotto di Pinkerton, un certo Birdy Edwards, che sta operando in questa valle per raccogliere le prove che potrebbero mettere una corda al collo a molti di noi, e spedire in galera tutti i presenti. Ecco la situazione che desidero discutere e per cui ho invocato una petizione di urgenza.»

Nella stanza si fece un profondo silenzio, che fu interrotto dalla voce del presidente.

«Che prove hai, fratello McMurdo?» domandò McGinty.

«Sono in questa lettera che mi è pervenuta» rispose McMurdo, e lesse il brano a voce alta. «È per me una questione d'onore non potervi fornire ulteriori particolari circa questa lettera, né mi è consentito rimetterla in mani vostre, ma vi assicuro che non contiene nulla che possa nuocere agli interessi della Loggia. Vi sottopongo il caso così come mi è stato riferito.»

«Mi permetto di dire, signor presidente» disse uno dei confratelli più anziani «che io ho già inteso parlare di Birdy Edwards, e che ha fama di essere l'uomo migliore dell'organizzazione Pinkerton.»

«C'è qualcuno di voi che lo conosce di vista?» domandò McGinty.

«Sì,» rispose McMurdo «io.»

Un mormorio di stupore echeggiò nella sala.

«Credo che lo teniamo nelle nostre mani» proseguì, mentre un sorriso di esultanza gli illuminava il volto. «Se agiremo con prontezza e prudenza riusciremo a tagliare il male alla radice. Se avrò la vostra fiducia e il vostro aiuto non dovremo temere nulla.»

«E perché dovremmo temere? Che cosa ne sa quell'uomo dei fatti nostri?»

«Avrebbe ragione di dire così se tutti fossero solidi come lei, consigliere. Ma questo individuo ha dietro di sé i milioni dei capitalisti. Non crede che vi potrebbe essere qualche fratello di carattere non troppo fermo, tra tutte le nostre Logge, che si lascerebbe comprare? Così può giungere al fondo dei nostri segreti. Forse sono già in suo possesso. Non vi è che un unico rimedio sicuro.»

«Che non esca mai da questa valle» disse Baldwin.

McMurdo annuì.

«Hai perfettamente ragione, fratello Baldwin» disse. «Tu e io siamo stati a volte di parere diverso, ma questa sera hai proprio detto la parola giusta.»

«Dov'è, dunque? Come potremo fare per riconoscerlo?»

«Venerabile maestro,» disse McMurdo con voce seria «vorrei mi fosse consentito di farle osservare che questa è una questione troppo vitale per tutti noi per discuterne in Loggia aperta. Lungi da me il gettare sia pure l'ombra di un dubbio su chiunque dei presenti, ma se anche una sola parola giungesse alle orecchie di quest'uomo, perderemmo qualsiasi speranza di raggiungerlo. Vorrei che la Loggia scegliesse un comitato di sua fiducia: lei, presidente, se mi è consentito un consiglio, il fratello Baldwin, e cinque altri. Discorrerei quindi liberamente di quello che so e di quello che vorrei consigliare.»

La proposta venne accolta immediatamente e il comitato fu eletto. Oltre al presidente e a Baldwin era costituito da Harraway, il segretario dalla faccia di avvoltoio; da Tiger Cormac, il giovane assassino brutale; da Carter, il tesoriere, e dai fratelli Willaby, due disperati senza paura che nulla avrebbe saputo fermare.

La solita baldoria della Loggia fu breve e in tono minore, poiché una nube incombeva sugli animi di tutti. Gli orrori imposti agli altri avevano fatto talmente parte delle loro comode esistenze che il pensiero di una possibile punizione era divenuto assurdo, e tanto più li colpiva ora che il pericolo era divenuto improvvisamente così vicino. Si separarono per tempo lasciando i capi alle loro decisioni.

«E adesso, McMurdo,» disse McGinty quando furono soli «a te.» I sette uomini sedevano ciascuno al proprio posto, come impalati.

«Ho detto poco fa di conoscere Birdy Edwards» spiegò McMurdo. «Ma non occorre che vi dica che non si trova qui sotto questo nome. È un uomo coraggioso, ne sono certo, ma non un imbecille. Si fa passare per Steve Wilson e abita a Hobson's Patch.»

«Come lo sai?»

«Perché mi è capitato di attaccare discorso con lui. Sul momento non ho dato importanza alla cosa, né vi avrei fatto più caso se non fosse stato per questa lettera, ma adesso sono sicuro che è lui. L'ho incontrato in treno quando sono andato giù mercoledì: una vera combinazione. Mi ha detto che era giornalista. Lì per lì gli ho creduto. Voleva sapere ogni sorta di notizie sui Vendicatori e su quelle che chiamava "le loro violenze" per farne un articolo per il "New York Press". Mi ha rivolto un mucchio di domande, ma come facilmente capirete mi sono guardato bene dallo sbottonarmi. "Pagherei, e pagherei bene," mi disse "se riuscissi a pescare qualche notizia che mi facesse fare bella figura col mio direttore." Io gli dissi quello che pensavo potesse fargli piacere, e in cambio delle mie informazioni mi tese un biglietto da venti dollari. "Ci saranno altri dieci biglietti come questi per lei" soggiunse poi "se riuscirà a scovarmi tutto quello che ho bisogno di sapere."»

«E tu che cosa gli hai detto?»

«Un sacco di balle.»

«Come sai che non era giornalista?»

«Ve lo dirò: è sceso a Hobson's Patch, e lì sono sceso anch'io. Sono entrato all'ufficio del telegrafo proprio nel momento in cui lui ne usciva.»

«"Ma guardi un po'," mi disse l'impiegato quando quello fu uscito "io dico che bisognerebbe far pagare doppio per telegrammi come questo." "Credo proprio che abbia ragione" dissi io. Aveva riempito il modulo con un gergo che avrebbe benissimo potuto essere cinese, per quello che noi ne capivamo. "Spara via un modulo come questo tutti i giorni" continuò il telegrafista. "Già" dissi io. "Sono notizie speciali per il suo giornale, e ha paura che gli altri gliele intercettino." Questo è ciò che pensava il telegrafista allora e quello che ho creduto anch'io sul momento, ma adesso la penso ben diversamente.»

«Perbacco, credo che tu abbia ragione!» disse McGinty. «Ma come ritieni che si debba agire?»

«Più presto lo elimineremo, tanto meglio sarà.»

«Perché non andiamo subito a Hobson's Patch a farlo fuori?» suggerì qualcuno.

«Partirei in questo preciso istante se sapessi dove trovarlo» disse McMurdo. «So che sta al Patch, ma non conosco la casa. Ho però in mente un piano, e se volete che ve lo dica...»

«Su, dunque, di che cosa si tratta?»

«Mi recherò al Patch domattina. Lo ritroverò per mezzo del telegrafista: io spero che lui sappia individuarlo. Poi gli dirò che sono un Uomo Libero. Gli proporrò di vendergli a buon prezzo i segreti della Loggia. Sono sicuro che abboccherà. Gli dirò che i documenti sono a casa mia, e che certamente ne andrebbe di mezzo la mia pelle se lo lasciassi venire di giorno. Capirà che gli parlo con buonsenso: facciamolo dunque venire alle dieci di sera, così potrà vedere tutto quello che vuole. Sono sicuro che verrà.»

«E poi?»

«Il resto potete immaginarvelo da voi. La casa della vedova McNamara è in una località molto isolata. In quanto alla donna, è fidata come l'acciaio e sorda come una campana. In casa non ci siamo che io e Scanlan. Se riuscirò a ottenere che venga – e vedrete che ci riuscirò –, vi farò venire tutti e sette da me per le nove. Lo lasceremo entrare e se uscirà vivo... be', potrà parlare della fortuna di Birdy Edwards per il resto dei suoi giorni.»

«Sbaglierò, ma presto tra le file di Pinkerton ci sarà un posto vuoto» disse McGinty. «Per stasera basta così, McMurdo. Domani alle nove saremo da te. Basta che tu gli chiuda l'uscio alle spalle: per il resto lascia fare a noi.»

7
Birdy Edwards in trappola

Come McMurdo aveva detto, la casa in cui abitava era molto isolata e particolarmente adatta al delitto. Sorgeva all'estremo limite della città, e si trovava parecchio spostata dalla strada. In un caso diverso i cospiratori si sarebbero limitati a chiamare fuori il loro uomo, come tante altre volte avevano fatto, e a scaricargli addosso le pistole; ma nel caso attuale era per loro di capitale importanza sapere fino a che punto era informato, e quali erano i suoi rapporti con coloro che lo avevano assunto alle proprie dipendenze. Poteva anche darsi che fossero giunti troppo tardi e che l'opera di Pinkerton fosse compiuta, nel qual caso si sarebbero per lo meno vendicati sull'uomo che li aveva scoperti. Ma gli assassini speravano che il poliziotto non avesse ancora potuto apprendere gran che, altrimenti, così pensavano, non si sarebbe dato la pena di annotare e spedire le innocue informazioni che McMurdo affermava di avergli fornito. Comunque avrebbero ben presto saputo tutto direttamente dalle sue labbra. Una volta che lo avessero avuto in loro potere avrebbero ben saputo come farlo cantare. Non era certo la prima volta che si trovavano a tu per tu con un testimone indesiderato.

McMurdo si recò come d'accordo a Hobson's Patch. Pareva che quel mattino la polizia avesse per lui un interesse particolare, e il capitano Marvin – quello appunto che aveva vantato una sua vecchia conoscenza con lui a Chicago – gli rivolse addirittura la parola mentre aspettava in stazione. McMurdo però gli voltò le spalle e si rifiutò di rispondergli. Fu di ritorno dalla sua missione nel pomeriggio e andò subito a trovare McGinty alla Casa dell'Unione.

«Viene» disse.

«Bene!» rispose McGinty. Il gigante era in maniche di camicia: catene e ciondoli scintillavano sul suo ampio petto e un brillante luccicava tra le frange della sua barba irsuta. L'alcol e la politica avevano fatto del capo un uomo ricchissimo, oltre che onnipotente. Tanto più terribile gli appariva pertanto quella visione di galera e forse di morte che per la prima volta gli era apparsa la notte innanzi.

«Credi che sappia molte cose?» domandò ansiosamente.

McMurdo scosse il capo con aria preoccupata.

«È qui da un certo tempo... da almeno sei settimane. Non credo che sia venuto da queste parti per ammirare il paesaggio. Se ha seguitato a lavorare in mezzo a noi tutto questo tempo, mantenuto dai quattrini di quelli delle ferrovie, temo che abbia raccolto buoni risultati, e che li abbia passati a chi di competenza.»

«Non c'è nessun traditore nella nostra Loggia,» protestò McGinty «tutti i nostri uomini sono sicuri. Però c'è quel vigliacco di Morris. Lui sì che avrebbe potuto tradirci. Ho intenzione di mandare un paio di ragazzi da lui prima di sera per dargli una buona lezione e per vedere se riescono a cavargli qualcosa di bocca.»

«Be', io non ci vedrei niente di male» rispose McMurdo. «Non nego di avere una certa simpatia per Morris e mi dispiacerebbe sapere che deve passare dei guai. Ho discusso un paio di volte con lui su questioni di Loggia, e per quanto non sia un tipo come lei o come me, non credo sia uno che canti. Certo però che non sta a me decidere.»

«Sistemerò io quel vecchio imbecille» disse McGinty con una bestemmia. «È un anno che gli tengo gli occhi addosso.»

«Lei la sa più lunga di me su queste cose» rispose McMurdo. «Qualsiasi azione però deve essere rimandata a domani, poiché dobbiamo starcene tranquilli sino a quando non avremo sistemato la faccenda Pinkerton. Non possiamo mettere in subbuglio la polizia proprio quest'oggi.»

«Hai ragione» disse McGinty. «E poi sapremo direttamente da Birdy Edwards dove ha scovato tutte le sue informazioni, a costo di dovergli strappare il cuore prima di accopparlo. Credi che abbia fiutato un trabocchetto?»

McMurdo scoppiò in una risata.

«Penso di averlo colto nel suo punto debole» disse. «Ha il pallino dei Vendicatori e farebbe qualsiasi cosa pur di seguire una buona pista che glieli faccia scoprire. Ho preso i suoi soldi,» e così dicendo McMurdo rise e mostrò il portafogli gonfio di dollari «e me ne ha promessi altrettanti quando avrà visto tutti i miei documenti.»

«Quali documenti?»

«Si capisce che non ce ne sono di documenti! Ma io gli ho riempito la testa di costituzioni e di libri, di regole e di schede di associazione. È sicuro di giungere in fondo a tutta la faccenda, prima di andarsene.»

«In questo ha proprio ragione» osservò McGinty, fosco in volto. «Non ti ha chiesto come mai non hai portato tu le carte?»

«Già, e io dovrei portarmi addosso documenti di quella fatta, sospetto come sono, e proprio oggi che il capitano Marvin mi ha rivolto la parola alla stazione!»

«Infatti, me l'avevano detto» disse McGinty. «Ho paura che il brutto di questa faccenda ricadrà su di te. Potremo metterlo in un vecchio pozzo quando lo avremo fatto fuori, ma comunque vadano le cose, come faremo ad aggiustare il fatto che lui abitava a Hobson's Patch e tu sei stato lì proprio quest'oggi?»

McMurdo ebbe un'alzata di spalle.

«Se sapremo fare le cose per bene non riusciranno mai a provare chi lo ha ammazzato» rispose. «Nessuno potrà vederlo entrare in casa mia di notte, e posso giurare che nessuno lo vedrà uscire. Adesso senta, consigliere, le mostrerò il mio piano, e la pregherò di metterne al corrente gli altri. Sono sicuro che verrete tutti puntuali. Benissimo. Lui arriverà alle dieci. Siamo d'accordo che deve bussare tre volte, e che io andrò ad aprire la porta. Dopo di che mi metterò dietro di lui e chiuderò l'uscio. Da quel momento sarà in nostro potere.»

«Mi sembra un piano molto facile e spiccio.»

«Sì, ma ogni nostra successiva mossa dev'essere studiata con la massima attenzione. È un tipo deciso ed è armato fino ai denti. Io l'ho imbrogliato come meglio mi è riuscito, ma può darsi che sia diffidente. Ammesso che riesca a farlo entrare in una stanza occupata da sette uomini quando invece lui si aspetta di trovarne uno solo, ci potrebbe scappare una sparatoria e qualcuno potrebbe lasciarci le penne.»

«Questo è vero.»

«E il baccano potrebbe attirare su di noi l'attenzione di tutti i poliziotti della città.»

«Credo che tu abbia ragione.»

«Io agirei così. Voi vi raccoglierete tutti nella stanza grande, quella che lei ha visto quando venne quella volta a parlarmi. Io andrò ad aprirgli la porta, lo farò entrare nel salottino accanto all'uscio, e lo lascerò lì con la scusa di andare a prendere i documenti. Questo mi darà l'occasione di spiegarvi come vanno le cose. Poi tornerò da lui con delle carte qualsiasi. Mentre starà per leggerle gli salterò addosso e lo immobilizzerò. Poi mi metterò a gridare e voi accorrerete. Cercate di fare presto perché è un uomo forte quanto me, e forse mi sarà difficile tenerlo fermo, ma credo che ci riuscirò sino a quando sopraggiungerete.»

«L'idea è buona» disse McGinty. «La Loggia ti sarà debitrice per questo. Credo che quando lascerò la mia carica saprò dare un nome all'uomo che verrà dopo di me!»

«La ringrazio, consigliere, ma io sono poco più che una recluta» disse McMurdo, tuttavia l'espressione del suo volto rivelava chiaramente quanto la lode del grand'uomo lo avesse lusingato.

Di ritorno a casa iniziò i preparativi per la lugubre sera che lo attendeva. Prima di tutto ripulì, oliò e caricò il suo revolver Smith & Wesson. Quindi ispezionò la camera nella quale il poliziotto doveva essere intrappolato. Era un vasto locale, con una lunga tavola di legno grezzo al centro e una grande stufa su un lato. Su ciascuno degli altri lati si aprivano delle finestre. Queste non avevano persiane, ma erano coperte soltanto da leggere tendine. McMurdo le esaminò attentamente. Senza dubbio dovette colpirlo il fatto che la stanza era molto esposta per una faccenda così segreta: non di meno la sua lontananza dalla strada rendeva questo particolare d'importanza secondaria. Discusse infine la cosa con il suo compagno di pensione. Per quanto affiliato ai Vendicatori, Scanlan era un ometto inoffensivo e troppo debole per contraddire i suoi compagni, ma nell'intimo del suo cuore era inorridito dai fatti di sangue ai quali era stato costretto talvolta ad assistere. McMurdo gli espose in breve quello che si stava preparando.

«Dato il tuo temperamento, Mike Scanlan, io ti consiglierei di passare la notte fuori e di startene alla larga. Correrà parecchio sangue prima di domattina.»

«Be', francamente, Mac,» rispose Scanlan «non è la volontà ma il coraggio che mi manca. Quando ho visto la fine che hanno fatto fare al direttore Dunn, laggiù, alla miniera, è stato proprio un po' troppo per le mie forze. Io non sono fatto per queste cose, non ho la tempra tua o di McGinty. Se la Loggia non penserà male di me, seguirò il tuo consiglio e vi lascerò soli per questa notte.»

Gli uomini giunsero puntuali all'ora fissata. Avevano l'aspetto di cittadini rispettabili: erano ben vestiti e in ordine, ma un osservatore avrebbe letto ben poca possibilità di salvezza per Birdy Edwards in quelle bocche crudeli e in quegli occhi spietati. Non vi era un solo uomo in quella stanza le cui mani non si fossero macchiate di sangue almeno una dozzina di volte. Erano incalliti di fronte all'assassinio di un uomo come può esserlo un beccaio abituato ad ammazzare pecore. Superava gli altri, naturalmente, sia nell'aspetto come nel crimine, il formidabile capo. Harraway, il segretario, era un uomo magro, beffardo, con un lungo collo rinsecchito e membra nervose, scattanti, un uomo di un'onestà intemerata per quello che riguardava le finanze dell'Ordine, ma il cui concetto di giustizia o di lealtà non andava oltre a questo. Il tesoriere, Carter, era un individuo di mezza età dalla faccia impassibile, sempre un po' imbronciata, e una carnagione gialla come una pergamena. Era un organizzatore capace, e i particolari di quasi ogni delitto erano stati architettati dal suo fertile cervello. I due Willaby erano uomini d'azione, due giovani alti, snelli, dalle facce decise, mentre il loro compagno, Tiger Cormac, un giovane bruno, massiccio, era temuto persino dai propri camerati per la ferocia del suo animo. Questi erano gli uomini riunitisi quella notte in casa di McMurdo per perpetrare l'assassinio del poliziotto di Pinkerton.

Il loro ospite aveva posato sulla tavola una bottiglia di whisky, e tutti si affrettarono a servirsene per temprarsi all'impresa che li attendeva. Baldwin e Cormac furono ben presto mezzo brilli, e l'alcol non fece che invelenire la loro ferocia congenita. Cormac aveva appoggiato per un attimo le mani sulla stufa che era accesa, poiché quelle notti di primavera erano ancora fredde.

«Questa andrà benone» disse con una bestemmia.

«Oh, sì» fece Baldwin, afferrando al volo quanto l'altro aveva sottinteso. «Se lo leghiamo là riusciremo senz'altro a tirargli fuori la verità!»

«Vedrete che lo faremo cantare, non abbiate paura» osservò McMurdo. Aveva nervi d'acciaio, quell'uomo, poiché, sebbene tutto il peso e la responsabilità della situazione gravassero sulle sue spalle, i suoi modi tuttavia erano calmi e disinvolti come al solito. Gli altri lo notarono e lo apprezzarono.

«Tu sei proprio quello che ci vuole per tenerlo a bada» disse il capo in tono di approvazione. «Non si accorgerà di nulla finché non avrà la tua mano alla gola. Peccato che le tue finestre non abbiano imposte.»

McMurdo si avvicinò alle vetrate e accostò meglio le tendine. «Oh, ma non c'è pericolo che qualcuno ci osservi, a quest'ora. E ormai dev'essere qui a minuti.»

«Magari non verrà: forse avrà annusato odore di pericolo» obiettò il segretario.

«Verrà, verrà, state tranquilli» replicò McMurdo. «È impaziente di sapere quanto siete impazienti voi di vederlo. Ma sentite!»

Stettero tutti seduti immobili come figure di cera, alcuni con il bicchiere fermo a mezz'aria. Tre colpi vigorosi erano risuonati all'uscio.

«Zitti!»

McMurdo alzò una mano come a imporre il silenzio. Uno sguardo di indicibile soddisfazione si dipinse sui volti di tutti gli astanti e le mani di ciascuno si posarono su armi nascoste.

«Non una parola, se avete cara la vita!» sussurrò McMurdo, quindi si mosse, uscì dalla stanza e chiuse accuratamente la porta alle sue spalle.

Gli assassini attesero, aguzzando le orecchie. Contarono i passi del loro compagno lungo il corridoio. Poi lo sentirono aprire l'uscio di strada. Udirono uno scambio di parole, come di saluto, poi colsero il rumore di un passo estraneo e il tono di una voce sconosciuta. Un istante dopo intesero sbattere il portone e il rumore di un chiavistello che si chiudeva. La preda era caduta in trappola, finalmente! Tiger Cormac scoppiò in una risata orrenda, ma il boss McGinty con un enorme manrovescio gli tappò la bocca.

«Zitto, imbecille!» sibilò. «Ci vuoi rovinare tutti quanti?»

Dalla stanza attigua giunse un mormorio di voci che conversavano. Parve loro che quel colloquio non dovesse avere più fine, ma a un tratto la porta si aprì e apparve McMurdo, che fece loro cenno di tacere portandosi un dito alle labbra.

Si mise all'estremità della tavola e li fissò tutti a uno a uno. Un mutamento sottile era avvenuto in lui. Aveva assunto l'aspetto di chi ha dinanzi a sé una grande impresa da compiere. Il suo volto si era fatto granitico. Gli occhi, da dietro gli occhiali, gli brillavano di una luce strana. Era divenuto visibilmente un capo di uomini. I suoi compagni lo fissarono con ansioso interesse, ma senza osare proferire parola. Sempre scrutandoli con quello sguardo singolare lui si volse dall'uno all'altro.

«Be',» gridò infine il boss McGinty «è arrivato? Dov'è questo Birdy Edwards?»

McMurdo replicò lentamente: «Birdy Edwards è qui: Birdy Edwards sono io».

Trascorsero dieci secondi, dopo queste brevi parole, durante i quali la stanza avrebbe potuto essere vuota, tanto profondo fu il silenzio che la riempì. Il sibilo di una cuccuma appoggiata sulla stufa si levò acuto, stridente, lacerando gli orecchi. Sette volti sbiancati, tutti rivolti verso l'uomo che li dominava, erano irrigiditi in una smorfia di incontenibile terrore. Poi, con un improvviso rumore di vetri infranti, il luccichio di numerose canne di fucile balenò attraverso ciascuna finestra, mentre le tendine venivano strappate dai loro sostegni. A quella vista il boss McGinty cacciò un muggito da orso ferito e si lanciò verso la porta rimasta socchiusa, ma fu fermato di botto da una rivoltella spianata, dietro la quale apparvero in un azzurro bagliore i freddi occhi del capitano Marvin del corpo di polizia delle Miniere. Il capo si arrestò e si lasciò cadere sulla propria seggiola.

«Le conviene restare dov'è, consigliere» disse l'uomo che avevano conosciuto come McMurdo. «E tu, Baldwin, se non togli la mano dal calcio di quella pistola, deluderai anche questa volta il boia. Mettila giù, altrimenti, per il Dio che mi ha fatto... Ecco, così va meglio. Ci sono quaranta uomini armati attorno a questa casa, e potete calcolare da voi quante probabilità avete di cavarvela. Li disarmi, Marvin!»

Non era possibile opporre resistenza, sotto la minaccia di tutte quelle carabine. Furono disarmati. Stupefatti, disorientati, come inebetiti, erano ancora tutti seduti attorno al tavolo.

«Vorrei dirvi una parola, prima che ci separiamo» disse l'uomo che li aveva così brillantemente smascherati. «Credo che ci rivedremo soltanto quando io salirò sul banco dei testimoni, in tribunale. Vi dirò qualcosa su cui potrete riflettere nel frattempo. Adesso mi conoscete per quello che sono. Finalmente posso mettere le mie carte in tavola. Sono io Birdy Edwards, dell'organizzazione Pinkerton. *Io* sono stato scelto per distruggere la vostra banda. Dovevo giocare un gioco difficile e pericoloso. Nessuno, non anima viva, neppure le persone che mi erano più care erano a conoscenza del mio segreto, all'infuori del capitano Marvin e dei miei superiori. Ma finalmente questa sera è finita, grazie al cielo, e ho vinto io!»

Le sette facce pallide, ammutolite, lo fissavano. Un odio spaventoso riluceva in tutti quegli occhi di assassini, e lui ne comprese l'implacabile minaccia.

«Forse voi pensate che il gioco non sia ancora finito. Be', accetto il rischio. Comunque qualcuno tra voi sarà fra poco in condizione di non nuocere mai più, e ce ne sono altri sessanta, oltre a voialtri, che questa notte finiranno in galera. Io vi posso dire una cosa, cioè che quando assunsi questo incarico non avrei mai creduto che potesse esistere un'associazione come la vostra. Io ero sicuro che fossero tutte chiacchiere di giornali, ed ero certo di poterlo dimostrare. Mi dissero che avrei avuto a che fare con gli Uomini Liberi, perciò mi recai a Chicago e mi affiliai a quella Loggia. Naturalmente divenni più certo che mai che fossero tutte frottole di giornalisti, perché vidi che in quella società non si faceva nulla di male, ma anzi del gran bene. Dovevo però portare avanti il mio lavoro, e per questo me ne venni qui, in queste valli minerarie. Ma quando fui qui, compresi che avevo avuto torto, e che non si trattava di un romanzo d'appendice, dopotutto! Perciò rimasi per vedere come funzionasse in realtà il vostro ingranaggio. Non ho mai ammazzato nessuno, a Chicago. Non ho mai coniato un dollaro falso in vita mia. Quelli che vi ho dato erano buonissimi, ma non ho mai speso meglio il denaro. Sapevo come dovevo comportarmi per ingraziarmi ai vostri occhi, perciò vi diedi a intendere di avere i poliziotti alle mie calcagna. Tutto andò come avevo previsto.

«Mi affiliai dunque alla vostra infernale Loggia e presi parte ai vostri maledetti conciliaboli. Forse la gente dirà che io valgo quanto voi. Dicano quello che vogliono: per me l'importante era mettervi nel sacco. Ma qual è la verità? La sera in cui mi sono unito a voi, voi avete percosso il povero vecchio Stanger. Non feci in tempo ad avvertirlo, ma ti trattenni la mano, Baldwin, mentre tu lo avresti senz'altro fatto fuori. Ogni volta che vi suggerivo qualche spedizione punitiva, per poter conservare il mio posto in mezzo a voi, facevo sempre in modo di poter prevenire la vostra azione e stornarla. Non mi fu possibile salvare Dunn e Menzies, perché sapevo ancora poco, ma farò in modo che i loro assassini siano impiccati. Sono stato io ad avvertire Chester Wilcox, cosicché quando feci saltare in aria la sua casa, lui e i suoi si erano già posti in salvo. Purtroppo vi furono molti delitti che non riuscii a impedire, ma se ci ripensate e riflettete, quante volte il vostro uomo è tornato a casa per un'altra strada, oppure si trovava in città quando voi siete andati a cercarlo, o se ne è stato tappato tra quattro mura mentre voi credevate che fosse uscito, vi accorgerete che ogni volta fu opera mia.»

«Maledetto traditore!» sibilò McGinty a denti stretti.

«Sì, Jack McGinty, chiamami pure come vuoi, se questo può calmare la tua rabbia. Tu e i tuoi siete diventati i nemici di Dio e degli uomini in questi paraggi! Ci voleva un uomo che si mettesse fra te e quei poveri disgraziati di uomini e donne che tenevi tra le tue grinfie. C'era una sola maniera per riuscire, e io l'ho tentata. Tu mi chiami "traditore", ma sono certo che più di un migliaio di persone mi chiamerà "liberatore" per essere disceso sino all'inferno pur di salvarle. Ci ho messo tre mesi, ma non passerei altri tre mesi come questi, nemmeno se mi mettessero a disposizione tutto il tesoro di Washington. Sono dovuto restare finché non vi ho avuto in mano tutti quanti, voi e i vostri traffici clandestini, e avrei atteso ancora qualche tempo se non fossi venuto a scoprire che il mio segreto si stava divulgando: era giunta in città una lettera che ben presto vi avrebbe aperto gli occhi sulla mia vera identità. Perciò dovevo agire, e agire prontamente. Non ho altro da dirvi, se non questo: che quando giungerà la mia ora morirò più tranquillo, pensando a quello che ho fatto in questa vallata. E adesso, Marvin, non voglio trattenerla oltre. Li raduni tutti quanti e facciamola finita con questa gentaglia.»

Non rimane gran che da aggiungere. A Scanlan era stata rimessa una busta sigillata con l'incarico di consegnarla all'indirizzo di Ettie Shafter, incarico che aveva accettato con una strizzatina d'occhi e un risolino d'intesa. Durante le prime ore del mattino una bellissima donna e un uomo tutto intabarrato erano saliti a bordo di un treno speciale che era stato messo a loro disposizione dalla compagnia ferroviaria, e con un viaggio rapido erano usciti ben presto dalla zona del pericolo. Era quella l'ultima volta che Ettie e il suo innamorato dovevano mettere piede nella Valle della Paura. Dieci giorni più tardi si sposavano a Chicago, e il vecchio Jacob Shafter fu loro testimone di nozze.

Il processo ai Vendicatori fu tenuto lontano dal luogo in cui i loro aderenti avrebbero potuto intimidire con minacce e violenze i tutori della legge. Invano essi lottarono e si dibatterono disperatamente. Invano il denaro della Loggia – denaro spremuto a forza di ricatti attraverso tutta la contrada – fu speso e sperperato come acqua nel tentativo di salvarli. La fredda, chiara, impassibile testimonianza di chi conosceva ogni particolare delle loro esistenze, la loro organizzazione, i loro delitti, non fu scossa neppure di una iota, nonostante tutte le astuzie e tutti gli stratagemmi dei difensori. Finalmente, dopo tanti anni, erano battuti e dispersi. Il velo di terrore fu sollevato per sempre dalla valle. McGinty finì sulla forca, divincolandosi e invocando pietà quando la sua ultima ora fu giunta. Otto tra i suoi principali seguaci fecero la stessa fine. Altri cinquanta furono condannati a pene varie. L'opera di Birdy Edwards era compiuta.

Eppure, come lui aveva temuto e previsto, il gioco non era del tutto terminato. Gli sarebbe toccato giocare ancora una mano, e poi un'altra, e un'altra ancora. Ted Baldwin, per esempio, era sfuggito al capestro; e così pure i Willaby e diversi altri tra i più feroci affiliati alla banda. Per dieci anni rimasero fuori dal mondo, ma quando ritornò per costoro il giorno della libertà, quel giorno segnò per Edwards, che ben conosceva i suoi uomini, la fine della sua pace. Si erano reciprocamente giurati di non aver riposo finché non avessero vendicato nel suo sangue la morte dei loro compagni, e non lasciarono certo nulla di intentato pur di adempiere al loro patto. Fu costretto a fuggire da Chicago, dopo due attentati alla sua vita così prossimi a essere coronati da successo da dargli la certezza che al terzo non sarebbe sfuggito. Da Chicago passò sotto falso nome in California, e fu laggiù che per un certo tempo la luce della vita si spense nel suo animo con la morte di Ettie. Ancora una volta fu sul punto di essere ammazzato, e ancora una volta, sotto il nome di Douglas, lavorò in un canyon abbandonato dove, in società con un inglese di nome Barker, ammassò una grossa fortuna. Infine gli giunse sentore che i segugi erano di nuovo sulle sue tracce e riparò – appena in tempo – in Inghilterra. E in questa nazione si trapiantò quel John Douglas che per una seconda volta si unì a una degna compagna e visse per cinque anni nel Sussex da gentiluomo terriero, conducendovi un'esistenza che si concluse con gli strani avvenimenti intorno ai quali già abbiamo intrattenuto il lettore.

Epilogo

Dopo gli espletamenti della polizia, il caso di John Douglas fu deferito a una corte superiore, e di qui alle assise, dove venne assolto per legittima difesa. «Lo porti a ogni costo via dall'Inghilterra» scrisse però Holmes alla moglie. «Poiché in questo paese operano forze ancora più pericolose di quelle cui è sfuggito: non vi è sicurezza per suo marito qui in Inghilterra.»

Due mesi erano così trascorsi e l'episodio di John Douglas ci era quasi uscito di mente. Ma un mattino trovammo nella nostra cassetta delle lettere un enigmatico messaggio. "Dio mio, signor Holmes! Dio mio!" diceva questo singolare biglietto. Non vi era né intestazione né firma. Io risi, ma Holmes mostrò invece una serietà insolita.

«È una macchinazione demoniaca, Watson!» osservò, e rimase a lungo seduto, immerso in accigliata meditazione.

La sera tardi la signora Hudson, la nostra padrona di casa, venne ad avvertirci che un signore desiderava vedere Holmes, e che si trattava di una questione di importanza capitale. Subito dopo comparve Cecil Barker, il nostro amico del maniero fortificato. Il suo volto era smarrito e sconvolto.

«Ho avuto una notizia... una notizia terribile, signor Holmes!» disse.

«È quello che temevo» mormorò il mio amico.

«Ha ricevuto un cablogramma, per caso?»

«Ho ricevuto un biglietto da qualcuno che era stato avvertito per cablogramma.»

«Si tratta del povero Douglas. Mi dicono che il suo vero nome è Edwards, ma per me sarà sempre John Douglas di Benito Canyon. Le avevo detto che erano partiti insieme per l'Africa del Sud sul *Palmyra*, tre settimane fa, vero?»

«Infatti.»

«La nave è arrivata a Città del Capo ieri sera. E stamane ho ricevuto questo cablogramma dalla signora.»

JOHN CADUTO IN MARE DURANTE TEMPESTA LARGO SANT'ELENA. NESSUNO SA COME DISGRAZIA SIA SUCCESSA. IVY DOUGLAS

«Ah, è accaduto così, dunque?» chiese Holmes pensierosamente. «Mah, certo è stato architettato con molta abilità.»

«Perciò secondo lei non si tratterebbe di una disgrazia?»

«Nemmeno per sogno.»

«È stato dunque assassinato?»

«Certamente!»

«È quello che ho supposto subito anch'io. Quei maledetti Vendicatori... quel covo di criminali sanguinari...»

«No, no, egregio amico» lo interruppe Holmes. «Questo è il colpo di una mano maestra. Non è il caso di parlare qui di fucili a canna corta o di pistole a sei colpi che fanno chiasso. Si capisce un artista dal suo colpo di pennello. Io ho immediatamente intuito che qui c'è sotto lo zampino di Moriarty. Questo delitto è stato macchinato a Londra, non in America!»

«Ma per quale scopo?»

«Perché è stato compiuto da un uomo che non può permettersi di fallire... poiché quest'uomo deve la sua posizione assolutamente unica al fatto che tutto ciò che lui intraprende riesce. Un grande cervello e un'organizzazione mostruosamente potente si sono rivolti alla distruzione di un individuo solo. Naturalmente è come schiacciare una noce col martello... uno sperpero assurdo di energie... ma intanto la povera noce finisce con l'essere schiacciata!...»

«Ma come ha potuto quest'uomo essere implicato in una simile infamia?»

«Posso dirle soltanto che il primo avvertimento giuntomi in merito mi fu dato da uno dei suoi luogotenenti. Questi americani sono stati molto astuti. Poiché dovevano sbrigare la loro vendetta in Inghilterra hanno pensato di mettere al corrente dei loro loschi disegni, come farebbe qualsiasi criminale straniero, questo massimo consulente nazionale del delitto. Da quel momento il loro uomo fu predestinato.

«Dapprima si limitò a mettere in moto la sua macchina per individuare la vittima, quindi dovette certamente indicare agli altri come dovevano condurre la cosa. Infine, quando lesse sui giornali dell'insuccesso del sicario, assunse personalmente la direzione dell'omicidio e lo eseguì con la sua mano di maestro. Rammenta come avvertii il suo amico che il prossimo pericolo sarebbe stato assai più grave del primo? Non ho avuto ragione?»

Barker, in un impeto di collera impotente, si percosse la fronte coi pugni chiusi.

«E lei dice che noi dobbiamo restarcene qui tranquilli senza tentare nulla? Ma è mai possibile che non si riesca a venirne a capo, di questo arcidemonio?»

«No, non dico questo» rispose Holmes, e i suoi occhi parvero fissare un avvenire lontano. «Non dico che non si possa batterlo. Ma bisogna che lei mi dia del tempo... molto tempo!...»

Rimanemmo così in silenzio per interminabili minuti, mentre quegli occhi carichi di destino sembravano lacerare il velo col fuoco delle loro pupille.

Racconti

Uno scandalo in Boemia

I

Per Sherlock Holmes rimase sempre la Donna per eccellenza. Raramente l'ho inteso menzionarla altrimenti: ai suoi occhi lei eclissa tutte le appartenenti al bel sesso. Non che lui provasse per Irene Adler un'emozione che potesse far pensare all'amore. Ogni specie di emozione, e l'amore sopra ogni altra, era aborrita da quel cervello freddo, preciso, mirabilmente equilibrato. Io credo che lui fosse la macchina ragionatrice e osservatrice più perfetta che si sia mai vista al mondo; ma come innamorato si sarebbe messo in una posizione falsa. Non parlava mai delle cosiddette dolci passioni se non con scherno o irrisione. Per l'osservatore che era in lui, esse erano preziose, costituivano ottimi mezzi per togliere il velo ai motivi e alle azioni umane: ma per il ragionatore sperimentato che era altresì in lui, ammettere tali intrusioni nella struttura delicata e sapientemente composta del proprio carattere sarebbe stato apportarvi un elemento disgregatore che avrebbe gettato l'ombra del dubbio su tutti i suoi risultati mentali. Per una natura come la sua, un'emozione violenta era peggio che "grattare" malamente uno strumento sensibile, o rompergli una delle sue potentissime lenti d'ingrandimento. Tuttavia, per lui non esisteva che una donna, e questa donna era la defunta Irene Adler, di dubbia e discutibile memoria.

Non vedevo Holmes da parecchio tempo. Il mio matrimonio ci aveva separati. La mia immensa felicità e tutto il mio interesse nella vita concentrato nella mia casa – come è naturale in un uomo che si trova per la prima volta a possedere un focolare domestico di sua esclusiva proprietà – avevano assorbito tutte le mie cure. Holmes, invece, che con la sua mentalità di *bohémien* odiava ogni forma di sistemazione, era rimasto nel nostro alloggio di Baker Street, sprofondato tra i suoi vecchi libri, in uno stato di pigra incoscienza, procuratogli dall'uso della cocaina, a cui si alternavano impeti di selvaggia energia, quando la sua ambizione e la sua perspicace natura erano risvegliate da qualche avvenimento degno di nota. Era come sempre profondamente attratto dallo studio del delitto, e dedicava le sue facoltà meravigliose e i suoi straordinari poteri di osservazione a seguire gli indizi e a chiarire i misteri che la polizia ufficiale era stata costretta ad abbandonare come insolubili. Di quando in quando, mi giungeva qualche vaga notizia dei suoi successi: avevo letto che lo avevano chiamato d'urgenza a Odessa per risolvere il famoso caso Trepoff; che era riuscito a sbrogliare la complicata matassa della tragedia occorsa a Trincomalee ai fratelli Atkinson; mi era noto infine che aveva portato a termine, con grande tatto e successo, un'importante missione per la casa regnante di Olanda. Ma a parte questi segni della sua attività, che condividevo con tutti gli altri lettori della stampa quotidiana, ben poco sapevo del mio vecchio compagno e amico.

Una sera – era il 20 marzo del 1888 – stavo ritornando da una visita a un paziente (poiché avevo ormai ripreso a esercitare la professione di medico), quando mi trovai a passare da Baker Street. Davanti a quella nota casa, che sarà sempre associata nella mia mente al mio innamoramento e ai sinistri avvenimenti rammentati nello *Studio in rosso*, fui assalito dal vivo desiderio di rivedere Holmes e di constatare di persona in quale maniera stesse attualmente impiegando le sue doti eccezionali. La sua stanza era brillantemente illuminata, e alzando gli occhi mi fu possibile vedere la sua figura alta e magra, nitidamente stagliata, passare e ripassare due volte dietro ai vetri della finestra. Camminava avanti e indietro a passi rapidi, energici, la testa sul petto, le mani intrecciate dietro la schiena. Per me, che conoscevo tutti i suoi stati d'animo, tutte le sue abitudini, quell'atteggiamento e quei modi furono subito chiarissimi. Si era sicuramente rimesso al lavoro. Doveva essersi svegliato dai chimerici sogni che la cocaina creava in lui, e in quel momento stava certo studiando qualche nuovo problema giudiziario. Suonai il campanello e venni introdotto nella stanza che un tempo era stata in parte anche mia.

Non mi accolse con soverchia effusione: veramente ciò non accadeva mai. Tuttavia fu contento di vedermi, credo. Senza quasi parlare, ma con un'espressione affettuosa nello sguardo, mi buttò il portasigari e mi indicò, nell'angolo vicino, la cassetta dei liquori e una bottiglia di seltz. Poi si mise davanti al fuoco e prese a studiarmi con quel suo modo stranamente introspettivo.

«Il matrimonio le si confà» osservò infine. «Ho l'impressione, caro Watson, che lei sia aumentato di tre chili e mezzo dall'ultima volta che ci siamo visti.»

«Tre chili» corressi.

«Davvero? Avrei detto un tantino di più: credo proprio che siano tre chili e mezzo, Watson, non tre. E si è rimesso a esercitare, a quel che vedo. Non me l'aveva mica detto l'ultima volta, che aveva questa intenzione!»

«E come lo sa, allora?»

«Lo vedo, lo deduco. Come pure mi risulta che poco tempo fa lei si è terribilmente infradiciato e che la sua domestica è un campione di stupidità e goffaggine.»

«Senta, Holmes!» esclamai. «Questa passa il segno! Garantito che se lei fosse vissuto nel Medioevo, l'avrebbero bruciato sulla pubblica piazza come stregone e indovino. È esatto che giovedì ho fatto una passeggiata in campagna e che sono tornato a casa in condizioni pietose; ma, dal momento che mi sono cambiato d'abito, non riesco proprio a capire come abbia fatto a indovinare questo particolare. In quanto alla nostra cameriera, Mary Jane, è un fatto che è incorreggibile, e mia moglie le ha dato gli otto giorni, ma francamente anche qui non vedo come lei abbia potuto immaginare che...»

Sherlock Holmes fece un risolino e si fregò soddisfatto le lunghe mani nervose.

«È di una semplicità tale!» mi rispose. «I miei occhi mi dicono che nella parte interna della sua scarpa sinistra, proprio dove batte il riflesso del camino, il cuoio è segnato da sei piccoli tagli quasi paralleli. Questi sono stati evidentemente prodotti da qualcuno che ha raschiato assai in malo modo gli orli della suola per rimuoverne una spessa crosta di fango. Di qui, come vede, la mia doppia deduzione, che lei è uscito con un tempo pessimo, e che tra la sevitù londinese si è scelto un soggetto particolarmente incapace almeno in fatto di pulitura di scarpe. In quanto alla ripresa della professione, se un tale entra nella mia stanza con addosso puzzo di iodoformio, ha sull'indice destro una macchia nera di nitrato d'argento, e un rigonfiamento nel suo cappello indica dove se ne sta nascosto lo stetoscopio, sarei veramente uno sciocco se non deducessi che quel signore è un attivo seguace di Esculapio.»

Non potei trattenermi dal ridere, nel constatare la facilità con la quale Holmes mi spiegava il suo procedimento deduttivo. «Quando lei mi delucida le sue argomentazioni» dissi «tutto mi sembra così ridicolmente semplice che non riesco a capire come non ci possa arrivare io stesso, per quanto poi, a ogni esempio successivo del suo ragionamento, mi senta sconcertato e disorientato, finché lei non torna nuovamente a spiegarmi il suo modo di procedere, in apparenza tanto evidente e lineare. Eppure sono sicuro che i miei occhi sono capaci di vedere né più né meno di quanto vedono i suoi.»

«Proprio così!» annuì, accendendo una sigaretta e lasciandosi cadere in poltrona. «Però lei vede, ma non osserva. Si tratta di una distinzione semplice. Per esempio: chissà quante volte ha visto i gradini che portano dal vestibolo in questa stanza!»

«Oh, infinite volte!»

«Quante, precisamente?»

«Be', parecchie centinaia di volte!»

«Può dirmi quanti sono, allora?»

«Quanti sono? Ma, veramente non lo so!»

«Ecco! Lei non ha osservato! E non di meno ha visto! Questo è precisamente il punto! Io invece so che ci sono diciassette scalini, perché non solo ho visto, ma ho anche osservato. A proposito, dal momento che a lei questi piccoli problemi piacciono, e dato che ha avuto la bontà di registrare qualcuna delle mie modeste esperienze, può darsi che questo la interessi.» Così dicendo mi tese un foglio di grossa carta da lettere rosa, che era rimasto fino a quel momento spiegato sul tavolo. «È arrivato con l'ultima posta» mi spiegò Holmes. «Legga pure ad alta voce.»

Era un biglietto senza data, oltre che privo di firma e di indirizzo:

> Verrà da lei questa sera, alle otto meno un quarto, un signore che desidera consultarla su un argomento della massima importanza. I servigi a una grande casa regnante europea da lei recentemente resi hanno dimostrato che lei è persona alla quale si possono affidare incarichi delicatissimi e della massima riservatezza. È ciò che ci è stato assicurato ovunque. Si trovi in casa per l'ora suddetta, e non si formalizzi se il suo visitatore porterà una maschera.

«Questo sì che si chiama mistero!» esclamai. «Ha la più pallida idea di quello che può voler significare tutto ciò?»

«Per il momento non ho ancora elementi sufficienti. È un errore gravissimo costruire teorie quando mancano gli elementi necessari. Senza volerlo, si incomincia ad alterare i fatti in modo che si adattino alle teorie, invece di far sì che le teorie collimino coi fatti. Ma che ne pensa del biglietto? Che cosa se ne può dedurre, secondo lei?»

Esaminai attentamente lo scritto e il foglio su cui era stato vergato.

«L'uomo che ha scritto questo messaggio è presumibilmente benestante» osservai, cercando di imitare i sistemi del mio amico. «Carta come questa non la si compra a meno di mezza corona al pacchetto. È particolarmente forte e rigida.»

«Ha proprio colto nel segno!» esclamò Holmes. «Non si tratta certamente di carta inglese: la osservi controluce.»

Feci come mi diceva, e vidi nella filigrana della carta una grossa "E" accompagnata da una piccola "g", una "P" e una "G" maiuscole seguite da una "t" minuscola.

«Che cosa le dicono quei segni?» mi chiese Holmes.

«Stanno certamente a indicare il nome del fabbricante, o meglio il suo monogramma.»

«Niente affatto! La "G" con la piccola "t" sta per *Gesellschaft*, che in tedesco significa "Compagnia": è un'abbreviazione normale, come da noi *Co*. Naturalmente la "P" sta al posto di *Papier*, carta. Adesso vediamo un po' la "Eg". Prendiamo il nostro *Dizionario geografico continentale*.» E così dicendo prese da uno scaffale un grosso volume rilegato in tela scura. «"Eglow", "Eglonitz"... ecco qua: "Egria". Si trova in un paese di lingua tedesca, in Boemia, non lontano da Carlsbad. "Famosa perché vi è morto Wallenstein, e per le sue numerose vetrerie e cartiere." Ah, ah, ragazzo mio, che gliene pare?» I suoi occhi luccicavano, e dalla sigaretta gli uscì una trionfante nuvola di fumo azzurrognolo.

«Vuol dire che questa carta è stata fabbricata in Boemia» dissi.

«Precisamente, e l'uomo che ha scritto questo biglietto è un tedesco. Osservi il giro della frase: "I servigi a una grande casa regnante europea da lei recentemente resi". Un francese o un russo si sarebbero espressi in maniera diversa; soltanto i tedeschi si mostrano così scortesi verso i loro poveri verbi! Non ci resta dunque che scoprire che cosa vuole questo tedesco, che scrive su carta di fabbricazione boema e, anziché mostrare la faccia, preferisce portare la maschera. Ma eccolo che viene, se non m'inganno, a risolvere tutti i nostri dubbi.»

In quel momento si intese infatti un forte scalpitio di zoccoli e uno stridio di ruote contro il bordo del marciapiede, cui seguì subito un vigoroso squillo di campanello. Holmes emise un fischio significativo.

«Dal rumore si direbbe una pariglia» disse. «Già,» proseguì affacciandosi alla finestra «è proprio una graziosissima carrozza chiusa, con due cavallini che sono un amore. Costeranno almeno centocinquanta ghinee l'uno. Be', Watson, in questo affare ci saranno dei quattrini, se non altro!»

«Sarà meglio che me ne vada, Holmes.»

«Neanche per idea, dottore! Non saprei che cosa fare, senza il mio Boswell. E questa storia promette bene: sarebbe un vero peccato che lei la perdesse.»

«Ma il suo cliente...»

«Non ci faccia caso, al mio cliente. Può darsi che abbia bisogno del suo aiuto, come può darsi che ne abbia bisogno io. Ma eccolo che arriva: si sieda in quella poltrona, dottore, e ci presti tutta la sua attenzione.»

Un passo lento, pesante, che era risuonato per le scale e lungo il corridoio, si arrestò di colpo davanti alla porta. Qualcuno bussò in modo energico, autoritario.

«Avanti!» gridò Holmes.

Entrò un uomo che doveva essere alto almeno un metro e novantacinque, con un torace e delle membra da Ercole. Era vestito con un'eleganza che, in Inghilterra, rasentava il cattivo gusto. Indossava una giacca a doppio petto abbondantemente guarnita di astracan alle maniche e ai risvolti, mentre il mantello, di panno azzurro cupo, ributtato all'indietro sulle spalle, era foderato di seta color cremisi e fermato al collo da una spilla consistente in un unico meraviglioso berillo. Gli alti stivali che gli giungevano fino al polpaccio erano orlati di una sfarzosa pelliccia fulva, e tutto l'insieme dello strano personaggio dava l'impressione di un'opulenza barbarica. Teneva in mano un cappello a larga tesa, mentre la parte superiore del suo viso, fin oltre gli zigomi, era ricoperta da una maschera nera che certamente il nostro ospite doveva essersi appena messo, poiché al suo entrare aveva ancora una mano alzata. La sua faccia, nella parte inferiore scoperta, rivelava un carattere forte, forse con una punta di ostinazione, che un labbro grosso, pendente, e un lungo mento diritto sottolineavano ancora di più.

«Ha ricevuto il mio messaggio?» domandò l'uomo con voce aspra, profonda, e un forte accento tedesco. «Le avevo detto che sarei venuto personalmente.» E così dicendo guardava ora me, ora il mio compagno, non sapendo a chi dovesse rivolgersi.

«Sieda, la prego» gli disse Holmes. «Questo è il dottor Watson, mio carissimo collega e amico, che di quando in quando ha la bontà di aiutarmi a risolvere i miei casi più difficili. Con chi ho l'onore di parlare?»

«Mi chiami pure conte von Kramm; sono boemo. Spero che questo signore, amico suo, sia una persona d'onore e della massima discrezione, in cui mi sia possibile confidare per una questione della più alta importanza, perché in caso contrario preferirei parlare con lei solo.»

Feci l'atto di alzarmi, ma Holmes mi afferrò per un polso e mi costrinse a sedere. «O tutti e due, o nessuno» disse. «Lei può parlare liberamente di fronte a questo signore come se parlasse soltanto con me.»

Il conte scrollò le ampie spalle con un gesto d'impazienza. «Allora incomincerò subito» disse «con l'esigere da entrambi la più assoluta segretezza per un periodo di due anni, allo scadere dei quali la cosa perderà tutta la sua importanza. Per il momento, non esagero se vi dico che potrebbe avere profonde ripercussioni sulla stessa storia europea.»

Holmes e io ci impegnammo solennemente a mantenere il più completo riserbo.

«Vi prego di perdonarmi questa maschera,» riprese il nostro strano ospite «ma l'augusto personaggio dal quale io dipendo desidera che la mia identità rimanga sconosciuta, e anzi posso confessarvi che il titolo e il nome con cui mi sono presentato sono fittizi.»

«Lo avevo immaginato» rispose seccamente Sherlock Holmes.

«Si tratta di cosa della massima riservatezza, ed è necessario prendere tutte le precauzioni possibili per evitare uno scandalo che potrebbe gravemente compromettere una grande famiglia regnante europea. Insomma, per farla breve, è una faccenda in cui si trova coinvolta la casa di Ormstein, dinastia ereditaria di Boemia.»

«Avevo immaginato anche questo» mormorò Holmes, adagiandosi placidamente in poltrona e chiudendo gli occhi.

Il nostro ospite squadrò con evidente sorpresa quell'individuo dall'aspetto indolente, pigro, che senza dubbio gli avevano dipinto come il ragionatore più sottile e il più energico agente investigativo di tutta Europa. Holmes riaprì gli occhi e fissò un tantino spazientito il suo gigantesco cliente.

«Se Vostra Maestà vuole degnarsi di spiegare il motivo che l'ha condotta da me,» disse piano «forse mi sarà più facile consigliarla.»

L'uomo balzò in piedi e si mise a passeggiare per la stanza, in preda a un'incontenibile agitazione. Poi, con un gesto disperato, si strappò la maschera dal viso e la scagliò sul pavimento. «E va bene!» esclamò. «Ha indovinato! Sono effettivamente il re. Perché dovrei tentare di nasconderlo?»

«È quello che mi stavo appunto chiedendo» osservò Holmes. «Vostra Maestà non aveva ancora aperto bocca, che già io avevo capito di trovarmi in presenza di Wilhelm Gottsreich Sigismond von Ormstein, granduca di Cassel-Felstein, e re ereditario di Boemia.»

«Ma lei comprenderà,» disse il nostro strano ospite, tornando a sedersi e passandosi una mano sull'alta, bianca fronte «lei comprenderà che io non sono abituato a sbrigare di persona affari di questo genere. Tuttavia si tratta di un argomento talmente delicato che non mi sarebbe stato possibile confidarmi con un qualsiasi investigatore senza ridurmi completamente in suo potere. Ecco perché sono venuto in incognito da Praga al solo scopo di consultarmi con lei.»

«Mi consulti, dunque, la prego» disse Holmes richiudendo nuovamente gli occhi.

«Eccole in breve i fatti: circa cinque anni fa, durante una mia prolungata visita a Varsavia, ebbi occasione di conoscere Irene Adler, la celebre avventuriera. Sono sicuro che il nome di questa donna non le giungerà nuovo.»

«Dottore, sia tanto cortese da guardare nel mio schedario» disse Holmes senza aprire gli occhi. Da anni infatti aveva preso l'abitudine di catalogare i nomi e i fatti dei personaggi più in vista, cosicché era difficile nominare una persona o un argomento importante senza che fosse in grado di fornirne una documentazione immediata. Nel caso attuale, trovai la biografia della signora in questione inserita tra quella di un gran rabbino e quella di un generale che aveva scritto una monografia di ittiologia oceanica.

«Vediamo un po'» fece Holmes. «Uhm! Nata nel New Jersey nel 1858. Contralto... Uhm! Cantato alla Scala! Uhm!... Prima donna all'Opera Imperiale di Varsavia... già! Ritirata dalla carriera lirica... ah! Residente attualmente a Londra... proprio così! Vostra Maestà, per quanto mi è dato capire, si è compromessa con questa giovane signora, le ha scritto delle lettere di carattere intimo, e ora vorrebbe riaverle.»

«Precisamente. Ma come...?»

«Ci fu un matrimonio segreto?»

«No.»

«Nessun documento o certificato legale?»

«Nulla.»

«Allora io non riesco a seguire il pensiero di Vostra Maestà. Se questa signora dovesse servirsi delle sue lettere a scopo ricattatorio o altro, come potrebbe provarne l'autenticità?»

«Sono scritte di mio pugno.»

«Oh, non sarebbe difficile farle passare per apocrife!»

«Ma la carta su cui sono state scritte è la mia carta da lettere personale!»

«Si potrebbe sempre facilmente dimostrare che è stata rubata!»

«Ma, e il mio sigillo?»

«Potrebbe averlo imitato.»

«E la mia fotografia?»

«Potrebbe averla comprata.»

«Ma su quella fotografia ci siamo tutti e due, e noi due soli!»

«Oh povero me, questo è gravissimo! Vostra Maestà ha commesso un'imprudenza terribile.»

«Ero pazzo... avevo perduto la testa!»

«Lei si è seriamente compromessa, Maestà!»

«Allora ero soltanto principe ereditario ed ero molto giovane: attualmente ho solo trent'anni.»

«Bisogna recuperare quella fotografia.»

«Abbiamo cercato, infatti, ma non ci siamo riusciti!»

«Bisogna che Vostra Maestà paghi: occorre comprarla.»

«Ma la signora non è disposta a venderla.»

«Allora bisogna rubarla.»

«Sono stati compiuti ben cinque tentativi di furto: la sua casa è stata saccheggiata due volte da ladri al mio servizio; una volta, mentre era in viaggio, abbiamo fatto dirottare il suo bagaglio; e due volte è stata assalita e perquisita per la strada, ma sempre senza alcun risultato.»

«E Vostra Maestà non ha mai avuto la minima idea di dove potesse essere nascosta?»

«Assolutamente no!»

Holmes rise. «Si tratta davvero di un bel caso!» commentò.

«Per me però la cosa è molto seria!» esclamò il re in tono di rimprovero.

«Oh, lo so! E che cosa intende fare, la signora, di quella fotografia?»

«Vuole rovinarmi.»

«Ma in che modo?»

«Io sono in procinto di sposarmi.»

«Così ho inteso, infatti.»

«Con Clotilde Lothmann di Sachsen-Meningen, secondogenita di un re scandinavo. Certo lei non ignora i severi princìpi di quella famiglia regnante. In quanto alla principessa personalmente, è l'immagine stessa dell'irreprensibilità; la sua dirittura morale è tale che anche l'ombra di un dubbio sulla mia condotta porterebbe a una rottura irrimediabile del nostro fidanzamento.»

«E Irene Adler?»

«Minaccia di spedirle la fotografia: e lo farà! Sento che lo farà! Lei non la conosce, ma quella donna ha un'anima di acciaio. Ha un viso meravigliosamente femminile, ma un cervello dotato di una risolutezza che pochi uomini possiedono. Pur di impedirmi di sposare un'altra donna, farebbe qualsiasi cosa... assolutamente qualsiasi cosa, glielo garantisco!»

«È certo che la fotografia non sia stata ancora spedita?»

«Sì, ne sono sicuro.»

«E come mai?»

«Perché ha dichiarato che la manderà il giorno in cui il mio fidanzamento sarà proclamato ufficialmente, il che avverrà lunedì prossimo.»

«Oh, be', abbiamo ancora tre giorni» osservò Holmes, soffocando a stento uno sbadiglio. «È una vera fortuna, poiché ho un paio di faccende importanti da sbrigare, proprio in questi giorni. Vostra Maestà si tratterrà a Londra nel frattempo, non è vero?»

«Certo: mi troverà al Langham, sotto il nome di conte von Kramm.»

«Le manderò allora un biglietto laggiù per farle sapere come procedono le cose.»

«Gliene sarò molto grato: sono talmente ansioso di sistemare questa faccenda!»

«E... per quanto riguarda la parte finanziaria?»

«Le lascio carta bianca.»

«Davvero?»

«Le dico che sarei pronto a cedere una provincia del mio regno, pur di riavere quella fotografia!»

«E per le spese?»

Il re tirò fuori dal mantello una grossa borsa di pelle scamosciata e la posò sul tavolo.

«Eccole trecento sterline in oro, e settecento biglietti di banca» disse.

Holmes scribacchiò una ricevuta su un foglio del suo taccuino e la tese a Sua Maestà.

«L'indirizzo della signora?» chiese.

«Briony Lodge, Serpentine Avenue, St John's Wood.»

«Ancora una domanda, prego» disse dopo aver preso nota dell'indirizzo. «La fotografia è formato gabinetto?»

«Sì.»

«Le auguro dunque buonanotte, Maestà, e confido di avere presto buone notizie da darle... E buonanotte anche a lei, Watson» soggiunse poi, mentre le ruote della carrozza reale si allontanavano rotolando sul selciato della strada. «Le sarei molto grato se volesse passare da me domani alle tre del pomeriggio. Mi piacerebbe discutere con lei di questa faccenda.»

II

Alle tre precise del giorno seguente mi trovavo in Baker Street, ma Holmes non era ancora rincasato. La proprietaria mi informò che era uscito poco dopo le otto del mattino, senza farsi più vivo. Mi sedetti accanto al fuoco con l'intenzione di aspettarlo comunque. Questo nuovo caso già mi stava interessando vivamente: infatti, sebbene non fosse circondato dall'orrore e dal mistero che accompagnavano i delitti di cui ho parlato altrove, tuttavia la sua originalità e l'alto stato del cliente di Holmes gli conferivano un carattere tutto particolare. In verità, indipendentemente dalla natura della ricerca intrapresa dal mio amico, vi era qualcosa di straordinario nell'autorità con cui sapeva affrontare qualunque situazione e nel suo acuto modo di ragionare, sicché, per me, era sempre un piacere grandissimo studiare i suoi sistemi di lavoro e seguire le azioni rapide e geniali grazie alle quali riusciva sempre a dipanare le matasse più ingarbugliate. Ero talmente abituato a vederlo trionfare che ormai non ammettevo più, neppure lontanamente, che talvolta potesse essere anche lui soggetto a sbagliare.

Mancava poco alle quattro, quando la porta si aprì, lasciando entrare nella stanza uno staffiere in evidente stato di ubriachezza, malconcio, malvestito, la faccia da avvinazzato ornata da due enormi favoriti. Per quanto abituato alla fantastica abilità trasformistica del mio amico, dovetti guardarlo almeno tre volte prima di essere certo che fosse proprio lui. Salutandomi con un cenno del capo, si eclissò in camera da letto per ritornare di lì a cinque minuti vestito del suo consueto abito sportivo e con il suo aspetto di persona perbene. Si mise le mani in tasca, allungò le gambe verso il caminetto e rise di gusto per almeno un paio di minuti.

«Be', francamente!» esclamò, ma dovette interrompersi per non soffocare; poi riprese a ridere così forte che fu costretto ad appoggiarsi all'indietro sulla poltrona, inerte e senza fiato.

«Ma che cosa c'è?»

«Oh, è troppo buffo! Scommetto che lei non può neppure lontanamente immaginare come ho passato la mattinata, né quello che ho finito per fare.»

«Non saprei davvero, ma suppongo che avrà sorvegliato le abitudini, e probabilmente anche la casa della signorina Adler.»

«Precisamente, ma il seguito è stato piuttosto inatteso. Le spiegherò più tardi. Sono uscito poco dopo le otto del mattino, combinato come mi ha visto. Tra la gente che si occupa di cavalli c'è un legame di simpatia straordinario, una vera massoneria. Se sei uno dei loro, saprai subito quello che ti interessa sapere. Non tardai a trovare Briony Lodge. È una villetta in miniatura, con un giardino sul retro; è composta di due piani, e la facciata dà direttamente sulla strada. Il portone d'ingresso è fornito di un solido battente. A destra c'è un salotto ampio, bene arredato, con finestre lunghe che scendono fin quasi al pavimento e sono assicurate da quelle ridicole serrature inglesi che anche un bambino potrebbe aprire. Sul retro non ho notato nulla di speciale, salvo che la finestra del corridoio può essere facilmente raggiunta dalla rimessa delle vetture. Ne ho fatto il giro e l'ho esaminata con attenzione, da tutti i punti di vista, ma senza riscontrarvi assolutamente nulla di particolare.

«Poi mi sono messo a bighellonare per la strada e ho scoperto che, come immaginavo, c'era una scuderia in un viottolo che corre lungo un muro del giardino. Diedi una mano agli stallieri che stavano pulendo le loro bestie, e ne ricevetti in cambio due pence, un bicchiere di vino così così, due pipate di tabacco pessimo e tutte le informazioni possibili e immaginabili su Irene Adler, oltre che su almeno un'altra mezza dozzina di persone del vicinato che non mi interessavano affatto, ma delle quali fui mio malgrado costretto ad ascoltare vita, morte e miracoli.»

«Che cos'hanno detto sul conto di Irene Adler?» domandai.

«Oh, che ha fatto girare la testa a tutti gli uomini che abitano da quelle parti. Pare che sia l'essere più grazioso del pianeta, questo almeno è il giudizio unanime di tutti gli staffieri della Serpentine. Conduce una vita tranquilla, canta nei concerti, esce in carrozza ogni giorno alle cinque precise, e ritorna a casa alle sette precise, per l'ora di cena. Per il resto, esce di rado, tranne che per cantare. Riceve una sola visita, quella di un uomo, ma si vedono spessissimo. È un uomo bruno, bello e aitante: si reca da lei tutti i giorni, e qualche volta anche due volte al giorno. Si chiama Godfrey Norton, e ha uno studio d'avvocato a Inner Temple. Vede quanti vantaggi si hanno a diventare amici dei cocchieri? L'hanno riportato a casa almeno una dozzina di volte, dalle scuderie della Serpentine, e sanno tutto sul suo conto. Dopo aver ascoltato ben bene tutto quello che volevo sapere, mi rimisi a passeggiare su e giù davanti a Briony Lodge, preparando il mio piano di battaglia.

«Questo avvocato, Godfrey Norton, doveva certo essere un fattore importante nella questione. Un avvocato! La faccenda mi appariva tutt'altro che chiara. Che rapporti correvano tra quei due? Qual era il motivo di quelle continue visite? La giovane era una sua cliente, una sua amica, oppure la sua amante? Nel primo caso, la fotografia era probabilmente andata a finire nella cassaforte dell'avvocato; nel terzo, la cosa era meno probabile. Dipendeva dalla risposta a questi interrogativi se io dovevo continuare a lavorare nei pressi di Briony Lodge, o se mi dovevo invece trasferire nell'appartamento del giovanotto, al Temple. Si trattava di un punto molto delicato, che allargava enormemente il campo delle mie ricerche. Temo di annoiarla con tutti questi particolari, ma bisogna che le esponga le mie difficoltà, se voglio farle comprendere esattamente la situazione.»

«Sono tutto orecchi» risposi.

«Stavo ancora discutendo la cosa tra me e me, quando proprio in quel momento si fermò davanti a Briony Lodge una vettura di piazza e ne scese un uomo di bellezza notevole: bruno, dal profilo aquilino, con due bei baffi; era evidentemente l'individuo di cui avevo sentito parlare. Mi parve che avesse una gran fretta, gridò al vetturino di aspettare, e passò davanti alla cameriera che gli era venuta ad aprire con l'aria di una persona di famiglia.

«Rimase nella villa circa mezz'ora e potei vedere dalle finestre del salotto che passeggiava su e giù, parlando con grande animazione e agitando le braccia. Non mi fu invece possibile vedere la padrona. Di lì a poco l'uomo tornò a uscire, e mi parve sempre più agitato. Mentre si avvicinava alla vettura, trasse dal taschino un orologio d'oro e lo guardò, molto serio in viso. "Corri come il vento" gridò al vetturino. "Andiamo prima da Gross e Hankey in Regent Street, e poi subito alla chiesa di Santa Monica in Edgware Road. Ti do mezza ghinea se fai tutto in venti minuti!"

«Così partirono a rotta di collo, e io mi stavo chiedendo se non avrei fatto bene a seguirli, quando vidi venire su dal viottolo un piccolo landò, molto grazioso e ben tenuto, col cocchiere che aveva la giacca a metà sbottonata, la cravatta che gli era andata a finire dietro l'orecchio e con tutte le linguette dei finimenti che uscivano dalle fibbie. Non si era ancora fermato, e già la signora si era precipitata fuori dalla porta di casa e si era buttata nella vettura. Non ne ebbi che una visione rapidissima, ma mi bastò per capire che si trattava di una donna di straordinaria bellezza, con uno di quei visi che fanno impazzire gli uomini.

«"Alla chiesa di Santa Monica, John," gridò "e ti do mezza sovrana se ci arrivi in venti minuti!"

«Era un'occasione che sarebbe stata una vera follia lasciarsi scappare, caro Watson! Stavo riflettendo se dovevo rincorrere il landò, oppure issarmici dietro, quando passò di lì una carrozzella. Il conducente naturalmente mi guardò storto, ma io saltai in vettura prima che quello potesse aprire bocca. "Alla chiesa di Santa Monica," gli dissi anch'io "e mezza sovrana se ci arrivi in venti minuti!" Mancavano venticinque minuti a mezzogiorno, e naturalmente era abbastanza chiaro che qualcosa di importante stava bollendo in pentola!

«La mia carrozzella correva molto veloce! Non credo di essere mai andato così in fretta, tuttavia gli altri erano in vantaggio su di me, e la carrozza di piazza e il landò con i loro cavalli schiumanti e madidi di sudore erano già fermi davanti al portale quando arrivai io. Pagai il mio vetturino e mi precipitai in chiesa. Non c'era un'anima all'infuori dei due che avevo inseguito, e un pastore in camice, che mi sembrava stesse scusandosi con loro. Mi fermai in una navata laterale, come avrebbe fatto un fedele qualunque che fosse capitato in chiesa, passandovi davanti per caso. A un tratto, con mia grande sorpresa, i tre davanti all'altare si volsero verso di me, e Godfrey Norton mi venne incontro addirittura correndo.

«"Grazie al cielo c'è lei!" gridò. "Su, venga, non perdiamo tempo!"

«"Ma come?" chiesi stupito.

«"Su, su, brav'uomo! Solo tre minuti, altrimenti non è legale!"

«Venni quasi trascinato fino all'altare, e prima di rendermi conto di quello che succedeva, mi trovai a borbottare risposte rituali che qualcuno mi sussurrava velocemente all'orecchio, e a prestare testimonianza di fatti che io ignoravo nel modo più assoluto, contribuendo, per farla breve, a legare in indissolubile nodo matrimoniale Irene Adler, nubile, con Godfrey Norton, celibe. Tutto fu fatto in men che non si dica, e il signore mi ringraziava da una parte, e la signora dall'altra, mentre il sacerdote, in mezzo, mi guardava raggiante. È la più strana situazione in cui mi sia mai trovato in vita mia, ed è proprio il pensiero di questo che mi ha fatto tanto ridere poco fa. Sembra che ci fosse qualche irregolarità nella loro dispensa matrimoniale, che il pastore si fosse rifiutato in modo assoluto di sposarli senza un testimone qualsiasi, e che la mia comparsa improvvisa avesse risparmiato allo sposo di uscire in strada in cerca di un padrino. La sposa mi regalò una sovrana, che intendo appendere alla catena dell'orologio, a perenne ricordo di questo specialissimo giorno.»

«Mi pare che con questo matrimonio gli avvenimenti abbiano preso una piega inaspettata» osservai. «E poi, che cosa è accaduto in seguito?»

«Be', capii che così i miei piani venivano a essere seriamente minacciati. La coppia sarebbe potuta partire all'improvviso, il che avrebbe reso necessarie, da parte mia, misure rapide ed energiche. Sulla porta della chiesa, non di meno, i due colombi si separarono: lui si fece portare al Temple, lei rientrò in casa propria. "Andrò al Parco alle cinque, come al solito" gli disse lei lasciandolo. Non intesi altro. Si allontanarono in direzioni diverse, e io me ne venni qui a fare i miei preparativi.»

«Vale a dire?»

«A ordinare prima di tutto del manzo freddo e un bicchiere di birra» mi rispose, tirando il cordone del campanello. «Ho avuto troppo da fare per pensare a mangiare, ed è probabile che stasera sia ancora più occupato. A proposito, dottore, avrò bisogno della sua collaborazione.»

«Ne sarò felicissimo.»

«Non le importa infrangere la legge?»

«Proprio per niente!»

«Neppure se dovesse correre il rischio di essere arrestato?»

«Quando si agisce per una giusta causa!...»

«Oh, la causa è giustissima!»

«In tal caso, io sono l'uomo che fa al caso suo.»

«Ero sicuro di poter contare su di lei.»

«Ma quali sono le sue intenzioni?»

«Glielo dirò non appena la signora Turner mi avrà portato il vassoio della colazione. E adesso» disse buttandosi come un affamato sul pasto frugale preparatogli dalla nostra buona padrona di casa «bisogna che ne discuta con lei mentre mangio, perché non abbiamo molto tempo a disposizione. Sono le cinque circa: bisogna che entro due ore ci troviamo sul luogo dell'azione. Non dimentichiamoci che Madame ritorna dalla sua scarrozzata nel Parco alle sette in punto. Dobbiamo essere a Briony Lodge per incontrarla.»

«E poi?»

«Lasci fare a me. Ho già predisposto quello che deve succedere. C'è solo un punto sul quale intendo insistere: lei non deve intervenire, qualunque cosa accada. Mi ha capito? Non deve fare assolutamente nulla. Può darsi che ci sia un po' di pasticcio: lei non s'immischi: si concluderà con il trasporto alla villa della mia riverita persona. In capo a quattro, cinque minuti, si aprirà la finestra del salotto. Lei dovrà restare di guardia, proprio vicinissimo a quella finestra.»

«Va bene.»

«Mi dovrà osservare attentamente, poiché io sarò visibile a lei.»

«Va bene.»

«E quando alzerò la mano... così... lei getterà nella stanza quello che le darò da gettare, e contemporaneamente si metterà a gridare: "Al fuoco, al fuoco". Mi segue?»

«Perfettamente.»

«Non si tratta di un ordigno terribile» disse, togliendosi di tasca un lungo rotolo a forma di sigaro. «È un comune razzo a fumo, munito di una capsula a ciascuna estremità per provocarne l'accensione. Il suo compito si limita a questo. Quando lei si metterà a gridare: "Al fuoco, al fuoco", la udrà di certo molta gente. Lei potrà dunque camminare fino in fondo alla strada, dove io la raggiungerò in capo a dieci minuti. Spero di essermi spiegato bene.»

«Io debbo restare neutrale, debbo avvicinarmi alla finestra, stare a osservare i suoi movimenti, e al segnale convenuto lanciare questo oggetto nell'interno della casa; poi mettermi a gridare: "Al fuoco", e andare ad aspettarla all'angolo della strada.»

«Precisamente.»

«Conti dunque su di me, in tutto e per tutto.»

«Benissimo. Credo sia quasi ora che mi prepari per la mia nuova interpretazione!»

Scomparve in camera da letto, per tornarne di lì a pochi minuti, trasformato in pastore non conformista, dall'aria bonacciona e cordiale. Il cappello nero a larga tesa, i pantaloni rigonfi, la cravatta bianca, il sorriso amabile e tutto il suo aspetto improntato a un tono di benevola curiosità, erano tali che solo l attore John Hare sarebbe riuscito a uguagliarlo. Perché Holmes non mutava soltanto l'abito: tutta la sua espressione, i suoi modi, la sua stessa anima sembravano cambiare a ogni nuova parte da lui assunta. Certo, il teatro aveva perduto un grande artista, così come la scienza aveva perduto un profondo ricercatore, quando lui aveva deciso di diventare uno specialista del delitto.

Lasciammo Baker Street alle sei e un quarto, e allorché ci trovammo in Serpentine Avenue mancavano ancora dieci minuti all'ora stabilita. Era già prossimo l'imbrunire, e incominciavano ad accendersi proprio allora i primi lampioni, mentre passeggiavamo su e giù davanti a Briony Lodge, in attesa che vi ritornasse la sua proprietaria. La casa era esattamente come me l'ero immaginata attraverso la succinta descrizione di Sherlock Holmes; ma la località mi sembrò meno tranquilla di quanto avevo supposto. Anzi, per essere una piccola strada di un quartiere fuori mano, era discretamente animata. A un angolo sostava un gruppo di individui miseramente vestiti che fumavano e ridevano, un arrotino con la sua cote, due guardie che scherzavano con una cameriera, e parecchi giovanotti eleganti che passeggiavano avanti e indietro, col sigaro in bocca.

«Vede,» mi spiegò Holmes mentre camminavamo avanti e indietro di fronte alla casa «questo matrimonio semplifica le cose. La fotografia è diventata ormai un'arma a doppio taglio. Può darsi che alla signora spiaccia che possa cadere nelle mani di Norton, non meno di quanto dispiacerebbe al nostro cliente se ne venisse a conoscenza la principessa. Ora, il problema che ci interessa è il seguente: dove trovare la famosa fotografia?»

«Già, appunto!»

«È assai improbabile che la signora la porti addosso. È in formato gabinetto, troppo grande quindi perché possa essere dissimulata sotto una veste femminile. Inoltre, lei sa che il re può farla assalire per strada e perquisire, tanto più che ha già subito due aggressioni del genere. Possiamo pertanto escludere che la porti sulla sua persona.»

«E allora?»

«Potrebbe averla depositata presso il suo banchiere o il suo avvocato: si tratta di un'ipotesi, ma io sono propenso a scartarla. Le donne sono di natura riservata e difficilmente si lasciano indurre a far partecipi altri dei loro segreti. Perché avrebbe dovuto consegnarla a una terza persona? Sa di potersi fidare di se stessa, ma non può valutare quali pressioni indirette, magari di carattere politico, possono influire sul comportamento di un uomo d'affari. Non dimentichi, poi, che aveva deciso di farne uso entro pochi giorni: perciò deve averla tenuta a portata di mano, e più precisamente in casa sua.»

«Ma se gliel'hanno "visitata" due volte!»

«Uff! Non hanno saputo cercare come si conviene.»

«Ma come la cercherà, lei?»

«Io non la cercherò affatto.»

«E allora?»

«Farò in modo che sia la signora stessa a mostrarmela.»

«Ma si rifiuterà.»

«Non ne sarà capace. Attento, un rumore di ruote: è la sua carrozza. Ora, la prego di eseguire i miei ordini alla lettera.»

Mentre diceva questo, vidi spuntare sulla curva del viale i fanali laterali di una vettura. Si trattava di un piccolo landò elegante, che si fermò davanti al portone di Briony Lodge. Proprio in quell'istante uno dei vagabondi fermi all'angolo si precipitò ad aprire la portiera, evidentemente nella speranza di guadagnare un penny, ma fu spinto da parte da un altro vagabondo, accorso con la medesima intenzione. Ne scoppiò un litigio violento che non fece che aumentare di intensità, quando le due guardie si schierarono per uno dei contendenti, mentre l'arrotino prendeva le difese dell'altra parte. Qualcuno vibrò un colpo, e in un attimo la signora, che nel frattempo era scesa dalla carrozza, divenne il centro di un gruppetto di uomini inferociti che si picchiavano di santa ragione a suon di pugni e bastonate. Holmes si buttò nel mezzo della mischia per proteggere la signora, ma proprio mentre l'aveva appena raggiunta lanciò un grido e si abbatté al suolo con la faccia rigata di sangue.

Nel vederlo cadere, le guardie se la diedero a gambe da una parte e i vagabondi dall'altra, mentre un gruppo di persone decentemente vestite, che erano rimaste a osservare la zuffa senza prendervi parte, si precipitarono allora per aiutare la signora e soccorrere il ferito. Irene Adler, come seguiterò a chiamarla, era corsa su per gli scalini, ma giunta in cima alla breve gradinata si volse a guardare indietro, verso la strada, mentre il suo corpo superbo si profilava nettamente contro le luci del vestibolo.

«È ferito, quel povero signore?» chiese.

«È morto!» gridarono parecchie voci.

«No, no, respira ancora!» vociferarono altri. «Ma certo non arriverà vivo fino all'ospedale.»

«È un tipo molto coraggioso!» osservò una donnetta. «Di certo alla signora avrebbero rubato la borsetta e l'orologio, se non fosse stato per lui! Era una banda, e che banda: ah, eccolo che respira, finalmente!»

«Non può restare qua per la strada! Non possiamo portarlo dentro, signora?»

«Certo, certo! Mettetelo qui in salotto: c'è un buon divano. Da questa parte, per favore!»

Lentamente, solennemente, Sherlock Holmes venne portato dentro Briony Lodge e adagiato nella sala principale, mentre io non perdevo nulla di quanto stava accadendo, dal mio osservatorio accanto alla finestra. Le lampade erano state accese, ma le persiane erano ancora aperte, quindi vedevo benissimo Holmes, steso sul divano. Non so fino a che punto il mio compagno fosse compreso della parte che stava recitando, ma certo è che, personalmente, non provai mai una vergogna più grande in vita mia di quando vidi con quanta grazia e amorevolezza quella donna meravigliosa si prodigava per soccorrere l'uomo ferito. Tuttavia, avrei commesso nei confronti di Holmes il tradimento più nero se mi fossi ritirato proprio in quel momento. Cercai di farmi forza, e trassi da sotto al mio spolverino il razzo fumogeno. "Dopotutto" pensai "noi non la danneggiamo: le impediamo semplicemente di danneggiare un altro!"

Holmes si era messo a sedere e lo vidi muoversi col gesto di un uomo che sente un disperato bisogno d'aria. Subito accorse una cameriera a spalancare una finestra. In quel preciso istante alzò una mano, il segnale convenuto, e io scagliai il razzo nella stanza mettendomi contemporaneamente a gridare: «Al fuoco! Al fuoco!». Avevo appena proferito queste parole che tutta la folla degli spettatori, sia quelli ben vestiti che gli straccioni, i signori, gli stallieri e le cameriere, si associarono in un unico grido: «Al fuoco! Al fuoco!». Dalla stanza, attraverso la finestra aperta, uscivano dense spirali di fumo. Ebbi come una visione fuggevole di figure accorrenti, e di lì a poco intesi provenire dall'interno della casa la voce di Holmes che li rassicurava, dicendo che si trattava di un falso allarme. Sgattaiolai tra la folla urlante e mi avviai verso l'angolo della strada, dove in capo a dieci minuti fui raggiunto dal mio amico, che mi prese sottobraccio, e insieme ci allontanammo al più presto da tutto quel baccano che avevamo scatenato noi stessi. Camminammo in fretta e in silenzio per alcuni minuti, finché svoltammo in una di quelle stradine tranquille che portano verso Edgware Road.

«Lei si è comportato benissimo, dottore» mi disse. «Non sarebbe potuta andare meglio di così. Tutto è a posto.»

«Ha già la fotografia?»

«So dove si trova.»

«E come ha fatto a scoprirla?»

«Me l'ha mostrata la signora, esattamente come le avevo detto che sarebbe successo.»

«Seguito a brancolare nel buio!»

«Be', non voglio fare il misterioso con lei» mi disse ridendo. «È stata una cosa semplicissima. Si sarà accorto, naturalmente, che quei tipi che gremivano la strada erano miei complici, tutti scritturati da me per la serata.»

«Infatti, lo avevo immaginato.»

«Bene, quando è scoppiato il litigio, io avevo sul palmo della mano un po' di pittura rossa umida. Mi buttai in avanti, caddi giù, mi portai la mano alla faccia, trasformandomi così in uno spettacolo pietoso a vedersi: si tratta di un vecchio trucco!»

«Avevo immaginato anche questo.»

«Poi mi trasportarono in casa. La signora non poteva rifiutarsi di accogliermi, e doveva per forza farmi portare nel salotto, proprio nella stanza su cui si erano posati i miei sospetti, i quali a dire la verità erano divisi tra il salotto e la camera da letto. Ero fermamente deciso a scoprire quale delle due fosse la stanza del segreto. Mi adagiarono sul divano, io finsi di aver bisogno di aria, gli altri furono costretti ad aprire la finestra, e in tal modo lei ha avuto la possibilità di portare a compimento il suo incarico.»

«Ma a che cosa le è servito?»

«Mi è stato della massima utilità. Quando una donna crede che in casa sua sia scoppiato un incendio, il suo istinto la porta a precipitarsi immediatamente verso gli oggetti che ritiene più preziosi. Si tratta di un impulso assolutamente incontrollabile, e non è la prima volta che mi capita di approfittare di questa circostanza. Mi servì nel caso dello scandalo Darlington, come pure nel mistero del castello di Arnsworth. Una donna sposata afferra tra le braccia il suo bambino; una donna nubile corre a prendere il portagioie. Ora, io ero sicuro che, per la signora di cui ci stiamo occupando, l'oggetto più prezioso di casa sua, in quel momento, fosse appunto la fotografia di cui andiamo in cerca.

Sarebbe certamente corsa a metterla in salvo. L'allarme d'incendio fu dato magnificamente. Il fumo, le grida avrebbero scosso anche nervi d'acciaio. La signora reagì in modo perfetto. La fotografia si trova in un nascondiglio, dietro un pannello scorrevole, proprio sopra il cordone del campanello di destra. In un attimo accorse lì, e mi fu possibile darvi una sbirciatina, mentre già l'aveva tirata fuori a metà. Quando io gridai che si trattava di un falso allarme, la rimise subito a posto, guardò il razzo, uscì precipitosamente dalla stanza e da allora non l'ho più rivista. Mi alzai e lasciai la casa scusandomi del disturbo che avevo arrecato: per un attimo esitai, incerto se impadronirmi subito della fotografia, ma proprio in quella entrò il cocchiere e, poiché mi stava sorvegliando con aria tutt'altro che rassicurante, giudicai più prudente tagliare la corda senza ulteriori tentativi. La troppa fretta, a volte, può guastare ogni cosa.»

«E adesso?» domandai.

«Il nostro compito è praticamente terminato. Ritornerò a Briony Lodge insieme al re, domani, e con lei, se ci tiene a venire. Ci faranno certamente entrare nel salotto, ma è probabile che, quando la signora verrà, non troverà né noi né la fotografia. Sarà certamente una soddisfazione per Sua Maestà riprendersela con le sue stesse mani.»

«E a che ora andrà?»

«Alle otto del mattino. La signora non sarà ancora alzata, il che ci permetterà di avere il campo libero. D'altronde bisogna agire prontamente, poiché questo matrimonio potrebbe portare un mutamento completo sia nella sua vita che nelle sue abitudini. Bisogna che telegrafi immediatamente al re.»

Intanto eravamo arrivati in Baker Street, e ci eravamo fermati sulla soglia della pensione. Holmes stava frugandosi in tasca, in cerca della chiave, quando qualcuno ci sorpassò dicendo:

«Buonasera, signor Sherlock Holmes!»

Passava parecchia gente lungo il marciapiede, in quel momento; ma ci parve che il saluto provenisse da un giovanotto snello, vestito di uno spolverino, che si stava allontanando a passi frettolosi.

«Non mi è nuova quella voce...» borbottò Holmes, appuntando lo sguardo verso il fondo della strada fiocamente illuminata. «Ma mi domando chi diavolo può essere!»

III

Quella notte dormii in Baker Street, e stavamo appunto facendo colazione, il mattino seguente, quando il re di Boemia irruppe nella nostra stanza.

«Dunque l'ha proprio trovata!» esclamò, afferrando Sherlock Holmes per tutte e due le spalle e fissandolo ansiosamente negli occhi.

«Non ancora.»

«Però ha buone speranze.»

«Sì, ho buone speranze.»

«Su, venite; sto morendo d'impazienza.»

«Dobbiamo cercare una vettura.»

«No, non occorre: la mia vettura privata è fuori che ci aspetta.»

«Questo allora semplifica le cose.»

Uscimmo e ci avviammo ancora una volta a Briony Lodge.

«Irene Adler si è sposata» annunciò Holmes.

«Sposata?! Da quando?»

«Da ieri.»

«Ma con chi?»

«Con un avvocato inglese che si chiama Norton.»

«Ma non è possibile che ne sia innamorata!»

«Io invece mi auguro che lo sia!»

«E perché?»

«Perché questo potrebbe risparmiare a Vostra Maestà ogni timore per l'avvenire. Se la signora è innamorata di suo marito, ciò significa che non ama più Vostra Maestà. E se non ama più Vostra Maestà non vi è più motivo che debba intralciare i disegni di Vostra Maestà.»

«Questo è vero. Eppure... Cosa vuole! Come avrei desiderato che fosse appartenuta al mio rango! Che regina meravigliosa sarebbe stata!» Così dicendo, il re cadde in un silenzio penoso, che non fu più interrotto finché non giungemmo in Serpentine Avenue.

La porta di Briony Lodge era aperta, e sulla soglia era ferma una donna anziana. Mentre scendevamo dalla vettura, stette a guardarci con aria ironica.

«È lei il signor Sherlock Holmes, vero?» disse, rivolta al mio compagno.

«Sì, sono io» rispose questi, visibilmente e comprensibilmente stupito.

«Già! La mia padrona mi ha avvertita di una sua probabile visita. È partita stamane con suo marito, con il treno delle 5.15 da Charing Cross, per il Continente.»

«Come?» Sherlock Holmes era sbiancato in viso per il disappunto e la sorpresa. «Vuol dire che ha lasciato l'Inghilterra?»

«Sì, e per non ritornarvi mai più.»

«E allora?» esclamò il re con voce rauca. «Tutto è perduto.»

«Vediamo un po'!» Holmes scansò la domestica e si precipitò nel salotto, seguito dal re e da me. La mobilia era tutta sottosopra, gli scaffali erano stati ripuliti. I cassetti aperti, come se la signora li avesse vuotati in fretta e furia prima di fuggire. Holmes si avvicinò al cordone del campanello, spostò un piccolo pannello scorrevole e, tuffandovi dietro una mano, ne trasse fuori una fotografia e una lettera. La fotografia rappresentava Irene Adler sola, in abito da sera, e la lettera era indirizzata al "Signor Sherlock Holmes, da lasciare qui finché non venga a ritirarla".

Il mio amico strappò nervosamente la busta, e insieme ne leggemmo tutt'e tre il contenuto. Portava la data della mezzanotte precedente, ed eccone il tenore:

Mio caro signor Sherlock Holmes,

è stato davvero molto abile. Mi ha colta assolutamente alla sprovvista. E in verità, fin dopo l'allarme d'incendio, non nutrivo il minimo sospetto. Ma poi, quando mi accorsi di essermi tradita, incominciai a riflettere. Già mi avevano messo in guardia contro di lei, da parecchi mesi. Mi avevano avvertita che, se il re si fosse servito di un agente privato, certamente si sarebbe rivolto a lei, e mi avevano anche dato il suo indirizzo. Tuttavia, sebbene stessi sul chi vive, lei mi fece rivelare quello che voleva sapere. Anche quando ormai mi ero insospettita, mi sembrava assurdo dubitare di un religioso dall'aspetto tanto cortese e affabile. Ma non deve dimenticare che sono attrice, e che come tale ho una lunga pratica di travestimenti e truccature. L'abito maschile non è per me una novità, e spesso me ne servo approfittando di tutti i vantaggi che esso offre. Perciò mandai John, il mio cocchiere, a sorvegliarla, mentre io correvo di sopra: mi infilai il mio vestito da passeggio, come lo chiamo, e scesi proprio nel momento in cui lei se ne andava.

Per farla breve, la seguii sino alla porta di casa sua, assicurandomi così di aver proprio a che fare con il celebre Sherlock Holmes. Allora, un po' imprudentemente, le augurai la buonasera e mi affrettai quindi al Temple, dove avevo appuntamento con mio marito.

Entrambi abbiamo giudicato più opportuno fuggire, dal momento che ci trovavamo contro un avversario tanto formidabile; perciò, quando verrà a farmi visita domani, troverà il nido vuoto. In quanto alla fotografia, il suo cliente può dormire tranquillo. Amo un uomo molto migliore di lui, e ne sono riamata. Il re può agire come gli pare e piace, senza dover temere la vendetta della donna che ha molto crudelmente offesa. Conservo la fotografia unicamente come garanzia, e come un'arma, che mi potrà sempre difendere, caso mai, in avvenire, pensasse di compiere dei passi contro di me. Gli lascio però un mio ritratto, che forse gli farà piacere conservare, e mi professo, egregio signor Sherlock Holmes, sua devotissima,

Irene Norton, nata *Adler*

«Che donna! Che donna!» prese a esclamare il re di Boemia, non appena terminammo, insieme, di leggere la lettera. «Non ve l'avevo detto che era una donna pronta, risoluta come poche? Non sarebbe stata davvero una regina meravigliosa? Peccato che non appartenesse al mio rango!»

«Da quanto ho potuto capire del carattere della signora, infatti, mi sembra che il suo fosse un rango molto diverso da quello di Vostra Maestà!» replicò freddamente Sherlock Holmes. «Mi spiace di non essere stato capace di concludere la cosa nel senso desiderato da Vostra Maestà!»

«Al contrario! Al contrario!» protestò il re. «La questione non poteva essere sistemata meglio. Io conosco la parola di Irene: è sacra. Quella fotografia è ormai al sicuro come se fosse stata bruciata.»

«Sono lieto che Vostra Maestà mi dica questo.»

«Non so davvero come sdebitarmi con lei: la prego, mi dica come posso ricompensarla. Questo anello...» E così dicendo, si cavò dal dito un anello a forma di serpente, ornato di un magnifico smeraldo, e lo porse al mio amico.

«Vostra Maestà possiede un oggetto che io stimo ancora più prezioso di quell'anello» replicò Holmes.

«Quale? Mi dica? Non ha che da indicarmelo!»

«Quella fotografia.»

Il re lo fissò sbalordito.

«La fotografia di Irene!» esclamò. «Ma certo! Se ci tiene tanto!»

«La ringrazio, Maestà. E con questo, l'affare è chiuso. Ho l'onore di augurarle il buongiorno.» Così dicendo si inchinò e, ignorando la mano che il re gli tendeva, si avviò in direzione di Baker Street.

Ed ecco come fu soffocato uno scandalo che minacciava di far crollare il trono di Boemia, e come per una volta i piani di Sherlock Holmes furono buttati all'aria dall'intelligenza di una donna. Lui di solito si burlava del cervello delle donne; ma da allora non l'ho più sentito scherzare sull'argomento. E quando ricorda Irene Adler, o quando accenna alla sua fotografia, ne parla sempre come della Donna per eccellenza!

Titolo originale: *A Scandal in Bohemia*, 1891
Traduzione di Maria Gallone

La banda maculata

Nel riguardare i miei appunti intorno ai settanta e più casi attraverso i quali, in questi ultimi otto anni, ho avuto la possibilità di studiare i metodi del mio amico Sherlock Holmes, ne vedo alcuni tragici, qualcuno comico, altri semplicemente strani, ma nessuno banale, poiché, lavorando come ha sempre fatto più per amore dell'arte che non per acquistare ricchezza, si è rifiutato di occuparsi di ricerche che non tendessero all'insolito, o meglio, al fantastico. Di tanti casi diversi, non ne ricordo però forse nessuno che presenti tratti più singolari di quello accaduto nella nota famiglia dei Roylott di Stoke Moran, Surrey. Gli avvenimenti di cui mi accingo a parlare accaddero nei primi tempi della mia amicizia con Holmes, quando ancora dividevamo il nostro appartamentino da scapoli in Baker Street. Li avevo già annotati sin da allora, ma a quel tempo avevo promesso la massima segretezza sull'argomento, promessa dalla quale sono stato liberato soltanto il mese scorso dalla morte prematura della signora con la quale mi ero impegnato a serbare il silenzio. È forse meglio, anzi, che questi fatti vengano finalmente alla luce, poiché ho motivo di credere che sulla fine del dottor Grimesby Roylott corrano voci tendenti a rendere la cosa ancora più terribile di quanto fu in realtà.

Eravamo ai primi di aprile dell'83, e mi svegliai un mattino trovando Sherlock Holmes già alzato, e completamente vestito, a fianco del mio letto. Di solito era un pigrone che amava poltrire tra le lenzuola, e un'occhiata alla pendola sulla mensola del camino mi rivelò che erano appena le sette e un quarto.

Lo guardai ammiccando, sorpreso e forse anche un tantino risentito, perché io invece sono regolarissimo nelle mie abitudini.

«Sono proprio spiacente di svegliarla, Watson,» mi disse «ma stamane i nostri destini sono legati. Anche la signora Hudson è stata svegliata di soprassalto, lei si è rifatta con me, e adesso io mi rifaccio con lei.»

«Ma che diamine succede? La casa è in fiamme?»

«No. Semplicemente un cliente, una cliente, anzi, perché pare che sia arrivata una signorina, in preda a una fortissima agitazione, e questa signorina insiste per vedermi. Attualmente sta aspettando in salotto. Orbene, quando le signorine vanno in giro per la metropoli a queste ore antelucane, e buttano giù dal letto dei poveri diavoli che dormono saporitamente, immagino che debba trattarsi di qualcosa di molto grosso. E se veramente si tratta di un caso interessante, suppongo che lei pure avrà piacere di essere presente. Comunque, ho pensato bene di chiamarla e di non lasciarle sfuggire un'eventuale occasione.»

«Caro Holmes, ha fatto benissimo.»

Niente mi dava più soddisfazione che seguire Holmes nelle sue ricerche professionali, e ammirare le sue rapide deduzioni, balenanti come intuizioni, e tuttavia fondate sempre su una base logica, grazie alle quali riusciva immancabilmente a districare i problemi che gli venivano sottoposti. Mi vestii in un batter d'occhio e in capo a pochi minuti ero pronto per accompagnare il mio amico in salotto, dove ci attendeva una giovane donna vestita di nero e fittamente velata, che si alzò al nostro apparire.

«Buongiorno, signorina» disse cordialmente Holmes. «Io mi chiamo Sherlock Holmes, e questo è il mio intimo amico nonché socio dottor Watson, dinanzi al quale può parlare liberamente come se si rivolgesse a me soltanto. Ah, vedo con piacere che la signora Hudson ha avuto il buonsenso di accendere il camino. La prego, si metta vicino al fuoco, mentre io le farò portare una tazza di caffè caldo, perché mi accorgo che trema tutta.»

«Oh, non è il freddo che mi fa rabbrividire» rispose la giovane donna a voce bassa, andando a sedersi dove Holmes le aveva suggerito.

«E che cos'è, dunque?»

«È la paura, signor Holmes, anzi, il terrore...» Così dicendo alzò il velo che le copriva il viso, e potemmo renderci conto che la poveretta era in preda a un nervosismo indescrivibile: aveva i lineamenti terrei, tesi fino allo spasimo, e lo sguardo smarrito come quello di un animale braccato. Si capiva, dall'aspetto, che doveva avere una trentina d'anni, ma i suoi capelli erano prematuramente striati di grigio, e la sua espressione era stanca, spaurita. Sherlock Holmes la soppesò con uno dei suoi sguardi infallibili, che scrutavano fin nel fondo dell'anima.

«Non deve temere» le disse con voce dolce, chinandosi verso di lei e accarezzandole lievemente un braccio. «Metteremo presto le cose a posto, non dubiti. Vedo che è arrivata stamane in treno.»

«Come! Mi conosce?»

«No, ma noto nel palmo del suo guanto sinistro un biglietto di andata e ritorno. Dev'essersi alzata presto, e deve aver fatto una lunga corsa in calessino, su strade pesanti, prima di giungere alla stazione.»

La giovane donna sobbalzò violentemente e guardò il suo interlocutore con aria stupefatta.

«Non c'è sotto nessun trucco, cara signorina» riprese Holmes sorridendo. «La manica sinistra della sua giacca è spruzzata di fango in almeno sette punti, e i segni sono ancora freschissimi. Soltanto un calesse spruzza fango in quel modo, e solo quando ci si siede a sinistra del conducente.»

«Come lei abbia fatto a indovinare tutto questo non lo so, comunque ha perfettamente ragione!» ammise la signorina. «Ho lasciato casa mia alle sei, sono arrivata a Leatherhead alle sei e venti, e sono giunta a Waterloo col primo treno. Signor Holmes, non ce la faccio più, se vado avanti di questo passo impazzisco. Non ho nessuno a cui rivolgermi, nessuno, tranne una persona sola, che, poveretta, può essermi però di ben poco aiuto. Ho inteso parlare molto di lei, signor Holmes: ho sentito tessere i suoi elogi dalla signora Farintosh, che lei ha tanto aiutato quando era così disperata! È stata la signora Farintosh a darmi il suo indirizzo. Oh, signor Holmes, non crede che potrebbe aiutare anche me a fare un po' di luce nel buio fitto che mi circonda? Al momento, non sono in grado di compensarla dell'opera che vorrà prestarmi, ma entro un paio di mesi sarò sposata, avrò finalmente il controllo del mio patrimonio, e vedrà che non mi mostrerò ingrata.»

Holmes si avvicinò alla sua scrivania, ne aprì un cassetto e ne trasse un piccolo schedario che prese a consultare.

«Farintosh! Ah, già, ricordo perfettamente! Si trattava del diadema di opali. Credo di essermene occupato prima che entrasse in scena lei, Watson. Quello che posso dirle, signorina, è che sarò felicissimo di dedicarmi al suo caso con la stessa cura con la quale mi sono occupato del caso della sua amica. In quanto al compenso, il migliore compenso per me consiste nella mia personale soddisfazione: però le sarò comunque grato se provvederà a rifondermi delle spese alle quali potrò eventualmente andare incontro nel disbrigo della faccenda, quando e come lei giudicherà conveniente. Ma ora la prego di riferirci minutamente tutto quanto può illuminarci sull'argomento che le sta a cuore.»

«Purtroppo» incominciò la nostra visitatrice «l'aspetto peggiore della mia situazione sta proprio nel fatto che le mie paure sono talmente vaghe, e i miei sospetti si fondano su indizi talmente lievi, che ad altri potrebbero sembrare sciocchi, tanto che persino colui al quale ho il diritto e il dovere di rivolgermi in cerca di aiuto e di consiglio pensa che tutto ciò che gli dico sia il prodotto della fantasia di una donna ammalata di nervi. Non me lo dice apertamente, ma lo capisco dalle sue risposte e dal modo imbarazzato in cui mi guarda. Io però ho saputo, signor Holmes, che lei può leggere dentro il cuore umano e interpretarne tutte le complesse malvagità: perciò sono sicura che saprà aiutarmi a difendermi dai pericoli che mi circondano.»

«Sono tutto orecchi, signorina.»

«Mi chiamo Helen Stoner, e abito col mio patrigno, che è l'ultimo superstite di una delle più antiche famiglie sassoni d'Inghilterra, i Roylott di Stoke Moran, della parte occidentale del Surrey.»

Holmes annuì con un cenno del capo. «Questo cognome mi è noto» disse.

«La famiglia del mio patrigno fu un tempo tra le più ricche del paese, e le sue tenute si stendevano oltre i confini, sin nel Berkshire a nord, e nell'Hampshire a ovest. Ma nel secolo scorso quattro eredi successivi ne minarono il patrimonio con le loro dissolutezze e i loro sprechi, finché la rovina della famiglia divenne completa sotto la Reggenza, per colpa di un giocatore. Non si salvò nulla, tranne pochi ettari di terra e la casa, vecchia di duecento anni, che a sua volta è gravata da una grossa ipoteca. L'ultimo signorotto vi trascinò tristemente la sua esistenza, vivendo la vita odiosa dell'aristocratico povero; ma il suo unico figlio, cioè il mio patrigno, comprendendo di doversi adattare al nuovo stato di cose, ottenne un anticipo da un parente, il che gli permise di conseguire la laurea in Medicina, e se ne andò a Calcutta dove, grazie al suo valore professionale e alla forza del suo carattere, riuscì a formarsi una vasta clientela. Però in un impeto di collera, per via di alcuni furti che erano stati commessi in casa sua, ammazzò a furia di botte il suo maggiordomo indigeno e per poco non fu condannato a morte. Scontò comunque un lungo periodo di prigionia, dopo di che ritornò in Inghilterra, depresso, disilluso e misantropo.

«Durante il suo soggiorno in India, il dottor Roylott sposò mia madre, che era rimasta vedova in giovane età del maggior generale Stoner, degli artiglieri del Bengala. Mia sorella Giulia e io eravamo gemelle, e al tempo del secondo matrimonio di mia madre avevamo appena due anni. Mia madre possedeva una fortuna notevole, ben mille sterline di reddito annue, che lasciò in piena eredità al dottor Roylott fino a quando noi avessimo abitato con lui, con la clausola tuttavia che ci dovesse essere corrisposta una certa somma annuale se ci fossimo sposate. Mia madre morì poco dopo il nostro ritorno in Inghilterra, otto anni fa, in un disastro ferroviario nei pressi di Crewe. Allora il dottor Roylott rinunciò al tentativo di rifarsi una clientela a Londra e ci portò a vivere con lui nella casa avita di Stoke Moran. Il denaro che mia madre aveva lasciato era più che sufficiente per tutti i nostri bisogni, e sembrava che nessun ostacolo esistesse ormai a intralciare il nostro benessere.

«Ma in quel tempo avvenne nel mio patrigno un mutamento spaventoso. Invece di farsi amici i nostri vicini, i quali al principio si erano rallegrati di veder tornare nella vecchia dimora avita un Roylott di Stoke Moran, si chiuse in casa e ne usciva assai raramente, e solo per abbandonarsi a liti selvagge con chiunque gli attraversasse il cammino. Purtroppo la violenza del carattere, confinante con la pazzia, è sempre stata ereditaria nei componenti maschili della sua famiglia, e credo che nel caso del mio patrigno questo male mentale fosse stato peggiorato dal lungo soggiorno ai Tropici. Vi fu una serie di scenate disgustose, due delle quali finirono dinanzi al magistrato, finché divenne il terrore del villaggio, e la gente fuggiva al suo avvicinarsi, poiché il mio patrigno è un uomo di forza erculea, e quando è in collera perde completamente ogni controllo.

«La settimana scorsa buttò nel fiume, scagliandolo oltre il parapetto, il fabbro del paese, e soltanto raccogliendo tutto il denaro che mi fu possibile racimolare sono riuscita a mettere a tacere la cosa, senza che si dovesse finire un'altra volta davanti ai magistrati. I suoi unici amici sono gli zingari, e a questi vagabondi dà volentieri il permesso di accamparsi sui pochi ettari di terreno ingombro di rovi che rappresentano tutta la tenuta familiare, accettando in cambio l'ospitalità nelle loro tende, e allontanandosi spesso con loro per settimane di seguito. Ha pure una grande passione per tutti gli animali indiani, che gli vengono spediti da un corrispondente, e in questo momento possiede un ghepardo addomesticato e un babbuino, che se ne vanno a spasso liberamente per la proprietà e sono temuti dai contadini non meno del loro padrone.

«Può immaginare da quanto le ho detto che la mia povera sorella Giulia e io non eravamo certo molto contente di stare al mondo, in queste condizioni. Era impossibile trovare una domestica che volesse rimanere al nostro servizio, e per molto tempo fummo costrette a sbrigare da sole tutte le faccende di casa. Quando morì, mia sorella aveva appena trent'anni, eppure i suoi capelli già cominciavano a imbiancarsi, proprio come i miei.»

«Dunque sua sorella è morta, adesso.»

«Morì esattamente due anni fa, ed è appunto della sua morte che desidero parlarle. Lei capisce che, conducendo l'esistenza che le ho descritto, avevamo ben poche occasioni di incontrare persone della nostra età e della nostra condizione. Avevamo tuttavia una zia nubile, sorella di mia madre, Honoria Westphall, che abita vicino ad Harrow, e una volta avevamo il permesso di farle una breve visita di quando in quando. Giulia si recò laggiù per Natale, due anni or sono, e vi incontrò un maggiore di marina in servizio ausiliario, col quale si fidanzò. Il mio patrigno apprese del fidanzamento di mia sorella al ritorno di questa, e non sollevò alcuna obiezione, ma quindici giorni prima della data stabilita per le nozze accadde il fatto orribile che mi privò della mia sola compagna e amica.»

Sherlock Holmes si era sprofondato nella sua poltrona e aveva chiuso gli occhi, ma a queste parole sollevò le palpebre e lanciò alla giovane donna uno sguardo scrutatore.

«La prego di essere precisa e di fornirmi tutti i particolari.»

«Non mi sarà difficile accontentarla, poiché ogni istante di quel periodo spaventoso è impresso nella mia memoria. Come già le ho detto, la nostra è una casa molto antica, e noi occupiamo soltanto un'ala dell'edificio. In quest'ala le camere da letto sono al pianterreno, mentre le stanze di soggiorno si trovano nel corpo centrale del fabbricato. Di queste camere da letto la prima è quella del dottor Roylott, nella seconda dormiva mia sorella, e la terza è la mia. Non esiste comunicazione tra queste tre stanze, però si aprono tutte sul medesimo corridoio. Mi sono spiegata chiaramente?»

«Benissimo.»

«Le finestre delle tre stanze danno invece sul prato antistante la casa. In quella notte fatale, il dottor Roylott si era ritirato presto, per quanto sapessimo che non era entrato in camera sua per dormire, poiché mia sorella fu a lungo disturbata dall'odore dei forti sigari indiani che lui fuma continuamente. Perciò Giulia lasciò la sua stanza e venne nella mia, dove rimase per un certo tempo, chiacchierando e parlando delle nozze imminenti. Alle undici si alzò per lasciarmi, ma sulla soglia si fermò per chiedermi:

«"Dimmi un po', Helen, hai mai inteso qualcuno fischiare nel cuore della notte?"

«"Mai!" risposi.

«"Non credo che possa essere tu a fischiare nel sonno."

«"Ma no! È impossibile! Perché me lo domandi?"

«"Perché in queste ultime notti ho sempre udito, verso le tre del mattino, un fischio sommesso, ma distinto. Sai che ho il sonno leggero, e ogni volta questo fischio mi ha svegliato. Non posso dire da dove provenga: forse dalla stanza attigua, forse dal prato. Ho voluto appunto chiederti se anche tu lo avevi udito."

«"No, io no. Devono essere quei maledetti zingari."

«"È probabile; eppure, se proviene dal prato, trovo strano che non lo avverta anche tu."

«"Oh, ma io ho il sonno molto più pesante del tuo!"

«"Be', non è una cosa molto grave, dopotutto!" Mi sorrise, richiuse la porta, e poco dopo la sentii girare la chiave nella serratura.»

«Un momento!» interloquì Holmes. «Era sua abitudine chiudersi a chiave in camera?»

«Sì.»

«E perché?»

«Credo di averle già detto che il dottore possiede un ghepardo e un babbuino, abituati a girare dappertutto, e non ci sentivamo sicure, senza la porta chiusa a chiave.»

«Giustissimo; continui pure, la prego.»

«Quella notte non riuscivo a prendere sonno. Ero oppressa da un senso di sciagura incombente. Non deve dimenticare che mia sorella e io eravamo gemelle, e lei sa quali sottili legami vi siano fra due esseri così intimamente uniti. Era una notte spaventosa. Fuori il vento ululava e la pioggia batteva contro le finestre. All'improvviso, tra il frastuono della tempesta echeggiò un grido selvaggio e terrificante di donna. Compresi in un attimo che era la voce di mia sorella. Balzai dal letto, mi avvolsi in uno scialle e corsi fuori nel corridoio. Nell'aprire la porta, mi parve di udire un fischio sommesso, proprio come quello che mia sorella mi aveva descritto, e pochi attimi dopo un suono metallico, come il cadere di una massa di rame o di ferro, non so. Mentre mi affrettavo lungo il corridoio, la porta di mia sorella si schiuse e girò lentamente sui cardini. Rimasi per un istante a fissarla immota, raggelata dal terrore, non sapendo che cosa stesse accadendo. Alla luce della lampada sospesa nel corridoio, vidi mia sorella affacciarsi nel vano dell'uscio, pallida come una morta, le mani protese come a chiedere aiuto, mentre tutto il suo corpo ondeggiava come quello di un ubriaco. Le corsi incontro, le buttai le braccia al collo, ma in quello stesso momento le ginocchia le si piegarono, e Giulia cadde a terra. Si contorceva come in preda a uno spasimo tremendo, e tutte le sue membra erano scosse da un tremito convulso. Dapprima pensai che non mi avesse neppure riconosciuto, ma mentre mi chinavo su lei, improvvisamente urlò con una voce che non scorderò mai: "Dio mio! Helen! La banda maculata!". Certo avrebbe voluto aggiungere altro, e col dito tremante indicava la stanza del dottore, ma un nuovo accesso convulso la prese e le soffocò le parole in gola. Io corsi fuori, chiamando disperatamente il mio patrigno, e lo incontrai mentre usciva frettolosamente dalla sua stanza, infilandosi una veste da camera. Quando ritornammo presso mia sorella, vedemmo che aveva perso conoscenza, e per quanto il dottore cercasse di farle bere un sorso di cognac, e mandasse subito a chiamare il medico del paese, ogni sforzo fu vano, poiché Giulia lentamente declinò e morì senza aver ripreso i sensi. E questa fu la fine della mia adorata sorella...»

«Un momento!» disse Holmes. «È sicura di aver udito quel fischio e quel suono metallico? Sarebbe pronta a giurarlo?»

«È quello che mi chiese all'inchiesta il magistrato inquirente della contea. Io ho la sensazione nettissima di avere udito sia l'uno che l'altro rumore; eppure, tra il chiasso della tempesta e gli scricchiolii di cui è piena la vecchia casa, può anche darsi che mi sia ingannata.»

«Sua sorella era ancora vestita?»

«No, aveva addosso la veste da camera. Nella sua mano destra fu trovato un mozzicone di fiammifero, nell'altra una scatola di cerini.»

«Il che dimostra che aveva acceso un fiammifero e si era guardata attorno quando si verificò il pericolo. Questo è importante. E quali conclusioni trasse dal fatto il magistrato inquirente?»

«Esaminò il caso con grande meticolosità, poiché la condotta del dottor Roylott era da tempo nota a tutti, nella contea, ma non riuscì a stabilire con certezza le cause della morte. La mia testimonianza dimostrò che al momento del fatto la porta era chiusa dall'interno, che le finestre erano bloccate da imposte vecchio stile e sprangate con sbarre di ferro che venivano calate ogni sera. Le pareti furono tastate metro per metro, e si dimostrarono tutte solide e piene; fu esaminato accuratamente anche il pavimento, ma con lo stesso risultato. La cappa del camino, per quanto vasta, era chiusa da quattro grosse sbarre. Era dunque chiaro che mia sorella era sola, nel momento in cui incontrò il suo destino. Inoltre, il suo corpo non recava la minima traccia di percosse o ferite.»

«Non fu affacciata l'ipotesi del veleno?»

«Sì, i medici indagarono anche su questo punto, ma senza successo.»

«Come pensa, dunque, che la sua povera sorella sia morta?»

«Secondo me morì unicamente di paura e in seguito a una forte scossa nervosa, benché non possa dire che cosa l'abbia spaventata tanto da farla morire.»

«Gli zingari, in quel periodo, si trovavano nella tenuta?»

«Sì, ce n'è quasi sempre qualcuno.»

«Capisco; e come spiega l'allusione a una banda... a una banda maculata?»

«A volte ho pensato che fosse semplicemente il vaneggiamento del delirio, a volte invece che volesse effettivamente alludere a una banda di persone, forse proprio agli zingari che scorrazzavano anche in quel momento nella nostra proprietà. Non so se quello strano aggettivo usato da mia sorella si riferisse ai fazzoletti punteggiati che quella gente suole portare in testa.»

Holmes scosse il capo con aria tutt'altro che soddisfatta.

«Siamo in un bel pasticcio!» mormorò. «Ma la prego, continui.»

«Da allora sono passati due anni, e durante questo periodo ho condotto un'esistenza ancora più triste e più solitaria di prima. Ma un mese fa un caro amico, una persona che conosco da molti anni, mi ha fatto l'onore di chiedere la mia mano. Si chiama Armitage, Percy Armitage, ed è il secondogenito del signor Armitage di Grane Water, vicino a Reading. Il mio patrigno non si è opposto al mio matrimonio, e Percy e io ci dovremmo sposare nel corso della primavera. Due giorni fa, sono state iniziate alcune riparazioni nell'ala occidentale della nostra casa, cosicché io ho dovuto spostarmi nella camera dove mia sorella è morta, e dormire proprio nel suo stesso letto. Lei può immaginare quale fu il mio terrore quando, la notte scorsa, mentre non riuscivo a prendere sonno, ripensando al suo terribile destino, udii a un tratto, nel silenzio della notte, quel medesimo fischio soffocato che aveva preannunciato la fine di mia sorella. Balzai dal letto e accesi la luce, ma nella stanza non vidi nulla. Ero però troppo scossa per rimettermi a dormire; perciò mi vestii e non appena fu giorno scivolai fuori di casa inosservata, noleggiai un calesse al Crown Inn, che si trova di fronte, e mi recai a Leatherhead, da dove sono giunta questa mattina col solo scopo di vederla e di chiedere il suo consiglio.»

«Ha fatto molto bene» disse il mio amico. «Ma mi ha detto tutto?»

«Sì, tutto.»

«Non è vero, signorina. Lei sta tentando di difendere il suo patrigno.»

«Cosa? Che intende dire?»

Per tutta risposta Holmes sollevò il polsino di merletto che adornava la mano della giovane donna: sul candido polso erano impresse cinque piccole macchie livide, le impronte di quattro dita e di un pollice.

«Lei è stata trattata crudelmente» disse Holmes.

Il volto della giovane donna si coprì di rossore, e lei si affrettò a nascondere il polso martoriato. «È un uomo molto duro» disse «e forse lui stesso ignora la sua forza.»

Seguì un lungo silenzio, durante il quale Holmes rimase col mento fra le mani, a fissare il fuoco che scoppiettava nel camino.

«Gran brutta faccenda!» disse infine. «Ci sono ancora mille particolari che vorrei conoscere, prima di decidermi ad agire: eppure non c'è un momento da perdere. Se noi dovessimo venire oggi a Stoke Moran, ci sarebbe possibile dare un'occhiata a quelle camere all'insaputa del suo patrigno?»

«Proprio oggi ha detto che aveva intenzione di venire in città per una faccenda molto importante. È probabile che rimanga assente tutto il giorno e che non intervenga nulla a disturbarci. Attualmente abbiamo una specie di domestica, ma è vecchia e pazza e non mi sarà difficile tenerla lontana.»

«Benissimo. Lei non è contrario a questa gita, vero, Watson?»

«Niente affatto!»

«Allora verremo entrambi. E lei, che cosa ha intenzione di fare, signorina?»

«Vorrei sbrigare un paio di commissioni intanto che sono in città. Ma ritornerò col treno di mezzogiorno, in modo da essere in casa al vostro arrivo.»

«Ci aspetti pure per le prime ore del pomeriggio. Ho anch'io qualche piccola faccenda da sbrigare. Non vuol fare colazione con noi?»

«No, grazie, devo andare. Mi sento il cuore già più sollevato al pensiero di essermi confidata con voi. Vi aspetto con impazienza per questo pomeriggio.» Lasciò ricadere sul viso il fitto velo, e scivolò fuori dalla stanza come un'ombra.

«Cosa ne pensa lei di tutta questa storia, Watson?» chiese Sherlock Holmes, sprofondandosi di nuovo nella sua poltrona.

«Mi sembra una faccenda oscura e sinistra.»

«Altroché!»

«Eppure, se la signorina è stata esatta nel dire che il pavimento e le pareti erano intatti, e che la porta, la finestra e il camino erano bloccati, sua sorella doveva essere sola quando è morta così misteriosamente.»

«Che cosa significano allora quei fischi notturni, e le stranissime parole della donna morente?»

«Non ne ho la minima idea.»

«Se lei unisce quei fischi di notte, la presenza di una banda di zingari che si trovano in ottimi termini di amicizia col dottore, il fatto che abbiamo ogni motivo di ritenere che il dottore avesse interesse a impedire il matrimonio della propria figliastra, l'allusione della morente a una banda, e infine il fatto che la signorina Stoner intese un suono metallico, che può essere stato causato da una delle sbarre di ferro che sprangavano le imposte, nell'atto di ricadere al proprio posto, credo vi siano ragioni sufficienti per ritenere che il mistero può essere risolto seguendo questa trafila.»

«Ma che cosa poterono fare gli zingari?»

«Non riesco neanch'io a immaginarlo.»

«Io trovo che questa ipotesi può incontrare molte obiezioni.»

«Sono anch'io dello stesso parere. Ed è precisamente per questo che andiamo a Stoke Moran, quest'oggi. Voglio assicurarmi se tali obiezioni sono ineluttabili, o se invece riusciamo a dissipare il velo di mistero che circonda questo strano caso. Ma che succede, in nome di tutti i diavoli?»

Questa esclamazione era stata provocata nel mio compagno dal fatto che il nostro uscio si era spalancato all'improvviso, lasciando apparire nel vano un uomo gigantesco. Il suo vestire era uno strano miscuglio tra il professionistico e il rusticano; portava un cilindro nero, una lunga giacca a coda di rondine, un paio di ghette alte, e in mano gli dondolava un frustino da caccia. Lo sconosciuto era talmente alto che il suo cappello toccava letteralmente la sagomatura della porta, e con la sua mole sembrava riempire il vano da un lato all'altro. Un viso grosso, solcato da mille rughe, cotto dal sole e tormentato dalle più selvagge passioni si rivolgeva ora all'uno ora all'altro di noi, mentre i suoi occhi infossati, iniettati di sangue, e il naso sottile, aquilino, scarno, lo facevano somigliare a un feroce uccello da preda.

«Chi di voi due è Holmes?» chiese l'erculeo personaggio.

«Sono io, signore, però io non ho il piacere di conoscerla» rispose tranquillamente il mio compagno.

«Io sono il dottor Grimesby Roylott, di Stoke Moran.»

«Molto piacere, dottore» rispose calmo Holmes. «Si sieda, la prego.»

«Neanche per sogno. La mia figliastra è stata qui. L'ho pedinata. Che cosa è venuta a raccontarvi?»

«Fa un po' freddo, data la stagione» osservò Holmes.

«Che cosa vi ha detto Helen?» urlò furioso il dottore.

«Però ho sentito dire che i crochi promettono bene» continuò imperturbabile il mio compagno.

«Ah! Lei vuol farmi proprio imbestialire, vero?» gridò il nostro inatteso visitatore, muovendo un passo innanzi e agitando il suo frustino. «Io la conosco, mascalzone. Ho già inteso parlare di lei. Lei è Holmes, il ficcanaso.»

Il mio amico sorrise.

«Holmes, il faccendiere!»

Il sorriso di Sherlock Holmes si accentuò.

«Holmes, il cocco di Scotland Yard.»

Holmes si mise a ridere di gusto. «La sua conversazione è piacevolissima» disse. «Quando esce chiuda la porta, poiché c'è una forte corrente d'aria.»

«Me ne andrò quando avrò finito di dirle quello che ho intenzione di dirle. Non osi immischiarsi negli affari miei. So che la signorina Stoner è stata qui. L'ho pedinata! Sono un uomo pericoloso, quando mi ci metto! Guardi un po'!» Fece un rapido passo innanzi, afferrò l'attizzatoio e lo curvò come un fuscello con le sue enormi mani scure.

«Badate di stare alla larga dalle mie unghie!» tuonò, e scagliando nel fuoco l'attizzatoio, divenuto inservibile, uscì dalla stanza a grandi passi.

«Che tesoruccio!» disse Holmes ridendo. «Io non sono corpacciuto come lui, ma se fosse rimasto qui ancora un po', gli avrei fatto vedere che la mia stretta non è poi tanto più debole della sua.» E mentre diceva questo, raccolse l'attizzatoio e con un lesto movimento delle mani lo raddrizzò di nuovo.

«Pensi un po'. Avere l'insolenza di confondermi con quelli della polizia ufficiale! Questo incidente aggiunge gusto alla nostra ricerca, e io spero soltanto che la nostra piccola amica non debba soffrire dell'imprudenza che ha permesso a questo bruto di seguire le sue mosse. E ora, Watson, ordineremo la colazione, dopo di che io mi recherò all'Ordine dei medici, dove spero di ottenere alcune informazioni che forse ci aiuteranno a fare un po' di luce su questa oscura vicenda.»

Sherlock Holmes ritornò quasi all'una dalla sua passeggiata. Teneva in mano un foglio di carta azzurra tutto scarabocchiato di note e di cifre.

«Ho consultato il testamento della moglie defunta» disse. «Per stabilirne il significato esatto sono stato costretto a elaborare i prezzi attuali degli investimenti di cui si parla nel testamento stesso. Il reddito totale, che al tempo della morte della moglie era di quasi 1100 sterline, è ora disceso, in seguito alla caduta dei prezzi agricoli, a non più di 750 sterline. In caso di matrimonio, ciascuna figlia può reclamare un reddito di 250 sterline. È perciò evidente che, se entrambe le ragazze si fossero sposate, questa bella sommetta si sarebbe ridotta a un semplice piatto di minestra, mentre le nozze di anche una sola ragazza avrebbero assai impoverito l'egregio dottore. Il mio lavoro di stamane non è stato inutile, giacché mi ha dimostrato che il dottor Roylott ha fortissimi motivi per opporsi a un'eventualità simile. Ma ora, Watson, non abbiamo un minuto da perdere in chiacchiere, tanto più che il nostro uomo sa che noi ci stiamo interessando dei suoi affari, quindi, se lei è pronto, prendiamo subito una vettura e ci rechiamo immediatamente a Waterloo. Le sarei molto grato se si mettesse in tasca la sua rivoltella. Una Eley numero 2 rappresenta un ottimo argomento con gentiluomini che riescono a contorcere attizzatoi di acciaio come se fossero di pasta frolla. Una buona pistola e uno spazzolino da denti sono, io penso, tutto ciò di cui possiamo aver bisogno.»

A Waterloo avemmo la fortuna di trovare subito il treno per Leatherhead, dove, appena giunti, noleggiammo un calesse alla locanda della stazione, percorrendo sette o otto chilometri attraverso la deliziosa pianura del Surrey. Era una giornata meravigliosa, il sole scintillava e nel cielo passavano poche nubi fioccose. Gli alberi e le siepi ai lati della strada buttavano appena allora i primi germogli verdi, e l'aria era impregnata del gradevole odore della terra umida. Per me, almeno, questa dolce promessa di primavera rappresentava uno strano contrasto col sinistro compito nel quale ci eravamo impegnati. Il mio compagno sedeva sul sedile anteriore del calesse, le braccia incrociate, il cappello abbassato sugli occhi, il mento affondato nel petto, sprofondato in tenebrosi pensieri. Ma a un tratto trasalì, mi batté una mano sulla spalla e accennò ai prati.

«Guardi laggiù» disse.

Un parco pieno di alberi d'alto fusto si stendeva su un molle pendio, fino a infittirsi in un vero e proprio boschetto nel suo punto più alto. Tra i rami degli alberi sporgevano i grigi timpani e il tetto appuntito di una vecchissima dimora.

«Stoke Moran?» chiese.

«Sissignore. Quella è la casa del dottor Grimesby Roylott» rispose il conducente.

«Si sta costruendo, laggiù» disse Holmes. «È lì che noi andiamo.»

«Quello è il villaggio,» spiegò l'uomo, indicando una serie di tetti sulla sinistra «ma se volete arrivare fino alla casa, per farla più breve sarà meglio che oltrepassiate quella staccionata, e prendiate poi il sentiero che corre tra i campi. Ecco, dico laggiù, dove sta passeggiando quella signorina.»

«La quale, se non sbaglio, è la signorina Stoner» osservò

Holmes, schermandosi gli occhi con la mano. «Sì, credo che faremo come dice lei.»

Scendemmo, pagammo la nostra corsa, e il calesse ritornò indietro verso Leatherhead.

«L'avevo immaginato» disse Holmes mentre superavamo la staccionata «che quel tizio ci avrebbe preso per architetti, venuti qui per un motivo ben definito. Ciò gli impedirà di spettegolare. Buongiorno, signorina Stoner. Come vede, siamo di parola.»

La nostra cliente del mattino ci era venuta incontro con un'espressione di gioia dipinta sul viso.

«Oh, come vi aspettavo!» esclamò stringendoci la mano con effusione. «Tutto è andato magnificamente. Il dottor Roylott è in città, ed è poco probabile che ritorni prima di sera.»

«Abbiamo avuto il piacere di fare la conoscenza del dottore» disse Holmes. E in poche parole spiegò alla nostra ospite quanto era accaduto in mattinata dopo la sua partenza. La signorina Stoner, nell'udire ciò, divenne bianca come un cencio.

«Dio mio!» esclamò. «Mi ha seguita, dunque!»

«Pare di sì.»

«È talmente furbo che non so mai come comportarmi, con lui. Che cosa dirà quando ritorna?»

«Dovrà stare in guardia, poiché può darsi che trovi qualcuno più furbo di lui. Bisogna che lei questa notte si chiuda a chiave. Se si mostrerà violento, la porteremo da sua zia ad Harrow. Ora però dobbiamo sfruttare il nostro tempo al massimo, perciò abbia la bontà di condurci nelle stanze che noi dobbiamo esaminare.»

L'edificio era di pietra grigia, tappezzata di muschio, con un grande corpo centrale, e due ali laterali che si incurvavano come le chele di un granchio. In una di queste ali le finestre erano rotte e chiuse con tavole di legno, mentre il tetto era parzialmente caduto: una vera rovina. Il corpo centrale era in condizioni pressappoco identiche, ma la parte destra dell'edificio era relativamente moderna; le finestre erano munite di persiane e il fumo azzurro che usciva dai fumaioli indicava che la famiglia risiedeva lì. Di contro al lato estremo del muro era stata eretta un'impalcatura: l'opera di pietra era stata rotta, ma in quel momento non vi era traccia di operai. Holmes passeggiò lentamente in su e in giù per il prato maltenuto antistante la casa, ed esaminò con grande attenzione il lato esterno delle finestre.

«Questa, immagino, appartiene alla stanza in cui lei dormiva di solito; la finestra centrale dev'essere quella della stanza di sua sorella; e quella più vicina al corpo principale è certamente la finestra della camera del dottore.»

«Esatto. Io però attualmente dormo nella stanza di mezzo.»

«Per via delle riparazioni, se ben ricordo. A proposito, non mi sembra che quel muro laggiù abbia un bisogno molto urgente di essere riparato.»

«Non ce n'era alcun bisogno. Credo che sia stata una scusa per farmi spostare dalla mia stanza.»

«Ah! Questo è interessante. Ora vediamo un po': sull'altro lato di quest'ala stretta corre il vestibolo su cui si aprono quelle tre stanze. Ci sono alcune finestre, naturalmente?»

«Sì, ma molto piccole, troppo piccole perché ci possa passare qualcuno.»

«Dal momento che sia lei che sua sorella avevate l'abitudine di chiudervi a chiave la notte, le vostre stanze da quel lato erano impenetrabili. Ora, abbia la bontà di salire in camera sua e di sbarrare le sue imposte.»

La signorina Stoner fece come Holmes aveva detto, e il mio amico, dopo un attento esame attraverso la finestra aperta, tentò con ogni mezzo di forzare l'imposta, ma senza successo. Non c'era neppure una fenditura attraverso la quale fosse possibile far passare un coltello per sollevare la sbarra. Esaminò in seguito con le sue lenti i cardini, ma anche questi erano di ferro pieno e saldamente fissati nella muratura massiccia. «Uhm!» fece, grattandosi il mento con aria perplessa. «La mia teoria sta incontrando parecchie difficoltà. Nessuno potrebbe passare da queste persiane, una volta sprangate. Bene, vediamo se l'interno ci offre il modo di fare un po' di luce sulla faccenda.»

Una piccola porta laterale immetteva nel corridoio imbiancato a calce sul quale si aprivano le tre camere da letto. Holmes non si curò di esaminare la terza camera, cosicché passammo subito nella seconda, quella in cui la signorina Stoner dormiva attualmente, e dove sua sorella aveva incontrato la morte. Era una stanzetta semplice, col soffitto basso e il camino largo, secondo la moda delle vecchie case di campagna. In un angolo stava un cassettone scuro, in un altro un lettino coperto da una trapunta bianca, e un tavolino di toeletta era posto sul lato sinistro della finestra. Questi mobili, unitamente a due piccole seggiole di vimini, costituivano tutto l'arredamento della camera, a eccezione di un tappeto quadrato disteso al centro. L'assito tutt'attorno e i pannelli delle pareti erano di quercia bruna, rosa dai tarli, tanto vecchia e scolorita che forse datava dalla costruzione originaria della casa. Holmes tirò in un lato della camera una delle seggiole e vi si mise a sedere in silenzio, mentre i suoi occhi erravano in giro, in su e in giù, abbracciando ogni particolare del locale.

«Con che cosa comunica quel campanello?» domandò infine, indicando un grosso cordone, penzolante a fianco del letto, il cui fiocco era al momento appoggiato sul guanciale.

«Comunica con la stanza della cameriera.»

«Mi sembra più nuovo del resto.»

«Sì, fu installato soltanto un paio d'anni fa.»

«Immagino che sia stata sua sorella a richiederlo.»

«No, non l'ho mai vista servirsi del campanello. Abbiamo sempre avuto l'abitudine di andarci a prendere direttamente quello di cui avevamo bisogno.»

«Mi sembra francamente una cosa inutile aver messo qui un così bel cordone di campanello. Abbia pazienza, ma voglio accertarmi di questo pavimento.» Così dicendo, si buttò faccia a terra con la sua lente in mano, strisciando rapidamente avanti e indietro, ed esaminando con infinita minuzia le fenditure dell'assito, una per una. Fece poi lo stesso con il rivestimento di legno di cui la stanza era tappezzata. Si avvicinò infine al letto e passò un certo tempo a scrutarlo, facendo scorrere lo sguardo su e giù per la parete. Finalmente afferrò il cordone del campanello e gli diede un energico strattone.

«Come! È finto!» disse.

«Non suona?»

«Macché, non è neppure attaccato a un filo. La cosa si fa interessante. Può anzi vedere che è sospeso a un gancio, proprio al di sopra della piccola apertura del ventilatore.»

«Che strano! È la prima volta che noto questo particolare.»

«Molto strano davvero!» borbottò Holmes, tirando il cordone. «Ci sono un paio di cose molto curiose in questa camera. Per esempio, che sciocco dev'essere stato il costruttore, per aver aperto uno sfogo di ventilazione in un'altra stanza, quando, quasi con la stessa spesa, avrebbe potuto benissimo comunicare con l'esterno!»

«Anche questo è un adattamento recente» spiegò la signorina.

«È stato fatto contemporaneamente all'impianto del campanello?» domandò Holmes.

«Sì, in quel tempo vennero eseguite alcune piccole modifiche.»

«Tutte molto strane... campanelli finti, ventilatori che non danno aria. Col suo permesso, signorina Stoner, noi adesso trasporteremo il campo delle nostre ricerche nelle stanze più interne.»

La camera del dottor Roylott era più vasta di quella della figliastra, ma arredata con altrettanta semplicità. Un letto da campo, un piccolo scaffale di legno colmo di libri, quasi tutti di medicina, una poltrona al fianco del letto, una seggiola di legno grezzo contro la parete, un tavolo rotondo e una grossa cassaforte di ferro erano i principali mobili che colpivano la vista. Holmes ne fece lentamente il giro e li esaminò a uno a uno con la più grande attenzione.

«Che cosa c'è lì dentro?» domandò percuotendo la cassaforte.

«I documenti d'affari del mio patrigno.»

«Oh! Dunque lei ci ha guardato?»

«Soltanto una volta, parecchi anni fa. Ricordo che era piena di carte.»

«Non c'è mica dentro un gatto, per caso?»

«No. Che idea buffa!»

«E questo cos'è?» così dicendo, prese in mano un piattino pieno di latte che era posato sopra la cassaforte.

«No, non abbiamo gatti, ma ci sono un ghepardo e un babbuino.»

«Ah, già, naturalmente! Be', dopotutto un ghepardo è come un grosso gatto; però non credo che un piattino di latte così piccolo possa soddisfarlo. Ma c'è ancora un punto che desidero mettere in chiaro.» Si appiattì davanti alla seggiola di legno e ne esaminò il sedile con grande attenzione.

«Grazie. Anche questo è sistemato» concluse alzandosi e rimettendosi la lente in tasca. «Perbacco! Questo sì che è interessante!»

L'oggetto che aveva attratto la sua vista era un piccolo guinzaglio per cane, appeso a un angolo del letto. Il guinzaglio però era tutto attorcigliato su se stesso e legato in modo da formare un cappio di corda per frusta.

«Che ne pensa, Watson?»

«Mi sembra un comune guinzaglio, ma non capisco perché debba essere legato in quel modo.»

«Questo le sembra meno comune, vero? Ah, povero me, che brutto mondo! E quando un uomo intelligente volge il cervello al delitto, è la cosa peggiore di tutte. Credo di aver visto abbastanza, signorina Stoner, e adesso, col suo permesso, faremo una passeggiatina sul prato.»

Non avevo mai visto la faccia del mio amico così tetra, né la sua fronte così cupa come dopo che ci fummo allontanati dal luogo dell'investigazione. Passeggiammo parecchie volte su e giù per il tappeto erboso, senza che io o la signorina Stoner avessimo il coraggio di interrompere il corso dei suoi pensieri. Finalmente Holmes parve risvegliarsi dalle sue fantasticherie.

«Cara signorina,» disse «è importantissimo che lei segua i miei consigli punto per punto.»

«Certamente.»

«La cosa è troppo grave perché si possa esitare. La sua vita dipende da come lei mi obbedirà.»

«Le assicuro che mi rimetto completamente nelle sue mani.»

«Prima di tutto, è assolutamente necessario che il mio amico e io passiamo la notte nella sua stanza.»

La signorina Stoner e io lo fissammo sbalorditi.

«Sì, bisogna fare così. Lasci che le spieghi. Credo che quella laggiù sia la locanda del villaggio.»

«Sì, è il Crown.»

«Benissimo. Le finestre della sua camera sono visibili da laggiù?»

«Certamente.»

«Lei deve ritirarsi nella sua camera, col pretesto di un mal di testa, non appena il suo patrigno rientrerà. Poi, quando lo sentirà entrare in camera sua per la notte, deve aprire le imposte della sua finestra, staccare il lucchetto, mettere fuori la lampada come segnale per noi, e poi ritirarsi con tutto ciò di cui può aver bisogno nella camera che lei ha sempre occupato. Non dubito che, nonostante i lavori in corso, lei possa sistemarcisi per una notte.»

«Oh, sì, certamente.»

«Per il resto lasci fare a noi.»

«Ma voi che cosa farete?»

«Passeremo la notte in camera sua e ricercheremo la causa del rumore che l'ha disturbata.»

«Io credo, signor Holmes, che lei abbia già capito di che cosa si tratta» disse la signorina Stoner posando una mano sul braccio del mio compagno.

«Forse sì.»

«Allora, per amor di Dio, mi dica quale fu il motivo della morte di mia sorella.»

«Preferirei avere prove più concrete, prima di parlare.»

«Mi dica almeno se quello che io ho immaginato è esatto, se cioè Giulia è morta in seguito a uno spavento improvviso.»

«No, non credo. Credo che la causa sia stata qualcosa di più tangibile. Ma ora, signorina, bisogna che ci separiamo, altrimenti, se il dottor Roylott ritorna e ci vede, il nostro viaggio diventa inutile. Arrivederci, e sia coraggiosa perché, se farà come le ho detto, può stare sicura che i pericoli che la minacciano saranno ben presto rimossi.»

Sherlock Holmes e io non trovammo alcuna difficoltà a fissare una camera e un salottino al Crown Inn. Le stanze erano situate al piano superiore e dalla nostra finestra si dominava la vista del cancello del viale e dell'ala abitata della dimora degli Stoke Moran.

Verso il crepuscolo, vedemmo passare in carrozza il dottor Roylott: la sua figura erculea torreggiava accanto alla figuretta del ragazzino che guidava la vettura. Il ragazzo ebbe qualche difficoltà nell'aprire i pesanti cancelli di ferro, e udimmo il ruggito selvaggio della voce del dottore, e vedemmo la furia con cui scosse i pugni chiusi contro il malcapitato. Quindi la carrozza proseguì la sua corsa, e pochi minuti dopo vedemmo una luce sprizzare improvvisa fra gli alberi, mentre una lampada veniva accesa in uno dei salottini.

«Senta un po', Watson» disse Holmes, mentre sedevamo l'uno accanto all'altro nella crescente oscurità. «Francamente, ho un certo scrupolo a portarla con me stanotte. È molto pericoloso.»

«Posso esserle di qualche aiuto?»

«Certo, la sua presenza mi sarebbe di conforto.»

«Allora vengo senz'altro.»

«Lei è molto caro.»

«Mi parla di pericolo! Evidentemente, deve aver visto in quelle stanze qualcosa che a me è sfuggito.»

«No, ma probabilmente io ho saputo trarre più deduzioni di lei: immagino che tutti e due abbiamo visto le medesime cose.»

«Io non ho notato nulla di speciale tranne il cordone del campanello, e confesso che non ho capito per quale scopo sia stato messo lì.»

«Ha notato anche il ventilatore?»

«Sì, ma non credo che sia una cosa tanto strana una piccola apertura fra due stanze. È talmente piccola che non credo ci passi nemmeno un topo.»

«Sapevo che avrei trovato un ventilatore ancora prima di arrivare a Stoke Moran.»

«Mio caro Holmes!»

«Oh, sì, ne ero sicurissimo. Se ben ricorda, la signorina nella sua dichiarazione ci disse che sua sorella avvertiva sempre l'odore del sigaro del dottor Roylott. Questo naturalmente suggeriva subito l'idea che tra le due camere ci doveva essere una qualche comunicazione. Ora, non poteva trattarsi che di un'apertura piccolissima, altrimenti il magistrato inquirente l'avrebbe subito notata. Perciò, capii che poteva trattarsi solo di un ventilatore.»

«Ma che danno può venire da una cosa tanto innocua?»

«Comunque c'è per lo meno una strana coincidenza di date. Viene praticato un foro per la presa d'aria, viene appesa una corda e una ragazza che dorme nel suo letto muore. Questi fatti non la colpiscono?»

«Non ci vedo il nesso.»

«Non ha osservato nulla di strano in quel letto?»

«No.»

«È fissato al pavimento con delle borchie. Ha mai visto un letto sistemato in quel modo?»

«Francamente, no.»

«La ragazza non poteva spostare il suo letto: doveva sempre restare nella medesima posizione rispetto al ventilatore e alla corda, poiché possiamo chiamarla così, dato che non serviva affatto come cordone di campanello.»

«Holmes,» dissi «mi pare di intuire oscuramente quello che lei vuole dirmi. Forse siamo appena in tempo per impedire un sottile e orribile delitto.»

«Sì, molto sottile, e veramente orribile. Quando un medico volge il suo intelletto al male, può diventare il peggiore dei criminali, poiché ha la scienza a sua disposizione. Palmer e Pritchard furono dei campioni in questo campo, ma quest'uomo va forse ancora più in là. Tuttavia io spero, Watson, che noi riusciremo a frustrare i suoi disegni. Però ne vedremo delle belle, prima che la notte sia passata. Per l'amor del cielo, fumiamoci una pipa in pace, e per queste poche ore che ci rimangono rivolgiamo le nostre menti a qualche pensiero un po' più allegro.»

Verso le nove di sera, la luce tra gli alberi si spense, e tutto fu tenebre dalla parte della casa. Altre due ore passarono lentamente e poi, a un tratto, proprio mentre l'orologio batteva le undici, un unico puntino luminoso brillò davanti a noi.

«Ecco il segnale» disse Holmes balzando in piedi. «Proviene dalla finestra centrale.»

Nell'uscire, scambiammo poche parole con l'albergatore spiegandogli che uscivamo a fare una visita tardiva a una nostra conoscenza, e che forse avremmo trascorso la notte fuori. Poco dopo ci trovavamo sulla strada buia: un vento gelido ci soffiava in faccia e un'unica luce gialla occhieggiava dinanzi a noi nell'oscurità, quasi a guidarci nel nostro pericoloso compito.

Non incontrammo grandi difficoltà a entrare nella tenuta, poiché il vecchio muro del parco era tutto pieno di brecce. Facendoci strada fra gli alberi, raggiungemmo il tratto antistante la casa, lo attraversammo, e stavamo per entrare dalla finestra, quando da un ciuffo di lauri sbucò fuori quello che mi parve a tutta prima un bambino deforme, ributtante, che si gettò sull'erba contorcendosi tutto, per poi dileguarsi rapidamente oltre il prato, nel buio.

«Dio mio!» bisbigliai. «Ha visto che roba?»

Holmes era rimasto per un attimo spaventato come me. Nella sua agitazione, mi aveva chiuso il polso nella mano stringendomelo come in una morsa; ma subito scoppiò in una risata sommessa, e accostò le labbra al mio orecchio.

«Che graziosa famigliola!» mormorò. «Quello è il babbuino.»

Mi ero dimenticato degli strani beniamini del dottore. C'era anche un ghepardo addomesticato; poteva darsi che da un momento all'altro ce lo trovassimo alle spalle. Confesso che mi sentii più a mio agio quando, dopo aver seguito l'esempio di Holmes ed essermi tolto le scarpe, mi trovai finalmente nella camera da letto. Il mio compagno, senza far rumore, chiuse le imposte, spostò la lampada sul tavolo e ruotò lo sguardo intorno: ogni cosa si trovava come avevamo visto durante il giorno. Quindi si avvicinò a me strisciando e, facendo tromba con la mano, mi sussurrò all'orecchio tanto sommessamente che riuscii a malapena a distinguere le sue parole:

«Il minimo rumore ci sarebbe fatale.»

Annuii per mostrargli che avevo capito.

«Dobbiamo spegnere la luce. Potrebbe vederla attraverso il ventilatore.»

Annuii nuovamente.

«Non si addormenti: si ricordi che la sua vita è in pericolo. Tenga a portata di mano la pistola per ogni evenienza. Io mi metterò a sedere sul fianco del letto, e lei si metterà su quella seggiola.»

Estrassi il revolver e lo posai sul tavolo vicino.

Holmes aveva portato con sé una canna lunga e sottile che posò sul letto; accanto, mise una scatola di fiammiferi e un mozzicone di candela.

Come potrò mai dimenticare quella terribile veglia? Non udivo il minimo rumore, neppure un respiro, e tuttavia sapevo che il mio compagno sedeva a occhi spalancati, a pochi passi da me, nello stesso stato di tensione nervosa in cui mi trovavo io stesso. Le imposte non permettevano che trapelasse anche il più piccolo raggio di luce, e noi restammo in attesa, immersi in un'oscurità assoluta. Dall'esterno proveniva di tanto in tanto il grido di un uccello notturno, e una volta, proprio davanti alla nostra finestra, un miagolio gattesco, prolungato, ci avvertì che il ghepardo era veramente libero. Lontano, risuonavano ogni quarto d'ora i profondi tocchi del campanile della parrocchia. Come mi parvero eterni, quei quarti d'ora! Mezzanotte, l'una, le due, le tre, e sempre noi sedevamo immobili in attesa di quello che doveva accadere.

A un tratto, in direzione della presa d'aria ci fu un momentaneo guizzo di luce, che svanì immediatamente, ma a cui succedette un forte odore di petrolio bruciato e di metallo riscaldato. Qualcuno nella stanza attigua aveva acceso una lanterna cieca. Udii un leggero movimento, e poi tutto ritornò silenzioso ancora una volta, sebbene l'odore si facesse più intenso. Rimasi per mezz'ora con le orecchie tese. Poi, improvvisamente, divenne udibile un altro rumore, un rumore lieve, sommesso, simile a quello di un piccolo getto di vapore che sfugge di continuo da una cuccuma messa a bollire sul fuoco. Nel medesimo istante, Holmes balzò dal letto, accese un fiammifero e picchiò furiosamente con la sua canna contro il cordone del campanello.

«Lo vede, Watson?» urlò. «Lo vede?»

Ma io non vedevo nulla. Nel momento in cui Holmes aveva acceso la luce, avevo sentito un sibilo sommesso, distinto, ma la luce improvvisa, abbagliandomi, mi aveva reso impossibile dire che cosa fosse ciò che il mio amico stava sferzando così selvaggiamente.

Ma potevo vedere che la sua faccia era mortalmente pallida, e piena di orrore e di ribrezzo.

Aveva cessato di colpire, e guardava su verso la presa d'aria, quando a un tratto il silenzio della notte fu rotto dal più terribile grido che io abbia mai udito. Divenne sempre più forte, un urlo rauco, spaventoso, di dolore misto a paura e collera. Dicono che giù nel villaggio, e persino nella lontana casa parrocchiale, quel grido risvegliò i dormienti nei loro letti.

«Che cosa può essere?» balbettai.

«Significa che tutto è finito,» rispose Holmes «e forse, dopotutto, è meglio così. Prenda la sua pistola e andiamo nella camera del dottor Roylott.»

Con un'espressione grave in volto, accese la lampada e mi fece strada lungo il corridoio. Bussò due volte all'uscio della stanza, senza ottenere risposta, infine girò la maniglia ed entrò; e io gli tenni dietro, con la pistola puntata. Uno spettacolo singolare si presentò ai nostri occhi. Sulla tavola stava una lanterna cieca, con uno sportello semichiuso, da cui scaturiva un brillante getto di luce che illuminava la cassaforte, il cui sportello era socchiuso. Accanto alla tavola, sulla seggiola di legno, sedeva il dottor Grimesby Roylott, ammantato in una lunga veste da camera grigia, sotto cui sporgevano le sue caviglie nude e i piedi calzati di rosse pantofole turche a suola piatta. In grembo teneva il corto bastone dal lungo guinzaglio che avevamo notato durante il giorno. Aveva il mento teso all'insù, e i suoi occhi, immobilizzati in uno sguardo vitreo, erano rivolti a un angolo del soffitto. Intorno alla fronte aveva una strana banda gialla, chiazzata qua e là di macchie brunastre, che pareva avvitata lentamente attorno al suo capo. Al nostro entrare, il dottore non fece un gesto, non emise un gemito.

«La banda! La banda maculata!» bisbigliò Holmes.

Feci un passo innanzi. In un attimo, quello strano diadema incominciò a muoversi, e tra i capelli si levò la piatta testa e il collo enfiato di uno spaventoso serpente.

«È una vipera delle paludi...» gridò Holmes. «Il più velenoso dei serpenti indiani. Il dottore è morto a dieci secondi dalla morsicatura. Questa volta la violenza si è ripercossa sul violento, e l'assassino è caduto nella fossa che aveva scavato per un'altra creatura. Rimettiamo questa bestiaccia nella sua tana, dopo di che accompagneremo la signorina Stoner in un luogo sicuro, e informeremo la polizia di quanto è accaduto.»

Così dicendo, con una mossa rapida tolse il frustino dal grembo del morto, e dopo aver infilato il cappio intorno al collo del rettile lo rimosse dal suo orrendo posatoio, quindi lo trasportò a braccio teso e lo gettò nella cassaforte di cui richiuse saldamente lo sportello.

Questa è l'esatta versione dei fatti relativi alla morte del dottor Grimesby Roylott, di Stoke Moran. Il poco che ancora mi restava da apprendere lo seppi direttamente da Sherlock Holmes durante il nostro viaggio di ritorno a Londra.

«Ero giunto a una conclusione completamente sbagliata,» mi spiegò «il che dimostra, caro Watson, come sia sempre rischioso basarsi su dati insufficienti. La presenza degli zingari e l'uso della parola "banda" da parte della ragazza uccisa – per descrivere senza dubbio l'aspetto di ciò che aveva intravisto alla luce del fiammifero – mi avevano messo su una pista del tutto errata. Ho soltanto il merito di essermi immediatamente ricreduto, quando mi è apparso chiaro che, qualunque fosse il pericolo che poteva minacciare l'occupante della stanza, bisognava escludere che questo pericolo provenisse sia dalla finestra sia dalla porta. La mia attenzione è stata subito attratta dalla presa d'aria e dal cordone di campanello che pendeva a fianco del letto. La scoperta che si trattava di un campanello finto, e che il letto era inchiodato a terra, mi hanno dato fulmineamente il sospetto che quel cordone fosse stato messo lì per fare da ponte a qualcosa che doveva passare attraverso l'apertura praticata nel muro e scendere sul letto. Immediatamente ho pensato a un serpente, e quando ho saputo che il dottore possedeva una collezione di animali indiani, ho capito di essere probabilmente sulla strada giusta. L'idea di adoperare un tipo di veleno che non può essere rivelato da alcuna analisi chimica era logica per il cervello di un medico intelligente e senza scrupoli, pratico dei segreti dell'Oriente. Inoltre, la rapidità con la quale questo veleno avrebbe agito sarebbe stata per lui un vantaggio! Infatti, il magistrato inquirente che fosse riuscito a scoprire le due minuscole punture scure attraverso le quali avevano operato i denti del rettile avrebbe dovuto essere eccezionalmente perspicace. Quindi riflettei sul fischio: evidentemente il dottore doveva richiamare il serpente prima che la luce del mattino lo rivelasse alla vittima, perciò dovette abituarlo a ritornare da lui, probabilmente con l'esca del latte, non appena chiamato. Lo esercitò a scendere attraverso il ventilatore nell'ora più adatta, secondo i suoi calcoli, a strisciare giù per la corda e a posarsi sul letto. Poteva mordere o non mordere, a seconda dei casi; forse la vittima sarebbe potuta sfuggire al suo destino, chissà, anche per una settimana consecutiva, ma presto o tardi la sua fine era segnata.

«Ero giunto a queste conclusioni prima ancora di entrare nella stanza del dottore. Dopo aver esaminato la sedia, mi resi conto che doveva avere l'abitudine di salirci sopra in piedi, il che naturalmente era necessario per giungere sino al ventilatore. La vista della cassaforte, del piattino colmo di latte, del cappio della frusta finirono col dissipare i dubbi che ancora potevo nutrire circa l'esattezza dell'ipotesi che si era formata dentro di me. Logicamente, il rumore metallico udito dalla signorina Stoner altro non poteva essere che l'affrettato richiudersi dello sportello della cassaforte sul suo terribile occupante. Una volta presa la decisione, lei sa quali sono stati i miei passi successivi per ottenere le prove del caso. Ho udito il sibilo del rettile, come certamente deve averlo udito lei, e senza un attimo di esitazione ho acceso la luce e l'ho assalito.»

«Col risultato di farlo risalire precipitosamente attraverso il ventilatore.»

«E col risultato pure che si è sfogato sul suo padrone, fermo dal lato opposto. Alcuni colpi della mia canna hanno colto nel segno, risvegliando la collera del rettile, così che si è avventato contro la prima persona che gli è capitata a tiro. In questo senso mi sento, sia pure indirettamente, responsabile della morte del dottor Roylott; ma, in coscienza, non posso dire di provarne un grande rimorso!»

Titolo originale: *The Adventure of the Speckled Band*, 1892
Traduzione di Maria Gallone

La Lega dei Capelli Rossi

Un giorno dell'autunno scorso, mi ero recato a far visita al mio amico Sherlock Holmes e lo avevo trovato immerso in un'animata conversazione con un signore anziano, dall'aspetto florido, robusto, la cui testa era ornata di una fiammeggiante corona di capelli rossi. Mi scusai, temendo di disturbare, e stavo per ritirarmi, quando Holmes mi trascinò quasi a forza nella stanza, richiudendo la porta alle mie spalle.

«Lei non poteva arrivare più a proposito, mio caro Watson» mi disse con il suo tono più cordiale.

«Temevo che fosse occupato...»

«Lo sono, infatti! Eccome!»

«Allora posso aspettare nella stanza accanto.»

«Niente affatto! Vede, signor Wilson, questo signore è stato mio socio e collaboratore validissimo nella soluzione di molti tra i miei casi più fortunati, e sono sicuro che ci sarà di grande aiuto anche nella soluzione del suo.»

Il grosso personaggio si alzò a metà dalla sedia dove era seduto e mi fece una specie di inchino, lanciandomi un rapido sguardo interrogativo dei suoi occhietti circondati di ciccia.

«Si metta sul divano» mi disse Holmes lasciandosi cadere in poltrona, e congiungendo insieme le punte delle dita, come era solito fare nei suoi momenti di maggiore concentrazione. «So, caro Watson, che lei condivide con me la passione di tutto ciò che è bizzarro e al di fuori della convenzionalità e della monotonia dell'esistenza quotidiana. E lo ha dimostrato con l'entusiasmo che l'ha spinta a registrare e, mi perdoni se glielo dico, ad abbellire anche un tantino parecchie delle mie modeste imprese.»

«Ma in me le sue avventure hanno sempre suscitato il massimo interesse» protestai.

«Si ricorderà allora che proprio l'altro giorno, poco prima che ci mettessimo a esaminare il caso, in verità semplicissimo, sottopostoci dalla signorina Sutherland, io le facevo notare che, per ottenere effetti inattesi e combinazioni straordinarie, occorre sempre risalire alla vita stessa che, in fatto di incredibilità, sfida anche i più fantasiosi voli dell'immaginazione.»

«Era però una tesi sulla quale io mi ero permesso di avanzare dei dubbi.»

«Infatti, caro dottore; ma lei dovrà, presto o tardi, condividere la mia opinione, altrimenti io le sottoporrò tante prove, a dimostrazione della mia teoria, che alla fine la sua ragione dovrà cedere di fronte all'evidenza dei fatti. Ma veniamo al dunque: il signor Wilson qui presente ha avuto la bontà di venire a trovarmi stamane e di iniziare un racconto che promette di essere tra i più singolari che mi sia mai capitato di ascoltare, da qualche tempo in qua. Lei mi avrà udito spesso affermare che gli avvenimenti più sensazionali, più impensabili, sono molte volte legati non ai grandi delitti ma a quelli minori, tanto da far persino dubitare a volte che esista in essi un nesso criminoso. Per il momento, mi è impossibile dire se il caso attuale possa far supporre un intendimento criminoso o no; comunque, i fatti che il signor Wilson mi ha esposto sono tra i più singolari che io abbia mai udito. Forse, signor Wilson, lei dovrebbe usarci la cortesia di ricominciare il suo racconto da capo, e questo non soltanto perché il mio amico qui presente non ne ha ancora ascoltato l'inizio, ma anche perché si tratta di una situazione talmente nuova che vorrei ascoltarne ancora minutamente tutti i particolari. Di solito, dopo aver afferrato solo i primi accenni di un fatto, riesco, quasi sempre, a trarne deduzioni esatte, aiutandomi anche col ricordo di casi analoghi; ma nel caso attuale sono francamente costretto ad ammettere che si tratta di una vicenda più unica che rara.»

Il massiccio cliente gonfiò il torace con un'espressione malcelata di orgoglio, e trasse dalla tasca interna del cappotto un pezzo di giornale tutto sudicio e gualcito. Mentre ne scorreva la colonna pubblicitaria, il capo sporto in avanti, il foglio spiegato sulle ginocchia, mi presi la briga di soppesarlo attentamente, cercando, sull'esempio del mio amico e maestro, di interpretare gli indizi della sua personalità che potevano essermi suggeriti dal suo vestito o dal suo aspetto esteriore.

Ma il mio esame non mi rivelò un gran che: il nostro ospite aveva tutta l'aria di essere un qualunque buon commerciante inglese, obeso, pomposo e tardo. Indossava un paio di pantaloni grigi a scacchi, una giacca a coda nera, non troppo pulita, che teneva sbottonata, un panciotto malandato attraversato da una pesante catena in similoro da cui pendeva come ornamento una piastrina quadrata di metallo. Su una sedia accanto a sé aveva posato un mantello marrone stinto, guarnito di un misero colletto di velluto e un cappello a cilindro che aveva conosciuto tempi migliori. Per quanto lo guardassi e lo riguardassi, non gli trovavo proprio nulla di notevole a eccezione di quella fiammeggiante chioma rossa, e di un'espressione di estremo scontento e malumore che gli si leggeva in ogni piega della faccia.

Sherlock Holmes, col suo sguardo pronto, si accorse immediatamente dei miei maneggi, e alle mie occhiate interrogative rispose con un sorriso e un cenno negativo del capo. «A parte il fatto evidente che il nostro ospite, per un certo periodo di tempo, ha esercitato un lavoro manuale, che annusa tabacco, che è frammassone, che è stato in Cina e che recentemente ha scritto molto, non posso dedurre altro.»

Il signor Jabez Wilson sobbalzò sulla sedia, sempre con l'indice appuntato sul giornale, ma con gli occhi fissi al mio compagno.

«Corpo d'un cane, signor Holmes,» esclamò «come ha fatto a indovinare tutti questi particolari? Come fa a sapere, per esempio, che io ho esercitato un lavoro manuale, il che è vero come il Vangelo? Infatti ho proprio incominciato a lavorare come carpentiere navale!»

«Lo capisco dalle sue mani, mio caro signore. La sua mano destra è parecchio più grossa della sinistra, poiché, avendo lei evidentemente lavorato di più con quella, i muscoli della sua mano destra sono maggiormente sviluppati.»

«Già, ma come spiega il tabacco e la massoneria?»

«Non offenderò la sua intelligenza spiegandole come ho arguito questo, tanto più che, credo contro le regole della sua confraternita, che sono piuttosto severe, lei porta una spilla da cravatta rappresentante una squadra e un compasso.»

«Ah, già, è vero, me n'ero dimenticato. Ma il fatto dello scrivere?»

«È evidentissimo dal polsino destro, così lucido per una quindicina di centimetri, mentre il suo gomito destro è liscio e liso a forza di stare appoggiato alla scrivania.»

«Va bene; ma la Cina?»

«Quel pesce che lei ha tatuato sopra il polso destro non può essere stato fatto che in Cina. Mi sono dedicato a tutto un piccolo studio sui tatuaggi, e anzi ho contribuito personalmente alla letteratura sull'argomento. L'arte di tingere le squame dei pesci di quel delicato colore rosa è tipicamente cinese. Quando poi le vedo penzolare dalla catena dell'orologio una moneta cinese, la cosa diventa ancora più ovvia.»

Il signor Jabez Wilson scoppiò in una risata fragorosa. «Be', questa poi! Al principio pensavo che avesse tirato a indovinare con molta fortuna, ma vedo che invece ha semplicemente ragionato a fil di logica.»

«Caro Watson,» disse Holmes rivolgendosi a me «incomincio a pensare di essere in errore, spiegando ogni cosa: *Omne ignotum pro magnifico*,[1] lo sa, vero? E se io seguito a essere così candido, quella poca fama che mi sono creato va a farsi benedire. Non riesce a trovare l'inserzione, signor Wilson?»

«Sì, eccola» disse l'uomo, piantando a metà della colonna il suo grosso dito rosso. «Eccola qua: è da qui che incomincia tutta la storia. La legga lei stesso, la prego.»

Presi il giornale che mi tendeva e lessi quello che segue:

Ai soci della Lega dei Capelli Rossi. Grazie al lascito del defunto Ezekiah Hopkins di Lebanon, Pennsylvania, USA, è ora vacante un posto riservato a un membro della Lega, con uno stipendio di quattro sterline la settimana, in cambio di un lavoro puramente nominale. Sono eleggibili tutti gli uomini rossi di capelli, sani

[1] "Tutto ciò che non è noto appare straordinario." (*NdT*)

di corpo e di mente, che abbiano compiuto i ventun anni. Rivolgersi personalmente lunedì, alle 11, a Duncan Ross, negli uffici della Lega, in Pope's Court, 7, Fleet Street.

«Ma che razza di storia è questa?» esclamai trasecolato, dopo aver letto e riletto quella straordinaria inserzione.

Holmes ridacchiò e si contorse sulla seggiola, come faceva sempre quando era di buonumore. «È un po' fuori dal seminato, dottore?» disse. «E adesso, signor Wilson, avanti: ci racconti tutto di sé, di come è composta la sua famiglia, e dei risultati che questo annuncio ha avuto sulla sua vita e sulla sua posizione finanziaria. La prego, dottore, di tener nota della testata del giornale e della data.»

«È il "Morning Chronicle" del 27 aprile 1890: di due mesi fa, dunque.»

«Benissimo; e ora a noi, signor Wilson.»

«Be', è dunque come le stavo dicendo, signor Holmes» incominciò Jabez Wilson detergendosi la fronte madida con un fazzoletto. «Io ho una piccola agenzia di prestiti su pegno, in Coburg Square, nei pressi della City. Non è un'azienda molto prospera, e in questi ultimi anni mi ha fruttato appena di che campare. Di solito tenevo due impiegati, ma adesso ne ho uno solo, e farei fatica a pagare anche quello, se non fosse che è disposto a stare a mezzo stipendio, perché è desideroso di imparare e di far pratica negli affari, dice.»

«Come si chiama questo volonteroso giovanotto?» domandò Holmes.

«Vincent Spaulding, e non è poi tanto giovane. È difficile dire la sua età. Per me è un ottimo impiegato, signor Holmes, e non ne vorrei uno migliore; capisco perfettamente che potrebbe crearsi una posizione più brillante, e guadagnare il doppio di quello che gli do io; ma, dopotutto, contento lui... Perché dovrei essere proprio io a montargli la testa?»

«Eh, già, lei deve ritenersi fortunatissimo ad avere un commesso che la serve a mezzo stipendio: è una cosa rara, oggigiorno. Non so se stupirmi di più per ciò che lei mi racconta su quel suo impiegato, oppure per quella straordinaria inserzione del "Morning Chronicle".»

«Oh, ha i suoi difetti anche lui» riprese il signor Wilson. «Non ho mai visto uno più appassionato di Spaulding in fatto di fotografie. Se la batte con un apparecchio in mano mentre dovrebbe starsene in ufficio a migliorare le sue cognizioni, ed ecco che subito dopo corre a chiudersi in cantina, come un coniglio nella sua tana, a sviluppare i suoi capolavori. Questo è il suo difetto principale; ma nel complesso è bravo, gran lavoratore, e non ha vizi.»

«È sempre con lei, immagino.»

«Sissignore. C'è lui e c'è una ragazzina di quattordici anni che fa un po' di cucina, roba alla buona, e tiene puliti i locali: questo è tutto il mio personale e la mia famiglia, dato che io sono vedovo e non ho mai avuto figlioli. Viviamo molto tranquillamente, cosa vuole, tutti e tre, e ci accontentiamo di avere un tetto sopra la testa e di che pagare i nostri debiti, se non altro!

«È stata l'inserzione a incominciare a mettere scompiglio in casa. Spaulding viene in ufficio, giusto giusto otto settimane fa, proprio con questo stesso giornale in mano e dice:

«"Come vorrei essere un uomo rosso di capelli, signor Wilson."

«"Come sarebbe a dire?" faccio io.

«"Perbacco! Guardi un po' qua!" mi fa lui. "Ecco qui un altro posto vacante per i soci della Lega dei Capelli Rossi. Si tratta di una piccola fortuna che chiunque sarebbe felice di intascarsi, e mi pare di capire che ci sono più posti liberi che non soci, quindi gli amministratori devono lambiccarsi il cervello per trovare il sistema di spendere il loro denaro. Se soltanto i miei capelli potessero cambiare colore! Ecco una piccola mangiatoia pronta dove andrei volentieri a tuffare il muso subito!"

«"Be', si può sapere di che cosa si tratta?"» domandai, sempre più stupito. «Vede, signor Holmes, io sono un uomo di abitudini casalinghe, e siccome i miei affari vengono loro da me invece di essere io ad andare da loro, succedeva che passavano spesso settimane intere senza che io mettessi piede fuori di casa. Per questo non ero mai molto al corrente di quello che accadeva nel mondo, e le notizie di fuori mi interessavano sempre moltissimo.

«"Non ha mai inteso parlare di quelli della Lega dei Capelli Rossi?" mi chiese sgranando gli occhi, sorpreso.

«"Mai."

«"Perbacco, me ne stupisco, perché lei è adatto come nessun altro a un posto del genere."

«"Ma che cosa mi possono dare?" chiesi.

«"Be', non più di duecento sterline l'anno, ma il lavoro è lieve, e non interferirebbe per niente con le sue solite occupazioni."

«Capirà che tutta questa storia mi fece drizzare le orecchie, perché da parecchi anni in qua i miei affari sono sempre stati molto magri, e duecento sterline in più non mi avrebbero dato certamente fastidio.

«"Mi parli un po' della faccenda" gli dissi.

«"Ecco," mi rispose Spaulding, mostrandomi l'inserzione "può leggere lei stesso che la Lega ha un posto vacante, e c'è pure l'indirizzo dove può rivolgersi per tutti i chiarimenti del caso. Per quanto mi è dato di capire, la Lega fu fondata da un milionario americano, Ezekiah Hopkins, che doveva essere un bell'originale. Era anche rosso di capelli, e nutriva una grande simpatia per tutti quelli dai capelli rossi; cosicché, quando morì, si scoprì che aveva lasciato la sua enorme sostanza nelle mani di esecutori testamentari, con l'incarico di devolvere gli interessi del suo capitale a provvedere facili impieghi per tutti coloro che avevano i capelli del suo stesso colore. Da quello che ho inteso dire, la paga è ottima e il lavoro pochissimo."

«"Ma" obiettai io "ci saranno milioni di persone coi capelli rossi che cercheranno un posto simile!"

«"Non poi tanti come si potrebbe credere. Vedo qui in fondo: è un privilegio riservato ai soli londinesi, e adulti per giunta. Hopkins, in gioventù, era partito da Londra in cerca di fortuna e ha voluto che del suo curioso lascito beneficiasse la sua città natale. Inoltre, ho saputo che è inutile aspirare al posto se si hanno i capelli rosso chiaro o rosso scuro: proprio rossi fiammanti devono essere! Ora, signor Wilson, io le consiglierei di fare domanda; ma forse a lei non sembra il caso di scomodarsi per duecento sterline annue..."

«Ora vedranno loro stessi, signori miei, che i miei capelli sono proprio del rosso richiesto, e riflettei che se la concorrenza a un posto simile era basata unicamente sulla tinta della chioma, le mie probabilità di riuscita erano fortissime. Vincent Spaulding aveva l'aria di saperla talmente lunga sull'argomento che pensai mi sarebbe stato utile averlo con me per discutere con i signori della Lega. Perciò, gli dissi di abbassare le saracinesche, per quel giorno, e di venirsene via con me. Siccome aveva molta voglia anche lui di un po' di vacanza, acconsentì di buon grado ad accompagnarmi, e insieme ci avviammo all'indirizzo indicato nell'annuncio.

«Sono sicuro che non mi accadrà mai più di assistere a uno spettacolo simile, signor Holmes! Da nord, da sud, da est e da ovest, tutti coloro che avevano anche un'ombra di rosso nei capelli si erano precipitati nella City per rispondere all'inserzione. Fleet Street era ingombra di gente dalla testa color carota, e Pope's Court pareva il carretto di un venditore di arance. Mai avrei creduto che ce ne fossero tanti, nel nostro paese, ed ecco che quella strana inserzione pubblicitaria me li faceva vedere tutti quanti riuniti insieme. Passavano per le sfumature più varie, dalla paglia al limone, dall'arancione all'ocra, dal colore dei setter irlandesi al mattone, al rosso fegato, alla creta; però, come mi aveva detto Spaulding, pochi erano di un rosso fiammante, deciso come il mio. Quando vidi in quanti eravamo, stavo per rinunciare, sconfortato; ma Spaulding non volle sentir ragione. Come fece non lo so, ma tanto spinse e tirò e lavorò di gomito, che alla fine riuscimmo a superare la folla e ci trovammo come per incanto sui gradini che conducevano all'ufficio. Sulle scale si avvicendava una doppia fiumana di gente: chi saliva pieno di speranza, chi scendeva abbacchiato; ma a furia di spinte venne anche il nostro turno, ed eccoci finalmente nell'ufficio.»

«Veramente la sua deve essere stata un'esperienza molto interessante!» osservò Holmes, mentre il suo cliente faceva una pausa e si rinfrescava la memoria con un'abbondante presa di tabacco. «La prego, continui! Siamo impazienti di ascoltare il seguito!»

«Nell'ufficio non c'erano che un paio di seggiole e un tavolo di legno grezzo, dietro cui sedeva un omino con una testa ancora più rossa della mia. Rivolgeva poche parole a ciascuno dei candidati che venivano man mano presentandosi, e ogni volta riusciva a trovare loro qualche difetto, cosicché erano sistematicamente scartati. A quanto pareva, quel posto vacante non era poi così facile da ottenere! Comunque, quando giunse il mio turno, l'omino si mostrò un pochino più favorevole, nei miei confronti, di quello che non fosse stato sino a quel momento con gli altri, e appena entrammo chiuse la porta, in modo da poterci parlare privatamente.»

«"Ecco il signor Jabez Wilson" disse il mio assistente. "Vorrebbe ottenere l'impiego offerto dalla Lega."

«"E mi sembra anche magnificamente dotato!" esclamò l'altro. "Ha tutti i requisiti necessari. Non ricordo proprio di averne mai visto uno meglio adatto al caso nostro." Fece un passo indietro, inclinò la testa da un lato, e mi guardò i capelli finché mi sentii pieno di confusione. Poi a un tratto si buttò in avanti, mi afferrò la mano, e si congratulò caldamente con me per il mio successo.

«"Sarebbe una vera ingiustizia esitare" disse. "Però mi deve scusare se prendo una precauzione, ovvia, date le circostanze!" E così dicendo, mi afferrò i capelli con tutte e due le mani e prese a tirare, facendomi urlare come un dannato. "Vedo che ha gli occhi pieni di lacrime" osservò lasciandomi andare. "Dunque i capelli sono proprio i suoi, autentici. Ma dobbiamo stare attenti, perché siamo stati imbrogliati, due volte con delle parrucche, e una volta con una tintura. Potrei raccontarle dei trucchi, a base di pece da calzolaio, che la disgusterebbero per sempre della natura umana." Avanzò verso la finestra e gridò con quanto fiato aveva in gola che il posto era stato aggiudicato. Dal basso giunse un mormorio prolungato di delusione, e la folla si sparpagliò nelle più diverse direzioni, finché le uniche teste rosse che rimasero erano la mia e quella dell'amministratore.

«"Mi chiamo Duncan Ross" mi disse "e sono io stesso beneficiario del lascito elargito dal nostro nobile benefattore. È sposato, signor Wilson? Ha famiglia?"

«Gli risposi di no.

«Immediatamente si fece scuro in viso.

«"Oh, povero me!" esclamò con aria preoccupata. "Questo è un brutto affare! Mi spiace che lei mi dica questo! Naturalmente, il lascito è inteso non solo per il mantenimento ma altresì per la diffusione e la propagazione nel mondo della gente rossa di capelli! È veramente un guaio che lei sia scapolo!"

«Nel sentire questo rimasi molto male, signor Holmes, perché pensai che il posto mi sarebbe stato tolto; ma dopo aver riflettuto per alcuni minuti, l'omino disse che, pazienza, avrebbe fatto uno strappo al regolamento.

«"In un altro caso" mi spiegò "sarebbe stato un ostacolo insormontabile; ma non posso non fare un'eccezione a favore di un uomo che ha dei capelli di un rosso così magnifico! Quando potrà iniziare la sua attività qui da noi?"

«"Ma, non saprei, perché io ho già un'azienda mia!"

«"Oh, questo non ha importanza, signor Wilson!" interloquì a questo punto Vincent Spaulding. "Ci baderò io alla sua azienda!"

«"Che orario dovrei fare?" chiesi.

«"Dalle dieci alle due."

«Ora, il lavoro di gente come me, che presta su pegno, è soprattutto di sera, e in particolare il giovedì e il venerdì, giusto prima del giorno di paga; perciò mi andava proprio a fagiolo, quell'orario, che mi impiegava solo le ore del mattino e del primo pomeriggio. Sapevo inoltre che il mio assistente era un bravo ragazzo, e che potevo fidarmi di lui in tutto e per tutto.

«"Sì, per me queste sarebbero ore comodissime" risposi. "E lo stipendio?"

«"Quattro sterline la settimana."

«"E che lavoro dovrei sbrigare?"

«"Oh, un lavoro puramente nominale."

«"Come sarebbe a dire?"

«"Ecco, bisogna che lei rimanga in ufficio, o per lo meno nell'edificio, durante tutto il tempo stabilito. Se se ne va, perde il posto per sempre. Su questo punto il testamento è chiarissimo. Se lei abbandona l'ufficio durante le quattro ore stabilite, infrange le condizioni fissate nel lascito."

«"Si tratta appena di quattro ore al giorno, dopotutto, e non ho nessuna intenzione di andarmene" osservai.

«"Nessuna giustificazione è valida," insistette il signor Ross "né motivi di salute, di affari o altro. Bisogna che lei rimanga sul posto, altrimenti perde ogni diritto al beneficio."

«"E che genere di lavoro devo sbrigare?"

«"Deve semplicemente ricopiare l'*Enciclopedia britannica*. Eccone lì in quello scaffale il primo volume. Deve provvedere lei all'inchiostro, alle penne e alla carta; noi possiamo fornirle questo tavolo e una sedia. Può venire già da domani?"

«"Certamente" risposi.

«"Allora arrivederci, signor Wilson, e mi permetta di congratularmi nuovamente con lei per la magnifica fortuna che le è toccata!" Con un inchino si congedò e io me ne tornai a casa col mio assistente, senza sapere che cosa dire o fare, tanto ero soddisfatto e felice della piega inaspettata che aveva preso la mia vita nello spazio di quelle poche ore.

«Però, dopo aver riflettuto tutto il giorno, la sera mi sentii nuovamente molto depresso; perché mi ero convinto che non potesse trattarsi che di una frode o di uno scherzo di cattivo gusto, per quanto non riuscissi a immaginare quale potesse esserne lo scopo. Mi sembrava impossibile credere che qualcuno avesse potuto fare un testamento così assurdo, con cui si destinava una cifra non indifferente per un lavoro puerile e inutile quanto la ricopiatura dell'*Enciclopedia britannica*... Spaulding fece quello che poté per rallegrarmi, ma al momento di andare a letto ero ben convinto a lasciar perdere la cosa. Comunque, il giorno dopo pensai che valeva sempre la pena di andare a dare un'occhiata: così acquistai una bottiglietta d'inchiostro, una penna e parecchi quinterni di fogli protocollo, e mi avviai verso Pope's Court.

«Ed ecco che, con mia grande sorpresa e soddisfazione, vi trovai tutto perfettamente in ordine. Il tavolo era già pronta ad aspettarmi, e il signor Ross era venuto a vedere che io avessi tutto l'occorrente per iniziare il mio lavoro. Mi fece incominciare dalla lettera A, quindi mi lasciò, ma si affacciava all'uscio di tanto in tanto per assicurarsi che non avessi bisogno di nulla. Alle due mi salutò, mi fece i complimenti per il buon numero di voci che ero riuscito a ricopiare e mi chiuse alle spalle la porta dell'ufficio.

«Questa storia, signor Holmes, andò avanti giorno dopo giorno, e finalmente il sabato l'amministratore venne e mi snocciolò sul tavolo, in compenso del mio lavoro di una settimana, quattro belle sterline d'oro sonante. La stessa cosa si ripeté la settimana successiva, e la terza. Ogni mattino io ero in ufficio alle dieci, e ogni pomeriggio partivo alle due. A poco a poco, il signor Ross aveva preso l'abitudine di venire a dare un'occhiata una volta sola, al mattino, e poi, dopo un certo tempo, non venne più affatto. Però, naturalmente, non osavo lasciare la stanza nemmeno per un minuto: avevo paura che potesse comparire da un momento all'altro, e certo non avevo l'intenzione di perdere per una mancanza sciocca un posto come quello!

«Intanto erano trascorse otto settimane, e io avevo copiato le voci "Abate", "Architettura", "Arciere", "Armatura", "Attica", e speravo, data l'assiduità con la quale lavoravo, di raggiungere entro breve tempo la lettera B. Mi costava parecchio in carta, e con i miei fogli avevo già quasi riempito un intero scaffale. Ed ecco che a un tratto tutta la baracca andò improvvisamente a rotoli!»

«A rotoli?»

«Sissignore, e non più tardi di stamattina. Mi sono recato come al solito al mio lavoro, alle dieci in punto, ma l'uscio era sprangato e, in mezzo, con una puntina da disegno, avevano appiccicato questo cartello; eccolo: gliel'ho portato perché potesse leggerlo con i suoi stessi occhi.»

E così dicendo ci mostrò un cartoncino bianco, del formato pressappoco di un foglio di carta da lettere, su cui avevano scritto:

LA LEGA DEI CAPELLI ROSSI È SCIOLTA
9 OTTOBRE 1890

Sherlock Holmes e io restammo per un po' a osservare questo breve annuncio e la faccia malinconica che vi si nascondeva dietro, finché il lato comico della cosa ebbe in noi il sopravvento, e senza più alcun ritegno scoppiammo entrambi in una risata fragorosa.

«Io non capisco perché ci sia poi tanto da ridere!» esclamò il nostro cliente, invermigliandosi fino alle radici della fiammeggiante chioma. «Se non sapete fare niente di meglio che ridere alle mie spalle, posso andarmene benissimo altrove!»

«No, no» disse Sherlock Holmes sospingendolo di nuovo sulla poltrona dalla quale si era alzato a metà. «Non vorrei perdere il suo caso per niente al mondo. È talmente insolito! Ma anche, mi voglia scusare se glielo dico francamente, talmente buffo! Su, mi dica: che cosa ha fatto quando ha visto questo cartello appiccicato sull'uscio?»

«Sono rimasto senza parole, signor Holmes, non sapevo proprio che pesci pigliare. Mi sono rivolto agli uffici vicini, ma nessuno pareva saperne nulla. Alla fine mi sono recato dal padrone di casa, un contabile che abita al piano terreno, e a lui ho chiesto se poteva fornirmi qualche indicazione su quello che era accaduto alla Lega dei Capelli Rossi. Mi ha risposto che non aveva mai sentito neppure nominare una simile associazione. Allora gli ho domandato chi era il signor Duncan Ross. Mi ha risposto che quel nome gli giungeva completamente nuovo.

«"Ma come?" ho detto. "Il signore che sta al numero quattro!"

«"Chi? Quello rosso di capelli?"

«"Precisamente."

«"Oh," mi fa "quello si chiama William Morris. Mi aveva chiesto quei locali in affitto temporaneo finché non fossero stati pronti i suoi uffici permanenti, in un'altra località: è traslocato proprio ieri!"

«"E dove posso trovarlo?"

«"Nel suo ufficio; mi ha lasciato l'indirizzo, eccolo: King Edward Street, numero 17, vicino alla chiesa di San Paolo."

«Sono partito come un razzo, signor Holmes, ma arrivato all'indirizzo fornitomi dal padrone di casa ho scoperto che si trattava di una fabbrica di arti artificiali e che nessuno aveva mai inteso parlare né del signor William Morris né di Duncan Ross.»

«E allora, che cosa ha fatto?» domandò Sherlock Holmes.

«Sono tornato a casa in Saxe-Coburg Square, e ho chiesto il parere del mio assistente. Ma lui non ha saputo dirmi nulla: mi ha consigliato semplicemente di attendere, perché se avessi aspettato mi avrebbero fatto di certo sapere qualcosa per posta. Ma questo non mi ha persuaso, signor Holmes; non voglio perdere un posto come quello senza lottare almeno un pochino. Perciò quando ho saputo che lei è così buono da essere sempre pronto ad aiutare i poveri diavoli che vengono a chiederle consiglio e protezione, sono venuto subito da lei.»

«E ha fatto molto bene» disse Holmes. «Il suo è un caso veramente straordinario, e sono felicissimo di potermene occupare. Da quanto mi ha esposto finora, può darsi che ne escano sviluppi assai più gravi di quanto possa sembrare a tutta prima!»

«Altro che gravi!» borbottò Jabez Wilson. «Io ci rimetto quattro sterline la settimana!»

«Per quanto la riguarda personalmente,» obiettò Holmes «non trovo che lei abbia il diritto di lamentarsi gran che di quella straordinaria associazione. Al contrario, se ho capito bene, il suo capitale si è arricchito di circa trenta sterline, senza contare il fatto che il suo patrimonio spirituale ha potuto avvantaggiarsi di tutto il sapere spicciolo elencato sotto la lettera A dell'*Enciclopedia britannica*. Lei non ci ha proprio perduto nulla, con quella gente!»

«Nossignore, ma voglio scoprire che fine hanno fatto e che scopo avevano nel giocarmi un tiro di quella fatta, se si può parlare di tiro. Comunque, un tiro che gli è costato caro, perché hanno dovuto sborsare ben trentadue sterline!»

«Cercheremo di chiarire tutti questi vari punti. E intanto un paio di domande, signor Wilson. Quell'assistente che fu la prima persona ad attirare la sua attenzione sull'inserzione della Lega, da quanto tempo era con lei?»

«Da un mese circa, allora.»

«Come è venuto da lei?»

«In risposta a un'inserzione sul giornale.»

«Era il solo postulante?»

«Oh, no! Se n'è presentata una dozzina!»

«E come mai ha scelto proprio quello?»

«Perché aveva l'aria capace, ed era disposto a lavorare a mezzo stipendio.»

«Già. Che tipo è, questo Vincent Spaulding?»

«È piccolo, tarchiato, molto svelto di modi, e col viso completamente glabro per quanto debba avere ormai una trentina d'anni. Sulla fronte ha una cicatrice bianca prodotta da un acido.»

Holmes si tirò su a sedere, in preda a una notevole animazione. «Me l'ero immaginato!» mormorò. «Ha mai notato che abbia i lobi delle orecchie bucati, come per farvi passare degli orecchini?»

«Sì, e mi ha spiegato che è stata una zingara a praticargli quei fori alle orecchie, quando era un ragazzetto.»

«Uhm!» fece Holmes ricadendo in profonda meditazione. «Ed è sempre con lei?»

«Certo! L'ho lasciato proprio adesso!»

«E come ha badato ai suoi affari durante le sue assenze?»

«Non ho nulla da lamentare a questo proposito: come già le ho detto, al mattino il lavoro è sempre scarsissimo.»

«Basta così, signor Wilson. Sarò lieto di poterle dare una mia opinione in proposito entro un paio di giorni. Oggi è sabato, e spero che per lunedì potremo essere già giunti alla conclusione.»

«Dunque, Watson,» mi disse Holmes quando il nostro ospite ci ebbe lasciati «che ne pensa di tutta questa storia?»

«Francamente, non ci capisco nulla!» gli risposi con tutta sincerità. «Per me è un vero mistero.»

«Di solito» osservò Holmes «quanto più una cosa ci sembra strana, tanto meno è misteriosa, in realtà. I delitti comuni, banali, quelli sì che ti lasciano perplesso, proprio come una faccia qualunque è sempre più difficile da identificare. Ma bisogna agire in fretta, nel caso attuale.»

«Che intenzioni ha, dunque?»

«Di fumare: si tratta di un problema che richiede non meno di tre buone pipate, e la prego di non rivolgermi la parola per cinquanta minuti.»

Si raggomitolò nella poltrona, le lunghe gambe tirate su fino a toccare il naso grifagno, e se ne stette così per un pezzo, a occhi chiusi, con la pipa di terra nera che gli usciva di bocca come il becco di uno strano uccello. Ero giunto alla conclusione che si fosse addormentato, e già cominciavo anch'io ad appisolarmi, quando balzò a un tratto in piedi con l'aria di chi ha preso una decisione improvvisa, e ripose la pipa sulla mensola del camino.

«Questo pomeriggio Sarasate suona alla St James' Hall» disse. «Che ne dice, Watson? I suoi pazienti possono aspettare ancora per qualche ora?»

«Non ho niente da fare, quest'oggi, e d'altronde la mia clientela non è mai troppo esigente.»

«Allora si metta il cappello e venga con me. Passeremo prima dalla City e, strada facendo, potremo pranzare. Vedo che il programma prevede parecchia musica tedesca, che secondo me è di gran lunga preferibile a quella francese e italiana. È musica introspettiva, e io ho un fortissimo bisogno di introspezione. Su, andiamo!»

Con la sotterranea ci recammo fino ad Aldersgate, e una breve passeggiata ci condusse in Saxe-Coburg Square, cioè dove risiedeva l'agenzia del cliente che avevamo ascoltato quella mattina. Era una località povera, meschina, eppure commovente a vedersi, dove quattro file di annerite case di mattoni davano su un piccolo recinto in cui un'aiuola di erba maltenuta e qualche ciuffo di alloro sbiadito lottavano coraggiosamente ma senza speranza contro un'atmosfera avversa e satura di fumo. Tre palle dorate e un cartello scuro con la scritta in lettere bianche JABEZ WILSON, a una casa d'angolo, annunciavano il posto dove il nostro cliente dalla chioma color carota esercitava la sua onesta professione. Sherlock Holmes vi si fermò davanti piegando la testa da un lato, e la squadrò da cima a fondo, con gli occhi che gli luccicavano sotto le sopracciglia aggrottate. Quindi risalì lentamente la strada, poi la ridiscese fino all'angolo, sempre studiando attentamente tutte le case, una dopo l'altra. Infine ritornò davanti a quella dello strozzino, e dopo aver picchiato vigorosamente col suo bastone sul marciapiede, almeno due o tre volte, si diresse alla porta e bussò. Immediatamente gli fu aperto da un giovanotto dall'aspetto intelligente, accuratamente sbarbato, che gli offrì di entrare.

«La ringrazio,» disse Holmes «ma volevo semplicemente chiederle come si fa per andare da qui allo Strand.»

«Terza a destra, quarta a sinistra» rispose pronto l'assistente, richiudendo la porta.

«Quello sì che è un tipo in gamba» fece Holmes mentre ci allontanavamo. «A mio giudizio è uno dei quattro uomini più intelligenti di Londra, e in quanto ad audacia, non so se non abbia il diritto al terzo posto. Ne ho già inteso parlare, di quel giovanotto!»

«Certo,» dissi io «l'assistente di Wilson deve rappresentare una parte di primo piano nel mistero della Lega dei Capelli Rossi. Penso che lei abbia preso la scusa di farsi indicare la strada per poterlo vedere in faccia.»

«Veramente non volevo vedere lui.»

«Ma chi allora?»

«Le ginocchia dei suoi pantaloni.»

«Come, come? E cosa ci ha trovato?»

«Quello che avevo previsto di trovarvi.»

«E perché ha picchiato sul marciapiede?»

«Mio caro dottore, questo è il momento di osservare, non di

chiacchierare. Il nostro ruolo attuale è quello di spie in paese nemico. E adesso che sappiamo qualcosa di Saxe-Coburg Square, vediamo di esplorare i sentieri che si stendono alle sue spalle.»

La strada in cui ci venimmo a trovare dopo aver girato l'angolo di quella piazzetta appartata rappresentava, con l'altra parte, lo stesso contrasto che può dare un quadro col suo rovescio. Si trattava di una delle arterie principali che distribuiscono il traffico della City a nord e a ovest. La carreggiata era ingombra di un'immensa fiumana di veicoli che correvano in doppia fila nelle due direzioni, mentre i marciapiedi erano letteralmente formicolanti di pedoni frettolosi. Era difficile pensare, vedendo l'allinearsi dei suoi negozi eleganti e dei suoi imponenti palazzi, quasi tutti adibiti a uffici, che dall'altra parte si sbucava nella piccola piazza squallida, ristagnante come una pozzanghera, dalla quale eravamo appena usciti!

«Vediamo un po'» disse Holmes fermandosi all'angolo e dando un'occhiata al panorama circostante. «Vorrei ricordarmi l'ubicazione precisa delle case qui attorno. È una mia piccola mania, conoscere esattamente Londra. Ecco: lì c'è Mortimer, il tabaccaio, poi il piccolo negozio di giornali, la succursale della City and Suburban Bank, il Vegetarian Restaurant e il deposito carrozze di McFarlane. Questo ci conduce dritti all'altro isolato. E adesso che il nostro lavoro è terminato, dottore, abbiamo diritto a un po' di svago. Ci prenderemo un panino e una tazza di caffè, e poi ce ne andremo nel paese dei violini, dove tutto è dolcezza, delicatezza e armonia, e dove nessun cliente pel di carota può seccarci coi suoi problemi ermetici.»

Il mio amico era un musicista appassionato, essendo lui stesso non solo un esecutore di grande talento, ma altresì un compositore di meriti non comuni. Se ne stette tutto il pomeriggio seduto nella sala del Conservatorio, rapito in uno stato di totale felicità, muovendo lievemente le lunghe dita sottili a tempo con la musica, mentre la sua faccia dolcemente sorridente e gli occhi sognanti erano del tutto diversi da quelli di Holmes il segugio, di Holmes l'implacabile, l'astuto, l'onnisciente investigatore. Nel suo singolare carattere si alternavano così quelle due nature, e la sua precisione estrema, la sua sagacia costituivano, l'avevo pensato spesso, la reazione all'inclinazione poetica e contemplativa che a volte predominava in lui. La gamma del suo temperamento versatile lo portava da un eccesso di indolenza a un'energia straripante, e io sapevo perfettamente che Holmes non era mai tanto imbattibile come quando aveva trascorso intere giornate a oziare nella sua poltrona, tra le sue improvvisazioni musicali e le sue edizioni in caratteri gotici. Era allora che la frenesia della caccia si risvegliava subitamente in lui, e che il suo brillante potere di ragionatore si elevava al livello dell'intuizione con tanta forza, con tanta violenza che chi non era al corrente dei suoi metodi finiva per considerarlo quasi con un senso di timore, come un uomo il cui sapere non era simile a quello dei comuni mortali. Quando lo vidi così rapito dalla musica, quel pomeriggio alla St James' Hall, ebbi la sensazione che tempi durissimi stessero maturando per coloro che aveva deciso di sconfiggere.

«Lei di certo vorrà tornare a casa, dottore» mi disse, all'uscita del concerto.

«Sì, penso che sarebbe bene.»

«Io invece devo sbrigare una cosa per cui mi ci vorranno parecchie ore. Questa faccenda di Coburg Square è molto seria.»

«Perché "seria"?»

«Perché credo che si stia preparando un colpo di notevoli proporzioni, ma ho buoni motivi di ritenere che arriveremo in tempo per impedirlo. Dato però che oggi è sabato, questo semplifica le cose. Avrò bisogno del suo aiuto, stasera.»

«A che ora?»

«Alle dieci circa.»

«Sarò da lei alle dieci precise.»

«Benissimo. E senta, dottore, ci potrebbe essere pericolo: le raccomando pertanto di mettersi in tasca la pistola d'ordinanza.»

Mi salutò con un cenno della mano, si girò e in un attimo scomparve tra la folla.

Sono sicuro di non essere così melenso, se mi paragono a tanta gente che conosco; ma confesso che di fronte a Sherlock Holmes mi sento sempre molto stupido. In questo caso, avevo udito quello che aveva udito lui, visto quello che aveva visto lui, e tuttavia dalle sue parole mi appariva chiaro che aveva intuito esattamente non ciò che era accaduto, ma ciò che doveva accadere, mentre per me tutta quella storia presentava unicamente un aspetto grottesco e confuso. Ritornando in carrozza alla mia casa di Kensington ripensavo a tutto questo, dallo straordinario racconto del rosso ricopiatore dell'*Enciclopedia*, fino alla nostra visita a Coburg Square e alle parole cariche di oscura minaccia con le quali Holmes si era accomiatato da me. Qual era il significato di questa nostra imminente spedizione notturna, e perché dovevo recarmi da lui armato? Dove dovevamo andare, che cosa avremmo dovuto fare? Avevo intuito, dalle parole di Holmes, che l'assistente dello strozzino, quel giovanotto dal viso glabro, doveva essere un individuo terribile, un uomo capace di giocare il tutto per tutto. Cercai di indovinare, di arzigogolare, ma alla fine vi rinunciai, sconfortato, mettendo da un canto quell'argomento e attendendo che la sera mi portasse una spiegazione.

Lasciai casa mia alle nove e un quarto e mi diressi a piedi, attraverso il Parco e Oxford Street, fino a Baker Street. Vidi due vetture di piazza ferme davanti alla porta della pensione, ed entrando nel corridoio udii su in cima un brusio di voci. Nella stanza trovai Holmes in animata conversazione con due uomini, in uno dei quali riconobbi immediatamente Peter Jones, un funzionario di polizia, mentre l'altro era un individuo lungo, magro, con la faccia malinconica, vestito di una giacca a coda di rondine di una rispettabilità opprimente, e con in testa un cappello stralucido.

«Oh, ecco che adesso la compagnia è al completo!» disse Holmes abbottonandosi la giacchetta corta e togliendo dall'attaccapanni il pesante frustino da caccia. «Watson, credo che lei conosca il signor Jones di Scotland Yard, vero? Mi permetta di presentarla al signor Merryweather, che stanotte ci accompagnerà nella nostra spedizione.»

«Come vede, dottore, ritorniamo a cacciare in coppia!» disse Jones parlando come al solito con fare saccente. «Il nostro amico Holmes è straordinario per iniziare una battuta, ma poi ha sempre bisogno di un vecchio cane che gli azzanni la selvaggina.»

«Speriamo che la nostra non sia una caccia ai fantasmi!» bofonchiò con aria tetra il signor Merryweather.

«Lei può avere la massima fiducia in Holmes, signor Merryweather!» disse Jones con sussiego. «Segue, è vero, metodi tutti suoi, che sono un po' troppo teorici e campati in aria, questo almeno è il mio parere; ma ha tutta la stoffa di un buon agente investigativo. Non esagero se le dico che un paio di volte, come nel caso del delitto Sholto e della faccenda del tesoro di Agra, per esempio, le sue ricerche si sono dimostrate più esatte delle nostre.»

«Oh, se lo dice lei, signor Jones, sarà così certamente!» riconobbe con deferenza l'allampanato personaggio. «Confesso però che la mia partita di bridge mi manca terribilmente: è il primo sabato sera, in ventisette anni, che non faccio la mia solita partitina.»

«Vedrà» promise Sherlock Holmes «che lei stasera si troverà a giocare per una posta ben più alta di quanto non abbia giocato finora, e che la partita sarà molto emozionante. Per lei, signor Merryweather, si tratta di circa trentamila sterline, poco più poco meno, e per lei, Jones, dell'uomo su cui da tanto tempo desidera mettere le mani!»

«Perdio! John Clay, assassino, ladro, scassinatore e falsario. È un giovane, signor Merryweather, ma nella sua professione è in testa a tutti, ed è il criminale londinese al quale desidero più che a ogni altro mettere le manette. Non è certo un tipo qualunque, questo John Clay. Suo nonno era un duca di discendenza reale, e lui stesso è stato educato a Eton e Oxford. Ha un cervello abile come le sue dita, e per quanto ci imbattiamo ogni momento nelle sue tracce, non riusciamo mai a mettergli le mani addosso! Una settimana è in Scozia a svaligiare una villa, e la settimana dopo eccolo in Cornovaglia a fare una colletta per la costruzione di un orfanotrofio. Sono anni che gli sto dietro, ma non sono mai riuscito neanche a vederlo in faccia.»

«Spero di avere il piacere di farglielo conoscere questa notte. Anch'io ho avuto a che fare un paio di volte con John Clay, e sono d'accordo con lei che, nel suo mestiere, è un tipo molto in gamba. Ma sono le dieci passate, e dovremmo essere già in moto. Se loro due vogliono prendere la prima carrozza, Watson e io possiamo seguire nella seconda.»

Sherlock Holmes non fu molto ciarliero durante il lungo viaggio, ma rimase sprofondato nel fondo della vettura, canticchiando i temi delle musiche che avevamo ascoltato durante il pomeriggio. Attraversammo di gran carriera un labirinto che non finiva più di strade illuminate con lampioni a gas, finché ci trovammo in Farrington Street.

«Ormai ci siamo quasi» osservò il mio amico. «Quel Merryweather è un direttore di banca ed è personalmente interessato alla faccenda. Ho pensato che fosse meglio far venire con noi anche Jones; non è un cattivo diavolo, per quanto, nella sua professione, sia un perfetto zero. Ma ha due qualità positive: è coraggioso come un mastino e tenace come un'aragosta, una volta che è riuscito ad attanagliare la sua preda. Ma eccoci arrivati, sono già lì che ci aspettano.»

Ci trovavamo di nuovo nella stessa strada affollata in cui eravamo stati la mattina. Licenziammo le nostre vetture e seguendo la guida di Merryweather attraversammo uno stretto corridoio ed entrammo in una porta laterale, che ci aprì lui stesso. Eravamo ora in un altro piccolo andito che terminava con una massiccia porta di ferro. Aperta anche questa, scendemmo giù per una lunga rampa a chiocciola di scalini di pietra, per venirci a trovare di fronte a un'altra porta, ancora più massiccia della precedente. Il signor Merryweather si fermò ad accendere una lanterna e ci fece quindi strada per un buio passaggio che odorava di terra, finché, dopo aver varcato una terza porta, entrammo in un vasto sotterraneo, tutto ingombro di massicce cassette.

«Non si può dire che siate molto vulnerabile dall'alto» osservò Holmes sollevando la lanterna e guardandosi attorno.

«E neppure dal basso» aggiunse Merryweather, percuotendo con la punta del bastone le lastre di granito che ricoprivano il pavimento. «Perdiana, suona come se fosse vuoto!» esclamò sorpreso, con un tono quasi sgomento nella voce.

«Bisogna proprio che le chieda di essere un po' più tranquillo» disse Holmes severamente. «Già lei ha messo a repentaglio tutto il successo della nostra spedizione. La prego: abbia la bontà di mettersi a sedere su una di quelle casse e non intervenga, per nessun motivo!»

Il signor Merryweather si issò solennemente su una cassa, con un'espressione molto offesa, mentre Holmes si metteva in ginocchio sul pavimento e, con l'aiuto della lanterna e di una lente d'ingrandimento, prendeva a esaminare minutamente gli interstizi fra un lastrone e l'altro. Gli bastarono pochi secondi: balzò quasi subito in piedi e si rimise la lente in tasca.

«Abbiamo almeno un'ora davanti a noi,» osservò «perché non credo che si metteranno al lavoro fino a quando quel buon diavolo di uno strozzino non sarà andato a dormire. Ma poi non perderanno un minuto, poiché, più presto si saranno sbrigati, più tempo avranno per squagliarsela. Attualmente, caro dottore, noi ci troviamo, come del resto avrà già immaginato, nel sotterraneo della filiale di una delle principali banche londinesi. Il signor Merryweather ne è il direttore, e le spiegherà per quale motivo i più audaci criminali operanti attualmente in Inghilterra siano tanto interessati nel presente momento a questo particolare sotterraneo.»

«Si tratta del nostro oro francese» sussurrò il direttore. «Infatti, eravamo stati ripetutamente avvertiti che si stava tramando un assalto ai nostri danni.»

«Del vostro oro francese?»

«Sì. Abbiamo avuto necessità, alcuni mesi or sono, di rafforzare le nostre riserve e, a questo scopo, abbiamo chiesto in prestito alla Banca di Francia trentamila napoleoni. Purtroppo è trapelata, chissà come, la notizia che noi, in definitiva, non abbiamo mai neppure tolto l'oro dagli imballaggi, e che quindi si trova tuttora nel nostro sotterraneo. La cesta su cui sono seduto contiene duemila napoleoni imballati in fogli di piombo laminato. La nostra riserva aurea è molto più forte, oggi, di quella che si trova di solito presso una singola filiale, e perciò appunto noi direttori abbiamo avuto parecchi grattacapi, in questi ultimi tempi.»

«Come si vede, le vostre preoccupazioni erano ampiamente giustificate» osservò Holmes. «Ma sarebbe adesso tempo che noi facessimo un piccolo piano di battaglia: penso che tra un'ora tutto dovrebbe essere finito. Frattanto, signor Merryweather, sarà opportuno schermare quella lanterna.»

«E dobbiamo restarcene seduti al buio?!»

«Temo proprio di sì. Avevo portato con me un mazzo di carte, e dal momento che eravamo in quattro avevo pensato che, dopotutto, lei avrebbe potuto fare la sua partitina. Ma mi accorgo che il nemico ha spinto troppo innanzi i suoi preparativi perché noi si possa arrischiare di accendere una luce. Prima di tutto, però, dobbiamo scegliere le nostre posizioni. Si tratta di uomini pronti a tutto, e anche se è vero che noi li coglieremo di sorpresa, potrebbero a loro volta assalirci, se non stiamo attenti. Io mi metterò dietro a questa cesta, e lei si nasconda dietro a quella. Poi, quando io gli getterò in faccia il raggio della lanterna, prenda rapidamente la mira. Se sparano, Watson, non esiti ad abbatterli come cani.»

Posai la mia pistola, in posizione di sparo, in cima alla cassetta di legno dietro la quale mi ero accucciato. Holmes abbassò il telaio sulla lanterna, immergendoci così nella più profonda oscurità, un'oscurità tanto completa e assoluta che non permetteva la minima visibilità. Però l'odore del metallo caldo che si andava lentamente diffondendo ci rassicurava che la luce era sempre accesa, pronta a illuminare la scena al momento opportuno. Per me, che avevo i nervi tesi al massimo, c'era qualcosa di deprimente, di soffocante in quella tenebra improvvisa e nell'aria umida del sotterraneo.

«Non hanno che un'unica via di ritirata» bisbigliò Holmes. «Ritornare cioè in Coburg Square passando di nuovo dalla casa. Spero che lei abbia fatto quello che ho chiesto, vero, Jones?»

«Ho messo un ispettore e due agenti all'uscita centrale.»

«Abbiamo dunque tappato tutti i buchi. Ora non ci resta che aspettare con calma.»

Mi parve un'eternità! Più tardi, confrontando gli orologi, seppi che si era trattato soltanto di un'ora e un quarto; ma a me sembrava che la notte fosse quasi trascorsa e che già albeggiasse. Mi sentivo le membra stanche e irrigidite, poiché temevo di mutare posizione, ma avevo i nervi che vibravano come corde di violino, e l'udito mi si era fatto così acuto che non soltanto sentivo benissimo il respiro calmo dei miei compagni, ma ero riuscito persino a distinguere l'ansito più profondo e più pesante del grosso Jones dal lieve respiro del direttore di banca. Dal punto in cui mi trovavo, potevo guardare al di sopra della cassetta, in direzione del pavimento. A un tratto i miei occhi colsero un barlume.

A tutta prima non fu che una macchia incerta sul pavimento di pietra, poi si allungò sino a diventare una striscia gialla, e infine, senza preavviso, senza rumore, una voragine sembrò aprirsi nell'impiantito e una mano apparve, una mano bianca, quasi femminea, che prese a tastare al centro della piccola zona luminosa. Per un minuto o due quella mano dalle dita brancicanti si sporse fuori dal pavimento, poi si ritrasse subitamente, così come era apparsa, e tutto ricadde nel buio, tranne che per un vago incerto chiarore che metteva in rilievo un'intaccatura fra le pietre.

Ma fu solo una scomparsa momentanea. Con un suono secco, lacerante, una grossa lastra di pietra bianca si girò su un lato, lasciando un'apertura quadrata, dalla quale fluiva la luce di una lanterna. Dalla buca spuntò una testa giovanile, dal profilo puro. Lo sconosciuto si guardò attorno attentamente, poi, con una mano su ciascun lato della fenditura, si tirò su sino alla cintola, posando infine un ginocchio sul bordo. Un attimo dopo ne era uscito e subito si dava da fare a issare accanto a sé un compagno, snello e piccolo quanto lui, pallido in viso e con una massa di capelli di un rosso acceso.

«Non c'è pericolo!» bisbigliò. «Porta su lo scalpello e i sacchi... Perdio! Scappa, Archie, scappa, che qui mi aggiusto io!»

Sherlock Holmes era balzato in avanti e aveva afferrato il ladro per il collo. L'altro scomparve nella buca con un rumore di stoffa lacerata: Jones aveva tentato invano di fermarlo acchiappandolo per la camicia. Una fiammata sprizzò dalla canna di una pistola, ma il frustino da caccia di Holmes si abbatté sul polso dell'uomo e l'arma cadde a terra con un suono metallico.

«È inutile, John Clay,» disse calmo Holmes «non ha la minima speranza di potersela cavare.»

«Lo vedo» rispose l'altro con la massima tranquillità. «Però il mio compagno è riuscito a squagliarsela, anche se vi ha lasciato in mano un pezzo di giacca.»

«Ci sono tre uomini ad aspettarlo» ribatté Holmes.

«Ah, è così? Avete fatto le cose proprio per bene. Le mie congratulazioni!»

«E lei?» ribatté Holmes. «Quella sua idea della Lega dei Capelli Rossi è stata francamente straordinaria.»

«Fra poco rivedrai il tuo compare!» intervenne Jones. «Lui è più svelto di me a infilarsi giù dai buchi; intanto, qua le zampe mentre ti passo questi braccialetti.»

«La prego! Non mi tocchi con quelle sue sudice mani!» esclamò il nostro prigioniero, mentre le manette gli chiudevano i polsi. «Forse lei ignora che nelle mie vene scorre sangue reale! Quando mi rivolge la parola, abbia la compiacenza di chiamarmi "signor Clay" e se mi chiede qualcosa, me lo chieda per favore!»

«Va bene! Va bene!» replicò Jones, strabuzzando gli occhi per la sorpresa e ridacchiando con aria confusa. «La prego, signore, vuole avere la bontà di salire di sopra, dove potremo noleggiare una vettura con cui portare Vostra Altezza in guardina?»

«Basta così!» disse John Clay con voce serena. Si inchinò cerimoniosamente a noi tre e si allontanò, senza opporre resistenza, in compagnia dell'agente.

«Davvero, signor Holmes, non so come la banca potrà ricompensarla e ringraziarla per l'immenso servizio che lei ci ha reso!» disse il signor Merryweather mentre ci avviavamo a nostra volta verso l'uscita. «Non vi è dubbio che lei è riuscito a scoprire e a frustrare uno dei più audaci tentativi di scasso che, a quanto ne so, siano mai stati architettati!»

«Avevo anch'io i miei conticini da sistemare con John Clay» disse Holmes. «Ho avuto qualche piccola spesa da sostenere, per la liquidazione di questa faccenda, e spero che la banca mi rifonderà; ma, a parte ciò, sono stato ampiamente ripagato dalla felice soluzione di un caso sotto molti aspetti più unico che raro, e soprattutto dall'aver potuto ascoltare lo straordinario racconto della Lega dei Capelli Rossi.»

«Vede, Watson,» mi spiegò qualche ora dopo, di prima mattina, mentre eravamo seduti in Baker Street, davanti a una sostanziosa colazione «era perfettamente ovvio, sin dall'inizio, che il solo scopo possibile di quella dannata fantastica storia della Lega dei Capelli Rossi, con relativa inserzione sul giornale e ricopiatura dell'*Enciclopedia britannica*, era di sbarazzarsi, per un certo numero di ore giornaliere, del nostro buon banchiere privato, il quale, tra parentesi, non è certo un'aquila. Si trattava di un espediente bizzarro ma, francamente, penso che fosse difficile immaginarne uno migliore. Probabilmente il cervello fantasioso di Clay si ispirò al colore dei capelli del suo complice. Quelle quattro sterline la settimana erano un'esca che doveva certamente tentare il bravo Wilson, mentre per quei due, che miravano a impadronirsi di trentamila sterline, erano una miseria. Pubblicano l'inserzione, un farabutto tiene temporaneamente l'ufficio, l'altro farabutto esorta il principale ad accettare l'incarico, e così riescono ad assicurarsi la sua assenza da Coburg Square per quattro ore ogni mattina. Non appena seppi che l'assistente si era offerto di lavorare a mezzo stipendio, mi apparve chiaro che aveva un forte motivo per agire in tal modo.»

«Ma come ha fatto a intuire il motivo esatto?»

«Se nella casa ci fossero state donne, avrei pensato a un banale intrigo sentimentale. Ma non era questo il caso. D'altro canto gli affari di Wilson sono di poca entità e nulla nel suo appartamento giustificava i piani e i preparativi architettati con tanta cura e con tanta spesa di denaro. Doveva esservi qualcosa *fuori* dalla casa. Ma che cosa? Riflettei sulla passione dell'assistente per l'arte fotografica e sulla sua abitudine di scomparire in cantina. La cantina! Ecco il bandolo della complicata matassa! Feci allora delle indagini sul misterioso assistente e venni a sapere che avevo a che fare con uno dei più risoluti e più audaci criminali inglesi. Certo, doveva tramare qualcosa, in quella cantina, qualcosa che, da mesi, lo teneva occupato per parecchie ore al giorno. Ma che cosa poteva essere? mi chiesi ancora. Pensai che poteva trattarsi solo dello scavo di una galleria verso un altro edificio.

«Ero giunto a questa conclusione quando ci recammo sul teatro delle operazioni. Ricordo che lei restò sorpreso, quando mi vide picchiare il bastone sul marciapiede. Volevo accertare se la cantina si prolungava sul davanti o sul retro della casa. La cantina non si prolungava sul davanti. Suonai allora il campanello e, come avevo sperato, venne ad aprirmi l'assistente in persona. Tra noi c'erano già state delle schermaglie, ma non lo avevo mai visto in faccia, prima di quel momento. Quello che però m'interessava soprattutto erano le ginocchia dei suoi pantaloni. Lei stesso avrà notato come erano sciupate, macchiate e gualcite. Rivelavano ore e ore di scavi. Mi restava solo da scoprire per quale scopo scavassero con tanto accanimento. Svoltai l'angolo e vidi che la City and Suburban Bank confinava proprio con l'appartamento del nostro amico. Ebbi allora la sensazione di aver risolto il problema. Quando lei ritornò a casa sua, alla fine del concerto, chiamai Scotland

Yard e il decano dei direttori della banca, con il risultato che lei stesso ha visto.»

«Ma come ha potuto indovinare che il tentativo di scasso doveva essere portato a termine questa notte?»

«Ecco, il fatto che i due furfanti avessero chiuso gli uffici della Lega mi parve un segno evidente che la presenza di Jabez Wilson non dava più fastidio, che cioè la loro galleria doveva essere terminata. Ma era importantissimo, per loro, servirsene senza indugio, perché, da un lato, rischiavano di essere scoperti, dall'altro la riserva aurea della banca poteva, da un momento all'altro, essere trasportata altrove. Ora, il sabato sarebbe stato per loro il giorno più adatto, dato che questo avrebbe concesso loro quarantott'ore di tempo per mettersi in salvo. Ecco perché ho previsto che avrebbero tentato il colpo stanotte.»

«Il suo ragionamento fila in modo stupendo!» esclamai, sinceramente ammirato. «È una catena lunga, eppure ogni anello si salda all'altro in maniera perfetta!»

«Questo diversivo mi ha salvato dalla noia» concluse Holmes, con uno sbadiglio. «Ahimè, già sento che mi sta riprendendo. La mia vita si consuma in un unico vano sforzo per sfuggire ai luoghi comuni dell'esistenza. E questi piccoli fatterelli mi aiutano a tenermi desto.»

«Ma lei è un benefattore dell'umanità!» esclamai.

Holmes alzò le spalle. «Chi lo sa, forse a qualcosa servirò anch'io» osservò. «Come Flaubert ebbe a scrivere a George Sand: *"L'homme c'est rien, l'oeuvre c'est tout"*.»[2]

Titolo originale: *The Red-Headed League*, 1891
Traduzione di Maria Gallone

[2] "L'uomo non è nulla, l'opera è tutto." (*NdT*)

L'uomo dal labbro storto

Isaiah Whitney, fratello del defunto Eliah Whitney, dottore in Teologia e preside del Collegio teologico di San Giorgio, era incurabilmente dedito all'oppio. Aveva preso il vizio, incominciando per scherzo, quando era all'università, dopo aver letto le descrizioni dei sogni e delle sensazioni di De Quincey, impregnando di laudano il suo tabacco nel tentativo di risentire i medesimi effetti. Come molti altri, aveva dovuto constatare che è assai più facile contrarne l'abitudine che sbarazzarsene e, ormai da molti anni schiavo della droga, era diventato, per gli amici e i parenti, uno spettacolo pietoso e disgustoso insieme. Me lo vedo ancora davanti, con quella sua faccia gialla, color dell'argilla, le palpebre cadenti, le pupille ridotte a una capocchia di spillo, tutto rannicchiato in una poltrona, un vero rottame d'uomo.

Una notte – era il giugno dell'89 – qualcuno suonò alla mia porta, proprio nell'ora in cui si incomincia a fare il primo sbadiglio e a guardare la pendola. Io rimasi a sedere nella mia poltrona, mentre mia moglie, con cipiglio contrariato, si posava in grembo il lavoro di cucito cui era intenta.

«Qualche malato!» mormorò. «Dovrai uscire.»

Io emisi un mugolio, perché ero da poco rientrato dopo una giornata faticosissima.

Udimmo la porta aprirsi, poche parole concitate, e poi dei passi affrettati sul pavimento di linoleum. L'uscio della nostra stanza fu spalancato, ed entrò una signora vestita di scuro, avvolta in un velo nero.

«Vogliate perdonarmi per essere venuta a disturbarvi in un'ora così importuna!» incominciò, poi, perdendo a un tratto il controllo dei nervi, corse da mia moglie, le buttò le braccia al collo e prese a singhiozzare contro la sua spalla. «Oh, sono disperata!» gridò. «Ho tanto bisogno di aiuto!»

«Ma come!» esclamò mia moglie, traendo da un lato il velo che copriva il volto della visitatrice. «Sei Kate Whitney! Mi hai spaventata, Kate! Quando ti ho vista entrare qui dentro non avevo la più pallida idea che potessi essere tu!»

«Non sapevo che decisione prendere, ecco perché sono venuta direttamente da te.» Era sempre la solita storia: tutti coloro che si trovavano in qualche guaio correvano da mia moglie, come falene a una lanterna.

«Hai fatto molto bene a venire. Adesso ti darò da bere qualcosa, ti metterai a sedere comoda e ci racconterai tutto. O preferisci che mandi James a dormire?»

«Oh, no, no. Ho bisogno del suo consiglio, del suo aiuto. Si tratta di Isaiah. Non ritorna a casa da due giorni. Ho tanta paura per lui!»

Non era la prima volta che ci parlava del vizio di suo marito: a me come medico, a mia moglie come a un'antica amica e compagna di scuola. Cercammo di calmarla e confortarla come meglio potemmo. Sapeva dove si trovava suo marito? Pensava che noi potessimo andare a cercarlo?

Sì, a quanto sembrava. Lei aveva saputo da fonte sicurissima che, da qualche tempo, quando era in preda al furore dell'oppio, andava in una fumeria posta all'estremo est della City. Di solito le sue orge non oltrepassavano una giornata, dopo di che rientrava la sera, tremante e disfatto. Ma ora la droga lo teneva in suo potere da quarantotto ore, e certo giaceva laggiù, tra la feccia dei docks respirando il veleno, oppure dormendo sotto il suo effetto. Era certa che si trovava lì, alla Barra d'Oro, in Upper Swandam Lane. Ma cosa poteva fare, lei? Come era possibile che una donna, giovane e timida, si recasse in un posto simile a raccogliere il proprio marito in mezzo all'accolta di farabutti che sicuramente lo attorniavano?

Così stavano le cose, e naturalmente la soluzione era una sola. Non potevo io accompagnarla laggiù? E poi, ripensandoci, a che scopo andarci lei? Il medico curante di Isaiah Whitney ero io, e come tale ero il solo che potesse esercitare su di lui una certa influenza. Mi sarei sbrigato meglio, se fossi stato solo. Le diedi la mia parola d'onore che lo avrei rimandato a casa con una vettura entro un paio d'ore, purché si trovasse effettivamente all'indirizzo che la signora mi aveva dato. Perciò, in capo a dieci minuti avevo lasciato la mia poltrona e il mio confortevole salottino, e mi dirigevo in vettura verso il lato orientale della città per una strana missione, così almeno mi sembrava, al momento; solo in seguito avrei scoperto fino a che punto la missione era strana e pericolosa!

Tuttavia, il primo stadio della mia avventura non presentò gravi difficoltà. Upper Swandam Lane è un sordido vicolo occhieggiante dietro gli altri moli che fiancheggiano il lato nord del fiume, a est del London Bridge. Tra un negozio di rigattiere e uno spaccio di liquori, trovai la tana che cercavo, a cui si accedeva per una fuga di scalini ripidi che conducevano giù a un'apertura nera come l'imbocco di una caverna. Diedi ordine al vetturino di aspettare, scesi gli scalini, divenuti cavi al centro per lo strascichio incessante di piedi di ubriachi, e alla luce di una vacillante lampada a olio che pendeva sull'uscio trovai il paletto ed entrai in una stanza lunga e bassa, impregnata dell'odore forte e sgradevole del fumo dell'oppio e ingombra fino al soffitto di cuccette di legno come la sottocoperta di un piroscafo di emigranti.

Nella penombra era possibile scorgere indistintamente una massa di corpi distesi in pose fantastiche, con le spalle curve, le ginocchia piegate, le teste arrovesciate all'indietro, i menti rivolti in alto, mentre qua e là un occhio nero, opaco, spiava i nuovi venuti. Tra le cupe ombre luccicavano piccoli cerchi rossi di luce, ora vividi, ora deboli, a seconda che l'avvampante veleno guizzasse o svanisse nei bruciatoi delle pipe metalliche. La maggior parte dei fumatori giaceva in silenzio, ma alcuni borbottavano tra sé, altri parlavano tra di loro con una voce strana, bassa, monotona; la loro conversazione vi investiva come una raffica per sperdersi subitamente nel nulla, ma ciascuno mormorava i propri pensieri, non prestando la minima attenzione alle parole del vicino. All'estremità della stanza ardeva un braciere di carboni, accanto al quale, su un treppiede, sedeva un vecchio alto, magro, la mascella appoggiata sui pugni chiusi, i gomiti appoggiati sulle ginocchia, che fissava il fuoco con uno sguardo vacuo, perduto.

Come entrai mi si avvicinò un inserviente malese dalla faccia giallastra, offrendomi una pipa e una dose di droga, e indicandomi una cuccetta vuota.

«Grazie, ma non sono venuto per restare» dissi. «C'è qui un mio amico, il signor Isaiah Whitney, e desidero parlargli.»

Intesi alla mia destra un movimento e un'esclamazione, e aguzzando gli occhi nella semioscurità vidi Whitney pallido, smarrito, scarmigliato, che mi fissava.

«Dio mio! Watson!» disse. Era in uno stato pietoso di reazione, con i nervi a fior di pelle. «La prego, Watson, che ore sono?»

«Quasi le undici.»

«Di che giorno?»

«Di venerdì 19 giugno.»

«Dio santo! E io che credevo fosse mercoledì! Ma *è* mercoledì! Perché vuole spaventare inutilmente un povero disgraziato?» Lasciò cadere il viso sul mio braccio e prese a singhiozzare con una voce acuta, femminile.

«Le dico che è venerdì, amico mio. Sua moglie non ha fatto che aspettarla, durante questi due giorni. Dovrebbe vergognarsi di quello che fa!»

«Certo che ne ho vergogna. Ma lei si confonde, Watson, perché io sono qui soltanto da poche ore: ho fumato tre pipe, quattro pipe... non mi ricordo più quante. Ma voglio tornare a casa con lei. Non voglio spaventare Kate... povera piccola Kate... Mi dia la mano! Ha una vettura?»

«Sì, è fuori che aspetta.»

«Allora vengo. Ma devo pagare qualcosa qui: chieda lei, Watson, quanto devo pagare. Io non mi raccapezzo più, non riesco a pensare per conto mio!...»

Mi avviai giù per lo stretto andito tra la duplice fila di dormienti, trattenendo il fiato per evitare di aspirare le ripulsive esalazioni della droga e guardandomi intorno in cerca del proprietario del locale. Mentre passavo davanti all'uomo alto che sedeva presso il braciere, mi sentii afferrare improvvisamente per la giacca e una voce sommessa mi sussurrò: «Cammina dietro di me, e poi voltati indietro a guardarmi». Le parole mi colpirono distintissimamente l'orecchio. Abbassai lo sguardo. Non potevano provenire che dal vecchio al mio fianco; eppure questi era seduto, più assorto che mai, magrissimo, tutto una grinza, piegato in due dall'età, con una pipa d'oppio che gli penzolava tra le ginocchia, come se gli fosse caduta dalle dita in un eccesso di stanchezza. Feci due passi innanzi e mi voltai indietro. Ci volle tutta la padronanza dei miei nervi perché non prorompessi in un grido di stupore. Aveva voltato la schiena in modo che nessuno, all'infuori di me, potesse vederlo. La sua figura sembrava essersi arrotondata, le rughe erano scomparse, gli occhi spenti avevano ripreso il loro ardore, ed ecco che, seduto accanto al fuoco, a ridacchiare del mio stupore, altri non c'era che Sherlock Holmes. Feci un lieve movimento come per avvicinarmi a lui; ma immediatamente, mentre tornava a volgere la faccia verso gli altri, riprese il primitivo aspetto tremante, senile.

«Holmes!» bisbigliai. «Che diavolo ci sta a fare, lei, qua dentro?»

«Parli il più piano possibile» mi rispose. «Ho orecchie buonissime. Se volesse avere la compiacenza di sbarazzarsi di quel suo idiota di amico, sarei felicissimo di fare una chiacchieratina con lei.»

«Ho una vettura che mi aspetta fuori.»

«Allora lo spedisca a casa con quella. Può fidarsi a lasciarlo andare solo: è troppo esausto per cacciarsi in altri guai. La pregherei anche di mandare un messaggio a sua moglie per mezzo del vetturino, per dirle che mi ha incontrato e si è associato al mio destino. Se vuole aspettarmi fuori, la raggiungo tra cinque minuti.»

Era difficile respingere le richieste di Sherlock Holmes, perché erano sempre fatte con un tono di grande decisione, quasi di autorità. Avevo però l'impressione che, una volta messo Whitney in carrozza, la mia missione fosse praticamente compiuta, e per il resto non potevo desiderare di meglio che unirmi al mio amico in una di quelle singolari avventure che costituivano la condizione normale della sua esistenza. In pochi minuti scrissi il biglietto, pagai il conto di Whitney, lo accompagnai alla vettura e attesi finché lo vidi allontanarsi sano e salvo nell'oscurità. Di lì a poco, una figura decrepita emerse dalla taverna, e io presi a camminare giù per il vicolo a fianco di Sherlock Holmes. Per il percorso di due strade tirò avanti ciabattando, curvo, strascicando i piedi. Poi, datasi una rapida occhiata attorno, si tirò su dritto in tutta la sua altezza e scoppiò in un'allegra risata.

«Watson,» mi disse «temo che lei pensi di dover aggiungere, alle iniezioni di cocaina e a tutte le altre mie piccole debolezze, intorno alle quali mi ha elargito i suoi consigli medici, anche il vizio dell'oppio!»

«Le confesso che sono rimasto molto sorpreso di vederla in un luogo simile!»

«Non più però di quanto sono rimasto sorpreso io, nel vederci lei!»

«Ma io ero andato a cercare un amico.»

«E io un nemico.»

«Un nemico?»

«Sì, uno dei miei nemici naturali o, per meglio dire, una mia preda naturale. A farla breve, Watson, mi trovo nel bel mezzo di un'inchiesta interessantissima, e spero di aver trovato una traccia tra il farfugliare incoerente di quegli imbecilli, come già mi è accaduto altre volte. Se fossi stato riconosciuto in quel buco, la mia vita non sarebbe durata un'ora, perché me ne sono già servito in diverse occasioni per i miei scopi, e quel farabutto di marinaio orientale che dirige il locale ha giurato di farmi la pelle. Ma c'è una botola sul retro dell'edificio, vicino all'angolo del Molo Paul, che potrebbe raccontare strane storie di quello che vi è passato attraverso durante le notti senza luna.»

«Cosa? Non vorrà mica parlare di cadaveri!»

«Eh, sì, proprio di cadaveri, caro Watson! Diventeremmo ricchi, se ci dessero mille sterline per ogni povero diavolo che è stato messo a morte in quella spelonca. È il più lurido trabocchetto di tutta la zona fluviale, e temo che Neville St Clair ci sia entrato per non uscirne mai più. Ma ecco, il nostro baroccino dovrebbe essere qui!» Si mise due dita tra i denti e lanciò un fischio acuto, cui rispose da lontano un fischio analogo, seguito poco dopo da un rotolio di ruote e da uno scalpicciare di zoccoli di cavalli.

«E adesso, Watson,» mi disse Holmes, mentre fuori dall'oscurità sbucava un baroccino che gettava dai fanali laterali due fasci di luce giallo-dorata «lei viene con me, vero?»

«Se posso esserle utile!...»

«Oh, un amico fidato è sempre utile! E un cronista lo è ancora di più. D'altronde, ai Cedri c'è una camera a due letti.»

«Ai Cedri?»

«Sì, così si chiama la casa del signor St Clair. Abito lì, a causa dell'inchiesta che sto conducendo.»

«Ma dov'è questo posto?»

«Vicino a Lee, nel Kent. Abbiamo davanti a noi una passeggiata di una dozzina di chilometri.»

«Ma io non so nulla di nulla.»

«Si capisce. Ma adesso le spiegherò tutto. Su, salti qua sopra! Va benissimo, John, non abbiamo bisogno di te. Eccoti mezza corona, e vieni a cercarmi domani verso le undici. Arrivederci!»

Spronò il cavallo con uno schiocco di frusta, e subito fummo sbalzati in un'interminabile successione di strade buie e deserte che si allargavano, a mano a mano, finché ci trovammo a volare attraverso un ponte fiancheggiato da un ampio parapetto, mentre il fiume limaccioso fluiva pigramente sotto di noi. Al di là si stendeva un altro groviglio di mattoni e cemento, il cui silenzio era rotto soltanto dal passo pesante e cadenzato della guardia di servizio, oppure, di quando in quando, dai canti e dalle grida di qualche compagnia di nottambuli. Una caligine opaca si trascinava lentamente nel cielo, e qualche stella occhieggiava incerta qua e là tra gli squarci delle nubi. Holmes guidava in silenzio, la testa piegata sul petto, con l'aria di un uomo assorto in meditazione, mentre io gli sedevo accanto, ansioso di conoscere qual era questa nuova avventura che pareva mettere a così dura prova le sue forze, e timoroso tuttavia di interrompere il corso dei suoi pensieri. Avevamo già percorso parecchi chilometri, e incominciavamo ad avvicinarci alla meta, quando il mio amico si riscosse, scrollò le spalle e accese la pipa, con l'aria di chi si è finalmente persuaso che la propria linea di azione è la migliore.

«Lei possiede l'impareggiabile dono del silenzio, Watson» disse infine. «Ecco perché io la considero un compagno senza pari. Parola d'onore... Adesso però è un grande piacere per me avere qualcuno con cui scambiare quattro chiacchiere, perché francamente i miei pensieri non sono dei più allegri. Mi stavo domandando che cosa racconterò a quella povera donnina, stasera, quando verrà ad aprirmi la porta.»

«Lei dimentica che io seguito a non sapere nulla di nulla di tutta questa storia.»

«Avrò giusto il tempo di narrarle sommariamente i fatti prima di giungere a Lee. Sembra una cosa di una semplicità ridicola, eppure, non so come, non riesco a trovare un solo appiglio dal quale cominciare. Di filo in mano ne ho a iosa, ma il guaio è che non so trovare il bandolo. Dunque, le riferirò il caso per sommi capi, caro Watson, e chissà che lei non possa procurarmi una scintilla di luce in tutto il buio in cui mi dibatto.»

«Su, racconti, presto!»

«Alcuni anni fa, per essere esatti nel maggio del 1884, venne a stabilirsi a Lee un certo Neville St Clair, che apparentemente possedeva un sacco di quattrini. Si comprò una bella villa, sistemò i terreni molto bene, e prese a vivere nel complesso in grande stile. A poco a poco strinse amicizie nelle vicinanze e, nel 1887, sposò la figlia di un fabbricante di birra del luogo, dalla quale ha avuto due bambini. Non aveva un'occupazione fissa, ma era interessato in diverse società, e di regola si recava in città al mattino, ritornando ogni sera da Cannon Street col treno delle 5.14. Il signor St Clair ha ora trentasette anni, è un uomo di abitudini tranquille, buon marito, padre affettuoso, e molto benvoluto da tutti quelli che lo conoscono. Posso aggiungere che il totale dei suoi debiti ascende, per quanto mi è stato possibile accertare, a ottantotto sterline e dieci scellini, mentre ha un conto corrente a suo credito alla Capital and Counties Bank di duecentoventi sterline. Non vi è dunque motivo di ritenere che abbia grosse preoccupazioni finanziarie.

«Lunedì scorso il signor Neville St Clair si recò in città più presto del consueto, spiegando prima di partire di dover sbrigare due commissioni importanti, e che al ritorno avrebbe portato a casa al suo maschietto una scatola di costruzioni. Ora, per puro caso sua moglie ricevette un telegramma, quel medesimo lunedì, quasi subito dopo la partenza del marito, in cui la si avvertiva che un pacchettino di considerevole valore, e che lei aspettava, era appunto ad attenderla negli uffici dell'Agenzia di spedizioni Aberdeen. Se lei è pratico della nostra cara Londra saprà che gli uffici di questa ditta si trovano in Fresno Street, cioè in una ramificazione di Upper Swandam Lane, dove lei mi ha trovato stanotte. La signora St Clair, dopo colazione, si avviò alla City, sbrigò alcune commissioni, andò agli uffici della compagnia, ritirò il suo pacchetto, e alle 4.35 precise si trovò a passare in Swandam Lane, diretta nuovamente alla stazione. Mi ha seguito sin qui?»

«Perfettamente.»

«Se si ricorda, lunedì era una giornata caldissima, e la signora St Clair camminava piano, guardandosi attorno nella speranza d'incontrare una carrozzella, perché non le piaceva girare a piedi in quei paraggi. Mentre passeggiava così per Swandam Lane, udì all'improvviso un'esclamazione, o meglio un grido, e rimase esterrefatta nello scorgere suo marito che la guardava; alla signora, anzi, parve che le facesse cenno di salire, da una finestra al secondo piano di una casa. La finestra era aperta, e la signora distinse benissimo il viso del marito che, secondo quanto lei asserisce, era contratto da un'emozione violentissima. Lui agitò le mani verso di lei con un gesto disperato, quindi sparì dal vano della finestra con una tale subitaneità da dare alla signora la sensazione che una forza irresistibile lo avesse addirittura risucchiato dal fondo della stanza. Un particolare significativo, che il suo rapido occhio femminile colse immediatamente, è questo: sebbene indossasse una giacca scura, quella appunto che aveva indosso partendo per la città, era senza cravatta e senza colletto.

«Convinta che gli stesse capitando qualcosa di losco, corse in fretta giù per gli scalini – poiché la casa altro non era che la fumeria d'oppio in cui lei mi ha sorpreso stanotte – e, attraversata velocemente la stanza principale, tentò di salire al primo piano. Ma, ai piedi delle scale, incontrò quel farabutto di malese, di cui le ho parlato, che la ricacciò indietro, e con l'aiuto di un danese che gli fa da inserviente la risospinse in strada. In preda ai dubbi e alle paure più folli, la signora corse giù per il vicolo e, giunta in Fresno Street, incontrò un gruppo di agenti, capitanati da un ispettore, che si apprestavano appunto a fare il loro giro di ronda. L'ispettore e due uomini la riaccompagnarono sul posto e, nonostante la resistenza e i dinieghi del proprietario, irruppero nella stanza in cui la signora St Clair aveva visto il marito. Ma non ne trovarono la minima traccia. Infatti, al secondo piano di quella casa non c'era anima viva, all'infuori di un povero storpio di aspetto ributtante che, a quanto pare, abita lì. Sia questi sia il marinaio giurarono che nessuno era entrato in quella stanza durante il pomeriggio. I loro dinieghi furono talmente energici che l'ispettore ne rimase perplesso, ed era quasi sul punto di credere che la signora St Clair avesse preso un abbaglio, allorché questa, con un grido, si lanciò su una piccola scatola di legno grezzo, posata su una tavola, e ne alzò bruscamente il coperchio. Ne uscì una piccola valanga di cubetti per bambini. Era il giocattolo che St Clair aveva promesso di portare a casa.

«Questa scoperta, e l'evidente confusione dimostrata dallo sciancato, fece comprendere all'ispettore che la questione era seria. Le stanze vennero perquisite attentamente, e i risultati parvero indicare un delitto abominevole. La stanza antistante, arredata semplicemente a salotto, conduce a una minuscola camera da letto che dà sul retro di uno dei moli. Tra il molo e la camera da letto c'è una stretta fascia di terra, asciutta durante la bassa marea, ma coperta, a marea alta, da quasi un metro e mezzo di acqua. La finestra della camera da letto è ampia e si apre dal basso. L'inchiesta rivelò tracce di sangue sul davanzale, e parecchie gocce sparse erano visibili pure sul pavimento di legno della camera da letto. Ammonticchiati dietro una tendina, nell'anticamera, furono rinvenuti tutti gli abiti di Neville St Clair, a eccezione della giacca. C'erano le sue scarpe, le sue calze, il cappello, e perfino l'orologio. Nessuno di questi indumenti recava segni di violenza, eppure di Neville St Clair non vi era la minima traccia. Apparentemente doveva aver preso la via della finestra, poiché non fu trovata altra uscita, e le sinistre macchie di sangue sul davanzale lasciavano poca speranza che si fosse potuto salvare a nuoto, poiché la marea, al momento della tragedia, era altissima.

«Veniamo ora ai tizi in apparenza direttamente implicati nella vicenda. È risaputo che il malese è un farabutto della peggior specie, ma dato che, secondo il racconto della stessa signora St Clair, lui si trovava ai piedi della scala pochi secondi dopo l'apparizione alla finestra di Neville St Clair, non può essere considerato, nell'inquadratura del delitto, che una figura accessoria. L'uomo si è difeso protestando la più assoluta ignoranza e asserendo di essere completamente all'oscuro delle azioni di Hugh Boone, il suo inquilino, e di non sapere minimamente spiegare la presenza nei suoi locali degli abiti dello scomparso.

«Questo per quanto riguarda il gestore malese. Veniamo ora al losco sciancato che abita al secondo piano della fumeria d'oppio, e che fu certamente l'ultimo essere umano che vide Neville St Clair. Quest'uomo si chiama Hugh Boone, e la sua faccia, una maschera ributtante, è ben nota ai frequentatori abituali della City. Fa il mendicante di professione, benché, per non contravvenire ai regolamenti di polizia, finga di vendere cerini. A un certo punto di Threadneedle Street, sul lato sinistro, c'è, forse lo avrà notato, un piccolo rientro, quasi una nicchia nel muro. È lì che quello se ne sta tutto il santo giorno, a gambe incrociate, con in grembo la sua misera merce, e poiché costituisce veramente uno spettacolo pietoso, molti fanno cadere una piccola pioggia di monetine nel berretto di cuoio unto e bisunto che tiene posato in terra accanto a sé. Ho osservato questo individuo più di una volta, prima di farne la conoscenza professionale, e sempre sono rimasto sorpreso dalla massa di quattrini che riesce a raggranellare in pochissimo tempo. Vede, il fatto è che il suo aspetto colpisce talmente che non può passare inosservato. Ha una selva di capelli arancione, una faccia pallida sfigurata da una cicatrice orribile che, contraendogli i lineamenti, ha fatto sì che la parte esterna del suo labbro superiore sia rivolta all'insù, un mento da mastino e un paio di occhi neri straordinariamente penetranti, che offrono un singolare contrasto col colore dei suoi capelli: tutti questi particolari, insomma, lo fanno notare tra la massa dei mendicanti comuni, oltre al suo spirito, poiché ha sempre la risposta pronta a un motteggio o a un'osservazione che può essergli lanciata dai passanti. Questo è l'uomo che ora sappiamo alloggiava alla fumeria d'oppio, e che certamente fu l'ultimo a vedere l'individuo di cui noi stiamo andando in cerca.»

«Ma è uno sciancato!» obiettai. «Che cosa vuole che possa aver fatto contro un uomo nel fiore dell'età?»

«È sciancato nel senso che cammina zoppicando, ma per il

resto sembra forte e ben nutrito. Certamente la sua esperienza medica le avrà insegnato, Watson, che la debolezza di un arto è spesso compensata da una forza eccezionale negli altri.»

«Continui il suo racconto, la prego!»

«Alla vista del sangue sulla finestra, la signora St Clair svenne e fu riportata a casa in carrozza dalla polizia, dal momento che la sua presenza non poteva essere di alcun aiuto al proseguimento dell'inchiesta. L'ispettore Barton, cui è stato affidato il caso, procedette a un'accurata verifica dei locali, ma senza trovare nulla che potesse gettare luce sulla vicenda. Era stato un errore non arrestare Boone all'istante, poiché così aveva avuto a disposizione alcuni minuti durante i quali poteva aver comunicato col suo amico malese; ma si rimediò presto a questo errore, e l'uomo fu preso e perquisito, senza però che gli si trovasse addosso nulla per poterlo incriminare. C'erano, è vero, alcune macchie di sangue sulla manica destra della sua camicia; ma lui mostrò l'anulare, tagliato alla radice dell'unghia, e spiegò che le macchie provenivano da quella piccola ferita, aggiungendo che era rimasto affacciato alla finestra pochi minuti prima e che, senza dubbio, le macchie sul davanzale dovevano avere la medesima origine. Affermò energicamente di non avere mai visto Neville St Clair, e giurò che la presenza degli indumenti dello scomparso nella sua stanza era per lui inspiegabile non meno che per la polizia. In quanto alle asserzioni della signora St Clair, di avere cioè effettivamente visto suo marito alla finestra, dichiarò che la signora doveva essere o pazza o allucinata. Fu portato in guardina nonostante le sue reiterate proteste, mentre l'ispettore rimase sul posto nella speranza che il riflusso della marea montante rivelasse qualche indizio nuovo.

«Il che avvenne, infatti, per quanto non si trovasse sulla riva fangosa ciò che si temeva di ritrovare. Soltanto la giacca di Neville St Clair, e non il suo corpo, fu abbandonata sull'argine dalla marea che si ritirava. E, mi dica, che cosa immagina che abbiano scoperto nelle tasche di quella giacca?»

«Proprio non saprei.»

«No, non credo che riuscirebbe a indovinarlo. Erano zeppe di penny e di mezzi penny: quattrocentoventun penny e duecentosettanta mezzi penny. Ecco perché la giacca non era stata spazzata via dal riflusso. Con un corpo umano, invece, la faccenda è diversa. Tra il molo e la casa c'è un forte risucchio, e parve perciò più che probabile che la giacca così appesantita sia rimasta, mentre il corpo denudato dev'essere stato aspirato nel vortice del fiume.»

«Ma, se ho inteso bene, il resto degli indumenti di St Clair era rimasto nella stanza. Possibile che il cadavere fosse vestito della sola giacca?»

«No, caro, però questi fatti possono essere spiegati, sia pure con un'ipotesi un po' forzata. Immaginiamo che Boone abbia buttato St Clair dalla finestra: non c'è anima viva che abbia assistito al delitto. Che cosa fa, allora, l'assassino? Spoglia immediatamente la vittima degli indumenti che potrebbero essere rivelatori. Afferra quindi anche la giacca, ma, nell'atto di gettarla fuori, gli viene in mente che potrebbe galleggiare, non già affondare. Il criminale ha poco tempo, poiché ha udito, in fondo alle scale, la moglie che tenta di aprirsi un varco a viva forza; e forse è già stato avvertito dal suo socio, il malese, che la polizia sta arrivando di gran carriera. Non ha un minuto da perdere. Corre a un nascondiglio segreto dove ha accumulato i frutti delle sue questue, e rimpinza di tutte le monete che gli capitano tra le mani le tasche della giacca, per assicurarsi che questa affondi. Poi la getta fuori, e farebbe lo stesso con gli altri indumenti, se non udisse un accorrere di gente in basso; così, ha giusto il tempo di richiudere la finestra, prima dell'arrivo della polizia.»

«Certo la cosa può sembrare possibile.»

«Bene, per il momento accettiamo questa ipotesi, in attesa di trovarne una migliore. Boone, come le ho detto, fu arrestato e condotto al posto di polizia, ma non fu possibile scovare nessun elemento a suo carico. Da anni, tutti lo conoscono come un mendicante di professione, ma per il resto risulta che ha sempre condotto un'esistenza quieta e onesta. Così stanno dunque le cose, per il momento, e i problemi che ci interessano (che cosa faceva Neville St Clair nella fumeria d'oppio, che cosa fu di lui là dentro, e che cosa c'entra Hugh Boone con la sua scomparsa) sono ben lungi dall'essere risolti. Confesso di non rammentarmi di nessun caso di cui mi sia finora occupato che, a prima vista, appaia tanto semplice, e che presenti invece tante difficoltà.»

Mentre Sherlock Holmes mi andava enumerando questa serie

di avvenimenti straordinari, noi eravamo passati come un turbine attraverso i sobborghi della grande città fino a che le ultime case isolate erano rimaste alle nostre spalle, e correvamo ora su una strada di campagna fiancheggiata da una doppia siepe. Ma proprio mentre Holmes terminava la sua narrazione passammo attraverso due villaggi sparsi, dove poche luci brillavano ancora alle finestre.

«Siamo alla periferia di Lee» mi spiegò il mio compagno. «Nella nostra breve scarrozzata abbiamo toccato tre contee inglesi, partendo dal Middlesex, attraversando un angolo del Surrey e terminando nel Kent. Vede quella luce laggiù tra quegli alberi? Quelli sono I Cedri, e accanto a quella lampada è seduta una donna le cui orecchie inquiete, ne sono sicuro, hanno già afferrato lo scalpitio del nostro cavallo.»

«Ma come mai lei, Holmes, non dirige l'inchiesta da Baker Street?»

«Perché ci sono molte ricerche da fare sul posto. Molto gentilmente la signora St Clair mi ha messo a disposizione due stanze, e può stare certo che lei, in qualità di mio collega e amico, riceverà la più calda delle accoglienze. Ma le assicuro, Watson, che mi sento male al pensiero di dover affrontare quella donna senza essere in grado di portarle nessuna notizia sul conto del marito. Eccoci arrivati, intanto! Fermo, olà, fermo, bello!»

Ci eravamo arrestati davanti a una villa imponente, circondata da un parco. Un garzone di scuderia era accorso a prendere le redini dell'animale e io, balzando a terra, seguii Holmes su per il piccolo viale serpeggiante e coperto di ghiaia che conduceva alla casa. Mentre ci avvicinavamo, la porta della villa si spalancò e, sulla soglia, apparve una biondina, vestita di un abito di mussola di seta, bordato ai polsi e al collo da una guarnizione vaporosa di chiffon rosato. La sua sagoma si profilava netta contro il fiotto di luce; aveva una mano sulla maniglia della porta, l'altra era alzata in un gesto ansioso, tutto il suo corpo era leggermente inclinato, la testa e il volto protesi, gli occhi ansiosi, le labbra semiaperte: sembrava un'interrogazione vivente.

«Dunque?» gridò. «Dunque?» Poi, vedendo che eravamo in due, lanciò un grido di speranza che si perse in un gemito, quando scorse il mio compagno scuotere il capo e scrollare le spalle.

«Nessuna notizia?»
«Nessuna.»
«Nessuna brutta novità?»
«No.»
«Dio sia ringraziato almeno per questo! Ma entrate! Lei dev'essere stanco, signor Holmes, dopo una giornata tanto faticosa!»
«Le presento il mio amico, dottor Watson, che mi è stato di validissimo aiuto in parecchie occasioni. Una fortunata combinazione mi ha permesso di portarlo qui con me e di associarlo all'inchiesta che sto conducendo intorno al caso di suo marito.»
«Felicissima di conoscerla!» mi disse la piccola signora, stringendomi la mano con grande cordialità. «La prego di scusare se troverà qui una sistemazione di fortuna, ma la scomparsa di mio marito mi ha fatto letteralmente perdere la testa!»
«Cara signora,» risposi «sono un vecchio soldato di ventura, e anche se non lo fossi, mi renderei perfettamente conto che lei non ha affatto bisogno di scusarsi. E se potrò essere di aiuto, sia a lei sia al mio amico Holmes, ne sarò davvero felicissimo.»
«E ora, signor Holmes,» disse la signora mentre entravamo in una sala da pranzo riccamente illuminata, dove era stata apparecchiata una cena fredda «vorrei rivolgerle due o tre domande molto semplici, alle quali la pregherei di rispondere con altrettanta semplicità.»
«Con piacere, signora.»
«Non si preoccupi dei miei sentimenti: non sono né isterica, né facile agli svenimenti. Desidero soltanto conoscere la sua opinione, schietta e sincera!»
«A che proposito?»
«Mi dica schiettamente, sinceramente: in fondo al suo cuore, è convinto che Neville sia ancora vivo?»
Sherlock Holmes, di fronte a una domanda tanto diretta, parve imbarazzato. «Su, parli francamente!» insistette la signora, che era rimasta in piedi e lo fissava dritto negli occhi, mentre lui si era adagiato in una poltroncina di vimini.
«Francamente, signora, non lo credo.»
«Lei pensa che sia morto?»
«Sì.»
«Assassinato?»

«Non dico questo, ma forse sì.»

«E in che giorno sarebbe morto, secondo lei?»

«Lunedì.»

«Vorrebbe allora essere tanto cortese, signor Holmes, da spiegarmi come mai ho ricevuto questa lettera da lui oggi stesso?»

Sherlock Holmes fece un balzo dalla seggiola, come se lo avesse punto una tarantola.

«Cosa?» ruggì.

«Sì, proprio oggi!» La donna seguitava a sorridere, e agitava in aria un foglietto di carta.

«Posso leggerla?»

«Certamente!»

Holmes le strappò letteralmente il foglio di mano, tanto era ansioso, lo stese sulla tavola e avvicinando la lampada prese a studiarlo attentamente. Anch'io mi ero alzato e mi ero messo a esaminarlo al di sopra della sua spalla. La busta era delle più ordinarie, era stampigliata col timbro postale di Gravesend e portava la data del giorno stesso, o meglio del giorno innanzi, poiché la mezzanotte era ormai trascorsa da un pezzo.

«È una scrittura incolta!» mormorò Holmes. «Questa non può certamente essere la scrittura di suo marito, signora!»

«Quella della busta sì, ma il biglietto che conteneva è stato scritto sicuramente da mio marito.»

«Mi accorgo inoltre che chiunque sia stato a scrivere la busta, ha dovuto cercare l'indirizzo quando già aveva vergato il nome.»

«Come fa a dire questo?»

«Vede, il nome è in inchiostro perfettamente nero, il che significa che ha avuto il tempo di asciugarsi da solo. Il resto è grigiastro, perché è stato asciugato con carta assorbente. Se fossero stati scritti contemporaneamente e poi subito asciugati, il nome e l'indirizzo non avrebbero due sfumature di colore diverse. Lo scrivente ha vergato il nome, e ha lasciato trascorrere una pausa prima di aggiungere l'indirizzo, il che significa che, certamente, non lo conosceva. È un'inezia, si capisce, ma anche le inezie hanno la loro importanza. Vediamo ora la lettera. Ah, ma questa busta conteneva qualcos'altro!»

«Sì, il suo anello con sigillo.»

«E lei è sicura che si tratta della scrittura di suo marito?»

«Sì, è una delle sue scritture.»
«Come sarebbe a dire?»
«È la sua scrittura di quando scrive molto affrettatamente. Non è la sua solita scrittura, eppure io la conosco benissimo.»

Carissima, non temere. Tutto si aggiusterà. È avvenuto un errore gravissimo e occorrerà un po' di tempo per chiarirlo. Aspetta pazientemente.

Neville

«Scritto a matita, sul risguardo di un libro formato ottavo; nessuna filigrana. Uhm! Impostato oggi a Gravesend da qualcuno che aveva un pollice sporco. Ah! E la gomma della busta è stata leccata, se non m'inganno, da qualcuno che ha l'abitudine di masticare tabacco. Dunque, lei è proprio convinta che si tratti della scrittura di suo marito, signora?»
«Convintissima. È stato Neville a scrivere quelle parole.»
«E il foglio è stato imbucato quest'oggi a Gravesend. Bene, signora, la nube si sta diradando, per quanto io non possa affermare che il pericolo sia del tutto scomparso.»
«Ma Neville *deve* essere vivo, signor Holmes!»
«Sì, a meno che questa lettera non sia un abilissimo trucco per metterci su una falsa pista. L'anello non prova nulla, dopotutto! Possono avergliel rubato.»
«No, no! E poi le garantisco che è la sua scrittura! Ne sono sicurissima!»
«Tanto meglio! Il biglietto potrebbe però essere stato scritto lunedì e imbucato soltanto oggi!»
«Questo è possibile.»
«In tal caso molte cose potrebbero essere accadute in questo intervallo di tempo.»
«Oh, lei non deve togliermi coraggio, signor Holmes. Io sento che mio marito è vivo! Tra noi due esiste una tale telepatia che intuirei se gli fosse successo qualcosa di male. Proprio l'altro giorno, quando lo vidi l'ultima volta, si era tagliato un dito in camera da letto; eppure io, nonostante mi trovassi in sala da pranzo, corsi immediatamente di sopra, sicura che gli dovesse essere accaduto qualcosa. Crede che avrei avuto la divinazione di un fatto così secondario, e che non avvertirei nessun turbamento se fosse morto?»

«Ne ho viste troppe per non sapere che le impressioni di una donna hanno spesso più valore delle conclusioni di un ragionatore analitico. E questa lettera è certamente una prova assai evidente delle sue sensazioni. Ma se suo marito è vivo e in grado di scrivere lettere, perché se ne sta lontano da lei?»

«Non riesco a immaginarlo; proprio non so che cosa pensare.»

«Lunedì, prima di partire, non le ha detto nulla?»

«No.»

«E lei non è rimasta sorpresa di vederlo in Swandam Lane?»

«Moltissimo.»

«La finestra era aperta?»

«Sì.»

«Allora avrebbe potuto chiamarla?»

«Certo.»

«Invece, se ho ben capito, lanciò soltanto un grido inarticolato.»

«Sì.»

«Un grido d'aiuto, secondo lei?»

«Sì. E agitò le mani verso di me.»

«Però avrebbe potuto essere anche un grido di sorpresa, di stupore alla vista inattesa di lei, e questo avrebbe potuto fargli agitare le mani in quel modo.»

«È possibile.»

«E lei ha avuto l'impressione che qualcuno lo tirasse indietro.»

«È scomparso così improvvisamente!»

«Potrebbe essere balzato lui stesso all'indietro. Lei non ha visto nessun altro nella stanza?»

«No, ma quell'uomo disgustoso ha confessato di esservi stato, e il malese si trovava ai piedi della scala.»

«Precisamente. Suo marito, per quanto le fu dato di vedere, aveva indosso i suoi soliti vestiti?»

«Sì, ma era senza cravatta e senza colletto. Gli ho visto benissimo la gola scoperta.»

«Le aveva mai parlato di Swandam Lane?»

«Mai.»

«Lei aveva mai avuto l'impressione che suo marito fumasse oppio?»

«Mai.»

«Grazie, signora. Questi sono i punti principali che io desideravo assolutamente chiarire. Ora, mangeremo qualcosa e poi ci ritireremo, poiché probabilmente domani avremo una giornata molto faticosa.»

Era stata messa a nostra disposizione una vasta e comoda camera a due letti, e io fui lesto a infilarmi tra le lenzuola, poiché quella notte avventurosa mi aveva molto affaticato. Sherlock Holmes era però un uomo che, quando aveva in testa un problema insoluto, era capace di starsene per giorni, magari anche per un'intera settimana, senza riposo, rigirandosi un problema nel cervello, ricomponendo i fatti, studiandoli da ogni punto di vista, finché o riusciva a diradare il mistero, oppure si convinceva che i suoi dati erano insufficienti. Compresi subito che si stava preparando a una notte insonne. Si tolse la giacca e il panciotto, indossò un'ampia veste da camera turchina e poi andò in giro per la stanza raccogliendo guanciali dal suo letto e cuscini dal divano e dalle poltrone. Con questi si costruì una specie di cuccetta orientale, su cui si mise a gambe incrociate, con un'oncia di tabacco comune e una scatola di fiammiferi davanti a sé. Nell'incerto chiarore della lampada lo vidi seduto così, con una vecchia pipa di radica tra le labbra, gli occhi fissi astrattamente a un angolo del soffitto, aureolato di fumo azzurrognolo, silenzioso, immobile, i tratti forti, aquilini, messi in rilievo dalla luce. Così se ne rimase seduto mentre io scivolavo nel sonno, e così lo rividi, sempre seduto, quando un'esclamazione improvvisa mi destò di colpo, e trovai che la luce del sole brillava nella stanza. Aveva tuttora la pipa tra le labbra, il fumo seguitava ad arricciolarsi verso l'alto e la stanza era impregnata di una densa nube di tabacco, ma nulla restava del mucchietto di trinciato ordinario che gli avevo visto davanti poche ore prima.

«Si è svegliato, Watson?» mi chiese.

«Pare!»

«Ha voglia di fare una scarrozzata mattutina?»

«Certamente.»

«Allora si vesta subito. Qui dormono ancora tutti, ma io so dove pescare il ragazzo di stalla, e faremo subito uscire il calesse.» Mentre parlava, un sorriso gli errava sulle labbra, gli occhi gli scintillavano, e mi apparve assai diverso dal cupo pensatore della notte innanzi.

Mentre mi vestivo, diedi un'occhiata al mio orologio: non

c'era da stupirsi che tutti dormissero ancora! Erano le quattro e venticinque del mattino. Avevo appena finito, quando Holmes ritornò con la notizia che il ragazzo stava attaccando il cavallo.

«Voglio mettere alla prova una mia piccola teoria» mi disse mentre si infilava le scarpe. «Credo, Watson, che lei in questo momento si trovi in presenza di uno dei più grandi imbecilli d'Europa. Merito di essere preso a calci da qui fino a Charing Cross. Però penso di aver trovato il bandolo della matassa.»

«E dove?» domandai sorridendo.

«Nella stanza da bagno» fu la risposta. «Oh, sì, non scherzo!» continuò vedendo il mio sguardo di incredulità. «Ci sono stato proprio adesso, e credo di avere scoperto la chiave del mistero in questa valigetta. Andiamo, ragazzo mio, e vediamo un po' se ci riesce di farla entrare nella serratura.»

Scendemmo da basso il più presto possibile e uscimmo fuori, nella vivida luce del mattino. Sulla strada ci aspettavano cavallo e calesse, con lo stalliere vestito solo a metà che teneva le redini. Saltammo nel calessino e ci dirigemmo di gran carriera per la strada di Londra. Erano già in moto alcuni carri campagnoli che portavano alla metropoli verdura e frutta, ma le file di ville su ciascun lato della strada erano silenziose e senza vita come in una città di sogno.

«Da alcuni punti di vista lo si può considerare un caso curioso» disse Holmes, spingendo il cavallo al galoppo. «Confesso di essere stato cieco come una talpa, ma per fortuna c'è sempre tempo per diventare saggi a questo mondo.»

In città, la gente mattiniera incominciava appena allora ad affacciarsi insonnolita alle finestre, mentre noi passavamo per le strade di Surrey. Attraversammo il fiume sul Waterloo Bridge, e infilando Wellington Street girammo bruscamente a destra e ci trovammo in Bow Street. Sherlock Holmes era ben conosciuto alla polizia, e i due agenti di servizio alla porta gli fecero il saluto militare. Uno di questi prese le briglie del cavallo mentre l'altro ci accompagnava dentro.

«Chi è di servizio?» domandò Holmes. «Oh, Bradstreet, come va?» Un funzionario alto e massiccio ci era venuto incontro, lungo il corridoio pavimentato di pietra; portava un berretto a visiera e una giacca con gli alamari. «Desidero scambiare qualche parola con lei, Bradstreet.»

«Volentieri, signor Holmes. Entri nel mio ufficio.»

L'ufficio di Bradstreet era una stanza piccola, sul tavolo era appoggiato un enorme libro mastro, e un apparecchio telefonico era sospeso alla parete. L'ispettore sedette alla sua scrivania.

«In che cosa posso esserle utile, Holmes?»

«Vorrei vedere quel mendicante, quel Boone implicato nella scomparsa di Neville St Clair.»

«Già. È stato portato qui e lo abbiamo rinviato a una ulteriore inchiesta.»

«Così ho saputo, infatti. Lo avete qua?»

«È in cella.»

«È tranquillo?»

«Oh, per questo non ci dà nessun fastidio, ma è sporco come uno spazzacamino.»

«Sporco?!»

«Sì, è molto se riusciamo a fargli lavare le mani, ma ha la faccia nera come quella di un calderaio. Be', una volta sistemato il suo caso, gli faremo fare un bagno regolare; io credo che, se lo vedeste, sareste d'accordo con me che ha proprio bisogno di una buona risciacquata.»

«Io infatti desidero proprio vederlo.»

«Davvero? È presto fatto. Venite da questa parte. Può lasciare qui la sua valigetta.»

«Preferisco portarla con me.»

«Come vuole. Da questa parte, prego.» Ci condusse lungo un corridoio, aprì una porta sprangata, scese per una scaletta a chiocciola e ci portò in un corridoio imbiancato a calce con una fila di porte su ciascun lato.

«La terza cella a destra è la sua» disse l'ispettore. «Ecco qua!» Fece scorrere silenziosamente un pannello nella parte superiore della porta e vi guardò attraverso.

«Dorme» disse Bradstreet. «Potete vederlo benissimo.»

Ci avvicinammo entrambi alla grata. Il prigioniero giaceva con la faccia rivolta verso di noi, immerso in un sonno profondo, e respirava lentamente e pesantemente. Era un uomo di media statura, vestito rozzamente come si addiceva alla sua professione, con una camicia colorata che sporgeva da uno strappo della giacca tutta gualcita. Era davvero sporchissimo, come ci aveva detto l'ispettore, ma il sudiciume che gli ricopriva la faccia non poteva nasconderne la repellente bruttezza. Una vasta cicatrice prodotta da un'antica ferita gli correva dall'occhio al mento, e la contrazione della pelle gli aveva rivoltato all'insù la parte superiore del labbro, rivelando così tre denti scoperti come in un ghigno perenne. Una massa di capelli di un rosso vivo gli copriva gli occhi e la fronte.

«Bellino, vero?» disse l'ispettore.

«Ha proprio bisogno di una buona lavata» osservò Holmes. «Ci avevo appunto pensato, ed ecco perché mi sono preso la libertà di portare con me gli strumenti necessari.» Così dicendo aprì la sua valigetta e con mio immenso stupore ne tirò fuori una grossa spugna da bagno.

«Ah, ah! Ma sa che lei è un tipo buffo!» ridacchiò l'ispettore.

«Ora, se vuole avere la bontà di aprire questa porta piano piano, vedrà che tra poco gli faremo fare una figura molto migliore.»

«Bene, io non ci vedo nulla in contrario» disse l'ispettore. «Non fa molto credito alle prigioni di Bow Street, non vi pare?» Girò le chiavi nella toppa, e tutti e tre entrammo nella cella senza far rumore. Il dormiente si girò a mezzo, e poi ripiombò nel suo sonno letargico. Holmes si chinò verso la brocca dell'acqua, inumidì la spugna e sfregò quindi vigorosamente per un paio di volte la faccia del prigioniero.

«Permettetemi di presentarvi» disse «il signor Neville St Clair di Lee, nella contea di Kent.»

Mai in vita mia avevo visto uno spettacolo simile. Sotto l'effetto della spugna, la faccia dell'uomo si era pelata come si pela un albero della sua corteccia. La rozza tinta bruna era scomparsa! Scomparsi erano pure l'orribile cicatrice che la trapassava da parte a parte e il labbro distorto che conferiva al viso quel ghigno repulsivo! Uno strattone gli portò via la matassa arruffata dei capelli rossicci; e seduto sul paglericcio non c'era più che un uomo pallido, dal viso triste, dall'aspetto raffinato, nero di capelli e liscio di pelle, che si fregava gli occhi e si guardava attorno ancora istupidito dal sonno. Ma a un tratto, rendendosi conto dell'accaduto, l'uomo emise un grido e si abbatté con la faccia sul guanciale.

«Gran Dio!» esclamò l'ispettore. «È proprio l'uomo scomparso! Lo riconosco dalla fotografia.»

Il prigioniero si agitò con l'aria disperata di chi si sente abbandonato al suo destino. «E va bene!» disse. «Di che cosa mi si incolpa?»

«Di aver fatto scomparire Neville St... Oh, andiamo, non possono accusarla di questo, a meno che non ne facciano un caso di tentato suicidio» disse l'ispettore ridendo. «Bene, sono in servizio nella polizia da ventisette anni, ma questa non mi era ancora capitata.»

«Se Neville St Clair sono io, è ovvio che nessun delitto è stato commesso e che pertanto io sono detenuto illegalmente.»

«Infatti, nessun delitto è stato commesso, bensì un gravissimo errore» disse Holmes. «Avrebbe fatto molto meglio ad avere fiducia in sua moglie.»

«Non è stato per mia moglie, ma per i miei bambini» gemette il prigioniero. «Che Dio mi aiuti, non avrei mai voluto che dovessero vergognarsi del loro padre. Dio mio! Che cosa farò ora?»

Sherlock Holmes gli si sedette accanto sul paglericcio e gli batté una mano sulla spalla.

«Se lei lascerà andare la cosa in corte di giustizia,» disse «naturalmente non potrà evitare lo scandalo. Ma se, d'altro canto, riuscirà a convincere le autorità di polizia che il suo caso non è perseguibile, non vedo perché i fatti che la riguardano dovrebbero essere riportati sui giornali. Sono certo che l'ispettore Bradstreet sarà disposto a prender nota delle dichiarazioni che lei sicuramente vorrà farci, e passerà il rapporto alle autorità competenti; e il suo caso, in tal modo, non sarà mai portato in tribunale.»

«Che Dio vi benedica!» gridò il prigioniero. «Avrei sopportato la prigione, e anche il patibolo, se necessario, piuttosto che lasciare ai miei figli, come una macchia incancellabile, il mio tristissimo segreto!

«Voi siete i primi a conoscere la mia storia. Mio padre era maestro di scuola a Chesterfield, dove io ricevetti un'ottima educazione. Da giovane viaggiai, feci anche l'attore, e infine divenni cronista di un giornale londinese della sera. Un giorno, il mio direttore volle che gli scrivessi una serie di articoli sulla mendicità della capitale, e io acconsentii ben volentieri. Di qui, sono incominciate tutte le mie avventure. Soltanto fingendomi mendicante fra i mendicanti mi fu possibile ottenere le notizie su cui basai i miei articoli. Come attore, avevo imparato naturalmente tutti i segreti del trucco, e nei camerini la mia abilità in materia era diventata famosa. Mi avvantaggiai quindi delle mie capacità di truccatore. Mi dipinsi la faccia e, per rendermi quanto più miserevole possibile, mi feci una grossa cicatrice, contorcendo un lato del mio labbro con l'aiuto di un pezzetto di cerotto color carne. Mi misi quindi in testa una parrucca rossa, indossai un vestito adatto e presi posto in uno dei quartieri più movimentati della City. In apparenza vendevo fiammiferi, ma in realtà facevo il mendicante. Rimasi laggiù per sette ore consecutive, e quando rientrai a casa, la sera, constatai con mia grande sorpresa che avevo incassato ben ventisei scellini e quattro pence.

«Scrissi i miei articoli e non pensai più o quasi a questo episodio fino a quando, di lì a poco tempo, avallai una cambiale per un mio amico, e alla scadenza mi arrivò un'ingiunzione a pagare venticinque sterline. Non sapevo dove sbattere la testa per trovare una cifra simile, e allora mi venne un'idea improvvisa. Ottenni dai creditori quindici giorni di respiro, chiesi ai miei principali un permesso straordinario, e passai il tempo a mendicare nella City, nel travestimento di cui vi ho detto. In capo a dieci giorni avevo raccolto la somma necessaria e avevo pagato il mio debito.

«Voi potrete facilmente capire come mi parve duro rimettermi a un lavoro normale per due sterline la settimana, sapendo che potevo guadagnarne altrettante in un giorno, semplicemente impiastricciandomi la faccia di pittura, posando il mio berretto per terra e sedendo immobile. Fu una dura lotta, tra il mio orgoglio e la sete di denaro, ma i quattrini finirono col vincere. Abbandonai il giornalismo e mi misi a sedere, un giorno dopo l'altro, nell'angolo che mi ero scelto la prima volta, ispirando pietà con quella mia faccia ributtante, e rimpinzandomi le tasche di soldi. Un uomo solo conosceva il mio segreto. Era il proprietario di una locanda di infimo ordine dove alloggiavo di solito, in Swandam Lane, e dalla quale uscivo ogni mattina, travestito da mendicante, e ogni sera trasformato nuovamente in un borghese rispettabile e ben vestito. Questo tizio, un malese, era pagato da me profumatamente in cambio del rifugio che mi dava, e in tal modo potevo vivere tranquillissimo, perché il mio segreto, in mano sua, sarebbe rimasto tale.

«Bene, ben presto mi accorsi che stavo accumulando cifre notevoli di denaro. Con questo, non voglio dire che ogni mendicante di Londra incassi settecento sterline l'anno, il che in verità è inferiore alla mia media normale, ma io, dalla mia abilità nel truccarmi, traevo vantaggi eccezionali, come pure dalla mia disinvoltura nel rispondere sempre a tono, botta e risposta, cosa che migliorai con la pratica e che mi fece diventare una vera macchietta della City, un tipo caratteristico, insomma! Tutti i giorni si riversava su di me una vera pioggia di penny, a cui si aggiungevano spesso monetine d'argento, e i giorni in cui incassavo meno di due sterline erano proprio nerissimi.

«Man mano che mi arricchivo, la mia ambizione cresceva: mi comprai una casa in campagna, mi ammogliai, sempre senza che nessuno, sia pur lontanamente, sospettasse della mia effettiva occupazione. Mia moglie sapeva che lavoravo nella City, ma senza conoscere esattamente dove e come.

«Lunedì scorso avevo terminato la mia giornata e mi stavo vestendo nella mia stanza, sopra la fumeria d'oppio, quando mi sporsi dalla finestra e vidi con orrore e stupore mia moglie ferma in mezzo alla strada che mi puntava gli occhi addosso. Lanciai un grido di sorpresa, alzai le braccia nel gesto di coprirmi il viso, mi precipitai dal mio confidente, il malese, e lo supplicai di non lasciar salire nessuno. Avevo udito la voce di mia moglie ai piedi della scala, ma ero tranquillo che non sarebbe potuta venire di sopra. In un lampo mi svestii, tornai a infilarmi le mie vesti da mendicante, mi passai il cerone e mi misi in testa la parrucca. Neppure gli occhi di una moglie avrebbero saputo penetrare oltre un travestimento così totale. Ma, a un tratto, mi venne in mente che la stanza avrebbe potuto essere perquisita e che i miei abiti mi avrebbero tradito. Spalancai la finestra e nell'impeto e nella velocità delle mie mosse mi riaprii una piccola ferita che il mattino mi ero fatto nella mia camera da letto in campagna. Afferrai quindi la mia giacca, appesantita dalle monete di rame che vi avevo appena trasferito dalla sacca di cuoio in cui mettevo sempre il ricavato della giornata, la scagliai fuori dalla finestra e la vidi scomparire nel Tamigi. Gli altri indumenti avrebbero seguito la stessa sorte, ma proprio in quel momento un nugolo di poliziotti irruppe nella stanza, e di lì a pochi minuti, e con mio grande sollievo, lo confesso, anziché essere identificato per Neville St Clair, venni arrestato come il suo presunto assassino!

«Non credo di dovervi chiarire altro. Ero deciso a nascondere la mia identità il più a lungo possibile: ecco perché mi rifiutavo di lavarmi. Sapendo che mia moglie sarebbe stata terribilmente in pena, mi cavai l'anello che porto sempre al dito e lo affidai al malese, in un momento in cui nessun agente mi spiava, insieme a due righe affrettate, pregandola di stare calma e di non temere per me.»

«Quel biglietto le è pervenuto soltanto ieri» disse Holmes.

«Dio mio! Chissà che giorni avrà passato!»

«I nostri agenti tenevano d'occhio il suo amico malese» spiegò l'ispettore Bradstreet «e mi rendo perfettamente conto che gli sarà stato molto difficile imbucare la lettera senza farsi notare. Probabilmente l'avrà consegnata a qualche suo cliente marinaio, che se la sarà dimenticata in tasca per parecchi giorni.»

«Proprio così» annuì Holmes con aria di approvazione. «È quello che ho pensato anch'io. Ma lei non è mai stato processato per accattonaggio?»

«Un sacco di volte! Ma che cosa vuole che fosse una multa, per me?»

«Adesso, però, questa storia deve finire!» disse Bradstreet. «Se vuole che la polizia metta a tacere la cosa, Hugh Boone deve sparire dalla circolazione!»

«È quello che ho continuato a giurare solennemente a me stesso da quando sono qua dentro!»

«In tal caso non credo che saranno presi ulteriori provvedimenti. Ma se la ritroviamo a mendicare, allora salterà fuori tutto quanto. Holmes, non sappiamo come ringraziarla per l'aiuto che ci ha dato nella soluzione di questo imbroglio. Però vorrei sapere come diavolo ci è arrivato!»

«Questa volta ci sono arrivato» fu la risposta di Sherlock Holmes «standomene seduto su cinque guanciali e consumando un'oncia di tabacco. Senta, Watson, penso che se ritorniamo subito in Baker Street arriveremo giusto in tempo per fare colazione.»

Titolo originale: *The Man with the Twisted Lip*, 1891
Traduzione di Maria Gallone

Barbaglio d'Argento

«Caro Watson, temo che dovrò andare» disse Holmes, un mattino che sedevamo insieme a colazione.

«Andare? E dove?»

«Nel Dartmoor... a King's Pyland.»

La cosa non mi sorprese; mi meravigliavo anzi che Holmes non fosse coinvolto in quel caso straordinario, che era diventato l'argomento principale delle conversazioni di tutta l'Inghilterra. Per un'intera giornata il mio compagno era rimasto a misurare la stanza coi suoi lunghi passi, il mento affondato nel petto e le sopracciglia aggrottate, seguitando a caricare di tabacco fortissimo la sua inseparabile pipa, e completamente sordo alle mie domande e alle mie osservazioni. Il nostro giornalaio continuava a portarci tutte le nuove edizioni dei vari quotidiani, ma lui si limitava a darvi un'occhiata per affrettarsi subito a buttarli in un canto. Però, nonostante il suo silenzio, io sapevo benissimo che cosa Holmes andasse rimuginando nel cervello. Uno solo, in quel momento, poteva essere il problema che doveva stuzzicare la sua mentalità analitica, cioè la misteriosa scomparsa del favorito della Coppa Wessex, e la tragica morte del suo allenatore. Quando mi annunciò improvvisamente l'intenzione di recarsi sulla scena del dramma, era proprio quello che avevo aspettato e sperato.

«Sarò lietissimo di accompagnarla, purché la mia presenza non le dia fastidio» dissi.

«Caro Watson, mi farà anzi un grande favore. Credo inoltre che lei non spenderà male il suo tempo, poiché questo caso presenta degli aspetti così strani che, secondo me, promette di essere assolutamente unico nel suo genere. Penso che avremo giusto il tempo di prendere il treno a Paddington, e durante il viaggio le spiegherò meglio la situazione. Le sarò molto grato se porterà con sé il suo binocolo da campagna.»

Fu così che circa un'ora dopo mi trovavo sul sedile d'angolo di uno scompartimento di prima classe su un treno espresso, in viaggio per Exeter, mentre Sherlock Holmes, la faccia aguzza e intelligente ombreggiata dalla falda del berretto, si tuffava con avidità nel mucchio di giornali appena acquistati alla stazione di Paddington. Quando superammo Reading buttò sotto il sedile l'ultimo foglio che teneva in mano e mi offrì il suo portasigari.

«Andiamo a una bella velocità» osservò, guardando fuori dal finestrino e dando un'occhiata al suo orologio. «Teniamo attualmente una media di ottantacinque chilometri orari.»

«Non ho badato ai paletti indicatori» dissi.

«Nemmeno io, ma tra i pali del telegrafo su questa linea c'è una distanza di sessanta metri, e il calcolo è semplicissimo. Credo che lei sia già informato sugli eventi riguardanti l'assassinio di John Straker e la scomparsa di Barbaglio d'Argento.»

«Ne ho letto la cronaca riportata dal "Telegraph" e dal "Chronicle".»

«È uno di quei casi in cui l'arte del ragionatore dovrebbe essere usata più per il vaglio dei particolari che per l'acquisto di prove nuove. Si tratta di una tragedia così insolita, così totale, e di tale importanza per tanta e tanta gente, che ci troviamo di fronte a una pletora di supposizioni, congetture e ipotesi. La difficoltà consiste nello staccare l'ossatura dei fatti, fatti assoluti e innegabili, dagli avvenimenti aggiunti dai teorici e dai cronisti. Dopo esserci posti su questa base concreta, è nostro dovere vedere quali induzioni se ne possono trarre, e quali sono i cardini principali su cui si evolve questo singolare mistero. Martedì sera mi telegrafarono tanto il colonnello Ross, proprietario del cavallo, quanto l'ispettore Gregory, il quale si occupa del caso, sollecitando la mia collaborazione.»

«Martedì sera!» esclamai. «Ma oggi è giovedì mattina! Perché non è partito ieri?»

«Perché ho commesso un errore, mio caro Watson, errore, temo, che io commetto a volte più spesso di quanto potrebbe credere chiunque mi conosca soltanto attraverso le memorie che lei ha scritto. La realtà è che non ho potuto pensare che il più famoso cavallo d'Inghilterra rimanesse celato così a lungo, specialmente in una località così scarsamente abitata come il Dartmoor settentrionale. Ieri ero sicurissimo che sarebbe stato ritrovato di ora in ora, e che il suo rapitore fosse a un tempo l'assassino di John Straker. Quando vidi però che un'altra giornata era trascorsa e che, oltre all'arresto del giovane Fitzroy Simpson, nulla era stato fatto, compresi che era tempo per me di entrare in azione. Tuttavia in un certo senso ho l'impressione che la giornata di ieri non sia andata perduta.»

«Lei si è dunque già formato una sua teoria?»

«Per lo meno ho potuto radunare i fatti essenziali, e ora glieli esporrò, poiché non c'è nulla che chiarisca meglio le idee quanto il parlarne con un'altra persona; d'altronde non posso pretendere alcuna collaborazione da lei se non le espongo esattamente lo stato delle cose.»

Mi adagiai sui cuscini, aspirando voluttuosamente un sigaro, mentre Holmes, proteso in avanti, enumerava con il lungo indice sottile i vari punti sul palmo della mano sinistra, ed esponeva l'elenco degli avvenimenti che avevano determinato il nostro viaggio.

«Barbaglio d'Argento discende da Isonomy, e la sua fama non è certamente inferiore a quella del suo celebre antenato. Ha attualmente cinque anni, e ha fruttato al colonnello Ross, che ne è il fortunato proprietario, tutti i primi premi di questi ultimi anni. Al momento della catastrofe era il favorito per la Coppa Wessex e le scommesse lo davano a tre contro uno. Era sempre stato il preferito dei frequentatori ippici, che non erano mai rimasti disillusi, cosicché anche recentemente erano state puntate su di lui somme enormi; era perciò logico che molta gente avesse tutto l'interesse a impedire che Barbaglio d'Argento prendesse parte alla corsa di martedì prossimo.

«La cosa era naturalmente risaputa a King's Pyland, dove si trova l'allevamento del colonnello. Erano state prese tutte le precauzioni del caso per proteggere il favorito. L'allenatore John Straker era un fantino in ritiro, che aveva montato a lungo per i colori del colonnello Ross, finché non divenne troppo pesante per continuare a correre. È rimasto cinque anni al servizio del colonnello in qualità di fantino, e sette come allenatore, dimostrandosi sempre onesto e zelante nel lavoro. Sotto di lui c'erano tre garzoni, poiché si tratta di un allevamento piccolo, che ospita in tutto quattro cavalli. Uno dei garzoni vegliava tutta la notte nella scuderia, mentre gli altri dormivano in un soppalco. Pare che tutti e tre siano bravissimi ragazzi. John Straker, che era sposato, abitava in una villetta a circa duecento metri dalle scuderie. Non aveva figli, teneva una cameriera, e in complesso se la passava bene. La campagna attorno è molto isolata, ma a meno di un chilometro a nord sorge un piccolo raggruppamento di villini costruiti da un appaltatore di Tavistock, per malati o altre persone che vogliano respirare l'aria pura del Dartmoor. In quanto a Tavistock, questa cittadina si estende per tre chilometri a ovest, mentre al di là della brughiera, pure a una distanza di circa tre chilometri, sorge il più vasto allevamento di Capleton, il quale appartiene a lord Backwater ed è diretto da Silas Brown. Verso gli altri punti cardinali la landa si stende completamente deserta, ed è abitata solo saltuariamente da compagnie nomadi di zingari. Questa dunque era nel suo complesso la situazione lunedì scorso, al momento della catastrofe.

«Quella sera i cavalli avevano fatto moto ed erano stati lavati come al solito. Alle nove le scuderie erano state chiuse a chiave. Due dei garzoni si recarono alla casa di Straker, dove consumarono la loro cena in cucina, mentre il terzo, Ned Hunter, rimase di guardia. Pochi minuti dopo le nove, la cameriera Edith Baxter gli portò in scuderia la cena, che consisteva in un piatto di montone al curry. Non portò nulla da bere, poiché nelle scuderie c'è un rubinetto dell'acqua, ed è regola che il garzone di guardia non debba bere altro. La cameriera aveva con sé una lanterna, poiché la notte era già calata, e il sentiero corre in aperta brughiera.

«Edith Baxter si trovava a trenta metri dalle scuderie quando dall'oscurità emerse un uomo che le ingiunse di fermarsi. Quando fu nel cerchio di luce gialla emanato dalla lanterna la ragazza notò che si trattava di una persona dal portamento signorile, che vestiva un abito di tessuto grigio sportivo e aveva in testa un berretto di stoffa. Portava anche un paio di ghette, e in mano teneva un grosso bastone munito di pomo. La ragazza fu molto impressionata dal pallore straordinario della sua faccia e dal nervosismo di tutto il suo atteggiamento. Le parve che dovesse avere più di trent'anni.

«"Sa dirmi dove mi trovo?" le chiese lo sconosciuto. "Mi ero quasi rassegnato a passare la notte nella brughiera, quando ho visto la luce della sua lanterna."

«"Lei è vicino all'allevamento di King's Pyland" gli rispose la ragazza.

«"Davvero? Che fortuna!" esclamò il giovane. "So che ogni sera ci dorme, solo, un garzone di scuderia. Probabilmente quella è la sua cena. Non credo che lei vorrà rifiutare i soldi per comprarsi un bel vestitino nuovo, vero?" E così dicendo tolse dalla tasca del panciotto un pezzo di carta bianca piegata. "Faccia in modo che il ragazzo abbia questo per stasera, e lei potrà comprarsi il più grazioso dei vestitini."

«I modi del giovane la spaventarono talmente, che la ragazza fuggì di corsa verso la finestra dove era solita far passare il cibo. Questa era aperta, e Hunter era seduto a un tavolino nell'interno del locale. La cameriera aveva incominciato a riferirgli l'accaduto, quando il giovanotto ricomparve.

«"Buonasera," disse, guardando attraverso la finestra "proprio con lei volevo parlare." La ragazza ha giurato che mentre il giovanotto parlava aveva notato un angolo del pacchettino di carta sporgere dalla sua mano chiusa.

«"Che cosa fa lei qui?" gli domandò il garzone.

«"Si tratta di qualcosa che potrà fruttarle parecchi soldi" gli rispose l'altro. "Voi avete due cavalli che devono correre alla Coppa Wessex: Barbaglio d'Argento e Baiardo. Mi dia informazioni giuste, e vedrà che non se ne pentirà. È vero che al peso Baiardo riesce a dare all'altro novanta metri in un chilometro, e che la scuderia ha puntato il proprio denaro su di lui?"

«"Ah! Dunque lei è uno di quei maledetti ficcanaso" gridò il garzone. "Le faccio vedere io come trattiamo noi di King's Pyland la gentaglia come lei." Balzò in piedi e corse dall'altra parte della scuderia per liberare il cane. La ragazza scappò verso casa, ma mentre fuggiva si voltò a guardare e vide lo sconosciuto sporto attraverso la finestra. Un minuto dopo però, quando Hunter corse fuori col cane, il tizio era scomparso, e per quanto il ragazzo facesse tutto il giro del fabbricato non riuscì a trovarne traccia.»

«Un momento» dissi. «Il ragazzo di scuderia, nel correre fuori col cane, ha lasciata la porta aperta?»

«Bravo, Watson! Bravissimo!» mormorò il mio compagno. «Anche per me questo punto era di importanza così capitale che spedii apposta ieri un telegramma nel Dartmoor per chiarire la cosa. No, il ragazzo aveva chiuso a chiave la porta prima di uscire, e le aggiungerò che la finestra è troppo angusta perché un uomo possa passarvi attraverso.

«Hunter attese il ritorno dei due compagni, dopo di che inviò un messaggio all'allenatore per avvertirlo di quanto era accaduto. La notizia scosse molto Straker, per quanto non sembra che ne avesse compresa tutta la portata. Fu però assalito da una vaga inquietudine, e sua moglie, svegliandosi all'una del mattino, vide che il marito si stava vestendo. In risposta alle sue domande, Straker le disse che non riusciva a dormire perché era preoccupato per i cavalli, e che aveva intenzione di recarsi fino alle scuderie per vedere se laggiù tutto era tranquillo. La moglie lo supplicò di restare a casa, poiché sentiva la pioggia tamburellare contro i vetri delle finestre, ma lui, nonostante le preghiere della moglie, si infilò il suo grosso impermeabile e uscì.

«Svegliandosi nuovamente alle sette del mattino, la signora Straker si accorse che il marito non era ancora ritornato. Perciò si vestì in fretta, chiamò la cameriera e si avviò alle scuderie. La porta era aperta, e dentro, tutto rannicchiato su una seggiola, trovarono Hunter sprofondato in una specie di ebete sonnolenza, la stalla del favorito vuota, e nessuna traccia dell'allenatore.

«I due ragazzi che dormivano nel pagliaio sopra la stanza dei finimenti furono presto risvegliati. Non avevano inteso nulla durante la notte, poiché hanno entrambi il sonno molto pesante. Hunter era evidentemente sotto l'influsso di una fortissima droga. E poiché non gli si poté cavare nulla di bocca, fu lasciato dormire in pace mentre i due ragazzi e le due donne correvano in cerca dell'uomo e dell'animale scomparsi. Speravano ancora che l'allenatore, per qualche sua ragione particolare, avesse portato fuori il cavallo per fargli fare del moto mattutino, ma nel salire sulla collinetta vicina alla casa, da cui si domina tutta la brughiera, non solo non videro traccia del favorito, ma scorsero qualcosa che li preavvertì che una tragedia doveva essere accaduta.

«A meno di cinquecento metri dalle scuderie il soprabito di John Straker pendeva sospeso a un cespuglio di ginestre. Immediatamente al di là si stende nella landa una depressione a forma di conca, e nel fondo di questa fu rinvenuto il cadavere dello sfortunato allenatore. Gli avevano spaccato il cranio con un colpo selvaggio, prodotto da un arnese pesante, e il suo corpo presentava una ferita alla coscia, la quale era attraversata da un taglio lungo e netto che gli era stato indubbiamente inferto da un'arma assai appuntita. Sembrava perciò evidente che Straker si era difeso disperatamente contro i suoi assalitori, poiché nella mano destra impugnava un minuscolo coltello, che appariva intriso di sangue fino al manico, mentre nella sinistra stringeva ancora una sciarpa di seta rossa e nera, che la cameriera riconobbe subito per averla vista la sera prima al collo dello sconosciuto che le si era avvicinato nei pressi della scuderia.

«Anche Hunter, quando si riebbe dal torpore, dichiarò senza la minima esitazione che quella sciarpa apparteneva allo sconosciuto, ed era pure certo che fosse stato lo straniero a drogare il suo montone al curry nell'attimo in cui era rimasto solo presso la finestra, per privare in tal modo le scuderie del loro guardiano.

«In quanto al cavallo scomparso, vi erano prove abbondanti, nella mota raccolta nel fondo della conca fatale, che si era trovato lì al momento della lotta. Ma da quel mattino non era stato più visto, e nonostante l'offerta di una fortissima ricompensa, e benché tutti gli zingari del Dartmoor siano sul chi va là, di Barbaglio d'Argento non si ha finora nessuna notizia. L'analisi chimica ha infine rivelato che gli avanzi della cena, lasciati dal garzone di scuderia, contengono una forte quantità di oppio in polvere, mentre le altre persone, che pure avevano mangiato lo stesso cibo, quella stessa sera, non avevano risentito alcun effetto nocivo.

«Questi sono gli avvenimenti relativi alla vicenda, spogli di qualsiasi congettura o fronzoli superflui. Le ricapitolerò ora quanto ha fatto la polizia in proposito.

«L'ispettore Gregory, a cui il caso è stato affidato, è un funzionario dei migliori: se fosse dotato di immaginazione potrebbe raggiungere grandi altezze nella sua professione. Appena giunto sul posto rintracciò e arrestò prontamente l'uomo su cui logicamente si posavano i sospetti di tutti. Non fece molta fatica a scovarlo, poiché è ben conosciuto in tutta la zona. Questo giovane si chiama Fitzroy Simpson. È di nascita e educazione ottime, e dopo avere sperperato una fortuna sui campi di corse, tira adesso a campare facendo con molta discrezione e signorilità l'allibratore privato in vari circoli sportivi londinesi. L'esame dei suoi registri ha rivelato che aveva incassato contro il favorito scommesse per un ammontare di cinquemila sterline.

«Al momento dell'arresto dichiarò lui stesso di sua iniziativa di essersi recato nel Dartmoor nella speranza di ottenere qualche informazione sui cavalli di King's Pyland, nonché su Desborough, il secondo favorito, attualmente affidato alle cure di Silas Brown, delle scuderie Capleton. Non tentò di negare il suo comportamento della sera innanzi, ma dichiarò di non avere avuto alcun proposito malvagio, e di avere semplicemente desiderato ottenere qualche informazione di prima mano. Quando gli mostrarono la sciarpa divenne pallidissimo e non seppe assolutamente spiegarne la presenza nella stretta dell'uomo assassinato. Le sue vesti ancora tutte bagnate dimostravano che era stato fuori sotto la tempesta della sera prima, e il suo bastone, in legno di Penang, appesantito con il piombo, poteva benissimo essere lo strumento che, con colpi ripetuti, aveva inferto le terribili percosse che avevano causato la morte dell'allenatore.

«D'altro canto sulla sua persona non fu riscontrata la minima ferita, mentre le condizioni in cui fu ritrovato il coltello di Straker starebbero a indicare che uno almeno dei suoi assalitori avrebbe dovuto essere stato colpito. Questi, in succinto, caro Watson, sono i fatti, e se lei potrà darmi qualche chiarimento in proposito gliene sarò infinitamente grato.»

Ero stato ad ascoltare l'esposizione di Holmes col massimo interesse, ammirandone la perspicuità e la precisione, così tipicamente sue. Per quanto quei fatti mi fossero noti, non ne avevo fino a quel momento apprezzato tutta l'importanza relativa, né il nesso che li legava gli uni agli altri.

«Non può darsi» osservai «che il taglio sulla coscia di Straker sia stato causato dal suo stesso coltello per i movimenti convulsi che accompagnano le ferite al cervello?»

«È più che possibile, è probabile. In questo caso scompare uno dei punti principali a favore dell'accusato.»

«Eppure,» dissi «ancora adesso non mi riesce di capire quale possa essere l'ipotesi della polizia.»

«Qualsiasi ipotesi che noi possiamo fabbricare incontra le più gravi obiezioni, temo» replicò il mio compagno. «La polizia immagina, credo, che Fitzroy Simpson, dopo avere narcotizzato il ragazzo ed essersi impadronito chissà come di un duplicato della chiave, abbia aperto la porta della scuderia e ne abbia tratto fuori il cavallo, evidentemente con l'intenzione di rapirlo. Manca la briglia dell'animale, perciò Simpson deve avergliela attaccata. Dopo di che, lasciata la porta aperta dietro di sé, stava conducendo via il cavallo verso la brughiera quando si imbatté o fu raggiunto dall'allenatore. Naturalmente ne seguì una lite, Simpson colpì ripetutamente alla testa il suo avversario col suo pesante bastone senza essere minimamente ferito dal coltellino che Straker aveva estratto per difendersi, poi o il ladro condusse il cavallo in un nascondiglio segreto, oppure questo può essersela squagliata durante la zuffa, e può darsi che ora stia vagando per la landa. Questo è il caso così come appare alla polizia, e per quanto improbabile, le altre spiegazioni lo sono ancora di più. Comunque, non appena mi troverò sul posto, vedrò come stanno le cose, ma fino a quel momento non vedo come ci sia possibile, così senza elementi positivi, formulare un'ipotesi qualsiasi.»

Giungemmo che era ormai sera alla piccola cittadina di Tavistock, la quale sta, come la borchia di uno scudo, nel mezzo dell'immenso cerchio del Dartmoor. Alla stazione erano ad attenderci due signori: il primo alto e biondo con una testa leonina e una lunga barba, dotato di due occhi azzurro chiaro straordinariamente penetranti, l'altro un omino piccolo, vivace, azzimato, che indossava una giacca a coda di rondine e un paio di ghette, aveva favoriti ben curati e il monocolo incastrato nell'orbita. Quest'ultimo era il colonnello Ross, il noto sportivo; il primo era l'ispettore Gregory, un uomo che si stava facendo una rapida fama nel servizio di polizia britannico.

«Sono felice che lei abbia risposto al nostro appello, signor Holmes» disse il colonnello. «L'ispettore qui presente ha fatto tutto ciò che era umanamente possibile fare, ma non voglio lasciare nulla di intentato nella speranza di vendicare il povero Straker, e di ritrovare il mio cavallo.»

«Si sa qualcosa di nuovo?» domandò Holmes.

«Purtroppo siamo pressappoco al punto di partenza» gli rispose l'ispettore. «Fuori ci aspetta una carrozza aperta, e giacché penso che lei vorrà vedere i posti prima di notte, potremmo parlarne in vettura.»

Un minuto dopo eravamo tutti seduti in un comodo landò e stavamo filando di gran carriera attraverso la vecchia cittadina del Devonshire. L'ispettore Gregory non faceva che rimuginare il caso, emettendo un fiotto ininterrotto di osservazioni, mentre Holmes gettava qua e là una domanda o un'esclamazione occasionale. Il colonnello Ross si era appoggiato ai cuscini della carrozza, le braccia conserte, il cappello calato sugli occhi, mentre io stavo ad ascoltare con estremo interesse la conversazione dei due poliziotti. Gregory stava formulando la sua teoria, che era quasi esattamente quella che Holmes aveva prevista sul treno.

«La rete si sta stringendo sempre più intorno a Fitzroy Simpson,» diceva Gregory «e personalmente credo che sia proprio lui il nostro uomo. D'altro canto devo ammettere che ci mancano prove dirette e che un nuovo sviluppo della situazione potrebbe totalmente capovolgere la mia ipotesi.»

«Qual è la sua opinione circa il coltello di Straker?»

«Siamo giunti alla conclusione che si è ferito da solo nella caduta.»

«Questa era appunto l'ipotesi che poco fa mi aveva formulato il mio amico dottor Watson. In questo caso, ciò starebbe contro Simpson.»

«Certamente. Sul suo corpo non è stata trovata traccia di ferita, e gli indizi contro di lui sono molto gravi. Aveva tutto l'interesse a far scomparire il favorito. Su di lui grava il sospetto di avere narcotizzato il garzone di scuderia; si trovava indubbiamente fuori nella tempesta, era armato di un bastone pesante, e la sua sciarpa fu rinvenuta nella mano del morto. Mi sembra ce ne sia più che abbastanza per mandarlo in corte d'assise.»

Holmes scosse il capo. «Un abile avvocato difensore ridurrebbe in pezzi tutte queste testimonianze a sfavore» disse. «Che interesse poteva avere Simpson a portare via il cavallo dalla scuderia? Se voleva rovinarlo, perché non lo ha fatto sul posto? È stata ritrovata in suo possesso un'altra chiave? Chi è il farmacista che gli ha venduto la polvere d'oppio? E, soprattutto, dove poteva lui, poco pratico della zona, nascondere un cavallo, e un cavallo di quel calibro, per giunta? Che spiegazione dà Simpson della carta che voleva far consegnare dalla cameriera al ragazzo?»

«Dice che si trattava di una banconota da dieci sterline. Infatti nel suo portafogli ne fu trovata una. Però le altre sue obiezioni possono essere facilmente smantellate. Simpson non è affatto poco pratico della zona. Ha soggiornato due volte a Tavistock durante l'estate. L'oppio se lo è probabilmente procurato a Londra. In quanto alla chiave, dopo essersene servito, deve averla buttata via. E il cavallo può giacere nel fondo di una delle tante cave o vecchi pozzi di cui è disseminata la landa.»

«Come spiega il rinvenimento della sua sciarpa in mano al morto?»

«Ammette che è sua, e dichiara di averla smarrita. Però nella vicenda si è accertato un elemento nuovo che può spiegare come sia stato Simpson a portare via il cavallo dalla scuderia.»

Holmes drizzò le orecchie.

«Abbiamo ritrovato delle tracce che indicano chiaramente che una compagnia di zingari si è accampata lunedì notte a un chilometro e mezzo di distanza dal luogo del delitto. Martedì gli zingari erano scomparsi. Ora, ammesso che ci fosse un'intesa tra Simpson e questi zingari, non può aver consegnato a loro il cavallo e non può trovarsi attualmente l'animale in possesso di costoro?»

«Certo la cosa è possibile.»

«La brughiera è stata percorsa in lungo e in largo alla ricerca di questa banda di zingari. Io ho ispezionato inoltre ogni scuderia e ogni rimessa di Tavistock, e questo per un raggio di quindici chilometri.»

«Mi pare che qua vicino ci sia un altro allevamento di cavalli.»

«Sì, ed è certamente un fattore che non dobbiamo trascurare. Dal momento che Desborough, il loro cavallo, compare secondo nella lista delle scommesse, avevano logicamente interesse alla scomparsa del favorito. Silas Brown, l'allenatore di Capleton, aveva scommesso forte, ed è risaputo che non nutriva alcuna amicizia verso il povero Straker. L'allevamento è stato però accuratamente perquisito e non vi abbiamo trovato il minimo indizio che possa collegarsi al nostro caso.»

«E non c'è nulla che colleghi Simpson agli interessi della scuderia Capleton?»

«Assolutamente nulla.»

Holmes si rannicchiò nel fondo della vettura e la conversazione cessò. In capo a pochi minuti il nostro conducente si fermò davanti a una graziosa villetta di mattoni rossi e dalle grondaie sporgenti, posta a fianco della strada. A qualche distanza, oltre un recinto, si stendeva un lungo fabbricato con il tetto di ardesia. In ogni altro senso si allungavano fino alla linea dell'orizzonte le molli curve della landa che le felci morenti coloravano di bronzo, interrotte soltanto dai campanili di Tavistock e da un raggruppamento di case verso ovest, che indicavano l'ubicazione delle scuderie Capleton. Tutti balzammo a terra a eccezione di Holmes, il quale era rimasto seduto nella vettura, gli occhi fissi al cielo, completamente immerso nei suoi pensieri. Fu solo quando gli toccai il braccio che si risvegliò, come di soprassalto, e si decise a scendere a sua volta dalla vettura.

«Vogliate scusarmi» disse, volgendosi in particolare al colonnello Ross, che era rimasto a guardarlo con una certa sorpresa. «Stavo sognando a occhi aperti.» Ma nel suo sguardo c'era un tale scintillio e nei suoi modi una così contenuta agitazione che subito mi convinsi, abituato com'ero alle sue stranezze, che aveva afferrato un indizio, per quanto non potessi avere la minima idea di che cosa si trattasse.

«Forse lei preferisce recarsi subito sulla scena del delitto, signor Holmes?» disse Gregory.

«Se non vi spiace, vorrei fermarmi qui un istante e porvi qualche domanda di contorno. Straker è stato riportato qui, immagino.»

«Sì, è ancora di sopra. L'inchiesta avrà luogo domani.»

«Lei lo ha avuto al suo servizio per molti anni, non è vero, colonnello?»

«Sì, e l'ho sempre trovato un ottimo dipendente.»

«Penso che avrete fatto l'inventario di quanto aveva in tasca al momento della morte, vero, ispettore?»

«Certamente, e se ha interesse a vederli, gli oggetti sono tutti raccolti in salotto.»

«Mi farebbe piacere.»

Entrammo tutti nella sala centrale e ci sedemmo intorno alla tavola, mentre l'ispettore apriva una scatola quadrata di latta e ne versava il contenuto davanti a noi. C'era una scatola di cerini, un pezzetto di candela, una pipa di radica, una borsa da tabacco in pelle di foca contenente mezza oncia di Cavendish, un orologio d'argento con catena d'oro, cinque sovrane d'oro, un portamatite di alluminio, alcune carte e un coltello con il manico d'avorio dalla lama delicatissima, rigida, recante la marca "Weiss & Co., Londra".

«Che strano coltello!» disse Holmes, prendendolo in mano ed esaminandolo minutamente. «Immagino, vedendovi tracce di sangue, che dev'essere quello che fu ritrovato tra le dita del morto. Watson, mi pare che questo coltello sia di sua competenza.»

«Infatti: è quello che noi medici chiamiamo un coltello anatomico» dissi.

«Lo pensavo. Una lama assai delicata, studiata per un lavoro altrettanto delicato. È strano che Straker lo portasse con sé per una spedizione così poco scientifica, tanto più che non poteva tenerlo chiuso in tasca.»

«Infatti la punta era protetta da un disco di sughero che abbiamo ritrovato accanto al cadavere» disse l'ispettore. «Sua moglie ci ha spiegato che quel coltello era rimasto per alcuni giorni sul loro tavolo di toeletta, e che suo marito l'aveva preso con sé al momento di lasciare la stanza. È un'arma da poco, ma forse la sola che aveva a portata di mano in quel momento.»

«Può darsi. E quelle carte che cosa sono?»

«Tre sono conti, saldati, di commercianti di fieno. Una è una lettera di istruzioni del colonnello Ross. Quest'altra è un conto di sarta per l'ammontare di trentasette sterline e quindici scellini, presentato da madame Lesurier di Bond Street a William Darbyshire. La signora Straker ci ha spiegato che Darbyshire era un amico di suo marito e che di tanto in tanto le sue lettere venivano indirizzate a casa loro.»

«La signora Darbyshire ha gusti piuttosto spenderecci» osservò Holmes, scorrendo il foglio con una rapida occhiata. «Ventidue ghinee sono una cifra piuttosto ragguardevole per un solo vestito. Mi sembra comunque che non vi sia altro da apprendere, e possiamo ormai recarci sulla scena del delitto.»

Mentre uscivamo dal salottino una donna che era rimasta in attesa nel corridoio fece un passo avanti e posò una mano sul braccio dell'ispettore. Il suo volto era smarrito, magro, teso dall'angoscia e recava ancora i segni di un terrore recente.

«Li avete presi? Li avete trovati?» domandò ansimante.

«No, signora; ma il signor Holmes qui presente è venuto espressamente da Londra per aiutarci, e faremo quanto sarà in nostro potere per scoprire i colpevoli.»

«Signora Straker,» disse Holmes «sono certo di averla conosciuta a Plymouth, a una festa campestre, qualche tempo fa.»

«No, signore; lei si inganna.»

«Perbacco! Eppure lo avrei giurato. Lei indossava un abito di seta color tortora guarnito di piume di struzzo.»

«Non ho mai avuto un vestito simile» rispose la signora.

«Se è così...» e con un inchino di scusa seguì l'ispettore in strada. Una breve passeggiata attraverso la landa ci portò alla conca in cui il cadavere era stato ritrovato. Sull'orlo di questa sorgeva il cespuglio di ginestre dove l'impermeabile era stato appeso.

«Da quanto ho capito, quella era una notte senza vento» disse Holmes.

«Infatti, però pioveva molto forte.»

«In tal caso il soprabito non fu spinto sul cespuglio di ginestre dalla violenza dell'uragano, ma vi fu posato sopra.»

«Già, è così.»

«Lei mi riempie di interesse. Ho l'impressione che il terreno sia stato parecchio calpestato. Senza dubbio ci sono passati molti piedi da lunedì mattina.»

«Abbiamo messo qui da un lato una stuoia, e tutti ci siamo fermati su quella.»

«Magnifico.»

«In questa borsa ho uno stivale di Straker, una scarpa di Simpson e un vecchio ferro di cavallo di Barbaglio d'Argento.»

«Mio caro ispettore, lei mi batte!»

Holmes prese la borsa e scendendo nell'avvallamento spinse la stuoia in posizione orizzontale. Poi, dopo esservisi steso sopra a faccia in giù e aver appoggiato il mento sulle mani, prese a esaminare attentamente la mota tutta calpestata che si stendeva dinanzi a lui.

«Perdinci!» esclamò a un tratto. «Questo che cos'è?»

Si trattava di un cerino mezzo bruciacchiato e talmente coperto di fango da sembrare a tutta prima un minuscolo frammento di legno.

«Non so come abbia fatto a non vederlo» disse l'ispettore con aria seccata.

«Era impossibile vederlo, poiché era affondato nel fango. Io l'ho visto semplicemente perché l'ho cercato.»

«Come! Lei si aspettava di trovare un cerino qui?»

«Pensavo che fosse possibile.» Prese stivale, scarpa e ferro di cavallo dalla borsa e ne paragonò le impronte coi segni impressi sul terreno. Quindi si arrampicò fino all'orlo della conca e strisciò tutt'attorno tra le felci e i cespugli.

«Non credo che vi siano altre tracce» disse l'ispettore. «Ho esaminato il terreno tutt'attorno con la massima cura per un raggio di cento metri.»

«Perbacco!» disse Holmes alzandosi. «Non avrò certo l'impertinenza di riesaminarlo dopo quanto lei mi dice. Vorrei però fare una passeggiatina nella brughiera prima che venga buio, in modo da impratichirmi del terreno per domani, e credo che mi metterò in tasca come portafortuna questo ferro di cavallo.»

Il colonnello Ross, il quale aveva già dato qualche segno di impazienza di fronte ai metodi di lavoro calmi e sistematici del mio amico, lanciò uno sguardo al suo orologio.

«Avrei piacere che lei ritornasse con me, ispettore» disse. «Vi sono alcuni punti sui quali desidererei chiederle il suo parere, e vorrei sapere soprattutto se devo o no informare il pubblico che il nome del mio cavallo deve essere cancellato dalla lista dei partecipanti alla Coppa.»

«Oh, no, no!» gridò Holmes con calore. «Deve assolutamente lasciarcelo.»

Il colonnello si inchinò. «Sono lieto di conoscere la sua opinione in proposito» disse. «Quando lor signori avranno terminato la loro passeggiata, potranno trovarci a casa del povero Straker, dopo di che ritorneremo insieme a Tavistock.»

Si allontanò con l'ispettore, mentre Holmes e io ci avviavamo lentamente attraverso la brughiera. Il sole stava incominciando a calare dietro le scuderie Capleton, e il lungo declivio che si stendeva davanti a noi aveva assunto un colore dorato e si approfondiva di ricchi toni bronzei là dove le felci ormai morenti e i rovi trattenevano la luce della sera. Ma le bellezze naturali erano sciupate per il mio compagno, il quale seguiva invece il corso dei suoi pensieri.

«Non c'è altro da fare, Watson» disse infine. «Lasciamo per il momento da parte il problema di chi sia stato a uccidere John Straker, e limitiamoci a scoprire che cos'è successo al cavallo. Ammettendo dunque che l'animale sia fuggito durante o dopo la tragedia, dove può essere andato? Il cavallo è una bestia di natura gregaria: se lasciato a se stesso il suo istinto l'avrebbe riportato a King's Pyland oppure l'avrebbe sospinto verso Capleton. Per quale ragione si sarebbe messo a correre per la landa allo stato brado? A quest'ora lo avrebbero certamente rintracciato. E che scopo avrebbero avuto gli zingari nel rapirlo? Quella è gente che se la batte subito al largo non appena sente odore di polvere, poiché non ha nessuna intenzione di venire a contatto con la polizia. Ora, non potevano avere alcuna speranza di riuscire a vendere un cavallo come Barbaglio d'Argento: il rischio sarebbe stato troppo grosso e il guadagno certamente nullo o quasi. Mi sembra che su questo punto non ci sia nulla da ridire.»

«Ma dov'è andato a finire allora?»

«Le ho già detto che sarebbe ritornato a King's Pyland, oppure sarebbe andato a Capleton. Dal momento che non è a King's Pyland, non può che essere a Capleton. Accettiamo momentaneamente questa ipotesi come vera, e vediamo dove ci conduce. Questa parte della brughiera, come l'ispettore ha giustamente osservato, è molto dura e asciutta. Ma verso Capleton va declinando, e lei stesso può vedere laggiù un profondo avvallamento, che la notte di lunedì dev'essere stato particolarmente impregnato di umidità. Se la nostra supposizione è esatta, il cavallo deve essere andato da quella parte, e quello è il punto dove noi dobbiamo ricercare le sue tracce.»

Durante questa conversazione avevamo camminato di buon passo, e di lì a pochi minuti ci trovavamo davanti alla conca cui si era accennato. Su richiesta di Holmes mi diressi verso il bordo di destra, mentre il mio amico si portava sulla sinistra, ma non avevo fatto cinquanta passi che lo udii lanciare un grido, e vidi che mi faceva cenno con la mano. Le orme di un cavallo apparivano chiaramente impresse nella terra molle, e il ferro equino che aveva tenuto in tasca si adattava esattamente alle impronte.

«Ecco che cosa vale l'immaginazione» disse Holmes. «Purtroppo è una qualità che manca a Gregory. Noi abbiamo immaginato quello che poteva essere accaduto, abbiamo agito di conseguenza, e ora vediamo che le nostre ipotesi erano esatte. E adesso continuiamo.»

Attraversammo il fondo paludoso e percorremmo mezzo chilometro di terreno duro e asciutto. Poi il declivio ricominciò e di nuovo ci imbattemmo nelle orme di Barbaglio d'Argento: tornammo a smarrirle per un altro chilometro scarso, per ritrovarle però un'altra volta vicinissime a Capleton. Fu Holmes il primo a vederle, e me le additò con un'espressione di trionfo negli occhi. Accanto a quelle dell'animale era visibile un'impronta umana.

«Il cavallo era solo, prima!» dissi.

«Proprio così. Prima era solo. Perbacco! Che cos'è questo?»

La doppia pista girava bruscamente e prendeva la direzione di King's Pyland. Holmes emise un fischio di soddisfazione ed entrambi ci mettemmo a seguirla. I suoi occhi erano fissi sulle orme, ma per caso io volsi gli occhi da una parte e constatai con mia sorpresa che le stesse orme ritornavano indietro in direzione opposta.

«Bravo, Watson,» disse Holmes appena gliele indicai «questo ci ha risparmiato un lungo giro che ci avrebbe riportato al punto di partenza. Seguiamo adesso la traccia di ritorno.»

Non dovemmo andare lontano. Terminava davanti al marciapiede di asfalto che conduceva ai cancelli delle scuderie Capleton. Come ci avvicinammo uno stalliere ci corse incontro.

«Non vogliamo vagabondi dalle nostre parti!» gridò.

«Desidero semplicemente farle una domanda» disse Holmes cacciandosi l'indice e il pollice nel taschino del panciotto. «Sarebbe troppo presto per parlare col suo principale, il signor Silas Brown, se dovessi venire alle cinque di mattina?»

«Neanche per idea, signore, se c'è un uomo mattiniero è proprio lui. Ma eccolo qui in persona, e potrà risponderle lui direttamente. No, grazie, signore; guai se mi vedesse prendere dei soldi! Più tardi, se non le dispiace.»

Mentre Sherlock Holmes rimetteva nel taschino del panciotto la sua mezza corona, un uomo anziano, dall'aspetto poco rassicurante, uscì a grandi passi dal cancello agitando in una mano un frustino da caccia.

«Che cosa c'è, Dawson?» gridò. «Niente pettegolezzi! Tu vai per i fatti tuoi, e voi che diavolo volete?»

«Parlare semplicemente con lei per dieci minuti, egregio signore» disse Holmes con la sua voce più suadente.

«Non ho tempo da perdere con dei chiacchieroni. Non vogliamo estranei qui dentro. Andatevene, altrimenti vi sguinzaglio dietro il cane.»

Holmes si piegò in avanti e bisbigliò qualcosa all'orecchio dell'allenatore. Questi sobbalzò violentemente e arrossì fino alla radice dei capelli.

«È una menzogna!» urlò. «Una maledetta menzogna!»

«Benissimo! Dobbiamo discuterne qui in pubblico, o preferisce che entriamo nel suo salottino?»

«Be', se proprio vuole, entri pure.»

Holmes sorrise. «Non la farò aspettare più di cinque minuti, Watson» disse. «E adesso, signor Brown, sono completamente a sua disposizione.»

Per dire la verità attesi venti minuti buoni, e i toni rossi del tramonto si erano trasformati in un'unica sfumatura grigia quando Holmes e l'allenatore finalmente ricomparvero. Era incredibile il mutamento avvenuto in Silas Brown in così breve spazio di tempo. La sua faccia era di un pallore cinereo, la sua fronte era imperlata di gocce di sudore e le mani gli tremavano talmente che il frustino da caccia oscillava tra le sue dita come una foglia scossa dal vento. Le sue maniere burbere, tracotanti, erano scomparse, e seguiva ora docilmente il mio compagno come avrebbe fatto un cagnolino col suo padrone.

«Osserverò alla lettera le sue istruzioni: farò esattamente come dice lei» mormorò.

«Non ci dev'essere il più piccolo errore» disse Holmes, fissandolo dritto negli occhi, mentre l'altro sotto l'imperiosità di quello sguardo si contorceva tutto come un verme.

«Stia sicuro, le prometto che non si verificheranno errori. Ci sarà. Devo cambiarlo prima o è meglio che aspetti?»

Holmes rifletté un attimo, quindi scoppiò in una risata. «No, è meglio di no» disse. «Comunque, le scriverò in proposito. Ma niente trucchi, altrimenti...»

«Oh, si fidi di me, si fidi di me!»

«Quel giorno deve curarlo come se fosse suo.»

«Si fidi di me, le dico.»

«Va bene. Domani le farò avere mie notizie.» E così dicendo girò sui tacchi senza badare alla mano tremante che l'altro gli tendeva, e insieme ci avviammo alla volta di King's Pyland.

«Non ho mai visto una più perfetta combinazione di tracotanza, codardia e infingardaggine come in quel Silas Brown» osservò Holmes, mentre c'incamminavamo insieme sulla via del ritorno.

«Mi pare di aver capito che il cavallo ce l'ha lui, non è così?»

«In principio ha tentato di fare lo sbruffone, ma gli ho descritto con tanta esattezza tutti i suoi movimenti di quella mattina, che è convinto che io l'abbia visto. Lei avrà naturalmente osservato le caratteristiche punte quadrate delle impronte, e come gli stivali di Brown vi corrispondano inequivocabilmente. D'altronde non è possibile pensare che un subalterno abbia osato correre un rischio così grave. Dunque gli descrissi come, secondo la sua abitudine, essendo il primo ad alzarsi, notò un cavallo sperduto nella landa, come gli si sia avvicinato, e il suo stupore nel capire, dalla stella bianca sulla fronte che gli ha dato il nome, che la sorte gli aveva messo tra le mani l'unico cavallo che potesse battere quello su cui aveva puntato il suo denaro. Gli dissi poi come il suo primo impulso era stato di riportare il favorito a King's Pyland, quando il demonio gli aveva suggerito il modo di tenere celato il cavallo sino alla fine della corsa, e come lo aveva ricondotto indietro e nascosto a Capleton. Dopo che gli ebbi descritto tutti questi particolari, la sua sprezzante alterigia si afflosciò, e il poveraccio adesso non pensa più ad altro che a salvarsi la pelle.»

«Eppure anche le sue scuderie erano state perquisite!»

«Oh, un vecchio manipolatore di cavalli sa come cambiare i connotati alle sue bestie.»

«Ma non ha paura di lasciargli in mano l'animale, dal momento che lui ha oggi interesse a danneggiarlo?»

«Amico mio, le garantisco che lo custodirà come la pupilla dei suoi occhi. Sa benissimo che la sua sola speranza di salvezza sta nel conservarlo sano e salvo.»

«Ho l'impressione che il colonnello Ross non sia un uomo da usare molta indulgenza in un caso come questo.»

«Il colonnello Ross non interessa. Io seguo i miei metodi e riferisco quello che mi pare e piace. Questo è il vantaggio di agire in forma privata. Del resto non so se lei se ne è accorto, Watson, ma il colonnello mi ha trattato un tantino sottogamba, e adesso ho voglia di divertirmi un poco alle sue spalle. Perciò, la prego, non dica nulla del cavallo.»

«Certo, non lo farei mai senza il suo consenso.»

«D'altronde, questo è un punto assai secondario, se paragonato al problema di chi sia stato a uccidere John Straker.»

«Adesso si occuperà anche di questo?»

«Niente affatto, rientriamo tutti e due questa sera a Londra con l'ultimo treno.»

Queste parole del mio compagno mi lasciarono ammutolito. Ci trovavamo nel Devonshire da poche ore soltanto, e non riuscivo francamente a capire come abbandonasse così all'improvviso un'inchiesta che aveva iniziato con tanto entusiasmo, ma non mi fu più possibile cavargli una sola parola di bocca finché non fummo di ritorno alla casa dell'allenatore. Il colonnello e l'ispettore ci aspettavano in salotto.

«Il mio amico e io ritorniamo in città con l'espresso di mezzanotte» spiegò Holmes. «È stato per noi un vero piacere respirare la vostra magnifica aria del Dartmoor.»

L'ispettore sgranò tanto d'occhi, mentre le labbra del colonnello si arricciavano in un risolino di scherno.

«Così lei dispera di arrestare l'assassino del povero Straker!» disse.

Holmes si strinse nelle spalle. «Sicuramente ci sono parecchie gravi difficoltà da superare» disse. «Ho però la certezza che il suo cavallo correrà martedì, e le raccomando di tener pronto il suo fantino. Potrei avere una fotografia del signor John Straker?»

L'ispettore ne prese una da una busta che aveva in tasca e gliela tese.

«Mio caro Gregory, lei previene tutti i miei desideri. Se volete avere la bontà di attendermi qui un istante, andrò a fare una domanda alla cameriera.»

«Devo confessarle che il suo consulente di Londra mi ha alquanto deluso» disse il colonnello Ross all'ispettore, non appena il mio amico fu uscito dalla stanza. «Mi pare che nonostante il suo intervento siamo ancora al punto di partenza.»

«Comunque,» interloquii io «lei ha la sicurezza che il suo cavallo correrà.»

«Già, questo lo dice lui, Holmes,» disse il colonnello con un'alzata di spalle «ma io preferirei avere il mio cavallo.»

Stavo per rispondere in difesa del mio amico quando questi rientrò nella stanza.

«E ora, signori,» disse «sono pronto a partire per Tavistock.»

Mentre salivamo in vettura uno dei garzoni di scuderia venne ad aprirci la portiera. Un'idea improvvisa parve attraversare la mente di Holmes, poiché si sporse innanzi e toccò il ragazzo sulla spalla.

«Vedo che avete delle pecore» disse. «Chi le cura?»

«Io, signore.»

«Non hai notato niente di strano, recentemente?»

«Per la verità, no, signore. Però tre bestie mi si sono azzoppate.»

Mi accorsi che a questa notizia Holmes fu estremamente compiaciuto, poiché diede in un risolino e si fregò le mani tutto soddisfatto.

«Fantastico, Watson, fantastico!» esclamò, pizzicandomi il braccio. «Gregory, raccomando alla sua attenzione questa strana epidemia ovina. Partiamo, cocchiere!»

Il colonnello Ross fece una faccia con cui sembrava confermare la scarsa opinione che si era formato circa le doti del mio amico, ma dal viso dell'ispettore notai che l'attenzione di quest'ultimo era stata acutamente risvegliata.

«Lei lo ritiene un particolare interessante?» chiese.

«Estremamente.»

«C'è qualche altro punto su cui ritiene opportuno attrarre la mia attenzione?»

«Sì, sullo strano incidente del cane, quella notte.»

«Ma quella notte il cane non ha fatto nulla.»

«Questo, appunto, è l'incidente curioso» replicò Sherlock Holmes.

Quattro giorni più tardi Holmes e io eravamo nuovamente in treno diretti a Winchester per assistere alla corsa per la Coppa Wessex. Avevamo dato appuntamento al colonnello Ross, che infatti ci attendeva all'uscita della stazione, e nella sua giardiniera ci dirigemmo all'ippodromo. Il viso del colonnello era grave e i suoi modi estremamente freddi.

«Finora del cavallo non ho avuto nessuna notizia.»

«Se lo vedesse lo riconoscerebbe subito?» gli chiese Holmes.

Il colonnello si infuriò. «Vivo da vent'anni sui campi di corse, ed è la prima volta che mi si rivolge una domanda simile!» esclamò. «Anche un bambino saprebbe riconoscere Barbaglio d'Argento dalla stella bianca in fronte e dalla chiazzatura delle zampe anteriori.»

«Come vanno le scommesse?»

«Ma, questo è il punto curioso della storia. Fino a ieri si sarebbe potuto avere quindici contro uno, ma poi le puntate hanno seguitato a diminuire, finché ormai si riesce a stento a ottenere tre contro uno.»

«Uhm!» mormorò Holmes. «Qualcuno sa qualcosa, è evidente.»

Mentre la giardiniera si avvicinava al recinto in prossimità della tribuna centrale, io diedi un'occhiata alla tabella dei concorrenti. Eccola:

Wessex Plate: 50 sovrane ciascuno, con l'aggiunta di 1000 sovrane, per i quattro e i cinque anni. Secondo sterline 300. Terzo sterline 200. Pista nuova (2600 metri).

Il Negro, signor Heath Newton (berretto rosso, giacca cannella);
Pugilista, colonnello Wardlaw (berretto rosa, giacca blu e nera);
Desborough, lord Backwater (berretto e maniche gialle);
Barbaglio d'Argento, colonnello Ross (berretto nero, giacca rossa);
Iris, duca di Balmoral (strisce gialle e nere);
Rasper, lord Singleford (berretto viola, maniche nere).

«Abbiamo cancellato l'altro nostro campione e abbiamo puntato tutte le speranze sulla sua parola» disse il colonnello. «Perbacco, che cosa succede? Barbaglio d'Argento è favorito?»

«Cinque a quattro contro Barbaglio d'Argento!» urlava la tribuna degli allibratori. «Cinque a quattro contro Barbaglio d'Argento! Quindici a cinque contro Desborough! Cinque a quattro sul campo!»

«I numeri sono già saliti!» esclamai. «Ci sono tutti e sei.»

«Tutti e sei? Allora corre anche il mio cavallo!» esclamò il colonnello, in preda alla più viva agitazione. «Ma non lo vedo, i miei colori non sono ancora passati.»

«Ne sono passati soltanto cinque. Dev'essere questo.»

Mentre parlavo un possente cavallo baio balzò fuori dal recinto del peso e ci sorpassò con un ambio perfetto, portando sul dorso i celebri colori nero e rosso del colonnello.

«Ma quello non è il mio cavallo!» gridò il disgraziato proprietario. «Quella bestia non ha neppure un pelo bianco. Che cosa diamine mi ha combinato, signor Holmes?»

«Calma, calma, vediamo come se la cava» replicò il mio amico, imperturbabile, e per alcuni minuti seguitò a guardare attraverso il mio binocolo da campagna. «Fantastico! Una partenza magnifica!» gridò a un tratto. «Eccoli laggiù che passano la curva!»

Dalla nostra giardiniera la visuale era perfetta: come giunsero sul rettilineo i sei cavalli erano talmente vicini l'uno all'altro che una coperta avrebbe potuto avvolgerli tutti, ma a metà corsa la scuderia Capleton passò in testa. Prima però di giungere all'altezza del punto dove noi eravamo, lo slancio di Desborough fu superato, e il cavallo del colonnello, lanciato a tutto galoppo, oltrepassò il traguardo di sei buone lunghezze sul suo rivale, mentre Iris, del duca di Balmoral, arrivava misero terzo.

«Nonostante tutto ho vinto la corsa» balbettò il colonnello passandosi una mano sugli occhi. «Confesso che non ci capisco un'acca. Non le pare di aver fatto abbastanza il misterioso, signor Holmes?»

«Sì, colonnello, ha ragione. Adesso le dirò tutto. Ma andiamo prima a dare un'occhiata al cavallo tutti insieme. Eccolo lì» continuò, mentre entravamo nel recinto del peso dove sono ammessi soltanto i proprietari e i loro amici. «Non ha che da lavargli il muso e le zampe con un po' di alcol e vedrà che è sempre lo stesso Barbaglio d'Argento di prima.»

«Lei mi toglie il fiato!»

«L'ho scoperto nelle mani di un camuffatore, e mi sono preso la libertà di lasciarlo correre così conciato com'era.»

«Mio caro signor Holmes, lei ha compiuto meraviglie. Il cavallo ha l'aria di stare benone, anzi direi che non è mai stato meglio in vita sua. Le devo mille scuse per aver dubitato della sua sagacia. Lei mi ha reso un servizio immenso facendomi ritrovare il mio cavallo, ma me ne renderebbe uno ancora maggiore se riuscisse a mettere le mani sull'assassino di John Straker.»

«Già fatto» rispose Holmes con la sua solita flemma.

Il colonnello e io lo fissammo strabiliati. «Lo ha preso? Ma dov'è, dunque?»

«Qui.»

«Qui? Dove?»

«In questo momento in mia compagnia.»

Il colonnello arrossì di collera. «Riconosco di avere molti obblighi verso di lei, signor Holmes,» disse «ma devo considerare ciò che ha detto ora o uno scherzo di cattivissimo genere, o un insulto.»

Sherlock Holmes rise. «Le assicuro che non ho la benché minima intenzione di associarla al delitto, egregio colonnello,» disse «il vero assassino si trova esattamente alle sue spalle!» Fece un passo indietro e posò una mano sulla lucente criniera del purosangue.

«Il cavallo!» gridammo a una voce il colonnello e io.

«Sì, il cavallo, e la sua colpa è diminuita dal fatto che il poverino ha agito per legittima difesa, perché quel John Straker era un individuo del tutto indegno della fiducia di cui lei lo onorava; ma ecco la campana, e siccome ho scommesso qualche soldo su questa corsa, rimanderò a un momento più propizio la spiegazione particolareggiata dei fatti.»

Quella sera rientrando a Londra ci eravamo installati nell'angolo migliore di una vettura pullman e credo che, per il colonnello Ross come per me, quello fu un viaggio brevissimo, tanto interessante si rivelò l'esposizione degli avvenimenti occorsi nell'allevamento equino del Dartmoor quel fatale lunedì notte. Un'esposizione fattaci da Holmes con la sua caratteristica chiarezza, e nella quale ci descrisse pure i mezzi grazie ai quali era giunto a districare quel mistero apparentemente insolubile.

«Devo ammettere» cominciò «che le congetture che avevo architettato in base alle cronache dei giornali erano completamente errate. E tuttavia contenevano degli indizi che avrebbero potuto essere importanti, se altri particolari non si fossero aggiunti a cancellarne l'esatta valutazione. Mi recai dunque nel Devonshire col convincimento che il vero colpevole fosse Fitzroy Simpson, benché naturalmente mi fossi reso conto che le prove contro di lui erano lungi dall'essere complete.

«Soltanto mentre mi trovavo in carrozza, proprio nel momento in cui giungevamo alla casa dell'allenatore, intuii a un tratto l'immenso significato del montone al curry. Ricorderete forse che mi ero distratto, e che ero rimasto seduto in vettura quando voi ne eravate discesi. Il fatto è che mi stavo meravigliando della mia stessa imbecillità per aver trascurato un indizio così importante.»

«Confesso» disse il colonnello «che anche ora non ne vedo la portata.»

«Fu invece il primo anello della mia catena di argomentazioni. L'oppio in polvere non è affatto insapore; il suo gusto non è sgradevole, ma è nettamente percepibile. Se fosse stato mescolato con un altro cibo qualsiasi, chi lo avesse mangiato se ne sarebbe immediatamente accorto, e probabilmente avrebbe interrotto il pasto. Il curry era invece il mezzo ideale con cui dissimulare questo sapore particolare. Ora era impossibile che un estraneo, come Fitzroy Simpson, potesse avere fatto sì che quella sera in casa dell'allenatore si servisse del cibo al curry, e sarebbe stata una coincidenza troppo assurda che lui capitasse sul posto con della polvere d'oppio proprio la sera in cui per caso veniva servito un piatto così idoneo a dissimulare il sapore della droga. Era un'ipotesi impensabile, e perciò eliminai dalla scena la persona di Simpson, mentre tutta la mia attenzione si concentrò su Straker e sua moglie, le sole due persone cioè che potessero aver scelto per la cena di quella sera del montone al curry. L'oppio venne aggiunto nel piatto messo apposta da parte per il garzone di scuderia, poiché gli altri mangiarono lo stesso cibo senza risentirne alcun effetto dannoso. Chi dunque poteva accostarsi a quel piatto senza che la cameriera se ne accorgesse?

«Prima di chiarire questo punto, mi aveva colpito il fatto del silenzio del cane, perché ogni induzione esatta logicamente ne suggerisce un'altra. L'incidente di Simpson mi aveva rivelato che nelle scuderie c'era un cane. Eppure, mentre qualcuno era entrato e aveva condotto fuori il cavallo, il cane non aveva abbaiato: altrimenti i due garzoni che dormivano nel soppalco si sarebbero svegliati. Perciò il visitatore notturno doveva essere qualcuno che il cane conosceva bene.

«Mi ero già convinto, o per lo meno quasi convinto, che John Straker si era recato alla scuderia nel cuore della notte e ne aveva fatto uscire Barbaglio d'Argento. Ma a quale scopo? Per uno scopo disonesto, senza dubbio, altrimenti perché avrebbe drogato il proprio garzone di scuderia? E tuttavia non riuscivo ad afferrare il motivo che lo aveva spinto a farlo. Sono già accaduti molti casi, prima di questo, in cui degli allenatori si sono procurati forti somme di denaro puntando contro i propri cavalli, attraverso agenti, impedendogli poi di vincere con mezzi fraudolenti. Qualche volta si servono di un fantino disonesto che trattiene il cavallo all'ultimo momento. Qualche volta il mezzo è più sicuro e più sottile. Qual era dunque il sistema escogitato da Straker? Sperai che il contenuto delle sue tasche mi avrebbe aiutato nelle mie ricerche.

«Il che infatti avvenne. Non avrete certamente dimenticato lo strano coltello ritrovato in mano al morto, un coltello che nessun uomo sano di mente avrebbe mai adoperato come arma.

Come ci ha confermato il dottor Watson, si tratta di un coltello usato soltanto in delicatissime operazioni chirurgiche. E quella notte appunto doveva essere usato per un'operazione chirurgica particolarmente delicata. Grazie alla sua vasta esperienza in materia di ippica, lei certamente non ignora, colonnello Ross, che è possibile eseguire una leggera intaccatura nei tendini della coscia di un cavallo, per via sottocutanea, in modo da non lasciare traccia. Un cavallo così trattato rivela a poco a poco una zoppaggine che viene attribuita a eccesso di moto o a un attacco reumatico, ma mai a una manipolazione disonesta e criminosa.»

«Mascalzone! Farabutto!» gridò il colonnello.

«Abbiamo qui la spiegazione del perché John Straker voleva condurre fuori il cavallo in aperta brughiera. Un animale focoso come Barbaglio d'Argento avrebbe certamente risvegliato anche il più sonoro dormiglione nel momento in cui avesse sentito la puntura del coltello. Era assolutamente necessario agire all'aria aperta.»

«Sono stato cieco!» esclamò il colonnello. «Adesso capisco perché aveva bisogno di una candela e ha acceso un fiammifero.»

«Certamente. Ma l'esame delle sue carte mi permise di scoprire non soltanto il metodo del suo crimine, ma anche i motivi che lo avevano indotto a tentarlo. Lei, colonnello, che è una persona di mondo, sa che noi uomini non abbiamo l'abitudine di portarci in tasca i conti privati dei nostri amici. Ne abbiamo già abbastanza di dover regolare i nostri. Ne dedussi immediatamente che Straker conduceva una doppia vita, aveva insomma un'altra famiglia. La natura del conto mi dimostrò che nella faccenda entrava una signora, una signora dai gusti molto costosi. Per quanto lei possa essere generoso con i suoi dipendenti, non credo che col suo solo stipendio il suo allenatore potesse permettersi di spendere venti ghinee per un abito femminile da passeggio. Interrogai sull'argomento la signora Straker senza insospettirla, e una volta assicuratomi che non si trattava di lei, presi nota dell'indirizzo della sarta, ed ebbi la sicurezza che recandomi da lei con la fotografia di Straker avrei facilmente tolto dalla circolazione il mitico Darbyshire.

«Da quel momento tutto divenne chiarissimo. Straker aveva condotto il cavallo in una conca, dove la luce della candela sarebbe stata invisibile. Simpson fuggendo aveva perso la sua sciarpa e Straker l'aveva raccolta nell'intento forse di usarla per fasciare la zampa del cavallo. Una volta giunto nella conca, si era avvicinato alle terga dell'animale e aveva acceso un fiammifero, ma la bestia, spaventata da quel bagliore improvviso, e con lo strano istinto degli animali che li avverte sempre di un pericolo imminente, si era messa a scalciare, e lo zoccolo d'acciaio aveva colpito Straker in piena fronte. Per compiere quella delicata operazione, lui, incurante della pioggia, si era tolto il mantello, e così, nella caduta, il coltello gli aveva trapassato la coscia. Sono stato chiaro?»

«Fantastico!» esclamò il colonnello. «Fantastico! Si direbbe che lei è stato presente alla scena.»

«Confesso che della mia ultima intuizione sono veramente un po' orgoglioso. Riflettei che un uomo astuto come Straker non avrebbe intrapreso la delicata recisione di un tendine senza fare prima un po' di pratica. Su chi dunque aveva potuto esercitarsi? I miei occhi caddero sulle pecore, e feci una domanda che, con mia sorpresa, mi dimostrò, con la risposta del suo garzone, che la mia illazione era esatta.»

«Lei non avrebbe potuto essere più chiaro, signor Holmes.»

«Appena tornato a Londra mi recai dalla sarta, che riconobbe subito in Straker uno dei suoi migliori clienti. Sotto il nome di Darbyshire, acquistava per la propria elegantissima moglie i più costosi vestiti delle sue collezioni. Non dubito che questa donna lo abbia cacciato fino al collo nei debiti, costringendolo così ad architettare questo miserabile intrigo.»

«Lei mi ha spiegato tutto, fuorché una cosa sola» disse il colonnello. «Dove diavolo si era cacciato il cavallo?»

«Mah, aveva tagliato la corda ed era stato preso in cura da un suo vicino. Su questo punto credo che dovremo chiudere un occhio. Intanto, se non erro, siamo arrivati a Clapham Junction, e fra dieci minuti entreremo a Victoria Station. Se lei ha piacere di fumare un sigaro a casa nostra, caro colonnello, sarò felice di fornirle tutti quei particolari in proposito che potranno interessarla.»

Titolo originale: *Silver Blaze*, 1892
Traduzione di Maria Gallone

La scomparsa di lady Frances Carfax

«Ma perché turco?» mi chiese Sherlock Holmes fissando con interesse il paio di scarpe che avevo indosso. In quel momento me ne stavo sdraiato in una seggiola di vimini, e certamente i miei piedi che sporgevano dovevano aver attratto la sua sempre pronta attenzione.

«Ma è inglese» risposi, alquanto sorpreso. «L'ho comprato da Latimer in Oxford Street.»

Holmes sorrise con un'espressione di tediata pazienza.

«Ma io parlo del bagno,» replicò «del bagno! Perché fare il bagno turco, dispendioso e debilitante, anziché usare il rinvigorente articolo domestico?»

«Perché in questi ultimi giorni mi sono sentito vecchio e pieno di acciacchi. Un bagno turco è quello che noi in medicina chiamiamo alterativo, cioè un punto di partenza nuovo, un purificatore del sistema.

«A proposito, Holmes,» soggiunsi «sono sicuro che il rapporto tra le mie scarpe e un bagno turco dev'essere evidentissimo per una mente logica; io però le sarei obbligato se lei volesse spiegarmelo.»

«Il filo del ragionamento non è infatti molto oscuro, Watson» disse Holmes strizzandomi l'occhio con aria maliziosa. «Esso appartiene alla stessa classe di deduzione elementare che io illustrerei se le chiedessi chi ha condiviso la sua vettura nella sua scarrozzata di stamane.»

«Non ammetto che una nuova illustrazione possa essere una spiegazione» replicai non senza asprezza.

«Bravo, Watson! Rimostranza dignitosa e perfettamente logica. Vediamo, quali erano i punti? Prendiamo l'ultimo, la vettura. Osservi: lei ha qualche macchia sulla manica e sulla spalla sinistre della sua giacca. Se si fosse seduto al centro di una carrozza probabilmente non sarebbe stato inzaccherato, e comunque lo sarebbe stato in modo simmetrico. È evidente pertanto che lei è rimasto seduto da un lato ed è perciò altrettanto evidente che con lei c'era qualcuno.»

«Questo è evidentissimo.»

«Addirittura banale, non trova?»

«Ma il rapporto tra le scarpe e il bagno?»

«È altrettanto puerile. Lei ha l'abitudine di allacciarsi le scarpe in una certa maniera. Ora invece io le vedo allacciate con un doppio nodo complicato che non è il suo sistema solito di legarsele. Se le è dunque tolte. E chi gliele ha allacciate? Un calzolaio... oppure un inserviente del bagno? È poco probabile che si tratti di un calzolaio dal momento che le sue scarpe sono seminuove. Cosa rimane allora? Il bagno turco. Facilissimo, non le pare? Ma con tutto questo il bagno turco è servito a qualcosa.»

«A che cosa?»

«Mi ha detto poco fa di aver fatto un bagno turco perché aveva bisogno di rinnovarsi. Ora io le propongo un rinnovamento completo. Che cosa ne direbbe di un viaggetto a Losanna, mio caro Watson? Con biglietti di prima classe e tutte le spese pagate su scala principesca?»

«Direi che è splendido, ma per quale motivo?»

Holmes si allungò nella sua poltrona e trasse di tasca il suo inseparabile taccuino.

«Una delle classi più pericolose della società» incominciò «è la donna sola e senza amici. È la più inoffensiva, e spesso la più utile delle mortali, ma costituisce per gli altri un inevitabile incentivo al delitto. È priva di aiuti. È migratrice. Ha mezzi sufficienti per spostarsi da un paese all'altro e da un albergo all'altro. Molto spesso se ne smarriscono le tracce in un labirinto di pensioni oscure. È come un pulcino sperduto in un universo di volpi. Quando viene ingoiata nessuno si accorge o quasi della sua scomparsa. Ecco perché temo che qualche grosso guaio sia accaduto a lady Frances Carfax.»

Questa improvvisa discesa dal generale al particolare mi sollevò alquanto. Holmes consultò i suoi appunti.

«Lady Frances» proseguì «è la sola superstite in linea diretta del defunto conte di Rufton. Come forse rammenterà i beni andarono alla discendenza maschile. La signora rimase con mezzi limitati ma con un assortimento di gioielli di antica foggia spagnola in argento e diamanti, stranamente tagliati, cui era attaccatissima. Troppo attaccata anzi, perché si è sempre rifiutata di lasciarli in custodia presso una banca portandoseli invece costantemente con sé. Direi che è una figura patetica, questa lady Frances; è una donna bellissima, ancora fresca benché non più molto giovane, e non di meno, per uno strano caso, l'ultimo relitto di ciò che soltanto vent'anni fa costituiva una flotta imponente.»

«Ma che cosa è successo dunque a questa donna?»

«Mah, che cosa le è successo? È viva o morta? Ecco il nostro problema. Lady Frances è una signora dalle abitudini precise e per quattro anni è sempre stato suo costume scrivere ogni due settimane alla signorina Dobney, la sua ex governante, che si è ritirata da molto tempo e abita a Camberwell. È stata appunto la signorina Dobney a consultarmi. Sono trascorse quasi cinque settimane senza che abbia ricevuto una sola parola dalla sua ex pupilla. L'ultima lettera proveniva dall'Hôtel National di Losanna. A quanto sembra lady Frances ha lasciato quell'albergo senza dare il suo indirizzo. La sua famiglia è in ansia, e siccome sono gente ricchissima sono pronti a non risparmiare qualsiasi somma pur di chiarire questo mistero.»

«Ma è possibile che la signora non avesse altri corrispondenti? Questa signorina Dobney è l'unica fonte di informazioni che abbiamo?»

«C'è un corrispondente che offre sempre un punto sicuro, Watson, e questo corrispondente è la banca. Anche le signore sole devono vivere, e i loro libretti bancari sono diari succinti. La signora ha il suo conto alla Silvester. Ho dato un'occhiata a questo conto. Con il penultimo assegno pagò la sua nota spese a Losanna, ma si trattava di un assegno grosso, che probabilmente la lasciò con parecchio contante in mano. Da allora è stato emesso soltanto un altro assegno.»

«In favore di chi e dove?»

«In favore della signorina Marie Devine. Non c'è nulla che possa indicare dove questo assegno sia stato emesso. È stato però incassato presso il Crédit Lyonnais di Montpellier meno di tre settimane fa. La cifra ammontava a cinquanta sterline.»

«E chi è questa signorina Marie Devine?»

«Sono stato in grado di scoprire anche questo. La signorina Marie Devine era cameriera presso lady Frances Carfax. Perché le abbia pagato questo assegno non l'abbiamo ancora potuto accertare, ma sono sicuro che le sue ricerche chiariranno ben presto anche questo particolare.»

«Le *mie* ricerche?»

«Per questo appunto le consiglio una ristoratrice spedizione a Losanna. Lei sa benissimo che non posso assolutamente lasciare Londra mentre il vecchio Abrahams si trova in un così mortale terrore di rimetterci la pelle. Inoltre per principio generale è meglio che io non abbandoni il paese. Scotland Yard si sente sola, senza di me, e la mia assenza provoca sempre tra le classi criminali un'agitazione malsana. Vada, dunque, mio caro Watson, e se il mio umile consiglio può essere valutato allo stravagante tasso di due penny la parola, sarà sempre a sua disposizione notte e giorno all'altro capo del telegrafo continentale.»

Due giorni più tardi mi trovavo davanti all'Hôtel National di Losanna, dove fui accolto con ogni cortesia dal noto direttore, signor Moser. Questi mi informò che lady Frances aveva soggiornato lì per diverse settimane. Tutti coloro che l'avevano conosciuta l'avevano trovata molto simpatica. Non doveva avere più di quarant'anni. Era ancora molto bella, e appariva evidente che doveva essere stata in gioventù una donna splendida. Il signor Moser non sapeva nulla dei gioielli di valore di proprietà della signora, ma i domestici avevano osservato che un grosso baule nella sua camera da letto era sempre chiuso a chiave. Marie Devine, la cameriera, era conosciuta e amata quanto la padrona. Si era da poco fidanzata con un capo cameriere dell'albergo, e non aveva alcuna difficoltà a fornirmi il suo indirizzo. Era Rue de Trajan 11, Montpellier. Scribacchiai tutti questi appunti ed ebbi la sensazione che neppure Holmes in persona sarebbe riuscito meglio di me a raccogliere tutti i dati necessari al caso.

Rimaneva però ancora un punto oscuro. Nessuno sapeva spiegarmi il motivo dell'improvvisa partenza della signora. Era sembrata felicissima, a Losanna. Vi era ogni motivo di ritenere che intendesse restarvi per tutta la stagione, nel suo lussuoso appartamento prospiciente il lago. Invece se n'era andata con il preavviso di un solo giorno, il che aveva comportato per lei l'inutile spesa di una settimana di pensione. Soltanto Jules Vibart, l'innamorato della cameriera, aveva qualche suggerimento da offrire. Lui metteva in relazione l'improvvisa partenza della signora con la visita all'albergo, avvenuta un giorno o due prima, di un uomo alto, nero, barbuto.

«*Un sauvage... un véritable sauvage*» mi spiegò Jules Vibart. Quest'uomo aveva preso delle stanze non si sapeva bene in quale punto della città. Era stato visto discorrere animatamente con la signora sul lungolago. Poi era venuto a trovarla all'albergo ma la signora si era rifiutata di vederlo. Era certamente inglese, ma nessuno ne conosceva il nome. Madame era partita subito dopo. Jules Vibart e, quello che più importava, la sua fidanzata pensavano che questa visita e questa strana partenza fossero rispettivamente causa ed effetto. Su un punto solo Jules non volle discutere: sul motivo cioè per il quale Marie aveva lasciato la sua padrona. Su questo non poteva o non voleva dire nulla. Se volevo saperlo dovevo recarmi a Montpellier e chiederlo a lei.

In tal modo si concluse il primo capitolo della mia inchiesta. Il secondo fu dedicato al luogo ricercato da lady Frances Carfax al momento di lasciare Losanna. A questo proposito mi trovai improvvisamente impigliato in un'aura di segreto, il che confermava l'ipotesi che la signora se n'era andata con l'intenzione di far perdere le proprie tracce a qualcuno. Perché altrimenti il suo bagaglio non sarebbe stato apertamente etichettato per Baden? Sia lei che il bagaglio avevano raggiunto la stazione termale sul Reno facendo un giro vizioso. Questo lo appresi dal direttore della locale agenzia Cook. Mi recai pertanto a Baden dopo aver spedito a Holmes un resoconto di tutte le mie mosse, ricevendone in risposta un telegramma di lode semironica.

A Baden la traccia non era difficile da seguire. Lady Frances si era trattenuta per una quindicina di giorni all'Englischer Hof. Durante questo suo soggiorno aveva fatto la conoscenza di un certo dottor Shlessinger, missionario di ritorno dal Sud America, e di sua moglie. Come la maggior parte delle signore sole, lady Frances trovava nella religione un'occupazione e un conforto. La personalità non comune del dottor Shlessinger, la sua pietà profonda e il fatto che fosse convalescente di una malattia contratta nell'esercizio del suo apostolato avevano prodotto sulla signora un effetto vivissimo. Lady Frances aveva aiutato la signora Shlessinger a curare il pio convalescente. Questi trascorreva la sua giornata, come mi fu descritto dal direttore, su una sedia a sdraio della veranda, nella vigile compagnia delle due signore. Stava preparando una carta topografica della Terra Santa, con speciale riferimento al regno dei Midianiti, sui quali stava scrivendo una monografia. Infine, essendo la sua salute molto migliorata, lui e sua moglie avevano fatto ritorno a Londra, e lady Frances li aveva seguiti. Ciò era accaduto tre settimane prima e da allora il direttore non ne aveva saputo più nulla. In quanto alla cameriera, Marie, se n'era partita qualche giorno prima in un mare di lacrime, dopo aver informate le altre cameriere che lasciava il servizio per sempre. Il dottor Shlessinger aveva pagato il conto per tutti prima di andarsene.

«A proposito,» mi disse il proprietario concludendo «lei non è il solo amico di lady Frances Carfax che si interessa della signora. Non più di una settimana fa è stata qui un'altra persona con lo stesso scopo.»

«Ha lasciato il nome?» domandai.

«No, ma era certamente inglese, per quanto di un tipo molto insolito.»

«Un selvaggio?» chiesi collegando i miei dati secondo il sistema del mio illustre amico.

«Esattamente. Questa definizione lo descrive benissimo. È un individuo massiccio, barbuto, bruciato dal sole, che dall'aspetto sembrerebbe trovarsi molto più a casa sua in una locanda di agricoltori che non in un albergo alla moda. Dev'essere un uomo duro, impulsivo, un tipo che non vorrei offendere per nulla al mondo.»

Ecco che già il mistero incominciava a delimitarsi, così come le figure delle cose appaiono più distinte a mano a mano che la nebbia si dirada. Ci trovavamo di fronte a una buona e pia dama perseguitata di luogo in luogo da un figuro sinistro, inesorabile. Lei doveva temerlo, altrimenti non sarebbe certo fuggita da Losanna. Ma lui l'aveva seguita. Presto o tardi l'avrebbe raggiunta. Vi era già riuscito, forse? Era questo il segreto del suo prolungato silenzio? Non era possibile che la brava gente nella cui compagnia viaggiava non riuscisse a proteggerla dalla violenza di questo ricattatore? Quale orribile scopo, quale disegno oscuro si nascondeva dietro questo inseguimento accanito? Ecco il problema che era mio compito risolvere.

Scrissi a Holmes spiegandogli la rapidità e la sicurezza con cui ero pervenuto alla radice del mistero. Per tutta risposta ebbi da lui un telegramma in cui mi si chiedeva una descrizione dell'orecchio sinistro del dottor Shlessinger. Il concetto che Holmes ha dello spirito è molto strano e a volte offensivo. Perciò non feci caso a quella sua uscita di cattivo gusto... D'altronde ero già arrivato a Montpellier, alla ricerca della cameriera Marie, prima che mi pervenisse il suo messaggio.

Non ebbi alcuna difficoltà a trovare l'ex domestica e ad apprendere da lei tutto ciò che era in grado di dirmi. Era una creatura devota, che aveva lasciato la sua signora soltanto perché era sicura di averla affidata in buone mani e perché comunque il suo matrimonio imminente avrebbe reso la separazione inevitabile. In verità la sua padrona, come lei mi confessò con vera angoscia, aveva dimostrato una certa irritabilità di carattere nei suoi confronti durante la permanenza a Baden, e una volta persino l'aveva interrogata astiosamente, quasi sospettasse della sua onestà, cosa che aveva reso la separazione più facile di quanto altrimenti sarebbe stata. Lady Frances le aveva dato cinquanta sterline come regalo di nozze. Al pari di me Marie giudicava con profonda diffidenza lo straniero che aveva costretto la signora ad abbandonare Losanna. L'aveva visto personalmente, con i propri occhi, afferrare violentemente la signora per i polsi, lungo la passeggiata pubblica in riva al lago. Era un uomo selvaggio e di aspetto terribile. Lei riteneva che fosse per il terrore di quell'uomo che lady Frances aveva accettato la scorta degli Shlessinger fino a Londra. Non avevo mai parlato a Marie di questo, ma da molti piccoli indizi la cameriera si era convinta che la sua padrona viveva in un continuo stato di apprensione nervosa. Era giunta a questo punto della narrazione quando a un tratto balzò dalla seggiola e il suo viso si alterò in un'espressione di sorpresa e di paura.

«Guardi» gridò. «Quel mascalzone è ancora qui! Ecco precisamente l'uomo di cui sto parlando.»

Attraverso la finestra aperta del salottino scorsi un uomo bruno, enorme, con una barba nera ricciuta, che passeggiava lentamente nel mezzo della strada fissando con attenzione i numeri delle case. Era evidente che al pari di me costui era in cerca della cameriera. Agendo sotto l'impulso del momento balzai fuori e lo accostai.

«Lei è inglese» dissi.

«Ebbene?» mi chiese con un cipiglio odioso.

«Posso chiederle il suo nome?»

«No, non può» mi rispose secco.

La situazione era imbarazzante, ma spesso il sistema diretto è il migliore.

«Dov'è lady Frances Carfax?» domandai.

L'uomo mi fissò trasecolato.

«Cos'ha fatto di lei? Perché la insegue in questa maniera? Esigo una risposta» dissi.

L'uomo lanciò un ruggito di collera e mi balzò addosso come una tigre. Io me la sono sempre cavata in più di una zuffa, ma quell'individuo aveva una stretta d'acciaio e la furia di un demone. Già la sua mano mi serrava la gola e io avevo quasi perso i sensi, quando un operaio francese dalla barba incolta, vestito di un camiciotto azzurro, sbucò da un'osteria di fronte roteando un manganello e colpì il mio assalitore con una botta secca all'avambraccio che lo costrinse a mollare la presa. Lo sconosciuto rimase per un istante a schiumare di collera, incerto se rinnovare o no il proprio attacco. Infine con un ghigno inferocito mi lasciò ed entrò nella casetta da cui io ero poco prima uscito. In quanto a me, mi volsi per ringraziare il mio salvatore, che era rimasto accanto a me in mezzo alla strada.

«Bravo, Watson» mi disse. «Bel pasticcio ha combinato! Sarà meglio che ritorni con me a Londra con il rapido della notte.»

Un'ora più tardi Sherlock Holmes, con il suo aspetto e le sue vesti normali, era seduto nella sala privata del mio albergo. La spiegazione della sua improvvisa e provvidenziale comparsa era di una semplicità lineare: rendendosi infatti conto che gli era possibile allontanarsi da Londra, aveva deciso di precedermi alla prossima evidente stazione del mio viaggio, e travestito da operaio si era seduto in un'osteria ad aspettare che uscissi.

«Bella investigazione ha fatto, e di una consistenza veramente notevole, mio caro Watson» disse. «Creda che così sul momento non riesco a ricordare una possibile papera che lei non abbia omesso. Il risultato complessivo della sua inchiesta è stato quello di dare l'allarme ovunque senza riuscire a scoprire un bel nulla.»

«Probabilmente lei non avrebbe saputo fare meglio» risposi piccato.

«Non c'è "probabilmente" che tenga. Io *ho* fatto meglio. Ecco l'onorevole Philip Green, suo contubernale in questo albergo, e chissà che non possiamo trovare in lui il punto di partenza per una ricerca più costruttiva.»

C'era stato presentato su un vassoio un biglietto da visita, cui seguì immediatamente quello stesso mascalzone barbuto che mi aveva assalito per la strada. Come mi vide sobbalzò.

«Che cos'è questa storia, signor Holmes?» domandò. «Ho avuto il suo invito e sono venuto. Ma che cosa c'entra quest'uomo?»

«Questo è il mio carissimo amico e socio dottor Watson, che ci sta aiutando nelle nostre ricerche.»

Lo straniero mi tese una mano enorme, cotta dal sole, e mormorò brevi parole di scusa.

«Spero di non averle fatto male. Quando lei mi ha accusato in quel modo ho perso ogni controllo. A dire la verità non sono responsabile, in questi giorni. Ho i nervi allo scoperto; ma questa situazione mi rende pazzo. Quello però che desidero chiarire per prima cosa, signor Holmes, è come diavolo lei sia riuscito a sapere della mia esistenza.»

«Sono in rapporti con la signorina Dobney, la governante di lady Frances.»

«Oh, la vecchia Susanna dalla cuffietta! La ricordo.»

«E anche Susanna ricorda lei. È stato nei giorni prima... prima che lei si accorgesse che avrebbe fatto meglio a partire per il Sud Africa.»

«Ah, vedo che sa proprio tutto! Non mi conviene dunque nascondere nulla! Ma le giuro, signor Holmes, che non c'è mai stato in questo mondo un uomo che abbia amato una donna con più disinteressato amore di quanto io abbia amato Frances. Ero un po' una testa calda, lo so... ma non ero certo peggiore degli altri giovanotti della mia classe. Il suo animo però era puro come la neve. Lei non sapeva sopportare neppure l'ombra di una scorrettezza. Perciò quando venne a conoscenza di certe cose che io avevo fatto non volle più saperne di me. Eppure mi voleva bene... questa è la stranezza della cosa!... Mi voleva tanto bene che se n'è restata nubile in tutti questi lunghi e santi giorni della sua vita unicamente per amor mio. Ormai che tanti anni erano passati e io mi ero messo via un bel gruzzolo a Barberton, pensai che forse sarei riuscito a ripescarla e a convincerla. Avevo saputo che non si era sposata. La rintracciai a Losanna e feci di tutto per persuaderla. Si commosse, credo, ma ha una volontà di ferro, e quando mi recai da lei la seconda volta se n'era già andata. La rintracciai a Baden, e poi dopo un certo tempo seppi che la sua cameriera si trovava qui. Io sono un tipo rozzo, ho sempre vissuto un'esistenza dura, e quando il dottor Watson mi parlò in quel modo, per un attimo persi il dominio di me. Ma per l'amor di Dio, mi dica che cosa è accaduto a lady Frances!»

«È quello che dobbiamo cercare di sapere» rispose Sherlock Holmes con particolare gravità. «Qual è il suo indirizzo a Londra, signor Green?»

«Mi troverà certamente al Langham Hotel.»

«Posso allora raccomandarle di rientrare subito a Londra e di trovarsi a disposizione nel caso io abbia bisogno di lei? Non voglio incoraggiarla con false speranze, ma le posso assicurare che tutto il possibile sarà fatto per la salvezza di lady Frances. Per il momento non posso dirle altro. Le lascio questo biglietto da visita in modo che possa tenersi in contatto con noi. E adesso, Watson, se vuole fare la sua valigia io telegraferò alla signora Hudson perché compia uno dei suoi più grossi sforzi, domani alle sette e trenta, per due poveri viaggiatori affamati.»

Quando giungemmo nelle nostre stanze di Baker Street trovammo un telegramma che ci aspettava e che Holmes, dopo averlo letto lanciando un'esclamazione di interesse, mi porse.

"Seghettato o strappato" diceva il messaggio che recava la data di Baden.

«Cosa significa questa storia?» domandai.

«Significa tutto» fu la risposta di Holmes. «Lei ricorda forse la mia domanda apparentemente futile circa l'orecchio sinistro di questo evangelico gentiluomo, domanda cui lei non diede risposta.»

«Ero già partito da Baden, e non mi fu possibile informarmi.»

«Precisamente, per questo motivo spedii un secondo telegramma al direttore dell'Englischer Hof.»

«Che cosa significa?»

«Significa, mio caro Watson, che ci troviamo di fronte a un individuo eccezionalmente scaltro e pericoloso. Il reverendissimo dottor Shlessinger, missionario di ritorno dal Sud America, altri non è che Peters il Santone, uno dei mascalzoni più incalliti che l'Australia abbia mai prodotto... e bisogna ammettere che per essere una nazione giovane ha sfornato degli esemplari particolarmente finiti. La sua specialità è quella di irretire signore sole giocando sui loro sentimenti religiosi, e la sua cosiddetta moglie, un'inglese di nome Fraser, è la sua degna compagna. La sua tattica caratteristica mi suggerì la sua identità, e questa anomalia fisica – fu morsicato in malo modo in una rissa da osteria ad Adelaide nel 1889 – confermò i miei sospetti. Questa povera signora è nelle mani di una coppia satanica che non arretrerà di fronte a nulla, Watson. Purtroppo l'ipotesi che sia già morta è più che probabile. In caso contrario dev'essere senza dubbio segregata e impossibilitata a scrivere sia alla signorina Dobney sia ad altri amici. È possibilissimo che non sia mai arrivata a Londra, o che vi sia soltanto passata, ma la prima ipotesi è improbabile perché dato il sistema di registrazione non è facile che gli stranieri possano giocare dei trucchi alla polizia continentale. E anche la seconda ipotesi è ugualmente improbabile, perché questi farabutti non potevano sperare di trovare altro luogo dove sia facile come a Londra tenere una persona segregata. Tutti i miei istinti mi dicono che lady Frances si trova a Londra, ma poiché non abbiamo per il momento alcun mezzo possibile per sapere dove, non ci resta che fare i passi necessari, mangiare in santa pace la nostra cena e portare pazienza. Più tardi in serata farò una passeggiata sino a Scotland Yard dove scambierò due chiacchiere con l'amico Lestrade.»

Ma né la polizia ufficiale né la piccola ma efficace organizzazione di Holmes bastarono a chiarire il mistero. Tra i milioni di abitanti che formicolano per Londra, quei tre che cercavamo erano introvabili come se non fossero mai neppure esistiti. Tentammo con gli annunci sui giornali, ma invano. Furono seguiti degli indizi che non approdarono a nulla. Tutti i ritrovi loschi che Shlessinger potesse eventualmente frequentare furono perlustrati inutilmente. I suoi ex compari vennero sorvegliati, ma costoro si guardavano bene dal farsi vedere con lui. Poi, a un tratto, dopo una settimana di inutili ricerche, venne un guizzo di luce. Da Bevington, in Westminster Road, era stato impegnato un ciondolo in argento e brillanti di antica foggia spagnola. Colui che lo aveva impegnato era un uomo dal viso glabro e dall'aspetto ecclesiastico. Fu dimostrato che il suo nome e il suo indirizzo erano falsi. L'orecchio caratteristico era sfuggito all'attenzione dello strozzino, ma la descrizione era indubbiamente quella di Shlessinger.

Il nostro barbuto amico dell'albergo Langham era venuto tre volte a chiedere notizie – e la terza un'ora dopo che avevamo ricevuto questa comunicazione inattesa. I vestiti erano diventati troppo larghi per quel suo gran corpo. Sembrava che per l'ansia si sciogliesse a vista d'occhio. «Se almeno mi deste qualcosa da fare!» era la sua lamentela costante. Finalmente Holmes fu in grado di accontentarlo.

«Ha incominciato a impegnare i gioielli; forse riusciremo a pescarlo.»

«Ma questo significa che forse qualche disgrazia è accaduta a lady Frances!»

Holmes scosse gravemente il capo.

«Ammesso che l'abbiano tenuta prigioniera sino a oggi è evidente che non possono liberarla senza distruggersi con le proprie mani. Dobbiamo essere preparati al peggio.»

«Cosa devo fare?»

«Questa gente non la conosce di vista, per caso?»

«No.»

«Può darsi che in avvenire si rechi da qualche altro strozzino: e in tal caso dovremo ricominciare tutto da capo. D'altro canto però ha ottenuto un buon prezzo e nessuno gli ha rivolto domande. Perciò se avrà bisogno di denaro spicciolo è probabile che ritorni da Bevington. Le darò un biglietto per quella gente, così la lasceranno aspettare in bottega. Se il tizio dovesse venire lei lo seguirà fino a casa. Ma non commetta imprudenze e soprattutto non ricorra alla violenza. Mi affido al suo onore affinché non muova un passo senza che io lo sappia e senza il mio consenso.»

Per due giorni l'onorevole Philip Green (dirò per inciso che era il figlio del celebre ammiraglio Green che comandò la flotta del Mar d'Azov durante la Guerra di Crimea) non ci portò alcuna notizia. La sera del terzo giorno si precipitò nel nostro salottino pallido, tremante; ogni muscolo della sua potente massa vibrava di emozione.

«Lo abbiamo scoperto!» gridò.

L'agitazione lo rendeva incoerente. Holmes cercò di calmarlo e lo costrinse a sedere in poltrona.

«Su, andiamo, ci racconti con ordine» disse.

«È arrivata soltanto un'ora fa; era la moglie, questa volta, ma il ciondolo che aveva in mano era il gemello dell'altro. È una donna alta, pallida, con due occhi da furetto.»

«Sì, è lei» confermò Holmes.

«Quando uscì mi misi a seguirla. Si avviò su per Kennington Road, e io le tenni dietro. Poco dopo entrò in un negozio, signor Holmes... Era il negozio di un impresario di pompe funebri.»

Il mio amico trasalì. «Sì?» chiese con quella voce vibrante che rivelava dietro il viso freddo e impassibile uno spirito in tumulto.

«Stava parlando con una donna dietro il banco. Entrai anch'io. "Siamo in ritardo" la intesi dire, o qualcosa di simile. La donna si scusò. "Doveva essere già pronta" soggiunse poi. "Ma c'è voluto più tempo del solito perché era di una misura fuori dal normale." Poi improvvisamente si interruppe ed entrambe mi guardarono; perciò io rivolsi qualche domanda banale e lasciai il negozio.»

«Si è comportato benissimo. Che accadde in seguito?»

«La donna uscì ma io mi ero nascosto in un portone. Dovevo

avere risvegliato i suoi sospetti, perché si guardò attorno. Dopo di che chiamò una vettura e vi salì; io ebbi la fortuna di poterne fermare subito un'altra e di seguirla. Finalmente scese al numero 36 di Poultney Square, a Brixton. Io superai la casa, fermai la mia vettura all'angolo della piazza e osservai l'edificio.»

«Ha visto qualcuno?»

«Le finestre erano tutte buie a eccezione di una al piano inferiore. La persiana però era abbassata, e non potei guardarvi dentro. Io ero lì fermo, chiedendomi che cosa avrei dovuto fare, quando passò un furgone con due uomini dentro. Discesero, presero qualcosa dal furgone e lo trasportarono sino ai gradini dell'ingresso. Signor Holmes, era una bara.»

«Ah!»

«Per un attimo fui sul punto di accorrere. La porta era stata aperta per lasciar passare i due uomini col loro fardello. Era venuta ad aprire la donna. Ma mentre ero lì fermo mi scorse e temo che mi abbia riconosciuto. La vidi trasalire e richiudere bruscamente la porta. Mi rammentai allora della sua promessa ed eccomi qui.»

«È stato bravissimo» disse Holmes scribacchiando alcune parole su un foglietto di carta. «Senza mandato non possiamo intraprendere alcuna azione legale, e lei potrebbe essermi di grandissimo aiuto se potesse avere la bontà di portare questo messaggio alle autorità facendosene rilasciare uno. Può darsi che le muovano qualche difficoltà, ma penso che la vendita dei gioielli dovrebbe essere sufficiente. Lestrade provvederà a tutti i dettagli.»

«Ma potrebbero ucciderla nel frattempo! Cosa significherebbe altrimenti quella bara, e per chi possono averla ordinata se non per lei?»

«Tenteremo tutto il possibile, signor Green. Non perderemo un attimo. Lasci fare a noi. E adesso, Watson,» soggiunse, mentre il nostro cliente si allontanava a precipizio «lui metterà in moto le forze regolari. Noi invece, al solito, siamo gli irregolari, e dobbiamo scegliere la nostra linea di azione. A mio parere la situazione è talmente disperata che anche le misure più estreme saranno giustificate. Dobbiamo arrivare a Poultney Square il più in fretta possibile.

«Cerchiamo intanto di ricostruire la situazione» mi disse mentre passavamo con una carrozza rapidissima oltre il Parlamento e superavamo il Ponte di Westminster. «Quei farabutti hanno indotto la disgraziata signora a seguirli a Londra, dopo averla separata dalla sua fedele cameriera. Anche ammesso che abbia scritto delle lettere, queste sono state sicuramente intercettate. Attraverso qualche complice devono avere affittato una casa ammobiliata. Una volta installati lì l'hanno fatta loro prigioniera e si sono impossessati dei preziosi gioielli che erano stati il loro scopo sin dall'inizio. E adesso hanno già incominciato a venderne una parte, e devono certamente sentirsi al sicuro, giacché non hanno motivo di ritenere che qualcuno si possa interessare alla sorte della signora. Se lei fosse rilasciata è evidente che li denuncerebbe. Quindi è per loro questione di vita o di morte non lasciarla libera. Ma non possono d'altronde tenerla eternamente sotto chiave. Perciò la loro unica via di uscita non può che essere il delitto.»

«Questo mi sembra molto chiaro.»

«Seguiamo invece adesso un altro ragionamento. Quando si percorrono due linee di pensiero separate, Watson, si trova sempre qualche punto di intersezione che dovrebbe approssimarsi alla verità. Incominciamo dunque adesso non dalla signora, bensì dalla bara, e argomentiamo a ritroso. L'incidente dimostra purtroppo senza possibilità di dubbio, temo, che la signora è morta. Fa anche pensare a un funerale ortodosso con accompagnamento in piena regola di certificato medico e di sanzione ufficiale. Se avessero già ucciso la signora l'avrebbero certamente seppellita in qualche buca del giardino retrostante la casa. Ma ci troviamo di fronte a un procedimento patente, regolare. Che cosa significa? Certamente che l'hanno uccisa in qualche modo che ha ingannato il medico, simulando una fine naturale, mediante avvelenamento, forse. Eppure è ben strano che l'abbiano lasciata avvicinare da un medico, a meno che si tratti di un loro complice, il che è un'ipotesi poco plausibile.»

«Non potrebbero avere falsificato un certificato medico?»

«È un passo pericoloso, Watson, molto pericoloso. No, non credo che abbiano tentato. Ferma, conducente! Quello dev'essere senz'altro l'impresario delle pompe funebri, poiché abbiamo appena passato lo strozzino. Le spiace entrare, Watson? Il suo aspetto ispira fiducia. Domandi a che ora avranno luogo domani i funerali di Poultney Square.»

La proprietaria del negozio mi rispose senza esitazione che il servizio funebre era stato fissato per l'indomani alle otto.

«Come vede, Watson, niente misteri; tutto è chiaro, limpido, irreprensibile! Chissà come avranno ottemperato a tutte le formalità legali, e certo non devono avere nulla da temere. Bene, non ci resta che tentare un attacco frontale diretto. È armato?»

«Ho il mio bastone!»

«Pazienza. Riusciremo ugualmente a prevalere. "Tre volte è armato colui che combatte per la giusta causa." Non possiamo assolutamente aspettare l'arrivo della polizia. Né attenerci ai dovuti regolamenti della legge. Può andare, vetturino... E adesso, Watson, affronteremo la fortuna insieme come tante volte abbiamo fatto in passato.»

Bussò violentemente all'uscio di una grande casa che sorgeva al centro di Poultney Square. Ci fu subito aperto, e nell'ingresso in penombra si stagliò la sagoma di una donna alta.

«Cosa volete?» domandò bruscamente fissandoci nelle tenebre con due occhi inquisitori.

«Desideriamo parlare col dottor Shlessinger» disse Holmes.

«Qui non c'è nessun dottor Shlessinger» rispose la donna e fece per richiudere l'uscio, ma Holmes glielo impedì introducendo fulmineamente il piede tra il battente e lo stipite.

«Bene, voglio vedere la persona che abita qui, comunque si chiami» insistette fermamente Holmes.

La donna esitò, quindi spalancò l'uscio. «Va bene, entrate» disse. «Mio marito non ha paura di nessuno.» Richiuse la porta dietro di noi e ci fece entrare nel salotto che si trovava sul lato destro del vestibolo, accendendo il gas prima di uscire. «Il signor Peters sarà da voi tra un attimo» disse.

Le sue parole si avverarono alla lettera, poiché non avevamo quasi avuto il tempo di osservare la stanza polverosa e divorata dalle tarme in cui eravamo stati introdotti, che l'uscio si aprì e un uomo massiccio, dal volto accuratamente rasato e dalla testa calva, avanzò nella stanza con passo lieve. Aveva una grossa faccia rossa dalle guance pendule, e un aspetto generale di superficiale benevolenza guastato però da una bocca crudele e cattiva.

«Ci dev'essere certamente un errore, signori» disse con voce untuosa, accomodante. «Credo che vi abbiano male indirizzati. Se voleste provare nella casa vicina...»

«Basta così, non abbiamo tempo da perdere» lo interruppe brusco il mio compagno. «Lei è Henry Peters, di Adelaide, alias reverendo dottor Shlessinger, di Baden e del Sud America. Ne sono sicuro come sono sicuro di chiamarmi Sherlock Holmes.»

Peters, come lo chiamerò d'ora innanzi, trasalì e fissò con sguardo duro il suo formidabile avversario. «Non creda che il suo nome mi spaventi, signor Holmes» replicò freddamente. «Quando un uomo ha la coscienza a posto nessuno può spaventarlo. Cosa vuole da me e in casa mia?»

«Voglio sapere che fine ha fatto lady Frances Carfax, che lei ha persuaso ad abbandonare Baden in compagnia sua e di sua moglie.»

«Sarei ben felice se potesse dirmi *lei* dove si è cacciata questa degna signora» rispose Peters senza scomporsi. «Ho un conto in sospeso con lei di quasi cento sterline, avendone ricevuto in cambio soltanto un paio di ciondoli finti che nessuno mi vuole comprare. Si è messa alle costole di mia moglie e mie a Baden (effettivamente in quel periodo io avevo assunto un nome diverso) e restò appiccicata a noi finché arrivammo a Londra. Fui io a pagare il suo conto e il suo biglietto. Una volta a Londra ci fece lo sgambetto e, come ripeto, ci lasciò in pagamento dei suoi debiti quattro carabattole fuori moda. Se lei riesce a trovarla, signor Holmes, sarò io in debito verso di lei.»

«Certo che la troverò» rispose Sherlock Holmes. «Perquisirò questa casa finché non l'avrò trovata.»

«Ha un mandato regolare?»

Per tutta risposta Holmes estrasse dalla tasca la rivoltella.

«Per il momento basta questa.»

«Ma lei è un volgare scassinatore!»

«Mi chiami pure come vuole» rispose allegramente Holmes. «E anche il mio compagno è un pericoloso mascalzone, e insieme abbiamo intenzione di perquisire la sua casa da cima a fondo.»

Il nostro avversario corse alla porta.

«Va' a chiamare un agente, Annie!» gridò. Si intese per il corridoio un fruscio di gonne femminili, e la porta d'ingresso fu aperta e chiusa.

«Il nostro tempo è limitato, Watson» disse Holmes. «Se lei cerca di fermarci, Peters, sarà certamente per lo meno ferito. Dov'è la bara che è stata portata qui?»

«Cosa volete farne? È occupata! C'è dentro un cadavere.»

«Devo vedere questo cadavere.»

«Mai col mio permesso.»

«E allora senza!» Con un movimento rapido Holmes spinse Peters da un lato e passò nel vestibolo. Proprio davanti a noi c'era un uscio socchiuso. Entrammo. Era la sala da pranzo. Sul tavolo, sotto il lampadario semilluminato, giaceva il feretro. Holmes accese il gas e sollevò il coperchio. Sprofondata nei recessi della bara era distesa una figura emaciata. Il riverbero violento delle luci sovrastanti ne illuminava in pieno il volto antico e distrutto. Né trattamenti crudeli, né fame, né malattia per quanto spaventosa potevano avere così alterato il volto ancora giovanilmente bellissimo di lady Frances. Sul viso di Holmes si dipinse un'espressione di estremo stupore, ma anche di sollievo.

«Grazie al cielo!» mormorò. «È un'altra!»

«Ah! Questa volta ha preso un bel granchio, mio caro signor Holmes» disse Peters, che ci aveva seguito.

«Chi è questa morta?»

«Ecco, se proprio vuole saperlo, è una vecchia bambinaia di mia moglie; si chiamava Rose Spender e l'abbiamo trovata nell'ospizio per anziani di Brixton. Noi l'abbiamo portata qui, abbiamo chiamato il dottor Horsom che abita al numero 13 di Firbank Villas – badi di annotarsi l'indirizzo, signor Holmes – e la facemmo curare con amore, come è dovere di ogni buon cristiano. È morta il terzo giorno. Sul certificato c'è scritto per deperimento senile, ma questa è semplicemente l'opinione del medico, e lei certamente la saprà più lunga. Ordinammo il suo funerale all'impresa di pompe funebri Stimson e soci, di Kennington Road, che farà il trasporto domattina alle otto. Ci trova nulla da ridire in tutto questo, signor Holmes? Ha preso un bel granchio, glielo ripeto, e darei non so cosa per avere una fotografia della faccia che ha fatto quando ha tirato su il coperchio del feretro aspettando di trovarci lady Frances Carfax e ci ha scoperto invece una povera vecchia di novant'anni.»

L'espressione di Holmes, malgrado i dileggi del suo antagonista, era rimasta impassibile, ma i suoi pugni chiusi tradivano in lui un'ira mal repressa.

«Perquisirò questa casa» ripeté.

«Ah, siete arrivati» gridò Peters mentre una voce di donna e alcuni passi pesanti risuonavano nel corridoio. «Questo lo vedremo. Di qui, signori agenti, per favore. Questi due uomini sono entrati a viva forza in casa mia e non riesco a farli uscire. Aiutatemi a buttarli fuori.»

Sulla soglia apparvero un sergente e un agente. Holmes presentò loro il suo biglietto da visita.

«Ecco il mio nome e il mio indirizzo, e questo è il mio amico dottor Watson.»

«Perbacco, signor Holmes, la conosciamo benissimo,» disse il sergente «ma lei non può restare qui senza un mandato ufficiale.»

«Si capisce che non posso! Questo lo so da me.»

«Arrestatelo!» gridò Peters.

«Non abbiamo bisogno di ricevere ordini da lei per sapere come comportarci con questo signore,» replicò il sergente in tono solenne «ma lei deve proprio andarsene, signor Holmes» soggiunse poi rivolto al mio amico.

«Sì, Watson, dobbiamo andarcene.»

Un minuto dopo eravamo nuovamente in strada. Holmes era calmo come sempre, ma io avvampavo di collera e di umiliazione. Il sergente ci aveva seguito.

«Mi spiace, signor Holmes, ma questa è la legge.»

«Ha fatto benissimo, sergente; lei non poteva comportarsi altrimenti.»

«Credo che la sua presenza in quella casa fosse veramente giustificata. Se posso fare qualcosa...»

«Cerchiamo una signora scomparsa, sergente, e pensiamo che sia là dentro. Aspetto un mandato da un momento all'altro.»

«Allora terrò gli occhi bene aperti, e se succede qualcosa glielo farò sapere subito.»

Erano appena le nove e ci rimettemmo senza indugio in piena

caccia. Ci recammo prima di tutto all'ospizio per anziani di Brixton, dove fummo informati che effettivamente una coppia caritatevole si era presentata alcuni giorni prima a reclamare una vecchia rimbecillita che era stata loro antica domestica, ottenendo il permesso di portarsela via. Nessuno espresse la minima sorpresa che la donna fosse poi deceduta.

La nostra successiva visita fu per il medico. Questi era stato veramente chiamato, aveva trovato la donna moribonda di vecchiaia, l'aveva anzi vista trapassare, e aveva firmato il certificato in piena coscienza. «Vi garantisco che tutto si è svolto in modo perfettamente normale, e non è possibile sospettare sia pur l'ombra di un imbroglio» ci disse. Nella casa non aveva notato nulla di strano, benché avesse trovato curioso che gente della loro classe non tenesse servitù. Questa la deposizione del dottore. Arrivammo finalmente a Scotland Yard. Per quel che riguardava il mandato vi erano state alcune difficoltà di procedura. Un certo ritardo era inevitabile. Non sarebbe stato possibile avere la firma del magistrato prima dell'indomani mattina. Se Holmes fosse venuto verso le nove avrebbe potuto accompagnare Lestrade e procedere alla sua esecuzione. Così si concluse la giornata, senonché verso la mezzanotte il nostro amico sergente venne ad avvertirci che aveva visto qua e là alle finestre della grande casa scura un balenio di luci, ma che nessuno era uscito o entrato. Non ci restava che portare pazienza e attendere l'indomani.

Sherlock Holmes era troppo irritabile per conversare e troppo irrequieto per dormire. Lo lasciai che stava fumando come una ciminiera, le folte scure sopracciglia corrugate, le lunghe dita nervose tambureggianti sui braccioli della poltrona, mentre nel suo cervello dovevano certamente agitarsi tutte le possibili soluzioni del mistero. Più di una volta nel corso di quella notte lo intesi aggirarsi per la casa. Infine, proprio poco dopo che mi avevano svegliato, lo vidi arrivare nella mia stanza come un razzo. Era in veste da camera, ma la sua faccia pallida, dalle occhiaie infossate, mi rivelò come la sua notte fosse stata completamente insonne.

«A che ora doveva essere il funerale? Alle otto, vero?» mi domandò con voce ansiosa. «Bene, adesso sono le sette e venti. Perbacco, Watson, che cosa è successo di quel po' di cervello che Dio mi ha dato? Presto, presto, su! È questione di vita o di morte... novantanove probabilità di morte contro una di vita. Ma non mi perdonerò mai se arriveremo troppo tardi!»

Non erano trascorsi cinque minuti che già volavamo in una vettura chiusa giù per Baker Street. Ma pur procedendo a velocità folle, passavamo il Big Ben alle sette e trentacinque e le otto scoccavano mentre imboccavamo come bolidi Brixton Road. Ma anche gli altri erano in ritardo come noi. Dieci minuti dopo l'ora fissata il carro funebre era ancora fermo davanti al portone della casa, e proprio nel momento in cui il nostro cavallo schiumante di bava si fermava, il feretro comparve sulla soglia trasportato da tre uomini. Holmes scese come un pazzo e sbarrò loro la strada.

«Riportatelo indietro!» gridò, fermando con la mano il primo dei portatori. «Riportatelo indietro immediatamente.»

«Ma cosa diavolo vuole? Ancora una volta le chiedo: dov'è il suo mandato?» urlò furibondo Peters, mentre la sua grossa faccia rossa guardava verso l'altro capo della bara.

«Il mandato è per strada. Questo feretro resterà in questa casa finché non arriverà la polizia.»

L'autorità che emanava dalla voce di Holmes ebbe il suo effetto sui becchini. Peters era improvvisamente scomparso, e gli uomini obbedirono agli ordini del nuovo venuto. «Presto, Watson, presto. Ecco qua un cacciavite» urlò mentre la bara veniva riadagiata sul tavolo. «Eccone uno anche a lei, brav'uomo! Le do una sovrana se riesce a sollevare questo coperchio in un minuto. Non faccia domande... lavori! Bene! Su! Forza! Adesso tirate tutti insieme! Cede! Cede! Ah, finalmente ci siamo!»

Grazie ai nostri sforzi riuniti riuscimmo a svellere il coperchio della bara, e contemporaneamente uscì dal suo interno un odore stordente e insopportabile di cloroformio. Dentro giaceva un corpo dal capo tutto avvolto in cotone idrofilo imbevuto di narcotico. Holmes lo strappò con violenza rivelando il volto statuario di una donna bellissima, dall'aspetto spirituale, di mezza età. Immediatamente passò il braccio intorno alla figura inerte e la sollevò in posizione seduta.

«È già morta, Watson? C'è ancora speranza? Non è possibile che siamo arrivati troppo tardi.»

Per mezz'ora sembrò che non vi fosse veramente più nulla da fare. Tra la soffocazione della bara e i vapori venefici del cloroformio lady Frances pareva aver oltrepassato la linea di demarcazione che divide la vita dalla morte. Ma finalmente, grazie alla respirazione artificiale, a iniezioni di etere e a vari altri mezzi suggeriti dalla scienza, un barlume di vita, un trepido vibrare di ciglia, una lieve appannatura dello specchio accennarono che la vita lentamente ritornava. Una vettura si era fermata, intanto, e Holmes scostando la persiana guardò in strada. «Ecco Lestrade col suo mandato» osservò. «Ed ecco qua» soggiunse, mentre un passo pesante risuonava nel corridoio «qualcuno che ha più diritto di noi a curare la signora. Buongiorno, signor Green; credo che più presto riusciremo a trasportare lady Frances tanto meglio sarà. Frattanto il funerale può aver luogo, e la povera vecchia che ancora giace in quella bara potrà finalmente raggiungere il luogo del suo eterno riposo, ma sola, per fortuna!»

«Se le interessasse aggiungere questo caso ai suoi annali, mio caro Watson,» mi disse Holmes quella sera «esso potrà fornire un esempio delle eclissi temporanee cui anche le menti più equilibrate possono andare soggette. Sviste simili sono comuni a tutti i mortali, e tanto maggiore è dunque il merito di chi riesce a riconoscerle e rimediarle. A questo merito io credo di avere qualche diritto. La mia notte fu ossessionata dal pensiero che un indizio, una frase curiosa, un'osservazione insolita erano passati sotto il mio giudizio e che io li avevo troppo facilmente trascurati. Poi a un tratto, nelle prime luci grigie del mattino, le parole esatte mi ritornarono alla mente. Era l'osservazione della moglie dell'impresario delle pompe funebri, quale mi era stata riferita da Green. La donna aveva detto: "Doveva essere già pronta, ma c'è voluto più tempo perché era di una misura fuori dal normale". Parlava appunto della bara. Era di misura fuori del normale... Ciò poteva significare soltanto che era stata fatta di dimensioni speciali. Ma perché? Perché? E di colpo mi sovvenni dell'ampiezza del feretro e della piccola fragile spoglia della donnetta vista da noi. Perché un feretro così grande per un cadavere così piccino? Per lasciare spazio a un altro cadavere, o a un corpo vivo! Le due donne sarebbero state seppellite con un unico certificato. Tutto sarebbe stato così chiaro se la mia perspicacia non fosse stata temporaneamente ottenebrata. Alle otto lady Frances doveva essere sepolta; ora la nostra unica speranza era quella di arrivare in tempo per fermare il corteo funebre prima che abbandonasse la casa.

«Avevamo una probabilità su cento di trovarla ancora viva, ma era pur sempre una probabilità e i risultati ci diedero ragione. Che io sappia quella gente non aveva mai commesso un delitto; probabilmente dovettero rifuggire sino all'ultimo dalla violenza materiale. Era facile per loro seppellirla senza lasciare traccia del proprio misfatto, e anche se fosse stata esumata avevano sempre qualche possibilità di cavarsela. Io speravo che queste considerazioni avessero in loro il sopravvento. Le sarà facile ricostruire la scena. Lei ha visto quell'orribile tana all'ultimo piano dove la povera signora è stata sequestrata per tanto tempo. Dovettero stordirla col cloroformio, trasportarla da basso, versare dell'altro narcotico nella bara per impedire che si risvegliasse, quindi avvitarne il coperchio. Hanno agito con molta astuzia, Watson. Questo fatto è per me nuovo negli annali del delitto. Se i nostri ex missionari riusciranno a sfuggire alle grinfie di Lestrade, prevedo che ben presto sentiremo parlare ancora di parecchie altre gesta brillanti, nella loro losca carriera!»

Titolo originale: *The Disappearance of Lady Frances Carfax*, 1911
Traduzione di Maria Gallone

L'avventura del piede del diavolo

Nell'annotare di quando in quando alcune delle curiose esperienze e degli interessanti ricordi che si collegano alla mia lunga e intima amicizia con Sherlock Holmes, mi sono costantemente trovato a dover fronteggiare le difficoltà causatemi dalla sua invincibile avversione contro ogni forma di pubblicità. Il suo spirito scettico e solitario ha sempre nutrito il più profondo disprezzo verso l'applauso popolare, e nulla lo divertiva di più, al termine di un'inchiesta fortunata, del riversare tutto il merito del successo su qualche funzionario ortodosso, e ascoltare con un sorriso ironico il coro generale delle congratulazioni mal riposte. Fu effettivamente questo atteggiamento da parte del mio amico, e non già la mancanza di materiale interessante, che mi ha fatto presentare al pubblico in questi ultimi anni solo pochissimi racconti. La parte da me presa in qualcuna delle sue avventure fu sempre un gran privilegio per me, ma ciò mi impose anche in più di un caso molta reticenza e la massima discrezione.

Il lettore potrà quindi facilmente immaginare la mia sorpresa quando martedì scorso ricevetti un telegramma da parte di Holmes – non scriveva mai quando gli era possibile spedire un telegramma – concepito nei seguenti termini:

PERCHÉ NON RACCONTARE DELL'ORRORE DI CORNOVAGLIA...
IL CASO PIÙ STRANO CHE MI SIA MAI CAPITATO?

Non so quale memoria retrospettiva gli aveva riportato alla mente l'argomento, o quale capriccio lo aveva indotto a desiderare che io lo rendessi di dominio pubblico; comunque mi affretto ad accontentarlo prima che possa giungermi da parte sua un altro telegramma che annulli questo precedente; ho riunito in fretta i miei appunti in cui avevo fermato tutti i precisi particolari del caso, ed eccomi a narrarlo ai miei lettori.

Fu dunque nella primavera del 1897 che la ferrea costituzione di Holmes aveva incominciato a rivelare alcuni sintomi di debolezza in seguito a un lavoro costante e durissimo, e l'indisposizione era forse anche aggravata da eccessi non del tutto inerenti agli sforzi impostigli dall'esercizio della sua professione. Nel marzo di quell'anno il dottor Moore Agar, di Harley Street, di cui forse narrerò un giorno il drammatico incontro con Holmes, dichiarò esplicitamente che il famoso poliziotto privato doveva abbandonare ogni attività e concedersi un riposo totale se voleva evitare un esaurimento nervoso irreparabile. Lo stato della sua salute era un argomento che a Holmes personalmente non interessava affatto, ma alla fine si rassegnò, di fronte alla minaccia di divenire definitivamente inabile al lavoro, e accettò un mutamento completo di atmosfera e di ambiente. Fu così che al principio della primavera di quell'anno ci trovammo riuniti in un villino in prossimità di Poldhu Bay, al limite estremo della penisola di Cornovaglia.

Era una località singolare e particolarmente adatta all'umore tetro del mio paziente. Dalle finestre della nostra casetta imbiancata a calce, che sorgeva su un promontorio erboso, la vista abbracciava tutto il sinistro emiciclo della Mounts Bay, l'antica trappola di morte di tutti i velieri, con la sua frangia di rupi nere e la sua cintura di scogli spazzati dalla risacca su cui innumerevoli navigatori erano miseramente periti. Grazie a una brezza settentrionale che vi spira, si stende placida e riparata, invitando i navigli squassati dalle tempeste a rifugiarvisi in cerca di riposo e protezione.

Poi il vento gira improvviso e vorticoso; sopraggiunge il fortunale irrompente da sudovest, l'ancora prende ad arare, ecco la spiaggia dalla parte di sottovento, e infine la suprema battaglia tra i marosi schiumanti come cavalli impazziti. Il saggio marinaio si tiene lontano da questo luogo di sciagura!

Sul lato di terra il paesaggio che ci circondava era tetro non meno del mare. Era un paese tutto lande ondulate, solitario e sbiadito, con un campanile affiorante di quando in quando a segnare l'ubicazione di qualche villaggio sperduto. Dappertutto su queste lande si vedono tracce di una razza scomparsa definitivamente, che ha lasciato a suo ricordo strani monumenti di pietra, tumuli irregolari contenenti le ossa bruciate dei morti e terrapieni curiosi, indici di conflitti preistorici. Il fascino e il mistero di questo luogo, la sua atmosfera sinistra di genti dimenticate, aveva fatto presa sull'immaginazione del mio amico, che trascorreva gran parte del suo tempo in lunghe passeggiate e in solitarie meditazioni sulla landa. Anche l'antico linguaggio di Cornovaglia aveva attratto la sua attenzione, e rammento come avesse concepito l'idea che fosse affine al caldeo e che traesse ampie derivazioni dai trafficanti di stagno fenici. Si era fatto spedire un grosso pacco di libri di filologia, e si era messo a sviluppare questa tesi quando a un tratto, con mio dolore e con sua non celata gioia, ci trovammo, persino in quella terra di sogni, tuffati a capofitto in un problema, accaduto proprio lì, dinanzi alla nostra stessa soglia, che era assai più profondo, assai più interessante e infinitamente più misterioso di tutti quelli che ci avevano cacciato da Londra. La nostra esistenza piana, pacifica, il nostro salubre trantran fu violentemente interrotto, e venimmo precipitati nel bel mezzo di una serie di vicende che suscitarono la massima emozione non in Cornovaglia soltanto, ma in tutta la regione occidentale dell'Inghilterra. Forse molti tra i miei lettori ricorderanno quello che venne chiamato allora "L'Orrore di Cornovaglia", per quanto alla stampa londinese fosse giunto un resoconto assai incompleto della vicenda.

Ho detto che i villaggi disseminati in quella parte della Cornovaglia erano contrassegnati da torri sparse. Il più vicino di questi villaggi era il paesetto di Tredannick Wollas, dove le casupole di circa duecento abitanti si assiepavano intorno a un'antica chiesa tappezzata di muschio. Il vicario della parrocchia, il signor Roundhay, si dilettava in archeologia, e per questo Holmes aveva stretto conoscenza con lui. Era un uomo di mezz'età, maestoso e affabile, dotato di un notevole bagaglio di erudizione locale. Dietro suo invito eravamo stati a prendere il tè al vicariato, ed eravamo così venuti a conoscere anche il signor Mortimer Tregennis, un gentiluomo che viveva solo e che aiutava il curato a impinguare le magre risorse affittando alcune stanze della sua grande casa disordinata. Il vicario, essendo scapolo, era stato ben lieto di questa sistemazione, benché vi fosse assai poco di comune tra lui e il suo inquilino, che era un uomo alto, scuro, occhialuto e talmente curvo da suggerire un'impressione di vera e propria deformità fisica. Rammento che durante la nostra breve visita notammo che il vicario era molto loquace, mentre il suo pigionante si era mostrato stranamente taciturno: ripeto, era un uomo dal viso triste, dall'aspetto pensieroso, e rimase quasi sempre seduto senza guardarci e immerso apparentemente nei propri affari personali.

Ecco i due uomini che irruppero bruscamente nel nostro salottino quel martedì 16 marzo, poco dopo la nostra prima colazione, mentre stavamo facendo una fumatina preparatoria alla nostra quotidiana passeggiata sulle lande.

«Signor Holmes,» disse il vicario con voce agitatissima «si è verificato durante la notte un fatto straordinario e spaventosamente tragico. Si tratta di un avvenimento inaudito, e possiamo considerare come un dono speciale della Provvidenza che lei si trovi qui in un simile frangente, poiché in tutta l'Inghilterra lei è proprio l'uomo di cui abbiamo bisogno.»

Fissai il vicario con occhi tutt'altro che amichevoli; ma Holmes si tolse la pipa di bocca e si tirò su dritto sulla seggiola come un vecchio cane da caccia che senta squillare il corno. Con un gesto della mano indicò il sofà, dove il nostro visitatore ansante e il suo esagitato compagno sedettero fianco a fianco. Il signor Mortimer Tregennis appariva più composto del parroco, ma il tremito delle sue mani sottili e la lucentezza febbrile dei suoi occhi scuri rivelavano come condividesse l'emozione che sconvolgeva il suo padrone di casa.

«Parla lei o vuole che parli io?» domandò al vicario.

«Ecco, dal momento che è stato lei a fare la scoperta, di qualunque cosa possa trattarsi, e il vicario l'ha appresa soltanto di seconda mano, sarà forse meglio che parli lei» disse Holmes.

Lanciai un'occhiata al vicario sommariamente vestito, mentre il suo inquilino gli era seduto accanto abbigliato in tutta regola, e mi divertì la sorpresa che la semplice deduzione di Holmes aveva dipinto sui loro volti.

«Sarà forse meglio che dica due parole prima io,» interloquì il vicario «quindi giudicherà lei se ascoltare i particolari dal signor Tregennis, o se non sarà invece meglio che ci affrettiamo a recarci tutti insieme sul posto di questa misteriosa tragedia. Le spiegherò dunque che il nostro amico qui presente trascorse la serata di ieri in compagnia dei suoi due fratelli, Owen e George, e di sua sorella Brenda, nella loro casa di Tredannick Wartha, che si trova presso l'antica croce di pietra della landa. Li lasciò poco dopo le dieci che giocavano a carte intorno al tavolo della sala da pranzo, in ottima salute e in perfetta allegria. Stamane, poiché si alza sempre molto presto, si avviò a piedi in quella direzione prima di fare colazione, e fu raggiunto dalla carrozza del dottor Richards, il quale gli spiegò come fosse stato mandato a chiamare con la massima urgenza da Tredannick Wartha. Il signor Mortimer Tregennis logicamente lo accompagnò. Giunto a Tredannick Wartha si trovò di fronte uno spettacolo inaudito. I suoi due fratelli e la sorella erano seduti intorno al tavolo, esattamente come lui li aveva lasciati, con le carte ancora sparse sul tavolo e le candele consumate sino al bocciolo. La sorella giaceva abbandonata sulla seggiola, morta stecchita, mentre i due fratelli erano seduti a ciascun lato di lei che ridevano, urlavano, cantavano, completamente fuori di senno. Tutti e tre, la morta e i due dementi, avevano impressa nel volto un'espressione di terrore indescrivibile, un tale stravolgimento di orrore che faceva spavento guardarli. Non vi era traccia di alcuna presenza estranea nella casa, eccezion fatta per la signora Porter, la vecchia cuoca e governante di casa, la quale dichiarò di aver dormito profondamente e di non aver inteso durante la notte il benché minimo rumore. Non era stato rubato né spostato nulla, e non è possibile dare alcuna spiegazione dell'orrore che ha spaventato una donna sino a farla morire e ha tolto il senno a due uomini robusti. Questa in sintesi la situazione, signor Holmes, e se lei potrà aiutarci a chiarirla avrà compiuto una grande cosa.»

Avevo sperato di riuscire in qualche modo a persuadere il mio amico a restarsene nella pace che era stata lo scopo del nostro viaggio, ma mi bastò un'occhiata al suo viso intento e alle sue sopracciglia contratte per capire che ogni mia supplica sarebbe stata vana. Sedette a lungo in silenzio, assorto nella meditazione del misterioso dramma che era così improvvisamente scoppiato a scompaginare la nostra quiete.

«Accetto di occuparmi di questo problema» disse infine. «Così di primo acchito sembrerebbe un caso di natura assolutamente eccezionale. Lei è stato laggiù, signor Roundhay?»

«No, signor Holmes. Il signor Tregennis è ritornato alla parrocchia, mi ha riferito l'accaduto e io sono venuto qui subito a consultarmi con lei.»

«Quanto dista la casa dove si è verificata questa singolare tragedia?»

«Circa un chilometro e mezzo nell'entroterra.»

«Ci andremo dunque a piedi insieme, ma prima di avviarci desidero rivolgerle alcune domande, signor Mortimer Tregennis.»

Tregennis era rimasto sempre in silenzio, ma io avevo notato che la sua agitazione, per quanto meglio controllata, era tuttavia più forte dell'appariscente emozione del curato. Sedeva con un viso pallido, tirato, lo sguardo ansioso fisso su Holmes, e le sue mani sottili erano strette insieme in un gesto convulso. Le sue labbra esangui erano scosse da un tremito, mentre ascoltava la descrizione della sorte spaventosa toccata alla sua famiglia, e nei suoi occhi cupi pareva riflettersi qualcosa dell'orrore della tragedia che l'aveva annientata.

«Mi chieda quello che vuole, signor Holmes» rispose prontamente. «Mi fa male parlarne, ma le risponderò la verità.»

«Mi dica di ieri sera.»

«Come il vicario le ha spiegato, cenai laggiù, e mio fratello maggiore, George, propose dopo cena che si facesse un giro di whist. Incominciammo verso le nove circa. Quando mi mossi per ritornare erano le dieci e un quarto. Li lasciai tutti e tre intorno al tavolo, apparentemente allegrissimi.»

«Chi l'accompagnò fuori?»

«La signora Porter era andata a letto, perciò uscii da solo. Mi richiusi alle spalle l'uscio del vestibolo. La finestra della stanza in cui erano seduti era chiusa, ma la persiana era rimasta alzata. Stamane non vi era nessun cambiamento né nella porta né nella finestra, e niente faceva supporre che un estraneo fosse potuto entrare in casa. Eppure erano lì, impazziti completamente dal terrore, e Brenda morta di paura, la testa ciondoloni sul bracciolo della seggiola. Dovessi campare cent'anni non potrò mai levarmi dal cuore e dalla mente lo spettacolo che offriva quella stanza!»

«I fatti, così come lei me li ha esposti, sono innegabilmente straordinari» disse Holmes. «Immagino che lei non possa formulare alcuna ipotesi per spiegarli!»

«È opera del demonio, signor Holmes, del demonio!» gridò Mortimer Tregennis. «Non di questo mondo! In quella stanza dev'essere entrato qualcosa che ha spento nelle loro menti la luce della ragione. Quale mezzo umano poteva farlo?»

«Temo che se si tratta di cosa trascendente l'umana natura è certamente tale da trascendere anche, logicamente, le mie modeste facoltà. Tuttavia dobbiamo esaurire tutte le spiegazioni naturali prima di arrenderci a un'ipotesi come questa. In quanto a lei, signor Tregennis, mi sembra che abbia avuto qualche dissenso con la sua famiglia, altrimenti per quale altro motivo i suoi fratelli vivevano uniti mentre lei abita solo in camere ammobiliate?»

«Effettivamente era così, signor Holmes, per quanto ormai quella vicenda fosse da tempo morta e seppellita. Noi possedevamo infatti una miniera di stagno a Redruth, ma vendemmo i nostri diritti a una società, e ci ritirammo con denaro sufficiente per vivere. Non negherò che ci fu infatti qualche vivace scambio di vedute tra me e i miei fratelli circa la spartizione del denaro, ma tutto era ormai da tempo dimenticato, ed eravamo ridiventati da un pezzo ottimi amici.»

«Ripensando all'ultima sera che avete trascorso insieme, non rammenta nulla che possa gettare eventualmente qualche luce sulla tragedia? Ci pensi bene, signor Tregennis, perché anche il più piccolo filo conduttore mi può essere d'immenso aiuto.»

«Non ricordo proprio nulla, signor Holmes.»

«I suoi fratelli erano del loro solito umore?»

«Altroché! Non li avevo mai visti così allegri.»

«Erano persone nervose? Avevano mai mostrato di temere qualche pericolo imminente?»

«No.»

«Non può dunque dirmi assolutamente nulla che mi aiuti a fare luce?»

Mortimer Tregennis parve riflettere a lungo e intensamente, quindi disse:

«Adesso mi viene in mente una cosa. Mentre eravamo seduti al tavolo io stavo con la schiena rivolta alla finestra e mio fratello George, essendo mio compagno di gioco, era invece di faccia. Notai che una volta guardò fisso al di sopra della mia spalla, tanto che mi girai e guardai a mia volta. La persiana era alzata e la finestra chiusa, ma riuscivo ugualmente a distinguere i cespugli del prato, ed ebbi per un attimo la sensazione di vedere qualcosa muoversi lì in mezzo. Non saprei dire se si trattasse di uomo o di animale, ma ebbi comunque l'impressione che qualcosa vi fosse. Quando gli domandai che cosa stesse guardando mi rispose che aveva avuto la medesima sensazione. Questo è tutto quello che posso dire.»

«Non siete andati a vedere?»

«No, non demmo importanza alla cosa.»

«Dunque li ha lasciati senza aver avuto alcun presagio funesto?»

«Assolutamente no.»

«Non ho ben capito come lei abbia appreso la notizia così per tempo stamane.»

«Non sono un dormiglione, e di solito faccio sempre una passeggiata prima di colazione. Stamane mi ero appena avviato quando fui raggiunto dal dottore, che mi passò davanti col suo calesse. Mi avvertì che la vecchia signora Porter lo aveva mandato a chiamare con un messaggio urgente, perciò balzai in cassetta accanto a lui e proseguimmo insieme. Appena arrivati entrammo nella stanza tragica. Le candele e il fuoco dovevano essersi spenti da molte ore, e loro erano rimasti seduti così nelle tenebre sino allo spuntare dell'alba. Il dottore dichiarò che Brenda doveva essere morta da almeno sei ore. Non fu riscontrata su di lei alcuna traccia di violenza. Era semplicemente arrovesciata sul bracciolo della poltrona con quella terribile espressione di spavento nel volto. George e Owen stavano cantando squarci di canzoni e si agitavano come due grosse scimmie. Dio mio, che orrore! Io non potei resistere a quello spettacolo, e anche il dottore sbiancò come un lenzuolo. Anzi si accasciò su una seggiola in preda a una specie di svenimento e per poco non ci toccò curare anche lui.»

«Strano... veramente stranissimo» disse Holmes alzandosi e prendendo il suo cappello. «Credo che sarà forse meglio recarsi a Tredannick Wartha senza ulteriori indugi. Confesso di aver visto raramente un caso che presenti a prima vista un aspetto più singolare.»

Le operazioni di quella prima mattina non servirono gran che a farci avanzare nelle nostre ricerche. Furono contrassegnate all'inizio da un incidente che lasciò nel mio animo un'impressione terribilmente sinistra. L'accesso al punto in cui era avvenuta la tragedia si trova in fondo a un viottolo di campagna angusto e serpeggiante. Mentre lo percorrevamo udimmo un cigolio di ruote e una vettura avanzò verso di noi; ci tirammo da parte per lasciarla passare. Mentre ci superava ebbi come una visione fuggevole, attraverso il finestrino abbassato, di un volto ghignante, orribilmente convulso, che ci guardava. Quegli occhi forsennati, quei denti digrignanti ci passarono accanto in un lampo come uno spettacolo spaventoso.

«I miei fratelli!» gridò Mortimer Tregennis, divenuto pallido come un cadavere. «Li stanno portando a Helston.»

Fissammo con orrore la carrozza nera che stava scomparendo rapidamente al nostro sguardo. Quindi volgemmo i nostri passi verso l'infausta casa i cui occupanti avevano incontrato un così strano destino.

Era una dimora grande e luminosa, piuttosto una villa che non una semplice casa di campagna, circondata da un vasto giardino che grazie alla tiepida aria di Cornovaglia era già fragrante di fiori primaverili. Su questo giardino dava la finestra del salotto, e di lì, secondo le dichiarazioni di Mortimer Tregennis, doveva essere giunto quello strumento del demonio che terrorizzando i suoi congiunti aveva in un solo attimo sconvolto le loro menti. Holmes si aggirò lento e pensoso tra le aiuole e lungo il sentiero, prima di entrare sotto il porticato. Era talmente assorto nelle sue meditazioni, ricordo, che inciampò nell'innaffiatoio, rovesciandone il contenuto e inzuppando non solo il sentiero del giardino ma anche i nostri piedi. Nell'interno della casa fummo accolti dalla vecchia governante, la signora Porter, la quale con l'aiuto di una giovane domestica provvedeva ai bisogni della famiglia. La donna rispose prontamente a tutte le domande di Holmes. Quella notte non aveva sentito nulla. I suoi padroni si erano dimostrati in quegli ultimi tempi sempre di ottimo umore, e non li aveva mai visti, anzi, più allegri e più soddisfatti. Quando il mattino era entrata nella stanza era svenuta dallo spavento nel vedere quella impressionante compagnia seduta intorno al tavolo. Non appena si era riavuta aveva spalancato la finestra per lasciar entrare l'aria fresca del mattino e si era quindi precipitata nel viottolo a chiamare aiuto; aveva poi trovato un garzone di fattoria, che aveva spedito in cerca di un medico. La signora era stata adagiata nel suo letto, di sopra, se desideravamo vederla. C'erano voluti quattro uomini robusti per portare i fratelli nella vettura del manicomio. In quanto a lei non sarebbe rimasta un altro giorno in quella casa, e partiva quel pomeriggio stesso per andare a raggiungere la sua famiglia a St Ives.

Salimmo le scale ed esaminammo il cadavere. La signorina Brenda Tregennis doveva essere stata una ragazza bellissima, benché avesse ormai raggiunto la mezza età. Il suo viso bruno e nettamente stagliato era affascinante anche nella morte, ma vi aleggiava ancora qualcosa dell'orrore senza nome che era stata la sua ultima emozione terrena. Dalla camera da letto della morta scendemmo nel salotto dove si era verificata quella misteriosa tragedia. Le ceneri bruciacchiate del fuoco notturno erano ancora ammonticchiate sulla grata. Sul tavolo, dove le carte da gioco erano ancora sparse, stavano tuttora le quattro candele completamente sgocciolate e consumate. Le seggiole erano state riaccostate alle pareti, ma per tutto il resto null'altro era stato spostato. Holmes percorse la stanza col suo passo rapido e lieve; sedette sulle varie seggiole, avvicinandole e ricostruendo le loro rispettive posizioni. Fece la prova di quanta parte di giardino fosse visibile dall'interno; ispezionò il pavimento, il soffitto, il camino, ma mai, neppure per un attimo, notai in lui quell'improvviso luccicare degli occhi e quella contrazione delle labbra che mi avrebbero fatto presagire che fosse riuscito a scorgere in quel mareggiare di tenebre un guizzo di luce.

«Ma perché il fuoco?» domandò a un tratto. «Accendevano sempre il camino in questa stanzetta, anche in una notte di primavera?»

Mortimer Tregennis spiegò che la serata era stata fredda e umida; per questo motivo avevano acceso il fuoco dopo il suo arrivo. «Cosa intende fare adesso, signor Holmes?» chiese.

Il mio amico sorrise e mi posò una mano sul braccio. «Credo, Watson, che riprenderò la mia vecchia abitudine di autointossicazione tabagica, che lei così spesso e così giustamente ha condannato» disse. «Col vostro permesso, signori, faremo adesso ritorno al nostro villino, perché non credo che ci si possa presentare qui qualche fattore nuovo. Rielaborerò gli avvenimenti dentro di me, signor Tregennis, e se mi venisse in mente qualcosa mi metterò immediatamente in comunicazione con lei e col vicario. Frattanto auguro a entrambi il buongiorno.»

Fu solo molto tempo dopo, quando fummo rientrati a Poldhu Cottage, che Holmes ruppe il suo lungo e ostinato silenzio. Si era tutto raggomitolato nella sua poltrona, la sua faccia magra e ascetica quasi spariva tra le spire azzurrognole della pipa, le sue sopracciglia nere erano contratte, la fronte solcata da rughe, gli occhi assorti vagavano nello spazio. Improvvisamente posò la pipa e balzò in piedi.

«Non va, Watson» disse scoppiando in una risata. «Andiamo a fare una passeggiata insieme sino alle rocce, in cerca di frecce di selce. Sarà più facile trovare relitti neolitici che non la chiave di questo problema. Far lavorare il cervello senza materiale sufficiente è come mettere un motore in folle. Non si fa che ridurlo in pezzi. Occorrono aria marina, sole e pazienza, mio caro Watson... e il resto verrà da sé.

«E adesso tentiamo di definire con calma la nostra posizione» proseguì mentre costeggiavamo insieme gli scogli. «Cerchiamo di afferrare saldamente il pochissimo che sappiamo, dimodoché quando sorgeranno fatti nuovi potremo essere pronti a sistemarli nelle loro giuste caselle. Suppongo in primo luogo che nessuno di noi due è disposto ad ammettere intrusioni diaboliche in questioni umane. Incominciamo con lo scartare totalmente questa evenienza. Benissimo. Rimangono così tre persone che sono state spaventosamente colpite da un elemento umano, conscio o inconscio. Qui ci muoviamo su terreno sicuro. Ora, quando si verificò questo incidente? Ammettendo naturalmente che la sua narrazione sia esatta, la tragedia dovette avvenire subito dopo che il signor Mortimer Tregennis aveva lasciato la stanza. Questo è un punto importantissimo. Dobbiamo perciò supporre che il fatto avvenne pochissimi minuti dopo. Le carte erano ancora sparse sul tavolo. L'ora normale in cui erano soliti coricarsi era già trascorsa, eppure né cambiarono di posto né scostarono le seggiole. Ripeto pertanto che il fatto dovette verificarsi subito dopo la partenza di Tregennis, e comunque non più tardi delle undici di ieri sera.

«La nostra prima mossa sarà dunque quella di controllare, per quanto possibile, tutti i passi di Mortimer Tregennis dal momento in cui lasciò quella stanza. In questo non dovremmo incontrare alcuna difficoltà e mi sembra che ogni suo movimento sia al di sopra di qualsiasi sospetto. Lei che conosce bene i miei sistemi avrà notato il pretesto alquanto goffo dell'innaffiatoio cui sono ricorso per ottenere un'impronta più chiara del suo piede di quanto sarebbe stato altrimenti possibile. Il sentiero umido e sabbioso la ritenne in modo perfetto. Anche la notte scorsa era umida, se ben ricordo, e non mi fu difficile – avendo ottenuto un'impronta campione – ritrovare la sua traccia tra le altre e seguire i suoi movimenti. Mi è risultato che si sia allontanato rapidamente in direzione del vicariato.

«Se dunque Mortimer Tregennis è scomparso dalla scena e tuttavia qualcuno dall'esterno ha potuto esercitare la sua letale influenza sui giocatori di carte, come possiamo ricostruire l'identità di questa persona e come fu possibile creare intorno a quei tre disgraziati una così spaventosa e mortifera atmosfera di orrore? Dobbiamo scartare assolutamente la signora Porter. È una persona evidentemente inoffensiva. Esiste una prova che qualcuno sia salito strisciando sino alla finestra producendo non sappiamo come un effetto così terrificante da far uscire di senno quei tre poveretti? La sola ipotesi in questo senso ci è fornita dallo stesso Mortimer Tregennis, che sostiene che suo fratello ebbe la sensazione di un movimento in giardino. Questo è indubbiamente un fatto strano, poiché la notte era piovosa, nuvolosa e buia. Chiunque avesse avuto l'intenzione di spaventare questa gente sarebbe stato costretto ad avvicinare la faccia direttamente contro il vetro, prima di poter essere scorto. Intorno a questa finestra, all'esterno, corre un bordo di fiori largo circa novanta centimetri, ma non reca alcuna traccia di impronte. È perciò difficile immaginare come qualcuno dall'esterno possa aver fatto su quei tre un'impressione così spaventosa, né abbiamo trovato alcun motivo plausibile per un attentato tanto strano e complesso. Si rende conto delle difficoltà che dobbiamo affrontare, Watson?»

«Altroché!» risposi con la massima convinzione.

«Eppure se avessimo qualche elemento in più, potremmo dimostrare che non sono poi insormontabili» proseguì Holmes. «Io credo che nei suoi vasti archivi lei riuscirebbe a trovare qualche altro caso che offrirebbe probabilmente oscurità analoghe. Tuttavia metteremo da parte per il momento questo problema sino a quando non avremo raccolto dati più precisi, e dedicheremo il resto della nostra mattinata alla ricerca dell'uomo neolitico.»

Ho già accennato più volte al potere di distacco mentale di Holmes, ma questa sua facoltà non mi stupì mai tanto come quella mattina di primavera in Cornovaglia, quando per ben due ore si diede a discorrere ininterrottamente di celti, di punte di freccia, di cocci arcaici, con una tale disinvoltura che nessun mistero sinistro sembrava attendere da lui una soluzione. Fu soltanto nel pomeriggio, di ritorno al nostro villino, quando trovammo un visitatore ad attenderci, che le nostre menti ritornarono alla tragedia. Né io né Holmes avemmo bisogno che qualcuno ci dicesse chi era questo visitatore. Quel corpo immenso, quel volto solcato di rughe e scavato come una roccia, quegli occhi fieri, quel naso aquilino, quei capelli brizzolati che quasi sfioravano il soffitto della nostra casetta, quella barba dorata ai bordi e bianca vicino alle labbra, salvo le macchie di nicotina lasciatevi da un sigaro perenne, tutti questi lineamenti erano altrettanto noti a Londra quanto lo erano in Africa, e non potevano che essere associati alla formidabile personalità del dottor Leon Sterndale, il celebre cacciatore di leoni ed esploratore.

Avevamo saputo della sua presenza nella regione e un paio di volte avevamo avvistato la sua gigantesca figura lungo i sentieri della landa. Ma lui non aveva mai fatto nulla per avvicinarsi a noi, né noi d'altro canto ci saremmo mai sognati di abbordarlo, poiché era risaputo che unicamente per amore di isolamento aveva l'abitudine di trascorrere la maggior parte degli intervalli concessigli dai suoi lunghi viaggi in un minuscolo bungalow seppellito nel bosco isolato di Beauchamp Arriance. Laggiù, tra i suoi libri e le sue mappe, trascorreva un'esistenza di assoluta segregazione, badando da sé alle proprie semplici necessità, e senza minimamente curarsi degli affari del proprio prossimo. Fui quindi grandemente sorpreso di udirlo chiedere a Holmes con voce ansiosa se avesse fatto qualche passo in avanti nella ricostruzione di quel misterioso episodio. «La polizia della contea è completamente nel falso;» disse «ma forse la sua assai più vasta esperienza sarà riuscita a suggerirle qualche spiegazione plausibile. La mia sola pretesa di essere messo a parte della sua fiducia sta nel fatto che durante i miei numerosi soggiorni qui mi sono legato in stretta amicizia con la famiglia dei Tregennis, anzi da parte di mia madre potrei chiamarli cugini, e il loro tragico destino mi ha naturalmente assai colpito. Le dirò anzi che ero già giunto a Plymouth, diretto in Africa, ma ebbi la notizia stamane e sono ritornato indietro immediatamente per collaborare all'inchiesta.»

Holmes inarcò le sopracciglia.

«Dunque a causa di questo ha perduto il piroscafo?»

«Prenderò il prossimo.»

«Perbacco! Questa sì che è amicizia!»

«Se le dico che erano parenti!»

«Già... cugini da parte di sua madre. Il suo bagaglio è rimasto a bordo della nave?»

«Una parte, ma il grosso l'ho con me in albergo.»

«Capisco. Ma la notizia di questo avvenimento non può certo averla raggiunta sui giornali del mattino di Plymouth!»

«No, signore, mi è stata data per telegramma.»

«Posso chiederle chi le ha mandato questo telegramma?»

Sul volto scabro dell'esploratore passò un'ombra.

«Com'è inquisitorio, signor Holmes!»

«È il mio mestiere.»

Con uno sforzo il dottor Sterndale si ricompose.

«Non ho alcuna obiezione a dirglielo» rispose. «È stato il vicario a spedirmi il telegramma che mi ha richiamato.»

«Grazie» disse Holmes. «Rispondendo alla sua prima domanda le dirò che non ho ancora idee molto chiare su questo caso, ma nutro ogni speranza di giungere presto a una conclusione. Sarebbe prematuro aggiungere altro.»

«Non le dispiacerebbe dirmi se i suoi sospetti si appuntano in qualche particolare direzione?»

«No, su questo non posso rispondere.»

«Allora ho sprecato il mio tempo, ed è inutile che prolunghi la mia visita.» Il celebre dottore uscì a lunghi passi dal nostro villino, in preda a visibile malumore, e in capo a cinque minuti Holmes lo aveva seguito. Non lo rividi più sino a sera. Quando ritornò camminava adagio e con un viso smarrito, il che mi fece comprendere come le sue ricerche non avessero fatto grandi progressi. Gettò un'occhiata a un telegramma che lo aspettava, ma subito lo buttò nel fuoco.

«Mi è stato mandato dall'albergo di Plymouth, Watson» mi spiegò. «Me ne sono fatto dire il nome dal vicario, e ho telegrafato per accertarmi che la versione del dottor Leon Sterndale fosse esatta. Sembra che abbia effettivamente passato la notte laggiù, e che una parte del suo bagaglio sia già partita per l'Africa, mentre lui è rientrato per essere presente a questa inchiesta. Lei che cosa arguisce da tutto questo, Watson?»

«Che la cosa lo interessa profondamente.»

«Lo interessa profondamente... già. C'è un filo qui che non siamo ancora riusciti ad afferrare e che forse potrebbe servirci a districare questo garbuglio. Su, allegro, Watson, perché sono sicurissimo che non abbiamo ancora in mano tutti gli elementi necessari. Quando questo avverrà tutte le nostre difficoltà saranno dissipate.»

Non avrei mai pensato che le parole di Holmes si sarebbero così presto avverate, né mai avrei potuto supporre quanto strani e sinistri sarebbero stati i nuovi sviluppi del caso, che dovevano aprirci dinanzi una linea di ricerche assolutamente inattesa. Mi stavo facendo la barba accanto alla finestra, il mattino seguente, quando intesi uno scalpitio di zoccoli, e alzando lo sguardo vidi un calesse che sopraggiungeva divorando letteralmente la strada. Il veicolo si fermò davanti alla nostra porta e ne balzò a terra il nostro amico vicario, che prese a correre su per il sentiero del giardino. Holmes era già vestito e insieme gli andammo subito incontro.

Il nostro ospite era talmente emozionato che non riusciva quasi ad articolare parola, ma infine, tra balbettii e vani tentativi di esprimersi, riuscimmo a cavargli alla meglio di bocca il suo tragico racconto.

«Siamo invasati dal diavolo, signor Holmes. La mia povera parrocchia è ossessa!» gridava. «Ci si è scatenato addosso Satana in persona! Siamo stati abbandonati al suo potere!» Era talmente agitato che quasi ballava, e sarebbe stato oggetto di ridicolo se non fosse stato per quel suo volto cinereo e gli occhi strabuzzati. Finalmente sparò fuori la sua terribile notizia.

«Mortimer Tregennis è morto durante la notte, presentando esattamente gli stessi sintomi che sono stati riscontrati negli altri componenti della sua famiglia.»

Holmes balzò in piedi, fremente a un tratto di energia dai talloni alla radice dei capelli.

«Può farci salire tutti e due sul suo calesse?»

«Sì, certo.»

«In questo caso, Watson, rimanderemo la nostra colazione. Signor Roundhay, siamo a sua completa disposizione. Presto... presto, prima che spostino qualcosa.»

Tregennis aveva occupato due camere del vicariato, che si trovavano in un angolo, isolate dal resto della costruzione, l'una sopra l'altra. Al piano sottostante c'era un ampio salotto, a quello superiore la camera da letto. Davano su un prato, adibito al gioco del croquet, che giungeva fin sotto le finestre. Eravamo arrivati prima del medico e della polizia, quindi tutto era rimasto assolutamente intatto. Desidero descrivere esattamente la scena come si presentò a noi in quella nebbiosa mattina di marzo. Mi ha lasciato nell'animo un'impressione che nulla potrà mai cancellare.

L'atmosfera della stanza era intollerabilmente soffocante. La domestica che era entrata per prima nel locale aveva dovuto spalancare la finestra, perché altrimenti l'aria vi sarebbe stata ancora più irrespirabile. Ciò poteva essere dovuto in parte al fatto che una lampada posata al centro della tavola ardeva e fumava ancora. Accanto a questa sedeva il morto, arrovesciato nella poltrona, la rada barba sporgente, gli occhiali spinti indietro sulla fronte, la scura e magra faccia volta verso la finestra e contorta in quella medesima smorfia di orrore che aveva alterato i lineamenti della sua povera sorella. Anche le sue membra erano convulse e le dita contratte, come se fosse morto in un vero e proprio parossismo di paura. Era completamente vestito, per quanto appariva evidente che aveva dovuto fare toeletta in modo sommario. Già sapevamo che il suo letto mostrava chiaramente che Tregennis vi avesse dormito, e che la tragica fine era sopravvenuta durante le prime ore del mattino.

Chiunque avesse assistito al mutamento improvviso sopravvenuto in lui dal momento in cui entrò in quella stanza fatale, avrebbe compreso l'incandescente energia che si nascondeva sotto l'aspetto flemmatico di Holmes. In un attimo era divenuto vigile, intento; i suoi occhi si erano messi a brillare, la sua faccia si era chiusa, le sue membra vibravano di un fremito intensissimo di attività. Usciva sul prato, rientrava dalla finestra, faceva il giro della stanza, saliva su nella camera da letto, proprio come un cane irrequieto a caccia di volpi che si appresti a stanare la sua preda. Nella camera da letto compì un rapido giro, e finì con lo spalancare la finestra, il che sembrò procurargli un nuovo motivo di agitazione, poiché si sporse da questa lanciando alte esclamazioni d'interesse e compiacimento. Si precipitò quindi da basso, e uscì un'altra volta dalla finestra aperta; quindi si buttò faccia a terra sul prato, balzò in piedi e ripiombò nuovamente nella stanza, il tutto con l'energia del cacciatore che è sul punto di acciuffare la sua selvaggina. La lampada, che era di tipo ordinario, fu da lui esaminata con minuziosa cura, soprattutto per quello che riguardava certe misurazioni della boccia. Ispezionò quindi attentamente con la propria lente lo schermo che ricopriva la sommità del tubo, e ne grattò alcuni rimasugli di cenere che avevano aderito alla sua superficie, nel punto più alto, riponendoli in una busta che mise a sua volta nel portafogli. Infine, proprio mentre il medico e la polizia ufficiale facevano la loro comparsa, fece un cenno al vicario e tutti e tre ci avviammo sul prato.

«Sono lieto di comunicarle che la mia investigazione non è stata del tutto infruttuosa» disse. «Non posso fermarmi a discutere l'argomento con la polizia, ma le sarei obbligatissimo, signor Roundhay, se volesse avere la bontà di salutare da parte mia l'ispettore e di indicare alla sua attenzione la finestra della camera da letto e la lampada del salotto. Ciascuno di questi elementi è interessante e insieme io li giudicherei pressoché conclusivi. Se la polizia desiderasse ulteriori informazioni sarò lieto di fornirgliele al villino. E adesso, Watson, credo che la nostra presenza si dimostrerà più utile altrove.»

È probabile che la polizia si fosse seccata dell'intrusione di un dilettante, o forse pensava di trovarsi su una linea di ricerca più sicura; comunque è certo che nessuno della forza ufficiale si fece vedere nei due giorni seguenti. Durante questo intervallo Holmes trascorse parzialmente il proprio tempo fumando e sognando nella casetta; ma spese la maggior parte di quelle giornate in passeggiate campestri che intraprendeva solo, ritornando dopo molte ore senza dirmi sia pure con accenni dove fosse stato. Un esperimento servì a dimostrarmi la sua linea di ricerca. Aveva acquistato una lampada che era la copia esatta di quella che era rimasta accesa nella stanza di Mortimer Tregennis il mattino della tragedia. La riempì con lo stesso petrolio usato al vicariato, e calcolò esattamente il tempo necessario che occorreva a esaurirla. Eseguì poi un altro esperimento di natura più sgradevole, e tale che non mi sarà facile dimenticarlo.

«Lei avrà notato, Watson,» mi disse un pomeriggio «che vi è un unico punto comune di rassomiglianza negli elementi disparati che siamo riusciti a raccogliere. Questo consiste nell'effetto prodotto in ciascun caso dall'aria della stanza su quelli che vi sono entrati per primi. Si rammenterà che Mortimer Tregennis, nel descrivere l'episodio della sua ultima visita alla casa dei suoi fratelli, disse che il medico entrando nella stanza si era accasciato su una seggiola... Lo ha dimenticato? Bene, io no. E adesso rammenterà che anche la signora Porter, la governante, ci disse che anche lei era svenuta, appena entrata, e che solo successivamente aveva aperto la finestra. Nel secondo caso, nel caso dello stesso Mortimer Tregennis, lei non può aver scordato il senso orribile di soffocazione che ci serrò la gola come arrivammo, benché la domestica avesse già spalancato la finestra. Ebbene, questa domestica, mi sono informato, era stata talmente male che aveva dovuto mettersi a letto. Lei ammetterà, Watson, che questi fatti sono molto significativi. In ciascun caso abbiamo una prova inconfutabile di avvelenamento dell'aria. In ciascun caso inoltre ci troviamo di fronte a un processo di combustione. Nel primo caso il fuoco era acceso nel camino, nel secondo una lampada ardeva. Del fuoco c'era stato bisogno, ma la lampada era stata accesa – come dimostrerà un paragone col petrolio consumato – molto tempo dopo che si era fatto giorno. Perché? Indubbiamente perché deve esistere un nesso tra questi tre fattori: la combustione, l'atmosfera soffocante e infine la pazzia o la morte di questa disgraziata gente. Ciò è chiaro, non trova?»

«Direi di sì.»

«Accettiamola almeno come ipotesi di lavoro. Ammetteremo dunque che in ciascun caso fu bruciato qualcosa che produsse nell'atmosfera misteriosi effetti tossici. Benissimo. Nel primo caso – il caso della famiglia Tregennis – questa sostanza fu posta nel fuoco. Ora, la finestra era chiusa, ma il fuoco avrebbe naturalmente trasportato i vapori su per la cappa, almeno per un certo tempo. Perciò si dovrebbe supporre che qui gli effetti del veleno fossero minori che non nel secondo caso, dove i fumi venefici avevano una via di uscita minore. I risultati sembrano indicare che così fu infatti, giacché nel primo caso la donna soltanto, dotata presumibilmente di un organismo più sensibile, fu uccisa, mentre gli altri offrirono fenomeni di pazzia temporanea o permanente che dev'essere evidentemente il primo stadio provocato dalla droga. Nel secondo caso il risultato fu totale. Pertanto i fatti sembrano avvalorare l'ipotesi di un veleno operante attraverso un processo di combustione.

«Seguendo nel mio cervello questo procedimento argomentativo era naturale che cercassi nella stanza di Mortimer Tregennis qualche traccia di questa sostanza. Il primo oggetto che ispezionai, logicamente, fu lo schermo o paralume, che dir si voglia, della lampada. Ed ecco infatti che vi scorsi immediatamente una certa quantità di cenere fioccosa, e intorno ai bordi notai una frangia di polvere bruniccia, che non si era ancora del tutto consumata. Di questa ne ho prelevata una parte, come lei ha visto, e l'ho riposta in una busta.»

«Perché una parte soltanto, Holmes?»

«Non sta a me, mio caro Watson, intralciare le ricerche della polizia ufficiale. Io lascio a loro le stesse prove trovate da me. Se avranno l'intelligenza di scoprirlo, il veleno si trova ancora sullo schermo. E adesso, Watson, accenderemo la nostra lampada. Prenderemo la precauzione di aprire la finestra per evitare il prematuro decesso di due degni membri della società umana, e lei si metterà in poltrona vicino a quella finestra aperta, a meno che da persona di buonsenso non decida di non aver nulla a che fare con questa storia. Oh, vuol vedere come va a finire? Ero sicuro di conoscere il mio Watson. Questa seggiola la metterò di fronte alla sua, in modo da poter restare entrambi a uguale distanza dal veleno, e faccia a faccia. La porta la lasceremo socchiusa. Adesso siamo ciascuno in posizione di osservare l'altro e di sospendere l'esperienza nel caso i sintomi dovessero rivelarsi allarmanti. È chiaro? Ecco dunque, tolgo la nostra polvere – o quello che ne rimane – da questa busta e la poso sopra la lampada accesa. Così. E adesso, Watson, sediamoci e aspettiamo gli avvenimenti.»

Non tardarono certo a presentarsi. Mi ero appena messo a sedere che immediatamente mi resi conto di un odore pesante, muschioso, sottile e nauseabondo. Alla prima zaffata il mio cervello e la mia immaginazione persero ogni controllo. Una nube fitta e nera mi calò sugli occhi, e la mia mente mi disse che in questa nube, invisibile ancora, ma pronta a balzare sui miei sensi terrificati, si celava quanto di vagamente orribile, quanto di mostruoso e di inconcepibilmente malvagio si aggira per l'universo. Forme indistinte roteavano e giravano vorticosamente in mezzo al nero banco di nubi, e ciascuna era una minaccia e un avvertimento di qualcosa che stava per sopraggiungere. Era la premonizione di un innominabile essere che stava per comparire sulla soglia, e la cui sola ombra sarebbe bastata a incenerire la mia anima. Un raggelante orrore si impadronì di me. Sentii che i capelli mi si rizzavano sul capo, che gli occhi mi schizzavano dalle orbite, che la mia bocca si era aperta e che la lingua mi si era indurita come cuoio. Tale era il tumulto del mio cervello che qualcosa in esso doveva certamente spaccarsi. Tentai di urlare, ebbi la vaga sensazione di un gracidio rauco che doveva essere la mia voce, ma infinitamente lontana e distaccata da me. Nel medesimo istante, in un supremo sforzo di fuga, irruppi attraverso quella nube di desolazione e colsi una visione fuggevole del viso di Holmes, bianco, irrigidito, impietrito dall'orrore, trasformato nella stessa maschera che avevo visto impressa sui lineamenti dei cadaveri. Fu questa visione a darmi un attimo di lucidità e di forza. Balzai dalla mia seggiola, gettai le braccia intorno a Holmes e insieme ci precipitammo barcollando verso la porta. Un attimo dopo eravamo distesi fianco a fianco sull'aiuola, consapevoli soltanto del radioso sole che si apriva gloriosamente il varco attraverso l'infernale nube di terrore che ci aveva avvolto. Questa si sollevò lentamente dalle nostre anime, simile alle brume che si diradano da un paesaggio, finché la pace e la ragione ritornarono a noi, e ci mettemmo a sedere sull'erba, asciugandoci la fronte madida e guardandoci l'un l'altro con apprensione, quasi a fissare nei nostri spiriti le ultime tracce della spaventosa esperienza cui ci eravamo sottoposti.

«Parola d'onore, Watson,» disse finalmente Holmes con voce ancora malferma «devo ringraziarla e farle le mie scuse al tempo stesso. È stato un esperimento imperdonabile anche nei miei confronti, ma doppiamente nei confronti di un amico. Non so come chiederle scusa.»

«Lei sa benissimo» risposi non senza emozione, poiché non avevo mai visto prima d'allora un Holmes così affettuoso «che per me la più grande gioia, il massimo privilegio consiste nel poterle essere di aiuto.»

Ricadde subito nella vena semironica, semicinica che era il suo atteggiamento abituale verso coloro che lo circondavano. «Sarebbe stato più che sufficiente per farci impazzire, mio caro Watson,» disse «per quanto un osservatore senza pregiudizi dichiarerebbe certamente che lo eravamo già ancor prima di imbarcarci in un'esperienza così temeraria. Ma confesso che non avrei mai immaginato che l'effetto potesse essere tanto grave e subitaneo.» Rientrò di corsa nella casetta e ricomparve con la lampada ancora accesa, ma tenendola a debita distanza, e si affrettò a buttarla tra un mucchio di rovi secchi. «Dobbiamo dar tempo all'ambiente di purificarsi un poco. Io penso, Watson, che lei non abbia più ombra di dubbio sul modo in cui sono accadute queste tragedie!»

«Certamente.»

«La causa però rimane più oscura che mai. Andiamo sotto quella pergola e discutiamo insieme. Ho la sensazione che quella porcheria mi pizzichi ancora la gola. A parer mio tutte le prove stanno a dimostrare che Mortimer Tregennis sia stato l'assassino nella prima tragedia, e sia divenuto vittima nella seconda. Non dimentichiamo infatti che vi fu un litigio di famiglia seguito da una riconciliazione. Non sappiamo però sino a che punto si spinse il litigio, né il valore effettivo di questa riconciliazione. Se penso a Mortimer Tregennis, a quella sua faccia volpina e a quei suoi occhietti tondi e astuti dietro gli occhiali, dubito che fosse un uomo facile al perdono. D'altronde rammenterà che l'idea che qualcuno si muovesse nel giardino, e che per un attimo distolse la nostra attenzione dalla causa reale della tragedia, venne da lui. Aveva un motivo per metterci fuori strada. E, d'altro canto, se non è stato lui a gettare nel fuoco questa sostanza nel momento di lasciare la sala da pranzo, chi altri può essere stato? La tragedia scoppiò immediatamente dopo la sua partenza; ora, se fosse entrato qualcun altro, la famiglia si sarebbe certamente alzata da tavola. D'altronde nella pacifica Cornovaglia la gente non va a far visita al prossimo dopo le dieci di sera. Possiamo quindi supporre con ogni probabilità che tutte le prove indicano Mortimer Tregennis come il solo colpevole.»

«Allora la sua morte fu un suicidio.»

«Ecco, Watson, così a tutta prima non sembrerebbe un'ipotesi impossibile. Un uomo che si sia macchiato la coscienza di un così spaventoso fratricidio potrebbe benissimo essere spinto dal rimorso a infliggere a se stesso una fine analoga. Vi sono però parecchi forti motivi a sfavore di questa ipotesi. Vi è per fortuna un uomo in Inghilterra che sa tutto a questo proposito, e ho predisposto le cose in modo che potremo apprendere i fatti direttamente dalle sue labbra, e questo pomeriggio stesso. Ah! Ma eccolo che arriva un po' in anticipo. La prego di passare da questa parte, dottor Sterndale. Abbiamo tentato un'esperienza chimica dentro casa che ha ridotto la nostra stanza in condizioni assolutamente inadatte a ricevere un ospite di riguardo come lei.»

Avevo udito il clicchettio del cancello del giardino, e ora la maestosa figura del celebre esploratore africano apparve sul sentiero. Si volse con una certa sorpresa verso la rustica pergola sotto la quale sedevamo

«Lei mi ha mandato a chiamare, signor Holmes. Ho ricevuto il suo messaggio circa un'ora fa, e sono venuto, sebbene non sappia francamente per quale motivo dovrei obbedire alle sue ingiunzioni.»

«Potremo forse chiarire la situazione prima di separarci» replicò Holmes. «Nel frattempo le sono molto obbligato per la sua cortese accondiscendenza. Vorrà scusare questo ricevimento alla buona, così all'aria aperta, ma il mio amico Watson e io per poco non abbiamo fornito un ulteriore capitolo a quello che i giornali chiamano "l'Orrore di Cornovaglia". E per qualche oretta preferiamo un'atmosfera salubre. Ma siccome le cose di cui dobbiamo discutere la riguardano personalmente e in maniera intima, sarà forse meglio anche per lei che discorriamo in un luogo dove nessuno possa origliare.»

L'esploratore si tolse il sigaro di bocca e fissò intensamente il mio compagno.

«Non so veramente immaginare che cosa possono essere questi argomenti che mi riguardano, come lei dice, in modo così personale e intimo» rispose.

«Alludo all'assassinio di Mortimer Tregennis» sbottò Holmes.

Rimpiansi per un attimo di non essere armato. La faccia crudele di Sterndale si era fatta di un rosso cupo, i suoi occhi lanciarono fiamme, e grossi noduli venosi gli gonfiarono la fronte, mentre balzava sul mio compagno coi pugni chiusi. Ma subito si fermò, e con uno sforzo violento su se stesso riprese un aspetto di calma rigida e fredda ancor più pericoloso, forse, di quel suo precedente scoppio appassionato d'ira.

«Ho vissuto così tanto tempo tra i selvaggi e al di fuori della legge» disse «che ho finito col prendere l'abitudine di essere la legge io stesso. La pregherei di non dimenticare questo, signor Holmes, poiché non è affatto mio desiderio recarle danno.»

«E non è neppure mio desiderio recare danno a lei, egregio dottore. Certamente la prova migliore di ciò è che, pur sapendo quello che so, ho mandato a chiamare lei e non la polizia.»

Sterndale cadde a sedere con un gemito, intimorito forse per la prima volta in tutta la sua avventurosa esistenza. Ma dalla forte e sicura calma di Holmes emanava un fascino imperioso cui era difficile resistere. Il nostro ospite balbettò per un istante, e nell'agitazione di cui era preda le sue grandi e vigorose mani si chiusero e si aprirono convulsamente.

«Cosa intende dire?» chiese infine. «Se lei crede di spaventarmi non ha scelto l'uomo adatto, signor Holmes. Ma smettiamola di menare il can per l'aia. Cosa intende dire, ripeto?»

«La servirò subito,» rispose Holmes «e il motivo per cui voglio parlarle è che spero che dalla franchezza possa nascere la verità. La mia mossa successiva dipenderà esclusivamente dal modo in cui si difenderà.»

«Da come mi difenderò?»

«Sissignore.»

«Ma difendermi da che cosa?»

«Dall'accusa di aver assassinato Mortimer Tregennis.»

Sterndale si passò il fazzoletto sulla fronte madida. «Perbacco, come corre» disse. «Tutti i suoi successi dipendono forse da questa sua prodigiosa abilità nel bluff?»

«Il bluff» disse Holmes con voce severa «è tutto dalla sua parte, dottor Sterndale, e non dalla mia. Come prova di quanto le dico le riferirò alcuni dei fatti sui quali sono basate le mie conclusioni. Del suo ritorno da Plymouth, in seguito al quale ha permesso che gran parte del suo bagaglio proseguisse da solo per l'Africa, non dirò nulla, se non che mi rivelò come lei fosse uno dei fattori che occorreva prendere in considerazione per ricostruire questo dramma...»

«Io sono ritornato...»

«Mi ha già detto le sue ragioni, però io le ritengo poco convincenti e inadeguate. Ma per il momento trascuriamole. Lei è venuto qui per chiedermi chi io sospettassi. Io mi sono rifiutato di risponderle. Lei allora si è recato alla parrocchia, ha aspettato per qualche tempo fuori, e infine è rientrato al suo villino.»

«Come sa tutto questo?»

«Perché l'ho seguita.»

«Ma se io non ho visto nessuno!»

«Questo è il meno che può capitare a un mio simile quando io mi metto a seguirlo. Lei ha trascorso nel suo villino una notte inquieta, e ha formulato certi piani che all'alba ha deciso di mettere in atto. Ha lasciato casa sua proprio mentre il giorno spuntava, e si è riempito le tasche di una ghiaietta rossastra che giaceva ammucchiata presso il suo cancello.»

Sterndale sobbalzò violentemente e fissò Holmes, sbalordito.

«Ha proseguito quindi a passi rapidi per il chilometro e mezzo di strada che separa la sua casa dal vicariato. Aggiungerò che calzava questo stesso paio di scarpe da tennis che ha attualmente ai piedi. Giunto alla parrocchia è passato dall'orto e dalla siepe laterale e si è portato sotto la finestra di Tregennis. Era ormai giorno, ma la gente di casa non si muoveva ancora. Si è cavato di tasca un po' di quella ghiaia e l'ha buttata contro la finestra del piano di sopra.»

Sterndale balzò in piedi.

«Io credo che lei sia il diavolo in persona!» gridò.

Holmes sorrise del complimento. «Dovette lanciarne due e forse anche tre manciate prima che Tregennis venisse alla finestra. Lei gli ingiunse di scendere da basso. Tregennis si vestì sommariamente e discese nel suo salottino. Lei entrò dalla finestra. Seguì tra voi due un colloquio, un colloquio molto breve, durante il quale lei ha seguitato a passeggiare avanti e indietro per la stanza. Quindi è uscito e ha chiuso la finestra, e si è fermato sul prato antistante a fumare un sigaro e a osservare quello che succedeva. Infine, dopo la morte di Tregennis, se ne è andato così com'era venuto. E adesso, egregio dottore, come giustifica questa sua condotta, e quali sono stati i motivi che l'hanno spinta a un simile gesto? Se lei cerca di imbrogliarmi, sia pure di poco, le do la mia parola d'onore che io mi laverò per sempre e completamente le mani di questa faccenda.»

Mentre ascoltava queste parole del suo accusatore, il nostro ospite si era fatto cinereo in volto. Rimase seduto per qualche tempo in silenzio, il capo affondato tra le mani. A un tratto, con un gesto impulsivo, si cavò dalla tasca del panciotto una fotografia che gettò davanti a noi, sulla tavola rustica.

«Ecco perché ho fatto quello che ho fatto» disse.

La fotografia rivelava il busto e il volto di una donna bellissima. Holmes si chinò a osservarla.

«È Brenda Tregennis» disse.

«Sì, è Brenda Tregennis» ripeté lentamente il nostro visitatore. «L'ho amata per anni, e per anni anche lei mi ha amato.

Ecco il segreto di questo mio isolamento cornovagliese di cui la gente tanto si stupisce. Mi permetteva di avvicinarmi alla sola creatura sulla terra che mi fosse cara. Non potevo sposarla, poiché ho una moglie che da anni mi ha abbandonato e dalla quale tuttavia, per colpa delle odiose leggi inglesi, non mi era possibile divorziare. Brenda aspettò per anni, per anni aspettai anch'io, ed ecco il risultato della nostra attesa...» Un singhiozzo spaventoso scosse la sua gigantesca sagoma, e si afferrò la gola, sotto la barba chiazzata. Infine con un grande sforzo si padroneggiò e riprese:

«Il vicario sapeva, era al corrente del nostro segreto. Lui vi dirà se mai donna fu più di lei angelo in terra. Ecco perché mi ha telegrafato e perché sono tornato. Cosa m'importava del mio bagaglio e dell'Africa dopo aver appreso il tragico destino toccato alla mia donna? E così lei ha adesso l'indizio che le mancava per spiegare il mio modo di procedere, signor Holmes.»

«Continui» disse il mio amico.

Il dottor Sterndale cavò di tasca un pacchetto di carta e lo posò sulla tavola. Sopra vi era scritto *"Radix Pedis Diaboli"*, e la scritta era accompagnata da un'etichetta rossa su cui era stampata la parola VELENO. Spinse il pacchetto verso di me. «So che lei è medico: ha mai inteso parlare di questo preparato?»

«Radice di piede del diavolo! No, mai.»

«Infatti non può avere rapporti con le sue conoscenze professionali, poiché credo che, tranne un unico campione che si trova in un laboratorio di Budapest, non ne esista un altro in Europa. Non ha ancora trovato il suo posto né nella farmacopea, né nella letteratura tossicologica. È una radice che ha la forma di un piede per metà umano e per metà caprino; di qui il nome fantasioso datole da un botanico missionario. È usata come veleno, nelle prove che ricordano i medievali giudizi di Dio, dai medici stregoni di certe regioni dell'Africa occidentale, ed è un segreto che si tramandano tra loro. Mi fu possibile ottenere questo particolare campione nella zona dell'Ubanghi, in circostanze del tutto straordinarie.» Così dicendo aprì il pacchetto, scoprendo un mucchietto di polvere rosso-bruna, simile a tabacco da presa.

«Ebbene?» domandò Holmes in tono severo.

«Sto appunto per spiegarle, signor Holmes, tutto quello che

effettivamente accadde, poiché lei sa già così tante cose, ormai, che è evidentemente nel mio interesse che sappia anche il resto. Già le ho spiegato i rapporti intercorrenti tra me e la famiglia Tregennis. Per amore della sorella frequentavo con cordialità anche i fratelli. In seguito a un litigio familiare per questioni di denaro Mortimer si era straniato dagli altri, ma pareva che la cosa fosse rappacificata, e in seguito mi ero rimesso a frequentarlo come frequentavo gli altri. Era un essere astuto, sottile, sempre pronto a tramare, e per varie ragioni avevo preso a sospettare di lui, ma non mi diede mai motivo per una vera e propria lite.

«Un giorno, non più di un paio di settimane fa, venne a trovarmi al mio villino e io gli mostrai qualcuna delle mie curiosità africane. Tra l'altro gli feci vedere questa polvere, e gliene spiegai le strane proprietà, dicendogli cioè come stimoli i centri cerebrali che controllano l'emozione della paura, e come la pazzia o la morte siano il destino del disgraziato indigeno che il santone della sua tribù sottopone a questa prova. Gli spiegai anche come la scienza europea sarebbe incapace di scoprirne gli effetti. Come riuscì a impadronirsene non saprei dire, poiché io non uscii mai dalla stanza, ma dovette certamente farlo mentre stavo aprendo degli stipi o mi ero chinato su alcune casse; certo è che riuscì a sottrarmi qualche radice di piede del diavolo. Ricordo perfettamente, ora, come mi tempestasse di domande circa la quantità e il tempo necessari a produrre l'effetto desiderato, ma ero ben lungi dal sognare che potesse avere un motivo personale per farlo.

«Non pensai più alla cosa finché il telegramma del vicario mi raggiunse a Plymouth. Il farabutto si era immaginato che io mi sarei trovato in alto mare prima che la notizia potesse pervenirmi, e che per anni sarei rimasto sperduto nel cuore dell'Africa. Io invece ritornai immediatamente. Naturalmente appena appresi i particolari della tragedia ebbi la matematica certezza che qualcuno si era servito del mio veleno. Venni da lei nella speranza che le si fosse affacciata qualche altra spiegazione. Ma non poteva esservene un'altra. Mi convinsi che l'assassino era Mortimer Tregennis; per amore del denaro e col pensiero forse che se gli altri membri della sua famiglia fossero tutti impazziti sarebbe divenuto il solo custode dei loro beni indivisi, si era avvalso contro di loro della polvere di piede del diavolo, riducendo fuori di senno i suoi due fratelli maschi, e uccidendo sua sorella Brenda, il solo essere umano che io abbia mai amato e che mi abbia amato. Questo il suo delitto; quale il suo castigo?

«Dovevo appellarmi alla legge? Ma quali erano le mie prove? Sapevo che i fatti erano quelli, ma potevo indurre una giuria di compatrioti a credere a un racconto così fantastico? Forse sì e forse no. Ma non potevo concedermi il lusso di fallire. La mia anima invocava vendetta. Già le ho detto poc'anzi, signor Holmes, che ho trascorso tanta parte della mia vita al di fuori della legge, che alla fine ho appreso a divenire io stesso la legge. Così fu anche in questo caso. Decisi che il destino che lui aveva inflitto agli altri si sarebbe ritorto a suo danno. O questo, oppure mi sarei fatto giustizia con le mie proprie mani. In tutta l'Inghilterra non vi è un uomo che tenga meno alla propria vita di quanto faccia io in questo momento.

«Ormai le ho detto tutto. Il resto lo ha detto lei. Come ha scoperto, infatti, dopo una notte insonne sono uscito presto dal mio villino, ho previsto la difficoltà di svegliarlo, perciò ho raccolto un po' di ghiaia dal mucchio cui lei ha accennato, e me ne sono servito per lanciarla contro la sua finestra. Mortimer è sceso e mi ha fatto entrare dalla finestra del salotto. Io lo sbugiardai. Gli dissi che ero venuto come giudice e come carnefice. Di fronte alla mia pistola il disgraziato si accasciò su una seggiola, paralizzato dalla paura. Io accesi la lampada, vi cosparsi sopra la polvere e mi appostai fuori dalla finestra, pronto a mettere in atto la mia minaccia e a spargli addosso nel caso avesse tentato di abbandonare la stanza. Morì in capo a cinque minuti. Dio mio, che morte! Ma il mio cuore rimase d'acciaio, poiché Mortimer non sopportò nulla che la mia innocente diletta non avesse provato prima di lui. Questa è la mia storia, signor Holmes. Forse, se avesse amato una donna, avrebbe fatto altrettanto. Comunque sono nelle sue mani. Faccia di me quello che vuole. Come già le ho detto non vi è un uomo al mondo che possa temere la morte meno di me.»

Holmes rifletté un momento in silenzio.

«Quali erano i suoi progetti?» domandò infine.

«Era mia intenzione seppellirmi nel centro dell'Africa. La mia opera laggiù è ancora per metà incompiuta.»

«Vada, dunque, e finisca l'altra metà» disse Holmes. «Almeno per quello che mi riguarda io non ho la minima intenzione di impedirglielo.»

Il dottor Sterndale alzò la sua figura gigantesca, si inchinò gravemente e uscì dalla pergola. Holmes si accese la pipa e mi tese la sua sacca del tabacco.

«Un po' di vapori non velenosi saranno un diversivo gradito» disse. «Io spero che lei sarà d'accordo con me, Watson, che questo non è un caso nel quale abbiamo il diritto di intrometterci. La nostra inchiesta è stata indipendente, e indipendente resterà anche la nostra azione. Lei non denuncerebbe quest'uomo, non è vero?»

«Certamente no» risposi.

«Io non ho mai amato, Watson, ma se avessi amato e la mia donna avesse incontrato una simile morte, probabilmente avrei agito come il nostro cacciatore di leoni senza legge. Chissà? Be', Watson, non voglio offendere la sua intelligenza spiegandole ciò che è ovvio. La ghiaia rimasta sul davanzale della finestra costituì naturalmente il punto di partenza delle mie ricerche. Era completamente dissimile da quella che si trova nel giardino del vicariato. Fu solo allorché la mia attenzione si diresse verso il dottor Sterndale e il suo villino che ne trovai la controparte. La lampada accesa in pieno giorno e i residui di polvere sullo schermo furono gli anelli successivi di una catena abbastanza facile da saldare. E adesso, mio caro Watson, credo che possiamo distogliere la mente da questo increscioso argomento e ritornare con chiara coscienza allo studio di quelle radici caldee che devono essere certamente rintracciabili nella branca cornovagliese della grande parlata celtica.»

Titolo originale: *The Adventure of the Devil's Foot*, 1910
Traduzione di Maria Gallone

Il vampiro del Sussex

Holmes aveva letto attentamente una lettera recapitatagli con l'ultima distribuzione della posta. Poi, con quel ridacchiare asciutto che era per lui la massima approssimazione a una risata, me la lanciò.

«Come miscela di moderno e di medievale, di pratico e di pazzamente fantastico, credo che questo sia certamente il massimo» disse. «Qual è la sua opinione in proposito, Watson?»

Lessi quanto segue:

19 novembre
46, Old Jewry

Oggetto: *Vampiri*

Egregio signore,

il nostro cliente signor Robert Ferguson, della Ferguson & Muirhead, importatori di tè di Mincing Lane, si è rivolto a noi, con una sua in questa stessa data, a proposito di vampiri. Poiché la nostra ditta è esclusivamente specializzata nella valutazione di macchinari, non si può dire che la cosa rientri nella nostra competenza: abbiamo pertanto consigliato il signor Ferguson di rivolgersi a lei e di esporle il suo problema.

Non abbiamo infatti dimenticato il suo riuscito intervento riguardo al caso di Matilda Briggs.

Suoi devotissimi,

Morrison, Morrison e Dodd
tramite E.J.C.

«Matilda Briggs non era il nome di una bella ragazza, Watson» disse Holmes in tono di reminiscenza. «Era una nave, il cui nome è associato al topo gigantesco di Sumatra. Un racconto per il quale il mondo non è ancora preparato. Ma che cosa sappiamo noi dei vampiri? Entrano forse nel nostro campo d'azione? Comunque, qualsiasi cosa è meglio che restarsene qui ad ammuffire. Ma, francamente, sembra che siamo capitati in una fiaba di Grimm. Allunghi il braccio, Watson, e veda che cos'ha da dirci la lettera V.»

Mi abbandonai all'indietro e presi il grosso volume di riferimenti cui alludeva. Holmes lo fece dondolare sulle ginocchia e i suoi occhi scorsero lentamente, amorevolmente, la registrazione di vecchi casi e le annotazioni accumulate in un'intera esistenza.

«Viaggio del *Gloria Scott*» lesse. «Brutta faccenda, quella. Mi pare di ricordare che lei ne abbia tratto materia di racconto, Watson, per quanto io non sia in grado di congratularmi con lei per il risultato raggiunto... Victor Lynch, il falsario. Velenosa... lucertola velenosa detta anche *gila*. Che caso, quello! Vittoria, la bella del circo. Vanderbilt e lo Scassinatore errante. Vipere. Vigor, la meraviglia di Hammersmith. Perbacco! Che raccolta preziosa! È impossibile batterla. Senta un po' qua, Watson. Vampirismo in Ungheria, e poi di nuovo Vampiri in Transilvania.» Voltò le pagine, assorto, ma dopo un'attenta scorsa buttò il librone con un breve brontolio di disappunto.

«Sciocchezze, Watson, sciocchezze! Che cosa c'entriamo noi con cadaveri che camminano e che possono essere tenuti fermi nella tomba soltanto mediante pali appuntiti conficcati nel cuore? È una pazzia bella e buona.»

«Certo, però,» osservai io «il vampiro non era necessariamente un essere morto! Anche una creatura vivente potrebbe avere questa abitudine. Ho letto, per esempio, di vecchi che succhiano il sangue dei giovani per conservare la propria giovinezza.»

«Lei ha ragione, Watson. La leggenda è citata in uno di questi riferimenti. Ma dobbiamo prestare attenzione a fatti simili? Questa agenzia ha i piedi ben piantati in terra, e tale deve restare. Il mondo è abbastanza grande per noi. Gli spettri possono rivolgersi altrove. Temo che non ci sarà possibile prendere sul serio il caso del signor Robert Ferguson. Può darsi però che questa lettera provenga da lui, e chissà che non ci illumini su quanto lo tormenta.»

Così dicendo, prese dal tavolo una seconda lettera, che era passata inosservata durante la lettura della prima. Holmes cominciò a leggerla con un sorriso divertito, che a poco a poco svanì in un'espressione di intenso interesse e di viva concentrazione. Quando ebbe finito, sedette per qualche attimo, assorto nei suoi pensieri, la lettera penzolante tra le dita. Infine, con un sobbalzo, si scosse dalla sua fantasticheria.

«Cheeseman's, Lamberley. Dove si trova Lamberley, Watson?»

«Nel Sussex, a sud di Horsham.»

«Non molto lontano, dunque. E Cheeseman's?»

«Conosco bene quella zona, Holmes. È piena di vecchie case chiamate col nome degli uomini che le costruirono secoli fa. Si chiamano quasi tutte Odley's o Harvey's o Carriton's. La gente con questi nomi è ormai dimenticata, ma rivive ancora in quelle dimore.»

«Già» disse freddamente Holmes. Era una caratteristica della sua natura orgogliosa e riservata che, per quanto registrasse rapidamente e con cura nel suo cervello ogni informazione nuova, raramente mostrasse gratitudine a chi gliela forniva. «Credo che prima di aver terminato la sapremo assai più lunga su Cheeseman's, Lamberley. Come speravo, questa lettera è proprio di Robert Ferguson. A proposito, sostiene di conoscerla.»

«Chi? Me?»

«Sarà meglio che legga lei stesso.»

Mi tese la lettera. L'intestazione recava l'indirizzo citato. Diceva:

Caro signor Holmes,

lei mi è stato segnalato dai miei avvocati, ma francamente l'argomento è così delicato che è difficilissimo discuterne. Concerne un amico che mi ha nominato suo rappresentante. Questo signore sposò circa cinque anni fa una peruviana, figlia di un mercante con il quale era entrato in rapporti di commercio per l'importazione di nitrati. La signora era bellissima, ma la sua origine straniera e la sua diversa religione sono sempre state causa, tra marito e moglie, di una forte disparità di interessi e di sentimenti, tanto che dopo un certo tempo può darsi che l'amore dell'uomo per la donna si sia un po' raffreddato e che lui sia giunto a considerare la loro unione come uno sbaglio. Aveva l'impressione che nel carattere di lei vi fossero aspetti che non sarebbe mai stato in grado né di sondare né di capire. Ciò era tanto più doloroso, in quanto la signora era una moglie affezionatissima, come di più non si può desiderare, e secondo ogni apparenza assolutamente devota.

Questo come antefatto a quanto le spiegherò meglio quando ci incontreremo. In realtà, questa lettera intende darle soltanto un'idea generale della situazione e sondare la possibilità che lei voglia interessarsi della questione. La signora incominciò a dimostrare alcuni tratti assai curiosi e diversissimi dal suo atteggiamento normale, solitamente dolce e gentile. L'uomo si è sposato due volte e dalla prima moglie ha avuto un figlio. Questo giovane ha ora quindici anni. È un ragazzino simpaticissimo e affettuoso, benché disgraziatamente menomato da un incidente toccatogli durante l'infanzia. La moglie è stata sorpresa due volte nell'atto di assalire questo povero bambino nel modo più ingiustificato. Una volta lo ha colpito con un bastone lasciandogli sul braccio un grosso livido.

Ciò però è poca cosa in paragone alla sua condotta verso la propria creatura, un maschietto di non ancora un anno. Una volta, circa un mese fa, questo bambino era stato lasciato solo dalla nutrice per pochi minuti. Ma un forte grido di dolore del piccolo richiamò immediatamente la bambinaia. Mentre accorreva nella stanza, vide la signora china sulla creatura, apparentemente in atto di morsicarle il collo. Su questo infatti c'era una piccola ferita da cui sgorgava un fiotto di sangue. La bambinaia rimase talmente inorridita che voleva chiamare il marito, ma la signora la supplicò di non farlo e le diede ben cinque sterline come prezzo del suo silenzio. Non volle però dare alcuna spiegazione, e per il momento la cosa passò liscia.

Ciò, tuttavia, lasciò nell'animo della bambinaia un'impressione terribile; da quel momento cominciò a sorvegliare da vicino la padrona, senza perdere mai d'occhio il bambino, da lei amato teneramente. Aveva però la sensazione che, mentre lei sorvegliava la madre, la madre a sua volta sorvegliasse lei, e che ogni volta che era costretta a lasciare la creatura sola la madre aspettasse per correrle vicino. Notte e giorno la nutrice tutelava il piccolo, e notte e giorno la silenziosa, vigile madre sembrava starsene in attesa, come fa un lupo nei confronti di un agnello. Tutto ciò le sembrerà incredibile, eppure io la supplico di credermi, poiché da questa situazione forse dipendono la vita di un bambino e la sanità mentale di un uomo.

Giunse finalmente un giorno spaventoso, in cui non fu possibile tenere nascosti i fatti al marito. I nervi della bambinaia avevano ceduto. Non ce la faceva più e spiattellò ogni cosa al disgraziato. All'uomo il racconto sembrò incredibile come ora può sembrarlo a lei. Sapeva che sua moglie era una donna innamorata e, tranne che per gli attacchi contro il figliastro, una tenera madre. Perché mai dunque cercava di ferire la sua piccola creatura? Disse alla bambinaia che sognava, che i suoi erano sospetti da visionaria e che non poteva tollerare simili accuse contro la moglie. Mentre stavano discutendo, echeggiò un grido improvviso di dolore. Nutrice e padrone corsero insieme nella stanza dei bambini. Immagini che cosa provò quell'uomo, signor Holmes, quando vide sua moglie in ginocchio vicino al lettino, e scorse sul collo nudo del piccolo e sul lenzuolo diverse macchie di sangue. Con un urlo di orrore, volse verso la luce la faccia di sua moglie e vide che aveva le labbra tutte insanguinate. Era lei, non poteva esservi più dubbio, era lei che aveva bevuto il sangue della povera creatura.

Questa è la situazione. La donna è ora confinata in camera sua. Non ci sono state spiegazioni. Il marito è quasi impazzito. Al pari di me sa molto poco di vampirismo, al di là del termine. Noi credevamo che fossero racconti immaginari di terre straniere; e invece qui, proprio nel cuore del nostro Sussex... Ma discuteremo di questo con lei a voce. Ha intenzione di vedermi? Vuole mettere le sue grandi doti al servizio di un uomo disperato? Se sì, abbia la cortesia di telegrafare a Ferguson, Cheeseman's, Lamberley, e io mi recherò da lei per le dieci di domattina.

Con ossequi,

Robert Ferguson

P.S. Credo che il suo amico Watson giocasse a rugby nel Blackheath quando io ero trequarti nella squadra di Richmond. È la sola referenza diretta che sono in grado di fornirle.

«Certo che me lo ricordo» dissi deponendo la lettera. «Il grande Bob Ferguson, il miglior trequarti che Richmond abbia mai avuto! È sempre stato un gran bravo ragazzo. È tipico di lui preoccuparsi tanto per la sorte di un amico.»

Holmes mi guardò con aria pensierosa e scosse il capo.

«Con lei non si sa mai dove si può arrivare, Watson» disse. «Vi sono in lei possibilità inesplorate. Su, da bravo; prenda un modulo di telegramma e scriva: "Esaminerò con piacere suo caso".»

«*Suo* caso!»

«Non dobbiamo lasciargli credere che questa nostra agenzia sia un asilo di deficienti. Certo che il caso è suo. Gli spedisca questo telegramma e lasciamo dormire la cosa fino a domattina.»

Alle dieci precise Ferguson entrava a grandi passi nella nostra stanza. Lo ricordavo come un ragazzo alto, allampanato, dalle membra sciolte e dal bello scatto veloce, che lo avevano portato a lasciare alle spalle molti avversari. Non vi è certo nulla di più triste nella vita che incontrare il relitto di un bell'atleta che si è conosciuto nel fiore della giovinezza. Si era come insaccato, i capelli colore del lino erano divenuti radi, le spalle si erano fatte curve. Temo che dovetti suscitare in lui un'emozione analoga.

«Salve, Watson» disse. La sua voce era immutata, profonda e cordiale. «Non hai proprio lo stesso aspetto di quando ti buttai al di là delle corde, in mezzo alla folla, in Old Deer Park! Credo di essere cambiato anch'io, però, ma sono stati questi ultimi due giorni, soprattutto, a invecchiarmi. Vedo dal suo telegramma, signor Holmes, che non serve che finga di essere il rappresentante di qualcuno!»

«È più semplice trattare per via diretta» replicò Holmes.

«Certo, ma lei può immaginare come sia difficile, quando si è costretti a parlare proprio della donna che si ha il dovere di proteggere e aiutare. Che cosa posso fare? Come posso rivolgermi alla polizia con una storia del genere? Eppure, anche i bambini hanno bisogno di protezione! Si tratta di pazzia, signor Holmes? O di qualcosa nel sangue? Le è mai capitato un caso simile nel corso della sua carriera? Per amor di Dio, mi dia un consiglio, io non so più a che santo votarmi.»

«È naturale, signor Ferguson. Sieda qui vicino a me, si calmi e mi risponda con chiarezza. Posso assicurarle che io sono ben lungi dal non sapere a che santo votarmi, e confido che riusciremo a trovare una soluzione. Mi dica prima di tutto che passi ha fatto. Sua moglie è ancora con i bambini?»

«Abbiamo avuto una scenata spaventosa. È una donna affettuosissima, signor Holmes. Se mai una donna ha amato un uomo con tutto il proprio cuore e tutta la propria anima, questa è mia moglie. È rimasta ferita nel più intimo del suo essere dal fatto che io abbia scoperto questo orribile, questo incredibile segreto. Non ha voluto aprire bocca: si è rifiutata di rispondere ai miei rimproveri; si è limitata a guardarmi con un'espressione degli occhi forsennata, disperata. Poi è corsa in camera sua e ci si è barricata. Da quel momento si è rifiutata di vedermi. Ha con sé la cameriera che la serviva prima del nostro matrimonio; Dolores, si chiama... più un'amica che una domestica. È lei che le porta da mangiare.»

«Dunque il bambino non corre un pericolo immediato?»

«La signora Mason, la bambinaia, ha giurato che non lo abbandonerà né di giorno né di notte. Posso fidarmi di lei in modo assoluto. Sono più inquieto piuttosto per il povero Jack, poiché, come le ho già detto nella mia lettera, mia moglie lo ha percosso due volte.»

«Senza mai ferirlo, però?»

«No; lo ha battuto selvaggiamente, e la cosa è tanto più terribile in quanto è un povero piccolo storpio inoffensivo.» Lo scarno viso di Ferguson, mentre parlava del ragazzo, si addolcì. «Le sue condizioni dovrebbero commuovere chiunque. Una caduta da bambino e la spina dorsale storta, signor Holmes, ma un cuore d'oro.»

Holmes aveva ripreso la lettera del giorno prima e la stava rileggendo. «Chi altri abita in casa sua, signor Ferguson?»

«Due domestici che sono con noi da poco tempo. Un ragazzo di stalla, Michael, che dorme in casa. Mia moglie, io, il mio Jack, il piccolo, Dolores e la signora Mason. Questo è tutto.»

«Mi pare di intuire che lei non conosceva bene sua moglie all'epoca del matrimonio!»

«La conoscevo da poche settimane.»

«Da quanto tempo la cameriera Dolores si trova con sua moglie?»

«Da alcuni anni.»

«Perciò è probabile che il temperamento di sua moglie sia in realtà meglio conosciuto da Dolores che non da lei?»

«Sì, è probabile.»

Holmes prese un appunto.

«Ho l'impressione» disse poi «di essere più utile a Lamberley che qui. È un caso tipico in cui è necessaria l'inchiesta diretta. Se la signora se ne sta chiusa in camera sua, la nostra presenza non potrà né disturbarla né seccarla. Naturalmente noi ci fermeremo all'albergo.»

Ferguson ebbe un gesto di sollievo.

«È quello che speravo, signor Holmes. C'è un ottimo treno che parte alle due da Victoria, ammesso che lei possa prenderlo.»

«Certo che potremo prenderlo. È un momento di calma, questo. Posso mettere a sua disposizione tutte le mie energie. Watson, naturalmente, viene con noi. Vorrei però chiarire un paio di punti, prima di partire. Da quello che ho capito, questa povera donna si è avventata contro entrambi i bambini, il suo e il figliastro?»

«Precisamente.»

«Ma gli attacchi hanno assunto forma diversa, vero? Il suo figliolo è stato picchiato.»

«Una volta col bastone e un'altra selvaggiamente con le mani.»

«Non ha spiegato perché lo ha colpito?»

«No, ha detto soltanto che lo odiava, e lo ha ripetuto più volte.»

«Be', questo non è raro in una matrigna. Di solito la si chiama gelosia postuma. La signora è gelosa, di natura?»

«Sì, gelosissima... con tutta la foga del suo appassionato temperamento tropicale.»

«Ma il ragazzo... ha quindici anni, da quanto lei mi dice, e avrà probabilmente un'intelligenza molto sviluppata, dal momento che il suo corpo è minorato nei movimenti. Lui le ha dato qualche spiegazione di questi attacchi?»

«No, ha detto che non c'era alcun motivo.»

«Sua moglie e suo figlio erano buoni amici prima?»

«No, non c'è mai stato affetto tra loro.»

«Eppure lei dice che è un figliolo affezionato!»

«Non esiste un figlio al mondo più devoto del mio. La mia vita è la sua vita, e quello che io dico o faccio è legge per lui.»

Holmes prese di nuovo qualche appunto; per qualche tempo rimase seduto, immerso in meditazione.

«Senza dubbio lei con suo figlio doveva avere un rapporto di grande amicizia prima del suo secondo matrimonio. Stavate spesso insieme, suppongo?»

«Proprio così.»

«Il ragazzo, essendo di natura tanto affettuosa, è certamente molto devoto alla memoria della madre...»

«Devotissimo.»

«Dev'essere certamente un ragazzino molto interessante. Vorrei sapere ancora una cosa a proposito di questi attacchi. Le strane violenze sul neonato e le percosse a suo figlio si sono verificate nello stesso periodo?»

«Nel primo caso sì. È stato come se una collera furiosa si fosse impadronita di lei, e avesse voluto sfogare la propria rabbia su entrambi. Nel secondo caso fu solo Jack a soffrirne. La signora Mason non ha avuto alcuna lagnanza da sporgere, nei confronti del piccolo.»

«Questo di sicuro complica le cose.»

«Non riesco a capirla, signor Holmes.»

«È possibile. A volte ci formiamo teorie provvisorie, e poi bisogna aspettare il tempo o una matura conoscenza per demolirle. È una brutta abitudine, signor Ferguson; ma la natura umana è debole. Temo che il suo vecchio amico qui presente le abbia esagerato la portata dei miei metodi scientifici. Dirò soltanto, per il momento, che il suo problema non mi sembra insolubile, e che lei può essere sicuro di trovarci alla stazione per le due precise.»

Era la sera di una malinconica e nebbiosa giornata di novembre quando, dopo aver lasciato i nostri bagagli allo Chequers di Lamberley, ci avviammo in carrozza attraverso un lungo e serpeggiante sentiero dell'argilloso Sussex fino a raggiungere l'antica e isolata fattoria dove dimoravano i Ferguson. Era un fabbricato vasto, irregolare, vecchissimo nella sua parte centrale, nuovissimo nei corpi laterali, con alti comignoli Tudor e un tetto di tegole Horsham, appuntito e tappezzato di muschio. I suoi scalini erano corrosi dal tempo e imbarcati, e le beole che pavimentavano il portico erano contrassegnate dal disegno enigmatico di un formaggio e di un uomo, in memoria del primo costruttore della dimora. All'interno i soffitti erano solcati da pesanti travi di quercia, e i pavimenti, irregolari, sprofondavano in improvvisi cedimenti. Un odore di vecchiaia e di decadimento permeava tutto il cadente edificio.

Ferguson ci fece entrare in una grande sala centrale. Qui, in un enorme e antiquato camino protetto da una grata di ferro su cui era incisa la data "1670", ardeva e crepitava uno splendido fuoco di ceppi.

La stanza, mentre mi guardavo intorno, appariva una stranissima mescolanza di epoche e stili. Le pareti, tappezzate fino a metà altezza di riquadri di legno, potevano benissimo essere appartenute all'originario gentiluomo terriero del diciassettesimo secolo. Erano ornate tuttavia, nella parte inferiore, da una fila di acquerelli moderni ben scelti, mentre in alto, dove uno stucco giallo prendeva il posto della quercia, era appesa una bellissima collezione di utensili e di armi sudamericane, che certamente dovevano essere state portate in dote dalla signora peruviana del primo piano. Holmes si alzò, con la pronta curiosità che scaturiva dalla sua fervida mente, ed esaminò con cura quegli oggetti. Ne ritornò quindi con occhi meditabondi.

«Perbacco!» esclamò. «Perbacco!»

Nell'angolo vi era un cagnolino accovacciato in un cesto. Si mosse, avanzando lentamente verso il suo padrone; camminava con difficoltà. Le sue zampe posteriori si muovevano irregolarmente, e aveva la coda a terra. La bestia leccò la mano di Ferguson.

«Che c'è, signor Holmes?»

«Quel cane. Che cos'ha?»

«È quello che ha lasciato perplesso il veterinario. Pare che si tratti di una specie di paralisi. Meningite cerebro-spinale, a suo parere. Ma gli sta passando. Tra breve starà di nuovo bene... non è vero, Carlo?»

Lungo la coda abbassata passò un brivido di assenso, quindi gli occhi malinconici della bestiola si posarono a turno su ciascuno di noi. Aveva capito che stavamo discutendo di lui.

«È stata una cosa improvvisa?»

«Di una sola notte.»

«Quanto tempo fa?»

«Saranno quattro mesi.»

«Veramente notevole. Molto indicativo.»

«Che cosa ci vede lei in questo fatto, signor Holmes?»

«La conferma di quanto avevo già immaginato.»

«Ma per l'amor del cielo, che cosa "immagina", signor Holmes? Per lei questo sarà forse soltanto un indovinello intellettuale, ma per me è questione di vita o di morte. Mia moglie un'assassina in potenza... mio figlio in pericolo costante. Non giochi con me, signor Holmes, è una cosa troppo seria.»

L'imponente trequarti di rugby tremava da capo a piedi. Holmes gli posò una mano sul braccio, in gesto di conforto.

«Temo che dolore gliene verrà, signor Ferguson, qualunque possa essere la soluzione» disse. «Vorrei risparmiarle la pena il più possibile. Per il momento, non posso aggiungere altro, ma prima di lasciare questa casa spero di poter arrivare a una conclusione definitiva.»

«Voglia il cielo che ci arrivi! Ora mi scuserete, signori; vado su, in camera di mia moglie, a vedere se è successo qualcosa di nuovo.»

Rimase assente alcuni minuti, durante i quali Holmes riprese il suo esame delle curiosità appese alla parete. Quando il nostro ospite ritornò, apparve evidente dall'espressione abbattuta del suo viso che non aveva avuto buone notizie. Era accompagnato da una ragazza alta e snella, dal viso bruno.

«Il tè è pronto, Dolores» disse Ferguson. «Bada a che la padrona abbia tutto quello che può desiderare.»

«Lei molto male» esclamò la ragazza, guardando il padrone con occhi sdegnati. «Lei non voler mangiare, lei molto male, lei bisogno di dottore. Io spaventata stare sola con lei senza dottore.»

Ferguson mi guardò con espressione interrogativa.

«Sarei felicissimo di poter essere di aiuto» dissi.

«Credi che la tua padrona vedrebbe il dottor Watson?»

«Io porto lui. Io non chiedo permesso. Lei bisogno di dottore.»

«Vengo subito.»

Seguii la ragazza, che tremava in preda a un'emozione violenta, su per una scala e lungo un antico corridoio. All'estremità c'era una massiccia porta tutta borchiata di ferro. Guardandola, mi ritrovai a pensare che se Ferguson avesse tentato di entrare a viva forza da sua moglie, la cosa non gli sarebbe stata facile. La ragazza prese una chiave dalla tasca, e le pesanti travi di quercia scricchiolarono sui loro vecchi cardini. Passai, e la ragazza mi seguì rapida, richiudendo a chiave la porta dietro di sé.

Sul letto era distesa una donna, evidentemente in preda a febbre alta. Era semicosciente, tuttavia non appena entrai alzò un paio di occhi spaventati ma bellissimi, e mi squadrò con apprensione. Vedendo uno sconosciuto, parve sollevata, e ricadde con un sospiro sul guanciale. Mi avvicinai a lei mormorando qualche parola di conforto, e la donna giacque immobile mentre io le provavo il polso e la temperatura. Era febbricitante, e tuttavia ebbi l'impressione che le sue condizioni provenissero più che da una malattia vera e propria da uno stato acuto di eccitazione nervosa e mentale.

«Lei così un giorno, due giorni. Io paura che lei muore» disse la ragazza.

La donna volse verso di me il bel viso arrossato.

«Dov'è mio marito?»

«È giù, e vorrebbe vederla.»

«Io non voglio vederlo, non voglio vederlo.» Poi sembrò perdersi nel delirio. «Mostro! Mostro! Oh, cosa posso fare contro quel demonio?»

«Posso esserle di qualche aiuto?»

«No, nessuno può aiutarmi. È finita. Tutto è distrutto. Fate quello che volete, tutto è distrutto.»

Doveva essere stata vittima di qualche misteriosa allucinazione, poiché non riuscivo a immaginarmi l'onesto Bob Ferguson sotto le spoglie di un mostro o di un demonio.

«Signora,» dissi «suo marito la ama teneramente, ed è profondamente addolorato per quanto è accaduto.»

La donna volse nuovamente su di me i suoi splendidi occhi.

«Mi ama, sì. Ma io non lo amo, forse? Non lo amo fino al punto di sacrificarmi, piuttosto che spezzargli il cuore? Fino a questo punto lo amo! Eppure lui ha potuto pensare di me... ha potuto parlare di me come ha parlato!»

«È dispiaciutissimo, ma non riesce a capire.»

«No, non può capire, ma dovrebbe avere fiducia in me.»

«Non vuole vederlo?» azzardai.

«No, no; non posso dimenticare le terribili parole che mi ha detto né l'espressione della sua faccia. Non voglio vederlo. Se ne vada ora. Lei non può fare nulla per me. Gli dica però una cosa sola. Voglio la mia creatura: ho diritto di averla. Questo è il solo messaggio che posso mandargli.» Rivolse il viso contro la parete e non volle aggiungere altro.

Ritornai nella stanza del pianterreno dove Ferguson e Holmes erano ancora seduti accanto al fuoco. Ferguson stette ad ascoltare con aria corrucciata l'esito del mio colloquio.

«Come posso mandarle il bambino?» disse. «Chi mi dice quale misterioso impulso potrebbe impadronirsi di lei? Come potrò dimenticare l'attimo in cui si è alzata dal suo capezzale con le labbra sporche di sangue?» A quel ricordo rabbrividì. «Il bambino è al sicuro con la signora Mason, e lì deve restare.»

Una vispa cameriera, l'unica cosa moderna che avevamo visto in quella casa, aveva portato il tè. Mentre lo serviva, l'uscio si aprì ed entrò nella stanza un ragazzino. Era un fanciullo di aspetto notevole, dal viso pallido, i capelli biondi, e una luce brillava nei suoi vivi occhi azzurro chiaro, che arsero di una fiamma improvvisa di emozione e di gioia non appena si posarono sul padre. Accorse e gli buttò le braccia intorno al collo, con l'abbandono di una giovinetta innamorata.

«Oh, papà,» esclamò «non sapevo che tu fossi già arrivato, altrimenti sarei venuto subito a salutarti. Oh, sono così contento di vederti!»

Ferguson si liberò dolcemente di quell'abbraccio, non senza mostrare una punta di imbarazzo.

«Bambino caro» disse, accarezzandogli dolcemente i capelli color del lino. «Sono tornato prima perché i miei amici, il signor Holmes e il dottor Watson, si sono lasciati persuadere a venire a trascorrere una serata con noi.»

«Quello è il signor Holmes, l'investigatore?»

«Sì.»

Il ragazzo ci guardò con occhi penetranti e, così almeno a me parve, ostili.

«E l'altro suo piccino, signor Ferguson?» domandò Holmes. «Possiamo farne la conoscenza?»

«Di' alla signora Mason di portare giù il bambino» disse Ferguson. Il ragazzo si allontanò con una strana andatura zoppicante che rivelò subito al mio occhio clinico come soffrisse di una deformazione della spina dorsale. Ritornò poco dopo, seguito da una donna alta e magra che teneva in braccio una creaturina splendida, scura di occhi e dai capelli biondi, una mescolanza meravigliosa dell'elemento sassone e di quello latino. Ferguson evidentemente gli voleva molto bene poiché prese il piccolo tra le braccia e lo coccolò nel più tenero dei modi.

«E pensare che qualcuno ha potuto avere il cuore di fargli del male» mormorò, fissando la piccola, dolorosa piega rossa sulla gola da cherubino.

In quel momento per caso il mio sguardo si posò su Holmes, e vi scorsi un'espressione di particolare intensità. La sua faccia era impassibile come se fosse stata scolpita in un antico avorio, e i suoi occhi, che si erano posati per un momento sul padre e sulla creatura, guardavano ora con viva curiosità qualcosa all'altro capo della stanza. Seguendo il suo sguardo, riuscii soltanto a supporre che stesse contemplando, attraverso la finestra, il giardino malinconico e gocciolante di pioggia. È vero che un'imposta si era chiusa a metà all'esterno, impedendo così la visuale; comunque, Holmes certamente stava dedicando tutta la sua attenzione a quella finestra. Quindi sorrise, e i suoi occhi tornarono a posarsi sulla creaturina. Sul suo collo grassottello c'era quella piccola grinza. Senza parlare, Holmes la esaminò con cura. Infine strinse delicatamente uno dei minuscoli pugni pieni di fossette che si agitavano sotto il suo naso.

«Arrivederci, ometto. Hai fatto uno strano ingresso ... Signora, vorrei rivolgerle una parola in privato.»

Prese in disparte la bambinaia e le parlò animatamente per alcuni minuti. Potei intendere soltanto le sue ultime parole, che erano: «Spero di poter calmare presto la sua inquietudine». La bambinaia, una donna silenziosa e dall'aspetto acido, si ritirò col piccolo.

«Che tipo è la signora Mason?» domandò Holmes.

«Non molto attraente all'aspetto, come avete potuto vedere, ma ha un cuore d'oro ed è affezionatissima al bambino.»

«Le vuoi bene, Jack?» Holmes si volse improvvisamente verso il giovane.

Il volto mobile ed espressivo del ragazzino si adombrò, e scosse il capo.

«Jacky ha simpatie e antipatie violentissime» osservò Ferguson, mettendo un braccio intorno alle spalle del ragazzo. «Per fortuna io sono una delle sue simpatie.»

Il ragazzo tubò e posò la testa sul petto di suo padre. Ferguson lo allontanò dolcemente.

«Su, vai a giocare, piccolo» disse. E accompagnò il figliolo con occhi amorosi finché non fu scomparso. «E adesso, signor Holmes,» proseguì, quando il ragazzo se ne fu andato «ho veramente l'impressione di averla fatta venire qua per nulla. Che cosa può offrirmi lei, se non la sua comprensione? Dal suo punto di vista dev'essere certamente una vicenda terribilmente delicata e complessa.»

«Delicata lo è certamente,» replicò il mio amico con un sorriso divertito «ma che sia tanto complessa non credo. È stato un caso di deduzione intellettuale, ma allorché questa deduzione originaria è confermata punto per punto da tutta una serie di incidenti indipendenti, il soggettivo diventa oggettivo e possiamo affermare con tutta sicurezza di aver raggiunto il nostro scopo. Io, a dire la verità, lo avevo raggiunto prima di lasciare Baker Street, e il resto è stato semplicemente osservazione e conferma.»

Ferguson si portò la grossa mano alla fronte solcata di rughe.

«Per amor del cielo, Holmes,» disse con voce rauca «se lei ha scoperto la verità, in questa mia tragedia, non mi tenga in sospeso! Qual è la mia posizione? Che cosa devo fare? Non mi importa di come lei abbia scoperto i fatti, purché li abbia effettivamente scoperti.»

«Logicamente le devo una spiegazione, e l'avrà. Ma mi vuole permettere di condurre la cosa a modo mio? Crede che la signora sia in grado di riceverci, Watson?»

«Sta male ma è completamente in sé.»

«Molto bene. È soltanto in sua presenza che potremo chiarire il mistero. Saliamo da lei.»

«Non vorrà vedermi!» esclamò Ferguson.

«Oh, sì che lo vorrà» disse Holmes. E scribacchiò su un foglio di carta alcune righe.

«Lei almeno ha l'ingresso libero, Watson. Vuole avere la bontà di portare questo biglietto alla signora?»

Salii di nuovo e consegnai il messaggio a Dolores, che aprì cautamente l'uscio. Un minuto dopo sentii venire da dentro un grido in cui sembravano mescolarsi gioia e sorpresa. Dolores guardò fuori.

«Lei vuole vederli, ascolterà» disse.

A un mio cenno, Ferguson e Holmes accorsero. Mentre entravamo nella stanza, Ferguson mosse un passo o due verso la moglie, che si era alzata a sedere sul letto, ma la donna allungò una mano per respingerlo. Lui si accasciò su una poltrona, mentre Holmes gli si sedette accanto, dopo essersi inchinato davanti alla signora, che lo guardava con occhi spalancati dallo stupore.

«Credo che potremmo fare a meno di Dolores» disse Holmes. «Oh, va bene, signora, se vuole che resti, io non ho obiezioni. E adesso, signor Ferguson, io sono un uomo indaffarato con un sacco di richieste, perciò i miei metodi devono essere brevi e diretti. E un taglio netto è sempre il meno doloroso. Mi lasci dire prima di tutto una cosa che le darà gioia. Sua moglie è una donna molto buona, molto affettuosa e molto incompresa.»

Ferguson si alzò con un grido di gioia.

«Me lo dimostri, signor Holmes, e gliene sarò debitore per tutta la vita.»

«Glielo dimostrerò, ma nel farlo sarò costretto a ferirla profondamente in un altro senso.»

«Non mi importa, purché lei riesca a scagionare mia moglie. Qualsiasi altra cosa al mondo è insignificante a paragone di questo.»

«Lasci allora che le spieghi quale fu la sequenza dei ragionamenti che mi passarono per la mente in Baker Street. Scartai subito come assurda l'ipotesi di un vampiro. Queste cose non accadono nella pratica criminale in Inghilterra. E tuttavia la sua osservazione era ben precisa. Lei aveva visto sua moglie alzarsi dal letto del bambino con le labbra imbrattate di sangue.»

«Appunto.»

«Non lo sa che una ferita sanguinante può essere succhiata per altro scopo che quello di aspirarne il sangue? Non vi è stata forse una regina d'Inghilterra che succhiò appunto una ferita per toglierne il veleno?»

«Veleno?»

«Una famiglia sudamericana. Il mio istinto mi fece presagire la presenza di quelle armi appese alle pareti prima ancora che i miei occhi le vedessero. Avrebbe potuto trattarsi anche di un altro veleno, ma è quello che mi venne in mente. Quando notai la piccola faretra vuota accanto all'arco che serve per la caccia agli uccelli, mi trovai davanti proprio quello che mi ero aspettato di vedere. Se il bambino fosse stato punto con una di quelle frecce intinte nel curaro, o in qualche altra sostanza velenosa ciò avrebbe voluto dire morte sicura, a meno che il veleno non venisse immediatamente risucchiato fuori.

«E il cane! Se qualcuno aveva intenzione di usare un simile veleno, non avrebbe tentato prima di sperimentarlo, per assicurarsi che non avesse perduto il suo potere? Non avevo previsto il cane, ma compresi ciò che gli era accaduto, e la cosa si inseriva bene nella mia ricostruzione.

«Capisce ora? Sua moglie temeva un simile attacco. Lo vide messo in atto e salvò la vita della sua creatura, ma rifuggì dal confidarle tutta la verità, poiché sapeva quanto bene lei vuole al ragazzo e temeva di spezzarle il cuore.»

«Jacky!»

«L'ho osservato poco fa, mentre lei coccolava il piccino. La sua faccia si rifletteva chiaramente nel vetro della finestra, nel punto in cui l'imposta faceva da sfondo. Vi ho letto tanta gelosia, tanto odio crudele quanto raramente ne ho visto in un volto umano.»

«Il mio Jacky!»

«Bisogna che lei affronti la realtà, Ferguson. La cosa è tanto più dolorosa, in quanto è stato certamente l'affetto perverso, morboso ed esagerato per lei, e probabilmente per la madre morta, a suggerirgli questo gesto. Tutta la sua anima si consuma nell'odio verso questo splendido bambino, la cui salute e la cui bellezza tanto contrastano con la sua infermità.»

«Dio santo! È incredibile!»

«Ho detto la verità, signora?»

La donna si era messa a singhiozzare, il volto affondato nei guanciali. Ora però si volse verso il marito.

«Come potevo dirtelo, Bob? Capivo che colpo sarebbe stato per te. Ho preferito aspettare e che tu lo sapessi da labbra che non fossero le mie. Quando questo signore, che sembra dotato di poteri magici, mi ha scritto che sapeva tutto, ne sono stata felice.»

«Secondo me, la medicina migliore per il signorino Jacky sarebbe un viaggio di un anno in mare» concluse Holmes alzandosi. «C'è però ancora un punto oscuro, signora. Comprendiamo perfettamente la sua collera contro il signorino Jacky: anche la pazienza di una madre ha i suoi limiti. Ma come ha potuto lasciare solo il bambino in questi ultimi due giorni?»

«Avevo avvertito la signora Mason. Lei sapeva.»

«Esattamente. Proprio come immaginavo.»

Ferguson era in piedi presso il letto, singhiozzante, con le mani tese e tremanti.

«Credo che sia giunto per noi il momento di andarcene, Wat son» mi sussurrò Holmes. «Se prenderà per un gomito la troppo fedele Dolores, io la prenderò per l'altro. Ecco fatto» soggiunse, quando ebbe richiuso la porta dietro di sé. «Credo che possiamo lasciarli a sbrigare il resto da soli.»

Non mi resta che aggiungere un'unica nota a questo caso. È la lettera finale di risposta di Holmes a quella con cui ha inizio il racconto. Diceva così:

21 novembre
Baker Street

Oggetto: *Vampiri*

Egregio signore,

riferendomi alla sua lettera del 19 corrente, mi pregio di informarla che ho assunto l'esame del caso sottopostomi dal suo cliente, signor Robert Ferguson, della Ferguson & Muirhead, importatori di tè di Mincing Lane, e che l'affare si è concluso in modo soddisfacente.

Ringraziandola per la sua segnalazione, mi creda devotamente suo

Sherlock Holmes

Titolo originale: *The Adventure of the Sussex Vampire*, 1924
Traduzione di Maria Gallone

Il problema finale

È col cuore gonfio che prendo in mano la penna per tracciare queste che saranno le ultime parole che scriverò per narrare le doti singolari che sempre distinsero il mio amico Sherlock Holmes. In modo spesso incoerente e purtroppo, lo sento, del tutto inadeguato, ho tentato di rendere al lettore l'emozione delle strane esperienze da me provate con lui dal primo caso, che ci riunì per la prima volta insieme al tempo dello *Studio in rosso*, fino al momento del suo intervento nella questione del "patto navale", intervento che ebbe l'indiscutibile effetto di impedire una grave complicazione internazionale. Era mia intenzione fermarmi qui e tacere in modo assoluto l'avvenimento che ha creato nella mia esistenza un vuoto che lo scorrere di due anni non ha ancora per nulla colmato. La mia mano è stata però forzata dalle recenti lettere in cui il colonnello James Moriarty difende la memoria di suo fratello, e non mi resta altra scelta che esporre i fatti dinanzi al pubblico esattamente come sono accaduti. Io solo conosco la completa verità in proposito, e sono lieto che sia venuto il momento in cui non è più necessario tenerla celata. Per quanto io sappia la stampa ne ha pubblicato sinora soltanto tre resoconti: il primo nel «Journal de Genève» del 6 maggio 1891, il secondo è rappresentato dal telegramma Reuter pubblicato sui giornali inglesi del 7 maggio, e infine queste recenti lettere alle quali ho appena alluso. Di questi, i primi due erano più che altro degli estratti, mentre l'ultima, come ora dimostrerò, rappresenta una totale alterazione degli avvenimenti. Tocca a me dire per la prima volta ciò che avvenne realmente tra il professor Moriarty e Sherlock Holmes.

Il lettore ricorderà forse che dopo il mio matrimonio e il mio successivo inizio alla professione privata, gli intimi rapporti d'amicizia sempre esistiti tra Holmes e me si erano alquanto modificati. Lui veniva sempre da me di quando in quando se desiderava avermi come compagno nelle sue ricerche, ma queste occasioni andarono facendosi sempre più rare. Infatti rilevo dai miei appunti che nell'anno 1890 registrai soltanto tre casi. Durante l'inverno di quell'anno e la primavera del 1891, lessi sui giornali che Holmes era stato richiesto dal governo francese per occuparsi di un caso di estrema importanza, e in quel tempo ricevetti da Holmes due messaggi, datati il primo da Narbona e il secondo da Nîmes, dai quali intuii che il suo soggiorno in Francia si sarebbe protratto parecchio. Fu perciò con una certa sorpresa che me lo vidi capitare nella mia sala di consultazione la sera del 24 aprile. Rimasi colpito nel vederlo ancora più pallido e più magro del consueto.

«Sì, mi sono strapazzato un po' troppo in questi ultimi tempi» mi disse rispondendo più alla mia occhiata che non alle mie parole. «Ho avuto moltissimo da fare. Le dispiace se chiudo le imposte?»

La sola luce che illuminava la stanza veniva dalla lampada da tavolo presso la quale stavo leggendo quando Holmes era entrato. Il mio amico si avvicinò alla finestra strisciando contro la parete, e dopo avere accostato le imposte, le sprangò saldamente.

«Ha paura di qualcosa?» domandai.

«Francamente sì.»

«Di che cosa?»

«Dei fucili ad aria compressa.»

«Mio caro Holmes, che cosa mi dice mai?»

«Credo che lei mi conosca abbastanza, Watson, per comprendere che io non sono affatto un individuo nervoso; al tempo stesso, però, trovo che è piuttosto stupidità che coraggio rifiutarsi di riconoscere il pericolo quando questo ti segue alle calcagna. Posso chiederle un fiammifero?» Aspirò il fumo della sigaretta come se quell'influsso gradevole lo calmasse.

«Le chiedo scusa di essere venuto a quest'ora così tarda,» proseguì poi «e devo chiederle di essere tanto anticonvenzionale da permettermi di andarmene tra poco scavalcando il muro del giardino posteriore di questa casa.»

«Ma che cosa significa tutto questo?» chiesi.

Per tutta risposta mi tese la mano e vidi alla luce della lampada che aveva due nocche contuse e sanguinanti.

«Come vede non si tratta di ubbie» disse sorridendo. «Al contrario è una cosa abbastanza solida per spaccare la mano di un uomo. Sua moglie è in casa?»

«No, è andata in campagna a far visita a una parente.»

«Davvero! Dunque è solo?»

«Solissimo.»

«Allora mi sarà più facile proporle di accompagnarmi per una settimana sul Continente.»

«Dove?»

«Oh, in qualsiasi posto. Tutti i posti sono uguali per me.»

Trovavo il comportamento del mio amico insolitamente strano. Non era nel suo carattere prendersi una vacanza inutile, e qualcosa nel suo viso pallido e sciupato mi diceva che i suoi nervi erano al massimo della tensione. Mi lesse l'interrogativo negli occhi, e congiungendo insieme le punte delle dita e posando i gomiti sulle ginocchia mi spiegò la situazione.

«Non ha mai inteso parlare del professor Moriarty?» mi chiese.

«Mai.»

«Ah! Questo è lo stupefacente, l'incredibile della cosa!» esclamò. «Quell'uomo ha invaso tutta Londra, e nessuno ha inteso parlare di lui. Questo è ciò che lo mette ai miei occhi sul più alto pinnacolo della criminologia. Le assicuro, Watson, le giuro con la massima serietà che se riuscissi a battere quell'uomo, se riuscissi a liberare da lui la società, avrei la netta sensazione di avere raggiunto il culmine della mia carriera, e sarei pronto a ritirarmi a vita privata. Sia detto tra noi, le circostanze recenti per le quali sono stato chiamato a collaborare con la famiglia reale di Scandinavia e la Repubblica francese mi hanno lasciato in posizione tale che potrei continuare a vivere il resto dei miei giorni nella pace e nella tranquillità che mi sono così care, concentrando tutta la mia attenzione sui miei esperimenti chimici. Ma non potrei avere riposo, Watson, non saprei starmene seduto tranquillo sulla mia seggiola, se sapessi che un uomo come il professor Moriarty passeggia impunemente per le vie di Londra.»

«Ma che cosa ha fatto dunque?»

«La sua è stata una carriera particolarmente straordinaria. È di buona nascita e di educazione eccellente, ed è stato dotato dalla natura di una mente matematica fenomenale. All'età di ventun anni ha scritto un trattato sul *Teorema del binomio* che ha avuto risonanza europea. Grazie a questa monografia poté ottenere la cattedra di Matematica in una delle nostre università minori, e secondo tutte le previsioni lo attendeva una carriera brillantissima. Ma è anche un uomo che ha tendenze ereditarie di natura veramente diabolica. Nelle sue vene scorre un sangue pervaso di criminalità, che invece di essere soffocato venne accresciuto e reso infinitamente più pericoloso dalle sue straordinarie doti mentali. Strane voci corsero su di lui nell'ambiente universitario, e infine fu costretto a dare le dimissioni dalla cattedra che occupava e a venirsene a Londra, dove si è fatto assumere come istitutore alla Scuola militare. Questo è quanto il mondo conosce, ma quello che le dirò tra poco è ciò che ho scoperto io stesso.

«Come lei sa, Watson, nessuno meglio di me conosce l'ambiente criminoso dei quartieri alti di Londra. Da molti anni conosco l'oscura potenza che si nasconde dietro il malfattore, il sotterraneo potere organizzativo che si interpone costantemente sulla strada della legge e copre del suo scudo il malvagio. Quante volte, nei casi più disparati – falsi, furti, assassinii –, ho sentito la presenza di questa forza, e l'ho intuita in molti crimini insoluti nei quali non sono stato personalmente consultato. Per anni mi sono sforzato di squarciare il velo che avvolgeva questa forza oscura, e finalmente giunse il momento in cui riuscii ad afferrare il mio bandolo e a seguirlo, finché questo, dopo una serie infinita di svolte e di giravolte astute, mi condusse al professor Moriarty, ex celebrità matematica mondiale.

«Quell'uomo è un Napoleone del delitto, Watson, è l'organizzatore di metà delle malvagità e di quasi tutto ciò che rimane impunito in questa grande città. È un genio, un filosofo, un pensatore astratto. Possiede un cervello di prim'ordine. Siede immobile, come un ragno al centro della sua tela, ma questa tela si suddivide in mille diramazioni di cui conosce perfettamente il minimo fremito. Personalmente fa poco: lui progetta soltanto, ma i suoi agenti sono numerosi e molto bene organizzati. Se c'è un delitto da commettere, un documento da sottrarre, una casa da saccheggiare, un uomo da eliminare, ne viene passata parola al professore, e il complotto viene organizzato e portato a compimento. Può darsi che l'agente materiale venga preso: in questo caso si trova sempre il denaro per ottenergli la libertà provvisoria o per farlo assolvere in corte di giustizia. Tuttavia il potere centrale che si è servito dell'agente non è mai individuato, anzi non viene neppure sospettato. Questa è l'organizzazione che io ho scoperto, Watson, e ho dedicato tutte le mie energie al tentativo di smascherarla e disperderla.

«Ma il professore ha tante protezioni, così astutamente preparate che, per quanto facessi e dicessi, sembrava impossibile che io riuscissi a ottenere le prove necessarie per portarlo in corte di giustizia. Lei conosce le mie forze, mio caro Watson, eppure in capo a tre mesi fui costretto a confessare che avevo finalmente incontrato un antagonista che mi era intellettualmente eguale. L'orrore che i suoi delitti mi ispiravano fu soffocato in me dall'ammirazione per la sua abilità. Infine però fece un viaggio – oh, soltanto un viaggetto piccolo piccolo –, ma aveva superato il limite, poiché io gli ero ormai troppo vicino. Avevo finalmente in mano l'occasione propizia, e muovendo da quel punto di partenza gli ho intessuto intorno la mia rete le cui maglie sono ora pronte a chiudersi su di lui. Entro tre giorni, e precisamente entro lunedì prossimo, le cose saranno mature, e il professore con tutti i principali affiliati alla sua banda cadranno nelle mani della polizia. Avremo così il più grande processo del secolo, la soluzione di oltre quaranta misteri giudiziari, e ne terremo in mano il filo conduttore... Ma se ci muoviamo prematuramente, capisce, ci possono scivolare di mano all'ultimo momento.

«Ora, se avessi potuto agire a insaputa del professor Moriarty, tutto sarebbe andato per il meglio: ma è un uomo troppo astuto per lasciarsi intrappolare così facilmente. È riuscito a seguire ogni mio passo; più volte ha tentato di svignarsela, ma altrettante volte io sono tornato a braccarlo. Le assicuro, mio caro, che se si potesse scrivere una relazione particolareggiata di questo silenzioso duello, costituirebbe il più brillante pezzo di esercitazione schermistica nella storia dell'investigazione poliziesca. Mai mi sono elevato a maggiori altezze, mai sono stato così duramente incalzato da un avversario più degno. Le mie finte sono magnifiche, ma le sue parate non sono da meno. Questa mattina ho fatto gli ultimi passi decisivi, e mancavano solo tre giorni per completare l'opera. Ero seduto nella mia stanza, intento a riflettere su tutto ciò che le ho detto, quando la porta si aprì e mi vidi davanti il professor Moriarty in persona.

«Lei sa che i miei nervi sono a prova di bomba, Watson, ma devo confessarle che sono trasalito quando mi sono trovato davanti, sulla soglia di casa mia, l'uomo che da tre mesi ossessiona tutti i miei pensieri. Il suo aspetto mi era assolutamente familiare. È altissimo e magro, ha la fronte che si allarga, come una cupola, in una bianca curva, e due occhi profondamente infossati nelle orbite. È accuratamente sbarbato, pallido, di aspetto ascetico, e nei tratti conserva ancora qualcosa di professorale. Le sue spalle sono incurvate dal lungo studio, il suo volto si protende in avanti, e la testa gli oscilla continuamente da una parte all'altra, con un moto strano, lento, da rettile. Mi soppesò con grande curiosità, restringendo le pupille.

«"Lei ha minore sviluppo frontale di quello che immaginavo" disse infine. "È un'abitudine pericolosa giocherellare con armi da fuoco cariche nella tasca della propria vestaglia."

«Effettivamente, come lo avevo visto entrare, avevo subito compreso l'estremo pericolo personale in cui mi trovavo: la sua unica speranza di salvezza stava nel tentativo di farmi tacere per sempre. In un lampo avevo tolto la pistola dal cassetto, e me l'ero cacciata in tasca, e stavo prendendolo di mira attraverso la stoffa. Nell'udire la sua osservazione tirai fuori l'arma e la deposi puntata sulla tavola. Il professore seguitò a sorridere e a socchiudere gli occhi, ma c'era qualcosa nel suo sguardo che mi confermò come avessi fatto bene a non lasciarmi sorprendere disarmato.

«"Evidentemente lei non mi conosce" disse.

«"Al contrario," risposi "la conosco benissimo. Si sieda, la prego. Posso concederle cinque minuti, se ha qualcosa da dirmi."

«"Tutto quello che ho da dirle ha già attraversato la sua mente" disse.

«"Allora è anche possibile che la mia risposta abbia attraversato la sua" replicai.

«"Dunque non vuole mollare?"

«"No."

«Si cacciò una mano in tasca, e immediatamente io alzai la pistola dal tavolo, ma lui si limitò a tirare fuori un libriccino su cui aveva annotato alcune date.

«"Lei ha attraversato il mio sentiero il 4 gennaio" disse. "Il 23 gennaio mi ha dato qualche incomodo; a metà febbraio fui seriamente infastidito da lei; alla fine di marzo lei ha nettamente guastato i miei piani; e ora, sul finire di aprile, mi trovo in condizioni tali per via della sua persecuzione implacabile che la mia libertà corre un gravissimo pericolo. La situazione sta diventando impossibile."

«"Ha qualche consiglio da darmi?" chiesi.

«"Deve piantarla, signor Holmes" disse dondolando il suo capo di testuggine. "Deve piantarla, le dico."

«"Dopo lunedì" replicai io.

«"Piano, piano!" proseguì il professore. "Sono certo che un uomo della sua intelligenza comprenderà benissimo come questo stato di cose ammetta un'unica soluzione. È necessario che lei si ritiri. Ha operato in modo che non ci resta più che una sola risorsa. È stato per me un piacere intellettuale osservare con quale abilità ha saputo manovrare questa faccenda e, lo dico spassionatamente, proverei un vero dolore se dovessi essere costretto a ricorrere a misure estreme. Lei ride, Holmes, ma le assicuro che sinceramente mi dispiacerebbe."

«"Il pericolo fa parte della mia professione" dissi.

«"Qui non si tratta di pericolo, ma di distruzione inevitabile. Lei intralcia il cammino non di un individuo soltanto, ma di una potente organizzazione, di cui non è riuscito a comprendere tutta la portata e l'estensione, nonostante la sua intelligenza. Deve tirarsi da parte, Holmes, o sarà spietatamente calpestato."

«"Temo" dissi alzandomi "che il piacere di questa conversazione mi faccia trascurare affari importanti che mi attendono altrove."

«Si drizzò e mi guardò in silenzio, scuotendo mestamente il capo.

«"E va bene" disse infine. "È un vero peccato; io ho fatto quello che ho potuto. Conosco ogni mossa del suo gioco. Non può tentare nulla prima di lunedì. È stato un duello tra lei e me,

Holmes. Lei spera di mandarmi in galera. Ma io le dico che in galera non ci andrò mai. Lei spera di battermi, ma io le dico che non mi batterà mai. Se sarà tanto intelligente e abile da distruggermi, stia pur certo che io farò altrettanto con lei."

«"Lei mi ha fatto parecchi complimenti, professor Moriarty" dissi. "Mi permetta di fargliene uno a mia volta dicendole che se fossi sicuro della prima eventualità accetterei di buon grado la seconda nell'interesse del pubblico bene."

«"Posso prometterle l'una, ma non l'altra" ghignò. E volgendomi la sua curva schiena se ne uscì dalla stanza sogguardandomi e ammiccando con quei suoi strani occhi infidi.

«Questo fu il singolare colloquio che io ebbi col professor Moriarty. Le confesso che mi lasciò un'impressione sgradevole. Il suo modo uniforme, preciso di parlare ti mette addosso un convincimento di sincerità come non saprebbe fare un semplice farabutto. Lei dirà naturalmente: "Perché non chiede l'intervento della polizia?". Perché, caro Watson, sono fermamente convinto che non sarà lui, ma saranno i suoi agenti a colpirmi. E ne ho del resto le migliori prove.»

«È già stato assalito?»

«Mio caro Watson, il professor Moriarty non è uomo da lasciarsi crescere l'erba sotto i piedi. Verso mezzogiorno sono uscito di casa per regolare un affare in Oxford Street. Nell'oltrepassare l'angolo che conduce da Bentinck Street al crocicchio di Welbeck Street, un furgone trascinato da due cavalli schizzò via come un bolide e mi si buttò addosso. Io mi salvai per una frazione di secondo con un balzo acrobatico sul marciapiede. Il furgone si lanciò in Marylebone Lane e scomparve in un attimo. Dopo quell'episodio mi tenni stretto al marciapiede, come lei può ben pensare, ma mentre camminavo per Vere Street, dal tetto di una casa cadde un mattone che si infranse ai miei piedi in cento pezzi. Chiamai la polizia e feci fare un sopralluogo. Sul tetto erano stati predisposti per varie riparazioni mattoni e ardesie, e gli agenti vollero a ogni costo persuadermi che era stato il vento a causare la caduta di uno di questi. Naturalmente io sapevo come stessero realmente le cose, ma non fui in grado di dimostrare nulla. Dopo di ciò presi una vettura e mi recai da mio fratello in Pall Mall, dove trascorsi la giornata. Ora sono venuto da lei e, strada facendo, venni assalito da un mascalzone armato di bastone. Sono riuscito a immobilizzarlo, e la polizia lo ha attualmente in custodia; ma posso dirle fin da ora con assoluta certezza che non si troverà mai alcun legame tra il gentiluomo sui cui denti anteriori mi sono escoriato le nocche delle dita poco fa e il professore di matematica a riposo, il quale a quest'ora starà certamente elaborando problemi di sua invenzione su una lavagna, a venti chilometri da qui. Lei non si meraviglierà quindi, Watson, se, come sono entrato nella sua stanza, il mio primo gesto è stato quello di chiudere le imposte, ed ecco perché mi sono visto costretto a chiederle il permesso di andarmene da casa sua da un'uscita un po' meno appariscente della porta d'ingresso.»

Avevo molte volte ammirato il coraggio del mio amico, ma mai come in quel momento, in cui mi stava enumerando con la massima tranquillità una serie di incidenti che avevano disseminato la sua giornata di pericoli continui.

«Perché non resta qui stanotte?» chiesi.

«No, amico mio; sono diventato un ospite troppo pericoloso, ma ho già pronti i miei piani, e tutto andrà bene. Le cose si sono ormai spinte troppo oltre e possono muoversi anche senza il mio aiuto per quello che concerne l'arresto, benché la mia presenza sia necessaria per una prova palmare. È evidente pertanto che non mi resta altro da fare che andarmene durante i pochi giorni che ancora rimangono prima che la polizia sia libera di agire. Sarebbe perciò un grande piacere per me se lei volesse accompagnarmi sul Continente.»

«In questo momento ho pochi malati,» dissi «e il mio vicino è sempre disposto ad aiutarmi in caso di assenza. Sarò ben lieto di venire.»

«È disposto a partire domattina?»

«Se lo ritiene necessario...»

«Oh, sì, necessarissimo. Allora queste sono le istruzioni, e la prego caldamente, mio caro Watson, di eseguirle alla lettera, perché lei sta ora giocando con me un pericoloso doppio gioco contro il più intelligente farabutto e la più potente accolta di criminali di tutto il mondo. E adesso mi ascolti: lei spedirà il suo bagaglio senza indirizzo a Victoria Station stanotte per mezzo di persona di sua fiducia. Domattina manderà a chiamare una vettura di piazza, ma farà in modo che il suo incaricato non scelga né la prima né la seconda che gli si presenteranno. Salterà in questa carrozza e si farà portare alla confluenza dello Strand con la Lowther Arcade, dando l'indirizzo al vetturino su un foglio di carta, raccomandandogli di non gettarlo via. Tenga pronto in tasca il prezzo della corsa, e nel momento in cui la vettura si fermerà, si infili rapidamente attraverso l'Arcade facendo in modo di arrivare dall'altra parte alle nove e un quarto. Lì troverà un calessino ad aspettarla presso la curva del marciapiede; lo guiderà un cocchiere che indosserà un pesante mantello nero col colletto ornato di rosso. Lei salirà su questo calesse e giungerà a Victoria in tempo utile per prendere l'espresso per il Continente.»

«Dove la ritroverò?»

«Alla stazione. La seconda vettura di prima classe a partire dalla locomotiva è riservata per noi.»

«Ci ritroveremo quindi in vettura?»

Invano insistetti perché Holmes rimanesse. Compresi che temeva di arrecare disordine o pericolo in casa mia, e che questo era il motivo che lo spingeva a lasciarmi. Con poche parole affrettate per confermarmi i nostri movimenti per l'indomani, si alzò e uscì con me nel giardino posteriore, scavalcando il muro che dà su Mortimer Street, e subito lo udii fischiare per chiamare una vettura di piazza, nella quale lo intesi allontanarsi.

Il mattino seguente seguii le istruzioni di Holmes alla lettera. Feci venire una carrozza prendendo le debite precauzioni per evitare quella che fosse stata messa lì a bella posta per tendermi una trappola, e subito dopo colazione mi feci portare alla Lowther Arcade, nella quale mi infilai a tutta velocità. Dall'altra parte mi aspettava un calesse, il cui cocchiere, un uomo massiccio avvolto in un mantello scuro, frustò immediatamente il suo cavallo, non appena fui salito, dirigendosi a rotta di collo a Victoria Station. Appena fui sceso l'uomo girò la sua vettura e si allontanò con altrettanta velocità, senza neppure degnarmi di uno sguardo.

Fin qui tutto era andato a meraviglia. Trovai il mio bagaglio che mi aspettava e non ebbi difficoltà a individuare lo scompartimento che Holmes mi aveva indicato, tanto più che era il solo del treno contrassegnato col cartello RISERVATO. La mia sola preoccupazione era adesso la mancata comparsa di Holmes. All'orologio della stazione mancavano soltanto sette minuti alla partenza del treno. Invano cercai tra i gruppi di viaggiatori e di parenti e amici venuti a salutare i partenti la snella figura del mio amico. Di lui non vi era la minima traccia. Persi alcuni minuti ad assistere un venerando prete italiano che stava sforzandosi di far capire al facchino, in un inglese smozzicato, che il suo bagaglio doveva essere spedito direttamente a Parigi. Poi, dopo aver dato un'altra occhiata in giro, risalii in vettura, dove trovai che il facchino, nonostante il biglietto, mi aveva dato come compagno di viaggio il mio decrepito amico italiano. Tentai inutilmente di spiegargli che la sua presenza lì dentro rappresentava un'intrusione, poiché il mio italiano era ancora più limitato del suo inglese, tanto che alla fine crollai le spalle rassegnato e ripresi a guardarmi attorno ansiosamente in cerca del mio amico. Un brivido di paura mi aveva invaso, poiché temevo che la sua assenza presagisse qualche disgrazia occorsagli durante la notte. Già avevano chiusi gli sportelli e la locomotiva si era messa a fischiare allorché...

«Mio caro Watson,» disse una voce «lei non si è neppure degnato di dirmi buongiorno.»

Mi voltai in preda al più indicibile stupore. Il canuto ecclesiastico aveva girato la faccia verso di me. Per un attimo, le sue rughe si distesero, il naso si tirò su dritto, lontano dal mento, il labbro inferiore perse la sua inclinazione pendula, cascante, la bocca cessò di borbottare, gli occhi spenti ripresero il loro fuoco, la figura cadente si erse diritta. Un attimo dopo la sua sagoma si afflosciò di nuovo come prima e Holmes era scomparso con la stessa rapidità con cui era venuto.

«Buon Dio!» esclamai. «Sa che mi ha spaventato?»

«Bisogna che seguitiamo a essere molto cauti» mormorò. «Ho ogni motivo di credere che ci stanno alle calcagna. Ah, ecco Moriarty in persona.»

Mentre Holmes proferiva queste parole il treno aveva ormai incominciato a muoversi. Voltandomi a guardare dal finestrino vidi un uomo alto che si faceva largo furiosamente tra la folla agitando una mano come se volesse fermare il convoglio, ma era ormai troppo tardi, poiché stavamo guadagnando rapidamente velocità, e un attimo dopo eravamo già fuori dalla stazione.

«Come vede, nonostante tutte le nostre precauzioni, l'abbiamo scampata per un pelo» disse Holmes ridendo. Si alzò e togliendosi la veste talare e il tricorno che avevano formato il suo travestimento, li ripose in una valigetta.

«Ha letto i giornali del mattino, Watson?»

«No.»

«Allora non ha saputo nulla di quello che è successo in Baker Street?»

«In Baker Street?»

«Hanno appiccato il fuoco alle nostre stanze, la notte scorsa, ma per fortuna il danno è stato lieve.»

«Dio mio, Holmes! Ma è terribile!»

«Devono aver perduto completamente le mie tracce dopo l'arresto del loro bastonatore, altrimenti non si sarebbero mai immaginati che io me n'ero tornato a casa. Hanno però preso certamente la precauzione di pedinare lei, ed ecco perché Moriarty è venuto fino a Victoria. È sicuro di non aver commesso nessuna svista?»

«Ho fatto esattamente quello che lei mi ha detto.»

«Ha trovato il suo calesse?»

«Sì, era già lì pronto che mi aspettava.»

«Non ha riconosciuto il cocchiere?»

«No.»

«Era mio fratello Mycroft. In casi come questo è utile potersi servire di una persona non prezzolate. Ma ora dobbiamo pensare quello che ci conviene fare per difenderci da Moriarty.»

«Dato che questo è un espresso, e che il battello parte in coincidenza col treno, credo che siamo riusciti a seminarlo molto bene.»

«Mio caro Watson, lei evidentemente non ha afferrato il mio concetto quando le ho detto che quest'uomo deve essere considerato esattamente sullo stesso mio piano intellettuale. Lei sa benissimo che se l'inseguitore fossi io non mi lascerei battere da un ostacolo così lieve. Perché giudica tanto male il professore?»

«Che cosa farà?»

«Quello che farei io nelle sue condizioni.»

«Che cosa farebbe, dunque?»

«Farei approntare un treno speciale.»

«Ma è già tardi.»

«Neanche per idea! Questo treno si ferma a Canterbury, e il battello ha sempre per lo meno un quarto d'ora di ritardo. Perciò riuscirebbe ugualmente a raggiungerci.»

«Si direbbe che i criminali siamo noi. Facciamolo arrestare all'arrivo e che sia finita.»

«Questo sciuperebbe il mio lavoro di tre mesi. Acchiapperemmo il pesce grosso, ma la minutaglia ci scapperebbe a destra e a sinistra fuori dalla rete. Lunedì invece li prenderemo tutti quanti. No, un arresto è inammissibile.»

«Come possiamo fare, allora?»

«Scenderemo a Canterbury.»

«E poi?»

«Be', poi faremo un viaggio in aperta campagna fino a Newhaven, e di lì andremo a Dieppe. A questo punto Moriarty si comporterà esattamente come mi comporterei io. Arriverà a Parigi, individuerà il nostro bagaglio, e aspetterà due giorni al deposito. Nel frattempo noi ci compreremo un paio di valigie di pezza, incoraggeremo i fabbricanti dei paesi che attraverseremo viaggiando, e passo passo arriveremo in Svizzera, via Lussemburgo e Basilea.»

Sono un viaggiatore troppo incallito perché la perdita del mio bagaglio possa darmi grande fastidio, ma confesso che ero molto seccato al pensiero di dovermi nascondere e scansare un uomo che aveva sulla coscienza innumerevoli infamie. Ma era evidente che Holmes comprendeva la situazione meglio di me. Perciò scendemmo a Canterbury per apprendere che avremmo dovuto aspettare un'ora prima di trovare un treno che ci avrebbe portato a Newhaven.

Stavo ancora guardando immalinconito la rapida fuga della carrozza bagagliaio che conteneva il mio guardaroba, quando Holmes mi tirò la giacca e mi indicò con l'indice teso la linea ferroviaria.

«Ecco, vede!» disse.

Lontano, fra i boschi del Kent, si levava una sottile spirale di fumo. Un minuto dopo scorsi un carrozzone e una locomotiva sfrecciare lungo l'ampia curva che conduce alla stazione. Avemmo giusto il tempo di nasconderci dietro un mucchio di bagagli quando il convoglio speciale passò sferragliando e ruggendo, soffiandoci in faccia una ventata d'aria calda.

«Eccolo che se ne va» disse Holmes, mentre osservavamo il carrozzone che ondeggiava e rollava a tutte le svolte. «Come vede, anche l'intelligenza del nostro amico ha dei limiti. Sarebbe stato un vero *coup de maître* se avesse dedotto quello che avrei dedotto io e avesse agito di conseguenza.»

«E che cosa avrebbe fatto se ci avesse raggiunto?»

«Non vi è il minimo dubbio che avrebbe tentato di accopparmi. D'altronde è un gioco al quale bisogna giocare in due. Ora il problema più interessante è però quello di sapere se dobbiamo consumare qui una colazione prematura, o correre il pericolo di morire di fame prima che possiamo raggiungere il ristorante della stazione di Newhaven.»

Arrivammo quella sera stessa a Bruxelles dove ci fermammo due giorni, e il terzo proseguimmo per Strasburgo. Il lunedì mattina Holmes telegrafò alla polizia londinese, e la sera trovammo la risposta che ci aspettava all'albergo. Holmes strappò nervosamente il telegramma, ma subito lo scagliò nel caminetto con un'imprecazione.

«Dovevo saperlo» gemette. «È fuggito!»

«Moriarty?»

«Si sono impadroniti di tutta la banda a eccezione di lui: anche questa volta ce l'ha fatta. Per forza: dal momento in cui me ne sono andato non è rimasto più nessuno in Inghilterra che potesse tenergli testa. Eppure pensavo che ormai non avevano che da mettergli le mani addosso; io gli avevo già preparato tutta quanta la pappa fatta! Penso che sarebbe meglio che lei tornasse in Inghilterra, Watson.»

«Perché?»

«Perché da questo momento io sarò un compagno di viaggio troppo pericoloso. Quell'uomo ha perduto tutto; se ritorna a Londra è finito. Ora, se l'ho ben capito, da questo momento dedicherà tutte le sue forze a vendicarsi su di me. Del resto nel nostro breve colloquio mi aveva avvertito, e sono sicuro che cercherà di mantenere la sua promessa. Vorrei assolutamente che lei ritornasse alla sua clientela.»

Ma tanto gli sarebbe valso parlare col muro, perché meno che mai in quel momento avrei abbandonato un antico commilitone oltre che un carissimo amico. Discutemmo della cosa per mezz'ora nella *salle à manger* del nostro albergo strasburghese, ma per una volta vinsi io, e quella notte stessa riprendemmo il nostro viaggio in direzione di Ginevra.

Trascorremmo un'incantevole settimana di vagabondaggio risalendo la valle del Rodano e poi, uscendone a Leuk, ci dirigemmo al Passo di Gemmi ancora ricoperto di neve e, via Interlaken, arrivammo a Meiringen. Fu una gita deliziosa, col verde delicato della primavera sotto di noi, e il bianco virgineo dell'inverno in alto; ma io avevo le netta sensazione che Holmes non dimenticava mai, neppure per un istante, l'ombra che si stendeva sul suo cammino. Nei graziosi villaggi alpini e lungo i solitari valichi di montagna capivo dalle rapide occhiate e dagli sguardi indagatori con cui scrutava chiunque incontravamo come fosse convinto che, dovunque andassimo, non avremmo potuto liberarci dal pericolo che minacciava tutti i nostri passi.

Rammento che una volta, mentre superavamo il Gemmi e costeggiavamo il bordo del malinconico lago di Dauben, un grosso masso si staccò dalla parete di roccia sulla nostra destra rimbalzando e tuffandosi rumorosamente nel lago dietro di noi. In un attimo Holmes si era arrampicato sul pendio e, fermo su un'alta guglia, allungava il collo in ogni direzione. Invano la nostra guida tentò di rassicurarlo dicendogli che in quel luogo a primavera i franamenti rocciosi erano cosa di tutti i giorni. Non disse nulla, ma mi sorrise con aria d'intesa, come per farmi capire che quello non era altro che un avvertimento di quanto aveva previsto.

E tuttavia, nonostante la tensione continua dei nervi, non si mostrò mai abbattuto: al contrario non credo di averlo mai visto così pieno di spirito e di buonumore come in quegli ultimi giorni. Più di una volta mi tornò a ripetere che se avesse potuto liberare la società umana dall'incubo del professor Moriarty sarebbe stato lieto di chiudere per sempre la sua carriera.

«Credo di poter affermare senza falsa modestia, Watson, di non avere speso la mia vita del tutto invano» mi disse in quell'occasione. «Se la mia attività terminasse stanotte, considererei la cosa con equanimità. L'atmosfera di Londra è stata addolcita dalla mia presenza, in più di mille casi non credo di avere mai fatto uso una sola volta delle mie forze a favore dell'ingiustizia. In questi ultimi tempi ho cercato di penetrare nei misteri della natura piuttosto che in quelli più superficiali di cui è responsabile il nostro artificioso stato sociale. Lei dovrà mettere la parola "fine" alle sue memorie, Watson, il giorno in cui io coronerò la mia carriera con la cattura o l'annientamento del più capace e più pericoloso criminale d'Europa.»

Sarò breve, e tuttavia preciso, per il poco che mi rimane da dire. Non è un argomento sul quale mi dilungo volentieri, e però sento che è mio dovere non omettere il benché minimo particolare.

Giungemmo al piccolo villaggio di Meiringen nella giornata del 3 maggio, e prendemmo alloggio all'Englischer Hof, che era allora gestito da Peter Steiler il Vecchio. Il nostro albergatore era un uomo intelligente e parlava un ottimo inglese, avendo servito per tre anni in qualità di cameriere al Grosvenor Hotel di Londra. Seguendc il suo consiglio ci mettemmo in viaggio il pomeriggio del 4 con l'intenzione di attraversare le colline e di passare la notte al villaggetto di Rosenlaui. Ci fu fatto però severo monito di non oltrepassare la cascata del Reichenbach, meno di un chilometro a nord, senza fare un piccolo giro per ammirarla.

Il luogo è effettivamente imponente. Il torrente gonfiato dalla neve in via di scioglimento si tuffa in un abisso spaventoso, da cui la spuma si alza simile al fumo che emana da una casa incendiata. Il canalone in cui il torrente si getta è una voragine immensa, fiancheggiata da rocce scintillanti e nere come il carbone, finché finisce col restringersi in un pozzo ribollente e schiumoso di profondità incalcolabile, che trabocca facendo sprizzare la fiumana dalle sue labbra corrose. La lunga distesa d'acqua verde perennemente tumultuante nel fondo e la fitta coltre di spuma in perpetuo rigoglio verso l'alto ti lasciano stordito e come trasognato col loro costante vorticoso fragore. Ci fermammo presso il bordo a contemplare lo scintillio dell'acqua, che si infrangeva lontano, sotto di noi, contro le nere rocce, e ad ascoltare l'inumano clamore che veniva su rimbombando dall'abisso tra ribollimenti e rivolgimenti di spuma.

Il sentiero è stato tagliato a metà strada intorno alla cateratta per permettere una visuale completa, ma termina bruscamente e il viaggiatore deve ritornare come è venuto. Stavamo appunto volgendoci sui nostri passi, quando vedemmo venirci incontro un ragazzetto svizzero con una lettera in mano. Il foglio portava il bollo dell'albergo che avevamo da poco lasciato, ed era stato indirizzato a me dall'albergatore. Diceva che pochi minuti dopo la nostra partenza era giunta una signora inglese in condizioni pietosissime. Aveva svernato a Davos Platz e si era messa in viaggio per raggiungere alcuni suoi amici a Lucerna, quando era stata colta da una violentissima e improvvisa emorragia polmonare. L'albergatore riteneva che ormai avesse solo qualche ora da vivere, ma sarebbe stata una grande consolazione per lei poter essere assistita nei suoi ultimi momenti da un medico inglese, e che se io fossi potuto tornare, eccetera eccetera. Il buon Steiler mi assicurava in un poscritto che avrebbe considerato la mia venuta una vera opera di carità cristiana, giacché la signora si rifiutava categoricamente di vedere un medico svizzero, e che personalmente mi sarebbe stato gratissimo se lo avessi aiutato a dividere con lui una così grave responsabilità.

Non era un appello che poteva restare inascoltato. Era impossibile respingere la preghiera di una compatriota morente in terra straniera. Eppure avevo molti scrupoli al pensiero di lasciare solo Holmes. Decidemmo infine che lui avrebbe trattenuto come guida e compagno il giovane svizzero, mentre io sarei ritornato subito a Meiringen. Il mio amico si sarebbe soffermato ancora qualche minuto presso la cascata, così mi disse, e poi si sarebbe avviato lentamente superando la collina fino a Rosenlaui dove io lo avrei raggiunto la sera. Nel girarmi per salutarlo, vidi Holmes con la schiena appoggiata contro un masso e le braccia conserte, intento ad ammirare lo scorrere delle acque. Era l'ultima visione che io ero destinato ad avere di lui in questo mondo.

Quando fui prossimo al termine della discesa, mi volsi ancora una volta indietro. Era impossibile da quel punto scorgere la cateratta, ma potevo distinguere il sentiero tortuoso che sale ondeggiando sul dorso della collina e conduce alla cascata. Ricordo che vidi un uomo percorrerlo rapidamente. Mi fu possibile distinguere la sua figura nera nettamente stagliata sullo sfondo verde alle sue spalle. Lo notai, come notai l'energia del suo passo, ma mi uscì di mente subito mentre mi affrettavo ansiosamente verso la malata che mi attendeva.

Arrivai a Meiringen poco più di un'ora dopo. Il vecchio Steiler era in piedi sotto il porticato dell'albergo.

«Spero di essere ancora in tempo! O è già peggiorata?» chiesi affannosamente.

Sul viso del brav'uomo si dipinse un'espressione di sorpresa, e al suo primo inarcare di sopracciglia mi sentii il cuore nel petto diventare di piombo.

«Non è stato lei a scrivermi questo biglietto?» dissi mostrandogli la lettera. «Non c'è nessuna signora inglese malata al suo albergo?»

«Ma no!» esclamò Steiler. «Eppure c'è stampigliato il bollo dell'albergo! Ah! Dev'essere stata scritta da quel signore inglese alto che è arrivato appena voi siete partiti. Ha detto...»

Ma non stetti certo ad attendere le spiegazioni dell'albergatore. Rabbrividendo di angoscia da capo a piedi avevo nuovamente infilato di corsa la strada del villaggio, avviandomi con tutta la velocità consentitami dalle mie gambe verso il sentiero che avevo appena disceso. Mi ci era voluta un'ora per scendere, nonostante tutti i miei sforzi altre due ore trascorsero prima che mi trovassi di nuovo presso la cascata del Reichenbach. Il bastone da montagna di Holmes era ancora appoggiato alla roccia presso cui lo avevo lasciato, ma di lui nessuna traccia, e invano lo chiamai a gran voce. La sola risposta che ottenni fu il rimbombo della mia stessa voce, che mi giunse in un'eco ripetuta dalle rocce intorno a me.

Fu la vista di quel bastone da montagna a farmi perdere la speranza. Dunque non era andato a Rosenlaui. Era rimasto su quel sentiero largo meno di un metro, con la nuda parete di roccia da un lato e l'assordante cascata dall'altro, finché il suo nemico lo aveva raggiunto. Anche il giovane svizzero era scomparso. Probabilmente era anche lui al soldo di Moriarty, e aveva lasciato soli i due uomini insieme. Ma che cos'era successo poi? Chi ci avrebbe detto quello che era successo poi?

Mi ci volle qualche tempo prima di riavermi, poiché l'orrore di quella catastrofe mi aveva quasi fatto uscire di senno. Ma poi incominciai a riflettere sui metodi usati da Holmes e cercai di applicarli nella speranza di riuscire a interpretare quella tragedia. Purtroppo la cosa mi fu molto facile! Durante la nostra conversazione non eravamo andati sino alla fine del sentiero, e il bastone da montagna segnava il punto in cui ci eravamo fermati. Il terreno nerastro è mantenuto costantemente soffice dagli incessanti spruzzi di spuma, e anche le zampe di un uccellino vi lascerebbero impronte chiarissime. Verso l'estremo limite del sentiero erano nettamente segnate due file di impronte che si allontanavano in direzione opposta alla mia. Nessuna di queste impronte però tornava indietro. A pochi metri dall'estremità del sentiero il terreno era ridotto a un ammasso informe di mota calpestata, e i rovi e le felci che orlavano l'abisso erano tutti strappati e schiacciati. Mi stesi faccia a terra e mi sporsi in fuori, mentre la spuma spruzzava su da tutte le parti irrorandomi. Si era fatto buio, intanto, e ora potevo vedere solo a intervalli lo scintillio delle pareti nere, umide di gocciole di spuma, e lontano giù in fondo al canalone il luccichio della cateratta. Gridai, ma alle mie orecchie ritornò soltanto il perenne grido inumano nella cascata.

Era però destino che dopotutto mi dovesse giungere dal mio amico e compagno un'ultima parola di saluto. Ho detto che il suo bastone da montagna era rimasto appoggiato al masso sporgente sul sentiero. Dalla cima di questo spalto di roccia il bagliore di un oggetto luccicante colpì la mia vista, e alzando una mano mi accorsi che quell'oggetto altro non era che il portasigarette d'argento di Holmes. Nell'afferrarlo mi cadde volteggiando ai piedi un quadratino di carta. Lo spiegai e vidi che consisteva di tre pagine staccate dal suo taccuino e indirizzate a me. Era tipico dell'uomo che il tracciato fosse preciso e la calligrafia chiara e ferma come se avesse scritto quel supremo appello tranquillamente seduto nel suo studio.

Le sue ultime parole dicevano:

Mio caro Watson,

posso scriverle queste poche righe grazie alla cortesia del professor Moriarty, il quale aspetta che io abbia terminato per concludere la discussione dei problemi esistenti tra noi. Mi ha fatto il riassunto dei sistemi che gli hanno permesso di sfuggire alla polizia britannica e di tenersi informato circa i nostri movimenti. Essi confermano al massimo grado l'altissima opinione che già mi ero formato intorno alle sue capacità. Sono felice di pensare che riuscirò a liberare la società dalla sua presenza, sebbene abbia ragione di ritenere che ciò accadrà a un prezzo che sarà causa di dolore ai miei amici e in particolar modo a lei, mio caro

Watson. Le ho del resto già spiegato come io senta che in ogni caso la mia carriera è ormai giunta al suo culmine e che non vedo conclusione più favorevole di questa. D'altronde, se vuole che le dica la verità, ero fermamente convinto che quella lettera da Meiringen fosse un falso, e l'ho lasciata partire nella persuasione appunto che così fosse. Dica all'ispettore Patterson che i documenti comprovanti la colpevolezza della banda si trovano alla lettera M del mio casellario, chiusi in busta azzurra su cui è scritto "Moriarty". Prima di lasciare l'Inghilterra ho fatto testamento e ho lasciato erede di tutti i miei beni mio fratello Mycroft. La prego di ricordarmi a sua moglie, e mi creda, mio carissimo amico, suo affezionatissimo

Sherlock Holmes

Poche parole basteranno per spiegare quello che ancora rimane da dire.

Un sopralluogo fatto da esperti ha dimostrato che una lotta corpo a corpo tra i due uomini dovette risolversi, com'era inevitabile date le circostanze, nella loro caduta nell'abisso avvinghiati l'uno alle braccia dell'altro. Non fu in alcun modo possibile recuperare i cadaveri, e laggiù, in quello spaventoso calderone d'acqua tumultuante e di ribollente spuma, giaceranno per sempre il più pericoloso dei criminali e il più nobile e più intelligente campione della legge del nostro tempo. Il giovane svizzero non fu mai più trovato, e non vi è dubbio che fosse uno dei tanti agenti alle dipendenze di Moriarty. In quanto alla cricca di costui, il pubblico ricorderà certamente come le prove accumulate da Holmes, prove schiaccianti, ne rivelarono tutta la spaventosa e temibile organizzazione, e con quanta severità la mano dello scomparso pesò sul destino dei suoi componenti. Poco trapelò al processo circa l'attività del loro terribile capo, e se sono stato costretto a chiarire i fatti relativi alla sua carriera, ciò è dovuto a quei suoi disonesti fautori che hanno tentato di riabilitarne la memoria attaccando colui che io considererò sempre come il migliore e il più retto degli uomini.

Titolo originale: *The Final Problem*, 1893
Traduzione di Maria Gallone

La casa vuota

Nella primavera del 1894 l'assassinio dell'aristocratico Ronald Adair, avvenuto in circostanze insolite e inesplicabili, interessò tutta Londra, sgomentandone il mondo elegante e l'alta società. Il pubblico conobbe subito i particolari del delitto risultanti durante l'inchiesta della polizia, ma molti dettagli furono soppressi allora, poiché non si ritenne opportuno in quel momento rendere noti tutti i fatti inerenti al crimine. Soltanto oggi, dopo quasi dieci anni, mi è stato concesso di fornire gli anelli mancanti di quella memorabile serie di avvenimenti. Il delitto era già interessante di per sé, ma per me questo interesse non fu nulla in paragone dello straordinario avvenimento che mi procurò la più grande emozione e la più straordinaria sorpresa che mai io abbia provato durante la mia avventurosa esistenza. Ancora oggi, dopo che è passato tanto tempo, mi sento tutto scosso al solo pensarvi, e riprovo l'improvviso senso di gioia, di stupore e di incredulità che per un attimo, allora, mi annebbiò il cervello. Mi sia concesso dire al pubblico, il quale ha dimostrato forte interesse ai miei scritti in cui ho riferito i pensieri e le azioni di un uomo specialissimo, che non mi deve biasimare se non gli ho subito comunicato la mia consapevolezza, poiché avrei considerato mio primo dovere farlo se dalle stesse labbra di quell'uomo non ne avessi ricevuto formale divieto, e tale divieto mi fu tolto soltanto il giorno 3 del mese scorso.

Il lettore facilmente immaginerà che la mia intima amicizia con Sherlock Holmes mi aveva profondamente interessato ai problemi della criminologia, e dopo la sua scomparsa non avevo mai mancato di leggere con la massima attenzione i vari problemi che venivano via via portati a conoscenza del pubblico, e tentai anzi più di una volta per mia soddisfazione privata di adottare i suoi metodi, sia pure con scarso successo. Nessun fatto però mi aveva colpito quanto la tragedia sensazionale dell'uccisione di Ronald Adair. Nel leggere le prove testimoniali, che avevano avuto come conseguenza un verdetto di assassinio premeditato contro persona o persone sconosciute, più che mai compresi quale perdita la società umana aveva sofferto con la morte di Sherlock Holmes. Sentivo che alcuni punti di quella strana vicenda lo avrebbero avvinto in modo particolare, e gli sforzi della polizia sarebbero stati coadiuvati, o più probabilmente facilitati dall'accurato spirito di osservazione e dalla vivida mente di colui che era stato il più grande agente investigativo d'Europa. Durante tutta quella giornata, nel mio consueto giro di visite, non facevo che rimuginare quel caso nella mia mente senza però trovarvi alcuna spiegazione adeguata. A costo di ripetere un racconto già detto, ricapitolerò i fatti così come furono resi noti al pubblico al termine dell'inchiesta.

Ronald Adair era il secondogenito del conte di Maynooth, in quel tempo governatore di una colonia australiana. La madre di Adair era ritornata dall'Australia per subire l'operazione della cataratta, e lei, suo figlio Ronald e sua figlia Hilda abitavano insieme al numero 427 di Park Lane. Il giovanotto frequentava la migliore società, non aveva nemici, e nessun vizio degno di nota. Era stato fidanzato con la signorina Edith Woodley, di Carstairs, ma il fidanzamento era stato rotto consensualmente alcuni mesi prima, e non sembrava che né l'uno né l'altro dei due ex fidanzati ne avesse molto sofferto. Per il resto, la cerchia in cui il giovane si muoveva era convenzionale e ristretta, essendo lui di abitudini tranquille e di temperamento antiemotivo. Eppure proprio su questo semplice e calmo giovane aristocratico la morte si abbatté strana e improvvisa tra le dieci e le undici e venti di sera del 30 marzo 1894.

A Ronald Adair piaceva giocare a carte, e giocava continuamente, ma senza mai impegnarsi a fondo con somme che avrebbero potuto compromettere la sua posizione finanziaria. Era socio del Baldwin, del Cavendish e del Bagatelle Card

Club. Fu dimostrato che, dopo cena, nel giorno della sua morte, aveva giocato in quest'ultimo circolo una partita di whist, e vi aveva pure giocato durante il pomeriggio. Le testimonianze di coloro che avevano giocato con lui – il signor Murray, sir John Hardy e il colonnello Moran – attestarono che si trattava precisamente di whist, e che perdite e vincite erano state più o meno bilanciate. Adair non doveva aver perduto più di cinque sterline; ora, poiché la sua fortuna era considerevole, una perdita di così poca entità non poteva in alcun modo preoccuparlo. Giocava quasi ogni giorno, ora in un circolo ora nell'altro, ma era sempre stato un giocatore cauto, e di solito si levava dal tavolo vincente. Durante le prove testimoniali fu accertato che in società col colonnello Moran aveva però vinto in una sola seduta, alcune settimane prima, ben quattrocentoventi sterline a Godfrey Milner e a lord Malmoral. Questo per quanto riguarda le risultanze dell'inchiesta.

La sera del delitto il giovane rientrò dal club esattamente alle dieci. Sua madre e sua sorella erano fuori casa, a trascorrere la serata con una parente. La domestica dichiarò di averlo sentito entrare nella stanza centrale del secondo piano, che di solito serviva come salotto. La ragazza vi aveva acceso il camino, e poiché questo mandava fumo aveva spalancato la finestra. Da quella stanza non si intese uscire alcun rumore fino alle undici e venti, ora cioè del ritorno a casa di lady Maynooth e della figlia. Poiché desiderava augurargli la buonanotte, la signora tentò di entrare nella camera del figlio, ma l'uscio era chiuso dall'interno, e ai suoi richiami e al suo bussare non ottenne nessuna risposta. Mandò allora a chiedere aiuto, e la porta venne forzata. Lo sfortunato giovane fu trovato disteso presso il tavolo. Aveva il capo orrendamente squarciato da una pallottola esplosiva, ma nella stanza non si trovò nessun'arma, di nessun genere. Sul tavolo erano posate due banconote da dieci sterline ciascuna e diciassette sterline e dieci scellini in oro e argento, disposti in piccoli mucchi ordinati. Su un foglio di carta erano anche annotate alcune cifre accanto ai nomi di vari soci dei circoli frequentati dal povero Adair, e da ciò si dedusse che prima della sua morte stesse elencando le sue vincite e perdite alle carte.

Un accurato esame delle circostanze non fece che aumentare

la complicazione della vicenda. In primo luogo non fu possibile trovare il motivo per cui il giovane avesse chiuso a chiave l'uscio dall'interno. Vi era però la possibilità che fosse stato l'assassino a farlo, fuggendo poi dalla finestra. Ma si trattava di un salto di almeno sei metri, e sotto vi era un'aiuola di crochi in piena fioritura. Ora, né i fiori né la terra recavano alcun segno di essere stati calpestati, e neppure la stretta striscia d'erba che separava la casa dalla strada portava la benché minima impronta. Dunque, secondo ogni apparenza, era stato il giovane a chiudere la porta: ma come era morto? Nessuno sarebbe potuto salire sino alla finestra senza lasciare tracce; e anche ammesso che qualcuno avesse sparato attraverso la finestra, doveva trattarsi di un tiratore espertissimo per riuscire con una semplice rivoltella a produrre una ferita così mortale. Inoltre Park Lane è un quartiere frequentatissimo, e a cento metri dalla casa vi è un posteggio di vetture. Nessuno aveva inteso nulla, eppure c'era il morto, c'era il proiettile esplosivo che si era spappolato fuoriuscendo, come accade per i proiettili a punta dolce, producendo una ferita che aveva causato la morte istantanea. Queste erano le circostanze relative al mistero di Park Lane, ulteriormente complicate da un'assoluta mancanza di motivo, poiché, come già ho detto, era risaputo che il giovane Adair non aveva nemici, e non era stato commesso alcun tentativo di furto sia del denaro sia dei preziosi contenuti nella stanza.

Per tutta la giornata avevo molto riflettuto su quegli avvenimenti, sforzandomi di formulare un'ipotesi che potesse riuscire a collegarli tutti fra loro e di trovare quella linea di minore resistenza che il mio povero amico Sherlock Holmes aveva sempre dichiarato essere il punto di partenza di ogni investigazione seria, ma confesso che avevo fatto assai pochi progressi. La sera decisi di fare una passeggiatina per il Parco, e così verso le sei mi trovai all'imbocco di Oxford Street con Park Lane. I marciapiedi erano assiepati di gruppetti di curiosi, tutti col naso all'aria a guardare un'unica finestra, quindi non mi fu difficile individuare la casa che ero venuto espressamente per vedere. Un uomo alto e magro munito di occhiali neri, e che aveva tutta l'aria di essere un agente in borghese, stava esponendo una sua particolare teoria, mentre gli altri, che frattanto gli si erano atfollati intorno, lo ascoltavano con religiosa attenzione. Mi avvicinai più che potei, ma le sue osservazioni mi parvero talmente sciocche che mi ritirai subito, disgustato. Nel fare questo andai a sbattere contro un signore anziano, tutto rattrappito e malandato in salute, che era venuto a trovarsi dietro di me, e involontariamente gli buttai a terra alcuni libri che recava sotto il braccio. Rammento che nel raccoglierli notai il titolo di uno di essi, l'*Origine dell'adorazione arborea*, e pensai che doveva trattarsi di un povero bibliofilo maniaco, il quale, o per commercio o per passione, collezionava volumi sconosciuti. Mi affrettai a scusarmi dell'incidente, ma certo quei libri che avevo mio malgrado così maltrattato dovevano essere agli occhi del loro proprietario oggetti assai preziosi, poiché con una mossa sprezzante quello si girò sui tacchi e subito vidi la sua schiena curva e i suoi favoriti bianchi scomparire tra la folla.

Le mie indagini al numero 427 di Park Lane mi furono di ben poco aiuto nel chiarire il problema che mi interessava. La casa era separata dalla strada da un muro basso e da una cancellata, alti in totale non più di un metro e mezzo. Era perciò facilissimo a chiunque entrare nel giardino, mentre la finestra era assolutamente inaccessibile, non essendovi alcuna conduttura d'acqua o altro che potesse aiutare a salirvi, anche se si fosse trattato di un uomo agilissimo. Più perplesso che mai, rientrai passo passo a Kensington; ma ero nel mio studio da non più di cinque minuti quando entrò la cameriera ad annunciarmi che qualcuno desiderava vedermi. Con mia grande sorpresa si trattava nientedimeno che del mio strano collezionista bibliofilo. La sua faccia aguzza, rugosa, sporgeva curiosamente da una cornice di chiome bianche, e aveva stretti sotto il braccio destro i suoi preziosi volumi, una dozzina almeno.

«È sorpreso di vedermi, vero, signore?» mi chiese con una voce strana, gracchiante.

Ammisi di esserlo.

«Be', ho una coscienza anch'io, signore, e quando per caso l'ho vista entrare in questa casa, le sono venuto dietro zoppicando, perché ho pensato: "Voglio andare da quel gentile signore e dirgli che sono stato un po' sgarbato, poco fa, e che anzi gli sono molto grato di aver raccolto i miei libri".»

«Per carità! Lei si sta preoccupando per un'inezia» risposi. «Posso chiederle come mai lei mi conosce?»

«Ecco, se mi permette la libertà, signore, io sono un suo vicino; troverà la mia botteguccia all'angolo di Church Street, e sarò felicissimo di vederla da me, glielo assicuro. Forse è collezionista anche lei: ecco, le ho portato *Ornitologia britannica*, *Catullo*, *La guerra santa*... un vero affare. Con cinque volumi potrebbe giusto riempire quello spazio vuoto nel secondo scaffale. Sta male, non le pare?»

Volsi il capo per guardare la piccola libreria alle mie spalle: quando mi girai di nuovo Sherlock Holmes mi guardava sorridendo, in piedi, dall'altra parte della mia scrivania. Mi alzai, lo fissai per alcuni attimi intontito, poi credo di essere svenuto per la prima e l'ultima volta in vita mia. Certo è che una nebbia grigia mi appannò la vista, e quando questa si diradò mi accorsi che avevo il colletto slacciato e un vago sapore di acquavite sulle labbra. Holmes era chino su di me, con la sua fiaschetta in mano.

«Mio caro Watson,» disse la ben nota voce «le devo mille scuse. Non credevo che l'avrei emozionata tanto.»

Lo afferrai per un braccio.

«Holmes!» gridai. «Ma è proprio lei? È mai possibile che lei sia veramente vivo? Come ha fatto a uscire fuori da quell'abisso spaventoso?»

«Aspetti un momento!» disse Holmes. «È sicuro di poter veramente discutere di queste cose? Le ho provocato una seria scossa con questa mia ricomparsa inutilmente drammatica!»

«Adesso sto benissimo, ma francamente, Holmes, stento a credere ai miei occhi. Dio mio, pensare che lei... proprio lei... è qui nel mio studio.»

Tornai a stringergli il braccio e sentii sotto la manica della giacca i suoi muscoli forti e sottili. «Be', non è uno spirito, dopotutto!» dissi. «Amico mio, se sapesse come sono felice di rivederla. Si sieda e mi racconti come ha fatto a uscire vivo da quella voragine spaventosa.»

Holmes si sedette di fronte a me e accese una sigaretta col suo solito fare noncurante. Era vestito della striminzita giacca a coda di rondine del libraio, ma per il resto quell'individuo giaceva sul tavolo in un mucchio di capelli bianchi e libri vecchi. Holmes mi parve ancora più magro e più affinato di un tempo, ma nella sua faccia aquilina c'era un pallore così intenso che mi fece intuire come la sua esistenza in quegli ultimi tempi non dovesse essere stata né facile né sana.

«Come sono contento di allungarmi, Watson» disse. «Non è uno scherzo, per un uomo alto come me, doversi togliere di dosso trenta centimetri di statura per parecchie ore al giorno. E ora, mio caro amico, per quello che riguarda le spiegazioni che devo darle, le dirò prima di tutto che se vorrà assistermi con la sua collaborazione avremo dinanzi a noi una notte di lavoro particolarmente difficile e pericolosa. Sarebbe forse meglio che io le raccontassi tutto a operazioni ultimate.»

«Sono troppo impaziente di sapere: vorrei che lei mi esponesse subito almeno i punti essenziali.»

«Vuole venire con me stanotte?»

«Quando vuole e dove vuole.»

«Mi sembra davvero di tornare ai vecchi tempi. Intanto, prima di metterci in moto potremmo mangiare un boccone. Dunque, lei vuole sapere di quella voragine: non ebbi molta difficoltà a uscirne, per la semplice ragione che non mi ci trovai mai.»

«Come? Lei non è caduto mai in quell'abisso?»

«No, Watson, mai. La mia ultima lettera a lei era però assolutamente genuina. Effettivamente quando scorsi sullo stretto sentiero che conduceva alla salvezza la sinistra figura del defunto professor Moriarty, non ebbi dubbi o quasi che la mia carriera fosse giunta al suo termine: negli occhi grigi di quell'uomo lessi un proposito inesorabile. Ebbi pertanto con lui alcuni scambi di vedute e ne ottenni cortesemente il permesso di scriverle quelle poche righe che lasciai col mio portasigarette e il mio bastone, dopo di che mi avviai lungo il sentiero, con Moriarty sempre alle calcagna. Giunto che fui alla fine del sentiero, prendemmo a lottare corpo a corpo: Moriarty non estrasse nessuna arma, ma mi si buttò addosso avvinghiandomi con le sue lunghe braccia. Sapeva di essere stato scoperto, ed era impaziente di vendicarsi su di me. Insieme avanzammo vacillando fino all'orlo dell'abisso. Lei sa però che io possiedo qualche cognizione di *baritsu*, ovvero di lotta giapponese, che in più di un'occasione mi è stata utilissima. Io gli scivolai tra le grinfie, mentre lui con un urlo spaventoso rimase a scalciare disperatamente per qualche attimo, annaspando l'aria con entrambe le mani. Ma nonostante i suoi sforzi sovrumani non riuscì a mantenersi in equilibrio e precipitò. Sporto sull'abisso lo vidi cadere a lungo, poi urtare contro un masso, rimbalzare e affondare nell'acqua.»

Stetti ad ascoltare questa spiegazione in preda allo stupore, mentre Holmes parlava tra una boccata e l'altra della sua sigaretta.

«Ma le impronte?» esclamai. «Le ho viste io, con i miei occhi! Ce n'erano due diverse che scendevano giù per il sentiero, ma nessuna che tornava indietro.»

«È successo così. Nell'attimo in cui il professore scomparve fui colpito dalla fortuna insperata che la fatalità aveva messo sul mio cammino. Sapevo che Moriarty non era il solo a desiderare la mia morte: ce n'erano almeno altri tre la cui sete di vendetta non avrebbe fatto che accrescersi con la scomparsa del loro capo. Si trattava di uomini estremamente pericolosi, e qualcuno di loro mi avrebbe certamente raggiunto. D'altro canto se il mondo fosse stato convinto che io ero morto, quei farabutti sarebbero diventati più audaci; si sarebbero lasciati certamente andare a eccessi che presto o tardi mi avrebbero permesso di annientarli. Allora sarebbe venuto per me il momento di rivelare che mi trovavo ancora nel mondo dei vivi: il cervello ragiona con tanta rapidità che credo che tutto questo mi sia passato per la mente prima ancora che il corpo del professor Moriarty avesse toccato il fondo della cascata del Reichenbach.

«Mi alzai e ispezionai la parete rocciosa alle mie spalle. Nel suo pittoresco racconto dell'avvenimento, che io lessi con grande interesse alcuni mesi più tardi, lei asserisce che si tratta di una parete nuda. Ora questo non è letteralmente esatto: la roccia presentava alcuni appigli, e vi era persino una piccola sporgenza. La roccia è talmente alta che sarebbe stato umanamente impossibile arrampicarvisi, come era del resto altrettanto impossibile ritornare sul sentiero bagnato senza lasciarvi qualche impronta. Avrei potuto, è vero, mettere le scarpe a rovescio, come già ho fatto in occasioni analoghe, ma la vista di tre file di impronte in un'unica direzione avrebbe certamente lasciato trapelare l'inganno. Nel complesso la soluzione migliore era dunque rischiare l'ascesa. Non fu una fatica gradevole, Watson. La cateratta tumultuava sotto di me; io non sono un tipo nervoso, ma le do la mia parola d'onore che mi pareva di udire la voce di Moriarty urlare su dall'abisso: un errore mi sarebbe stato fatale. Più di una volta, quando qualche ciuffo d'erba mi sfuggiva dalle mani o il piede scivolava sulle tacche umide della roccia, pensai di essere spacciato. Ma seguitai a inerpicarmi verso l'alto, finché raggiunsi uno sporto profondo pochi metri e ricoperto di soffice muschio verde, dove mi fu possibile distendermi non visto e in perfetta comodità. Lì io ero allungato, mio caro Watson, quando lei e la sua scorta veniste a investigare con tanto affetto e altrettanta inefficacia le circostanze della mia morte.

«Alla fine, dopo aver tratto le sue conclusioni, inevitabili ma assolutamente sbagliate, lei se ne andò dall'albergo, e io rimasi solo. Credevo di aver raggiunto il termine delle mie avventure, quando accadde un fatto del tutto inatteso che mi dimostrò come i miei guai fossero lungi dall'essere finiti. Un masso enorme, cadendo dall'alto, mi passò accanto roteando, rimbalzò sul sentiero e rotolò nell'abisso. Per un attimo pensai che si trattasse di un fenomeno fortuito, ma un attimo dopo, alzando gli occhi, scorsi una testa umana profilarsi contro il cielo già semibuio, e un altro masso urtò proprio contro la sporgenza su cui io ero disteso, a meno di trenta centimetri dalla mia fronte. Allora, naturalmente, il significato di tutto ciò mi apparve subito chiarissimo. Moriarty non era venuto solo. Certamente, mentre il professore mi aveva attaccato, un suo complice era rimasto di guardia, e mi bastò quell'unica occhiata per capire che razza di complice pericoloso fosse. Da lontano, non visto da me, aveva assistito alla fine del suo amico e al mio miracoloso scampato pericolo. Era rimasto allora in attesa, poi, aggirando la sommità della roccia, aveva cercato di riuscire là dove il suo compagno aveva fallito.

«Non stetti su troppo a pensarci, Watson. Rividi di nuovo quella brutta grinta al di sopra della roccia, e compresi che un'altra pietra mi aspettava. Ripresi la via del sentiero. Non credo che a sangue freddo ne sarei stato capace. Ritornare fu cento volte più difficile che andare, ma non avevo tempo di riflettere sul pericolo, poiché un altro masso mi fischiò accanto mentre mi lasciavo penzolare con le mani dall'orlo della sporgenza. A mezza strada feci uno scivolone, ma con l'aiuto di Dio riuscii a mettere i piedi a terra sul sentiero, lacero e sanguinante, però sano e salvo. Me la diedi a gambe, percorsi oltre quindici chilometri di montagna nell'oscurità, e una settimana più tardi arrivai a Firenze, con la sicurezza che nessuno al mondo sapesse che cosa era realmente accaduto di me.

«In tutto questo tempo ebbi un unico confidente, mio fratello Mycroft. Le devo mille scuse, mio carissimo Watson, ma era estremamente importante che tutti mi credessero morto, e sono sicuro che non sarebbe stato capace di scrivere un racconto tanto convincente della mia infelice sorte se lei per primo non avesse creduto che quello che scriveva era la pura verità. Più di una volta in questi tre anni presi in mano la penna per scriverle, ma ho sempre temuto che il suo affetto per me la inducesse in qualche indiscrezione che avrebbe finito col tradire il mio segreto. Per questo motivo mi allontanai da lei, stasera, quando ha rovesciato i miei libri, perché in quel momento mi trovavo in pericolo, e un moto qualsiasi di sorpresa o di emozione da parte sua avrebbero attratto l'attenzione sulla mia identità, il che avrebbe portato a risultati irreparabili e gravissimi. In quanto a Mycroft, fui costretto a confidarmi con lui perché non avrei saputo altrimenti come procurarmi il denaro necessario per vivere. Le cose a Londra non si erano svolte come io avevo sperato, poiché il processo alla banda Moriarty aveva lasciato liberi due dei suoi affiliati più temibili, precisamente i miei due più acerrimi nemici. Per due anni viaggiai in Tibet, pertanto, e mi interessò moltissimo la visita a Lhasa, dove trascorsi alcuni giorni in compagnia del Gran Lama. Lei avrà forse letto la relazione delle esplorazioni di quei luoghi compiute da un norvegese di nome Sigerson, ma sono sicuro che non le sarà mai venuto in mente che attraverso quelle relazioni le giungevano notizie del suo amico. Passai quindi in Persia, diedi una capatina alla Mecca, e feci una breve ma assai interessante visita al califfo di Khartum, i risultati della quale sono stati da me comunicati al Foreign Office. Ritornato in Francia, trascorsi alcuni mesi in ricerche sui derivati del catrame di carbone, ricerche che condussi in un laboratorio di Montpellier, nel Sud della Francia. Dopo averle concluse in modo soddisfacente, e avendo appreso che a Londra ormai restava soltanto uno dei miei nemici, mi stavo preparando a rientrare, quando il mio ritorno fu affrettato dalla notizia di questo straordinario mistero di Park Lane, che mi sembrò degno di nota non solo per le sue speciali caratteristiche, ma perché mi parve offrire un'ottima occasione personale. Venni perciò subito qui a Londra, mi presentai di persona a Baker Street, dove causai alla povera signora Hudson una violenta crisi isterica, e dove trovai che Mycroft aveva conservato le mie stanze e le mie carte esattamente come io le avevo lasciate. Ecco dunque come fu, mio caro Watson, che alle due di questo pomeriggio io mi trovavo seduto sulla mia vecchia poltrona, nella mia vecchia stanza, rimpiangendo soltanto di non avere di fronte a me, sulla poltrona che aveva tanto spesso adornato, il mio vecchio amico Watson.»

Questo fu lo straordinario racconto che ebbi la gioia di ascoltare quella sera di aprile, e non vi avrei assolutamente creduto se non mi fosse stato confermato dalla tangibile presenza della figura alta e scarna e del viso acuto e intento che credevo non avrei rivisto mai più. Non so come Holmes aveva saputo del triste lutto che mi aveva colpito, e mi mostrò la sua affettuosa comprensione più con i modi che con le parole.

«Il lavoro è il miglior antidoto al dolore, mio caro Watson,» mi disse «e ho un lavoretto che ci aspetta tutt'e due questa notte, e che se mi riesce di portare felicemente a termine, basterebbe a giustificare da solo l'esistenza di un individuo su questo pianeta.» Invano lo supplicai di essere più esplicito. «Prima che venga mattina ne udrà e vedrà abbastanza» fu la sua laconica risposta. «Dobbiamo discutere intorno a un passato di tre anni. Occupiamoci di questo fino alle nove e mezzo, quando avrà inizio la nostra avventura della casa vuota.»

Mi parve proprio di essere tornato ai vecchi tempi quando, all'ora stabilita, mi trovai seduto accanto a lui in una vettura di piazza, con la mia rivoltella in tasca e l'emozione dell'ignoto nel cuore. Holmes era freddo, teso e silenzioso. Ogni volta che il riverbero dei lamponi della strada illuminava i suoi lineamenti austeri, notavo che le sue sopracciglia erano aggrottate in profonda meditazione e le sue labbra sottili contratte. Non sapevo quale fosse l'animale feroce che ci preparavamo a cacciare nella scura giungla della Londra criminale, ma il comportamento di quel capo battitore mi faceva prevedere un'avventura particolarmente pericolosa, mentre il sorriso sardonico che di tanto in tanto rischiarava la severità ascetica del suo viso non faceva presagire nulla di buono per l'oggetto della nostra battuta.

Credevo che fossimo diretti a Baker Street, ma Holmes fece invece fermare la vettura all'angolo di Cavendish Square. Notai che nell'uscire dalla carrozza lanciò a destra e a sinistra occhiate inquisitrici, mentre a ogni angolo di strada si volgeva per assicurarsi di non essere pedinato. Il nostro fu un percorso singolarissimo. La conoscenza che aveva Holmes di tutti i meandri di Londra era straordinaria, e in questa circostanza s'intrufolò rapidamente, e con passo sicuro, attraverso tutta una rete di scuderie e di stallaggi di cui avevo sino a quel momento ignorato l'esistenza. Sbucammo infine in una stradina fiancheggiata da vecchie case tetre che ci portò in Manchester Street, e da lì in Blandford Street. Qui svoltò velocemente in un andito angusto, passò attraverso una cancellata di legno in un cortile deserto, e infine aprì con una chiave la porta di servizio di uno stabile. Entrammo insieme, poi Holmes richiuse la porta alle nostre spalle.

Nel luogo regnava un buio pesto, ma mi convinsi subito che si trattava di una casa vuota. Sotto i nostri piedi l'impiantito nudo cricchiava e scricchiolava, e stendendo la mano toccai una parete da cui la tappezzeria pendeva a strisce. Le dita fredde e sottili di Holmes si serrarono intorno al mio polso e mi condussero giù per un lungo vestibolo, finché intravidi sopra un uscio una finestra a lunetta, appannata di sudiciume. A questo punto Holmes svoltò improvvisamente a destra e ci trovammo in una stanza vuota, ampia e quadrata, greve d'ombra negli angoli, ma debolmente illuminata al centro dalle luci provenienti dalla strada. Non vi era però alcun fanale nelle vicinanze, e la finestra era coperta da uno strato di polvere, cosicché a malapena riuscivamo a intravederci a vicenda. Il mio compagno mi posò una mano sulla spalla e accostò le labbra al mio orecchio.

«Sa dove siamo?» bisbigliò.

«In Baker Street» risposi appuntando lo sguardo in direzione della finestra fiocamente illuminata.

«Esattamente. Ci troviamo in Camden House, la quale si trova proprio di fronte al nostro antico quartierino.»

«Ma perché siamo venuti qui?»

«Perché da qui si domina una vista eccellente di quel pittoresco edificio. Posso chiederle, mio caro Watson, di accostarsi un pochino di più a quella finestra, stando bene accorto a non mostrarsi, e di dare quindi un'occhiata alle nostre antiche stanze che hanno rappresentato il punto di partenza di tante nostre avventure grandi e piccole? Voglio vedere se questi tre anni di assenza mi hanno tolto completamente il potere di sorprenderla.»

Strisciai in avanti quasi carponi e guardai verso la finestra tanto familiare, ma non appena vi ebbi posato gli occhi lanciai un'esclamazione soffocata di meraviglia. Le persiane erano abbassate e una luce violenta illuminava la stanza. Contro lo schermo luminoso della finestra era proiettata l'ombra netta di un uomo seduto in poltrona nell'interno della camera. Non era possibile ingannarsi sulla posa della testa, sulla larghezza delle spalle, sul profilo tagliente dei tratti. Aveva la faccia girata a metà e produceva l'effetto di quelle silhouette nere che i nostri nonni amavano incorniciare. Era la riproduzione perfetta di Sherlock Holmes. Ne rimasi talmente sbalordito che allungai una mano per assicurarmi che il mio amico fosse tuttora accanto a me. Lui non solo mi era vicino, ma rideva di un riso silenzioso.

«Dunque?» mormorò.

«Bontà divina!» esclamai. «È fantastico!»

«Mi auguro che l'età non appassisca e l'abitudine non invecchi la mia infinita varietà» disse. E riconobbi nella sua voce la gioia e l'orgoglio dell'artista innamorato della propria creazione. «Mi assomiglia veramente, non trova?»

«Sarei pronto a giurare che è lei in carne e ossa.»

«Il merito dell'esecuzione va a monsieur Oscar Meunier di Grenoble, che ha speso parecchi giorni per costruire quel calco. È un busto in cera. Il resto l'ho sistemato io questo pomeriggio durante la mia visita a Baker Street.»

«Ma perché?»

«Perché, mio caro Watson, avevo fortissimi motivi per desiderare che certa gente mi credesse lì mentre in realtà io mi trovavo altrove.»

«E lei pensa che il suo appartamento sia sorvegliato?»

«*So* che è sorvegliato.»

«Da chi?»

«Dai miei vecchi nemici, Watson, dalla simpatica compagnia il cui capo giace nel fondo della cascata del Reichenbach. Non deve dimenticare che loro sapevano, e lo sapevano soltanto loro, che io ero ancora vivo. Perciò dovevano ritenere che presto o tardi sarei ritornato alla mia casa. Ecco perché le mie stanze furono sorvegliate ininterrottamente, e questa mattina mi videro arrivare.»

«Come lo sa?»

«Perché ho riconosciuto la loro sentinella guardando fuori dalla mia finestra. È un tipo abbastanza inoffensivo, un certo Parker. Strangolatore di mestiere, e discreto suonatore di ocarina. Di lui non mi preoccupo, ma mi preoccupa assai più il formidabile personaggio che opera alla sua ombra, l'intimo amico di Moriarty, l'uomo che cercò di accopparmi mentre mi trovavo sulla roccia a strapiombo sul Reichenbach, il criminale più astuto e più pericoloso di tutta Londra. Questo è l'uomo che mi dà la caccia stanotte, Watson, e che però ignora che *noi* stiamo dando la caccia a *lui*.»

Stavo incominciando a capire a poco a poco i piani del mio amico. Dal nostro abile nascondiglio gli spioni erano spiati e i bracconieri braccati. Quella sagoma angolosa dall'altra parte della strada rappresentava l'esca, e noi eravamo i cacciatori. Restammo silenziosi nell'ombra, l'uno accanto all'altro, a osservare i passanti che continuamente ci sfilavano dinanzi frettolosi. Holmes manteneva un silenzio immobile, ma capivo che tutti i suoi nervi erano tesi, e che i suoi occhi non si staccavano neppure per un momento dalla fiumana di gente che scorreva senza posa sotto la finestra accanto a noi. Era una notte di tempesta, il vento sibilava e gemeva ingolfandosi giù per la strada. Molte persone andavano e venivano quasi tutte imbacuccate in cappotti e sciarpe. Ebbi un paio di volte la sensazione di vedere ripetutamente una stessa figura, e notai soprattutto due uomini che sembravano volersi riparare dal vento sotto il portone di una casa a qualche distanza da noi. Cercai di attirare su di loro l'attenzione del mio compagno, ma Holmes si limitò a emettere una breve esclamazione d'impazienza e seguitò a fissare intensamente la via. Più di una volta mosse i piedi e picchiò rapidamente con le dita sulla parete: mi avvidi che stava diventando inquieto e che i suoi progetti non si svolgevano come aveva sperato. Alla fine, con l'avvicinarsi della mezzanotte, e mentre la strada si faceva sempre meno affollata, prese a passeggiare su e giù per la stanza in preda a un'agitazione incontrollabile. Stavo per dirgli qualcosa quando nell'alzare gli occhi verso la finestra illuminata provai una sorpresa quasi altrettanto grande quanto quella provata poco prima. Afferrai Holmes per un braccio e gli feci segno con l'indice teso.

«Il manichino si è mosso!» esclamai.

Effettivamente il busto di cera non era più di profilo ma di schiena, ora.

I tre anni trascorsi non avevano certamente ammorbidito le asprezze del suo carattere, né l'impazienza che sempre suscitava in lui un'intelligenza meno pronta della sua.

«Certo che si è mosso!» sbottò. «Dovrei essere così scemo, Watson, da costruire un manichino e pretendere che uno degli uomini più furbi d'Europa si lasci ingannare da esso? Siamo in questa stanza da due ore, e la signora Hudson ha cambiato la posizione della figura otto volte, cioè una volta ogni quarto d'ora. Lo muove dal davanti, in modo da non mostrare mai la sua ombra. Ah!» Trattenne il fiato con un sibilo acuto di eccitazione. Nella luce incerta vidi che puntava la testa in avanti, in un atteggiamento reso rigido dalla tensione. Forse quei due uomini erano ancora riparati sotto l'androne, ma non mi era più possibile vederli. Tutto era ormai tenebre e silenzio, a eccezione del giallo schermo luminoso davanti a noi con la silhouette nera nettamente stagliata al centro. Di nuovo intesi nel profondo silenzio quella breve nota sibilante che mi avvertiva dell'intensa e soffocata emozione di cui era preda il mio amico. Un attimo dopo mi sentii trascinare nell'angolo più buio della stanza e avvertii sulle mie labbra la sua mano ammonitrice. Le dita che mi stringevano tremavano. Mai avevo avuto la sensazione che Holmes potesse essere così intensamente emotivo, e tuttavia la strada buia si stendeva davanti a noi deserta e immobile.

Ma a un tratto mi resi conto di ciò che i suoi sensi più affinati già avevano in precedenza intuito. Mi giunse alle orecchie un rumore sommesso, soffocato, non proveniente da Baker Street, ma proprio dal retro della casa in cui noi eravamo appiattati. Sentii aprire e chiudere un uscio. Poco dopo risuonarono nel corridoio dei passi, dei passi che avrebbero voluto essere silenziosi, ma che nella casa vuota producevano una brusca eco. Holmes si appiattì contro la parete, e io feci lo stesso mentre la mia mano si chiudeva sull'impugnatura della pistola. Appuntando gli occhi nelle tenebre intravidi la sagoma indistinta di un uomo appena un po' più scura dell'oscurità circostante. Stette un attimo esitante sull'uscio aperto, quindi avanzò carponi, strisciando minaccioso nella stanza. Quella sinistra figura era a meno di tre metri da noi, e già mi ero preparato ad attendere il suo assalto, quando mi resi conto a un tratto che non aveva la più pallida idea della nostra presenza. Ci passò molto vicino, si approssimò quatto quatto alla finestra, e senza far rumore la sollevò di circa quindici centimetri. Quando fu a livello dell'apertura così praticata, la luce della strada non più appannata dal vetro polveroso gli cadde in pieno viso. Pareva fuori di sé per l'eccitazione. I suoi occhi brillavano come stelle e tutti i suoi lineamenti erano contraffatti da un moto convulso, incontrollabile. Era un uomo anziano, con un naso sottile, sporgente, una fronte alta e calva. Aveva il cappello a cilindro spinto all'indietro sulla nuca, e attraverso il soprabito aperto gli luccicava lo sparato del frac. La sua era una faccia scarna, scura, solcata da rughe profonde che si intersecavano in ogni direzione. In mano teneva ciò che a tutta prima mi parve un bastone, ma non appena lo ebbe posato a terra l'oggetto diede un clangore metallico. Quindi dalla tasca del soprabito estrasse un involto voluminoso, e lo vidi trafficare in un'operazione complicata che si concluse con un clicchettio brusco, secco, come se avesse fatto scattare una molla. Sempre accucciato sul pavimento, si piegò in avanti e buttò tutto il suo peso e tutta la sua forza su una leva, col risultato che ne uscì un suono prolungato, roteante, cigolante, che si concluse ancora una volta in un forte clicchettio. Quindi l'uomo si raddrizzò, e vidi che teneva in mano una specie di fucile con uno strano calcio dall'aspetto curioso, informe. Ne aprì la culatta, vi inserì qualcosa e fece scattare l'otturatore. Poi, tornando ad accovacciarsi, posò l'estremità della canna sul davanzale della finestra aperta, e vidi i suoi lunghi baffi penzoloni sul calcio e il suo occhio scintillare mentre si appuntava sul mirino. Intesi un breve sospiro di soddisfazione mentre appoggiava il calcio del fucile alla spalla, e notai che il suo bersaglio era l'uomo nero sullo sfondo giallo, in netto rilievo davanti a lui. Per un attimo l'uomo stette rigido, immobile, poi il suo dito si abbassò sul grilletto: si intese un sibilo forte, inconsueto, e un tintinnio argentino e prolungato di vetri infranti. In quel preciso istante Holmes balzò come una tigre sul tiratore e lo buttò faccia a terra. Ma quello si rialzò in un attimo e con forza convulsa afferrò Holmes alla gola; io però fui pronto a colpirlo alla testa col calcio della mia pistola, e l'uomo si accasciò nuovamente sul pavimento. Mi buttai sopra di lui, e mentre lo tenevo stretto Holmes emise un fischio acuto di richiamo. Sul marciapiede si udì un rimbombo di passi frettolosi, e due poliziotti in uniforme, seguiti da un agente in borghese, accorsero dall'ingresso principale e irruppero nella stanza.

«È lei, Lestrade?» chiese Holmes.

«Sì, signor Holmes. Ho assunto personalmente questo incarico. Mi fa piacere rivederla qui a Londra con noi.»

«Credo che lei abbia bisogno di un po' di aiuto ufficioso. Tre crimini insoluti in un anno non sono mica una bella cosa, caro Lestrade. Lei però ha condotto l'affare Molesey con un po' meno della sua solita... cioè, voglio dire, l'ha condotto piuttosto bene.»

Intanto ci eravamo alzati tutti in piedi; il nostro prigioniero ansava faticosamente, mentre due robusti angeli custodi gli si erano messi al fianco. Fuori, in strada, si stava già formando il solito capannello di curiosi. Holmes si avvicinò alla finestra, la chiuse e abbassò le persiane. Intanto Lestrade aveva acceso due candele e i poliziotti avevano scappucciato le loro lanterne. Fui così finalmente in grado di guardare bene in faccia il nostro prigioniero.

L'uomo che mi vidi davanti aveva un volto straordinariamente virile e paurosamente sinistro al tempo stesso. Con una fronte da pensatore e una mascella profondamente sensuale, quell'uomo doveva essere stato dotato di grandi capacità sia per il bene che per il male, ma non si potevano guardare i suoi occhi azzurri, crudeli, dalle palpebre ciniche e cascanti, non si potevano fissare il suo naso brutale, aggressivo, e la fronte minacciosa solcata di rughe profonde senza leggervi chiaramente i segni premonitori di una natura pericolosissima. L'uomo non si curò affatto di noi, ma i suoi occhi erano fissati sulla faccia di Holmes con un'espressione in cui odio e stupore erano mescolati in eguale misura. «Demonio!» seguitava a borbottare. «Maledetto demonio!»

«Ah, colonnello» disse Holmes riaggiustandosi il colletto ciancicato. «"Tutti i viaggi si concludono in incontri da innamorati", come dice l'antico adagio. Non credo di aver più avuto il piacere di vederla da quando lei mi ha riservato le sue attenzioni mentre me ne stavo accucciato sulla sporgenza di roccia a strapiombo sulla cascata del Reichenbach.»

Il colonnello seguitava a fissare il mio amico come in trance, mentre tutto quello che sapeva dire era: «Maledetto demonio! Demonio d'intelligenza e di astuzia!».

«Non ho ancora fatto le presentazioni» proseguì Holmes. «Signori, questo è il colonnello Sebastian Moran, ex ufficiale dell'Armata indiana di Sua Maestà, e il più famoso cacciatore di leoni di tutto il nostro impero coloniale. Credo di non sbagliare, colonnello, se affermo che la sua collezione di pelli di tigre non è stata ancora superata da nessuno.»

Il vecchio non rispose nulla, ma non distoglieva il suo sguardo carico di odio dal volto del mio amico; con quei suoi occhi da pazzo, con quei baffi frementi, assomigliava lui stesso in modo straordinario a una tigre.

«Sono stupito che il mio semplicissimo stratagemma sia riuscito a ingannare un vecchio cacciatore come lei» proseguì Holmes. «Eppure si tratta di un trucco che deve esserle molto familiare. Quante volte non ha lei stesso legato sotto un albero un caprettino, ci si è messo sopra in agguato col suo fucile e ha aspettato che l'esca facesse avvicinare la sua tigre? Questa casa vuota è il mio albero, e lei è la mia tigre. Può darsi che lei avesse avuto di riserva altri fucili nel caso ci fossero parecchie tigri, o nell'improbabile ipotesi che la sua mira fallisse. Ora questi» e indicò in giro «sono gli altri miei fucili. Il parallelo è esatto.»

Il colonnello Moran fece per balzare in avanti con un'esclamazione di rabbia, ma gli agenti furono pronti a trattenerlo. La collera furibonda che gli sconvolgeva il viso era paurosa a vedersi.

«Confesso che mi ha procurato una piccola sorpresa» disse Holmes. «Non avevo previsto che anche lei si sarebbe a sua volta servito di questa casa vuota e di questa comodissima finestra. Avevo immaginato che avrebbe agito dalla strada, dove l'aspettavano l'amico Lestrade e i suoi galantuomini. A parte questa piccola eccezione, tutto si è svolto secondo i piani prestabiliti.»

Il colonnello Moran si volse al poliziotto ufficiale.

«Può darsi che voi abbiate torto o ragione ad arrestarmi» disse. «Ma non vi è alcun motivo di permettere a questo individuo di farsi beffe di me. Dal momento che mi trovo nelle mani della giustizia, che le cose si svolgano in maniera legale.»

«In fondo non ha tutti i torti» osservò Lestrade. «Ha altro da dire, signor Holmes, prima che ce ne andiamo?»

Holmes aveva raccolto da terra il potente fucile ad aria compressa e ne stava esaminando il meccanismo.

«Arma mirabile e unica,» osservò «silenziosa e di potenza terribile. Ho conosciuto l'armaiolo tedesco cieco, si chiamava von Herder, che l'ha costruita per ordine del defunto professor Moriarty. Ne conosco l'esistenza da anni, ma non ho mai avuto l'occasione di maneggiarla. La raccomando alla sua particolare attenzione, Lestrade, e le raccomando anche le pallottole con cui quest'arma viene caricata.»

«Può stare sicuro che le studieremo, eccome, signor Holmes» disse Lestrade, mentre il gruppetto degli agenti, col prigioniero in mezzo, si avviava verso l'uscita. «Ha altro da dire?»

«Semplicemente desidero chiederle quale imputazione preferisce per giustificare l'arresto del prigioniero.»

«Quale imputazione? Ma, naturalmente, il tentato omicidio di Sherlock Holmes.»

«No, niente affatto, Lestrade. Non desidero che si faccia pubblicità su di me. Voglio che a lei, e a lei soltanto vada tutto il merito dell'importante arresto che ha appena effettuato. Sì, Lestrade, mi congratulo con lei! Con la sua solita felice mescolanza di astuzia e audacia lei lo ha preso.»

«Preso? Preso chi, signor Holmes?»

«Colui che l'intera squadra di polizia ha cercato invano... il colonnello Sebastian Moran, che ha ucciso l'eminente Ronald Adair con una pallottola esplosiva sparata da un fucile ad aria compressa attraverso la finestra aperta della camera al secondo piano del numero 427 di Park Lane, il giorno 30 del mese scorso. Questa è l'imputazione, Lestrade. E ora, Watson, se non le importa la corrente d'aria che certamente spirerà da quella finestra rotta, credo che una fumatina di mezz'ora nel mio studio le procurerà un'utile e dilettevole spiegazione.»

Le nostre vecchie stanze erano rimaste immutate, grazie alle attenzioni di Mycroft Holmes e alle solerti cure della signora Hudson. Nell'entrare mi accorsi, è vero, che vi regnava un ordine insolito, ma tutte le antiche e care cose erano al loro posto. Intatto era rimasto l'angolo destinato agli esperimenti chimici col suo tavolino costellato di macchie di acido. Su uno scaffale stavano tuttora allineati i formidabili libri di estratti e volumoni di note personali che molti tra i nostri concittadini avrebbero visto volentieri bruciati. I diagrammi, l'astuccio del violino, il portapipe, persino la babbuccia persiana che fungeva da borsa da tabacco, tutte queste cose incontravano il mio sguardo mentre i miei occhi erravano per la stanza. Questa aveva al momento due occupanti: la signora Hudson, che ci accolse raggiante, e lo strano manichino che aveva giocato una parte così importante nella nostra avventura di quella sera. Era un modello in cera colorata che rappresentava in modo perfetto le fattezze del mio amico. Era stato posto su un tavolino a mo' di piedistallo e drappeggiato in una vecchia veste da camera di Holmes in modo che l'illusione dalla strada risultasse perfetta.

«Spero che lei abbia usato tutte le cautele necessarie, signora Hudson!» disse Holmes.

«Ci ho girato attorno sempre in ginocchio, signor Holmes, esattamente come lei mi ha detto.»

«Bravissima! Ha fatto un lavoro ottimo. Ha notato da che parte è passato il proiettile?»

«Sissignore. Ho paura però che abbia rovinato il suo bel busto, perché è passato giusto attraverso la testa ed è andato a spiaccicarsi contro la parete. L'ho raccolto poco fa dal tappeto: eccolo!»

Holmes me lo porse. «Come vede, Watson, si tratta di una pallottola da rivoltella a punta dolce. Ci vuole del genio a immaginare un simile artificio! Chi penserebbe infatti che si possa sparare una pallottola simile con un fucile ad aria compressa? Va bene, signora Hudson. Le sono infinitamente grato del suo aiuto. E adesso, Watson, voglio vederla nuovamente seduto al suo solito posto, perché ci sono vari punti che mi piacerebbe discutere con lei.»

Si era sfilato frattanto la lisa giacca a coda di rondine, ed era ritornato l'Holmes di un tempo, con indosso la vestaglia color topo che aveva tolto dal manichino.

«I nervi del vecchio cacciatore indiano non hanno perduto la loro prontezza né i suoi occhi la loro capacità di mirare» disse ridendo, mentre ispezionava con sguardo attento la fronte sfracellata dell'immagine di cera.

«Piombo al centro della nuca e spappolamento del cervello. Era il miglior tiratore che esistesse in India, e non credo che a Londra ve ne siano di migliori. Non ne ha mai sentito parlare?»

«No.»

«Mah! *Sic transit gloria mundi!* Però, se ben rammento, lei non aveva mai sentito parlare nemmeno del professor Moriarty, anche se fu uno dei più grandi cervelli del nostro secolo. Mi dia per favore quello schedario che sta appollaiato lassù sullo scaffale.»

Girò pigramente le pagine, rovesciato all'indietro nella poltrona, mentre ampie volute di fumo uscivano dal suo sigaro acceso.

«La mia raccolta di "M" è veramente notevole» disse. «Basterebbe Moriarty a renderla illustre, ma ecco che c'è anche Morgan l'avvelenatore, e Merridew di abominevole memoria, e Mathews, che fece saltare il mio canino sinistro nella sala d'aspetto di Charing Cross, ed ecco infine il nostro amico di questa sera.»

Mi tese il volume e vi lessi:

> *Moran, Sebastian, colonnello.* Disoccupato. Ex appartenente al 1° Pionieri di Bangalore. Nato a Londra nel 1840. Figlio di sir Augustus Moran, cavaliere del Bagno, ex ministro britannico in Persia. Educato a Eton e Oxford. Ha servito nella campagna di Jowaki, nella campagna afgana, a Charasiab (servizio telegrafico), Sherpur e Kabul. Autore di *Caccia grossa nell'Himalaya occidentale*, 1881; e *Tre mesi nella giungla*, 1884. Indirizzo: Conduit Street. Club: Anglo-Indian, Tankerville, Bagatelle Card Club.

A margine Holmes aveva scritto con la sua calligrafia precisa: "Il secondo uomo più pericoloso di Londra".

«Ma è straordinario» osservai restituendogli il volume. «Sembra la carriera di un ufficiale onorato.»

«È esatto» mi rispose Holmes. «Fino a un certo momento si comportò bene. Era un uomo dai nervi di acciaio, e si racconta ancora in India come si sia cacciato in una fognatura all'inseguimento di una tigre affamata e ferita, pronta a divorare il primo uomo che avesse incontrato. Ci sono degli alberi, Watson, che crescono sino a una certa altezza, e poi improvvisamente sviluppano impreviste anomalie: questo accade sovente anche negli esseri umani. Io ho una mia teoria personalissima secondo la quale un individuo rappresenta nel suo sviluppo l'intera sequenza dei suoi antenati, e che un mutamento improvviso verso il bene o il male è da imputarsi a qualche forte influenza provocata dalle ramificazioni del suo albero genealogico, cosicché a un certo punto l'individuo diviene il compendio della storia della propria famiglia.»

«Certo è una teoria affascinante.»

«Be', non voglio insistervi sopra. Quali ne siano le cause, certo è che il colonnello Moran incominciò a buttar male. Senza provocare uno scandalo aperto, la situazione in India divenne per lui insostenibile. Diede le dimissioni, rientrò a Londra, e la sua reputazione peggiorò ben presto. Fu in quel tempo che venne ricercato dal professor Moriarty a cui fece per un certo tempo da violino di spalla. Moriarty lo rifornì generosamente di denaro, e si servì di lui soltanto in un paio di imprese di alta classe che non avrebbe certamente affidato a un criminale qualsiasi. Lei forse rammenterà come morì la signora Stewart di Lauder, nel 1887. No? Be', sono sicuro che in fondo a quella vicenda c'era lo zampino di Moran, ma non fu possibile provare nulla. Il colonnello si nascose con tanta abilità che quando la banda Moriarty venne arrestata non riuscimmo a incriminarlo. Si ricorda che in quel tempo, l'ultima volta che venni a trovarla in casa sua, io abbassai le persiane per timore di essere preso di mira con un fucile ad aria compressa? Sono certo che allora lei mi giudicò nevrastenico, ma io sapevo benissimo quello che facevo, poiché conoscevo l'esistenza di quest'arma ragguardevole, e sapevo inoltre che era maneggiata da uno dei migliori tiratori dell'universo. Mentre eravamo in Svizzera

Moran ci seguì insieme a Moriarty, ed è stato certamente lui a farmi passare quel brutto quarto d'ora sullo strapiombo di roccia del Reichenbach.

«Lei si può immaginare che durante tutto il mio soggiorno in Francia leggevo i giornali con la massima attenzione, sempre nella speranza di potermi rimettere sulle sue tracce. Fino a quando quell'uomo fosse stato libero a Londra, la mia esistenza non sarebbe valsa un soldo. Notte e giorno la sua ombra mi avrebbe aduggiato, e presto o tardi lui avrebbe colto l'occasione propizia. Cosa potevo fare? Non potevo mica spararglі addosso a bruciapelo, altrimenti sarei stato io a finire in galera. Era inutile che invocassi l'ausilio del magistrato: la legge non può intervenire sulla base di un semplice sospetto. Non potevo quindi fare assolutamente nulla, ma scorrevo le cronache criminali, sapendo che presto o tardi l'avrei colto in trappola. Venne infine la morte di Ronald Adair. Ecco che l'occasione tanto attesa mi si presentava finalmente! Sapendo quello che sapevo, ero sicuro che l'assassino non poteva essere altro che il colonnello Moran. Era stato lui a giocare a carte col ragazzo; certamente lo aveva seguito fino a casa, e poi gli aveva sparato contro attraverso la finestra aperta. Non poteva esservi il minimo dubbio: bastavano quelle pallottole a mettergli la corda al collo. Partii subito. Fui visto dalla spia che certamente avrebbe rivolto sulla mia presenza in città l'attenzione del colonnello. Lui non avrebbe mancato di mettere in relazione il mio improvviso ritorno col suo delitto, e certo questo avrebbe dovuto spaventarlo terribilmente. Ero sicuro che avrebbe tentato di farmi fuori *subito*, servendosi allo scopo della sua arma micidiale. Gli posi alla finestra un tiro a segno eccellente e dopo aver avvertito la polizia che forse avrei avuto bisogno del suo intervento – a proposito, Watson, lei ha individuato la presenza degli agenti in quell'androne con infallibile esattezza –, scelsi quello che mi parve un ottimo posto di osservazione, non immaginando assolutamente che il mio uomo avrebbe scelto lo stesso punto per attaccarmi. E adesso, caro Watson, vuole che le spieghi altro?»

«Sì» dissi. «Non ho ben capito il motivo che ha spinto il colonnello Moran ad assassinare Ronald Adair.»

«Ah, mio caro Watson, qui entriamo nel regno delle congetture dove anche la mente più logica può errare. Chiunque di noi può formulare sul caso la propria ipotesi personale, e la sua può essere altrettanto corretta quanto la mia.»

«Perché, lei ha formulato una qualche ipotesi?»

«Non credo che sia difficile spiegare i fatti. Dalle prove testimoniali è emerso che il colonnello Moran e il giovane Adair avevano vinto in società una forte somma di denaro. Ora, certamente Moran dovette barare... Questo lo sapevo da molto tempo. Io ritengo che il giorno del delitto Adair abbia scoperto che Moran giocava con carte false. Probabilmente dovette parlargli in privato, minacciando di coprirlo di pubblica vergogna, a meno che lui non avesse volontariamente rassegnato le dimissioni da socio del circolo, impegnandosi formalmente a non giocare più. È improbabile che un giovincello come Adair avrebbe osato suscitare subito uno scandalo di quel genere accusando un uomo noto e tanto più anziano di lui. Probabilmente si comportò come io immagino. Naturalmente l'esclusione dai circoli di gioco avrebbe significato la rovina per Moran, che viveva delle sue vincite male acquisite. Perciò assassinò Adair nel momento appunto in cui questi stava calcolando il denaro che avrebbe dovuto restituire dato che non poteva approfittare del gioco disonesto del suo socio. Per questo chiuse la porta a chiave, nel timore che la madre e la sorella lo sorprendessero in quell'operazione e insistessero per sapere che cosa significavano quei nomi e quel denaro. Le sembra una teoria plausibile?»

«Sono sicuro che lei ha colto nel segno.»

«Il processo comproverà o rigetterà la mia ipotesi. Frattanto, comunque vadano le cose, il colonnello Moran non ci darà più fastidio, il famoso fucile ad aria compressa di von Herder andrà ad abbellire il museo di Scotland Yard e una volta ancora Sherlock Holmes sarà libero di dedicare la propria esistenza allo studio degli interessanti problemi che la complessa vita londinese sa sempre offrire con tanta abbondanza.»

Titolo originale: *The Adventure of the Empty House*, 1903
Traduzione di Maria Gallone

Indice